芳香诗经

寻芳记

李继红 —— 著

新华出版社

图书在版编目（CIP）数据

芳香诗经 / 李继红著. -- 北京：新华出版社，2024.7
（寻芳记）
ISBN 978-7-5166-6724-8

Ⅰ.①芳… Ⅱ.①李… Ⅲ.①《诗经》—诗歌欣赏
Ⅳ.①I207.222

中国国家版本馆CIP数据核字（2023）第027613号


**寻芳记（全6册）**

著者：李继红

出版发行：新华出版社有限责任公司
　　　　　（北京市石景山区京原路8号　邮编：100040）
印刷：炫彩（天津）印刷有限责任公司


成品尺寸：170mm×240mm，1/16　　印张：98.25　　　字数：1500千字
版次：2024年7月第1版　　　　　　印次：2024年7月第1次印刷
书号：ISBN 978-7-5166-6724-8　　　定价：298.00元（全6册）

微店　　　视频号小店　　　抖店　　　京东旗舰店　　　请加我的企业微信

微信公众号　　　喜马拉雅　　　小红书　　　淘宝旗舰店　　　扫码添加专属客服

# 序言

寻芳记

　　《芳香诗经》《芳香楚辞》《芳香唐诗》《芳香宋词》《芳香元曲》《芳香成语》，历经五年终于全部完成，我的一大心愿——阅遍中国古代诗歌中的植物，也终于达成，我心慰矣！

　　"阅遍中国古代诗歌中的植物"自《诗经》开始。在中国古代文学史上，《诗经》是越不过去的经典，但是因成书年代久远，即使古文功底再好，也难以了解其中的植物。而不了解《诗经》中的植物，则对《诗经》的了解也是片面的。因为《诗经》中的植物多有寓意，《楚辞》更是如此。

　　两千多年前植物的名称与今不同，我们看到时难免发蒙，比如《周南》"采采芣苢（fú yǐ），薄言采之。采采芣苢，薄言有之"一句，"芣苢"是什么？为什么采？还有卷耳、葑、菲、薇、苌楚、游龙……如此一来，我们何以读懂《诗经》？于是就有了探索《诗经》中植物的动念。

　　这真是个有趣的过程。"芣苢"原来是车前草，哪个中国人不知道车前草呀，连没有文化的奶奶都知道，车前草有"利水"功效，可用于治病。两千多年前，一群姑娘欢快地采车前草是为了吃，车前草是那个时代的野蔬。

　　原来"卷耳"是苍耳，夏秋荒地里随时粘到你身上、满是刺的苍耳。《周南·苍耳》"采采卷耳，不盈顷筐。嗟我怀人，置彼周行"一句，说的就是女子采苍耳，因为思念自己的丈夫，总也采不满菜篮。

　　原来"葑""菲"是蔓菁、萝卜，《邶风·谷风》"采葑采菲，无以下体。德音莫违，及尔同死"一句，说的是弃妇埋怨自己的丈夫，既然采了蔓菁和萝卜，怎么能不要地下的根茎呢？我们曾经有过山盟海誓，愿和你同生共死，如今却被抛弃！

原来"薇"是野豌豆，一种春季山野中开紫色蝶形小花的野草。《小雅·采薇》"采薇采薇，薇亦作止"说的是在外征战的戍卒思念家乡；《史记·伯夷传》"隐于首阳山，采薇而食"一句说的是"不食周粟"的高洁之士伯夷叔齐的食物是野豌豆。

原来"苌楚"是原产中国的猕猴桃。《桧风·隰有苌楚》"隰有苌楚，猗傩其枝，夭之沃沃。乐子之无知"一句说的是羡慕猕猴桃长得茁壮，羡慕佳人无忧无虑。

哪里想得到"游龙"不是龙，而是一种常见的植物——红蓼，长在村野，长在农家的房前屋后。《郑风·山有扶苏》"山有扶苏，隰有游龙。不见子充，乃见狡童"一句中，游龙是女子和男朋友约会时戏谑、俏骂的指代物。

这是个多么丰富多彩的世界。两千多年前先民所生活的世界与现今相同，却又如此不同。我们的祖先勇敢、顽强、奔放，有喜悦，有哀愁，更有与自然的融合。这就是《诗经》带给我的真实感受，我找到了与我血脉相连的先祖，找回了生活的本真，我的内心得到了安慰。

我沉迷于此，继续我的寻芳之旅。

《楚辞》和《诗经》大有不同，是显然的地域不同，《楚辞》中的很多植物，《诗经》中都没有，即使有，称呼也不同。最让我感兴趣的是，屈子几乎将作品中所有的植物都拟人化，分为"香"和"恶"两类，比如泽兰、白芷、灵芝、桂树、木兰等是"香草"，蒺藜、飞蓬、苍耳、酸枣树等是"恶木"，以至于后世很多文人跟随屈子的脚步，断然给这些植物下了定论，千年不得翻身。

泽兰在屈子眼里是典型的"香草"，如《九歌·云中君》"浴兰汤兮沐芳，华采衣兮若英"一句，在芳香的泽兰水中沐浴，穿着像花儿一样鲜艳美丽的衣裳。

中药白芷在《楚辞》中是最芳香的植物之一，竟然出现二十七次之多。如《九章·悲回风》"故荼荠不同亩兮，兰茝（chǎi）幽而独芳"一句，苦菜和荠菜不会在一片田里生长，泽兰和白芷在幽深处独自芬芳，其中"茝"就是白芷。这也是鲜明的"香""恶"对比的一例。在屈子眼里，苦菜就是恶草，荠菜就是香草。他说苦菜和荠菜不会出现在一片田里，这是典型的屈原模式，君子"泽兰""白芷""荠菜"是不屑和小人"苦菜"在同一场地同流合污的。但现实是，苦菜会和荠菜长在一片土地里，在植物界是这样，在现实生活也是这样。"兰茝幽而独芳"只不过是屈原的美好愿望。

再说一例《楚辞》中典型的"恶木"——酸枣树，即"棘"。《九叹·思古》："甘棠枯于丰草兮，藜棘树于中庭。"棠梨枯死于丰茂的草丛中，灰条、酸枣树却长满庭院。其中棠梨是"香草君子"，灰条、酸枣树自然是"恶木小人"了。

这就是《楚辞》，不一样的"草木"，有情有之，无情亦有之。屈子的鲜明立场，对"香草美人"的无限钟情，对"恶木小人"的无限痛恨，都深深印在怀才不遇、报国无门的文人心里，也印在凡夫如我的心里。

唐代入诗的植物超过一百四十种，比前朝多。较以往更增加了几种热带植物，如椰树、荔枝、桃椰、棕榈等。

唐朝在中国的历史上是不一样的王朝，那是曾经站在世界历史顶端的时代。那个时期的诗歌大气磅礴、自信张扬，充满家国情怀，关心民间疾苦，那时的爱情诗歌健康阳光，令人向往，其中的植物一定也不同寻常。例如：

"唯有牡丹真国色，花开时节动京城。"（刘禹锡《赏牡丹》）

那种自豪，那种自信，字里行间无所不在。

"明月松间照，清泉石上流。"（王维《山居秋暝》）

"忽如一夜春风来，千树万树梨花开。"（岑参《白雪歌送武判官归京》）

那种豪放、大气无人能及。

"岁暮锄犁傍空室，呼儿登山收橡实。"（张籍《野老歌》）

"秋深橡子熟，散落榛芜冈。伛偻黄发媪，拾之践晨霜。"（皮日休《橡媪叹》）

那时的文人墨客关心民间疾苦，为底层百姓鸣不平。

"郎骑竹马来，绕床弄青梅。"（李白《长干行》）

"去年今日此门中，人面桃花相映红。"（崔护《题都城南庄》）

"回廊四合掩寂寞，碧鹦鹉对红蔷薇。"（李商隐《日射》）

那时的人们有着美好的爱情观。

"汉兵奋迅如霹雳，虏骑崩腾畏蒺藜。"（王维《老将行》）

"停车坐爱枫林晚，霜叶红于二月花。"（杜牧《山行》）

那时讲究家国情怀，讲究个人的高尚品质。

总之，这是一段舒畅、悠然的寻芳之旅。

历史的车流滚滚向前，裹挟着寻芳的人来到宋朝，那个让人恨、让人爱、"为赋新词强说愁"的时代。也许是唐朝过于豪迈，衬托得宋朝愈发小儿女情长，尤其是在宋词中，充满"凄凄惨惨戚戚"的幽怨和"欲说还休"的欲擒故纵，如果不是出现一匹黑马"豪放派"，人们难免要淹没在莺莺燕燕、缠缠绵绵的儿女情长中不能自拔。好在宋词是个庞大的集结，让我有余地去选择我喜欢的有关植物的词作。

宋代入诗词的植物也在一百四十种左右，但品格、意趣却不同于唐诗中的植物。

"算人生、悲莫悲于轻别，最苦正欢娱，便分鸳侣。泪流琼脸，梨花一枝春带雨。"（柳永《倾怀》）

"莫道不消魂，卷帘西风，人比黄花瘦。"（李清照《醉花阴》）

"守着窗儿，独自怎生得黑？梧桐更兼细雨，到黄昏、点点滴滴。这次第，怎一个愁字了得！"（李清照《声声慢》）

"窗外芭蕉，阵阵黄昏雨。晓起理残妆，整顿教愁去。不合画春山，依旧留愁住。"（陆游妾《生查子》）

这就是典型的宋词调调，充满愁，各种愁。

我喜欢豪放的宋词，如"昨夜松边醉倒，问松我醉何如。只疑松动要来扶。以手推松曰去"（辛弃疾《西江月·遣兴》）、"竹杖芒鞋轻胜马，谁怕，一蓑烟雨任平生"（苏东坡《定风波》）、"流光容易把人抛，红了樱桃，绿了芭蕉"（蒋捷《一剪梅·舟过吴江》）……

更加有趣的是以药名填词的作品。北宋陈亚在《生查子·药名闺情》中这样写道："相思意已深，白纸书难足。字字苦参商，故要檀郎读。分明记得约当归，远至樱桃熟。何事菊花时，犹未回乡曲？"（"檀郎"一作"槟郎"）词中提到了八种药用植物，有薏苡仁、白芷、苦参、狼毒、当归、樱桃、菊花、茴香。

宋词中的寻芳之旅就在我刻意寻求的愉快氛围中告一段落。我迫不及待地想见到元曲中的芳草。元朝是一个不同以往的朝代，是文人沦落到下九流的朝代，文人书写的元曲一定是不同于前朝的特殊诗歌。

果然，元曲中的植物生活化了，不是唐朝的诗言志、宋朝的词言情，而是黄瓜解渴、红枣养人的生活，没有了文人的酸腐气，多了几分人间烟火。

同是写到葫芦，却有着完全不同的意趣。

卢挚〔双调·沉醉东风〕《对酒》："对酒问人生几何，被无情日月消磨。炼成腹内丹，泼煞心头火，葫芦提醉中闲过，万里云山入浩歌，听任旁人笑我。"对酒当歌人生几何，岁月无情消磨人的情志。看够人生百态，有酒葫芦相伴，管他旁人笑我。

乔吉〔双调·水仙子〕《怨风情》："眼前花怎得接连枝，眉上锁新教配钥匙，描笔儿勾销了伤春事。闷葫芦铰断线儿，锦鸳鸯别对了个雄雌。野蜂儿难寻觅，蝎虎儿干害死，蚕蛹儿毕罢了相思。"失恋女子没了情人的消息，茶不思、饭不想，心里像闷葫芦一样，不明白情人到底怎么回事。

无名氏〔正宫·醉太平〕《叹子弟》："寻葫芦锯瓢，拾砖瓦攒窑，暖堂院翻做乞儿学，做一个莲花落训道。戴一顶十花九裂遮尘帽，穿一领千补百衲藏形袄，系一条七断八续勒身绦。这的是子弟每下梢。"

这就是元曲中的葫芦，活灵活现的葫芦。

还是卢挚的曲，〔正宫·蟾宫曲〕："沙三伴歌来嗏，两腿青泥，只为捞虾。太公庄上，杨柳阴中，磕破西瓜。小二哥昔涎剌塔，碌轴上渰着个琵琶。看荞麦开花，绿豆生芽，无是无非，快活煞庄家。"虽然是朝廷高官，但卢挚厌倦了黑暗的官场，向往田园生活，向往"荞麦开花，绿豆生芽，无是无非，快活煞庄家"的诗酒田园。

元曲就是这么接地气，充满泥土的芳香。

我还想看看成语中的植物，成语是汉语言中的精华，其间的植物一定芳香无比。

　　芝兰之室、兰芷之室、芝兰玉树，空谷幽兰等，是君子的象征；寒花晚节、甘棠遗爱、范张鸡黍、让枣推梨等，是高尚品格的代言；采兰赠芍、红豆相思、人面桃花等，是爱情的体现。还有椿萱并茂、青出于蓝、豆蔻年华、萍水相逢等，哪一个不是长长的故事呢？这样的有趣不打折扣，这样的探索令人沉醉。

　　寻芳后，我知足了，带着满心、满身的芳香，从植物的角度感受到鲜活生动的中国历史。我深切地明白了，自己就像植物一样深深地扎根在我热爱的这片土地上。

2024年1月28日　李继红

6

# 目　录

## 草香诗经

1

3

## 木香诗经

5

# 草香诗经

寻芳记

# 荇 菜

## 第一朵爱情花

哪里能想过荇菜会是爱情花，而且是中国诗歌记载以来的第一朵爱情花。

《周南·关雎》作为《诗经》开篇第一首诗，那么美，想不吟诵都难，那就风雅一下吧！

关关雎鸠，在河之洲。窈窕淑女，君子好逑。

参差荇（xìng）菜，左右流之。窈窕淑女，寤寐求之。

求之不得，寤寐思服。悠哉悠哉，辗转反侧。

参差荇菜，左右采之。窈窕淑女，琴瑟友之。

参差荇菜，左右芼（mào）之。窈窕淑女，钟鼓乐之。

雎鸠鸟儿在河中的沙洲上鸣唱，苗条美好的姑娘在河边采荇菜，青年男子触景生情，爱上姑娘。姑娘没有停歇，在艳阳高照的夏日，穿梭在金黄的荇菜花中，左采右采，男子流连忘返，恨不能自己就是那荇菜，让姑娘采入

筐中。但是，男子只是远远看着，日夜思念，辗转反侧，以琴瑟表述钟情，以钟鼓传达爱意。

阳光而美好，健康而优美，这就是远在三千年前的爱情场景。怎不叫人心向往之。

那一河塘的荇菜，在骄阳下开着闪闪发光的黄花，在美好无匹的姑娘左右采之的碰撞下摇曳生姿，此情此景，令岸边的青年男子怦然心动的一定不仅仅是姑娘，还有那应景的荇菜花吧。所以，那男子一定是爱人亦爱花吧。

我沉浸在自己的美好想象中，爱上了艳黄的荇菜花。我是认识荇菜花的，在我北方家乡的荷塘里，盛夏时节，荷塘蛙声一片，荷花娇艳，荷叶盛珠，真是"接天莲叶无穷碧，映日荷花别样红"。而作为万花丛中一点黄的荇菜花点缀其中，兀自开放，可以看得出，其并不想和荷花争艳，但依然能让人从满塘的荷花中注意到它。高雅大气的荷花与娇艳可人的荇菜花星星点点，相映成趣，别样风姿。

那三千年前的姑娘一定犹如荇菜花般健美、质朴，而姑娘采新鲜娇嫩的荇菜叶应该是为了给午餐配菜。姑娘是南方人，荇菜该是日常的节令菜。时至今日，南方人的餐桌上还会上着三千年不间断的老荇菜吧，只是，还会有翩翩少年爱慕着那阳光下左右采之的姑娘吗？

# 苍 耳

## 怀人卷耳

卷耳就是苍耳，一个我曾想以其作为笔名的植物，而最终没有实现，完全是因为苍耳实物的粗野狂放、纠缠不休而放弃的。

但是《周南·卷耳》的卷耳和我知道的卷耳完全不同，《诗经》中的卷耳居然是思念的诱饵：

采采卷耳，不盈顷筐。嗟我怀人，置彼周行。
陟彼崔嵬，我马虺隤（huī tuí），我姑酌彼金罍（léi），维以不永怀。
陟彼高冈，我马玄黄，我姑酌彼兕觥（sì gōng），维以不永伤。
陟彼砠（jū）矣，我马瘏（tú）矣，我仆痡（pū）矣，云何吁矣。

我在采卷耳，总也采不满筐子，那是在思念我的爱人。他在爬山越岭吧，我家的马儿疲倦了吧，我用金杯祝酒，何以释怀无尽的思念。他在登上高岗吧，我家的马儿晕眩了吧，我用犀角杯为他祝酒，何以释怀那无尽的悲伤。他在跨越险阻吧，我家马儿累病了吧，我家仆人累倒了吧，我是多么为他担忧。

　　女子的思念、忧伤犹如眼前，实在是满怀心事无心采卷耳，要不满世界乱长，从不挑肥拣瘦的卷耳何以不盈筐？分分钟就满。

　　少女时代，放学路上，我总是被卷耳的果实粘上裤脚，甚至书包，而我也总是很不耐烦却不得不小心翼翼地摘下。卷耳子就是苍耳子，很扎，如果粘在身上，一不小心就会疼痛血流。我也曾调皮到打开苍耳子，取出里面和葵花籽一般的果仁，然后像神农尝百草一般品尝，说实话，味道还可以，有

些像葵花籽的味道，不难吃，但实在是因为太扎，我才没有过多品尝。多年以后证明，我的浅尝辄止是对的，因为苍耳子有毒。

卷耳，中医书里基本都有记载，比如《中药大辞典》中说，苍耳子性寒，苦辛、寒涩，有毒，能散风、止痛、祛湿、杀虫。

可那个三千年前的女子采卷耳是为了食用的，难道三千年前的卷耳没毒吗？据说，卷耳的幼苗嫩叶可食，但"滑而少味"，应该是年岁歉收时候的救荒野草吧。杜甫的《驱竖子摘苍耳》："蓬莠犹不焦，野蔬暗泉石。卷耳况疗风，童儿且时摘。""登床半生熟，下筋还小益。加点瓜薤间，依稀橘奴迹。"明显描述了卷耳的用途，一是为了吃，二是为了治病。可见，不论是三千年前，还是一千多年前，卷耳都可以食用，也许卷耳的毒性在烹调的过程中去掉了吧。萱草就是这样，新鲜的萱草花也就是金针，是有毒的，但蒸熟以后就去了毒性，想来我们古代聪明智慧的劳动人民也会这么处理卷耳的。

不知道什么时候人们就不再食用卷耳了，以至于现在的我只知道卷耳是那种"野火烧不尽，春风吹又生"的无比顽强、无比茁壮且无处不在的野草。而且因为种子扎人，所以它不讨人喜欢，甚至不讨牛羊喜欢。

看了《周南·卷耳》，让我对卷耳有了完全不同的看法，我更倾向于卷耳怀人的意象，深切的思念、担忧，便是无情世界的有情缱绻。


## 车前草

### 采采芣苢


很多年前就知道车前草在《诗经》里被称为芣苢，很奇怪的名字，但我很喜欢，也很喜欢《周南·芣苢》中的描述：

采采芣苢（fú yǐ），薄言采之。采采芣苢，薄言有之。

采采芣苢，薄言掇之。采采芣苢，薄言捋（luō）之。

采采芣苢，薄言袺（jié）之。采采芣苢，薄言襭（xié）之。

茂盛鲜嫩的车前草，赶快过来采呀采，揪下来，拾起来，捋下来，兜起来，倒出来。

诗词不复杂，描写的就是采摘的过程，轻松愉快，让人能体会到享受劳动过程的喜悦，整个画面像一幅素描，简洁清晰。也许是一位女子，也许是一群女子相伴采车前草，她或她们心中怀着美好的期望，因为车前草可以让妇人强壮、易于生子（《名医别录》说车前子"强阴益子，令人有子"）。这是每个女子都期望的，不用害羞，不用遮挡，让我们来赶紧采摘，愉快地采摘，我们愿意家族兴旺，子孙繁衍。

我更愿意这样理解《周南·芣苢》，本来就是民歌，一定会直抒胸臆，所以表达自己的美好愿望时用不着遮遮掩掩。

《鲁说》曰："蔡人之妻者，宋人之女也。既嫁于蔡，而夫有恶疾，其母将改嫁之。女曰：'夫不幸，乃妾之不幸也。奈何去之，适人之道，壹与之醮，终身不改。不幸遇恶疾，不改其意。'且夫采采芣苢之草，虽其恶臭，犹将始于掇采之，终于怀撷之，浸以益视，况于夫妇之道乎，彼无大故，又不遣妾。何以得去，终不听其母。乃作《芣苢》之诗。君子曰：'宋女之意。甚贞而壹也。'"

大意就是：一个宋国女子嫁给蔡国人后，得知丈夫有大病，女子的母亲心疼女儿，要把女儿改嫁。女儿不愿意，说了一番大道理，并作《芣苢》诗篇，于是君子们就赞扬宋女蔡人妻，说她是贞顺、从一而终的典范。

西汉刘向在《列女传·贞顺传》中也对这个故事有专门记载，蔡人之妻的"贞顺"我不想评价，只是她眼中的车前草居然成了"恶臭"之草，实在让人遗憾。车前草在《本草经》中被记载为"甘寒无毒，利水通小便，久服身轻耐老"，被列为上品，其鲜草清香宜人，可惜身处逆境中的蔡人妻无法体会罢了。

芣苢改称车前草据说是因汉代名将霍去病。霍去病在一次抗击匈奴的战斗中，因地形不熟，全军被匈奴围困在一个荒漠地带。时值盛暑，天干地热，将士们缺水，时间一久，纷纷病倒，出现小便淋沥、尿赤尿痛、面部浮肿等症状。霍去病很着急。奇怪的是，一名部将却发现所有战马都安然无恙，经他仔细观察，原来这些战马都是因为吃了生长在战车前的一种草。他赶紧把这一情况向霍将军汇报，霍去病立即命令所有将士都用这种野草煎汤喝。果不其然，病情很快得到了控制，将士们奇迹般痊愈。霍去病摘下一株野草，仰天大笑："好一个车前草！真乃天助我也。"于是，原本名为芣苢的野草变成了和霍去病一样赫赫有名的车前草。

这个故事我当然是宁可信其有的，车前草也一直是作为"利水"的中药被广泛使用的，至少我们家就有这个传统，至于是不是还能"益子"我也是宁可信其有的，毕竟我们两千多年前的先辈是那样愉快、不厌其烦地"采之"的。

所有令人愉快的事物我都愿意相信，即使发生在两千年前。

# 蒌 蒿

## 野草无数我只取蒌蒿

　　蒌蒿，菊科蒿属植物，跟很多此科此属植物一样，"芳草萋萋"但不引人注目。蒌蒿的芳香和艾蒿相近，长相也有相近的地方，所以蒌蒿又称水艾，但并不仅限于长在水边，林地、山坡、荒地、路旁都会生长，一般人不会注意到这种植物，更不会知道它的嫩叶可食，秋后蒿木质化以后还可以当柴薪。更不会想到，区区蒌蒿可以和爱情相关。

　　《周南·汉广》写到蒌蒿，被称为"蒌"，是当作柴薪的。我们两千多年前的先辈真是浪漫，表达爱情的方式如此质朴、意切。让人再一次体会出就是蒲柳之质依然能唱响纯美爱情高歌。

　　　　　　南有乔木，不可休息；汉有游女，不可求思。

　　　　　　汉之广矣，不可泳思；江之永矣，不可方思。

　　　　　　翘翘错薪，言刈其楚；之子于归，言秣其马。

　　　　　　汉之广矣，不可泳思；江之永矣，不可方思。

翘翘错薪，言刈其蒌；之子于归，言秣其驹。

汉之广矣，不可泳思；江之永矣，不可方思。

依旧是《诗经》中惯用的重章叠句：我追求一位美好的姑娘，始终不可得，杂树丛生，我只砍荆条，野草丛生，我只取蒌蒿，姑娘我爱上你了，知道你要出嫁，我赶着马儿去追你。

"野草再多，我只要蒌蒿"，就是苏轼诗中说的："蒌蒿满地芦芽短，正是河豚欲上时。"中的蒌蒿。据说其能解河豚毒，所以被称为配食河豚的最佳菜蔬。我辈就是蓬蒿人，但却未尝此佳肴。蒌蒿普通到我完全没有注意到它，更不会知道蒌蒿可以表达爱情，那位男子砍柴不选别的草，就选蒌蒿，因为蒌蒿"正月时长芽，芽呈白色。嫩芽可生食，味香而脆，叶又可蒸煮作菜""古今皆食之，水陆俱生"（陆玑《诗疏》云）。夏秋之后，蒌蒿枝干木质化，还可作为薪材，一草多用，所以在男子心中，蒌蒿与众不同。

蒌蒿因此特立独行起来，不比玫瑰差，且多了茁壮、纯朴、狂野的恣肆汪洋，这样的爱情更久远吧！

# 白　蒿

## 祭祀用白蒿

蘩在《诗经》中被提到三次，《召南·采蘩》《豳风·七月》《小雅·出车》。

### 召南·采蘩

于以采蘩，于沼于沚；于以用之，公侯之事。

于以采蘩，于涧之中；于以用之，公侯之宫。

被之僮僮，夙夜在公；被之祁祁，薄言还归。

此蘩为祭祀用，蘩就是白蒿，我们北方人称中药茵陈为白蒿，也是现代人很喜欢的一种野蔬。阳春三月，万物生长，白蒿初生，采来蒸食，甚为美味。千数年前祭祀用的白蒿是不是此白蒿，我不敢妄议。但女人们不分昼夜、不辞辛苦地在沼泽边沙洲上左采右采还总嫌不够，并用于公侯家祭祀这样重要场合的祭祀品，总和我眼中的白蒿搭不上界。

《唐本草》"白蒿叶粗于青蒿，从初生至枯，白于众蒿"描述得很像我熟悉的白蒿，《豳风·七月》"春日迟迟，采蘩祁祁"，所采之"蘩"，据《毛传》的说法，是为了养蚕，"白蒿煮汁浸蚕子，利其育"。在我孤陋寡闻的人生里未曾听说。《小雅·出车》："春日迟迟，卉木萋萋。仓庚喈喈，采蘩祁祁。"因是歌颂将士凯旋的诗，所以此"蘩"大多用于祭祀。不过《左传》云："蘋蘩蕴藻之菜，可献于鬼神，可馐于王公。"这么说，"蘩"既可作为祭祀，也可作为野蔬。而且是用于王公家的野蔬，可见其重要程度。

我们的先民生产、生活离不开大自然的供给，所用、所食皆为随手可用、随地可采的东西，更以常见为用，不论是重要的祭祀还是日常的食用。这种朴实、实际令我产生返璞归真的向往，以抵御现世前赴后继追求"高大上"的庸俗流风。

蒿其实是最平凡的野草，中国有186种，《周南·汉广》中的蒌蒿就是一种，

《王风·采葛》："彼采艾兮，一日不见，如三岁兮。"中的艾也是蒿，我们今天常用的艾灸就是艾，《小雅·菁菁者莪》："菁菁者莪，在彼中阿。"中的莪旧时麦田里麦田边最常见的是播娘蒿，还有我最喜欢的白蒿，那是有着童年记忆的野草，所以我更愿意相信远古的"蘩"是我认识的白蒿，那会让我有亲近感，因为现代社会太疏离，不论人不论物，我想亲近自然也想亲近我之同类。

# 蕨

## 千千蕨

知道和两三千年前的先辈吃着同一种野菜，心里有一种莫名的欣喜。

蕨在《召南·草虫》《小雅·四月》中都被提到了，它总是和另一种植物——"薇"连在一起。我喜欢《召南·草虫》这篇诗是因为感同身受：

喓喓草虫，趯（tì）趯阜螽（zhōng）；未见君子，忧心忡忡。亦既见止，亦既觏（gòu）止，我心则降。

陟彼南山，言采其蕨；未见君子，忧心惙（chuò）惙。亦既见止，亦既觏止，我心则说。

陟彼南山，言采其薇；未见君子，我心伤悲。亦既见止，亦既觏止，我心则夷。

蚂蚱蹦又叫，我却见不到我的心上人，我的心无比沉重。若是立即能看见他，和他相拥，我的心才能平复。我登上南山采蕨菜，还是见不到我的心上人，我的心沉到谷底。若是马上能见到他，和他拥抱，我的心才能喜悦。我登上南山采野豌豆，依旧见不到我的心上人，我的心伤悲无比。若是我能此时就见了他，和他欢好，我的心才能欢乐。

思念是最折磨人的，等人的时光最难消遣，蚂蚱叫凭增主人公的烦恼，其在家心神不宁，决定不如到南山采蕨、采薇，但是采蕨、采薇并不能消解主人公的思念，反而更激起了其如饥似渴的相思，只有一种办法解思念，那就是相见，就是相拥，就是欢好。

这个故事看得让人心疼，满山的蕨薇哪里能解相思，除了相见，除了苦苦忍耐。蕨薇在女人的手中更增了苦涩，也许正是这女人满腔的苦思让蕨变了味道，从此不能直接食用，必须蒸煮去毒去涩吧，我想伸出穿越时光的手臂拥抱那女人，不解相思，总有温暖，因为我懂。

《三堂肆靠》记述了北宋名臣范仲淹在江淮任职，进奉当地贫民所食之"乌昧草"，要求皇上向皇亲国戚及高官展示，以遏制当时奢华的风气的故事，此"乌昧草"就是蕨，和相思无关。

蕨常见，特别是山间林下，常有各种蕨类植物，郁郁葱葱。《尔雅翼》："蕨生如小儿拳，紫色而肥。"这其实是说蕨初生的时候，叶尖是弯曲的，长大了很舒展，羽状复叶。因为叶子近乎革质，阳光下闪闪发亮，发亮到令人欣喜，所以想不起采蕨的相思女人。

# 田字草

## 虔诚蘋

《诗经》中记载的用以祭祀的植物有萧（牛尾蒿）、蓍（shì）（蓍草）、鬯（chàng）〔鬱（yù）金〕、蘩（白蒿）、蘋（田字草）。这其中，我只知道蓍草。《左传》里经常出现人们拿蓍草卜战事等的场景。其他的草我没注意到，仔细看了看，都是极为普通的草，其能和神圣庄严的祭祀相配，可见所谓神圣庄严并不意味稀奇寡有，而是人们赋予的意义。至于为什么先辈选这些草祭祀，我一时也弄不明白，就不弄明白了，所谓"好读书，不求甚解也"。

《召南·采蘋》中描述了蘋的使用：

于以采蘋？南涧之滨；于以采藻？于彼行潦。

于以盛之？维筐及筥；于以湘之？维锜（qí）及釜。

于以奠之？宗室牖（yǒu）下；谁其尸之？有齐季女。

在哪里采蘋呢？在那边的涧水中。在哪里采水藻呢？在那水沟中。拿什么盛放呢？用筐子和篓子。用什么煮呢？就用鬲和釜。把那祭品放哪里呢？

放在宗庙窗户下。又是谁来做祭祀呢？是那未婚的美娇娃。

蘋——田字草，我在北方的水塘中并未见过，汉中以南的南方一定有很多吧？蘋在现在被称为田字草，在我看来，"田字草"的称谓很形象，所谓："叶正四方，中拆如十字。"有资料说，田字草繁殖速度很快，在水田中恣意生长。

历代咏蘋的诗文不少，如唐诗人钱起《早下江宁》诗云："霜蘋留楚水，寒雁别吴城。"杜甫的《清明》诗句："风水春来洞庭阔，白蘋愁杀白头翁。"可见其常见、实用。

也有人说蘋就是现今的浮萍，那其就太常见了，北方的水塘有很多，往往给我一种不胜其烦的感慨，所以我更倾向于其是田字草，更何况浮萍如何做祭祀用呢？一个"浮"字道尽了浮萍的特性，而有根有茎的田字草聊可使用，只是到了唐时田字草——蘋还作为祭祀的用品吗？

《左传·隐公三年》说："苟有明信，涧溪沼沚之毛，蘋蘩蕴藻之菜，筐筥锜釜之器，潢污行潦之水，可荐于鬼神，可羞于王公。"明确表明，蘋可祭祀，也可作为蔬菜食用。

《本草纲目》则把蘋当作清热解毒、利尿消肿的良药。

蘋还是回到春秋时期好，有着自然的芬芳，有着让人可以安静地面对自己、面对自然的神奇效果。


# 白 茅

## 怀春少女白茅掩映


明明是在白茅掩映下野合，却感觉淳朴美好、健康生动，《召南·野有死麕》就给人带来这样的美好：

野有死麕（jūn），白茅包之。有女怀春，吉士诱之。

林有朴樕（sù），野有死鹿。白茅纯束，有女如玉。

舒而脱脱兮！无感我帨兮！无使尨也吠！

野外有一只獐鹿死了，用白茅包裹住它。有一位女子春心萌动，一位男子追逐。树林里小树婆娑，野地里有死去的野鹿，白茅捆扎献给谁，有位女子美如玉。宽衣解带要缓慢，不要弄坏我的配巾，不要惊动那长毛狗儿去吠叫。

没什么道理讲，没什么三从四德约束，就是少女怀春了，一位美好的男子恰逢其时，献给女子白茅包裹的死鹿，女子暗自欣喜，那是男子的无言表白，于是两厢里天当被地当床，白茅摇曳生姿，成就男欢女爱。

白茅普通极了，野地里常见。初夏时，白茅成片在阳光下闪耀，像夏天的雪，纯白无瑕。

总是在《诗经》中发现极为普通的草木花树带来不寻常的美好、纯粹。白茅除了让纯美的情爱染上春色，还有另一种美让人心动，就是白茅的嫩芽像美人的纤纤玉手，就在《卫风·硕人》中：

手如柔荑（tí），肤如凝脂。领如蝤蛴（qiú qí），齿如瓠（hù）犀。

蝤（qín）首蛾眉，巧笑倩兮，美目盼兮。（节录）

庄姜的手犹如出生的白茅芽，肌肤犹如凝脂，脖颈犹如天牛的幼虫，牙齿犹如葫芦的籽般整齐，宽宽的额头，弯弯的眉，笑起来妩媚动人，一双美目招魂引魄。

翻译下来，我为自己感到羞愧，因为感觉一下子就没了原诗的美妙动人。描述美人的美我认为此诗是登峰造极的一段。

白茅在那时还用于重大的祭祀、庆典、进贡等仪式，用于贡物的铺垫。《周易》的"大过·初六"："藉用白茅，无咎。"只要用上白茅，就是隆重、诚信、尊重的象征了。所以那个"吉士"用白茅包了死鹿献给怀春的女子，一定会深得女子的欢心。

白茅从几千年前长到今天怎么也找不到从前的生动和荣耀了，我有些悲哀。

# 荻、芦苇

## 蒹葭苍苍

《诗经》中《秦风·蒹葭》是我最喜欢的诗篇之一。那种悠悠漫长的情思，唯有"蒹葭"可以相配，蒹葭是两种植物——荻苇、芦苇。

蒹葭（jiān jiā）苍苍，白露为霜。所谓伊人，在水一方。
溯洄从之，道阻且长。溯游从之，宛在水中央。
蒹葭凄凄，白露未晞。所谓伊人，在水之湄。
溯洄从之，道阻且跻。溯游从之，宛在水中坻。
蒹葭采采，白露未已。所谓伊人，在水之涘。
溯洄从之，道阻且右。溯游从之，宛在水中沚。

深秋的荻苇和芦苇本已萧瑟，结霜的白露更添了我的惆怅，我思念的那个人儿，远在河的那边。

荻芦茂盛，白露未干，所谓伊人，在水之湄。

荻芦丛密，白露还在，所谓伊人，在水之涘。

一片深秋的荻苇和芦苇，一地结霜的白露，一位思念那人的有情人，只见河水不见人影的那人。

凄清，深情，旷远。

这篇诗无论怎么翻译都感觉翻不出原诗的味道。

《诗经》中提到荻苇的有三处，芦苇的有六处。如下：

《召南·驺虞》：彼茁者葭，壹发五豝（bā），吁嗟乎驺虞！

《卫风·河广》：谁谓河广，一苇杭之。

《卫风·硕人》：葭菼揭揭，庶姜孽孽。

《豳风·七月》：七月流火，八月萑苇。

《小雅·小弁》：有漼者渊，萑苇淠（pèi）淠。

《大雅·行苇》：敦彼行苇，牛羊勿践履。

在《本草纲目》中，尚未开花的荻被称为"蒹"，初生的荻被称为"葭（tǎn）"；而初生的芦苇被称为"葭"，开了花的芦苇被称为"芦"，花后结实则被称为"苇"。所以，蒹葭是两种植物，它们的区别，清人吴其濬在《植物名实图考》中解释得很清楚："强脆而心实者为荻，柔纤而中虚者为苇……又苇喜止水，荻喜急流，强弱异性，故自不同。"

荻刚出生的嫩芽可以食用，被称为"荻芽"，芦苇刚出生的嫩芽也可以食用，被称为"芦笋"。欧阳修的《六一诗话》中所描述的"河豚鱼白与荻芽为羹最美"至今是南方人的美食。

荻的用处还是很多的，比如可以当柴草，还可以造纸。而对于"画地学书"的欧阳修，荻可谓是有着不可替代的意义："四岁而孤，母郑，守节自誓，亲诲之学。家贫，至以荻画地学书。幼敏悟过人，读书辄成诵。及冠，嶷然有声。后，遂以文章名冠天下。"可见，对于欧阳修的成功，"荻"功不可没。

芦苇用处更多，不但可以编制席子，还可以做泥墙。过去农村的房屋泥墙里就掺着芦苇。北宋诗人梅尧臣在《岸贫》里还有描述："野芦编作室，青蔓与为门。"可见，自古芦苇就用作泥墙。

我最喜欢芦苇的用途是五月端午包粽子，包裹了芦苇叶子的糯米蒸煮出来，清香四溢，甚是可口。芦笋，现今是时尚菜，据说还可以防止癌症，其实在古代，其也是名菜，好吃到如苏东坡《惠崇春江晚景》云："蒌蒿满地芦芽短，正是河豚欲上时。"

芦苇成片更是一景，如林逋《秋江写望》云："苍茫沙嘴鹭鸶眠，片水无痕浸碧天。最爱芦花经雨后，一篷烟火饭渔船。"

《史记》记载田单以火牛阵完成复国使命，牛尾所系据说就是芦苇，便于燃烧嘛。

《淮南子·览冥》记载："于是女娲炼五色石以补苍天，积芦灰以止淫水。""芦灰"随后用以描述治水之意。

《二十四孝》中，孔子七十二贤徒之一闵子骞的故事，就有和芦花最直接、最打动人的关联，闵子骞的继母让亲生儿子穿丝绵（春秋时没有棉花）絮的棉袄，却让闵子骞穿完全不能御寒保暖的芦花絮的袄，但闵子骞却一如既往地孝敬继母，古往今来被人称颂，后来，"著芦花"一词就成了继父母虐待子女的代用语。

对于现代城市生活的我们，荻或芦苇顶多是我们假日郊游的陪衬风景，又有几人看到荻和芦苇想起："兼葭苍苍，白露为霜。所谓伊人，在水一方。"那个两千多年前悠长多情的人儿呢。


## 荩 草

### 采绿不盈

从没想过"绿"居然是草，是染黄色的"绿"草，今被称为荩草，《诗经》中提到过一次，在《小雅·采绿》中：

终朝采绿，不盈一匊。予发曲局，薄言归沐。
终朝采蓝，不盈一襜（chān）。五日为期，六日不詹。

之子于狩，言韔（chàng）其弓。之子于钓，言纶之绳。

其钓维何？维鲂（fáng）及鱮（xù）。维鲂及鱮，薄言观者。

整个上午采荩草，还是不到手一捧。我的头发蓬松卷曲，还是回家去梳洗吧。

整个上午采靛草，围裙里面装不满。说好的五天就回家，结果六天不见人。

这人外出去打猎，我把弓给他装弓袋。这人外出去钓鱼，我为他把丝绳缠。

他钓到了什么呢？是鲂鱼和鲢鱼，我在旁边在一直看。

这应该描述的是妻子思念在外的丈夫吧，一上午都采不下一捧荩草，那是怎样的心不在焉呀，头发蓬乱也没有打理，最后决定还是回去梳洗一下，因为她还是期待丈夫此时能够回来。

这位妻子采的荩草应该是为官府用，因为荩草"染黄色，极鲜好"，而黄色是那时官服的重要颜色，君主常驱使百姓采集荩草，所以此草也称为"王刍"。

《广本草注》描述荩草的形态："叶似竹而细薄，茎亦圆小。生平泽、溪涧只测。"不是很起眼的草，现在想起，杂草丛生的地方，荩草也是丛生的，只是从没有想过它曾经是为官府染官服的"劲草"。

《诗经》时代衣服的颜色远没有今天丰富，染衣物除了矿物（石染）就是草木（草染），石染主要有朱砂、赭石、石黄、蜃灰粉末，草染主要有靛草、紫草、茜草、荩草、蓼蓝、鼠李、柘树等。

《周礼》记载，"天官"专门设有"染人"官职，就是专门掌管印染丝帛等事宜的；"地官"设有"掌染草"官职，专门负责征收可做染料的植物。所以《小雅·采绿》中的妻子所做的工作很有可能就是官府分配的差事。

关于"绿"草染黄色，也就能说这么多了。

# 葫 芦

## 携匏涉水

葫芦一直是我喜欢的玩意儿，至今家里小院还种着几株大葫芦、宝葫芦、瓢等好几种。秋冬时节收获时，我总把其堆满书桌上下，然后筹划着在大葫芦、宝葫芦、瓢上画些什么，不是附庸风雅，只觉好玩。

因为一开始不会保管葫芦，很多都渐渐发霉，但我并没有扔，仔细观赏时，还发现其还因着霉点而涂上色彩，别是一般风韵。

葫芦作为"腰舟"倒是让我新奇，这有千年前的诗为证，千年前，葫芦被称为"匏"。《邶风·匏有苦叶》提道：

匏（páo）有苦叶，济有深涉。深则厉，浅则揭。

有弥济盈，有鷕（yǎo）雉鸣。济盈不濡轨，雉鸣求其牡。

雍雍鸣雁，旭日始旦。士如归妻，迨（dài）冰未泮。

招招舟子，人涉卬（yǎng）否。人涉卬否，卬须我友。

葫芦叶子已经枯黄，济水河也已经上涨。水深的地方把葫芦系在腰间浮过来，水浅的地方只把衣服撩起来就可以过。那济水一直在上涨，雄鸡"唯唯"在乱叫。济水再涨还淹不过车轮，那雄鸡鸣叫是在呼唤雄鸡。大雁发出和谐的叫声，旭日东升，天已明。郎君若是要娶妻，趁河没有结冰时。渡口舟子在召唤，别人都已渡河，就是我不渡，我专等我那心上人。

葫芦叶子枯黄正好，说明葫芦成熟了，葫芦可以帮主人公的心上人渡过正涨水的河，主人公一大早就在这里等心上人，看见那雄鸡鸣叫，声声呼唤雄鸡，不禁对自己还没有到来的郎君说："若是想娶我，赶紧'携匏涉水'来找我，我在岸边痴痴等你来。"可以看出女子急切又直接地盼望着心上人的迎娶。

从没想过葫芦有这等妙用，而躲在城市钢筋水泥丛林里的现代人，追求爱情怎么可能想到借葫芦一用？我的葫芦也不过是城市生活的边缘体验罢了。遥想公瑾当年，不是，遥想先民当年，天似穹庐，笼罩四野，一匏在腰，渡水求偶，怎一个浪漫了得！

《诗经》中提到葫芦的地方有六处：

《卫风·硕人》：领如蝤蛴，齿如瓠犀。

《豳风·七月》：七月食瓜，八月断壶（"壶"就是葫芦）。

《小雅·南有嘉鱼》：南有樛木，甘瓠累之。

《小雅·瓠叶》：幡幡瓠叶，采之亨之。

《大雅·公刘》：执豕于牢，酌之用匏。

《卫风·硕人》知名处在于其描述美人十分别具：美人的手似初生的茅草芽，美人的肌肤如凝脂，美人的脖子似天牛，美人的牙齿似葫芦籽，这样的美人"巧笑倩兮"怎能让人不爱她！葫芦籽竟然也可以用于称赞美人，而且妙不可言。

《小雅·瓠叶》提到用葫芦叶子烹煮了待客，而且是贵族家的宴席，可见葫芦在千年前的应用是十分广泛的。

只是从我这今人看，还是喜欢那有情有味的"携匏涉水"，所有物种但凡涉了情，就有了味道，而人是最需要味道的。

# 荠　菜

## 食当如荠

看到荠菜时，我总觉其如草芥般沉寂。荠菜实在是无处不生、无处不长，我甚至认为荠菜可以不要阳光、不要水。而让我感动的是，它虽任人踩踏，任人无视，但一直生存着，顽强不屈地生存着。

荠菜是春天最早发芽的野菜，和苏醒的麦苗一起返青。春天的花花草草开始苏醒时，

荠菜已准备开花了。白色的荠菜花，不但毫无姿色可言，而且小小的，很不起眼，大概没有哪位姑娘会采荠菜花吧！其可以引人注意的时候大概就是成熟之后，那是一个个小小的扁三角，会在春末夏初的风中摇曳，如果它们碰撞的话，应该会发出细小清脆的风铃一样的声音吧！

我生长的北方小城少有人吃荠菜，甚至它的生长地——农村也少有人吃。我曾尝试吃是因为《尔雅翼》说："荠之为菜最甘，故称其甘如荠。"还有陆放翁："有食荠糁甚美，盖蜀人所谓东坡羹也。"即苏东坡用荠菜做的羹叫东坡羹或翡翠羹。原本寻常"草芥"之物，文人一搅和就高大上起来，其实荠菜还是那个荠菜。还别说，荠菜馅儿的饺子很好吃。但是不知道为什么，我的小城里没人吃，我问了很多农人，他们也不吃。

《诗经》里不这么看，《邶风·谷风》的"其甘如荠"当然是说荠菜的，但荠菜明明是辛辣的，难道今荠菜非古荠菜？

**邶风·谷风**

行道迟迟，中心有违。不远伊迩，薄送我畿。谁谓荼苦？其甘如荠。宴尔新昏，如兄如弟。（节录）

我步履沉重地走在路上，内心满是委屈。连很近的一段路你都不愿意送，就送我到房门口。谁说苦菜味最苦，比起我的痛苦来，它比荠菜还要甜。你们新婚多快乐，亲兄亲妹不能比。

吃着苦菜感觉像吃着荠菜一样"甘"，不知道那是怎样一种滋味了。

# 萝 卜

## 及尔同死菲同心也

此菲非彼菲，人们愿意理解的菲是花草芳香，但在2000多年前，菲说的是萝卜，是的，白萝卜。

白萝卜粗壮如壮汉手臂，亦辣亦甜，让人爱恨交加。儿时我是不喜白萝卜的，最讨厌的莫过白萝卜包子，寡淡无味，食之如草，当时就觉得一辈子都不会想吃这种包子。但是长久的膏粱厚味之后，无意中吃了白萝卜包子，甚觉好吃，而且感觉吃不够。正如，沧海会变桑田，曾经的不爱也会爱，反之亦然。

《邶风·谷风》中的白萝卜——菲便是爱到不爱的借喻之物，"谷风"较长，只取一瓢饮，不，只取一截吟：

习习谷风，以阴以雨。黾（mǐn）勉同心，不宜有怒。

采葑（fēng）采菲，无以下体？德音莫违，及尔同死。（节录）

山谷吹来阵阵风，乌云携裹片片雨。我愿与你一条心，你不该把我来欺凌。采了蔓菁采萝卜，怎可不要根和茎？别忘了我们曾有的誓言，愿和你同生与共死。

弃妇的控诉，声声令人泪下，几千年来，哪个弃妇不是曾相信了"执子之手，与子偕老"，以为从此会过上幸福的生活，但生活从不按人的意愿安排，如今"宴尔新婚，如兄如弟"的竟是第三者，果真是"但见新人笑，那闻旧人哭。"（杜甫《佳人》），悲也，与那人"菲"（不能）同心了。

萝卜缨子可食时，人们不要根茎，要根茎的时候，萝卜缨子老辣不可食，所以根茎和缨子几乎不可同取，所以有弃妇抱怨："采葑采菲，无以下体？"

《本草纲目》称萝卜为莱菔，有"消痰止咳，治肺萎"的功效。自儿时，我就在长辈的灌输下知道这些，而且屡试不爽。及至成人，自己的孩子咳嗽了，我也是煮白萝卜让其连喝带吃。白萝卜还有一神奇功能——顺气。这是我感兴趣的，现代人最容易气恼、气愤从而导致气滞，而白萝卜不失为一个好的治疗方案。

# 蔓 菁

## 蔓菁也悲喜

蔓菁，我们北方叫芥疙瘩，《诗经》中称为"葑"。而芥疙瘩主要用途就是腌咸菜、做酸菜，以至于我以为蔓菁天生就是为了腌咸菜、做酸菜而产生出来的菜。秋天，新鲜蔓菁上市的时候，人们就开始了腌咸菜、做酸菜的工作。作为一日三餐的调剂，蔓菁还可以做辣辣菜，就是把洗净晾干切丝的蔓菁在热锅里微炒，然后趁热放入各种罐中密封。几天之后打开，一股辣味冲鼻而入的话，辣辣菜即腌制成功。

《周礼·天官·醢人》："朝豆之事，其实菁菹（zū）。"从中我们可以看出，古人也是把其做成腌菜的，可见在蔓菁的食用上，今人和古人是遥相共识的。不同的是，蔓菁在《周礼》的记载中是祭品之一。除了食用和祭品，蔓菁更多的是引发出情思：爱的情思、悲的情思。

### 鄘风·桑中

爱采唐矣？沬之乡矣。云谁之思？美孟姜矣。
期我乎桑中，要我乎上宫，送我乎淇之上矣。
爱采麦矣？沬之北矣。云谁之思？美孟弋矣。
期我乎桑中，要我乎上宫，送我乎淇之上矣。
爱采葑矣？沬之东矣。云谁之思？美孟庸矣。
期我乎桑中，要我乎上宫，送我乎淇之上矣。

大意就是采摩罗，采麦穗，采蔓菁，在那沫水的各方，想念的是美女孟姜，美女孟弋，美女孟庸，相约了在桑林欢会。

仲春时节，男女相会之后，借着采植物，在那水边的桑林男欢女爱。居然采蔓菁也可以被当作欢会的挡箭牌。

涂上霞光的色彩，蔓菁还令人悲伤，《邶风·谷风》里那个哀怨的弃妇道："采葑采菲，无以下体？德音莫违，及尔同死。"弃妇诉说既然是采蔓菁，采萝卜，为什么只要上面的叶子，不要下面的根茎，喻为前夫抛弃她另觅新欢。其情其状甚是凄凉哀伤。

蔓菁还是那个蔓菁，可以腌菜，可以做辣辣菜，只是采蔓菁的对象不同，蔓菁竟也看起来不同了。

## 苦　菜

### 苦菜不苦　其甘如荠

称为苦菜的野菜不少，我只说北方的苦菜：菊科苦荬菜，属多年生草本，4到6月开花，不香，但是灿烂。不论雨中还是阳光下，成片的苦菜花都欣欣向荣，让人暂时忘了它的苦，单纯欣赏这村野的美景。

《邶风·谷风》中的苦菜被称为荼或苦，很苦："谁谓荼苦？其甘如荠。宴尔新昏，如兄如弟。"那位被丈夫抛弃的女子强颜欢笑，说："谁说的苦菜苦？甘甜如芥菜！"弃妇是心苦到极致了吧，新妇"宴尔新昏，如兄如弟"，旧人"谁谓荼苦？其甘如荠"。"甘"得让人心碎、心痛、心伤、心寒、心塞。

《唐风·采苓》："采苦采苦，首阳之下。人之为言，苟亦无与。舍旃（zhān）舍旃，苟亦无然。人之为言，胡得焉？"《豳风·七月》："采荼薪樗（chū），食我农夫。"《大雅·绵》："周原膴（wǔ）膴，堇荼如饴。"都提到苦菜，苦

菜在那时是被当作野生蔬菜的，老百姓吃，王公贵族也吃，《礼记·内则》："濡豚，包苦实蓼。"意思是腌猪肉要用苦菜包裹，内填水蓼。

吃苦菜应该说一直延续到今日吧，但今日吃苦菜纯粹是为了调剂生活，实在是膏粱厚味太足，脑满肠肥了，需要点带苦味的野菜清洗一下肠胃。说来也怪，所谓的美味佳肴、山珍海味，吃多了会腻，会让人想吃点清淡的，甚至带点苦味的，跟生活一样，什么味也不能缺，缺了的话自会找。

# 葛　藤

## 蔹蔓于野

蔹为葡萄科藤本植物的泛称，以果熟时的不同颜色而分为白蔹、赤蔹、乌蔹莓等，《唐风·葛生》说的是哪种"蔹"不得而知，但为葡萄科藤本植物似无异议。

藤本植物的寓意离不开攀缘依附，《唐风·葛生》中的"蔹"就是依附的意思。

葛生蒙楚，蔹蔓于野。予美亡此，谁与？独处！
葛生蒙棘，蔹蔓于域。予美亡此，谁与？独息！

角枕粲兮，锦衾烂兮。予美亡此，谁与？独旦！

夏之日，冬之夜。百岁之后，归于其居！

冬之夜，夏之日。百岁之后，归于其室！

葛藤爬满了牡荆，蔹蔓爬满田野。我的爱人埋在这里，能和谁在一起呢？只有你自己孤零零地长眠于此。

葛藤爬满了酸枣树，蔹蔓爬满了坟地。我的爱人埋在这里，能和谁在一起呢？只有你自己孤零零地安息于此。

她的角枕多光鲜，她的锦被多鲜亮。我的爱人埋在这里，能和谁在一起呢？只有你自己独守孤枕到天明。

夏天长长的白天，冬季长长的黑夜，等我百年之后，就会和你一起长眠于此。

冬季长长的黑夜，夏季长长的白天，等我百年之后，就会和你一起长眠于此。

这肯定是一首悼亡诗，夫妻中的一人先于一人去世，活着的人看着坟地四处爬满枝叶相连、藤藤交缠的葛藤和蔹蔓，怎能不联想到自己的爱人？曾经如"蔹"般相依相偎、紧紧缠绕的夫妻，如今阴阳两隔，就是再华丽的陪葬也追不回往日的恩爱相拥。只有等来日另一人也死了，两人才能在地下相见，从此再也不分开，就像那相互缠绕的葛和蔹。

原本张扬、四处横生的蔹，就在对去世爱人的思念中，缠上了长长的割不断的情意，于是其对蔹有了一种莫名的柔软心思。

# 甘　草

## 甘草如饴

　　古人云："诸药中以甘草为君，功能调和诸药，遂有国老之号。"历来对甘草的称赞不乏其人，南北朝时期的陶弘景："国老即帝师之称，虽非君而为君所宗。"明代李时珍："甘草协和群品，有元老之功，普治百邪，得王道之化，可谓药中之良相也。"《神农本草经》中又称甘草为"美草""蜜甘"。东汉张仲景在《伤寒杂病论》中记载了256个处方，其中含甘草的处方就有154个，可见甘草在医学上的地位和功效。

　　《诗经》中提到甘草的地方有两处，那时甘草被称为"苓"，一处是《邶风·简兮》，一处是《唐风·采苓》。两处诠释的是完全不一样的意蕴。

### 邶风·简兮

山有榛，隰有苓。云谁之思？西方美人。彼美人兮，西方之人兮。（节录）

　　高山上又榛树，洼泽里有甘草。若问我心中想着谁？是那西方的美男子。那位美男子，他是来自西国的人啊。

甘草被誉为"美草""蜜甘"，所以看到那西方来的美男子，不由得联想到洼泽中的甘草，女子心里那个甜蜜，一如"甘草如饴"。

《唐风·采苓》却是另一番光景：

采苓采苓，首阳之巅。人之为言，苟亦无信。
舍旃舍旃，苟亦无然。人之为言，胡得焉？（节录）

采甘草呀采甘草，在那首阳山巅。有人捏造谎言，千万不要相信它。别理他呀别理他，就像一切不存在。别人的谎话，怎能相信呢？

后面还有两段意思相同，就是起兴的植物不同，一是苦菜，一是蔓菁，都是说让人不要轻信谎言，但这和甘草有关系吗？难道谎言有时候听起来如甘草般甜蜜？而上了谎言的当就如苦菜、蔓菁一样苦、辣不可言说？而到底是不是这个意思，就无从查证了。

我们山西有些地方会把甘草的嫩叶采摘了，然后和面蒸馒头，据说味道甘甜，说不定《诗经》时代也会把甘草当甜味剂！

甘草除了作为中药外，孩提时代，我们也会把甘草当蜜糖咀嚼，用牙齿使劲咬下一丝，然后在嘴里反复咀嚼，含有特殊中药味的甘甜便会在口腔里蔓延，小小孩童的心亦得到满足！

# 蒺 藜

## 恶草蒺藜

小时候我就知道蒺藜，很讨厌它，因为乱草丛中玩耍的孩童往往会被蒺藜扎到。蒺藜的刺很硬，可以穿透塑料底的布鞋扎进脚底，刺痛感可以用痛不欲生来形容。我们的先人早就知道蒺藜的厉害，所以模仿蒺藜制成了"铁蒺藜",置于御敌阵前用来防卫。王维《老将行》："汉兵奋迅如霹雳,虏骑崩腾畏蒺藜。"可见蒺藜的厉害和可怕。也可见,恶亦有用。

《鄘风·墙有茨》中的"茨"就是蒺藜,此蒺藜不是可怕,而是可恶和羞耻的代名词。

墙有茨,不可扫也。中冓之言,不可道也。所可道也,言之丑也。
墙有茨,不可襄也。中冓之言,不可详也。所可详也,言之长也。
墙有茨,不可束也。中冓之言,不可读也。所可读也,言之辱也。

大意是宫中发生了丑闻,又臭又长,要是传出去了,那可真要羞煞人也。

这桩丑闻还真是很长很复杂,这期间的混乱关系没一定的水平讲不清楚,没一定的智商看不明白。

西汉刘向在《列女传·孽嬖传》中专门写了这件丑事,故事的主人公是卫宣公姜,刘向是这样评价她的:"卫之宣姜,谋危太子,欲立子寿,阴设力士,寿乃俱死,卫果危殆,五世不宁,乱由姜起。"

宣姜的一生,混乱而精彩。和蒺藜有什么关系呢?蒺藜就是让人不舒服且刺人身的恶草,用以描述这种不能为外人言的"丑事"恰当合适。

其实蒺藜不结种子时还是蛮可爱的，匍匐一地，开着星星点点的小黄花，很有村野的情趣。我是这么看的，因为我不用经历《墙有茨》的故事。

# 菟 丝

## 菟丝缠绵

菟丝在庄稼地、乱草丛中常见。菟丝会把一切它路过的植物网住，让不同种的植物有了迫不得已的连接，有时候会让人产生心乱如麻的纷乱情绪，当然，当温暖的阳光散漫铺洒，金色枝条的菟丝自由游走在植物中时，也会让人心情舒畅起来。

菟丝是一种藤蔓状的攀缘植物，无法独立生活，常寄生在各种作物、果树、花卉等植物上，所以，对于农作物来说，是有害物种，影响其生长，但对于男女关系来说，则另是一番景象。

《古诗十九首》云："与君为新婚，菟丝附女萝。"《博物志》说："女萝寄生菟丝，菟丝寄生木上，则二物以同类相依附也。"说的是菟丝和女萝都是依附在其他植物上生长，喻新婚夫妇如菟丝和女萝一样相互依附。

《鄘风·桑中》中菟丝被称为"唐"：

爰采唐矣？沫之乡矣。云谁之思？美孟姜矣。
期我乎桑中，要我乎上宫，送我乎淇之上矣。
爰采麦矣？沫之北矣。云谁之思？美孟弋矣。
期我乎桑中，要我乎上宫，送我乎淇之上矣。
爰采葑矣？沫之东矣。云谁之思？美孟庸矣。
期我乎桑中，要我乎上宫，送我乎淇之上矣。

到哪里采菟丝呢？就在那沫水的东边。正在想念的是哪位？就是那个美孟姜。约我来到桑林里，与我欢会在社宫，送我在那淇水旁。

然后又采麦子，采蔓菁，都是约会在桑林中，欢会在社宫，送别在淇水旁。自由奔放，热情似火，缠绵不休，犹如菟丝。

那个什么都是"刺"的《毛诗序》云："《桑中》，刺奔也。卫之公室欲乱，男女相奔，至于世族在位，相窃妻妾，期于幽远，政散民流而不可止。"坚持"存天理灭人欲"理念的朱熹等自然是接受《毛诗序》的说法，并举姜、弋、庸乃当时贵族姓氏为证。

但我更倾向于从诗本身理解，郭沫若《甲骨文研究》说："桑中即桑林所在之地，上宫即祀桑之祠，士女于此合欢。"还说，"其祀桑林时事，余以为《鄘风》中之《桑中》所咏者，是也。"

情诗《鄘风·桑中》以菟丝等起兴，不仅看重菟丝缠绵共生的特性，更是对植物蓬勃生长、万物欣欣向荣所引发的生机和情思的礼赞，所以《诗经》中的情诗往往以茂盛健旺的植物引导。菟丝则以其不寻常的特性——共生缠绵，位列情诗之中。

# 贝 母

## 贝母理气

贝母的主要功效是清热润肺、止咳化痰。同时可以顺气，气顺了，心中的忧郁就可以解除。这是我的想法，因为我要为《鄘风·载驰》中贝母的出现找一个合适的借口。

陟彼阿丘，言采其虻（méng）。

女子善怀，亦各有行。

许人尤之，众稚且狂。（节录）

登高来到高山冈，就是为了采贝母。

女子多思又善感，也有自己的主张。

许国众人责难我，实在幼稚又轻狂。

诗中的"虻"就是今天的贝母，是根据陆玑的《诗疏》所说："虻，今药草贝母也。"

许穆夫人的《载驰》很有名，其也被称为我国历史上第一位爱国女诗人。《左传·闵公二年》记述："许穆夫人赋《载驰》。"

许穆夫人虽然远嫁许国，但是在自己母国——卫国被狄人灭掉之后，冲破重重阻力，帮助哥哥卫文公复国。

许穆夫人未嫁时就是个有志向的女子，她这样表述自己的愿望："自古诸侯家有了女儿，所以养于深闺好好调教，是为了有朝一日嫁给大国。如今，许国是个小国，离卫国又远，齐国是大国，离咱又近。当今世界，强者为雄。如果咱卫国边境有敌寇来犯，从四周的国家来看，只能是赶紧告诉大国帮助抵御，如果我在，那不是更有力嘛！可现在，舍近求远，离大而附小，一旦有动用战事之难，谁可以考虑我们社稷的安危呢？"所以，她想嫁到大国——齐国。

但诸侯家的儿女婚嫁哪里能只听从自己的意愿呢，所以，因缘际会，许穆夫人嫁给了许穆公。

果不其然，许穆夫人的预言应验了，卫国遭受灭顶之灾。远在许国的许穆夫人得知这一消息，心急如焚，心念故国，哪里还顾得上埋怨卫公当初不听她的明智之言，赶紧请求丈夫许穆公发兵救援，但许穆公不答应。许穆夫人于是乎生出"自己如是男儿卫国何至于此"的感叹。情急之中，她只好自己驱车往娘家故国赶，所谓《载驰》就是因此而作。

"蝱"——贝母就这样出现在描述一个女子忧心忡忡又义无反顾奔赴故国的诗篇中。希望贝母能缓解许穆夫人忧心如焚之情。

# 萹　蓄

## 绿竹猗猗萹蓄君子

萹蓄是一种极为普通的杂草，它的植株矮小，花更小，只有蹲下来才能发现其夹在叶子中间的粉红色的小花，它甚至比荠菜还要普通。然而在《卫风·淇奥》中，萹蓄是借喻赞美君子的。

瞻彼淇奥（yù），绿竹猗（yī）猗。

有匪君子，如切如磋，如琢如磨。

瑟兮僴（xiàn）兮，赫兮咺（xuǎn）兮。

有匪君子，终不可谖兮。

瞻彼淇奥，绿竹青青。

有匪君子，充耳琇莹，会弁如星。

瑟兮僩兮，赫兮咺兮。

有匪君子，终不可谖兮。


瞻彼淇奥，绿竹如箦（zé）。

有匪君子，如金如锡，如圭如璧。

宽兮绰兮，猗重较兮。

善戏谑兮，不为虐兮。


淇水湾湾，萹蓄婀娜。美好君子，如象牙般切磋，如玉石般琢磨。庄严冷峻，光明坦荡，文雅君子，令人难忘。淇水湾湾，萹蓄青青。美好君子，耳戴玉环，发簪星玉。庄严冷峻，光明坦荡，文雅君子，令人难忘。淇水湾湾，萹蓄稠密。美好君子，贵重如金锡，美好如圭璧。宽宏旷达，持重稳健，诙谐幽默，不讲空话。

从长相、穿着再到品格，可以看出，其是个美好的君子，这个君子如"绿竹猗猗""绿竹青青""绿竹如箦"，我们古人总是把品格高尚的君子比喻为竹子，但是《诗经》时代还真不是，《尔雅》云："竹，萹蓄也。"《尔雅注》

继而说明："此'竹'似小藜赤茎节，好生道旁，可食，又杀虫。"陶弘景的《本草注》也说此草"处处有，布地而生，节间白华，叶细绿，人谓之扁竹"。

专门解释《诗经》的《韩诗》《鲁诗》都认为《卫风·淇奥》之"竹"为"萹筑之生于水者"。萹筑就是扁竹。郦道元《水经注》更说："淇川无竹，惟王刍（chú）、萹草。"虽然有2000年前的汉代专家持此说，但我仍然很难把那个美好的君子想象成盈野一片的"绿草萋萋"的寻常杂草，因为其和后面描述君子的穿着品位等很难搭配。

萹蓄叫萹竹有一定的道理，它的叶子有些像竹子，萹蓄在那时可以吃，据说开水烫后即可凉拌食之，而炒食或切碎后与面粉混合蒸食都味道可口。但我的北方小城没人吃，甚至少有人知道。

也有持相反意见的，《毛诗》《朱传》认为汉代以前淇、澳之地竹子还有很多，后来开疆拓土、大量砍伐才导致汉朝以后淇水不见竹子的。《卫风·竹竿》记载："籊（tì）籊竹竿，以钓于淇。岂不尔思？远莫致之。泉源在左，淇水在右。女子有行，远兄弟父母。淇水在右，泉源在左。巧笑之瑳，佩玉之傩。淇水滺滺，桧楫松舟。驾言出游，以写我忧。"很显然，当时人们是用竹竿在淇水边钓鱼。当然，这也并不能证明竹竿就长在淇水。

我更希望那美好的君子是绿竹，不是萹蓄，但从特立独行方面看，我也希望"绿竹猗猗"是萹蓄，毕竟那个时代对事物的认识和我们今天总是有区别的。这令人兴奋。

# 苘 麻

## 苘麻美人

苘麻在我眼里就是野草，是儿时可以采来玩耍的物件。

苘麻的叶子呈心形状，表面覆一层细密柔和的纤毛，抚在脸上、手臂上十分舒服，因而深得我心。苘麻的花儿是黄色的，并不醒目，而它的果实确惹人喜欢，像一个缩小的磨盘一样，里面有芝麻一样的籽，可以吃。

苘麻哪里都可以生长，常和龙葵、曼陀罗一起蔓延至"天涯"。这样的苘麻让我没能想到它还可以令美人增色，起到锦上添花的作用。

《卫风·硕人》是我认为的中国历史上称赞美人最好的诗篇，无出其右，而苘麻也荣幸地在其中增添了美人的姿色。苘麻在那时被称作"檾"。

硕人其颀，衣锦褧（jiǒng）衣。齐侯之子，卫侯之妻。

东宫之妹，邢侯之姨，谭公维私。

手如柔荑，肤如凝脂。领如蝤蛴（qiú qí），齿如瓠（hù）犀。

螓首蛾眉，巧笑倩兮，美目盼兮。（节录）

高个美人身苗条，麻纱罩衣披身上。身为齐侯的女儿，嫁给卫侯为妻。她是太子的亲妹妹，还是邢侯的小姨子，谭公是她的亲姐夫。

手如柔荑，肤如凝脂，领如蝤蛴，齿如瓠犀。螓首蛾眉，巧笑倩兮，美目盼兮。

"衣锦褧衣"是说穿着锦绣的衣服，外面再罩一层纱衣，这层纱衣就是用苘麻做的。姚际恒对此有很好的解释："褧衣。或作絅，或作景，皆同，乃襌衣也。《士昏礼》，女登车，'姆为加景，乃驱'，即此也。吉妇人平时盛服必加襌衣于外。《中庸》'谓其文之著'是也。若嫁时加褧，则为涂音避尘也。"用苘麻做的外衣只是贵族妇女外出时挡尘土的衣服，完全是奢侈品。

据《三农纪》记载："其麻可织被、雨衣、麻鞋、牛衣、耕绳、

畜索、褥瓢、笔毫。"和"裳衣"相比，其何等粗陋，让人怀疑这是一种东西吗？

无论如何，"裳衣"是曾经美了中国第一美人的，足矣。


# 萝　藦

## 芄兰萝藦

我以为芄兰会是一种美丽的兰花，至少是姜黄（郁金）的样子，但这只是我的想当然。其实，芄兰就是萝藦，属萝藦科，多年生草质藤本植物，有乳汁，聚伞花序，开小白花，蓇葖果纺锤状，在城市里是被当作杂草消灭的植物。

年少时常摘其叶子玩，其实倒也不是多有趣，而是从叶柄处流下的一滴滴雪白色的乳汁，让我不禁有想要尝试其味道的冲动，但最终还是没有勇气，因为那乳汁滴到手上很黏稠，不容易清洗，特别像割橡胶流出的乳汁，所以我害怕其有毒。但萝藦并不会毒死人，出生在农家的朋友告诉我，牛羊很喜欢吃。

萝藦适应力强，小区的绿篱如没人打理就会爬满萝藦和葎草，农人废弃的庄稼地留有秸秆的话，上面也会爬满萝藦。所以，萝藦并不介意荒地的颓败，野牵牛也不介意，粉红喇叭花和萝藦的小白花相看两不厌。

《诗经》时代的先人没有我的闲情逸致，他们和我看重的不是一个部分。《卫风·芄兰》这样说萝藦：

芄（wān）兰之支，童子佩觿（xī）。虽则佩觿，能不我知？容兮遂兮，垂带悸兮。

芄兰之叶，童子佩韘（shè）。虽则佩韘，能不我甲？容兮遂兮，垂带悸兮。

萝藦荚实长在枝，有个童子佩角锥。虽然身上已佩角锥，但你可不了解我？看他从容的模样，垂着腰带飘飘然。

萝藦叶子长在枝，有个童子戴扳指。虽然指上已戴扳指，难道不能与我再亲热？看他从容的模样，垂着腰带飘飘然。

萝藦的菁荚果就是所谓的荚实，长得像解绳子的角锥，那童子就佩戴了标志成年的角锥，萝藦的叶子尖端向后弯曲，像射箭时套在手上的扳指，那也是成年的标志，那童子也佩戴着，可他那副自以为是、少年得志的模样，在主人公眼里不过尔尔。

原来萝藦不但像角锥，还像扳指，下次拔除小院绿篱上的萝藦时，我会想起角锥和扳指的。

# 萱　草

## 谖草忘忧

　　谖草就是萱草、金针菜，人们一般在夏天食用。

　　食用萱草后可以忘忧，其功效跟杜康有一拼。《中药大辞典》说："治忧愁太过，忽忽不乐，洒淅寒热，痰气不清：桂枝五分，白芍一钱，甘草五分，与郁金二钱，合欢花二钱，广皮一钱，贝母二钱，半夏一钱，茯神二钱，柏仁二钱，金针菜一两，煎汤代水。"这叫萱草忘忧汤，《医醇賸义》上说的，所以萱草亦叫忘忧草。白居易《酬梦得比萱草见赠》就说："杜康能散闷，萱草解忘忧。"苏颂《图经》云："萱草利心智，令人欢乐忘忧。"

　　萱草除了令人忘忧，还有一种功用，宜男。据说，已婚妇女佩戴或者服食萱草花可以得到男孩。有凑热闹的三国风流人物曹植在《宜男花颂》中就提到"妇女服食萱花求得男"之句，所以萱草又有名字为"宜男草"。

　　萱草还被称为北堂萱，意为母亲，《佥史选注》中《野客丛书》记载："今人称母为北堂萱，盖祖《伯兮》诗'焉得谖草，言树之背'。谖草，令人忘忧；背，北堂也。北堂，幽阴之地，可以种萱，初未尝言母也，不知何以相承为母事。"

　　这就引出了《卫风·伯兮》：

伯兮朅（qiè）兮，邦之桀兮。伯也执殳，为王前驱。

自伯之东，首如飞蓬。岂无膏沐？谁适为容！

其雨其雨，杲杲出日。愿言思伯，甘心首疾。

焉得谖（xuān）草？言树之背。愿言思伯，使我心痗。

我的丈夫很英武，是国家的英杰。我的丈夫手执长矛，为君主出行开路。

自从丈夫去了东方，我的头发散乱飞蓬。哪里是没有胭脂膏粉？只是为谁修饰为谁容？

说是下雨了，说是下雨了，但是却艳阳高照。内心想着自己的丈夫，想得心痛头也痛。

哪里能找到忘忧草？我要把它种在北堂上。内心想着我的丈夫，想得我心都破碎了。

丈夫出征，妻子忧心忡忡，无以解忧，想到忘忧草，但是哪里能忘忧呢，那种思念担忧到心碎的忧愁哪里是一碗忘忧草汤可以解决的，就像杜康酒，其实是"举杯浇愁愁更愁""酒下愁肠愁更愁"，不过是聊以自慰罢了。

萱草是很美丽的花，因为是百合科，自然开的是百合科所有花的形状。原来被种在农人菜地的土埂上，用以分别地垄。萱草是在初夏的时候开花，外形淡雅、色彩鲜艳的萱草花很招蜂引蝶，以致让人眼里只有萱草花，而忽视满园的蔬菜。我们吃的"金针"是萱草未开放时的花骨朵，要及时采摘，因为稍有迟疑花就如火如荼地开了，当然，对于我这种浪漫主义的人来说，观赏鲜花是第一位的。

新鲜的金针有微量的毒，但好吃的人们总会想到解决的办法。金针原来是金贵的菜，老人们常说金针、木耳、蘑菇是山珍，我一直不以为然，因为在我看来，金针并没有什么特殊的味道，人们应该就是吃个新鲜吧。

现在城市公园里的树荫下会种很多萱草，好多种颜色，甚至有深红色，应该是嫁接的原因吧，虽然色彩更加鲜艳，但我还是想念在老人们眼中的那个"山珍"，就像想念从前有味道的番茄、桃子和草莓一般。

# 飞 蓬

## 首如飞蓬

飞蓬和蒿草伴生，常在荒郊野外，孤坟野冢，其实人烟少的地方都有它们的身影，所以想起飞蓬，让人有"凄凉""荒凉"之感的同时，也会让人佩服其"野火烧不尽"的顽强。

《埤雅》云："其叶散生，末大于本，故遇风辄拔而旋。虽转徙无常，其相遇往往而有，故字从逢。"就是说飞蓬头大根小，枝叶散生。"大风起兮云飞扬"的时候，飞蓬就会被连根拔起，此处飞蓬就会"邂逅"彼处飞蓬，正因为会"飞"，所以称其为"飞蓬"。李白曾有诗《效古》："光景不可留，生世如转蓬。"其中的转蓬就是飞蓬。

飞蓬也形容乱糟糟的，"蓬头垢面"就是这个意思，此成语来自《卫风·伯兮》：

伯兮朅（qiè）兮，邦之桀兮。

伯也执殳，为王前驱。

自伯之东，首如飞蓬。（节录）

我的丈夫很英武，是国家的英杰。我的丈夫手执长矛，为君主出行开路。

自从丈夫去了东方，我的头发散乱如飞蓬。哪里是没有胭脂膏粉？只是，为谁修饰为谁容？

女子因思念服兵役的丈夫，无心打理自己，所以"首如飞蓬"，延伸为蓬头垢面。

《召南·驺虞》是一首夸赞猎人射箭水平高的诗，不论母猪还是小猪，不论躲在芦苇中还是飞蓬中，箭无虚发。飞蓬在此处是小猪的藏身地，可见其茂盛蓬松到可以藏身的地步：

彼茁者葭（jiā），壹发五豝（bā），吁嗟乎驺虞！
彼茁者蓬，壹发五豵（zōng），吁嗟乎驺虞！

春日田猎芦苇长，箭箭射在雌野猪上，哎呀！猎人射技真高强！
春日田猎蓬蒿生，箭箭射在小野猪上，哎呀！猎人射技真高强！

关于飞蓬的成语还有蓬荜生辉、蓬门荜户，都是形容自家的房舍简陋粗糙的，后来就是大户人家，居华屋大厦，呼朋引伴时，也要来句咱是"蓬门荜户"，为了突出客人的尊贵，便对其说其的到来让自己"蓬荜生辉"。

# 益母草

## 益母也忧离

很早就认识益母草，长得特别，茎是方的，花一轮一轮地开，有千层塔之称，不鲜艳但别致。女孩们会注意到，但为什么叫益母草怕是知道得不多吧。

李时珍《本草纲目》说益母草："明目益精，久服令人有子。"《神农本草经》将其列为上品。陆玑云："萑，益母也，故曾子见之感思。""萑"就是《诗经》中对益母草的称谓，说曾子见了益母草就会想起自己的母亲来。

更神奇的是，女皇武则天对益母草情有独钟，《新唐书》说："太后虽春秋高，善自涂泽，虽左右不悟其衰。"就是说武则天到了老年仍然保持容颜不败，其中的奥秘就是用了"神仙玉女粉"或叫"天后炼益母草泽面方"，一言以换之，就是用了一味乡间小草——益母草。益母草的神奇功效可见一斑。

令人遗憾的是，《王风·中谷有萑》中的益母草却是让人悲哀的，诗中的"萑"就是益母草：

中谷有蓷（tuī），暵（hàn）其乾矣。有女仳（pǐ）离，嘅其叹矣。嘅其叹矣，遇人之艰难矣！

中谷有蓷，暵其修矣。有女仳离，条其啸矣。条其啸矣，遇人之不淑矣！

中谷有蓷，暵其湿矣。有女仳离，啜其泣矣。啜其泣矣，何嗟及矣！

山谷里有益母草，都已萎败干枯。有位女子被遗弃，只能唉声叹气。唉声叹气呀，嫁一个好人真难呀。

山谷里有益母草，都已萎败干枯。有位女子被遗弃，只能长吁短叹。长吁短叹呀，嫁了一个坏人。

山谷里有益母草，都已萎败干枯。有位女子被遗弃，只能泣不成声。泣不成声呀，后悔也来不及。

此时益母草何益？妇人连丈夫都没有了，"令人有子"还有什么用，那衰败干枯的益母草就跟怨妇的心一样，枯萎干涩，哪里还想"神仙玉女粉"，容颜不老又怎样？现在还不是被那"不淑"之人抛弃。

有女仳离了，益母也仳离。啜泣之声穿越数千年，不绝于耳。

曾子的感思可是为此？


# 荷　花

## 荷华灼灼

荷花从古美到今，几千年来赞颂荷花的诗词歌赋不计其数，喜爱荷花的人不计其数，名字取为荷花的人不计其数，荷花几乎就是完美的化身。

我认为历代赞美荷花最好的诗词是宋代杨万里的《晓出净慈寺送林

子方》：

毕竟西湖六月中，风光不与四时同。

接天莲叶无穷碧，映日荷花别样红。

以及《小池》：

泉眼无声惜细流，树阴照水爱晴柔。

小荷才露尖尖角，早有蜻蜓立上头。

三国曹植在《芙蓉赋》中也极尽夸荷花之能事："其始荣也，皎若夜光寻扶桑；其杨晖也，晃若九阳出旸谷。芙蓉蹇产，菡萏星属。丝条垂珠，丹荣吐绿。焜焜韦华，烂若龙烛。观者终朝，情犹未足。"（荷花古称菡萏）

宋人周敦颐对人们如此喜爱荷花道出了原因，他在《爱莲说》中说："出于淤泥而不染，濯清涟而不妖，中通外直。不蔓不枝，香远益清，亭亭净植，可远观而不可亵玩。"荷花就是君子的象征，谁人不敬，谁人不爱。

荷还有不同于任何其他植物的地方，就是它的任何部分都有专属的称呼，从根部说起吧，水中膨大的地下茎称为"藕"，细长的地下茎则称为"蘜"，地下茎上的叶柄称为"茄"，叶子则称为"蕸"，开的花称为"菡萏"，结的果称为"莲蓬"，果皮内的种子称为"的"，就是我们俗称的莲子，莲子中心的绿色胚芽称为"薏"，可见荷的不同寻常。

还是回到《诗经》时代，看看那时的荷是有怎样的意趣，那时，荷就称为荷，几千年来没变，即使有莲、芙蓉、芙蕖、菡萏、水芝等多种称呼，荷仍是最主要的一种。

## 陈风·泽陂

彼泽之陂（bēi），有蒲与荷。有美一人，伤如之何？
寤寐无为，涕泗滂沱。
彼泽之陂，有蒲与蕑（jiān）。有美一人，硕大且卷。
寤寐无为，中心悁悁。
彼泽之陂，有蒲菡萏（hàn dàn）。有美一人，硕大且俨。
寤寐无为，辗转伏枕。

在那池塘边上，生长着蒲草和荷花。有一位英俊的小伙子，我能把他怎么样呢？一天到晚什么也干不成，思念到泪如雨下。

在那池塘边上，生长着蒲草和泽兰。有一位英俊的小伙子，长得高大英俊又魁梧。一天到晚什么也干不成，内心忧闷愁苦。

在那池塘边上，生长着蒲草和荷花。有一位英俊的小伙子，长得高大又威严。一天到晚什么也干不成，伏在枕上睡不着。

那位姑娘是深深爱上英俊的小伙子了，爱到"寤寐无为，涕泗滂沱""寤寐无为，中心悁悁""寤寐无为，辗转伏枕"，她眼中的池塘边的荷花、泽兰和蒲草，都是美好芳香的美物，与她心中"硕大且卷"的美男子很相配。

荷花在那久远的时代代表的就是美，就是相思，就是芳香，就是"硕大且俨"，但在《周书》中，荷是食用的植物："薮泽已竭，即莲掘藕。"那时，我们的祖先就开始吃藕，并欣赏美好无匹的荷花了。

# 红 蓼

## 游龙红蓼

红蓼最是寻常的村野植物，秋天时池水边、农人的房舍旁、小路的两侧，红蓼总是不经意就长成一片，长长的红色花序在微风中摆动，自有一种村野的风情，使人能感觉到秋天美好的惬意和心动。

红蓼在《诗经》中被称为游龙，其名字的由来应该是因为其枝干纤细，再加上枝头摇曳生姿的红色蓼花，好似条条小龙在空中游动。

红蓼出现在最有争议的《郑风·山有扶苏》中：

山有扶苏，隰有荷华。不见子都，乃见狂且。
山有桥松，隰有游龙。不见子充，乃见狡童。

山上有唐棣，水洼有荷花。不见美男子，倒见你这个轻狂人。
山上有松树，水里有红蓼。不见美男子，倒见你这个轻浮人。

这是一首描写男女约会时女子对男子的戏谑、俏骂的诗歌。全诗充满了调侃、戏谑的意味，笑骂中蕴含着深厚的爱，清新活泼。但历来说法大相径庭，以《毛诗序》为首，说此诗："刺忽也。所美非美然。"郑玄笺说："言忽所美之人实非美人。""扶胥之木生于山，喻忽置不正之人于上位也。荷花生于隰下，喻忽置有美德者于下位。此言其用臣颠倒，失其所也。"说其是讥刺郑昭公忽的，这种解说可以说是完全曲解了诗意。

而陈子展《诗经直解》认为"疑是巧妻恨拙夫之歌谣。'不见子都，乃见狂且'，犹云'燕婉之求，得此戚施'也"。高亨《诗经今注》认为这诗是写一个姑娘到野外去，没见到自己的恋人，却遇着一个恶少来调戏她的故事。而程俊英《诗经译注》说这是写一位女子找不到如意对象而发牢骚的诗。

朱熹更是认为此诗"淫女戏其所私者"。袁梅《诗经译注》认为这是一位女子与爱人欢会时，向对方唱出的戏谑嘲笑的短歌。我个人认为袁梅的说法更贴近实际。

就这么短短八句诗，引来"多少风流人物竞折腰"，我却只看到轻松愉快，看到良辰美景，有山、有水、有荷花，有松、有蓼、有情人……

红蓼在女子眼里就是动人的、轻巧的，如此美好的形象完美地烘托出了整首诗的意境。


# 麻

## 麻丝牵情


麻即是现在的大麻，注意，此大麻非彼大麻。此大麻是纤维大麻，不是毒品大麻，毒品大麻原产印度，含有大量芳香毒性的树脂，纤维大麻毒性较小，《神农本草经》说："多食人见鬼狂走。"虽然毒性小，但吃多了也有"毒品大麻"的迷幻效果。

《诗经》中提到麻的地方有二十几处，可见那个时代麻的使用有多普及，麻不仅仅是作为重要的制衣材料，还有食用的价值，麻的种子被称为"大麻仁"或"火麻仁"。其除了是食材，还是重要的药材，《神农本草经》将其列为上品，主治五劳七伤，并能润燥、滑肠。现在中成药"麻仁助脾丸"就是用的麻子。

麻作为制衣材料时就有了情思缠绵的意味，《诗经》中有三处可说。

我最喜欢的是《陈风·东门之池》，阳光健康：

东门之池，可以沤麻。彼美淑姬，可以晤歌。
东门之池，可以沤纻（zhù）。彼美淑姬，可以晤语。
东门之池，可以沤菅（jiān）。彼美淑姬，可以晤言。

东门外有个坡池，可以浣洗麻丝。那位美丽的姬姓姑娘，可以和她把歌对。

东门外有个坡池，可以浣洗葛沙。那位美丽的姬姓姑娘，可以和她把话答。

东门外有个坡池，可以浣洗菅线。那位美丽的姬姓姑娘，可以和她把话聊。

那位美丽的姬姓姑娘正像之后的"西施浣纱"一样，在水池边沤麻、沤葛、沤菅，姿态一定娉婷袅娜，令人心动不已。麻、葛、菅的缠绵悠长，正像女子的绵绵情思，抛向歌者的心坎。那就对歌吧，聊天吧，把麻的一头交给歌者，"你牵着我，我跟着你"，一段阳光下，水池边的情就演绎了。

《陈风·东门之枌》更直接大胆，已经欢快起舞，欢会正浓。

东门之枌（fén），宛丘之栩。子仲之子，婆娑其下。

穀旦于差，南方之原。不绩其麻，市也婆娑。

穀旦于逝，越以鬷（zōng）迈。视尔如荍（qiáo），贻我握椒。

东门外有榆树，宛丘上有栎树。子仲家有好女子，林下婆娑起舞。

此时正是良辰美景，在这南方平原，搁下手中正纺织的麻，女子们婆娑起舞。

追赶那良辰美景，少男少女欢聚而行。看你像那美丽的锦葵花，你送我有寓意的花椒一把。

这正是典型的"郑卫之风"所谓的"多淫声"吧，但以现今的人看，女子们劳动——纺麻之余，欢歌欢会，起舞婆娑，实在是健康美好，向往还来不及呢，看不出"淫行"，但卫道士盛行的漫长时期，就不一样了。

《齐风·南山》却是另一种光景，其中提到麻。

艺（yì）麻如之何？衡从其亩。

取妻如之何？必告父母。

既曰告止，曷又鞠（jū）止？（节录）

农家如何种麻？田埂有竖有横。

人该如何娶妻？定要拜见父母。

既已禀告宗庙，为何又不管教她？

此处的麻是说种麻，种麻就像婚嫁，是有规矩的，但诗中的主人文姜却是"行为不轨"，就是没有规矩。此事说来话长，说的是齐襄公的妹妹、鲁桓公的夫人——文姜。文姜已经嫁给鲁桓公，但还是和襄公"通"，鲁桓公也管束不了，自己还因此丧命。

《左传·桓公十八年》就说了此事："鲁大夫申繻（xū）曰：'女有家，男有室，无相渎也，谓之有礼，易此，必败。'鲁人告于齐曰：'寡君畏君之威，不敢宁居，来修旧发，礼成而不反，无所归咎，恶于诸侯，请以彭生除之。'齐人杀彭生。"

这个彭生当然是替罪羊，齐襄公和妹妹文姜乱伦，鲁桓公看不惯，就教训自己的夫人文姜，文姜很恼火，一气之下告哥哥兼情夫齐襄公，齐襄公仗着自己大国的势力，命彭生杀了所谓堂堂一国之君鲁桓公，鲁国明知原因，竟不敢向齐襄公讨回公道，只是请求杀了替罪羊彭生让鲁国的面子有个交代，在诸侯们面前不至于过于丢人。

《齐风·南山》就是借种麻有规矩，而文姜没规矩讽刺她的。其实种麻是得有规矩，但种出来的麻却是纠缠不休的，是"一团乱麻"。

《东门之池》与《南山》说的是一种麻，但却是两种意象，一个能缠绵，令人遐思，另一个也能混乱，令人苦恼。

总之，麻丝牵情，不论哪样。


# 茜　草

## 缟衣茹藘

茜草是一种历史悠久的植物染料。多条茎，从根状茎的节上发出，细长，方柱形，有4棱，棱上生倒生皮刺，中部以上多分枝。茜草秋天会结很多深色到黑的圆圆小果实，枝条攀爬在树上，远看与松萝相似。

《诗经》中提到茜草的地方有两处，那时茜草被称为"茹藘"：《郑风·出其东门》，是一首男子钟情于女子的诗，很美；《郑风·东门之墠（shàn）》，我更倾向其是男女相恋的诗。

### 郑风·出其东门

出其东门，有女如云。虽则如云，匪我思存。缟衣綦（qí）巾，聊乐我员。

出其闉阇（yīn dū），有女如荼。虽则如荼，匪我思且。缟衣茹藘（lú），聊可与娱。

我走出城东门，看到美女如云。虽然美女如云，但都不是我思念的人。唯有白绢衣绿佩巾的那女子，才能让我快乐高兴。

我走在城门外，美女多如白茅花。虽然多如白茅花，但都不是我思念的人。唯有白绢衣红配巾的那女子，才能慰藉我的心。

男子想念一位女子，即使美女如云，男子看重的只有一位，就是那着白绢衣绿佩巾、红配巾的女子，"缟衣綦巾"，"缟衣茹藘"，那女子一下子鲜明起来，如白茅的美女们纷纷退去，只留下那独上我心的女子。

"茹藘"就是茜草染成的绛红色配巾，也可为茜草。《尔雅》："茹藘，茅蒐。"郭璞注："今茜也，可以染绛。"茜草甚至是专供染御用服饰，为"染绛"。

### 郑风·东门之墠

东门之墠（shàn），茹藘在阪。其室则迩，其人甚远。

东门之栗，有践家室。岂不尔思？子不我即。

东门外面很平坦，茜草长在半坡上。这房屋离我很近，那人儿却离我很远。

东门外面长栗树，下面就是我的家。难道不是我想你？是你不来找我呀。

此"茹藘"就是茜草，茜草是让人遐思的，甚至有些暧昧，所以汉代《诗序》："《东门之墠》，刺乱也，男女有不待礼而相奔也。"

提到茹藘的两首诗都是在郑风里，都和情有关，容易让人联想到"郑卫之地多淫声"的旧话，"茹藘"总脱不了干系。脱不了干系好，多情总比无情好。

# 泽 兰

## 沐浴泽兰

泽兰现今像无名的野草，随意生长在河边泽地，叶子像薄荷，伞状花序，深粉色，但并不鲜艳，和城市里越来越硕大的培植花卉不可比拟。但很久的从前，至少是唐以前，泽兰是君子和美人的象征，可见任何事物的荣耀和卑微都是此一时彼一时的。

说到泽兰我总是想到香草美人，屈原的《离骚》。屈原把草分为"香"和"恶"，以分别喻品格优良的君子和奸佞小人。香草很多，但我总以为香草原指的就是泽兰。

"沐浴兰汤"就是用浸泡了泽兰的植株的水进行沐浴，"叶微香，可煎油……亦名都梁香，可做浴汤"。"兰泽"就是用泽兰掺油脂洗头，妇人用于净身同时祛除邪气。

《郑风·溱洧》就让泽兰有了最原始的意味，其中的"萠"就是泽兰，微香，浪漫，是君子也是美人，这是我眼里的泽兰，但从前的卫道士们就不是这样看的，他们看了此诗，甚至就以"溱洧"指淫乱。宋代陆游《避暑漫抄·群居解颐》："元和初，达官与中外之亲为婚者，先已涉溱洧之讥。"明代冯梦龙《古今谭概·微词·舜禹诗》："元祐中，大官有婚于中表者，已涉溱洧之嫌。"清代纪昀《阅微草堂笔记·如是我闻四》："以其初涉溱洧，故旌典不及，今亦不著其氏族也。"

我们还是看看有泽兰的君子美人吧。

### 郑风·溱洧

溱（zhēn）与洧（wěn），方涣涣兮。士与女，方秉蕑（jiān）兮。

女曰观乎？士曰既且。

且往观乎？洧之外，洵訏且乐。

维士与女，伊其相谑，赠之以勺药。（节录）

溱河和洧河，春来涨满哗哗流。

小伙子和姑娘，正拿着那泽兰在手中。

姑娘说：去游水吧。小伙说：已经游过。

那就再去看看吧，洧河对岸，宽阔又热闹。

小伙子和姑娘，他们说笑打闹，相互赠送芍药。

此诗描写的就是男女手拿泽兰相约相会，一起游泳。河对岸有和他们一样的青年男女，那里"洵訏且乐"，嬉笑打闹，相谈甚欢，所以以赠芍药增进情感。

# 狗尾草

## 维莠骄骄

狗尾草无人不知、无人不晓，在农人眼里是杂草，有害庄稼，在孩童眼里是玩意儿，是童年的乐趣，没有哪个孩子没摘过狗尾草，没有哪个孩子不缠住大人用狗尾草编制"小兔子乖乖"。

狗尾草是典型"野火烧不尽，春风吹又生"的草，是"天涯何处无芳草"的草。狗尾草从不以艳取胜，它就是多，多到"芳草连天"，尽管它从古至今都被称为"莠"。所谓"良莠不齐"之"莠"就是不好的意思，但"莠"的本意是狗尾草，狗尾草和庄稼共生共伴，狗尾草和庄稼的幼苗很相似，农人不容易及时清除，所以《尔雅翼》云："莠者，害稼之草。"孔子也曰："恶莠，恐其乱苗也。"

《齐风·莆田》就提到了这种"恶莠"：

无田莆田，维莠骄骄。无思远人，劳心忉（dāo）忉。

无田莆田，维莠桀桀。无思远人，劳心怛（dá）怛。

婉兮娈兮。总角丱（guàn）兮。未几见兮，突而弁（biàn）兮！

不要耕种大片的田地，因为那里长满了茂密的狗尾巴草。不要思念远方的人，那会使你忧心忡忡。

不要耕种大片的田地，因为那里长满了又高又长的狗尾巴草。不要思念远方的人，那会使你忧心不安。

漂亮美好的模样，扎着高高的羊角辫。只是几天没见面，突然戴冠成人了。

朱熹在《诗集传》中，对此诗的解释是这样的："比也。言无田莆田也，田莆田而力不给，则草盛矣；思远人而人不至，则心劳矣。以戒时人厌小而务大，忽近而图远，将徒劳而无功也。"朱老夫子总是深谋远虑，见识深刻，他认为其是建议人们不要舍近图远，厌小务大，要循序渐进，就一定能够达到目标。我是看不出来的。我看出来的就是一位妻子思念远在他方的丈夫，思念到极致，甚至不愿意种大块的田地，因为她没有那么大的精力锄和庄稼一样茂盛的狗尾草。妻子说是不想念丈夫，因为想念让她寝食难安，忧心忡忡，但是田还得种，思念也停止不了。只是，有一天，丈夫回来的那一天，曾经的黄口小儿，如今已经"突而弁兮"长大成人了。

《齐风·莆田》中的狗尾草展示了狗尾草的生命力，如果你愿意联想，那妻子的思念也如狗尾草一样不可阻挡，不可抑制。

《小雅·正月》也提到"莠"："好言自口，莠言自口。"

此处的"莠"不是指狗尾草，而是狗尾草的引申意思，不好，不良。

《小雅·大田》中也有"莠"："既方既皂，既坚既好，不稂不莠。"

是说庄稼长得好，锄草很及时，所锄的草就是"稂""莠"，后来，"不稂不莠"被后人引喻为人不成材，没有出息。

似乎"莠"除了是孩子的玩意儿，就一无是处，但其实牛羊很喜欢吃狗

尾草，而且其可以入药，可以治疗面部癣，《本草纲目》称为"光明草""阿罗汉草"。

我曾经四处宣扬自己的观点，和狗尾草有关："如果你是牡丹花，那你就盛开成富贵娇艳的牡丹花，如果你是玫瑰花，那你就盛开成芳香馥郁的玫瑰花，但如果你就是狗尾草，那你也一定要长成在风中摇曳、健康苗壮的狗尾草。"

很多人告诉我，他或她就是那狗尾草，我认为很好。就让从前的"恶草"在今日"莠"出光明的尾巴吧。

# 芍 药

## 芍药之和

芍药风光的时候，牡丹还"养在深闺人未识"。牡丹是到了唐朝才风光无限的，一刹那到了"为爱名花抵死狂"的尊崇地位，而芍药"已过花王侯，才闻近侍香"。（宋·王十朋）芍药倒成了牡丹的"近侍"，甚至更有甚者为了夸牡丹竟然说芍药"妖无格"，他就是唐朝的刘禹锡："庭前芍药妖无格，池上芙蕖净少情，唯有牡丹真国色，华开时节动京城。"清代的孔尚仁就不服气，为芍药鸣一曲赞歌："一支芍药上精神，斜倚雕栏比太真，料得也能倾国笑，有红点处是樱唇。"

芍药也称绰约、余容、婪尾草、没骨草、将离，很诗意，有几分妖娆，古人在离别时常以芍药相赠，所以称其为将离，就像期望人归来则赠以"当归"一样，但还有期望相遇相和的意思，就在《郑风·溱洧》中：

溱（zhēn）与洧（wěn），方涣涣兮。士与女，方秉蕳（jiān）兮。女曰"观乎？"士曰"既且。"

"且往观乎！"洧之外，洵訏且乐。

维士与女，伊其相谑，赠之以勺药。（节录）

溱河和洧河，春来涨满哗哗流。

小伙子和姑娘，正拿着那泽兰在手中。

姑娘说：去游水吧。小伙说：已经游过。

那就再去看看吧，洧河对岸，宽阔又热闹。

小伙子和姑娘，他们说笑打闹，相互赠送芍药。

"郑风"情诗多，今人看着很好，古来的卫道士就认为是"淫风"，此诗就是描写郑国民俗，三月上巳日青年男女在溱水和洧水岸边游春欢会的诗。这天，男男女女相约而行，在河流水中洗去沉垢，祓除不祥，祈求幸福和安宁。薛汉《韩诗薛君章句》云："郑国之俗，三月上巳之日，此两水（溱水、洧水）之上，招魂续魄，拂除不祥。"

借此机会男女青年相携相约，倾吐心曲，表达情意。自然大方，积极健

康，你看那女子看中一位男子，主动相约，男子憨厚，说已经洗过，女子并不以为忤，大大方方说，那就再洗一次吧，男子还算聪明，答应女子，再洗"尘垢"，欢喜打闹，临别依依不舍，赠以芍药，相约再会。

高诱注《吕氏春秋》云："郑国淫辟，男女私会与溱、洧之上，有绚盼之乐，芍药之和。"抛开"淫辟"之话，男女相会，"有绚盼之乐"，芍药此时扮演了最好的媒介，芍药"分外妖娆"正当其时，为"芍药之和"点赞。

# 泽 泻

## 平凡如薲

"薲"就是泽泻，泽泻是一种普通的水生植物，普通到你能注意到不起眼的慈姑却注意不到它。但泽泻是一种中药，有除湿、利尿的功能。《本草纲目》云："久服轻身面生光，能行水上，月行五百里。"

泽泻不引人注目，或者不引我注目是因为它的花小不鲜艳（白色），据说

现在公园里引种了，但我依然没有注意到，可能是我和泽泻的缘还没到。但《诗经》时代泽泻可是引起美好向往的涟漪的。

《魏风·汾沮洳》是唯一一处提到藚——泽泻的：

彼汾沮洳，言采其莫。彼其之子，美无度。美无度，殊异乎公路。
彼汾一方，言采其桑。彼其之子，美如英。美如英，殊异乎公行。
彼汾一曲，言采其藚（xù）。彼其之子，美如玉。美如玉，殊异乎公族。

在汾水的湿地，有人在采酸模。那是谁家的男子，美得无可比拟。美得无可比拟，比那管车长官强得多。

在汾水的一边，有人在采桑叶，那是谁家的男子，美得如花朵。美得如花朵，比那管兵车的长官强得多。

在汾水的河湾，有人在采泽泻，那是谁家的男子，美得犹如美玉。美得犹如美玉，比那王公贵族强得多。

《魏风·汾沮洳》说的三种植物，很有意思，"莫"——酸模，是长得苗壮可以吃的野菜，"桑"——桑叶，不言而喻是用来养蚕纺丝的，而"藚"——泽泻，是用来治病的。此时女子的心情就是不论采什么都愉悦吧，就算那不很起眼的泽泻花仔细看不是也很美吗？所以，美与丑，就看谁看，什么时候看，什么心态看，不是吗？

## 巴天酸模

### 巴天酸模美无度

生长在水边的巴天酸模苗壮膨大，让人见了就会明白什么是勃勃生机、欣欣向荣。巴天酸模长得像菠菜，但叶片比菠菜更肥大。

初夏在郊外游玩，小小的水渠总会吸引人在渠边的树下纳凉，然后就会看到长长的一列浓绿豪放的巴天酸模，在透过树影的阳光下绽放生机，不由得让人心生喜悦，产生"生命如此精彩，怎可以枉度"的感叹。

书上说巴天酸模可以和菠菜一样吃，但我没吃过，我们现代人在膏粱厚味之后已经开始重回寻找野味的行动，但似乎还没有扩大到巴天酸模，虽然它很常见。也许是因为它和菠菜太像的缘故吧，人们吃野菜是为了寻求不一样，不是为了相同，我这样想。

《魏风·汾沮洳》中的"莫"就是酸模，我更倾向其是巴天酸模，高大茁壮，生机盎然，正配美男。

彼汾沮洳（ju rù），言采其莫。彼其之子，美无度。美无度，殊异乎公路。

彼汾一方，言采其桑。彼其之子，美如英。美如英，殊异乎公行（háng）。

彼汾一曲，言采其藚（xù）。彼其之子，美如玉。美如玉，殊异乎公族。

在汾水的湿地，有人在采酸模。那是谁家的男子，美得无可比拟。美得无可比拟，比那管车长官强得多。

在汾水的一边，有人在采桑叶，那是谁家的男子，美得如花朵。美得如

花朵，比那管兵车的长官强得多。

在汾水的河湾，有人在采泽泻，那是谁家的男子，美得犹如美玉。美得犹如美玉，比那王公贵族强得多。

盛赞一位男子的美，和盛赞一位女子的美一样，比如《卫风·硕人》用的都是自然生长的植物，可以直接用植物本身比拟，可以借植物暗喻，都好，好得没有烟火，好得发现我们其实原本是自然之子，也许这就是《诗经》近三千年至今依然活着的原因吧。

我总是惊异于古人比拟人时用的植物和我们现在大相径庭，那些我们眼里完全不起眼的野草，在古人那里是那么看重，那么美好，比如荇菜、萹蓄，或者就是我眼里已经很美的巴天酸模，但毕竟今人从没有一个人把巴天酸模和一位美男子联系在一起。这正是我愿意穿越数千年回到《诗经》时代的原因吧。

巴天酸模于我有了比生机盎然更丰富的寓意——美男子。


# 黍　子

## 黍子远矣


黍子就是黄米，很久没有吃了，儿时，那是爷爷奶奶的最爱，是被当作稀罕物每年有限制地吃的。黄米也称为软小米，和江米有共同之处——黏。

儿时，我们家五月端午都是用黄米包粽子的，但是后来条件好了，便用江米包。

吃粽子是为了纪念屈原，当时忧国忧民的屈原投江而死，楚地人为了纪念他，用菱白叶包裹黍饭祭祀，谓之"角黍"，所谓"角黍"就是粽子的本源，而这本源就是"黍"即黄米。

黄米除了可以包粽子，山西洪洞还有一种叫作"蒸饭"的小吃，是用黄米加红枣以及芸豆整箅子做的，除了没有粽叶的香味，黄米的软糯黏香都有。我会刻意买一块"蒸饭"聊以自慰，回忆吃黄米粽子的儿时，那时很幸福。

现在黄米少见了，但是那时，《诗经》时代的那时，黄米——黍却是最重要的粮食作物，圣人孔子吃饭是先吃"黍"的，以表示黍为五谷之先。

黍的重要性在《诗经》中有充分的体现，竟然有十七处提到，分别是：

《王风·黍离》：彼黍离离，彼稷之苗。

《魏风·硕鼠》：硕鼠硕鼠，无食我黍。

《唐风·鸨羽》：王事靡盬（gǔ），不能艺（yì）稷黍。

《曹风·下泉》：芃芃黍苗，阴雨膏之。

《豳风·七月》：黍稷重（tóng）穋（lù），禾麻菽麦。

《小雅·出车》：昔我往矣，黍稷方华。

《小雅·黄鸟》：黄鸟黄鸟，无集于栩，无啄我黍。

《小雅·楚茨》：自昔何为？我艺黍稷。我黍与与，我稷翼翼。

《小雅·信南山》：疆场翼翼，黍稷或（yù）或。

《小雅·甫田》：黍稷稻粱，农夫之庆。

《小雅·大田》：来方禋（yīn）祀，以其骍黑，与其黍稷。

《小雅·黍苗》：芃芃黍苗，阴雨膏之。

《大雅·生民》：诞降嘉种，维秬（jù）维秠（pī），维穈（mén）维芑（qǐ）。（其中的秬是黑黍，秠是壳里有两粒米的良种黍。）

《大雅·江汉》：厘尔圭瓒（zàn），秬（jù）鬯（chàng）一卣（yǒu）。

《周颂·丰年》：丰年多黍多稌（tú）。

《周颂·良耜（sì）》：其饟（xiǎng）伊黍。其笠伊纠。

《鲁颂·閟（bì）宫》：黍稷重穋，稙（zhī）稚菽麦。

单拿出《王风·黍离》说"黍"，因为诗里提及"黍"的次数多：

彼黍离离，彼稷之苗。行迈靡靡，中心摇摇。知我者谓我心忧，不知我者谓我何求。悠悠苍天，此何人哉？

彼黍离离，彼稷之穗。行迈靡靡，中心如醉。知我者谓我心忧，不知我者谓我何求。悠悠苍天，此何人哉？

彼黍离离，彼稷之实。行迈靡靡，中心如噎。知我者谓我心忧，不知我者谓我何求。悠悠苍天，此何人哉？

黍子长了一片片，谷子新叶绿油油。我缓慢走在小路上，内心惶恐不安，理解我的，知道我心中的烦忧，不理解我的，以为我有什么贪求。苍天啊，这是什么样的人？

黍子长了一片片，谷子抽穗很茁壮。我缓慢走在小路上，心中喝醉了般难受。理解我的，知道我心中的烦忧，不理解我的，以为我有什么贪求。苍天啊，这是什么样的人？

黍子长了一片片，谷子成熟沉甸甸。我缓慢走在小路上，心中难受在抽泣。理解我的，知道我心中的烦忧，不理解我的，以为我有什么贪求。苍天啊，这是什么样的人？

《王风·黍离》历来被公认为是悲悼故国的诗篇。《史记·微子世家》："箕子朝周，过故殷墟，感宫室毁坏，生禾黍，箕子伤之，欲哭，则不可。欲泣，为其近妇人，乃作《麦秀之诗》以歌咏之。其诗曰：麦秀渐渐兮，禾黍油油。彼狡童兮，不有我好兮。"与《黍离》如出一辙。

黍子还在长，主人公的故国却没有了，此中的难受，不经历家国离乱丧失，哪里有人能懂呢。那黍子曾是主人公顿顿的饭食，看着黍子成片生长，看着故国变成瓦砾，主人公的心是欲哭不能啊。黍子长得越繁盛，主人公的悲伤越沉重。谁知他心呀。

看到这样的黍子，看到悲悼故国的伤怀，为了现在不能得到的黄米粽子而感慨的我，有一种"商女不知亡国恨"的惭愧。

黍子在很远很远的过去就开始栽培，考古资料表明，黍子在史前时代就是黄河流域居民的主食。甲骨文就记载黍，而且殷商人好酒，就是用黍酿造。到了唐宋时代就是国人的主食。南北朝时期的《齐民要术》把"黍穄（jì）"列为谷类的首章，也说明黍子是最重要的谷类。后来，黍子渐行渐远，成了今人饮食可有可无的点缀，不由生出世事无常的感叹。

# 麦

## 大麦小麦都是麦

大麦和小麦在我们古老的中国很早就种植了，甲骨文以及金文中就有"麦"字，至于此"麦"是大麦还是小麦专家们有不同认识，反正我眼里，大麦小麦都是麦。

在《诗经》中提到"麦"的地方有九处，可见作为粮食作物，麦是很重要的品种。把麦清晰分成大麦和小麦的有两处：

《周颂·思文》：贻我来牟，帝命率育，无此疆尔界。陈常于时夏。

《周颂·臣工》：如何新畬？於皇来牟。

其中的"来"是指小麦，"牟"是指大麦。

提到麦的有七处，这个"麦"是什么麦，我就分不清了。

《鄘风·桑中》：爰采麦矣，沫之北矣。

《鄘风·载驰》：我行其野，芃芃其麦。

《王风·丘中有麻》：丘中有麦，彼留子国。

《魏风·硕鼠》：硕鼠硕鼠，无食我麦。

《豳风·七月》：黍稷重穋（lù），禾麻菽麦。

《大雅·生民》：禾役穟（suì）穟，麻麦幪（méng）幪，瓜瓞（dié）唪（fěng）唪。

《鲁颂·閟（bì）宫》：黍稷重穋，稙稚（zhì）菽麦。

我喜欢的是《鄘风·载驰》和《王风·丘中有麻》。

《鄘风·载驰》作者许穆夫人历来被认为是女性爱国第一人，和屈原遥相呼应，我钦佩许穆夫人的精神，所以特别提出：

我行其野，芃芃其麦。控于大邦，谁因谁极？

大夫君子，无我有尤。百尔所思，不如我所之。（节录）

我行进在田野，麦苗生长得很茂密。想去大国陈诉，谁可以依靠，谁又可以主持公道？

许国的那些大夫大臣们，你们别对我斥责怨恨。你们思虑百次，不如我亲自奔走。

已经嫁到许国的卫国女子许穆夫人的故国被蛮人所灭，她冲破重重阻碍奔赴（所谓《载驰》是也）故国，寻求其舅家齐国的帮助，最终卫国在其兄长卫文公"同心勠力"下得以复国，许穆夫人功在其中。此处的麦苗与破败的国家形成强烈对比，而许穆夫人担忧的是如果不能复国，来年的麦苗还能如其眼见的这样茂盛吗？

《王风·丘中有麻》是首情诗：

丘中有麻，彼留子嗟。彼留子嗟，将其来施施。
丘中有麦，彼留子国。彼留子国，将其来食。
丘中有李，彼留之子。彼留之子，贻我佩玖。

山丘上是麻林，那位公子曾过来。那位公子快过来呀，请他过来好欢聚。
山丘长着麦苗，那位公子在村中。那位公子在村中啊，请他过来吃麦饭。
山丘上有李树，我想念那位公子。我想念的那位公子啊，他赠我一块佩玉。

麻林、麦田、李树林，都留下恋爱中男女的身影，浪漫原始，自然美好，比之花前月下，灯光烛影更增了一份淳朴与野趣，是现代人几乎享受不到的恋爱方式，因为无法享受，所以无限向往。

令男女相会的麦田就增了无限的生机，还生出几许"灼灼其华"的色彩。

我是喜欢麦田的，看着刚返青的麦苗，会想起"春的生机"这样蓬勃的词，艳阳下浓绿的麦苗闪着迷人的光华，以及麦子成熟时被风吹的麦浪都让我无比喜悦。

《诗经》里倒没说麦怎么吃。

早先，麦子是煮成粥饭的，称为麦饭。宋代刘克庄《哭孙季蕃》："自有菊泉供祭享，不消麦饭作清明。"后来小麦才开始磨成面粉加工，因为大麦的颖果壳和粒相粘，不易脱落，磨成面粉后和小麦的品质不可同日而语，所以大麦到了现在除了做酒，喂养牲口，人们不再食用，而小麦磨的面粉却是人们餐桌上的主食。

现在城里人很少有人见过大麦，更不知道大麦和小麦的区别。说来也简单，大麦叶片大，茎粗，小麦叶片小，茎细。最主要的是结穗后，大麦的芒直立成束，小麦芒则外展一些，这就是大麦和小麦的区别。大麦最有名的品种是西藏高原种植的青稞，青稞的芒比大麦的还长。

# 稻

## 稻米飘香

稻子种植至少有七千年历史，现代稻米的品种多不可数，除了小麦和玉米，稻子的产量位居第三。

好的大米香甜可口，甚至不用加菜，只吃白米饭就行。有一种粳米，就是曾经的绿皮车上的客饭，那米粗糙干硬，食之无味，但有人就喜欢这口，专要吃火车上的大米饭，比如我的儿子就是这样，我怀疑我的儿子秉承着中华古老文明的神秘遗传，因为我们的祖先，《诗经》时代种植的就是"粳稻"，当然吃的也是粳米。口感肯定不如几经培育杂交的现代稻米，但是再怎么培育优良稻米，就有人喜欢原始粗糙的那种口感。

《小雅·甫田》中提到的稻子是让人喜悦的，因为丰收了。

曾孙之稼，如茨如梁。曾孙之庾，如坻如京。
乃求千斯仓，乃求万斯箱。黍稷稻粱，农夫之庆。

报以介福，万寿无疆。（节录）

先王后代的庄稼堆到了屋顶高，先王后代的谷仓像山丘。于是要再筑上千座，于是要再造万座车辆。

黄米、小米和大米丰收了，农夫们高兴，互相庆贺。这是神灵赐给先王的厚福，我们祝愿他万寿无疆。

《小雅·甫田》有四段，这是最后一段，前面三段是说广袤的农田，喜获丰收，养活农人，人们心下欢喜。农人看见茁壮的庄稼，笑逐颜开，弹起琴瑟敲起鼓，祭祀神灵保丰收。周王亲自耕种，还带着他的妻儿，称赞农人的辛勤劳作。

全篇一派喜气洋洋，不被感染都不行，谷稻丰收了，所有人都喜悦，更难得的是官民同乐，这一直是世世代代中国老百姓希望出现的场景。

《唐风·鸨羽》就不一样了：

肃肃鸨行，集于苞桑。王事靡盬（gǔ），不能艺稻粱。
父母何尝？悠悠苍天！曷其有常？（节录）

大雁沙沙一行行，成群落在桑树上。王室的差事做不完，我没有办法种稻米。

我的父母如何供养？天老爷呀，何时才能正常。

和《唐风·甫田》所表达的感情完全相反，王室差事多，甚至连农夫种稻米的时间都没有，没有稻米怎么能奉养父母，可农夫又能怎样，只能祈求老天早点让自己正常耕种。

《甫田》稻和《鸨羽》稻都是稻，可是引起的情绪却全然不同，稻之过？人之过？

愿天下是《甫田》的天下，稻是《甫田》的稻。

# 黄 米

## 梦回黄粱

　　粱是小米，黄粱也是小米，只不过是把小米的颜色表述出来了。

　　据考古资料表明，小米是起源中国的古老作物，栽培历史悠久，是新石器时代黄河流域的主要栽培作物。黄河流域史前的粮食作物以粱或者粟（也是小米）居多，其一直是北方民族的主食之一，通称谷子，退了皮就是小米了。到了宋末，稻子、小麦逐渐发展，粱或粟才退居二线。

　　我居住的北方，小米是用来熬粥的，喷香。没有奶粉的旧时，有婴儿的人家因为母亲奶水不足，就会用小米浓浓的汤水喂养孩子，孩子一样长得苗壮。而身体不健旺的老人、孩子也都会多喝小米粥。

　　我小的时候，奶奶也会偶尔蒸一碗小米饭，说是她儿时最好的饭食，但是在我眼里却不以为然，小米蒸饭干，吃起来有些粗糙，不像蒸大米滑润。后来家里的餐桌上也不见了蒸小米。现在回忆起来，蒸小米也是美好的，有着过去时光的美好痕迹。

　　《诗经》里提到谷子的地方有六处，《小雅·黄鸟》中的谷子让人印象深刻：

　　黄鸟黄鸟，无集于榖（gǔ），无啄我粟。此邦之人，不我肯榖。言旋言归，复我邦族。

　　黄鸟黄鸟，无集于桑，无啄我粱。此邦之人，不可与明。言旋言归，复我诸兄。

黄鸟黄鸟，无集于栩，无啄我黍。此邦之人，不可与处。言旋言归，复我诸父。

黄雀呀黄雀，不要聚集在楮树上，不要啄食我的粟子。这地方的人，不肯善待我，还是回去吧，回到我的家乡。

黄雀呀黄雀，不要聚集在桑树上，不要啄食我的黄粱。这地方的人，不可以和他们订立盟约，还是回去吧，回去找我的兄弟。

黄雀呀黄雀，不要聚集在柞树上，不要啄食我的黍子。这个地方的人，不能够和他们相处。还是回去吧，回去找我的父伯。

我一个外乡人，来到这个地方，辛辛苦苦种下各种谷物，却得不到本地人的容纳，这还不算，连那可恶的黄雀都趁火打劫，啄食我的谷物，我哪里还能待得下去，只能回到我的父母家邦。

总共三段，三段都提到谷物，都是小米类别的，可见谷物的重要程度，令人难过的是，这些谷子却无法收获，回望这样的难过仍然让人伤怀，今夕何夕呀。

关于粱——小米，最有名的该是成语"黄粱一梦"吧，语出唐沈既济《枕中记》：故事主人公卢生在邯郸旅店住宿，入睡后做了一场享尽一生荣华富贵的好梦。醒来的时候小米饭还没有熟，因有所悟。后世说的"黄粱梦"或"邯郸梦"，都从此而出。唐代有《南柯记》，宋代有《南柯太守》，元朝马致远作《邯郸道省悟黄粱梦》，明朝汤显祖改编《邯郸记》，清代蒲松龄作《续黄粱》。代代都有续写改编，可见明知荣华富贵如梦一场，短促而虚幻，但千年来依旧是看不破，倒是黄粱从远古走来，不论风动还是幡动，黄粱不动。

# 锦 葵

## 视尔如荍

　　锦葵远没有蜀葵普及，虽然都是锦葵科。蜀葵遍地开花，不仅仅是公园、小区的绿化带，农家小院、门前屋后、村口、路边，甚至是废弃院落的墙角、台阶，只要有些许泥土，蜀葵就高高兴兴扎根、开花。但锦葵不是，锦葵甚至成了花盆中的玩物，在室外少见，至少在北方少见，《群芳谱》形容锦葵："花小如钱，文彩可观。"尤其紫红色的花，浓艳醒目。

　　没有听过有人用蜀葵描述美人，因为蜀葵健壮粗放，像田地里劳作的农妇，但用锦葵称赞美人的有，就在《陈风·东门之枌》里，那时锦葵被称为"荍"，看了诗，你会对锦葵很期待。

东门之枌（fén），宛丘之栩。子仲之子，婆娑其下。

穀旦于差，南方之原。不绩其麻，市也婆娑。

穀旦于逝，越以鬷（zōng）迈。视尔如荍（qiáo），贻我握椒。

东门外有榆树，宛丘上有栎树。子仲的子女，在树林翩翩起舞。

在这美好的日子，在南方的平原。没有纺织织布，而是婆娑起舞。

美好的日子容易逝去，少男少女在欢会。看到你像锦葵花，快给我送花椒粒。

典型的仲春时节，男女相会，翩然起舞，幸福美好，如葵如椒。送花椒是有特别寓意的，祝愿子孙繁多、壮实，所以到了汉代，皇后的宫殿叫作椒房。就是以花椒的果实和泥涂满墙壁，取其辛香、温暖、芬芳、多子的美意。而锦葵是专用来赞美女子美貌的。

锦葵就成了我期待的美人，但锦葵只是长在花盆里，看起来像瓜叶菊似的浓艳奔放，让人想到骄阳似火，想到色彩斑斓。我以为的古典美人该是明艳动人，娴静淑雅，像玉簪花，即使小家碧玉也该像茉莉花。但锦葵的美如同它的同科蜀葵，是结实健壮的美，是不矫情的美，用不着顾盼生辉，用不着我见犹怜，我自盛放，自有人爱。虽有些出乎我的意料，但仔细想来恰如其分，那是《诗经》时代，不是为"病梅""弱柳"唱赞歌的宋明时期，《诗经》时代美人是《硕人》，不是弱不禁风的病美人，就如《陈风·东门之枌》的"荍"，"视尔如荍"一定可以"宜室宜家"。

# 苎　麻

## 苎衣飘飘

这两年苎麻衣服开始流行了，炎炎夏日，穿一件汉风苎麻衣服，很拉风，回归自然，返璞归真，别样风采。但想来大多数穿者并不知道苎麻的历史，苎麻的历史很悠久，有四千七百年以上，有浙江省吴兴新石器时代遗址出土的苎麻纺织平纹细布为证。和大麻、葛藤等同为《诗经》时代的织布原料。

《诗经》中提到麻的地方有二十余处，提到葛藤的有七处，提到苎麻的只有一处。在《陈风·东门有池》中：

东门之池，可以沤麻。彼美淑姬，可以晤歌。
东门之池，可以沤纻。彼美淑姬，可以晤语。
东门之池，可以沤菅。彼美淑姬，可以晤言。

东门外有个坡池，可以浣洗麻丝。那位美丽的姬姓姑娘，可以和她把歌对。
东门外有个坡池，可以浣洗苎麻。那位美丽的姬姓姑娘，可以和她把话答。
东门外有个坡池，可以浣洗菅线。那位美丽的姬姓姑娘，可以和她把言语。

女子浣纱，姿态美丽，男子相望，心生情愫，其情其景，动人心魂。苎麻此时，绵柔悱恻，制成夏衣，飘飘欲仙。

苎麻适合做夏季的衣服，纤维长，透气好，做出的衣服飘飘然，很有仙风道骨的气韵，就是穿在身上不怎么服帖，不够下垂，但我仍很喜欢。

特别是穿上一件素色苎麻做的衣服，坐在芭蕉叶下，弹一曲高山流水，想来甚是风雅。或者在一处幽静的茶室，着一袭苎麻长衣，轻轻啜饮飘香的茗茶，一定有一种回到从前的穿越感。

# 菅 草

## 白华菅兮

看到菅，我首先想到的是"草菅人命"，语出班固《汉书·贾谊传》："其视杀人，若艾草菅然。"所以对这个"菅"我没有一点好印象，就跟"命如草芥"一般，那种无足轻重，人微言轻，可有可无刹那让人低到尘埃里。

芒草就不一样了，它和荻、芦苇一样，是秋天河边、池塘的一道风景，特别是月明星稀的时候，芒草或者荻、芦苇整片摇曳在河边，月儿倒映在水中，不是诗人也会产生想写诗的欲望。

芒草可以编制芒鞋，红军过雪山草地的时候，没少穿过芒鞋，"芒鞋布衣"

和"荆钗布裙"一样，往往是形容清苦的生活。农家常用芒草饲养牛马——"饲牛马壮健"，芒草还可以编制炕席，唐代李贺《箜篌引》云："床有菅席，盘有鱼。"亦可以编绳索，所以《陈风·东门之池》有："东门之池，可以沤菅。"编鞋、绳索是需要"沤"的。

这是我眼中的芒草，有景致，有实际用途，即使日子过得清贫也安贫乐道，然而，芒草就是"草菅人命"的菅，这需要我在思想里进行"融会贯通"。

《小雅·白华》也写到菅，是一首弃妇诗：

白华菅兮，白茅束兮。之子之远，俾我独兮。
英英白云，露彼菅茅。天步艰难，之子不犹。（节录）

开白花的菅草呀，白茅把它捆成束呀。这个人儿远离去，使我空房守孤独呀。

天上朵朵白云飘，甘露普降惠菅茅。怨我命运太艰难，这人无德又无道。

菅又代表了薄命的意思，比之"草菅人命"又多了一份怨恨无奈。

菅、芒草，似乎有些相关了。

# 紫云英

## 苕也紫云英

紫云英是很美的名字，有英姿飒爽、云蒸霞蔚的那种朝气蓬勃之感。其实草地里的紫云英没有那么高雅，就是离地不高的小小草，开花时粉紫的一小簇蝶形花在风中颤动，像飞蝶，淳朴自然透着阳光的芬芳。

春天，紫云英开，大片的嫩草中，三三两两的紫云英伸着细长的茎把粉

紫的脑袋高高仰起，那嫩绿的草就成了衬托，衬托紫云英迎着阳光的笑脸，风一吹，似乎听得见她的笑声。闻"笑"而来的蜜蜂和蝶，聚集在紫云英身边，草地里瞬间就热闹喧嚣起来，生活开始了。

紫云英在《诗经》时代被称为"苕"，是陆玑在《诗疏》中说的："苕，苕饶也，幽州人谓之翘饶……叶似蒺藜而青，可生食，如小豆藿。"但《诗经》中称为"苕"的还有一种植物，《尔雅》说："苕，陵苕也。"郭璞在《尔雅注》中解释说："陵苕又名凌霄。"《小雅·苕之华》之"苕"就是"凌霄"，"苕之华，芸其黄矣"。说的是此"苕"开的是黄花，当然是凌霄了。《陈风·防有鹊巢》中的"苕"没说开黄花，也没说开紫花，但据古今专家分析，此"苕"为紫云英，我个人也赞同。

### 陈风·防有鹊巢

防有鹊巢，邛（qióng）有旨苕（tiáo）。谁侜（zhōu）予美？心焉忉忉（dāo）。

中唐有甓（pì），邛有旨鹝（yì）。谁侜予美？心焉惕惕。

河堤上能有鹊巢吗？土坡上可以长紫云英吗？谁在引诱我的美人，让她心中忐忑波动。

厅堂上能铺瓦吗？土坡上长绶草吗？谁在挑动我的美人，让她内心惴惴不安。

《毛诗序》说这首诗是"忧谗贼也。宣公多信谗，居子忧惧焉"。这是《毛诗序》的惯用思维，倒是朱熹认为这是一首情诗，朱老夫子也是喜欢"揣测诗意"的，他在《诗集传》中说其是"男女之有私而忧或间（离间）之词"

倒也中肯。

　　喜鹊不会把巢安在河堤，紫云英不会长在山坡，房顶上的瓦怎么能铺在厅堂，湿地中的绶草不可能长在山坡，这一顿乱弹琴，就如男子心中的美人被人暗恋一般，扰乱了男子的心境。于是，美人心乱，男子的心更乱。

　　好好的紫云英也因此无端受到揣测。

　　我还是在春天欣赏我朝气蓬勃的紫云英吧。

# 绶　草

## 兰如绶草

　　绶草花小，但别致，粉色的小花沿花茎旋转拾级而上，犹如人披彩带模样，所以称为绶草，也称为盘龙参、龙抱柱。

　　绶草不开花时很不醒目，和禾本科的植物混着生长，若不是阳春三月小精灵般细致地开放，没人会注意它的存在。意外的是，绶草虽开唇形花，但却是兰科植物。

　　《诗经》时代，老祖宗就注意到绶草，那时称为"鹝"，鹝原为鸟名，就是绶鸟，《埤雅·释鸟四》："绶鸟，一名鹝，亦或谓之吐绶，咽下有囊如小绶，五色彪炳……亦曰真珠鸡，体有真珠点文。"《尔雅·释草》："鹝，绶

也。"陆玑《诗疏》也说："鹝，五色作绶文，故曰绶草。"都因有"五色"所以为"鹝"，《陈风·防有鹊巢》中就提到"鹝"，从诗中看，应是绶草，不是绶鸟。

防有鹊巢，邛有旨苕。谁侜予美？心焉忉忉。
中唐有甓，邛有旨鹝。谁侜予美？心焉惕惕。

河堤上能有鹊巢吗？土坡上可以长紫云英吗？谁在引诱我的美人，让她心中忐忑波动。
厅堂上能铺瓦吗？土坡上长绶草吗？谁在挑动我的美人，让她内心惴惴不安。

在那男子眼里，绶草本不应该长在山坡上，但实际上绶草是可以生长在山坡林下的，也可以长在灌丛下、草地或河滩沼泽草甸、时令性湿地中，绶草并不怎么挑拣生长的环境，想来那男子如我一样孤陋，并不知道绶草的习性吧。

只是那男子在久远的从前提醒了数千年后的我，绶草如绶带般开花的时候，我要去看绶草，要亲自证实，绶草其实不仅仅长在湿地，也可以长在山坡上。但就算我证实了绶草可以长在山坡，能减轻那男子担忧的心吗？

# 香 蒲

## 香蒲美人

香蒲是种很美丽的水边植物，修长的叶子，擎起一个个蜡烛一样的花序，自与其他水草不同，是那种引人注目的低调端庄。

孩提时代在水边玩耍，总是要想方设法摘上几根水蜡烛，带回家插在瓶里。水蜡烛长在水边的淤泥里，并不好采，但是它太美丽了，以致我们久久不能忘怀，于是我们一个牵着一个的手，协力采到水蜡烛，尽管只能采几只，但是已经很满足了，一种美丽在手的喜悦。

《陈风·泽陂》里的"蒲"——香蒲，就有这种魅力：

彼泽之陂，有蒲与荷。有美一人，伤如之何？寤寐无为，涕泗滂沱。

彼泽之陂，有蒲与蕳（jiān）。有美一人，硕大且卷。寤寐无为，中心悁悁。

彼泽之陂，有蒲菡萏（hàn dàn）。有美一人，硕大且俨。寤寐无为，辗转伏枕。

沼泽之畔，有香蒲和荷花。有一美人，令我伤心。为她（或他）辗转反侧，泪如雨下。

沼泽之畔，有香蒲和莲花。有一美人，高大美发。为她（或他）寤寐难眠，内心忧烦。

沼泽之畔，有香蒲和芙蕖。有一美人，高大庄严。为她（或他）辗转无眠，枕上翻转。

在水边，看着混搭最美的香蒲和荷花，想起那个让我魂牵梦萦的美人，辗转反侧，难以入眠，美人高大健壮，令人遐思。

此美人可以是女子也可以是男子，《卫风·硕人》不就是说的长得高大的美人吗？可见《诗经》时代人们的审美是以高大为美的，不论男人或女人。

香蒲、荷花配美人，实在相得益彰，想起来都是一幅绝美的画面。

香蒲的根茎可以食用，《周礼》说的"蒲菹（zū）"就是由香蒲腌制，可惜我没有机会品尝。

# 狼尾草

## 不稂不莠

"莠"是狗尾巴草，"稂"是狼尾巴草，都不是好草。"不稂不莠"原意就是地里不长"稂"和"莠"，庄稼就可以长得好的意思，现在引申比喻为人不成才，没出息。

狗尾巴草随处可见，只要有草的地方就少不了狗尾草，人们清除不及就只好任它蓬勃去了，只要不挡住人的道路也就相安无事了。但狼尾草并不常见，我看见狼尾草竟然是在公园里，大丛大丛，毛茸茸的，在秋天的凉风中摇曳生姿，竟有几分婀娜，可以为文人墨客增添入画的题材赋诗的雅兴，此狼尾草是特意种植用于观赏的，狼尾草和狗尾草的

区别在数千年后竟然有了天壤之别，所谓沧海桑田不过如此吧。

在《小雅·大田》中，"稂"和"莠"是要一起除掉的。

既方既皂，既坚既好，不稂（láng）不莠（yǒu）。
去其螟螣（míng téng），及其蟊贼，无害我田稚。
田祖有神，秉畀炎火。（节录）

庄稼已经抽穗，颗粒随后就会饱满，没有狼尾草和狗尾草。
害虫螟螣全部消灭，还有吃禾根禾秆的蟊贼，不让它们伤害我田里的
嫩苗。
农神来保佑，把那些害虫投进大火烧掉。

稂和莠是农人唯恐除之不及的恶草，是庄稼"不共戴天"的仇敌，在久
远的那时，稂、莠到了"人神共愤"的程度，所以，农人内心期盼着"田祖
有神"，消灭了害虫和恶草。

但稂还是有用的，稂是很好的牧草，正是："锄田者去之则禾茂，养马者
秣之则牲肥。"稂还因为不易腐烂，先人们还用它搭房子。

《曹风·下泉》中也提到稂：

冽彼下泉，浸彼苞稂。忾我寤叹，念彼周京。（节录）

稂虽然在土地上可以茂盛生长，但到了冰冷的泉水里就没有活路了。我
长夜难眠伤心叹息，心中想念曾经的京城。

此诗写的是曹国臣子感伤周王室衰微，各诸侯国以强凌弱，小国如曹国
得不到保护，就如浸在泉水中的稂，奄奄一息。因而，怀念曾经比较安定的
周天子还可以统领诸侯的从前。稂此时不再是"恶草"而是"弱草"。

其实草"恶"还是"弱"，甚或"香"不过是在什么人眼里看罢了，比如
今天的稂——狼尾草，竟是"香草"，是在公园供人观赏的，那稂自古至今并
没有改变，改变的不过是我们的认识而已。

# 牛尾蒿

## 萧艾含露

"萧"是一种蒿，最贵重或者是最庄严的蒿，专门用于祭祀，现在称牛尾蒿，或者艾蒿（和艾不是一种蒿），根据地域不同会有不同的称呼，有清香味。其实所有的蒿都有气味，大部分都有香气，即使称为臭蒿的蒿也不臭。

"萧"应该是很重要的祭祀植物，《诗经》中五处提道：

《王风·采葛》：彼采萧兮，一日不见，如三秋兮。

《曹风·下泉》：洌彼下泉，浸彼苞萧。

《小雅·蓼萧》：蓼彼萧斯，零露湑兮。

《小雅·小明》：岁聿云莫，采萧获菽。

《大雅·生民》：载谋载惟，取萧祭脂，取羝（dī）以軷（bá）。

选《小雅·蓼萧》中的萧一叙，此萧就是典型的"萧"的用途：

蓼彼萧斯，零露湑兮。既见君子，我心写兮。燕笑语兮，是以有誉处兮。

蓼彼萧斯，零露瀼（ráng）瀼。既见君子，为龙为光。其德不爽，寿考不忘。

蓼彼萧斯，零露泥泥。既见君子，孔燕岂弟。宜兄宜弟，令德寿岂。

蓼彼萧斯，零露浓浓。既见君子，鞗（tiáo）革忡忡。和鸾雍雍，万福攸同。

高大茂盛的艾蒿，露珠晶莹剔透。看见君子之后，我心十分欢愉。举杯共饮欢歌笑语，因此大家尽情欢乐。

　　高大茂盛的艾蒿，露珠点点滴滴。看见君子之后，承受恩宠荣光。你的品德完美无瑕，祝你万寿无疆。

　　高大茂盛的艾蒿，露珠颗颗轻泡。看见君子之后，非常安详和乐。兄弟亲爱和睦，美德长寿快乐。

　　高大茂盛的艾蒿，露珠团团浓重。看见君子之后，揽辔垂饰闪闪发亮。銮铃叮当悦耳动人，愿您永远幸福。

　　这是典型的颂歌，赞美歌颂达到极致，但并没有那种阿谀奉承，就是因为，颂诗里有带着清香的"萧"，而且"萧"上含着浓浓的露水，那种来自自然的芳香总是能冲淡尘世的"光怪陆离"。

　　"萧"不仅仅用于祭祀，还用于相思，我最喜《王风·采葛》那句"彼采萧兮，一日不见，如三秋兮"，这相隔的"三秋"就是采的"萧"，"萧"想来是秋天结实时采摘吧，对于相思的人来说，"萧"是劳作时的思念，对于君子来说，"萧"是祭祀时的庄严神圣，此庄严神圣又是另有一种清新愉悦，因为，那"萧"是含露的，清香中有玉一般的晶莹剔透。

　　一束极为普通的蒿，在久远的从前就有了不同寻常的味道，干净清香又含着情意，那是我想不来的。

# 蓍　草

## 神秘蓍草

　　蓍草肯定是古老中国植物中最神秘的一种，担负着"生命中不能承受之重"的重任。古代人可以利用蓍草来决定某些事情，大到国家的政策、战争的走向，小到婚丧嫁娶。

《周易·系辞上》云："定天下之吉凶，成天下之亹（wěi）亹者，莫大乎蓍龟。"意思是判定天下事的吉凶，成就百姓勤勉的功业，没有比占蓍卜龟更有效的了。这是往大了说，除了天子、诸侯、士大夫，平民百姓凡有重大事也是要通过占蓍卜龟决定的，所谓上行下效。

《左传》记述占卜的地方很多，谓之"蓍筮"，特别是发动战争时更是不卜不出征。当然，诸侯娶妻时也要占卜，比如晋献公娶骊姬时就占了两次，一次用龟甲占——"卜之不吉"，一次用蓍草占——"吉"。晋献公听从了蓍草占下的结论，结果娶了骊姬乱了晋国三代，当然也因此成就了晋文公，晋国的历史就是因为一次蓍草占卜的结果被彻底改写。

"蓍"来源于"耆"，就是六十岁的意思，孔子曰："蓍之为言耆也，龟之为言旧也，明狐疑之事，当问蓍旧也。""老人历年多，更事久，事能尽知也。"《博物志》云："蓍一千年长三百茎，植株够老，所以能知吉凶。"

蓍草丛生，先人取六十茎以上，并且长满六尺的蓍草，用于占卜。植株簇生到五十茎以上者就称为"灵蓍"，就是很灵验了。传说蓍草长满百茎者，其下必有神龟守护，其上常有青云覆之。蓍草能长满百茎，茎长超过一丈，

就说明天下太平，王道大行，若是蓍草不长，簇生很少，那就是昏君当道，民不聊生。《曹风·下泉》中提到的"蓍"就是在"冽彼下泉"中长的，水里哪里能长"蓍"？所以，其时的"天下"不用说也知道了。

冽彼下泉，浸彼苞稂。忾我寤叹，念彼周京。

冽彼下泉，浸彼苞萧。忾我寤叹，念彼京周。

冽彼下泉，浸彼苞蓍（shī）。忾我寤叹，念彼京师。

芃芃黍苗，阴雨膏之。四国有王，郇伯劳之。

冰冷的泉水流泻，浸泡着谷草。我长夜难眠，伤心叹息，心中想念周王的京城。

冰冷的泉水流淌，淹没了萧草。我长夜难眠，伤心叹息，心中想念周王的京城。

冰冷的泉水流淌，淹没了蓍草。我长夜难眠，伤心叹息，心中想念周王的京城。

苗长茂盛的禾苗，绵绵细雨滋润着它们。四方诸侯拥戴我王，都靠郇伯的辛劳。

《诗序》云："鲁昭公二十二年，周景王死，太子寿先卒，王子猛立。王子朝欲篡位，杀王子猛，尹氏乃立王子朝。乱发后，晋顷公命大夫郇伯攻周，杀王子朝，拥立王子匄为周敬王。"至此，平定了周王室的五年之乱。据说此诗就是记述此事的。

因为周王室不得宁静，"天下"自然混乱，所以，谷草、萧草、蓍草，这些生长在山坡草地的植物浸泡在了冰冷的泉水里，不得生长。这些所谓的"草"都是关乎国计民生、国家命运的"草"，一种是吃的粮食，一种是祭祀用的，一种是占卜用的，哪一样都是不可或缺，可见"草"生不逢时，民也难安其生，多亏了郇伯出头才"擎大厦于将倾"，挽救了周王室的混乱。

后来，用龟甲和蓍草占卜的习俗逐渐衰落，不是不占卜了，而是有了新的办法。

今天我们依然能看见遗存的龟甲，以及龟甲占卜的结果，但是我们看不到遗存的蓍草。

　　神秘的蓍草消失在历史里，发黄枯萎，山坡上长着的蓍草，又有几人能辨识？


# 甜　瓜

## 瓜秧绵绵


　　《诗经》里提到瓜的地方有五处，我认为是瓜的统称，并没有具指，可能有指到甜瓜的地方，但我分不清。

　　《周礼·地官》提到"委人"官职，其是专门征收瓜、瓠、芋、葵等作物，其中的"瓜"据说就是甜瓜。《汉书·地理志》云："敦煌，古瓜州也，有美瓜。"此美瓜就是甜瓜。还说甘肃所产甜瓜"大如枕，其肉与瓢甜胜蜜""味甜于他瓜"，所以称为"甜瓜"。

有意思的是，古人还以瓜计时，如果外派公干是产瓜时节，也会约定来年产瓜时期派人换班，即所谓："瓜时而往，及瓜而代。"语出《左传·庄公八年》："齐侯使连称、管至父戍葵丘。瓜时而往，曰：'及瓜而代。'期戍，公问不至。请代，弗许。故谋作乱。"齐侯没有信守"及瓜而代"的诺言，瓜熟了，齐侯人头也落了地。

还是列出《诗经》中的"瓜"吧：

《豳风·东山》：有敦瓜苦，烝在栗薪。

《豳风·七月》：七月食瓜，八月断壶。

《小雅·信南山》：中田有庐，疆场有瓜。

《大雅·绵》：绵绵瓜瓞（dié），民之初生。

《大雅·生民》：禾役穟（suì）穟，麻麦幪（měng）幪，瓜瓞唪唪。

五个"瓜"，不知道哪个是甜瓜，选《大雅·绵》之瓜秧一叙吧。

绵绵瓜瓞。民之初生，自土沮漆。古公亶父，陶复陶穴，未有家室。

古公亶父，来朝走马。率西水浒，至于岐下。爰及姜女，聿来胥宇。

（节录）

瓜秧连绵瓜不断。我们周祖的先民，从豳地迁往岐山。我们的领袖古公亶父，带领我们打山洞以避风寒，那时候没有盖房子。

古公亶父大早就把马儿赶，顺着豳城西岸的河边走。来到岐山之下，和他的妻子姜氏一起，找地方重新安家。

此诗是周人记述其祖先古公亶父事迹的诗。周族的强大始于周文王姬昌，但基础的奠定肯定是文王的爷爷古公亶父。本诗前八章写亶父迁国开基的功业，从迁歧、授田、筑室直写到驱逐混夷。末章写姬昌时代君明臣贤，能继承亶父的遗烈。

诗中的"瓜"主要是说周族的先民繁衍生息连绵不断，像瓜儿的藤蔓一样。"瓜儿连着藤，藤儿连着瓜"，周族因此走向光荣的道路。

# 冬 葵

## 冬葵秋葵

《豳风·七月》是"国风"中最长的一首诗，描述农事耕稼，物候历法，犹如春秋时的四季歌，提到的植物有21种之多，什么桑、繁、萑苇、枣、稻、葽（yāo）、郁、薁（yù）、葵、菽、苴、荼、樗、黍、稷、重、穋、禾、麻、菽、麦，现在我要说的是其中的"葵"："六月食郁及薁，七月亨葵及菽。"六月吃郁李和葡萄，七月煮冬葵和豆子。

很多专家解释"葵"时都说其是冬葵，《说文解字》："葵，菜也。"《本草纲目》："古者，葵为五菜之主。"还说，"四五月种者可留子。六七月种者为秋葵，八九月种者为冬葵，经年收采，正月复种者为春葵，然宿根至春亦生。"

元代王祯《农桑通诀》云："种之早者，俗呼秋葵，迟者为冬葵。"

可见冬葵和秋葵该是一种植物，只是因种植季节不同分秋冬，李时珍认为"六七月种者为秋葵"，但李时珍时期的"六七月"和《诗经》时期的"六七月"是否同样的"六七月"以我"读书不求甚解"的德行，就不去考察"训诂"了。

据说，葵在春秋时代是"百菜之王"，可做汤，可腌菜，汉乐府《十五从军征》："井上生旅葵。""采葵持作羹。"白居易《烹葵》："贫厨何所有，炊稻烹秋葵。"唐宋以后，人们吃葵就少了，明代李时珍《本草纲目》："今不复食之，故移入此。"是说把"葵"从菜部移入草部。

如今，冬葵我不知道，秋葵很是时兴，各大超市都有售卖，只是《诗经》时代吃的是嫩叶，现在我们吃的是形如青椒的果实，以清炒为主，黏滑无味。

《诗经》中的葵显然不是向日葵，因为向日葵是明代以后传入中国的，蜀葵、锦葵、冬葵、秋葵都是锦葵科的植物，也都是中国产，只不过蜀葵、锦葵成了观赏花草，而所谓冬葵或秋葵穿越两千多年，再次成为人们"舌尖上的味道"。也许是葵之幸也。

# 豆

## 采菽采菽

菽是豆类的总称，也叫荏菽、藿，《诗经》中提到六次，分别是《豳风·七月》《小雅·白驹》《小雅·小明》《小雅·小宛》《小雅·采菽》《大雅·生民》《鲁颂·閟宫》。

《小雅·采菽》一篇说的是诸侯朝见周天子的盛景：

采菽采菽，筐之筥（jǔ）之。君子来朝，何锡予之？虽无予之，路车乘马。又何予之？玄衮及黼（fǔ）。

觱（bì）沸槛泉，言采其芹。君子来朝，言观其旂（qí）。其旂淠（pèi）淠，鸾声哕（huì）哕。载骖载驷，君子所届。（节录）

采大豆呀采大豆，用筐、筥来盛装。诸侯们前来朝见，天子用什么来相赠？就算没什么要赠予，也会赠他们好车和马匹。还有什么要赠予？诸侯的礼服已备好。

泉水在滚滚翻腾，我前去采摘水芹。诸侯都来朝见，旌旗已经渐近。旌旗在霍霍飘动，銮铃叮当作响。三马四马其驾，诸侯都已来临。

　　不论是采大豆还是采水芹都是个愉快的过程，是为了迎接前来朝拜周天子的诸侯所要准备的重要菜蔬和主食。可见菽在《诗经》时代的重要性。

　　那时少有人能常吃肉，除了祭祀、宴客、节日，寻常百姓更是难觅肉味，而大豆正是可以代替肉类补充人体所需蛋白质的最好食物，即所谓"饭菽配盐，炊其煎藿"。我们古老智慧的先民，发展出独一无二的大豆食品文化，最有名的如豆腐、豆浆、酱油、豆豉、豆干等等不一而足，特别是豆腐的发明简直就是对豆子的革命性创造。

　　"菽"或"藿（huò）"在那时还作为思贤的意兴，《小雅·白驹》：

皎皎白驹，食我场藿。

絷之维之，以永今夕。

所谓伊人，于焉嘉客？（节录）


洁白的小马驹呀，吃我草场的豆叶。

我要把它围起来呀，就在我家过今夜。

我期待的那位君子呀，可否愿意安心在这里做贵客？


藿是由头，先吸引君子的马驹吃草场丰厚的豆叶，马儿留下了，主人公还希望期待的君子也能留下，含蓄而殷殷，思贤若渴。没有"周公吐哺"的直接明了，但更悠长且恳切，符合中国人的含蓄性格。

《小雅·小宛》还提供了另一种关于菽的意味：

中原有菽，庶民采之。螟蛉有子，蜾蠃（guǒ luǒ）负之。教诲尔子，式谷似之。

题彼脊令，载飞载鸣。我日斯迈，而月斯征。夙兴夜寐，毋忝尔所生。

（节录）


田野长满了豆子，老百姓去采它。螟蛉生幼子，蜾蠃背上养育。教育自己的子女，要让他走善良的路。

看那鹡鸰鸟儿，一边飞一边叫。我天天奔波在外，你月月行进路途。起早贪黑不停歇，不要辜负了父母。


《小雅·小宛》我认为算是一首劝诫诗，怀念了先辈，同时对晚辈提出行为规范。就像菽长在田野里，成熟的时候就该去采摘，是个自然的过程。

关于豆，最有名的莫过于曹植的《七步诗》："煮豆燃豆萁，豆在釜中泣。本是同根生，相煎何太急。"

豆在此又充当了"同根的"悲情角色。

# 远　志

## 小草远志

远志是中药，《本草纲目》云："此草服之能益智强志。"所以称为"远志"。《本草经》也说远志："强志倍力，久服轻身不老。""功专于强志益精，治善忘。"

听名字就很了得，远志是指根部，它的地上部分叫"小草"，和"远志"的意味大相径庭，可能因地上部分的草细小不起眼吧。

关于"远志"和"小草"还有两个著名的故事。分别述之。

《世说新语》载：东晋谢安起初隐居，朝廷多次劝他归顺，他不从。后来，却出山了，心甘情愿地做了桓温的司马官。当时有人送给桓温不少药材，其中一味就是远志。桓温就问谢安："这种药又叫小草，不知什么原因。"有个名叫郝隆的大臣，立即回答："这很容易解释，处则为远志，出则为小草，隐居就叫远志，出山即成为小草。"即回答了桓温，又嘲笑了谢安。谢安除了甚有愧色，还能怎样。

另一则是三国时期的故事，蜀国遭亡，蜀将姜维的母亲被抓，为了忠心报国，姜维既要向母亲表明心迹，又不能让敌方发现，便准备了两包中药，一包是远志，一包是当归，托人送给母亲。母亲看到后，心领神会，知道儿子心怀"远志"，要使失去的江山"当归"。

远志在《诗经》中只提到一次，称为"葽"，就是在那篇最长的讲一年农事的诗里提的——《豳风·七月》：

四月秀葽（yāo），五月鸣蜩（tiáo）。八月其获，十月陨箨（tuò）。

一之日于貉，取彼狐狸，为公子裘。

二之日其同，载缵（zuǎn）武功。言私其豵（zōng），献豜（jiān）于公。（节录）

四月里远志抽穗，五月里知了鸣叫。八月庄稼收获，十月树叶飘落。

十一月打狗獾，剥取狐狸皮，为公子做裘衣。

十二月集合众人，继续去打猎。将打到的小猪留下，将猎到的大猪献给王侯。

其实在《诗经》时代，人们治病的主要方法是针灸、火疗、拔罐、刮痧、按摩，草药药方的使用并不多，熬汤药就到了汉代了，所以，那时古人采葽要怎么用，是个值得考虑的问题。

《韩非子·扁鹊见齐桓公》里就讲得明白："居十日，扁鹊望桓侯而还走。桓侯故使人问之，扁鹊曰：'疾在腠理，汤熨之所及也；在肌肤，针石之所及也；在肠胃，火齐之所及也；在骨髓，司命之所属，无奈何也。今在骨髓，臣是以无请也。'"

# 韭 菜

## 韭香千年

韭菜是我最喜欢的蔬菜之一，及至今日，无论春夏秋冬，无论韭菜老嫩，我每周日必吃韭菜馅饺子，所有的素菜饺子中，韭菜饺子肯定是翘楚，我和邻居都是这么认为的，因为周日吃韭菜馅饺子也是他们的必备"项目"。

每周日的饺子宴，不仅仅是韭菜饺子，还有随季节不同搭配的时鲜饺子，比如白萝卜饺子、香椿饺子、荠菜饺子、苦苣饺子、椒叶饺子、小白菜饺子，但必不可少的还是韭菜饺子。每次吃罢，总结只有一个：还是韭菜饺子好吃。

韭菜就有这样的魅力。

两千多年前就有韭菜，那时的韭菜是怎样的情况，古人是否如我这般钟爱韭菜呢？

《豳风·七月》提到：

二之日凿冰冲冲，三之日纳于凌阴。四之日其蚤，献羔祭韭。

九月肃霜，十月涤场。朋酒斯飨（xiǎng），曰杀羔羊。

跻彼公堂，称彼兕觥（sì gōng），"万寿无疆"！（节录）

十二月咣咣凿冰，正月里搬进冰窖。二月里祭祀祖先，献上羔羊和韭菜。

九月里萧瑟霜降，十月里收谷打场。满斟美酒敬宾客，宰杀羔羊众人尝。

登上聚会的公堂，牛角杯子高举起，齐声高呼"万寿无疆"。

《豳风·七月》是国风中最长的一首诗，记录全年的农耕稼墙，很有现场感，或叫带入感。读《七月》，你会走进我们的先民。韭菜出现在最后一段，

是和羔羊一起作为供品出现的，可见韭菜非等闲蔬菜，就是没看出来祭祀完之后韭菜怎么烹调。我的老先辈们包饺子吗？应该是不包，那时吃的是麦饭，麦子还没有磨成面粉。但不论怎样，此时显然是庆贺的场景，又是祭祀，又是宴饮，还高呼"万寿无疆"，何等欢乐畅快，韭菜就是在这样即庄重又欢喜的场面出现的。这么一看，我这经年吃韭菜饺子的意味竟比不上那个古老的从前。至少，我们吃韭菜饺子的时候从没想过敬献感恩。想想那庆祝的场景，顿觉惭愧。

除了《诗经》提到韭菜，《汉书》也提了："冬种葱韭菜茹。"这说明韭菜在汉代就开始种植了，那时人们种植的蔬菜品种少，可见韭菜的重要性。

唐代杜甫有诗："夜雨剪春韭，新炊间黄粱。"

宋代苏东坡诗："渐觉东风料峭寒，青蒿黄韭试春盘。"

所以可以为证，韭香从《诗经》时代经唐宋酝酿带到今朝，可谓"韭香千年"。


# 栝　楼

## 思乡蜾蠃


栝楼在城里并不常见，我只在三十年前一处小花园蔷薇的架上见过几株，那好似丝瓜的叶，却开着白色披着流苏的花儿，甚是奇特，及至秋天长成一个个圆圆的瓜儿，让人有把玩的冲动。院甲的老人告诉我，那是中药，叫栝楼，可以治咳嗽。我从此记住了它。

后来，偶尔去农村，在农人的土院墙上我也见过金色的栝楼像灯笼一样张挂着，不觉就想到"喜庆"二字。也曾忍不住摘下几个漂亮的栝楼，只是为了摆放，并没有实际使用。

栝楼在《诗经》中被称为蜾蠃。《豳风·东山》中提道：

我徂东山，慆（tāo）慆不归。我来自东，零雨其濛。

果嬴（luǒ）之实，亦施于宇。伊威在室，蟏蛸（xiāo shāo）在户。

町畽（tǐng tuǎn）鹿场，熠燿宵行。不可畏也？伊可怀也。（节录）

我出征到东山，经年没有回家。我从东边回来，细雨蒙蒙不停。

栝楼的果实，爬满了屋檐。潮虫爬行室内，蜘蛛结网在梁。

鹿儿穿行房舍的田边，萤火虫飞来飞去。家园荒凉可怕吗？那也是我思念的家乡。

　　家乡就是征人的灯塔，永远照亮征人的梦乡，即使荒芜，即使栝楼乱长，潮虫乱爬，蜘蛛结网，鹿儿在田地里乱跑，那也是征人的家，是心的存放处。

　　栝楼那时是为了吃的，并不是为了治咳嗽。可食部位是地下的块根，俗

称"天花粉",可做主食——烧饼、煎饼,甚至面条,那征人一定是想起那家乡的美食了吧,还有那秋天里能照亮人的金色的栝楼,那是照亮征人归途的灯盏!

# 牡 蒿

## 匪莪伊蔚

说到"蔚",我就会想起"蔚为壮观"这个成语,"蔚"是盛大的意思,但很远的旧时,"蔚"是一种植物,是一种被人嫌弃的蒿草——牡蒿。

《小雅·蓼莪》就说到卑微的"蔚":

蓼蓼者莪,匪莪伊蒿。哀哀父母,生我劬(qú)劳。
蓼蓼者莪,匪莪伊蔚。哀哀父母,生我劳瘁。(节录)

那高大的植物是莪蒿吧,不是莪蒿,是青蒿。可怜我的爹与妈,为了养我,受尽劳苦!
那高大的植物是莪蒿吧,不是莪蒿,是牡蒿。可怜我的爹与妈,为了养我,积劳成疾!

《小雅·蓼莪》是首悼念父母的诗作,其怀念父母养育的恩德,抒发失去父母的孤苦和未能终养父母的遗憾,沉痛悲怆,凄恻动人,清人方玉润称其为"千古孝思绝作"。

葼就是播娘蒿，在久远的古代是可以当作蔬菜的，而"蔚"则是一无用处的，即使能果腹，口味也不佳，所以先人认为"蔚"远不如"葼"，主人公把自己喻为那无用的"蔚"，父母把自己养大不容易，但其却不能很好地奉养父母，现在又失去了他们，不能很好地报答他们，"欲报之德，昊天罔极"。

　　那是怎样的一种悲恸，那种无可挽回的失去是人生的至痛。

## 籁蒿、青蒿、蔓草

### 鹿鸣食苹蒿苓

　　一直知道"呦呦鹿鸣"，穿越千年，"鸣"之动听。鹿鸣了就饥饿了，鹿吃的是"苹""蒿"以及"苓"，所谓"食野之苹""食野之蒿""食野之苓"。

　　此"苹"不是苹果，是一种菊科植物，此"蒿"为青蒿，此"苓"暂且认为其是蔓草。咱一一叙之。

　　关于此"苹"属性，众说纷纭，但都是菊科，《尔雅》称："苹，藾萧也。"郭璞的《尔雅注》说苹："今之籁蒿也。"陆玑《毛诗草木鸟兽虫鱼疏》持郭说："藾蒿，叶青色，茎似箸而轻脆，始生香，可生食。""籁蒿"也可称是香青

属，是一种全身披白毛的植物，这些植物的枝叶有香气，据说"可生食，又可蒸食"，不但牲畜爱吃，而且是先民的美味佳肴，只是我们今人不但不认识，更遑论吃了。籁蒿属植物在黄河流域有六种左右，什么山莸、藾萧（香青）、黄腺藾萧等等，都可能是《诗经》种鸣鹿的食物。

此"蒿"是青蒿，青蒿就是初春最早长出的绿色植物，青绿色，在满目的荒凉中，尤为让人喜悦，让人感觉生命的美好。深秋时节，青蒿长到及人高，鸟儿会在成片的青蒿中开会，但仍然让人有种"荒草萋萋"的感觉，因为此时的青蒿早已干涩成枯萎的柴草。

此"芩"是什么很难讲，陆玑《诗疏》云："芩之茎如钗，叶如竹，蔓生泽中，下地硗处……牛马亦喜食之。"元朝李衎《竹谱》称之为"竹头草"，似乎是比芦苇小的蔓草。《说文》则认为"芩"为蒿类，依据就是《小雅·鹿鸣》中的"苹""蒿"都是一类植物，不管怎样，"芩"也是鹿爱吃的就是了。

呦呦鹿鸣，食野之苹。我有嘉宾，鼓瑟吹笙。吹笙鼓簧，承筐是将。人之好我，示我周行。

呦呦鹿鸣，食野之蒿。我有嘉宾，德音孔昭。视民不恌，君子是则是效。我有旨酒，嘉宾式燕以敖。

呦呦鹿鸣，食野之芩。我有嘉宾，鼓瑟鼓琴。鼓瑟鼓琴，和乐且湛。我有旨酒，以燕乐嘉宾之心。

一群鹿儿呦呦叫，在那原野吃籁蒿。我有一批好宾客，弹琴吹笙奏乐调。一吹笙管振簧片，捧筐献礼礼周到。人们待我真友善，指示大道乐遵照。

一群鹿儿呦呦叫，在那原野吃青蒿草。我有一批好宾客，品德高尚又显耀。示人榜样不轻浮，君子纷纷来仿效。我有美酒香而醇，嘉宾畅饮乐逍遥。

一群鹿儿呦呦叫，在那原野吃蔓苓。我有一批好宾客，弹瑟弹琴奏乐调。弹瑟弹琴奏乐调，快活尽兴同欢笑。我有美酒香而醇，嘉宾心中乐陶陶。

这是一首宴饮诗，周王和群臣"鼓瑟吹笙""鼓瑟鼓琴"，欢快和乐，甚是欢愉。就像"食野之苹""食野之蒿""食野之芩"的鹿。

那"苹""蒿"和"芩"也就在"呦呦鹿鸣"中芳香千年，至今不散。

# 野豌豆

## 薇也相思

　　薇就是野豌豆，春天，田间野地开出豆科植物典型花形的紫色小花就是薇，阳光下，绿色草丛中，紫花实在是活泼俏皮，但薇在《召南·草虫》里兴起的意象实在阴雨绵绵，让人肝肠寸断。薇在相思，不，采薇的女人在相思，而相思愁煞人，太痛。

　　喓（yāo）喓草虫，趯（tì）趯阜螽（zhōng）；未见君子，忧心忡忡。亦既见止，亦既觏止，我心则降。

　　陟（zhì）彼南山，言采其薇；未见君子，忧心惙（chuò）惙。亦既见止，亦既觏止，我心则说。

　　陟彼南山，言采其薇；未见君子，我心伤悲。亦既见止，亦既觏止，我心则夷。

　　女人采了蕨采薇，但一直见不到自己的爱人，从而忧心忡忡，心怀伤悲。但转念一想，如果见到后一定要相拥相爱，而那时的心就安然了。

　　爱是放不下的，所以才会相思。相思虽苦，但比无情好，所以要做无情世界的有情人，有情了，天地万物才会生长。

　　薇本不相思，采薇的女人相思了，薇也相思，像那"最相思"的相思豆，"红豆生南国，春来发几枝。愿君多采撷，此物最相思"，薇也是豆，为什么总是"豆"引发人的相思？

### 小雅·采薇
采薇采薇，薇亦作止。曰归曰归，岁亦莫止。
靡室靡家，猃（xiǎn）狁（yǔn）之故。不遑启居，猃狁之故。
采薇采薇，薇亦柔止。曰归曰归，心亦忧止。
忧心烈烈，载饥载渴。我戍未定，靡使归聘。

采薇采薇，薇亦刚止。曰归曰归，岁亦阳止。

王事靡盬（gǔ），不遑启处。忧心孔疚，我行不来！

彼尔维何？维常之华。彼路斯何？君子之车。

戎车既驾，四牡业业。岂敢定居？一月三捷。

驾彼四牡，四牡骙（kuí）骙。君子所依，小人所腓。

四牡翼翼，象弭鱼服。岂不日戒？玁狁孔棘！

昔我往矣，杨柳依依。今我来思，雨雪霏霏。

行道迟迟，载渴载饥。我心伤悲，莫知我哀！

　　此诗专以采薇起兴，不是相思更甚相思。主人公征战戍卒，离别家乡，离别采薇的家人，四处以命相搏，哪里能不思念家人，思念能采薇的日子，"昔我往矣，杨柳依依。今我来思，雨雪霏霏"，主人公走的时候，杨柳正发，薇菜正嫩。今朝其思念的时候，雨雪交加，更添愁绪。

　　《史记·伯夷传》提到伯夷："隐于首阳山，采薇而食。"从而饿死在首阳山上，留下"不食周粟"的英名。后来，文人墨客因此以"采薇"喻隐居之意，唐诗人王维的《送綦母潜落第还乡》："圣代无隐者，英灵尽来归。遂令

东山客，不得顾采薇。"意为得志了就顾不上采薇了。

陆玑《诗疏》："蔓生似豌豆。茎叶皆似小豆，藿可做羹，亦可生食。"不过，现在的人很少吃了。

野草丛中星星点点的薇花在阳光下灿烂绽放，哪里能想到其数千年来，曾有如此深远的意韵，也思念，也相思，也高洁。

薇也，不微也。

# 灰 条

## 北山有莱

莱就是藜，即灰灰菜、奶奶语、灰条。奶奶在时，我们用来喂鸡，鸡还不能多吃，吃多了，拉稀。后来日子过到吃肉嫌腻的时候，灰条也会上我们的餐桌，搅动一下，膏粱厚味后的味觉。

灰条很好做，就是用水焯了，然后用咸盐调，淋点油，加点蒜末，口味重的再调点醋，一盘好吃的凉菜就出来了。

《小雅·南山有台》是首祝寿诗，里面提到莱，远超过我理解的"灰条"的含义：

南山有台，北山有莱。乐只君子，邦家之基。乐只君子，万寿无期。
南山有桑，北山有杨。乐只君子，邦家之光。乐只君子，万寿无疆。
南山有杞，北山有李。乐只君子，民之父母。乐只君子，德音不已。

南山有栲（kǎo），北山有杻（niǔ）。乐只君子，遐不眉寿。乐只君子，德音是茂。

南山有枸（jǔ），北山有楰（yú）。乐只君子，遐不黄耇（gǒu）。乐只君子，保艾尔后。

南山有莎草，北山有藜草，赞美这位君子，是国家的基石，祝愿君子，万寿无疆。

南山有桑树、枸柳、山櫄、枳椇，北山有杨树、李树、菩提树、楸树。赞美这位君子，他是国家的栋梁，祝他长寿。

全诗说了两种草，八种树木，起兴用来歌颂国家的栋梁，一定有象征意义，当然是好的意象，有种草木繁盛、人才济济的联想。

不说其他，单表"莱"，除了是"藜"外，还可以表示荒地荒草，比如《小雅·十月之交》：

抑此皇父，岂曰不时？胡为我作，不即我谋？
彻我墙屋，田卒污莱。曰予不戕，礼则然矣。（节录）

"田卒污莱"的"莱"就代表荒地杂草。可见莱本是杂草。但到了《南山有台》中一下高雅起来，有让人刮目相看的迹象，和君子、栋梁联系起来想不高雅都不可能。让人怀疑此"莱"是彼"莱"吗？

莱确实是田边地头，农舍的房前屋后胡乱生长的杂草，荒年可以充当食物，丰年就弃之不顾。过于厚味时，也会想起来解腻，但是从没想过它可以借喻君子、栋梁，或者人才济济。

# 艾 草

## 艾草也相思

艾灸就是用艾草为原料进行的一种治疗。这些年艾灸很兴盛，别说中医推拿，就是美容院也离不了艾灸，似乎到了无病不治的程度，甚至不少家庭理疗都用到艾灸。艾灸的主要功用是理气血，逐寒湿，温经络，据说经常艾灸可以延年益寿。

在我的家乡，使用艾草最多的日子是五月端午，记得我小时候，人们为了驱虫，家家门前要插一大把新鲜的艾草，因为传统中国人都认为五月端午是不好的日子，百虫复苏，开始出行，艾草就是专门用来驱虫的。

端午的艾草只用一天，干了以后并不扔掉，而是到了夏日，蚊虫真正开始肆虐的时候，在小院里点上一把艾草，蚊虫肯定不见了，大人们坐在艾草旁怡然"把酒话桑麻"，孩子们相互追逐，玩性正高。只不过现如今在钢筋水泥的城市里很难点艾草，城市人都住在小火柴盒一般的高楼里，有几家能有院子呢？但五月端午往门上插艾草还是可以实现的。

艾草有一种很特殊的芳香，令人过"味"不忘，农家院前屋后常会种植艾草，只要种几株来年就会成一片，劳顿之后随手掐一段艾草放在鼻下嗅闻，顿觉神清气爽、脑目清亮，甚是惬意。

回到很久的从前，那时的艾草可有今日的用处？《王风·采葛》中，采了三种草，其中有艾草：

彼采葛兮，一日不见，如三月兮。
彼采萧兮，一日不见，如三秋兮。
彼采艾兮，一日不见，如三岁兮。

不用翻译，就是男女相思之歌。

这个相思的递进是用植物生长习性表示的，葛藤从生长到开花结果只需三个月，所以，一日不见，如三月兮。"萧"是一种蒿草，到了秋天才结果实，所以，一日不见，如三秋兮。艾草从功用上讲，长得越久越好，即"凡用艾叶，须用陈久者"，孟子就说过："七年之病求三年艾。"所以，一日不见，如三岁兮（其实我见过的艾草都是"一岁一枯荣"）。

在《诗经》中，我们熟悉的植物总会有不同寻常的功用，比如相思，可以用艾草表达，谁能想到呢？

# 播娘蒿

## 菁菁者莪

《本草纲目》："莪抱根丛生，俗谓之抱娘蒿。"

抱娘蒿学名播娘蒿，在农民眼里就是麦田里的杂草，是洒了除草剂要坚决消灭的杂草。

每年春天麦苗返青的时候，播娘蒿也一同生长，而且播娘蒿总是比麦苗长得快，初夏时，绿油油的麦田绿浪翻滚。在成片的绿浪中会随风摆动着黄色的条纹，那是抱娘蒿沿着麦田的长埂高高擎起自己的细碎黄花和麦苗交相呼应，在我眼里是一道美好的风景，是要拿出相机拍照的，因为我不需要管抱娘蒿是否争夺了麦苗的养分。

抱娘蒿除了麦田，哪里都可以生长，村野荒田，和其他杂草一起生长，永远生机勃勃，永远挺直向上，你可以不知道它的名字，你一定会注意到它，它无处不在。

《小雅·菁菁者莪》中有一个我意想不到的"莪"——抱娘蒿：

菁（jīng）菁者莪，在彼中阿。既见君子，乐且有仪。
菁菁者莪，在彼中沚。既见君子，我心则喜。
菁菁者莪，在彼中陵。既见君子，锡我百朋。
汎（fàn）汎杨舟，载沉载浮。既见君子，我心则休。

青翠茂盛的播娘蒿，长在那丘陵中。见到那体面的君子，快乐还有风度。
青翠茂盛的播娘蒿，长在那水中的绿洲。见到那体面的君子，我的心下好欢喜。
青翠茂盛的播娘蒿，长在那山上。见到那体面的君子，赐给我好多贝币。
在河上泛着杨木舟，时起时伏。见到那体面的君子，我的心充满了喜悦。

杂草对君子似不般配，实在出乎我意料，但仔细想来又在情理之中，古

人看到的是播娘蒿的青翠茂盛，我也看到了播娘蒿的生机和挺立，其当时不是杂草，不是农人眼里和麦苗争夺养分的莠草，所以，播娘蒿可以配君子。

《小雅·蓼莪》也提到"莪"：

蓼蓼者莪，匪莪伊蒿。哀哀父母，生我劬劳。
蓼蓼者莪，匪莪伊蔚。哀哀父母，生我劳瘁。

此处说的是看到那长得高大，"抱根丛生"（《本草纲目》云）的播娘蒿，主人公想起自己父母的辛苦劳累。"蓼莪之思""蓼莪废读"的典故就出自此篇。

据说，播娘蒿能吃，而且味道香美，颇似蒌蒿，但并没有品尝过。

## 苦荬菜

### 薄言采芑

《小雅·采芑》所提的"芑"居然是苣荬菜，俗称"甜苣"，是我现在春夏常吃的野菜。在我的眼里，甜苣就是野菜，就是脑满肠肥之后解腻的"刮油"良药。

苣荬菜分苦和甜两种，其实甜的也苦，苦的更苦，人们常吃的是甜苣，也有人吃苦苣。

甜苣常长在菜地的间隙，或者花圃的空地，河边的湿地也有很多，成片生，样子和苦菜很像，和蒲公英也像。苦苣叶片会有很多锯齿，这是和甜苣的主要区别，常采甜苣的人会很清晰地区分甜苣和苦苣，而初次采集的人往往分不清。

采上一把甜苣，甚至不用把白色的根部去掉，清洗干净，用滚水焯了，再放凉水里拔除苦味，就可以依自己的喜好调凉菜了，很爽口。

《小雅·采芑》的"芑"和调凉菜完全无关，但和军事演习有关。出人意料吧？这就是《诗经》的魅力，永远有你想不到的地方，但不是别出心裁，而是自然生发。

薄言采芑（qǐ），于彼新田，呈此菑（zī）亩。

方叔莅（lì）止，其车三千，师干之试。

方叔率止，乘其四骐，四骐翼翼。

路车有奭（shì），簟茀（diàn fú）鱼服，钩膺鞗（tiáo）革。

（节录）

忙着采甜芑，从耕了两年的田，到耕了一年的田。

大将方叔亲自来，他的战车有三千，士兵忙着在操练。

方叔亲自来率领，乘的是四匹青黑色的马，四匹战马很整齐。

大车漆成红颜色，垂方纹竹帘鱼皮箭袋斜披，马颈的带饰和铜饰的龙头华贵威严。

　　一个旁观者在田里忙着采甜芑，目睹了威武雄壮的练兵场面。没有采甜芑，也丝毫不影响军事演练，但正因为有了采甜芑马上就有了严整之下的生气，有了田野气息，有了军队为谁忙的对象。

　　这样的采甜芑一下有了万千气象。不是今人能比的。

# 羊蹄草

## 言采其蓫

《小雅·我行其野》是一首弃妇的怨诗，其中提到羊蹄草——蓫。

我行其野，蔽芾（fèi）其樗（chū）。昏姻之故，言就尔居。尔不我畜，复我邦家。

我行其野，言采其蓫。昏姻之故，言就尔宿。尔不我畜，言归斯复。

我行其野，言采其葍（fú）。不思旧姻，求尔新特。成不以富，亦祗以异。

我独自走在田野里，臭椿长得如此茂盛。因为和你结成婚姻，才来到你

家居住。但你不肯把我养，我只好回到自己家。

我独自走在田野里，采摘恶草羊蹄多辛苦。就是因为婚姻的缘故，才来到你家居住。你不好好把我养，我只好把家还。

我独自走在田野里，采那蓄草聊果腹。你不珍惜旧姻缘。一心只想讨好新欢。难不成是因为她家富？这样也难保你将来不离异。

《诗经》里有不少弃妇诗，看了让人悲凉，传统女子的历史性悲剧，此处不说也罢，说起来都是泪。只说弃妇提到的三样植物，都是自古以来被誉为"恶"草（木）的植物。

"樗"就是臭椿，"不材之木""恶木"也。"蓫"，羊蹄草。宋朱熹云："蓫，牛蒡，恶菜也。今人谓之羊蹄菜。"《齐民要术》："蓫，今人谓之羊蹄，似芦菔，茎赤，煮为茹，滑而不美。多吃令人下痢。""葍"即打碗花，《毛传》："葍，恶菜也。""多年野生蔓草。"

弃妇心下悲凉，想到的、看到的都是不好的事物，当然眼里也只看得见"恶木""恶草"。想当年刚刚"之子于归"，那时，"桃之夭夭，灼灼其华"，如今，"尔不我畜，复我邦家"，桃花凋谢了，只看见"恶木"长得茂密高大，"恶草"原本是救荒时聊以果腹，如今也不得不采，因为负心汉不养她了。

羊蹄不就是"味苦性寒"吗？《本草图经》云："采根汁涂疥癣，有疗效，并用以除热、凉血、止血及治疗女子阴蚀。"这是医生眼里的羊蹄，就像"恶草"蒺藜一样，在将军眼里可以制成"铁蒺藜"，所以，所有的"恶"都是心中想。

羊蹄草也是蓼科酸模属植物，和巴天酸模——野菠菜长得很像，但一种"滑而不美"，一种"叶酸美，小儿折食其英"，就跟香椿和臭椿的区别一样，同样都是椿，同样都是蓼类，差别怎么这么大呢？这就是世界，你不得不面对的世界。

# 田旋花

## 旋花何辜

田旋花，花期较长，5-8月份，分布广，适应性强，只要有草的地方就有田旋花。田旋花长得像牵牛花，只是比其小了许多，色彩也只有深粉与浅粉的区别，但不论缠绕攀缘抑或只是匍匐在地，粉色的小喇叭从早到晚响亮吹起，但凡注意到它，便让人心情愉悦。

田旋花往往和牵牛花一起开，牵牛花鲜艳，大的喇叭像是金丝绒一样细腻高贵，它会更夺人眼球，所以田旋花就像是陪客，但是它只管自开自落自芬芳，并不因无人喝彩而暗自神伤，永远响亮，永远朝气蓬勃。

可是《小雅·我行其野》给了我们一个完全不一样的田旋花：

我行其野，言采其葍。不思旧姻，求尔新特。成不以富，亦祇以异。（节录）

全诗描写的是一个弃妇对前夫的抱怨，提了三种植物，不是"恶木"就是"恶草"，恶木是臭椿，恶草一个是羊蹄，一个就是田旋花——葍。

在弃妇眼里，小小的田旋花是恶草，因为"久食则头晕破腹"吧（《救荒本草》云），所以只能间隔食用，想来也就是只有荒年时人们迫不得已才食用。如今，被丈夫抛弃，弃妇眼里看到的只是"恶草"吧。

久远的过去，食物总是不够充实，古人们当然会把能食用、口感好的芳香的植物称为"香草"，而那些不能果腹，或者勉强可以果腹的植物称为"恶草"，特别是在屈原眼里，植被明确分为"香草"和"恶草"。

现在，人们不需要吃田旋花，田旋花只是田间地头、房前屋后的自然点缀，是小女孩手里的玩物，是夏日里阳光下的一抹温情，所以，如今的田旋花不用背负"恶草"的名声了吧！虽然依旧有着弃妇。


# 薹　草

## 薹、莞、蓑，亦席亦蓑


薹、莞、蓑是三种不同的草，但都为细长状，前两种为莎草科，后一种为禾本科，不论哪一科，一般人都不认识，或者不屑于认识。

它们有一个共同的特点——可以编制器物、席子、蓑衣，现今城市里没有一人用到这三种草编的席子和蓑衣了吧，甚至逐渐城市化的农村也少有人用吧，不过兴许遥远的山里因封闭会留下草席和蓑衣的遗存。

这三种草都出现在《诗经·小雅》中，都是歌颂的诗，有祝寿的，有祝贺宫室落成的，有歌颂牛羊繁盛的，一派歌舞升平、安居乐业的景象，这三种草就像细节一样填补了这种平实安稳的生活。

"薹"在《小雅·南山有台》中为"台"，即薹草，也叫莎草：

南山有台，北山有莱。乐只君子，邦家之基。乐只君子，万寿无期。（节录）

南山生莎草，北山长藜草。君子真快乐，为国立根基。君子真快乐，万年寿无期。

116

陆玑《诗疏》云："薹,夫须。旧说夫须,莎草也,可为蓑笠。"

《小雅·都人士》也提到薹,而且说出了薹的功用:"彼都人士,台笠缁撮。"意为那镐京里的人,背着莎草编的斗笠。

唐朝张九龄诗《奉和圣制瑞雪篇》中的"薹"就是这个意思:"朝冕旒兮载悦,想薹笠兮农节。"

而"莞"出现在《小雅·斯干》中,"莞"即蒲草或蔗(biāo)草:

下莞上簟,乃安斯寝。乃寝乃兴,乃占我梦。

吉梦维何?维熊维羆(pí),维虺(huǐ)维蛇。(节录)

下铺蒲席上铺簟,这里睡觉真安恬。早早睡下早早起,来将我梦细解诠。

做的好梦是什么?是熊是羆梦中见,有虺有蛇一同现。

《汉书·东方朔传》提到"孝文皇帝莞蒲为席",表面是说席子用的材料是"莞",实则想要赞扬汉文帝主张休养生息的政策,以身作则,自奉简朴,终成文景之治,其简朴生活也为历代文人赞颂。

"蓑"出现在《小雅·无羊》中，"蓑"就是蓑草：

或降于阿，或饮于池，或寝或讹。
尔牧来思，何蓑何笠，或负其餱（hóu）。
三十维物，尔牲则具。（节录）

有的奔跑下高丘，有的池边把水喝，有的睡着有的醒。
你到这里来放牧，披戴蓑衣与斗笠，有时背着干粮饼。
牛羊毛色三十种，牺牲足够祀神灵。

关于"蓑"可说的地方多。一说到"蓑"自然就想起"蓑衣"，说到蓑衣我最先想起的是唐代诗人张志和的词——《渔歌子》：

西塞山前白鹭飞，桃花流水鳜鱼肥。
青箬笠，绿蓑衣，斜风细雨不须归。
唐代皮日休也有关于蓑衣的诗句：蓑衣归去烟披重，箬笠新来雨打香。
宋代晁冲《和二十二弟》：绿蓑青箬非吾事，白浪狂风满太湖。
这三种草实用性强，尽管没有观赏价值，但因为《诗经》，它们依然留下了些许浪漫痕迹。

# 水　藻

## 鱼在在藻

水藻浮游在水中，自在逍遥，阳光照耀水面，波光粼粼，水藻也熠熠生辉，比土地上的植物更多了一分"水灵灵"的生机。

初春时节，万物还在"春寒料峭"中瑟瑟发抖时，溪流中的水藻就开始像鱼一样地游弋，此时伸长脖颈的鹅才抖抖翅膀跃入水中，和水藻一起摆动，春水绿藻配白鹅，"绝胜烟柳满皇都"就是这个感觉。

　　小鱼儿躲在水藻下面，或围着水藻游动，不仔细看根本就捕捉不到它们的身影。有村妇拿着浆洗的衣服来到有堤的溪边开始洗涤，不时把衣服甩到溪流里冲洗，衣服和水藻一起随着水流游动，不远处有上工的农人扛着农具散漫走过小桥，让人不由自主地想起"小桥流水人家"的恬淡乡村生活。

　　水藻就是这样一种植物，充满生机，又洁净柔顺。久远的古人比我更清楚地认识到这些，而且不只这些。因为藻为水生植物，古人就把藻作为辟火的象征意义，几千年来，上自王公贵族，下到平头百姓，都会在屋梁上雕绘水藻纹饰，用以压制火灾。

　　藻还象征柔顺、廉洁，所以周代女子会用藻作为祭祀供品，取其意应是廉洁，就像天子以及三品以上官员所穿朝服都要绣上水藻纹饰，时时提醒自己要廉洁。

　　《诗经》中提到藻的地方有三处，可见古人对藻的关注很多，藻在古时甚至是一种食用植物，可以煮菜做羹，据说味道不错。

**召南·采蘋**

于以采蘋？南涧之滨；于以采藻？于彼行潦。
于以盛之？维筐及筥；于以湘之？维锜及釜。

于以奠之？宗室牖下；谁其尸之？有齐季女。

在哪里采田字草呢？就在那南边的涧水边。
在哪里采水藻呢？就在那水沟的积水处。
用什么来把东西放？就用圆筐和方筐。
用什么来把食物煮？就用锅和无脚锅。
在哪里放置祭品呢？就在那宗庙的窗下。
是谁来做这次祭祀呢？就是那斋戒后的少女。

山歌一样的一问一答，自问自答，我好似看到那窈窕的少女忙碌、欢快地在水边采田字草、水藻，轻快地放到篮子中，盛满后赶紧回到宗庙里。她要用锅煮食物，还要把祭品放到宗庙的窗下，一切忙碌完毕，少女开始虔诚地祈祷，完成自己的使命，也许祈祷国家昌盛，也许祈祷家庭安康，更可能的应该是祈祷自己找一个如意郎君吧。

《小雅·鱼藻》中也提到藻，让人有一种"鱼水之欢"的惬意欢愉，虽然这是一首赞美君贤民乐的诗歌。《毛诗序》又以它惯有的思维认为其"刺幽王也。言万物失其性，王居镐京，将不能以自乐，故君子思古之武王焉"，但我看不出来，我看到的只是君民同乐的和乐景象。

### 小雅·鱼藻
鱼在在藻，有颁其首。王在在镐，岂乐饮酒。
鱼在在藻，有莘其尾。王在在镐，饮酒乐岂。
鱼在在藻，依于其蒲。王在在镐，有那其居。

鱼儿游在水藻中，它的脑袋大又圆。天子住在京镐中，快乐地和群臣饮酒。
鱼儿游在水藻中，它的尾巴长又长。天子住在京镐中，欢饮美酒真逍遥。
鱼儿游在水藻中，游弋在蒲草中间。天子住在京镐中，所居安乐好地方。

"鱼在在藻""王在在镐"各得其所，岂不乐哉？
藻竟是让人欢愉的呢，好！

# 水 芹

## 香草水芹

　　水芹就是水边长的芹菜，前两年妹妹给我送来一大把，说是在山里泉水边采的，还说，水质不好，水芹就长不了。水芹拿在手里清香扑鼻，顿生神清气爽之气，远不是西芹钝钝的味道可比，想来这样的清香之气必是在干净的地方才能长出是有道理的。

　　水芹可凉拌，可清炒，只需加点盐即可，清爽可口。

　　《小雅·采菽》提到水芹，水芹是天子用来接待诸侯时的菜品：

觱（bì）沸槛泉，言采其芹。君子来朝，言观其旂。
其旂淠淠，鸾声嘒嘒：载骖载驷，君子所届。（节录）

泉水在翻腾，我去采水芹。诸侯来朝见，旌旗已渐近。
旌旗在飘动，銮铃很动听。三马四马驾，诸侯已来临。

《鲁颂·泮水》也提到水芹：

思乐泮（pàn）水，薄采其芹。鲁侯戾止，言观其旂。
其旂茷茷，鸾声哕哕（huì）。无小无大，从公于迈。（节录）

泮水令人愉快，我来采摘水芹。鲁侯威仪莅临，看那旌旗气派。
旌旗猎猎飘扬，銮铃当当作响。无论官阶大小，跟从鲁公前行。

可见，水芹总是出现在盛大的场面，总是会给人美好的寓意。

水芹一定是祭祀的植物，《周·天官》："醢人掌四豆之食……加豆之实""醢人"是官名，"四豆"是容器，分别装 "芹菹兔醢"，"芹菹" 就是水芹腌的菜。

《吕氏春秋》云："菜之美者，云梦之芹。""云梦" 是楚地的大湖，就是说云梦产的水芹是品质最好的。可见水芹在久远的那时是很重要的蔬菜。只是到了现在，水芹渐行渐远，西芹正当其道，我们离《诗经》时代远矣。别说是水芹款待贵客了，怕是知道水芹的人也不是多数。

# 堇 葵

## 堇茶如饴

《大雅·绵》提到两种植物——"堇""茶"，即堇葵与苦菜，一种辛辣，一种苦寒，却有 "堇茶如饴" 之称，如此反差，为什么？

周原膴（wǔ）膴，堇茶如饴。爰始爰谋，爰契我龟，曰止曰时，筑室于兹。

乃慰乃止，乃左乃右，乃疆乃理，乃宣乃亩。自西徂东，周爰执事。
（节录）

周原土地肥美，像堇荼这样的苦菜也长得像糖那样甜。大家谋划建房，龟板之上神迹。卜辞告知时间，就在这里建房。

于是定居此地，划定左右区域。划定田地边界，整修田垄沟渠。自西边到东边，大家辛苦劳作。

这是周人记述自己祖先古公亶父事迹的诗篇，他的儿子周文王，他的孙子周武王，在中国妇孺皆知，他们建立了不朽的功业，八百年周朝就始于他们，但"筚路蓝缕"时期则是古公亶父开天辟地，其功不可磨灭，其事迹可歌颂。

《史记·周本纪》："古公亶父复修后稷、公刘之业，积德行义，国人皆戴之。"周围的偏邦小族看见人家把国家治理得好，就来攻伐，想要得到财物，古公亶父就给了他们。但那些蛮人不知足，又来进攻，这次是来要土地和人民的。周人很愤怒，要和蛮人打仗，但古公亶父说："有民立君，将以利之。今戎狄所为攻占，以吾地与民。民之在我，与其在彼，何异。民欲以我故战，杀人父子而君之，予不忍为。"人民于是跟着他重新开辟新天地，周边的老百姓听到、看到他的仁德纷纷前来投靠，所谓"民皆歌乐之，颂其德"。

这样的领导，这样的人民，这样的土地，于是"堇荼如饴"。

# 水 蓼

## 水蓼辛辣

　　《周颂·小毖》说的是周成王自我规诫、自我诫勉的诗，成语"惩前毖后"就源自此诗。诗中提到一种植物——水蓼，其是水边植物，自生自长自辛辣，寻常到无人注意，无人问津，但在《诗经》时代却有着不寻常的内涵。

　　予其惩，而毖后患。莫予荓（píng）蜂，自求辛螫。
　　肇允彼桃虫，拚飞维鸟。未堪家多难，予又集于蓼。

　　我必须深刻地吸取教训，以免除将来的祸患。不能惹得群蜂舞动，自己招惹蜂蜇。
　　原来只不过是只鹪鹩，转眼变成凶悍的大鸟。不堪忍受家国多难，偏又坠入辛辣的草丛。

　　这应该是周公旦归政于成王之后，成王经历了自己叔父的"管蔡之乱"、

殷民的"武庚之祸"后肯定深有感触，所有的乱都是由小变大的，所以要防患于未然。同时也对自己现在的处境深深表示忧虑，家国多难，却"予又集于蓼"，这个"蓼"就是枝叶辛辣的水蓼。

水蓼成了成王比喻自己处境艰难的喻体，家国多难、内忧外患，君主还有比这更艰难的情况吗？水蓼既然可以比喻如此险境，可见水蓼的辛辣自不待言。

现在的人知道水蓼的应该不算多，知道红蓼的就多了，因为红蓼因其"红"穗可以观赏，在农村家户门前常常可以看见。可水蓼没有观赏性，现如今也没有人把水蓼当作调味品。但在很久的古代，水蓼为五辛之一：葱、蒜、韭、蓼、芥。在烹煮"雉、豚、鱼鳖"时，必须用水蓼填充腹部以去除腥膻味。今天我们依旧而且是更大量地食用鸡肉、猪肉、鱼鳖，而且也大量用葱、姜、韭、芥，唯独不见了水蓼，原因就不得而知了。

《周颂·良耜》："其镈（bó）斯赵，以薅（hāo）荼蓼。荼蓼朽止，黍稷茂止。"这里的"蓼"与"荼"是被当作杂草的，一种是旱地的杂草——"荼"，一种是水里的杂草——"蓼"。可见"荼""蓼"的繁盛程度。

孩提时常在河边玩，我们常常采像蜡烛一样的香蒲，甚至采开花的芦苇、岸边的红蓼，却唯独没有人注意到水蓼，水蓼在我们孩子们的眼里没有任何可取之处，我们也完全不知道几千年前的祖先因为水蓼烦恼过，这也许就是少年不识愁滋味吧。

# 莼 菜

## 莼菜美也

《鲁颂·泮水》除了提到水芹、茆草，再有就是莼菜，都是水生植物，都是为了衬托鲁公的威仪和功绩。

思乐泮水，薄采其茆（mǎo）。鲁侯戾止，在泮饮酒。

既饮旨酒，永锡难老。顺彼长道，屈此群丑。（节录）

泮水之滨多快乐，伸手去摘嫩莼菜。鲁侯威严来这里，泮水之滨饮美酒。
饮了甘甜的美酒，上天赐他永不朽。挥军大道往前行，征服敌寇那淮夷。

《周礼·天官·醢人》："朝事之豆，其实……茆（máo）菹（zū）麇（jūn）臡（ní）……加豆之实，芹菹兔醢（hǎi）……"说的是"芹""藻""茆"都是用于祭祀的物品，《鲁颂·泮水》中的"采芹""采藻""采茆"是为祭祀做准备，而且人们是带着快乐的心情，因为鲁侯在泮水宴饮，庆功，打了胜仗当然要告诉祖先，所以还要祭祀。一切都是愉快的，当然"采芹""采藻""采茆"的过程也是愉快的，于是"芹""藻""茆"也带给人愉快的意趣。

"茆"即莼菜，也叫蓴（pò）菜，多生长在南方的湖泽里，农历三四月份嫩茎未长叶，或是叶子未展开形如荆钗时采食最佳。陆玑《毛诗草木鸟兽虫鱼疏》云："茆与荇菜相似，叶大如手，有肥者著手中，滑不得停……江南人谓之蓴菜。"

我这个北方人对莼菜不熟悉，所谓的美味"莼鲈风味""蓴羹鲈烩"虽不得而知，倒是得知晋朝的张翰在洛阳为官时见秋风起，想起家乡的蓴菜鲈

鱼，不惜辞官返乡尝鲜的故事，可见莼菜配了鲈鱼是如何美味。还有辛弃疾的《木兰花慢》："秋晚莼鲈江上，夜深儿女灯前。"数千年来，人们都对莼配鲈有如此兴致，可见其魅力。所以可以想见《鲁颂·泮水》中那些愉快的描述，也是因为有那令人愉快的美菜吧。

莼菜除了带给人美味，还有别的意趣，姜夔《庆春宫》："双桨莼波，一蓑烟雨，暮愁渐满空阔。"这样的莼菜给人带来的似乎更符合文人墨客的口味吧。

透过近三千年的时光，没有鲈鱼，莼菜也芳香。

# 凌霄花

## 苕之华

凌霄花明艳照人，金红似火，盛夏之际攀缘开放，让我心中有一种想要好好生活的冲动。

但是，一开始我对凌霄花的印象是非常不好的，源于舒婷那首曾经风靡大江南北的《致橡树》："我如果爱你，绝不像攀缘的凌霄花，借你的高枝炫耀自己。"她把美丽的凌霄花比喻成了攀附高枝的势利小人，所以每次见了凌霄花，我的心中总要迟疑片刻。后来，随着时间的流逝，我学会客观看待身边的事物，外加凌霄花确实漂亮，所以，我对其抛开了刻板印象，开始欣赏它的美，如宋人杨绘诗云："直绕树干凌霄去，犹有根源与地平。不道花依他树发，强攀红日斗修明。"敢于和红日争明艳，岂是寻常之花？

清人李笠翁赞凌霄花为"天际真人"："藤花之可敬者，莫若凌霄，望之如天际真人，卒急不能招致。"

《诗经》时代，凌霄花被称为"苕"，而诗人用它的盛放繁茂来衬托人生的悲惨凄苦。

**小雅·苕之华**

苕（tiáo）之华，芸其黄矣。心之忧矣，维其伤矣！

苕之华，其叶青青。知我如此，不如无生。

牂（zāng）羊坟首，三星在罶（liǔ）。人可以食，鲜可以饱。

凌霄花开放，一片金黄。心中忧愁不止，我是那样忧伤！

凌霄花绽放，枝繁叶茂。早知道我这样，不如不降生。

母羊身瘦头大，星光照着捕鱼篓。人能吃上东西就算不错了，可吃饱的
时候却很少。

　　此诗悲伤到绝望，那凌霄花管自开放，完全解决不了温饱问题，它那样
金黄灿烂、枝繁叶茂，主人公却饥饿难耐、生不如死，与其对比，更增加了
主人公心中的忧伤。

　　"庭中青松四无邻，凌霄百尺依松身。高花风堕赤玉盏，老蔓烟湿苍龙
鳞。"这是宋代陆游的《凌霄花》，很美的画面。和《苕之华》一样，都描写
了凌霄花的枝繁叶茂，但所表达的情感却大异其趣：陆游即是文人高士的情
怀；无名氏却是实实在在为五斗米忧愁。

　　我，无语。

# 枸 杞

## 情衷枸杞

历代夸枸杞的人不少，选两个名人的诗开篇吧。

刘禹锡《枸杞井》：

僧房药树依寒井，井有清泉药有灵。

翠黛叶生笼石磴，殷红子熟照铜瓶。

枝繁本是仙人杖，根老却成瑞犬形。

上品功能甘露味，还知一勺可延年。

苏东坡《小圃枸杞》：

根茎与花实，收拾无弃物。

大将玄吾鬓，小则饷我客。

刘禹锡夸枸杞味美还可以延年益寿。苏东坡夸枸杞浑身上下都是宝，可以黑发，可以食用，没有多余之处。

枸杞有"坚筋骨，补精气，滋肾润肺"的功能。《本草纲目》说有"去家千里，勿食枸杞"的说法，意思就是枸杞有增加性能力的功效。还有，据说道家女神之宗瑶池金母手中的"西王母杖"就是用枸杞根制成的。

我眼里的枸杞就是孩提时，鲜艳欲滴，形如耳坠，手中把玩的小红珠子就跟狗尾巴草、指甲草一样是玩物。及至成年，我才知道其是可以养生的补品。而我也常把其当作食材来吃，仲春时节，麦苗正绿，枸杞苗正旺时，我便采了嫩叶，清洗切碎和面搅拌，上笼蒸熟，加调料用油一炒，那就是人间美味。

《诗经》时代，枸杞肯定也是食用加药用吧。只是提到枸杞的地方都是令人忧伤感怀的。

### 小雅·北山

陟彼北山，言采其杞。偕偕士子，朝夕从事。王事靡盬，忧我父母。

溥天之下，莫非王土；率土之滨，莫非王臣。大夫不均，我从事独贤。（节录）

爬上北山，去采枸杞。健壮士子，早晚忙碌。王家事多，父母失奉。

普天之下，莫非王土；率土之滨，莫非王臣。大夫办事不公道，我的差事多又重。

诸侯家的事多，大夫分配不均，难以奉养父母，都和枸杞没有关系。若有关系也是枸杞采了是给君王的，却给不了自己的父母。

### 小雅·四牡

翩翩者雏（zhuī），载飞载下，集于苞栩。王事靡盬（gǔ），不遑将父。

翩翩者雏，载飞载止。集于苞杞，王事靡盬，不遑将母。（节录）

翩翩飞翔的鹁鸪鸟，忽上忽下翻飞。落在繁密的柞树上，王家的差事做不完，我顾不上把父亲奉养。

翩翩飞翔的鹁鸪鸟，忽上忽下翻飞。落在茂盛的枸杞上，王家的差事做不完，我顾不上把母亲奉养。

鹁鸪鸟儿飞，落在柞树和枸杞树上，但公事繁忙，主人公顾不上奉养双亲。

看到枸杞，儿子想到了母亲，兴许是到了采枸杞的时日，主人公感叹却无法帮助自己的母亲劳作，枸杞的美味，自己的母亲也消受不上。

### 小雅·杕（dì）杜

陟彼北山，言采其杞。王事靡盬，忧我父母。

檀车幝（chǎn）幝，四牡瘏（guǎn）瘏，征夫不远！（节录）

登上北上，去采枸杞。王事繁多，父母忧愁。
役车破旧，四马疲病，征夫的归期不远了。

这是妻子思念长期在外服役的丈夫的诗篇，也是君王的差事繁多，父母忧愁，丈夫还不在，独自去采枸杞。

这三首诗让我冒出一个想法，难道这君王和枸杞有仇？不采枸杞想不起君王，一采枸杞，君王的差事就没完没了，君王的差事一多，就顾不上奉养自己的父母。

这采枸杞是喜耶忧耶？放在今朝就是喜，比如我，每一次采枸杞都是喜悦的日子，是和自然交融的日子，是可以享受枸杞美味的日子，放在两千多年前就是忧了，不仅父母吃不上，而且自己也事物繁多顾不上奉养父母，采这枸杞何益？

真没想到两千多年前和枸杞勾连的竟是这样悲哀的事，明年我还去采枸杞吗？


# 女　萝

## 茑与女萝

茑、茑萝、女萝既不是一种植物，也不是一个科一个属。茑为桑寄生科、桑寄生属植物，茑萝为旋花科、茑萝属植物，女萝为松萝科植物。茑萝的花是鲜红的小喇叭花，是外来客，此处不说。《诗经》中说的"茑"据判断为桑寄生科植物，"女萝"为松萝科植物，二者的区别为，桑寄生类植物必须依靠寄主养分存活，常见寄生在寄主树干、树枝或枝梢上，远望之有如鸟巢或草丛。而女萝是附生植物，"色青而细长，无杂蔓"，常攀附在松树上，也称松萝，远望犹如条条绳索下垂，是藻类和真菌的共生体，自己经营自己的生路，不像茑，无法独立生活。但它们都得依附主家，所以它们是"亲戚关系"。

《小雅·頍（kuǐ）弁》说的就是这样的关系：

> 有頍者弁，实维伊何？尔酒既旨，尔肴既嘉。岂伊异人？兄弟匪他。茑与女萝，施于松柏。未见君子，忧心奕奕；既见君子，庶几说怿。
>
> 有頍者弁，实维何期？尔酒既旨，尔肴既时。岂伊异人？兄弟具来。茑与女萝，施于松上。未见君子，忧心恮（bǐng）恮；既见君子，庶几有臧。
> （节录）

> 鹿皮礼帽真漂亮，为何将它戴头顶？你的酒浆都甘醇，你的肴馔是珍品。来的哪里有外人，都是兄弟非别人。茑和女萝蔓儿长，依附松柏悄攀缘。未曾见到君子面，忧心忡忡神不安。如今见到君子面，荣幸相聚真喜欢。
>
> 鹿皮礼帽真漂亮，何事将它戴头顶？你的酒浆都甘醇，你的肴馔是佳品。来的哪里有外人？兄弟都来亲更亲。茑和女萝蔓儿长，依附松枝悄缠绕。未曾见到君子来，忧思绵绵生烦恼。如今见到君子面，满怀喜悦心境好。

这是一首贵族兄弟相聚的宴饮诗,《毛诗序》继续他的"刺",这次是"诸公刺幽王也";朱熹还是客观,《诗集传》说"燕兄弟亲戚之诗",终于和我等意见一致了一次。诗中写贵族请他的兄弟、姻亲来宴饮作乐,赴宴者赋诗以表心意,心意就是尔等是"茑与女萝",贵族是"松柏",所以,他们还是要仰仗贵族的,"施于松柏",表示对这位贵族的攀附。

茑与女萝在植物类别上如果有异议的话,留待专家考证,我在茶室"吟风弄月"静等,但在诗中,它们的攀附关系没有任何异议。


# 蓼 蓝

## 围裙里的蓼蓝


蓼蓝和红蓼同为蓼科植物,相对于蓼蓝,红蓼更广为人知。因为红蓼不仅普遍生长于农村的荒地水泽或者田舍,也作为花境材料被广泛栽植在城市花园中,夏秋时节,长长的艳红色穗状花序在风中摇曳,甚是引人注目。而蓼蓝花序短,颜色近乎白色,毫不起眼,所以蓼蓝就湮没在历史的长河中,虽然,蓼蓝曾经非同寻常。

蓼蓝自古就是重要的蓝色染料,而且蓼蓝在《诗经》时代被称为"蓝",古时的蓝常用三种植物提炼,爵床科的板蓝(就是中药板蓝根之板蓝),蝶形花科的木蓝,再有就是蓼蓝。蓼蓝可以染绿(碧),板蓝和木蓝可以染青,三者都可以做蓝色染料,颜色都盛于原色,所以才有"青出于蓝而胜于蓝"之说,这就和著名的学者荀子联系上了。荀子在《劝学篇》中云:"青,取之于蓝,而青于蓝。"这是小学课本里的课文,几十年过去了还记得,但不知道课文中的"蓝"居然就是指的蓼蓝,可见,人是要活到老学到老的。

《诗经》中提到"蓝"的地方就一处——《小雅·采绿》,采绿也采蓝,一个性质：

终朝采绿，不盈一匊。予发曲局，薄言归沐。

终朝采蓝，不盈一襜（chān）。五日为期，六日不詹。

之子于狩，言帐（chàng）其弓。之子于钓，言纶之绳。

其钓维何？维鲂及鱮（xù）。维鲂及鱮，薄言观者。

整个上午采荩草，还是不到手一捧。我的头发蓬松卷曲，还是回家去梳洗吧。

整个上午采蓼蓝，围裙里面装不满。说好的五天就回家，结果六天不见人。

这人外出去打猎，我把弓给他装弓袋。这人外出去钓鱼，我为他把丝绳缠。

他钓到了什么呢？是鲂鱼和鲢鱼。钓到鲂鱼鲢鱼，我在旁边在一直看。

妻子思念丈夫，一上午采的茜草不满一手捧，采的蓼蓝不满一围裙。那是心不在焉，心有旁骛。发现自己头发蓬乱，要回去梳洗，可内心又怕万一此时丈夫回来呢？所以又不忍心回家。那不满一围裙的蓼蓝棵棵装着妻子的思念、回忆，妻子一直等待着。

# 姜 黄

## 郁金姜黄

姜黄就是晋南人"过事"（婚丧嫁娶等称为过事）时馒头中的黄色，不仅好看，还好吃，有一种特殊的清香。姜黄还是时下年轻人吃的咖喱饭中的黄色，咖喱饭中有了这个"黄"，就会让人的食欲大增。咖喱饭中有姜黄已经让我大惊小怪了，更让我意外的是，《诗经》中居然也提到姜黄，其称为"鬯"。那时的"鬯"不是用来蒸馒头的，是用来做酒的，用鬯做出来的酒有香气，所以要上供给神明和祖先喝，因为人们相信神明和祖先和我们一样，喜欢有香味的食物和酒。

《礼记·郊特牲》记载："周人尚臭（嗅），惯用鬯臭（嗅），郁合鬯臭（嗅），阴达于渊泉。"是说周人最讲究味道，习惯用姜黄这种有香味的酒。姜黄做的酒称为"黄流"，《大雅·旱麓》："瑟彼玉瓒，黄流在中。"就是说"黄流"这种美酒装在玉壶中。

《大雅·江汉》是一首记叙召伯平淮夷受周王赏赐的诗。诗赞扬宣王命召虎平淮夷的武功。后半首写宣王与召虎对答之词，君臣嘉勉颂扬，其中提到用"鬯"做的酒，就是姜黄，也称为郁金，是姜科植物。

釐尔圭瓒（zàn），秬鬯（jù chàng）一卣（yǒu）。告于文人，锡山土田。于周受命，自召祖命，虎拜稽首：天子万年！

虎拜稽首，对扬王休。作召公考：天子万寿！明明天子，令闻不已，矢其文德，洽此四国。

"赐你圭瓒以玉为柄，黑黍香酒再赐一卣。秉告文德昭著先祖，还要赐你山川田畴。去到岐周进行册封，援例康公仪式如旧"。下臣召虎叩头伏地："大周天子万年长寿！"

下臣召虎叩头伏地，报答颂扬天子美意。作为纪念康公铜簋："敬颂天子万寿无期!"勤勤勉勉大周天子，美名流播永无止息。施行文治广被德政，和洽当今四周之地。

　　想来郁做的"黄酒"一定好喝吧，只是今人没有这个口福了。"郁"更多的是作为药物在中药中使用，从唐朝便作为重要的活血化瘀药物，在李时珍《本草纲目》中被称为"宝鼎香"。古代的鼎，既是道士炼丹煮药的鼎炉，也是鸣琴焚香的香炉，更是政权的象征，故称宝鼎。古代还用宝鼎香来形容姜黄气香特异，功效卓著，高贵典雅。

# 木香诗经

寻芳记

# 野葡萄藤

## 绵绵葛藟

葛藟说的是野葡萄，不是龙葵，味道酸，古时想来是用来做酒的吧。我们现在吃的葡萄是汉代张骞出使西域带回"葡萄美酒夜光杯"之后才有的，西域的葡萄甘美香甜，所以，野生的野葡萄就继续它的野生生涯，数千年不改，只留下它绵绵的长藤绵延不绝。

《周南·樛木》中的葛藟就是缠绵的象征：

南有樛（jiū）木，葛藟（lěi）纍（lěi）之。乐只君子，福履绥之。
南有樛木，葛藟荒之。乐只君子，福履将之。
南有樛木，葛藟萦之。乐只君子，福履成之。

南边有棵弯弯的大树，野葡萄紧紧缠绕着它。君子真快乐呀，让福祉永远伴随他。
南边有棵弯弯的大树，野葡萄密密覆盖着它。君子真快乐呀，让福祉永远降临他。
南边有棵弯弯的大树，野葡萄蜿蜒缠绕着它。君子真快乐呀，让福祉永远伴随他。

这是一首祝福歌，很可能就是婚礼中专门祝福新郎的。野葡萄藤缠绕大树，自然是说女子像藤一样缠绕男子，可以说是依附也可以说是关系紧密，树和藤的相互依存、亲密无间是自古以来人们对婚姻的期盼，此时的"葛藟"情意绵绵，令人向往和遐思。

《王风·葛藟》却不然，是"此恨绵绵无绝期"的绵绵：

绵绵葛藟，在河之浒。终远兄弟，谓他人父。谓他人父，亦莫我顾。

绵绵葛藟，在河之涘。终远兄弟，谓他人母。谓他人母，亦莫我有。

绵绵葛藟，在河之漘（chún）。终远兄弟，谓他人昆。谓他人昆，亦莫我闻。

绵长的野葡萄藤，蔓延河边。远别我的兄弟，称别人为父。就是认了别人为父，他也不肯照顾我。

绵长的野葡萄藤，蔓延河滨。远别我的兄弟，称别人为母。就是认了别人为母，她也不肯养育我。

绵长的野葡萄藤，蔓延河湾。远别我的兄弟，称别人为兄。就是认了别人为兄，他也不肯承认我。

远离了自己的兄弟在异乡，虽然有称呼上的"父""母""兄长"，但并没有得到相应的关爱，主人公想念自己的亲兄弟，就像那绵绵长长的葡萄藤顾及远在梢头的枝叶，主人公希望自己也能得到亲人的关照。

《左传·文公七年》："（宋）昭公将去群公子，乐豫曰：'不可，公族，公室之枝叶也，若去之，则本根无所庇荫矣。葛藟尤能庇其本根，故君子以为此，况国君乎。'"意思就是说诸侯家的子女就是诸侯的枝叶，把自己的子女赶出去，那诸侯自己的根就没有庇佑，葛藟长得再长也连着根，还能庇佑根，君子都能认识到这个问题，更何况身为一国之君的君主呢。此一番意思在晋国尤为明显，晋国公族削弱后，晋国的政策法令都出自大夫层，所谓"政出私门"，这也就导致了"三家分晋"的结局。

这当然不是拿"葛藟"做个比喻就能解决的，但是"葛藟"以它的绵长为那时的人们提供了不同寻常的想象空间。可以幸福绵长，可以护佑绵长，也可以思念绵长。

139

《诗经》中还提到另一种野葡萄，那时称为"蓫"，和"葛藟"一样主要是用于酿酒。蓫载于《豳风·七月》："六月食郁及蓫（yù），七月亨葵及菽。八月剥枣，十月获稻。"

# 桃 树

## 桃之夭夭

《诗经》中提到桃的地方有四处：《周南·桃夭》《召南·何彼襛矣》《魏风·园有桃》《大雅·抑》，我最喜欢的是《周南·桃夭》：

桃之夭夭，灼灼其华。之子于归，宜其室家。
桃之夭夭，有蕡（fén）其实。之子于归，宜其家室。
桃之夭夭，其叶蓁（zhēn）蓁。之子于归，宜其家人。

桃树枝叶茂盛，桃花娇艳夺目，枝头硕果累累，姑娘今日出嫁，定让家庭美满。

多美的日子，多美的愿望，桃花当日，姑娘当龄，正是人面桃花相映红，桃之幸还是女之幸？无论如何，桃与女子都如此美丽。

《召南·何彼襛矣》描写的是王族婚嫁之场景：

何彼襛矣，华如桃李。平王之孙，齐侯之子。（节录）

为什么那里那么花团锦簇？像桃李花盛开一样艳丽。那是周平王的孙女，齐侯的儿子在婚嫁呀。

《大雅·抑》篇幅很长，有很多成语出自此篇，如：夙兴夜寐、白圭之玷、舌不可扪、耳提面命、谆谆告诫等。而今天我们要讲的是投桃报李：

辟尔为德，俾臧俾嘉。淑慎尔止，不愆于仪。不僭不贼，鲜不为则。
投我以桃，报之以李。彼童而角，实虹小子。（节录）

彰明你的德行，使之尽善尽美。使你的言行美好稳重，不要有损礼仪。不越轨不害人，就很少不能成为学习榜样的。别人赠送我桃子，我回赠别人以李子。那秃羊长角的话，实在是惑乱年轻人。

《魏风·园有桃》中的桃子成熟了，可是带来的是忧伤：

园有桃，其实之肴。心之忧矣，我歌且谣。
不知我者，谓我士也骄。彼人是哉，子曰何其？
心之忧矣，有谁知之！有谁知之！盖亦勿思！（节录）

园子里有桃树，是要吃它的果实。我的心忧愁啊，唱起了歌谣。
不知道我的，说我太骄傲。这些人对吗，你以为如何？
我心忧愁啊，有谁知道。就是有谁知道，大概也不会认真思考。

美味的桃子并没有给诗人带来美味的享受，而是深沉的忧愁，因为别人不理解自己，所以说，即使自然有丰厚的馈赠，也不能减弱人精神的痛苦。

桃是地地道道的国产货，后来经由丝绸之路传入波斯，再传入世界各地，成为人所共知的水果。《管子》《尚书》《韩非子》《山海经》《吕氏春秋》等都有关于桃的记载。《礼记》中还说当时已把桃列为祭祀神仙的五果（桃、李、梅、杏、枣）之一。目前桃子的品种已经有成千种，其广受欢迎，可见一斑。但桃子品种再多，我喜欢的也就那几种：蟠桃、水蜜桃、山桃，山桃虽不能吃，但山桃核是不错的玩物。

桃花在《诗经》以至汉唐时代一直被广为传颂，春秋时的"桃夭"，盛唐时崔护的"人面桃花相映红"就是明证，只是到了宋明以后所有曾经美好的寓意却成了"红颜祸水"的象征，桃花被称为"妖客"，一定和理学大兴有关，一定和"存天理灭人欲"有关。那时候，我们的先辈不再"仲春时节，令男女相会"，而是"女子无才便是德"。到了明代，甚至以娼妓喻之。只是桃花何罪之有？不过是时代变迁，人的思想变了，人格化的桃花也变了，难免让人兴起"心之忧矣，有谁知之！"（《魏风·园有桃》）的感叹。

不论怎样，我依旧是喜欢桃花的，其也是度过了"桃之夭夭""人面桃花""红颜祸水"的阶段，最后回归"灼灼其华"的自然美好，桃花终究是无情世界的有情花。

# 棠 梨

## 甘棠遗爱

甘棠就是今天的棠梨或杜梨，极普通，极不显眼，生于山野，春季开花，像山楂的花，纯白，有一定观赏性。

可是甘棠在久远的历史上曾风光无限，甚至诞生了两个成语：甘棠遗爱、甘棠之惠，且都和召公有关。

《召南·甘棠》就是借甘棠专门歌颂召公的：

蔽芾（fèi）甘棠，勿剪勿伐，召（shào）伯所茇（bá）。

蔽芾甘棠，勿剪勿败，召伯所憩。

蔽芾甘棠，勿剪勿拜，召伯所说。

树荫遮蔽的甘棠树，别剪别伐，那可是召伯所植。

枝叶茂盛的甘棠树，别剪别损，那可是召伯休息的地方。

生长旺盛的甘棠树，别剪别毁，那可是召伯所喜欢的地方。

召伯何方人士也，让人如此敬重？召伯是和周公齐名的德高望重之贤人。周公有周公吐哺、天下归心之名，召公有甘棠遗爱、甘棠之惠之谓。

甘棠盛名是因为召公在其树下办公听讼，治理邦国，百姓信服。召公走后，人们怀念其，因此刻意保护甘棠，就像召公还在一样。这是多大的盛誉。

《左传·襄公十四年》："武子之德在民，如周人之思召公焉，爱其甘棠，况其子乎？"杜预注："召公奭听讼，舍于甘棠之下，周人思之，不害其树，而作勿伐之诗，在《召南》。"

《史记·燕召公世家》："召公之治西方，甚得兆民和。召公巡行乡邑，有棠树，决狱政事其下，自侯伯至庶人各得其所，无失职者。召公卒，而民人思召公之政，怀棠树不敢伐，歌咏之，作甘棠之诗。"大意就是说召公治理西方，得到当地民众的喜爱。所到之处有棠梨树，召公二话不说就在树下处

143

理政务，无论官员和百姓都得到妥善处置，没有失误，也没有不尽心的。后来召公去世，民众思念召公的惠政，想到召公在棠梨树下办公的场景，不愿意砍伐，就留下作为纪念，以甘棠为题，歌颂召公。

后来，汉·杨雄《甘泉赋》："函甘棠之惠，挟东征之意。"就是取"甘棠之惠"的意思。

可见百姓对一个好的君主和官吏是多么期待期盼与仰望呀。


# 梅

## 梅自多情

对于梅，我们似乎对梅花更熟悉些。梅花，多是用来形容人的傲骨、清高品格。

咏梅花的如王安石的《梅花》："墙角数枝梅，凌寒独自开。遥知不是雪，为有暗香来。"卢梅坡的《雪梅》："梅雪争春未肯降，骚人搁笔费评章。梅须逊雪三分白，雪却输梅一段香。"王冕《墨梅》："我家洗砚池头树，朵朵花开

淡墨痕。不要人夸颜色好，只留清气满乾坤。"读着就清爽，犹如暗香袭来。

《诗经》中记载的梅，是梅的果实，不是花。《召南·摽有梅》《曹风·鸤鸠》《小雅·四月》都有提到。犹以《召南·摽有梅》为典型，而且借喻的是韶华易逝，青春难驻，更多的是"花开堪折直须折，莫待无花空折枝"（杜秋娘《金缕曲》）的感叹：

摽（biào）有梅，其实七兮！求我庶士，迨（dài）其吉兮！
摽有梅，其实三兮！求我庶士，迨其今兮！
摽有梅，顷筐塈（jì）之！求我庶士，迨其谓之！

树上梅子往下掉，现在还有七成在。肯追求我的男子，快点来吧。
树上的梅子往下掉，现在还剩三成了，追求我的男子，最好就在今朝。
树上的梅子往下掉，都用大筐装了，追求我的男子，怎么还不来！

梅子都快落完了，那追求主人公的男子在哪里呢？主人公是真着急了，期待"桃之夭夭"，期待"之子于归"，哪个少女不善怀春，哪个儿郎不在好逑，最好恰逢其时，可不要错过梅子成熟的时期。

所以此处，梅子是女子表达自己迫切嫁人的多情借物。

《曹风·鸤鸠》中的梅并无深意，至少没有后世"高洁、清傲"的寓意：

鸤（shī）鸠在桑，其子在梅。淑人君子，其带伊丝。其带伊丝，其弁（biàn）伊骐。（节录）

布谷鸟栖息在桑树林，他的孩子住在梅树上。那有德行的君子，他的衣带是用丝编织的。他的衣带用丝编织，他的帽子是青黑色的。

诗是赞扬君子的贤淑美德的，君子就如布谷鸟一样，对待自己的子女仁慈有序，子女还有待教化，所以不像他们的父母始终是在桑树上，他们一会儿在梅树上，一会儿在酸枣树上，一会儿又在榛树上，但最终会在父母的教化下走上君子的道路。

《小雅·四月》是描述周朝一个小官吏在江南遭遇变乱，滞留难归，诉说痛苦的心情。

山有嘉卉，侯栗侯梅。废为残贼，莫知其尤！（节录）

山上有美丽的花木，有栗树和梅树。人们却习惯残害他们，还没有人知道自己的罪过。

梅还是那个梅，开美丽的花，结可口的实，就是在不同的人眼里，梅就有了不同的寓意，我们寻常人总是会在"看山不是山"的阶段吧。

梅和桃一样产自中国，有三千多年的栽培历史，果实在古代是作为调味品"醋"的，《书经》所言："若作和羹，而惟盐梅。"梅是作为实用品进入古人生活的，"发现"梅的"高洁"大约到了宋代，文人墨客大有雅兴，他们关心的是梅花："梅花香自苦寒来。"《群芳谱》说："梅的枝干苍古，姿态清丽，岁寒发花，芬芳秀丽。"所以梅花十分投合有闲情逸致的文人雅士，至于梅子的酸涩哪里能入他们的眼，情怀最重要。

南朝陆凯与范晔是好友，曾寄梅花给对方，并赠诗一首："折梅逢驿史，寄与陇头人。江南无所有，聊赠一枝春。"和三千年前那个借梅子下落表达急于婚嫁的女子意趣完全不同。似乎是阳春白雪和下里巴人的分别。但我更喜欢那个直抒胸臆、渴求姻缘的女子的直白。

# 榆叶梅

## 唐棣之华

唐棣之华我认为就是棣棠之华，或者就是榆叶梅之华。

《召南·何彼襛矣》描述一位诸侯嫁女，排场豪华的场面，提到唐棣：

何彼襛（nóng）矣，唐棣之华！曷不肃雝（yōng）？王姬之车。

何彼襛矣，华如桃李！平王之孙，齐侯之子。

其钓维何？维丝伊缗（mín）。齐侯之子，平王之孙。

景象繁花似锦，犹如盛开的榆叶梅。气派庄严肃穆，那可是王姬的车马。
多么繁盛荣耀，犹如盛开的桃李。那可是平王的孙子，齐侯的儿子。
钓鱼用什么呢？用丝做的钓鱼绳，那可是齐侯的儿子，平王的孙女。

关于"唐棣"到底是什么植物，历来众说纷纭，《尔雅》说："唐棣就是栘（yí）。"郭璞注云："似白杨，江东呼夫栘。"具体到植物本身，有介绍说，唐棣生长在山区疏林，花序下垂，花朵紧密排列，花瓣白色丝状。我钦佩的忧国忧民志士何新直接把唐棣翻译为梨花，说其为白色。也有人（耿煊）认为唐棣可能是榆叶梅，初春盛开，艳若桃花，繁盛似锦。北京大学杜若明则认为唐棣就是郁李，有着"桃红色宝石般的花蕾，繁密如云的花朵"，但是郁李原产于北方，"何彼襛矣"的诗作是在汉中以南的"召南"。于是，我自认为，《诗经》中的唐棣应该是榆叶梅，一定是和"华如桃李"的桃李一样艳若云霞才可以形容王侯嫁女车马繁盛的境况，而苍白的梨花来形容婚嫁场面似乎不妥。

榆叶梅原产中国，分布地区广，因其叶片像榆树叶，花朵酷似梅花而得名。枝叶茂密，花繁色艳，具有很高的观赏价值。

那个倡导"罢黜百家，独尊儒术"的汉代董仲舒，在《春秋繁露·竹林》中道："《诗》云：'棠棣之华，偏其反而，岂不尔思，室是远而。'。"《论语·子罕》引作"唐棣"。

唐代李商隐《寄罗劭兴》诗："棠棣黄花发，忘忧碧叶齐。"李商隐所说的棠棣其实是棣棠，一种春末开，花艳黄密集的灌木。若是烘托婚礼气氛也算"灼灼其华"。

《小雅·常棣》篇，是一首申述兄弟应该互相友爱的诗。"常棣"也作"棠棣"。后常用以指兄弟：

常棣之华，鄂不韡（wěi）韡。凡今之人，莫如兄弟。（节录）

棠棣花儿多么鲜艳，花萼花托清新可人。凡是现今的人，没有亲如兄弟的。

三国魏曹植《求通亲亲表》："中咏《棠棣》匪他之诚，下思《伐木》友生之义。"

唐张九龄《和苏侍郎小园夕霁寄诸弟》："兴属兼葭变，文因棠棣飞。人伦用忠厚，帝德已光辉。"

宋苏轼《生日王郎以诗见庆次其韵并寄茶二十一片》："棠棣并为天下士，芙蓉曾到海边郛。"

都是以"棠棣"喻兄弟之情的。

## 华如桃李

李子的果实很美艳，有种玛瑙般的莹亮，让人不忍下口。

自古以来，人们就把桃和李并提，华如桃李（《召南·何彼襛矣》），桃

148

李芬芳满园春，投桃报李，等等，但桃花红艳，李花淡泊，桃李并开时，李花争不过桃花。不过《格物丛话》却看法不同："桃李二花同时并开，而李之淡泊、纤秾、香雅、洁密，兼可夜盼，有非桃之所得而埒者。"是说夜间看桃李花放，清新淡雅的李花更胜一筹。

和桃一样，李也是中国最早栽培的果树之一，至少有三千年以上的历史，同是味道甘美的果子，很多寓意也会一样，桃花盛开，可以"之子于归"，李花盛开，可以"彼留之子"。

《王风·丘中有麻》就是这个意味：

丘中有麻，彼留子嗟。彼留子嗟，将其来施施。
丘中有麦，彼留子国。彼留子国，将其来食。
丘中有李，彼留之子。彼留之子，贻我佩玖。

山丘上种着麻，那个公子请留下。那个公子留下来，请他来欢聚。
山丘上种着麦，公子住在那一端。公子住在那一端，请他和我吃麦饭。
山丘上种着李，我在想那个公子。我在想那个公子，他送了我一块佩玉。

一位女子想着自己的心上人，想他们曾有的欢会，在麻林，在麦田，在李树下，都是欣欣向荣、生命勃发的地方。李花盛开，男女相会，几瓣花儿飘落身上，所谓浪漫也不过如此吧。就是李子成熟也好，鲜艳欲滴的李子伴

着激情迸发的时刻，相看两不厌吧。

关于"李"除了缠绵悱恻的香艳，还有《大雅·抑》中提到的："投我以桃，报之以李"，即投桃报李。

"瓜田李下"就到了三国曹植《君子行》："君子防未然，不处嫌疑间，瓜田不纳履，李下不整冠。"意思是正人君子要主动远离一些有争议的人和事，避免引起不必要的嫌疑。

还有一句等而下之的俗语：桃饱杏伤人，李子树下埋死人。就是说桃子可以尽情地吃，杏儿不可多吃，吃多了伤人，李子更不可多吃，吃多了会死人的。为什么？孙思邈说："不可多食，令人虚。"《滇南本草》载："不可多食，损伤脾胃。"《随息居饮食谱》也有"多食生痰，助湿发疟疾，脾虚者尤忌之"的话。这是祖上传下来的，所以，我至今不敢吃太多。

# 柏

## 柏亦贞德

柏树历来被人称颂，往往种植在庄严肃穆之地，比如宫殿、庙宇等地。陕北黄帝陵有七八人合抱的柏树；山西临汾尧庙有著名汉代奇树——柏抱槐、柏抱楸、鸣鹿柏、夜笑柏；山东曲阜孔林有树龄很大的柏树；四川武侯祠的柏木，相传为三国时所植，杜甫作诗《古柏行》："孔明庙前有老柏，柯如青铜根如石。"

《群芳谱》云："柏向荫指西……盖木之有贞德者，故字从白。白为西方正色。"一是说柏从白，为西方正色，二是说柏为有贞德的树种。"叶青枝长，四时不凋，岁寒更茂，孔子称之"，是说柏树四季常青，甚至天寒更显茂盛，所以孔老夫子都称赞。

柏树因为木材有脂而香，木质坚硬细腻，保存期长，可作栋梁之材，"有乾刚之性，故古人任之"不仅仅适合做舟（有油脂，不易渗水），有身份的人更是用其作为自己百年后的棺木，"老者入土，年久难朽"。

《诗经》中提到柏树的地方不少，有七处：《鄘风·柏舟》："泛彼柏舟，在彼中河。"《小雅·天保》："如松柏之茂，无不尔或承。"《小雅·頍弁》："茑与女萝，施于松柏。"《大雅皇矣》："帝省其山，柞棫斯拔，松柏斯兑。"《鲁颂·閟宫》："徂来之松，新甫之柏。"《商颂·殷武》："陟彼景山，松柏丸丸。"其中《邶风·柏舟》深得我心：

泛彼柏舟，亦泛其流。耿耿不寐，如有隐忧。微我无酒，以敖以游。

我心匪鉴，不可以茹。亦有兄弟，不可以据。薄言往愬（shuò），逢彼之怒。

我心匪石，不可转也。我心匪席，不可卷也。威仪棣棣，不可选也。（节录）


乘着柏木之舟，随河水漂流。心中烦闷难以入睡，因为有难言的忧愁。不是因为我喝醉酒，才乘舟遨游。

我的心并不是镜子，不能包容一切。我虽有手足兄弟，他们却不能依靠。想去诉苦求安慰，正碰上他们发脾气。

我的心不是石头，不能随意来翻转。我的心不是草席，不能随意卷动。做人自有堂堂尊严，没有什么可挑剔的。

关于此诗的解释有很多种，我不想参与专家的行列，只从本诗说，我只是单纯喜欢"我心匪鉴，不可以茹""我心匪石，不可转也""我心匪席，不可卷也""威仪棣棣，不可选也"，犹如柏树之"贞德"。

再说点形而下的，柏树的果实称为"柏子仁"，久服令人润泽美色、耳目聪明、轻身延年。我听老人们说，柏子仁做枕头可以令白发变黑，我的奶奶曾经尝试过，但奶奶的头发依旧雪白，所以就当是一个美好的夙愿罢了。

# 酸　枣

## 酸枣寄情

想起酸枣，我的牙先倒了。想起儿时采酸枣的经历，不禁怀念万分。

那时，村野乡间，沟壑纵横，哪里都有酸枣的踪迹，酸枣花飘香的时候初夏的阳光正艳，尽管酸枣花小，不能插，不能戴，但飘香四溢。

深秋时，圆圆的酸枣深红了，在满是枣刺的酸枣树上小心摘下一粒粒饱满圆润的酸枣，先止住满是口水的小嘴，然后装满上上下下的衣兜，孩子们的心是喜悦的，这就是我印象中的酸枣。

《诗经》中的酸枣不是这样的，那时酸枣被称为棘，《邶风·凯风》中的酸枣和母亲有关：

凯风自南，吹彼棘心。棘心夭夭，母氏劬（qú）劳。

凯风自南，吹彼棘薪。母氏圣善，我无令人。

爰有寒泉？在浚之下。有子七人，母氏劳苦。

睍睆（xiàn huàn）黄鸟，载好其音。有子七人，莫慰母心。

和风从南吹过来，吹到酸枣小嫩芽。嫩芽欣欣向荣，都是母亲辛劳所得。

152

和风从南吹过来，吹到酸枣成柴薪。母亲智慧善良，哺育我们成人。

那里有一眼寒泉，水流不尽。养育七个子女，母亲十分劳苦。

婉转鸣叫的黄鹂，声音美好动听。就是有七个子女，也难报答母亲的心。

酸枣成了众多子女的代言，何其幸何其重也。

《诗经》中提到酸枣的有11处，何其多也，可见久远的过去，酸枣一直处于世俗生活的前台。

《魏风·园有桃》：园有棘，其实之食。

《唐风·鸨羽》：肃肃鸨翼，集于苞棘。

《唐风·葛生》：葛生蒙棘，蔹蔓于域。

《秦风·黄鸟》：交交黄鸟，止于棘。

《陈风·墓门》：墓门有棘，斧以斯之。

《曹风·鸤鸠》：鸤（shī）鸠在桑，其子在棘。

《小雅·湛露》：湛湛露斯，在彼杞棘。

《小雅·大东》：有饛（méng）簋（guǐ）飧，有捄（qiú）棘匕。

《小雅·楚茨》：楚楚者茨，言抽其棘。

《小雅·青蝇》：营营青蝇，止于棘。

有栽培的酸枣，有在墓门的酸枣，有栖鸟的酸枣，甚至有青蝇落脚的酸枣，等等，酸枣可谓盛矣。

《周礼》记载，外朝的政法规定，在衙门的左侧种九棵酸枣，是卿大夫的位置，右侧也种九棵酸枣，是公侯伯子男的位置。至于为什么严谨的周礼选酸枣树作为高官位置标志，我就不得而知了。就像我们今天很难理解春秋时的齐景公痴爱国槐到让国槐位列三公，甚至伤槐处死的地步，而今朝，国槐不过是城市行道树的一种。

我见过栖息在酸枣树高枝上的鸟儿，不是黄鹂，不是麻雀，而是喜鹊，踏枝的鸟儿让我想起"喜鹊登梅"，那时酸枣花正开，香味馥郁，于是就会喜鹊登枝。

《诗经》时代的酸枣似乎是作为水果食用的，但似乎自汉代以后就被当成了药物，《神农本草经》列为上品，作为安眠药使用。唐代医圣孙思邈曾用酸枣仁治愈一和尚的癫狂症，并让其安眠，醒后自愈。甚是了得。

# 榛

## 榛栗家园

榛子对于我来说就是年节时待客的糖果，看电视时偶尔想起的零食，而且印象里榛子树是更北的北方，比如大兴安岭山里与松杉相伴的原始林木，仅此而已。

但榛树并不是我印象中的那样，榛树自古就是北方重要的果树和用材树，甚至在新石器时代，我们远古的先民就开始采集榛子。陕西半坡村古人类遗址就挖掘出大量的榛子果壳，至今怎么也有五六千年的历史。

到了周朝，榛子不仅仅作为食物，而是上了等级，作为祭祀的供品了。《周礼·笾人》："馈食之笾，其实榛。"

《诗经》时代，榛早已广泛种植。《诗经》里提到榛的地方有五处，《邶风·简兮》："山有榛，隰有苓。"《鄘风·定之方中》："树之榛栗，椅桐梓漆，爰伐琴瑟。"《曹风·鸤鸠》："鸤鸠在桑，其子在榛。"《小雅·青蝇》："营营青蝇，止于榛。"《大雅·旱麓》："瞻彼旱麓，榛楛济济。"

我更喜欢《鄘风·定之方中》，用现在的话讲，其充满正能量：

定之方中，作于楚宫。揆之以日，作于楚室。树之榛栗，椅桐梓漆，爰伐琴瑟。

升彼虚矣，以望楚矣。望楚与堂，景山与京。降观于桑。卜云其吉，终焉允臧。

灵雨既零，命彼倌人。星言夙驾，说于桑田。匪直也人，秉心塞渊。騋（lái）牝三千。

这首诗说的是卫文公复国重建家园的事。此卫文公就是"乱及五世"的卫宣姜的儿子。卫国在好鹤的卫懿公恣意妄为下终于被狄人所灭，卫国一片瓦砾，片土不存，卫文公在老亲家齐国的帮助下即位，所拥有的三十乘车、五百民还是齐侯宋侯赠送的，他的妹妹许穆夫人也声援了他，有《鄘风·载驰》为证。

"文公初立，轻赋平罪，身自劳，与百姓同苦，以收卫民。"《史记》如是

记载卫文公，"定之方中"描述了文公在废墟上重建宫室，种上可食用可用材的榛树，还种上"椅桐梓漆"，其都是可用之材，将来要做"琴瑟"，当然不仅仅是琴瑟，但能做琴瑟时，说明家国琴瑟和鸣了。吃上榛子了，说明百姓安居乐业了。

榛真是个好材料，总是带给人美好的希望、愿望，还能使女子想到美男子，比如，《邶风·简兮》：

山有榛，隰有苓。云谁之思？西方美人。彼美人兮，西方之人兮。（节录）

高山上有榛树，洼泽里有甘草。若问我心中想着谁？是那西方的美男子。那位美男子，他是来自西国的人啊。

吃着榛子的时候，从没想过它和美男子有什么瓜葛，看了《邶风·简兮》立刻觉得自己俗不可耐，毫无意趣，眼里只看到吃的。


# 桑

## 桑叶沃若

桑树曾经是中国农耕历史上最重要的作物之一，中国的丝绸之所以历史悠久和桑树有直接的关系，这在中国是妇孺皆知的事情。但是到了今天，想见一棵桑树并不容易，尤其是城市里。

我儿时养过蚕，是在学校门口和小贩买的，当时是因为好奇。那时桑树还是常见的，我和家人摘一篮子回家，够蚕宝宝吃好几天的，那些蚕宝宝是化茧成丝的，虽然那些化茧的蚕终不知去向，但毕竟是完成了历史使命。

如今，看不见桑树，但可以吃得上桑葚。不过，超市的桑葚和采桑叶时看见的桑葚不同，那时的桑葚小但甜，现在是桑葚大，颜色更深，但并不可口，和丧失了草莓味的漂亮草莓一样。我甚至认为桑葚就是桑树现在的最终用途。

然而，那个时代，那个《诗经》时代，桑树却有着非比寻常的重要性，不仅有20首提到桑树，而且还遍及风、雅、颂各个区域，这是其他植物完全不能比拟的。鉴于其是如此重要的植物，有必要把它在《诗经》中的各篇列出来：

《鄘风·桑中》：期我乎桑中，要我乎上宫，送我乎淇之上矣。

《鄘风·定之方中》：降观于桑。卜云其吉，终焉允臧。

《卫风·氓》：桑之未落，其叶沃若。

《郑风·将仲子》：将仲子兮，无逾我墙，无折我树桑。

《魏风·汾沮洳》：彼汾一方，言采其桑。

《魏风·十亩之间》：十亩之间兮，桑者闲闲兮。行与子还兮。十亩之外兮，桑者泄泄兮。行与子逝兮。

《唐风·鸨羽》：肃肃鸨行，集于苞桑。

《秦风·车邻》：阪有桑，隰有杨。

《秦风·黄鸟》：交交黄鸟，止于桑。

《曹风·鸤鸠》：鸤鸠在桑，其子七兮。（本诗提到桑四次）

《豳风·七月》：遵彼微行，爰求柔桑。

《豳风·鸱鸮》：迨天之未阴雨，彻彼桑土，绸缪牖户。

《豳风·东山》：蜎蜎者蠋，烝在桑野。

《小雅·南山有台》：南山有桑，北山有杨。

《小雅·黄鸟》：黄鸟黄鸟，无集于桑，无啄我粱。

《小雅·小弁》：维桑与梓，必恭敬止。

《小雅·隰桑》：隰桑有阿，其叶有难。（本诗提到三次）

《小雅·白华》：樵彼桑薪，昂烘于煁（chén）。

《大雅·桑柔》：菀彼桑柔，其下侯旬。

《鲁颂·泮水》：食我桑葚，怀我好音。

从以上各篇就可以看出那时桑树的重要性。桑树和古人的生活息息相关，在桑林会发生许多今人无法想象的故事，可以是爱情，那时"邙桑之地"就是男女相会的专有之地；可以是策划密谋之地，晋公子重耳落脚齐国，他的随从就是在桑树林密谋共商复国大计的；可以是调戏女子的场所，著名的京剧《桑园会》，元代叫《秋胡戏妻》就是讲的衣锦还乡的丈夫，看见在桑园采桑的美女，上前调戏，没想到是自己的妻子，被妻子狠狠责骂，西汉刘向把此女列到《列女传·节义传》以表彰此女的德行；还可以是相中"国母"的宝地，《列女传·辩通传》中讲到，齐闵王出行，老百姓围观，堵得周边水泄不通，但宿瘤女（长相极丑）完全置若罔闻，独自在桑园采桑，此景被齐闵王看到，认为此女不一般，一番交流之下，径直就把宿瘤女娶回王宫。

可见这桑园是如何了得的地方。还是回到《诗经》吧，欣赏一篇关于桑的诗篇，《卫风·氓》：

桑之未落，其叶沃若。于嗟鸠兮，无食桑葚！于嗟女兮，无与士耽！士之耽兮，犹可说也。女之耽兮，不可说也。

桑之落矣，其黄而陨。自我徂尔，三岁食贫。淇水汤汤，渐车帷裳。女也不爽，士贰其行。士也罔极，二三其德。（节录）

桑叶没落时，叶子茂密葱茏。哎呀那斑鸠呀，别吃我的桑葚！哎呀，那些姑娘们呀，别和那些男人们谈情说爱！男人们迷恋你，还可以放弃，女子若是爱恋男子，那可是很难解脱。

桑叶落下时，叶子干枯飘零。自从我嫁到你家来，三年来缺吃少穿。淇水奔流不息，把车帷子都打湿。我自己没有过错，是你品行无良，缺德行。男人没有做人的原则，反复无常不立人。

这是一首弃妇怨诗，很详细地讲了她和氓恋爱、结婚、受虐、被弃的过程，表达了她的悔恨，同时也给其他女子提出了忠告。这一切，就是在桑树"其叶沃若"和"其黄而陨"之间，一荣一枯，犹如女子身世。

而《小雅·小弁》："维桑与梓，必恭敬止。"中的"桑梓"，是一个温馨的所在，从此，"桑梓"就成为故乡的代名词。

# 栗

## 栗下相思

糖炒栗子是传统美味小吃，想必大家都吃过。尤其是冬天，买一包刚翻炒出来的栗子，甜香诱人，冬天一下子就美丽起来了，有了糖炒栗子，冬天的萧瑟是可以原谅的。

古代人是怎么吃栗子的呢？糖炒还是水煮？总之一条，栗子怎么做都好吃。可是《诗经》里不讲栗子的吃法，《诗经》总是让植物有他不同今日的用途。

### 郑风·东门之墠

东门之墠（shàn），茹藘（lú）在阪。其室则迩，其人甚远。

东门之栗，有践家室。岂不尔思？子不我即。

东门外面很平坦，茜草长在半坡上。这房屋离我很近，可人儿却离我很远。

东门外面长栗树，下面就是我的家。难道不是我想你？是你不来找我呀。

汉代《诗序》："《东门之墠》，刺乱也，男女有不待礼而相奔也。"《诗序》经常理解《诗经》中的诗篇为"刺乱"，我不以为然，所以从不引用。《东门之墠》就是写一位女子在东门外的栗树下想念她的情人，没有受礼仪的约束，仅此而已。

《诗经》提到栗的地方有五处，除了《郑风·东门之墠》还有《鄘风·定之方中》："树之榛栗，椅桐梓漆，爰伐琴瑟。"《唐风·山有枢》："山有漆，隰有栗。"《秦风·车邻》："阪有漆，隰有栗。"《小雅·四月》："山有嘉卉，侯栗侯梅。"

《诗经》中所提到的栗都是寓意美好的。《仪礼》中记载，周朝的士冠礼、诸侯相见相互拜访（聘问）的礼仪、各种丧礼、祭祀的仪式，栗子是作为贺礼或祭品的。

冬天再吃糖炒栗子时，可以想想那棵在东门外的栗树，也许也可以相思一下，也未可知。

# 楸　树

## 椅非椅

椅非椅子，是一种树，今名楸。

在山西介休张壁古堡有一棵楸树，是槐抱楸，巨大古老的槐树树洞中长着一棵生机盎然的楸树，和柏抱楸如出一辙，令人称奇，我也因此知道了世界有一个树种叫楸树。

楸树在久远的过去并不少见。在汉代，人们不仅大面积栽培，而且能从中得到丰厚收入。那时人们还有栽楸树以作财产遗传子孙后代的习惯。只是不知何时不知什么原因，楸没落了，就像朝代的更迭一样，曾经的"木王"散落到了民间。不成林，只在某个角落，不为人知地存在着。

楸树的蒴果很奇特，是长条线形的，有25～45厘米长，跟蒜薹似的，只不过是褐色的蒜薹，并不能食用。但楸树的嫩叶可以食用，这是我没有想到的，而且据说营养丰富。楸树花也可以吃，甚至可以提炼芳香油。明代鲍山《野菜博录》中记载：食法，采花炸熟，油盐调食。或晒干、炸食、炒食皆

可。也可作饲料，宋代苏轼《格致粗谈》记述："桐梓二树，花叶饲猪，立即肥大，且易养。"其中的梓就是楸，因为楸树属紫葳科梓属，有些地方就称楸为梓。

《鄘风·定之方中》："树之榛栗，椅桐梓漆，爰伐琴瑟。"楸树是和桐、漆、梓树并提的，同是优良的木材，除了可以用于建筑，还可制作各种器物："得宫商之令，是以乐工取材为器，其音清和"，而且"以为棺材，盛于松柏。"楸叶小者，称为"榎（jiǎ）"或"槚（jiǎ）"，是古代用来制作刑具的材料，所谓"刑于槚楚"，不知道当年苏三所戴之枷锁可是用槚所做？

《小雅·湛露》是一首宴饮诗，其中提到楸：

湛湛露斯，匪阳不晞。厌厌夜饮，不醉无归。
湛湛露斯，在彼丰草。厌厌夜饮，在宗载考。
湛湛露斯，在彼杞棘。显允君子，莫不令德。
其桐其椅，其实离离。岂弟君子，莫不令仪。

浓浓的露水，没有阳光干不了。安闲的宴饮宾客，不醉不归。

浓浓的露水，挂在茂密的草丛上。安闲的宴饮宾客，在宗庙落成的庆典上。

浓浓的露水，粘在枸杞和酸枣树上。磊落诚信的君子，莫不具有高贵的品德。

那梧桐和楸树，它们的果实缀满枝头。欢乐和悦的君子，莫不具有高贵的风度。

梧桐自古就是"良木"，有凤凰非梧桐不栖之语，此时在贵族们欢乐宴饮之际，桐楸并提，以及它们累累的果实，犹如内心殷实的君子，高贵磊落。

# 泡　桐

## 琴瑟泡桐

　　泡桐是北方十分寻常的树种，春末初夏时节，花木繁盛，泡桐独具风骚。泡桐树木高大，花序也大，紫色、淡紫色的喇叭花盛放时，如云蒸霞蔚，漫天飞扬，芳香四溢，甚是美好。

　　泡桐生长速度极快，第一年还是笔直的小树苗，第二年就是壮年，第三年就可以遮阴避凉，把一个小院满满地遮挡住，只留下几许光斑，让人产生遐思。

　　听老人们说，泡桐可以制作箱子，因木材轻，不易变形，但我并没有见过。

　　《诗经》中有两处提到桐，一处是《小雅·湛露》："其桐其椅，其实离离。"其是一首宴饮诗；另一处是《鄘风·定之方中》，其是歌颂拯救卫国的卫文公的，其中的桐是可以制作琴瑟的，能够制作琴瑟的总会让人有悠扬的联想：

　　定之方中，作于楚宫。揆之以日，作于楚室。树之榛栗，椅桐梓漆，爰伐琴瑟。

升彼虚矣，以望楚矣。望楚与堂，景山与京。降观于桑。卜云其吉，终焉允臧。

灵雨既零，命彼倌人。星言夙驾，说于桑田。匪直也人，秉心塞渊。骙（lái）牝三千。

定星照临天中，在废墟上营造新宫。观测日影定方向，然后建造新舍。最先种上榛和栗，然后再种楸、桐、梓、漆树，将来砍下以做琴瑟。

登临旧城废墟，遥望楚丘方向。看到那宫室和高堂，还有山岳和高岗。向下遥望那桑林，占卜结果很吉利，结果也是很吉利。

好雨飘飘降落，命令管事备车。星夜驾车疾驰，去巡视那桑田。他的美德这样大，他的内心那样深远，高头大马有三千只。

卫懿公好鹤失国，卫文公临危受命，励精图治，《左传·闵公三年》载："卫文公大布之衣，大帛之冠，务材训农，通商惠工，敬教劝学，授方任能。元年革车三十乘，季年乃三百乘。"后来，写诗歌颂时，高头大马已经到了"三千"，其称得上是卫国的中兴之君。

先种榛树和栗树，是为了解决温饱，然后再种楸、桐、梓、漆树，等到将来日月安定了，百姓期待着琴瑟和鸣、歌舞升平。恰巧泡桐就在其中，给人美好的期待。

# 梓

## 王者曰梓

知道梓不是因为植物梓树，而是因为戏曲。儿时看戏时，知道了古时的皇帝称皇后为梓童。为什么叫梓童当时没人给我讲，也许就是因为不懂，我才一直牢牢记住了"梓童"。

如今，渐渐了解到原因。"梓童"的称谓有些来历，据说梓童是从小童演化来的，而小童是春秋时代诸侯夫人的自称，小童变为梓童，是因为称皇后为小不够尊敬，而子和梓同音，并且梓为木中之贵者，古人以梓为有子的象征，皇帝立皇后，不仅是为了母仪天下，更重要的是为了建子嗣，承大统，以延续和维持王朝的长久统治，这是历代帝王都极为重视的大事。因而，皇帝称皇后为梓童。

还有一个传说，源自《汉武故事》，其中曾讲到卫子夫入宫，岁余不得见，涕泣请出的故事。武帝则因夜梦"梓树"而幸卫子夫，从而得子，并立子夫为皇后。帝称后为"梓童"就从那时开始了。

说了半天梓童，是为了引出梓，从上述可见，梓树不寻常，"植林则众木皆拱"，我们今人称自己的家乡为桑梓则来源于《小雅·小弁》。这是一首哀怨诗，是主人公父亲听信了谗言，把他放逐，致使他幽怨哀伤、寤寐不安、怨天尤父、零泪悲怀：

维桑与梓，必恭敬止。靡瞻匪父，靡依匪母。不属于毛，不罹于里。天之生我，我辰安在？（节录）

只有先辈所栽的桑树和梓树，一定要对它毕恭毕敬。我尊敬我的父亲，

我依赖我的母亲。现在我既不能依附父亲，也不能依赖母亲，上天既然让我生，我的好运在哪里？

诗人对父母所栽的桑梓"必恭敬止"，犹如对父母怀有恭敬孝顺之心，但和父母的关系是"不属于毛，不罹于里"，所以抱怨上天既然生自己，又不让自己有好运。

对桑梓的拳拳之心是为了反衬现在的凄凉，更显"桑梓"家的味道。只是后来，人们引用桑梓代指家乡时，无人提及那个悲凉的"小弁"，只是就家乡而言。西晋陆机之《百年歌》："辞官致禄归桑梓，安居驷马入旧里。"就是写照。

梓树在旧时会种在家的周围、官寺、园亭。宋朱熹《诗传》云："桑、梓二木，古者五亩之宅，树之墙下，以遗子孙给蚕食、具器用者也。"是说桑梓的作用。

梓树还是制作琴瑟的良材，《鄘风·定之方中》："树之榛栗，椅桐梓漆，爰伐琴瑟。"就是说桐树和梓树用来做琴瑟的，梓树做琴底，琴身用泡桐，所谓"桐天梓地"是也。

还有就是印刷书籍的刻板大多采用梓木，所以刻印书籍称为"付梓"。还因为梓是好梓，因此《书经》以"梓才"为名篇，《礼记》称木匠为"梓人"，可见梓的不同寻常处。

# 漆 树

## 山有漆

漆就是漆树，传统的油漆就是漆树身上流下的乳白色液体制成的。这种液体有毒，气味难闻，流到身上会使人过敏，但几千年来人们仍然割取不断，不仅仅因其是优良的防腐、防锈材料，即"汁入土，千年不坏"，更因为其有美化物品的作用。

《资治通鉴·唐太宗贞观十七年》曾云："舜造漆器，谏者十余人，此何足谏？"似乎制作精美的漆器是玩物丧志一般。但看看湖南马王堆汉墓出土的漆器就可以联想到漆器的精美，真有爱之丧志的嫌疑。

漆的使用可以追溯到新石器时代，夏朝的木胎漆器不仅在日常生活中使用，更用于祭祀，主要用朱、黑二色来髹涂。到了殷商时代，已有"石器雕琢，觞酌刻镂"的漆艺。1973年河南成蒿成台西村商代遗址中出土的漆器残片，在木胎上雕饰饕餮纹，涂的就是朱、黑两色的漆。到了汉代，漆树是广泛种植的，《史记·货值列传》云："陈夏千亩漆……皆与千户侯等。"

后来漆器发展登峰造极，南北朝、唐、宋、明都有发展，至今漆器仍是民间工艺的重要组成部分，并诞生了各地方著名的漆器工艺，有福州的脱胎漆器、厦门的髹金漆丝漆器、广东晕金漆器、扬州螺钿漆器、稷山螺钿漆器、山西平遥推光漆器、成都银片罩花漆器、安徽屯溪犀皮漆器、北京剔红漆器、台湾南投县黑髹漆器等。这一切都来源于漆树。

《诗经》中提到漆树的地方有三处。

《鄘风·定之方中》：树之榛栗，椅桐梓漆，爰伐琴瑟。

《唐风·山有枢》：山有漆，隰有栗。

《秦风·车邻》：阪有漆，隰有栗。

从诗中看，其都是作为实用材料，而且都和琴瑟相关，琴瑟用漆髹涂，除了保护琴瑟外应该还是为了美观吧。提到琴瑟也往往是表达向往美好安定的生活的夙愿，比如《鄘风·定之方中》《唐风·山有枢》和《秦风·车邻》。

以《秦风·车邻》为例：

有车邻邻，有马白颠。未见君子，寺人之令。
阪有漆，隰有栗。既见君子，并坐鼓瑟。今者不乐，逝者其耋。
阪有桑，隰有杨。既见君子，并坐鼓簧。今者不乐，逝者其亡。
有车辚辚响，有马白额头。没见车中的君子，只能等侍者来传令。

山上长漆树，洼地长栗树。终于见到那君子，坐在一起谈琴瑟。今日若是不快乐，时间飞逝成老弱。
山上长桑树，洼地长杨树。终于见到那君子，坐在一起吹笙簧，今日若是不快乐，时间飞逝成老弱。

我认为其是想表达一种积极健康的及时享乐的态度。享乐就是安享琴瑟笙簧的美妙，它们声音的美妙离不开器物的美好精致，这份精致就来自漆的装饰，我认为漆树在诗中的出现就是这个原因，我不知道人家是"美"卫公或者"美"秦公或者又是"刺"某公，我只想回到诗的本身。

漆树除了造漆、漆木材还可以做家具，漆树的果实可以制造肥皂，漆树的根、皮、叶、种子都可以药用，但辛温有毒。漆树与人而言用处大矣。

# 桧 树

## 松柏合桧

桧树奇特，其叶似柏，其干似松。在《卫风·竹竿》中，桧和柏一样是用来做舟和楫的：

籊（tì）籊竹竿，以钓于淇。岂不尔思？远莫致之。

泉源在左，淇水在右。女子有行，远兄弟父母。

淇水在右，泉源在左。巧笑之瑳，佩玉之傩。

淇水滺（yōu）滺，桧楫松舟。驾言出游，以写我忧。

钓鱼竹竿细又长，垂钓在淇水边。岂能不思念你？是因为路途遥远来不了。

泉源在左边流，淇水在右边流。女子长大出嫁，远离父母兄弟。

淇水在右边流，泉源在左边流。嫣然一笑皓齿露，佩玉叮当身腰婀娜。

淇水静静流淌，桧木桨儿柏木舟。只能任着船儿荡，以宣泄我的忧思。

卫国女子出嫁远方，思念自己的故乡，同在淇水之上，作者的忧思却不断，其曾在故乡的淇水垂钓，淇水右边流，泉源左边流，嫣然一笑，环佩叮当，何等逍遥。此时坐在桧木做的桨柏木做的船上，其却是怀念忧思自己的故乡。

诗中的桧柏并没有特殊的含义，就是指出其是做船的材料，或者也衬托出即使做船的材料再好，作者思乡的忧愁也未曾减掉分毫之意。

《诗经》中用植物起兴赋比的地方比比皆是，有的有寓意，有的仅仅是为了起兴，但这个起兴总会让人有具体的带入感，让联想有根。

桧和松柏一样，会种植在宫殿、寺庙这样一些庄严肃穆的地方，北京天坛、地坛就有。唐代诗人刘禹锡《谢寺双桧》诗云："双桧苍然古貌奇，含烟吐雾郁参差。"描述的是扬州法云寺的一对古桧树，也称圆柏。

古人因桧树树形优美，也在庭院栽种，宋代诗人陈与义的《晚步》："手把古人书，闲读下广亭。荒村无车马，日落双桧青。"

# 松　树

## 松柏之茂

没人不知道松，松和柏常在一起，松柏常青，两种树的寓意几乎一样：傲雪凌霜，不畏严寒，四季常青，都是寿命千年以上，历代被人称颂，是品格气节的象征。历代歌咏松的诗歌不计其数，松入画的也不计其数，其中就有陈毅元帅的《青松》：

大雪压青松，青松挺且直。

要知松高洁，待到雪化时。

画，我更喜欢赵孟頫的《松荫会琴图》和唐寅的《松荫高士图》。

《诗经》中提到松的地方有七处，倒是没一处是为了表现其品格气节的。

《卫风·竹竿》：淇水滺滺，桧楫松舟。

《郑风·山有扶苏》：山有桥松，隰有游龙。

《小雅·天保》：如松柏之茂，无不尔或承。

《小雅·斯干》：如竹苞矣，如松茂矣。

《小雅·頍（kuǐ）弁》：茑与女萝，施于松柏。

《鲁颂·閟（bì）宫》：徂来之松，新甫之柏。

《商颂·殷武》：陟彼景山，松伯丸丸。

还有一首和后来的松有接近的意思了。《小雅·天保》是大臣祝颂君主的诗，是周宣王老师召伯虎对新王的热情鼓励及殷切期望，期望周宣王登位后能励精图治，完成中兴大业，重振先祖雄风，周宣王果然不负老师的厚望，实现了历史称道的"宣王中兴"：

如月之恒，如日之升。如南山之寿，不骞不崩。如松柏之茂，无不尔或承。（节录）

您像新月刚出现，您像红日刚升起。您像南山永长生，永远不会崩塌坍陷。您像松柏永茂盛，没有不拥护您的。

此诗中的松就有茂盛常青的意蕴了。

171

## 木瓜、木桃、木李

### 投木报琼

投木报琼，指报答他人对待自己的深情厚谊，语出《卫风·木瓜》：

投我以木瓜，报之以琼琚。匪报也，永以为好也。
投我以木桃，报之以琼瑶。匪报也，永以为好也。
投我以木李，报之以琼玖。匪报也，永以为好也。

你赠我木瓜，我用佩玉回报。不是为了回赠，而是永结盟好。
你赠我木桃，我用美石回报。不是为了回赠，而是永结盟好。
你赠我木李，我用宝石回报。不是为了回赠，而是永结盟好。

我认为这首是男女互赠定情物的歌。姑娘采集芳香的木瓜、木桃、木李送给男子，男子当然也有意，所以摘下随身佩戴的美玉回赠，桃、李、瓜似乎和美玉的价值不匹配，但是男女的情义却不以价值来分，这样的递进反倒

更添了情意，最后递进出，永结同心。美妙也。

木瓜、木桃、木李，都是蔷薇科，此木瓜不是南方木瓜，南方木瓜是番木瓜。《诗经》中的木瓜"质地坚硬"，状如小甜瓜，味道很酸，但香气袭人，家中放一颗令人神清气爽，《红楼梦》中林黛玉房中就放置新鲜木瓜以保持室内清香。我曾在枕边放过两个，清香宜人，经久不散。所以宋代陆游《或遗木瓜有双实者香甚喜作》诗可信，云："宣城绣瓜有奇香，偶的并蒂置枕旁。六根互用亦何常，我以鼻嗅代舌尝。"木瓜不仅果香，花还很好看，不输于桃花，宋代张舜民有一首专门美誉木瓜花的诗："簇簇红葩间绿荄，阳和闲暇不须催。天教尔艳呈奇绝，不与夭桃次第开。"（《木瓜花》）

木桃也叫木瓜海棠，跟贴梗海棠很像，花很美丽，仲春时节，花开如桃花颜色，花型如贴梗海棠，分外妖娆。它的果实比木瓜小，而且其果实会让人口腔麻木，《广群芳谱》云："味劣于梨与木瓜，但入蜜煮汤，则香美过之。"

木李我没见过，据《埤雅》云："木李（实）大如木桃，似木瓜而无鼻，其品又小。"花是白色的，是那种亮丽的白，不似梨花惨淡。果实是金黄色的。所以，木李是花、果、叶都有观赏价值的花木。


# 杞　柳

## 杞柳依依

杞柳就是旱柳，是水边常见的柳树。杞柳适应性很强，村舍、田野都有，看起来不成木的样子，没有垂柳的婀娜多姿，没有杨树的挺拔高大，就是寻常到你可以把它归结到杂树又一眼能认出的那种。

不过，如此普通的杞柳也曾给我带来过不少欢乐。孩提时代，我们会折其嫩柳，轻轻拧动，抽出树皮中间的木条，做成柳哨，款款一吹也是可以婉转入云霄的。

《郑风·将仲子》就提到房舍跟前的杞柳，此杞柳有了一层依依不舍、欲迎还拒的情思在里面：

> 将仲子兮，无逾我里，无折我树杞。岂敢爱之？畏我父母。仲可怀也，
> 父母之言，亦可畏也。（节录）

> 求你了小伙子，不要跳进我家的园子，不要弄坏我家的杞柳。并不是我
> 爱惜它，实在是怕人家讲闲话。小伙子你很可爱，但是我自家的父母，更叫
> 我害怕。

《郑风》里情诗很多，这肯定是《诗经》有魅力的重要原因，虽然郑风、陈风、卫风多被士大夫曲解，而且冠以"郑卫之地多淫声"的恶名，但是在我看来，以郑风为首的风还是好看，远比雅、颂好看。

《郑风·将仲子》里提到三种植物——杞柳、桑树、檀树，都是当时重要的实用树种，杞柳的枝条柔韧，可以编制"柳条筐"，用火烤之后，甚至可以编制"柳条箱"，孟子云："告子曰，以人性为仁义，犹以杞柳为桮棬（bēi juàn）。"桮棬就是杯圈，意思是说杞柳枝条经过火烤可以弯成圆形，人性依然。

至于诗中的女子想要表达的心情，是浸透在家里的柳树、桑树、檀树中的，所以杞柳也是依依的。

# 檀

## 贵重如檀

在我眼里檀一直是贵重木料的代表，檀香是一种意味深长的香料，几十年前我在北京琉璃厂买过一把檀香扇，扇子做工精良，香味醇厚浓郁。一种树木可以有这样的芳香，是会让人向往的，我因此对檀留下深刻的印象。

檀很古老，《诗经》时代就被应用，那时也很贵重，除了用于高规格建筑器具外，还应用于车辆精细木工结构。因为檀的质地坚硬，纹理直，结构细，属上等木材。

《诗经》中提到檀的地方有五处，《郑风·将种子》："将仲子兮，无逾我园，无折我树檀。"《魏风·伐檀》："坎坎伐檀兮，置之河之干兮，河水清且涟猗。"《小雅·杕杜》："檀车幝幝，四牡痯痯，征夫不远！"《小雅·鹤鸣》："乐彼之园，爰有树檀，其下维萚（tuò）。"《大雅·大明》："牧野洋洋，檀车煌煌。"

今天我们着重说一下《魏风·伐檀》与《郑风·将种子》。

### 魏风·伐檀

坎坎伐檀兮，置之河之干兮，河水清且涟猗。

不稼不穑，胡取禾三百廛（chán）兮？

不狩不猎，胡瞻尔庭有悬（xuán）貆（huán）兮？

彼君子兮，不素餐兮！（节录）

乒乓砍倒檀树，把它放到河岸边，河水清清泛波纹。

既不播种又不收割，凭什么你独占庄稼三百捆？

既不出狩又不打猎，凭什么你院子里挂满獾子皮？

你要是真正的君子，就不该白吃白喝。

这明显是对不劳而获者的愤恨之言，强烈直接，甚至能听到伐檀时狠狠的砍伐声，以此来表达心中的不平。檀此时不是造船木料、建筑材料，而是发泄愤怒的假代物。

### 郑风·将种子

将仲子兮，无逾我园，无折我树檀。岂敢爱之？畏人之多言。仲可怀也，人之多言，亦可畏也。(节录)

求你了小伙子，不要跳进我家的园子，不要弄坏我家的檀树。并不是我爱惜它，实在是怕人家讲闲话。小伙子你很可爱，但人家讲闲话，更叫我害怕。

这当然是一首情诗，一位女子喜欢所恋的男子，又怕邻人的口舌，心中期待又矛盾，很生动，如在眼前。檀在此诗中不过是女子家园里种植的林木，只能说明一点，那时檀不仅仅野生，而且已经和桑一样被当作种植林木了，可见其重要性，和情爱无关，不过是小情人翻墙逾里的攀缘物罢了。


# 木 槿

## 颜如舜华


木槿花，花开灿烂如烟霞，优雅、灿烂、迷人。花期很长，整个夏天都是她的季节。旧时有"槿花不见夕，一日一回新"之语，所以有"朝开暮落花"之称，以我的观察，现代培育的木槿花不是这样的，在枝头是要"驻"几天的，但旧时的称谓却留下了。

《诗经》中的木槿被称为"舜"，因"仅荣一瞬"，那一瞬是美好的。

《郑风·有女同车》就有美丽的木槿花：

有女同车，颜如舜华，将翱将翔，佩玉琼琚。

彼美孟姜，洵美且都。

有女同行，颜如舜英，将翱将翔，佩玉将将。

彼美孟姜，德音不忘。

有位姑娘和我同车，她的脸如木槿花。她的步履轻盈如翱翔，身佩美玉晶莹闪亮。她就是美好的孟姜，真是美丽又端庄。

有位姑娘和我同行，她的脸像木槿花。她的体态婀娜如翱翔，身佩美玉叮叮当当。她就是美好的孟姜，她美好的声音令人难忘。

美丽的姑娘像木槿花一样，身配美玉，身段轻盈袅娜，和心仪的男子同车出游，世间事美好不过如此，女子正当其时，男子正当其时，木槿花正当

其时，所以颜如舜华。

木槿花以粉色的居多，像"桃之夭夭"的粉，也有深粉色的，白色的也不少，只是夹杂在更多的粉中容易被人忽略。花瓣有单瓣也有重瓣，并不娇艳，但有邻家女孩的质朴大方之感。

# 柳　树

## 杨柳依依

杨柳最是缠绵的，历代咏杨柳的诗词不可胜数，流传至今的不在少数，多与离别有关，捡几首感受一下从前的离愁别恨。

闺中少妇不知愁，春日凝妆上翠楼。

忽见陌头杨柳色，悔教夫婿觅封侯。

——唐·王昌龄《闺怨》

庭院深深深几许？杨柳堆烟，帘幕无重数。

玉勒雕鞍游冶处，楼高不见章台路。

雨横风狂三月暮，门掩黄昏，无计留春住。

泪眼问花花不语，乱红飞过秋千去。

——宋·欧阳修《蝶恋花》

一丝杨柳千丝恨，三分春色两分休。

——元·薛昂夫《最高楼》

年年柳色，霸陵伤别。

——唐·李白《忆秦娥》

渡头杨柳青青，枝枝叶叶离情。

——宋·晏几道《清平乐》

关于杨柳，还有一个有故事：

唐代诗人韩翃因战事与爱妾柳氏离别，便赠予柳氏一首《章台柳·寄柳氏》：

　　章台柳，章台柳！往日依依今在否？纵使长条似旧垂，也应攀折他人手。

　　其以柳枝喻人，借咏柳诉情，表达了自己对柳氏的深深眷念之情。

　　后来柳氏被番将沙咤利劫去，亦给韩翃回了一首《答韩翃》：

　　杨柳枝，芳菲节。可恨年年赠离别。一叶随风忽报秋，纵使君来岂堪折。

　　《章台柳》为词牌名，故事的主人公凄凉告别，借的都是杨柳。

　　杨柳的种种离情根源在《小雅·采薇》：

　　昔我往矣，杨柳依依。今我来思，雨雪霏霏。

　　行道迟迟，载渴载饥。我心伤悲，莫知我哀！（节录）

　　回想当初出征时，杨柳依依随风吹；如今回来路途中，雨雪纷纷满天飞。
道路泥泞难行走，又渴又饥真劳累。满心伤感满腔悲。我的哀痛谁体会！

　　这是一首戍边士卒思念家乡，盼望回归的伤感之作。杨柳第一次作为离别的象征出现。从此杨柳就年年岁岁、枝枝叶叶成了离情的代言。

　　杨柳原本婀娜，河边垂柳，迎风摆动，更适于男女缠绵悱恻，不该总是关乎离散话凄凉。而刘禹锡的《竹枝词》："杨柳青青江水平，闻郎江上踏歌声。"与韩愈的《早春呈水部张十八员外》："最是一年春好处，绝胜烟柳满皇都。"中的杨柳就恢复了它原本的质地。

　　杨柳哪里能载得动几千年来的离愁别绪，太重，太重，载不动！

# 榆　树

## 榆亦婆娑

榆树实在太普通了，而且长相属于歪瓜裂枣状，明崇祯帝吊死在煤山的那棵树，我总认为是歪脖子榆树而不是柳树。榆树适应性很强，分布广。而枝繁叶茂的榆树给人的并不是一种枝挺叶阔的蓬勃张扬之感，而是老气横秋、岁月沧桑，想要"怆然而涕下"的凄凉感。

榆钱是榆树的花果，青白形如小铜钱，一串一串的，所以称为榆钱。榆钱可以吃，主要的吃法就是捋下榆钱，洗净晾至半干和面粉拌了上笼蒸熟，下笼用葱姜蒜等调料炒了，我们当地叫"谷蕾"，这是现代人讲究的吃法。

榆树是老树种，《诗经》中的榆树和我印象中的榆树大相径庭，其是可以"婆娑"的，是让人喜悦的。《陈风·东门之枌》中的"枌"就是榆树：

东门之枌（fén），宛丘之栩。子仲之子，婆娑其下。

穀旦于差，南方之原。不绩其麻，市也婆娑。

穀旦于逝，越以鬷（zōng）迈。视尔如荍（qiáo），贻我握椒。

东门外有榆树，宛丘上有栎树。子仲家有好女子，林下婆娑起舞。

此时正是良辰美景，在这南方平原。搁下手中正纺织的麻，女子们婆娑起舞。

追赶那良辰美景，少男少女欢聚而行。看你像那美丽的锦葵花，你送我有寓意的花椒一把。

男女相会，榆树下婆娑起舞，那兴致、情绪能从数千年前感染到今朝的我，这样的榆树岂不令人欢悦？

《诗经》中还提到一种榆树，是刺榆，《诗疏》云："其针刺如柘，其叶如榆。"所以称为刺榆，嫩叶也可以吃，而且"美滑于白榆"。《齐民要术》说刺榆："木甚牢韧，可以为犊车材。凡种榆者，宜种刺榆、梜榆两种，利益众多。"其实就是说刺榆和榆是一样的功用。《诗经》中提到刺榆的地方有一处，即《唐风·山有枢》：

山有枢，隰有榆。子有衣裳，弗曳弗娄。
子有车马，弗驰弗驱。宛其死矣，他人是愉。（节录）

刺榆长在山坡上，白榆生在洼地头。你有锦绣好衣裳，不穿将会新变旧。
你有高车和骏马，不乘不骑想不透。有朝一日你猝死，别人乐得来享受。

看起来是像讽刺吝啬鬼的。不论刺榆还是白榆，都是好木，若用就有用，不用就无用，如此而已。

想来，还是那株能"婆娑"的榆好，欢快。

# 臭 椿

## "恶木"臭椿

臭椿，物如其名，因发散臭味而得名。

《小雅·我行其野》中的"樗"即是臭椿：

181

我行其野，蔽芾其樗（chū）。昏姻之故，言就尔居。尔不我畜，复我邦家。（节录）

我独自走在田野里，臭椿长得如此茂盛。因为和你结成婚姻，才来到你家居住。但你不肯把我养，我只好回到自己家。

弃妇埋怨前夫抛弃自己另觅新欢，内心悲伤，眼里看到的只有"恶木"——臭椿。

《豳风·七月》亦提到樗："九月叔苴，采茶薪樗。"其"樗"在此即是薪柴。

《庄子·逍遥游》："吾有大树，人谓之樗。其大本臃肿而不中绳墨，其小枝卷曲而不中规矩。立之涂，匠者不顾。"就是说臭椿的枝干肿大弯曲，木匠无法下线，小枝歪七扭八，没有规矩，就算它长在道路显眼处，木匠都不会看它一眼。

我眼里的臭椿就是"恶木"，自小就唯恐躲之不及，那是因为多次的"亲力亲为"，使我对其味道印象深刻。不过奇怪的是，飞蛾似乎并不嫌弃它，盛夏时节，臭椿树上满是红色翅膀的飞蛾，看上去还挺漂亮的。果然还是有欣赏其"美"的生物。

《诗经》中还有一种臭椿叫毛臭椿或者山樗，现代人知之甚少，《唐风·山有枢》中提到的"栲"就是毛臭椿：

山有栲，隰有杻。子有廷内，弗洒弗埽。子有钟鼓，弗鼓弗考。宛其死矣，他人是保。（节录）

山樗山坡长，菩提洼地生。你有庭院和厅堂，不去打扫积灰尘。你有编钟和大鼓，不敲不击空列陈。有朝一日你猝死，全部家产归别人。

　　此诗讽刺的是守财奴的所作所为，《诗序》借此讽刺朝廷："不能修道以正其国，有财不能用，有钟鼓不能以自乐，有朝廷不能洒扫，政荒民散，将以危亡。"毛臭椿应该适得其所，而朝廷也应恪尽职守。


# 苦槠树

## 杞梾告哀

　　"杞梾"是两种植物，杞即枸杞，梾即苦槠。枸杞几乎是全国各地都生长，而苦槠却是生长在长江以南、五岭以北，以及湖北、四川、贵州等地的山区。

　　梾——苦槠像"蕨、薇、杞"一样，可以食用，它的果实被称为"苦槠子"，据说可以磨为豆腐吃。苦槠的

木材材质致密，弹性佳，经久耐用，是建筑、农具的好材料。果实也可作为药材，被称为"槠子"，止泻痢、除恶血，食之不饥，令健行。

　　《小雅·四月》是唯一提到梾的诗篇，此诗开创了我国历史上迁谪诗的先河，后世迁客逐臣就是以此诗为蓝本，找到了发泄忧愤的通道，屈原、杜甫等的忧愤在这里能找到本源。

　　滔滔江汉，南国之纪。尽瘁以仕，宁莫我有。

匪鹑匪鸢，翰飞戾天。匪鳣（shàn）匪鲔（wěi），潜逃于渊。

山有蕨薇，隰有杞桋。君子作歌，维以告哀。（节录）

滔滔不绝的长江汉水，南国水流的宗流。我鞠躬尽瘁做好工作，但是没有人关心我。

我不是苍鹰和老雕，能够展翅高飞、直冲霄汉。我也不是鲤鱼和鲟鱼，能够潜游沉入水底。

高山上长着蕨菜和豌豆，洼地里长着枸杞和苦楸。我写出这首诗歌，把我心中的苦闷发泄。

诗中的"薇"就是野豌豆，在商末，伯夷、叔齐"耻食周粟，采薇而食"而后饿死于首阳山的故事流传甚广。《小雅·四月》的作者写诗时不知是否想到了伯夷叔齐二人，但肯定感觉到了苦闷，所以，"山有蕨薇，隰有杞桋。君子作歌，维以告哀"。

愿那诗人的愤怨不再，只留下可食、可用的桋。

# 花　椒

## 椒香飘飘

花椒香，今人调味不可或缺，尤其四川的火锅，没了花椒做底料就不叫真正的火锅。我炒菜必用花椒，油热了，一小撮花椒进锅，马上香气袭人，任是什么菜炒出来都是香的。

花椒不仅仅果实调味，花椒叶也是好的调味品，好的菜肴，既可以做饺子馅，亦可炒鸡蛋，还可以放在阳光下晾晒，晾干后的花椒叶可碾碎装瓶，然后之后烙饼子、蒸馒头、炸麻花时掺和在面里，味道也是极好的。

花椒古已有之，称为椒，另有寓意。

**唐风·椒聊**

椒聊之实，蕃衍盈升。彼其之子，硕大无朋。椒聊且，远条且。

椒聊之实，蕃衍盈掬。彼其之子，硕大且笃。椒聊且，远条且。

花椒的果实，可以繁衍满升。那人的子孙，长得高大健壮。椒粒繁多，枝条粗壮。

花椒的果实，可以繁衍满捧。那人的子孙，长得粗壮有力。椒粒繁多，枝条粗壮。

《唐风·椒聊》中的花椒是表示子孙繁多、壮实的。最有代表性的就是汉代，皇后的宫殿叫作椒房，其是以花椒的果实和泥涂满墙壁，取其辛香、温暖、芬芳、多子的美意。

《陈风·东门之枌》也提到椒，和男女相会有关：

东门之枌（fén），宛丘之栩。子仲之子，婆娑其下。

穀旦于差，南方之原。不绩其麻，市也婆娑。

穀旦于逝，越以鬷（zōng）迈。视尔如荍（qióu），贻我握椒。

东门外有榆树，宛丘上有栎树。子仲的子女，在树林翩翩起舞。
在这美好的日子，在南方的平原。没有纺织织布，而是婆娑起舞。
美好的日子容易逝去，少男少女在欢会。看到你像锦葵花，快给我送花椒粒。

典型的仲春时节，男女相会，翩然起舞，幸福美好，如葵如椒。锦葵是说人长得美，花椒就暗示二人要结连理，还要多子多福。

这就是我们先人眼中的花椒。

# 荆 条

## 绸缪束楚

《诗经》中的"楚"即荆条，曾经农村盖房子就是用荆条编的"糊笆"盖顶，比茅草盖顶结实多了。山区、沟沿，到处都是。单个看其虽是很不起眼的小灌木，但它成片生长，而且其颜色为灰绿色，所以人们会很快辨认出。荆条有浓烈的味道，用它编制的物件不会生虫子，这是农人告诉我的。

我早就知道荆条的名称，也早就见过植物荆条，但是一直不知道这头状花序开细碎紫花的植物叫荆条，直到看到《诗经》中的荆条——"楚"。

荆条其实是有名气的，很久的从前，老将廉颇"负荆请罪"就是背的荆条。

当年"举案齐眉"的孟光在嫁给梁鸿后，脱去锦衣华服，换上荆钗布裙，和梁鸿甘于清贫的故事流传千古，其中的荆钗就是荆条做的，《后汉书·梁鸿传》有记载。

《诗经》中提荆条的地方有五处：

《周南·汉广》：翘翘错薪，言刈（yì）其楚；

《王风·扬之水》：扬之水，不流束楚。

《唐风·葛生》：葛生蒙楚，蔹蔓于野。

《唐风·绸缪》：绸缪束楚，三星在户。

《秦风·黄鸟》：交交黄鸟，止于楚。

提到"楚"的地方几乎都是和薪柴有关，所以是"束薪""束楚"。"束楚"不仅仅是把荆条当柴火烧，而且还寓意夫妻犹如紧紧束缚在一起的荆条，密不可分又紧紧相拥。《唐风·绸缪》就是一例：

绸缪束薪，三星在天。今夕何夕，见此良人。子兮子兮，如此良人何！

绸缪束刍，三星在隅。今夕何夕，见此邂逅。子兮子兮，如此邂逅何！

绸缪束楚，三星在户。今夕何夕，见此粲者。子兮子兮，如此粲者何！

柴火紧紧捆，抬头见三星。今夜是何夜，见着我的俊人。你呀你呀，我可拿你怎么办！

刍草紧紧捆，三星对房角。今夜是何夜，会有这样的巧遇，你呀你呀，我可和你怎么过！

荆条紧紧捆，三星在门前。今夜是何夜，和着美人相见，你呀你呀，我可把这美人怎么办！

情人相会，喜悦难耐，竟是不知道该如何是好，犹如"绸缪束薪""绸缪束刍""绸缪束楚"，无论如何"绸缪"都是紧紧相依、紧紧相连、紧紧相拥的，此荆条何其缠绵悱恻，何其"干柴烈火"。

《周南·汉广》也有趣，讲述了男子追求女子，求之不得，心愿难遂，情思缠绕，无以解脱，面对江水，倾吐满怀惆怅的故事。

翘翘错薪，言刈其楚；之子于归，言秣其马。

汉之广矣，不可泳思；江之永矣，不可方思。（节录）

草木丛生长得高，砍柴砍得是荆条；这个姑娘要出嫁，快快把马来喂饱。

汉水太辽阔，不能游过去。汉江太漫长，不能摆渡去。

砍荆条的小伙子眼见自己心爱的姑娘嫁了人，那民俗里象征薪火旺盛的成捆荆条现如今倒徒增了烦恼，没有心爱的姑娘，荆条何用，何以旺盛，所以，得一可心人，哪怕荆钗布裙，可以终老。


# 杨　树

## 杨叶牂牂


一说起杨，我就想起一句歌词"一棵小白杨，长在哨所上"。因其曲调明朗欢快，所以那棵小白杨总是让我觉得其是一棵茁壮成长、朝气蓬勃的小白杨。杨树就是这样，永远茁壮、永远蓬勃，即使到了秋天，阳光下的光斑金黄的叶子仍然是耀眼明亮的，像迎风飘扬的旗帜，永不坠落。

杨树品种繁多，有青杨、毛白杨、小叶杨等，认知度高。杨树生长速度快，亦称钻天杨，高大挺拔，有昂扬之势，给人一种直耸云天之感。

杨树开花时也是恣意妄为的，花如飞絮，漫天飞舞，雪花往下落，杨花天上飞，是"任我行"般的逍遥自在，是"世界这么大，我想去看看"的洒脱，杨花诠释着杨树的心声。

三千年前的杨树可是这般无畏？

《诗经》提到杨树的地方有五处，《陈风·东门之杨》："东门之杨，其叶牂（zāng）牂。"《秦风·车邻》："阪有桑，隰有杨。"《小雅·南山有台》："南山有桑，北山有杨。"《小雅·菁菁者莪》："泛泛杨舟，载沉载浮。"《小雅·采菽》："泛泛杨舟，绋纚（lí）维之。"

### 陈风·东门之杨

东门之杨，其叶牂牂。昏以为期，明星煌煌。

东门之杨，其叶肺肺。昏以为期，明星晢晢（zhé）。

东门的杨树，叶子沙沙作响。约好黄昏见面，相会到启明星闪亮。
东门的杨树，叶子呼呼作响。约好黄昏见面，相会到启明星照耀。

有情人相约黄昏后，相会沙沙作响的杨树林，欢会直到启明星闪耀。美好温情，想入非非，粗壮疏朗的杨树竟然扮演起媒人的角色，和我心中的"一棵小白杨"大相径庭，但是同样让人喜悦。

《小雅·南山有台》中的杨也是棵好杨：

南山有桑，北山有杨。乐只君子，邦家之光。乐只君子，万寿无疆。（节录）

南山种着桑，北山种着杨。快乐啊君子，家国的光荣，祝他万寿无疆。

其是一首祝寿歌，桑、杨成片都是家国兴旺的标志。

《小雅·菁菁者莪》提到杨树做的舟船：

泛泛杨舟，载沉载浮。既见君子，我心则休。（节录）

杨木舟水面飘荡，随着波涛任起伏。已经见到那君子，我的心里乐无忧。

杨树做的舟让情人有一个美好的遇见，"烟花三月下扬州"般的美好，虽然此"扬"非彼"杨"，但就是忍不住引用。

《诗经》中的杨竟是这样温情和美好，虽然少了壮阔硬朗的气质，但总是动人心魂。


# 楠 木

## 楠也曾梅


楠木一直就是贵重木材的代表，一说某物件是楠木做的，顿时让人肃然起敬，其木材纹理美丽、木质坚硬，而且芳香袭人，简直就是集天地之精华。

楠木总是和皇家紧密联系的，皇家的宫殿是要用楠木建造的。最好的棺材也是楠木棺材，比如慈禧太后的豪华楠木棺材。

楠木在《诗经》时代被称为"梅"。《诗传》云："梅，枏（nán）也。"枏即柟，就是今天的楠。《尔雅·释木》云："荆州曰梅，扬州曰柟，益州曰赤楩（pián）。"所以，梅除了是蔷薇科的"梅花"外，如《召南·摽有梅》中的梅，还是樟科的梅，如《秦风·终南》中的"梅"。

### 秦风·终南

终南何有？有条有梅。君子至止，锦衣狐裘。颜如渥丹，其君也哉！

终南何有？有纪有堂。君子至止，黻衣绣裳。佩玉将将，寿考不忘！

终南山上有什么？有高大山楸也有挺拔的楠木。君子来到这里，穿锦衣披狐裘。红润的脸庞好像涂了赭石，真是有风度呀。

终南山上有什么？有杞柳也有棠梨。君子来到这里，穿礼服着锦绣。佩玉叮当作响，祝他健康长寿！


# 楸　树

## 伐楸枝条


灰楸是楸树的一种，灰楸更高大一些，可以长到25米，现在不常见，长相似泡桐，但二者不是同一科，灰楸树是紫葳科，泡桐是玄参科。泡桐的果实是圆形的，灰楸的果实是长条形的，而且可长到80厘米，想象一下，整棵树上挂满细长的果实，"大风起兮云飞扬"的时候，长条飞舞，剑气如虹，似有金属碰撞之声。

秋天的时候，我在尧建都的地方——临汾陶寺找到了楸树。可惜的是，数量极少，其和其他的杂草杂树没有太大区别地在田地的沟崖边长着，不同的是，楸树零星地长着，而且不成器。

　　《诗经》时代，楸树是广泛分布在华北平原的，不仅是重要的造林树种，还是庭院树种，是用于建筑、家具、车板的有用之才，甚至据说它的嫩芽、花还可以当作蔬菜食用，根、果可以入药，用途极多。只是如今，楸树到哪里去了？楸树远没有随处可见的泡桐多，而且认识楸树的人更是少之又少。

　　《诗经》中楸树不叫楸树，叫条，所以很容易让人认为其是枝条，比如，《周南·汝坟》中的"条"，我认为可以解作枝条，也可解作楸树：

　　遵彼汝坟，伐其条枚；未见君子，惄（nì）如调饥。
　　遵彼汝坟，伐其条肄；既见君子，不我遐弃。
　　鲂鱼赪（chēng）尾，王室如毁；虽则如毁，父母孔迩（ěr）！

　　沿着汝河大堤走，采伐山楸那枝条。还没见到我夫君，忧如忍饥在清早。
　　沿着汝河大堤走，采伐山楸那余枝。终于见到我夫君，请莫再将我远弃。

鲂鱼尾巴色赤红，王室事务急如火。虽然有事急如火，父母穷困谁养活！

这是大多数诗家的理解，妻子等待丈夫，心急如焚，但王室劳作却没有停息，以致也顾念不到赡养父母，所以其是一首"控诉诗"。但对于这首诗，我更倾向于何新先生的翻译：

走在汝河之滨，砍掉那障眼的枝条。我没有看见那位君子，思念他如饥如渴。

走在汝河之滨，砍掉那障眼的枝叶。我看见了那位君子，他没有将我忘弃！

像鲤鱼红了尾巴，像王宫中燃起大火。虽则心急如焚，只怕父母太近啊。

何新认为这是一首男女约会野合之诗。

不论是哪种解释，"条"都是被砍伐的，可以因为生计，可以因其障碍，可以因其太多，所以"条"可以是枝条，也可以是楸树。

《秦风·终南》中的"条"则是没有异议的楸树：

终南何有？有条有梅。君子至止，锦衣狐裘。颜如渥丹，其君也哉！

终南何有？有纪有堂。君子至止，黻（fú）衣绣裳。佩玉将将（qiāng），寿考不亡！

终南山上有什么？有高大山楸也有挺拔的楠木。君子来到这里，穿锦衣披狐裘。红润的脸庞好像涂了赭石，真是有风度呀。

终南山上有什么？有杞柳也有棠梨。君子来到这里，穿礼服着锦绣。佩玉叮当作响，祝他健康长寿！

《秦风·终南》是将楸树和楠木放在一起的，二者都有美好的意象，象征着君子，象征着茁壮，可见楸树终因其高大、美丽赢得君子的心。

# 山 梨

## 山梨酸涩，忘我实多

《秦风·晨风》中的檖，即是豆梨、山梨，因味道酸现代人少有食用：

鴥（yù）彼晨风，郁彼北林。未见君子，忧心钦钦。如何如何，忘我实多！

山有苞栎，隰有六驳。未见君子，忧心靡乐。如何如何，忘我实多！

山有苞棣，隰有树檖（suì）。未见君子，忧心如醉。如何如何，忘我实多！

鴥鸟飞得急，飞向北边的树林。看不见我的心上人，忧心忡忡心难平。怎么办啊怎么办，一定是把我忘记了。

山上栎树丛生，洼地梓榆茂密。看不见我的心上人，忧心忡忡难快乐。怎么办啊怎么办，一定是把我忘记了。

山上棠棣长满，洼地山梨成片。看不见我的心上人，忧心忡忡如饮醉。怎么办啊怎么办，一定是把我忘记了。

女子失恋了，树木丛生，野果遍地，就是没有心上人，黯然神伤，忧心忡忡，何以解忧，苦熬时光。曾经在栎树林、梓榆林留下两人的好时光，如今棠棣、山梨成熟，心上人却不见了，只有酸涩的果子伴着女子酸涩的内心。

这个意思我只是就诗论诗，妄自猜测一下，这比起《毛序》"刺秦康公弃其贤臣说"、朱谋玮《诗故》"刺弃三良说"、何楷《诗经世本古义》"秦穆公悔过说"等的解释，更原始淳朴一些吧。不过《诗经》时代，各诸侯国间的外交交往，往往起始都要引用《诗》《书》，不引用，不仅仅是无礼，更是没有文化的标志；臣子劝谏君主也用《诗》《书》作为引子，《韩诗外传》和《说苑·奉使篇》载赵仓唐见魏文侯时引及此诗，用来表达君父忘记臣子之意。

很喜欢那个古老的树种所带来的意蕴，即使是失恋，也是干净古朴没有杂质的失恋。


# 梓　榆

## 看见梓榆


我见过梓榆，是在山西吉县人祖山。梓榆不是一种常见树，初见时我并不认识它，但因其绿色树干上星星点点的斑驳令我印象深刻，以致后来了解梓榆后，才后知后觉自己曾偶遇过。那斑块形状各异，极易让人产生联想到各种小动物。

我看见的梓榆长在半山腰，《秦风·晨风》中的梓榆长在洼地；我看梓榆是因为好奇与欣赏，而《秦风·晨风》中的女子看梓榆是因为思念。

**秦风·晨风**

鴥彼晨风，郁彼北林。未见君子，忧心钦钦。如何如何，忘我实多！

山有苞栎，隰有六驳。未见君子，忧心靡乐。如何如何，忘我实多！

山有苞棣，隰有树檖。未见君子，忧心如醉。如何如何，忘我实多！

鹯鸟飞得急，飞向北边的树林。看不见我的心上人，忧心忡忡心难平。怎么办啊怎么办，一定是把我忘记了。

山上栎树丛生，洼地梓榆茂密。看不见我的心上人，忧心忡忡难快乐。怎么办啊怎么办，一定是把我忘记了。

山上棣棠长满，洼地山梨成片。看不见我的心上人，忧心忡忡如饮醉。怎么办啊怎么办，一定是把我忘记了。

女子望穿秋水不见自己心爱的男子，鸟儿疾飞，不知它为哪般，女子因思念而心神不宁，眼见山上长着栎树、棣棠，洼地里长着梓榆、山梨，但就是不见其君子，不禁觉得对方多半是把自己忘记了。

《诗经》中"山有……隰有……"很多，看似无用，却平添了许多意蕴，让思念有了落脚的空间，我想起《斯科布罗集市》中的一句歌词"那里有欧芹、鼠尾草、迷迭香和百里香"，其反复出现，于是让人有种回到从前、回到有内容的过去的错觉。栎树、棣棠、梓榆、山梨也是，有了他们，思念也真实了。

## 猕猴桃

### 苌楚婀娜

苌楚就是猕猴桃。猕猴桃虽然有悠久的历史，但我们现代人把其作为日常水果却是近几十年的事。其实唐宋时期，猕猴桃还像庭院中种植的葡萄一样普遍，有诗句为证：唐代岑参《太白东溪张老舍即事，寄舍弟侄等》云："中庭井阑上，一架猕猴桃。"宋代朱熹《读十二辰时卷掇其余作此聊奉一笑》云："手种猴桃垂架绿，养得鹧鸡鸣角角。"后来为什么少见了就不得而知了。

现在其"卷土归来"是因为现代人发现了其食用价值。猕猴桃含有多种维生素，尤其维生素C最丰富，是一般水果的几倍或者几十倍，因而成为世界范围内的养生防病水果。

我的家乡从陕西引进了十几株进行试验。这十几株猕猴桃长在山间的阳坡上，和紫薇在一起，不起眼，和我预想的不一样。因为当时是刚引种，长得并不旺盛。两株大的叶片并不多，而且老气横秋，叶色墨绿，十株小的却有点欣欣向荣，叶片鲜绿，很标准的桃形，依着藤本植物的本性尽力往长延伸着自己，像花一样朝气地迎着阳光。本应是挂果季节，只可惜初引进还挂不上，不过我已经很知足了，至少欣赏了像葡萄藤一样可以上架的猕猴桃藤"中庭井阑上，一架猕猴桃"的景致了。

下面我们就来欣赏《诗经》中的《桧风·隰有苌楚》：

隰有苌（cháng）楚，猗傩（ē nuó）其枝，夭之沃沃。乐子之无知。
隰有苌楚，猗傩其华，夭之沃沃。乐子之无家。
隰有苌楚，猗傩其实，夭之沃沃。乐子之无室。

洼地里有猕猴桃，枝条婀娜多姿。叶子鲜嫩光鲜，很高兴你无忧无虑。
洼地里有猕猴桃，花朵娇艳多姿。叶子鲜嫩光鲜，很高兴你没有成家。
洼地里有猕猴桃，果实繁密多姿。叶子鲜嫩光鲜，很高兴你无家室之累。

诗人无限羡慕猕猴桃自由生长，自开自落自芬芳，而他却陷于家室之累。后世东晋陶渊明《归去来兮辞》："木欣欣以向荣，泉涓涓而始流。善万物之得时，感吾生之行休。"唐元结《寿翁兴》："借问多寿翁，何方自修育。唯云顺所然，忘情学草木。"宋姜夔《长亭怨》："树若有情时，不会得青青如此。"

都是羡慕草木的自由，而感叹自己的身不由己和人生的无奈烦恼。

　　诗人选中猕猴桃作为草木繁盛自由生长的代表的原因不得而知，但猕猴桃朝气蓬勃、欣欣向荣的特征是自始至终的。


# 枣　树

## 大红枣儿甜又香


　　枣树的历史悠久，《诗经》算是最早的记录，那时，先民们栽培的果树没多少，比如李、梅、枣、榛、甜瓜、栗、桃等，哪像现在，果树多得不计其数。北魏时期的《齐民要术》把枣树作为主要的栽培果树进行记载。

　　在周朝，枣子因为味美甘甜，被当作迎来送往、起居礼仪不可或缺的品类。《仪礼·士昏礼第二》就规定：新妇第二天拜见公婆时，必须"执笲（biàn）枣栗……进拜"，这古老的习俗，今天依然还在传承，只不过是有所发展而已，比如，山西很多地方，至今仍保留往新婚夫妇的婚床上撒枣子和花生等的习俗，意即早生贵子，还有"花插"着生，就是别只生男孩或女孩的意思，和千年前的拜见异曲同工，不由得感觉枣子不仅是入口香甜的果实，还是沾着久远历史的文

物，有岁月的味道。

当然，枣子作为祭品在各种祭典、丧礼中可谓无处不在。就像枣子在我们现代人的饮食中也是无处不在。

孩提时，枣子是我们当地年货的当家花旦，家家要蒸花馍，无论什么花馍都离不开枣子的装饰，最有名、最不可缺少的是蒸"糕馍"，一层面饼一层枣子那样叠加，至于总共弄多少层，这就看自家的笼屉可放下多少了，不过最少也得有两层枣子，寓意即是早（枣）日高（糕）升。而对于五月端午的粽子，枣子即是必不可少的食材。

《诗经》里提到枣的地方只有一处，就是说一年农事的《豳风·七月》：

六月食郁及薁（yù），七月亨葵及菽。八月剥枣，十月获稻。为此春酒，以介眉寿。七月食瓜，八月断壶，排版九月叔苴。采荼薪樗（chū），食我农夫。（节录）

六月里吃李子和野葡萄，七月里煮冬葵和大豆。八月里打枣，十月里收稻。酿好春酒，给老人祝寿。七月里吃瓜，八月里摘葫芦，九月收苎麻。采苦菜砍柴火，养活咱农家人。

好一派农忙景致，辛苦又充实、欣喜。

# 郁　李

## 常棣之华

常棣，即郁李。郁李常作为观赏植物，早春开花，粉白相间，繁密压枝，美丽芬芳。初夏结果，红艳晶莹，叶绿果红，赏心悦目。在《诗经》时代，郁李是兄弟情深的象征。

**小雅·常棣**

常棣之华，鄂不（fū）韡（wěi）韡。凡今之人，莫如兄弟。

死丧之威，兄弟孔怀。原隰裒（póu）矣，兄弟求矣。

脊令在原，兄弟急难。每有良朋，况也永叹。

兄弟阋（xì）于墙，外御其务。每有良朋，烝也无戎。

丧乱既平，既安且宁。虽有兄弟，不如友生？

傧尔笾（biān）豆，饮酒之饫。兄弟既具，和乐且孺。

妻子好合，如鼓瑟琴。兄弟既翕，和乐且湛。

宜尔室家，乐尔妻帑。是究是图，亶（dǎn）其然乎？


郁李花儿开，花朵连着花托。世间人再亲近，又有谁能亲过兄弟。

有了丧亡威胁，只有兄弟关怀。抛尸荒郊野外，只有兄弟前去寻找。

鹡鸰困于原野，救难的只有兄弟。即使是良朋好友，不过是同情而已。

兄弟在家也会争斗，外敌来临就会同心抵抗。即使有良朋好友，也不会与你并肩作战。

当丧乱评定之后，恢复了平安宁静。虽有兄弟，好像还不如朋友亲密。

摆上美酒佳肴，共同饮酒作乐，只有兄弟们都在，才会欢乐融洽。

和妻子的情爱，犹如琴瑟和谐。只有兄弟相亲，那才是最美妙的音乐。要让全家安宁，要让妻儿欢喜，请你仔细思量，此话是否在理。

诗有些长，但是值得全录，这是有史以来最先完整歌颂兄弟情谊的诗歌，道出了兄弟情谊的真谛，歌来令人动容。"常棣"也从此指代了兄弟之情。

既有兄弟相亲，亦有兄弟相残，而最典型的例子就是西周初年，周公的兄弟管叔和蔡叔的叛乱。据此，《诗序》似认此诗为成王时周公所作，曰："《常棣》，燕兄弟也。闵管、蔡之失道，故作《常棣》。"《左氏春秋》则认为此诗为厉王时召穆公所作，原因是除了"管蔡之乱"的兄弟相残，贵族为了争夺权力，兄弟相残的事比比皆是，《左传·僖公二十四年》："召穆公思周德之不类，故纠合宗族于成周，而作诗曰：'常棣之华……'云云。"

为什么选中"常棣"——郁李作为兄弟相亲的代表？可能是郁李开花往往两三一簇、亲密无间的缘故吧。


# 枳 椇

## 南山有枸

枸就是枳椇，又称拐枣，甘肃、陕西、河南、安徽、江苏、浙江、江西、福建、广东、广西、湖南、湖北、四川、云南、贵州等地区均有栽培，历史悠久。《周礼·曲礼》记载："妇人之挚，椇、榛、脯、脩、枣、栗。"是说女子相见所赠送的礼物有枳椇、榛子、肉脯、长条肉干、枣子、栗子。其中的椇就是枳椇，显然在那时枳椇就和榛子等是重要的干果和礼品甚或祭祀用品。

枳椇的果实很特别，一般水果的可食用部位不是皮就是瓤或者是种子，但枳椇的食用部分是花梗发育而成的果梗，它的花梗长得肥大，呈珊瑚状，犹如指头大小，口味甘甜。

枳椇能解酒，据说，一片枳椇木落到酒瓮里，其酒可化为水味，若是以其木材建酒屋，那屋里的酒就变得寡淡无味了。

《小雅·南山有台》就提到了"枸"——枳椇：

南山有台，北山有莱。乐只君子，邦家之基。乐只君子，万寿无期。

南山有桑，北山有杨。乐只君子，邦家之光。乐只君子，万寿无疆。

南山有杞，北山有李。乐只君子，民之父母。乐只君子，德音不已。

南山有栲，北山有杻。乐只君子，遐不眉寿。乐只君子，德音是茂。

南山有枸，北山有楰。乐只君子，遐不黄耇（gǒu）。乐只君子，保艾尔后。

这是一首祝寿的宴饮诗，诗中提到十种植物，莎草、藜草、桑树、杨树、杞柳、李树、山樗、菩提、枳椇、苦楸，其共同点是都有价值，可以吃、可以用，就像国家需要各种人才一样，"枳椇"就是其中的一种。

南山长"某"，北山长"某"，君子快乐、国之栋梁、国之荣光、国之根基、民之父母，所以要祝君子万寿无疆。全诗重叠的格式，看似单一，却因为用了十种不同的植物，气象万千，勃发生机，"枳椇"是其中别具的一种。

# 构 树

## 构树可用

构树很普通，分布广，适应性强，山坡、林下、房前屋后、花园间隙……都可是其生长地。构树的生长速度很快。此树雌雄异株！雄花为长条葇荑花序，雌花为头状花序，雌树结的果为艳红色，可以当水果吃。我曾经以为其是"杂树"，但后来才发现，其经济价值和药用价值很高。

构树皮自古以来就是著名的造纸原料，古时所称楮纸。楮树就是构树，《别录》曰："楮实生少室山，所在有之。八月、九月采实弘景曰：'此即今构树也。'南人呼纸亦为楮纸。武陵人作皮衣，甚坚好。"楮纸就是今天的宣纸，据《天工开物》记载，明代还是用楮树皮与桑穰、芙蓉膜等诸物制造上等的皮纸。

构树的雄花可以食用。将其洗净，切碎，和面拌起，上笼蒸熟，葱姜蒜热油下锅一炒，喷香，算是春天的一道时鲜主食。

构树雌花结的果子到夏末时，鲜红，能勾起人的口腹之欲。

构树的木质轻软，可以当燃料。构树的乳汁可以做糊料，加工后可制成金漆，即《博物志》所云："楮胶团丹，为金石之漆。"

所以，构树的所有部位都有用处，是经济价值很高的经济作物。

《诗经》里有两处提到构树，所谓"榖"就是构树。《小雅·鹤鸣》和《小雅·黄鸟》，分别叙之。

### 小雅·鹤鸣

鹤鸣于九皋，声闻于野。鱼潜在渊，或在于渚。乐彼之园，爰有树檀，其下维萚（tuò）。他山之石，可以为错。

鹤鸣于九皋，声闻于天。鱼在于渚，或潜在渊。乐彼之园，爰有树檀，其下维榖（gǔ）。他山之石，可以攻玉。

仙鹤在水泽中引吭高歌，声音在原野上空回荡。鱼儿在深潭中潜游，有的在浅水边游戏。真喜欢那片园林呀，那里有高大的檀树，树下有松软的落叶。别的山上有石头，可以用来做磨玉的工具。

　　仙鹤在水泽中引吭高歌，声音在原野上空回荡。鱼儿在深潭中潜游，有的在浅水边游戏。真喜欢那片园林呀，那里有高大的檀树，树下有矮小的构树。别的山上有石头，可以用来磨玉石。

　　不用借各家的评说，只看原诗就好，鹤在天上鸣，鱼在水中游，檀树高耸入云，构树树下自成，天地造化，各得其所，它山之石，可以攻玉。

　　构树不过是完成自己的使命。

### 小雅·黄鸟

　　黄鸟黄鸟，无集于榖，无啄我粟。此邦之人，不我肯榖。言旋言归，复我邦族。（节录）

　　黄雀呀黄雀，不要落在构树上，不要啄食我的谷子。这个地方的人，不肯善待我，回去吧，回去吧，回到我的故乡族人中。

# 柞 树

## 柞叶蓬蓬

　　知道柞是因为柞蚕，柞蚕远不如桑蚕有名，但柞蚕是北方，特别是东北地区的养蚕方式，有介绍说："用柞蚕结茧时吐出的丝缕加工成的纤维称柞蚕丝，是织造柞丝绸的原料，在工业和国防上也有重要用途。柞蚕丝手感柔软有弹性，耐热性良好，绝缘、强力、伸度、抗脆化、耐酸、耐碱等性能均优于桑蚕丝。但织物缩水率大，生丝不易染色。"

　　我并没有见过用柞蚕丝制作的衣服或丝绸，或者我不认识柞蚕丝衣物是什么样的，但在北京的一处园林里我见过柞蚕在柞树上做的巢，很漂亮，很精致，像一枚有缺口的鸟蛋，那里的柞树和柞蚕都是特意种植和放养的。

　　《诗经》中居然有六处提到柞树，可见在那个时代柞树的作用不小，但没有一处提到养蚕。

　　《小雅·车辖》：陟彼高冈，析其柞薪。

　　《小雅·采菽》：维柞之枝，其叶蓬蓬。

　　《大雅·绵》：柞棫（yù）拔矣，行道兑矣。

　　《大雅·旱麓》：瑟彼柞棫，民所燎矣。

　　《大雅·皇矣》：帝省其山，柞棫斯拔，松柏斯兑。

　　《周颂·载芟》：载芟（shān）载柞，其耕泽泽。

　　其中有意思的是《小雅·车辖》，其中的名句："高山仰止，景行行止。"

用以比喻崇高的品行，但原句却是表达另一番光景，是写一位男子娶妻的喜悦和对佳人的思慕，栎树出现在诗的第四段：

陟彼高冈，析其柞薪。析其柞薪，其叶湑兮。鲜我觏尔，我心写兮。

高山仰止，景行行止。四牡骓（fēi）骓，六辔（pèi）如琴。觏尔新婚，以慰我心。（节录）

登上高高的山岗，砍下柞木当劈柴。砍下柞木当劈柴，柞木叶子很繁茂。多么幸运呀我碰到了你，我的心中无比欢畅。

仰望巍巍高山，走在宽阔大道上。拉车的四匹马奔走不停，缰绳紧绷如同琴弦。碰上你这新媳妇，从此我心满意足。

栎树的"析薪"火力旺，燃烧持久，冒烟少，是很好的薪材。而那栎树的叶子那样繁茂，就像新郎对新娘的向往，热情似火，也寓意夫妻二人将来的日子一定枝繁叶茂、繁荣昌盛。

"高山仰止，景行行止。"大意为男子仰望着高山，行进在大路上，望见车上的新娘子，欣喜之情溢于言表。直到司马迁赞美孔子"高山仰止，景行行止"，这句话便与道德挂钩了。这句话和栎树无关，但由于自己太喜欢这句话了，就想说几句。

# 竹 子

## 竹苞松茂

竹在中国是有特殊寓意的，是和品格高尚紧密相连的，所谓"岁寒三友"——松、竹、梅，"花中四君子"——梅、兰、竹、菊，都少不了竹，什么坚贞不屈，清华其外，淡泊其中，不媚世俗，清高孤傲都是说竹以及它的朋友的。竹也是有经济价值的，可以编织器具、制作工艺品、做建筑材料、制作家具等。当然，竹子的嫩芽——竹笋也是很好的菜肴。

中国历代文人画竹咏竹的不计其数。不妨品几首咏竹的诗来感受一下。

宋·苏轼的《竹》：

今日南风来，吹乱庭前竹。
低昂中音会，甲刃纷相触。
萧然风雪意，可折不可辱。

宋·王珪的《竹》：

天地得正气，四时无易心。
生来本孤节，高处独千寻。

宋·易元矩《竹》：

一别虞妃去未还，愁云空锁九疑山。
世间多少相思泪，洒遍修篁染不斑。

前两篇是歌颂竹的高洁、不受折辱的，第三篇是说舜的两位妻子——娥皇女英凭吊丈夫斑斑泪痕洒竹身，从此有了湘妃竹的故事。

关于竹的成语也有很多，成竹在胸语出苏轼《文与可画筼筜谷偃竹记》："故画竹，必先得成竹于胸中，执笔熟视，乃见其所欲画者，急起从之，振笔直遂，以追其所见，如兔起鹘落，少纵则逝矣。"青梅竹马语出李白《长干行》诗："郎骑竹马来，绕床弄青梅。同居长干里，两小无嫌猜。"松茂竹苞则出自《小雅·斯干》：

秩秩斯干，幽幽南山。如竹苞矣，如松茂矣。
兄及弟矣，式相好矣，无相犹矣。
似续妣（bǐ）祖，筑室百堵，西南其户。

爱居爱处，爱笑爱语。（节录）

涧水清清流不停，南山深幽多清静。有那密集的竹丛，有那茂盛的松林。

哥哥弟弟在一起，和睦相处情最亲，没有诈骗和欺凌。

祖先事业得继承，筑下房舍上百栋，向西向南开大门。

在此生活与相处，说说笑笑真兴奋。

这是一首祝贺周朝奴隶主贵族宫室落成的歌辞。诗中不仅颂扬了家庭的和睦，夸奖了宫室的坚固、漂亮，还关心家族的繁衍生息。

竹原产中国，有22个属，200多种，《诗经》中的竹是说的哪一种我不敢确定，但肯定是北方地区能生长的竹，而北方地区可以生长的竹不多，因为北方人种竹大多是因主人的雅致以及喜好，这是源于苏轼《于潜僧绿筠轩》的：

宁可食无肉，不可居无竹。

无肉令人瘦，无竹令人俗。

人瘦尚可肥，士俗不可医。

傍人笑此言，似高还似痴。

若对此君仍大嚼，世间那有扬州鹤？

# 柘 树

## 柘袍帝王

柘树的芯材可以提制黄色染料，其被称为柘黄，专门用于染制黄色衣物。唐朝以后，黄色成为帝王的专用服色，《本草纲目》说："其木染黄赤色，谓之柘黄，天子所服。"用柘木汁液染过的黄袍，称为柘袍，因而有时也会用以指代帝王，如苏轼的《书韩干牧马图诗》："柘袍临池侍三千，红妆照日光流渊。"

柘木在《诗经》时代的用处大多的是用来制作弓的材料，而且是制弓的上乘材料，超过"檿（yǎn）"，《考工记》云："弓人取干，柘为上，檿桑次之。"用柘木制作的弓，被古人称为"乌号之弓"，就是能让鸟嚎叫的弓。庚信《春赋》："金鞍始被，柘弓新张。"就是"乌号之弓"吧。

《诗经》中只有一处提到柘，即《大雅·皇矣》：

启之辟之，其柽其椐。攘之剔之，其檿其柘。帝迁明德，串夷载路。天立厥配，受命既固。（节录）

砍伐清理杂树，去掉枯死倒地的朽木。将它们修剪整齐，那些灌木小树。砍掉清除它们，那些柽树和椐树。修剪整饬它们，那些檿桑和柘树。天帝扶持明德之人，打败了蛮夷部落。天帝为太王选择了配偶，太王受命于天坚若磐石。

柘树和桑树都属于桑科植物，桑树的果实叫"桑葚"，柘树的果实叫"隹"，据说可以吃，可以酿酒，那应该是久远的从前了吧。

# 西河柳

## 河柳婆娑

河柳，别名西河柳、柽柳，很好看。柽柳枝条细柔，姿态婆娑，开花时，整个花序似圆锥状，粉色的，毛茸茸的，极具观赏性。

记得小时候在我的北方小城老旧公园里，河柳就长在河塘边的闲地，随处散漫地长着，毛茸茸的模样会让人产生亲近感。那时的公园虽然简陋到只有一只狮子和几只猴子，以及年久失修只留下轮廓的亭台、湖泊，但却给人一种静谧之美。

后来老旧公园整修了，河柳就再也不见了，那只狮子和几只猴子也不知去向。

河柳在《诗经》时代叫"柽"，那时因人们需要开荒辟地，其是被当作杂树要被砍伐的。

《大雅·皇矣》：启之辟之，其柽（chēng）其椐。攘之剔之，其檿（yǎn）其柘。帝迁明德，串夷载路。天立厥配，受命既固。（节录）

砍伐清理杂树，去掉枯死倒地的朽木。将它们修剪整齐，那些灌木小树。砍掉清除它们，那些柽树和椐树。修剪整饬它们，那些檿桑和柘树。天帝扶持明德之人，打败了蛮夷部落。天帝为太王选择了配偶，太王受命于天坚若磐石。

此诗是一首颂诗，是歌颂周部族建国立业的史诗，砍伐河柳是在周文王的爷爷古公亶父手里进行的。

河柳其实适应在盐碱地生长，而且耐旱，河西地区生长得多，"戎人取滑枝为鞭"，用以驱赶牛羊。《汉书》记载"鄯善国多柽柳"，鄯善国就是今天所说的古楼兰国，那是一个让人产生无数遐思的西域故国。

河柳一年能开三次花，所以也叫"三春柳"，我没有注意过；据说天要下雨的时候，河柳会自己先升起淡淡气雾，因此也被称为"雨师"，这我也没注意到，专列于此等待机缘验证。

# 山　桑

## 山桑为弓

桑，众人皆知，但山桑就鲜为人知了，山桑的经济价值很高，全身都可以利用。山桑饲养的蚕吐的丝叫"檿（yǎn）丝"，其丝质比较强韧，可以制作琴弓，而山桑的木质坚硬，可以做车辕和弓。《考工记》云："弓人取干，柘为上，檿桑次之。"《朱传》也说："山桑与柘皆美材，可为弓干，又可蚕也。"

山桑在《诗经》时代被称为"檿"，很特别的名字。关于"檿"有一个故事，和冷美人褒姒有关，没错，就是"烽火戏诸侯"的那个女主角褒姒。

在周朝"宣王中兴"时期，民间有个童谣唱道："檿弧箕服，实亡周国。"意思是卖山桑木做的弓、箕木做的箭袋的人是导致周朝灭亡的元凶。宣王听说此事后，正好有一对夫妻卖山桑弓与箕木箭袋，因此，宣王命人抓捕夫妻二人，然后将其杀掉。夫妻二人在逃亡的路上看见被王宫扔出来的弃婴，因其可怜，二人就决定收养，然后一起逃到褒国了。一晃十几年过去，弃婴出落成美不可言的娇娥。后来，褒国人得罪了周朝，就想把当年的弃婴献给周朝，以求赎罪。因其是褒国献出，所以叫她褒姒。而后，便有了"烽火戏诸侯"的闹剧，也正应了"檿弧箕服，实亡周国"的预言。

"檿"在《诗经》中只出现过一次,即在《大雅·皇矣》中,而大雅描述植物的次数是十分有限的:

作之屏之,其菑其翳。修之平之,其灌其栵(liè)。启之辟之,其柽其椐。攘之剔之,其檿其柘。帝迁明德,串夷载路。天立厥配,受命既固。(节录)

砍伐清理杂树,去掉枯死倒地的朽木。将它们修剪整齐,那些灌木小树。砍掉清除它们,那些柽树和椐树。修剪整饬它们,那些檿桑和柘树。天帝扶持明德之人,打败了蛮夷部落。天帝为太王选择了配偶,太王受命于天坚若磐石。

这是一首歌颂周部族的开国史诗。诗有八节,前四节写古公亶父(太王),歌颂了太王、大伯、王季的事迹;后四节写周文王,歌颂了文王"肇国在西土"的勋业。此节说的是太王古公亶父,筚路蓝缕,开疆拓土,营建家园的事迹。而此处的"檿"因是杂木,影响开发土地,所以是需要修剪砍伐的。


## 白桵、榉

### 芃芃棫朴

"棫朴"是两种植物,棫与朴。

棫今天被称为白桵,亦称白蕤(ruí)。灌木名。可作药用。《大雅·棫朴》:

"芃芃棫朴，薪之槱（yǒu）之。"《毛传》："棫，白桵也。"《郑玄·笺》："白桵，相朴属而生者，枝条芃芃然。"《文选·张衡》："木则枞栝棕（zōng）柟，梓棫楩（pián）枫。"《三国志·吴书：薛综传》："棫，白蕤也。"李善 注："棫，白桵。"庞元英《文昌杂录》卷一："兵部杜员外言，今关中有白蕤，棫朴也。芃（péng）芃丛生，民家多采作薪，且言烟与他木异。"李时珍《本草纲目·木三·蕤核》："《尔雅》：'棫，白桵。'即此也。其花实蕤（ruí）蕤下垂，故谓之桵。"基本上众口一词，棫即为白桵。

朴就不同了，有说是槲树的，有说是朴树的，这个两种植物不是一个科，更不是一个属，槲树是壳斗科的，朴树是榆科朴树属的。据《尔雅注》云："樕朴，槲樕也。"《尔雅》说"樕"就是"朴"，又称"槲"。而说"朴"就是"朴树"的不用解释，想当然尔。以"尔雅"的权威地位，我们暂且都认为"朴"为"槲"吧。

棫、朴出现在《大雅·棫朴》中：

芃芃棫朴，薪之槱之。济济辟王，左右趣之。
济济辟王，左右奉璋。奉璋峨峨，髦士攸宜。
淠（pì）彼泾舟，烝徒楫之。周王于迈，六师及之。
倬彼云汉，为章于天。周王寿考，遐不作人？
追琢其章，金玉其相。勉勉
我王，纲纪四方。

棫树朴树多茂盛，砍作木柴祭天神。周王气度美无伦，群臣簇拥左右跟。

周王气度美无伦，左右群臣璋瓒捧。手捧璋瓒仪容壮，国士得体是贤俊。

船行泾河波声碎，众人举桨齐划水。周王出发去远征，六军

前进紧相随。

宽广银河漫无边，光带灿烂贯高天。万寿无疆我周王，培养人才谋虑全。
琢磨良材刻纹花，如金如玉品质佳。勤勉不已我周王，统治天下理国家。

这是一篇歌颂周王的诗篇，周王有德，众士所归。朱熹的《诗集传》将"芃芃棫朴，则薪之槱之矣；济济辟王，则左右趣之矣"句，意为灌木茂盛，为人所乐用，君王美好，则为人所乐从。所以将"棫朴"喻君王。

### 召南·野有死麕（jūn）

野有死麕，白茅包之。有女怀春，吉士诱之。
林有朴樕，野有死鹿。白茅纯束，有女如玉。
舒而脱脱兮！无感我帨兮！无使尨也吠！

野外有一只獐鹿死了，用白茅包裹住它。有一位女子春心萌动，就有一位男子追逐。树林里槲树婆娑，野地里有死去的野鹿，白茅捆扎献给谁，有位女子美如玉。宽衣解带要缓慢，不要弄坏我的配巾，不要惊动那长毛狗儿去吠叫。

《召南·野有死麕》中的"朴樕"蓬勃茂盛会让人产生心动，不是吗？所以。"朴樕"也罢，槲树也罢，都是健旺的好树。

# 荚 迷

## 灵寿实华

忍冬科荚蒾属的植物不少，是园林里的常客，但是是陪客。夏日里灌木丛中，星星点点间夹杂着盛开的荚蒾花，成团成团的白花，不娇艳，但醒目，有一种特殊的香气，依然招蜂引蝶。

灵寿木是荚蒾树的一种，学名叫蝴蝶戏珠花或蝴蝶荚蒾，此花开时，聚伞花序，状若银盘，中间的花小，状如蝴蝶蹁跹，很是别致，在初夏的姹紫嫣红中，别有一份安静从容以平和人们浮躁的心。

陆玑《诗疏》云："椐，樻。节中肿，似扶老，今灵寿是也。"《山海经》："广都之野，灵寿实华。"椐因其木适宜做拐杖，以扶持老人，且有利延年益寿，故从汉代起就有"扶老""益寿"等名。

所以至今，仍有不少老人会手持"扶老杖"，象征着一种美好的希冀。

蝴蝶荚蒾、灵寿木、扶老木都可称为"椐"。《大雅·皇矣》就是这样提到"椐"的：

启之辟之，其柽
其椐。攘之剔之，其
檿其柘。帝迁明德，
串夷载路。天立厥配，
受命既固。（节录）

砍伐清理杂树，
去掉枯死倒地的朽木。
将它们修剪整齐，那
些灌木小树。砍掉清
除它们，那些柽树和
椐树。修剪整饬它们，那些檿桑和柘树。天帝扶持明德之人，打败了蛮夷部落。天帝为太王选择了配偶，太王受命于天坚若磐石。

这是一首歌颂周部族的开国史诗。共有八节，此节说的是太王古公亶父，筚路蓝缕，开疆拓土，营建家园的事迹。而此处的"椐"因是杂木，影响开发土地，所以是需要修剪砍伐的。

此时没有赏花、没有扶杖、没有长寿，只有开疆拓土、建设家园，此所谓"仓廪实而知礼节，衣食足而知荣辱"，解决不了生计问题，花前月下、良辰美景、吟风弄月都是妄谈。

# 梧 桐

## 凤凰栖梧桐

　　凤凰是古人幻想的神鸟，是图腾，在古老的中国有着无可替代的美好、高贵、吉祥的寓意，所以凤凰所栖息的梧桐自然也有着不可替代的地位。凤凰"非梧桐不栖"语出《庄子·秋水》："南方有鸟，其名为鹓鶵（yuān chú），子知之乎？夫鹓鶵，发于南海而飞于北海，非梧桐不栖，非练实不食，非醴泉不饮。"《三国演义》第三十七回里："凤翱翔于千仞兮，非梧不栖；士伏处于一方兮，非主不依"那凤凰非梧桐不栖的梧桐是怎样的树呢？

　　《大雅·卷阿》这样提到梧桐：

　　凤凰于飞，翙（huì）翙其羽，亦集爰止。蔼蔼王多吉士，维君子使，媚于天子。

　　凤凰于飞，翙翙其羽，亦傅于天。蔼蔼王多吉人，维君子命，媚于庶人。

　　凤凰鸣矣，于彼高冈。梧桐生矣，于彼朝阳。菶（běng）菶萋萋，雝（yōng）雝喈（jiē）喈。

　　君子之车，既庶且多。君子之马，既闲且驰。矢诗不多，维以遂歌。（节录）

　　凤凰展翅飞翔，翅膀在风中沙沙作响，此时又落在了这里。周王身边有很多贤士，他们听凭君王差遣，衷心爱戴天子。

　　凤凰展翅飞翔，翅膀在风中沙沙作响，此时高飞冲天。周王身边有很多贤士，他们唯君王命令是从，衷心爱护百姓。

　　凤凰引颈长鸣，停在那高冈之上。梧桐伟岸挺立，在那山的东边。梧桐繁茂郁郁葱葱，凤凰鸣声和谐悦耳。

　　君王贤臣的车架，各种各样，形状众多。君王贤臣的马匹，训练纯熟，奔走如飞。贤臣献诗不嫌多，为周王谱曲作歌。

其肯定是对周王歌功颂德的诗篇，里面还有劝诫的地方。洋洋洒洒、汪洋恣肆的诗篇给人一种酣畅淋漓之感。而伟岸挺立的梧桐给人一种高贵之感。

被神化了的梧桐其实是很普通的树种，北方城市常见，但往往退隐到泡桐和法桐的身后，其实这几种桐都不是一个科，梧桐是梧桐科，泡桐是玄参科，法桐是悬铃木科。泡桐因为春夏之际云蒸霞蔚般的紫花夺人心魄，法桐因为树形高大、优美常常矗立街道两侧，相比之下，梧桐并没有它们的优势，梧桐花为圆锥花序，但花是小的，黄绿色，并不引人注目，而树形也没有法桐的膨大健旺，所以当今人们很难理解从前梧桐的崇高地位。

梧桐和泡桐一样，因为生长速度快，树干通直，材质轻软，可以制作木箱、乐器等。

历代提及梧桐的诗歌不在少数，我喜欢的有李清照的"梧桐更兼细雨，到黄昏，点点滴滴。这次第，怎一个愁字了得！"虽然没了凤凰，但梧桐的清冷气质就在"细雨"和"点点滴滴"中表现出来了；温庭筠的："梧桐树，三更雨，不道离情正苦，一叶叶，一声声，空前滴到明。"和李清照的有一比，梧桐，特别是秋天的梧桐、下雨天的梧桐，代表得更多的是离愁别绪；还有李商隐的"丹丘万里无消息，几对梧桐忆凤凰"，梧桐终于是和凤凰分不开的。

芳香成语

# 寻芳记

李继红 —— 著

新华出版社

图书在版编目（CIP）数据

芳香成语 / 李继红著. -- 北京 : 新华出版社，2024.7
（寻芳记）
ISBN 978-7-5166-6724-8

Ⅰ. ①芳…　Ⅱ. ①李…　Ⅲ. ①汉语—成语—通俗读物
Ⅳ. ①H136.31-49

中国国家版本馆CIP数据核字（2023）第027013号

# 目录

## 草香成语

## 木香成语

# 草香成语

寻芳记

# 冬 葵

## 拔葵去织

"拔葵去织"我是真不知道，《成语大字典》解释为："拔掉种植的冬葵，禁止妻子织布，指为官者廉洁自奉，不与百姓争利。"

出处为《史记·循吏列传》："食茹而美，拔其园葵而弃之。见其家织布好，而疾出其家妇，燔其机，云'欲令农士工女安所雠其货乎'？"

东汉班固《汉书·董仲舒传》："故公仪子相鲁，之其家见织帛，怒而出其妻，食于舍而茹葵，愠而拔其葵，曰：'吾已食禄，又夺园夫红女利乎！'古之贤人君子在列位者皆如是，是故下高其行而从其教，民化其廉而不贪鄙。"

二者是一个意思，为官者因不愿家人和百姓争利，见自己的妻子在家织布、种冬葵，怒而休妻。原因是："我当官已经有俸禄了，怎么可以再抢夺农人种冬葵、农妇织布获取的利益呢？"

后世有效法的，如《宋书·谢庄传》载："臣愚谓大臣在禄位者，尤不宜与民争利，不审可得在此诏不？拔葵去织，实宜深弘。"意思说"拔葵去织"的精神实在适宜深度弘扬。

为了不和百姓争利，居然"拔葵去织"，而且到"出妻"的地步，看似行为过火，但如此为民着想的官员，即使过百世也是让人神往期盼的吧。

我想，还是回到"冬葵"吧。

冬葵是古人餐桌上常见的蔬菜，《豳风·七月》中就提到"六月食郁及薁，七月亨葵及菽"。意思是，六月吃郁李和葡萄，七月煮冬葵和豆子。

《本草纲目》是这样说冬葵的："古者葵为五菜之主。"还说："四五月种者可留子；六七月种者为秋葵；八九月种者为冬葵，经年收采；正月复种者为春葵，然宿根至春亦生。"

明代的李时珍都说冬葵为"古者"，遑论现在。所以他说："今不复食之，故移入此。"即把"葵"从菜部移入草部。

冬葵在春秋时代是"百菜之王"，可做汤，可腌菜，汉乐府《十五从军征》："井上生旅葵""采葵持作羹"。到了唐代，仍吃，白居易《烹葵》："贫厨何所有，炊稻烹秋葵。"唐宋以后，吃葵就少了。

如今我们吃秋葵，吃的是秋葵的嫩果实，不是吃叶子的冬葵，冬葵只不过是可以做联想的媒介，如此而已。

但是我还是向往"拔葵去织"，多好。


# 白 茅

## 拔茅连茹

关于"茅"的成语有五个，拔茅连茹、初出茅庐、三顾茅庐、茅室蓬户、名列前茅。确切与"白茅"有关的是"拔茅连茹"。

拔茅连茹，语出《周易·泰卦》："拔茅茹，以其汇。"《成语大字典》解释为："比喻互相举荐，引进。"此中的"茅"就是"白茅"。

至于"初出茅庐""茅室蓬户""三顾茅庐"中的"茅"是不是"白茅"就不一定了，但一定是茅草无疑。

白茅至今常见，其来历久远，《诗经》中就有记载，而且很浪漫。《召南·野有死麕》：

野有死麕，白茅包之。有女怀春，吉士诱之。
林有朴樕，野有死鹿。白茅纯束，有女如玉。
舒而脱脱兮！无感我帨兮！无使尨也吠！

野外有一只獐鹿死了，用白茅包裹住它。有一位女子春心萌动，一位男子追逐。树林里小树婆娑，野地里有死去的野鹿，白茅捆扎献给谁，有位女子美如玉。宽衣解带要缓慢，不要弄坏我的配巾，不要惊动那长毛狗儿去吠叫。

明明是在白茅掩映下野合，却感觉淳朴、美好、健康、生动，让人产生生而为人的冲动和意愿，这样情境下的白茅让人浮想联翩。

白茅还指代美人的纤纤玉手。《卫风·硕人》："手如柔荑，肤如凝脂，领如蝤蛴，齿如瓠犀，螓首蛾眉，巧笑倩兮，美目盼兮。"

"柔荑"就是白茅的嫩芽，这是现代人意想不到的，特别是城市人若知道白茅是什么东西，那都属于出乎意料的。现代人描述美人的玉手，即便想到冰冷的金属，都不会想到柔细的白茅。

白茅在那时还用于重大的祭祀、庆典、进贡等仪式，用于贡物的铺垫。《周易》："初六，藉用白茅，无咎。"只要用上白茅，就是隆重、诚信、尊重的象征了。

可如此庄重的白茅终究还是"茅室蓬户"，那就让白茅回归它的原本吧。

茅室蓬户，出自《宋书·孔淳传》："茅室蓬户，庭草芜径，唯床上有数卷书。"意思就是房屋极其简陋，茅草和飞蓬草草搭建，即使在这样的居所，他的床上却放着"数卷书"这样的"奢侈品"。

三顾茅庐，出自三国时期诸葛亮的《出师表》："臣本布衣，躬耕于南阳，苟全性命于乱世，不求闻达于诸侯。先帝不以臣卑鄙，猥自枉屈，三顾臣于草庐之中，咨臣以当世之事，由是感激，遂许先帝以驱驰。后值倾覆，受任于败军之际，奉命于危难之间：尔来二十有一年矣。"

《出师表》很出名，刘备的"三顾茅庐"也很出名，刘备"三顾"了"茅庐"，"顾"出了大才诸葛亮，成就了"三国鼎立"之势。所以后世想要干一番大事业的人物，都愿意做"三顾茅庐"之事，以期"顾"出个卓越的人才，能让自己"修齐治平"。

可惜，准"诸葛亮"们并不都能遇到真"刘备"，元代马致远《杂剧·半夜雷轰荐福碑》第一折："我住着半间儿草舍，再谁承望三顾茅庐。"没人"顾"，所以怀才不遇。

诸葛亮有幸，不仅被"三顾茅庐"，而且"初出茅庐"就旗开得胜。

初出茅庐，出自《三国演义》第三九回："直须惊破曹公胆，初出茅庐第一功。"说的是诸葛亮离开自己的茅舍首次用兵攻打曹操，神机妙算，旗开得胜，得到众将的佩服。后来却指年轻人刚进入社会，没有经验。

不管怎么说，诸葛亮是"初出茅庐"旗开得胜了，在众将面前是"名列前茅"，当然此"茅"和诸葛亮没关系了。

名列前茅，出自《左传·宣公十二年》："蒍敖为宰，择楚国之令典，军行右辕，左追蓐，前茅虑无，中权后劲。"意思是楚国的令尹孙叔敖使用军令，行军时最前面的哨兵若是发现敌情就会高举茅草给后面的军队报警。晋国还学习他们的经验。后来报警用的道具因为在队列的最前面，就演变为"名列前茅"。再引申就成了成绩优异之意。

以"名列前茅"结束茅草的旅程甚好。

# 艾　蒿

## 芝艾俱焚

艾蒿我是熟悉的，应该说中国人都熟悉，每年农历五月端午，谁家门上不是别着一把艾蒿，以期这一年邪毒不侵呢？

除此，爱保健的国人谁不知道艾灸呢？

艾蒿自古就大名鼎鼎，《诗经》《楚辞》都提到过。先说《诗经》中的，我喜欢那里面的情谊。

《王风·采葛》中，采了三种草，其中有艾蒿：

彼采葛兮，一日不见，如三月兮。
彼采萧兮，一日不见，如三秋兮。
彼采艾兮，一日不见，如三岁兮。

我采葛藤、采牛尾蒿、采艾蒿，不论采什么，心里只有你。"一日不见如隔三秋"，相思苦啊。

若是臭，那是在《楚辞》中。屈子不喜欢貌不惊人的艾蒿，在他眼里艾蒿是"恶草"，和他心仪的"香草"是云泥之别。他在《离骚》中这样描述艾蒿：

兰芷变而不芳兮，荃蕙化而为茅。

何昔日之芳草兮，今直为此萧艾也？

岂其有他故兮，莫好修之害也！（节录）

兰草、白芷变节已经不再芳香，荃、蕙已经和茅草一样。

为什么曾经的芳草啊，如今竟然和白蒿、艾草同流合污。

难道还有别的缘故吗？这就是不好好修行带来的危害。

白蒿、艾草就这样相对于兰草、白芷变成无可置疑之"恶草"。以至于他的后继者，一样怀才不遇的东方朔也延续他的说辞。

### 七谏·怨世

蓬艾亲入御于床笫兮，马兰踸踔而日加。

弃捐药芷与杜衡兮，余奈世之不知芳何？（节录）

那粗陋的蓬艾居然用来铺床，杂草马兰也越长越高。

抛弃了香草白芷和杜衡啊，我遗憾世人竟然不知道什么为芳草。

又是"香草"白芷、杜衡比对"恶草"飞蓬、艾蒿。

于是，想到"芝艾俱焚"，一定和屈子们抱有一样的认识。

芝艾俱焚，出自汉代刘安《淮南子·俶真训》："巫山之上，顺风纵火，膏夏紫

芝与萧、艾俱死。"

意思是"美物"灵芝和"贱物"艾蒿同归于尽，相当于"玉石俱焚"呗。

所以有《三国志·魏志·公孙度传》："若苗秽害田，随风烈火，芝艾俱焚，安能自别乎？"

把艾草说成是"恶""贱"之物我是深感遗憾的。后来艾草被人们用于治病，甚至"驱邪"，地位又攀升到与从前不可同日而语的地步。

但是，我还是喜欢那更久远的从前，"一日不见如隔三秋"的艾，那是爱，是情，是相思，即使相思苦，也比无情好，不是吗？

关于艾的成语还有，兰艾难分、兰艾同焚。

兰艾难分，就是香草和臭草分不开。艾在兰的面前永远是"恶草"。兰艾难分，出自南朝齐丘巨源《驰檄数沈攸之罪恶》："今复相逼，起接锋刃，交战之日，兰艾难分。"

《宋书·沈攸之传》也这样使用："今复相逼，起接锋刃，交战之日，兰艾难分。土崩倒戈，宜为蚤（早）计，无使一人迷昧，而九族就祸也。"

兰艾同焚，就是"玉石俱焚"的意思，出自晋代庾阐《檄李势》："檄到，勉思良图，自求多福，无使兰艾同焚。"

同期，《晋书·孔坦传》载："兰艾同焚，贤愚所叹。"

可惜，艾在旧时终究难逃"恶草"的名声，所幸今日，艾因为可以养生而身价倍增，以"有用"处于无人不知无人不晓的地位。

艾，爱也，哀也。

# 灵 芝

## 芝兰玉树

灵芝是仙草，白娘子为救许仙去盗仙草，盗的就是灵芝。所以灵芝在人的心目中是神奇无比，充满幻想的。

对植物异常敏感、挑剔的屈原也提到过灵芝。以灵芝之奇异，我不担心屈子把它放到"恶草"堆里。果然，灵芝毋庸置疑地被屈子列为香草。

屈原在《九歌·山鬼》中将灵芝称作"三秀"，《论衡》中云："芝草一岁三华。"就是说灵芝一年之中三次开花，所以"三秀""三华"就是灵芝了。

### 九歌·山鬼
采三秀兮于山间，石磊磊兮葛蔓蔓。
怨公子兮怅忘归，君思我兮不得闲。（节录）

我在山间采摘灵芝，岩石堆积葛藤缠绕。怨恨那思慕的人儿惆怅忘归，你是思念我的，只是没有空闲来吧？

美丽的山鬼怨恨那没有如约而来的情人，就算采下香草灵芝又有何用？

我很喜欢《孔子家语·六本》中的灵芝："与善人居，如入芝兰之室，久而不闻其香，即与之化矣。"意思就是说和品行高尚的人在一起，就如走进有灵芝和泽兰芳香的屋子里一样，时间长了便闻不到香味，但那是因为你已经融入其中。

《神农本草经》记录灵芝根据产地、性状分为赤芝、黑芝、青芝、白芝、黄芝、紫芝等，有的"益心气，补中，增慧智"，有的"益肾气，通九窍，聪察"，还有的"益肺气，通利口鼻，强志意，勇悍，安魄"等，但所有灵芝都有一个共同的特点，那就是"久食，轻身不老延年神仙"。

长生不老是人类的一种精神追求。秦始皇派徐福探寻长生不老药，结果徐福一去不归，"害"得秦始皇英年早逝。汉武帝也追求长生不老，他以为不老药就是灵芝。李善注《文选》云："神木灵草，谓不死药也。"

关于灵芝的成语有三个：

芝兰玉树、芝艾俱焚、芝焚蕙叹。

一个好消息，一个坏消息，选择先听哪个消息？我的选择是先听不好的，我一向宁愿先苦后甜。所以，描述好的事物和不好的事物，我选择先说不好的，那就从"芝焚蕙叹"开始吧。"芝艾俱焚"已经在"艾蒿"篇中说了，此处不再赘述。

芝焚蕙叹，出自晋代陆机《叹逝赋》："信松茂而柏悦，嗟芝焚而蕙叹。"意思是灵芝被焚，蕙草悲叹，物伤其类呀。

后世清代黄遵宪在《感事》中不仅用了"芝焚蕙叹"，还用了"李代桃僵"，即"芝焚蕙叹嗟僚友，李代桃僵泣弟兄"。成语用得恰到好处，一点也不僵硬，心情却是悲凉、悲痛、悲哀。

还是"芝兰玉树"好，该成语出自南朝刘义庆的《世说新语·言语》："谢太傅问诸子侄：'子弟亦何预人事，而正欲使其佳？'诸人莫有言者。车骑答曰：'譬如芝兰玉树，欲使其生于庭阶耳。'"

大意是谢太傅问他的子侄们："你们何必参与时事，要培养为优秀人才呢？"大家摸不准其意，就不答话，只有车骑将军谢玄回答："就好比是芝兰玉树，总想让它们长在自家的庭院啊。"

谢家的"芝兰玉树"不少，著名的"淝水之战"中，就是谢家的谢安以八万军力击退"投鞭断流"的苻坚率领的八十万大军，保住东晋。

只是，再兴旺，最终也"旧时王谢堂前燕，飞入寻常百姓家"。

"王谢"湮没在历史的那边，"芝兰玉树"随燕飞到了今朝。

试看今朝，芝兰玉树满庭芳。

# 芥

## 易如拾芥

关于"芥"的成语有三个：视如草芥、心存芥蒂、易如拾芥。

其中的"芥"是"芥菜"还是"小草"，知其义就知其"芥"了。

先说"芥菜"，一年或二年生草本植物，种子黄色，味辛辣，磨成粉末，称"黄芥末"，可作调味品。用叶子做的芥菜为雪里蕻，用茎做的芥菜是榨菜，用根做的芥菜称大头菜。

《本草纲目》载："芥者，界也。发汗散气，界我者也。"

王祯《农书》云："其气味辛烈，菜中之介然者，食之有刚介之象，故字从介。"

《春秋繁露》："天地之行，芥苦味也。"

《礼记·内则》："脍，春用葱，秋用芥。"

此处"芥"是指"芥菜"的种子，芥菜的种子极小。

"芥"还有小草的意思，比如草芥、纤芥、芥舟。

再说成语"视如草芥"，出处是《孟子·离娄上》载："孟子曰：'天下大悦而将归己，视天下悦而归己，犹草芥也，惟舜为然。'"

更明确的应该是《孟子·离娄下》："君之视臣如土芥，则臣视君如寇雠。"
显然此"芥"是小草的意思。

接着说"易如拾芥"，这句成语的出处有些意思，《汉书·眭两夏侯京翼
李传》载："始，胜每讲授，常谓诸生曰：'士病不明经术，经术苟明，其取
青紫如俯拾地芥耳。学经不明，不如归耕。'"

夏侯胜为人质朴，平日不拘小节，也就没有什么威仪。朝见宣帝时称君，
又和同僚以字相称，这都是有悖礼仪的，但宣帝仍然很亲信他。

有一次，夏侯胜见了宣帝之后，出来就把宣帝的话讲给别人听了。宣帝
不高兴，就批评夏侯胜，夏侯胜回复说："因为陛下所说的话很有道理，所以
我就专门把陛下的话传扬出去。古时尧帝的言语传扬天下，至今都广为传颂。
我以为您的话可以传，就传了。"

朝廷每每有大事商议，宣帝知道夏侯胜直率，就常对他说："先生有话就直说，不要因为前面的事不敢说话。"

夏侯胜再次做了长信少府，又升任太子太傅。接受宣帝的命令撰写《尚书》《论语说》，赐黄金百斤。九十岁依然在任，后寿终正寝，哀荣极盛，连太后都为他素服五日。

这个"质朴守正，简易亡威仪"的夏侯胜，能在官场如鱼得水，自然有他的心得。他是这么给学

生讲课的："儒者最怕不懂经术，经术通晓了，要获得高官，就像在地上捡起一枚芥子一般容易，学经不精不如回家种地。"

事实上怎样？纵观中国五千年历史，不尽然，很不尽然也。我们这些"草芥"不过是知道"视如草芥"的出处而已。

我以为，这里的"芥"可以是"小草"，可以是"芥子"。

最后说一下"心存芥蒂"，出自汉代司马相如《子虚赋》："吞若云梦者八九于其胸中，曾不蒂芥。"是说心中有积郁不满。芥蒂，细小的阻塞物。此时，"芥"就是小，不论"芥子"还是"小草"。

还有一个"芥"为"芥舟"，出自《庄子·逍遥游》："覆杯水于坳堂之上，则芥为之舟；置杯焉则胶，水浅而舟大也。"极小的舟，看在哪里划行。小是大，大是小也。

如此，芥就完满了。


# 藻

## 扬葩振藻

没想到关于"藻"的成语这么多，但没有一个是我知道的。先分列如下：

春葩丽藻、雕镂藻绘、鸿笔丽藻、虑周藻密、山节藻棁、掞藻飞声、扬葩振藻、重葩累藻。

藻其实不能算作一种植物，而是一类植物。也正是因为成语中，没有一处特意指出某种水生植物，于是就把"藻"提出来，当作一种水草，以示丰富。

古人早就注意到藻的存在，并在日常生活中广泛使用了。因为水藻生在水中，古人以"藻"为辟火的象征，在建筑的顶棚部分做水藻纹饰，是为"藻井"。又因藻在水中"随波逐流"，寓意柔顺、廉洁，周代女子祭祀的供品会用藻，表示自己的德行。还因藻长在洁净的水中，寓意廉洁，古人会在天子三品以上官员所穿朝服上绣水藻纹饰。

藻还多次出现在《诗经》中，不妨列举一二来感受一下古人眼中的藻，也许对理解藻的成语有所帮助。《小雅·鱼藻》：

鱼在在藻，有颁其首。王在在镐，岂乐饮酒。
鱼在在藻，有莘其尾。王在在镐，饮酒乐岂。
鱼在在藻，依于其蒲。王在在镐，有那其居。

鱼儿游在水藻中，它的脑袋大又圆。天子住在京镐中，快乐地和群臣饮酒。

鱼儿游在水藻中，它的尾巴长又长。天子住在京镐中，欢饮美酒真逍遥。

鱼在哪儿在水藻，游弋在蒲草中间。天子住在京镐中，所居安乐好地方。

后来藻就有了"藻思""玉藻""藻井""辞藻"等衍生词语。特别是"辞藻"，引申为文采飞扬。

先挑"扬葩振藻"感受一下"藻"的魅力吧。

葩是花的意思，明代李渔《闲情偶寄·种植部》云"群葩当令时，只在

花开之数日"，这里的葩也引申为华美之意。

所以，扬葩振藻就是"诗文辞藻华丽，文采焕发"之意。（《成语大字典》）

最早的出处在《北史·文苑传序》："汉自孝武之后，雅尚斯文，扬葩振藻者如林，而二马、王、扬为之杰。东京之朝，兹道愈扇，咀徵含商者成市，而班、傅、张、蔡为之雄。"

和它意思相近的如春葩丽藻，出自唐代冯贽《云仙杂记·粲花》："李白与人谈论，皆成句读，如春葩丽藻，粲于齿牙，时号李白粲花之论。"

还有鸿笔丽藻，出自唐代源直心《议释道不应拜俗状》："枢纽经典，畴咨故实，理例锋颖，词韵膏腴，则司戎之称鸿笔丽藻矣。"

雕镂藻绘，出自明代方孝孺《读〈法言〉》："子云为此书，尝自拟《论语》……《论语》述圣人言行，犹天地之化，子云方且窃之焉，雕镂藻绘而蕲类之，其僭甚哉！"

重葩累藻，出自明代杨慎《跋赵文敏公书巫山词》："古传记称帝之季女曰瑶姬，精魄化草，实为灵芝，宋玉本此以托讽，后世词人，转加缘饰，重葩累藻，不越此意。"

就是相比春葩丽藻过于刻意了。

摸着规律了，虑周藻密，意思就是考虑周到、辞采细密。

掞藻飞声，指施展文才，声誉远扬，出自唐代萧颖士《赠韦司业书》："今朝野之际，文场至广，掞藻飞声，森然林植。"

山节藻棁需要说一下，指的是古代天子的庙饰。《礼记·明堂位》："山节藻棁……天子之庙饰也。"后多用来形容居处豪华奢侈，越等僭礼。

关于非常陌生的藻的成语终于在春葩丽藻中结束。

## 夏虫朝菌

菌出现在成语里有些稀罕，只有一个，夏虫朝菌。

夏虫朝菌的意思很容易懂：夏天的虫子，早晨的菌。是说夏天的虫子活不过冬天，大部分的菌朝生暮死。这自然是比喻生命短促。

语出《庄子·秋水》："夏虫不可以语于冰者。"意思是，你跟夏天的虫子说寒冰，它完全不懂，因为它不可能感受到。

《庄子·逍遥游》："朝菌不知晦朔。"意思是，早晨的菌不知道天黑是什么意思，因为它活不到那个时候。

两句话引申出来，就是夏虫朝菌。

晋代葛洪引用在《抱朴子·勤求》中，云："百年之寿，三万余日耳。幼弱则未有所知，衰迈则欢乐并废，童蒙昏耄，除数十年，而险隘忧病，相寻代有，居世之年，略消其半，计定得百年者，喜笑平和，则不过五六十年，咄嗟灭尽，哀忧昏耄，六七千日耳，顾眄已尽矣，况于全百年者，万未有一乎？谛而念之，亦无以笑彼夏虫朝菌也。"

这一段讲得非常好，特别适宜对今天的人讲一下：

人生百年，不过三万多天。年幼的时候什么也不懂，衰老了想欢乐却又没有能力了。即便除去幼年、老年时期，一生中艰难险阻以及忧愁、疾病，也会不断出现，就算你能活一百年，能够高兴、平安、和睦的时间也不过五六十年。哀叹不如意、昏聩衰老就有六七年，这也是说的到头了。更何况，能活百年的万人中能有一人吗？这样看来，我们也不要笑话那夏虫朝菌了。

简而言之，人生不容易，生命中充满变数，能够有生命质量地活着，这样的时间其实很有限，所以我们就别笑那朝生暮死的菌，以及不见寒冰的夏虫了。

夏虫朝菌不过是个比喻，并不是所有夏天的虫子都活不过冬天，很多只是蛰伏而已。也不是所有的菌都是朝生暮死。尤其是菌芝，就是灵芝，非一朝一夕可以长成。就是我们现在食用的蘑菇，也是有几天寿命的。

但是这都不重要，重要的是生命可贵，生活不易，生老病死，忧惧伤悲，人生谈何容易。所以古人总结道："不如意事常八九，可与语人无二三。"

也所以，不念八九，只想二三。

因为夏虫朝菌啊。

# 菟 丝

## 兔丝燕麦

菟丝子是一种寄生的草，有闲情逸致的人看到金色蔓生的菟丝子，内心会产生出缠绵悱恻的无限情意，而耕作的农人恨之，犹恐不及，因为菟丝子蔓生的地方，植物就很难生长，甚至危及其生命。

《诗经》时代的古人就注意到菟丝子没危及庄稼时的状态。《鄘风·桑中》的"唐"就是菟丝子，寓意男女欢会：

爰采唐矣？沬之乡矣。云谁之思？美孟姜矣。期我乎桑中，要我乎上宫，送我乎淇之上矣。

到哪里采菟丝呢？就在那沬水的东边。正在想念的是哪位？就是那个美孟姜。约我来到桑林里，与我欢会在社宫，送我在那淇水旁。

此诗后面还采麦子，采蔓菁，都是约会在桑林中，欢会在社宫中，送别在淇水旁。自由奔放，热情似火，缠绵不休，犹如菟丝。

看了令人心动，令人想起仲春时节。

后来的《古诗十九首》就从男女相会过渡到结婚了："与君为新婚，菟丝附女萝。"《博物志》说："女萝寄生菟丝，菟丝寄生木上，则二物以同类相依附也。"意思是菟丝和女萝都依附在其他植物上生长，喻新婚夫妇如菟丝和女萝一样相互依附。这样的菟丝岂不含情脉脉？

且看成语中的菟丝是什么情景。

兔丝燕麦，出自《魏书·李崇传》："今国子虽有学官之名，而无教授之实，何异兔丝、燕麦、南箕、北斗！"意思是如今那国子虽然担任学官，但是却没有真正讲学，就像菟丝子一样，虽有丝的名称，其丝竟不能织布，就像野燕麦一样，有麦子的名称，其麦却不能食用。就像簸箕星不能当簸箕用，酒

斗星不能装酒一样。

"南箕北斗"也是成语，出自《小雅·大东》："维南有箕，不可以簸扬。维北有斗，不可以挹酒浆。"

刚才还因菟丝而沉浸在仲春时节男女相会的情景中，此时就觉菟丝"无用"了。但你能说人家没道理吗？谁能拿菟丝子织出一寸布来？

也许就是因为意外，你不仅记住了情思缠绵的菟丝子，也记住了不能织布的兔丝燕麦。

# 燕　麦

## 兔丝燕麦

燕麦对于城市人而言，就是燕麦片、燕麦仁，是保健食品，可降血压、降血糖、降低胆固醇，更重要的是可减肥，这是膏粱厚味的现代人之通病。

燕麦常生长在寒冷的北方，我这靠南的北方人也没有见过成片的燕麦

庄稼。

燕麦和麦子一样，是禾本科植物，《本草纲目》中称之为雀麦、野麦子。燕麦不易脱皮，所以又被称为皮燕麦。和裸燕麦不同，裸燕麦就是莜麦，莜麦更有名。在山西，特别是山西的北部，当地人几乎是以莜面为主食，莜面栲栳栳就是山西具有代表性的美食之一。

还有一种野燕麦，也叫乌麦、燕麦草。这种植物在北方田野里常见，我也见过，属于杂草，农人很厌恶，是要将它除掉的。因为结的穗像风铃，所以又被叫作"铃铛麦"。别看它对农作物有害，也不能当作麦子食用，但它有一项功效深得男子喜爱——壮阳。

介绍了燕麦就可以说关于燕麦的成语了，兔丝燕麦。

前文已介绍，故不赘述。

兔丝燕麦的出处《资治通鉴·梁武帝天监十五年》："今国子虽有学官之名，而无教授之实，何异兔丝、燕麦，南箕、北斗！"意思是，如今那国子虽然担任学官，但是却没有真正讲学，就像菟丝子一样，虽有丝的名称，其丝却不能织布，就像野燕麦一样，有麦子的名称，其麦却不能食用。就像簸箕星不能当簸箕用，酒斗星不能装酒一样。

还有宋代李昉在《太平御览》卷九九四引《古歌》："田中菟丝，何尝可络。道边燕麦，何尝可获。"

从几个出处看，我以为其中的燕麦是指野燕麦，不是我们今天所食用的燕麦。于我而言是得意的，因为不想成为"四体不勤，五谷不分"之人，即使辨认了燕麦和野燕麦，二者也不在"五谷"之列，那又何妨？至少知道了"兔丝燕麦"。

# 昙 花

## 昙花一现

　　最早知道昙花是因为成语"昙花一现"。

　　《成语大字典》解释为：昙花，印度梵语优昙钵华的简称，传说三千年一开花，仅开数小时即谢。原来比喻事物难得出现，后来比喻好的景象一出现很快就消失。

　　出处，后秦鸠摩罗什翻译的《妙法莲华经·方便品第二》："佛告舍利弗，如是妙法，如优昙钵花，时一现耳。"

　　《慧琳音义》卷八记载：

　　优昙花，梵语古译讹略也。梵语正云乌昙跋罗，此云祥瑞灵异。天花也。世间无此花。若如来下生、金轮王出现世间，以大福德力故，感得此花出现。

　　就是说，简称"昙花"的优昙钵花乃"天花"、祥瑞之花也。这个天花到底是什么花？唐代释玄应《一切经音义》曰："叶似梨，果大如拳，其味甘，

无花而果实。"从描述看，很像无花果树，明代李时珍在《本草纲目》就肯定地道："无花果乃映日果，即广东所谓优昙钵。"

祥瑞之花是无花果，这是令人失望的，因为人家原意只是说昙花三千年才开花，并不是说不开花。人家说开花只开数小时，只是短暂而已，并不是没有花。

后来，原产于墨西哥的多年生肉质植物"月下美人"，因其每次开花只有几小时，而且花大、洁白如玉，颇有"昙花一现"之神韵，于是仙人掌科的"月下美人"就成了中国的"昙花"。

昙花虽然"一现"，但我还是见过多次的，只是唯独记住了儿时错过的那场"昙花一现"。

那时昙花在普通的百姓家里很少见，而邻家寻常的瓦盆里就有一株，不开花时就跟令箭荷花似的没有引人之处。及至快开花时，就有热情的邻居广为传播，那时邻居是互相串门的，喜悦是共享的。

于是全院的亲朋好友都静等"昙花一现"，那是一种期待奇迹的心情。能看到这样的奇迹对于少年的我而言，是心脏加速跳动的节奏，但是昙花并没有因我的热切期盼而早点打开苞。花静静地开了，又谢了，昙花确实一现，却是在我的睡梦中完成的。

第二天再去看昙花，已经是明日黄花，只剩下开败的残花了，我少年的心就像那残花一般收缩蔫萎，错过了"昙花一现"，就错过了见证奇迹的时刻，于是这未见的"昙花一现"永驻于我的心间。

这就是昙花一现所要表达的，"好的景象一出现很快就会消失"。

# 麦 子

## 黍离麦秀

北方人太熟悉麦子了，想起麦子，那是"风吹麦浪""麦浪滚滚"，是想起丰收喜悦的欢乐场景。

麦子很早就在中国种植了，甲骨文中就有"麦"字。

《诗经》时代麦子早已是北方人的主食，所以其中提到九次，我并不诧异。选几首特别的，感受一下那时麦的不同。

### 鄘风·载驰

我行其野，芃芃其麦。

控于大邦，谁因谁极？

大夫君子，无我有尤。

百尔所思，不如我所之。

我行进在田野，麦苗生长很茂密。想去大国陈诉，谁可以依靠、谁又可以主持公道？许国的那些大夫大臣，你们别对我斥责怨恨。你们思虑百次，不如我亲自奔走。

许穆夫人的故国（卫国）被蛮人所灭，已经嫁到许国的她冲破重重阻碍奔赴（所谓《载驰》是也）故国，寻求其舅家齐国的帮助，最终卫国在许穆夫人兄长卫文公的帮助下得以复国，许穆夫人功在其中，主要是她的精神实可万古流芳。顶多生出这样的感慨，麦苗这样茂盛，可我的故国却变成了瓦砾，如果不能复国，来年的麦苗还能如我眼见的这般茂盛吗？

《魏风·硕鼠》："硕鼠硕鼠，无食我麦！三岁贯女，莫我肯德。"这是读过书的人都知道的一首诗，不必解释。只是因着统治者无视民生，总是让人心怀激愤，即使数千年后，仍让人意难平。

《王风·丘中有麻》不一样，是首情诗："丘中有麦，彼留子国。彼留子国，将其来食。"大意是山丘长着麦苗，那位公子在村中。那位公子在村中啊，请他过来吃麦饭。

那麦子地就是有情人欢会的地方，阳光、纯朴、春意盎然，那样的麦子你不向往都身不由己。

成语"黍离麦秀"的后二字"麦秀"出自商朝的箕子。商朝灭亡后，商纣王的叔父箕子去朝见周王，一路看到自己故国的废墟，非常悲伤，作诗一首，诗很婉转，就是《麦秀歌》："麦秀渐渐兮，禾黍油油。彼狡童兮，不与我好兮。"大意是：麦子都出秀了，黍子绿油油。那狡猾的美少年啊，与我不相好。

从中并不容易看出箕子的悲哀，但《王风·黍离》中就很明确了：

彼黍离离，彼稷之苗。行迈靡靡，中心摇摇。
知我者，谓我心忧；不知我者，谓我何求。悠悠苍天，此何人哉？

黍子长了一片片，谷子新叶绿油油。我缓慢走在小路上，内心惶恐不安，理解我的，知道我心中烦忧，不理解我的，以为我有什么贪求。苍天啊，这都是谁造成的啊？

历史何其相似，西周灭亡后，一位周大夫路过旧日都城，看到昔日宫殿不在，禾黍满地，不禁伤怀，于是作《黍离》，和《麦秀歌》如出一辙，合起来就是"黍离麦秀"。

这样的麦实在让人悲伤，那麦承担的历史何其沉重啊，所以更喜欢的还是丘中有麦。

关于麦的成语还有一个，针尖对麦芒，这样小而尖锐，不关国事的烟火气息，不用解释。

没想到麦会在尖锐对立中结束。那麦浪滚滚呢？那风吹麦浪呢？不远，我去追。


# 黍 子

## 范张鸡黍


黍子碾出来就是软黄米，北方人很喜欢吃。除了日常食用，节日庆典必然少不了。比如炸油糕，就是用黍子碾的面做的。

考古资料表明，黍子在史前时代就是黄河流域居民的主食。甲骨文中就记载有黍，而殷商人好酒，就是用黍酿造而成的。到了唐宋时期，黍子都是国人的主食。南北朝时期的《齐民要术》把"黍稷"列为谷类的首章，也说明黍子仍是最重要的谷类。据说圣人孔子吃饭时就是先吃"黍"，以示黍为五谷之先。

黍子在《诗经》中有提到十七次，但成语中只有二处：范张鸡黍、黍离麦秀。

黍离麦秀在"麦子"篇中已经提到，故不赘述，只提"范张鸡黍"，这是个值得讲的故事。

"鸡黍"出自《论语·微子》篇：

子路问曰：'子见夫子乎？'丈人曰："四体不勤，五谷不分，孰为夫子？'植其杖而芸。子路拱而立。止子路宿，杀鸡为黍而食之。见其二子焉。明日，子路行以告。子曰：'隐者也。'"

大意是，孔子的学生子路落队找不到老师了，遇到一个老人，子路就问："你看到我的老师了吗？"老人说："四体不劳作，五谷分不清，哪个是夫子？"老人留子路住他家，杀了鸡、煮了黍子饭给子路吃，还叫自己的两个儿子和他见面。子路找到自己的老师，把发生的事情讲给老师听，孔子说："是个高人隐士呀！"

范张的故事出自《后汉书·范式传》：

范式字巨卿，山阳金乡人也，一名汜。少游太学，为诸生，与汝南张劭为友。劭字元伯。二人并告归乡里。式谓元伯曰："后二年当还，将过拜尊亲，见孺子焉。"乃共克期日。后期方至，元伯具以白母，请设馔以候之。母曰："二年之别，千里结言，尔何相信之审邪？"对曰："巨卿信士，必不乖违。"母曰："若然，当为尔酿酒。"至其日，巨卿果到，升堂拜饮，尽欢而别。

大意是，一位叫范式的人年轻时在京城上大学，和张劭是好朋友。两人一起请假回家。范式对张劭说："两年后我就回京城，我会顺路拜见你的父母，看看你的孩子。"于是约定了日期。眼看日期将之，张劭把此事告诉母亲，请母亲设宴款待。张母说："都分别两年了，千里之外约定的事情，你怎么就这么信他呢？"张劭回答："范式是个讲信用的人，一定会信守诺言的。"张母说："果然如此的话，我就为你们温酒。"到了约定日期，范式真来了，二人"把酒话桑麻"，之后"尽欢而别"。

后来张劭病重，遗憾自己再也见不到"死友"（可以托生死的朋友）。张劭死，托梦给范式，范式请假奔丧，在灵柩就要入葬前赶到。张母远远看见就知道，那是范式来了。参加葬礼的人无不为这样的情谊感动。

故事当然很感人，今日读来尤为不同。只是我最终也没看出"范张"和"鸡黍"的关系。

没关系，知道朋友间的信义与深情就好，人世间有范张鸡黍般这般情谊，足以温暖平凡的生活。

# 苦 菜

## 如火如荼

荼有两种解释：一是指苦菜，二是指茅草的白花。

当作苦菜讲的，有《邶风·谷风》："谁谓荼苦？其甘如荠。宴尔新昏，如兄如弟。"那位被丈夫抛弃的女子强颜欢笑，说是谁说的苦菜苦？竟甘甜如荠菜。

当作茅草的白花讲的，有刘绩《管子补注》："荼首，白首也。"

成语"如火如荼"是指"苦菜"，还是指"白色茅草花"？且看出处，《国语·吴语》："万人以为方阵，皆白裳、白旗、素甲、白羽之矰，望之如荼……

左军亦如之，皆赤裳、赤旗、丹甲、朱羽之矰，望之如火。"成万穿白衣白甲的战士远远望去犹如一片白色的茅草花，另一方穿红衣红甲，远远望去像熊熊烈火。

很明显，成语中的"荼"是指茅草花，白色的茅草花。这里面有个故事。

春秋时期，吴国国君夫差想当霸主，出征中原几国。已经是吴王手下败将的越王勾践抄了其后路。吴王心急如焚，后来急中生智，决定继续攻打晋国，打败了晋国就相当于当上了霸主。于是摆出一种方阵，方阵有三队，那白色的方阵"望之如荼"，红色的方阵"望之如火"，黑色的方阵就像深不可测的大海。晋军看到雄赳赳的吴军方阵目瞪口呆。不用说，此仗吴王赢了，竟因为吴军的阵仗"如火如荼"。

其实"荼"还有"杂草"的意思。《周颂·良耜》云："其镈斯赵，以薅荼蓼。荼蓼朽止，黍稷茂止。"意思是，用锄头锄去杂草，杂草没有了，用腐烂的野草当作肥料，粮食才能长得旺盛。

还想说一下荼毒，这里荼是苦菜，毒是蜇人的虫子，于是吃苦、受蜇，就是毒害、残害。《书·汤诰》载："罹其凶害，弗忍荼毒。"这是汤王伐纣说的话，"百姓遭受残害，痛苦不堪"。

这样的"荼"让人迷惑，原来"荼毒"不过是苦菜而已，苦菜没那么

"恶劣、痛苦"，就是一种遍地生长的野菜。特别是春夏之交，苦菜花开的时候，遍地黄花分外香，那种野性的灿烂是最美的乡野景致。

旧时人嫌苦菜苦，那《诗经》中的弃妇以苦菜自比，犹显弃妇的悲哀，但现在不一样，饱食膏粱厚味，人们需要苦菜解腻，于是今日的苦菜就是阳光下欣欣向荣的蓬勃生命，是"如火如荼"满布田野的食材。虽然此"荼"非彼"茶"。

## 青出于蓝

蓼不是一种植物，而应该是蓼科的总称，我们常见的有红蓼、水蓼。成语"青出于蓝"中，蓝就是蓼。现在的人们很少注意蓼，但在久远的从前蓼是不寻常的，它是染青蓝色的主要材料。

比如在《小雅·采绿》中，蓝就是蓼蓝：

终朝采绿，不盈一匊。予发曲局，薄言归沐。

终朝采蓝，不盈一襜。五日为期，六日不詹。

之子于狩，言韔其弓。之子于钓，言纶之绳。

其钓维何？维鲂及鱮。维鲂及鱮，薄言观者。

整个上午采荩草，还是不到手一捧。我的头发蓬松卷曲，还是回家去梳洗吧。

整个上午采蓼蓝，围裙里面装不满。说好的五天就回家，结果六天不见人。

这人外出去打猎，我把弓给他装弓袋。这人外出去钓鱼，我为他把丝绳缠。

他钓到了什么呢？是鲂鱼和鱮鱼。钓到鲂鱼鱮鱼，我在旁边一直看。

妻子思念丈夫，一上午采摘的荩草不满一捧，一上午采摘的蓼蓝不满一围裙，这是心不在焉、心有旁骛啊。出来采荩草了才发现头发蓬乱，要回去梳洗，万一此时回来呢，采蓼蓝时心里想，说好的五天就回来，结果六天了也未见踪影，那不满一围裙的蓼蓝棵棵寄托着我的思念。

成语"青出于蓝"无关女人悠悠的思念，反倒关乎"好好学习，天天向上"。《荀子·劝学》载："青，取之于蓝，而青于蓝；冰，水为之，而寒于水。""故不积跬步，无以至千里；不积小流，无以成江海。"

如果"好好学习"就会"天天向上"，终有一天我们所掌握的学识能超过老师。就像青色原本是从蓼蓝中提取的，但染出来的颜色比蓼蓝更深，冰本来是水，但比水更寒冷。

我就是通过《劝学》终生记住荀子的，今天的一小步就是写了"青出于蓝"。

耕耘，自然有收获。

# 浮　萍

## 萍水相逢

　　如果只是一叶浮萍，太不起眼了，犹如大海中的一滴水，完全可以忽略不计。但浮萍从来不会一叶生长，而是成片相连，形成浮萍的海洋，人们望之会忍不住兴叹，不是"身似浮萍"，而是"恣肆汪洋"了。

　　古人似乎只注意到浮萍的辗转飘零，《楚辞·九怀·尊嘉》如此定义浮萍：

河伯兮开门，迎余兮欢欣。
顾念兮旧都，怀恨兮艰难。
窃哀兮浮萍，汎淫兮无根。（节录）

　　水神河伯啊打开宫门，热烈欢迎我啊欢欣不已。我却是顾念我的故国，心怀忧愤啊世道艰难。暗自哀怜啊身似浮萍，漂浮不定啊没有根基。

　　似浮萍这样"萍飘蓬转"，没有固定家园，只有身世悲凉、人生失意的人才会这样感同身受吧！当浮萍以微薄之力扩张到你无法招架的程度时，你还

会怜悯浮萍的弱小吗？还会产生身世飘零之感吗？

对于现实中的烟火人家而言，浮萍是常用的饲料；对于医生而言，浮萍则是发汗透疹、清热利水的良药；对于文人来说，浮萍就是无病呻吟的道具。

与浮萍相关的成语有三个：萍飘蓬转、萍水相逢、萍踪浪迹。

萍飘蓬转，出自晋代潘岳《西征赋》："陋吾人之拘挛，飘萍浮而蓬转。"大意是，我一生不得伸展，犹如漂流的浮萍和飞蓬。

清代纪昀《阅微草堂笔记·滦阳消夏录五》云："甚或金尽裘敝，耻还乡里，萍飘蓬转，不通音问者，亦往往有之。"意思是什么都没有了，羞于回乡，只好过着漂泊不定的生活，跟家里没有音讯，这样的人哪里都有啊。

萍水相逢，出自唐代王勃《滕王阁序》："关山难越，谁悲失路之人；萍水相逢，尽是他乡之客。怀帝阍而不见，奉宣室以何年？"

王勃此人实在值得一叙。他是"初唐四杰"之一，天分很高，十六岁应试及第，做了官，后又被罢免。此序是他应友人相约而做，当场挥毫，一气呵成，大家一致点赞。全文表达了王勃的抱负和怀才不遇的郁闷心情。

萍踪浪迹，出处宋代杨万里《杨花》："浮踪浪迹无拘束，飞到蛛丝也不飞。"

明代汤显祖《牡丹亭》："恨匆匆，萍踪浪影，风剪了玉芙蓉。"不谈"恨"，不谈"萍踪浪影"，文章的韵律美已经足够回味。

最喜欢的"萍踪浪迹"还是清代石玉昆《三侠五义》第二十回中："你道南侠哪里去了？他乃行义之人，浪迹萍踪，原无定向。自截了驼轿，将金玉仙送至观音庵，与马汉分别之后，他便朝游名山，暮宿古庙。"

谁儿时没有浪迹天涯的侠客梦，若是能行侠仗义岂不快哉？

# 大　蒜

## 鸡毛蒜皮

大蒜，家家户户吃，而且几乎天天吃，哪家炒菜能离了大蒜呢？如果你坚决不放蒜，可不能怪做出来的饭菜不香。

如此熟悉，如此寻常，真要问起大蒜的来源，又有几人能知呢？

北魏贾思勰在《齐民要术·种蒜第十九》中介绍了大蒜的几个出处，下面不妨一一道来。

《说文》曰："蒜，荤菜也。"

《广志》曰："蒜有胡蒜、小蒜。黄蒜，长苗无科，出哀牢。"

王逸曰："张骞周流绝域，始得大蒜、葡萄、苜蓿。"

《博物志》曰："张骞使西域，得大蒜、胡荽。"

延笃曰："张骞大宛之蒜。"

不厌其烦地介绍大蒜的来源，只是为了加深印象：大蒜来自西域，是张骞带回来的。

从那时起，大蒜就成了中国人饭桌上不可或缺的调料、菜品。也是从那

时起，我们的调料有了很多改变，祖先曾经使用的各种辛辣调料，如辣蓼、薤等现今都不用了，取而代之的是大蒜，也称胡蒜，芫荽也称胡荽，当然花椒还是继续使用的，之后又增加了胡椒。

大蒜如此普及，文人墨客应有诗文留下。连蜉蝣这种朝生暮死的小虫都有人不惜笔墨，以大蒜的"无一日不见"，一定有，但我所找见的只有一首宋代宋庠所写的诗，"楚雀乘春趀趀飞，蒜头椒目禀生微。风前莫学惊鸥散，堂上人无海客机"。

除此之外居然再没有一句写大蒜的诗，倒是谚语不少：剥葱捣蒜——干的小事；卖了生姜买蒜吃——换换口味；楚霸王种蒜——栽到家了；拳头捣蒜——辣手；等等。

大蒜除了作调料用，还可作药用。

《南史·褚澄传》载：

澄善医术，建元中，为吴郡太守。百姓李道念以公事到郡，澄见谓曰："汝有重疾。"答曰："旧有冷疾，至今五年，众医不差。"澄为诊脉，谓曰："汝病非冷非热，当是食白渝鸡子过多也。"令取蒜一升煮食之，始一服，乃吐得一物涎裹之，切开看是鸡雏，羽。翅、爪、距具备，能行走。可谓奇矣。

一位官员肉吃多了，得了重病。医生开的药方竟是蒸大蒜一升，吃了以后，果然好了。

再说到关于大蒜的成语，也只一个"鸡毛蒜皮"。

据说是古时有两家邻居，东家卖鸡，西家卖蒜，整日为生计奔波。卖鸡的要杀鸡拔鸡毛，卖蒜的要剥蒜皮，不刮风时两家相安无事，但是一刮风就出事了，刮东风，卖蒜人家遭殃；刮西风，卖鸡人家遭殃。于是两家经常打得鸡飞狗跳、难解难分。但是多大的事儿？不就是"鸡毛蒜皮"的事吗？

没承想大蒜从久远的西域落户中原，轰轰烈烈地遍布神州，此时却在"鸡毛蒜皮"中落下帷幕。

人生其实也是这样，昔日的雄心壮志，薄暮时都成过眼云烟，落下的是一地"鸡毛"和"蒜皮"。

# 芦苇

## 葭莩之亲

芦苇原本是河边、湖里的水草，北方、南方都常见，旧时主要用处就是编制席子。北宋诗人梅尧臣有《岸贫》诗作证："野芦编作室，青蔓与为门。"

对于生活在城市里的人来说，芦苇的主要用途是包粽子，作为北方粽叶的主要品种，芦苇叶承载着五月端午节的清香气味。

刚抽芽的芦苇称为"芦芽"，据说可以预防癌症，注重养生的现代人对于所有有利于健康的物品都趋之若鹜，芦芽当然也在其中。古人并不知道癌症，他们只知道芦芽好吃。苏东坡《惠崇春江晚景》云："蒌蒿满地芦芽短，正是河豚欲上时。"

芦苇开花时甚是好看，因此是公园里的常客，用以营造野趣。成片的芦苇让诗人产生写作的欲望，如林逋《咏秋江》："苍茫沙嘴鹭鸶眠，片水无痕浸碧天。最爱芦花经雨后，一蓬烟火饭鱼船。"

最好看的芦苇在《诗经》时代："蒹葭苍苍，白露为霜。所谓伊人，在水一方。溯洄从之，道阻且长。溯游从之，宛在水中央。"

深秋的荻苇和芦苇本已萧瑟，结霜的白露更添了我的惆怅，我思念的那个人儿，远在河的那边。

这是《秦风·蒹葭》中描写的芦苇，是我最喜欢的诗篇之一。那种悠悠漫长的情思，唯有"蒹葭"可以相配。

诗中的"蒹葭"，一种是荻，一种是芦苇。《本草纲目》是这样解释的，尚未开花的荻称为"蒹"，初生的芦苇为"葭"，开了花为"芦"，花后结实为"苇"。

关于芦苇最有名的故事是《打芦花》，最早记载在《二十四孝》中，说的是孔子七十二贤徒之一闵子骞的故事。闵子骞的继母让亲生儿子穿丝绵（春秋时没有棉花）絮的棉袄，却让闵子骞穿完全不能御寒保暖的芦花絮的袄，但闵子骞却一如既往地孝敬继母，古往今来被人称颂。后来，"著芦花"一词就成了继父母虐待非亲生子女的代用语。

芦苇出现在成语里当然不稀奇，但只出现一次就有点意外了——葭莩之亲，"葭莩：芦苇秆内壁的薄膜。比喻关系疏远的亲戚"。

该成语出自东汉班固的《汉书·中山靖王传》："今群臣非有葭莩之亲，鸿毛之重。"

司马光在《资治通鉴·汉纪二十七》中引用了该成语："侍中、驸马都尉董贤，本无葭莩之亲，但以令色、谀言自进，赏赐无度，竭尽府臧，并合三第，尚以为小，复坏暴至。"

意思说那董贤连远的亲戚关系都不是，他晋升凭的是巧言令色、阿谀奉承。

没有期望的湖光山色、秋水连绵、芦苇荡里、小船清荡，只有芦苇的"薄膜"，有些失望。

人永远不要以自我的期望为现实。

# 白 芷

## 兰芷之室

白芷在屈原眼里是"香草"，其实白芷就是香草。清香四溢，是伞形科植物的共性。比如蛇床、香菜、胡萝卜、芹菜、芎䓖等，都有特殊的清香。

虽然伞形科植物大多有香气，但白芷的香却让屈原等尤为看重，在《楚辞》中竟出现二十七次之多，就像桑麻出现在《诗经》中的次数。从这一点不难看出《楚辞》和《诗经》的区别，一种是文人的情怀，

一种是百姓的歌唱。《诗经》中甚至没提过白芷。

就以屈子的《九章·悲回风》为例说白芷吧，东方朔、王褒、刘向、王逸等人对白芷的解读都是跟屈子之风。

鸟兽鸣以号群兮，草苴比而不芳。

鱼葺鳞以自别兮，蛟龙隐其文章。

故荼荠不同亩兮，兰茝幽而独芳。

鸟兽是以鸣叫来区分，绿草和枯草杂处就失去了芳香。鱼儿靠鳞片相互分别，蛟龙隐藏起身上的纹章。苦菜和荠菜不会在一片田里生长，泽兰和白芷在幽深处独自芬芳。

诗中的"茝"即白芷。这就是"屈原模式","众人皆醉我独醒"的悲愤之叹。屈原受到迫害,理想抱负不能实现,又不愿意和"恶草"小人同流合污,所以"兰茝幽而独芳"。

知道了白芷的"香"就可以说关于白芷的成语了。

兰芷之室,出自《大戴礼记·曾子疾病》:"与君子游,苾乎加入兰芷之室,久而不闻,则与之化矣。"

还有西汉刘向的《说苑·杂言》:"与善人居,如入兰芷之室,久而不闻其香,则与之化矣;与恶人居,如入鲍鱼之肆,久而不闻其臭,亦与之化矣。"

和《大戴礼记》如出一辙,《孔子家语·六本》中也有高度相似的文辞,只不过香草白芷换成另一种香草灵芝了:"与善人居,如入芝兰之室,久而不闻其香,即与之化矣。"

总之和白芷这样的香草在一起,你就是香的。

可见白芷在古时的崇高地位,就像玉佩一样是士大夫的象征。

古时,士大夫除了佩玉,还要佩香。东汉王逸在《楚辞章句》中就说过:"性清洁者佩芳,德仁明者佩玉,能解结者佩觿,能决疑者佩玦,故孔子无所不佩也。"孔子佩的"芳"我想应该有白芷。曹操是"蘼芜香草,可藏衣中",和孔子遥相呼应,都是为了彰显自己的品格如"香草"一样芳香高洁。

如今的白芷早不复是君子的标配,再说,当下金钱社会又有几人敢自称君子?所以白芷没落也正常,充其量是中药材而已。

作为一味中药,白芷"性温味辛,气芳香,主治祛风湿,活血排脓,生肌止痛"。(《神农百草经》列为中品)

再列出和"兰芷之室"同义的辞赋结束"兰芷"馨香的怀抱。

汉代东方朔《七谏·沉江》:"联蕙芷以为佩兮,过鲍肆而失香。"

# 芒

## 芒刺在背

　　芒，可以是禾本科植物外壳的针状物，比如麦芒，也可以是禾本科植物芒属的植物，比如芒草。

　　芒在南方常见，是黄牛的菜，长得高大，如今除了与牛为伍，还被种在公园当观赏草，如果有闲情逸致还可以当插花材料。

　　成语"芒刺在背"显然不是"小清新"，因为有刺，一定是麦芒之类的芒。

　　该成语出自东汉班固的《汉书·霍光传》：

　　宣帝始立，谒见高庙，大将军光从骖乘，上内严惮之，若有芒刺在背。

　　汉武帝死后，儿子汉昭帝即位，辅佐他的是顾命大臣霍光、桑弘羊等。昭帝寿短，八岁即位，二十一岁崩。权倾朝野的霍光立汉武帝孙子刘贺为帝，据霍光说刘贺昏聩放荡，就把他废了，再立的皇帝就是武帝的曾孙刘询，是为汉宣帝。刘询是个明白人，知道霍光的厉害，能立他为皇帝，也能废他这个皇帝，他很小心。

刘询刚当上皇帝，第一件事当然是向自己的列祖列宗报告这一大事，陪同他的就是霍光。只见大司马大将军霍光身材伟岸，面色冷峻，不怒自威。年少的宣帝不由得胆战心惊、惶恐不安，那感觉就像有麦芒刺在背上一样难受。

自那以后，宣帝更是谨小慎微。只要是霍光在，他就小心翼翼，倒像霍光是皇帝一样，终于熬到霍光病死，你还别说，那汉宣帝就是按皇帝的规制葬的霍光，可见霍光如日中天的气势。自此，宣帝出外乘车时再也没有令人胆寒的霍光"陪侍"，才感到挣脱了束缚，那绝对是解放了、天亮了的感觉。

幸好宣帝没有被霍光吓破胆，自己励精图治，实现了历史上有名的"宣帝中兴"，其汉家制度长久流传，为自己、为大汉留下重重一笔。

也许，"芒刺在背"的尖锐刺痛正是宣帝砥砺前行的动力。

# 葫　芦

## 没嘴葫芦

有关葫芦的成语并不多，而且不像成语，更像俗语：没嘴葫芦、依样画葫芦，看起来不高深。

那就看看这"浅薄"的葫芦吧。

没嘴葫芦，出自元代无名氏《百花亭》第一折："王小二，你这没嘴葫芦，倒会贴怪。"

就是个笨嘴拙舌的人，斯文的说法是"讷言"，其实我们的祖先一直教导我们"讷言敏行"，即少说话多办事。到了百姓嘴里，不善言谈就是"没嘴葫芦"，比喻生动形象，我喜欢。

依样画葫芦，出处宋代魏泰《东轩笔录》卷一："太祖笑曰：'颇闻翰林草制，皆检前人旧本，改换词语，此乃俗所谓依样画葫芦耳，何宣力之有？'"

果然，依样画葫芦，虽然从太祖嘴里说出，但还是"俗所谓"，就是来自民间呗。

这两句关于葫芦的成语都有一种人间烟火气的温暖，其实葫芦不仅仅是这样的"下里巴人"，《诗经》时代不仅有，而且不是"没嘴葫芦"的憋闷，那时葫芦可以为腰舟，帮助情人相会，并称为"匏"。

《邶风·匏有苦叶》：

匏有苦叶，济有深涉。深则厉，浅则揭。

有弥济盈，有鷕雉鸣。济盈不濡轨，雉鸣求其牡。

雝雝鸣雁，旭日始旦。士如归妻，迨冰未泮。

招招舟子，人涉卬否。人涉卬否，卬须我友。

葫芦叶子已经枯黄，济水河也已经上涨。水深的地方把葫芦系在腰间浮过来，水浅的地方只把衣服撩起来就可以过。那济水一直在上涨，雌鸡"唯唯"乱叫。济水再涨还淹不过车轮，那雌鸡鸣叫是在呼唤雄鸡。大雁发出和谐的叫声，旭日东升天已明。郎君若是要娶妻，趁河上的冰面还未融化时来迎娶。渡口舟子在召唤，别人都已渡河，就是我不渡，专等那心上人。

这葫芦多好，有情。比"没嘴葫芦"强多了，同样有人间的烟火气，就情意绵绵起来。

葫芦后来身价倍增呢，有各色葫芦，而且因为名字起得妙（葫芦谐音"福禄"），无论民间、官家，赋诗作画，葫芦都是福禄的象征，让人产生美好的向往。

至于神仙为什么都愿意挂个葫芦，恐怕不仅仅是为了饮酒，还是为了给民间送来福禄，更是有神力的法器。

说到这里，那葫芦就不是"没嘴葫芦"那样的轻巧了，学问深着呢。


# 蕙

## 蕙心纨质


蕙是植物没问题，蕙是香草植物也没问题。问题是蕙是哪种香草？薰草？蕙兰？这个问题众说纷纭，莫衷一是。

薰草香，蕙兰也香。

薰草也称佩兰、薰草，因盛产于湖南永州的零陵，所以也称"零陵香"。李时珍对薰草做了详细介绍："薰草芳馨，其气辛散上达，故心腹恶气齿痛鼻塞皆用之。脾胃喜芳香，芳香可以养鼻是也。多服作喘，为能耗散真气也。"

中国历史上最奇异的山川地理书《山海经·西山经》也记载了此草："（浮山）有草焉，名曰薰草，麻叶而方茎，赤华而黑实，臭如蘼芜，佩之可以已疠。"

蕙兰则是兰花的一种。《尔雅翼》载："一干一花而香有余者兰，一干数花而香不足者蕙。"就是说蕙花多，但香味不如兰。

北宋黄庭坚《幽芳亭》几乎是复制此认识："一干一华而香有余者兰，一干五七华而香不足者蕙。"

那蕙到底是哪种？我想了想，还是让专家研究去吧，知道是芳香馥郁的植物就好，而且有两种"蕙"不也正常吗？

我知道的是《楚辞》时代，蕙是特别重要的香草，只要提及香草就离不开蕙。《离骚》就提了五回，什么"杂申椒与菌桂兮，岂惟纫夫蕙茝"，什么"兰芷变而不芳兮，荃蕙化而为茅"等等。选几句感受一下"蕙"的芳香吧。

### 九歌·少司命
荷衣兮蕙带，儵而来兮忽而逝；
夕宿兮帝郊，君谁须兮云之际？（节录）

用荷做衣服用蕙做腰带，来去迅速转瞬即逝。

傍晚在天国的郊野休息，君在那遥远的天际等谁？

无论荷还是蕙都是美物，想来成语中的蕙也不会差到哪里吧。

比想象中少，只有三个：蕙心兰质、蕙心纨质、芝焚蕙叹。后一句在"灵芝"篇中已经叙及，不再赘述。

蕙心兰质和蕙心纨质一个意思，各取其一说吧。

蕙心兰质，出自南朝鲍照《芜城赋》："东都妙姬，南国佳人，蕙心纨质，玉貌绛唇。"

宋代柳永《离别难》："有天然，蕙质兰心。美韶容，何啻值千金。"

都是说女子品行高洁、容貌娴雅，犹如兰蕙。

没有屈子的一唱三叹，没有香臭的反复比对，就是清闲淡雅如兰如蕙，回归蕙的本质。好，蕙质兰心好。


# 菊　花

## 明日黄花


菊花是我尤为喜欢的花，

历来写菊花的诗最多。

最悠然自得的当然是陶渊明的"采菊东篱下，悠然见南山"。

最豪气冲天的自然属黄巢的《不第后赋菊》。他的另一首菊花诗也很有名："飒飒西风满院栽，蕊寒香冷蝶难来。他年我若为青帝，报与桃花一处开。"

元稹的菊花诗写出了菊的本质："秋丛绕舍似陶家，遍绕篱边日渐斜。不是花中偏爱菊，此花开尽更无花。"

杜牧看似潇洒实则无奈落魄的心情用菊花表述："尘世难逢开口笑，菊花须插满头归。"

李清照的菊花也是旧日菊花的写照："莫道不销魂，帘卷西风，人比黄花瘦。"

菊花还和重阳节有巨大关系，此一日自三国魏晋始就有赏菊、饮菊花酒的习俗，菊花誉为长寿，饮菊花酒则有祛灾祈福的美意，所以重阳节甚至也称为菊花节。

魏时送人菊花是祝对方长寿的，曹丕就在重阳节赠菊花给钟繇祝寿。现在可不敢，因为菊花成了人过世之后的标志性花卉。

晋时的葛洪在《抱朴子》中记载，有人因饮了遍生菊花的甘谷水而延年益寿。

菊花制酒不知起于何时，但至少在汉代就有了。东晋陶渊明在《九日闲居》诗序文中说："余闲居，爱重九之名。秋菊盈园，而持醪靡由，空服九华，寄怀于言。"

菊也因傲霜挺立，不畏严寒的品格，与梅、兰、竹并称为"四君子"。

在唐宋以前，菊花以黄色多见，所以又被称为"黄花"，只是唐宋以后才培育了不同颜色的菊花，比如白色和紫色，宋代培植菊花进入盛期，目前菊花的品种超过三千。很多城市都有菊花节，菊花从单纯的"黄花"逐步发展出"醉舞杨妃""鸳鸯戏水""鹤舞云霄""空谷清泉"等品种，可以说到了姹紫嫣红的地步。可我还是怀念"黄花"的纯粹，喜欢"菊花插满头"的洒脱不羁。

更早的菊花在《楚辞》中，出现三次，和白芷、木兰、兰并列为香草。

很有兴趣了解屈原眼里的菊花是怎样的情志，不妨一一列举。

**离骚**
朝饮木兰之坠露兮，夕餐秋菊之落英。
苟余情其信姱以练要兮，长顑颔亦何伤。

清晨我饮木兰上的露珠，傍晚食菊花落下的花瓣。

只要我的情志美好坚贞不易，长久的形神消瘦又有什么悲伤。

屈原如此高洁，哪里是红尘中整日宴饮无度的楚王能理解并接受呢？所以其结局从他崇尚的高洁品格就可以断定。

### 九歌·礼魂

成礼兮会鼓，传芭兮代舞；

姱女倡兮容与；

春兰兮秋菊，长无绝兮终古。（节录）

祭祀礼成啊鼓乐和鸣，香花传递啊纷纷起舞，美女高唱啊仪态从容。

春天祭祀以兰草啊秋天祭祀以菊花，长久没有终止啊直到永远。

《九歌·礼魂》是《楚辞》中最短的一篇，是祭祀各神之后的送神曲，短短几句竟是气象万千，鼓乐齐鸣，美女歌唱，众人起舞。春秋祭祀，兰花菊花，永久不绝。那菊花是祭祀的供品，自然是高贵、芳香无比，以菊花的品行当得起。

### 九章·惜诵

梼木兰以矫蕙兮，糳申椒以为粮。

播江离与滋菊兮，愿春日以为糗芳。（节录）

捣碎木兰再加上蕙草啊，舂碎申椒做成干粮。

种下芎䓖栽上菊花啊，愿到春天做成芬芳的干粮。

此时菊花被当作食品，和木兰、蕙草、申椒、芎䓖一起做成"干粮"，没有一点烟火，空灵到只剩下芳香。他这样的高洁怎能被世俗接纳，从来曲高和寡，他的直言进谏怎能不遭人谗言诬陷？屈原痛惜他的遭遇，我也痛惜，因而更理解了菊花傲骨凌霜的气节。痛哉，屈原；美哉，菊花。

我们再看看成语中的菊花吧，春兰秋菊、菊老荷枯、明日黄花、寒花晚节。

春兰秋菊，出自屈原的《楚辞·九歌·礼魂》："春兰兮秋菊，长无绝终古。"意思是，春天祭祀以兰草啊秋天祭祀以菊花，长久没有终止啊直到永远。引申为各有其美。

所以唐代石贯《和主司王起》有诗："绛帐青衿同日贵，春兰秋菊异时荣。"

菊老荷枯，说的是女子年老色衰，出自明代沈采《千金记·通报》："辜负却桃娇柳嫩三春景，捱尽了菊老荷枯几度秋。"眼见过"菊老荷枯"的模样，比人老珠黄还惨不忍睹。所以，"劝君莫惜金缕衣，劝君惜取少年时。花开堪折直须折，莫待无花空折枝"。

明日黄花，原本是指重阳节后的菊花，逐渐枯萎，引申为过时、过气了。成语出自宋代苏轼《九日次韵王巩》诗："相逢不用忙归去，明日黄花蝶也愁。"那蝴蝶对枯萎的菊花也不感兴趣了，"菊老"，丑了，蝴蝶发愁，不能再招蜂引蝶了。罢，罢，罢，"万事到头都是梦，休休，明日黄花蝶也愁"。（《南乡子·重九涵辉楼呈徐君猷》）

到底是"过时之物，曰明日黄花"。（宋代胡继宗《书言故事·花木类》）

最后说"寒花晚节"，以张扬菊的品格。成语出自宋代胡仔《苕溪渔隐丛话前集·韩魏公》："鲁直诗云：'黄花晚节尤可惜，青眼故人殊不来'；与魏公'且看黄花晚节香'；皆于黄花用晚节二字。盖草木正摇落之时，惟黄花独秀，故可用二字。"说得很清楚，就是因为深秋草木都凋零了，只有黄花——菊花香如故，意为保持晚节。

那晚节要保并不容易，同时代的宋代韩琦作《宋名臣言行录》："重阳有诗云：不羞老圃秋容淡，且看寒花晚节香。公居常谓，保初节易，保晚节难。"

宋代张伯淳《次韵完颜经历》："从教苍狗浮云过，留得黄花晚节看。"

菊，当得高洁。

# 牡 丹

## 国色天香

牡丹花不用说，"国色天香"那是名副其实。

"唯有牡丹真国色，花开时节动京城。"（唐代刘禹锡）

"花开花落二十日，一城之人皆若狂。"（唐代白居易）

唐代舒元舆《牡丹赋》云：

我案花品，此花第一。脱落群类，独占春日。其大盈尺，其香满室。叶如翠羽，拥抱栉比，蕊如金屑，妆饰淑质。玫瑰羞死，芍药自失。夭桃敛迹，秾李惭出。踯躅宵溃，木兰潜逸。朱槿灰心，紫薇屈膝，皆让其先，敢怀愤嫉？

意思是牡丹开了，玫瑰得羞死，芍药就失了色，桃花不敢艳，李花要退出，杜鹃心有愧，木兰将遁逃，朱槿会灰心，紫薇皆弯腰，哪里敢有愤慨嫉妒的心思。

把牡丹夸得无以复加。

牡丹盛名于唐，却因"贬谪"而来，传说故事，姑妄听之：

有一年冬天，武则天带领一众人等赏雪，发现雪中红梅绽放，煞是好看。可惜只有梅花一种，不免单调。女皇心想此时百花齐放才好，立刻赋诗："明朝游上苑，火速报春知。花须连夜放，莫待晓风吹。"并让人焚香通报"花神"，那花神不敢怠慢，通知各色花等照旨办事。众花不敢违逆，只有牡丹仙子不愿意，认为违背节令，不应服从。又一日，武则天游园，百花齐放，争奇斗艳，女皇很满意，唯独不见牡丹开，转喜为怒，认为违背了她的"圣意"，下令把牡丹逐出长安，贬到洛阳邙山。那里杂草杂木、偏僻荒凉，让牡丹感受一下"冷宫"的待遇。

没想到牡丹在这里居然生长得很好，花开时节，洛阳城里万人空巷，全都跑到城外看牡丹盛开，那是"为爱名花抵死狂"的节奏。

那就看看成语里的牡丹吧，国色天香、魏紫姚黄。

国色天香，出自唐代李正封《牡丹诗》："国色朝酣酒，天香夜染衣。"

魏紫姚黄，说的是两种名贵牡丹，是宋代培育出来的。魏紫，也叫千叶肉红牡丹，是魏仁溥家培育；姚黄，也叫千叶黄花牡丹，是姚氏民家培育。

宋代欧阳修《绿竹堂独饮》诗："姚黄魏紫开次第，不觉成恨俱零凋。"

现在牡丹的品种多极了，除了有名的洛阳红，还有什么菱花晓翠、赤龙换彩、银粉金鳞、烟绒紫、蓝田玉、菊花叠、蔷薇叠，等等。

被武则天"贬谪"的牡丹除了在洛阳，各个地方只要气候条件满足，都会想办法尽可能栽上几株，于是就有了"国色天香"之气派。

牡丹名声如此之大，也有不同的声音。宋代王溥是这样说的："枣花至小能结实，桑叶虽柔可作丝。堪笑牡丹如斗大，不成·事只空枝。"

王溥没说错，牡丹的实用性确实差了些，但是生活中除了那些过于追求功利的生计需求，还该有牡丹这般美好的精神享受啊！

# 葛 藤

## 冬裘夏葛

葛藤是南方的寻常植物。我们现在知道它，是葛藤开的花——葛花。葛花解酒，是现代人的解酒良药；葛根，有降糖、降脂、降血压之功效，也正是享用膏粱厚味过多的现代人的养生之物。

过去，很久的过去，那时也用葛，就是用葛藤本身，制作衣物和鞋子。那时的人们饮酒的机会少，需要降"三高"的人更少。

葛藤在《诗经》时代就被广泛使用。

**王风·采葛**

彼采葛兮，一日不见，如三月兮！

彼采萧兮，一日不见，如三秋兮！

彼采艾兮，一日不见，如三岁兮！

葛是藤本植物，最长可达数十米，以至于采葛的人一定看不到葛头，就

像长长的思念，无限延伸，所以"一日不见，如三月兮"。

《周南·葛覃》中，说了葛生长的地方以及它的作用："葛之覃兮，施于中谷，维叶萋萋。黄鸟于飞，集于灌木，其鸣喈喈。"

全诗大意是，葛藤长长，蔓延在山谷，串串叶子很青翠。黄鹂鸟高飞，落在树丛中，它鸣叫着"家啊家"。葛藤长长，蔓延在山谷，串串叶子很硕大。收割了再蒸煮，织成细葛和粗布，一直织不停。我要告诉师母，告诉她我要回家。快脱掉我的脏衣服，快换上我的新衣服，为何洗浣为何装扮？为的是回家看望父母。

后来有了棉花，葛藤织布才渐行渐远，再后来，葛藤就成了"葛花""葛根"，所谓"沧海桑田"之谓也。

葛出现在成语中很少，只有一个"冬裘夏葛"，还真就是讲衣物的。

《列子·汤问》载："九土所资，或农或商，或田或渔；如冬裘夏葛，水舟陆车。"意思是广大土地所能提供的，可以农耕，可以经商，可以有田地，也可以有渔场。犹如冬天穿裘皮，夏日着葛衣，舟在水中行，车在地上跑。

宋代辛弃疾《水调歌头》云："一葛一裘经岁，一钵一瓶终日，老子旧家风。"用葛裘感叹岁月流逝。

该成语原本是指应时穿衣的意思，但也可以指互不相容。比如，蔡东藩《清史演义》第八十六回："即以中国大经大法而论，五帝三王不相袭，譬之冬裘夏葛，势不两立。"

这样的葛实在有趣，可以"一日不见，如三秋兮"，也可以"冬裘夏葛，势不两立"。当然，我们现代人可以喝着葛花茶，就着葛根粉，看葛悠久的历史，叹一声"一葛一裘经岁"。

# 莼 菜

## 莼羹鲈脍

莼菜是水生植物，长在南方。

《诗经》中有一次提到莼菜，称为"茆"，是当作美味的，不妨一赏。

《鲁颂·泮水》中除了提到莼菜，还提到水芹、菹草，都是水生植物，都是为了衬托鲁公的威仪和功绩。

思乐泮水，薄采其茆。鲁侯戾止，在泮饮酒。既饮旨酒，永锡难老。顺彼长道，屈此群丑。（节录）

大意是，泮水之滨多快乐，伸手去摘嫩莼菜。威严的鲁侯来到这里，在泮水之滨饮美酒。饮了甘甜的美酒，上天赐他永不朽。挥军大道往前行，淮夷俘虏跪拜相迎。

可见莼菜历史的久远，以及味之美，那是要用于重要场合的，比如祭祀，《周礼·天官·醢人》："朝事之豆，其实茆菹、醓醢、昌本、麋臡……加豆之

实，芹菹、兔醢……"其中"芹""茆"都是用于祭祀。鲁侯打了胜仗，要告诉祖先，就选了莼菜等献祭，他认为祖先也喜欢莼菜。

莼菜的形状，陆玑在《毛诗草木鸟兽虫鱼疏》中这样描述："茆与荇菜相似，叶大如手，有肥者著手中，滑不得停……江南人谓之尊菜"。生长在南方的湖泽里，农历三四月嫩茎未长叶，或者是叶子未展开，形如荆钗时采食最佳。

成语"莼羹鲈烩"来自一段故事，《世说新语》载："张季鹰辟齐王东曹掾，在洛见秋风起，因思吴中菰菜羹、鲈鱼脍，曰：'人生贵得适意尔，何能羁宦数千里以要名爵！'"《晋书·张晋传》中也写道："翰因见秋风起，乃思吴中菰菜、莼羹、鲈鱼脍，曰：'人生贵得适志，何能羁宦数千里以要名爵乎！'"

西晋的张翰在北方洛阳为官，职位不高，却诸事繁杂，抱负难展，可谓仕途不顺。加之司马家族内乱，他不想受牵连，便打算避祸退隐。正值此时，秋风起，云飞扬，他想起南方家乡的莼菜鲈鱼何等美味，不由叹道："人生贵在适合自己的志向，何苦千里为官只图个官禄名爵！"于是，他辞官返乡，痛痛快快地品尝"莼羹鲈脍"去了。潇洒如此，不让陶渊明。

自张翰不惜弃官吃"莼羹鲈脍"之后，这道菜更加闻名遐迩。

五代南唐李中《寄赠致仕沈彬郎中》："莼羹与鲈脍，秋兴最宜长。"

唐代白居易《偶吟》："犹有鲈鱼莼菜兴，来春或拟往江东。"

中国历史上著名的吃才苏东坡当然不会忽略这道美味，而且不止一次在诗文中提到。他在《送吕昌期知嘉州》中云："得句会应缘竹鹤，思归宁复为莼鲈。"在《虔守霍大夫监郡许朝奉见和此诗复次前韵》中云："秋思生莼鲈，寒衣待橘州。"还有："丰湖有藤菜，似可敌莼羹。"方岳也在《蝶恋花·用韵秋怀》中云："世路之催双鬓白，菰菜莼羹，正直令人忆……"

那莼菜得是多美味，才让苏东坡如此钟爱，我期待着自己的"莼羹鲈脍"，当然，用不着辞官，也无官可辞。

# 芍　药

## 采兰赠芍

芍药和牡丹很容易混淆，但仔细辨别还是能区分的。一则牡丹和芍药的花期不一样，牡丹比芍药早半个月；二则牡丹是木本，芍药是草本。

其实很久以前，牡丹和芍药都叫芍药，是唐以后才把木芍药称为牡丹，也是从唐以后牡丹为"王"，芍药为"相"，成了近侍。

"谁称为近侍，宜与牡丹尊。"（宋代梅尧臣）

"已过花王候，才闻近侍香。"（宋代王十朋）

就是因了牡丹为"王"，芍药就"降格"了，那唐代刘禹锡就鄙视芍药："庭前芍药妖无格，池上芙蕖净少情。唯有牡丹真国色，华开时节动京城。"

芍药翻身还是清代孔尚任做的工作："一支芍药上精神，斜倚雕栏比太真。料得也能倾国笑，有红点处是樱唇。"

要说成语"采兰赠芍"中的芍药就不是这般憋屈了，更何况那时牡丹和芍药并不区分，所赠之"芍"还不一定是哪样呢。再说，那时牡丹还没有培

育到"花开富贵""魏紫姚黄"的地步。

"采兰赠芍"出自《郑风·溱洧》：

溱与洧，方涣涣兮。士与女，方秉蕳兮。女曰观乎？士曰既且。且往观乎！洧之外，洵訏且乐。维士与女，伊其相谑，赠之以勺药。

溱河和洧河，春来涨满哗哗流。小伙子和姑娘，正拿着那泽兰在手中。姑娘说：去游水吧。小伙说：已经游过。那就再去看看吧，洧河对岸，宽阔又热闹。小伙子和姑娘，他们说笑打闹，相互赠送芍药。

这就是一首情诗，青年男女互赠礼物，你赠我兰，我赠你芍药，在那溱洧河边嬉笑打闹。卫道士们看不惯，说这是："郑国淫辟，男女私会于溱、洧之上，有绚盼之乐，芍药之和。"（高诱注《吕氏春秋》）他们想多了，以我看来，再健康不过。比之如今靠钱财、房、车、名牌等获取的所谓"情感"美好、珍贵得多。

所以我宁愿"采兰赠芍"，管它什么"郑卫之音"呢。


# 菅

## 草菅人命

我是先知道"草菅人命"才知道"菅"的。菅是一种草，禾本科植物，也可以称为茅草，寻常到不以为意。像很多禾本科植物，比如芒草等一样，可以编绳索、制草席、编草鞋等。

最早记录菅的是《小雅·白华》，是说一位弃妇的：

白华菅兮，白茅束兮。之子之远，俾我独兮。英英白云，露彼菅茅。天步艰难，之子不犹。

开白花的菅草呀，白茅把它捆成束呀。这个人儿远离去，使我空房守孤独呀。天上朵朵白云飘，甘露普降惠菅茅。怨我命运太艰难，这人无德又无道。

从根底菅就"薄命"。

《左传·成公九年》云："虽有丝、麻，无弃菅、蒯。"就是说即使有丝麻这样高档的织品，也不放弃菅、蒯这样的微贱之草。

"草菅人命"最早在《大戴礼记·保傅》中首次出现："其视杀人若艾草菅然。"就是说杀人就像割菅草一样容易。

西汉贾谊在《治安策》中几乎照搬引用："故胡亥今日即位而明日射人，忠谏者谓之诽谤，深计者谓之妖言，其视杀人若艾草菅然。"

从此"菅"坐实了微贱的名，和"草菅人命"紧紧相连。

如明代《初刻拍案惊奇》卷十一："所以说为官做吏的人，千万不要草菅人命，视同儿戏。"

清代蒲松龄《聊斋志异·三生》："兴以草菅人命罚作畜。"

清代李宝嘉《官场现形记》第四十七回："像某人这样的官，真正是草菅人命了。"

如此，够了，该告别"草菅人命"了。

# 狗尾草

## 良莠不齐

狗尾草有"天下谁人不识君"之势。

往好了说，狗尾草是很好的牧草。对于儿童来说，狗尾草就是童年的伙伴，哪个儿童没用狗尾草玩过"小兔子乖乖"的游戏呢！

往不好了说，狗尾草就是"恶草"。农人唯恐除之不及，因为有庄稼的地方就有狗尾草。

圣人孔子说："恶莠，恐其乱苗也。"其中的"莠"就是狗尾草。

宋代罗愿《尔雅翼》云："莠者，害稼之草。"

这就是给狗尾草——"莠"定性了。

其实早在《诗经》时代，我们的先人就给狗尾草定性了。

《小雅·大田》中有"莠"有"稂"，都是"恶草"："既方既皂，既坚既好，不稂不莠。"即庄稼长得好，除草很及时，这里所除的草就是"稂""莠"，"莠"就是不好的代名词。"不稂不莠"也是一句成语，表示一个人不成材，没出息。

有这样源远流长的传播，后世引用不尽，太形象了，太直接了。

唐代贾至《虑子贱碑颂》"芃芃麦苗，不稂不莠。"

明代毕魏《竹叶舟·收秀》："一身无室无家，半世不稂不莠。"

《红楼梦》第八十四回："贾政道：'……姑娘也要好，第一要他自己学好才好，不然不稂不莠的，反倒耽误了人家的女孩儿，岂不可惜。'"

成语"良莠不齐"是说好的坏的都有。这"莠"自然是指坏。追根溯源，还得从《诗经》中找。

《小雅·正月》中的"莠"就是它的引申意思"坏"："好言自口，莠言自口。"意思是，好话坏话都是出自口中。

和"良莠不齐"同义的是"鱼龙混杂"，一句用植物比喻，一句用动物比喻，有趣，也常常联用。比如，清代李宝嘉《官场现形记》第五十六回："且说彼时捐例大开，各省候补人员十分拥挤，其中鱼龙混杂，良莠不齐。"

"恶"言了几句"莠"，实在不甘心。于我，"莠"——狗尾草，是童年回忆的一部分，是夏秋时节漫无边际的"芳草连天"之动人景色，是有着烟火气的"过家家"孩童之乐。

我知道为狗尾草添的这段"光明的尾巴"不足以让狗尾草从此光明，但我还是伸张一下，明代李时珍的《本草纲目》记载，狗尾草也叫光明草。

# 狼尾草

## 不稂不莠

狼尾草和狗尾草很像，不过是一种大、一种小而已。这两种草常常长在一起，不注意的话很难区分，关于它们的成语也分不开，比如"不稂不莠"。

"稂"是狼尾草，"莠"是狗尾草。

"不稂不莠"出自《诗经》，不妨摘录一赏《小雅·大田》：

既方既皂，既坚既好，不稂不莠。去其螟螣，及其蟊贼，无害我田稚。田祖有神，秉畀炎火。

庄稼已经抽穗，颗粒随后就会饱满，没有狼尾草和狗尾草。害虫螟螣全部消灭，还有吃禾根禾秆的蟊贼，不让它们伤害我田里的嫩苗。农神来保佑，把那些害虫投进大火烧掉。

很不幸，稂和莠是农人唯恐除之不及的恶草，是庄稼"不共戴天"的仇敌。在久远的那时，稂莠到了"人神共愤"的程度，所以农人内心期盼着"田祖有神"，消灭害虫和恶草。

很有幸，如今狼尾草居然作为景观植物在公园里大面积种植。秋天，天高云淡，望断南飞雁。大片狼尾草在湖边蔓延，蓬松似狼尾，在落日余晖中泛着润泽的光芒。可以入诗，可以入画。

稂至少还"中性"过一回。《曹风·下泉》："冽彼下泉，浸彼苞稂。"稂虽然在土地上可以疯狂扩张，但到了冰冷的泉水里还是难以生长，这里没说稂不好。

稂跟莠一样，不是一无是处，而是都是很好的牧草，所谓"锄田者去之则禾茂，养马者秣之则牲肥"。

想一想，是为了分"稂""莠"而分"稂""莠"的，其实稂莠就在一起，还是"不稂不莠"吧，除之"禾茂"也罢，养马"牲肥"也罢，成也萧何败也萧何。如此而已。

# 竹 笋

## 雨后春笋

竹笋就是竹子的嫩芽，就像水和冰的关系，本质没变，但意义不一样。

说竹子一定离不开"梅兰竹菊"，离不开"成竹在胸"，离不开"不可居无竹"。但说竹笋没人想起这些，想起的是"雨后春笋"，也许还有"抽丝剥笋"。

最早注意并描述"雨后春笋"的是宋代张耒《食笋》："荒林春雨足，新笋进龙雏。"意思就是春雨过后，竹笋长得又多又快，引申为新鲜事物大量涌现。

比如，清代张鸿《续孽海花》第五九回："人才是愈用愈多，他们的伊藤、陆奥等豪杰，好像雨后春笋，丛生并长。"

再说"抽丝剥笋"，和"抽丝剥茧"一个意思，是说丝得一根一根地抽，茧或者笋得一层一层地剥，形容分析事物极为细致，而且一步一步很有层次。"抽丝剥茧"出自明代洪楩《清平山堂话本·蓝桥记》："安绥悯纪，无行云流水之势，但如抽丝剥茧之行而为之，故望此云，无望得众。"

"抽丝剥笋"只有现代的使用实例，沈衡仲在《简评》中说道："作者运用了抽丝剥笋、层层推进的议论方法，娓娓而谈，言之成理，颇能引人入胜。"

关于竹笋只有这两个几乎没有历史沉淀的成语，有些遗憾，不过，成语到了明清以后几乎没什么新出现，远不像《诗经》以后，成语如"雨后春笋"一样层出不穷。

对于我，"雨后春笋"意味着美食，意味着养生，意味着去除膏粱厚味。我想，应该不仅仅是我，而是很多人都有此感。


# 荷 花

## 出水芙蓉

荷花是完美的化身，国色天香如牡丹也会被人讥讽"堪笑牡丹如斗大，不成一事又空枝"。而荷花就是"接天莲叶无穷碧，映日荷花别样红"，就是"小荷才露尖尖角，早有蜻蜓立上头"。

最早在《诗经》中就提到荷花，是和美人有关，和爱情有关。《陈风·泽陂》："彼泽之陂，有蒲与荷。有美一人，伤如之何？"意思是，在那池塘边上，生长着蒲草和荷花。有一位英俊的小伙子，我能把他怎么样呢？一天到晚什么也干不成，思念到泪如雨下。

《楚辞》中也提荷花，是"香草"，而且是君子的衣裳，如《九歌·少司命》："荷衣兮蕙带，儵而来兮忽而逝。"

到了三国时期，荷花——芙蓉，华美起来。曹植《芙蓉赋》云：

其始荣也，皎若夜光寻扶桑，其杨晖也，晃若九阳出旸谷，芙蓉蹇产，菡萏星属，丝条垂珠，丹荣加绿，焜焜韡韡，烂若龙烛，观者终朝，情犹未

足。（荷花也称菡萏）

我以为描述荷花最中肯、最贴切的还是宋代周敦颐。他道："予独爱莲之出于淤泥而不染，濯清涟而不妖，中通外直，不蔓不枝，香远益清，亭亭净植，可远观而不可亵玩焉。"自此就给荷花定了性。

再看看成语中的荷花吧，并蒂芙蓉、出水芙蓉、出淤泥而不染、菊老荷枯、藕断丝连。

并蒂芙蓉，荷花的称谓有很多，常用的如芙蓉、菡萏。此处的芙蓉就是荷花。此成语的意思不言而喻，是说两朵荷花并生一蒂，用于比喻夫妻相亲相爱，出自唐代杜甫《进艇》诗："俱飞蛱蝶元相逐，并蒂芙蓉本自双。"

出水芙蓉，即刚开的荷花，主要是形容容貌美丽的女子。最早的出处应该是曹植的《芙蓉赋》："迫而查之，灼如芙蕖出绿波。"其中的"芙蕖"就是荷花。

后世也有用"出水芙蓉"形容文辞清秀的，如南朝钟嵘的《诗品》："谢诗如芙蓉出水，颜如错彩镂金。"

比作美艳女子的，如《李师师外传》："娇艳如出水芙蓉。"

出淤泥而不染，出自宋代周敦颐的《爱莲说》，通常指人在污浊的环境中仍保持高尚的品格。

菊老荷枯，已经在"菊花"篇中叙及，故不赘述。

藕断丝连，藕荷的一部分。荷的所有部分都有单独的称谓：水中膨大的地下茎称为"藕"；细长的地下茎称为"蔤"；地下茎上的叶柄称为"茄"；叶子称为"蕸"；开的花称为"菡萏"；结的果称为"莲蓬"；果皮内的种子称为"菂"，就是我们俗称的莲子；莲子中心的绿色胚芽称为"薏"。名称不少，我们说的是"水中膨大的地下茎"——藕，"藕断丝连"的经历很多人都有，我是说形而下的"藕断丝连"，我们掰断一节莲藕时，两节藕之间有丝在勾连，形而上之后，"藕断丝连"就成了男女之间的难舍难分了。

该成语最早出自唐代孟郊《去妇》诗："君心匣中镜，一破不复全。妾心藕中丝，虽断犹牵连。"

男女的情分，不容易断干净，但凡赋予深情，为外事所迫，"藕断"一定"丝连"。

关于荷花的成语于此结尾，不甘心，还是"出于淤泥而不染"好，人生当如此。


# 粟

## 沧海一粟


粟的现代称呼是小米，古时候还称为"稷""粱"等。"粟有五彩"，以示其色彩之多，包括白、红、黄、黑、橙、紫等。晋国的第一任诸侯叔虞给他哥哥周成王敬献"五彩嘉禾"，我敢肯定里面就有粟。叔虞统治的地方就是黄河流域，粟是黄河流域的产物，而且很久以来就是这一地区人们最重要的粮食。

粟在很久以前还称为"西米"，可不是现在超市里的"西米"，是因为五谷要配五方，而粟就被分配在西方，所以称为"西米"，据《周书》记载："凡禾麦居东方，黍居南方，稻居中央，粟居西方，菽居北方。"

关于粟、米的成语很多，虽然是一类植物，因为一次描述怕"因噎废食"，所以就分开叙述。

关于粟的成语有，不食周粟、布帛菽粟、沧海一粟、太仓一粟。我们一一叙来。

不食周粟，这个故事很有名，说的是商朝遗臣伯夷、叔齐兄弟在商朝灭亡之后，不吃取而代之的周朝的粟，因而饿死在首阳山上。后来人们就用"不食周粟"比喻清白守节。该成语出自西汉司马迁《史记·伯夷列传》："武王已平殷乱，天下宗周，而伯夷、叔齐耻之，义不食周粟，隐于首阳山，采薇而食之。"

布帛菽粟，指生活必需品，最早出自西汉晁错《论贵粟疏》："粟米布帛生于地，长于时，聚于力，非可一日成也。"我们日常的吃穿用度都取自土地，需要费时费力，不是一日可以得到的。

有了这个基础，就可以理解《宋史·程颐传》对程颐的描述："其言之旨，若布帛菽粟然，知德者尤尊崇之。"即程颐的言语就像"布帛菽粟"一样不可或缺。

太仓一粟，太仓是京城的大粮仓，"太仓一粟"自然是指不值一提的微小事物，语出《庄子·秋水》："计中国之在海内，不似稊米之在太仓乎！"

明代罗贯中《三国演义》借诸葛亮的话使用了一下："孔明曰：'江东去

此两人，如大木飘一叶，太仓减一粟耳。'"

沧海一粟，其实和太仓一粟意思相近，只不过此"粟"更加渺小，语出宋代苏轼《前赤壁赋》："寄蜉蝣于天地，渺沧海之一粟。"

想想"沧海一粟"马上感觉自己的渺小，于是不时冒出来的万丈豪情化为乌有。与尘世，我们该是低在尘埃里，低在尘埃里，就不会狂妄到和"道"争，"道"是需要顺其自然的。

想到"粟"，小米，还是熬粥好喝，也有营养。一碗小米粥下肚，踏实。

# 豆

## 豆分瓜剖

豆是一大类，指豆科植物的种子或荚果。豆主要有大豆、菜豆、绿豆、黄豆、蚕豆等。成语中的豆没有特别指明是哪种豆，咱就笼统了说吧。

豆的种植时间很久，在《诗经》时代就是主要的粮食作物。"五谷"（稻、黍、稷、麦、菽）中就有豆，那时称为"菽"。

选一篇感受一下数千年前的豆。

《小雅·采菽》说的是诸侯朝见周天子的盛景。

采菽采菽，筐之筥之。君子来朝，何锡予之？虽无予之，路车乘马。又何予之？玄衮及黼。

大意是，采大豆呀采大豆，用筐用筥来盛装。诸侯们前来朝见，天子用什么来相赠？就算没什么要赠予，也会赠他们好车和马匹。还有什么要赠予？诸侯的礼服已备好。

采大豆是个愉快的过程，大豆也是为了迎接诸侯前来朝拜周天子所要准备的重要主食。可见"菽"——大豆的重要性。

那时少有人能常吃肉，除了祭祀、宴客、节日，寻常百姓更是难觅肉味，而大豆正是可以代替肉类补充人体所需蛋白质的最好食物，即所谓"饭菽配盐，炊其煎藿"。我们智慧的先民发展出独一无二的大豆食品文化，最有名的如豆腐、豆浆、酱油、豆豉、豆干等等不一而足，特别是豆腐的发明简直就是对豆子的革命性创造。

关于豆的长话短说，进入主题，说豆的成语。布帛菽粟、豆分瓜剖、菽水承欢、煮豆燃豆萁、种瓜得瓜，种豆得豆。

"布帛菽粟"在"粟"篇中叙及，故不再赘述。

豆分瓜剖，这是一种形象的比喻，国土就像瓜被剖开，豆从荚里裂出一样被分割。语出南朝鲍照《芜城赋》："出入三代，五百余载，竟瓜剖而豆分。"

《宋史·王禹偁传》："自五季乱离，各据城垒，豆分瓜剖，七十余年。"

只要国家被分裂，人民一定流离失所，眼见就像"瓜剖豆分"一般，所以，中国人内心永远期盼一个团结统一的国家，自立国以来就是。

菽水承欢，这句成语出自《礼记·檀弓下》："子路曰：伤哉贫也！生无以为养，死无以为礼也。孔子曰：啜菽饮水尽其欢，斯之谓孝；敛首足形，还葬而无椁，称其财。斯之谓礼。"

孔子的弟子子路感叹："贫穷太让人伤心了。对父母生不能奉养，死不能

尽礼。"孔子却说："吃豆子喝清水,也要让父母高兴,这就是孝。整理好父母的形体,就是没有棺椁,根据自己的钱财尽心办事,这就是礼了。"

自此,贫寒,也尽心奉养父母谓之"菽水承欢"。

中国的"孝"是有文化传承的,除了官方倡导的《孝经》,还有民间的《二十四孝》,孝不可谓不盛。所以,能做到"菽水承欢"的不在少数。

唐代李商隐《李义山文集·祭韩氏老姑文》:"弓裘望袭,菽水承欢。"

明代高明《琵琶记·高堂称寿》:"入则孝,出则弟,怎离白发之双亲?到不如尽菽水之欢,甘齑盐之分。"

关于豆的成语最有名的莫过于"煮豆燃豆萁"了,出自三国曹植的《七步诗》:"煮豆燃豆萁,豆在釜中泣。本是同根生,相煎何太急?"

曹植的哥哥曹丕做了皇帝,嫉妒弟弟的才能,恨不能除之而后快,就为难曹植,令他七步之内作诗一首,完成则罢,完不成则死路一条。曹植七步之内作《七步诗》,悲愤于兄弟相煎的残酷。

沉浸在兄弟相煎的悲剧中,一定不是豆能承受之重,说一句有烟火气的豆吧。

种瓜得瓜种豆得豆,意思是种什么,收获什么,因果关系。最早的源头是《吕氏春秋·离俗览·用民》:"夫种麦而得麦,种稷而得稷,人不怪也。"文中并没有提到"瓜"也没提到"豆",但是意思不差,说是源头也不为怪。

与"种瓜得瓜,种豆得豆"表达意思更接近的是《涅槃经》中"种瓜得瓜,种李得李"一句,完全符合的则是梁启超《新民说》:"以若是之民,得若是之政府官吏,正所谓'种瓜得瓜,种豆得豆',其又奚尤。"

最后,还是用《诗经》中的豆,结束关于豆的成语吧。

《小雅·小宛》:"中原有菽,庶民采之。螟蛉有子,蜾蠃负之。教诲尔子,式穀似之。"

大意是,田野长满了豆子,老百姓去采它。螟蛉生幼子,蜾蠃背上养育。教育自己的子女,要让他走善良的路。

不管怎样,我们还是要走善良的路。

因为,种瓜得瓜,种豆得豆。

# 麻

## 蓬生麻中

麻在很久以前就被发现有实用价值。棉花没有引进的时候，麻是主要的制衣材料。那时也有丝绸，但丝绸从古至今都是奢侈品。老百姓能有几人穿用？而麻不一样，上至帝王，下至"黔首"，都可以穿，用途广泛。

所以《诗经》中提到麻的地方就多，选一例有情的麻，以娱现在，感受久远的麻牵引出的绵绵情意。

《陈风·东门之池》："东门之池，可以沤麻。彼美淑姬，可与晤歌。"大意是，东门外有个坡池，可以浣洗麻丝。那位美丽的姬姓姑娘，可以和她把歌对。

那位美丽的姬姓姑娘在水池边沤麻，倾慕于她的男子远远地看过来，想要和她对歌。边劳动，边对歌，何等的欢悦，何等的阳光，这一切就是麻引出来的，美啊。

下面再看成语中的麻能引出什么。

心乱如麻；披麻戴孝；披麻救火；蓬生麻中，不扶自直。

似乎不妙，不仅不关情，而且是一团乱麻。

心乱如麻，自然是说心里乱得跟一团乱麻一样。语出唐代杨炯《送丰城王少府》："愁结乱如麻。"

金圣叹批《西厢记》第一本第二折："此其心乱如麻可知也。"

披麻戴孝，《周礼》中就有关于丧礼上披麻的专门记载。什么样的丧礼、什么级别的丧礼、穿什么样的麻衣都有一定之规，穿不对那是失礼的，不仅仅是让人笑话那么简单，弄不好会掉脑袋。

"披麻戴孝"作为成语出现得并不早。据说出自元代《冤家债主》第二折："你也想着一家儿披麻戴孝为何由？故来这灵堂里寻斗殴。"

我总想应该更早，但提不出实际例子，只好认此。

披麻救火，这不是明摆着引火烧身吗？不仅救不了自己，反而危害自身。语出元代《赚蒯通》第三折："则落你好似披麻救火，蒯彻也不似那般人随风倒舵。"

明代罗贯中《三国演义》第一百二十回："陛下宜修德以安吴民，乃为上计。若强动兵甲，正犹披麻救火，必致自焚也。"

蓬生麻中，不扶自直，意思是蓬草长在笔直的大麻中间，想不直都不可能。语出先秦荀况《荀子·劝学》："蓬生麻中，不扶而直；白沙在涅，与之俱黑。"意思就是"近朱者赤，近墨者黑"。

以此作为关于麻的成语结尾，我心不乱如麻。这是人生应该有的修行。

# 米

## 不为五斗米折腰

米是一个大类，包括小米、大米、高粱米等。小米起源于黄河流域，很长一个时期是古人的主食，现在成了杂粮。大米种植更早，以南方为主，现在成了主食。

在新石器时代，黄河流域的先代就开始栽培小米，西安半坡遗址挖掘出藏在罐子中的小米就是铁证。自有祭祀，小米就是天子在躬耕仪式中不可或缺的五谷之一。特别是小米去壳前有很多种颜色，红、黄、黑、紫、白等等，聚合在一起，自有五谷丰登的天然感受。

大米——水稻的种植历史更长，最早记载于《史记·夏本纪》："令益予众庶稻，可种卑湿。命后稷予众庶难得之食。食少，调有余相给，以均诸侯。"就是说大禹命令伯益给大家发稻种，种在水田里。还命令后稷给大家发难以获得的食物。食物少的地方，就让有多余食物的地方送去，使得各诸侯境内都有粮食吃。

关于米的成语比起米的作用实在是"沧海一粟"，有等米下锅、无米之炊、米珠薪桂、舐糠及米、黄粱一梦、不为五斗米折腰。其中"米珠薪桂"在"桂树"篇中叙及，故不赘述，其他的一一道来。

等米下锅，一看便知是生活窘迫了。这句成语产生于清代。米作为粮食，虽然解决了人类的生存问题，但是几千年来"等米下锅"的境况就没有断绝过。只不过很久的从前，我们的先人并没有这么形象地描述过生活窘迫的状态。还是看看其出处吧。

清代吴敬梓《儒林外史》第十六回："岂但不肯多出钱，照时值估价还要少几两，分明知道我等米下锅，要杀我的巧。"

清代曹雪芹《红楼梦》第九十九回："我在衙门内已经三代了，外头也有些体面，家里还过得，就规规矩矩伺候本官升了还能够，不像那些等米下锅的。"

无米之炊，没米怎么做饭？可见，少了必要条件就办不成事。最早源起宋代陆游《老学庵笔记》卷三："晏景初尚书，请僧住院，僧辞以穷陋不可为。景初曰：'高才固易耳。'僧曰：'巧妇安能作无面汤饼乎？'"意思是晏景初请高僧住持僧院，高僧以条件太简陋为由拒绝。晏景初说对于你这样的大才来说易如反掌。高僧回答："巧妇能做出没米面的饼吗？"

后来清代钱谦益在《钱牧斋尺牍·与福先》中提炼出"无米之炊"：

虽以尊闻贤能，能为无米之炊，而剜肉疮，将火炙穴。

舐糠及米，这句成语很偏，想来现在知道的人少。意思是舐掉糠皮，就到了米粒了，引申为从外及里，步步紧逼。语出司马迁《史记·吴王濞列传》："里语有之，'舐糠及米'。"

说的是西汉景帝时期发生"七国之乱"，各诸侯国不听中央号令，各自为政。晁错建议汉景帝削减各诸侯国的领地，把权力收归中央。吴王刘濞势力最大，鼓动其他诸侯王说削减领地就像"舐糠及米"一样，一定会进一步逼迫的，号召诸侯王叛乱。结果是汉景帝反被"舐糠及米"，迫于无奈杀了晁错。当然，最终"七国之乱"也被平叛了。

黄粱一梦，黄粱也是小米，此成语知道的人就多了。说的是不切实际的想法，或者就是梦想破灭。唐代沈既济所著《枕中记》中就有记载，历代都有根据此成语编写的故事，称为"黄粱梦"或"邯郸梦"，唐代有《南柯记》，宋代有《南柯太守》，元朝马致远作《邯郸道省悟黄粱梦》，明代汤显祖改编《邯郸记》，清代蒲松龄作《续黄粱》。大意是，卢生在邯郸旅店住宿，卢生入睡后做了一场享尽一生荣华富贵的好梦。他醒来的时候小米饭还没熟，因有所悟。

其实黄粱就是道具，不重要，白粱也可以，重要的是梦。明知荣华富贵如梦一场，短暂而虚幻，但千年来依旧是看不破。所以到今天，黄粱还是那个黄粱，人还是那个人，看不破。

《清平乐·蒋桂战争》词："洒向人间都是怨，一枕黄粱再现。"

特意留下"不为五斗米折腰"最后介绍就是有感于其展现的气节。该成语出自《晋书·陶潜传》:"郡遣督邮至县,吏白应束带见之,潜叹曰:吾不能为五斗米折腰,拳拳事乡里小人邪!"

陶渊明意味着《桃花源记》,意味着《归去来兮辞》,意味着"采菊东篱下,悠然见南山",意味着"不为五斗米折腰"。

他家世显赫,但东晋末期,朝政日益腐败,官场黑暗。他做的是个小官,不满现实,所以辞官,于是过上了贫寒但"悠然见南山"的生活。他心里期盼的理想世界是"桃花源",理想很丰满,但现实很残酷。他不愿苟且,于是"不为五斗米折腰"。

这样的米是有骨气的米。


# 五　谷

## 五谷丰登


"五谷"意思是五种谷物。哪五种,历来有不同说法,主流有两种:一种指"稻、黍、稷、麦、菽",一种指"麻、黍、稷、麦、菽"。区别就在于有"麻"无"稻",有"稻"无"麻"。我以为和种植区域有关,北方,比如黄河流域种稻子少,所以"五谷"不含稻。

《周礼·天官·疾医》:"以五味、五谷、五药,养其病。"郑玄注:"五谷,麻、黍、稷、麦、豆也。"其注"五谷"无稻。

《孟子·滕文公上》:"树艺五谷,五谷熟而民人育。"赵岐注:"五谷谓稻、黍、稷、麦、菽也。"其注"五谷"无麻。

但无论哪种"五谷"都是主要粮食作物,麻是重要的经济作物。稻、黍、稷、麦、菽、麻已经在相关的各篇叙及,就不再叙。下面只谈关于"谷""五谷"的成语:谷贱伤农、积谷防饥、四体不勤五谷不分、五谷丰登。

谷贱伤农，意思是谷物的价格太低会损害农民的利益。该成语出自东汉班固《汉书·昭帝纪》："诏曰：夫谷贱伤农，今三辅、太常谷减贱，其令以叔粟当今年赋。"

《汉书·食货志》上解释得清楚："籴甚贵伤民，甚贱伤农。民伤则离散，农伤则国贫。"这是说，米卖得贵了，老百姓买不起；卖得便宜了，又伤害了农民的利益……

后世这样的事多呢，例如唐代陆长源《上宰相书》："今岁丰年稔，谷贱伤农，诚宜出价以敛籴，实太仓之储。"

宋代欧阳修《新五代史·杂传·冯道传》："明宗问曰：'天下虽丰，百姓济否？'道曰：'谷贵饿农，谷贱伤农。'"

农民实在不容易，歉收，民不聊生；丰收，粮食卖不上好价钱，一样受苦。

积谷防饥，很显然，意思是储存粮食，防备饥荒。好像是很遥远的事。但是农耕时代，这是必需的。最早出处在《敦煌变文集·父母恩重经讲经文》："书云：积谷防饥，养子防老。"

后来元代高则诚在《琵琶记·谏父》中引用此成语："又道是养儿代老，积谷防饥。"

四体不勤，五谷不分，出自《论语·微子》："丈人曰：'四体不勤，五谷不分，孰为夫子？'"

这是一段很有名的故事，话说春秋时，孔子带弟子周游列国。一次，孔子和弟子们走在前，子路掉队了，一时看不到老师，却看到在田里耕作的老丈，就问老人是否看到了自己的老师。老丈淡淡回答："四体不勤，五谷不分。哪个是夫子啊？"后来子路见了老师说及此事。孔子并不见怪，反而说那老丈是一位有修养的隐士。

最后叙及"五谷丰登"，是特意安排，符合所有人的期盼。

五谷丰登，出自《六韬·龙韬·立将》："是故风雨时节，五谷丰登，社稷安宁。"

几千年来，无论帝王将相、平头百姓，无不盼望风调雨顺、五谷丰登，这样社稷才能安宁，百姓才能安居乐业。

所以，历朝历代重复着一样的追求。明代施耐庵《水浒传》第一回："自天圣元年癸亥登基，至天圣九年，那时天下太平，五谷丰登，万民乐业，路不拾遗，户不夜闭。"

清代陈忱《水浒后传》第四十回："自后国泰民安，风调雨顺，五谷丰登，人物康阜，真是升平世界。"

就是到了信息化的时代，你、我、他，无不希望生活在"升平世界"，其标志一定少不了"五谷丰登"。没有来自土地的"五谷丰登"，你就是坐在"金山银山"里，也填不饱肚子。

所以，敬畏自然，尊重土地，然后五谷丰登。

# 蓬

## 蓬荜生辉

蓬是一类草，有飞蓬、小飞蓬、一年蓬等。之所以称为"蓬"，《埤雅》这样解释："其叶散生，末大于本，故遇风辄拔而旋。虽转徙无常，其相遇往往而有，故字从逢。"就是说飞蓬头大根小，枝叶散生，当大风刮起时，飞蓬就被连根拔起，此处飞蓬就会"邂逅"彼处飞蓬，所以称"飞蓬"。又因其生长繁茂、漂泊不定的特点，常被用以比喻人的行踪不定或者颠沛流离。李白曾有诗《效古》："光景不可留，生世如转蓬。"其中的转蓬就是飞蓬。

关于蓬的成语不少："断梗飘蓬""茅室蓬户""蓬荜生辉""蓬户瓮牖""蓬生麻中，不扶自直""蓬首垢面""蓬头历齿""蓬头跣足"。其中"茅室蓬户""蓬生麻中，不扶自直"已在"茅草"篇、"麻"篇分别叙及，这里不再赘述。

断梗飘蓬，断了梗的飞蓬四处飘荡，岂不是生活漂泊不定。该成语出自宋代石孝友《清平乐》词："自怜俗状尘容，几年断梗飘蓬。"

蓬荜生辉，就是为贫寒简陋的房屋增加了光辉。最早出自唐代窦痒《酬谢韦卿二十五兄俯赠辄敢书情》："大贤持赠一明珰，蓬荜初惊满室光。"后人引申为"蓬荜生辉"。

宋代王柏《回赵星诸书》："专使远临；俯授宝帖；联题累牍；蓬荜生光。"

元代秦简夫《剪发待宾》第三折："贵脚踏于贱地，蓬荜生光。"

蓬户瓮牖，只要是和蓬连在一起，一定是简陋贫寒的意思，所以此句自然是指贫寒人家，不仅是蓬草做门，连家里使用的窗户都是破瓮做的，简陋至极。该成语出自《礼记·儒行》："筚门圭窬，蓬户瓮牖。"

后世引用者不乏，宋代苏辙《黄州快哉亭记》："将蓬户瓮牖无所不快。"

《淮南子·原道训》："蓬户瓮牖，揉桑为枢。"

可见，高门大户还是少，多的是蓬户瓮牖人家。

蓬首垢面，出处《汉书·王莽传》："莽侍疾，亲尝药，乱首垢面，不解衣带连月。"

《北齐书·任城王湝传》："妃卢氏，赐斛斯征，蓬首垢面，长斋不言笑。"

其实我想起的更早的"蓬首垢面"是在《卫风·伯兮》里：

伯兮朅兮，邦之桀兮。伯也执殳，为王前驱。自伯之东，首如飞蓬。岂无膏沐，谁适为容？

大意是，我的丈夫很英武，是国家的英杰。我的丈夫手执长矛，为君主出行开路。自从丈夫去了东方，我的头发散乱如飞蓬。哪里是没有胭脂膏粉？为谁修饰为谁容。

女子因思念服兵役的丈夫，无心打理自己，所以"首如飞蓬"，延伸为"蓬头垢面"。

蓬头厉齿，是说头发蓬松、牙齿缺落，已经是很衰老的样子。出处战国时期楚国宋玉《登徒子好色赋》："其妻蓬头挛耳，齞唇历齿。"清代袁枚《新齐谐·穷鬼祟人富贵不祟人》："凡作祟求祭者，大率皆蓬头厉齿，蓝缕穷酸之鬼耳。"

蓬头跣足，头发蓬乱，又赤脚，一定是生活困顿、十分狼狈。出处明代冯梦龙《喻世明言》第二十七卷："买臣妻的后夫亦在役中，其妻蓬头跣足，随伴送饭。"

蓬竟是在这样的困顿中结束，我不甘心，还是想"蓬生麻中，不扶自直"，更愿意"蓬荜生辉"，以期"光宗耀祖"，不枉一世为人。


# 瓜

## 滚瓜烂熟

瓜是个大类，东南西北都有瓜，如黄瓜、丝瓜、苦瓜、佛手瓜，等等，千百种不止。我国文献记载最早的瓜是甜瓜。

《周礼·地官》提到"委人"的官职，是专门征收瓜、瓠、芋、葵等作物，其中的"瓜"据说就是甜瓜。《汉书·地理志》云："敦煌，古瓜州也，有美瓜。"此美瓜就是甜瓜。还说甘肃所产甜瓜"大如枕，其肉与瓢甜胜蜜""味甜于他瓜"，所以称为"甜瓜"。

不仅有史料为证，还有实物佐证，这就是"铁证如山"。这个铁证就是马王堆汉墓那位"名震江湖"的资深"睡美人"辛追夫人，其腹内就含着不少甜瓜子，据说就是因为吃甜瓜太多，病亡的。汉离先秦不远，更早也是有甜瓜的吧。

《大雅·绵》记述的是周的先祖"筚路蓝缕"艰苦创业的事迹，那时就有瓜了。

绵绵瓜瓞。民之初生，自土沮漆。古公亶父，陶复陶穴，未有家室。

古公亶父，来朝走马。率西水浒，至于岐下。爰及姜女，聿来胥宇。

（节录）

大意是，瓜秧连绵瓜不断，我们周祖的先民，从豳地迁往岐山。我们的领袖古公亶父，带领我们挖山洞以避风寒，那时候没有条件把房子盖。古公亶父大早就把马儿赶，顺着豳城西岸的河边走。来到岐山之下，和他的妻子姜氏一起，找地方重新安家。

古公亶父的子孙就像瓜秧一样连绵不绝，他一定期望他的子孙有朝一日也像瓜儿一样过上甜美幸福的生活。

再说成语里的瓜吧，让我没想到的是关于"瓜"的成语居然是植物里最多的之一，居然有十个"抱蔓摘瓜""沉李浮瓜""豆分瓜剖""破瓜之年""瓜李之嫌""滚瓜烂熟""及瓜而代""老王卖瓜""种瓜得瓜，种豆得豆""瓜熟蒂落"。其中沉李浮瓜等四句成语分别在相关文章中叙及，故不赘述。

抱蔓摘瓜，意思是顺藤摸瓜，比喻扩大案情，牵连无罪的人。该成语出处是唐代李贤《黄台瓜辞》："种瓜黄台下，瓜熟子离离。一摘使瓜好，再摘令瓜稀，三摘尚自可，摘绝抱蔓归。"这是所有瓜的特性，瓜儿连着藤，藤儿牵着瓜，伤一不止牵二。此诗说的好凄凉，历史上这样的故事比比皆是，不是一句株连九族可以了断，不提也罢，再提就珠泪滚滚了。

破瓜之年，这是个有歧义的成语，一说是女子"破身"，二是说女子十六岁。我愿意相信清代袁枚在《随园诗话》中的解释：

《古乐府》："碧玉破瓜时。"或解以为月事初来，如瓜破则见红潮者，非也。盖将瓜纵横破之，成二"八"字，作十六岁解也。段成式诗："犹怜最小分瓜日。"李群玉诗："碧玉初分瓜字年。"此其证矣。

意思是把"瓜"子分两半，就是两个"八"子，二八十六也。

古人对"破瓜之年"的女子很感兴趣，引用的不少，叙及一二吧。

唐代范摅《云溪友议·韦皋》："独东川卢八座送一歌姬，未当破瓜之年亦以玉箫为好。"

宋代陆游《无题》："碧玉当年未破瓜，学成歌舞入侯家。"

滚瓜烂熟，这句成语出现得很晚，在清代，就是几乎不出成语的时代。意思是像成熟的瓜一样，一滚就烂了，比喻读书或背书流利纯熟。这是我们中国学生最熟悉的场景：从小就开始背书，一直背到成人。儿时总有一些诗词需要背得滚瓜烂熟，如果我们背不下来，老师就会重点帮助我们。成语出处是清代吴敬梓《儒林外史》第十一回："十一二岁就讲书、读文章，先把一部王守溪的稿子读的滚瓜烂熟。"

及瓜而代，这句成语出现得早，在春秋时期。说的是古人以瓜计时，如果外派公干是产瓜时节，也会约定来年产瓜时期派人换班，所谓："瓜时而往，及瓜而代。"语出《左传·庄公八年》："齐侯使连称、管至父戍葵丘。瓜时而往，曰：'及瓜而代。'期戍，公问不至。请代，弗许。故谋作乱。"齐侯没有信守"及瓜而代"的诺言，瓜熟了，齐侯人头也落了地。

老王卖瓜，就是"老王卖瓜，自卖自夸"的省略形式，更像是俗语，谚语。没有文绉绉的出处，有说是杨啸的《大字报》："这是我出的大字报呵！那不成了老王卖瓜，自卖自夸了吗？"有说是王火的《战争和人》："童霜威如坐针毡，对这番老王卖瓜的吹嘘只好不置可否勉强微笑。"

有意思的是山东梆子还有一个剧目就是《老王卖瓜》，说的是20世纪60年代某农业合作社社员老王给队里卖瓜时，企图投机取巧，私自抬高瓜价，把多卖的钱装入自己腰包，后来老王通过别人的帮助终于认识到了错误。

瓜熟蒂落，意思是说，瓜熟了，和它相连的瓜蒂自然就脱落了，取水到渠成、顺其自然之意。反之违反自然规律"强扭的瓜不甜"，反而是"拔苗助长"的结果。最早的出处在宋代张君房《云笈七签》卷五六："瓜熟蒂落，啐啄同时。"

说了这么多瓜，没一样是具指，但都是瓜的特性。

之所以以"瓜熟蒂落"结尾，就是喜欢自然物候的演变，愿意生生世世都是"瓜熟蒂落"的循环往复，不要违背自然。

违背自然是要付出意想不到的代价的。

## 空谷幽兰


关于兰的成语，自然指中国兰。

兰在中国文化里是一种名贵花卉，是君子的象征。

《孔子家语》有一段对于兰花很著名的描述：

芝兰生于深林，不以无人而不芳；君子修道立德，不谓穷困而改节……故曰：与善人居，如入芝兰之室，久而不闻其香，即与之化矣；与不善人居，如入鲍鱼之肆，久而不闻其臭，亦与之化矣。丹之所藏者赤，漆之所藏者黑，是以君子必慎其所处者焉。又曰：不以无人而不芳，不因清寒而萎琐；气若兰兮长不改，心若兰兮终不移。

这已经把兰的品质高洁表述到极致。此后的中国人就是以这样的标准看待兰花的。

《周易》这样神秘的解释宇宙法则的书籍居然也提到兰："同心之言，其嗅如兰。"

兰很早就作为人的名字出现，我知道的最早以兰为名的故事出自《左传·宣公三年》：

初，郑文公有贱妾曰燕姞，梦天使与己兰，曰："余为伯鯈。余，而祖也，以是为而子。以兰有国香，人服媚之如是。"既而文公见之，与之兰而御之。辞曰："妾不才，幸而有子，将不信，敢征兰乎？"公曰："诺。"生穆公，名之曰兰。

这是一个神奇的故事。一位"贱妾"凭借兰花为信物，为郑文公生了一个儿子，经历种种磨难当上了诸侯，是为郑穆公。后来兰花死了，穆公也死了。当时他生病后是这么说的："兰死，吾其死乎，吾所以生也。"

兰被最多描述的，是以"香草"和"恶草"分别象征"君子""小人"的《楚辞》，居然有三十余次。兰无可置疑地以其芳香的特性稳在"香草"之列，泽兰也在其中。就选几句以嗅其香吧。

屈原《离骚》："时暧暧其将罢兮，结幽兰而延伫。世溷浊而不分兮，好蔽美而嫉妒。"大意是，此时光线暗淡日将西落，只好结幽兰久久伫立。世道混浊好坏不分，竟然是喜欢遮蔽贤良而且还要嫉妒。

屈原喜欢植物，喜欢芳草，尤为爱兰，也因他的《九歌·礼魂》产生了一句成语——春兰秋菊。

《九歌·礼魂》："成礼兮会鼓，传芭兮代舞；姱女倡兮容与；春兰兮秋菊，长无绝兮终古。"大意是，祭祀礼成啊鼓乐和鸣，香花传递啊纷纷起舞，美女高唱啊仪态从容。春天祭祀以兰花啊秋天祭祀以菊花，长久没有终止啊直到永远。

那我们就从"春兰秋菊"开始"兰"的成语之旅。其是成语中关于植物具体指向最多的成语。

采兰赠芍、春兰秋菊、芳兰竟体、金兰之好、金兰之交、空谷幽兰、兰艾难分、兰艾同焚、芝兰玉树、兰摧玉折、兰桂齐芳、兰芷之室、披榛采兰。其中采兰赠芍、兰艾同焚、兰艾难分、芝兰玉树、兰桂齐芳、兰芷之室、披榛采兰均在相关成语文章中叙及，故不再叙及。

芳兰竟体，意思是满身都是兰草一样的香气。引申为举止娴雅，风采照人。出处在《南史·谢览传》："意气闲雅，视瞻聪明，武帝目送良久，谓徐勉曰：'觉此生芳兰竟体。'"

这样的风采自然是"魏晋风度"，也只有那时极为讲究"意气闲雅""风流倜傥"，才会有"貌若潘安，看杀卫玠"的典故。

后来清代吴敬梓在《儒林外史》第三十四回引用该成语："这两人，面如傅粉，唇若涂朱；举止风流，芳兰竟体。"以现在的标准看，"面如傅粉，唇若涂朱；举止风流，芳兰竟体"的男人缺乏男子气概，就是"芳兰竟体"也是让人斜睨的。时代不同，人的审美不同。

金兰之好、金兰之交，坚固如金，芳香如兰，金兰之交也。这样的交情可谓不寻常。最早的出处在《周易·系辞上》："二人同心，其利断金。同心之言，其臭如兰。"意思是，只要两个人同心，力量可以切断金属，两人相知，其言如兰花般芳香。引申为朋友同心同德，生死与共。

当然虚假的朋友情谊不在此列，比如《汉书·韩信传》："今足下虽自以为与汉王为金石交，然终为汉王所禽矣。"

果然是"金兰之交"的，如《世说新语·贤媛》："山公与嵇、阮一面，契若金兰。"

也因此有了关于"金兰之交"的一系列相关成语；契合金兰、义结金兰、契若金兰、金兰之契、金兰之友。

过去有一种说法——换帖兄弟，就是源自"金兰之交"，也叫"金兰谱""兰谱"，就是影视剧上一众异姓人等根据年龄大小，一齐头磕一个，口中朗声说道："皇天在上，今日某某和某某结为异姓兄弟，不求同年同月同日生，但求同年同月同日死。"如此，就成为金兰之交了。

兰摧玉折，兰草被摧残，美玉被损毁。该成语多用于哀悼有才的人早夭，或为坚持节操而死，出自南朝刘义庆《世说新语·言语》："毛伯成既负其才气，常称：'宁为兰摧玉折，不作萧敷艾荣。'"意思是宁为玉碎，不为瓦全。

唐代刘知几《史通·直书》"宁为兰摧玉折，不作瓦砾长存"一句，就完整引用了此意。

空谷幽兰，幽静空旷的山谷，安闲优雅的兰花绽放，何等的淡雅、高洁。该成语多用于比喻人物的品行高洁娴雅。让人意想不到的是，这样优美的成语出现得很晚。清代刘鹗《老残游记续集》第五回："空谷幽兰，真想不到这种地方，会有这样高人。"其实屈子早就在《离骚》里歌颂"幽兰"的美好芳香了，只是没点出"空谷"。有了"空谷"，"幽兰"愈显其芳。

之所以以"空谷幽兰"结尾，不言而喻，就是在现今浮躁的社会里，还是有些"空谷幽兰"的好。

木香成语

寻芳记

# 梅

## 暗香疏影

写了《诗经》中的植物及动物，又写《楚辞》中的植物，现在一发不可收，开始写《成语》中的植物，可见那些书中植物带给我的乐趣。

让我欣喜的是第一篇就是梅，一种自古高洁的植物。

与"梅"有关的成语在《成语大词典》中有五句：暗香疏影、傲雪欺霜、梅妻鹤子、青梅竹马、望梅止渴。

每一句都是我喜欢的，不妨一一道来。

暗香疏影，四字没一字提"梅"，但是熟悉这句成语的都知道是指梅花。该成语的出处是宋代林逋《林和靖集·卷二·山园小梅》诗："疏影横斜水清浅，暗香浮动月黄昏。"还有宋代辛弃疾《和傅岩叟梅花》诗："月澹黄昏欲雪时，小窗犹欠岁寒枝。暗香疏影无人处，唯有西湖处士知。"

梅花的香气、姿态跃然而出。

傲雪欺霜（傲雪凌霜），也是一字未着"梅"字，但都知道是说梅，出处是元代吴昌龄《张天师》第三折："（梅花云）我这梅花，（诗云）玉骨冰肌谁可匹，傲雪欺霜夺第一。"元代武汉臣《玉壶春》第二折："则要你玉骨冰肌自主张，傲雪欺霜映碧窗；不要你节外生枝有疏放。"

梅花傲雪绽放的精神，自然引出人对外界的打击毫不畏惧的品格赞扬。

梅妻鹤子，字面意思就是种梅为伴，养鹤为子，以"梅""鹤"在中国文化史中的意义，自然是表示"孤身隐居生活的超脱和清高"（《成语大词典》）。成语出处是宋代沈括《梦溪笔谈·人事二》："林逋隐居杭州孤山，常畜两鹤，纵之则飞入云霄，盘旋久之，复入笼中。逋常泛小艇，游西湖诸寺，有客至逋所居，则一童子出应门，延客坐，为开笼纵鹤，良久，逋必棹小船而归，盖尝以鹤飞为验也。"

清代吴之振辑《宋诗钞·和靖诗钞序》说得更清楚："林逋，字君复，杭之钱塘人，少孤，力学，刻志不仕，结庐西湖孤山。……时人高其志识，赐谥和靖先生。遁不娶，无子，所居多植梅畜鹤。泛舟湖中，客至，则放鹤致之，因谓梅妻鹤子云。"

林逋的行为很投合失意文人的情怀，自宋起，历代都有仿效其意的文人。

元代张翥《多丽·西湖泛舟夕归》："自湖上、爱梅仙远，鹤梦几时醒。"

明代袁宏道《香光林即事》："子鹤难为父，妻梅不用媒。"

清代蒲松龄《家居》："久以鹤梅当妻子，直将家舍作邮亭。"

清代王夫之《丁亥元日续梦庵》："不遣珠丝索蝶梦，已拼鹤子付梅妻。"

青梅竹马，语出李白《长干行》："郎骑竹马来，绕床弄青梅。同居长干里，两小无嫌猜。"

这是一个让人产生无限联想的成语。谁人没有过小儿女情长？儿时的过家家游戏，其参与者就是青梅竹马。

望梅止渴，出自南朝宋刘义庆《世说新语·假谲》："魏武行役，失汲道，军皆渴，乃令曰：'前有大梅林，饶子，甘酸，可以解渴。'士卒闻之，口皆出水。乘此得及前源。"

说的是有一年夏天，曹操领兵讨伐张绣，行至中途，骄阳似火，土地干涸，附近没有水源。士兵们口渴中暑，部队难以

行进。曹操怕贻误战机，心里很着急，问带路的向导，向导说："泉水离这里还很远。"曹操看着人困马乏、口渴难耐的部队，情急之下心生一计，对大家说："前面就有一大片梅林，梅子特别多，又甜又酸，可以解渴。"士兵们一听口水直流，抖擞起精神前进，坚持到有水的地方。这一仗曹操打赢了，臆想中的"梅"起了大作用。

说了关于"梅"的五句成语，还没道"梅"的来源。说起来话长又骄傲。梅源自中国，有三千多年的栽培历史，《诗经》中最早提到，比如《召南·摽有梅》：

摽有梅，其实七兮。求我庶士，迨其吉兮。（节录）

树上梅子往下掉，现在还有七成在。肯追求我的男子，快点来吧。

韶华易逝，青春难驻，若是明白人，那就"花开堪折直须折，莫待无花空折枝"。（杜秋娘《金缕衣》）

梅最早并没有"高尚的情操"，而是作为调味品"醋"被人们食用，《书经》有言："若作和羹，尔惟盐梅。"大约到了宋代，梅开始"高洁"起来，《群芳谱》云："梅的枝干苍古，姿态清丽，岁寒发花，芬芳秀丽。"自此，梅以遗世独立的品格受到文人雅士的喜爱和赞誉。

所以，就以我喜欢的宋代王安石的《梅花》作为"梅"的结尾吧：

墙角数枝梅，凌寒独自开。
遥知不是雪，为有暗香来。

# 竹

## 茂林修竹

没想到"竹"是《成语大字典》中被引用最多的植物，居然有十三处。我不厌其烦地分列如下，希望诸君也不厌其烦：

哀丝豪竹、茂林修竹、品竹调丝、破竹建瓴、青梅竹马、罄竹难书、敲竹杠、武昌剩竹、势如破竹、胸有成竹、竹苞松茂、竹报平安、竹马之交。

有些"竹"比较熟悉，比如胸有成竹、青梅竹马等，但有些"竹"就陌生了，比如哀丝豪竹、武昌剩竹。趁这次专写成语中的植物，我有决心把成语中的"竹"一网打尽。

就从"茂林修竹"开始，非常符合我附庸风雅的情调。茂林修竹出自东晋王羲之《兰亭集序》："此地有崇山峻岭，茂林修竹。"短短十一个字，一处环境优雅、陶冶性情的美地映入我们的眼帘。

这一日，天朗气清，惠风和畅，一群文人在崇山峻岭、茂林修竹中，引来溪水作为流觞的曲水。即使没有丝竹管弦合奏的盛况，但是饮酒赋诗，亦足以让人畅叙幽情。此一盛事因着王羲之的天下第一行书流传千年不衰，成了后世人的"高山仰止"。于是"茂林修竹"成就了"竹"的品格。

哀丝豪竹，出处是唐代杜甫《醉为马坠，诸公携酒相看》诗："酒肉如山又一时，初筵哀丝动豪竹。"

宋代陆游《长歌行》："哀丝豪竹助剧饮，如钜野受黄河倾。"

清代张维屏《侠客行》："哀丝豪竹，贵人不足。"

《成语大字典》的解释为，"悲壮动人的音乐"。

品竹调丝，一说出处是元代王子一《刘晨阮肇误入桃源》第二折："品竹调丝，移商换羽。"另一说出处是明代洪楩编印的《清平山堂话本·柳耆卿诗酒玩江楼记》："吟诗作赋、琴棋书画、品竹调丝，无所不通。"

破竹建瓴，出处是清代魏源《圣武记》第七卷："由昔岭中峰直抵葛尔崖，实有破竹建瓴之势。"看来这句成语出现得比较晚，从词意看和"势如破竹"相近，但比"势如破竹"晚了一千三百多年。

势如破竹，出自《晋书·杜预传》："今兵威已振，譬如破竹，数节之后，皆迎刃而解。"

说的是晋武帝司马炎灭蜀夺魏，准备打吴。文臣武将建议有了充分准备再打，大将杜宇力排众议，坚持出兵。司马炎听了他的话，结果"势如破竹"，一举拿下吴国。吴国拿下，晋武帝就算是结束三国鼎立的局面，统一了中国。此"竹"厉害。

罄竹难书，《吕氏春秋·明理》："此皆乱国之所生也，不能胜数，尽荆、越之竹，犹不能书。"《汉书·公孙贺传》："南山之行不足受我辞，斜谷之木不足为我械。"《新唐书·李密传》："隋时李密移檄郡县，数炀帝十罪曰：'罄南山之竹，书罪未穷；决东海之波，流恶难尽'"

那是多大的罪啊，竹子用光了都写不完。下面还是看看装在胸中的竹吧。

胸有成竹，这句成语太有名了，只把它的出处提一下吧，语出北宋苏轼《文与可画筼筜谷偃竹记》：

故画竹，必先得成竹于胸中。执笔熟视，乃见其所欲画者，急起从之，振笔直遂，以追其所见。如兔起鹘落，少纵则逝矣。

武昌剩竹就太不有名了，想必知道的人少。此成语出处是《晋书·陶侃传》："时造船，木屑及竹头悉令举掌之，咸不解所以。后正会，积雪始晴，听事前余雪犹湿，于是以屑布地。及桓温伐蜀，又以侃所贮竹头作丁（钉）装船。其综理微密，皆此类也。"意思就是即使"竹头木屑"也是有用的材料。这里想特别说明的是，陶侃是陶渊明的曾祖父。

竹苞松茂可是源远流长的，出自《小雅·斯干》："如竹苞矣，如松茂矣。"说的是根基牢固，繁荣兴旺。

敲竹杠出现得比较晚了，出处有说是清代曾朴《孽海花》："若碰着公子哥儿蒙懂货，那就整千整百的敲竹杠了。"也有说是出自清代李宝嘉《官场现形记》第十七回："兄弟敲竹杠也算会敲的了，难道这里头还有竹杠不成？"总之，意思就是利用别人的弱点或某种事实敲诈钱财或达到某种目的。（《成语大词典》）

"青梅竹马"和"竹马之交"意思相近，在"梅"篇中已经介绍，故不赘述。

剩下最后一"竹"——竹报平安。

竹报平安，出自唐代段成式《酉阳杂俎续集·支植下》："北都惟童子寺有竹一窠，才长数尺。相传其寺纲维每日报竹平安。"再有就是宋代韩元吉《水调歌头·席上次韵王德和》词："欲辩已忘言。无客问生死，有竹报平安。"过去的意思就是平安家信，现在少有书写家信了，报平安的方式太多，所以知道"竹报平安"的人就变少了。

一路"势如破竹"叙述"竹"的成语，对"竹"已经小有了解，但我还需要画蛇添足地说一下"竹"。

竹原产中国，有二十二个属两百多种，有慈竹、斑竹（就是湘妃竹）、楠竹（毛竹）、罗汉竹、凤尾竹等我们比较熟悉的，还有十二时竹、人面竹、孝顺竹、相思竹、梅绿竹等我们不熟悉的种类。从名字看实在是气象万千，令人目不暇接，若是一一论述洋洋万言不成问题，但还是收回奔涌澎湃的心，只是说到成语中的"竹"吧。

　　成语中提起的这十三处竹都是什么竹，我没一样敢确定，但能确定的是竹在中国人的心中不同寻常，"岁寒三友"——松竹梅，"花中四君子"——梅兰竹菊，竹常用来象征坚贞不屈，清华其外，淡泊其中，不媚世俗，清高孤傲。所以苏轼在《于潜僧绿筠轩》中表达了对竹的无限钦慕："可使食无肉，不可居无竹；无肉令人瘦，无竹令人俗。"

　　还是用苏轼的《竹》总结看似眼花缭乱，实则万变不离其宗的"竹"的意蕴吧！

　　今日南风来，吹乱庭前竹。
　　低昂中音会，甲刃纷相触。
　　萧然风雪意，可折不可辱。（节录）


# 柏

## 松柏之茂


　　柏在成语中只有四个——柏舟之誓、松柏后凋、松柏之茂、岁寒知松柏。远不如在诗词画作中出现的交数多，但意味丰富，竟还多了"柏舟之誓"。

　　我们先说后三个。

　　松柏后凋、岁寒知松柏，出处是《论语·子罕》："岁寒，然后知松柏之后凋也。"

　　南朝沈约《修竹谈甘蕉文》："非有松柏后凋之心，盖阙葵藿倾阳之识。"

　　南朝梁元帝《遗周弘直书》："京师搢绅，无不附逆……唯有周生，确乎不拔。言及西军，潸潸掩泪，恒思吾至，如望岁焉，松柏后凋，一人而已。"

《陈书·袁宪传》："今日见卿，可谓岁寒知松柏后凋也。"

清代顾炎武《日知录·廉耻》："然而松柏后凋于岁寒，鸡鸣不已于风雨。"

列举数例，都是一个意思，严冬过后，才知松柏常青。严峻的考验之后，才知人的坚贞。

松柏之茂，出处是《小雅·天保》："如月之恒，如日之升。如南山之寿，不骞不崩。如松柏之茂，无不尔或承。"大意是，您像新月刚出现，您像红日刚升起。您像南山永长生，永远不会崩塌坍陷。您像松柏永茂盛，没有不拥护您的。

这是大臣祝颂君主的诗，是周宣王老师召伯虎对新王的热情鼓励及殷切期望，期望周宣王登位后能励精图治，完成中兴大业，重振先祖雄风。周宣王果然不负老师的厚望，实现了历史称道的"宣王中兴"，留下不错的一笔，也算"松柏之茂"了。

其实和松柏后凋一个意思。

庄子也举这样的例子，《庄子·让王》："临难而不失其德。天寒既至，霜雪既降，君是以知松柏之茂也。"

最后说不一样的"柏"。

柏舟之誓，《诗经》中有两处"柏舟"，一处《鄘风·柏舟》，一处《邶风·柏舟》，我以为两者皆可言说，分列如下：

**鄘风·柏舟**

泛彼柏舟，在彼中河。髧彼两髦，实维我仪。之死矢靡它。母也天只！不谅人只！（节录）

划着柏木船，就在河中央。两鬓垂发的小伙子，正是我心爱的人。至死都不变心。我的爹娘啊，一点也不体谅人！

**邶风·柏舟**

泛彼柏舟，亦泛其流。耿耿不寐，如有隐忧。微我无酒，以敖以游。我心匪鉴，不可以茹。亦有兄弟，不可以据。薄言往愬，逢彼之怒。

我心匪石，不可转也。我心匪席，不可卷也。威仪棣棣，不可选也。
（节录）

划着柏木船，让它顺流而行。烦躁不能入睡，内心深深忧虑。不是我没有酒，可以到处漫游。

我的心不是镜子，不能包容一切。就算是有兄弟，也不可以依靠。找他们诉说心事，竟碰到他们发怒。

我的心不是石头，不能随意转动。我的心不是席子，不能随意卷起。仪表庄重典雅，没有可以挑剔的地方。

《邶风·柏舟》据说是"共姜自誓也。卫世子共伯早死，其妻守义，父母欲夺而嫁之，誓而弗许，故作是诗以绝之也"。

西汉刘向《列女传·贞顺传·卫寡妇人》就是这样记述的。

夫人者，齐侯之女也。嫁于卫，至城门而卫君死。保母曰："可以还矣。"女不听，遂入，持三年之丧。毕，弟立，请曰："卫小国也，不容二庖，愿请同庖。"夫人曰："唯夫妇同庖。"终不听。卫君使人愬于齐兄弟，齐兄弟皆

欲与后君，使人告女，女终不听，乃作诗曰："我心匪石，不可转也。我心匪席，不可卷也。"厄穷而不闵，劳辱而不苟，然后能自致也，言不失也。然后可以济难矣。诗曰："威仪棣棣，不可选也。"言其左右无贤臣皆顺其君之意也。君子美其贞壹，故举而列之于诗也。

《邶风·柏舟》《鄘风·柏舟》都体现了"柏舟之誓"的内涵，不单单是"妇女丧夫后守节不嫁"（《成语大字典》）这么单一。与我个人而言，还是喜欢为心爱的人"之死矢靡它"。在"柏舟之誓"中结尾有些悲壮，但对于现今社会而言，这也许是一味清凉剂。

# 松 树

## 松筠之节

关于松树的成语有五句：乔松之寿、松柏后凋、松柏之茂、松筠之节、岁寒知松柏。

松柏后凋、松柏之茂、岁寒知松柏在"柏树"篇中介绍过，故不再叙。

乔松之寿，出处是《史记·范雎蔡泽列传》："世世称孤，而有许由、延陵季子之让，乔松之寿，孰与以祸终哉？"

这句"乔松之寿"之"松"并不是想象的"松柏长青"之"松"，而是神仙人物"王乔""赤松子"一样长生不老的"松"。

松筠之节，出处是唐代魏征《隋书·柳庄传》："梁主奕叶重光，委诚朝廷，而今已后，方见松筠之节。"和岁寒知松柏一个意思。

自古歌颂松的诗词歌赋不计其数。松树几乎就是"傲雪凌霜，不畏严寒，四季常青"的代言者，凡是中国人没有不知道的，我再写也写不出新花样，但是可以找出久远的从前，别有韵味的松，而不是总也正襟危坐的松。

《郑风·山有扶苏》中的松还没有和孤高清傲、傲雪凌霜、品格高洁有关系，诗本身就是典型的"郑卫之声"：

山有扶苏，隰有荷华。不见子都，乃见狂且。山有桥松，隰有游龙。不见子充，乃见狡童。

山上林木参天，沼泽荷花映日。不见子都般的美男子，却碰上你这个轻狂的人。

山上有高大松树，水边有漂浮的水草。不见子充般的美男子，却见你这个轻浮少年。

一位女子在万年长青的茂密松林中，临着映日的荷花，和自己的心上人欢会，戏谑笑骂情人，就像我们现今说的"你坏""你讨厌"一样，轻松愉快，诗意盎然，万千气象，心情不荡漾都难。

当然这样的松毕竟少见，只不过偶尔别开生面一下。

# 荆 条

## 披荆斩棘

极为普通的荆条居然成就了七句成语，实在出乎意料。现列举如下：

班荆道故、负荆请罪、荆钗布裙、披荆斩棘、铜驼荆棘、荆天棘地、荆棘满途。

先说常用的，"负荆请罪"，不知道是因为所负之荆条让人记住了廉颇、蔺相如，还是《将相和》让人记住了荆条。总之，荆条、将相，互相成就。

负荆请罪，出处是《史记·廉颇蔺相如列传》："廉颇闻之，肉袒负荆，因宾客至蔺相如门谢罪。"

蔺相如因为"完璧归赵"的功劳，被赵王封为上卿，比老将廉颇的地位还高。廉颇很不服气，放狠话要当面羞辱蔺相如。蔺相如很有头脑，尽量避免和廉颇碰面。蔺的属下认为他是害怕廉颇，蔺相如解释道："强秦不敢犯我赵国，就是因为有我和廉将军。去虎狼之国我都不怕，能完璧归赵，怎么能怕廉将军呢？对他谦让，是以国家利益为重，个人恩怨放在后面啊。"自然这话会传到老将军的耳朵里，老将军也是通情达理之人，于是有了"负荆请罪"的成语，也有了《将相和》的戏剧传唱。

荆钗布裙，出处是《太平御览》卷七百十八引《列女传》："梁鸿妻孟光，荆钗布裙。"

说"举案齐眉"就都知道了，东汉隐士梁鸿，穷，有气节。富家女孟光，丑，有眼光，就是要嫁给梁鸿。她过的是锦衣玉食的生活，出嫁时自然华服美饰，梁鸿很不满意，不和孟光同房。孟光追问之下才知道，梁鸿想要的是和他一样穿粗衣吃淡饭、过隐世生活的人。于是，孟光二话不说就穿起"荆钗布裙"，并且与梁鸿"举案齐眉"，最终成就了夫妻二人的不世美名。

之所以不厌其烦地说他俩的故事，是想让当今的红男绿女们看看，有一种婚姻是不需要"有房有车"的。

再说"披荆斩棘",出处是南宋范晔《后汉书·冯异传》:"帝谓公卿曰:'是我起兵时主簿也,为吾披荆棘,定关中。'"

说的是汉光武帝刘秀的大将冯异,功勋卓著,为"云台二十八将"之一,冯异朝见刘秀时,刘秀对满朝文武如此说。

再说不常用的。

班荆道故,出处是《左传·襄公二十六年》:"伍举奔郑,将遂奔晋。声子将如晋,遇之于郑郊,班荆相与食,而言复故。"

说的是伍子胥的父亲伍举(楚国大夫),和蔡国大夫声子是好朋友。声子正要出使晋国,和伍举相遇于郑国郊区。老朋友"他乡遇故知",非常高兴,条件不好,只能在地上铺荆条,边吃边叙往事。

荆棘载途,出处是《左传·襄公十四年》:"乃祖吾离被苫盖,蒙荆棘,以来归我先君。"引申为"荆棘满途",孔颖达解释云:"言无道路可从,冒榛薮也,说其穷困之极也。"

清代周茂兰《追和采芝歌》:"山有芝也,亦可采也。荆棘载途,何可扫也?"

荆天棘地,语出清代壮者《扫迷帚》:"一事不能做,寸步不能行,荆天棘地,生气索然。"

和荆棘满途意思相近，到处都是危险，很难前进。

小小的荆条，山川阳坡常见，为落叶灌木或小乔木，一般多为灌木。荆条用处不少，可以编织筐篮、篱笆，也可当作柴草，甚至是刑具。

《诗经》中就多次提到荆，有一处和以上的成语不一样，温馨有情。

### 唐风·绸缪

绸缪束薪，三星在天。今夕何夕，见此良人？子兮子兮，如此良人何？（节录）

柴火紧紧捆，抬头见三星。今夜是何夜，见着我的好人。你呀你呀，我可拿你怎么办！

其中"束薪"就是捆绑荆条，意思是夫妻犹如紧紧束缚在一起的荆条，密不可分又紧紧相拥。哪怕荆钗布裙，可以与良人幸福终老，便此生无憾。

荆亦有情，好。


# 柳 树

## 花红柳绿

柳树在成语里出现得多不意外，古人早有"有意栽花花不发，无心插柳柳成荫"之叹，其姿态又颇得文人骚客的垂青，所以多是正常的，分列如下：

傍花随柳、残花败柳、花红柳绿、花街柳巷、柳暗花明、游丝飞絮、蒲柳之姿、柳眉倒竖、柳陌花街、眠花宿柳、寻花问柳。

这就开始"寻花问柳"的旅程。

傍花随柳，"傍花随柳"可不是"寻花问柳"，从出处就知道，宋代程颢《春日偶成》："云淡风轻近午天，傍花随柳过前川。"天气晴好的春日正午，依着花枝，伴随柳林，在那"前川"游玩，很惬意，很舒畅。

明代陶宗仪在《辍耕录·真率会》中云："幸居同泗水之滨，况地接九山之胜，尽可花随柳，庶几游目骋怀。"

"寻花问柳"原本也是"傍花随柳"地在春日游玩，比如，唐代杜甫《严中丞枉驾见过》诗："元戎小队出郊坰，问柳寻花到野亭。"

就是到了宋代，"寻花问柳"也有游玩之意，王质的《银山寺和宗禅师四季诗·春》可以为证："寻花问柳山前后，隐隐钟声暮已传。"

明代就不一样了，《金瓶梅》八二回："韩道国与来保两个，且不置货，成日寻花问柳，饮酒宿娼。"

自此，寻花问柳就成了我们理解的"寻花问柳"了。比如，清代曾朴《孽海花》："（珏斋）与唐卿至亲，意气也很相投，都不会寻花问柳。"

清代《儒林外史》十七回："这样好天气，他先生正好到六桥探春光，寻花问柳，做西湖上的诗。"

也因此有了"花街柳巷""柳陌花街""眠花宿柳"等成语，这一"柳"就把个柳的名声毁之殆尽。

花街柳巷，"花、柳，比喻妓女。旧指妓女聚居的地方。"（《成语大字典》）起源很早，唐代就有了，吕岩《敲爻歌》："酒是良朋花是伴。花街柳巷觅真人。"于是就有宋代施耐庵《水浒传》第六回："花街柳陌，众多娇艳名姬；楚馆秦楼，无限风流歌妓。"

柳陌花街，比照花街柳巷。

眠花宿柳（眠花卧柳），有了"花街柳巷""柳陌花街"，自然就有"眠花宿柳"的人。出处，元代无名氏《瘸李岳诗酒玩江亭》第三折："你则待要玩水游山，怎如俺眠花卧柳。"

最典型的自然是明代兰陵笑笑生《金瓶梅词话》第七回："我见此人有些行为欠端，在外眠花卧柳，又里虚外实。"

清代曹雪芹《红楼梦》也有一拼，第四十七回："酷好耍枪舞剑，赌博吃酒，以至眠花卧柳，吹笛弹筝，无所不为。"

逛完了"花街柳巷"，也干了"眠花宿柳"的勾当，应该"柳暗花明"了。

柳暗花明，出处不少，因为喜欢"柳暗花明"的意象，不妨一一列出。

唐代王维《早朝》："柳暗百花明，春深五凤城。"

唐代武元衡《摩河池送李侍御之凤翔》："柳暗花明池上山，高楼歌酒换离颜。"

当然，最喜欢的还是宋代陆游《游山西村》诗："山重水复疑无路，柳暗花明又一村。"

"柳"虽然能"柳暗花明"，还是"蒲柳之姿"，出处南宋刘义庆《世说新语·言语》："顾悦与简文同年，而发蚤白。简文曰：'卿何以先白？'对曰：'蒲柳之姿，望秋而落；松柏之质，经霜弥茂。'"意思说自己是身体单薄，就像秋天的柳树一样，早早就落叶了，而松柏一样品质的人物，那是经历风霜更加茂盛。

既然都是"蒲柳之姿"了，少不了"残花败柳"，"旧时用以比喻生活放荡或被蹂躏遗弃的女子"。（《成语大字典》）这个"柳"总也逃不脱"烟花"气。出处，唐代韩偓《再思》："流金铄石玉长润，败柳凋花松不知。"其实更接近现在意思的是元代白朴《墙头马上》第三折："休把似残花败柳冤仇结，我与你生男长女填还彻，指望生则同衾，死则共穴。"

说的几乎都是"柳"的不是，柳若是不乐意，那也是不得了的，那是要"柳眉倒竖"的，女子柳眉倒竖了，面上就呈现出煞气。比如清代，文康的

《儿女英雄传》第五回："那女子不听犹可，听了这话，只见他柳眉倒竖，杏眼圆睁，腮边烘两朵红云，面上现一团煞气。"

总喜欢阳光美好的事物，所以远远告别了"花街柳巷"，不管她"柳眉倒竖"，还是欢欢喜喜来到"花红柳绿"的春天，这样好，心情好。

花红柳绿，出处是唐代薛稷《饯唐永昌》诗："更思明年桃李月，花红柳绿宴浮桥。"春天的明艳不用待明年，今朝就要"捉住"。

关于"柳"，诗词中太多了，以"柳"姿态的纤细婀娜总是和女人相关。最有名的莫过于"章台柳"了。

说的是唐代韩翃有宠姬柳氏，因战事离别，赠柳氏一首《章台柳》：

章台柳，章台柳，往日依依今在否？纵使长条似旧垂，也应攀折他人手。

后来柳氏果然被番将沙咤利劫去，亦以此调回寄韩：

杨柳枝，芳菲节。可恨年年赠离别。一叶随风忽报秋，纵使君来岂堪折。

《章台柳》后来成了词牌名，故事的主人公凄凉告别，借的就是柳。

最早的"柳"出现在《小雅·采薇》中：

昔我往矣，杨柳依依。今我来思，雨雪霏霏。行道迟迟，载渴载饥。我心伤悲，莫知我哀！（节录）

回想当初出征时，杨柳依依随风吹；如今回来路途中，雨雪纷纷满天飞。道路泥泞难行走，又渴又饥真劳累。满心伤感满腔悲。我的哀痛谁体会！

看来"柳"从根子上就种下了离别愁绪，只是怎么就跑到"花街柳巷"了呢？

我看到的"柳"却是"最是一年春好处，绝胜烟柳满皇都"（韩愈《早春呈水部张十八员外》），或者"杨柳青青江水平，闻郎江上踏歌声"（刘禹锡《竹枝词》）。

又或者就是"花红柳绿"的热闹。如此甚好。

# 李 树

## 投桃报李

关于李树的成语有十个之多，而且寓意迥然不同，有些意思。分列如下：

"投桃报李""沉李浮瓜""瓜李之嫌""瓜田李下""桃李满天下""桃李争妍""李代桃僵""艳如桃李""夭桃秾李""桃李不言，下自成蹊"。

就从"投桃报李"说起，这句起源最早。出处，《大雅·抑》："投我以桃，报之以李。"即是"来而不往非礼也"的意思吧。

沉李浮瓜，就是一句词，意思不大，现在人几乎不用了吧。出处，三国魏曹丕《与朝歌令吴质书》："浮甘瓜于清泉，沉朱李于寒水。"就相当于我们现今夏日吃的冰镇水果，多用来形容夏日消暑的生活情趣。

瓜李之嫌、瓜田李下，一个意思。出处，曹植《君子行》："君子防未然，不处嫌疑间，瓜田不纳履，李下不正冠。"意思是，正人君子要主动远离有争议的人和事，避免引起不必要的嫌疑。

曹丕、曹植兄弟"煮豆燃豆萁"式的纠葛就不在此论及了，免得生出"瓜李之嫌"。

接着说"桃李争妍"，其实就和"桃红柳绿"差不多，无非是形容春光明媚、桃李竞放。出处却不"争妍"，明代无名氏《万国来朝》第二折："春花艳艳，看红白桃李争妍。"

倒是清代沈复的《浮生六记·闺房记乐》更有名些："及登舟解缆，正当桃李争妍之候。"

"桃李"都"争妍"了，还有什么能"艳如桃李"呢？

"艳如桃李"的原来是一位女子，出自清代蒲松龄《聊斋志异·侠女》："女子得非嫌吾贫乎？为人不言亦不笑，艳如桃李，而冷如霜雪，奇人也！"

想来"夭桃秾李"也是位美丽的女子吧。其出处比"艳如桃李"早两三千年呢，《召南·何彼秾矣》："何彼秾矣，华如桃李。"写桃树时再细写吧。

"李"不仅仅是美艳，还是相助，比如"李代桃僵"，这句成语很动人。《乐府诗集·鸡鸣》："桃在露井上，李树在桃旁，虫来啮桃根，李树代桃僵。树木身相代，兄弟还相忘！"是比喻兄弟互助互爱。后来引申为替人受过。

　　《三十六计》中居然有一计是"李代桃僵"，"我敌之情，各有长短。战争之事，难得全胜，而胜负之诀，即在长短之相较，乃有以短胜长之秘诀。以下驷敌上驷，以上驷敌中驷，以中驷敌下驷之类：则诚兵家独具之诡谋，非常理之可测也。"此一计再有用，在我这个喜欢"艳如桃李"的小女子看来也很煞风景，还是就此打住，继续行进在"桃李争妍"的春天吧。

　　桃李不言，下自成蹊，出自西汉司马迁《史记·李将军列传赞》：

　　太史公曰："《传》曰：'其身正，不令而行；其身不正，虽令不从。'其李将军之谓也。余睹李将军悛悛如鄙人，口不能道辞。及死之日，天下知与不知，皆为尽哀。彼其忠实心诚信于士大夫也！谚曰：'桃李不言，下自成蹊。'此言虽小，可以谕大也。"

　　这个故事很值得一说。太史公司马迁说："你自身正，不下命令，人们也会奉行；自身不正，就是下令，也没人愿意执行。这正是说的李将军啊。我看到的李将军就像个粗鄙的人，还不善于言辞。到他死的时候，天下人，不论认识不认识他的，都为他哀痛。他的忠实诚信实在是让士大夫信服的呀。

谚语说：'桃李自己不言语，它的花、结下的果实自然就让人走到它的旁边，赏花、摘果。日久，就形成了一条路。'这虽然是一句俗语，但小中见大呀。"

可见，一个品格高尚的人，自然会吸引人。

这个被太史公极力夸奖的将军李广，一生征战，和匈奴就打过七十多次仗，战功卓著，爱兵如子，身先士卒，勇猛顽强。到他去世，众将士痛哭流涕，百姓都为之哀痛，所以才有太史公的"桃李不言，下自成蹊"之说。

壮哉，李将军！善哉，太史公！

慷慨激烈之后，来到桃李之下，芳香馥郁，心旷神怡。

桃李满天下，出自唐代白居易《奉和令公绿野堂种花》："令公桃李满天下，何用堂前更种花？"说的是令公的学生遍布天下。

宋代司马光《资治通鉴·纪·后久视元年》："天下桃李，悉在公门矣。"说的是狄仁杰为武则天推荐了很多良才，那是因为他"桃李满天下"的缘故。

这样的"李"令人心花怒放，在此结束正好。


# 桃 树

## 人面桃花

桃是让人喜悦的，特别是想到"桃之夭夭，灼灼其华"。关于桃的成语喜悦者多，分列如下：

"投桃报李""桃李满天下""桃李争妍""桃李不言""李代桃僵""艳如桃李""夭桃秾李""桃李不言，下自成蹊""二桃杀三士""人面桃花""世外桃源""桃红柳绿""杏脸桃腮"。

"桃李"往往不分家，十三句"桃"的成语，其中八句就是和"李"连在一起的，已经在关于"李"的成语里讲了，这里就不赘述了。

那就从"人面桃花"开始吧，这是一个美好又伤感的开始。

人面桃花，出自唐代崔护《题都城南庄》诗："去年今日此门中，人面桃花相映红。人面不知何处去，桃花依旧笑春风。"

崔护偶遇美女的故事很有名，颇具戏剧性，因此还诞生了戏剧《人面桃花》，我儿时看过。就是从那时知道"人面桃花"，就是从那时希望有一次"人面桃花"般的邂逅。但没有如愿，于是知道，生活是眼前的苟且，诗和桃花在远方。

作为唐朝的诗人，崔护实在算不上什么名号，之所以流传千百年，实在是因为"人面桃花"的艳名。

话说春和景明、风和日丽的长安城南，崔护公子正在一处村庄游玩。看到桃花盛开、蜂蝶飞舞的一家农舍，兴许是口渴，兴许是被桃花吸引，崔护敲门而入。接待他的正是冥冥中安排的美少女，不由分说，多情公子对少女就一见钟情。水喝了好几碗，再也喝不下去，还是到了不得不告别的时候，崔护依依不舍，终于告辞。

第二年，崔护旧地重游，还是那个时节，还是风和日丽，桃花和蝴蝶依旧，门扉却紧紧闭锁。多情人崔护万分惆怅，惆怅之余，赋诗一首，就是那首让他名传千古的《人面桃花》。

那美少女外出归来，看到题诗，知道错过了公子，一年的相思顿时因错过而奔涌，于是病倒。

不死心的崔护隔日再来，迎接他的竟是这样的场景：桃花掩映下，面色苍白的女子已经没有了气息，只有悲伤的老父亲在哀哀地哭泣。

崔护见状，悲痛欲绝，大呼："我来也！我来也！"几声之后，那美少女居然醒转，就在那桃花盛开的地方……

接着说"二桃杀三士"，这场面，从"人面桃花"一下子急转直下，跟戏剧情节一样，跌宕起伏。

"二桃杀三士"发生在春秋时期，据《晏子春秋·内篇·谏下第二》记载，晏子帮助齐景公设计杀掉了公孙接、田开疆、古冶子三人。这三人是景公的臣子，武艺高强，骄横跋扈。晏子认为他们是国家的危害，建议景公除掉。此建议正中景公下怀，但景公担心："三子者，搏之恐不得，刺之恐不中也。"

晏子说不用武力，就设了让三勇士分两个桃的计策，让他们以自己的功劳换取桃子，争功的结果必然是二人有，一人没有。三人争执不下，最后因义字当头，均放弃争桃、自杀而亡。

这样的结果，晏子作为政治家赢了，齐景公作为君主安心了，那三勇士因为情义死了，我却悲哀了。因为我只是个凡夫俗子，看到的只是勇士的"小义"。于是我想起"鸿门宴"，项羽如果是齐景公，他就不会放过刘邦，所以韩信说项羽是"妇人之仁"。我想到此，感到万分悲哀，还是"世外桃源"好。

"世外桃源"谁不向往？那就追溯到东晋时期吧，就是那个"采菊东篱下，悠然见南山""不为五斗米折腰"的陶渊明为人们描述的人间仙境"桃花源"："忽逢桃花林，夹岸数百步，中无杂树，芳草鲜美，落英缤纷……土地平旷，屋舍俨然，有良田美池桑竹之属。阡陌交通，鸡犬相闻。其中往来种作，男女衣着，悉如外人。黄发垂髫，并怡然自乐。"

陶渊明为大家打开了"桃花源"的大门，但一袋烟的工夫就关上了。有人着迷，前去寻访，结果："遂迷，不复得路。南阳刘子骥，高尚士也，闻之，欣然规往。未果，寻病终，后遂无问津者。"

从那时起，"桃花源"就成了中国人的"理想国"。

到此，关于"桃"的成语就结束了。

# 木 瓜

## 投木报琼

"投木报琼"的"木"指木瓜，成语出自《卫风·木瓜》：

投我以木瓜，报之以琼琚。匪报也，永以为好也。
投我以木桃，报之以琼瑶。匪报也，永以为好也。
投我以木李，报之以琼玖。匪报也，永以为好也。

你赠我木瓜，我用佩玉回报。不是为了回赠，而是永结盟好。
你赠我木桃，我用美石回报。不是为了回赠，而是永结盟好。
你赠我木李，我用宝石回报。不是为了回赠，而是永结盟好。

就是因此诗才有了成语"投木报琼"，和"投桃报李"一个意思。"投桃报李"出自《大雅·抑》："投我以桃，报之以李。"不过《大雅·抑》是讲处世哲理的，《卫风·木瓜》却是讲爱情的，至少我是这么看。

你给我木瓜，我给你佩玉，男女互赠定情物。木瓜、木桃、木李似乎和美玉的价值不匹配，但是男女的情义却不以价值来衡量。这样的递进，反倒更添了情意，最后递进出，永结同心。美妙也。

和现在男女定情、婚配的标

配"有房有车"是何等的天壤之别。谁是阳春白雪，谁是下里巴人，只能是清者自清，浊者自浊，不必争，也不用争，各自任取吧。

"投木报琼"中的木瓜，不是南方可以"丰胸"的番木瓜，而是质地坚硬、状如小甜瓜的木瓜，味道酸涩，但香气袭人，家中放一颗令人神清气爽。《红楼梦》中林黛玉房中放置新鲜木瓜就是"投木报琼"之木瓜，称为香供，可以保持室内清香。这倒也不是林黛玉的首创，宋代的陆游就好木瓜，有诗为证。

《或遗木瓜有双实者香甚戏作》："宣城绣瓜有奇香，偶得并蒂置枕傍。六根互用亦何常？我以鼻嗅代舌尝。"

木瓜不仅果香，花还很好看，不输于桃花，宋代王令有一首专门美誉《木瓜花》的诗："簇簇红葩间绿荄，阳和闲暇不须催。天教尔艳足奇绝，不与夭桃次第开。"

木桃也叫木瓜海棠，属蔷薇科植物。我所在城市的公园里就有。秋天的时候，木瓜累累，香气袭人，金黄的果实让人想起两千多年前用木瓜、佩玉定情的男女。

站在相隔遥远的现在，我由衷地祝他们幸福。


## 檗

### 饮冰食檗

檗，是树木的名字，尚且知道。现今城市里有种很常见的绿篱，紫叶小檗。小小的叶子紫红色，开小小的黄花，冬天结鲜红色、像枸杞子一样的紫叶小檗。但几经查证，檗在旧时就是指黄檗，也称"黄柏"，并因此有了成语"饮冰食檗"。

檗是落叶乔木，芸香科，羽状复叶，开黄绿色小花。木材坚硬，茎可制黄色染料。张揖曰："檗，皮可染者。"树皮可以入药。陶弘景《本草》曰："子檗，树小，状似石榴，皮黄而苦。"

司马相如在《子虚赋》中最早提到"檗"："其北则有阴林：其树楩柟豫章，桂椒木兰，檗离朱杨，楂梨梬栗，橘柚芬芳。"大意是：北面有森林大树，黄楩树、楠木、樟木、桂树、花椒树、木兰、黄檗树、山梨树、赤茎柳、山楂树、黑枣树、橘树、柚子树，芳香无比。

司马相如的描述颇似屈原的风格，奇花异草，神异奇伟，很有想象力。对我而言，幸运的是"檗"在其中，也可知"檗"和谁为伍。

这样看来，檗是一种很古老的树种，古人早已注意到，虽然树形普通，花不起眼，但可以作为染料染出高贵的黄色，可以入药，但是迟迟没说到能吃。

这就该说"饮冰食檗"的含义了，《成语大字典》云："喝凉水，吃苦物。比喻生活极为清苦。"此成语出自唐代白居易《三年为刺史》诗："三年为刺史，饮冰复食檗。唯向天竺山，取得两片石。"后来宋代王迈在《岁晚偶题》中引用："饮冰食檗坐穷阎，旋觉星星上鬓髯。"

可见"檗"能吃，就是口感不好，大概很苦吧。这是出人意料的，没说"檗"位列香草类，如司马相如说；也没说可以染帝王之色——黄，如张揖说；也没说可以入药，如陶弘景说。

无论怎样，千数年前作为唐代刺史的白居易能清苦到"饮冰食檗"的地步，这种廉洁奉公的品质都值得今人学习。

# 铁 树

## 铁树开花

铁树就是苏铁，南方常见，花不常开，但也不是不开。长在北方的铁树就不一样了，它不开花你以为它不会开花，但凡铁树开花那就是罕见之极。

民间俗语有"千年的铁树开了花"，意即太难得了。我就记得三十年前，我居住的北方小城因为一株铁树开花，轰动一时，报纸报道，市民竞相观赏，尽管没有万人空巷，也是人头攒动。我年幼的心都是激动的，铁树开花呀！一生难遇啊！

后来就不一样了，见到铁树开花的机会多了。我再也没有幼时内心因为"惊艳"而产生的激动。就跟如今穿新衣、吃饺子一样，穿新衣时脸没有涨到桃红的喜悦，吃饺子后也没有在课堂上依旧细致地回味。

铁树开花，出处，宋代释普济《五灯会元》："淳熙己亥八月朔，示微疾，染翰别郡守曾公，逮夜半，书偈辞众曰：'铁树开花，雄鸡生卵，七十二年，摇篮绳断。'掷笔示寂。"

说的是淳熙年的夏天，禅师生了小病，告别众人，夜里写下偈辞说："铁树开花，雄鸡生卵，七十二年，摇篮绳断。"那些难以实现的事情，如今七十二年了，我该走了。于是扔下笔，圆寂了。

此中含义有禅味，需要深思。有不用思考的，明代王济《君子堂日询手镜》："吴浙间尝有俗谚云，见事难成，则云须铁树开花。"

就是说事情难成，到了只有铁树开花的程度。

现在没有什么事那么难办，因为铁树开花不再稀奇。

还想说几句铁树，它是雌雄异株的。开的花大不一样，雄花呈圆柱形，雌花呈扁圆形，结的果实呈板栗似的鲜红色，煞是好看。去福建泉州的时候在一处寺里曾摘取一粒珍藏，主要是为了珍藏从前铁树难开花时的惊喜，那是见证奇迹的时刻。

# 榆 树

## 桑榆晚景

榆树太寻常，城市里不常见，村野山林处处都有。

谈起榆树更多的是联想起榆钱，就是榆树的翅果，青白色，形如小铜钱，一串一串的，所以称为榆钱。春天，榆钱挂满树时，北方人兴高采烈地采下，清洗干净，拌面蒸了吃，美味。

旧时，榆树不仅榆钱能吃，榆树叶、榆树皮也能吃，是救荒的重要食源。

榆树长相寻常，不成大材，而且容易长树瘤，木质坚硬。人们形容一个人脑筋死、不转弯，叫"榆木脑袋"。

榆树是古老的树种，《诗经》时代当然有，那时的榆树和我印象中的榆树大相径庭，那时的榆树不是"榆木脑袋"，而是"婆娑"的，像榆钱一样让人喜悦。《陈风·东门之枌》中就是这样说的，其中的"枌"就是榆树：

东门之枌，宛丘之栩。子仲之子，婆娑其下。
榖旦于差，南方之原。不绩其麻，市也婆娑。
榖旦于逝，越以鬷迈。视尔如荍，贻我握椒。

东门外有榆树，宛丘上有栎树。子仲家有好女子，林下婆娑起舞。

此时正是良辰美景，在这南方平原。搁下手中正纺织的麻，女子们婆娑起舞。

追赶那良辰美景，少男少女欢聚而行。看你像那美丽的锦葵花，你送我有寓意的花椒一把。

男女相会，在榆树下婆娑起舞，那兴致那情绪能从数千年前感染到今朝的我，是我这"榆木脑袋"想不到的。

成语里也有榆树：桑榆暮景、失之东隅收之桑榆。下面分别一探究竟。

桑榆暮景，意思是日暮时分，夕阳照在桑树和榆树的树梢上，那是落日余晖，能存几何呀。其实照在什么树上也是"落日余晖"，留不住多少时间，为什么选桑榆，也许是因为古时的人们眼前最多的就是桑榆树吧。

目前知道最早的出处是南朝宋刘铄《拟古二首》："愿垂薄雾景，照妾桑榆时。"

再有就是宋代胡宿《乞杨安国改官》："安国授经老臣，年近八十，桑榆暮景，光阴几何？"

都是感叹自己到了暮年，没有多少时日了。

和"桑榆暮景"完全一个意思的还有"桑榆晚景"。

宋代苏轼《罢登州谢杜宿州启》："桑榆晚景，忽蒙收录之恩。"

宋代王彧《禅颂》诗："桑榆晚景无多子，针芥人身岂易投。"

人到了晚年，感慨良多，寄语"桑榆暮景"，婉转一些，但那不由自主的悲凉尽在"落日余晖"里。

再看"失之东隅，收之桑榆"，南朝宋范晔《后汉书·冯异传》："玺书劳异曰：'赤眉破平，士吏劳苦，始虽垂翅回溪，终能奋翼黾池，可谓失之东隅，收之桑榆。方论功赏，以答大勋。'"

这是有故事的。汉光武帝刘秀要消灭赤眉军，一开始派出大将邓禹，被赤眉军打败；后来又派出冯异，这一次打败了赤眉军，使之投降。为此，刘秀下了一道诏书《劳冯异诏》："赤眉军被打败了，将士们劳苦功高。一开始在回溪遭受挫折，最后在渑池大获全胜。真所谓'在日出的东方吃了败仗，在日落的西边却取到了胜利'。"

东隅，日出之地，指早晨；桑榆，借指傍晚。看来用"桑榆"代指"落日余晖"早已有之。

两千年前的战火早已熄灭，孰是孰非此时也不做评判，只感慨"桑榆晚景"。

每个人都会有那一天，愿我们都能有"但得夕阳无限好，何须惆怅近黄昏"的心态、心境。

# 榛　树

## 披榛采兰

惭愧得很，对于榛，我只知道它的果，是偶尔想起的零食。而对于榛树就不明就里了，猜测是和栗树一样的高大乔木吧。

实际上榛树不是乔木，更和栗树不是一个科，而是桦木科榛属灌木或小乔木。

李时珍《本草纲目》载："榛树低小如荆，丛生。冬末开花如栎花，成条下垂，长二三寸。"

知道了榛树的形态，我们再看看它为人类服务的历史。《周礼·笾人》："馈食之笾，其实榛。"

关于榛树的取名有意料之外又情理之中的性质。《礼记》郑玄注云："关中甚多此果。关中，秦地也。榛之从秦，盖取此意。"没想到榛树居然是因为秦地多有此树而得名，只是既然是因为秦地得名，为什么音却不跟着一样呢？所以意外。

榛子就如《礼记》所云，是祭祀的供品，《左传》云："女贽不过榛、栗、枣，以告虔也。则榛有臻至之义，以其名告己之虔也。"叫了榛，又引申出"臻"的意义。因为生活、祭祀常用，《诗经》中多次提到榛，如《鄘风·定之方中》："树之榛栗，椅桐梓漆，爰伐琴瑟。"，颇为"正能量"，这是现代人尤其需要的。

说的是卫文公复国重建家园的事。卫国在好鹤的卫懿公的恣意妄为下被狄人所灭，片瓦不存。卫文公在老亲家齐国的帮助下即位，所拥有的三十乘车、五百民，还是齐侯、宋侯赠送的。他的妹妹许穆夫人也声援了他，有《载驰》为证。

"文公初立，轻赋平罪，身自劳，与百姓同苦，以收卫民。"《史记》如是记载卫文公。《鄘风·定之方中》描述了文公在废墟上重建宫室，命人种植榛树及"椅桐梓漆"，将来还要做"琴瑟"的情景。当然不仅仅是琴瑟，能做琴瑟，说明家国安定；能吃上榛子，说明百姓安居乐业。有国才有家，有了家园，就能有榛了。

此时就可以说到成语"披榛采兰"了，原意是拨开像榛树一样的荆棘，采摘兰草，比喻竭力选拔人才。出处《晋书·皇甫谧传》："陛下披榛采兰，并收蒿艾，是以皋陶振褐，不仁者远。"大意是，陛下拨开荆棘采来兰草，甚至收取蒿草和艾草，这样的话，古圣贤皋陶都欣慰，那不仁之人就远离了。

说句题外话，成语"朝三暮四"中猴子吃的坚果据说就是榛子。

都是一样的榛，用处不一样。为了采得兰草，榛竟被用以形容荆棘。但榛子因为榛的音义，又成了"榛有臻至之义"了。

好吧，还是喜欢"榛有臻至之义"的榛。

最后让榛回到情意绵绵吧，让世界多一份真情。

《邶风·简兮》："山有榛，隰有苓。云谁之思？西方美人。彼美人兮，西方之人兮。"

# 栗

## 火中取栗

栗子没人不知道，糖炒栗子、栗子糕都很好吃。尤其是冬天，买一包刚翻炒出来的烫手可口的栗子，甜香诱人，等不及回家，站街边就剥开栗子壳，把一颗饱满半圆的栗子放进嘴里，绵甜喷香，冬天一下子美丽起来。有了糖炒栗子，冬天的萧瑟是可以原谅的。

栗子和榛子都是坚果，《诗经》时代常常一起使用。《仪礼》中记载，周朝的士冠礼、诸侯间相互拜访（聘问）、各种丧礼、祭祀的仪式，栗子都被当作贺礼或祭品。

《左传》云：

女贽不过榛、栗、枣、脩，以告虔也。

《郑风·东门之墠》也提到栗子：

东门之墠，茹藘在阪。其室则迩，其人甚远。东门之栗，有践家室。岂不尔思？子不我即。

大意就是，东门外面很平坦，茜草长在半坡上。这房屋离我很近，可人儿却离我很远。东门外面长栗树，下面就是我的家。难道是我不想你？是你不来找我呀。

诗歌描写了一位女子想念她的情人，就在东门外的栗树下，没有受礼仪的约束，正在期待着男子的爱情。

不论是作为祭品的栗子，还是情人眼里的栗树，栗的历史久远，关于栗的文化也久远。

该看看成语中的栗了。

火中取栗，《成语大字典》的解释为："比喻为别人冒险，白吃苦头，自己得不到好处。"

关键在于它的出处——17世纪法国作家拉·封登的寓言《猴子和猫》，着实让人意外。

一只狡猾的猴子把栗子放在火里烧熟，然后骗猫替它取出来。猫把脚上的毛都烧掉了，才一个个地取出栗子。猴子兴致勃勃地吃掉香喷喷的栗子，猫却吃不到。

虽然这很不符合猫敏捷聪明的形象。

从久远的《诗经》时代，在栗子树下思念情人的情意缠绵中，一下飞到17世纪的法国，看一只猴子戏耍一只猫"火中取栗"，实在有穿越的感觉。

这样的栗太出人意料了。

# 梓 树

## 敬恭桑梓

因为要写关于梓树的文章才关注梓树的。

开始关注梓树，梓树就多起来。原来小区里、校园中、街道边的那些树就是梓树，于是看到了梓树开花，一串串，黄绿色，芳香无比，形如泡桐花，只不过小而已。

如此不起眼的梓树从前可不是这样，而是"植林则众木皆拱"的木中之王。有一种说法是，因为梓树在我国传统文化中具有特殊地位，所以自汉武帝时直，皇帝多称皇后为"梓童"。

古时，庐舍、官寺、园亭周围普遍种植梓树。宋代朱熹《诗传》云："桑、梓二木，古者五亩之宅，树之墙下，以遗子孙，给蚕食、具器用者也。"这是说种了桑梓，就不愁子孙没有吃喝用度。

再说一下"付梓"，也是因为木中之王梓树的稳定性，古代印刷书籍的刻板就用梓树制作，所以刻印书籍称为"付梓"。

《尚书》以"梓材"作篇名，《礼记》以"梓人"作木匠名，可见梓的不

同寻常。

再说成语"敬恭桑梓",出处《小雅·小弁》:"维桑与梓,必恭敬止。靡瞻匪父,靡依匪母。不属于毛,不罹于里。天之生我,我辰安在?"

大意是,只有先辈所栽的桑树和梓树,一定要对它们毕恭毕敬。我尊敬我的父亲,我依赖我的母亲。现在我既不能依附于父亲,也不能依赖母亲,上天既然让我出生,我的好运在哪里?

这是一首哀怨诗。父亲听信谗言,放逐了他,致使他幽怨哀伤、寤寐不安、怨天尤人、零泪悲怀。即使如此,他对父母所栽的桑梓也"必恭敬止",犹如对父母怀有恭敬孝顺之心。

于是就有了"敬恭桑梓"。

后世用桑梓比喻家乡,忘记了那个悲凉的"小弁"。

西晋陆机《百年歌》云:"辞官致禄归桑梓,安车驷马入旧里。"

回家乡的心是欣慰安稳的,这就是所谓"敬恭桑梓"。

# 酸枣树

## 铜驼荆棘

酸枣树是一种既让人爱又让人恨的植物。深秋时节,在村野的沟壑边、土崖上顺手摘几粒深红饱满、阳光下熠熠发光的酸枣,放进嘴里咀嚼,酸甜可口,会消除农人一日劳作的辛苦。酸枣虽然可口,但酸枣树那锐利、坚硬、粗大的刺却能划伤人。

我们的先人早已注意到酸枣树的存在,那时称为"棘"。

《诗经》中多次提到酸枣树,可见其在古人生活中的参与程度。

我最喜欢《邶风·凯风》中的酸枣树,和母亲有关,提供了你完全想不到的角度:

凯风自南，吹彼棘心。棘心夭夭，母氏劬劳。凯风自南，吹彼棘薪。母氏圣善，我无令人。

大意是，和风从南吹过来，吹到酸枣小嫩芽。嫩芽欣欣向荣，母亲实在辛劳。和风从南吹过来，吹到酸枣成柴薪。母亲智慧善良，哺育我们成人。

酸枣居然可以是子女的代言人，何其幸、何其重也。

当然，那时"棘"更多的是柴薪、篱笆，或者鸟儿的栖息处。我常见鸟儿栖在酸枣树上，不是黄鹂，不是麻雀，但婉转啼鸣，兴致盎然。那时酸枣花正开，香味馥郁，于是会想起"喜鹊登枝"。

西周时期，酸枣树居然是高官位置的标定。据《周礼·秋官·朝士》记载，在衙门左侧种九棵酸枣，是卿大夫的位置，在右侧也种九棵酸枣，是公侯伯子男的位置。为什么选不起眼、遍地都是的酸枣树作为标志？我不理解。

还是看看关于酸枣树的成语吧，有四个：荆棘满途、荆天棘地、披荆斩棘、铜驼荆棘。

任谁都能注意到，荆和棘总是连在一起，无一例外，可见其性质。前三句成语在"荆条"篇中已经叙述，故不赘言。

但说"铜驼荆棘"，出自《晋书·索靖传》："靖有先识远量，知天下将乱，指洛阳宫门铜驼，叹曰：'会见汝在荆棘中耳！'"

这个故事说的是西晋时期一位叫索靖的官员，早早就看出西晋的败象，因无力改变，不免感叹，指着洛阳宫门外摆放的铜驼，叹道："以后会在荆棘中看到你们吧！"

后来西晋灭亡，索靖也在保卫洛阳的战斗中受伤而死。他的预言应验了。

长荆棘的地方意味着无人管理，荒芜杂乱。《楚辞》中也多次提到棘，是被当作"恶木"的。选一处"别致的"，和《邶风·凯风》中母亲的形象背离的，《楚辞·九叹·思古》中的酸枣树代表"丑妇"："甘棠枯于丰草兮，藜棘树于中庭。西施斥于北宫兮，仳倠倚于弥楹。"

大意是，棠梨枯死于丰茂的草丛，满身长刺的棘却长满庭院。美女西施被赶到冷宫啊，那丑妇仳倠得以近身君王。

很显然，美女西施美若"甘棠"，丑妇仳倠就似那浑身长刺"棘"——酸枣树。

酸枣树就在酸甜、劳苦、狰狞、丑陋的交织中继续混迹村野。不影响鸟儿栖居，不影响人们解馋，连"披荆斩棘"也只不过是比喻，比喻清除前进道路上的障碍，克服艰难险阻。现在如果"披荆斩棘"，用的是工业文明的工具，从这一点讲，我们似乎进步了。至少科技进步了。

# 桑　树

## 沧海桑田

关于桑的成语有四个，比我预期得少。桑树在我们国家，特别是农耕时代，是最重要的实用经济植物。尤其让我们享誉世界的丝绸就是靠桑成就的。古老的《诗经》三百首中就有二十次提到桑树，遍及《风》《雅》《颂》。

先列出"桑"的成语：沧海桑田、桑榆晚景、敬恭桑梓，以及失之东隅，收之桑榆。

后三句分别在"桑树"篇、"梓树"篇中已经叙述，故不赘述。

沧海桑田，出自晋代葛洪《神仙传·麻姑》："麻姑自说云：接侍以来，已见东海三为桑田。"

汉桓帝时期，神仙王方平下凡，来到蔡经家。后来神仙麻姑也来了，蔡经全家都看见了，那麻姑一看就是个好姑娘，十八九岁的样子，头顶挽着发髻，剩下的长发垂至腰间，穿的花色衣服，虽然不是丝绸锦绣，但是"光彩耀目""不可名状"。麻姑见了王方平行礼，那王方平站起来回礼。神仙们和蔡经一家围坐准备就餐，那餐具很讲究，都是"金盘玉杯"，吃的是各色花果，一顿饭吃下来屋里屋外都是香气。最后出的一道菜看起来像是柏实，其实是麒麟肉脯。席间，麻姑说："自从上次相见以来，已经看见东海三次变成桑田。刚才路过蓬莱仙岛，见那东海水又比往常浅了些，算算时间才过了一半，难道东海又要变成丘陵陆地吗？"王方平笑着回答："圣人都说了，东海又要干涸扬起尘土了。"

两位神仙的对话，满是弹指一挥间的淡然、从容。汪洋恣肆的东海，已经三次变为桑田了，在少女般的麻姑眼里犹如过眼云烟。可是对于我们小小的人类而言，"沧海桑田"那是巨变呀，不是淡淡一句谈笑"东海行复扬尘也"那样轻松平常。

对于"沧海桑田"那是要大感慨的。

沧海桑田，在久远的《诗经》中选一篇我家乡的"桑"，是"其叶沃若"的桑，是生机盎然的桑。《魏风·汾沮洳》："彼汾一方，言采其桑。彼其之子，美如英。美如英，殊异乎公行。"

大意是，在汾水的一边，有人在采桑叶，那是谁家的男子，美得如花朵，比那管兵车的长官强得多。

采桑的女子看中一位仪表堂堂的美男子，禁不住歌唱他，就用苗长的植物相比，桑不过是其中一种。

在桑树林中发生了无数故事，大禹和涂山女相会就是在邰桑之地；晋文公称霸就是在桑林密谋；齐闵王娶得丑女王后宿瘤女就是相遇在桑园；一直到今天还在上演的戏剧《秋胡戏妻》就发生在桑树下。可见，有桑树的地方就有故事。

但是到今天，已经不止三次"沧海桑田"，桑林变成钢筋水泥、通天大路，以及灯红酒绿的城市了。

看旧时古洞窟，再看今朝的摩天大楼，你就清楚地知道什么是"沧海桑田"，你会感叹的，不知是喜是悲。

我们来自哪儿？最终回归哪儿？那是"桑梓"之地——家乡。


# 海 棠

## 绿肥红瘦

"绿肥红瘦"是描述海棠，就像"国色天香"是描述牡丹，成语里也没写"牡丹"一样。

海棠的品种不少，最著名的莫过于西府海棠，《红楼梦》贾宝玉的怡红院里就种着几株。因着贾宝玉的风流，西府海棠一个时期以来总让我认为象征着风流。

还有木瓜海棠，不是因为花美，而是木瓜成熟后的清香以及金黄诱人的颜色，被历代作为重要的案前香供，比如林黛玉就在自己的枕边放置一枚，闻着清雅的香气，安然入睡。

西府海棠就是因着自己的美艳，才得以在众花竞芳的春天艳压群芳。

西府海棠含苞待放时是娇红朵朵、鲜艳夺目、饱满充盈的，盛放时则变成粉红、粉白、娇嫩欲滴、我见犹怜的，惹得狂蜂浪蝶上下翻飞。它开时，热闹非凡，就像逢集一样，你方唱罢我登场。

这样的海棠是"绿肥红瘦"的吗？

李清照在《如梦令》中这样描述：

昨夜雨疏风骤，浓睡不消残酒。

试问卷帘人，却道海棠依旧。

知否，知否？应是绿肥红瘦！

原来李清照写的是暮春时节的海棠，一场"骤风"把个美艳海棠"雨打风吹去"，自然"绿肥红瘦"了。李清照只是感叹红颜易老，时光难留，林黛玉看得更远，她感叹的是，"侬今葬花人笑痴，他年葬侬知是谁？""一朝春尽红颜老，花落人亡两不知。"

我们都会"花落人亡两不知"，滚滚红尘中有几人能看透？看着春天艳阳下的美艳海棠，你想不起红颜易老，想不起花落人亡，想起的是万物竞妍、万物蓬勃、万物生长。

看到雨打风吹后的海棠，那就知道，珍惜现在，如此甚好。


# 杨　树

## 水性杨花


现如今杨树因为开花之时"恣意妄为"，敢上九天揽月，更是侵入人的鼻孔、口腔，令人窒息，愤怒的人们开始砍伐杨树，断其开花的后路，所以大城市的街道几乎不再见杨树的踪影。

但是城乡的道路、农田周边，杨树还是继续苗壮生长的。春天的时候，飞花依旧敢上九天揽月，当然大部分还是漫天飞舞、东游西逛，麦苗上落，榆树上落，屋顶上落，沟渠里落，逮哪儿落哪儿。

杨树不飞花的时候人们就喜欢了，高大通天，自有一种雄壮威武。到了深秋，杨树就美丽了，枝头树叶金黄，连杨树林里都是黄金满地，有种夕阳无限好的壮美。

杨树林还有妙用，《陈风·东门之杨》记录了发生在杨树下的恋情：

东门之杨，其叶牂牂。昏以为期，明星煌煌。
东门之杨，其叶肺肺。昏以为期，明星晢晢。

东门的杨树，叶子沙沙作响。约好黄昏见面，相会到启明星闪亮。
东门的杨树，叶子呼呼作响。约好黄昏见面，相会到启明星照耀。
这是下里巴人的杨树。士大夫的杨树不是这样的，《楚辞·九叹·怨思》叹道：

惟郁郁之忧毒兮，志坎壈而不违。
身憔悴而考旦兮，日黄昏而长悲。
闵空宇之孤子兮，哀枯杨之冤雏。（节录）

心中抑郁愁苦啊，遇到坎坷也不改初衷。

身心憔悴直到天亮啊，从朝到暮一直悲伤。

怜悯空室里的孤儿啊，哀伤枯杨上冤屈的雏鸟。

这枯杨何其哀伤凄凉，何其意志消沉。连李白都受其影响，写下"悲风四边来，肠断白杨声"的悲歌。

这不是我眼里的杨树。

还是看看关于杨树的成语吧。不多，两句：水性杨花、枯杨生稊。

先说"水性杨花"，中国人都知道，说一个女子"乱搞男女关系"，就像杨花一样随处飘动，那就是"水性杨花"。出处《永乐大典戏文三种·小孙屠》："你休得强惺惺，杨花水性无凭准。"

典型的是《红楼梦》第九十二回："大凡女人都是水性杨花，我若说有钱，他便是贪图银钱了。"

这样的杨花我是熟悉的。换个角度看，这样的杨花可以"冉冉媚晴空"。如果你心情好的话。

杨树还有一句我不熟悉的成语"枯杨生稊"，原意是枯萎的杨树长出新芽，引申为老夫娶少妻。出处《周易·大过》："九二，枯杨生稊，老夫得其女妻。"

清代采衡子《虫鸣漫录》："老年娶此少艾，枯杨生稊，大非所宜。"

古代老夫少妻多矣，制度使然，高门大户，有钱有势的人家，多妻妾成群，娶"少艾"。是谁的喜、谁的悲难说呢！现如今，"枯杨生稊"又多了。应了《红楼梦》里的话，为的是"银子"，人跟着银子走，所以水性杨花。

至此，有一种悲哀，抛开杨树的悲哀。

杨树还是杨树，宁愿它"媚晴空"。


# 橘

## 淮橘为枳


关于橘的成语就一句：淮橘为枳。不用问，一定是有故事的成语。

淮橘为枳，出自《晏子使楚》："婴闻之，橘生淮南则为橘，生于淮北则为枳，叶徒相似，其实味不同。所以然者何？水土异也。今民生长于齐不盗，入楚则盗，得无楚之水土使民善盗耶？"

齐国宰相晏婴出使到楚国，楚王想戏弄他，专门派人把一个犯人从堂前押来。楚王装模作样地问："此人犯了什么罪呀？"堂下回答："是一个齐国人，犯了偷窃罪。"楚王得意自己的小把戏，对晏子说："你们齐国人是不是都很喜欢偷东西？"晏子何等人物，他镇定自若，回答："橘在淮南生长就又大又甜，但移栽到淮北就又酸又小，变成了枳，为什么呢？因为水土不一样。这个齐国人正是这样，他生长在齐国时并不偷东西，可是到楚国就偷了，难道这楚国的水土会养成老百姓偷窃的习惯吗？"

故事很给力，晏婴的机智辩才一直被人称颂。不说那橘是否真的变成了枳，就说橘。

橘肯定是南方植物没错，几十年前的北方人都很少见到橘，更别说吃橘子了。我就知道一个真实发生的故事。20世纪60年代，一位到南方出差的北方人，看到大家都买鲜艳金黄的橘子，他也买了几个，张口即吃，苦涩不堪。他心想：南方人真可怜，那橘子哪里有我们北方的苹果好吃。

到底是橘子好吃，还是苹果好吃，想来北方人和南方人各执一词，按下不表。

橘的好处很多，北方人因偶然吃到橘皮后发现橘皮能吃，橘皮晒干后，可制为陈皮。《本草纲目》云："同补药则补；同泻药则泻；同升药则升；同降药则降。"现在，我们通常泡陈皮水喝是为了祛痰、止咳。

再说橘肉，酸甜适口，有开胃润肺之功效，就是那橘瓣上白色的"网络"——橘络，也有通络化痰、顺气活血的作用；再有橘核，有散结、理气止痛的功效。橘从里到外全都派上用场了，其功用不可谓不多矣。

最让人心仪的还是屈原笔下的橘，就是千古名篇《橘颂》，不妨一赏。

## 九章·橘颂

后皇嘉树，橘徕服兮。受命不迁，生南国兮。

深固难徙，更壹志兮。绿叶素荣，纷其可喜兮。

曾枝剡棘，圆果抟兮。青黄杂糅，文章烂兮。

精色内白，类任道兮。纷缊宜修，姱而不丑兮。

嗟尔幼志，有以异兮。独立不迁，岂不可喜兮。

深固难徙，廓其无求兮。苏世独立，横而不流兮。

闭心自慎，不终失过兮。秉德无私，参天地兮。

原岁并谢，与长友兮。淑离不淫，梗其有理兮。

年岁虽少，可师长兮。行比伯夷，置以为像兮。

上天孕育的美好橘树啊，生来就适应这方水土。秉承上天的使命不再外迁，永生永世生长在南方土地。

你扎根深厚难以迁移，立志是多么的专一。鲜绿的叶子洁白的花朵，缤纷多姿何其令人欢喜。

重叠的树叶中长满尖刺，圆圆的果实成簇成团。青黄两色杂陈其间，色泽相配如此美丽。

你外表鲜艳内里纯洁，犹如堪当大任的君子。你风姿独具仪态美好，美丽到没有瑕疵。

赞叹你自小就有的志向啊，从来就与众不同。你遗世独立不肯迁移，这样的气节怎能不令人欣喜。

你扎根深厚难以迁移，心胸阔达没有欲求。清醒卓然立于浊世，绝不随波逐流。

你坚守初心谨慎自重，始终不会犯有过失罪责。秉承德行公正无私，那是和天地同在啊。

愿和岁月一起流失，和你长久相伴永为友人。你德行美好从不放纵自己，枝干坚韧条理清晰。

你年纪虽小，却可以为我的师长。你的品行可与伯夷比肩，正是我永远学习的榜样。

　　屈子颂橘之后，橘就有了松柏般的品格。不能和"淮橘为枳"的橘相提并论，更不能和枳同日而语。

　　直到今天橘还以南国种植为主，北方则不然，真的是水土不服。

# 枳

## 淮橘为枳

　　我初识枳，是在北方，一片林场的旁边，和楸树、柳树、钻天杨在一起，只有两棵，当时看起来很突兀，长得也不舒展，尖锐的长刺令人唯恐躲之不及，但金黄、坚硬、有着奇异香味的果实又令人好奇，忍不住"披荆斩棘"摘取几颗作为香供。

　　最早知道枳，是因为"淮橘为枳"。那还是儿时，心里一直都期望有朝一日看看能变成"枳"的"橘"。后来长大了，知道上了晏子的当。橘就是橘，枳就是枳，无关淮南淮北。

　　还是说"淮橘为枳"吧，不能不把它的起源不厌其烦地列出来，《晏子使楚》：

橘生淮南则为橘，生于淮北则为枳，叶徒相似，其实味不同。所以然者何？水土异也。

水土是异了，但橘没有变成枳。它们是亲戚关系，都是芸香科的。作为药用也有相近的部分，比如化痰。后来有好事者真把枳和橘杂交，结的果实称为枳橙，像柠檬的味道。不知晏子知道做何感想！

枳除了因为晏子的缘故驰名，其他时间一直默默无闻，想找几句吟唱它的诗句都不容易。能找到的就是《楚辞》了，而且还被当作"恶木"，就是因为它尖锐的长刺，因此它和酸枣树"沆瀣一气"了。

**九思·悯上**

贪枉兮党比，贞良兮茕独。

鸿窜兮枳棘，鹈集兮帷幄。（节录）

贪婪奸邪之人朋比为奸，忠贞贤良之人反而孤独无依。

天鹅竟然逃窜受困于枳棘之中，那丑陋的鹈鹕居然聚集在帷帐里。

可怜的枳，果不堪食，树长长刺，形象欠佳，于是"恶木"冠名。

我却不然，喜欢着长在北方的枳，不需要用枳抒怀，不需要为枳伸张，枳——只闻其香，便可。

如此甚好。


# 枣 树

## 囫囵吞枣

枣是地道的中国原产。久远的从前，物资匮乏，水果品种较为稀少，枣子甜香，更使人们钟爱。

周时，枣是礼仪馈赠中不可或缺的食品。《仪礼·士昏礼第二》规定，新妇第二天拜见公婆时，必须"执笄枣栗……进拜"。

枣子在婚礼上担当重任，取其"早（枣）生贵子"的谐音，人们在新人的床上撒枣子和花生，是无言的祝福，又是由衷的愿望。这一习俗至今犹存。

我知道的最早记录枣树作为栽培果树的是北魏时期的《齐民要术》，贾思勰在"种枣第三十三"中介绍了枣的种类、种法、做法。其记叙的枣的种类看起来就很吸引人：壶枣、白枣、羊枣、紫枣、西王母枣、梁国夫人枣、狗牙枣、牛头枣、猕猴枣等，每一种都让你想一探究竟。不，一吃究竟。

还有一种枣的做法是如今没听说过的，不妨说来："枣油法：郑玄曰：'枣油，捣枣实，和，以涂缯上，燥而形似油也。'乃成之。"只是知道了这种做法，仍不能想象"枣油"的口味。想必一定是甜的，只是不知有何特殊风味。

比《齐民要术》更早记录枣的是《诗经》。

### 豳风·七月

六月食郁及薁，七月亨葵及菽。八月剥枣，十月获稻。为此春酒，以介眉寿。七月食瓜，八月断壶，九月叔苴。采荼薪樗，食我农夫。

六月里吃李子和野葡萄，七月里煮冬葵和大豆。八月里打枣，十月里收稻。酿好春酒，给老人祝寿。七月里吃瓜，八月里摘葫芦，九月收苎麻。采苦菜砍柴火，养活咱农家人。

收获季节，辛苦并快乐着，所有的果实，只有枣子最甜，最能让人愉悦吧。

再让我们看看成语里的枣：囫囵吞枣、祸枣灾梨、让枣推梨。一看就是有故事的，下面逐一分解。

囫囵吞枣，宋代朱熹《答许顺之书》："今动不动便先说个本末精初无二致，正是鹘仑（囫囵）吞枣。"

据传，很久以前，有个人正在大快朵颐，又是吃梨，又是吃枣，吃得不亦乐乎。有朋友看见就告诉他："吃梨有利于牙齿，但吃多了伤脾；吃枣有利于脾胃，但吃多了伤牙齿。"那人一听，思忖片刻，说："好办，我吃梨不咽，吃枣不嚼。岂不是两全其美！"朋友说："你这不是囫囵吞枣吗？"

这就是不求甚解。

祸枣灾梨，说的是旧时印书，多用枣木和梨木刻板，滥刻无用的书，就是糟蹋枣树和梨树。出处，清代纪昀《阅微草堂笔记·滦阳消夏录六》："至于交通声气，号召生徒，祸枣灾梨，递相神圣，不但有明末造，标榜多诬，即月泉吟社诸人，亦病未离乎客气矣。"看来滥刻图书古已有之。

让枣推梨，这是两个故事，"让枣"出自《南史·王泰传》："年数岁时，祖母集诸孙侄，散枣栗于床。群儿竞之，泰独不取。""推梨"出自《后汉书·孔融传》注引《融家传》："年四岁时，每与诸兄共食梨，融辄引小者。"

合起来最早引用此成语的是《梁书·武陵王纪传》："兄肥弟瘦，无复相代之期；让枣推梨，长罢欢愉之日。"

兄弟谦让之爱令人动容。


# 红 豆

## 红豆相思

红豆有三种：赤豆、相思子、海红豆。赤豆是我们日常食用的，海红豆是艳红的红豆，相思子是多半红少半黑的剧毒红豆。其中能寓意相思的大约就是相思子了——相思是有毒的。

还是先说成语"红豆相思"吧，来自唐代王维那首著名的《相思》诗："红豆生南国，春来发几枝。愿君多采撷，此物最相思。"

据说王维这首诗来自一个传说，汉代闽越国有一男子被强征戍边，其妻终日望归。后同去者归，唯其夫未返，妻念更切，终日立于村前道口树下，朝盼暮望，哭断柔肠，泣血而死。树上忽结荚果，其籽半红半黑，晶莹鲜艳，人们视为贞妻挚妇的血泪凝成，称为"红豆"，又称"相思子"。

我对此不置可否，每每看到红豆，想起的倒是韩凭夫妇。虽然他们的"相思树"不是结相思子的树，但是我总固执地认为两人的爱情故事最贴半红半黑的相思子，不惜把他们的故事全文录出，出自东晋干宝《搜神记》卷十一载：

宋康王舍人韩凭，娶妻何氏，美，康王夺之。凭怨，王囚之，论为城旦。妻密遗凭书，缪其辞曰："其雨淫淫，河大水深，日出当心。"既而，王得其书，以示左右，左右莫解其意。臣苏贺对曰："其雨淫淫，言愁且思也；河大水深，不得往来也；日出当心，心有死志也。"俄而凭乃自杀。

其妻乃阴腐其衣。王与之登台，妻遂自投台；左右揽之，衣不中手而死。遗书于带曰："王利其生，妾利其死，愿以尸骨赐凭合葬！"

王怒，弗听，使里人埋之，冢相望也。王曰："尔夫妇相爱不已，若能使

冢合，则吾弗阻也。"宿昔之间，便有大梓木生于二冢之端，旬日而大盈抱。

屈体相就，根交于下，枝错于上。又有鸳鸯，雌雄各一，恒栖树上，晨夕不

去，交颈悲鸣，音声感人。宋人哀之，遂号其木曰："相思树。"相思之名，

起于此也。南人谓：此禽即韩凭夫妇之精魂。

今睢阳有韩凭城，其歌谣至今犹存。

宋康王的手下韩凭娶一美貌女子，被宋康王抢夺。韩凭怨恨，宋康王就
把他囚禁了。那美女"身在曹营心在汉"，暗中给韩凭送信，表明自己不屈必
死的心志。韩凭明了，不久自杀。美女紧随其后，设计投栏而死。留下遗书，
想让宋康王把他们夫妻合葬在一起。

那宋康王岂能满足美女的愿望？他专门派人把他们的坟墓隔开，却又能
看见。宋康王还扬言："你们夫妇相爱深厚，若坟墓自己相合，我就不再阻拦
你们！"

于是，一夜之间，两座坟墓中各长出一株梓树。不过十日，那梓树就长
有一抱之围，两树互倾，根交于地下，枝连于顶端。又有雌雄鸳鸯栖于树上，
交颈悲鸣，宋国人无不感动，就称此树为相思树，还说那鸳鸯就是韩凭夫妻
的精魂所变。

贞烈的爱情故事，有相思树，有相思鸟，还有相思豆。

# 杏

## 红杏出墙

杏是古老的树种，和桃、李、梅一样，但《诗经》时代提到后者多次，
却没有一次提到杏。也许就如北魏的贾思勰《齐民要术·种梅杏第三十六》
所说："世人或不能辨，言梅、杏为一物，失之远矣。"

其实与杏相关的典故多呢，而且很早。

杏坛，孔子聚徒讲学之地，语出《庄子·杂篇·渔父第三十一》："孔子游于缁帷之林，休坐乎杏坛之上。弟子读书，孔子弦歌鼓琴。"

杏林，说的是三国名医董奉"但使重病愈者植杏五株，轻者一株"。他救治了无数病人，杏树就栽了十余万株。

杏园，说的是唐朝刘沧及第后颇为得意，选了个地方宴请亲朋好友，也就是杏园，赋诗："及第新春选胜游，杏园初宴曲江头。"而落第的温庭筠则叹道："几年辛苦与君同，得丧悲欢尽是空……知有杏园无路入，马前惆怅满枝红。"同是在杏园，差别怎么这么大呢？

从杏园出来，我们走进杏的成语天地吧。

关于杏的成语有三个：红杏出墙、杏脸桃腮、杏雨梨云。下面一一道来。

红杏出墙，语出宋代叶绍翁《游园不值》："春色满园关不住，一枝红杏出墙来。"原本是春色满园，杏花开放，一枝别致，伸出墙外，入诗入画的景致，不知何时就用以比喻女子不守妇道了。

就是到了明代，"红杏出墙"也是形容春意盎然。《四贤记·训读》载："若得他成人立业，庶不负笔舌辛勤，好似红杏出墙桃傍水。"

杏脸桃腮，看起来就像是戏剧词汇，果不然，出自元代王实甫《西厢记》第四本第一折："杏脸桃腮，乘着月色，娇滴滴越显得红白。"

明代小说施耐庵《水浒传》第三十八回居然也用到此句："杏脸桃腮，酝酿出十分春色；柳眉星眼，妆点就一段精神。"那女子有多秀美不言而喻。

杏雨梨云，出自明代许自昌《水浒记·冥感》："乞香茗，我因此卖眼传情，慕虹霓盟心，蹉跎杏雨梨云，致蜂蝶恋昏。"说的是眉目传情，羡慕那你情我愿，延迟着大好春光，让那蜂蝶"巫山云雨"，好一段"仲春时节"。

这样的杏清浅了许多，哪里有"杏林""杏坛""杏园"意蕴深厚呢！这样的杏是"绿杨烟外晓寒轻，红杏枝头春意闹"。

既然如此，那就在陆游的《马上作》中继续"红杏出墙"吧：

杨柳不遮春色断，一枝红杏出墙头。

# 棠 梨

## 甘棠遗爱

棠梨不常见，我还是因为知道"甘棠遗爱"之后才注意、寻找棠梨的。棠梨在山野里居多，不起眼，开白花，形如山桃花。

棠梨有很多吸引人的名字，豆梨、鹿梨、野梨、鸟梨、酱梨，每一个都

让人浮想联翩。棠梨虽有梨的称谓，但味过于酸涩，食用性不高。

和它相关的成语有：甘棠遗爱、甘棠之惠。

据《左传·襄公十四年》记载："武子之德在民，如周人之思召公焉，爱其甘棠，况其子乎？"杜预注："召公奭听讼，舍于甘棠之下，周人思之，不害其树，而作勿伐之诗，在《召南》。"

司马迁在《史记·燕召公世家》中也提到了这个故事：

召公之治西方，甚得兆民和。召公巡行乡邑，有棠树，决狱政事其下，自侯伯至庶人各得其所，无失职者。召公卒，而民人思召公之政，怀棠树不敢伐，歌咏之，作《甘棠》之诗。

召公治理西部深得民心。经常深入基层现场办公。他办公的地方常常在一棵棠梨树下，在那里办案、出政令。他处理的政务不曾出过差错，上自侯伯、下至百姓都很满意。到召公去世，百姓时常怀念他的执政作为，舍不得把他办公之地的棠梨树砍掉，看到棠梨树就好像看到召公一样，并写一首诗歌颂召公，诗的名字就叫《甘棠》。

我们就把这首诗全录于此吧。《召南·甘棠》：

蔽芾甘棠，勿剪勿伐，召伯所茇。
蔽芾甘棠，勿剪勿败，召伯所憩。
蔽芾甘棠，勿剪勿拜，召伯所说。

树荫遮蔽的甘棠树，别剪别伐，那可是召伯所植。枝叶茂盛的甘棠树，别剪别损，那可是召伯休息的地方。生长旺盛的甘棠树，别剪别毁，那可是召伯所喜欢的地方。

被如此盛赞的召伯是何方人士呢？召伯德高望重，是和周公齐名的贤人。周公有周公吐哺、天下归心之名，召公有甘棠遗爱、甘棠之惠之谓。

# 豆 蔻

## 豆蔻年华

豆蔻年华，多么美妙清纯的少女时代。

豆蔻是植物，和生姜一个科，姜科。豆蔻不止一个品种，比如草豆蔻、白豆蔻、红豆蔻等。草豆蔻又名草蔻，辛辣芳香，性质温和；白豆蔻又称多骨，皮色黄白，具有油性，辣而香气柔和；红豆蔻也叫红豆、红蔻，颜色深红，有辣味和浓烈的香气。总之基本都是辛辣、芳香，不过轻重之差而已。

还有一种豆蔻叫肉豆蔻，又名迦拘勒，是肉豆蔻科，和草豆蔻不是一个科，但性状相似，所以也被归为豆蔻类，其实不同。

豆蔻长得高大，形像芭蕉，属草本，花色为淡黄，自有一种风韵，扁球形的果实里包着石榴子一样的种子，产地主要在岭南一带，所以北方少有人见，又因"豆蔻年华"的纯美意象，更增加了对豆蔻的向往。

豆蔻年华，出自杜牧的《赠别》诗：

娉娉袅袅十三余，豆蔻梢头二月初。春风十里扬州路，卷上珠帘总不如。

这样"娉娉袅袅"的美女，犹如二月刚开的豆蔻花，年不过十三岁。

姜夔《扬州慢》词云：

纵豆蔻词工，青楼梦好，难赋深情。

终究是一个"难赋深情"。

和珅的红颜知己就叫豆蔻。她原本是扬州商人敬献的美女，后与和珅相知相爱。和珅因贪腐被吊死后，豆蔻感念和珅的知遇之恩赋诗挽之："白练一条君自了，愁肠万缕妾何如。"不是"妾"如何，而是妾纵身一跳，追和珅而去。

可叹，豆蔻；可叹，豆蔻年华。

# 臭　椿

## 樗栎庸材

臭椿也许是人们日常生活中能接触到的最臭的植物了，有一种"臭蒿"都没有那么臭。臭椿生长能力极强，在北方的山野、村舍，凡能长树的地方就有臭椿。

我原以为臭椿是无用之才，从不愿近身它，也实在闻不了那臭，但是庄子早在两千多年前就说了，天下没有无用之物。果然，臭椿可以造纸、养樗蚕、织椿绸，还可以做建筑和家具用。到了今天，臭椿可以做嫁接红叶椿的砧木，那景色是秋天最美的风景之一。

看看庄子眼中的臭椿（那时称为樗）吧。

《庄子·逍遥游》：

吾有大树，人谓之樗。其大本臃肿而不中绳墨，其小枝卷曲而不中规矩。

立之涂，匠者不顾。

就是说臭椿的枝干肿大弯曲，木匠无法下线，小枝歪七扭八，"没有规矩"，就算它长在道路显眼处，木匠都不会看它一眼。

《诗经》中也提到樗——臭椿，《小雅·我行其野》：

我行其野，蔽芾其樗。昏姻之故，言就尔居。尔不我畜，复我邦家。（节录）

我独自走在田野里，臭椿长得如此茂盛。因为和你结成婚姻，才来到你家居住。但你不肯把我养，我只好回到自己家。

弃妇埋怨前夫抛弃自己，另觅新欢，内心悲伤，眼里看到的只有"恶木"臭椿。

可见先人对臭椿无比厌弃，因它而有的成语也没好到哪里。

樗栎庸材，出自唐代杨炯《显川县令李公墓志铭》："炯樗栎庸材，瓶筲小器，仰惟先支，叨雅契于金环；俯逮婚姻，荷深知于玉润。"都是自谦之词，自己是庸才，仰仗的是先人和婚姻才有现在的境况。

樗——臭椿，平庸，无用。

只不过，那是过去。

# 栎　树

## 樗栎庸材

　　栎树是壳斗科的乔木，橡树、柞树是它的别称。我在山间见过栎树，它的叶片很别致。也因此，舒婷的《致橡树》在我脑海中形象化起来。

**致橡树**
我如果爱你
绝不像攀缘的凌霄花，
借你的高枝炫耀自己；
我如果爱你
绝不学痴情的鸟儿，
为绿荫重复单调的歌曲；
也不止像泉源，
常年送来清凉的慰藉；
也不止像险峰，

*增加你的高度，衬托你的威仪。*

*甚至日光，*

*甚至春雨。*

*不，这些都还不够！*

*我必须是你近旁的一株木棉，*

*作为树的形象和你站在一起。（节录）*

人与人的观点往往差别大矣，舒婷诗中的橡树象征着坚贞爱情。我见过的橡树——栎树，是秋天红褐色的风景点缀。而在庄子眼里，栎树是"无用"的。

《庄子·人间世》里讲了栎的"无用"：

匠石之齐，至于曲辕，见栎社树。其大蔽数千牛，絜之百围，其高临山，十仞而后有枝，其可以为舟者旁十数。观者如市，匠伯不顾，遂行不辍。弟子厌观之，走及匠石，曰："自吾执斧斤以随夫子，未尝见材如此其美也。先生不肯视，行不辍，何邪？"曰："已矣，勿言之矣！散木也。以为舟则沉，以为棺椁则速腐，以为器则速毁，以为门户则液㸑，以为柱则蠹。是不材之木也，无所可用，故能若是之寿。"

匠石归，栎社见梦曰："女将恶乎比予哉？若将比予于文木邪？夫柤、梨、橘柚、果、蓏之属，实熟则剥，剥则辱；大枝折，小枝泄。此以其能若其生者也，故不终其天年而中道夭，自掊击于世俗者也。物莫不若是。且予求无所可用久矣！几死，乃今得之，为予大用。使予也而有用，且得有此大也邪？且也若与予也皆物也，奈何哉其相物也？而几死之散人，又恶知散木！"

匠石觉而诊其梦。弟子曰："趣取无用，则为社何邪？"曰："密！若无言！彼亦直寄焉，以为不知己者诟厉也。不为社者，且几有翦乎！且也彼其所保与众异，而以义喻之，不亦远乎！"

石姓匠人去齐国，在曲辕这个地方看到神社里被当作神树的栎树。栎树奇大无比，树冠就可以遮蔽数千头牛，等等，拜访的人群车水马龙。可石匠人一眼都不看，径直走了。他的徒弟看够了，才追上师傅问："自我跟您学徒，从没见这么壮美的树，而您却一眼不看，不停脚步，为什么？"石匠人答道："没什么好说的，这是棵没有用的树，做船船沉，做棺棺腐，做器物器物坏，做门门不合缝，做梁柱梁柱被虫蛀，没法取材，所以它才能如此长寿。"

石匠人回到家里，梦见社树——栎树对他说："你是拿什么标准和我做比较呢？那梨、橘子、柚子等等水果，哪个不是因为果子成熟被摘取，连带枝条被折断，不就是因为它有鲜美的果实才不得善终吗？大凡事物都是这样。我才设法寻求解决，九死一生才找到现在的办法，那就是无用，才让我得以保全自己。你怎么会懂我呢？"

石匠人醒来把梦中的情境讲给徒弟，徒弟说："既然是求取无用，那又怎么作为社树呢？"石匠人说："闭嘴，它只是说了自己的想法，反而招致不理解，它不做社树，岂不是还要遭到砍伐吗？它保全自己的方法与众不同，用常理理解岂不是差之千里吗？"

后世人给这个故事起了个题目叫"栎树托梦"。

"樗栎庸材"的"无用"之意，是对庄子栎树"无用"说的断章取义。栎也算不枉了，也有用了，也无用了，也坚贞了。

# 椿 树

## 椿萱并茂

椿树之所以深受人们喜爱，是因为其味之香。每逢春，椿树刚发芽长出嫩叶时，便被人们摘取洗净，或炒鸡蛋，或凉调，极美味。

椿树耐活，长得也极快。只要将一锹土挖开，拇指粗、尺来长的椿树苗插入，覆上土，浇点水，便不必管了。待它长出了嫩红的芽头，头一年先别采，第二年就可超过头顶，而此时摘取嫩叶吃，正是时候。再等转年就要准备梯子了，那时椿树已有二层楼高，想吃就不得不登高。

说来说去绕不开一个"吃"字，但庄子看重的不是"吃"，而是它的"寿"。

《庄子·逍遥游》："上古有大椿者，以八千岁为春，八千岁为秋。"庄子描述了一种"万寿无疆"的大椿，八千年对它来说只一个春天。从那时起椿就不仅是我眼中的可食用之椿了，而是长寿的象征，也是父亲的象征。

宋代晏殊曾写了一首关于椿之词，完全借用庄子的意蕴。

**椿**

峨峨楚南树，杳杳含风韵。

何用八千秋，腾凌诧朝菌。

意思是巍峨壮观的椿树完全秒杀朝生暮死的小蘑菇。

成语"椿萱并茂"延续了庄子的意思。

出处，明代程登吉《幼学琼林·祖孙父子》："父母俱存，谓之椿萱并茂，子孙发达，谓之兰桂腾芳。"

其中的萱草指母亲，语出《卫风·伯兮》："焉得谖草，言树之背"。

萱草忘忧，椿树长寿，二者并茂，自然指父母健在，长寿健康。

如此，我眼里的椿是"滚滚红尘"，而庄子眼里的"大椿"就"大气磅礴"。

# 茶 树

## 清茶淡饭

这些年喝茶逐渐成为一种风尚，各种茶道文化孕育而生，之间又良莠不齐。我以为是脑满肠肥、膏粱厚味之后的结果。

茶是清苦淡雅之味，几乎所有茶室都挂一幅"禅茶一味"的条幅，以示自己的淡泊，但茶道表演来却龙飞凤舞，令人眼花缭乱，忘记原本是来喝茶的初心。于是茶，不再是"粗茶淡饭""清茶淡饭"，而是"莺歌燕舞""花枝招展"。

不多说，下面说茶，以及关于茶的成语。

先说茶吧。

原本茶是由茶树叶加工而成的饮料。后来很多植物的叶子都可以制茶，或者说用加工茶叶的方法加工各色植物叶子，也称"茶"。但我想说的是用茶树叶制作的茶。

茶树是南方树种，属山茶科、山茶属的灌木或小乔木。最早长在西南部，可以长到几百甚至上千年的树龄。茶树用来制作饮料的历史众说纷纭，当然不能不提唐代"茶圣"陆羽。他的《茶经》是"中国乃至世界现存最早、最完整、最全面介绍茶的专著，被誉为'茶叶百科全书'"。

陆羽认为："茶之为饮，发乎神农氏。"因为神农氏是我们中国的农耕神，一切关乎耕作植物的都应该和他相关。当然也有"西周说""秦汉说"和"云南说"，等等。也不必纠结，总之茶起源于中国，而且很古老。

陆羽既是茶圣，就把他的茶当作茶源吧：

茶者，南方之嘉木也，一尺二尺，乃至数十尺。其巴山峡川有两人合抱者，伐而掇之，其树如瓜芦，叶如栀子，花如白蔷薇，实如栟榈，蒂如丁香，根如胡桃。其字或从草，或从木，或草木并。其名一曰茶，二曰槚，三曰蔎，四曰茗，五曰荈。其地：上者生烂石，中者生砾壤，下者生黄土。凡艺而不实，植而罕茂，法如种瓜，三岁可采。野者上，园者次；阳崖阴林紫者上，绿者次；笋者上，牙者次；叶卷上，叶舒次。阴山坡谷者不堪采掇，性凝滞，结瘕疾。茶之为用，味至寒，为饮最宜精行俭德之人。若热渴、凝闷、脑疼、目涩、四支烦、百节不舒，聊四五啜，与醍醐、甘露抗衡也。采不时，造不精，杂以卉莽，饮之成疾。茶为累也，亦犹人参。上者生上党，中者生百济、新罗，下者生高丽。有生泽州、易州、幽州、檀州者，为药无效，况非此者。设服荠苨，使六疾不瘳。知人参为累，则茶累尽矣。

大意是，茶是南方的好树，有高有低。茶树的树形像瓜芦，叶子像栀子，花像白蔷薇，等等。"茶"字原本没有，是从"荼"借鉴过来的。茶的名称有五种：茶、槚、蔎、茗、荈。

种茶也分土质的好坏，茶叶的品质根据栽种地方不同也分好坏。茶的性质寒凉，可以去火。品行节俭端正的人，若是发烧、头疼等等，喝上几口茶就如饮甘露。但是采摘的不是时候，那做出来的茶就让人生病了。

这就是原始的茶，可以解除有品德的人的"头疼脑热"。没现在那么复杂。

返璞归真之后我们说茶的成语，不多，不茶不饭、清茶淡饭、粗茶淡饭。

不茶不饭，出自宋代周密《齐东野语》卷十一："说盟说誓，说情说意，动便春愁满纸。多应念得脱空经，是哪个先生教底？不茶不饭，不言不语，一味供他憔悴。"

大意是，山盟海誓，浓情蜜意，动不动就是"矫情"，应多念念脱空经，到底是哪个先生教的？茶不思饭不想，不言又不语，任凭他憔悴下去。

这"不茶不饭"的显然是得了相思病了。

元代关汉卿《救风尘》第三折就再次印证了它的起源："害的我不茶不饭，只是思想着你。"

清茶淡饭和粗茶淡饭近义，只不过"清"只是说简单，而"粗"是说简陋。

清茶淡饭，出自明代冯梦龙《警世通言》第二四卷："三叔，你今到寒家，清茶淡饭，暂住几日。"

粗茶淡饭，出自黄庭坚《四休导士诗序》："粗茶淡饭饱即休，补破遮寒暖即休，三平二满过即休，不贪不妒老即休。"

茶的成语落在"粗茶淡饭"恰好，尤其是黄庭坚的"粗茶淡饭饱即休"，符合"茶味"，特别是如今热闹非凡的滚滚红尘，需要有此茶味。


# 梨 树

## 让枣推梨


梨树的种植栽培历史很早，汉朝就有，《诗经》时代也有，如棠梨，野生，酸涩，不可食用。我知道的最早记载种植梨的是北魏贾思勰《齐民要术·插梨第三十七》，其中介绍了各地出产的不同品种的梨，以及梨的种法。

摘录几句有趣的，感受感受。

《三秦记》曰："汉武果园，一名'御宿'，有大梨如五升，落地即破。取者布囊盛之，名曰'含消梨'。"

这么大的梨，能装到五升的容器里，很脆，很酥，吃到嘴里就化了。

《永嘉记》曰："青田村民家有一梨树，名曰'官梨'，子大一围五寸，常以供献，名曰'御梨'。梨实落地即融释。"

可见那时梨以形大、口感酥为赞。

《西京杂记》曰："紫梨、青梨（实大）、芳梨（实小）、大谷梨、细叶梨、缥叶梨、金叶梨（出琅玡王野家，太守王唐所献）、瀚海梨（出瀚海北，耐寒不枯）、东王梨（出海中）、紫条梨。"

光听这名字：紫梨、芳梨、瀚海梨，怎不叫人心动。

现在的梨，品种多了去了，就是名字赶不上从前的好听，鸭梨、苹果梨、

香蕉梨、库尔勒香梨、黄梨，以及新品种玉露香，等等。

梨不仅是美味的水果，还可以入药，秋天肺燥，煮梨喝汤，润肺且甘美无比。而谈到诗，梨花入诗不比桃花、杏花少。

选几句风雅片刻。

最喜欢的还是唐代白居易《长恨歌》里的梨花："玉容寂寞泪阑干，梨花一枝春带雨。"

"梨花带雨"成了美貌女子流泪令人心痛不已的代名词。

再说一句多情公子清代纳兰性德的《采桑子·当时错》："一别如斯，落尽梨花月又西。"

雪白的梨花是离愁别绪。

描述白雪般梨花最文艺的是宋代丘处机《无俗念·灵虚宫梨花词》："白锦无纹香烂漫，玉树琼葩堆雪。"只说梨花的美，无关愁绪。

有情绪的梨花，我以为明代唐寅《一剪梅·雨打梨花深闭门》写得好："雨打梨花深闭门，忘了青春，误了青春。"

回到关于梨的成语：梨园弟子、杏雨梨云、祸枣灾梨、让枣推梨。后三个分别在"枣树"篇、"杏"篇中叙及，故不赘述。

"梨园弟子"，梨园，原是唐玄宗培养歌舞艺人的地方，后因演戏的人攀大树，把戏班称为"梨园"，戏班的弟子便有了"梨园弟子"之称。

"梨园弟子"的最早使用记载见于唐代白居易《长恨歌》，舞在梨园、歌在梨园、"梨花带雨"的弟子们："梨园弟子白发新，椒房阿监青娥老。"

马嵬坡之变已经让唐玄宗、杨贵妃长恨，后世梨园弟子该成全他们夫妻，在戏中有个"在天愿作比翼鸟，在地愿为连理枝"的美好归宿。

关于梨的成语在"梨花带雨"中结束最好。梨花白到没有一丝血色。

# 桂 树

## 蟾宫折桂

桂树属于南方树种，故南方多见。传说中，嫦娥居住的月宫种着桂树，"吴刚捧出桂花酒"招待来客。

过去，女子头上抹的是桂花油，那评剧《花为媒》就是这样说的；桂花糕在北方极为稀有，北方人若是吃上一块，得回味一周。

歌曲《八月桂花遍地开》传唱至大江南北。可见桂树、桂花之闻名遐迩。

最早让桂树声名卓著的是屈原："杂申椒与菌桂兮，岂惟纫夫蕙茝！"（《离骚》）"蕙肴蒸兮兰藉，奠桂酒兮椒浆。"（《九歌·东皇太一》）"桂栋兮兰橑，辛夷楣兮药房。"（《九歌·湘夫人》）

桂树是"香木"，那时已可酿酒。

桂树也是中国的名木，一直广受欢迎。汉武帝喜欢桂树，据《西京杂记》记载，汉武帝在上林苑广植奇花异木，其中有桂树一百株。其他植物如甘蕉、

蜜香、指甲花、龙眼、荔枝、橄榄、柑橘等，大多枯死，而桂树活了下来。

肉桂、桂花树，都是南方植物。肉桂是樟科樟属植物，我们多取用其皮。桂花树，是木樨科，我们常取用其花。

不知道是因为屈原的缘故，还是汉武帝的缘故，抑或是嫦娥的缘故，关于桂树的成语不少，有蟾宫折桂、桂林一枝、桂子飘香、食玉炊桂、折桂攀蟾、兰桂齐芳、米珠薪桂。不妨一一列举吧。

蟾宫折桂，中国神话传说中，月宫有一只三条腿的蟾蜍，后人演化把蟾蜍居住的月宫称"蟾宫"。那蟾宫里种的桂花树，比嫦娥去的还早。在蟾宫里能攀折桂花树，那一定是高攀了，后人就以"蟾宫折桂"形容科举应考得中，比直接说"金榜题名"婉转高雅了些。

元代施惠《幽闺记·士女随迁》："镇朝经暮史，寐晚兴夙，拟蟾宫折桂之梯步，待求官奈何服制拘。"

最典型的还是清代曹雪芹《红楼梦》第九回："彼时，黛玉在窗下对镜理妆，听宝玉说上学去，因笑道：'好，这一去，可是要蟾宫折桂了，我不能送你了。'"

桂林一枝，和蟾宫折桂有近似的意思，原是说自己是贤才中的一位，后比喻科举考试中出类拔萃之人。出自《晋书·郤诜传》："武帝于东堂会送，问诜曰：'卿自以为如何？'诜对曰：'臣鉴贤良对策，为天下第一，犹桂林之一枝，昆山之片玉。'"

折桂攀蟾，一看就是脱于"蟾宫折桂"，仍指科举及第。元时用得最多，很讽刺，那时知识分子都是"下九流"的人物，谈"折桂攀蟾"太奢侈。

元代马致远《荐福碑》第四折："当日个废寝忘食，铸铁砚长分磨剑的水；到今日攀蟾折桂，步金价才觅着上天梯。"

元代李好古《张生煮海》第二折："休为那约雨期云龙氏女，送了个攀蟾折桂俊多才。"

元代关汉卿《陈母教子》第二折："二哥哥枉玷污了你那折桂攀蟾的钓鳌手。"

兰桂齐芳，又是比喻子孙后代成才、荣华富贵。出处在明代胡文焕《群音类选·百顺记·王曾祝寿》：“与阶前兰桂齐芳，应堂上椿萱同茂。”意思是后代荣华富贵，父母健康长寿。

《红楼梦》第一百二十回：“现今荣宁两府，善者修缘，恶者悔祸，将来兰桂齐芳，家道复初，也是自然的道理。”

桂子飘香，就是“八月桂花香”的意思。出自唐代宋之问《灵隐寺》诗：“桂子月中落，天香云外飘。”

食玉炊桂、米珠薪桂，两句成语都指食物贵如玉石、柴草贵如桂木，物价太高了。

出处是《战国策》卷十六：“楚国之食贵于玉，薪贵于桂，谒者难得见如鬼，王难得见如天帝。今令臣食玉炊桂，因鬼见帝。”故事说的是战国纵横家苏秦到楚国游说，被守门人索贿，没达成，守门人不仅陷害他，而且卖他东西奇贵。后来苏秦和楚王见了面，相谈甚欢。楚王要留苏秦，苏秦就告诉楚王，楚国“食玉炊桂”，住不起。

总揽关于桂的成语，多语桂的好处，一是香，二是贵。因此，桂就“荣华富贵”了，但是在我眼里，桂就是“八月桂花香”，就是炖肉的桂皮。

芳香元曲

# 寻芳记

李继红 —— 著

新华出版社

图书在版编目（CIP）数据

芳香元曲 / 李继红著. -- 北京 : 新华出版社，2024.7
（寻芳记）
ISBN 978-7-5166-6724-8

Ⅰ.①芳…　Ⅱ.①李…　Ⅲ.①元曲—文学欣赏　Ⅳ.
①I207.24

中国国家版本馆CIP数据核字（2023）第029249号

# 目 录

## 草香元曲

## 木香元曲

# 草香二元曲

寻芳记

# 荷 花

## 莲花相似

历代写荷的人不计其数，包括从前不识字的渔夫渔女，有几个不会唱几首采莲曲呢？那是他们对生活的一种热切表达。

我也写过数次荷，及至现在写元曲中的荷也一样，难脱自己的窠臼，但是在没有新鲜路数的现有情况下，只能延续旧路，关键是我自己乐此不疲。上下几千年的对比让我乐在其中，至于诸君是不是喜欢，我是管不了那么多了。但是只要还有一位同好，我都是热烈地邀请他一同穿越古今，赏荷，赏心情。

荷花的好就不说了，就算是我最爱的宋代周敦颐的《爱莲说》这次也不引用了。咱直接从最早的诗歌总集《诗经》中开启赏荷的穿越之旅。

《诗经》中最美的荷是《陈风·泽陂》中的荷：

彼泽之陂，有蒲与荷。有美一人，伤如之何？寤寐无为，涕泗滂沱。

彼泽之陂，有蒲与蕳。有美一人，硕大且卷。寤寐无为，中心悁悁。

彼泽之陂，有蒲菡萏。有美一人，硕大且俨。寤寐无为，辗转伏枕。

在那池塘边上，生长着蒲草和荷花。有一位英俊的小伙子，我能把他怎么样呢？一天到晚什么也干不成，思念到泪如雨下。

在那池塘边上，生长着蒲草和泽兰。有一位英俊的小伙子，长得高大英俊又魁梧。一天到晚什么也干不成，内心忧闷愁苦。

在那池塘边上，生长着蒲草和荷花。有一位英俊的小伙子，长得高大又威严。一天到晚什么也干不成，伏在枕上睡不着。

想必那位姑娘是深深爱上"有美一人"了，爱到"寤寐无为，涕泗滂沱""寤寐无为，中心悁悁""寤寐无为，辗转伏枕"，她眼中只有池塘边的荷花、泽兰和蒲草，都是美好芳香的美物，就如她心中"硕大且卷"的美男子才能相配。

其中的"菡萏"也是荷，荷的美称很多，比如，水芙蓉、莲等。知道这几样就够用。

想跳过三国到唐朝，但是徘徊再三还是留下了，毕竟曹植的《芙蓉赋》无人可以替代，就选其中的一段吧：

其始荣也，皎若夜光寻扶桑；其杨晖也，晃若九阳出旸谷。芙蓉寒产，菡萏星属。丝条垂珠，丹荣吐绿。焜焜韦华，烂若龙烛。观者终朝，情犹未足。

曹植的文辞华丽多彩，这里就不翻译，否则荷花的美会因为我们语言的贫乏而少了几分。

流连了三国曹植美不胜收、清丽华彩的荷就可以到大唐看荷了，原本以为该是无边的"接天莲叶"，但是除了"潭清疑水浅，荷动知鱼散"（储光羲的《钓鱼湾》）、"无端隔水抛莲子，遥被人知半日羞"（皇甫松的《采莲子》）散淡的小儿女情长，就剩李商隐的"枯荷"了。

### 宿骆氏亭寄怀崔雍崔衮

竹坞无尘水槛清，相思迢递隔重城。
秋阴不散霜飞晚，留得枯荷听雨声。

诗歌美，枯荷美，人相思苦。

到了宋代倒有大气磅礴的荷花，比如"接天莲叶"。杨万里笔下的荷是我最喜欢的荷了。

### 晓出净慈寺送林子方

毕竟西湖六月中，风光不与四时同。

接天莲叶无穷碧，映日荷花别样红。

### 小池

泉眼无声惜细流，树阴照水爱晴柔。

小荷才露尖尖角，早有蜻蜓立上头。

荷在宋朝大放光芒，尤其不能忽略的是李清照的荷。

### 如梦令

常记溪亭日暮，沉醉不知归路。兴尽晚回舟，误入藕花深处。争渡，争渡，惊起一滩鸥鹭。

看情景显然是李清照年轻时的作品，有人说也许是她的处女作。这首词很美，而且没有伤感。

常常记起溪亭泉水日暮时分，有一次在船中喝得大醉，尽兴而归，恍恍惚惚间误入荷花深处，赶忙掉头回转，无意间惊起一片鸥鹭。

这就是宋人的诗意生活，似乎没有眼前的苟且之悲。

荷在宋朝达到顶峰后，我已经不敢期望后来的荷能望其项背，但不论是抗衡还是衰败终归是有自己时代的荷，现在就轮到看元代的荷了。

元代的荷也很多，我只能戴着我的有色眼镜，先选了杨果的〔越调·小桃红〕：

满城烟水月微茫，人倚兰舟唱。常记相逢若耶上，隔三湘，碧云望断空惆怅。美人笑道：莲花相似，情短藕丝长。（节录）

男女约会在兰舟上，男子追忆和女子相遇在若耶溪上的情景，分别后相思不断，只有惆怅。美女笑道，荷花还是那朵荷花，就怕你的情比不上藕丝长。

美女是故意用反语的，否则不会是"笑道"，男女间情感古今同理。

再选刘秉忠的〔南吕·干荷叶〕：

干荷叶，色苍苍，老柄风摇荡。减了清香，越添黄。都因昨夜一场霜，寂寞在秋江上。

干荷叶，映着枯蒲，折柄难擎露。藕丝无，倩风扶。待擎无力不乘珠，难宿滩头鹭。

干荷叶，色无多，不奈风霜锉。贴秋波，倒枝柯。宫娃齐唱《采莲歌》，梦里繁华过。

干荷叶，水上浮，渐渐浮将去。跟将你去，随将去。你问当家中有媳妇？问着不言语。（节录）

刘秉忠是元初杰出的政治家，对元代政治体制、典章制度的奠定发挥了重要作用。写曲、小令不过是他的"副业"。这首曲是他的自度曲，总共写了八首，我选了带"干荷叶"的四首。

这四首都是写荷叶干枯后的境况，颜色"苍苍"，没有清香，不奈风霜，想起唱《采莲歌》的时候，知道曾经的繁华已过。

最后一首有意思，干荷叶折断漂浮在水上，顺船而走，你问船家可有媳妇，船家不语。

船家为什么不语，刘秉忠没说，我猜测，干荷叶漂浮的季节，船家心情也不好，有媳妇没收状，回去怎么面对媳妇的唠叨？没媳妇心里就空落落的，再加上干荷叶枯黄的没着落，岂不是又问到人的伤心处？

这和李商隐的"留得枯荷听雨声"不同，刘秉忠的枯荷有烟火气。

# 黍粟谷

## 禾黍高低六代宫

写过很多遍黍、粟、谷，有时候单独成篇，有时候粟、谷联合，现在就让黍、粟、谷"连篇累牍"，主要是因为它们的性质、科属相同，其中哪些是一回事、哪些有区别已经在"芳香系列"其他篇章中写过，此处不多言。

《诗经》中提到黍子最多，达十七次。提到粟或者谷的有六次。

先收割黍子，就收割《鲁颂·閟宫》里的，一则是因为其中提到黍子，二则是因为三句诗就提到了六种粮食，让我们感受一下数千年前祖先的食物。

《鲁颂·閟宫》："黍稷重穋，稙稚菽麦。奄有下国，俾民稼穑。有稷有黍，有稻有秬。"

说的是周的始祖姜嫄和她的儿子，教人农稼，黍、稷、菽、麦、稻、秬哪个先种、哪个先熟等，他们是伟大的农业之神。

《诗经》中还有需要收割的黍子。

### 王风·黍离

彼黍离离，彼稷之苗。行迈靡靡，中心摇摇。知我者，谓我心忧；不知我者，谓我何求。悠悠苍天，此何人哉？（节录）

大意是，那里的黍子长得茂盛，那里的谷子刚长出苗。我步履迟缓，心神不定，知我者知道我心中的忧患，不知我者，不理解我还有什么寻求。苍天啊，这到底是什么样的人呢？

这就是有名的"黍离之悲"，后世用来指亡国之痛。至于学者对于诗作的原意有什么分歧，"黍离之悲"已经既成事实，只要"黍离"就是"亡国"。

现在收割《诗经》中的粟或谷，《小雅·黄鸟》中的谷子让人印象深刻：

黄鸟黄鸟，无集于穀，无啄我粟。此邦之人，不我肯穀。言旋言归，复我邦族。

黄鸟黄鸟，无集于桑，无啄我粱。此邦之人，不可与明。言旋言归，复我诸兄。

黄鸟黄鸟，无集于栩，无啄我黍。此邦之人，不可与处。言旋言归，复我诸父。

黄雀呀黄雀，不要聚集在楮树上，不要啄食我的粟子。这地方的人，不肯善待我。还是回去吧，回到我的家乡。

黄雀呀黄雀，不要聚集在桑树上，不要啄食我的黄粱。这地方的人，不可以和他们订立盟约。还是回去吧，回去找我的兄弟。

黄雀呀黄雀，不要聚集在柞树上，不要啄食我的黍子。这个地方的人，不能够和他们相处。还是回去吧，回去找我的父伯。

我一个外乡人，来到这个地方，辛辛苦苦种下各种谷物，却得不到本地人的接纳，这还不算，连那可恶的黄雀都趁火打劫啄食我的谷物，我哪里还能待得下去，只能回到家乡。

原本该是收获的喜悦，但亡国了就是悲怨。这能算是谷物惹的祸吗？当然不算，是因诗人心绪早已不同往日了。

收割了《诗经》时代悲哀的谷物。再到南方看看，兴许也能收割些谷物，果真有黍有粟。

先收割黍子，在南方不叫黍子，叫"秬黍"。《尔雅》解释："秬，黑黍。"黑黍"种"在屈原的《天问》里：

阻穷西征，岩何越焉？化而为黄熊，巫何活焉？

咸播秬黍，莆雚是营。何由并投，而鲧疾修盈？（节录）

鲧化为黄熊向西方进发，他怎样越过那险要的山岩？既然鲧的身体已经化为黄熊，神巫又怎么能把他救活？鲧辛勤耕作种上优质的黑黍，那里曾经是长满蒲草和荻苇。为何要把他和共工一起流放，难道是鲧真的恶贯满盈？

收割了黑黍，再收割粟，当然也叫粱、谷等。在《招魂》中：

室家遂宗，食多方些。稻粢穱麦，挐黄粱些。

大苦咸酸，辛甘行些。（节录）

整个宗族聚集在一起，饮食丰盛、品种多样。稻谷小麦，还有黄粱。有苦咸酸各味，再加上甜辣调和。

宗族的宴饮真丰盛，什么都有，黄粱——粟就是其中一种。真是令人垂涎欲滴。

从久远的《诗经》《楚辞》时代收割了黍、粟、谷，越过中间时代，就到大唐吧，谷物多呢。

先选李白家的黍子，潇洒。

### 南陵别儿童入京

白酒新熟山中归，黄鸡啄黍秋正肥。

呼童烹鸡酌白酒，儿女嬉笑牵人衣。

高歌取醉欲自慰，起舞落日争光辉。

游说万乘苦不早，著鞭跨马涉远道。

会稽愚妇轻买臣，余亦辞家西入秦。

仰天大笑出门去，我辈岂是蓬蒿人。

李白写这首诗时是他最得意的时候，因为唐玄宗召他入京，他自以为从此政治抱负就可以实现了，所以高兴得不能自抑，又是喝酒、又是唱歌、又是舞蹈，不亦乐乎，于是自负地唱出"仰天大笑出门去，我辈岂是蓬蒿人"的狂语。当然，他失望了，那是后话。此时他是高兴的，连那黄鸡啄食的黍子也注意到了，此时"秋正肥"，他的喜悦是"肥"的，黄鸡也一定是"肥"的，当然黍子也一定是"肥"的。

粟就收割李绅家的，他的粟最有名。

### 悯农二首

一

春种一粒粟，秋收万颗子。
四海无闲田，农夫犹饿死。

二

锄禾日当午，汗滴禾下土。
谁知盘中餐，粒粒皆辛苦。

春天种一粒种子，秋天就能收千万颗，广阔的土地没有闲田，农夫仍然会饿死。

收割了唐朝的黍、粟、谷，也别休息，赶紧到宋朝继续收割，去晚了就没了。果然去晚了，只剩下"黍离之悲"了。

### 贺新郎·西湖

#### 文及翁

一勺西湖水。渡江来，百年歌舞，百年醨醉。回首洛阳花石尽，烟渺黍离之地。更不复、新亭堕泪。簇乐红妆摇画舫，问中流、击楫何人是？千古恨，几时洗？

余生自负澄清志。更有谁、磻溪未遇，傅岩未起。国事如今谁倚仗，衣带一江而已！便都道、江神堪恃。借问孤山林处士，但掉头、笑指梅花蕊。天下事，可知矣！

文及翁，南宋人，一甲第二名进士，为官多年。南宋亡国后，他弃官遁去，元朝多次征召也不理会。

自渡江以来，这里就是君臣偏安一隅的地方，百年的歌舞沉醉，今日却是黍离之地，曾经的故地更不曾有人记挂，这千古的恨何时才能雪洗？

我就是有一腔的报国之志，却无报国之门。那些大臣们只知空谈，只知观梅赏景。如此一来，天下事可想而知了。

这就是"黍离之悲"，或者更悲，已经要亡国了还不自知的悲。

南宋国都亡了，黍子没有了，粟也没有了，只好垂头丧气地到元朝吧。这回先收割谷，元好问的"谷"。

### 黄钟·人月圆

#### 卜居外家东园

重冈已隔红尘断，村落更年丰。移居要就，窗中远岫，舍后长松。十年种木，一年种谷，都付儿童。老夫惟有，醒来明月，醉后清风。（节录）

元好问是金末元初最有名的文学家，擅长诗、文、词、曲，被尊为"北方文雄""一代文宗"。

难得在"芳香系列"里介绍他的作品，他留下的曲少，提到植物的也不多，幸好有"谷"使我有机会得见其风采。

写此曲时他曾经供职的金国已经灭亡，现在是"新时代"元朝，他回到故乡姥姥家（外家）。

山峦阻挡了尘世的繁华，今年村里丰收了。这正是想要住的地方。从窗户里可以看到远山，房屋背后就是长松。十年种木，一年种谷这样的事年少人都能干，老夫我要干的就是醒来看明月，醉后吹清风。

元好问并不如看起来那般轻松，灭国之痛不是躲进深山就能消除的。

黯然离开元好问就进了马致远家的田，正好黍子等着收割，开始吧。

### 双调·拨不断

布衣中，问英雄。王图霸业成何用！

禾黍高低六代宫，楸梧远近千官冢。一场恶梦。

此小令看起来很眼熟，凝神一看，原来是化用了唐代许浑的《金陵怀古》："玉树歌残王气终，景阳兵合戍楼空。松楸远近千官冢，禾黍高低六代宫。石燕拂云晴亦雨，江豚吹浪夜还风。英雄一去豪华尽，惟有青山似洛中。"

许浑的诗气象万千，有苏轼"大江东去浪淘尽"的壮阔、悲凉。马致远高度浓缩后回到现世险恶的厌世激愤。

出身平民的英雄，就算是成就了英雄霸业又怎么样，你看曾经的六朝宫殿今何在，还不是长上了禾苗黍子？楸树、梧桐的树林里更多的是大小官吏的坟冢，这一切就像是一场噩梦，千万别追逐。

不幸，帮助马致远收割黍子，赶上他心情不好，那就赶紧撤，张养浩的粟也许要咱帮忙收割。

## 南吕·一枝花

### 咏喜雨

〔梁州〕恨不得把野草翻腾做菽粟，澄河沙都变化做金珠。直使千门万户家豪富，我也不枉了受天禄。眼觑着灾伤教我没是处，只落得雪满头颅。（节录）

恨不能把那野草全变成大豆和谷子，河里的泥沙都变成金银珠宝。就让那千家万户都变成富豪，我也不枉了接受朝廷的俸禄，眼看灾情我没办法，急得我一夜白头。

得，张养浩正心急如焚地拯救饥寒交迫的百姓，他哪里有黍子，他是希望把野草变成黍子，我竟被他感动到流泪。一个封建时代的官吏如此为民着想，如果可以穿越，我愿为他出力！

从《诗经》时代到元代，黍、粟、谷等作物关系到家国命运，关系到国民生计。儿时就会背的"谁知盘中餐，粒粒皆辛苦"，几十年过去才知道其分量。

# 红 蓼

## 绿杨堤畔蓼花州

我眼里的红蓼就是农家小院秋天的风景，野蛮生长，恣意烂漫。这样质朴杂草一样的植物却有不寻常的历史。

至少在《诗经》时代红蓼就出场了，是以"游龙"的名号游走，而且还惹出一些"花红柳绿"。

### 郑风·山有扶苏

山有扶苏，隰有荷华。不见子都，乃见狂且。

山有乔松，隰有游龙。不见子充，乃见狡童。

山上有唐棣，水洼有荷花。不见美男子，倒见你这个轻狂人。

山上有松树，水里有红蓼。不见美男子，倒见你这个轻浮人。

这是一首描写男女约会时女子对男子的戏谑、俏骂的诗歌。全诗充满了调侃的意味，笑骂中蕴含着深厚的爱，极为清新活泼。

后世的红蓼可没有这么"轻狂"，反倒成了哀叹的应景之物，就是因为它开在秋天。

先看唐代白居易的红蓼。

### 曲江早秋

秋波红蓼水，夕照青芜岸。

独信马蹄行，曲江池四畔。

早凉晴后至，残暑暝来散。

方喜炎燠销，复嗟时节换。

我年三十六，冉冉昏复旦。

人寿七十稀，七十新过半。

且当对酒笑，勿起临风叹。

初秋，白居易骑马到曲江边游览，红蓼就蓬勃摇动映照到江水里，天气已经是早晚凉爽了，暑气晚上就散了。刚高兴"桑拿天"结束了，又该感叹时光匆匆，季节转换。我已经三十六岁了，朝朝暮暮昏昏然然就过去了。都说人生七十古来稀，我已经过了一半，可不敢虚度光阴，最好是把酒言欢，别临风哀叹。

红蓼是初秋的象征，白居易感叹时光的飞逝。

红蓼到了宋代更该是"愁"的，但是也有例外，比如苏东坡就为诸君提供了一片不一样的红蓼。

### 浣溪沙·从泗州刘倩叔游南山

细雨斜风作晓寒，淡烟疏柳媚晴滩。入淮清洛渐漫漫，
雪沫乳花浮午盏。蓼茸蒿笋试春盘，人间有味是清欢。

这是春天，下着细雨，还有些清冷，放晴后的柳树在河滩妩媚摇曳，流进淮水的洛涧已经涨水了。看着眼前的美景，再好好冲泡上一壶好茶，品尝着蓼芽和嫩笋，感受到人间有味道的还是清淡带给人的欢愉。

此词当然好，喜欢的不是其中的蓼，而是"人间有味是清欢"的恬淡心境。我不能判断词中的"蓼"是什么蓼，蓼可以入药，但是没听说过可以食用。蓼芽可食用那是在春天，到了秋天，红蓼像游龙一样迎风飞舞，苏东坡看到那景色也许是要悲愁的。

现在就"游"到了元代，元代的红蓼是什么样我不敢有预期，我们还是

看看吧。

先看盍西村的蓼。

越调·小桃红

### 杂咏

绿杨堤畔蓼花洲，可爱溪山秀，烟水茫茫晚凉后。捕鱼舟，冲开万顷玻璃皱。乱云不收，残霞妆就，一片洞庭秋。（节录）

盍西村，元代早期人，生平不详。

绿柳加红蓼，溪山一下子秀美无比，万顷碧波有渔舟唱晚，把平静的水面冲出万道波纹。天上云在飘，晚霞为云彩镶个金边，这就是洞庭湖的秋天。好舒展，好浩荡。

这样的红蓼曲不妨多几支。

再选一首查德卿的红蓼。

越调·柳营曲

### 江上

烟艇闲，雨蓑干，渔翁醉醒江上晚。啼鸟关关，流水潺潺，乐似富春山。数声柔橹江湾，一钩香饵波寒。回头贪兔魄，失意放渔竿；看，流下蓼花滩。

查德卿只留下姓名，没有生平事迹。说不定此曲就是他的真实写照，写的是失意文人强自闲适的无奈与悲凉。

失意的钓鱼翁闲着，身上的蓑衣被雨淋后又干了。他喝醉了酒，醒来已经是晚上。水鸟啼鸣，流水潺潺，好似东汉严子陵隐居的富春山。渔翁正沉浸在自己的遐想中，忽然传来江上摇橹声，那些真正的渔翁打鱼归来，但失意渔翁的眼前不过是有钩无鱼，以及刚漫上来的江水的寒气。渔翁看天上的月亮，还是想着"蟾宫折桂"的旧事，不由悲从中来，放下没有钓上鱼的鱼竿，看，顺流而下无尽的蓼花滩。

旧时文人断了考取功名的路子就是断了生路，没有生路的文人好似行尸走肉，要不放浪形骸浪迹天涯，要不像此渔翁一样"闲居""归隐"，但是心不甘呀，看到蓼花滩又怎样？能不愁闷吗？

这样的红蓼和千年前"沾花惹草"的游龙红蓼哪里能相比呢？我还是喜欢那野蛮生长的农家院里的红蓼，有种现世安稳的静好。

# 牡 丹

## 洛阳花酒一时别

牡丹自唐代大盛之后，再看后世的牡丹花也难以超出其时的盛况。试想还有什么花能"花开时节动京城"，当然是"唯有牡丹真国色"了。再看，只有二十天花期的牡丹，一旦开放那是要"一城之人皆若狂"的。

牡丹的来历就不赘述了，还是梳理一下牡丹自唐兴盛至元的历程，做一个比较，诸君就知道唐时牡丹的厉害了。

当然是从唐时的牡丹说起，立一个标杆。

唐代舒元舆在《牡丹赋》中这样说："我案花品，此花第一。脱落群类，独占春日。其大盈尺，其香满室。叶如翠羽，拥抱栉比，蕊如金屑，妆饰淑质。玫瑰羞死，芍药自失。夭桃敛迹，秾李惭出。踯躅宵溃，木兰潜逸。朱槿灰心，紫薇屈膝，皆让其先，敢怀愤嫉。"

意思是牡丹开了，玫瑰得羞死，芍药就失色，桃花不敢艳，李花要退出，杜鹃心有愧，木兰将遁逃，朱槿会灰心，紫薇皆弯腰，哪里敢有愤慨嫉妒的心思，这就是大唐牡丹。

为了给他撑腰，就拿几首大唐名家的牡丹诗赏阅一下。

### 牡丹

皮日休

落尽残红始吐芳，佳名唤作百花王

竞夸天下无双艳，独立人间第一香

### 赏牡丹

刘禹锡

庭前芍药妖无格，池上芙蕖净少情。

唯有牡丹真国色，花开时节动京城。

### 牡丹芳

白居易

共愁日照芳难驻，仍张帷幕垂阴凉。

花开花落二十日，一城之人皆若狂。（节录）

再看宋朝的牡丹，就是"闲看洛阳花"了，哪有"一城之人皆若狂"的豪气。

就看宋代陈瓘的牡丹。

## 满庭芳

槁木形骸，浮云身世，一年两到京华。又还乘兴，闲看洛阳花。闻道鞓红最好，春归后、终委泥沙。忘言处，花开花谢，不似我生涯。

年华。留不住，饥餐困寝，触处为家。这一轮明月，本自无瑕。随分冬裘夏葛，都不会、赤水黄芽。谁知我，春风一拐，谈笑有丹砂。

说是闲看牡丹花，其实是刻意为之，得知鞓红这个品种最好，春归后还不是要委身泥沙？心知肚明，花开花谢，跟我的生命足迹不相似。

知道年华留不住，饿了吃，困了睡，四处为家。天上的这一轮明月，洁净无瑕。随季节我冬穿裘夏穿葛，修身炼丹，谁人知我春风中一拐子，谈笑间都是灵丹妙药。

赏罢宋朝牡丹，诸君随我一起看看元是怎样对待"国色天香"的。

先看胡祗遹的〔中吕·阳春曲〕《春景》：

一帘红雨桃花谢，十里清阴柳影斜。洛阳花酒一时别。春去也，闲煞旧蜂蝶。（节录）

胡祗遹在元时的文人中实在是得天独厚，官至江南浙西道提刑按察使，以精明干练著称，死后谥文靖。公务之余写诗文，著书丰富，所写《优伶赵文益诗序》等为研究元曲之珍贵资料。特意写出此篇目是想说，胡祗遹的业余生活很丰富。

〔中吕·阳春曲〕《春景》是一组小令，写到牡丹的是第三首。

桃花谢了，落下桃花红雨，长长的柳树投射下斜斜的影子。该到了边饮酒边欣赏牡丹花的时节。此时就知道春天回去了，牡丹还没开，这可闲坏了春天忙忙碌碌采花的蜜蜂和蝴蝶。

小情小景小清新，这样的牡丹已经走进人间。

再看乔吉的牡丹。

## 双调·新水令

### 闺丽

绣闺深培养出牡丹芽，控银钩绣帘不挂。莺燕游上苑，蝶梦绕东华。富贵人家，花阴内柳阴下。（节录）

这是一组套曲，写了一位男子爱上深闺小姐的故事，就是老掉牙的"才子佳人"故事。此曲是第一支，描述小姐的生活状态。

小姐是深闺里娇养出的牡丹芽一般的俏佳人，绣帘遮挡住小姐的模样，外人很难看到她。春天里，小姐莺莺燕燕游花园，过得逍遥自在。花丛中，柳荫下，那是富贵人家的小姐在游春。

看乔吉的牡丹花样小姐，想起曲折跌宕的《牡丹亭》。《牡丹亭》终归是大团圆结局，《闺丽》却是无疾而终，牡丹小姐邂逅书生，一见钟情，引起街头的风言风语，小姐退缩，男子不得不退出。看来牡丹小姐不似杜丽娘那般坚韧不拔，所以无法鸳梦重温？可惜了牡丹样的小姐。

从唐时的牡丹到元代的牡丹，可不是一路江河日下，哪里还有"为爱名花抵死狂"的万丈豪情，就是有了牡丹的模样，也没有了牡丹的魂魄。

# 竹 子

## 掩白沙翠竹柴门

再写竹子的时候，我有一种"越是艰险越向前"的英雄气概，必须说服自己才有勇气写竹子，毕竟写了好几次，但是我反复告诉自己，放下以往的包袱，发扬竹笋破土生长的耐力，只管生长，不问前程。

就从竹子最早入诗的《诗经》开始吧，诸君会发现，每个朝代都有不一样的竹。竹子的出场就不同凡响，是"竹苞松茂"的欣欣向荣。

《小雅·斯干》，是一首祝贺贵族宫室落成的赞美诗：

秩秩斯干，幽幽南山。如竹苞矣，如松茂矣。兄及弟矣，式相好矣，无相犹矣。

似续妣祖，筑室百堵，西南其户。爰居爰处，爰笑爰语。（节录）

涧水清清流不停，南山深幽多清静。有那密集的竹丛，有那茂盛的松林。哥哥弟弟在一起，和睦相处情最亲，没有诈骗和欺凌。

祖先事业得继承，筑下房舍上百栋，向西向南开大门。在此生活与相处，说说笑笑真兴奋。

有了这样欣欣向荣的开端，就能理解晋代王羲之的"茂林修竹"。

《兰亭集序》："此地有崇山峻岭，茂林修竹。"短短十一个字，一处环境优雅、风景如画的美地便映入你的眼帘。

这一日天朗气清、惠风和畅，崇山峻岭之间森林茂盛、竹子修长，一群文人置身于此，即使无"丝竹管弦之盛"，只有"一觞一咏，亦足以畅叙幽情"。此一盛事因着王羲之的"天下第一行书"流传千年不衰，令世人高山仰止。"茂林修竹"这则成语进一步成就了竹的品格。

到了大唐，竹衍生出不一样的"小儿女"情态，自然是"青梅竹马"，那

是最有情趣的竹。李白《长干行》诗云：

> 郎骑竹马来，绕床弄青梅。
>
> 同居长干里，两小无嫌猜。（节录）

宋的竹子就清雅了，不仅仅是"成竹在胸"，还是"不可居无竹"的士大夫的自作清高，都是苏东坡"炒作"出来的。

他在《文与可画筼筜谷偃竹记》中云："故画竹，必先得成竹于胸中。执笔熟视，乃见其所欲画者，急起从之，振笔直遂，以追其所见。如兔起鹘落，少纵则逝矣。"

他在《于潜僧绿筠轩》中定下了文人墨客标准的居住环境。

### 于潜僧绿筠轩

> 可使食无肉，不可居无竹。
>
> 无肉令人瘦，无竹令人俗。
>
> 人瘦尚可肥，士俗不可医。
>
> 旁人笑此言，似高还似痴。
>
> 若对此君仍大嚼，世间那有扬州鹤？

宋的竹子离不开苏东坡的文章、诗歌，还有辞赋，他的《定风波》就不能不提：

> 莫听穿林打叶声，何妨吟啸且徐行。竹杖芒鞋轻胜马，谁怕？一蓑烟雨任平生。
>
> 料峭春风吹酒醒，微冷，山头斜照却相迎。回首向来萧瑟处，归去，也无风雨也无晴。

苏东坡写了竹后，后世写竹的人都有危险，无人能及，他是"抛玉引砖"啊。

那也不能不写呀，无人能抵抗竹子的清雅。现在就从宋代"高大上"的竹到元看看，不能以竹胜，总可以找到"功夫在诗外"的竹吧。

胡祗遹的〔双调·沉醉东风〕《赠妓朱帘秀》我以为就是此种，有竹，有"诗外"的明星朱帘秀。

锦织江边翠竹，绒穿海上明珠。月淡时风清处，都隔断落红尘土。一片闲云任卷舒，挂尽朝云暮雨。

朱帘秀是元时的"大明星"，"杂剧称当今独步"，当时很多文人雅士都曾经歌咏过她，也引来无数爱慕的眼光，包括关汉卿、卢挚、胡祗遹。

歌颂的是珠帘，痕迹明显的是歌颂朱帘秀。

织锦的珠帘上织着江边的翠竹，海上明珠用红绒线穿就。不论月淡还是风轻，珠帘都把外面的红尘遮挡，就像你朱帘秀。云卷云舒任逍遥，一绣帘挂尽朝云暮雨，挂尽人世的朝云暮雨。

这一曲双关"珠帘"岂不是妙不可言？其中的竹子是江边的翠竹，自然无比清脆，有雨露滋润，何等的清新宜人，就像帘后的朱帘秀，美得不可方物。

这算不一样的竹吗？再选刘敏中的〔正宫·黑漆弩〕《村居遣兴》：

长巾阔领深村住，不识我唤作伧父。掩白沙翠竹柴门，听彻秋来夜雨。闲将得失思量，往事水流东去。便宜教画却凌烟，甚是功名了处。（节录）

刘敏中曾两度辞官，此作品就是在一次"归隐"时写的。

住在僻静的"深村"里，不认识的人把我当作粗鄙的乡下人。我把自己关在周边有翠竹的院子里，听秋天夜里的风雨，思量人生的得失。唉，往事已经随水东流去，就算是有一天被画在凌烟阁的"功臣簿"中，那又有什么用呢？

这是元代知识分子的"通病"，为官的想归隐，进不了仕途的不得不归隐。有些人归隐后忘情山水，忘记自己的痛苦，有些人归隐了也不能忘却尘世的沉浮，比如刘敏中。

但是他是自洁的，所以院里要种翠竹，表明自己的"高尚情操"和不"同流合污"的意志。

# 葫 芦

## 一葫芦春色醉山翁

　　葫芦不是西葫芦，就是南极仙翁挂着的葫芦。已经不是第一次写，也不多言，就从历代诗歌中理出葫芦的历史脉络吧。

　　《诗经》中的葫芦有情意。

### 邶风·匏有苦叶

匏有苦叶，济有深涉。深则厉，浅则揭。

有弥济盈，有鷕雉鸣。济盈不濡轨，雉鸣求其牡。

雍雍鸣雁，旭日始旦。士如归妻，迨冰未泮。

招招舟子，人涉卬否。人涉卬否，卬须我友。

　　大意是，葫芦叶子已经枯黄，济水河也已经上涨。水深的地方把葫芦系在腰间浮过来，水浅的地方只把衣服撩起来就可以过。那济水一直在上涨，雌鸡"唯唯"在乱叫。济水再涨还淹不过车轮，那雌鸡鸣叫是在呼唤雄鸡。大雁发出和谐的叫声，旭日东升天已明。郎君若是要娶妻，趁河没有结冰时。渡口舟子在召唤，别人都已渡河，就是我不渡，我专等我那心上人。

　　葫芦叶子枯黄正好，说明葫芦成熟了，葫芦可以帮主人公的心上人渡过正涨水的河，主人公一大早就在这里等心上人，看见那雄鸡鸣叫，声声呼唤雄鸡，不禁对自己还没有到来的郎君说："若是想娶我，赶紧'携匏涉水'来找我，我在岸边痴痴等你来。"可以看出女子急切又直接地盼望着心上人的迎娶。

还有一样喜欢的葫芦，葫芦籽儿，《卫风·硕人》：

手如柔荑，肤如凝脂，领如蝤蛴，齿如瓠犀，螓首蛾眉，巧笑倩兮，美目盼兮。（节录）

庄姜的手犹如出生的白茅芽，肌肤犹如凝脂，脖颈犹如天牛的幼虫，牙齿犹如葫芦的籽般整齐，宽宽的额头弯弯的眉，笑起来妩媚动人，一双美目招魂引魄。

"瓠犀"就是葫芦籽，前人用葫芦籽比喻美人的牙齿，现在的人怎么能想到呢？

到了唐朝，葫芦似乎没有那么美妙且情深意长。

且看韦应物的《答释子良史送酒瓢》：

此瓢今已到，山瓢知已空。

且饮寒塘水，遥将回也同。

朋友，你送的瓢已经收到了，瓢知道自己是空心的，待要饮酒又没有，那就用瓢喝点凉水，我想此瓢在你那里不过也是如此吧，哪里有酒可以用瓢盛呢？

诗人喝酒常事，用瓢盛酒也寻常，过去就有酒葫芦一说，不过韦应物收到的是瓢，不寻常的是有了酒具却没有酒，你说扫兴不扫兴？不仅自己没有，送酒具的朋友也没有，没有酒怎么写好诗呢？所以此诗就出不了名。

宋代的葫芦似乎有趣了一些，这得感谢杨万里的《甘瓠》：

笑杀桑根甘瓠苗，乱他桑叶上他条。

向人更逞廋藏巧，怪道桑梢挂一瓢。

杨万里看到一株葫芦苗攀到了桑树上，觉得很好玩，那葫芦苗自由生长把桑树的秩序打乱，葫芦苗何时长出没人知道，它藏得巧妙，待你发觉，桑树的梢头已经挂上了一个大大的瓢。

这真是没想到的葫芦，有趣，是一个野蛮生长的葫芦，不像是斯文的宋朝葫芦，长在唐朝更适合。

元代的葫芦就多起来了，不仅有酒葫芦，还有"一葫芦春色"。这个卢挚不能不提，先说他的酒葫芦。

### 双调·沉醉东风

### 对酒

对酒问人生几何，被无情日月消磨。炼成腹内丹，泼煞心头火。葫芦提醉中闲过。万里云山入浩歌，一任旁人笑我。

对酒当歌人生几何，无情岁月消磨人的情志。我已经看够人世百态，现在想的就是修身养性，泼灭心头对世间的不耐火，有酒葫芦相伴闲散度日。放下了，看到的是万里云山，管旁人是否笑话我。

像卢挚这样少年得志、官至翰林学士承旨的文人都发出这样的感慨，那些不如意的文人又该如何呢？

卢挚还有葫芦，酒中葫芦，春色葫芦。

### 双调·殿前欢

酒杯浓，一葫芦春色醉山翁，一葫芦酒压花梢重。随我奚童，葫芦干，兴不穷。谁人共？一带青山送。乘风列子，列子乘风。

酒香正浓，我陶醉在春色中，一边喝酒一边看花，花压低枝头。跟随我的书童喝干一葫芦酒还没尽兴。谁能和我尽情尽兴？此时青山伴我，就好像列子乘风，乘风的列子，好不快活。

卢挚的快活全凭酒葫芦。

再看马致远的葫芦。

双调·清江引

### 野兴

东篱本是风月主。晚节园林趣。一枕葫芦架，几行垂杨树。是搭儿快活闲住处。（节录）

我本是热爱自然的本家，年轻时曾经迷恋仕途，晚年了幡然醒悟，回归自然。种一架葫芦，栽几行杨柳，这才是我想要的快活闲居处。

元代，文人，有一只酒葫芦，一枕葫芦架，就可以过诗意人生。

再看乔吉的闷葫芦。

双调·水仙子

### 怨风情

眼前花怎得接连枝，眉上锁新教配钥匙，描笔儿勾销了伤春事。闷葫芦铰断线儿，锦鸳鸯别对了个雄雌。野蜂儿难寻觅，蝎虎儿干害死，蚕蛹儿毕罢了相思。

这首曲描写了一位失恋女子的心理活动。

曾经的情郎没了消息，眼前的任何景致都让人费思量，花不是连理枝上的花，眉头紧锁需要用钥匙打开，描几笔女红想消解伤心事。哪里能消解，心里像闷葫芦一样完全不明白那情郎怎么一下子没了消息。一定是背着我另寻佳偶。那人就像野蜂难以寻觅，我却像蝎虎子被活活坑死，我看我还是像那蚕蛹一般不抽丝就断了相思吧。

多接地气的"闷葫芦"，女子虽然愤恨，但我却想起"活色生香"一词，这样的小令才是元曲的精粹，就是那么泼辣直白、活灵活现。

最后还有无名氏的葫芦不能舍去。

正宫·醉太平

### 叹子弟

寻葫芦锯瓢，拾砖瓦攒窑，暖堂院翻做乞儿学，做一个莲花落训道。戴一顶十花九裂遮尘帽，穿一领千补百衲藏形袄，系一条七断八续勒身绦。这的是子弟每下梢。

此曲写了纨绔子弟沦为乞丐的状态。

曾经锦衣玉食的纨绔子弟，如今沦落到要锯葫芦为瓢讨饭的境地，不仅要讨饭，还要捡拾砖瓦为自己搭建遮风挡雨的窑洞，曾经温暖的华屋现在已经没有了，翻墙跃瓦的乞儿仗着有些文化，做一个教唱"莲花落"的师傅。穿的是破衣烂衫，系的是打满结的长腰带，看到了吗？这就是纨绔子弟的下场。

意想不到的葫芦，料想到的纨绔子弟下场。

葫芦几千年下来竟让此纨绔子弟糟践了。


# 菊　花

## 怪黄花厌我清贫

菊花是古诗词里出现最多的植物之一，我只在"芳香系列"里就写了至少五次，可见菊的"冲天香阵"不仅"透长安"，更"透"中国。

不用再写我对菊的感受，直接进入古人的菊花世界，一览菊花美妙。

菊花入诗自《楚辞》始，那就不能不提"春兰秋菊"，出自屈原的《九歌·礼魂》：

成礼兮会鼓，传芭兮代舞，姱女倡兮容与。
春兰兮秋菊，长无绝兮终古。（节录）

祭祀礼成啊鼓乐和鸣，香花传递啊纷纷起舞，美女高唱啊仪态从容。
春天祭祀以兰草啊秋天祭祀以菊花，长久没有终止啊直到永远。

其实我还喜欢屈原"吃"的菊花，就提一句《离骚》："朝饮木兰之坠露兮，夕餐秋菊之落英。"大意是，清晨我饮木兰上的露珠，傍晚食菊花落下的花瓣。

唐朝人不仅吃菊花酒，还将"菊花插满头"。

### 九日齐山登高

杜牧

江涵秋影雁初飞，与客携壶上翠微。

尘世难逢开口笑，菊花须插满头归。

但将酩酊酬佳节，不用登临恨落晖。

古往今来只如此，牛山何必独沾衣。

九月九是重阳节，饮菊花酒，插茱萸，登高望远，欣赏秋景。此时为刺史的杜牧正是如此，和老友登上齐山，远处的江水倒映出大雁的影子，约朋友一起拿着酒登上依然青葱苍绿的大山。心情豁然开朗，那尘世种种的不愉快此时抛在脑后，要高兴就彻底高兴，把那盛开的菊花插个满头，自在逍遥，尽情尽兴再投身尘世。所以喝他个酩酊大醉不枉佳节，管它现在已经是落日黄昏。古往今来不过如此，何苦像齐景公面对牛山落泪发出感叹："若何滂滂去此而死乎！"

晚唐黄巢笔下牛气冲天的菊花还是在此绽放一下吧，毕竟是"史上最牛菊花"。

### 不第后赋菊

待到秋来九月八，我花开后百花杀。

冲天香阵透长安，满城尽带黄金甲。

宋朝的菊花就没那么"挺拔"了，要柔韧一些，不，是伤感一些。就看李清照的《醉花阴》吧。

### 醉花阴

薄雾浓云愁永昼，瑞脑销金兽①。佳节又重阳，玉枕纱厨②，半夜凉初透。东篱把酒黄昏后，有暗香盈袖。莫道不销魂，帘卷西风，人比黄花瘦。

这是李清照写给丈夫赵明诚的思念词。

又到了重阳节，没有你的日子，时间很难消磨。龙脑香在香炉里冉冉升起，我睡在纱帐中思念你，半夜凉气袭遍全身。

黄昏后在东篱边饮酒，有菊花香气袭入袖中，思念你的心情让人销魂，临着寒冷的西风，人比黄花瘦。

相思极深，清冷无比，菊花冷艳，让人如何消受得起。

"人比黄花瘦"之后，精神也萎靡了不少，赶紧到元朝放放风，需要元曲的粗粝、烟火味儿。

先看张养浩的〔双调·雁儿落兼得胜令〕：

往常时为功名惹是非，如今对山水忘名利；往常时趁鸡声赴早朝，如今近晌午犹然睡。往常时秉笏立丹墀，如今把菊向东篱；往常时俯仰承极贵，如今逍遥谒故知；往常时狂痴，险犯着笞杖徒流罪；如今便宜，课会风花雪月题。（节录）

---

① 销金兽，又作"消金兽"。

② 厨：通"橱"。

这是张养浩弃官归隐后写的。他对比为官和归隐后的生活，得出结论：还是"采菊东篱下，悠然见南山"好。

再看张可久的〔双调·折桂令〕《桃花菊》：

怪黄花厌我清贫，老圃秋容，丹脸偷匀。前度刘郎，东篱陶令，邂逅寒温。延寿客秋凤酒樽，想佳人春日庄门。笑问东君：费尽金钱，占醉红裙。

张可久的菊花不一样，已经不是"黄花"这样的单一了，而是桃花菊，是粉红色的。粉红色就不容易引起人的愁思，那是温暖的颜色。

黄菊花怪我清贫，老花圃里，菊花一改芳容偷偷染就桃花色。就好像种桃的刘禹锡遇到种菊的陶渊明，那是温柔和清寒的"邂逅"。我在一旁是看客，饮酒，想佳人，不由笑问春风君，是不是你费尽金钱让"昨日黄花"变成"桃花菊"的？害得那菊花怪我清贫，不能给她"好颜色"。

完全意想不到的菊花，桃花菊——嫌贫爱富的黄花。

世间真有趣，菊花也有这样的时候。

# 白　茅

## 竹篱茅舍

白茅是春天开花的，白花，作为禾本科穗状花序的白花根本不像花，就像"少白头"，特别是在春意盎然的季节，成片的白茅开花使你以为是深秋或者冬季，但分明不是，白茅下鲜绿的条状叶鲜明地告诉你，这是生机勃勃的春季。

这一不以花色迷人但在春天姹紫嫣红中很醒目的白茅很早就引起我们先人的注意。首先是探索宇宙奥秘的《周易》这样"推演"过白茅："籍用白茅，无咎。"也许先人就是看上白茅的"洁白"，才使之成为献祭时供品的包裹物。

我喜欢的白茅有两种，一种关乎爱情，有《召南·野有死麕》为证：

野有死麕，白茅包之。有女怀春，吉士诱之。

林有朴樕，野有死鹿。白茅纯束，有女如玉。

舒而脱脱兮！无感我帨兮！无使尨也吠！

野外有一只獐鹿死了，用白茅包裹住它。有一位女子春心萌动，就有一位男子追逐。树林里小树婆娑，野地里有死去的野鹿，白茅捆扎献给谁，有位女子美如玉。宽衣解带要缓慢，不要弄坏我的佩巾，不要惊动那长毛狗儿去吠叫。

猎获的野鹿是用白茅包裹的，说明小伙子的诚信，因为用白茅包裹祭品是献给神灵的，庄重、神圣，把它送给怀春的女子当然深得芳心。

这样的白茅令人心动，原始纯朴、野蛮生动。

还有一种我喜欢的白茅，就是白茅的嫩芽——柔荑。

《卫风·硕人》："手如柔荑，肤如凝脂，领如蝤蛴，齿如瓠犀，螓首蛾眉，巧笑倩兮，美目盼兮。"

出了《诗经》时代白茅就不美丽了，就剩下现实的功用——建筑茅舍。唐、宋、元无一不是。千年来，"茅舍"都是对自己房屋的谦称，或者就是字面意思——茅草搭建的房屋，比如唐代杜甫的茅舍。

### 茅屋为秋风所破歌

八月秋高风怒号，卷我屋上三重茅。茅飞渡江洒江郊，高者挂罥长林梢，下者飘转沉塘坳。

南村群童欺我老无力，忍能对面为盗贼。公然抱茅入竹去，唇焦口燥呼不得，归来倚杖自叹息。

俄顷风定云墨色，秋天漠漠向昏黑。布衾多年冷似铁，娇儿恶卧踏里裂。床头屋漏无干处，雨脚如麻未断绝。自经丧乱少睡眠，长夜沾湿何由彻！

安得广厦千万间，大庇天下寒士俱欢颜！风雨不动安如山。呜呼！何时眼前突兀见此屋，吾庐独破受冻死亦足！

这样的茅舍怎能让人想起"白茅包之",想起"手若柔荑"？现在想起的是继承杜甫遗志，广建"茅舍"，"大庇天下寒士俱欢颜"！

带着这样沉重的理想与抱负，来到宋朝，就看北宋有为宰相王安石的茅屋。

### 菩萨蛮

数间茅屋闲临水，窄衫短帽垂杨里。花是去年红，吹开一夜风。

梢梢新月偃，午醉醒来晚。何物最关情，黄鹂三两声。

王安石是北宋著名政治家，他想使国家富强的决心、信心、勇气和办法都令人敬仰。

几间茅草屋临水而建，我穿着便服走在柳林中，欣赏周边的风景，发现还是去年的花开得红，风吹过，一夜之间就开了。

新月挂在树梢上，中午喝醉了晚上才醒来，听到黄鹂的几声啼鸣，才发现那才是令人动情的声音。

看来王安石的茅屋是为自己建的，是不是用白茅草建成也未可知，但是我知道他是心系国家、心系天下寒士的。在他的理想中一定有"大庇天下寒士俱欢颜"，但是后来他失败了，临终就是在那间他心念中的茅屋。

元代的白茅，依旧是以茅舍的形式存在，天下的寒士没有高堂华屋，就

算是茅舍也是村舍中农人的茅舍。且看卢挚的〔双调·沉醉东风〕《闲居》：

恰离了绿水青山那答，早来到竹篱茅舍人家。野花路畔开，村酒槽头榨。直吃的欠欠答答。醉了山童不劝咱，白发上黄花乱插。

文人不被元朝统治者重视，只好流落民间，最好的归宿就是在村中"闲居"，至少有茅舍可以遮风挡雨。

离开青山绿水地，来到竹篱茅舍人家。一路上有野花陪伴，村头还有一处酒家。我是兴致盎然还是借酒浇愁只有自己清楚。反正是喝得酩酊大醉，有村里的儿童看到了也不以为然，也许是见惯了文人的"癫狂状态"，正如现在的我，白发上乱插黄花。

看起来潇洒，实则内心饱受煎熬。

再看大戏剧家马致远笔下的茅舍。

双调·寿阳曲

远浦帆归

夕阳下，酒旆闲，两三航未曾着岸。落花水香茅舍晚，断桥头卖鱼人散。

夕阳西下，酒家不忙，有几只船还没有靠岸。落花香了江水，茅舍人家也进入夜间模式，断桥头上卖鱼的人也散了。

散散淡淡的情绪，安静、闲适，看起来岁月静好。不知道他的茅舍"庇护"的是谁？我还在想杜甫诗中的"寒士"需要的茅舍。

偷偷地想"野有死麕，白茅包之。有女怀春，吉士诱之"，还有"手如柔荑，肤如凝脂，领如蝤蛴，齿如瓠犀，螓首蛾眉，巧笑倩兮，美目盼兮"。世间有这样的白茅，人生值得。

# 西 瓜

## 磕破西瓜

西瓜是葫芦科西瓜属一年生蔓生藤本植物，是人们熟悉的水果。夏季炎热，"啖"（只有这个字最能体现吃时的痛快淋漓）一枚甘美凉爽的西瓜，那日子可以说是美好无恙。

西瓜的好处不用说，每个人都能说出个一二。倒是想知道西瓜的来源。据《新五代史·四夷附录》记载，五代后晋时期"同州郃阳县令胡峤为翰掌书记，随入契丹……始食西瓜，云契丹破回纥得此种，以牛粪覆棚而种，大如中国冬瓜而味甘"。

李时珍的《本草纲目》也持此说："胡峤《陷虏记》言：峤征回纥，得此种归，名曰西瓜。则西瓜自五代时始入中国，今则南北皆有，而南方者味稍不及，亦甜瓜之类也。"

但是1976年考古人员在广西贵县西汉墓椁室淤泥中发现了西瓜籽；1980年，江苏扬州西郊邗江县汉墓随葬漆笥中出有西瓜籽，墓主卒于汉宣帝本始三年（公元前71年）。事实胜于雄辩，可见西汉时就有了西瓜，但不一定叫西

瓜，否则不至于直到唐代都没有写西瓜的诗文。

宋代，西瓜终于出现在诗词里。没想到的是写正气歌的文天祥经写到西瓜，仔细想又不奇怪，难道充满正义正气的英雄就不能对西瓜感兴趣吗？且看他的《西瓜吟》：

拔出金佩刀，斫破苍玉瓶。

千点红樱桃，一团黄水晶。

下咽顿除烟火气，入齿便作冰雪声。

长安清富说邵平，争如汉朝作公卿。

这是描写切西瓜，吃西瓜的情景，"有诗和远方"的意蕴，没有我们当今吃西瓜的烟火气，但是看着痛快淋漓，有齿颊生香的感觉，这就是会写诗的妙处。我就别在文先生边上露丑了。

宋朝顾逢也写到西瓜，而且就以"西瓜"为题：

### 西瓜

多处淮乡得，天然碧玉团。

破来肌体莹，嚼处齿牙寒。

清敌炎威退，凉生酒量宽。

东门无此种，雪片簇冰盘。

其实和文天祥的《西瓜吟》意思一样，西瓜就像个圆碧玉，打开看内部也好看，吃一口牙齿都寒凉，马上把夏日的炎热威力远远击退。吃了西瓜凉快了酒量都增了。这个西瓜的品种好，东门就没有，是一种白瓤瓜，好吃，透心凉。

西瓜就是让人大口吃的，斯文地吃解不了渴，写到诗里也有一种乡村的纯朴。

这在宋代不常见的，倒是符合我这粗陋人的心。

还有范成大的《西瓜园》也有这个趣味：

味淡而多液，本燕北种，今河南皆种之。

碧蔓凌霜卧软沙，年来处处食西瓜。

形模濩落淡如水，未可蒲萄苜蓿夸。

到了元朝，以散曲的散漫俚俗，西瓜但凡出现一定酣畅淋漓，果然不负厚望，卢挚的〔双调·蟾宫曲〕不仅为咱提供了荞麦、绿豆，还为咱提供了解渴的西瓜。我看了看，就当沙三或者伴哥，不当小二哥，你呢？

### 双调·蟾宫曲

沙三伴哥来嗏！两腿青泥，只为捞虾。太公庄上，杨柳阴中，磕破西瓜。小二哥昔涎剌塔，碌轴上渰着个琵琶。看荞麦开花，绿豆生芽，无是无非，快活煞庄稼。

嘿嘿，你也不愿意当小二哥吧？看卢挚的西瓜，我想念夏天。


# 荞 麦

## 看荞麦开花

荞麦在我的所有记忆里就是杂粮，因为它在山西北部被做成一种常见的美味小吃，所以我理所当然地以为荞麦是北方农作物，但是差矣，查到资料说荞麦全国各地都有，我就悄悄地闭嘴了。

荞麦虽然名中有"麦"字，但不是麦子。除了荞麦，几乎所有叫"麦"的麦都是禾本科，比如小麦、大麦、莜麦、燕麦，甚至包括不叫麦但仍然是麦的青稞。荞麦是另类，是蓼科荞麦属一年生草本植物，居然和红蓼是一个科。不过知道它和红蓼是一个科就知道荞麦的大致长相。

荞麦虽然原产于中国，但《诗经》时代并没有得到开发利用，真正让荞麦走上大众食谱的据说是唐代。所以要找荞麦的诗就从唐开始。

白居易就写过荞麦。

### 村夜

霜草苍苍虫切切，村南村北行人绝。

独出前门望野田，月明荞麦花如雪。

本来冷寂的带霜的深秋，本来落寞孤单的自己，因为眼前月光照耀下雪白的荞麦花，竟然有豁然开朗的欣喜。这是一种没见过荞麦花的人很难体会的感觉，也因老白的细致描绘令人不由得向往那"如雪"的荞麦花，而忘记了荞麦是用来果腹的一种粮食。

白居易之后的大诗人温庭筠也写过荞麦花。荞麦花开放时，尤其是大面积种植如小麦一样，一望无际，此时荞麦花开的场景一定很壮观吧？要不怎么引得大诗人都注意到了。

### 题卢处士山居

温庭筠

西溪问樵客，遥识楚人家。

古树老连石，急泉清露沙。

千峰随雨暗，一径入云斜。

日暮飞鸦集，满山荞麦花。

那一日，温先生到卢岵山拜访修行的处士，来到一处溪水边，向砍柴人打听处士的住处，砍柴人指向远远的山林深处。温先生沿着樵夫所指的路，那是深山老林啊，但只见森森的老树盘连着岩石，急流的泉水清澈见底，可以看到溪水下的沙子。万山丛中因为一时到来的雨水一下黯淡下来，只见有一小径弯弯曲曲向着云端延伸。好一个幽静深远修行住处。不知不觉中夕阳西下，倦鸟归途，满山都是荞麦花，又有了人间的烟火气，心情不由得大好。

宋代诗人也有写到荞麦的，宋哲宗时期的李新就曾以"荞麦"为题写过一首长诗，从神农开始介绍，因为太长，已经吃惯了"快餐文化"的我不胜烦扰，就选他另一首也写到荞麦的代替吧。其实是我再没有找到宋代写到荞麦的诗词。

### 答李丞用其韵

四时秋色可春回，古铁囊空信短才。

纸尾依随丞不负，天西穷绝客何来。

顽云垂翼山碉暗，荞麦饶花雪岭开。

投老播流情味恶，孤城移作望乡台。

朋友书信往来，天各一方，我这里在大山深处，只有碉堡还被云遮住，唯有雪白的荞麦花山岭盛开还让人有些欣慰，我思念家乡，就把此孤城当作望乡台吧。

李新的家乡一定有荞麦，盛开的荞麦花就让他想起家乡，这就是荞麦花引起的思乡。

元代荞麦花继续开，有卢挚的〔双调·蟾宫曲〕："看荞麦开花，绿豆生芽，无是无非，快活煞庄家。"

此曲有趣，写农村生活场景。沙三、伴哥来了，两腿满是青泥，原来是去河里捞虾了。天气炎热，捞虾辛苦，两个少年在杨柳树下，打开西瓜大快

朵颐。小二哥看着直流哈喇子，谁让你刚才不去捞虾，现在就不给你吃，你就像个琵琶一样躺在碌碡上吧。旁观者我还看到田里荞麦开花、绿豆生芽，小子们无忧无虑，比起尘世的人情冷暖简直是快活无比。

卢挚当然有美化乡村生活的倾向，但是远观就是这样，生动、朝气。再加上荞麦花开、绿豆生芽，那就是岁月静好，不知今夕何夕的人间好时光。

我想看荞麦花开，卢挚眼里的荞麦花。

# 绿　豆

## 绿豆生芽

绿豆是豆科豇豆属一年生直立草本植物，原产于印度、缅甸，宋朝官修的《开宝本草》对绿豆有记载，云绿豆的性味："甘，寒，无毒。"

绿豆是老百姓生活里除大豆以外最熟悉的豆子了。

北方人尤喜绿豆，绿豆能做的食物特别多，我最喜欢的是绿豆糕，那是

晋南名产南耀离的经典点心。夏天北方人家哪家没有熬过绿豆粥呢？一碗绿豆粥下肚，解暑消渴还解毒。到了中年，即便不再吃冰糕了，也能回忆起儿时吃的绿豆冰糕的美味。

绿豆当然不仅是我说的那几样功用，绿豆还能发芽，当菜吃。有一种晋南名食"油坨子"，就是油饼，必须搭配的蔬菜就有绿豆芽，苣子白、绿豆芽、粉条焯了，热油、调料拌好配上"油坨子"就是绝好的美味，那是亲自品尝才会有的舌尖幸福。这样的幸福有绿豆芽的功劳。

找寻古时绿豆的踪迹，还真在宋朝找见一首杨万里写到绿豆的诗，不说功夫不负有心人，而是"你出现，我恰好在"的相遇。

## 西园晚步二首（其一）

龙眼初如绿豆肥，荔枝已似佛螺儿。

南荒北客难将息，最是残春首夏时。

杨万里显然描述的是南方的景象。龙眼在初夏时只不过有绿豆那么大，荔枝却长到佛螺儿（一种植物的果实，像佛祖头顶的发髻）那么大。北面来到南方的客人很难适应此地的气候，特别是入夏以后最难将息。

其实不关绿豆什么事儿，就是比方龙眼初夏长得小，不过大诗人能想起用绿豆做比喻，说明绿豆在诗人的眼里总还是有"存在感"的。

绿豆到了元代在一些散曲家眼里也有存在感。卢挚的〔双调·蟾宫曲〕就是一例，而且绿豆是美好生活的象征。此曲已经在"荞麦"篇中叙及，就不重复了。但宋方壶的绿豆却可以说。

## 南吕·一枝花

### 蚊虫

妖娆体态轻，薄劣腰肢细。窝巢居柳陌，活计傍花溪。相趁相随，聚朋党成群队，逞轻狂撒蒂□带。爱黄昏月下星前，怕青宵风吹日炙。

〔梁州〕每日穿楼台兰堂画阁，透帘栊绣幕罗帏。帐喑喑乔声气。不禁拍抚，怎受禁持？厮鸣厮哑，相抱相偎。损伤人玉体冰肌，人娇并枕同席。瘦伶仃腿似蛛丝，薄支辣翅如苇煤，快棱憎嘴似钢锥。透人，骨髓。满口儿认下胭脂记，想着痒懒散那些滋味。有你后甚是何曾到眼底？到强如蝶使蜂媒。

〔尾〕闲时节不离了花香柳影清阴里睡，闷时节则就日暖风和叶底下依，不想瘦躯老人根前逞精细。且休说香罗袖里，桃花扇底，则怕露冷天寒怎时节悔。妓女自生在柳陌中，长立在花街内。打熬成风月胆，断送了雨云期。只为二字衣食，卖笑为活计。每日都准备，准备下些送旧迎新，安排下过从的见识。

〔梁州〕有一等强风情迷魂子弟，初出帐笋嫩勤儿。起初儿待要成欢会。教那厮一合儿昏撒，半霎儿著迷。典房卖舍，弃子休妻。逐朝价密约幽期，每日价弄盏传杯。一更里酒酽花浓，半夜里如鱼似水，呀！五更头财散人离。你东，我西。一番价有钞一番睡，旋打算旋伶利。将取苧兰数取梨，有甚希奇？

〔尾〕有钱每日同欢会，无钱的郎君好厮离，绿豆皮儿你请退！打发了这壁，安排下那壁，七八下里郎君都应付得喜。

宋方壶是元末明初人，曾经筑室在华亭莺湖，取名"方壶"，就自号"方壶"。擅长散曲，此"蚊虫"曲就是一例。

此曲描述了蚊虫的妖娆体态，整日里忙东忙西，"损伤人玉体冰肌"，不管肥瘦妍丑统统不放过。这一日来到花柳地，那妓女迎来送往不过也是为了生活。蚊虫眼看妓女和嫖客讨价还价。有钱就云雨，无钱就请走。你这绿豆皮儿的蚊虫且退去，老娘我打发了此边还得安排那边，七八个郎君都得安排停当。

前边写蚊虫，后边写妓女谋生，绿豆皮儿蚊虫是看客，还影响了妓女的生意，可恶可厌！

黑色幽默。竟然和绿豆挂上钩儿，不知该说有趣儿还是无趣儿。

# 芭 蕉

## 一点芭蕉一点愁

芭蕉的历史悠久，但芭蕉入诗基本上是从唐朝开始的，一旦入诗就不可收拾，一句"雨打芭蕉"传唱千年。

就从唐朝的芭蕉开始吧。我个人最喜欢的是晚唐韩偓的《深院》：

> 鹅儿唼喋栀黄嘴，凤子轻盈腻粉腰。
> 深院下帘人昼寝，红蔷薇架碧芭蕉。

韩偓在自己的小院里，但只见嫩鹅张开小黄嘴呱呱鸣叫，美丽的凤蝶扭动腰肢上下翻飞。此时正是大白天，主人拉下帘子午睡，院子里红色的蔷薇与绿色的芭蕉相互陪衬，该是大好春光。只是主人辜负了，大白天的在睡觉，一点也不思进取。

到了宋朝，我最喜欢的是蒋捷的《一剪梅·舟过吴江》：

> 一片春愁待酒浇。江上舟摇，楼上帘招。秋娘渡与泰娘桥，风又飘飘，雨又萧萧。

何日归家洗客袍？银字笙调，心字香烧。流光容易把人抛，红了樱桃，绿了芭蕉。

词中的秋娘是唐代杜牧《杜秋娘诗并序》中有故事的女子，泰娘是唐代刘禹锡《泰娘诗并序》中有故事的女子，都是人生跌宕起伏，结局悲凉。

见春愁春，解酒浇愁，江上酒旗招展，楼内酒客沉醉，看秋娘渡，泰娘桥，更增愁绪，此时风飘飘，雨潇潇。

何日才能回家，就算清洗衣袍也好，洁身沐浴，焚香弄琴，把心愁消解。只可惜，流光易逝，流水无情。樱桃才红，芭蕉又绿了，时光是追赶不上的。

其实写芭蕉的诗词大多"雨打芭蕉"。

## 生查子

张先[①]

含羞整翠鬟，得意频相顾。雁柱十三弦，一一春莺语。

娇云容易飞，梦断知何处。深院锁黄昏，阵阵芭蕉雨。

写一位女子在弹筝，娇羞得意，顾盼生辉，琴声如春天的黄莺婉转传情。

但是曲终人散，梦断此处，只留下庭院深深，寂寞和黄昏都锁在里面，还有雨打芭蕉的声音，声声入耳。

刚还莺歌燕舞，转瞬就是雨打芭蕉，男女情如此，世事大抵也如此。

再看陆游妾的《生查子》：

只知眉上愁，不识愁来路。窗外有芭蕉，阵阵黄昏雨。晓起理残妆，整顿教愁去。不合画春山，依旧留愁住。

陆游妾无端就愁了，不知什么引起的愁，窗外的芭蕉赶巧又被雨打了，这场景更增加了妾的愁绪。

大早晨起来化妆，原本想整理妆容精神了愁就褪去了，但是画起眉毛来，愁更愁，无法排遣。

---

① 此词作者一说是欧阳修。

到了元代，芭蕉益发被雨打，再没有"红蔷薇架碧芭蕉"的妩媚。

可喜的是有好几位散曲家写到芭蕉，让我有机会选择。

关汉卿的〔双调·大德歌〕《秋》云："秋蝉儿噪罢寒蛩儿叫，淅零零细雨打芭蕉。"这首就不详解了，毕竟关汉卿出镜率高。

就选冯子振的〔正宫·鹦鹉曲〕《城南秋思》：

新凉时节城南住。灯火诵鲁国尼父。到秋来宋玉生悲，不赋高唐云雨。一声声只在芭蕉，断送别离人去。甚河桥柳树全疏，恨正在长亭短处。

冯子振在其他篇章介绍过，当过官，又退隐，自号"怪怪道人"。

秋天刚到，住在城南，夜间灯火下诵读儒家经书，但心中荡漾的是宋玉的《高唐赋》，可是不再有朝云暮雨，有的是雨打芭蕉，点点是离人泪。为什么河边柳树稀疏？那都是因为被离人折断，最恨那长亭离别处那样短促，还没准备好离别已经不得不离别。

再选张可久的芭蕉，是因为元散曲中就他写芭蕉多，选一首吧。可惜躲不过"雨打芭蕉"。

## 双调·清江引

### 秋怀

西风信来家万里，问我归期未？雁啼红叶天，人醉黄花地，芭蕉雨声秋梦里。

张可久的小令更像宋词，清丽、含蓄。深秋，万里之外的家信问我归期。我无语，看红叶翻飞，雁鸣不断，人醉菊花地，伴着雨打芭蕉的声音进入梦乡。

张可久是失意，所以无语，所以雨打芭蕉。

最后看徐再思的〔双调·水仙子〕《夜雨》：

一声梧叶一声秋，一点芭蕉一点愁，三更归梦三更后。落灯花，棋未收，叹新丰逆旅淹留。枕上十年事，江南二老忧，都到心头。

徐再思是和贯云石、张可久同时代的人。他喜甜，号甜斋，贯云石好酸，号酸斋，被时人称为"酸甜乐府"。

深秋夜雨，羁旅远方，梧桐、芭蕉都在雨中，更增无端愁绪。三更梦醒后，灯还亮着，昨晚的棋局还没有收拾。我感叹浪迹十年种种事迹，心想江南忧虑我的二老，一霎时忧愁都到心头。

芭蕉从入诗伊始就被雨打，千年不断。幸亏我的北方少有芭蕉，不用体会"雨打芭蕉""一点芭蕉一点愁"的无限愁绪。北方人愁了，喝酒，倒头睡觉，醒来，云开雾散。

看来芭蕉不得不在"芭蕉雨声秋梦里"中结束，千年前就定了性的。

# 美人蕉

## 红蕉隐隐窗纱

美人蕉和芭蕉有些像，特别是叶子，只不过美人蕉没有芭蕉高大而已。但它们不是一个科更不是一个属。美人蕉是美人蕉科美人蕉属多年生草本植物，是亚热带、热带最常见的观花植物，而且现在北方广大地区都可以种植。芭蕉是芭蕉科芭蕉属  多年生草本植物，秦岭以南才可以露地种植。

早年美人蕉开红花，所以也叫红蕉，后来培育有黄色的，红黄相间的，大花的、小花的不少品种，不变的是美人的性质，是草本花卉种最美的花之一。

《广群芳谱》中这样描述美人蕉："其花四时皆开，深红照眼，经月不谢，中心一朵，晓生甘露，其甜如蜜。"那时的美人蕉或者红蕉还长在南方，北方的美人蕉不可能"四时皆开"，就是在夏季开时也没有人收取其甘露，品尝其甜如蜜。不是不想，是不知道。

我看到最早为美人蕉赋诗的是唐朝诗人韩偓，当然那时称为红蕉，他在《红芭蕉赋》这样赞美美人蕉："瞥见红蕉魂随魄消，阴火与朱花共映。神霞将日脚相烧……赵合德裙间一点……邓夫人额上微殷……含贝发朱唇之色。"

美人蕉是大美人赵合德裙间的一点红，是邓夫人额上的红印，有着美人唇间的朱红。

写"粒粒皆辛苦"的唐代李绅也写过《红蕉花》：

红蕉花样炎方识，瘴水溪边色最深。
叶满丛深殷似火，不唯烧眼更烧心。

李绅是在南方认识红蕉花的，在南方的溪水边花的颜色最深。美人蕉成片种植，花开之后就跟着火似的，不仅看着烧眼，那殷红的颜色让人感到心都烧红了。

比起韩偓的赋，李绅的美人蕉就是透心的红，除此再无延伸。

历史上也有拿芭蕉和美人蕉比的，唐朝诗人徐凝的《红蕉》云：

红蕉曾到岭南看，校小芭蕉几一般。
差是斜刀剪红绢，卷来开去叶中安。

徐凝和我对美人蕉的看法差不多，认为它就是小一号的芭蕉。他是在岭南看的，我是在北方看的。他说美人蕉的花就像剪刀斜裁剪下的红绢，再卷起来安放在叶子中央。

宋朝当然也有红蕉，宋真宗时期"探花"胡用庄写过一首《咏红蕉》：

谢家池馆遇芳菲，破绿抽心一片绯。
恰似九衢三二月，绿罗丛里著朱衣。

有些遗憾，此诗没有深刻含义以彰显他"探花"的名头，就是在谢家的院子里看到一丛芳菲，绿叶里抽出一片红，就像着绿罗的队伍里有个穿红衣的美人。

美人蕉有了这样的妖娆，一路就走到元朝，幸好有张可久接续它的芳名。

越调·天净沙

**湖上送别**

红蕉隐隐窗纱，朱帘小小人家，绿柳匆匆去马。断桥西下，满湖烟雨愁花。

红蕉开在纱窗外，娇艳可人，珠帘下一户小小的人家有位佳人正在忧愁。她的情人匆匆离去，断桥处，满湖烟雨满湖愁花。

红蕉虽然娇艳，难掩佳人因为离别产生的愁绪，就连湖水中开着的荷花（我判断是荷花，美人蕉开的时候，荷花也在盛开）也是忧愁不断。

想来这是美人蕉第一次发愁吧，它步了芭蕉的后尘，就算不下雨，也是离愁隐隐。和我认识的美人蕉不是一个意蕴，就算世界浮躁，美人蕉开处，世间依旧美好。

# 苔

## 青苔古木萧萧

苔或者苔藓微小，也是植物，不过是"最低等的高等植物"。无花、无种，以孢子繁殖。

2019年，苔火了一把，央视系列节目《经典咏流传》播放了一首关于苔的诗，是清代袁枚写的《苔》：

白日不到处，青春恰自来。

苔花如米小，也学牡丹开。

《苔》之所以打动人，是因为我们都知道自己就是如米小的苔花，但是并不由于微小、弱小妄自菲薄，而是生长，开花，绽放属于苔的美丽。

要纠正袁枚的是，苔并不开花，他看到的，也是我看到的米一样的颗粒，是孢子。

苔虽然微小，但是被历代诗人关注，很早就有以"苔"为题写的诗，如唐代李咸用《苔》诗云：

几年风雨迹，叠在石屏颜。

生处景长静，看来情尽闲。

吟亭侵坏壁，药院掩空关。

每忆东行径，移筇独自还。

写了苔的生长足迹，苔生长的地方安静，甚至有些破败，看到这样的场景，他有些黯然、惆怅，拄杖独自回去了。这样的苔黯淡无光，不如袁枚的《苔》打动人。

我还知道一首写到苔很有趣的诗，是唐代王维的《书事》："轻阴阁小雨，深院昼慵开。坐看苍苔色，欲上人衣来。"苔藓蔓延伸展好像要爬到人的身上来，这才叫形象生动，有趣。

宋代的苔就旖旎清秀了，且看晏几道的《蝶恋花》：

庭院碧苔红叶遍。金菊开时，已近重阳宴。日日露荷凋绿扇。粉塘烟水澄如练。

试倚凉风醒酒面。雁字来时，恰向层楼见。几点护霜云影转。谁家芦管吹秋怨。

黯淡、有趣、立志、清秀之后，到了元代不知苔会是怎样的，还真不少，关汉卿〔南吕·一枝花〕《赠朱帘秀》"拂苔痕满砌榆钱，惹杨花飞点如绵"和张可久〔越调·天净沙〕《鲁卿庵中》"青苔古木萧萧，苍云秋水迢迢"中的苔诸君自己寻去吧，咱就选贯云石和倪瓒的苔踩一踩。

双调·殿前欢

贯云石

怕秋来，怕秋来秋绪感秋怀。扫空阶落叶西风外。独立苍苔，看黄花谩自开。人安在？还不彻相思债。朝云暮雨，都变了梦里阳台。（节录）

古人都怕秋天，秋天就意味着萧瑟、冷寂、愁绪，贯云石也不例外，尤其是和思念的人久别，更怕秋天。

怕秋天来，秋天还是来了。西风横扫台阶上的落叶，看着就凄凉。我站在长满苍苔的地上，看菊花兀自开放，更增思念的情绪。我那恋人今安在？只有还不完的相思债。曾经的鱼水之欢只能在梦里重温。

好一个凄凉、浓烈的苔，更像宋朝的苔。

再看倪瓒的苔。

黄钟·人月圆

倪瓒

伤心莫问前朝事，重上越王台。鹧鸪啼处，东风草绿，残照花开。怅然孤啸，青山故国，乔木苍苔。当时明月，依依素影，何处飞来？

倪瓒作为画家、书法家，文章再写得好，简直是跨界英才。

这是一首凭吊小令。登上曾经是越王勾践高筑的台子，想起前朝往事不由伤心。鹧鸪悲啼，东风草绿，落日余晖下的花儿有些凄凉。我怅然，压抑不住内心的郁闷不禁长啸，曾经好好的青山故国，还有乔木苍苔，如今何在？抬头望，只有明月依旧在，怅然中不知何时飞来。

想起怀念的故国，就算是苍苔也是美的，可惜如今灰飞烟灭了，只有旧时的明月还在照着今时的我。

苔在元朝的倪瓒这里一下子沉重起来，是不可承受惆怅之重的苔。

幸好，我是说我幸好生在今朝，我眼里的苔就是潮湿地方的一片绿意，需要鼓励自己时的一片励志。


# 稻 子

## 稻粱肥


稻子就不介绍了，一则无人不知无人不晓，二则我也车辘轳一般说过好多回了。直接就从稻子入诗开始，最后到达目的地，元曲中的稻子。

《诗经》中的稻子。

《小雅·甫田》中提到的稻子是让人喜悦的，因为丰收了。

*曾孙之稼，如茨如梁。曾孙之庾，如坻如京。乃求千斯仓，乃求万斯箱。黍稷稻粱，农夫之庆。报以介福，万寿无疆。（节录）*

大意是，先王后代的庄稼堆得到屋顶，先王后代的谷仓像山丘。于是要再筑上千座，还要再造万座车辆。丰收了黄米小米和大米，农夫们高兴互相庆贺。这是神灵赐给先王的厚福，我们祝愿他万寿无疆。

《楚辞》中的稻子。

《楚辞·招魂》:

室家遂宗，食多方些。
稻粢穱麦，挐黄粱些。
大苦咸酸，辛甘行些。（节录）

大意是，整个宗族聚集在一起，饮食丰盛品种多样。稻谷大麦，还有黄粱。有苦咸酸各味，再加上甜辣调和。

稻子放到第一位，也许就是因为它的重要地位。郑玄《三礼注》云："凡酒，稻为上，黍次之，禾又次之。"虽然说的是做酒，从中也可以看出稻子的地位。

可见在久远的从前，稻子就以无可替代的口感深入人心，特别是还能酿酒，人类通过食物表达感情的最高方式，就更能赢得人心了。

唐诗中，皮日休《橡媪叹》云"山前有熟稻，紫穗袭人香"，但是橡媪却只能以橡子为食，悲苦不已，不想看到这样的景象，就在我这里把它掩埋掉吧。找一找，唐诗里还是有令人愉快的稻子的，比如王驾的《社日》:

鹅湖山下稻粱肥，豚栅鸡栖对掩扉。
桑柘影斜春社散，家家扶得醉人归。

鹅湖山下稻子谷子长得苗壮，村里百姓家的猪舍、鸡舍都半掩着，已经是傍晚，桑树和柘树的树影已经拉到很长，庆祝春社的集会刚刚散去，每家都有喝醉酒被家人搀扶回家的人。

这样的气氛多好，一年之计在于春，百姓祈祷今年稻粱丰收，正好稻粱长得旺盛，大家在一起祈祷鼓励，一年的辛苦此时可以缓解，大家一起饮酒直到酩酊大醉，然后劳作期盼稻粱丰收。

千百年来，农业社会的百姓就是这样过来的，抛开苛捐杂税等等，百姓就求安居乐业，只要"稻粱肥"，如此足矣。

宋词里的稻子就数辛弃疾的《西江月·夜行黄沙道中》"好吃"，我是说好看。

明月别枝惊鹊，清风半夜鸣蝉。稻花香里说丰年，听取蛙声一片。
七八个星天外，两三点雨山前。旧时茅店社林边，路转溪桥忽见。

明亮的月光惊飞了枝头栖息的喜鹊，半夜里清风伴着蝉鸣。农人们在满溢着稻花香的村里谈论着丰收的年景，耳边传来阵阵的蛙声，似乎也为农人助兴祝贺。

天上月明星稀，山前雨点疏落。曾经熟悉的、在社林边的茅店，就在那转过的溪桥边。

这是辛弃疾被贬官闲居在江西时写的词，看到稻子可以期待的丰收，不由高兴着农人的高兴，完全顾不上介意自己的处境。他是深深浸入其中的看客，就在社林边的茅店观看，那里他熟悉，他热爱，和农人一样，他也嗅到了稻花香。

这就到了元朝，元曲中的稻子也有"稻粱肥"的。且看赵善庆的〔中吕·普天乐〕《江头秋行》：

稻粱肥，蒹葭秀。黄添篱落，绿淡汀洲。木叶空，山容瘦。沙鸟翻风知潮候，望烟江万顷沉秋。半竿落日，一声过雁，几处危楼。

赵善庆能了解得不多，中国历史上第一部为"戏子"立传的书籍《录鬼簿》说他："善卜术，任阴阳学正。"其著有杂剧《教女兵》《村学堂》等，但没留存下来。顺带说一下《录鬼簿》，这是元代钟嗣成等记载的自金代末年到元朝中期杂剧、散曲艺人八十多位，之所以取"鬼"名，是因为记录的作家都已经过世了。

秋天，正是稻米黄粱成熟的时候，芦苇、荻也秀出花了。菊花开在篱边，秋草长在水中。树木落叶，山显空瘦。沙鸥因季候翻飞，我远望烟雾笼罩的万顷江面，看半竿落日，听一声雁鸣，还有几处高楼。

看起来没有情绪，就是深秋景色的描述，美，不是欢呼雀跃的美，而是月淡风轻的美，就算是"稻粱肥"，你感到的更是"山容瘦"。于是"稻粱肥"也就湮没在"望烟江万顷沉秋"之中。

这样萧瑟的"稻粱肥"，哪里是"鹅湖山下稻粱肥"式的"肥壮"，或者是"稻花香里说丰年"的喜悦呢？我还是回到现在享受现世的岁月安好吧。

# 瓜

## 自古瓜儿苦后甜

瓜是大类，最早的瓜应该是甜瓜。最能说明问题的是马王堆汉墓那位"名震江湖"的资深"睡美人"辛追夫人，她的腹内就有不少甜瓜子。

《周礼·地官》提到一种专门征收瓜、瓠、芋、葵等作物的官职，叫"委人"，其中的"瓜"据说就是甜瓜。

有了这样的甜瓜就能说春秋时期一个有故事的瓜了。

《左传·庄公八年》："齐侯使连称、管至父戍葵丘。瓜时而往，曰：'及瓜而代。'期戍，公问不至。请代，弗许。故谋作乱。"

意思是，古人以瓜计时，如果外派公干是产瓜时节，也会约定来年产瓜时期派人换班，即所谓："瓜时而往，及瓜而代。"齐侯没有信守"及瓜而代"

的诺言，瓜熟了，齐侯人头也落了地。

同一时代的《诗经》中也有瓜，如《豳风·东山》"有敦瓜苦，烝在栗薪"，《豳风·七月》"七月食瓜，八月断壶"，《小雅·信南山》"中田有庐，疆场有瓜"，《大雅·绵》"绵绵瓜瓞，民之初生"，《大雅·生民》"麻麦幪幪，瓜瓞唪唪"五个瓜。

到了唐朝，瓜还是瓜，虽然不知道是哪种瓜，但是让人笑意盎然，就看诗僧贯休的《春晚书山家屋壁二首》其二：

> 水香塘黑蒲森森，鸳鸯鸂鶒①如家禽。
> 前村后垄桑柘深，东邻西舍无相侵。
> 蚕娘洗茧前溪渌，牧童吹笛和衣浴。
> 山翁留我宿又宿，笑指西坡瓜豆熟。

贯休在有水塘的村舍，看到水塘里香蒲很茁壮，鸳鸯、鸂鶒像家禽一样自在游动。村子的前后种着桑柘树，村民们勤劳耕作和谐共处。但只见蚕娘正在溪水边欢喜蚕茧，牧童一边吹笛一边戏水。此情此景令人流连忘返，山翁看我喜欢此地，恳切邀我留宿，笑说你看那西坡的甜瓜和豆子都熟了，特别是甜瓜香甜可口，正是品尝的好时候，你就留下吧。

这样的瓜怎不令人留恋？有这样的"笑指西坡瓜豆熟"情景，人世是值得留恋的。

宋朝的瓜有"沉李浮瓜"，也有"邵平种瓜"，就选"邵平种瓜"式的瓜

---

① 鸂鶒（xī chì）：水鸟名。

吧，能和元代的气脉接上。

有陆游的瓜，《鹧鸪天》：

懒向青门学种瓜，只将渔钓送年华。双双新燕飞春岸，片片轻鸥落晚沙。
歌缥缈，橹呕哑，酒如清露鲊如花。逢人问道归何处，笑指船儿此是家。

"懒向青门学种瓜"是这样的，汉初，秦故东陵侯邵平在秦亡后为布衣，
在长安城东青门外种瓜，瓜甜味美，时人称为"东陵瓜"。后世人以"邵平
瓜"誉称退官人的瓜田。

陆游的意思是他不想在青门外种瓜，但是过渔钓生活还是可以的，此时
看双双新燕飞过，片片轻鸥落下，那是多么惬意的生活。

歌声隐约，摇橹声喑哑，酒如清露，水母如花开。有人问我归往何处，
我笑着说此船就是我的家。

这样的诗意生活是不是跟元代知识分子的归隐有一拼？

这就看元代的瓜是怎样的瓜。

先看白朴的〔中吕·阳春曲〕《题情》：

从来好事天生俭，自古瓜儿苦后甜。奶娘催逼紧拘钳，甚是严，越间阻
越情饮。（节录）

从来好事就多磨，自古瓜儿苦后甜。奶娘把我看得越紧越严，我反抗这
不通人情的礼教越激烈。只要坚持下去，我和情郎的好事就会如瓜儿一般先
苦后甜。

大胆的女子、想成就好事的瓜儿，热烈、奔放，为女子点赞，为瓜儿
点赞！

再看刘庭信的〔双调·雁儿落过得胜令〕：

懒栽番岳花，学种樊迟稼。心闲梦寝安，志满忧愁大。无福享荣华，有
分受贫乏。燕度春秋社，蜂喧早晚衙。茶瓜，林下渔樵话。桑麻，山中宰相
家。（节录）

刘庭信排行第五，当过官，因为长得黑又高，人称"黑刘五"，《录鬼簿续编》说他："风流蕴藉，超出伦辈，风晨月夕，惟以填词为事。"有点像宋朝的贺铸，长得丑，但长了一颗玲珑心。

潘岳就是那位晋代在河阳为令，说的是他命令全县种桃李的事儿，意指潘岳热衷官场；樊迟是孔子的学生，他向孔子请教怎样种庄稼的事，被孔子骂为"小人"，就是没出息的意思。山中宰相说的是南朝陶弘景归隐山中，梁武帝聘请他出山，他不去，但是国家有了大事，还是要来请教陶弘景，于是有了"山中宰相"的佳话。

但是刘庭信偏不愿意像潘岳那样为官，就想当一个农民。没有荣华富贵的命，也没有远大志向，只有受穷的待遇。一杯茶、一个瓜，在林下与农人闲话，种桑种麻，那就是山中宰相一般的日子。

元曲中归隐的例子多了，归隐了种瓜的不多，特列出。这样的瓜清甜，没有世俗气。


# 芦 苇

## 芦花岸上对兰舟


芦苇已经写了很多次，每次都恬不知耻地引用《秦风·蒹葭》："蒹葭苍苍，白露为霜。所谓伊人，在水一方。"原因就是喜欢，但终于也有不好意思的时候。

芦苇除了"蒹葭苍苍"（何况蒹葭只有其中葭是芦苇）还有《召南·驺虞》"彼茁者葭，壹发五豝，吁嗟乎驺虞"，《卫风·河广》"谁谓河广，一苇杭之"，《卫风·硕人》"葭菼揭揭，庶姜孽孽"，《豳风·七月》"七月流火，八月萑苇"，《小雅·小弁》"有漼者渊，萑苇淠淠"，《大雅·行苇》"敦彼行苇，牛羊勿践履"等。就算记不住"彼茁者葭"，"一苇杭之"还是能记住的，后世禅宗初祖达摩就有"一苇渡江"的传说。

芦苇在秋冬萧瑟的时节最是显眼，水边摇曳枯黄的芦苇一定能激起你如涌的文思。

唐诗中不乏其例，比如司空曙的《江村即事》：

钓罢归来不系船，江村月落正堪眠。
纵然一夜风吹去，只在芦花浅水边。

他写了一位垂钓者，钓一天鱼累了，于月落十分回家。天气凉快，正好睡觉，懒得系船，任由船儿在水里漂荡。钓鱼者心想，就由那船飘吧，它能飘到哪里去呢？顶多是长着芦花的浅水边。

唐诗中大量写道芦苇，选司空曙就是为了他诗中的那份情趣，宁静、安闲、随意，正是人间好时光。

到了宋朝也一样，芦苇继续蓬勃生长，宋词里的芦苇也蓬勃生长，先看谢逸的《青玉案》：

芦花飘雪迷洲渚。送秋水、连天去。一叶小舟横别浦。数声鸿雁，两行鸥鹭。天淡潇湘暮。

蓬窗醉梦惊箫鼓。回首青楼在何处。柳岸风轻吹残暑。菊开青蕊，叶飞红树。江上潇潇雨。

深秋，芦花飞雪一般笼罩沙洲。秋水连天，一叶小舟，几声雁鸣，两行鸥鹭，天高云淡潇湘正暮色。

我醉梦中倚在蓬窗，不知青楼何处。风吹过柳岸，夏日残余的暑热消除。菊花正开，枫叶正红，江上飘过细雨。

有着芦花的风景萧瑟、淡远、清愁、凄美。

元朝自然也有芦苇，在散曲中算是不少，先看白朴的〔双调·驻马听〕《弹》：

雪调冰弦，十指纤纤温更柔。林莺山溜，夜深风雨落弦头。芦花岸上对兰舟，哀弦恰似愁人消瘦。泪盈眸，江州司马别离后。（节录）

这是白朴写吹、弹、歌、舞四种艺术形式的小令，写到芦苇的是"弹"。弹琴的女子十指纤纤，轻调琴弦。听琴声，好似莺鸟歌唱，又好似风吹雨打。但只见开满芦花的岸边停靠着兰舟，从弹奏的哀声中好像看到"为伊消得人憔悴"，泪满眼眶，那是江州司马泪沾巾的感同身受。

芦花开时正是秋冬，增加悲凉的程度正好借用。

再看同是"元曲四大家"郑光祖的〔双调·蟾宫曲〕：

敝裘尘土压征鞍，鞭倦袅芦花，弓箭萧萧，一径入烟霞，动羁怀，西风禾黍，秋水兼葭，千点万点，老树寒鸦，三行两行，写长空历历，雁落平沙，曲岸西边，近水湾鱼网纶竿钓，断桥东壁，傍溪山竹篱茅舍人家，见满山满谷，红叶黄花，正是凄凉时候，离人又在天涯。

此小令写了离人场景，有芦苇、荻，还有"枯藤老树昏鸦"。这几样联系在一起，更增加了离人的凄凉。

这是两大元曲大家的芦苇，元朝不仅仅有这样悲凉的芦苇，还有别样的，见孛罗御史的〔南吕·一枝花〕《辞官》：

〔贺新郎〕奴耕婢织足生涯，随分村疃人情，赛强如宪台风化。趁一溪流水浮鸥鸭，小桥掩映蒹葭。芦花千顷雪，红树一川霞，长江落日牛羊下。山中闲宰相，林外野人家。（节录）

孛罗御史是蒙古人，当过御史，他在官场不如意，选择辞官归隐。

此套数有五支曲子，写到芦苇的是第四支。前面写他因为官场黑暗，就辞官回到乡间，村民很友善，自己因为离开了官场的纷争一下子轻松许多，深深地沉浸在"与民同乐"的生活中。

孛罗虽然辞官了，但还是有奴婢侍候，比如耕作、纺织，他不必亲自出手。他不过是随和村人一起来往人情世故，比当御史时强行教化还好。小小村落，一溪流水，浮着几只鸥鸭，再加上小桥流水人家，远处千顷芦花如雪，一川红树似霞，落日处牛羊归来。你看我山中退役的闲宰相，林外的野人家何等逍遥与自在。

这样千顷的芦花雪可好？


# 田字草

## 黄芦岸白蘋渡口


田字草很形象地描述出此草的形状，但是它的古称"蘋"听起来更有韵味，更适合赋诗，事实上也确实如此，古代以"蘋""白蘋"赋诗作词的不计其数，但是没有一首是以"田字草"写入诗中的。

最早知道田字草是从《诗经》中，《召南·采蘋》中："于以采蘋？南涧之滨。"采蘋是为了祭祀，然后是食用。

《左传·隐公三年》介绍道："苟有明信，涧溪沼沚之毛，蘋蘩蕰藻之菜，筐筥锜釜之器，潢污行潦之水，可荐于鬼神，可羞于王公。"其中复杂难认的字不必求其详，就是水中包括蘋在内的草可以祭祀，可以吃。

但是形而下的田字草却让我可以在第一时间立刻辨识出它的模样。田字草还有个和它一样生动的名字，十字草，这样更能增加辨识度。

这种长在池塘、稻田、湖泊中的水草特别入诗人们的眼，差不多可以和荷花相比。

就拿唐诗为例。

刘长卿《饯别王十一南游》："谁见汀洲上，相思愁白蘋。"

张籍《湘江曲》："送人发，送人归，白蘋茫茫鹧鸪飞。"

韩愈《湘中》："蘋藻满盘无处奠，空闻渔父扣舷歌。"

柳宗元《酬曹侍御过象县见寄》："春风无限潇湘意，欲采蘋花不自由。"

钱起《早下江宁》："霜蘋留楚水，寒雁别吴城。"

还有一首写到蘋的诗我很喜欢，就是于鹄的《江南曲》：

> 偶向江边采白蘋，还随女伴赛江神。
>
> 众中不敢分明语，暗掷金钱卜远人。

一位江南女子偶尔在江边采田字草，心不在焉地陪着女伴看民间的游乐节目。大家在一起欢笑嬉闹，女子却不敢说自己的心事，而是躲在一旁，抛

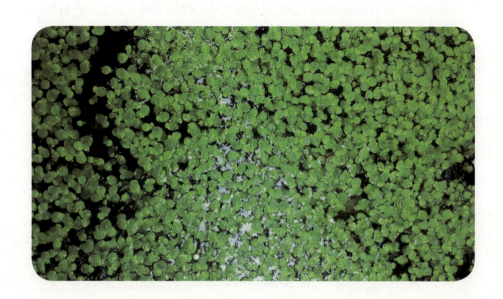

掷铜钱，卜一卜心上人多会儿能回来。

写得有情有趣，小儿女的形态尽在诗中。那可采可不采的田字草也很放松地长在江边，不必发愁，不必承担它不能承受之重。

我不怕啰唆，就是为了让诸君相信蘋的"频繁"入诗率。

到了宋朝，就选寇准的两首词，《夜度娘》和《江南春》，从一个词人使用蘋的频繁程度"以点带面"，进一步感受蘋的热度。

### 夜度娘

烟波渺渺一千里，白蘋香散东风起。

日暮汀洲一望时，柔情不断如春水。

### 江南春

波渺渺，柳依依。孤村芳草远，斜日杏花飞。

江南春尽离肠断，蘋满汀洲人未归。

这两首都写到蘋——田字草，意境差不多。都是春末夏初，田字草茂盛的时候，《夜度娘》是"柔情不断如春水"，极尽柔媚，而《江南春》则"江南春尽离肠断"，有"点点是离人泪"的意思。

还想举一首写到蘋的词，是因为竟有完全一样的词却有两个人的名，一位是张先，一位是欧阳修。张先的是《相思令》：

蘋满溪，柳绕堤。相送行人溪水西，回时陇月低。

烟霏霏，风凄凄。重倚朱门听马嘶，寒鸥相对飞。

溪水中长满田字草，柳树绕着堤岸长。送人送到溪水西边，回来时只有明月与我同行。

烟霭笼罩，寒风凄冷。回到家中倚在门上眺望，听得见马嘶，看得见寒鸥相对飞。

张先的词就像中国的文人画，清远、淡漠，有如临其境。

欧阳修的蘋在他的《长相思》里，和张先除了词牌名差一个字，所有内容都一样。不可思议，原因就不探究了。知道宋朝蘋多就行。

元朝不一样，元朝蘋少，至少我发现的少，元朝散曲中出现的植物品种就比唐宋少，数量就更少了，比如蘋就只见白朴的〔双调·沉醉东风〕《渔夫》：

> 黄芦岸白蘋渡口，绿柳堤红蓼滩头。虽无刎颈交，却有忘机友，点秋江白鹭沙鸥。傲杀人间万户侯，不识字烟波钓叟。

白朴眼中的渔夫是令人艳羡的神仙中人，生活在黄芦、白蘋、绿柳、红蓼这样色彩纷呈的渔村，虽然没有"头可断，血可流"的刎颈之交，却有几个交心的淡泊好友。眼看那秋江上白鹭沙鸥自在安闲，这样的日子，就算是那人间万户侯也是羡慕的。但这样的好光景不过是不识字的烟波钓鱼翁正在享受。

完全的自然美景，黄、白、绿、红的四色植物，把渔夫生活的环境渲染得美轮美奂，纯净自然，没有一丁点华丽富贵，没有一丁点奇花异草，都是寻常之物，组合在一起就令人向往，秒杀万户侯。这里有白蘋的贡献。有一天，我想过这样的日子，一定要有水塘，水塘里除了荷花、红蓼，一定少不了白蘋。当然，岸边要种上黄芦、柳树，有此意的现在约起来。

# 萱 草

## 奉甘旨萱堂到白发

萱草最早在我眼里就是金针，就是奶奶眼里的山珍。后来爷爷在他"巴掌"大的自留地种了金针之后，金针就是夏日开美丽金钟花的花卉。也因此和爷爷、奶奶发生争执。他们要采摘还在"金针状态"的金针，我要看金钟状态的金针花，为此发生温柔冲突。解决办法很简单，爷爷奶奶继续采摘，只不过给我留下几株金钟般开花的金针花就万事大吉了。

后来金针就"文化"起来，它有一个"官名"叫萱草，被称为萱草的金针来历不凡，可以追溯到《诗经》时代。

《卫风·伯兮》："焉得谖草？言树之背。愿言思伯，使我心痗。"意思是："哪里能找到忘忧草？我要把它种在北堂上。内心想着我的丈夫，想的我心都破碎。"朱熹的注释云："谖草，令人忘忧；背，北堂也。"所以萱草又称北堂萱。这是中国的母亲花，不仅如此，萱草还是"忘忧草""解忧草""宜男草"。

《博物志》云："萱草，食之令人好欢乐，忘忧思，故曰忘忧草。"苏颂《本草图经》云："萱草利心智，令人欢乐忘忧。"竹林七贤之嵇康在《养生论》中也云："合欢蠲忿，萱草忘忧，愚智所共知也。"李时珍《本草纲目》记载："《周处风土记》云：怀妊妇人佩其花，则生男。故名宜男。"

风流才子曹植就有《宜男花颂》，他说："妇女服食萱花求得男。"

这样摆出来的萱草一下"高大上"起来，不是我眼中单纯的"山珍"，但是隐隐地，我还是念念不忘和那两位老神仙在一起争执要"针"要"钟"的美好时代。

既然萱草有这么多名堂，咱就一一列举吧。

唐朝有白居易的《酬梦得比萱草见赠》：

> 杜康能散闷，萱草解忘忧。借问萱逢杜，何如白见刘。
> 老衰胜少夭，闲乐笑忙愁。试问同年内，何人得白头。

白居易和刘禹锡是老朋友，他夸他们之间的友谊，比杜康散闷、萱草解忧还欢喜。

萱草宜男也有诗，还是唐朝的，是于鹄的《题美人》：

> 秦女窥人不解羞，攀花趁蝶出墙头。
> 胸前空带宜男草，嫁得萧郎爱远游。

一个胆大开放的秦女，趁着追蝴蝶就偷偷翻出墙头，采的是宜男花，还挂在胸前。于鹄笑话她，那有什么用呢？她嫁的郎君常年不在家，何来"宜男"？

萱草作为母亲花出现是在孟郊的《游子诗》中：

> 萱草生堂阶，游子行天涯。
> 慈母依堂前，不见萱草花。

这是游子孟郊想念母亲的诗，跟《诗经》时代一样，母亲住的房前种萱草，母亲盼儿归，儿归期无限，堂前萱草竟也不开花，无以解除母亲的忧愁。

到了宋朝，萱草依旧承担着忘忧、宜男的重任，但也不尽然，除了贺铸的《薄幸》就有："便认得、琴心相许，与写宜男双带。"以及他的《定情曲》："可待合欢翠被，不见忘忧芳草。"还有石孝友的《眼儿媚》：

> 愁云淡淡雨潇潇，暮暮复朝朝。别来应是，眉峰翠减，腕玉香销。
> 小轩独坐相思处，情绪好无聊。一丛萱草，数竿修竹，几叶芭蕉。

这一天，天气不好，女子的相思也是不尽的愁云苦雨，"懒起画蛾眉""为伊消得人憔悴"。

独自坐在阁楼上让相思尽情延长，心情却是无聊的，看窗外，一丛萱草，数竿修竹，几叶芭蕉更增添了女子的愁绪。

萱草此时就是夏日的一丛花，萱草花。

到了元朝也少不了萱草，母亲、忘忧、宜男一个都不能少。

作为"忘忧"，白朴在〔双调·庆东原〕中云："忘忧草，含笑花，劝君闻早冠宜挂。那里也能言陆贾？那里也良谋子牙？那里也豪气张华？千古是非心，一夕渔樵话。"

白朴劝说朋友，看看忘忧草，忘记忧愁，看看含笑花，含笑面对人世。劝君趁早挂冠归隐，你看看能言善辩的陆贾在哪里？足智多谋的子牙在哪里？豪气干云的张华在哪里？千秋万代、是非曲直，最终不都化成渔人樵夫的"茶余饭后"了吗？

还有一位提到了萱草寓意母亲，孛罗御史在〔南吕·一枝花〕《辞官》中云：

〔隔尾〕诵诗书稚子无闲暇，奉甘旨萱堂到白发，伴辘轳村翁说一会挺脖子话。闲时节笑咱，醉时节睡咱，今日里无是无非快活煞！（节录）

孛罗御史，一个很特殊的名字，孛罗，蒙古人，御史是他的官阶，相当于当今的纪检委。别看他是蒙古人，元朝最高等级的人，而且是在权力中心，但越在中心越危险，据说他因为宫廷事件被迫辞职，又受官场另一事件株连被诛。

他在权力的核心位置过得很不如意，和大多数不得不选择归隐的汉族知识分子一样，选择辞官、归隐。此曲是他留下的唯一散曲套数。

此套数有五支曲子，写到萱草的是最后一支。前面写他因为官场黑暗，已经是"其实怕他"，就辞官了。回到乡间，村民很友善，自己因为离开了官场的纷争一下子轻松许多，深深地沉浸在"与民同乐"的生活中。最后总结说，小孩子每日里诵读诗书没有闲暇，我也有时间奉养我的"北堂萱"母亲到白发。闲暇时听一听村翁敞开心扉的痛快话，想笑咱就笑，醉了咱就睡，今日里无事无非那真是好时光。

放下孛罗辞官归隐的快乐生活不提，就说他有时间奉养的萱堂母亲，显然不是植物萱草，但是萱堂不就是来自萱草吗？我有一个想法，每年母亲节时，我们是不是可以为母亲奉上一束萱草花，感谢母亲的辛劳养育。虽然此灵感来自七百年前的蒙古人，但他是受了汉文化的影响，我这个汉人又受了他的启发。

# 蜀 葵

## 胡葵开满院

我自以为对蜀葵熟悉，在早年写蜀葵的文章中把它比作村妇，象征生命力顽强，就算走到天涯海角，我也认识蜀葵。但是元曲中的一句"胡葵开满院"就把我的自信打回姥姥家。我不得不承认，真不知道胡葵就是蜀葵，或者忘记蜀葵也叫胡葵。

蜀葵的别名很多，一丈红、大蜀葵、戎葵、吴葵、卫足葵、胡葵、斗篷花等，原产于中国四川，所以称蜀葵。此介绍，以前在《芳香宋词》中就用过，宋词里蜀葵也称戎葵，但忘了胡葵的称呼。我很自然地原谅自己，现在知道也不晚，毕竟是知道了。

唐诗中蜀葵还是称蜀葵的，不论是夸还是贬，蜀葵就是蜀葵。

先看贬的。

### 蜀葵

陈标

眼前无奈蜀葵何，浅紫深红数百窠。

能共牡丹争几许，得人嫌处只缘多。

蜀葵开了，浅紫、深红开了一大堆，但是开成如许，你又能和牡丹争得什么名呢？反倒因为你的多而让人嫌弃。

再看赞的。

## 蜀葵

### 徐夤

剑门南面树。移向会仙亭。锦水饶花艳。岷山带叶青。
文君惭婉娈。神女让娉婷。烂熳红兼紫。飘香入绣扃。

徐夤眼里的蜀葵把美女文君都比下去了，连神女都不敢在蜀葵面前娉婷婀娜，那有红有紫的鲜花还飘香，钻入女子的绣扃中。

到了宋朝，蜀葵就成了戎葵，陈与义在《临江仙》中写道：

高咏楚词酬午日，天涯节序匆匆。榴花不似舞裙红。无人知此意，歌罢满帘风。

万事一身伤老矣，戎葵凝笑墙东。酒杯深浅去年同。试浇桥下水，今夕到湘中。

这是陈与义借五月端午纪念屈原，抒发自己的情怀。

我在端午节高声吟唱屈原的辞赋，此时"身在天涯为异客"。正在竞相开

放的石榴花鲜红似火，但也比不上曾经的京城里醉人的红舞裙。没有人能理解我此时的心意，就像此时我高歌的楚辞，无人听，只有风过身旁。

到如今，我老了，也病了，就是那墙东朝阳的蜀葵似乎也在嘲笑我的境况。端午节不能不喝酒，我喝了，和去年看起来一样，我还把酒倒入桥下的江水中，希望江水今晚就把它带到湘江屈子沉江处，将我满腔怀念故国的心意告知屈子。我知道他最懂。

蜀葵哪里能承担陈与义的痛，蜀葵只知道朝阳生长，不屈不挠地生长。有壮志的人应该向蜀葵学习，不屈不挠，永远向前。

什么样的环境产生什么样的植物文化，唐、宋是有不一样的蜀葵的，再看看元朝的蜀葵，是什么样的光景呢？白朴提供了这样的"胡葵"光景。

## 双调·乔木查

### 对景

〔幺篇〕恰春光也，梅子黄时节，映日榴花红似血。胡葵开满院，碎剪宫缬。（节录）

白朴和关汉卿、马致远、郑光祖并称"元曲四大家"，主要作品有《唐明皇秋夜梧桐雨》〔越调·天净沙〕《秋》，等等。他终身未仕，年少时，金亡，元军掳走其母，白朴则被元好问救下，终身浪迹天涯。

这是一篇有六文曲子的散套，写了春夏秋冬四季更替。写到蜀葵的是"夏景"，刚才还是春光时节，现在就到了夏季，梅子开始黄了，榴花鲜血一样地开放，蜀葵也是如火如荼地开满院，就像宫中女子扎头的染花丝带。

看起来是美景，实则不是，一年四季更替，白朴继续道：

〔幺篇〕岁华如流水，消磨尽，自古豪杰，盖世功名总是空，方信花开易谢，始知人生多别。忆故园，漫叹嗟，旧游池铺，番做了狐踪兔穴。休痴休呆，蜗角蝇头，名亲共利切。富贵似花上蝶，春宵梦说。
〔尾声〕少年枕上欢，杯中酒好天良夜，休辜负了锦堂风月。（节录）

自古豪杰，盖世功名到头来不过是一场空，怎么办？不如诗酒趁年华。

果然，他的经历正是元朝文化人的经历，如果不及时行乐、不归隐，人生就没有出路，就算满院胡葵开也打不开心结。

悲哉，白朴；悲哉，胡葵。

# 金钱花

## 绽金钱菊弄秋

金钱花就是旋覆花，当下有"金钱花"这样的名字是十分招人爱见的。很多年前就有一种树叫发财树，其实人家更多地叫马拉巴栗、瓜栗、中美木棉、鹅掌钱，叫那些名字时没有人在自家种，自改名称"发财树"后，就连北方人都要在自家屋里种上几株，心里狠狠地想，今年一定要发财。金钱花也有类似的经历。

旋覆花是因为此花的形状好似旋覆状开花就叫了这样很形而下的名字，但因为完全开放以后，金灿灿的好似铜线样子，又叫了金钱花，从此就和金

钱飙上了，古人就常常拿金钱花比金钱说话。比如唐代皮日休的《金钱花》：

> 阴阳为炭地为炉，铸出金钱不用模。
> 莫向人间逞颜色，不知还解济贫无。

他对金钱花呈现的黄金颜色是有看法的，金钱花受天地造化，就算不用模子也铸就了金钱的模样，但金钱花还真解决不了贫穷老百姓用金钱的实际困难。

再比如唐代罗隐的《金钱花》：

> 占得佳名绕树芳，依依相伴向秋光。
> 若教此物堪收贮，应被豪门尽劚将。

先夸金钱花名字好、模样好，天高云淡的秋天正展现了金钱花的芳姿。这样好看、形似金钱的花若是能收藏，那还了得？早被豪门望族一网打尽了，人间哪儿还能再见金钱花？可见人们自古以来对金钱的趋之若鹜。

到了宋朝，虽然国土屡被侵占，但经济还是相当发达，对金钱的向往是名正言顺的，对金钱花不知道又有怎样的态度，只看到柳永的《受恩深》：

> 雅致装庭宇。黄花开淡泞。细香明艳尽天与。助秀色堪餐，向晓自有真珠露。刚被金钱妒。拟买断秋天，容易独步。
> 粉蝶无情蜂已去。要上金尊，惟有诗人曾许。待宴赏重阳，恁时尽把芳心吐。陶令轻回顾。免憔悴东篱，冷烟寒雨。

夸菊花，用金钱花衬托，都是明艳的金黄色。

此时是深秋，菊花很雅致地开在庭院中，黄色的花淡远宁静。它的明艳和馨香是上天赐予的，实在是"秋色"可餐，早上露水凝在花瓣上更是美不胜收，那是被同样明艳的金钱花所嫉妒的。深秋时节就是菊花的天下。

此时粉蝶和蜜蜂已经无情地离开，要赏菊花，就等到重阳时节，把酒言欢，那时菊花尽情绽放吐蕊，就让那陶渊明再次重温他的"采菊东篱下"。这样就不辜负菊花也会憔悴东篱，在冷烟寒雨中凄清度过。

这个金钱花完全不关金钱的事，没有必要像罗隐一样担心"若教此物堪收贮，应被豪门尽刷将"。就是和菊花一样明艳的金黄，倒是让我有些意外。

宋朝的金钱花不关金钱的事，那元朝的呢？

商调·集贤宾

## 退 隐

王实甫

〔幺篇〕到秋来醉丹霞树饱霜，绽金钱菊弄秋。半山残照挂城头，老菱香蟹肥堪佐酒。正值着登高时候，染霜毫乘醉赋归休。（节录）

王实甫生平事迹不详，但其著作《西厢记》至今传唱不衰，这就够了。他留下的散曲也不多。〔商调·集贤宾〕《退隐》是套数，包括十一支曲子，描述了他晚年归隐后的田园生活。

金钱花是在秋天开的，枫树经霜之后好似丹霞一般美丽，盛开的金钱花把秋天装点得更加妩媚。夕阳映辉挂在城头，有菱角、肥蟹，再加上美酒，此时正值登高时节，白发霜染的我乘醉歌颂"归去来兮"。

金钱花被裹挟到归隐潮中，更像陶渊明"采菊东篱下，悠然见南山"的菊花。

# 莎 草

## 莎茵细

莎草有很多种，不起眼，所以不容易引起人们的注意，只要知道香附子就是莎草的一种，我看就差不多了。香附子可是有名的中药，有理气解郁、调经止痛的功用。《本草纲目》称其为"莎草香附子"，描述它的形态："莎叶如老韭叶而硬，光泽有剑脊棱。"《名医别录》中就提及莎草，《唐本草》才开始称为香附子。

莎草除了是中药，对于老百姓来说就是用来编织器物的草，比如席子、蓑笠等的有用之物。

莎草虽然不起眼，但我们的祖先已经认识到它的价值，并在诗歌中记录了它的存在。不用说，来自《诗经》，《小雅·南山有台》中提到一种莎草，叫"薹"。

南山有台，北山有莱。乐只君子，邦家之基。乐只君子，万寿无期。（节录）

南山生莎草，北山长藜草。君子真快乐，为国立根基。君子真快乐，万年寿无期。

《小雅·斯干》中提到另一种莎草，叫"莞"。

下莞上簟，乃安斯寝。乃寝乃兴，乃占我梦。吉梦维何？维熊维罴，维虺维蛇。（节录）

下铺蒲席上铺簟，这里睡觉真安恬。早早睡卜早早起，来将我梦细解诠。做的好梦是什么？是熊是罴梦中见，有虺有蛇一同现。

有了"高大上"的"薹""莞"之后，随着岁月的流逝，这些"异样"的草就变成了莎草。唐诗里开始出现莎草，有李白的《忆旧游寄谯郡元参军》诗作证。原诗很长，就选有莎草的一节吧。

### 忆旧游寄谯郡元参军

时时出向城西曲，晋祠流水如碧玉。

浮舟弄水箫鼓鸣，微波龙鳞莎草绿。（节录）

这首诗是李白写给参军元演的，两人是很好的朋友，常在一起欢聚。此段描写了李白到了并州（今山西太原），受到元演和他父亲的盛情款待。他很感谢元演父子"贵义轻黄金"的豪爽，每天好吃好喝好玩，李白都没有回家的心思了。

他们一起游览了太原的名胜晋祠，晋祠的水像碧玉一样美妙，湖上泛舟，鼓乐相伴，微波中莎草翠绿摇动，那是怎样的快意人生。后面还有，就是看透人生，要及时行乐。这里已经不关莎草什么事了。

李白的莎草特别不像莎草，我以为的莎草是蛮荒的，不是潇洒的，但是李白就能看出莎草的诗意。所以他是诗仙，我就是草莽。

宋朝的莎草又柔嫩了许多，而且是硬汉陈亮写的，陈亮和辛弃疾相近，铮铮铁骨，一片丹心，满怀豪情，终归空悲壮。他有"推倒一世之智勇，开拓万古之心胸"（南宋陈亮《甲辰答朱元晦书》），可惜生不逢时，天大的抱负也实现不了。

### 水龙吟·春恨

闹花深处层楼，画帘半卷东风软。春归翠陌，平莎茸嫩，垂杨金浅。迟日催花，淡云阁雨，轻寒轻暖。恨芳菲世界，游人未赏，都付与、莺和燕。

寂寞凭高念远。向南楼、一声归雁。金钗斗草，青丝勒马，风流云散。罗绶分香，翠绡对泪，几多幽怨。正销魂，又是疏烟淡月，子规声断。

高楼掩映在花丛深处，春风吹过半卷的画帘。春天已经来了，远处的莎草毛茸茸的非常鲜嫩，柳树丝丝条条犹如垂挂的一条条金线。白昼见长催花开，淡云缭绕阻雨来，天气还是忽冷忽热。已经是春光烂漫的好时节，可惜游人还意识不到，倒是莺燕最先知道春的魅力。

寂寞时登高望远，南楼外传来一声归雁的鸣叫。曾经的斗草游戏，马头上的青丝勒马，已经是过往云烟都散去了。你我分别，你含泪的书信，那是多少的幽怨啊，正沉迷在离愁中不能自拔，却听得杜鹃"子规、子规"不停地啼叫，此时月儿淡淡，云儿如烟。

英雄的柔肠百转更让人怜惜。鲜嫩的莎草正是春的信息，是无限春光的一处，反衬了词人的思念，一声"子规"尽在不言中。

从宋朝柔肠百转的莎草中辗转到元朝，想象不出元的莎草是怎样的境况，就看看滕宾的莎草吧。

中吕·普天乐

柳丝柔

柳丝柔，莎茵细。数枝红杏，闹出墙围。院宇深，秋千系。好雨初晴东郊媚。看儿孙月下扶犁。黄尘意外，青山眼里，归去来兮。

滕宾当过翰林学士，后来弃家入天台山为道士。

柳丝柔软，莎草铺地，正是春光好时节。数枝红杏出墙，春天一下子热闹起来。深深的庭院里把秋千系好，趁春风把秋千打到比天高。雨后初晴，东郊尤显美丽。儿孙在月下开始农忙。我早已抛却红尘官场的种种，只在意青山在此、流水眼前，就像那从前的陶渊明"归去来兮"。

特殊时代的特殊标志，元代的知识分子当官的逍遥归隐，当不了官的也要归隐，就连莎草都是归隐的姿态，我也是醉了。

# 芒

## 便芒鞋竹杖行春

芒和芦苇、荻都是禾本科草本植物，不大清楚的会把它们混淆，我就是曾经混淆的人之一。

芒在人类眼里是有用的，比如芒草是牲口的饲料。在物资不发达的农业社会，芒还用于编织草鞋，芒草就是因为"芒鞋"而进入历代诗歌的。

先从唐诗开始，皮日休在《奉和鲁望樵人十咏·樵径》中就写到芒，我是说芒鞋，诗云：

> 蒙茏中一径，绕在千峰里。
> 歇处遇松根，危中值石齿。
> 花穿橐衣落，云拂芒鞋起。
> 自古行此途，不闻颠与坠。

山中有一条很不好走的路，有危石、松根，但是砍柴人自古就在这条小径走，从没听说有人坠落过。他们穿着麻衣，脚蹬芒鞋，花儿穿衣而过，云在脚下升起。

芒草编的鞋子当然不是什么好鞋子，但是穿上这样简陋的鞋照样翻山越岭，而且安全有效。

再看一首唐诗，是唐末的一位乞丐伊用昌写的，因为难得，所以特别奉上。

### 题茶陵县门

> 茶陵一道好长街，两畔栽柳不栽槐。
> 夜后不闻更漏鼓，只听锤芒织草鞋。

伊用昌是乞丐，出言不着调，长被人殴打，人称伊风子。但他会作词，

喜欢的调是《望江南》，常常与妻子唱和。

穿上乞丐伊用昌编织的芒鞋疾步来到宋朝，路走得远，到这里也该歇歇脚，换换已经破烂的芒鞋。不愁，芒鞋有的是，苏东坡就有。

### 定风波

三月七日，沙湖道中遇雨。雨具先去，同行皆狼狈，余独不觉，已而遂晴，故作此词。

莫听穿林打叶声，何妨吟啸且徐行。竹杖芒鞋轻胜马，谁怕？一蓑烟雨任平生。

料峭春风吹酒醒，微冷，山头斜照却相迎。回首向来萧瑟处，归去，也无风雨也无晴。

还是苏轼潇洒，此时他被贬黄州，想在这里安家置田，和朋友一同选址，路上遇雨，朋友感觉很狼狈，苏轼却很畅快。

这份洒脱不羁不是寻常人能学来的，就算你穿上芒鞋，拄上竹杖，披上蓑衣，内心没有乾坤，也无法"一蓑烟雨任平生"。

学着苏东坡的"一蓑烟雨任平生"，脚踏他穿过的芒鞋就走到了元朝，芒鞋不结实，早坏了，需要新芒鞋，就有冯子振送来。

### 正宫·鹦鹉曲

### 野渡新晴

孤村三两人家住，终日对野叟田父。说今朝绿水平桥，昨日溪南新雨。

〔幺〕碧天边岩穴云归，白鹭一行飞去。便芒鞋竹杖行春，问底是青帘舞处。

冯子振能在众多元曲作家中留下姓名、生平，皆因他当过官，四十七岁进士及第，都说他"大器晚成"，晚年回乡著书，自称"怪怪道人"。

我归乡之后就住在只有三两户人家的小村，每天面对的就是村里的父老乡亲。今日遇见他们，被告知昨天溪水南下大雨了，洪水流到咱这里，和桥都平齐了。雨过天晴，云飘到山间，一行白鹭上青天。正是大好春光，我心情很好，穿芒鞋，拄竹杖，这就去踏春。还要预先打听好哪里有舞着青旗的酒店，踏春饮酒赋诗，那才是诗意人生呢。

看得让人心醉，不用酒，就是竹杖芒鞋，一路行走，春在脚下。

## 菱

### 十里芰荷香

菱有很多称呼，比如芰、水菱、风菱、乌菱、菱角、水栗、菱实、芰实等。

菱不仅有北方人知道的两角菱，还有四角菱，甚至无角菱，古代称为"芰"的就是四角菱，李时珍介绍说："其叶支散，故字从支。其角棱峭，故谓之菱，而俗呼为菱角也。昔人多不分别，惟伍安贫《武陵记》以三

角、四角者为芰，两角者为菱。《左传》屈到嗜芰，即此物也。"

先"采"当今的红菱喜悦一下："我们俩划着船儿采红菱呀采红菱。得呀得郎有心得呀得妹有情。"喜悦是因为"就好像两角菱从来不分离呀，我俩一条心"，这是人类之向往。

再"采"《楚辞》中的菱，美丽一番，那可是最早写到菱的诗歌，我就是因为《楚辞》才知道世界上有一种菱叫作"芰"。选屈原的辞为例。

《离骚》："制芰荷以为衣兮，集芙蓉以为裳。"意思是说用菱叶做成上衣

啊，那荷花裁成下裳。

《招魂》："芙蓉始发，杂芰荷些。紫茎屏风，文缘波些。"意思是荷花开始开放，期间伴以碧绿的菱叶。长着紫色茎秆的水葵，它的纹理随水波荡漾。

有了屈原的"芰荷"，后世的诗人就有了榜样，先看唐朝崔国辅的《小长干曲》：

> 月暗送潮风，相寻路不通。
> 菱歌唱不彻，知在此塘中。

写一个男子在月色朦胧夜，到江边找自己心仪的姑娘，走到池塘边，路不通了，只听"菱歌"声不断。男子仔细辨听，他心爱的姑娘就在那些唱"菱歌"小曲的女子中间，心下好不安慰。

看来古往今来，唱菱歌、采红菱都是产生爱情的好媒介。

有愉快的唐采菱歌伴随，可以到宋词里感受宋菱。宋词里的菱歌很多，就选苏东坡的《画堂春·寄子由》：

> 柳花飞处麦摇波。晚湖净鉴新磨。小舟飞棹去如梭。齐唱采菱歌。
> 平野水云溶漾，小楼风日晴和。济南何在暮云多。归去奈愁何。

子由是苏东坡的弟弟苏辙，当时在济南任职。

春暮，我们一同看柳花飞上天，麦苗波浪滚。湖水跟新磨的镜面一样平展，小船往来穿梭，船上飞起的是愉快的采菱歌。

平展的野外云水相容，小楼处风日晴和，济南却是暮云飞渡，你归来愁绪就没有了。

菱歌还是菱歌，让人愉快的菱歌，就是为了延续菱歌的愉快风。其实宋词里写到菱的多有愁绪，比如欧阳修的《玉楼春》："楼前独绕鸣蝉树。忆把芳条吹暖絮。红莲绿芰亦芳菲，不奈金风兼玉露。"

但愿元朝的菱也是让人愉快的菱，先看贯云石的作品。

## 正宫 · 小梁州

### 夏

画船撑入柳阴凉，听一派笙簧。采莲人和采莲腔，声嘹亮。惊起宿鸳鸯。佳人才子游船上，笑吟吟满饮琼浆。归棹晚，湖光荡。一钩新月，十里荌荷香。

这是歌颂西湖美景的，写了春夏秋冬，写到菱的是夏天。

夏季在西湖上游玩最是赏心悦目，采莲人唱采莲歌，声音嘹亮到惊起睡觉的鸳鸯，才子佳人坐游船，笑吟吟喝酒吟诗。直到夜色降临，新月升起，湖上飘来菱和荷花的芳香。

如此愉快的美景，采莲、采菱都是一样的。

还有一首小令值得一叙，就是赵孟頫的〔仙吕·后庭花〕《清溪一叶舟》：

清溪一叶舟，芙蓉两岸秋。采菱谁家女，歌声起暮鸥。乱云愁，满头风雨，戴荷叶归去休。

赵孟頫大名鼎鼎，宋宗室后人，宋灭入元后，被举荐为官，封魏国公。他擅长书画，尤其是赵体字，到现在都是书人临摹的"楷模"。他留下的小令不多，就两首，这是其中一首。

清溪上一叶扁舟，是采菱女在上面，两岸荷花盛开，不过已经有秋意掠过，采菱女唱采菱歌，歌声清脆嘹亮，惊起归巢的鸥鸟。此时一片乱云飞过，风雨马上交加，那采菱女倒也不惊，只折下荷叶顶头行舟归来。

赵孟頫的菱增加了些许不同，除了愉快，还有对自然的深度接受。采菱女面对突如其来的风雨，没有惊慌失措，而是自然而然地折荷叶戴上，不急不缓划桨而归，瞬间就打动六百年后的我，那是顺随自然的从容不迫。

# 藜

## 杖藜徐步近钓矶

藜这个名字看起来、听起来挺雅致，其实是最普通的杂草。当然，救荒时期是救命的野菜，现在则是吃多了膏粱厚味后的解腻美味。

藜在"芳香系列"中不止一次写到，删繁就简，就从最早的诗歌开始一路向前感受野草藜的历史轨迹吧。

《诗经》中的藜称为"莱"，比现在的称呼"狗尿菜""猪菜""灰苋菜"体面，最常见叫"灰条""灰灰菜"，一看就土。

藜也不尽然就象征轻贱，有时候也是茂盛、兴旺的意思。《小雅·南山有台》就是如此："南山有台，北山有莱。乐只君子，邦家之基。乐只君子，万寿无期。"意思是，南山有莎草，北山有藜草，赞美这位君子，是国家的基石，祝愿君子，万寿无疆。

《小雅·十月之交》就认为它是杂草："抑此皇父，岂曰不时？胡为我作，不即我谋？彻我墙屋，田卒污莱。曰予不戕，礼则然矣。"其中的"莱"就是藜，即荒地杂草，是要被去除的。

到了唐朝，除了是要被剪除的杂草，如宋之问的《早发始兴江口虚氏村作》"何当首归路，行剪故园莱"，人们也将藜当菜，如王维的《积雨辋川庄作》：

积雨空林烟火迟，蒸藜炊黍饷东菑。

漠漠水田飞白鹭，阴阴夏木啭黄鹂。

山中习静观朝槿，松下清斋折露葵。

野老与人争席罢，海鸥何事更相疑。

王维此时居住在辋川，过着"采菊东篱下，悠然见南山"的生活。此诗就是写照。

辋川这一时段一直下着雨，疏林里燃起的炊烟缓慢升起。女人们蒸灰条、煮黍米，为田间的劳作者送饭。我静静看水田飞起的白鹭、树林里鸣叫的黄鹂。现在在山中静修的我已经明白人生如朝露，就像朝开夕落的木槿，看淡了，就可以在松下吃着冬葵，享受自然的道法。我这个乡间野老已经物我两忘，何来海鸥在猜疑呢？

吃了王维的"蒸藜"填饱了肚子，就可以到宋朝了。宋朝的藜除了是杂草、野蔬，还是拐杖，如苏东坡的《鹧鸪天》：

林断山明竹隐墙，乱蝉衰草小池塘。翻空白鸟时时见，照水红蕖细细香。
村舍外，古城旁，杖藜徐步转斜阳。殷勤昨夜三更雨，又得浮生一日凉。

这是苏东坡谪居黄州时写的。远处树林挡住了大山，近处竹林挡住了围墙，小池塘边长满衰草，树上蝉儿乱叫。小鸟儿在空中上下翻飞，红荷映照在水中传出细细的清香。

村子外面，古城墙旁，我手挂藜杖缓缓朝着夕阳走去。昨夜三更下了不小的雨，今天才能享受一日的清凉。

这就是苏东坡，不管身处什么境遇，得开怀处且开怀，哪怕是"偷得浮生半日凉"呢。

吃了唐朝的"蒸藜"，挂着宋朝的"藜杖"，来到元朝，看看藜的新动向。果真有张养浩的〔中吕·朝天曲〕：

柳堤，竹溪，日影筛金翠。杖藜徐步近钓矶。看鸥鹭闲游戏。农夫渔翁，贪营活计，不知他在图画里。对这般景致，坐的，便无酒也令人醉。（节录）

张养浩在元代的知识分子中不同寻常，一则他曾任高官（礼部尚书、参议中书省事），二则为官清廉，编写的《为政忠告》代表了他一生主张为官清廉的主导思想。《为政忠告》又名《三事忠告》，对于后世的封建统治观念亦有相当影响。三则推动恢复科举，为知识分子再开晋身之门。他还是散曲家，散曲结集为《云庄闲居自适小乐府》。这在元代的知识分子中是少见的。

此曲写张养浩辞官归隐时闲适的心情，柳堤，竹溪，太阳照射过来洒下的光斑。我杖藜缓缓来到垂钓的石矶边，看鸥鹭闲散自在地游戏，看农夫、渔夫劳作的劳作，钓鱼的钓鱼，他们压根没想到已经在我观察的图画里。这样的景致我就是闲坐无酒也是陶醉了。

这是在官场久居后放松下来的真实感受，没有机心的鸥鹭，只有专心劳动的农夫、渔夫，还有张养浩手中来自自然的藜杖，造就了眼前岁月安好的闲适悠游，所以就是没有酒也是让人自我陶醉的。

这样的杖藜好，这样的藜好。


# 豆

## 南山豆苗荒数亩


豆是大类，黑、红、白、黄、绿都有。在古代，豆大约是指大豆或者叫黄豆。比如"五谷"（稻、黍、稷、麦、豆）中的豆该是黄豆。其余关于豆的历史渊源就不再提了，已经在"芳香系列"中反复叨了。

直接从豆入诗最早的《诗经》开始吧，那时豆被称为"菽"。

小雅·采菽

采菽采菽，筐之筥之。君子来朝，何锡予之？虽无予之，路车乘马。又何予之？玄衮及黼。

觱沸槛泉，言采其芹。君子来朝，言观其旂。其旂淠淠，鸾声嘒嘒。载骖载驷，君子所届。（节录）

说的是诸侯朝见周天子的盛景。

采大豆呀采大豆，用筐用筥来盛装。诸侯们前来朝见，天子用什么来相赠？就算没什么要赠予，也会赠他们好车和马匹。还有什么要赠予？诸侯的礼服已备好。

泉水在滚滚翻腾，我前去采摘水芹。诸侯都来朝见，旌旗已经渐近。旌旗霍霍飘动，銮铃叮当作响。三马四马其驾，诸侯都已来临。

看起来很愉快的过程，大豆旁证了大家的愉快。

大豆不仅仅能让人愉快，还能对人警示，那就是写到大豆的、最著名的《七步诗》，三国曹植写过很多有名的诗，比如《洛神赋》《芙蓉赋》，但是妇孺皆知的就是此诗了。

## 七步诗

煮豆燃豆萁，豆在釜中泣。
本是同根生，相煎何太急。

这样的豆是悲情的豆，是中国人关于亲情教育的反面范例。

豆还代表着丰收的喜悦、人世间的温情，如唐代贯休那首写到豆的《春晚书山家屋壁二首》：

柴门寂寂黍饭馨，山家烟火春雨晴。
庭花蒙蒙水泠泠，小儿啼索树上莺。

水香塘黑蒲森森，鸳鸯鸂鶒如家禽。
前村后垄桑柘深，东邻西舍无相侵。
蚕娘洗茧前溪渌，牧童吹笛和衣浴。
山翁留我宿又宿，笑指西坡瓜豆熟。

贯休和尚此诗特别接地气，提到的植物都是农人日常所见所用，有黍子、香蒲、桑树、柘树、甜瓜、大豆。就从后四句说，蚕娘在河边漂洗蚕茧，牧童吹着笛子和衣沐浴，山里的老汉反复留我住宿，笑说西坡上的瓜豆都成熟了，真是"五谷丰登"的好时节。

宋词里有一颗豆延续了贯休"豆"的脉脉温情，且看苏东坡的《浣溪沙》：

麻叶层层苘叶光，谁家煮茧一村香？隔篱娇语络丝娘。
垂白杖藜抬醉眼，捋青捣麨软饥肠。问言豆叶几时黄？

村外的麻叶、苘麻一层层一片片，村里不知谁家正在煮蚕茧，满村子都能闻到那特殊熟悉的香味。隔着篱笆缫丝的女人们欢声笑语，那是劳动中女人最可爱的景象。

须发皆白的老翁拄着拐杖，喝的醉眼迷离，吃着新麦做的饭果腹。问起豆叶何时黄，到那时又有新鲜的豆子可以吃了。

元曲中的豆会延续豆的温情吗？

先看张养浩的〔南吕·一枝花〕《咏喜雨》：

〔梁州〕恨不得把野草翻腾做菽粟，澄河沙都变化做金珠。直使千门万户家豪富，我也不枉了受天禄。眼觑着灾伤教我没是处，只落得雪满头颅！（节录）

这是张养浩归隐后再次出仕，为的是救黎民与水火。

此时关中大旱，饥民相食。张养浩赴任途中虔诚祈雨，天不负人，果然降下大雨，张养浩喜不自胜，写下这篇曲子，但是到任后"夜则祷于天，昼则出赈饥民，终日无少怠"（《元史·张养浩传》），积劳成疾，死于任所。

这是此套曲的第二支，看到百姓饥寒交迫，张养浩心急如焚，恨不能把那野草全变成大豆和谷子，河里的泥沙都变成金银珠宝。

看罢张养浩的《咏喜雨》我竟然流泪了，那是封建时代的一个官员啊，竟是会"用尽我为民为国心"，为了老百姓的饥寒，积劳成疾，奋不顾身，死而后已……

这期间的豆是何等悲壮，又是何等挺拔。

再看任昱的〔双调·清江引〕《题情》：

南山豆苗荒数亩，拂袖先归去。高官鼎内鱼，小吏罝中兔。争似闭门闲看书。（节录）

任昱和张可久是同时代人，年少时好狎游，一生不仕。其所作曲子被歌妓广为传唱，有柳永遗韵。

南山种的豆苗已经荒了，是我不想种了，我现在就归隐。想那尘世上的高官不过是锅里的鱼，小吏就是笼中的兔。我当然不屑于此，哪里比得上闭上门在家看书逍遥自在。

"南山豆苗"化用陶渊明《归园田居》"种豆南山下，草盛豆苗稀"之句。这是归隐的前奏。

都是写豆或豆苗，张养浩的"豆"和任昱的"豆"显然不是一种豆。

# 荻

## 秋水蒹葭

自从知道荻是"蒹葭"之"蒹"，就开始关注荻，于是发现很多荻，在田野、水边，甚至公园。

荻就是因为"蒹葭"之名才进入我的视野，《秦风·蒹葭》：

蒹葭苍苍，白露为霜。所谓伊人，在水一方。

溯洄从之，道阻且长。溯游从之，宛在水中央。

蒹葭凄凄，白露未晞。所谓伊人，在水之湄。

溯洄从之，道阻且跻。溯游从之，宛在水中坻。

蒹葭采采，白露未已。所谓伊人，在水之涘。

溯洄从之，道阻且右。溯游从之，宛在水中沚。

深秋的蒹葭本已萧瑟，结霜的白露更添了我的惆怅，我思念的那个人儿，远在河的那边。

蒹葭茂盛，白露未干，所谓伊人，在水之湄。

蒹葭丛密，白露还在，所谓伊人，在水之涘。

一片深秋的蒹葭，一地结霜的白露，一位思念那人的有情人，只见河水不见人影的那人。

凄清，深情，旷远。

自"蒹葭苍苍，白露为霜"后，就少有蒹葭，直到宋朝，可以看看苏舜钦的《水调歌头·沧浪亭》：

潇洒太湖岸，淡伫洞庭山。鱼龙隐处，烟雾深锁渺弥间。方念陶朱张翰，忽有扁舟急桨，撇浪载鲈还。落日暴风雨，归路绕汀湾。

丈夫志，当景盛，耻疏闲。壮年何事憔悴，华发改朱颜。拟借寒潭垂钓，又恐鸥鸟相猜，不肯傍青纶。刺棹穿芦荻，无语看波澜。

此词是苏舜钦被罢职后写的。太湖岸洞庭山，烟波浩渺，烟雾弥漫。心中想着当年范蠡、张翰辞官归隐的事迹，忽然见一小船载着鲈鱼急速驶来，眼见落日下暴风骤雨，小船只好绕道而行。

大丈夫一心想的是"修齐治平"，耻于闲散无事。正值壮年却憔悴如此，满头白发改变了容貌。原想在寒潭垂钓，又恐鸥鸟猜疑，本就不愿意依傍高官，我现在能做的就是撑船穿过芦荻荡，沉默无语看波澜翻滚，我自不惊。

唯一的一首词，表明自己的人生态度，不如意，但依旧不趋炎附势。

在宋获的凄清不屈中就到了元朝，有获，不多，郑光祖〔双调·蟾宫曲〕：

敝裘尘土压征鞍，鞭倦袅芦花，弓箭萧萧，一径入烟霞，动羁怀，西风禾黍，秋水蒹葭，千点万点，老树寒鸦，三行两行，写长空历历，雁落平沙，曲岸西边，近水湾鱼网纶竿钓，断桥东壁，傍溪山竹篱茅舍人家，见满山满谷，红叶黄花，正是凄凉时候，离人又在天涯。

郑光祖是元杂剧作家中不可或缺的人物，和关汉卿、马致远、白朴并称为"元曲四大家"。他的《迷青琐倩女离魂》至今还被传唱，可见其影响力，那可不是靠"刷流量"产生的，那是硬功夫。同时代周德清在《中原音韵》中称他："名闻天下，声振闺阁。"

此小令写羁旅的凄凉，风尘仆仆的旅人，厌倦地行进在有芦花的路上。深秋，蒹葭苍苍，白露为霜，没有佳人，有的是千点万点，老树寒鸦。

眼看岸边茅舍人家安静平和，周边满山满谷，红叶黄花，之于村民是艳秋，之于离人是凄凉，更何况是在天涯。

离人眼中的荻是凄凉的荻，我还是想那有"蒹葭苍苍""在水一方"的佳人。

# 麻

## 山下种桑麻

麻原产于中国，在农耕时代是人们日常生活中不可或缺之物，所以历朝历代对桑麻的重视是永远提到"议事日程"上的。

自写"芳香系列"起，麻就是不可或缺的，也不必再介绍麻的种类、如何种麻等，径直从最早写麻的诗歌开始，"捋"一遍麻的诗歌史。

《诗经》提到麻最多，居然有二十余处。还是我的惯用伎俩，就选有情有

义的麻，忍不住选两首，一首是《陈风·东门之池》：

> 东门之池，可以沤麻。彼美淑姬，可以晤歌。
> 东门之池，可以沤纻。彼美淑姬，可以晤语。
> 东门之池，可以沤菅。彼美淑姬，可以晤言。

大意是，东门外有个坡池，可以浣洗麻丝。那位美丽的姬姓姑娘，可以和她把歌对。东门外有个坡池，可以浣洗葛沙。那位美丽的姬姓姑娘，可以和她把话答。东门外有个坡池，可以浣洗菅线。那位美丽的姬姓姑娘，可以和她把言语。

那位美丽的姬姓姑娘正像之后的"西施浣纱"一样，在水池边沤麻、沤葛、沤菅，都是为了纺织之用，姿态一定娉婷袅娜，令人心动不已，麻、葛、菅的缠绵悠长，正像女子的绵绵情思，抛向歌者的心坎，那就对歌吧，聊天吧，把麻的一头交给你，你牵着我，我跟着你，一段阳光下，水池边的情就演绎了。

再有一首是《陈风·东门之枌》，更直接大胆，已经欢快起舞，欢会正浓：

> 东门之枌，宛丘之栩。子仲之子，婆娑其下。
> 榖旦于差，南方之原。不绩其麻，市也婆娑。
> 榖旦于逝，越以鬷迈。视尔如荍，贻我握椒。

大意是，此时正是良辰美景，在这南方平原。搁下手中正纺织的麻，女子们婆娑起舞。追赶那良辰美景，少男少女欢聚而行。看你像那美丽的锦葵花，你送我有寓意的花椒一把。

大胆直接，简洁大方，不似后来中国人擅长的"含蓄""含而不露"，那是文人的方式，文人以为这样"阳春白雪"，但有时候，我以为这样"下里巴人"的表达更阳光、干净。

虽然对《诗经》时代的麻恋恋不舍，那也要往前行，时代就是这样更新的，不由人啊。唐朝的麻当然是"把酒话桑麻"，见孟浩然的《过故人庄》：

故人具鸡黍，邀我至田家。

绿树村边合，青山郭外斜。

开轩面场圃，把酒话桑麻。

待到重阳日，还来就菊花。

孟浩然来到老朋友的农家小院吃饭，老朋友用自家的鸡、黍子款待他。这个小院地处绿树环抱的村中，远处青山苍翠，环境优美舒适，堪称世外桃源。他们吃到高兴处，打开窗子，面对的是场院和田园，忍不住就打开话匣子，谈谈桑麻等农事。言犹未尽，就相约好，明年秋天，秋高气爽的九月九，孟浩然还来这里，登高望远，菊花插头，把酒桑麻，不亦乐乎！

这样的麻也不错。见好就收，到宋朝看看那时的麻吧。

看了看，还是苏东坡的麻好。

### 浣溪沙

麻叶层层苘叶光，谁家煮茧一村香。隔篱娇语络丝娘。

垂白杖藜抬醉眼，捋青捣麨软饥肠。问言豆叶几时黄。

此词在前文"豆"篇中提及，这里不再赘述。

一直到宋，麻都一路欢声笑语走下来，不知到了元朝是什么光景。

就选马谦斋的〔越调·柳营曲〕《太平即事》：

亲凤塔，住龙沙，天下太平无事也。辞却公衙，别了京华，甘分老农家。傲河阳潘岳栽花，郊东门邵平种瓜。庄前栽果木，山下种桑麻。度岁华，活计老生涯。（节录）

马谦斋留下十七首小令，生平事迹不详，从此小令看，他当过官，后来归隐了。

小令中的潘岳是晋代人，任河阳令时在县中满种桃李，传为佳话；邵平是秦代人，秦灭后在长安种瓜，是归隐的代名词。

马谦斋说现在是太平盛世，我却告别了官衙，回家务农。不屑潘岳为官种花，效仿的是邵平种瓜。庄前种果木，山下种桑麻，如此度日月，终老一生。

看起来潇洒，当时的邵平就是不得已为之，我看马谦斋也有这样的嫌疑。抛开社会因素，种桑麻总是让人愉悦的。

在我的自主选择下，麻的诗歌史终于愉快地结束了。


# 蒌 蒿

## 蒌蒿香脆芦芽嫩


记得最早写蒌蒿是在《芳香诗经》中，那也是我第一次知道蒌蒿。第二次再见就到了《芳香楚辞》，不过也是流于纸面，一直没有机会品尝野蔬蒌蒿的美味。

就从《诗经》开始重温蒌蒿旧梦吧，见《周南·汉广》：

> 南有乔木，不可休息；汉有游女，不可求思。
> 汉之广矣，不可泳思；江之永矣，不可方思。
> 翘翘错薪，言刈其楚；之子于归，言秣其马。
> 汉之广矣，不可泳思；江之永矣，不可方思。
> 翘翘错薪，言刈其蒌；之子于归，言秣其驹。
> 汉之广矣，不可泳思；江之永矣，不可方思。

此乃《诗经》中惯用的重章叠句，我追求一位美好的姑娘，始终不可得，杂树丛生，我只砍荆条，野草丛生，我只取蒌蒿，姑娘我爱上你了，知道你要出嫁，我赶着马儿去追你。

野草再多，我只要蒌蒿，此时的蒌蒿是柴薪，是男子看重的柴薪，居然可以表达爱情，是我这蓬蒿人想不到的。

再看《楚辞》中的蒌蒿，是柴薪，还是野蔬？

## 大招

鲜蠵甘鸡，和楚酪只。醢豚苦狗，脍苴蓴只。

吴酸蒿蒌，不沾薄只。魂兮归来！恣所择只。（节录）

大意是，新鲜的龟肥美的鸡，调和上楚地的乳酪。猪肉酱和狗肉干，再切点襄荷放在里面。吴人腌制的蒿和蒌，味道不浓不淡刚刚好。

看来，楚人是把蒌蒿当美味品尝的。

有了"吴酸蒿蒌"，就能理解"史上最强吃货"苏东坡的《惠崇春江晚景》："竹外桃花三两枝，春江水暖鸭先知。蒌蒿满地芦芽短，正是河豚欲上时。"蒌蒿配河豚是天下美味。陆机在《诗疏》中云："正月时长芽，芽呈白色。嫩芽可生食，味香而脆，叶又可蒸煮作菜。"他没说配河豚，但吃的方面听苏东坡的没错，人家的"东坡羹""东坡肉"至今还流传呢，不信他信谁？

元朝的乔吉和我一样信东坡，蒌蒿配河豚是美味，仔细看，不全是说美味。

### 中吕·满庭芳

## 渔父词

湖平棹稳，桃花泛暖，柳絮吹春。蒌蒿香脆芦芽嫩，烂煮河豚。闲日月熬了些酒樽，恶风波飞不上丝纶。芳村近，田原隐隐，疑是避秦人。（节录）

渔父的日子很现实，此时正是春天，湖水平静，桃花盛开，柳絮飞扬。最主要的是蒌蒿、芦芽正是香脆时节，和河豚"煎炒烹炸"在一起，那就是神仙的日子。

没钱但我有闲，一边钓鱼一边喝酒，远处的险恶风波波及不到这里。我身后就是芳草依依、田园隐隐的"桃花源"。没错，就是陶渊明说的逃避秦人躲进的"桃花源"。

乔吉眼中的渔父何等惬意闲适，生活中没有纷争、战乱，就是老子心目中的理想国"小国寡民"。春天，在桃花盛开、柳絮飞扬的明媚时节，采蒌蒿、芦芽，钓河豚现煮，那是怎样的光景？看得人都两眼放光，我报名参加！

# 香 蒲

## 荒蒲绕岸

香蒲也叫水蜡烛，很形象，早些年城里的孩子不容易见，但凡见了就很稀罕。现在不同了，城市有湖的公园大都会种一些，增加公园的野趣。

香蒲因为长相奇特、根茎可以食用，很早就被我们的祖先看中，首先是用来祭祀，其次是食用，最后是编织，简直是通身是宝，没有无用的部位。

我看中的却是香蒲传情达意的作用，《周礼》不会说，《周礼》只告诉你"端正"的作用。《诗经》不一样，民歌风，就算孔老夫子删减编订，依然留下很多"郑卫之风"，就是所谓的"酸词淫曲"，《陈风·泽陂》就是其中之一：

彼泽之陂，有蒲与荷。有美一人，伤如之何？
寤寐无为，涕泗滂沱。
彼泽之陂，有蒲与蕳。有美一人，硕大且卷。
寤寐无为，中心悁悁。

彼泽之陂，有蒲菡萏。有美一人，硕大且俨。
寤寐无为，辗转伏枕。

大意是，沼泽之畔，有香蒲和
荷花。有一美人，令我伤心。为她
辗转反侧，泪如雨下。

沼泽之畔，有香蒲和莲花。有
一美人，高大美发。为她寤寐难
眠，内心忧烦。

沼泽之畔，有香蒲和芙蕖。有
一美人，高大庄严。为她辗转无
眠，枕上翻转。

在水边，香蒲、荷花配美人，
美不胜收，令人向往。你一下子就
爱上了香蒲。

唐朝的香蒲仍有《诗经》香蒲
的余韵，从韩愈的《青青水中蒲三
首》中可以看出端倪：

一

青青水中蒲，下有一双鱼。
君今上陇去，我在与谁居。

二

青青水中蒲，长在水中居。
寄语浮萍草，相随我不如。

三

青青水中蒲，叶短不出水。
妇人不下堂，行子在万里。

这是韩愈年轻时代卢氏写的思念诗。

翠绿的蒲草长在水中，它旁边游弋着一双鱼儿。郎君你去远方，我可和谁相居。

翠绿的蒲草长在水中，它静静长在水中央。我看到随水漂移的浮萍心生感慨，我还不如它呢，不能相随郎君去远方。

翠绿的蒲草长在水中，有那叶子短的长不出水面，就像古礼对女子的要求——"妇人不下堂"，我出不了门，郎君你却在万里之外，我怎么能不思念呢？

写得情真意切、清爽透彻，就像水中的香蒲。

宋朝的香蒲也关情，且看周邦彦的《虞美人》：

疏篱曲径田家小，云树开清晓。天寒山色有无中。野外一声钟起、送孤蓬。

添衣策马寻亭堠。愁抱惟宜酒。菰蒲睡鸭占陂塘。纵被行人惊散、又成双。

到了和心上人送别的时候，此时村舍、曲径、篱笆就在眼前，正是清晨时分。远处因为天寒山色若隐若现。更远处传来钟声，心上人已经送上了孤蓬。

她走了，我很难过，天气寒，我的心更寒，添上件衣服，策马寻找一处驿站，借酒浇愁。看得到池塘里茭白、香蒲，还有没睡醒的水鸭子，因为我的惊动飞散了，我走了，它们又双双飞回，而我却是孤独一人。

周邦彦写得很婉转，全词没写一句离字，没写一句自己的落寞寂寥，但处处是抹不开的清冷孤寂。特别是有茭白、香蒲的池塘，昏睡的水鸭子被惊起，但又双双飞回，留下送走心上人的他，更显孤寂清冷，于是借酒浇愁。

这样的香蒲符合宋人的审美，婉约、哀愁。

这就到了元朝，想不出元朝的香蒲会是什么样，那就去看看吧，幸好有乔吉写到。

## 双调·折桂令

### 荆溪即事

问荆溪溪上人家："为甚人家，不种梅花？"老树支门，荒蒲绕岸，苦竹圈笆。庙不灵狐狸漾瓦，官无事乌鼠当衙。白水黄沙，倚遍阑干，数尽啼鸦。

荆溪是传说中周处斩蛟的地方，又是唐代杜牧及宋代苏东坡、梅尧臣向往的"桃花源"。在此，杜牧筑水榭、苏东坡种橘，梅尧臣夸赞："行到东溪看水时，坐临孤屿发船迟。野凫眠岸有闲意，老树着花无丑枝。短短蒲耳齐似剪，平平沙石净于筛。情虽不厌住不得，薄暮归来车马疲。"就是这样一个人间仙境，在乔吉笔下却是另一番景象。

先问住在这里的人怎么不种寓意美好高洁的梅花。这里孤零零的老树把门都遮挡住了，荒凉的香蒲无人传情，密密麻麻在岸边乱长，没有头绪的竹子围着篱笆。正像寺庙不灵验，倒让狐狸在屋瓦上乱窜，衙门里没有当差的官吏，老鼠就在衙堂上横行。这是怎样的荒芜颓败呀。我眼看着这白水黄沙，倚着栏杆，和着鸦的啼鸣无限感慨。除了绝望还是绝望，哪里有前世名家的一丝光景？

乔吉的悲哀甚至连累了香蒲，从数千年前走来，香蒲总关情，哪怕是思念。但是到了乔吉这里，香蒲就是荒蒲，就是无法逃脱的绝望，我不寒而栗。感谢上天，让我生长在公园里可以种植香蒲的此时。

# 蒺 藜

## 笙歌梦断蒺藜沙

蒺藜很有名，恶名。

蒺藜因为果实全身长刺，花生粒大小，人们一不小心就会被它扎到，鉴于此，不把蒺藜当恶草都说服不了自己。这不是一个人的经历，所以先民给它起了很多恰当的名字，比如，旁通、屈人、止行、休羽。看到了吗？别说人见了蒺藜要停止自己的脚步，就是鸟儿遇到它，都会保不住羽毛。

蒺藜不仅"凶恶"，还代表丑闻，见《鄘风·墙有茨》：

墙有茨，不可扫也。中冓之言，不可道也。所可道也，言之丑也。
墙有茨，不可襄也。中冓之言，不可详也。所可详也，言之长也。
墙有茨，不可束也。中冓之言，不可读也。所可读也，言之辱也。

说的是宫中发生了丑闻，又臭又长，要是传出去了，真要羞煞人也。

这桩丑闻还真是很长很复杂。西汉刘向在《列女传·孽嬖传》里专门写了这件丑事，他评价故事的主人公："卫之宣姜，谋危太子，欲立子寿，阴设力士，寿乃俱死，卫果危殆，五世不宁，乱由姜起。"

五世不宁啊，起因就是宣姜的"之子于归"。宣姜是齐侯的女儿，自然走的是王侯家庭女子出嫁的老路——政治联姻。姜姓女子在卫侯和齐侯的安排下，本是要嫁给卫宣公的太子伋。这个太子伋是卫宣公和宣公庶母偷情所生（所以取名急子，又名伋）。

太子伋兴高采烈地走在迎娶佳人的路上。他早就耳闻准新妇美貌，但风云变化、命运莫测，行至中途就被卫宣公横刀夺爱，从此卫国的历史也改变了走向。

其实宣姜也是身不由己，原以为要嫁个年轻俊郎，进了洞房才知道是鸡胸丑八怪老头卫宣公。宣姜和宣公婚后生下两个儿子，长子寿，次子朔。宣姜喜欢次子，想让次子继承爵位，各种计策心机之后，太子伋和她的长子寿被杀，朔被立为太子。卫宣公死后，朔顺利即位，成为卫惠公，到这里故事似乎该结束了，但是，没有，故事很长。

又老又丑的丈夫死了，儿子朔当上诸侯了，宣姜开始考虑自己的后半生。她要开始新生活，为自己做一回主。

宣姜看上了前未婚夫、原太子伋的弟弟伯昭。也许宣姜是报复吧，既然卫宣公敢娶准儿媳，她就敢嫁庶子，一报还一报。这事有难度，但在势力强大的娘家帮助下，宣姜成功了，她嫁给了和自己年貌相当的庶子伯昭。

伯昭不愿意，这是赤裸裸的乱伦，但伯昭顶不住，宣姜的娘家"强之"（《左传》）。谁说强扭的瓜不甜？婚嫁后的嫡母和庶子接二连三生了五个孩子，三儿两女，而且三个儿子都当了诸侯，两个女儿也都嫁了诸侯，其中许穆夫人还是我国最早的爱国女诗人，有《载驰》为证。

这就是宣姜的一生，混乱而精彩，特别是自己找丈夫这一点。但是这在注重礼仪（虽然孔夫子对春秋时代的礼仪已经很不满，所谓礼崩乐坏）的时代，宣姜可谓大逆不道，所以被卫道士口诛笔伐。于是宣姜就进了《列女传》之唯一写坏女人的"孽嬖传"里，不奇怪。

这就是《鄘风·墙有茨》描述的"脏和乱"，和蒺藜有什么关系？蒺藜是会刺人的恶草，用以描述这种不能为外人言的"丑事"恰当、合适。

"又臭又长"的"墙有茨"之后，蒺藜在唐朝摆脱了它的"恶名"，成了令人胆寒的防御性武器"铁蒺藜"，且看王维的《老将行》写到蒺藜的片段：

少年十五二十时，步行夺得胡马骑。

射杀中山白额虎，肯数邺下黄须儿！

一身转战三千里，一剑曾当百万师。

汉兵奋迅如霹雳，虏骑崩腾畏蒺藜。

卫青不败由天幸，李广无功缘数奇。

这首诗描述了一位老将一生的经历。老将征战一生，功勋卓著，但落得被弃的结果，不得已躬耕叫卖维持生计。后来边关告急，朝廷又想起他了，老将不计前嫌，再次报国。读来令人唏嘘感叹。

　　写到蒺藜的是第一段，这一段看起来还是很爽的。老将军年少入伍，夺胡马，射白虎，英勇作战却把功劳归了别人。老将一生转战南北，有一夫当关万夫莫开的本领。他用兵神速，虏敌用铁蒺藜阵，可见有勇有谋，是不可多得的将领。可这样杰出的将领却没有寸功之赏。想想那汉武帝倚重的卫青战无不胜，立功受赏，那是"天幸"啊，再看李广却皇恩稀薄，没有封侯授爵，反倒落得自尽的下场，实在命运不济。

　　这是和"茨"不一样的"蒺藜"，仿生武器，对敌神武。

　　蒺藜这样让人胆寒的植物入诗不多，稀稀落落就到了元朝，不妨轻手轻脚地看看元朝的蒺藜，小心别让它给刺到。乔吉〔双调·水仙子〕《游越福王府》云：

　　笙歌梦断蒺藜沙，罗绮香余野菜花。乱云老树夕阳下，燕休寻王谢家，恨兴亡怒煞些鸣蛙。铺锦池埋荒甃，流杯亭堆破瓦，何处也繁华？

　　福王赵与芮是宋太祖赵匡胤的十世孙、宋理宗的同母弟。以这样的身份可以想见，福王府当年的奢华。但是现在是元朝，福王府笙歌全无，只有蒺藜布满沙地，罗绮尚有余香，眼前却只有野菜、野花。乱云飞渡，老树在夕阳下无比的凄凉，不由得想起刘禹锡的《乌衣巷》："旧时王谢堂前燕，飞入寻常百姓家。"现在是一样的，眼前一片破砖烂瓦，哪里能看到曾经的繁华？或者何处有繁华？

　　乔吉的蒺藜竟是如此刺目的悲凉，不是蒺藜恰好长在福王府增加了颓败的气象，而是蒺藜永远长在朝代更迭的深处。

# 松 萝

## 静看松影挂长萝

松萝就是女萝,附生植物,就是依附其他植物才能生长。"色青而细长,无杂蔓"(罗愿《尔雅翼》)的松萝早就被我们的先祖注意到,《诗经》就是例证。《小雅·頍弁》:"有頍者弁,实维伊何?尔酒既旨,尔肴既嘉。岂伊异人?兄弟匪他。茑与女萝,施于松柏。未见君子,忧心奕奕;既见君子,庶几说怿。"

大意是,鹿皮礼帽真漂亮,为何将它戴头顶?你的酒浆都甘醇,你的肴馔是珍品。来的哪里有外人,都是兄弟非别人。茑和女萝蔓儿长,依附松柏悄攀缘。未曾见到君子面,忧心忡忡神不安。如今见到君子面,荣幸相聚真喜欢。

表示臣子和君主是松柏和松萝的依附关系。

《楚辞》中也有松萝,不是为了依附,而是当腰带,《九歌·山鬼》云:"若有人兮山之阿,被薜荔兮带女萝。既含睇兮又宜笑,子慕予兮善窈窕。"

大意是,好像有人从山的弯处经过,那是我身披薜荔腰间系着松萝。含情脉脉巧笑倩兮,你爱慕我的姿态窈窕婀娜。

美丽的山鬼用女萝当腰带实在是恰当不过。

唐代的松萝在李白的眼里延续了山鬼的风姿。

### 白云歌送刘十六归山

楚山秦山皆白云，白云处处长随君。

长随君，君入楚山里，云亦随君渡湘水。

湘水上，女萝衣，白云堪卧君早归。

这是李白还在长安，送友人归隐湖南时写的诗。

南北到处有白云，高洁的白云伴随你。你去楚地，白云也跟你渡湘水。你看到了吗？湘水上，屈子的美丽山鬼披着女萝衣迎接你，你正是那山鬼喜欢爱慕洁身自好的君子。那你就早早过去吧，高卧白云，何等潇洒飘逸。

宋朝的松萝没有烟火气，看张炎的《台城路·游北山寺》就知道：

云多不记山深浅，人行半天岩壑。旷野飞声，虚空倒影，松挂危峰疑落。流泉喷薄。自窈窕寻源，引瓢孤酌。倦倚高寒，少年游事老方觉。

幽寻闲院邃阁。树凉僧坐夏，翻笑行乐。近竹惊秋，穿萝误晚，都把尘缘消却。东林似昨。待学取当年，晋人曾约。童子何知，故山空放鹤。

张炎游的北山寺就是今天浙江宁波的一座寺庙。

北山寺在山里，山中云雾缭绕，看不清山的险峻。走在山岩间，听得见旷野中的鸟鸣。因为长在悬崖边，松树好像要掉下来。山中泉水飞溅，蜿蜒奔流，喝一口清凉的泉水解渴又解乏。靠在岩石上休息，不由得想起少年的游乐往事，现在才感觉"风光不再"。

到了寺里，幽静深邃，有僧人在树下乘凉。他是嘲笑行乐的人世间的。走进竹林惊觉马上就是秋天了，穿着女萝意识到天色不早了，此一番要把那尘缘消却。晋朝东林寺的僧人结社好像就在昨天，想要学他们，跟随的童子哪里知道，僧人放鹤归山的心愿。

词有不说透的隐痛，所以词人才会想"尘缘消却"。

元朝的松萝想必和前朝差不多吧，看看乔吉的〔双调·殿前欢〕《里西瑛号懒云窝自叙有作奉和》就知道个大概。

懒云窝，静看松影挂长萝，半间僧舍平分破，尘虑消磨。听不厌隐士歌，梦不喜高轩过，聘不起东山卧。疏慵在我，奔兢从他。（节录）

乔吉是杂剧家，因为怀才不遇，只好全心投入散曲、杂剧创作。有《两世姻缘》《金钱记》《扬州梦》杂剧存世。

"懒云窝"是乔吉朋友阿里西瑛的屋舍之号，他赞叹阿里西瑛的高隐，也表述自己的人生态度。就静静守在懒云窝，看松树挂着细细的长萝。慢慢消磨时光，听不厌隐士高歌，也无意被人赏识，就算是高聘我我也不去。疏懒在我，奔波钻营别人干去好了。

松萝进一步成了隐士居处的高洁之物，近乎仙物。

# 蕨

## 满地薇蕨

蕨是一大类植物，有12000多种，是比苔藓植物略高级的高等植物。别看它今日不起眼，在它的繁盛时代——石炭纪，它是可以长到30米的高大植物，我们今天使用的煤就是它的遗存。

现在的蕨类是草本植物，顶多长到一米高，有一些可以食用，比如蕨根粉就是用蕨制作的。蕨现今还是观赏植物，那些形状奇特的蕨会引起很多人的兴趣。它不是靠种子繁殖，而是靠孢子繁衍。这就暴露了它的历史久远，是最早的陆生植物。

蕨还是药物，李时珍介绍："陆佃《埤雅》云：蕨初生无叶，状如雀足之拳，又如人足之蹶，故谓之蕨。周秦曰蕨，齐鲁曰虌，初生亦类鳖脚故也。其苗谓之蕨萁。"他还说："蕨，处处山中有之。二、三月生芽，拳曲状如小儿拳。长则展开如凤尾，高三四尺。其茎嫩时采取，以灰汤煮去涎滑，晒干作蔬，味甘滑，亦可醋食。"蕨的主要功用是"驱风湿、利尿、解热，又可作驱虫剂"。

最早记录蕨的是《诗经》。

先看《召南·草虫》："陟彼南山，言采其蕨。未见君子，忧心惙惙。亦既见止，亦既觏止，我心则说。"大意是，登上南山，采摘蕨菜。没见到君子，忧心不断。要是见到他，要是依偎他，我的心就喜悦了。

这是女子思念夫君的诗，缠绵悱恻，动人心弦。采摘蕨菜不过是日常劳动的具体呈现，可见久远的那时蕨菜就是祖先食用的蔬菜了。

再看《小雅·四月》："山有蕨薇，隰有杞桋。君子作歌，维以告哀。"大意是，高高的山上生长蕨菜野豌豆，低洼的湿地生长枸杞赤棣。不知何以自处的我写此诗，宣泄我心中的悲苦与哀怜。

蕨菜、野豌豆或者枸杞、赤棣和诗人的悲苦没有关系，却是祖先最熟悉的植物种类，所以，径直把自己眼前所见描述出来，就是个衬托。就是民歌风，好像山西民歌"桃花红杏花白"一个意思。

蕨菜自《诗经》时代后在诗文中少有出现，也许是我下的功夫不大，竟然在唐诗宋词中没有发现，一跃两千年就到了元散曲中才看到蕨的踪迹，不知道这样的跨越，可让蕨有不一样的呈现，现在就感受一下。居然是倪瓒写

到的，倪瓒在我眼里就是画家，他的水墨山水意境清远疏朗，令人向往。

倪瓒是值得介绍的，他是元末人，字元镇，号云林子、荆蛮民、幻霞子，自号懒瓒、倪迂等，从这些号中就可以感受到倪瓒的志趣。他家境优越，喜欢收藏古鼎、名琴，兼藏书。元末天下大乱，倪瓒疏散家财，浪迹太湖一带，画画、写诗，也写散曲。《全元散曲》收录他的十二首小令，其中居然就有蕨。

## 双调·折桂令

### 拟张鸣善

草茫茫秦汉陵阙，世代兴亡，却便似月影圆缺。山人家堆案图书，当窗松桂，满地薇蕨。侯门深何须刺谒，白云自可怡悦。到如今世事难说，天地间不见一个英雄，不见一个豪杰。

秦皇汉武的陵也湮没在草莽之中，历代江山易主就好像月亮时圆时缺那样迅速变幻。我远离世事纷争，不过是写字画画，窗前是松桂陪伴，地下有野豌豆、蕨菜生长。高官显贵何须投靠，闲云野鹤才自在逍遥。看如今的世道实在难说，天地间不见一个英雄，不见一个豪杰。

薇——野豌豆是有故事的。西周伯夷叔齐不食周粟，在首阳山采薇而食，最后饿死在首阳山上的高士隐士，后世但凡表示自己的孤高清傲，都是拿薇说话的，蕨该是薇的连带产物，当年的伯夷叔齐也不可能就吃薇，一定也吃蕨，所以倪瓒挖掘出"原始真象"，让蕨也享受到和薇同样的待遇。那是高人隐士的食品啊，吃起来一定不同寻常。

现在没人吃薇了，但是蕨还是吃的，尤其食用膏粱厚味之后，吃蕨根能清凉现世浮躁的内心，虽然达不到高人隐士的境界，也聊胜于无。这也许就是蕨在人世存在的理由。

# 飞 蓬

## 离汗漫飘蓬九有

飞蓬有小飞蓬、一年蓬等，诗词歌赋里到底是哪种不重要，飞蓬在其中更多的是文化意象，这样的意象最早在《诗经》中就定性了。

飞蓬之所以定名为飞蓬，宋代专门解释名物的训诂书《埤雅》说得很明白："其叶散生，末大于本，故遇风辄拔而旋。虽转徙无常，其相遇往往而有，故字从逢。"

就从最早提到飞蓬的诗歌说起吧。

《卫风·伯兮》："伯兮朅兮，邦之桀兮。伯也执殳，为王前驱。自伯之东，首如飞蓬。"大意是，我的丈夫很英武，是国家的英杰。我的丈夫手执长矛，为君主出行开路。自从丈夫去了东方，我的头发散乱如飞蓬。哪里是没有胭脂膏粉？为谁修饰为谁容。

女子因思念服兵役的丈夫，无心打理自己，所以"首如飞蓬"，延伸为蓬头垢面。

唐朝时，飞蓬除"首若飞蓬"之意外，还有"身世如转蓬"之意，比如李白《效古》："光景不可留，生世如转蓬。"

当然以飞蓬的自然形态，它还是"蓬门荜户"贫寒之家、地位微贱之人的指代。李白《南陵别儿童入京》云："仰天大笑出门去，我辈岂是蓬蒿人。"

我最喜欢李商隐的《无题二首》其一，恰巧里面有飞蓬：

> 昨夜星辰昨夜风，画楼西畔桂堂东。
> 身无彩凤双飞翼，心有灵犀一点通。
> 隔座送钩春酒暖，分曹射覆蜡灯红。
> 嗟余听鼓应官去，走马兰台类转蓬。

昨夜星光灿烂、凉风习习，酒筵设在画楼西畔、桂堂之东。身上虽没有彩凤的双翼，不能比翼齐飞，但我们的内心却像灵犀一样息息相通。我爱的女子正在宴席上猜酒行令，那是个欢快热闹的场景。但时间不早了，听到更鼓应该去官署应卯，策马赶到兰台，就像随风飘转的飞蓬。

李商隐不想离开心上人，但身不由己，感慨自己就像"转蓬"一样。其实大家都一样，唐朝如李商隐们，如今如我们，都是"转蓬"。

宋朝的飞蓬依旧是"转蓬"，只不过宋词里的飞蓬没有很出名的，就选徐昌图的《临江仙》：

> 饮散离亭西去，浮生常恨飘蓬。回头烟柳渐重重。淡云孤雁远，寒日暮天红。
> 今夜画船何处？潮平淮月朦胧。酒醒人静奈愁浓。残灯孤枕梦，轻浪五更风。

在离亭告别后远走他乡，马上就觉着人生飘零，不论什么景都是让人增愁绪、增别恨的。

元朝更不可能摆脱飞蓬的飘零性质，且看阿鲁威〔双调·蟾宫曲〕《东皇太乙前九首（以楚辞九歌品成）》：

> 烂羊头谁羡封侯？斗酒篇诗，也自风流。过隙光阴，尘埃野马，不障闲鸥。离汗漫飘蓬九有，向壶山小隐三秋。归赋《登楼》，白发萧萧，老我南州。（节录）

阿鲁威是蒙古人，做过太守，他汉文修养深厚，写的小令颇有豪气，特别是〔双调·蟾宫曲〕《问人间谁是英雄》：

问人间谁是英雄？有酾酒临江，横槊曹公。紫盖黄旗，多应借得，赤壁东风。更惊起南阳卧龙，便成名八阵图中。鼎足三分，一分西蜀，一分江东。

诸君自己体会，咱还是看他写到飞蓬的〔双调·蟾宫曲〕。此小令用了很多典故，在元曲中算是另类。

"烂羊头"的典故，据《后汉书·刘玄传》载，刘玄被立为更始帝后，乱封官爵，身边的伙夫也都封侯拜将，于是长安城就流传这样的歌谣："灶下养，中郎将；烂羊胃，骑都尉；烂羊头，关内侯。"阿鲁威表示他根本不稀罕这样没有价值的封侯，他向往的是像李白那样斗酒写诗的风流。人生一世犹如"白驹过隙"转瞬即逝，所以我要向飞蓬一样飘零，寻找自己的归宿。

阿鲁威写出了不一样的飞蓬，从前的飞蓬是不得已地身世飘零，他却是自主情愿的飞蓬。

再看倪瓒的飞蓬，见〔黄钟·人月圆〕：

惊回一枕当年梦，渔唱起南津。画屏云嶂，池塘春草，无限消魂。旧家应在，梧桐覆井，杨柳藏门。闲身空老，孤蓬听雨，灯火江村。

曾经的大富豪已经归隐，想起当年的情景犹如梦中。旧时的家应该还在，梧桐的阴凉遮住了水井，杨柳长得高大已经把门遮掩。如今我闲散无事，眼看岁月流逝、渐渐变老，在孤蓬中听雨，看江村渔火。

他没说一个"愁"字，没提一句苦处，唯独用了"孤蓬"表示他的孤独、悲凉、孤寂、惆怅一样没少。

不得已，只好在倪瓒的孤寂中结束飞蓬在元朝的飘零。

# 莼　菜

## 莼菜张翰

　　莼菜特别有名，各种有名，文化意义的名和实际食用的名。作为一个一直生活在北方的北方人只能望"莼"兴叹，我敢十分肯定地说，我没有享受过莼菜的美味。

　　我享受不享受莼菜的美味完全没有影响莼菜的历史悠久和高尚味道。《诗经》够久远吧，莼菜至少这么久远。

　　《鲁颂·泮水》就提到莼菜，那时也叫"茆"。

　　思乐泮水，薄采其茆。鲁侯戾止，在泮饮酒。既饮旨酒，永锡难老。顺彼长道，屈此群丑。（节录）

　　泮水之滨多快乐，伸手去摘嫩莼菜。鲁侯威严来这里，泮水之滨饮美酒。饮了甘甜的美酒，上天赐他永不朽。挥军大道往前行，征服敌寇那淮夷。

　　莼菜等都是为了衬托鲁公的威仪和功绩。

　　但莼菜有名不是因为《诗经》，而是因为晋朝的张翰。据《晋书·张翰传》

载："齐王冏辟张翰为大司马东曹椽，在洛阳。翰因见秋风起，乃思吴中菰菜、莼羹、鲈鱼脍，说：'人生贵在适志，何能羁宦数千里以要名爵乎！'遂命驾而归。"

自张翰不惜弃官吃"莼羹鲈脍"之后，这道菜不仅有了名，而且成为了成语，意思是不愿意追逐表面的名利，当然也衍生出归隐的意思。

就以唐诗为例，有李中《寄赠致仕沈彬郎中》"莼羹与鲈脍，秋兴最宜长"、白居易《偶吟》"犹有鲈鱼莼菜兴，来出或拟往江东"等。因为有"莼羹鲈脍"的典故，诗都不用解了，张翰是什么意思，诗就是什么意思。

宋代也一样，苏东坡对"莼羹鲈脍"爱不释口，有《送吕昌期知嘉州》"得句会应缘竹鹤，思归宁复为莼鲈"、《虔守霍大夫、监郡许朝奉见和，复次前韵》"秋思生莼鲙，寒衣待橘洲"、《蝶恋花·用韵秋怀》"世路只催双鬓白，菰菜莼羹，正自令人忆"、《忆江南寄纯如五首》"若话三吴胜事，不惟千里莼羹"等句。

宋代除了苏东坡好"莼羹鲈脍"，还有人也爱此味，如周邦彦《蓦山溪》云："周郎逸兴，黄帽侵云水。落日媚沧洲，泛一棹、夷犹未已。玉箫金管，不共美人游，因个甚，烟雾底。独爱莼羹美。"

为了"莼羹鲈脍"，连美人都放弃了。

元代想归隐的知识分子更多，当然缺不了"莼羹鲈脍"，还是从元曲作品留存最多的张可久曲中寻觅：

### 黄钟·人月圆

#### 客垂虹

三高祠下天如镜，山色浸空蒙。莼羹张翰，渔舟范蠡，茶灶龟蒙。
故人何在，前程那里，心事谁同？黄花庭院，青灯夜雨，白发秋风。

三高祠是为祭祀春秋时期越国范蠡、西晋张翰、唐代陆龟蒙三位名人所健。这三人最终都是走的归隐之路，是尘世摸爬滚打之后的不得已选择。就像此时凭吊古人的张可久。他心比天高，命比纸薄，一生怀才不遇，当然会对"莼羹鲈脍"的生活向往。但心是凄凉的，又有谁能知"我"，只有庭院里的菊花、夜雨中的青灯，伴着飒飒秋风中白发的张可久。

好生凄凉，就算是归隐也是不得已，哪里有看起来的潇洒。猛然，我不想吃"莼羹鲈脍"了，在我眼里莼菜不再是美味，莼菜有着太多不能承受之重。

# 菰

## 映菰芦

早在周代，人们就开始食用菰的果实——菰米，《礼记》云："食蜗醢而菰羹。"菰羹就是菰米饭。菰米那时和黍、麦、稻等被当作"六谷"。

菰成为蔬菜就叫茭白了，吃的不是菰的果实，而是茎病变为"菌瘿"后的膨大部分，那就到了唐末，但诗词里菰就是以"菰"出现的，没有见过以茭白入诗的。

菰最早入诗是在《楚辞》中，比如屈原的《大招》："五谷六仞，设菰粱只。鼎臑盈望，和致芳只。"大意是，五谷高高堆起，还摆放着菰米饭。大

鼎里的食物满眼都是，调和滋味让食物散发出芳香。

显然那时菰还是菰米。

杜牧时的唐朝也还是菰米，以杜牧的《早雁》为例吧。

### 早雁

金河秋半虏弦开，云外惊飞四散哀。

仙掌月明孤影过，长门灯暗数声来。

须知胡骑纷纷在，岂逐春风一一回？

莫厌潇湘少人处，水多菰米岸莓苔。

北方边境胡虏拉弓射箭，把天上的大雁惊得四处飞散。飞到汉时建章宫孤独的承露盘，原本凄清的冷宫因大雁的几声凄鸣，更加阴冷。此时胡虏还在，春暖时大雁可能一一飞回？飞回的大雁不要嫌弃潇湘一带人烟稀少，那里水多还有菰米、莓苔，都是大雁爱吃的植物。

杜牧此时正在黄州任刺史，听说北方回鹘人侵扰边地，民众流离失所、苦不堪言，所以写下此诗。杜牧对他们表示同情，希望他们能安然躲过胡虏的"骚扰"，如果来到了内地，这里也有让大家生存的基础保障，粮食、蔬菜，比如菰米、莓苔。

菰在宋朝是风景，不是菰米也不是茭白。就看看宋朝的风景菰吧，见苏庠《清江曲》：

属玉双飞水满塘，菰蒲深处浴鸳鸯。白蘋满棹归来晚，秋著芦花一岸霜。

扁舟系岸依林樾，萧萧两鬓吹华发。万事不理醉复醒，长占烟波弄明月。

鹬瑂（水鸟）双双飞在水塘上，鸳鸯对对在菰米和香蒲深处戏水。船儿在田字草中划行，深秋时节岸边的芦花好似蒙了一层霜。

我把小船系在岸边林下，一阵风吹乱我两鬓的白发。且醉且醒还复醉，得开怀处且开怀，要的就是此时一轮明月当头照，我独欣赏在此间。

果然潇洒自在，菰不过是隐逸生活的点缀，可有可无，但有菰的隐逸多了份野趣，元朝的菰会是什么样子呢？吃菰米？吃茭白？一段风景？只找到

"文化人"张可久的菰，就看看吧。

中吕·山坡羊

**客高邮**

危台凝伫，苍苍烟村，夕阳曾送龙舟去。映菰芦，捕鱼图，一竿风旆桥西路，人物风流闻上古。儒，秦太虚。湖，明月珠。

这是张可久怀秦少游的小令。危台即文游台，秦少游曾和苏轼在此饮酒论文，高邮是秦的家乡。张可久站在秦少游曾经漫游的危台，看远处烟笼的乡村。夕阳西下，当年隋炀帝的龙舟也曾经过高邮。捕鱼的小舟掩映在菰和芦苇之中，扬帆西行，历史上的名人在这里风云际会。儒家就是秦少游，湖泊就是高邮湖中的明月珠。

看来菰是张可久眼中的风景，他是自豪的，内心也可能自比秦少游。菰就是他孤标自傲的暗衬。

# 豆　蔻

## 春残豆蔻花

豆蔻因为是热带植物，我至今不敢说见过，少有的几次"岭南行"，那里的热带植物让我眼花缭乱，什么"辨花识草"，我完全是"囫囵吞枣"，及至回来，能记住的热带植物没有几样，反复搜寻记忆，没有豆蔻的踪影。

没有实物豆蔻的踪影，却有文化意义豆蔻的意象，自然是唐代杜牧的"豆蔻梢头二月初"。一千多年来总有人问"豆蔻年华"到底是什么年华、到底是多大，那还用问吗？"解铃还须系铃人"，来看小杜的《赠别二首》其一：

娉娉袅袅十三余，豆蔻梢头二月初。
春风十里扬州路，卷上珠帘总不如。

　　身姿婀娜，体态娉婷，刚刚一十三岁的歌姬，正如那二月的豆蔻花，娇俏含羞，美不胜收。那春风十里的扬州，车水马龙，姹紫嫣红，珠光宝气，但是就是卷起珠帘"巧笑倩兮""美目盼兮"也没有豆蔻女子美。

　　这下没疑问了吧？"豆蔻年华"就是13岁。这样的花样年华正是入诗入词的大好年华，自杜牧开了头，"豆蔻"一发不可收，到了宋朝，词作中也常见豆蔻的踪影。

　　王雱《眼儿媚》："相思只在，丁香枝上，豆蔻梢头。"

　　秦观《满庭芳》："豆蔻梢头旧恨，十年梦，屈指堪惊。"

　　贺铸《第一花》："豆蔻梢头莫漫夸，春风十里旧繁华。"

　　谢逸《蝶恋花》："豆蔻梢头春色浅，新试纱衣，拂袖东风软。"

　　李清照《摊破浣溪沙》："豆蔻连梢煎熟水，莫分茶。"

　　侯寘《西江月》："豆蔻梢头年纪，芙蓉水上精神。"

　　赵长卿《鹧鸪天》："玉钗头上轻轻颤，摇落钗头豆蔻枝。"

　　随随便便就是一大堆豆蔻，就选王雱的《眼儿媚》吧，他是王安石的儿子。据说这首词是他想念妻子的哀叹之作。

**眼儿媚**

杨柳丝丝弄轻柔，烟缕织成愁。海棠未雨，梨花先雪，一半春休。

而今往事难重省，归梦绕秦楼。相思只在，丁香枝上，豆蔻梢头。

看了难免唏嘘感叹。感叹完就到元朝找豆蔻，元朝可没有那么多豆蔻，只有张可久他在〔双调·殿前欢〕《离思》中这样写道：

月笼沙，十年心事付琵琶。相思懒看帏屏画，人在天涯。春残豆蔻花，情寄鸳鸯帕，香冷荼藤架。旧游台谢，晓梦窗纱。（节录）

月夜，女子思念十年不见的情人，因为思念深沉，懒得看花屏，只把一腔的思念都融入琵琶曲中。她的情人远在天涯。春天已经过去，豆蔻花开了，女子把二人的定情物鸳鸯香帕寄予远方的他。因为心情忧郁，荼蘼花开芳香四溢，只不过是冷香而已。女子回忆从前，豆蔻年华和情人游玩时的点点滴滴，梦醒时旭日映照窗纱。

张可久笔下的豆蔻，清雅、哀伤、婉约，也算元曲的一类吧。

# 山 芋

## 山芋山薯

山芋可以是山药，也可以是红薯，据说红薯是在16世纪末引进中国的，明代的《闽书》《农政全书》、清代的《闽政全书》《福州府志》有记载。咱是说元朝的山芋，显然不符合条件。

山药原来叫薯蓣、山芋，这个历史就悠久了，《山海经》中记载："景山北望少泽，其草多薯蓣"（薯蓣就是薯蓣）。《本草纲目》介绍了薯蓣是如何变成山药的："薯蓣，因唐代宗名预，避讳改为薯药；又因宋英宗讳署，改为山药。尽失当日本名。恐岁久以山药为别物，故详着之。"

这么说来元散曲中的山芋极有可能是山药。山药是薯蓣科薯蓣属草质藤本植物，别名很多，比如怀山药、淮山药、土薯、山薯、玉延、山芋等，块茎可食。

山药是食补的重要食材，本身"味甘，性温、平，无毒"，功效为"主中焦脾胃之气损伤，补虚弱，除寒热邪气，益气力，长肌肉，滋补肾阴。久食薯蓣，令人耳聪目明、轻身不饥、延年益寿。还可去头晕目眩、头面游风（头面部浮肿，瘙痒起皮，渗液结痂），下气，止腰痛，治虚劳羸瘦，充五脏，除烦热，补五劳七伤，祛冷风，镇心神，安魂魄，补心气不足，开通心窍，增强记忆，还可强筋骨，治泄清健忘。益肾气，健脾胃，止泻痢，化痰涎，润肤养发。把薯蓣捣碎后贴硬肿毒，能使其消散"。简直是有百利而无一害的上品。

寻常百姓家都能吃得起，所以从古至今长盛不衰。宋代张舜民有《山药》诗：

> 人无本则忧，物以地为贵。
> 如何山芋辈，天下称宋卫。

元代王冕也有《山药》诗：

> 山药依阑出，分披受夏凉。叶连黄独瘦，蔓引绿萝长。
> 结实终堪食，开花近得香。烹庖如盘馔，不馈大官羊。

王冕是元代画家，擅长画墨梅，其墨梅的配诗广为流传："吾家洗砚池头树，朵朵花开淡墨痕。不要人夸好颜色，只留清气满乾坤。"此首写山药——山芋的诗很朴素，就是描述了山药的生长过程及最终命运。

元散曲中的山芋也可能是芋头，我们还是拿出来品尝一下，才好下结论。孙周卿〔双调·蟾宫曲〕《自乐》云：

> 草团标正对山凹，山竹炊粳，山水煎茶。山芋山薯，山葱山韭，山果山花。山溜响冰敲月牙，扫山云惊散林鸦。山色元佳，山景堪夸，山外晴霞，山下人家。（节录）

我的茅屋正对着山凹，我吃的饭是山竹烧的，吃的茶是山水煎的。山林中还有山芋、山薯、山葱、山韭、山果、山花，有山味儿，有山景儿，好不自在逍遥。山泉叮咚，山月如玉，清扫山路惊散了林鸦。山色绝佳，山景堪夸，山外晴朗，还有山外人家，简直是世外桃源也。

　　孙周卿的山芋、山薯、山葱、山韭、山果、山花是特意为之，具体到植物未必就是特指，比如山果是什么果？山花是什么花？以此推断，山芋不一定是山芋，也许是长在山里的芋头呢，也未可知。

　　若是芋头，历代的诗词多有提及，借此"山芋"平台也种下几粒芋头凑个热闹。就选杜甫的《南邻》：

　　　　锦里先生乌角巾，园收芋栗未全贫。
　　　　惯看宾客儿童喜，得食阶除鸟雀驯。
　　　　秋水才深四五尺，野航恰受两三人。
　　　　白沙翠竹江村暮，相送柴门月色新。

　　杜先生心情挺好，他去邻居锦里先生家做客，锦里先生家正收芋头和栗子，虽然他家境贫寒，但因为有了芋头和栗子也能过得去。家里的儿童常见宾客，而且见了宾客很是欢喜，台阶上的鸟雀正在啄食，也不怕人，可见这家人气很好，是安贫乐道的好人家。

我该告别了，此时是秋天，锦里先生家门前的小河不深，小舟刚能盛下两三人。依依惜别时但只见白沙、翠竹、村子笼罩在暮色中，送别在柴门，月儿当头照，主人殷勤留。

很温馨的场景，此中的芋头和栗子都是粮食，保证贫寒的一家人不至于冻饿，这总是让人有盼头的。

宋词中也提到芋头，而且就是化用的杜甫诗意，是辛弃疾的《雨中花慢·登新楼有怀昌甫、徐斯远、韩仲止、吴子似、杨民瞻》：

旧雨常来，今雨不来，佳人偃蹇谁留。幸山中芋栗，今岁全收。贫贱交情落落，古今吾道悠悠。怪新来却见，文反离骚，诗发秦州。

功名只道，无之不乐，那知有更堪忧。怎奈向、儿曹抵死，唤不回头。石卧山前认虎，蚁喧床下闻牛。为谁西望，凭栏一饷，却下层楼。

辛弃疾词中的芋头和他表述的情感没什么关系，顶多表明那时芋头是重要的维持生计的植物。

最后，孙周卿小令中的"山芋"是山药还是芋头，诸君见仁见智吧，我看都可以，谁知道他心中所想呢？还是想想他逍遥自在的生活今人是否可以实现，然后再想山芋、山薯、山葱、山韭、山果、山花。山药也好、芋头也好，在乎的是心境。

# 山葱山韭

## 山葱山韭

山葱、山韭、山蒜都是百合科葱属草本植物，以我一个小城市人的经验能认识山蒜（也称小蒜、野蒜）已经很为自己自豪了。

每年初春，田间地头都能发现山蒜的踪迹。春还在酝酿自己的力气时，山蒜已经感受到春的味道，绿意盈盈地散发出细长的春意，这时你不能着急采挖，因为山蒜还没有长成，它也和春天一样需要积蓄力量，为自己小小的、洁白的小蒜吸收雨露、阳光。

三月到了，正是采挖山蒜的时节，大部分的山蒜不过花生粒大，叶子也由发丝般细长变成蒜苗般粗壮，只要你勤快，个把小时就能采挖到一大袋子。你的手上、袋子里散发出浓郁的香气，是葱和蒜混合的香气，是山蒜的香气。

采挖了大袋的山蒜，喜滋滋地分给城里的亲戚朋友，自豪地告诉他们采挖的乐趣，那是不由自主的、针对城里人的优越，他们羡慕着我，纷纷询问："在哪里？在哪里？"因为他们从网上得知，山蒜是防癌的。但是及至真到了约他们采挖的时候，大家似乎都已经减了兴致，纷纷有事。只有我，崇尚农耕的人继续着自己的"乐此不疲"，数年如此。

山蒜炒鸡蛋那是野蔬里的一道美味，当地有"三月小蒜香死老汉"一说，我就险些被三月的小蒜"香死"，所以才会年年寻觅山野中的小蒜，抚慰我农耕文明的心。

山蒜的别名也叫泽蒜、小蒜、苦蒜果、野葱果、野葱、野山葱、苦葱。我总想也许就是山蒜，山韭我就不敢大言不惭了。我虽然号称农耕文明时代人，号称我的前世是农民，但是毕竟没有在农村生活过。我的农人朋友告诉我，山韭不是山蒜。以我固执的看法，也许山韭就是山蒜，因为山蒜形似刚发苗的韭菜。

我不想掩盖自己的孤陋寡闻，只能以我知道的山蒜来模拟山葱、山韭的形态，就算为诸君抛砖引玉吧。

写山葱、山韭、山蒜自然是因为元散曲中有，现在就看看小令中的山葱、山韭吧。

双调·蟾宫曲

**自乐**

草团标正对山凹，山竹炊粳，山水煎茶。山芋山薯，山葱山韭，山果山
花。山溜响冰敲月牙，扫山云惊散林鸦。山色元佳，山景堪夸，山外晴霞，
山下人家。（节录）

孙周卿生平事迹已不可考，从其留存的23首小令可以看出，他仕途不得
意，就在山中过着隐居生活。此小令写的就是山林居住的情趣。

这样的美景美物，令人流连忘返，做一位山民，吃山葱、山韭，当一个
"三月小蒜香死老汉"的老妇也是让人向往的。

# 浮 萍

## 萍梗漂流无定迹

浮萍别看小，也是高等植物。《芳香楚辞》等册多次介绍，此处就不再
叙，为了引出元曲中的浮萍，就从最远处，跟着历代文人墨客的足迹蜻蜓点
水般寻觅吧。

最先看到的是西汉刘向的《九怀·尊嘉》："河伯兮开门，迎余兮欢欣。
顾念兮旧都，怀恨兮艰难。窃哀兮浮萍，泛淫兮无根。"意思是：水神河伯
啊打开宫门，热烈欢迎我啊欢欣不已。我却是顾念我的故国，心怀忧愤啊世
道艰难。暗自哀怜啊身似浮萍，漂浮不定啊没有根基。

自此，浮萍就开始文化意义上的"漂浮不定"了，杜甫有"杨花雪落覆
白苹，青鸟飞去衔红巾"（《丽人行》），白居易有"与君相遇知何处，两叶浮

萍大海中"（《答微之》），大都如此。

当然也有例外，那是在大唐杜牧的诗中找到的。

### 齐安郡后池绝句

菱透浮萍绿锦池，夏莺千啭弄蔷薇。

尽日无人看微雨，鸳鸯相对浴红衣。

此时是夏天，微微下着雨，暑气尽消。池塘里红菱叶子露出水面，满池的浮萍像锦绣一样铺开，园子里黄莺围着盛开的满架蔷薇婉转啼鸣。一天了并没有人看细雨，只有我在这里，淋着毛毛细雨看池子里对对鸳鸯相互嬉戏，甚是惬意。

浮萍终于以它本来面目出现了，生机盎然，铺天盖地，非常富有扩张性。

到了宋朝，宋词里千愁万恨的，浮萍少不了"萍踪不定"，比如"叹浪萍风梗知何去"（柳永《夜半乐》）、"萍梗孤踪，梦魂浮世，别离常是"（晁补之《水龙吟》）、"浮萍破处，帘花檐影颠倒"（周邦彦《隔浦莲》）。

但我偏要找不一样的浮萍，欧阳修《减字木兰花》云：

年来方寸。十日幽欢千日恨。未会此情。白尽人头可得平。区区堪比。水趁浮萍风趁水。试望瑶京。芳草随人上古城。

近来内心烦乱，欢聚十日留下千日的离恨。这样的情感只能到了白头才能抚平。拿什么比较呢？就好似连绵不断的浮萍随水流随风飘，望到京都，那浮萍就跟着飘到京都。

浮萍虽也飘零，但此飘零非彼飘零，更多的是绵延不断的不能常相聚的恨意。

到了元朝，以知识分子的遭遇，想不飘零都不由人啊。且看朱庭玉的〔南吕·梁州第七〕《妓门庭》：

〔搞鼓体〕一鞭行色苦相催。皆因些子、浮名薄利，萍梗漂流无定迹。好在阳关图画里。

此套曲由六支曲子组成，此曲是第五支。宦游，离别，不得不快马加鞭继续行程，为的是"浮名薄利"，只好像浮萍一样"漂流无定迹"，都是为了生活，只能和家乡家人"阳关三叠"式的离别。

倪瓒也写到浮萍，他的浮萍是景，不漂泊。

### 越调·小桃红

一江秋水澹寒烟，水影明如练，眼底离愁数行雁。雪晴天，绿苹红蓼参差见。吴歌荡桨，一声哀怨，惊起白鸥眠。

冬天，江水萧瑟，明净如练，眼前飞过大雁，雪后天晴，绿色的浮萍和红色的红蓼相映相拥。江中船行，吴歌声扬，一声哀怨，惊起一片白鸥。

这是一幅淡漠的风景画，江水、行船、大雁、白雪、浮萍、红蓼、白鹭，清冷、寥廓，浮萍、红蓼静静承载他的离愁、哀怨。

# 灵 芝

## 柴似灵芝

灵芝已经写过很多遍了，再不想拿出白娘子的《盗仙草》，也不想再搬出《孔子家语》那句老掉牙的"与善人居，如入芝兰之室，久而不闻其香，即与之化矣"。

至于《神农本草经》介绍的"久食，轻身不老延年神仙"也不必细究，这次就从典型时代的诗词中提取灵芝，让灵芝自证它的存在。

第一次可以追溯到战国的《楚辞》，屈原在《九歌·山鬼》中提到灵芝，那时叫"三秀"："采三秀兮于山间，石磊磊兮葛蔓蔓。怨公子兮怅忘归，君思我兮不得闲。"意思是，我在山间采摘灵芝，岩石堆积葛藤缠绕。怨恨那思慕的人儿惆怅忘归，你是思念我的，只是因为没有空闲来吧？

那时灵芝是山鬼都喜欢的仙草。

到了大唐时代，灵芝当然不改其性，依旧是仙草。有孟浩然的《寄天台道士》为证：

海上求仙客，三山望几时。

焚香宿华顶，裹露采灵芝。

屡践莓苔滑，将寻汗漫期。

倘因松子去，长与世人辞。

孟诗不过是夸灵芝的仙，灵芝有了"仙气"，自然就成了祥瑞。

到了宋朝，有臣子阿谀帝王，就用灵芝这样的"祥瑞"，在曹勋的《恭进德寿芝草》中可以感受到：

椒掖冲襟奉玉宸，灵芝茎叶出氤氲。

如颂月令欣欣政，先学巫山蔼蔼云。

璀璨吐奇康寿栋。轮囷绝异汉唐闻。

只应一叶三千岁，万亿斯年赞大君。

到了元朝，灵芝的地位不会撼动，但是通过元曲的灵芝，我们看到的不是仙家灵芝，而是百姓生活。且看周德清的〔双调·蟾宫曲〕：

倚蓬窗无语嗟呀，七件儿全无，做甚么人家？柴似灵芝，油如甘露，米若丹砂。酱瓮儿才梦撒，盐瓶儿又告消乏。茶也无多，醋也无多，七件事尚且艰难，怎生教我折柳攀花。（节录）

周德清是元初人，北宋词人周邦彦的后代。他继承了乃祖的禀赋，工乐府，善音律，就是终身不仕。他的《中原音韵》在中国音韵学和戏曲史上有重要影响。《录鬼簿续篇》这样评价他的散曲："德清三词，不惟江南，实天下之独步也。"

周德清的这首曲显然是写贫困生活的，靠在简陋的蓬窗边发愁，开门七件事，柴米油盐酱醋茶，一件也没有，这怎么过生活？柴贵得跟灵芝似的，油好似甘露一般，米好比丹砂。哪一样都不是我能承担起的。酱才用完，盐瓶又空了。茶所剩无几，醋也不多，七件事就让我如此艰难，还谈什么"寻花问柳"！

元朝的知识分子社会地位很低，有"九儒十丐"之说，吃不饱穿不暖看来是常态，更遑论最下层的劳苦大众了。小令中的灵芝简直是现实生活的讽刺，不提还勉强支撑，提起来那不是流泪可以消解的。

唉，没想到在元朝，灵芝"祥瑞"已经烟消云散了。

# 野豌豆

## 满地薇蕨

野豌豆是豆科野豌豆属多年生草本植物。在我国，广泛分布于西北、西南地区。春天草木复苏时，田野间像星星一样闪现出紫色的小花就是野豌豆，在一个小女孩的心里，那不是为了吃，而是看了喜悦的。

野豌豆在古代有个美丽的名字叫"薇"，关于薇还有个遗世独立的故事，《史记·伯夷传》云："武王已平殷乱，天下宗周，而伯夷、叔齐耻之，义不食周粟，隐于首阳山，采薇而食之。"

伯夷、叔齐是商末孤竹君的儿子，因为互相谦让不想继承君位先后出逃，路上偏又相遇。听说周武王要伐纣，他们认为诸侯伐天子是不仁，极力劝谏，但武王不听，坚决按既定方针行事。伯夷、叔齐对此很不满，决意不作周朝的臣民，当然也就不吃周的粮食，隐居首阳山，采食以野豌豆——薇为

主的野菜。

山上的一位女人得知他们上山的原因就说："你们不吃周的粮食，可你们采集的薇也是周朝土地上生长的呀。"二人一听，确实如此，只好绝食等死，临终唱道："用暴虐代替暴虐，还不知道错在自己。神农、虞舜、夏禹的好时代消失殆尽，我们的归宿在哪里？"

这就是不食周粟、采薇而食的故事。有了伯夷、叔齐的例子，历代高人隐士都向他们看齐，但凡表露"采薇而食"，就意味着尘世不得意，要上山隐居当高人了。

其实薇不仅仅是高人的食物，还是相思的寄托，在《召南·草虫》中就有："陟彼南山，言采其薇。未见君子，我心伤悲。亦既见止，亦既觏止，我心则夷。"大意是一个女人思念远方的夫君，上山采野豌豆，看不见夫君心伤悲，要是见了，相拥相爱，心就安然了。

《诗经》中还有一篇专写采薇的，比较长，截取一段吧。

### 小雅·采薇

采薇采薇，薇亦作止。曰归曰归，岁亦莫止。
靡室靡家，玁狁之故。不遑启居，玁狁之故。
采薇采薇，薇亦柔止。曰归曰归，心亦忧止。
忧心烈烈，载饥载渴。我戍未定，靡使归聘。
采薇采薇，薇亦刚止。曰归曰归，岁亦阳止。
王事靡盬，不遑启处。忧心孔疚，我行不来！（节录）

专以采薇起兴，不是相思更甚相思，征战戍卒，离别家乡，离别采薇的家人，四处以命相搏，哪里能不思念家人，思念能采薇的日子，"昔我往矣，杨柳依依。今我来思，雨雪霏霏"。我走的时候，杨柳正发，薇菜正嫩。今朝我思念的时候，雨雪交加，更添愁绪。

薇就是家人用以果腹的野蔬，是征人舌尖上家乡的味道。

到了唐朝，少有"采薇而食"的人。初唐王绩在《野望》中有"相顾无相识，长歌怀采薇"之句，不过是怀想而已。到了盛唐，采薇而食就是遥远的记忆了。王维《送綦毋潜落第还乡》云："圣代无隐者，英灵尽来归。遂令东山客，不得顾采薇。"就是说他所处的时代是开元盛世，没有隐者，有才华的人应该走出来"修齐治平"，就算"高考"落第，也别泄气，继续努力，伟大的时代不可辜负，哪里有时间去"采薇"呢？

盛唐气象非同一般，元朝就不一样了，特别是元末，战乱黑暗，民不聊生，知识分子能做的就是归隐，"采薇而食"。元末著名的水墨山水画家倪瓒就是一个，他家境富裕，因为战乱，散布家财，归隐太湖等地。有一散曲能代表他的志向。

双调·折桂令

**拟张鸣善**

草茫茫秦汉陵阙，世代兴亡，却便似月影圆缺。山人家堆案图书，当窗松桂，满地薇蕨。侯门深何须刺谒，白云自可怡悦。到如今世事难说，天地间不见一个英雄，不见一个豪杰。

倪瓒居住的地方有松桂、蕨薇，都是高洁隐士表明自己态度的植物。他的时代，他的处境，可以理解。

我想以现在的生活，完全不需要"采薇而食"了，我当然更希望精神上也不"采薇而食"。


# 芝　麻

## 一个蒙松雨里种芝麻


说起芝麻，马上想到"芝麻开花节节高""芝麻开门"，形而下就是小磨香油。除了文化上的意义，有芝麻参与的食品就意味着芳香美味。

芝麻也叫脂麻、胡麻，是胡麻科胡麻属一年生直立草本植物，原产于中国云贵高原，喜欢温暖的环境。我不清楚的是原产于中国的芝麻为什么叫"胡麻"，所有带"胡"的称谓都是非中国的，比如胡人、胡萝卜、胡荽、胡麻，大部分是张骞出使西域带回来，并冠以"胡"某的称呼，以别中原原产。经过千年的同化，现今的人们早已忽略了物种的起源，有些物种的名字也去掉了当时引进的痕迹。芝麻属于哪一种，我孤陋不得而知。

还真有一种胡麻是张骞出使西域带回来的，此胡麻是亚麻科的一种，也是油料植物，但和芝麻的生长特点相反，喜欢生长在严寒地区。原本完全不是一个科一个属的两种植物，因为名字的相同带给我们辨识的苦恼。但有一点很明确，芝麻可以叫胡麻，但胡麻不一定是芝麻。

芝麻从出现就是中国主要的油料作物，但号称"八谷之冠"的芝麻却在诗文里罕见，倒是汉代的草药书《神农本草经》介绍其功用云："伤中虚羸，补五内、益气力、长肌肉、填精益髓。"晋代葛洪在《抱朴子》中说："耐风湿，补衰老。"草药前辈都提到了芝麻，明代李时珍也在《本草纲目》中说："胡麻取油，以白者为胜，服食以黑者为良。"当然，李时珍所言"胡麻"就是芝麻无疑。

明人顾元庆在《夷白斋诗话》中认为胡麻就是芝麻："南方谚语有'长老种芝麻，未见得'。余不解其意，偶阅唐诗，始悟斯言其来远矣。胡麻即今芝麻，种时必夫妇两手同种，其麻倍收。"意思是和尚种芝麻，单个儿，那就很难收获了。道理是什么不得而知，我也没找到顾先生"偶阅"的哪首唐诗，倒是唐朝女诗人葛鸦儿有一首诗写到胡麻，她的胡麻是北胡麻（亚麻之一种）还是南胡麻（芝麻）还需要判断，也不知明朝的顾先生是不是看的此诗。

### 怀良人

蓬鬓荆钗世所稀，布裙犹是嫁时衣。
胡麻好种无人种，正是归时不见归。

此时的唐朝早已盛世不再，社会动乱，民不聊生。女子的丈夫在外服役，留守在家的女子，头发散乱，所穿布裙还是出嫁时的嫁衣，可见生活潦倒到什么程度。雪上加霜的是，丈夫一去不返，女人的生计也成了问题，就算是胡麻好种也没有人手，女子盼望丈夫的归来。

是不是诗中蕴含二人一起种芝麻期待丰收的意思，我越看越像，诸君呢？是不是也有这样的感觉？

虽然芝麻寓意美好，但是很难入文人墨客的眼。我们到元朝，有一位被称为王大学士的文人在〔仙吕·点绛唇〕中提到了芝麻：

〔青哥儿〕一个牛斤，一个谎诈，一个光答答又无头发。一个蒙松雨里种芝麻。一个兜答，一个奸滑。一个交加，一个皴查。这一坐乔民闹交加，定害的爷娘骂。（节录）

王大学士是20世纪80年代新"发掘"出来的元散曲作家，明抄本《阳春白雪》中有他两首〔点绛唇〕套曲。〔仙吕·点绛唇〕有十五支曲子，写了一百余个儿童的嬉闹情态，堪称元曲"百子图"，写到的植物有橘子、桑树、瓜、枣、酸枣、红蓼、芦苇、荻、芝麻，其中芝麻出现在这一首中。

此曲说到了八个调皮的小男孩，只有一个是在劳动——种芝麻，是因为

爷娘逼迫还是自觉自愿看不出来，就凭其他七个男孩的顽皮，当然"定害的爷娘骂"，只有那种芝麻的男孩是大家学习的榜样。或者在爷娘的责骂声中就可以听到："你看人家王小，就知道帮家里干活种芝麻，你看看你，光知道玩儿，不长进的东西，滚！快下地去，再捣蛋打折你的腿！"

我暗地里想，种芝麻的男孩怕是也羡慕那些嬉笑打闹的孩子吧？玩是天性，种地是后天习得。就算是芝麻好吃，也得几个月后才能见分晓，在孩子们的心里比不上此时的嬉闹有趣。当然，我们还是要向种芝麻的"王小"学习的。

# 艾 蒿

## 垂门艾挂狰狰虎

艾蒿寻常到随处可见，俗话说物以稀为贵，以艾蒿之常见自然不可能贵重。但艾蒿又是极有用之物，现在风行一时的艾灸就是极好的证明，似乎艾灸可以包治百病。

当然，艾蒿除了艾灸，还可以吃、可以熏蚊虫，有驱除邪毒之功效，更

上一层楼的是有深刻的文化内涵。传说每年的五月端午是"恶月恶日",百毒之虫出没,家家户户都要在门上插艾蒿,以艾蒿的辛香驱除邪毒。

艾蒿从哪一年担负起这样的重任已经不可考,至少在《诗经》时代艾蒿就被重视,我并不看重艾蒿的实际功用,看重的是透过艾蒿渗透出的情意,人世间最难得是"情意"二字。

## 王风·采葛

彼采葛兮,一日不见,如三月兮。

彼采萧兮,一日不见,如三秋兮。

彼采艾兮,一日不见,如三岁兮。

大意是,我采葛藤、采牛尾蒿、采艾蒿,不论采什么,心里只有你,"一日不见如隔三秋",相思苦啊,但是那是有情的苦,那相思就是苦中有甜,就像艾蒿的味道,香,香的别致。这样有情的艾岂不是令人向往的艾?

这样有情义的艾被屈原视为杂草,且看屈原的艾蒿。

## 离骚

兰芷变而不芳兮,荃蕙化而为茅。

何昔日之芳草兮,今直为此萧艾也?

岂其有他故兮,莫好修之害也!(节录)

大意是,兰草、白芷变节已经不再芳香,荃、蕙已经和茅草一样。为什么曾经的芳草啊,如今竟然和白蒿、艾草同流合污。难道还有别的缘故吗?这就是不好好的修行带来的危害。

白蒿、艾草就这样相对于兰草、白芷变成无可置疑的"恶草"。后来的成语"芝艾俱焚""兰艾难分""兰艾同焚"等,都是延续屈原之意。

北《诗经》和南《楚辞》对艾蒿的认识差别怎么这么大呢?

从春秋战国一路蔓延下来,到了宋朝,艾蒿没变,人却不再是那时的人,苏轼在《浣溪沙》中提到艾蒿,是返璞归真的艾蒿,我喜欢,那就一起欣赏则个。

## 浣溪沙

软草平莎过雨新，轻沙走马路无尘。何时收拾耦耕身？日暖桑麻光似泼，风来蒿艾气如熏。使君元是此中人。

雨过之后的莎草地轻软新鲜，骑行之上没有一丝尘土，分外使人舒爽。我何时才能回归农家当个田舍翁呢？

桑麻的枝叶上阳光好似泼洒下来一般，一阵风吹来，艾草的辛香熏人醉。这是我向往的田园生活，或者我原本就该生活在这样的环境中。

自古不得志的文人都向往田园生活，有些是真喜欢，有些是不得已而为之，还默默期望有朝一日东山再起。但是这不关艾蒿的事儿，得意是你，失意也是你，而艾蒿亘古不变，依然长在山间、地头等任何可以生长的地方，不以物喜、不以己悲。

元散曲中也提到艾，我觉着特别适合，元代文人更贴近艾的气质，且看无名氏的艾蒿吧。

## 中吕 · 喜春来

### 四节

垂门艾挂狰狰虎，竞水舟飞两两兔，浴兰汤斟绿醑香蒲，五月五，谁吊楚三闾。

这首曲分别写了三月三、五月五、七月七、九月九，这里只选写五月五的一首，也就是端午节。

时隔七百余年看起来和今天仍然惊人地相似，我不由感慨中华文明果真历史悠久。一个节日绵延千年不断，怎样的文明才能如此持久、如此顽强呢？

元散曲的优点是接地气、好懂、用典较少，此曲也不例外。端午节到了，家家户户挂艾蒿，挂小老虎，户外活动是赛龙舟，这一天还要用香蒲、艾叶煮汤沐浴，当然是为了驱虫辟邪。对这样的事情老百姓认真履行，一样不落，但是忘了此一天还是凭吊屈原的重要日子，难道大家都忘了为什么包粽子吗？

此曲拿到今天来一样不过时，人们注重的还是节日的娱乐成分，不过比几百年前更简化，插艾、赛龙舟、吃粽子。若是在北方，就两样，插艾、吃粽子。这是老百姓的自主选择，于是一代一代留下来了。尽管端午节的味道变了，但艾的味道留下来了。

# 茄　子

## 俺家的茄子大如斗

茄子是茄科茄属草本至亚灌木植物，秧苗可以长到一米多高。茄子的形状或长或圆，颜色以紫为主，也有白或红色。过去还有白茄子，现在几乎不见了。

茄子是大路菜，南北都有，家家都买，只是这种蔬菜在人的一生中是分时间吃的。很多孩子不喜欢吃茄子，就像不喜欢吃菠菜一样，你说不上为什么，就是不喜欢吃，我就是其中一个。

记得《红楼梦》中刘姥姥进大观园，吃过一回茄子，完全没吃出茄子味。经王熙凤介绍，那是天花乱坠般的做法，别说小户如刘姥姥，就是大户人家也未必下得了那番功夫，实在是贾府这样的超大户有钱有闲人家才愿意如此"食不厌精"。只不过贾府的茄子已经不是茄子味，说明两个问题：一是大家不喜欢茄子味，经过彻底改善才可以入太太小姐们的口；二是要展现自家的贵族风范。总之，就是要茄子没有茄子味。这样从侧面也可以解释孩子们不喜欢茄子的原因了。

随着年龄增长，不知不觉中茄子居然入口了，甚至不用特意改善茄子的

原味，清炒茄子都可以吃了，至于为什么，可以问人生。

小时候虽然不感兴趣茄子，但感兴趣茄子根，据老人讲茄子根煮水可以治疗冻伤。儿时的冬天很冷，大部分孩子的手脚都会出现冻伤，裸露在外的手指、手背会红肿、冻裂。我居然没有冻伤，和大家不一样，那是不接受的，想要体验手指冻成小红萝卜的感觉，想要体验茄子根煮水解除冻伤的神奇效果。

曾经洗了手不擦，径直走到飘着雪花的户外，直到小手冻得发麻才回屋，几个来回后，小手果然冻了，裂了细碎的小口，很疼，但没有肿成小萝卜的样子，我已经偃旗息鼓，并不好玩。因为冻伤并不严重，所以大人并没有寻找茄子根为我治疗。这成了我心中的遗憾，终究没有亲身体验茄子根治疗冻伤的惊艳效果。

说茄子竟说了半天茄子根，但那是我对茄子的最深记忆。从没有想过茄子的来源，现在写到茄子，就不得不写。

茄子起源于亚洲东南热带地区，大约就是古印度。古印度人把小而且苦涩的野生茄子培育成大甚至有些甜味的可食用茄子。我们国家种植茄子的历史也很悠久，被认为是茄子的第二起源地。西晋的嵇含在《南方草木状》中说，华南一带有茄树。这是中国茄子的最早记载。几乎同期的北魏贾思勰《齐民要术》中没有介绍，可见茄子最早是生长在热带地区的。到了宋代，苏顺的《图经草木状》介绍，南北都有茄子了，有紫茄、白茄、水茄，江南一带还有藤茄。到如今我还没有见过藤茄，不知道现代还有没有这样的茄子。

虽然茄子在我国的历史如此悠久，但极少入诗文，原因是文人的漠视还是茄子的凡庸，不得而知。今日在元散曲中发现茄子，于是又刻意寻找提及茄子的诗，居然有幸找到宋代郑清之写的《茄子》，我们来欣赏一下。

## 茄子

青紫皮肤类宰官，光圆头脑作僧看。

如何缁俗偏同嗜，入口元来听一般。

大意是，茄子长得跟和尚似的，大家都喜欢吃，真吃起来口味也一般。

诗人显然是没吃过贾府的茄子。

到了元代，世俗化的诗歌就有机缘把茄子引进来，作者还是"无名氏"。元散曲中无名氏很多，毕竟不像唐宋两代文人地位高。元散曲的作者大多是底层的知识分子，能留下姓名不易。

商调·梧叶儿

## 嘲谎人

东村里鸡生凤，南庄上马变牛。六月里裹皮裘。瓦垄上宜栽树，阳沟里好驾舟。瓮来大肉馒头，俺家的茄子大如斗。

此曲读起来没有任何障碍。大意是，吹牛皮的人口沫横飞，说的都是不可能的事。但是穿越到今天，有些还真有可能，比如茄子，真可以培育到很大，大如斗。

没想到茄子竟然是在这样的景象中出现，但毕竟是出现了。

# 麦　子

## 麦初熟

麦子在诗文里出现的很早，《诗经》时代就有，其中有大麦和小麦，而且多次提到，那时小麦除了是麦，还称为"来"，大麦称为"牟"。

不妨列出一些，好有直接的感受，《周颂·思文》："贻我来牟，帝命率育，无此疆尔界。陈常于时夏。"《周颂·臣工》："如何新畬？於皇来牟。"《鄘风·载驰》："我行其野，芃芃其麦。"《王风·丘中有麻》："丘中有麦，彼留子国。"《魏风硕鼠》："硕鼠硕鼠，无食我麦！三岁贯女，莫我肯德。"等等。

我喜欢的麦子是《王风·丘中有麻》的麦子，是儿女情长的麦子，这是世间最需要的。

### 丘中有麻

丘中有麻，彼留子嗟。彼留子嗟，将其来施施。
丘中有麦，彼留子国。彼留子国，将其来食。
丘中有李，彼留之子。彼留之子，贻我佩玖。

山丘上是麻林，那位公子曾过来。那位公子快过来呀，请他过来好欢聚。
山丘长着麦苗，那位公子在村中。那位公子在村中啊，请他过来吃麦饭。
山丘上有李树，我想念那位公子。我想念的那位公子啊，他赠我一块佩玉。

麻林、麦田、李树林，都有恋爱中男女的身影，浪漫原始，自然美好，比之花前月下，灯光烛影更增了一丝淳朴与野趣，是现代人几乎完全享受不到的恋爱方式。因为无法享受，所以无限向往。

诗的巅峰时刻唐朝当然也有麦，不仅有大麦、小麦，还有荞麦，因为多，可以选择，那就按个人喜好选吧，先看小麦，王建的《江陵使至汝州》：

回看巴路在云间，寒食离家麦熟还。

日暮数峰青似染，商人说是汝州山。

回望自己走过的巴陵路已经在远远的云间了，我离家已经很久了，走的时候是寒食时分，回来时麦子金黄已经成熟了。此时太阳落山，山峰青翠好似染过一般，同行的商人说那就是离我家乡很近的汝州山。我的心情好不激动欣喜，特别是看到麦浪滚滚，更加归心似箭。

再看大麦，李颀的《送陈章甫》：

四月南风大麦黄，枣花未落桐叶长。

青山朝别暮还见，嘶马出门思旧乡。（节录）

农历四月大麦已经发黄，丰收在即，枣花已经开放，空气中散发着温馨甜蜜的芳香，桐树叶子长得蓬勃健旺。青山依旧在，早晚都相见，出门的马儿长声嘶鸣似乎是激发人思乡的情绪。

最后看荞麦，白居易的《村夜》：

霜草苍苍虫切切，村南村北行人绝。

独出前门望野田，月明荞麦花如雪。

一个深秋的夜晚，草已经结了霜，冻得秋虫叽叽哀鸣，打眼一望，村子四周连个人影也没有。我闲来无事，独自走出大门看眼前的田野，只见明亮的月光下，荞麦花如雪一样铺满田地。

词的巅峰时刻宋朝也有麦，虽然相较前朝少，但是有，没看到荞麦，但多了燕麦。

恰巧就有大麦、小麦一起写到的，就是苏东坡的《浣溪沙·徐州藏春阁园中》：

惭愧今年二麦丰，千畦细浪舞晴空。化工余力染天红。
归去山公应倒载，阑街拍手笑儿童。甚时名作锦薰笼。

这是苏东坡在徐州任太守时写的，看起来很高兴。

难得今年的大麦、小麦都丰收了，千亩良田中"麦浪滚滚"，衬托得瑞香花更加红艳。

看见丰收的景象，举杯庆贺，酩酊大醉，就像当年的西晋山简（山涛的儿子），被儿童笑话，还有那芳香四溢的瑞香花更显风姿。

燕麦选辛弃疾的《新荷叶·和赵德庄韵》：

人已归来，杜鹃欲劝谁归？绿树如云，等闲借与莺飞。兔葵燕麦，问刘郎、几度沾衣？翠屏幽梦，觉来水绕山围。
有酒重携，小园随意芳菲。往日繁华，而今物是人非。春风半面，记当年、初识崔徽。南云雁少，锦书无个因依。

辛弃疾是我最爱的宋词人之一，概因他仗剑行天下的豪气干云，以及大开大合的豪放词作，但这首词不算豪放。

我回来了，那树上的杜鹃还是一声声叫着"不如归去"，它是在劝谁呢？绿树如云，黄莺儿翻飞其间。此时兔葵燕麦随风飞扬，想问刘郎，这些燕麦曾有几次沾上你的衣襟？寻梦去，醒来只见山环水绕。

带上酒，在旧日的园子里重游，芳菲依旧，往日的繁华如今已经物是人非。曾经美丽的女子在春风中半掩芳容，我记忆犹新，后来想要音信相通，却无以为凭。

散曲的巅峰时刻当然是元朝，原本想最接地气的元散曲提到的粮食作物该多呢，可是并没发现多少，品类不多，还是无名氏写的，令人诧异。那就看看无名氏的麦吧。

## 仙吕·村里迓鼓

### 四季乐情

〔元和令〕锦模糊江景幽，翠峻远山秀。正值着稻分畦，蚕入簇麦初熟，太平人闲袖手。趁着这古堤沙岸绿阴稠，缆船儿执着钓钩，缆船儿执着钓钩。

原作描写了一年四季的美景，写到麦子的是夏季这一首。此时树木花草枝繁叶茂，已经分不出哪是枝、哪是叶，只觉得江上风景锦绣又模糊，远山苍翠秀丽，正是稻田插秧的时节，蚕开始结茧，麦子已经秀穗，"太平人"眼看着丰收景象有些得意。在古堤沙岸浓荫处，坐在捆着的小舟上，悠然自得地垂钓，何等逍遥。

一路写下麦子的诗文历程，最自在的竟然是"暗黑"时代元朝的麦子，我原本想说几句，想想，还是诸君自己感受吧，不管怎么说，能自在逍遥就好。

木香元曲

寻芳记

# 柳 树

## 花花柳柳真真

    写《芳香宋词》时柳树就是最后写的，因为"宋柳"多到不可救药，以我的力气折柳那是一时半会儿折不完的，最后就草草折了几枝。到了元代，柳依然很多。这次我不随便折柳了，有目标的，诸君随我看就知道了。

    当然还是要简要梳理一下重要时代的柳，预热一下。

    《诗经》中的柳是这样的。《小雅·采薇》："昔我往矣，杨柳依依。今我来思，雨雪霏霏。行道迟迟，载渴载饥。我心伤悲，莫知我哀！"

    大意是，回想当初出征时，杨柳依依随风吹；如今回来路途中，雨雪纷纷满天飞。道路泥泞难行走，又渴又饥真劳累。满心伤感满腔悲。我的哀痛谁体会！

    这是一首戍边士卒思念家乡、盼望回归的伤感之作。杨柳第一次作为离别的象征出现，从此成了离情的代言。

    唐朝的柳有这样的，《咏柳》:

碧玉妆成一树高，万条垂下绿丝绦。

不知细叶谁裁出，二月春风似剪刀。

一句"二月春风似剪刀"就把柳条剪成丝丝缕缕，那是喜人的春柳。
还有这样的，杜甫的《绝句四首》其三：

两个黄鹂鸣翠柳，一行白鹭上青天。

窗含西岭千秋雪，门泊东吴万里船。

当然不止这些，要是在柳林里流连忘返起来就回不到现在了。

## 生查子·元夕

欧阳修

去年元夜时，花市灯如昼。

月上柳梢头，人约黄昏后。

今年元夜时，月与灯依旧。

不见去年人，泪湿春衫袖。

去年元宵佳节时，各类花灯照得跟白天一样。我却不感兴趣，而是和佳
人约会，就在月亮上到柳树梢头，也就是黄昏之后，我们互诉衷肠。

今年又到了元宵佳节，月亮与花灯依旧，但是再也看不到去年的佳人，
不由得泪满衣衫。

因为这首脍炙人口的传世词篇，无数人前赴后继地想成就一段"月上柳
梢头，人约黄昏后"的恋情，我也是其中的一位，让平凡的生命镀上一层月
亮光晕。

想想不能仅仅提到柳树，也得提柳树的花"杨花"，那就让苏东坡说说他
的杨花吧。

### 水龙吟·次韵章质夫杨花词

　　似花还似非花，也无人惜从教坠。抛家傍路，思量却是，无情有思。萦损柔肠，困酣娇眼，欲开还闭。梦随风万里，寻郎去处，又还被莺呼起。

　　不恨此花飞尽，恨西园，落红难缀。晓来雨过，遗踪何在？一池萍碎。春色三分，二分尘土，一分流水。细看来，不是杨花，点点是离人泪。

　　杨花看起来不像花，因为没有姿色，所以无人怜惜它，任它飘落。飘落在路边，看起来像是无情物，细思量却蕴含着情思。柔肠百转，困顿娇眼，欲开还闭，就像做梦思夫的女子，欲要千里寻夫，却被不知趣的黄莺啼鸣唤醒。

　　不怨恨杨花飞尽，只恨百花凋零的西园。清晨一阵风雨过后，那杨花不再，落红难觅，只有一池子细碎的浮萍。春色三分，倒有二分尘土，一分流水，仔细看来，不是杨花，点点是离人泪。

　　这样的离人泪劝不得，你见了也会流泪。那杨花何止是杨花，更是无人怜惜的思妇，是贬谪的苏东坡，是人生不易的芸芸众生。

　　徘徊片刻就沾上些"杨花泪"，擦一擦，继续赶路。现在到了元朝，元朝的柳藏着我的一个念想。最喜欢关汉卿的那句"我是个蒸不烂、煮不熟、捶不匾、炒不爆、响珰珰一粒铜豌豆"。原作中恰巧就有柳，"折临路枝枝柳"，这下知道我是有目标地选择元柳了吧？

　　此套曲是关汉卿的代表作，有四支曲子，什么叫嬉笑怒骂，什么叫一气呵成，什么叫一泻千里，什么叫剔透玲珑，什么叫诙谐幽默，什么叫酣畅淋漓，看了关汉卿此曲就知道了，不用翻译，直白通俗。以我已经习惯"快餐文化"的当下，能把他的全曲奉献出来，那一定是喜欢得不得了了。

### 南吕·一枝花

### 不伏老

　　攀出墙朵朵花，折临路枝枝柳。花攀红蕊嫩，柳折翠条柔，浪子风流。凭着我折柳攀花手，直煞得花残柳败休。半生来折柳攀花，一世里眠花卧柳。

〔梁州〕我是个普天下郎君领袖，盖世界浪子班头。愿朱颜不改常依旧，花中消遣，酒内忘忧。分茶攧竹，打马藏阄；通五音六律滑熟，甚闲愁到我心头？伴的是银筝女银台前理银筝笑倚银屏，伴的是玉天仙携玉手并玉肩同登玉楼，伴的是金钗客歌金缕捧金樽满泛金瓯。你道我老也，暂休。占排场风月功名首，更玲珑又剔透。我是个锦阵花营都帅头，曾玩府游州。

〔隔尾〕子弟每是个茅草冈、沙土窝初生的兔羔儿乍向围场上走，我是个经笼罩、受索网苍翎毛老野鸡蹅踏的阵马儿熟。经了些窝弓冷箭镵枪头，不曾落人后。恰不道"人到中年万事休"，我怎肯虚度了春秋。

〔尾〕我是个蒸不烂、煮不熟、捶不匾、炒不爆、响珰珰一粒铜豌豆，恁子弟每谁教你钻入他锄不断、斫不下、解不开、顿不脱、慢腾腾千层锦套头？我玩的是梁园月，饮的是东京酒，赏的是洛阳花，攀的是章台柳。我也会围棋、会蹴踘、会打围、会插科、会歌舞、会吹弹、会咽作、会吟诗、会双陆。你便是落了我牙、歪了我嘴、瘸了我腿、折了我手，天赐与我这几般儿歹症候，尚兀自不肯休！则除是阎王亲自唤，神鬼自来勾。三魂归地府，七魄丧冥幽。天哪！那其间才不向烟花路儿上走！

看罢关汉卿的"枝枝柳""柳条柔""残花败柳""眠花卧柳""章台柳"，再看元柳还是有可攀折的，那就再折两条，以解意犹未尽之情。

乔吉的柳也风流得紧呢。

### 越调·天净沙

#### 即事

莺莺燕燕春春，花花柳柳真真。事事风风韵韵。娇娇嫩嫩，停停当当人人。（节录）

这是四首小令中的第四首，夸女子好，用的全是叠字，甚是舒服。

再有一枝柳，见张可久的〔双调·庆东原〕《次马致远先辈韵（九首选一）》：

143

山容瘦，木叶凋。对西窗尽是诗材料。苍烟树杪，残雪柳条，红日花梢。他得志笑闲人，他失脚闲人笑。

其实喜欢的不是张可久的"残雪柳条"，而是最后两句"他得志笑闲人，他失脚闲人笑"。这是一语中的的千古世相。有元一代突出，但是哪朝哪代就少了？以此警醒。

没想到元柳竟然落脚在"警世名言"中。

# 海 棠

## 海棠花未开

现在海棠不稀罕，儿时读《红楼梦》，大观园里众姐妹结成海棠诗社那是让我无限向往的。倒不是羡慕姐妹们的诗情，而是羡慕大观园里有海棠，尤其是西府海棠，是那种一看名字就让人遐思的海棠，是有一种清贵之气的海棠。

心心念念惦记西府海棠，心里想那是只长在像大观园这种地方的贵重之物，此生不知道有机会得见吗？

后来，西府海棠就在我上班的院落里出现了。我本不知道那是什么树，就看着美，是清秀明艳的美。院里老人告我，这是西府海棠。听到"西府海棠"四个字，我浑身一激灵，时隔多年我仍然记得当时的震动。我身边居然就有西府海棠，就是大观园里的西府海棠，是官宦人家才能种得起的贵重植物！

震动过后，每年西府海棠开花的时节，我都是固定不变的看客。再后来城市发展了，西府海棠变得常见，依旧开着灿若云霞的花儿，只是我第一次见时的惊愕没有了。

自见到西府海棠后，各式海棠就频繁出现在我眼前，比如八棱海棠、垂丝海棠、贴梗海棠、木瓜海棠等。我只是一个纯然的欣赏者，并没有以诗的形式歌颂赞美。但是古人不一样，文人墨客的争相盛赞，让海棠流芳百世。

海棠以花的形式入诗词大约是在唐代，以果实的形式入诗词是在《诗经》时代，所谓"投木报琼"，其中的"木"就是木瓜，全称为木瓜海棠。《卫风·木瓜》："投我以木瓜，报之以琼琚。匪报也，永以为好也。"大意是，你赠我木瓜，我用佩玉回报。不是为了回赠，而是永结盟好。这是一首男女互赠礼物表达爱情的诗歌。

当然这不是主流海棠，主流海棠大约是说西府海棠、八棱海棠或者垂丝海棠吧。到了唐代，海棠花就大行其道了。

就选晚唐郑谷的《海棠》感受一下吧。

### 海棠

春风用意匀颜色，销得携觞与赋诗。

秾丽最宜新著雨，娇饶全在欲开时。

莫愁粉黛临窗懒，梁广丹青点笔迟。

朝醉暮吟看不足，羡他蝴蝶宿深枝。

郑谷眼里的海棠简直让人销魂，连那春风都特意为海棠着色，使诗人愿意为其饮酒赋诗。尤其是一场春雨过后，带雨的海棠分外妖娆，最迷人处就是海棠欲开未开之时呈现深红粉白颜色，有着别样情致。美女莫愁临窗看到娇艳的海棠都懒得梳妆，画家梁广为海棠的美艳所折服，竟迟迟动不了笔。诗人从早到晚欣赏海棠没有知足的时候，还羡慕那花蝴蝶能栖息在海棠的枝头。

宋词中当然缺不了海棠这样明艳的花儿，李清照的"绿肥红瘦"就是说的海棠。

### 如梦令

昨夜雨疏风骤，浓睡不消残酒。试问卷帘人，却道海棠依旧。知否？知否？应是绿肥红瘦。

仲春，雨下得急，风刮得猛，深深地睡去仍不能消解醉酒。醒来问正卷帘子的侍女，海棠花怎么样了？侍女说，应该没有变化。我却不以为然，告诉她，你知道吗？一夜风雨之后，海棠花该是绿叶婆娑、花朵凋零了。

李清照的海棠清新可人，但也存着些微的伤感，毕竟春暮了，红花渐渐凋零。

海棠的歌咏在宋词中达到高潮，想不出元曲中的海棠还能有什么新花样。首先元曲中海棠真不少，曲子也真不让宋词，但是没有"网络传播"，就算是好也没有"红"起来。我就选我可心的几首"红"一下海棠吧。

先选盍西村的〔越调·小桃红〕《杂咏》：

海棠开过到蔷薇，春色无多味。争奈新来越憔悴。教他谁？小环也似知人意。疏帘卷起，重门不闭，要看燕双飞。

海棠开过之后就是蔷薇开了，蔷薇开后春天渐行渐远。最近我越来越憔悴，无人可诉。丫鬟好像知道我的心思，卷起纱帘，大门不闭，我要看那燕子双飞。

原本海棠、蔷薇开了都好，但是女主人因为自己孤单寂寞，就硬生生地感叹春已走远、海棠花落，让她的心情也凋落了。幸亏丫鬟懂事，打开纱窗和大门，让女主人尽情看燕子双飞，以寄情、寄性。

盍西村这一句"海棠开过到蔷薇，春色无多味"的明媚和淡然，让人心生欢喜。

再看张养浩的〔中吕·最高歌兼喜春来〕：

诗磨的剔透玲珑，酒灌的痴呆懵懂。高车大纛成何用？一部笙歌断送。金波潋滟浮银瓮，翠袖殷勤捧玉钟。对一缕绿杨烟，看一弯梨花月，卧一枕海棠风。似这般闲受用，再谁想丞相府帝王宫。（节录）

诗写得刻意，酒灌得懵懂。想一想高车大旗有什么用，笙歌艳舞一朝就会断送。现如今我想开了，整日里美酒飘香，佳人捧杯，杨柳浮烟，梨花赏月，再枕海棠飘香的清风，那是何等的受用。如此的逍遥自在，就是丞相府帝王宫咱也不进去。

宋词的一大特点是动不动就伤春悲秋，滴下几滴清泪；元曲的特点是时不时就玩归隐，看起来逍遥。"对一缕绿杨烟，看一弯梨花月，卧一枕海棠风"美不胜收，只要心甘情愿欣赏就好。

来看徐再思的〔越调·凭阑人〕《春情》：

鬓拥春云松玉钗，眉淡秋山羞镜台。海棠开未开？粉郎来未来？

写闺中女子相思，有情有趣。

睡了一晚上头发松散了，眉毛也淡了，都不好意思照镜子。不知海棠花开了吗？我那情郎来了吗？

女子思念情人的心态犹如眼前。

还有舍不下的海棠，就是查德卿的〔仙吕·一半儿〕《拟美人八咏》：

## 春妆

自将杨柳品题人，笑捻花枝比较春，输与海棠三四分。再偷匀，一半儿胭脂一半儿粉。

### 春醉

*海棠红晕润初妍，杨柳纤腰舞自偏，笑倚玉奴娇欲眠。粉郎前，一半儿*
*支吾一半儿软。（节录）*

作者的〔一半儿〕小令有八首，写美人的"春梦""春困""春妆""春
愁""春醉""春绣""春夜""春情"，写到海棠的是"春妆"和"春醉"

"春妆"写有美一人正照镜梳妆，对自己的样貌反复品鉴，感觉比不上海
棠花美，输了三四分呢，那不行，偷偷再涂抹，又是胭脂又是粉，终要胜过
那海棠花几分。

"春醉"有美一人经过"一半儿胭脂一半儿粉"的装扮，有了海棠的美
丽，再加上有杨柳的细腰，就摆出"美目盼兮""巧笑倩兮"的娇羞姿态，让
那俏情郎神魂颠倒，美人儿半推半就早成就一段"春情"。

查德卿的海棠风光何等旖旎，简直就是醉死人的节奏。想起我看海棠的
震动，那时我是多么"纯洁"啊，完全不懂海棠还有"春情"的一面。


# 梅　花

## 梅花惊作黄昏雪


芳香系列写到元曲这里很难继续，大部分植物前朝都有，以我对植物和
植物相关诗词的粗陋知识想要写出新花样那是勉为其难，但是就算是勉为其
难也还是要写的，毕竟"我是有理想的人"，已经定下"宏伟""远大"的目
标，那就向着目标前进！

写梅是最为难的之一，已经不知道写了几次了，不重复是不可能的，关
于梅的出身、寓意也就不用再提了，其他"芳香系列"都有。现在能做的就
是把重要时代关于梅的诗词捋一遍，感受一下不同朝代对梅不同的认识和看

法。当然更主要是我"选择"的看法，毕竟是我梳理。

梅最早入诗当然是在《诗经》中，那时写的是梅的果实，不像后来梅有了"坚贞不屈"的个性之后大部分都是以梅花的形式存在，以至于很久我都以为梅只开花不结果呢。废话少说，看看诗歌中最早的梅吧。

### 召南·摽有梅

摽有梅，其实七兮！求我庶士，迨其吉兮！

摽有梅，其实三兮！求我庶士，迨其今兮！

摽有梅，顷筐塈之！求我庶士，迨其谓之！

树上梅子往下掉，现在还有七成在。肯追求我的男子，快点来吧。树上的梅子往下掉，现在还剩三成了，追求我的男子，最好就在今朝。树上的梅子往下掉，都用大筐装了，追求我的男子，怎么还不来！

梅子都快落完了，那追求"我"的男子在哪里呢？我是真着急了，我期待"桃之夭夭"，期待"之子于归"，哪个少女不善怀春，哪个儿郎不在好逑，最好恰逢其时，可不要错过梅子成熟。

梅子最早关乎爱情以后，后世关注爱情的诗人没有忘了梅子，最典型的就是大唐大名鼎鼎的李白的"青梅竹马"。

## 长干行二首

妾发初覆额，折花门前剧。

郎骑竹马来，绕床弄青梅。

同居长干里，两小无嫌猜，

十四为君妇，羞颜未尝开。

低头向暗壁，千唤不一回。

十五始展眉，愿同尘与灰。

常存抱柱信，岂上望夫台。（节录）

就截取到女子十五岁吧，女子十六时她丈夫出门了。

女子在丈夫出门远行以后思念丈夫，就回忆过往。从头发刚刚盖住额头说起，那时她俩就一起玩游戏。玩的过家家，你用竹竿假装当马骑，嬉闹中互掷青梅逗趣。我们一同长在长干里，一起玩耍，两小无猜。十四岁时嫁给你，反倒害羞到不敢露笑脸。常常一个人躲在暗处，怎么叫也不敢应声。到了十五才慢慢舒展眉头，懂得情感，愿意和你同生共死。常抱着至死不渝的信念，但是哪里想到有一天，你出门远行，我从此登上望夫台，天天盼着你归来。

梅不仅仅关乎爱情，后来梅更关乎品格，比如大宋时代大名鼎鼎的王安石之《梅花》：

墙角数枝梅，凌寒独自开。

遥知不是雪，为有暗香来。

宋词里的梅也不少，但都没有诗里的"坚贞不屈"。陆游的《卜算子·咏梅》算最好的：

驿外断桥边，寂寞开无主。已是黄昏独自愁，更著风和雨。

无意苦争春，一任群芳妒。零落成泥碾作尘，只有香如故。

驿站外的断桥边，梅花孤单开放，黄昏里不免愁苦，再加上风雨交加更是苦不堪言。

梅花其实没有想和百花争春的意思，但是却遭到百花的嫉妒，嫉妒就嫉妒吧，梅花不以为意，即使"零落成泥碾作尘"，它依然芳香如故。

梅花自唐拔高以后完全落不下来，就算是"病梅"那也是高尚的"病梅"，但是我对此不感兴趣，倒是元代王冕的《墨梅》让梅有了另一种神采：

> 我家洗砚池头树，朵朵花开淡墨痕。
> 不要人夸颜色好，只留清气满乾坤。

此诗不用翻译，一句"只留清气满乾坤"就够振聋发聩。

我还很好奇元曲中的梅，不知会不会有新花样。元曲中的梅很多，就选我喜欢的介绍吧。

先是贯云石的〔双调·清江引〕《咏梅》：

> 芳心对人娇欲说，不忍轻轻折。溪桥淡淡烟，茅舍澄澄月。包藏几多春意也。

这是贯云石《咏梅》一组的第三首，前边有些类似陆游风姿梅花的，此首小令不同，梅花不再"铮铮铁骨"，而是"铁骨柔情"，不，"娇柔妩媚"。

茅舍外的梅花开了，芳香馥郁，娇俏可爱，似乎是想对人倾诉什么，路人甲都不忍攀折一枝。此时溪水桥畔烟葱茏，茅舍顶上月明亮，照见那梅花含着几多春意。

梅花一下妩媚起来，虽然"俏也不争春"，但是挡不住咱心里藏着"几多春意"。

再选一首，景元启〔双调·殿前欢〕《梅花》：

> 月如牙，早庭前疏影印窗纱。逃禅老笔应难画，别样清佳。据胡床再看咱，山妻骂："为甚情牵挂？"大都来梅花是我，我是梅花。

这才是典型的元曲，嬉笑怒骂皆文章的洒脱。

景元启生平事迹不详。

月如钩，梅花在庭前的纱窗上映出曼妙的影子，就算是丹青妙笔也难以勾画，那是不一样的清秀。我坐在床上痴迷欣赏，不承想老婆骂我："你在牵挂谁？！"我一激灵回到现实，抖了个机灵，"也不过就是我是梅花，梅花是我。物我两忘而已"。

谐趣、生动、洒脱，美妙。梅花美、"我"美、山妻美。

# 杏　花

## 几枝红雪墙头杏

杏花写了很多遍了，是我最喜欢的花之一。再说杏坛、杏林、杏园、杏花雨就没意思了。不如就从入诗最早的杏花开始吧。

杏树是中国的原产，历史应该和桃树一样悠久，桃树很早就入诗，比如《周南·桃夭》："桃之夭夭，灼灼其华。之子于归，宜其室家。"这样美丽的桃，但杏树就没那没幸运，竟然没有"入选"，原因不明了。我狭隘的怀疑，古人有时候没有认真区分桃花和杏花的不同。比如山桃和山杏就很难区分，特别是在初春盛开的时候，远远望去"云蒸霞蔚"，你不知道那是山杏还是山桃，所以做此猜想，也许碰对了也未可知。

杏花没出现在《诗经》中，并不代表它没出现在中国诗歌巅峰时代的唐诗里。而且一旦出现就以"迅雷不及掩耳之势"横扫一切开花植物，当然这是夸张说辞，但是至今杏花入诗以来留下的名句就在唐诗中，且看：

### 途中见杏花

吴融

一枝红杏出墙头，墙外行人正独愁。

长得看来犹有恨，可堪逢处更难留！

林空色暝莺先到，春浅香寒蝶未游。
更忆帝乡千万树，澹烟笼日暗神州。

　　早春，万花还蛰伏，杏花开了，娇艳地伸出墙头，见者原本应该高兴，毕竟灰蒙蒙的整个冬季，猛然有"一枝红杏出墙头"，该是何等的喜悦，但是吴融心事满怀，看见红杏，感受不到喜悦，反倒独自惆怅。他看到杏花只感到韶华易逝，时光难留。

　　此时林中朦胧听得见黄莺啼鸣，只是春还早，杏花就是盛放，蝴蝶也因为寒冷不能来。不由得想起长安的五千杏树开放，犹如满天云霞笼罩神州，那是何等的壮观。

　　自吴融的"一枝红杏出墙来"，红杏诗就很难超越，只一味模仿，比如宋朝的陆游的《马上作》："杨柳不遮春色断，一枝红杏出墙头。"叶绍翁的《游园不值》："春色满园关不住，一枝红杏出墙来。"

　　宋朝除了模仿"出墙红杏"，倒是一句"红杏枝头春意闹"让宋时的红杏有了一下热闹，或者新气象。这就要感谢宋祁的杏花了。

## 玉楼春·春景

东城渐觉风光好，縠皱波纹迎客棹。绿杨烟外晓寒轻，红杏枝头春意闹。

浮生长恨欢娱少，肯爱千金轻一笑。为君持酒劝斜阳，且向花间留晚照。

宋祁是北宋词人，与欧阳修等同修了《新唐书》。

东城的风光越发好起来，就是因为春天到了，杨柳轻拂，杏花盛开。因为开得灿烂，竟有繁华热闹的气象。

看杏花如此这般，想浮世人生，恨多欢少，爱的是千金，轻的是欢颜。我劝夕阳别着急下山，还是和杏花一起共享欢乐时光吧。

出墙红杏和春意闹红杏之后，就看元朝的红杏能出什么"幺蛾子"了。

看了看，难出新意，仍然以"出墙红杏"为"主流"，比如，胡祗遹的〔中吕·阳春曲〕："几枝红雪墙头杏，数点青山屋上屏。"滕宾的〔中吕·普天乐〕："数枝红杏，闹出墙围。"

倒是有一种杏花是没有见识过的，就是王元鼎的〔正宫·醉太平〕《寒食》：

声声啼乳鸦，生叫破韶华。夜深微雨润堤沙，香风万家。画楼洗净鸳鸯瓦，彩绳半湿秋千架。觉来红日上窗纱，听街头卖杏花。

王元鼎与阿鲁威同时代，做过翰林学士，有七首小令存世，其他不详。

小乌鸦声声欢叫，硬生生把韶华叫到流逝。现在是春天，下着小雨，是"润无声"的小雨，因为"姹紫嫣红"的花开，空气中弥漫着芳香的气味。一场夜雨洗净画楼上的鸳鸯瓦，秋千架上的彩绳也被雨水打湿。醒来红太阳已经照到纱窗上，耳听得街上叫卖杏花的声音。

景是好景，心情是好心情，就是为什么"卖杏花"？寒食节的"特供"吗？一种习俗吗？我不得而知，但是感受到街上卖杏花时的诗意盎然，以及世间清新脱俗的烟火气。

# 酴醾

## 原来风动荼靡架

酴醾神秘是因为我到现在还没见过，过去酴醾是长在秦岭以南的植物，是蔷薇科悬钩子属直立或攀缘灌木，也叫酴醾、佛见笑、重瓣空心泡。

酴醾虽然是中国原产，但被文人发现得比较晚，如果说宋代发现算晚的话。反正以我的粗陋没有在唐以前的诗文中发现。

酴醾一经"发现"，马上深得诗人们的喜欢，很多大家都写过酴醾，比如欧阳修的《渔家傲》："更值牡丹开欲遍，酴醾压架清香散。"毛滂的《蓦山溪》："蒲萄酒，旋落酴醾片。"姜夔的《洞仙歌》："鹅儿真似酒，我爱幽芳，还比酴醾又娇绝。"蒋捷的《绛都春》："春愁怎画？正莺背带雪，酴醾花谢。"

女词人李清照也写过酴醾，因为性别上的偏心就选她的酴醾欣赏一番吧。

### 转调满庭芳

芳草池塘，绿阴庭院，晚晴寒透窗纱。玉钩金锁，管是客来吵。寂寞尊前席上，唯愁海角天涯。能留否？酴醾落尽，犹赖有梨花。

当年曾胜赏，生香熏袖，活火分茶。极目犹龙骄马，流水轻车。不怕风狂雨骤，恰才称，煮酒笺花。如今也，不成怀抱，得似旧时那？

这首词是李清照晚年所写，丈夫去世，国家沦陷，孤独、老病，苦痛不言而喻。现在是春天，池塘里芳草碧绿，庭院里绿树成荫。夕阳穿透纱窗照进来，没有暖意，倒是感到一丝寒凉。听到有人叩门，是不是有客人来？可是席上无客，杯中无酒，只发愁此地不是故乡，我能不能待得住。洁白的酴醿花已经谢了，好歹有梨花相伴。

曾经有的盛宴聚会，熏香是熏了衣袖，为大家煮茶分茶，目力所及，车如流水马如龙，不怕风狂雨骤，文人雅士尽显文采。到如今，哪里还有那样的胜景，不可同日而语呀。

悲哀时想曾经的幸福生活更悲哀。人都说酴醿开罢再无花，过了花季。"犹赖有梨花"实在可疑。都是雪白的让人清冷的花，心里冷，太阳照进来都带不来暖意，更遑论白色的酴醿花开。什么也安慰不了她，家国平安，一切就好了。

因为没有从惯常的《诗经》时代接续，就再选一首自宋才有的酴醿吧，范成大的《鹧鸪天》：

嫩绿重重看得成，曲阑幽槛小红英。酴醿架上蜂儿闹，杨柳行间燕子轻。
春婉娩，客飘零，残花浅酒片时清。一杯且买明朝事，送了斜阳月又生。

范成大是南宋名臣，与杨万里、陆游、尤袤合称南宋"中兴四大诗人"。

暮春时节，嫩绿层层叠叠，通幽处红花点点。酴醿已经开花，引来无数蜂儿聚会，柳树枝条间燕子轻巧穿行。

春就要结束了，行客飘零，只有残花残酒和片刻的清醒。再来一杯酒让我买下明朝的醉，斜阳走了月亮升起。

大好的春天，词人无心欣赏，只想一醉方休，不仅今朝醉，连明日也都一起买断，送走斜阳迎来明月。只不过清醒的片刻眯眼看看外面的世界。外面的世界不精彩。

酴醿和范成大的心情不一样，人家正要大显身手，连蜂儿已经知晓了，纷纷围拢过来，你范成大自饮自醉去吧，我只管芳香我的。

选他有原因，他的一句"酴醿架上蜂儿闹"，有"红杏枝头春意闹"的感觉，喜欢，就登场了。

自宋代有了酴醿，元代就没断过，先从商挺的酴醿开始。

双调·潘妃曲

*带月披星担惊怕，久立纱窗下，等候他。蓦听得门外地皮儿踏，则道是冤家，原来风动酴醿架。*

商挺和卢挚有些相像，一生为官，官至参知政事等高位，没有归隐，因病退休的。此小令是写女子等待幽会的，原本这样的题材在元代男女交往较为自由的时期没什么大惊小怪，只是出于这样的高官，就有点意外了。其实就从宋词的"卿卿我我"不乏高官之作看，元高官延续相近的风格也是能理解的，毕竟元曲原本是流于世俗民间的，就像词之所对诗一般。再说高官也是人，并不总需要"诗言志"。

小女子披星戴月"人约黄昏后"，站立在约会地点纱窗下，静等心上人，猛然听到门外有脚步声，不由得心跳加速，以为是俏冤家，半天不见人影，原来是风吹动酴醿架响。

原本清冷的酴醿花架，因为女子的心动突然绯红起来，原来酴醿架竟有这样的作用。

再看钱霖的酴醿，不知道香艳吗？

双调·清江引

*梦回昼长帘半卷，门掩荼蘼院。蛛丝挂柳棉，燕嘴粘花片，啼莺一声春去远。（节录）*

钱霖唯一知道的是出家为道士，更名抱素，号"泰窝道人"。

此小令所写恬淡的生活景致该是他出家为道人的境况。

初夏，昼长夜短，睡了好久了，白天还在。卷起帘子，酴醿满院，门掩着，只留下酴醿的芳香沁人心脾。蜘蛛忙碌编织它的网子，上面残留春季的几缕柳絮，燕子正衔着花瓣搭窝，它"莺莺燕燕"啼鸣了几声，我明白春天已经走了。

这简直就是闲云野鹤的生活嘛，闲适得令现代人愤慨，但是钱霖的生活真的是现代人想要的吗？

这得问满院的酴醿花。


# 松 树

## 挂绝壁松枯倒倚

松树是最不敢让人忽视的植物，那种挺拔、威武，就算是万物之灵长见了也是不由肃然起敬，不敢造次的。

关于松的久经考验的成语也大多与松自身的品格相关，比如：乔松之寿、松柏后凋、松柏之茂、松筠之节、岁寒知松柏等。

这样不可忽视的树种，这样有悠久历史的树种当然诗歌中少不了，就从《诗经》中的松说起吧。先说一种"正襟危坐"的松。

《小雅·天保》："如月之恒，如日之升。如南山之寿，不骞不崩。如松柏之茂，无不尔或承。"大意是：您像新月刚出现，您像红日刚升起。您像南山永长生，永远不会崩塌坍陷。您像松柏永茂盛，没有不拥护您的。这是大臣祝颂君主的诗。

再说一种后世再没有过的松。

### 郑风·山有扶苏

山有扶苏，隰有荷华。不见子都，乃见狂且。
山有桥松，隰有游龙。不见子充，乃见狡童。

山上林木参天，沼泽荷花映日。不见子都般的美男子，却碰上你这个轻狂的人。

　　山上有高大松树，水边有漂浮的水草。不见子充般的美男子，却见你这个轻浮少年。

　　看到了吗？女子和情人欢会，选择在松树林里，以现在松树的名号，就算是男女相会"干柴烈火"也不会在松树林"轻狂"，那里不是"朝云暮雨"的地方，要去就去桑树林。自古桑树林就是男女约会的地方，松树林的庄严会压迫人们的情绪。

　　当然，松树严肃，并不代表松树不清新，后世很多所谓的文人雅士给自己起号，都会用到"松间明月"这样表示气节、清明的称谓。至少我就认识好几位，有没有这样的高尚品德倒在其次，关键在于至少有这样的心。这样的"松间明月"出自唐时王维的《山居秋暝》：

　　　　空山新雨后，天气晚来秋。

　　　　明月松间照，清泉石上流。

　　　　竹喧归浣女，莲动下渔舟。

　　　　随意春芳歇，王孙自可留。

空旷的群山在一场雨后显得格外干净透彻，此时正是初秋傍晚，明月穿透松林洒下清辉，看得到清澈的泉水在石上流过。竹林里传来阵阵喧嚣，那是浣衣归来的女子们相互嬉闹，湖里的莲花在动，想来是捕鱼的船儿在滑动。我可找到了归隐的好地方，随时随地安歇，《招隐士》说："王孙兮归来，山中兮不可久留！"可我恰恰在这里久留。

到了宋朝，松依旧挺立，可是挺立的地方不一样，给人的感受可是大不一样，就看苏东坡的松吧。

### 江城子·乙卯正月二十夜记梦

十年生死两茫茫。不思量，自难忘。千里孤坟，无处话凄凉。纵使相逢应不识，尘满面，鬓如霜。

夜来幽梦忽还乡。小轩窗，正梳妆。相顾无言，惟有泪千行。料得年年断肠处，明月夜，短松冈。

此词被誉为"千古悼亡词第一"，是悼念他的亡妻的。

此词不用解，读来令人脊背寒凉。

明月夜，短松冈。那是亡妻的墓地。有松树的墓地，年年断肠地。

这样的松林，谁敢在这里造次？就是借你个胆也不敢，反正我不敢。

但宋朝的松也不尽然是这样森森的松，还有有趣的松，也是我最喜欢的松，且看辛弃疾的《西江月·遣兴》：

醉里且贪欢笑，要愁那得工夫。近来始觉古人书。信著全无是处。

昨夜松边醉倒，问松我醉何如。只疑松动要来扶。以手推松曰去。

喝醉了放浪恣肆欢笑，要愁哪有功夫。今来才发觉古人写的书根本不能信。

昨夜喝醉了倒在松树边上，醉眼蒙眬，不知就里，错把松树看成了人，问松："我醉得如何？"恍惚间以为松树要来扶我，我不干，用手推松说："去去去！"

辛弃疾写到的松都洒脱、旷达，妙！

这就到了元朝，不知道会有什么样的松。

先看卢挚的〔双调·沉醉东风〕《秋景》：

挂绝壁松枯倒倚，落残霞孤鹜齐飞。四围不尽山，一望无穷水。散西风满天秋意。夜静云帆月影低，载我在潇湘画里。

这是卢挚的秋景，先看到的是绝壁上的枯松，然后是晚霞中扑棱棱齐飞的野鸭。四周围青山不断，绿水长流。西风一刮，秋意顿浓。夜深人静，月影低垂，我游览在湘江上，好似我在画中，画中有我。

那棵绝壁上的枯松一下就把卢挚的"画"提到了疏朗、高洁的境地，再加上有寒意的西风，秋意就清阔起来，这是棵好松！

还有棵好松，看张可久的〔双调·红绣鞋〕《虎丘道士》：

船系谁家古岸，人归何处青山。且将诗做画图看。雁声芦叶老，鹭影蓼花寒，鹤巢松树晚。

这是张可久寻访虎丘道士不遇写的小令。

古岸边有一只船，没人。我拜访的虎丘道士不知在哪座青山中。找不到他那就享受现在的美景，将所见赋诗一首，很有画面感。南归的大雁飞在芦苇丛上，白鹭静待在蓼花深处，远处是仙鹤栖息在松树枝头。这样的景致岂不是令人心驰神往？

三种鸟、三种植物，一幅绝美的图画，有些清冷，但这就是古代文人追求的调调儿。这样的松鹤图，岂不比如今的"松鹤延年"图更有韵味呢？

# 梨　花

## 洒梨花暮雨

梨花入诗入词当然不稀奇，稀奇的是我写了五次梨花了还写，当然是硬着头皮写，只为完成我的"历史使命"，我为自己定下宏伟目标，为诗歌中的植物立传！到目前为止接近尾声，从《芳香诗经》《芳香楚辞》《芳香成语》《芳香唐诗》《芳香宋词》现在到了《芳香元曲》，所以，到了现在，就算硬着头皮也要完成"大愿"。

从前的梨花还是要摘的，比如重要朝代的梨花诗词。就从《诗经》开始吧。

《诗经》中的梨不是"孔融让梨"之梨，而是棠梨，棠梨也是梨，不过是"野梨"而已，"家梨"一定是从"野梨"选育出来的，咱不能忘本，所以，就从棠梨诗开始。

### 召南·甘棠

蔽芾甘棠，勿剪勿伐，召伯所茇。

蔽芾甘棠，勿剪勿败，召伯所憩。

蔽芾甘棠，勿剪勿拜，召伯所说。

树荫遮蔽的甘棠树，别剪别伐，那可是召伯所植。枝叶茂盛的甘棠树，别剪别损，那可是召伯休息的地方。生长旺盛的甘棠树，别剪别毁，那可是召伯所喜欢的地方。

召伯是和周公齐名的德高望重之贤人。周公有周公吐哺，天下归心之名，召公有甘棠遗爱，甘棠之惠之谓。

有了《诗经》时代野梨的支撑，就可以到唐代欣赏"千树万树梨花开"了，那时，就有了甘美可口的梨了。

唐代最美的梨花之一就是岑参的《白雪歌送武判官归京》，全诗比较长，就选相关的四句吧。

北风卷地白草折，胡天八月即飞雪。
忽如一夜春风来，千树万树梨花开。

岑参送好友归京，此时正是塞外的八月，南方正值盛夏，但这里竟然下雪了，北风很强劲，把地下原本强韧的白草都吹折了。看到纷纷落下的雪，我想到江南的梨花，好似春风吹来，一夜之间千树万树梨花开，甚是美妙。

唐代最美的梨花之二是白居易的"梨花一枝春带雨"。

就是《长恨歌》中的几句：

风吹仙袂飘飘举，犹似霓裳羽衣舞。
玉容寂寞泪阑干，梨花一枝春带雨。
含情凝睇谢君王，一别音容两渺茫。
昭阳殿里恩爱绝，蓬莱宫中日月长。

都知道这是唐明皇和杨贵妃的爱情故事，写得瑰丽、旖旎，浪漫却又悲情。从那时"梨花一枝春带雨"就成了我见犹怜女子美貌的特称。

宋朝的梨花一定是"梨花带雨"式的，符合宋词多愁善感的调调儿。我自然得为我的看法找注脚，柳永很给力，且看他的"梨花一枝春带雨"。

## 倾怀

离宴殷勤，兰舟凝滞，看看送行南浦。情知道世上，难使皓月长圆，彩云镇聚。算人生、悲莫悲于轻别，最苦正欢娱，便分鸳侣。泪流琼脸，梨花一枝春带雨。

惨黛蛾、盈盈无绪。共黯然消魂，重携素手，话别临行，犹自再三、问道君须去。频耳畔低语。知多少、他日深盟，平生丹素。从今尽把凭鳞羽。

离别宴上，彼此不舍，木兰舟就在不远处，到了不得不离别的时候。明知道世界上月难长圆、彩云难以常聚。想来人生最悲哀的莫过于离别，尤其是热恋中的情人猛然分离，结果就是"梨花一枝春带雨"。

情人因为离别心绪全无，黯然销魂。看了让人百般不忍，不由再次拉住她的手，万千的话别，情人反复问你必须走吗？记得过去多少山盟海誓，一生的情书，从今起就只能鱼雁传书了。

动人的情人离别，自然是"梨花一枝春带雨"。

到了元代，我想应该有不一样的梨花，我期望那种"千树万树梨花开"的梨花，找找看，一切随缘，世间事就是这样，不能强求。

先看曾瑞的〔正宫·醉太平〕：

相邀士夫，笑引奚奴，涌金门外过西湖。写新诗吊古。苏堤堤上寻芳树，断桥桥畔沽醽醁，孤山山下醉林逋。洒梨花暮雨。

曾瑞是北京人，但喜欢南方，就去了杭州定居，擅长绘画，还写过杂剧，比如《才子佳人误元宵》。

这是曾瑞呼朋唤友携一二奴仆赏玩西湖呢，去了苏堤，去了断桥，一边喝酒，一边吊古。但最让人赏心悦目的是傍晚雨洒梨花，那份动人是我见犹怜的怜惜。

此时梨花带雨，但是良辰美景不关愁绪、眼泪，挺好。

再看乔吉的〔双调·折桂令〕《客窗清明》：

风风雨雨梨花，窄索帘栊，巧小窗纱。甚情绪灯前，客怀枕畔，心事天涯。三千丈清愁鬓发，五十年春梦繁华。蓦见人家，杨柳分烟，扶上檐牙。

五十岁的乔吉客居在外，恰逢清明，"清明时节雨纷纷，路上行人欲断魂"，雪白的梨花正开，临风沐雨，让纱窗前的客人平添满怀愁绪。想一想五十年春梦繁华，三千丈清愁鬓发，不仅泪洒衣襟。蓦然见窗外人家，杨柳丛中，炊烟升起。原来红尘还在。

梨花终于还是带雨惹清愁了。

文人但凡想忧愁什么都可以借重，何况过于素白的梨花，更容易让人产生离愁别绪，哪个朝代都会有。

## 荆 条

### 步出柴荆

荆条至今在远离城市的农村还在用，可以编筐蓝，可以做房屋顶的衬垫物等，更好的用途是做荆条蜜。在古代，荆条除了此用还可以做刑具，比如

成语"负荆请罪"就是这个用途。

在我眼里荆条最好的用途是象征夫妻关系紧密，这可不是空穴来风，也不是我这样的智商能编造的，是我们的先祖说的，《唐风·绸缪》云："绸缪束楚，三星在户。今夕何夕，见此粲者。子兮子兮，如此粲者何！"

其中的"楚"就是荆条，诗的大意是荆条紧紧捆，三星在门前。今夜是何夜，和美人相见，你呀你呀，我可把这美人怎么办！

寓意夫妻犹如紧紧束缚在一起的荆条，密不可分又紧紧相拥。情人相会，喜悦难耐，竟不知道该如何是好。犹如"绸缪束楚"，紧紧相依、紧紧相连、紧紧相拥，此荆条何其缠绵悱恻。

荆条也就在那个时期用来象征紧紧相拥的亲密关系，后来就形而下到只作为院门——"柴荆"，或者"上头"做"荆钗"，这样的例子在诗词里比比皆是。

先从唐诗说起吧，就看杜甫的柴荆，见《羌村三首》其三：

群鸡正乱叫，客至鸡斗争。

驱鸡上树木，始闻叩柴荆。

父老四五人，问我久远行。

手中各有携，倾榼浊复清。

莫辞酒味薄，黍地无人耕。

兵戈既未息，儿童尽东征。

请为父老歌，艰难愧深情。

歌罢仰天叹，四座泪纵横。

这是杜甫官至左拾遗，引援救他人，触怒皇帝，下放回家写的三首诗，咱选了有"荆条"的第三首。

前两首写刚回家时全家的悲喜交集，以及回家后的苦闷心情。

第三首就写到邻居拜访的情景。一群鸡正在乱叫，客人来了好似"人来疯"一般打斗不休。我把那群鸡赶上树，听见有人敲柴荆。邻里父老四五人过来看我，问我的情况，手中还拿着酒水，酒水清浊不一。客人不好意思解释说："您别嫌酒水味道薄，现在庄稼已经没人耕种了。就是因为国家战乱不已，连儿童都当兵去了。"杜甫听了感动之余，也更感到时局的艰难，能为父老申诉的能有多少呢？内心感到对不住父老的深情。杜甫一曲歌罢，仰天长叹，举座泪纵横！

荆条在诗中不过是杜甫家的院门，几乎不足挂齿，这样的门扉很符合他现在的处境，杜甫也从没有过"高楼大门"的时刻。荆条就是艰难时局的见证。

宋朝的柴荆可以看陆游的《双头莲·呈范至能待制》：

华鬓星星，惊壮志成虚，此身如寄。萧条病骥。向暗里、消尽当年豪气。梦断故国山川，隔重重烟水。身万里，旧社凋零，青门俊游谁记？

尽道锦里繁华，叹官闲昼永，柴荆添睡。清愁自醉。念此际、付与何人心事。纵有楚柁吴樯，知何时东逝？空怅望，鲙美菰香，秋风又起。

这是陆游写给范成大的，也是南宋著名诗人。两人同朝为官，关系不错，互有唱和之作，这就是其中之一。此时陆游已经五十有二，卸职在家又在病中，心情不好，豪气尽消。

陆游说，我现在两鬓已经有了星星点点的白发，身体也不好，猛然惊醒，曾经的壮志至今未酬，却疾病缠身，耗尽了当年的豪气。只能梦断故国山川，却是相隔重重烟水。身在故国的万里之外，原来的旧友才俊，还能记得几个。

都说成都繁华，可叹我是闲居，不过是关了柴荆多睡几觉。也是几许清愁，念及此，想要与人诉说，转念一想，也没有能说的人。我就是想要归乡，想要享受"莼羹鲈脍"的美味又能怎样，不过是"空怅望"，此时秋风又起。

陆游当然很惆怅，"故国不堪回首月明中"啊，有的只是渐渐老去的年华，"剪不断理还乱"的病体，当年要"收复旧河山"的豪气被年老体衰、病体缠身逐渐消磨掉了。

就是那可有可无的"柴荆"在又能怎样？

写宋以前朝代的柴荆是为了元朝的柴荆，因为元散曲中能找到的荆条就是做门的荆条。就用前朝的柴荆为元朝的柴荆做个铺垫吧。

卢挚写到荆条的〔双调·蟾宫曲〕《寒食新野道中》："柳濛烟梨雪参差，犬吠柴荆，燕语茅茨。"已经在"柘树"篇说过，下面就专心说张养浩的〔越调·寨儿令〕《冬·白站体》，他提到的也是柴荆。

天欲明，觉寒生，打书窗只闻风有声。步出柴荆，遥望郊坰，滚滚势如倾。四围山岩壑都平，道途间无个人行。爱园林春浩荡，喜天地气澄清。巧丹青，怎画绰然亭？

白站体即咏物诗中的"禁体"，就是咏物时，比如白雪，不能用"皓、白、洁、素"等形容颜色的字或词。

张养浩写冬天的大雪，就遵循这样的"铁律"，一样描画出大雪后美丽的冬景。

天刚刚破晓，我被寒冷激醒，书窗外只听到呼呼的风声。走出柴荆，只见漫天飞雪扑面而来，把四周的沟沟壑壑都填平，道路上一个行人也没有。我看到这样的景致欢喜非常，能感觉出园林已经在酝酿春的气息，天地澄澈清明，就是丹青妙手也难以描画此时的好景致。

都是写荆条做的门扉，唐、宋、元各不相同，最让人喜欢的当然还是张养浩的柴荆，有喜悦，这是人活在世界上最重要的理由，不管什么时代。

当然我还是能记起最久远的从前，荆条紧紧捆绑在一起的那种相互拥有。

# 桑

## 夏月桑麻


到了工业时代，桑树比原来少多了，以至于很多人都不认识桑树。这在农耕时代是不可思议的，那时几乎家家户户养蚕种桑织布，皇权时代的最高统治者对此也高度重视，在合适的时节会委派皇后亲自祭祀，亲自种桑、养蚕、织布，表示这是关乎国计民生的大事，所谓"衣食住行"，是以"衣"当头的。

桑树在我国种植的历史非常悠久，我们的先民很早就开发出桑树的用途，在《诗经》305首诗中，提到桑树就有二十首之多，这是其他植物不可比拟的。诸如"维桑与梓，必恭敬止"（《小雅·小弁》）、"菀彼桑柔，其下侯旬"（《大雅·桑柔》）、"食我桑葚，怀我好音"（《鲁颂·泮水》）等不一而足，其中有一株桑树有故事，就选出感受一下几千年前的桑树吧。

### 卫风·氓

桑之未落，其叶沃若。于嗟鸠兮，无食桑葚！于嗟女兮，无与士耽！士之耽兮，犹可说也。女之耽兮，不可说也。

桑之落矣，其黄而陨。自我徂尔，三岁食贫。淇水汤汤，渐车帷裳。女也不爽，士贰其行。士也罔极，二三其德。（节录）

桑叶没落时，叶子茂密葱茏。哎呀那斑鸠呀，别吃我的桑葚！哎呀，那些姑娘们呀，别和那些男人们谈情说爱！男人们迷恋你，还可以放弃，女子若是爱恋男子，那可是很难解脱。

桑叶落下时，叶子干枯飘零。自从我嫁到你家来，三年来缺吃少穿。淇

水奔流不息，把车帷都打湿。我自己也没什么过错，是你品行无良缺德行。男人没有做人的原则，反复无常不立人。

这当然是一首怨妇诗，《诗经》中这样的诗很多，抛开幽怨，还是喜欢"桑叶沃若"的茂盛、肥厚、光泽、鲜脆的感觉。

其实《诗经》时代的桑树不仅仅与"怨妇"相关，我就是因为一句"桑叶沃若"选择了它。

那就到唐朝，用唐朝喜悦的桑树，洗掉千年前的泪水。

就是王驾的《社日》：

> 鹅湖山下稻粱肥，豚栅鸡栖对掩扉。
> 桑柘影斜春社散，家家扶得醉人归。

王驾的桑是在百姓社日的欢聚中生长的，看到丰收的农人大醉而归，久经沧桑的桑树是喜悦的，想必诸君也受到感染了吧。有了这种喜悦就可以到宋词中品尝桑树了，想来以桑树的作用，不会再愁绪满怀了吧。

要是王驾的桑树还没有把诸君从旧日的幽怨中拉出来，就让宋朝的桑发挥威力吧。

来看晏殊的《破阵子·春景》：

> 燕子来时新社，梨花落后清明。池上碧苔三四点，叶底黄鹂一两声，日长飞絮轻。
> 巧笑东邻女伴，采桑径里逢迎。疑怪昨宵春梦好，元是今朝斗草赢。笑从双脸生。

清明时节，正是社祭之日，梨花已经落了。池水中有碧苔三四点，树叶底下传来黄鹂一二声啼鸣，白日变长了，柳絮轻轻飞，春光大好一片。

东邻的女伴在采桑路上相会，发出阵阵欢笑。怨不得昨夜做了个好梦，原来是今天斗草的游戏胜利了，不由得脸颊生喜。

一样小小的游戏就可以让姑娘们喜笑颜开，多纯真的笑颜，就出现在采桑的途中，那是去劳动的途中，劳动中的美丽更动人。

怎么样，看到欢声笑语的采桑女子们该高兴了吧？

在农耕时代不发愁没有桑，就算是元代也是要种桑的，且看那时的桑是带来哀愁、酒醉，还是喜悦，抑或是别的。

先看孛罗御史的〔南吕·一枝花〕《辞官》：

〔梁州〕尽燕雀喧檐聒耳，任豺狼当道磨牙。无官守无言责相牵挂。春风桃李，夏月桑麻，秋天禾黎，冬月梅茶。四时景物清佳，一门和气欢洽。叹子牙渭水垂钓，胜潘岳河阳种花，笑张骞河汉乘槎。这家，那家，黄鸡白酒安排下，撒会顽放会耍。拼着老瓦盆边醉后扶，一任他风落了乌纱。

原作比较长，写他辞官的原因，以及辞官后轻松愉快的心情。写到桑树的是此曲的第二首。

让那些搬弄是非的小人们尽情聒噪吧，让那些阴险狡诈的官吏豺狼一般横行吧。我现在是无官无责一身轻。终于可以感受"春风桃李，夏月桑麻，秋天禾黎，冬月梅茶"了，这样四时景物就是上佳景，家里也因为我辞官而不再担惊受怕，里里外外一团和气。

我现在有时间、有资格，笑那姜子牙垂钓、潘岳官衙种花、张骞乘木筏到天河，不过是可叹可笑的富贵闲云。我抛弃了功名富贵，在村中这家串来那家走，家家都有吃有喝。喝醉了就撒酒疯，醉倒在老瓦盆边也不介意，把曾经的官帽吹掉了正好。

那官场是要多黑暗，才让曾经的高官辞官后如此地轻松、放任。那几句"春风桃李，夏月桑麻，秋天禾黎，冬月梅茶"实在诱人，让700年后的我都向往。

再看查德卿的〔仙吕·寄生草〕《感叹》：

姜太公贱卖了磻溪岸，韩元帅命博得拜将坛。羡傅说守定岩前版，叹灵辄吃了桑间饭，劝豫让吐出喉中炭。如今凌烟阁一层一个鬼门关，长安道一步一个连云栈。

查德卿生平事迹不详。此曲为其叹世之作，以古鉴今。

姜太公、韩信、傅说、灵辄、豫让都是各路建功立业的人才，有的结局好，有的结局不好，但是在查德卿看来都不好，都不值得。古往今来，通往凌烟阁列为功臣的道路是鬼门关的路，通往宦途的路是蜀道难的路，诸位，求什么？

查德卿把历代士子走的"修齐治平"路彻底否定了，和桑树没什么关系。他的桑就是一个地址，春秋时的晋国，大夫赵宣子曾经给饥饿的灵辄一顿饭吃，灵辄不忘舍饭之义，在赵宣子遇到杀身之祸时，挺身以命相救，历代被人称颂。灵辄那顿关乎性命的饭就是在桑树下得到的。

桑树见证了赵宣子的小义，也见证了灵辄的大义，但是查德卿认为一钱不值，弄得桑树很扫兴。

我一再心念的农耕时代的桑树就在这样不合时宜的桑中宣告结束了。

我倒没有些心灰意冷，原本没有追求功名利禄，就没有查德卿的激愤。


# 柘　树

## 桑柘外秋千女儿


我至今没有见过柘树，但是早就耳闻它的大名。

最早是因为认识"柘"这个字，我承认，第一次我是把它当"拓"念的，但是所有的北京人都知道它念"这"，因为北京有个"潭柘寺"，所谓"先有潭柘寺，后有北京城"，潭柘寺在北京人心里的地位可想而知。作为植物的柘树也不一般，历史悠久，至少在《诗经》时代就广为应用，和桑树一个科的柘树在那时就被一起开发利用，请看《大雅·皇矣》：

启之辟之，其柽其椐。攘之剔之，其檿其柘。帝迁明德，串夷载路。天立厥配，受命既固。（节录）

大意是，砍伐清理杂树，去掉枯死倒地的朽木。将它修剪整齐，那些灌木小树。砍掉清除它们，那些柽树和椐树。修剪整饬它们，那些檿桑和柘树。上帝扶持明德之人，打败了蛮夷部落。上帝为太王选择了配偶，太王受命于天坚若磐石。

那时的柘树是用来制作弓的，《考工记》载："弓人取干，柘为上，檿桑次之。"用柘树制作的弓被古人称为"乌号之弓"，即能让鸟嚎叫的弓。

柘树还是很好的染料，《本草纲目》载："其木染黄赤色，谓之柘黄，天子所服。"这种柘黄袍称作"柘袍"，有时用以指代帝王，如苏轼《书韩干牧马图诗》："柘袍临池侍三千，红妆照日光流渊。"

因为有用，柘树和桑树一起代代相传，很多时候也会入历代诗人的法眼。

我最喜欢的是唐末诗人王驾的《社日》，因为喜庆。

## 社日

鹅湖山下稻粱肥，豚栅鸡栖对掩扉。

桑柘影斜春社散，家家扶得醉人归。

现在过社日的很少了，所以知道的人就少了，从前，农耕文明的所有时

期，社日是不可或缺的。是人们祈祷天地减少灾害，获得丰收的特别日子，是为祭祀。

这样的日子不仅仅娱神，也娱乐自己。王驾就写了这样的场景。

鹅湖山下庄稼长得非常健旺，猪在圈里，鸡栖在枝上，农家的门半掩着，一定是岁月静好的模样，门都不用锁。此时太阳已经西斜，桑柘树拖着长长的影子，春社已经散了，人们在"稻粱肥""六畜旺"的现实中心满意足，满心欢喜，借着社日，停下辛苦的劳作，好好酬劳自己，一个一个被家人扶着大醉而归。

这就是有桑柘的社日，农耕时代的典型场景。

宋代当然也有柘树，就以苏东坡写到柘的词为例感受宋时的柘吧。

### 望江南·暮春

春已老，春服几时成。曲水浪低蕉叶稳，舞雩风软纻罗轻。酬咏乐升平。

微雨过，何处不催耕。百舌无言桃李尽，柘林深处鹁鸪鸣。春色属芜菁。

春天已经过去，春衣还没有制成，时间真是太快了。我们正在饮酒欢乐，那曲水流觞的蕉叶酒杯正稳稳随水流动，舞女们在"霓裳羽衣"，一派歌舞升平的景象。

一阵细雨飘过，到了春耕的大忙时节，只在春天鸣叫的百舌鸟儿因为桃李芳菲已尽已经停止了歌喉。鹁鸪开始"播谷播谷"上场催耕，那声音是从柘树林子传出来的。此时你再看，芜菁花儿黄，春色尽显。

这是令人喜悦的时节，歌舞升平，农耕繁忙，春色宜人。柘树就在其中。

这是我喜欢的场景，有唐王驾的遗韵。

就看元朝的柘了，还能是欢快的柘吗？且看卢挚的〔双调·蟾宫曲〕《寒食新野道中》：

柳濛烟梨雪参差，犬吠柴荆，燕语茅茨。老瓦盆边，田家翁媪，鬓发如丝。桑柘外秋千女儿，髻双鸦斜插花枝。转眄移时，应叹行人，马上哦诗。

卢挚是进士出身，官至翰林学士承旨。除了与元曲大家白朴、马致远有交往，还和女演员朱帘秀有交往。后来贯云石称赞他的曲"媚妩，如仙女寻春，自然笑傲"。

这是卢挚在寒食节时在去新野县途中的所见所闻。清明时，柳如烟，梨花似雪。村中狗儿在柴门吠叫，燕子已经归来，正在茅屋上呢喃。农家白发鬓鬓的老翁老婆正在吃饭，松树和柘树林边有荡秋千的女孩，黑黑的双髻上插着花枝。看到我这骑马的行人，发出赞叹，原来是看到我摇头晃脑在吟诗。

这个清明节富有诗意，一切都是那么美好，完全不是"清明时节雨纷纷，路上行人欲断魂"的悲切，而是"桑柘外秋千女儿，髻双鸦斜插花枝"。果然如贯云石所说："媚妩，如仙女寻春，自然笑傲。"更重要的是延续了柘树的现世安好，不由欣喜。

# 国　槐

## 槐荫午梦谁惊破

国槐是中国原产的槐，18世纪引进中国的槐是洋槐，是现在遍布中国南北"五月槐花香"的槐。国槐历史悠久，在春秋或者更早时期地位显赫，曾经位列三公。春秋时期齐景公最爱槐树，曾经下令："犯槐者刑，伤槐者死。"可见其对槐树的热爱程度。这些故事在"芳香系列"槐树篇中都提到了，故不赘述，就从我知道最早写到槐树的诗开始吧。

魏晋繁钦的《槐树诗》，这是极少的单独以"槐树"为题写的诗。

嘉树吐翠叶，列在双阙涯。
旖旎随风动，柔色纷陆离。

繁钦这个人很不熟悉，但是他侍候的主子太有名了，如雷贯耳的曹操。这首夸槐树的诗其实特点不明显，说是夸其他树也没问题。唯有"列在双阙涯"显示其地位的显赫（曾经位列三公，是可以植在庙堂之侧的树种）。把槐树描述成"旖旎随风动"，我总有些不适应，槐树在我眼里健壮、密实，而不容易显山露水。但是仁者见仁，智者见智，每个人眼中都有不一样的"林黛玉"。

唐代写到槐树的诗有几首，就选白居易的《暮立》吧。

## 暮立

黄昏独立佛堂前，满地槐花满树蝉。
大抵四时心总苦，就中肠断是秋天。

国槐是夏秋开花，白居易因为为母亲守丧，心情很不好，傍晚独自站在佛堂前，看到槐花落了满地，听到秋蝉发出凄楚的鸣声，内心不由"伤春悲秋"。特别是秋天这样的季节，飒飒落叶让人伤感，白色槐花飘落更增加了几分悲凉，这是令人断肠的秋天。

槐花第一次以"伤春悲秋"的面目出现。

宋词里也有槐树的影子，有一位叫吴淑姬的女子写到了，我们就看看她眼中的槐树吧。

## 小重山

谢了荼蘼春事休。无多花片子，缀枝头。庭槐影碎被风揉。莺虽老，声尚带娇羞。

独自倚妆楼。一川烟草浪，衬云浮。不如归去下帘钩。心儿小，难着许多愁。

吴淑姬是南宋才女，有人评价说她写得好的词句不亚于李清照。但才女大都不幸，吴淑姬也不例外。她家贫，父亲是个穷秀才，这都没什么，要命的是她貌美有才，因此被富家子长期霸占。又因为莫名其妙的原因被诬陷与人偷情而入狱，审理案件的官员知道她是冤枉的，给她出主意让她即席赋诗，以才动人，兴许能解牢狱之灾。于是吴淑姬当即写下著名的《长相思令》："烟霏霏，雪霏霏。雪向梅花枝上堆，春从何处回？醉眼开，睡眼开，疏影横斜安在哉？从教塞管催。"

大意是，雨雪交加打到梅花身上，请问春天在哪里？不论什么眼您睁开，傲雪凌霜的梅花在开放，任凭那羌笛吹落。

官员明白她的意思，把她的词连同别人告她的不实之词都转呈上级。她果然得以解脱。解脱是解脱了，可纵使她才高八斗，终逃不过为人侍妾的命运。

现在该说她的《小重山》了。

酴醾花谢了的时候春就该走了，只有零星的花朵在枝头不肯离开。此时槐树婆娑随风摇动，枝杈间传出黄莺的啼鸣，就算黄莺已经老了，但声音里还是含着娇羞。我独自倚在绣楼中，看外面的风景，"平林漠漠烟如织"，人生便如浮云随风飘游。想想心里不由黯淡，还是回屋吧，心太小装不下许多愁。

一个处境不佳的侍妾"触景伤情"，不知道她愁什么。现在春意阑珊，槐树摇曳生姿，黄莺婉转啼鸣，也挡不住她的愁，大约命运已经给她定下了愁的基调，不关槐树什么事。

其实我最喜欢的或者最熟悉是黄梅戏《天仙配》中的槐树，天仙女第一

次见到董永就是在槐树下，是老槐树为他们证的婚，也是他们婚姻合法的见证人。那是《天仙配》最动人的一段，我就是从那时起深深记住槐树的。

至于"南柯一梦"，只记得是一位书生做了一个类似"黄粱一梦"的梦，最终空欢喜一场。后来得知那位书生就是在一棵大槐树下做的梦，看来槐树是有些神奇的树。

到了元代，槐树不知会是什么样子。不用愁，有人为我们提供它的踪迹。先看关汉卿的槐树。

## 南吕·四块玉

### 闲适

意马收，心猿锁，跳出红尘恶风波，槐阴午梦谁惊破？离了利名场，钻入安乐窝，闲快活。（节录）

说曹操曹操到，刚提了南柯一梦，关汉卿特别体贴就提到了。关汉卿告诉世人或者也是告诉自己，要收回贪恋红尘的心猿意马，因为红尘是"恶风波"，书中在槐树下做的梦不是惊破了吗？所以，离开尘世的名利场，哪里有安乐窝就钻到哪里，才能在险恶的世界得一时的快活。

关汉卿此小令看起来颓废，其实是不得已，他那个时代的所有知识分子都没有出路，梦想也不过是槐树下的南柯一梦。梦醒，只能苟且偷欢。

再看张养浩的〔中吕·普天乐〕：

折腰惭，迎尘拜。槐根梦觉，苦尽甘来。花也喜欢，山也相爱，万古东篱天留在，做高人轮到吾侪。山妻稚子，团栾笑语，其乐无捱。（节录）

张养浩此小令前六个字就用了两个典，"折腰惭"说的是晋陶渊明不愿意为五斗米折腰，他认为这是让人羞愧的；"迎尘拜"说的是晋代潘岳谄媚贾谧，每见其出，望尘而拜的丑态。

张养浩为官多年，他不愿意忍受"折腰惭，迎尘拜"的屈辱，明白南柯一梦的虚幻，一下子心情放松，看花喜欢花，看山喜欢山，颇有宋辛弃疾

《贺新郎》"我见青山多妩媚，料青山见我应如是"的感受。如此一来不如做个"采菊东篱下，悠然见南山"的逍遥翁，和妻儿团圆欢笑，其乐无穷。

元朝的槐竟都与"南柯一梦"相关，让人大梦初醒。而我喜欢的是《天仙配》中的槐，期待天下佳人成双，天仙成配。

# 石 榴

## 瘦岩岩羞带石榴花

石榴早都本土化了，遍布中国。这要感谢西汉张骞，他出使西域，从安息国带回了安石榴，《博物志》载："汉张骞出使西域，得涂林安石国榴种以归，故名安石榴。"后来安石榴被简称为石榴，我以为石榴就是北方农家院子里的风景树。

石榴又名若榴、丹若、金罂、金庞、涂林、天浆。之所以叫"榴"，李时珍解释说："榴者，瘤也，丹实垂垂如赘瘤也。""金罂"之名据《笔衡》云："五代吴越王钱改榴为金罂。""天浆"之名据《酉阳杂俎》言："榴甜者名天浆。"等等。

历代写石榴的诗文非常多，如"海榴开似火，先解报春风"（唐代温庭筠）、"珊瑚映绿水，未足比光辉"（唐代李白）、"安石榴花红玛瑙，嘉陵江水碧玻璃"（清代钱载），"万绿丛中一点红，动人春色不须多"（宋代王安石）等，这些不过是其中的点滴。

唐代韩愈的《题榴花》有代表性：

> 五月榴花照眼明，枝间时见子初成。
> 可怜此地无车马，颠倒青苔落绛英。

这首诗是韩愈被贬时所写，但是他并没有想象的那样抑郁。他看到偏僻之处一株石榴花开得正好，很是欣赏，鲜红的花朵把他的眼睛都照亮了，心情不好是无法感受到的。此树不仅花在开，果也在结，一派欣欣向荣。可惜此地"门前冷落鞍马稀"，除了我竟无人欣赏，一任那繁花落到青苔上。

唐代写石榴更有名的是武则天，确切地说是写石榴裙，是武则天最落魄时写的。

### 如意娘

> 看朱成碧思纷纷，憔悴支离为忆君。
> 不信比来长下泪，开箱验取石榴裙。

思念你，泪流满面，为伊消得人憔悴，不信你看衣箱里的石榴裙，全是斑斑泪痕。

唐高宗兴许就是受了此诗的感动才把武则天从感业寺再次带进宫的，她才有机会成为中国历史上唯一的女皇。

到了宋朝，石榴还是那样的红，石榴裙还是那样的迷人。比如苏东坡的《南乡子》："裙带石榴红，却水殷勤解赠侬。"还有黄庭坚的《南歌子》，这首词化用了韩愈的《题榴花》诗句。

### 南歌子

> 槐绿低窗暗，榴红照眼明。玉人邀我少留行。无奈一帆烟雨、画船轻。
> 柳叶随歌皱，梨花与泪倾。别时不似见时情。今夜月明江上、酒初醒。

被槐树叶遮挡的窗户有些发暗，但石榴花开得明亮耀眼。美女邀我别着急走，但是行期已到，烟雨中帆船就要航行。

美人唱着歌但紧皱眉头，满面梨花带雨让人怜爱。离别和相见时很不一样。今夜明月照江上，我的酒刚醒。

黄庭坚的"榴花照眼明"虽然化用自韩愈的诗句，但意趣却大不相同，诸君体会去吧。

到了元代，就拿二位元曲大家关汉卿和白朴的石榴解闷吧。

先看关汉卿的〔双调·大德歌〕《夏》：

俏冤家，在天涯，偏那里绿杨堪系马。困坐南窗下，数对清风想念他。蛾眉淡了教谁画？瘦岩岩羞带石榴花。

我那俊情郎远在天涯，那里的柳树系得住你的马，是不是外面另有新欢？我闲极无聊坐在南窗下，临清风深深思念你。蛾眉已淡无人描画，消瘦得都不好意思戴石榴花。再说，女为悦己者容，俊情郎不在，我又戴给谁看？

赤裸裸的相思，没有遮掩，都知相思苦，这位女子说出来就感受到她的炽烈和温度，就算是消瘦了也不是宋词里那般的哀婉可怜。

再看白朴的〔双调·乔木查〕《对景》：

〔幺〕恰春光也，梅子黄时节，映日榴花红似血。胡葵开满院，碎剪宫缬。

这是一篇有六支曲子的散套，写了春夏秋冬四季更替，写到石榴的是"夏景"。刚才还是春光时节，现在就到了夏季，梅子开始黄了，榴花鲜血一样地开放，蜀葵也是如火如荼地开满院，就像宫中女子扎头的染花丝带。

单看是美景，一年四季更替，看下来就是人生无常，所以得开怀处且开怀，"杯中酒好天良夜，休辜负了锦堂风月"。

石榴还是红似火的石榴，关汉卿的石榴是美好的装饰，白朴的石榴是"好花不常开，好景不长在"的特别提醒。在石榴身上也是见仁见智。

我想要的是有爷爷、有奶奶，有小院，小院中间有石榴的那株石榴。

# 榆　树

## 已在桑榆暮景

榆树在"芳香系列"中也写了不少次了。我自己留下的还是采榆钱、榆木疙瘩、桑榆晚景，还有榆树曾经带来的欢愉。

榆树入诗的年代悠久，可以追溯到《诗经》时代，《陈风·东门之枌》中的"枌"就是榆树，此榆树曾经给我们的先祖带来欢愉："东门之枌，宛丘之栩。子仲之子，婆娑其下。"意思是，东门外有榆树，宛丘上有栎树。子仲家有好女子，林下婆娑起舞。

现在哪里有这样的情形，城里人顶多在春日采摘榆钱，用以解腻，是过食膏粱厚味之后的清新点缀。

榆树的果实因为形似铜钱而被称为榆钱，自有了这样的称呼，榆树入诗的机会就多起来。

唐代有岑参的《戏问花门酒家翁》：

老人七十仍沽酒，千壶百瓮花门口。
道傍榆荚仍似钱，摘来沽酒君肯否。

"忽如一夜春风来，千树万树梨花开"之后，就该榆钱飞满天了。此时岑参从新疆库车（安西）到了甘肃武威（凉州），进了城里，正是仲春时节，在一家叫花门楼的楼堂看见一位年过七十的老人在卖酒，老人跟前摆满了酒壶酒瓮。岑参心情不错，看到路旁榆树结出的榆荚，就跟老人说："我把那榆钱摘下来买酒，你可愿意？"

榆树除了有令人愉快的榆钱，更多的还是"桑榆暮景"。

桑榆暮景最早出自南朝宋代刘铄《拟古二首》："愿垂薄雾景，照妾桑榆时。"宋代苏轼在《罢登州谢杜宿州启》中也有"桑榆晚景，忽蒙收录之恩"之句。

苏轼的榆除了"桑榆晚景"，还有"雨翻榆荚阵"。

## 临江仙

熙宁九年四月一日，同成伯公谨辈赏藏春馆残花，密州邵家园也。

九十日春都过了，贪忙何处追游。三分春色一分愁。雨翻榆荚阵，风转柳花球。

我与使君皆白首，休夸少年风流。佳人斜倚合江楼，水光都眼净，山色总眉愁。

这首词是苏东坡61岁在惠州贬所宴饮时写的。

春天马上就过去了，整日里忙忙碌碌竟没有好好欣赏春天的美景。现在还留有三分春色，却有一分惆怅相伴，你看，雨打榆荚落满地，风吹柳絮满天飞。

我和使君都是白发苍苍了，再别提年少时的风流往事。佳人斜靠合江楼，眼前的风景如此美丽，但是总有一分惆怅让人心生感叹。

一生经历坎坷的苏东坡晚年还是伤感的，春末原本是万物更欣欣向荣了，但春的好掩盖不了他内心的落寞，三分春色一分愁，榆钱飘落，柳絮翻滚也会带来愁绪。

有了前朝眼花缭乱的榆钱，元代的榆就单调了许多，似乎只关注"桑榆晚景"。

就算是关汉卿的榆钱不关"桑榆晚景"，但他和朱帘秀的情感也是"桑榆晚景"般的凄凉。

## 南吕·一枝花

### 赠朱帘秀

〔梁州〕富贵似侯家紫帐，风流如谢府红莲，锁春愁不放双飞燕。绮窗相近，翠户相连，雕栊相映，绣幕相牵。拂苔痕满砌榆钱，惹杨花飞点如绵。愁的是抹回廊暮雨萧萧，恨的是筛曲槛西风剪剪，爱的是透长门夜月娟娟。凌波殿前，碧玲珑掩映湘妃面，没福怎能够见？十里扬州风物妍，出落着神仙。（节录）

朱帘秀是当时最有名的女演员，很多有名的戏剧家都赠曲给她。此套曲有三支曲子，这是第二支，第一支写朱帘秀光彩照人，第二支写朱帘秀住处奢华，和有情人双飞，此时阶前飞榆钱、飘柳絮，分外逍遥。但欢情苦短，终有离别。没有福气是见不了我心目中的女神朱帘秀的。

看来关汉卿是钦慕朱帘秀的，尾曲道出他们的离别，朱帘秀嫁给了一个道士，希望那道士能对她好。

这里面榆钱不值一提，就是因为其中有演员朱帘秀和戏剧家关汉卿的情义才选录的。那是一段没有结局的情感故事。

再看姚燧的"桑榆晚景"。

## 中吕·醉高歌

### 感怀

十年燕月歌声，几点吴霜鬓影。西风吹起鲈鱼兴，已在桑榆暮景。（节录）

姚燧在元代的知识分子中算是"得意"的，一生为官，且官职不低，但是晚年向往的仍然是"莼羹鲈脍"，归隐。

在官场也算是经历了不少笙歌艳舞，到如今已经是霜染鬓角。忽然西风吹来"莼羹鲈脍"的香味，我已经到了桑榆晚景的时候，该归隐了。

最后看虞集的"桑榆晚景"。

双调·折桂令

**席上偶谈蜀汉事因赋短柱体**

銮舆三顾茅庐，汉祚难扶，日暮桑榆。深渡南泸，长驱西蜀，力拒东吴。美乎周瑜妙术，悲夫关羽云殂。天数盈虚，造物乘除。问汝何如，早赋归欤。

虞集在元代是当过大官的，比如翰林直学士兼国子监祭酒等。与他人编纂过《经世大典》，是当时的诗文大家，但只存有小令一首。

虞集写的是三国兴衰，刘备三顾茅庐请出诸葛亮，诸葛亮把已经"日暮桑榆"的汉祚扶大厦于将倾，诸葛亮五月渡泸，南抚夷越，西和诸戎，北拒曹魏，力阻东吴，建立赫赫功业。周瑜智退曹兵，关羽败亡东吴。这一切都是天意，是造化，不是人力所能为，既然知道如此，我能选择的就是归隐山林，不在尘世中浮沉。

日暮桑榆不仅可以比喻人生暮年，也可以比喻社稷。

榆树从数千年前走来，不得不是"桑榆晚景"了，我也在感慨，榆树，你就不能绽发出新的生机，老树发新芽吗？至少明年春天我还可以采榆钱，不当钱花，不在榆树下舞蹈，也不感慨"日暮桑榆"后的归隐，就是吃点清新口味的野蔬，平复一下浮躁的尘世心，榆钱堪当大任。

# 茶

## 茶烟一缕轻轻

茶肯定源于茶树，这不是三言两语能说完的。我对茶了解不多，但是因为茶作为植物在我的"芳香系列"里该出现，所以不得不写，那就删繁就简，只拣我以为重要的、有意思的写。

唐代陆羽的《茶经》是中国第一部茶专著。陆羽因为写了中国乃至世界现存最早、最完整、最全面介绍茶的专著而被誉为"茶圣"。

陆羽云："茶之为饮，发乎神农氏。"且听他分晓：

茶者，南方之嘉木也，一尺二尺，乃至数十尺。其巴山峡川有两人合抱者，伐而掇之，其树如瓜芦，叶如栀子，花如白蔷薇，实如栟榈，蒂如丁香，根如胡桃。其字或从草，或从木，或草木并。其名一曰茶，二曰槚，三曰蔎，四曰茗，五曰荈。其地：上者生烂石，中者生栎壤，下者生黄土。凡艺而不实，植而罕茂，法如种瓜，三岁可采。野者上，园者次；阳崖阴林紫者上，绿者次；笋者上，牙者次；叶卷上，叶舒次。阴山坡谷者不堪采掇，性凝滞，结瘕疾。茶之为用，味至寒，为饮最宜精行俭德之人，若热渴、凝闷、脑疼、目涩、四支烦、百节不舒，聊四五啜，与醍醐、甘露抗衡也。采不时，造不精，杂以卉，莽饮之成疾，茶为累也。亦犹人参，上者生上党，中者生百济、新罗，下者生高丽。有生泽州、幽州、檀州者，为药无效，况非此者！设服荠苨，使六疾不瘳。知人参为累，则茶累尽矣。

大意是，茶是南方的好树，有高有低。茶树的树形像瓜芦，叶子像栀子，花像白蔷薇，等等。茶字原本没有，是从"荼"借鉴过来的。茶的名称有五种：茶、槚、蔎、茗、荈。

种茶也分土质的好坏，茶叶的品质根据栽种地方不同也分好坏。茶的性质寒凉，可以去火。品行节俭端正的人，若是发烧、头疼等，喝上几口茶就如饮甘露。若采摘的不是时候，做出来的茶喝了可能会生病。

有了陆羽的《茶经》，再配上唐代卢仝的《走笔谢孟谏议寄新茶》，也称《饮茶歌》，那就是"茶道"的完美搭配。

### 走笔谢孟谏议寄新茶

日高丈五睡正浓，军将打门惊周公。

口云谏议送书信，白绢斜封三道印。

开缄宛见谏议面，手阅月团三百片。

闻道新年入山里，蛰虫惊动春风起。

天子须尝阳羡茶，百草不敢先开花。

仁风暗结珠琲瓃，先春抽出黄金芽。

摘鲜焙芳旋封裹，至精至好且不奢。

至尊之余合王公，何事便到山人家。

柴门反关无俗客，纱帽笼头自煎吃。

碧云引风吹不断，白花浮光凝碗面。

一碗喉吻润，两碗破孤闷。

三碗搜枯肠，唯有文字五千卷。

四碗发轻汗，平生不平事，尽向毛孔散。

五碗肌骨清，六碗通仙灵。

七碗吃不得也，唯觉两腋习习清风生。

蓬莱山，在何处。

玉川子，乘此清风欲归去。

山上群仙司下土，地位清高隔风雨。

安得知百万亿苍生命，堕在巅崖受辛苦。

便为谏议问苍生，到头还得苏息否。

卢仝家境不好，早年隐居，想要进入仕途但终究进不去，最后受甘露之变，遇害。他的诗看起来不工整，但是很有味道，就像茶的味道。

前几句写好友孟谏议派人送茶来，惊醒了还在做梦的他。那茶包装得好，说明是上等茶。那时最好的茶是阳羡产的，天子想要尝新茶，百草都不敢开花，先紧着茶树生长出黄金般的嫩芽。茶农采好了茶，又精心炮制，就是王公贵族享用的珍品，如今侥幸到了我这山人家。

不管那些，此时我把柴门关了，省得俗客打扰，我要好好品茗，享受茶的乐趣。茶已经煮好，茶碗里碧绿盈盈，上面飘着白沫。我要开始喝茶了。

第一碗先润润喉；第二碗能解孤闷；第三碗就刮肠子了，肚子里只剩下文章五千卷；第四碗身体开始发汗，平生那些不平事随着汗水慢慢溢出；第五碗喝下去，浑身的浊气消散，感觉肌骨清爽；第六碗再喝就通了仙灵，怕是要醉了；第七碗果然喝不得，喝下去，两腋生清风，那是要往蓬莱仙境去。到了这仙境我是要问这些高高在上、仙风道骨的神仙的，你们可知民间的疾苦？我这是替孟谏议问的，人间的老百姓何时才能得以喘息，乃至安居乐业！

随着卢仝喝茶喝出七个层次，就可以很权威地品评各朝各代的喝茶人或者茶味了。

宋代也有茶词，出自苏东坡。

### 西江月·茶词

龙焙今年绝品，谷帘自古珍泉。雪芽双井散神仙。苗裔来从北苑。
汤发云腴酽白，盏浮花乳轻圆。人间谁敢更争妍。斗取红窗粉面。

来自北苑的名茶非常珍贵，泡出的茶美妙无比，堪比美人。

不是爱茶者体会不出苏东坡的感觉，我就理解不了他的喜悦，但我能看到爱茶人的喜悦，如痴如醉、沉浸其中。

到了元代，喝茶已成人们日常生活中的一部分，如关汉卿的〔南吕·一枝花〕《杭州景》："松轩竹径，药圃花蹊，茶园稻陌，竹坞梅溪。"孛罗御史的〔南吕·一枝花〕《辞官》："春风桃李，夏月桑麻，秋天禾黎，冬月梅茶。"张可久的〔黄钟·人月圆〕《山中书事》："松花酿酒，春水煎茶。"这些都不详述，就提李德载的〔中吕·阳春曲〕《赠茶肆》，正好为前朝的茶提供了不一样的场景：

茶烟一缕轻轻飏，搅动兰膏四座香，烹煎妙手赛维扬。非是谎，下马试来尝。

黄金碾畔香尘细，碧玉瓯中白雪飞，扫醒破闷和脾胃。风韵美，唤醒睡希夷。

蒙山顶上春光早，扬子江心水味高，陶家学士更风骚。应笑倒，销金帐饮羊羔。

龙团香满三江水，石鼎诗成七步才，襄王无梦到阳台。归去来，随处是蓬莱。

一瓯佳味侵诗梦，七碗清香胜碧筒，竹炉汤沸火初红。两腋风，人在广寒宫。

木瓜香带千林杏，金橘寒生万壑冰，一瓯甘露更驰名。恰二更，梦断酒初醒。

兔毫盏内新尝罢，留得余香在齿牙，一瓶雪水最清佳。风韵煞，到底属陶家。

龙须喷雪浮瓯面，凤髓和云泛盏弦，劝君休惜杖头钱。学玉川，平地便升仙。

金樽满劝羊羔酒，不似灵芽泛玉瓯，声名喧满岳阳楼。夸妙手，博士便风流。

金芽嫩采枝头露，雪乳香浮塞上酥，我家奇品世间无。君听取，声价彻皇都。

李德载生平事迹不详，存小令十首，就是眼前的〔中吕·阳春曲〕《赠茶肆》，从此小令可以看出，李德载嗜茶、懂茶，否则写不出十首深得茶味的小令。这完全可以视为茶肆的广告。

第一首写茶肆热气腾腾的状况。后面九首写了九类茶的品性，类似苏东坡的《茶词》，但比之犹胜，至少茶的种类就多了不少。

茶就说到这里吧，只是历代经典茶词的罗列，我不怕烦，有趣呢。


# 含笑花

## 含笑花劝君闻早冠宜挂


含笑花是木兰科含笑属常绿灌木，一看就知道是南方花木，原产于岭南广大地区。我第一次见含笑是在南京，3月底，正是含笑开放的时节，看到它展不开玉样的花瓣，便想帮助它打开，没想到这就是它"打开的方式"。这也是它得名"含笑"的原因，开而不露，好似含笑。

从《芳香诗经》开始，一路前行，植物总计写了200种以上，同一种植物最多写过五次，但就是没写过含笑花。如今在元曲中看到，写起来才发现，宋代含笑就"笑春风"呢。

而且以"含笑"为题的诗不在少数。有歌颂其含笑姿态的，有歌颂其芳香迷人的，还有想为其更名的，不妨都"采"来一赏。

先看徐月溪的《含笑花》：

瓜香浓欲烂，莲荟碧初匀。

含笑知何处，低头似愧人。

这首诗道出了含笑花娇羞的模样。

再看施宜生的《含笑花》：

> 百步清香透玉肌，满堂和气自心和。
> 襄帷跛客相迎处，射雉春风得意时。

含笑花不仅清香，还给人以平和的感觉。

萧崱则不然，他觉得含笑花更像小号的白莲，所以想为它更名，且看他的《含笑花》：

> 肥样涠成玉色仙，碧瑶幢里粲婵娟。
> 道渠解笑何曾笑，只合更名小白莲。

含笑花居然在宋朝没有勾连上多愁善感实在是谢天谢地。宋朝的含笑花再好也别纠缠了，弄不好纠缠出"几多哀愁"，像我这样的身板估计"难耐"。这就到元朝，一睹元朝含笑花的风姿。

还得感谢白朴，是他提供了含笑花的芳香，〔双调·庆东原〕云：

忘忧草，含笑花，劝君闻早冠宜挂。那里也能言陆贾？那里也良谋子牙？那里也豪气张华？千古是非心，一夕渔樵话。（节录）

先得说白朴提及的三位古人：西汉陆贾，因为汉高祖派他出使南越，游说南越王赵佗归汉，所以"能言陆贾"；姜太公子牙，辅佐周文王、武王伐纣灭殷，所以"良谋子牙"；晋人张华，博学多识，曾作《鹪鹩赋》以示自己的志向，所以"豪气张华"。

白朴劝说朋友，看看忘忧草，忘记忧愁，看看含笑花，含笑面对人世。劝君趁早挂冠归隐，你看看能言善辩的陆贾在哪里？足智多谋的子牙在哪里？豪气干云的张华在哪里？千秋万代、是非曲直，最终不都化成渔人樵夫的"茶余饭后"了吗？

白朴的小令搁到现在实在不是正能量的东西，但是搁在元朝，那就正常了。哪个古代知识分子不想走"修齐治平"的道路，但是也得当权者开门路呀。知识分子都到了"八娼九儒十丐"的地步，还能怎样"正能量"？顶多是归隐，最好的归宿就是归隐，自己也"把酒话桑麻"，闲话一下历代历朝。如果看着含笑花能明白一点人生的道理，那就是含笑无上的功德。

愿我们都能含笑面对生活。


# 蜡　梅

## 多管是南轩蜡梅绽


蜡梅是第二次写，我还是不厌其烦想说一下，蜡梅不是梅。蜡梅是蜡梅科蜡梅属落叶灌木，只有三米多高；梅是蔷薇科杏属乔木。更主要的是蜡梅和梅一点不像，花的颜色、形态也不一样。蜡梅花形似倒挂金钟，梅花却与西府海棠相近。

但蜡梅和梅花还是有共同之处的，它们都是芳香植物，都"傲雪凌霜"，开在寒冬时节，细究起来，蜡梅开得比梅还要早半个月。

李时珍道："此物本非梅类，因其与梅同时，香又相近，色似蜜蜡，故得此名。"

蜡梅和梅都是中国原产，我们的先人很早就注意到梅的存在，了解梅的功用，却很少提及蜡梅。直到宋代，蜡梅才出现在诗词中。人们自从感受到蜡梅的魅力，就难以抑制对蜡梅的喜爱。

文人们对蜡梅的关注点在"蜡"上，比如：

王十朋："蝶采花成蜡，还将蜡染花。"

苏轼："蜜蜂采花作黄蜡，取蜡为花亦其物。"

杨万里："岁晚略无花可采，却将香蜡吐成花。"

张孝祥："满面宫妆淡淡黄，绛纱封蜡贮幽香。"

当然也有歌颂蜡梅姿态、芳香的，也举一个例子。

郑刚中："缟衣仙子变新装，浅染春前一样黄。不肯皎然争腊雪，只将孤艳付幽香。"

诗里有蜡梅，词里也有，也让词里的蜡梅"喷薄欲出"一回。有赵士暕的《好事近·蜡梅》：

其一

雪里晓寒浓，已见蜡梅初折。应是月娥仙挂，与娇魂香魄。

玉人挨鬓一枝斜，不忍更多摘。酒面暗沉疏影，照鹅儿颜色。

其二

潇洒点疏丛，浑似蜜房雕刻。不爱艳妆浓粉，借娇黄一拂。

有情常恁早相逢，须信做尤物。已是恼人风韵，更芝兰香骨。

其三

造化有深功，缀就梢头黄蜡。剪刻翻成新样，与江梅殊别。

半开微露紫檀心，潇洒对风月。素手偏宜折取，向乌云斜插。

其四

剪蜡缀寒条，标韵自然奇绝。不待陇头春信，喜一枝先折。

寿阳妆鉴晓初开，残枨若飞雪。何似嫩黄新蕊，映眉心娇月。

赵士暕是北宋皇族宗室，汉王赵元佐玄孙。

其一是说蜡梅开在雪中，就像月亮上的桂花。

其二是说蜡梅不喜欢浓妆艳抹，但有幽兰的芳香。

其三是说蜡梅和梅花不一样，最适宜摘一朵戴在发间。

其四是说蜡梅在春信未到时就先开了，那嫩黄的颜色更像寿阳公主的梅花妆。

宋诗、宋词竟然没提及蜡梅的"凌霜"品格，还是有些遗憾的。

转眼就到了元朝，那时的蜡梅是"蜡"、是香，还是傲霜呢？只有白朴的〔大石调·青杏子〕《咏雪》可以偷窥。

〔结音〕似觉筵间香风散，香风散非麝非兰。醉眼朦腾问小蛮，多管是南轩蜡梅绽。（节录）

这是白朴套数咏雪的结尾，此套有5支曲子，前4支写雪景，以及雪景中人们题诗、绘画、饮酒、欢歌，好一派歌舞升平的岁月安好景致。最后，他猛然嗅到一阵芳香，此香不像麝香，不像兰香，醉眼蒙眬中问舞女，她说，大概是南轩外蜡梅正在盛开。

于欢笑处猛然嗅到蜡梅香，就有一种"暗香浮动"的沉静、不俗，令人难以忘怀，这就是蜡梅香。

# 梧　桐

## 庭前落尽梧桐

　　梧桐就是青桐，这是因为写"芳香系列"才知道的。梧桐那些美好寓意即使写一百遍也不能不提，因为"凤凰非梧桐不栖"，之后，很多时候都是"梧桐更兼细雨"，愁苦得很呢。我的观点是，"人生得意须尽欢，莫使金樽空对月"。

　　那就先搬出最早的"凤凰栖梧桐"吧。

　　《大雅·卷阿》："凤凰鸣矣，于彼高冈。梧桐生矣，于彼朝阳。"就是说凤凰长鸣，停在高冈之上。梧桐伟岸，在那山的东边。

　　后来庄子在《庄子·秋水》中声言："南方有鸟，其名为鹓鶵，子知之乎？夫鹓鶵，发于南海而飞于北海，非梧桐不栖，非练实不食，非醴泉不饮。"

　　鸟王凤凰选中梧桐栖身，就说明梧桐的不同寻常。而且是凤凰唯一的选择，可见梧桐地位的崇高是其他植物无可比拟的。

　　"梧桐更兼细雨"不是没来由的，那是《楚辞》"惹的祸"。宋玉在《楚辞·九辩》中云："白露既下百草兮，奄离披此梧楸。"意思是，露水已经落在那百草上啊，发黄的树叶瞬间从梧桐、楸树上飘落。

从那时起，梧桐基本上就是以这样两种形象交替出现。

唐诗中就选凤凰所栖的梧桐吧，见李商隐《韩冬郎即席为诗相送，一座尽惊。他日余方追吟"连宵侍坐徘徊久"之句，有老成之风，因成二绝寄酬，兼呈畏之员外》其一：

> 十岁裁诗走马成，冷灰残烛动离情。
> 桐花万里丹山路，雏凤清于老凤声。

这是李商隐夸韩偓少年天才的诗。十岁的韩偓走马之间成诗，于是李商隐比喻，在开满梧桐花的路上，清晰地听到雏凤鸣叫的声音比老凤清亮动人。这自然是说有一天你的儿子一定比你这只老凤凰叫得更加嘹亮动听。

宋词中就选落雨的梧桐吧，见李清照《声声慢》：

> 寻寻觅觅，冷冷清清，凄凄惨惨戚戚。乍暖还寒时候，最难将息。三杯两盏淡酒，怎敌他、晚来风急？雁过也，正伤心，却是旧时相识。
>
> 满地黄花堆积。憔悴损，如今有谁堪摘？守着窗儿，独自怎生得黑？梧桐更兼细雨，到黄昏、点点滴滴。这次第，怎一个愁字了得！

此时的李清照，国破家亡，天涯沦落，孤独寂寞，真真是"寻寻觅觅，冷冷清清，凄凄惨惨戚戚"，看的人直起鸡皮疙瘩，再加上菊花落地，"梧桐更兼细雨"，点点滴滴，"怎一个愁字了得"！

这一滴就滴到了元朝，元朝的梧桐不知凄凉吗？

先看滕宾的〔中吕·普天乐〕：

> 翠荷残，苍梧坠。千山应瘦，万木皆稀，蜗角名，蝇头利。输与渊明陶陶醉，尽黄菊围绕东篱。良田数顷，黄牛二只，归去来兮。

又是一首表达归隐之志的小令，就像宋词里哀愁不断，归隐就是元曲永恒的主题。

深秋了，曾经翠绿的荷叶凋残了，苍凉的梧桐叶也坠落了。此时千山消瘦，因为打扮它的万木稀疏了。看着眼前荒凉的景象，想想人世间蝇头小利，

196

蜗角功名哪里值得争取。就算是我认识到富贵如浮云，那见识也比不上陶渊明，但我还是要学他"采菊东篱"，有"良田数顷，黄牛二只"就可以高唱"归去来兮"了。

好像滕宾的归隐是因为残荷凋零、苍梧凋落。就当是吧。这样的梧桐，凤凰落不上去。

再看朱庭玉的〔越调·天净沙〕《秋》：

庭前落尽梧桐，水边开彻芙蓉。解与诗人意同。辞柯霜叶，飞来就我题红。

深秋，庭院前的梧桐叶落尽，水池边的荷花也失了风采。我不以为意，倒是那被染红的霜叶飞到我身边，让我题写诗句。

朱庭玉生平事迹不详，但是留下了这首不俗的小令，全篇用典别出机杼，极有感染力。

虽然梧桐落尽，深秋萧瑟尽显，但是那鲜红的霜叶飞来，作者就有了诗兴。梧桐就是帮忙陪衬了一下作者的雅兴。

这个梧桐陪衬得好，就此结束元朝梧桐的旅程我看正好。

# 藤

## 枯藤老树昏鸦

藤是植物的一类，葛藤、葡萄藤、紫藤、凌霄、猕猴桃等都是藤本植物。当然，我们通常特指某类植物为藤，比如葛藤。

其实把藤拿出来单写有困难，没有具体指向，不知道写哪种藤，但就是舍不下马致远的那句"枯藤老树昏鸦"，于是就硬着头皮写藤。

就以葛藤代表藤的总类吧。葛藤是有历史的，《诗经》时代很文明，我们的祖先用处理过的葛藤编织粗陋的衣衫和鞋子。那时写到葛的地方很多，就以"长情"的葛为例吧。

### 王风·采葛

彼采葛兮，一日不见，如三月兮。

彼采萧兮，一日不见，如三秋兮。

彼采艾兮，一日不见，如三岁兮。

不用翻译，就是采葛藤、采萧蒿、采艾蒿时想到自己的心上人，一日不见如隔三秋，古时的人但凡谈过恋爱都知道这种甜蜜又痛苦的滋味。现在的人情来得快去得快，想来不需要如隔三秋的思念吧。

《列子·汤问》中也提到葛："九土所资，或农或商，或田或渔；如冬裘夏葛，水舟陆车。"意思是广大土地所能提供的，可以农耕，可以经商，可以有田地，也可以有渔场。犹如冬天穿裘皮，夏日着葛衣，舟在水中行，车在地上跑。并以此有了"冬裘夏葛"的成语，可见那时葛藤被广泛使用。

后来葛藤入诗就少之又少了，我只找到宋朝的葛，恰好是我喜欢的辛弃疾写到了。

### 水调歌头·题永丰杨少游提点一枝堂

万事几时足，日月自西东。无穷宇宙，人是一粟太仓中。一葛一裘经岁，

一钵一瓶终日，老子旧家风。更著一杯酒，梦觉大槐宫。

记当年，哧腐鼠，叹冥鸿。衣冠神武门，惊倒几儿童。休说须弥芥子，看取鹍鹏斥鷃，小大若为同。君欲论齐物，须访一枝翁。

万事万物没有够的时候，只有日月恒久不变。无穷的宇宙中，人就像大粮仓里的一粒米。所以我过的日子就是，夏天一件葛衣、冬天一件裘皮，每日不过一碗饭、一瓶水。兴致来时喝一杯酒，大梦醒来就知道是南柯一梦，一切富贵都是浮云。

想当年，我是叱咤风云的人物，鲲鹏展翅就是我的志向，那样的神武是让少儿膜拜的。到如今，志向难以施展，我方才明白，什么渺小如芥子、宏大如鲲鹏，其实一样。庄子的《齐物论》说得明白，今天若是要参透，就请教一枝堂的主人杨少游吧。

辛弃疾是豪放，但更放达，屡遭贬斥之后，看清世间万物，更清晰地认识到人世的缥缈无常，那就"一葛一裘经岁，一钵一瓶终日"吧，他是无奈参透的。

现在就到了元朝，可以说马致远的"枯藤老树昏鸦"了。他的藤没有叶子，判断不出是什么藤。

### 越调·天净沙

### 秋思

枯藤老树昏鸦，小桥流水人家，古道西风瘦马。夕阳西下，断肠人在天涯。

马致远与关汉卿、郑光祖、白朴并称"元曲四大家"，《汉宫秋》至今上演不衰。他的这首〔越调·天净沙〕《秋思》被誉为"秋思之祖"。马致远仕途坎坷，晚年因不满时政而隐居田园。他走的是元代大多数知识分子的老路。

这首曲子太有名了，妇孺皆知，我就不多情地翻译了，各人理解各人的吧，只要秋思中的枯藤在就行。

元代杨朝英也写到了藤，而且是藤花，让我好奇，那就好奇一番吧。

双调·水仙子

## 自足

杏花村里旧生涯，瘦竹疏梅处士家。深耕浅种收成罢。酒新刍鱼旋打，有鸡豚竹笋藤花。客到家常饭，僧来谷雨茶，闲时节自炼丹砂。

杨朝英和贯云石交往甚密，他当过官，后来归隐。他的重要贡献是选录元人散曲，编辑成《乐府新编阳春白雪》《朝野新声太平乐府》二集，人称"杨氏二选"，元人散曲借此得以传世。功莫大焉，杨氏！

这首散曲表现了杨朝英隐居后的惬意生活。

我住在一个叫杏花村的地方，房前屋后种着几杆瘦竹、几株疏梅，这样的搭配是文人高士的情趣。我过着自给自足的生活，种地收获，还酿新酒，偶尔打打牙祭，钓钓鱼。院子里养着鸡和猪，配菜有竹笋和藤花，有客人来就用家常饭招待，有僧侣来就给他泡壶谷雨前采的新茶，忙完这些，得空我还修行炼丹砂。

这样与世无争、逍遥自在的生活我也想过。就比照杨朝英的描述，悉数模仿，鸡、猪和竹、梅都好办，就是那藤花费思量，到底是什么藤呢？显然不是马致远的枯藤，我想到的是紫藤，和隐士是极配的，好吧，就种紫藤吧。相信杨朝英没什么意见。


# 楸　树

## 楸梧远近千官冢

认识楸树是因为《诗经》，那时称为"条"，像是一个数量词。但是在工具书的帮助下，我还是精准地认出"条"就是楸树。

先把"条"——楸树——揪出来展示一下。

## 秦风·终南

终南何有？有条有梅。君子至止，锦衣狐裘。颜如渥丹，其君也哉！

终南何有？有纪有堂。君子至止，黻衣绣裳。佩玉将将，寿考不亡！

终南山上有什么？有高大山楸也有挺拔的楠木。君子来到这里，穿锦衣披狐裘。红润的脸庞好像涂了赭石，真是有风度呀。

终南山上有什么？有杞柳也有棠梨。君子来到这里，穿礼服着锦绣。佩玉叮当作响，祝他健康长寿！

《秦风·终南》这是在夸秦君，其风采就像茁壮挺拔的楸树和楠木。

这样美的树我没有见过，甚至没有听过，想要认识的冲动是如此强烈。当然，我终于遇到了楸树，不管过程的长久和不易，结果是我遇到了。自从第一次在"最早的中国"陶寺遗址看到楸树后，楸树就处处可见，每一次我都不无自豪地跟朋友们吹嘘："这是楸树，开肉粉色的、和泡桐一样形状的花！"

楸树果然高大美丽，粗看树形、叶片都难以判断是楸树还是梓树，抑或泡桐，在我这"二把刀"眼里，只有到了四、五月楸树开花之后才能确认。梓树和楸树都是紫葳科梓树属，它们的荚果都是蒜薹样的长条，所以也叫旱

楸蒜薹。在我看来，它们的区别就在花上，梓树的花是黄绿色、泡桐样，比楸树的花小。宋人陆佃专门解释名物、为《尔雅》作补充的《埤雅》一书对楸树的描述为："楸，美木也，茎干乔耸凌云，高华可爱。"这种形而上的描述只能丰富你的想象，不能让你有具体的形象认识。

梓树在古代是木中之王，楸树也在其列，从汉代就是经济林，并被当作重要的遗产留给子孙。

楸树因为"美木""高华可爱"，自然得到了诗人的欢心，唐宋八大家之首的韩愈在游某处城南时写下十六首诗，其中三首就是写楸树的。

### 游城南十六首

#### 楸树

青幢紫盖立童童，细雨浮烟作彩笼。

不得画师来貌取，定知难见一生中。

#### 楸树二首

几岁生成为大树，一朝缠绕困长藤。

谁人与脱青罗帔，看吐高花万万层。

辛自枝条能树立，可烦萝蔓作交加。

傍人不解寻根本，却道新花胜旧花。

第一首写楸树的状貌，烟雨中开花的楸树具有画师也难描画的美貌，是一生中都少见的。

再看楸树时，楸树被藤蔓困扰住了，以至于难以展现芳姿，不知什么人能为楸树解脱藩篱，让那楸树又如从前一样一层一层高高绽放。

楸树毕竟是高大的乔木，即使被藤蔓缠绕仍能挺立不倒，看到被藤蔓缠绕的楸树，旁人不知究竟，竟然认为藤蔓上的花比原来的楸花好看。

韩愈这是以楸树自比了，是以诗言志吗？

到了宋代，写楸树的少了，宋人更喜欢柳、竹、梅、杏、桃、李等更有情致的植物。但少归少，还是有，居然是出自柳永的《少年游》，一个专写花柳诗词的人会如何写楸树呢？

## 少年游

日高花榭懒梳头。无语倚妆楼。修眉敛黛，遥山横翠，相对结春愁。

王孙走马长楸陌，贪迷恋、少年游。似恁疏狂，费人拘管，争似不风流。

暮春，花已经谢了，太阳高高挂起，女子有心事，她懒得梳妆打扮，默默倚在闺楼上，别是一番滋味在心头。

那些王孙骑马漫游在长满楸树的旷野，他们任性潇洒，只贪恋一时欢乐。看似疏狂，若是有人以情管束，他们就不愿风流了。这就是女子的"春愁"，她留不住那些喜欢少年游的王孙公子。

显然柳永的楸树还是离不开的他的花柳"春愁"，和韩愈的楸树大异其趣。

元朝当然也有楸树，幸好马致远在〔双调·拨不断〕中给我等留下它的痕迹：

布衣中，问英雄。王图霸业成何用！禾黍高低六代宫，楸梧远近千官冢。一场恶梦。

马致远此小令化用了唐代许浑的《金陵怀古》："玉树歌残王气终，景阳兵合戍楼空。松楸远近千官冢，禾黍高低六代宫。石燕拂云晴亦雨，江豚吹浪夜还风。英雄一去豪华尽，惟有青山似洛中。"其中有两句几乎完全托用，化用前人诗词是古代诗歌创作中常见的一种手法，不存在"抄袭"的说法，反倒是以化用得好而感到自豪。

许浑用了56个字，马致远用了31个字，写出一样的历史观。

想问问那些起自布衣的所谓英雄，称王称霸、建立功业有何用？你看那六朝宫殿，现在长满了高高低低的庄稼，大小官吏的坟冢上远远近近长满了楸树和梧桐。想到此，布衣所追求的功名富贵不过是一场噩梦。

马致远厌倦了现世的黑暗。就算是"高华可爱"的"美木"楸树，也不过是坟冢上的野木，凄凉、黯淡，像是一场噩梦。这是我完全没有想到的，楸树在马致远这里竟堕落到如此不堪的境况。此一时彼一时啊。

但是，我有一条光明的尾巴，我看见的楸树是长在尧的都城边，守护着旧日王城的安宁的。


# 桂　树

## 木犀风淅淅喷雕棂


桂树直到今天都承载着"吴刚捧出桂花酒"的浪漫旖旎，又因具有不可抵挡的芳香而被人称颂、迷恋，然后衍生出诸多神话故事。

自写"芳香系列"始，已经写过多遍桂树，现在写到《芳香元曲》能做的就是把我自选的历朝桂花诗词罗列一些，直观地感受不同时代桂树的风采。

最早的桂树芳香出自《楚辞》，就选以香、恶分植物的屈原之辞吧。屈原很喜欢桂树，辞里桂树很多，随便逛逛就能闻到桂树的芳香。

《九歌·湘夫人》："桂栋兮兰橑，辛夷楣兮药房。"

《九歌·大司命》："结桂枝兮延伫，羌愈思兮愁人。"

《九歌·东君》："操余弧兮反沦降，援北斗兮酌桂浆。"

《九歌·山鬼》："乘赤豹兮从文狸，辛夷车兮结桂旗。"

屈原桂香容易使人沉醉，我以极大的毅力走出桂树"迷香阵"，来到大唐，大唐的桂树依然香，但香气不同，就选我喜欢的香气吧。


### 鸟鸣涧

王维

人闲桂花落，夜静春山空。

月出惊山鸟，时鸣春涧中。


春天的夜晚，无事，看到春桂花飘落，甚至能听到桂花掉落地上的声音。

山里的夜太安静了，明月升起时惊动了鸟儿，清脆的叫声在春天的涧水中回荡。

知道为什么选王维了吧？因为他的作品赏析起来清新、干净、舒服。

一路清新、芳香就走到宋朝，那是有"三秋桂子，十里荷花"的桂子。就算是"碧梧初出，桂花才吐，池上水花微谢"（严蕊《鹊桥仙》），"小山丛桂，最有留人意"（刘敞《清平乐》），或者"月中丹桂，自风霜难老，阅尽人间盛衰草"（黄庭坚的《洞仙歌》），都不及"三秋桂子，十里荷花"，那还等什么？就让它的主人柳永出来吟咏吧。

### 望海潮

东南形胜，三吴都会，钱塘自古繁华，烟柳画桥，风帘翠幕，参差十万人家。云树绕堤沙，怒涛卷霜雪，天堑无涯。市列珠玑，户盈罗绮，竞豪奢。

重湖叠巘清嘉。有三秋桂子，十里荷花。羌管弄晴，菱歌泛夜，嬉嬉钓叟莲娃。千骑拥高牙。乘醉听箫鼓，吟赏烟霞。异日图将好景，归去凤池夸。

上片写杭州风景优美，市井繁华，江面宽阔，卷起千堆雪。总之，一片胜景。

下片写湖水山川美不胜收，重点有"三秋桂子，十里荷花"。这还不够，还有采菱姑娘、钓鱼老翁，舞台歌榭，买醉欢笑，应有尽有，不信你自己来

看看，迷死人不偿命的人间天堂。

这是为杭州做了最美的广告，桂花就是一道盛景。没有桂花的杭州一定少了些许香魂。

桂树几千年一路芳香下来就到了元朝，但愿能香出新高度。

先看周德清的〔中吕·朝天子〕《秋夜客怀》：

月光，桂香，趁着风飘荡。砧声催动一天霜，过雁声嘹亮；叫起离情，敲残愁况，梦家山身异乡。夜凉，枕凉，不许愁人强。

周德清的曲有宋词的韵味，因为他是北宋词人周邦彦的后代。

秋天的夜里，旅居的客人怀念家乡。此时桂子随风飘香，月光洗练如水。捣衣声震动霜天，南归雁啼声嘹亮，唤起我的思乡情。捣衣声声声敲到我忧愁的心坎。梦见的是家乡的山，身处的是异乡的舍。唉，夜凉，枕凉，离人的心更凉。

浓郁的桂花香，偏惹起离人的思乡情，桂花香，思乡情，愁耶？喜耶？

再看汤式的〔双调·湘妃引〕《秋夕闺思》：

木犀风渐渐喷雕棂，兰麝香氲氲绕画屏，梧桐月淡淡悬青镜。漏初残人乍醒，恨多才何处飘零。填不满凄凉幽窨，捱不出凄惶梦境，打不开磊块愁城。（节录）

汤式是元末明初的戏剧家，当过小吏，但不甘于此，后落魄江湖。好滑稽，在明成祖还是燕王的时候，对他宠遇深厚，就是当了皇帝依旧常常赏赐他。他的杂剧有《瑞仙桥》《娇红记》，写的小令等作品很多，江湖上盛传。

木犀就是桂花。

桂花香透过窗棂飘进，兰麝香围绕花屏漫延，梧桐上淡月好似青镜。好一幅秋夜美景。但是小女子无心赏景，夜里早早醒来，不由得记挂那多才又薄幸的俊郎，不知他飘零在何处。我这里是填不满的凄凉、寂寞、冰冷窨。这才初更，怎么能挨过永夜，就算是千般劝解也打不开心中的块垒。

桂花香又惹麻烦了。在桂香满溢的秋夜，女子没有因为桂花香而喜悦，倒是更增了幽怨，她惦记的是她的情郎。

到此，桂花香好似一团团的块垒，香气浓郁，但是平添愁绪，不要也罢。元朝的桂花香得让人伤心，走开吧。

还是想一下"三秋桂子，十里荷花"的神清气爽。

# 枸　杞

## 寻苗枸杞香

枸杞是茄科枸杞属灌木，关于其名的源起，李时珍是这样说的："枸杞，二树名。此物棘如枸之刺，茎如杞之条，故兼名之。"这是大众最熟悉的食疗药，有"补肾益精，养肝明目，补血安神，生津止渴，润肺止咳"之功效，能治疗"治疗肝肾阴亏、腰膝酸软、头晕、健忘、目眩、目昏多泪、消渴、遗精等病症"。

我热衷的则是枸杞的嫩叶，自从知道枸杞叶子可以食用后，每年春天都会采食。有肥力的地方，枸杞叶子长得鲜绿叶大，采摘的时候连嫩枝一起摘下，回来清洗干净，可以做凉菜，也可以和面蒸食。

我们的先人不会注意不到枸杞子的功效，《诗经》中就多次提到，选一首感受一下吧。

## 小雅·北山

陟彼北山，言采其杞。偕偕士子，朝夕从事。王事靡盬，忧我父母。

溥天之下，莫非王土；率土之滨，莫非王臣。大夫不均，我从事独贤。

（节录）

大意是，爬上北山，去采枸杞。健壮士子，早晚忙碌。王家事多，父母失奉。普天之下，莫非王土；率土之滨，莫非王臣。大夫办事不公道，我的差事多又重。

诸侯家的事多，大夫分配不均，难以奉养父母，都和枸杞没有关系。若有关系也是枸杞采了是给君王的，却给不了自己的父母。

到了唐代，枸杞的药用价值就充分体现出来了，见刘禹锡的《楚州开元寺北院枸杞临井繁茂可观群贤赋诗因以继和》：

僧房药树依寒井，井有香泉树有灵。

翠黛叶生笼石甃，殷红子熟照铜瓶。

枝繁本是仙人杖，根老却成瑞犬形。

上品功能甘露味，还知一勺可延龄。

刘禹锡夸枸杞味美，还可以延年益寿。

杜甫的《恶木》也写到枸杞："枸杞因吾有，鸡栖奈汝何。"

到了宋朝，枸杞依旧是人们喜爱的药食，只要说到药食，离不开苏东坡，他写到枸杞不止一次，就取他的《小圃枸杞》一看吧。

神药不自閟，罗生满山泽。

日有牛羊忧，岁有少火厄。

越俗不好事，过眼等茨棘。

青荑村自长，绛珠烂莫摘。

短篱护新植，紫笋生卧节。

根茎与花实，收拾无弃物。

大将玄吾鬓，小则饷我客。

似闻朱明洞，中有千岁质。

灵庞或夜吠，可见不可索。

仙人傥许我，借杖扶衰疾。

苏东坡说枸杞满山满地都长，牛羊吃，野火烧，但依旧"野火烧不尽，春风吹又生"；枸杞浑身上下都是宝，可以黑发，可以食用，就是长到"千年"，还可以当杖用。

枸杞在苏东坡这里达到了它登峰造极的位置。

元代继续沿用了枸杞"食药同源"的衣钵，一方面养生，一方面归隐，可以是神仙般的日子。且看邓玉宾子的〔双调·雁儿落过得胜令〕《闲适》：

晴风雨气收，满眼山光秀。寻苗枸杞香，曳杖桃榔瘦。识破抱官囚，谁更事王侯？甲子无拘击，乾坤只自由。无忧，醉了还依旧；归休，湖天风月秋。（节录）

邓玉宾子不是日本名字，而是邓玉宾儿子的意思，父子两人的生平事迹不详，幸而这对父子擅长散曲，《全元散曲》收录了二人的作品。

雨过天晴，山色秀丽。我上山采药，先采枸杞，再采桃榔花，都是让人补养、延年益寿的好东西。我早就看破官场犹如牢笼，知道了其中的厉害，就不会去侍奉王侯。人生一场不想受拘束，天地间自由翱翔。无忧无虑，醉了也是这样。还是归隐吧，就在这湖光山色，秋高气爽之时。

这样采枸杞的悠闲日子，正是我向往的。

# 桄　榔

## 曳杖桄榔瘦

说实话我没有见过桄榔，查资料知道是棕榈科桄榔属乔木，典型的热带植物。棕榈见过，据描述的模样，可以比照此想象桄榔的模样。它不寻常的地方在于果实在开花后两三年才成熟，这可是少见的，以我粗陋的资质还没有想到另一种果实是这样的。

桄榔粉可以吃，李时珍在《本草纲目》中云："桄榔粉味甘平，无毒，作饼炙食腴美，令人不饥，补益虚羸损，腰脚乏力，久服轻身辟谷。"不仅如此，桄榔的花序可以制糖、酿酒，嫩茎可以做蔬菜，种子可以做蜜饯，但包含种子的果肉可不能碰，那果肉汁液有强烈的刺激性和腐蚀性，这是多么特别的植物。人们最期待的果实，恰恰不可以食用，而它除了果实，其他一切地方皆可以为人所用。

因为桄榔是热带植物，我们的先祖也是陌生的，文人们更是少有提及，直到遥远的热带作为被贬官员的流放知地，桄榔才因此被中原人知道。

让人意想不到的是唐朝写到桄榔的是宋之问。这个宋之问历来被人诟病，他曾经因为诗才深得武则天的宠爱，在阿谀的道路上越走越远，最终自食恶果，被唐玄宗赐死。

宋之问一开始走的是歌功颂德、浮华粉饰、趋炎附势的诗文道路，后来宦途失意，跌落民间，诗文大改，以《祭杨盈川文》为标志，跌宕之间，感怀大变，情感变真实了，也就是会说人话了。

他失意后被贬岭南，于是桄榔出现在他的诗作中。

### 早发始兴江口虚氏村作

候晓逾闽嶂，乘春望越台。

宿云鹏际落，残月蚌中开。

薜荔摇青气，桄榔翳碧苔。

桂香多露裛，石响细泉回。

抱叶玄猿啸，衔花翡翠来。

南中虽可悦，北思日悠哉。

鬒发俄成素，丹心已作灰。

何当首归路，行剪故园莱。

　　早上我已经越过闽地的山岭，此时是春天，遥遥望去似乎已经可以看见越王台了。昨日的云彩已经散落，残月像蚌中张开一般。山中的薜荔像是一股青气缠绕升腾，桄榔身负青苔矗立高耸。桂香带露飘来，山间泉水响亮。猿猴啸鸣，翡翠鸟衔花，好一派南国美景。但是，再好也不是我的故乡。我想念京城，想念我从前的时日，我现在遭此一劫，心如死灰，鬒发皆白。何时是我的归程，能让我修剪故园里的藜草。

　　南国的美景分外迷人，薜荔如青气在摇动，桄榔树遮蔽着碧苔，有着不一样的热带风致，但是我仍然想我的故园，我更愿意修剪那不起眼的杂草藜，而不是欣赏桄榔！

　　晚唐时期一位有名的宰相李德裕被贬时也写到桄榔，《谪岭南道中作》："岭水争分路转迷，桄榔椰叶暗蛮溪。"

到了宋代，桄榔不仅存在于被贬官员的诗中，也可以是山中一景了。如北宋的阮阅《郴江百咏并序·桄榔山》：

> 休言鸟道与羊肠，鸟道羊肠不可方。
> 却喜年年种穄麦，山中不用有桄榔。

别说鸟道或者羊肠小道，那也挡不住农人年年种大麦，有了大麦这样的美食，山中有没有桄榔都不重要了。

可见，桄榔就算是能吃，也比不上正经的粮食作物，哪怕是大麦呢。

写桄榔的文人少，所以但凡找见就想多引用。南宋陆游也写到桄榔，他不是为了吃，而是为了赏玩，很符合文人气质。

### 园中作

> 谁采桄榔寄一枝，北来万里为扶衰？
> 风光最爱初寒候，怀抱殊胜未老时。
> 闲引微泉成曲涧，尽除枯蔓补疏篱。
> 花前自笑童心在，更伴群儿竹马嬉。

南方的桄榔寄到北边一点的南方，是为了增加园中的景致。

到了元朝，桄榔不知道是怎样的光景，幸有邓玉宾子留下〔双调·雁儿落过得胜令〕《闲适》可以一赏。

> 晴风雨气收，满眼山光秀。寻苗枸杞香，曳杖桄榔瘦。识破抱官囚，谁更事王侯？甲子无拘击，乾坤只自由。无忧，醉了还依旧；归休，湖天风月秋。（节录）

此散曲已经在"桄榔"篇中介绍过，这里就不详述了。

邓玉宾子写得好不自在，在元朝，知识分子向往的"修齐治平"难以实现，官场黑暗，能做的是什么？最后的状态就是他的描述，我们在现实生活中难以立足，归隐后却要好好生活，采枸杞、采桄榔，好好养生，兴许似水流年的某一天会不一样呢？比如，换了人间。

# 杞　柳

## 则留下杞柳株樟

　　杞柳是杨柳科柳属灌木，也称为柳条、绵柳、簸箕柳、笊斗柳、红皮柳，哪里都能长，很不挑拣，也不引人注目。它主要用于编制筐篮，现在甚至可以用于编制桌、椅、橱、柜、屏风。据说有4000余品种，真是不可小觑。

　　有介绍说杞柳编制始于元末明初，有600多年光景。我不以为然，我们的祖先在《诗经》时代就种植杞柳，他们不会无缘无故地在自家院里种杞柳的。孟子从另一个角度给出了答案，他说："告子曰，'以人性为仁义，犹以杞柳为杯棬。'""杯棬"就是杯圈，意思是说杞柳枝条经过火烤可以弯成圈形，人性依然。也就是说，杞柳在那时就被应用到日常生活中了，虽然孟子没有说杞柳可用于编制筐子，但至少说明杞柳可以用以编制，那么杞柳的编制史就可以推前2000年了。

　　《诗经》中不仅提到了杞柳，还借杞柳传情达意，颇为有趣，《郑风·将种子》：

　　将仲子兮，无逾我里，无折我树杞。岂敢爱之？畏我父母。仲可怀也，

父母之言，亦可畏也。（节录）

大意是，求你了小伙子，不要跳进我家的园子，不要弄坏我家的杞柳。并不是我爱惜它，实在是怕人家讲闲话。小伙子你很可爱，但是我自家的父母，更叫我害怕。

杞柳是补贴家用的，冒失的小伙子别折坏了它，免得让我父母发现。也许小伙子想折一截杞柳做柳哨，吹一曲情歌呢，这样的想象可以存在。

从那时起，杞柳在诗歌里消失了千年，直到元朝刘时中在〔正宫·端正好〕《上高监司》中提到杞柳。

〔滚绣球〕甑生尘老弱饥，米如珠少壮荒。有金银那里每典当？尽椁腹高卧斜阳。剥榆树餐，挑野菜尝。吃黄不老胜如熊掌，蕨根粉以代糇粮。鹅肠苦菜连根煮。荻笋芦蒿带叶噇，则留下杞柳株樟。（节录）

《录鬼簿》中称刘时中待制为"刘时中待制"，也就是说他当过官，其他不详。

这是刘时中的著名套曲，有两首，前套有十五支曲，写到杞柳的是第三支，内容写的是底层老百姓生活在水深火热当中。

蒸饭的锅都生了尘土，老弱都是饥寒交迫，米跟珠宝一样贵，少壮都已经很少了。就算你有金银也没地方典当。只能在夕阳中忍受饥荒。老百姓没米没面，只能剥榆树皮吃，挑野菜吃，吃"黄不老"（我不知道这是什么植物）就像吃到了熊掌，蕨根粉也当作粮食。鹅肠菜、苦菜连根都一起煮了吃。荻、芦苇、芦笋都是带叶吃，土地上能留下的只有杞柳、樟树，那实在是不能吃啊。

那时的人民苦到什么程度了？杞柳还编制什么？恨不得能吃了果腹才好。

悲耶，元朝的老百姓；悲耶，元朝的杞柳。

# 枫 树

## 笑把霜枫叶拣

枫树是秋天最美的风景，中国有原产枫树。《楚辞》中的枫就是中国枫，不是加拿大产枫糖的枫。

屈原在《招魂》中首先让枫树入了诗歌。

《招魂》："朱明承夜兮，时不可以淹。皋兰被径兮，斯路渐。湛湛江水兮，上有枫。目极千里兮，伤春心。魂兮归来，哀江南！"意思是，太阳破晓而出啊，不可以停留。兰草长满小径啊，小路渐次荒漠。清澈的江水啊，高处有枫树，一望无际啊，心中满怀伤春的情绪。魂兮归来啊，哀叹故土江南。

虽然屈原让橘树因《橘颂》"一战成名"，但枫树却没有如此幸运，真正让枫树成名的是唐朝的张继。当然，张继也因为枫树以一首诗名传千古，那就是《枫桥夜泊》：

> 月落乌啼霜满天，江枫渔火对愁眠。
> 姑苏城外寒山寺，夜半钟声到客船。

深秋的夜晚，诗人羁留到苏州城外江中的船上，天气已经很冷，冷意飕飕，好似天上都布满的霜花。船靠在一座叫枫桥的桥边，一定是周边长满了枫树的缘故吧。江边暗黑色的枫林和渔舟亮起的渔火衬托着我思乡的愁绪，我想眠，但是失眠，夜深人静，钟声悠悠传来，那是城外不远的寒山寺的钟。

杜牧的枫叶也是完全不可忽视的，自然是他的《山行》：

> 远上寒山石径斜，白云生处有人家。
> 停车坐爱枫林晚，霜叶红于二月花。

现在是深秋，我正在爬山，山路弯弯，远处白云悠悠，若隐若现有处人家，因为有了人间的烟火气，我内心是安稳的。但是此时吸引我的是漫山遍野的枫林，如火如荼，漫山红遍，美不胜收，完全不亚于二月的春花。

杜牧的枫没有张继的愁绪，而是充满"正能量"。

宋朝的枫继承的是张继的枫，比如欧阳修的《减字木兰花》：

> 伤怀离抱，天若有情天亦老。此意如何？细似轻丝渺似波。
> 扁舟岸侧，枫叶荻花秋索索。细想前欢，须著人间比梦间。

分别的怀抱甚是伤感，上天但凡有感情他也会因而衰老。这是什么样的感觉呢，细如轻丝渺似波纹，看似清淡，其实点点在心头，挥之不去。

深秋，一叶扁舟在岸边，枫叶、荻花在秋风中沙沙作响。仔细想我们曾经的欢聚，此时不再，只有在梦中才能重温。

其他的枫就别提了，都是愁绪，没有杜牧枫的风采。

元曲中有枫，像其他植物一样不多，先看李洞的〔双调·夜行船〕《送友归吴》：

> 驿路西风冷绣鞍，离情秋色相关。鸿雁啼寒，枫林染泪，搵断旅情无限。

李洞不同于一般的元曲作家，他当过翰林直学士等这样的大官，参与编修《经世大典》，在当朝算是得志的文人。他的散曲仅存一套，可见他志不在此。

这套曲由五支曲子组成，有枫树的是第一支。为离别的时刻渲染气氛，秋天，送别总是在秋天，已经感到寒意了。鸿雁的鸣叫透出萧瑟寒冷的味道，枫树林的凄红好似离人泪染就的，就像当年湘妃竹上的泪。此情此景怎能不让人黯然神伤呢？

这就是离别。枫树林的凄红增加了离别的愁苦。于我是意外的，我从不这样想枫树，我眼里的枫树就是杜牧式的枫树。

再看顾得润的〔越调·黄蔷薇带过庆元贞〕《御水流红叶》：

步秋香径晚，怨翠阁衾寒。笑把霜枫叶拣，写罢衷情兴懒。几年月冷倚阑干，半生花落盼天颜，九重云锁隔巫山。休看作等闲，好去到人间。

顾得润也曾为官，曾经自己出书在市集上销售。

此曲使用了"红叶题诗"的典故，作者其实是借宫女之口转叙自己的失意落寞。传说天宝年间的一个秋天，顾况从皇家护城河里捡到一片红叶，上面写有诗句："一入深宫里，年年不见春，聊题一片叶，寄与有情人。"（天宝宫人《题洛苑梧叶上》）顾况看罢，感动之余也在红叶上和诗："花落深宫莺亦悲，上阳宫女断肠时。君恩不闭东流水，叶上题诗寄与谁？"（《叶上题诗从苑中流出》）仍把红叶放入河中，没想到竟和那宫女取得联系，两人从此开始"红叶传诗"。后来，顾况居然找到那位出逃的宫女，二人喜结连理、相伴一生。

顾得润再现了当时的情景，宫女走在秋天的小径上，内心埋怨宫殿的寒冷。走在小径上反倒心情好一些，捡起经霜红透的枫叶，抒写"宫怨"的心情，写罢兴尽，也就意兴阑珊。想一想多年来独自倚着栏杆，盼望君王召见，可惜九重云锁没有机缘巫山云雨。转念一想，罢了，定下心思，就走出宫门，回到人间吧。

顾得润是想说，失意的科场就别再留恋了，还是在世间混自在逍遥些，那是无奈的逍遥。

元朝的枫叶比唐宫女的枫叶沉重得多。

# 橘

## 傲霜橘柚青

橘子是北方人最熟悉的南方水果。好吃、好看自不待说，节日时供献祖先的应时水果也少不了橘子，可见橘子在人们生活中的渗透程度，那是南北通吃、大小通吃啊。

橘树原产于中国，确切地说是中国南方，很早就是南方的"嘉树"。屈原在两千多年前就给橘树定了性，后人无人能超越，也无人能颠覆，我也就不能不多次引用。屈原在《九章·橘颂》中这样歌颂橘树：

后皇嘉树，橘徕服兮。受命不迁，生南国兮。
深固难徙，更壹志兮。绿叶素荣，纷其可喜兮。
曾枝剡棘，圆果抟兮。青黄杂糅，文章烂兮。
精色内白，类任道兮。纷缊宜修，姱而不丑兮。
嗟尔幼志，有以异兮。独立不迁，岂不可喜兮。
深固难徙，廓其无求兮。苏世独立，横而不流兮。
闭心自慎，不终失过兮。秉德无私，参天地兮。
愿岁并谢，与长友兮。淑离不淫，梗其有理兮。
年岁虽少，可师长兮。行比伯夷，置以为像兮。

上天孕育的美好橘树啊，生来就适应这方水土。秉承上天的使命不再外迁，永生永世生长在南方土地。

你扎根深厚难以迁移，立志是多么的专一。鲜绿的叶子洁白的花朵，缤纷多姿何其令人欢喜。

重叠的树叶中长满尖刺，圆圆的果实成簇成团。青黄两色杂陈其间，色泽相配如此美丽。

你外表鲜艳内里纯洁，犹如堪当大任的君子。你风姿独具仪态美好，美

218

丽到没有瑕疵。

赞叹你自小就有的志向啊，从来就与众不同。你遗世独立不肯迁移，这样的气节怎能不令人欣喜。

你扎根深厚难以迁移，心胸阔达没有欲求。清醒卓然立于浊世，绝不随波逐流。

你坚守初心谨慎自重，始终不会犯有过失罪责。秉承德行公正无私，那是和天地同在啊。

愿和岁月一起流失，和你长久相伴永为友人。你德行美好从不放纵自己，枝干坚韧条理清晰。

你年纪虽小，却可以为我的师长。你的品行可与伯夷比肩，正是我永远学习的榜样。

这样的橘树是不是让今人为之敬仰不已，同时对自己的蝇营狗苟、混沌庸常感到自惭形秽、相形见绌呢？

接下来到大唐看看中国辉煌时代的橘树是什么状况，就选张九龄的《感遇十二首》其七：

江南有丹橘，经冬犹绿林。
岂伊地气暖，自有岁寒心。
可以荐嘉客，奈何阻重深！

运命唯所遇，循环不可寻。

徒言树桃李，此木岂无阴？

这是张九龄被贬荆州时写的。

江南有丹橘，冬天了还是绿叶婆娑。哪里仅仅是因为此地地气暖，那是因为橘树有松柏一样不怕岁寒的心志。这样的美味原是可以让贵客享受的，但道路遥远、阻碍重重，竟是不能送达。看到这样的结果，不由想到命运就是你所遭遇的，在自然的道里循环，是你不能把握的。但我还是不甘，人们都在种桃树、李树，难道橘树就没有阴凉，没有用处吗？

果不其然，张九龄一定是受屈子的《橘颂》影响，以橘树的品格自比，为橘树现在不受重视鸣不平。

朝代可以更改，橘树的品格是不会更改的。接着看大宋的橘树，一个文化经济高度发达，政治军事屈辱的时代，橘树会怎样，就看朱敦儒的《相见欢》吧，也许能说明一些问题。

## 相见欢

东风吹尽江梅。橘花开。旧日吴王宫殿、长青苔。

今古事。英雄泪。老相催。长恨夕阳西去、晚潮回。

朱敦儒是南宋词人，是主战派，多忧国愤慨之作，如"中原乱，簪缨散，几时收"。晚年闲适，感慨人生，难免生出"浮生如梦"之感。

江边的梅花已经被风吹落，正是橘花开的时候，曾经的吴王宫殿早已成为历史，只留下青苔恣意生长。

曾经的吴王那是霸主啊，如今灰飞烟灭，没有踪影。唉，古今多少事，哪堪追忆，想起来都是泪。年华一天天老去，不由恨那夕阳西落、潮水晚归。我除了无可奈何，还能怎样。

看来此时的朱敦儒已经老了，南宋偏安一隅，屈原眼里"授命不迁"的橘树不过是初夏季节的标志，已经没有铮铮品格了。

心惊中就到了元朝，元朝的橘树会是什么光景？我不敢胡乱猜测，直接看赵善庆的〔双调·沉醉东风〕《秋日湘阴道中》：

> 山对面蓝堆翠岫，草齐腰绿染沙洲。傲霜橘柚青，濯雨蒹葭秀。隔沧波隐隐江楼，点破潇湘万顷秋，是几叶儿传黄败柳？

赵善庆前文介绍过，这里不再赘述。

已经是深秋了，山色葱茏，草木茂盛，橘树、柚树在结霜的时候依然傲然挺立，沐雨后的荻、芦苇更显秀丽。隔着潇湘江水隐约可见远处的江楼，此时万顷碧波万顷秋色，我看秋色多壮阔，眼前的几片落叶残柳又告诉我，现实也是这样的。

此小令是写景佳作，眼看着秋色壮阔，特别是"傲霜橘柚青，濯雨蒹葭秀"，一转眼却发现还有"几叶儿传黄败柳"。可见世界是多样的、复杂的，壮美中总有不和谐的因素，我们很多时候是选择性忽略，但是真实的世界是不会忽略的，它已经昭告你了，怎样看待是你的事。

似乎说远了，元朝的橘树挺立着，至少在知识分子的心中是挺立的，如此甚好。

# 柚 子

## 傲霜橘柚青

柚子是芸香科中果实最大的植物，现代柚子受欢迎的程度大有赶超橘子的迹象。柚子和橘子一样是中国原产，历史悠久。《吕氏春秋》就说："果之美者，云梦之柚。"

因为是南方水果，你别指望《诗经》有歌颂，但指望《楚辞》就找对了方向。《楚辞·七谏·自悲》就唱道："饮菌若之朝露兮，构桂木而为室。杂橘柚以为囿兮，列新夷与椒桢。"意思是，饮菌若上面的晨露，用桂木搭建的房屋居住。种植橘柚成为园林，周围再种上辛夷、花椒和女贞。显然，以屈原的标准，柚子是香木。

自《楚辞》中橘柚不分家后，历代的诗词中橘柚就不分家，先说唐朝的柚子吧。

### 送魏二

王昌龄

醉别江楼橘柚香，江风引雨入舟凉。

忆君遥在潇湘月，愁听清猿梦里长。

王昌龄送别友人魏二，酒宴设在江楼边。此时正是清秋，橘子、柚子的果香随风飘散过来，同时也把凉雨吹到船里。我们就在此话别，我不由想到你独在潇湘月下的情景，满怀愁绪入梦，伴随梦境的是猿声，悠长悠远的啼鸣。

柚子、橘子再香，也挡不住友人离别的愁绪。

唐朝杜甫的柚子也需要提，因为他的柚子引出了橘柚更久远的历史。

### 禹庙

禹庙空山里，秋风落日斜。

荒庭垂橘柚，古屋画龙蛇。

云气生虚壁，江声走白沙。

早知乘四载，疏凿控三巴。

这是杜甫到了重庆拜谒大禹庙后写下的诗篇。

大禹庙建在空阔的山里，此时是秋天的落日时分，风吹过山间，吹到寂寞的大禹庙，没有人迹，只有橘柚芳香馥郁。古老的庙宇里画着龙蛇，都是和治水相关的。此处云雾缭绕。江水卷起白沙浪涛。我知道伟大的大禹遇水乘舟、遇路乘车、遇泥乘橇、遇山乘樏"四载"而动就是为了疏通河道，治理山川，最终控制了三巴的水患，为人民造福，被人民传颂万代。

大禹庙罕有人迹，但橘柚硕果累累，那是诗中暗含的典故，据《尚书·禹贡》记载，大禹治理洪水后，九州人民从此安居生产，远在东南的"岛夷"百姓也"厥包橘柚"，就是把丰收的橘柚包裹起来献给大禹，表示对大禹的敬爱。

橘柚开发的历史一下子又向前推进了近两千年。

在宋代，橘柚也是不分家，以孙光宪的《浣溪沙》为例：

蓼岸风多橘柚香。江边一望楚天长。片帆烟际闪孤光。目送征鸿飞杳杳，思随流水去茫茫。兰红波碧忆潇湘。

长着茂盛红蓼的江岸边传来阵阵橘柚的芳香。潇湘江水辽阔，一望无际，有"孤帆远影碧空尽"的景致，目送鸿雁远飞，思绪随流水飘远，我眼望江水回忆从前。

橘柚即便没有"授命不迁"的品格，也有芳香的味道，被归入香木之列，无论如何产生不了歧义。

元朝的柚子也是和橘子紧密联系在一起的。还是赵善庆的〔双调·沉醉东风〕《秋日湘阴道中》：

山对面蓝堆翠岫，草齐腰绿染沙洲。傲霜橘柚青，濯雨蒹葭秀。隔沧波隐隐江楼，点破潇湘万顷秋，是几叶儿传黄败柳？

"傲霜橘柚青"无可置疑地展现出自己的品格及芳香，但是也有"几叶儿传黄败柳"宣示着深秋的严酷态度。但是不论你是"东南风还是西北风"，我自傲霜挺立，这就是橘柚的品格，明白了就好。

# 柑

## 香柑红树

柑是橘、橙的天然杂交品种。这些芸香科柑橘属的植物绝大部分长在南方，我认识的芸香科植物能在北方自然生长的只有枳，就是"橘生淮南则为橘，生于淮北则为枳"中的那个枳，抛开文化意义不说，枳是枳属，和柑不是一个属。

现在北方人比较熟悉的丑柑是1972年日本培育出来的。模样和丑柑像的是我们传统的黄柑，据说有1700年的历史，至少有1200多年是无可怀疑的，有柳宗元《柳州城西北隅种柑树》为证：

> 手种黄柑二百株，春来新叶遍城隅。
>
> 方同楚客怜皇树，不学荆州利木奴。
>
> 几岁开花闻喷雪，何人摘实见垂珠。
>
> 若教坐待成林日，滋味还堪养老夫。

柳先生公务忙完，颐养性情，在园子里亲手种了二百株黄柑。此时正是春天，万木吐绿，欣欣向荣，我心情也不错。我种黄柑其实和屈原一样，心中想的是橘的品格，也向往橘的品格。橘、柑同类，在此我是把柑类比橘的。我打心眼里看不起三国时期丹阳太守李衡种"木奴"（柑的别称）给自己家人牟利的低级行为。看着亲手种的黄柑，想着不知几年黄柑才能开花，那喷雪一样洁白的柑花一定芳香宜人，不知将来何人来摘果实。结了果实的黄柑也一定很甘美，说不定还能让我养老呢。

柳宗元先生是把黄柑当作橘子看待的，橘子是"嘉树"，是高尚品格的象征。屈原在《橘颂》中说，橘是"独立不迁，岂不可喜兮""苏世独立，横而不流兮""秉德无私，参天地兮"的。柳先生也期望他手种的黄柑有这样的品行。

宋词里也有黄柑，可见黄柑是流行千年不衰的水果。让我高兴的是，宋词里的黄柑不再无病呻吟，因为出自辛弃疾，且看：

### 汉宫春·立春日

春已归来，看美人头上，袅袅春幡。无端风雨，未肯收尽余寒。年时燕子，料今宵、梦到西园。浑未办、黄柑荐酒，更传青韭堆盘。

却笑东风从此，便薰梅染柳，更没些闲。闲时又来镜里，转变朱颜。清愁不断，问何人、曾解连环。生怕见、花开花落，朝来塞雁先还。

立春到，春天就回来了，看到美人头上装饰着应节气专门制作的春幡就知道，春天来了。但是冷不丁的风雨还是散播着寒意。燕子还没有回来，它也该梦到北方的家园了吧？只是我还没有置办立春节气的物品，有黄柑制作的酒，以及盛有韭菜、葱、蒜、蓼、芥的五辛盘。

不由笑东风从今日起，就开始给春天上色，先从梅花和柳树开始，一点也不闲着。若是得闲，就改变人的青春容颜，从镜子里就能看到。我无端地感到惆怅，就像无人可解的连环套。不愿意见花开花落，而朝来的边塞大雁却比我先回到北方。

辛弃疾想收复旧河山，但偏安的南宋小朝廷支撑不起他的志向，所以他"清愁不断"，黄柑也无奈，但愿黄柑配酒能消解辛弃疾点滴的愁绪。

元朝的柑是让人揣测的，入曲的不多，但是有，见张可久的〔黄钟·人月圆〕《吴门怀古》：

山藏白虎云藏寺，池上老梅枝，洞庭归兴，香柑红树，鲈脍银丝，白家池馆，吴宫花草，可似当时，最怜人处，啼鸟夜月，犹怨西施。

这是一首怀古曲。吴门就是苏州，春秋时期的吴国曾在此建都，这里发生过很多故事。此曲一方面回顾了吴地历史，如吴王阖闾、夫差，以及越王勾践、大夫范蠡、美女西施等都在作者怀古的情绪中，一方面表达出作者想要归隐的志向。

元曲大多直抒胸臆、用典较少。而张可久是用典高手，其作品大量用典，有的还不着痕迹。洞庭湖的红橘尤为出名，"香柑红树"一句，张可久柑、橘不分，由红橘联想到"陆绩怀橘"的典故。据《三国志》记载："陆绩，三国时吴人也。官至太守，精于天文、历法。其父康，曾为庐州太守，与袁术交好。绩年六，于九江见袁术。术令人出橘食之。绩怀三枚，临行拜辞术，而橘坠地。术笑曰：'陆郎作客而怀橘，何为耶？'绩跪下对曰：'是橘甘，欲怀而遗母。'术曰：'陆郎幼而知孝，大必成才。'术奇之，后常称说。"

"鲈脍银丝"一句用的是西晋张翰为了美味的"莼羹鲈脍"而辞官回乡的典故，显露出张可久的归隐之心。

在此作中，张可久频繁用典，追忆了诸多历史人物，抒发了怀古伤今之叹。而柑是其中最轻松的一段历史。

# 蔷　薇

## 开到蔷薇

以蔷薇的美丽芳香不会不入诗入画。再加上它原产于中国，很早入诗是可以想见的，至于没有入我国最早的诗歌总集《诗经》，我也无法探问，但南北朝总算是有关于蔷薇的诗的，就从南北朝开始嗅蔷薇的香气吧。

蔷薇的出场很霸气，见南朝梁简文帝萧纲所写的《咏蔷薇》：

> 燕来枝益软，风飘花转光。
> 氤氲不肯去，还来阶上香。

蔷薇枝条柔软，花儿随风朝向阳光，一步步沿阶而上，把芳香散播到台阶上。

蔷薇就是这么随意自由。

到了唐朝，蔷薇就多了，有白居易专写蔷薇的《题蔷薇架》，但是太长了，不适合现在"快餐时代"，也不适合我，就选我喜欢的李商隐的蔷薇吧，《日射》云：

> 日射纱窗风撼扉，香罗拭手春事违。
> 回廊四合掩寂寞，碧鹦鹉对红蔷薇。

女子百无聊赖在闺中，炎热的初夏，太阳照射着纱窗，风儿吹动着门扉。我独自把玩着香帕，无所事事。院子这么大，回廊那么空寂，唯一的生机就是架上的绿鹦鹉痴对着正盛开的红蔷薇。这更增加了我的寂寞。

女子春闺怨，蔷薇就显得娇艳了。特别是"碧鹦鹉对红蔷薇"，简直就是奢侈的闲适与娇贵。

以宋词的婉约，当然少不了蔷薇，那就婉约一回，选婉约派的"正宗"周邦彦的《虞美人》：

灯前欲去仍留恋，肠断朱扉远。未须红雨洗香腮，待得蔷薇花谢便归来。舞腰歌板闲时按，一任旁人看。金炉应见旧残煤，莫使恩情容易似寒灰。

这是一首男女离别词。

掌灯时该跟你告别了，但"其实不想走，其实我想留"。分手是令人肠断的，特别是离那朱红的大门渐行渐远，更让人不忍分别。我走后，你不要整日以泪洗面，我在蔷薇花谢的暮春就回来了。

你还是像往常一样该唱就唱、该舞就舞，谁想看就让他们看去。暖炉中有旧煤的灰烬，千万别让我们的情义像那灰烬一般熄灭。

男子不愿意离开相恋的青楼女子，相约蔷薇花谢时再见。我看不妙，蔷薇花谢了，黄瓜菜也凉了，男子还让她"正常营业"，又叮嘱别让旧情湮灭，这简直是自欺欺人。

告别了宋朝的蔷薇就可以嗅元朝的蔷薇了，不多，找到两首。先看名家张可久的〔双调·折桂令〕《村庵即事》：

掩柴门啸傲烟霞，隐隐林峦，小小仙家。楼外白云，窗前翠竹，井底朱砂。五亩宅无人种瓜，一村庵有客分茶。春色无多，开到蔷薇，落尽梨花。

（节录）

228

张可久仕途不得志，诗酒漫游，是元朝著名的散曲家、剧作家，留下小令800多首，是元曲作家中最多的。元曲原本"下里巴人"，但到了张可久这里就完成了"文人化"的历程，像宋词了。

这首小令写乡村文人生活的场景，住的地方隐蔽，景色秀丽，有白云、翠竹，井底还有朱砂，看来此文人修行道家功夫，在炼丹。五亩大的院子没有种瓜，而是和客人一起品茶，日子过得很是逍遥。此时暮春，梨花落尽，正是蔷薇盛开的好时光。

虽然张可久仕途失意，但能有五亩大的田园那是何等的奢侈又令人向往啊。

再看无名氏的〔仙吕·游四门〕：

落红满地湿胭脂，游赏正宜时。呆才料不顾蔷薇刺，贪折海棠枝。支，抓破绣裙儿。

海棠花下月明时，有约暗通私。不付能等得红娘至，欲审旧题诗。支，关上角门儿。（节录）

此散曲没有文人味儿，典型的元散曲风。青年男女热烈地恋爱，有趣又活泼。

暮春，落红满地，这是游春的大好时节，情人为我折蔷薇，顾不上蔷薇刺。我心疼地上前探看，只听"吱"一声，蔷薇刺划破了我的绣裙。

还是暮春，海棠花下，我俩悄悄约会，哪里能等红娘来牵线，想要重温旧梦，只听"吱"一声，关上角门，我们行好事去。

这蔷薇开的，这海棠开的，就是"仲春时节，令男女相会"啊，回到了《诗经》时代，直白、明了、有趣，比起宋词的无病呻吟痛快多了。

请蔷薇继续盛开，我来替你等瞭望！

# 木 兰

## 木兰花在

已经在"芳香系列"里多次写过木兰，这里就不再重复，只梳理历代诗词中写到的木兰。我梳理的宗旨是"以偏概全"，只想选自己喜欢的诗词，至于没有选择余地的只能选择不得已的。

木兰最早出现在《楚辞》中，那是典型的植物"颜值控"，几乎所有的植物都被定性，非香即恶，比如木兰是"香草"，蒺藜是"恶草"。

屈原先生对木兰情有独钟，不仅以木兰写入诗歌，还以木兰的别名"辛夷"入诗，且看：

《离骚》："朝饮木兰之坠露兮，夕餐秋菊之落英。"

《九歌·湘夫人》："桂栋兮兰橑，辛夷楣兮药房。"

一跃就到了唐朝，写木兰的大有人在，就选白居易的《题灵隐寺红辛夷花戏酬光上人》吧。

### 题灵隐寺红辛夷花戏酬光上人

紫粉笔含尖火焰，红胭脂染小莲花。

芳情乡思知多少，恼得山僧悔出家。

先说明木兰——辛夷还有个很形象的别名，木笔。诗就是从这里开始的。

辛夷花含苞待放，紫粉的颜色像尖尖的笔头。开了花就像胭脂色似的小莲花。这样美丽芳香的辛夷不知勾起多少思乡的情绪，老僧人，你是不是很后悔出家呀？

宋词里的木兰也不少，选的是晁补之的《八声甘州·扬州次韵和东坡钱塘作》。

### 八声甘州·扬州次韵和东坡钱塘作

谓东坡、未老赋归来，天未遣公归。向西湖两处，秋波一种，飞霭澄辉。又拥竹西歌吹，僧老木兰非。一笑千秋事，浮世危机。

应倚平山栏槛，是醉翁饮处，江雨霏霏。送孤鸿相接，今古眼中稀。念平生、相从江海，任飘蓬、不遣此心违。登临事，更何须惜，吹帽淋衣。

"僧老木兰非"句化用唐代王播《题木兰院》诗："三十年前此院游，木兰花发院新修。而今再到经行处，树老无花僧白头。"王播少时孤贫，寄居在扬州惠照寺木兰院，随僧粥食，久之僧颇厌，乃饭后始鸣钟以拒之，后播得志，出为淮南节度使，镇扬州，因访旧游处，作此诗。

晁补之说苏东坡早有归隐的志向，但一直未能如愿。感叹"僧老木兰非"的人世冷暖，最好是"一笑千秋事"，浮生处处是危机。

晁补之认可苏东坡，此生不论何时，愿意追随左右，不惜吹帽淋衣。

放下他们对人世、官场的无奈，但看"僧老木兰非"就感慨万千，人情冷暖竟和木兰相关，大不一样的木兰。

这就到了元朝，写木兰的少，就像其他植物的命运一样，和元朝年代短、知识分子境遇堪忧有关。只看到徐再思的作品，这就是前面说的，不得已的选择。

### 黄钟·人月圆

#### 甘露怀古

江皋楼观前朝寺，秋色入秦淮。败垣芳草，空廊落叶，深砌苍苔。远人南去，夕阳西下，江水东来。木兰花在，山僧试问，知为谁开？

徐再思生卒年不详，事迹也不详，只知道和贯云石是同时代人，曾任嘉兴路吏这样的小官，因为喜欢甜食，号"甜斋"。

这是一首怀古小令，甘露寺始建于三国时期，相传为刘备招亲之地。后来甘露寺屡毁屡修，正是文人墨客凭吊的好地方。

徐再思就是到这里凭吊的。秋色暗淡，落叶缤纷，断垣残壁，空阶苍苔，夕阳西下，想不忧愁都不行，想想前朝往事，"樯橹灰飞烟灭"，大江东去，只有木兰花在，我问山僧，美丽芳香的木兰为谁而开？山僧一定愣神，没有人问过这样的问题，木兰自开、自落、自芬芳，不管朝代的兴替。

这是徐再思自己感叹而已。

随他感叹一番之后忽然想起，木兰不是秋天开的，难道甘露寺的木兰特殊吗？就像《红楼梦》中的西府海棠因在冬天开花而被认为不祥一样，也未可知。

一路下来，木兰的跳跃性够强吧？一会儿香木，一会儿思乡，一会儿世事薄凉，更有"独怆然而涕下"的怀古，木兰都目睹了，历史沧海桑田在演变，不变的是木兰依旧的芳香。


# 茱 萸

## 樽前醉把茱萸嗅


茱萸在《芳香楚辞》《芳香唐诗》《芳香宋词》中都写过，本篇不想再介绍茱萸本身，只选出各时代写到茱萸的诗词，请诸君感受一下。

有关茱萸的诗词，最早可追溯至《离骚》，那时称为"椴"。

### 离骚

椒专佞以慢慆兮，椴又欲充夫佩帏。

既干进而务入兮，又何芳之能祗？

固时俗之流从兮，又孰能无变化？（节录）

变节的花椒变得傲慢、专断又跋扈，那茱萸又想混进人们佩带的香囊里。

既然一心想要钻营谋取名位，又怎么能让原本具有的芳香保有品质？

原本世俗就是随大流的，谁又能坚定不移地保持不变？

在人们心中，茱萸竟然是"变节"之辈，不是现在的人能理解的，只有屈子自己明白啊。

谈及唐诗中的茱萸必然要提王维的《九月九日忆山东兄弟》：

> 独在异乡为异客，每逢佳节倍思亲。
> 遥知兄弟登高处，遍插茱萸少一人。

当然，唐诗中茱萸很多，如朱放《九日与杨凝、崔淑期登江上山会有故不得往因赠之》"那得更将头上发，学他年少插茱萸"，王昌龄《九日登高》"茱萸插鬓花宜寿，翡翠横钗舞作愁"，戴叔伦《登高回乘月寻僧》"插鬓茱萸来未尽，共随明月下沙堆"，以及卢纶《九日奉陪侍郎登白楼》"睥睨三层连步障，茱萸一朵映华簪"，等等。

宋词中的茱萸延续了唐代遗风，就选朱熹老夫子的词吧，他在我的"芳香系列"里出镜率极低，一则他写到的植物少，二者我对他有"偏见"。

### 水调歌头·隐括杜牧之齐山诗

江水浸云影，鸿雁欲南飞。携壶结客，何处空翠渺烟霏。尘世难逢一笑，况有紫萸黄菊，堪插满头归。风景今朝是，身世昔人非。

酬佳节，须酩酊，莫相违。人生如寄，何事辛苦怨斜晖。无尽今来古往，多少春花秋月，那更有危机。与问牛山客，何必独沾衣。

江水中映着云朵的影子，鸿雁已经要南飞了。和朋友们带着酒壶要去一处氤氲苍翠的地方饮酒作乐。想想尘世间能笑处很少，幸好还有插茱萸、饮黄菊酒的一日，那就在这一日插茱萸、饮菊酒，尽兴而归。若不然昨日风景今日在，此身已非旧日人了。

既然是佳节，不妨喝得酩酊大醉，别不好意思。人生如行客，何必辛苦劳累又抱怨人生苦难呢！古往今来，多少春花秋月，真是危机重重，但是想明白了，就不会像齐景公一般感叹人生短暂泪满衣襟了。

此词写得好，通达、透彻。那就暂时不计较他"存天理灭人欲"的谬论了。

最后让元散曲中的茱萸闪亮登场，来看汤式的〔正宫·小梁州〕《九日渡江》其一：

秋风江上棹孤舟，烟水悠悠，伤心无句赋登楼。山容瘦，老树替人愁。樽前醉把茱萸嗅，问相知几个白头。乐可酬，人非旧。黄花时候，难比旧风流。

汤式是元末明初的文学家，擅长散曲、戏剧创作。其散曲题材广泛，不仅写了朝代更替、百姓疾苦，还开创了悼亡散曲的开端。

汤式此时显然心情不好，九月九重阳节，本应和亲朋故旧相约登山游玩，佩戴茱萸，观赏菊花，或者就插一朵菊花，汤式却"独在异乡为异客"，"每逢佳节倍思亲"。秋天在他眼里却是"孤舟""伤心"，而且"山容瘦，老树替人愁"，在这样的心境下，只能"酒入愁肠愁更愁"，闻一闻茱萸的芳香，回忆从前的相知，不知还有几位白头健在。如今早已不是从前，菊花依旧盛开，故人不再，风流不再，茱萸的芳香还在。

茱萸从王维时期就注定了是多愁善感的植物，怀旧、怀念都可以借用茱萸，这是它的历史使命。

如今茱萸已经完成使命，只做绿化、中药用，我想是可喜的。诸君细想一下，不是吗？不用茱萸的寄托，说明人世间少了刻骨的念想。

# 红　枣

## 一个向枣树上胡彪乱打

枣子写过多次了，我不再想喋喋不休地卖弄旧文。就把知道的历朝写到枣的诗词搬出来，当然也是有选择地搬，请诸君感受不同时代的"枣风"。

首先是《诗经》中的枣，《豳风·七月》：

六月食郁及薁，七月亨葵及菽。八月剥枣，十月获稻。为此春酒，以介眉寿。七月食瓜，八月断壶，九月叔苴。采荼薪樗，食我农夫。（节录）

大意是，六月里吃李子和野葡萄，七月里煮冬葵和大豆。八月里打枣，十月里收稻。酿好春酒，给老人祝寿。七月里吃瓜，八月里摘葫芦，九月收苎麻。采苦菜砍柴火，养活咱农家人。

接着是唐朝的枣。

### 送陈章甫

#### 李颀

四月南风大麦黄，枣花未落桐叶长。

青山朝别暮还见，嘶马出门思旧乡。

陈侯立身何坦荡，虬须虎眉仍大颡。

腹中贮书一万卷，不肯低头在草莽。

东门沽酒饮我曹，心轻万事皆鸿毛。

醉卧不知白日暮，有时空望孤云高。

长河浪头连天黑，津口停舟渡不得。

郑国游人未及家，洛阳行子空叹息。

闻道故林相识多，罢官昨日今如何。

李颀是唐早期的诗人，开元进士，很有才学，但仕途并不得意。他此诗

为送别友人陈章甫而作，其才学更高，更不得意。所以他俩颇为相得，互相理解。

农历四月大麦已经发黄，丰收在即，枣花已经开放，空气中散发着温馨甜蜜的芳香，桐树叶子长得蓬勃健旺。青山依旧在，早晚都相见，出门的马儿长声嘶鸣似乎是激发人思乡的情绪。

接着李颀狠狠地夸奖了老友陈章甫，说他胸怀坦荡、气度不凡、满腹经纶、气节高尚等。

你我一样心境，一样情怀，你没有归家，我为你感叹。知道你在家乡故交很多，昨日你已经罢官，今朝他们待你如何呢？

李颀虽然失意，但态度积极，大麦黄、枣花开、桐叶旺，每一种都欣欣向荣，就喜欢这样的状态，所以选了他的枣代表唐朝的枣。

再选自然是宋朝的枣，有苏轼的枣和史尧弼的枣，依着我的习惯选了后者的枣，有温度的枣。

## 枣

后皇有嘉树，刿棘森自防。

安得上摘实，贡之白玉堂。

屈原的"嘉树"是指橘树，史尧弼的"嘉树"是长刺的、能自我保护的枣树。他说要是能让他摘下不易摘的枣子，他就把枣子供在白玉堂上。

从《诗经》时代到唐再到宋，就到了元，现在就品尝一下元朝的枣味儿，是散曲作家王大学士套曲〔仙吕·点绛唇〕：

〔那吒令〕一个向瓜田里坐树乱扯，一个向枣树上胡彪乱打，一个向古墓上番砖弄瓦。一个扯着衣衫，一个揪住棍把，一个播土扬沙。（节录）

这首曲写了六个调皮男孩的状态，一看就是挨打的"眉眼儿"，却是生龙活虎的"眉眼儿"，让人想起"三天不打上房揭瓦"的古训。现在不一样了，孩子们都低头看手机，少有机会体会"枣树上胡彪乱打""播土扬沙"的乐趣。

　　时代进步了，我落后了，我坚守着我的落后，坚守着农耕文明的纯朴、诚实、善良。怀念着农耕文明时红枣的甜蜜，工业文明的红枣有一种钢筋水泥的味道。


# 桃　花

## 桃花又不见开

　　桃不难写，桃子、桃花都见过。难的是写八次以后就"黔驴技穷"了。关键是同一系列的，但是我就是那"明知山有虎偏向虎山行"的"英雄"。我就是这样给自己打气的。

　　桃的历史渊源说成什么也不能再介绍了，直接进入主题，从周代到元朝列出重要时期有关桃的诗词，做一个片面的比较。所谓"片面"是我的能力和喜好所致。不多言，开始"桃之夭夭"吧。

　　《诗经》中不仅有桃花还有桃子。选桃子还是选桃花呢？抛硬币后的决定是选桃花，那自然是《周南·桃夭》：

桃之夭夭，灼灼其华。之子于归，宜其室家。

桃之夭夭，有蕡其实。之子于归，宜其家室。

桃之夭夭，其叶蓁蓁。之子于归，宜其家人。

桃树枝叶茂盛，桃花娇艳夺目，枝头硕果累累，姑娘今日出嫁，定让家庭美满。

多美的日子，多美的愿望，桃花当日，姑娘当龄，正是人面桃花相映红，桃之幸？女之幸？这样的桃多美，这样的女子多美，我喜欢这样的桃，所以不厌其烦地选它。

东晋在我眼里不是"芳香系列"中"重要的朝代"，但是陶渊明的桃花怎么能越过呢？越过他的桃花，后世的很多桃你就看不懂。

陶渊明的桃是这样的，他的《桃花源记》云："晋太元中，武陵人捕鱼为业。缘溪行，忘路之远近。忽逢桃花林，夹岸数百步，中无杂树，芳草鲜美，落英缤纷，渔人甚异之。复前行，欲穷其林。"自他描述了中国的"理想国"，后世中国人就开做"桃花源"的梦，一梦千年，不醒。

到了唐朝，最有名的不是李白的"桃花潭水深千尺，不及汪伦送我情"（《赠汪伦》），而是崔护的《题都城南庄》：

去年今日此门中，人面桃花相映红。

人面不知何处去，桃花依旧笑春风。

这是有故事的桃花，"人面桃花"，不用我讲，地球人都知道。

自崔护发生"人面桃花"的故事，后世纷纷仿效，宋词里就多得是，看看"花花公子"柳永的《满朝欢》就知道，"人面桃花，未知何处，但掩朱扉悄悄"。这就是历史传承的力量。

宋朝最有名的桃花出自陆游的《钗头凤》，词云：

红酥手。黄縢酒。满城春色宫墙柳。东风恶。欢情薄。一怀愁绪，几年离索。错，错，错。

春如旧。人空瘦。泪痕红浥鲛绡透。桃花落。闲池阁。山盟虽在，锦书难托。莫，莫，莫。

陆游和唐婉的爱情悲剧也是那个时代的悲剧，如同宋朝版的《孔雀东南飞》。此词写于二人被迫离婚后。一日，陆游在沈园偶遇也到此地游玩的唐婉。陆游百感交集，在粉墙上写下《钗头凤》，一句"一怀愁绪，几年离索。错，错，错"，一句"山盟虽在，锦书难托。莫，莫，莫"，让人肝肠寸断。现今的人都不忍卒读，更何况唐婉。于是唐婉和了一首《钗头凤》，也是她唯一留存的词：

世情薄，人情恶，雨送黄昏花易落。晓风干，泪痕残。欲笺心事，独语斜阑。难，难，难！
人成各，今非昨，病魂常似秋千索。角声寒，夜阑珊。怕人寻问，咽泪装欢。瞒，瞒，瞒！

写完此词不久，唐婉病逝，留下无尽的幽怨。
我期待元曲中的桃花，我以为元曲最得《诗经·风》的真味。
先看大戏剧家马致远的〔南吕·四块玉〕《天台路》：

采药童，乘鸾客，怨感刘郎下天台。春风再到人何在？桃花又不见开。命薄的穷秀才，谁叫你回去来。（节录）

原作共十首，写到桃花的是第一首，内容出自《太平广记·神仙传》刘晨的故事。刘晨和阮肇是东汉末年人，一次去天台山采药，遇见两位仙女，喜结良缘，不过住了半年光景就回乡了，可家乡子孙已经传了七代。

刘晨以采药童的身份上山，没想到成就一段美好姻缘。但是那刘郎没有远见，不珍惜"岁月静好"，竟然偷偷下山了。回来了怎么样？如同春风再来，但再也找不到陶渊明的"桃花源"。你这薄命的穷秀才，谁叫你回来的呢？

虽然马致远有怨愤的情绪，但是语言生动，活灵活现，魅力无穷。这样的桃花我喜欢。

再看无名氏的〔双调·水仙子过折桂令〕《行乐》：

一春长费买花钱，每日花边一醉眠。喜春来百花都开遍，任簪花压帽偏。花间士女秋千，红相映桃花面。人更比花少年，来寻陌上花钿。（节录）

春天到了，浪漫的人要买花，每日里花下饮酒、自在逍遥。春天百花开遍，戴的花把我的帽子都压扁。花丛里少年男女在荡秋千，人面桃花相映红。不对，人比那桃花还娇嫩，我来寻找女子游春丢下的发簪，想成就一场不一样的"邂逅"。

后面的情节诸君自己设计吧，我只想看到"人面桃花相映红"。

这就是元曲中的桃花，红尘滚滚，浪漫滔天。

芳香宋词

寻芳记

李继红 著

新华出版社

图书在版编目（CIP）数据

芳香宋词 / 李继红著. -- 北京：新华出版社，2024.7
（寻芳记）
ISBN 978-7-5166-6724-8

Ⅰ.①芳⋯　Ⅱ.①李⋯　Ⅲ.①宋词—诗歌欣赏　Ⅳ.
①I207.23

中国国家版本馆CIP数据核字（2023）第027012号

# 目录

## 草香宋词

1

# 草香宋词

寻芳记

# 荷 花

## 误入藕花深处

荷花是人人爱见的花，宋代周敦颐的《爱莲说》高度总结和概括了荷花的品格。

"出淤泥而不染，濯清涟而不妖，中通外直，不蔓不枝，香远益清，亭亭净植，可远观而不可亵玩焉。"这就是荷的高洁品格，无可替代。

历代文人墨客咏莲的不计其数，从《陈风·泽陂》"彼泽之陂，有蒲与荷。有美一人，伤如之何？寤寐无为，涕泗滂沱"，到三国时期曹植的《芙蓉赋》"其始荣也，皎若夜光寻扶桑；其杨晖也，晃若九阳出旸谷。芙蓉蹇产，菡萏星属。丝条垂珠，丹荣吐绿。焜焜韦华，烂若龙烛。观者终朝，情犹未足"，再到唐代李商隐的《宿骆氏亭寄怀崔雍崔衮》"竹坞无尘水槛清，相思迢递隔重城。秋阴不散霜飞晚，留得枯荷听雨声"，他们笔下的荷，甚至是枯荷，也美得不可方物。

我个人更喜欢的是宋代杨万里的《晓出净慈寺送林子方》：

毕竟西湖六月中，风光不与四时同。

接天莲叶无穷碧，映日荷花别样红。

还有他的《小池》：

泉眼无声惜细流，树阴照水爱晴柔。
小荷才露尖尖角，早有蜻蜓立上头。

宋词中不乏提到荷花的，我不得不在繁盛的宋荷花中选几支，以我的水平只能乱点"鸳鸯谱"，点到哪里算哪里。欧阳修的作品被点中的概率相当高，因为他写到莲的词在二十首以上，如《南乡子》：

翠密红繁。水国凉生未是寒。雨打荷花珠不定，轻翻。冷泼鸳鸯锦翅斑。
尽日凭阑。弄蕊拈花仔细看。偷得裹蹄新铸样，无端。藏在红房艳粉间。

红荷花开得繁盛，绿荷叶长得稠密，水塘里生的那凉意不是寒冷。雨打在荷花上雨珠定不住，翻身就落到荷下的鸳鸯锦翅上。

整日凭栏赏荷，摘一支仔细端详，发现莲蓬就是马蹄金的模样，怎么竟藏在那红房艳粉之间呢！

欧阳修并没有关注荷花的高尚品格，就是欣赏天然美物，还要端详清楚内部结构，别有意味。

再点就点到苏东坡了，他太显眼，此处点中的是他的《荷华媚·荷花》：

霞苞电荷碧。天然地、别是风流标格。重重青盖下，千娇照水，好红红白白。
每怅望、明月清风夜，甚低迷不语，娇邪无力。终须放、船儿去，清香深处住，看伊颜色。

荷花开得正好，好似霞光万道，那是天然的风流风范。重重叠叠的荷叶下，千娇百媚的荷花临水相照，好一个红红白白相辉映。

在明月清风夜怅望，荷花似乎低迷不语，娇弱无力，这般可不是荷花的本色，要看清楚荷花，还需乘船到发出清香气味的荷花丛深处，那样才能看清它的颜色，它的灵魂。

接下来点到晏殊的《拂霓裳》：

乐秋天。晚荷花缀露珠圆。风日好,数行新雁贴寒烟。银簧调脆管,琼柱拨清弦。捧觥船。一声声、齐唱太平年。

人生百岁,离别易,会逢难。无事日,剩呼宾友启芳筵。星霜催绿鬓,风露损朱颜。惜清欢。又何妨、沈醉玉尊前。

这是在酒宴上写的,秋天荷花"晚开",荷叶上沾有露珠,显得更有情致。夜明风清,歌台舞榭,开怀畅饮,此时太平之年。

就是这样美好的时日,我才尤其感到人生百年,离别容易,相逢难,岁月催人老,得开怀时且开怀,就像如今这样,沉醉玉尊前。

伴着有露珠的荷花举杯畅饮,感叹人生,那是文人墨客的雅兴,是诗和远方,不是每个人都可以有这样的清欢的。

下一首不用点,是我选的,李清照的《如梦令》:

常记溪亭日暮,沉醉不知归路。兴尽晚回舟,误入藕花深处。争渡,争渡,惊起一滩鸥鹭。

显然是李清照年轻时的作品,有人说也许就是她的处女作。这不重要,重要的是这首词意境很美,而且没有伤感。

常常记起溪亭泉水日暮时分,有一次在船中喝得大醉,尽兴而归,恍恍惚惚间误入荷花深处,赶忙掉头回转,无意间惊起一片鸥鹭。

想想这画面多么美,这就是远方的诗。自看过"误入藕花深处"后就向往有一日,我也"误入"一回,不急于"争渡",而是"清香深处住,看伊颜色",然后再"惊起一滩鸥鹭",那才有诗意。这样的愿望足足等了数十年,还在等,等一地鸡毛飞去,好迎来鸥鹭振翅高飞。

这样期待"误入"的不只我一个人,《红楼梦》里的惜春在"藕香榭"住着,她就是"误入藕花深处"了。我的朋友微信名为"藕花深处",就是刻意"误入"。这当然是荷花的魅力作祟,甚好。

# 田字草

## 白蘋香散东风起

我是从《诗经》中认识田字草的，即"蘋"。《召南·采蘋》载："于以采蘋？南涧之滨。"采蘋先是为了祭祀，然后才是食用。

《左传·隐公三年》介绍道："苟有明信，涧溪沼沚之毛，蘋蘩蕴藻之菜，筐筥锜釜之器，潢污行潦之水，可荐于鬼神，可羞于王公。"其中复杂难认的字不必详解就可知道大意，即水中包括蘋在内的草可做祭祀之用，也可食用。

不知从何时起"蘋"改称"田字草"了，形象生动，但没有诗意。诸君一会儿便知。还是先介绍它的科属。田字草是苹科苹属多年生挺水蕨类植物，有细长的叶柄，柄上长有四个叶片，排成十字状，形状像汉字"田"，所以称田字草，也称十字草、四叶草、破铜钱草等。

田字草长在池塘、稻田等浅水中，南方各省都有，山西这样的北方地区少见。这样说是给我这个北方佬找没见过的借口，其实如何，不甚清楚。

这样寻常的田字草被历代文人墨客看重，就拿唐诗为例。

刘长卿《饯别王十一南游》："谁见汀洲上，相思愁白蘋。"

张籍《湘江曲》："送人发，送人归，白蘋茫茫鹧鸪飞。"

韩愈《湘中》："蘋藻满盘无处奠，空闻渔父扣舷歌。"

柳宗元《酬曹侍御过象县见寄》："春风无限潇湘意，欲采蘋花不自由。"

钱起《早下江宁》诗云："霜蘋留楚水，寒雁别吴城。"

还有一首我很喜欢，就是于鹄的《江南曲》：

偶向江边采白蘋，还随女伴赛江神。

众中不敢分明语，暗掷金钱卜远人。

一位江南女子偶尔在江边采田字草，心不在焉地陪着女伴看民间的游乐节目。大家一起欢笑嬉闹，女子却不敢说自己的心事，而是躲在一旁，抛掷铜钱，卜一卜心上人多会儿能回来。

写得有情有趣，小儿女的形态尽在诗中，那可采可不采的田字草也很放松地长在江边，不必发愁，不必承担它承受不来的情谊。

蘋在宋词中出现的频率不让唐诗，可选的非常多，那就按机缘选吧。

先看中的是寇准的《夜度娘》和《江南春》。

### 夜度娘

烟波渺渺一千里，白蘋香散东风起。

日暮汀洲一望时，柔情不断如春水。

### 江南春

波渺渺，柳依依。孤村芳草远，斜日杏花飞。江南春尽离肠断，蘋满汀洲人未归。

寇准是北宋初期的名臣，以刚直足智著名，深得宋太宗信任，曾经有"澶渊退敌"等历史功绩。在传统剧目中，他的出场和杨家将有关。如《寇准背靴》中，杨延昭为躲避迫害诈死，寇准疑其未死，为避免脚步声响，将靴子脱下来背在背上，悄悄调查，最终发现端倪，为大宋保住了忠良，杨家将后来保卫边疆，立下汗马功劳。此事的真实性有待考证，但人民愿意相信此事，《寇准背靴》的故事因此传唱不衰。

这两首都写到蘋，即田字草，意境、含义差不多，都是春末夏初，田字草茂盛的时候。《夜度娘》中的田字草是"柔情不断如春水"，极尽柔媚，而《江南春》中的则是"江南春尽离肠断"，有"点点是离人泪"的意思。

再看张先的《相思令》：

蘋满溪，柳绕堤。相送行人溪水西，回时陇月低。

烟霏霏，风凄凄。重倚朱门听马嘶，寒鸥相对飞。

张先是北宋词人，婉约派代表人物。此人一生潇洒风流，直到八十八岁高龄寿终正寝。有几个张先的逸闻趣事可说，一是外号"张三影"的来历，《古今诗话》载："有客谓子野曰：'人皆谓公张三中，即心中事、眼中泪、意中人也。'子野曰：'何不曰之为张三影？'客不晓。公曰：'云破月来花弄影''娇柔懒起，帘幕卷花影''柳径无人，堕絮飞无影'，此余生平所得意也。"是为"张三影"。

他年轻时私会过尼姑，怎样与小尼姑相遇相爱的不知道，多年后二人被迫分手，张先写下《一丛花》纪念自己的缱绻情义。

张先一生富贵风流，过的是有钱有闲的生活，再加上会舞文弄墨，风流轶事就多。连他的好友苏轼都羡慕嫉妒恨，赠诗于他："诗人老去莺莺在，公子归来燕燕忙。"八十岁了还娶十八岁的女子为妾，自鸣得意赋诗曰："我年八十卿十八，卿是红颜我白发。与卿颠倒本同庚，只隔中间一花甲。"苏轼和诗："十八新娘八十郎，苍苍白发对红妆。鸳鸯被里成双夜，一树梨花压海棠。"你还别说，此小妾还真为张先生下两男两女。

这么口沫横飞地介绍一位现今完全不出名的北宋词人，再看介绍的内容，明显是"八卦"心理，和此篇蘋没有一毛钱关系。诸君只当是茶余饭后的谈资吧。

下面说回他的《相思令》，溪水中长满田字草（蘋可以入诗词，田字草就"下里巴"了，怎么入诗词呢？），柳树绕着堤岸长。送人送到溪水西边，回来时只有明月与我同行。

烟霭笼罩，寒风凄冷。回到家中倚在门上眺望，听得见马嘶，看得见寒鸥相对飞。

张先的词就像中国的文人画，清远、淡漠，让人如临其境。

欧阳修在《长相思》中也写到蘋——田字草，让我惊异的是他的《长相思》和张先的《相思令》居然一模一样，我弄不清是什么情况，这是惊人的一致，还是完全的抄袭？我没有追究的意思，就是觉着有趣，这种情况并不鲜见。不管怎么说，那时没有知识产权保护一说。

没想到蘋竟然这样了结，有趣。

# 芦苇

## 笛声依约芦花里

最喜欢秋天的芦苇，万物萧瑟，芦苇云彩一般随风起伏，最适合发感慨，延思绪，要是资深"文青"，一定生发诗情文章。

"阳春白雪"般的诗意芦苇，在植物学中被分配在禾本科芦苇属中，是一种多年生水生或湿生高大草本植物，只要有水的地方就有芦苇生长。芦苇极为寻常地生长，极为无私地奉献，它的叶、花、茎、根、笋都可以入药，全身都是宝。芦苇的茎、根还可以造纸，社会发展到不为衣食所忧后，芦苇的茎经过加工还可以做成工艺品，很受大众欢迎。

现代人欣赏芦苇，更多关注吃、用，以及观赏等用途。

古人欣赏芦苇蕴含的情深意长，比如《秦风·蒹葭》："蒹葭苍苍，白露为霜。所谓伊人，在水一方。"这是我最喜欢的诗之一，曾多次引用。

芦苇不仅出现在《诗经》的《蒹葭》中，《召南·驺虞》："彼茁者葭，壹发五豝，于嗟乎驺虞！"《卫风·河广》："谁谓河广，一苇杭之。"《卫风·硕人》："葭菼揭揭，庶姜孽孽。"《豳风·七月》："七月流火，八月萑苇。"《小雅·小弁》："有漼者渊，萑苇淠淠。"《大雅·行苇》："敦彼行苇，牛羊勿践履。"其中的苇、

葭即芦苇，可见芦苇在久远的从前分布就极为广泛。

芦苇除了刚才说的功用，还有一项不得已而为之的"功用"，就是假装当棉花使，却因为没有棉花的保暖作用，一次使用终身废弃。这里面有一个故事，不妨与诸君分享，就是《二十四孝》之"单衣顺母"，后来的庐剧《打芦花》说的也是这个故事。孔子七十二贤徒之一闵子骞的继母让亲生儿子穿丝绵（春秋时没有棉花）絮的棉袄，却让闵子骞穿完全不能御寒保暖的芦花絮的袄，但闵子骞一如既往地孝敬继母，古往今来被人称颂。后来，"著芦花"一词就成了继父母虐待非亲生子女的代用语。

芦苇受到各时代诗人的喜欢，逍遥在各朝各代的诗文中找芦苇只需要闭着眼睛"投石问路"，没准第三下就找到了。闲话休叙，我们来看看唐诗里的芦苇是什么样子的。因为只想选一首，斟酌之下选了司空曙的《江村即事》：

钓罢归来不系船，江村月落正堪眠。
纵然一夜风吹去，只在芦花浅水边。

他写了一位垂钓者，钓了一天鱼，累了，月落时分，回家，天气凉快，正好睡觉，懒得系船，任由船儿在水里漂荡。钓鱼者心想，就由那船漂吧，它能漂到哪里去呢？顶多漂到长着芦花的浅水边。

他诗中的那份情趣宁静、安闲、随意，正是人间好时光。

到了宋朝，芦苇依然蓬勃生长，宋词里的芦苇也蓬勃生长，不妨选二首感受一番。

先看潘阆的《酒泉子》：

长忆西湖。尽日凭阑楼上望。三三两两钓鱼舟，岛屿正清秋。
笛声依约芦花里，白鸟成行忽惊起。别来闲整钓鱼竿，思入水云寒。

潘阆是北宋词人，自号逍遥子，早年卖过药，后来进士及第，为官，又几次被贬谪。这是他回忆杭州美景写的十首词之四，可见那时杭州就是人间天堂。

回忆从前在西湖游览，整日站在楼阁上眺望西湖的美景。有三三两两的钓鱼舟点缀，远处的岛屿正呈现出清秋的景致。

芦花荡中依稀传出清亮的笛声，惊起了委身其中的白鸟，可以看到空中"一行白鹭上青天"的美景。自告别西湖，思想起来，不由整理钓鱼竿，思绪飞回到那水云寒、正清秋的西湖美景中。

西湖美景是和芦苇相关的，淡远、澄澈、出世，这是不一样的芦苇。

再看谢逸的《青玉案》：

芦花飘雪迷洲渚。送秋水、连天去。一叶小舟横别浦。数声鸿雁，两行鸥鹭。天淡潇湘暮。

蓬窗醉梦惊箫鼓。回首青楼在何处。柳岸风轻吹残暑。菊开青蕊，叶飞红树。江上潇潇雨。

谢逸是北宋词人，屡试不第，工诗文，是江西派的重要诗人，曾写过三百首咏蝶诗，因此也被称为"谢蝴蝶"。

深秋，芦花飞雪一般笼罩沙洲。秋水连天，一叶小舟，几声雁鸣，两行鸥鹭，天高云淡，潇湘正暮色。

我醉梦中倚在蓬窗前，不知青楼何处。风吹过柳岸，夏日残余的暑热消除。菊花正开，枫叶正红，江上飘过细雨。

其实和潘阆的芦苇异曲同工，美景妙不可言。

想想，就在这样清淡的芦花中结束芦花的大宋之旅吧，总比愁绪不断强一些。

# 菱

## 红莲绿荭亦芳菲

菱是菱科菱属一年生水生草本植物，又称荭、水菱、风菱、乌菱、菱角、水栗、菱实、荭实等。

我原以为菱是南方植物，我所在的北方的山西没有，我就自以为是地认为整个北方都没有，但是谬之大矣。东北三省有，南方各省更有。另外，菱不仅只一个品种，还分两角菱、四角菱，甚至无角菱等，让我大开眼界。

四角菱有馄饨菱、小白菱、水红菱、邵伯菱等，其中的水红菱就是我们最熟悉的歌曲《采红菱》之红菱，水红菱原来是四角，不是我以为的两角。

两角菱有扒菱、蝙蝠菱、五月菱、七月菱等。我能看见的基本上就是两角菱，至于是哪种两角菱就不是我能判断的了。

更奇怪的是还有无角菱，既然就是因为菱具有"棱角分明"的特点才取名菱角，偏又有无角之菱，显然是菱角里的异类，无角菱也叫圆菱、和尚菱、元宝菱。

菱在古代还有一种称呼——芰，这是通过《楚辞》知道的。芰就是四角菱，李时珍说："其叶支散，故字从支。其角棱峭，故谓之菱，而俗呼为菱角也。昔人多不分别，惟伍安贫《武陵记》以三角、四角者为芰，两角者为菱。《左传》屈到嗜芰，即此物也。"

知道了这么多菱，想起《采红菱》："我们俩划着船儿采红菱呀采红菱。得呀得郎有心得呀得妹有情。就好像两角菱从来不分离呀，我俩一条心。"这首歌曾经唱遍祖国大江南北。我因为这歌曲知道红菱，向往红菱，现如今发现歌曲里的红菱应该是四角的，两角的是"扒菱、蝙蝠菱、五月菱、七月菱"，但转念一想那又怎样，关键是"我俩一条心，从来不分离呀"。

还是从最早的菱——芰，开始说起。屈原不止一次提到芰，往往和荷连在一起。比如《离骚》："制芰荷以为衣兮，集芙蓉以为裳。"意思就是说用菱叶做成上衣啊，那荷花裁成下裳。

还有他的《招魂》："芙蓉始发，杂芰荷些。紫茎屏风，文缘波些。"大意是，荷花开始开放，期间伴以碧绿的菱叶。长着紫色茎秆的水葵，它的纹理随水波荡漾。

后世受屈原影响的诗人很多，诸君一会儿就会看到。写菱的诗肯定不能越过唐朝，就选一首崔国辅的《小长干曲》：

> 月暗送潮风，相寻路不通。
> 菱歌唱不彻，知在此塘中。

写的是一个男子在月色朦胧夜，到江边找自己心仪的姑娘，走到池塘边，路不通了，但只听"菱歌"声不断，男子仔细辨听，他心爱的姑娘就在那些唱"菱歌"小曲的女子其中，心下好不安慰。

看来，古往今来，唱菱歌、采红菱都是发生爱情的好媒介。

再到宋词里看看菱，写到芰、菱的很多，各选一首吧，选中的还是"金牌写手"欧阳修和苏东坡。

先看欧阳修的《玉楼春》：

> 蝶飞芳草花飞路。把酒已嗟春色暮。当时枝上落残花，今日水流何处去。
> 楼前独绕鸣蝉树。忆把芳条吹暖絮。红莲绿芰亦芳菲，不奈金风兼玉露。

这是他三十四首《玉楼春》的其中一首。眼看着蝴蝶才飞到芳草上，花儿却已经在飘落的路上，把酒间感叹春天已经过去，枝头上只留下个别残花，真是"流水落花春去也"。

夏天到了，知了不停地鸣叫，好似回忆那春风拂柳的好时光。红莲和绿菱依旧芳菲，但是秋风露水一来，它们也会凋零。

欧阳修感叹时光的流逝，有些无奈，春暮花会凋落，秋天即便是芰荷也一样凋落，这是自然规律，感叹一下也就罢了，不能沉浸其中无法自拔。宋代词人大多喜欢沉浸在各种愁绪哀怨中不愿自拔。欧阳修算是最少的之一了。

再看苏东坡的《画堂春·寄子由》：

> 柳花飞处麦摇波，晚湖净鉴新磨。小舟飞棹去如梭，齐唱采菱歌。
> 平野水云溶漾，小楼风日晴和。济南何在暮云多，归去奈愁何。

子由是苏东坡的弟弟苏辙，当时在济南任职。

春暮，我们一同看柳花飞上天、麦苗波浪滚。湖水跟新磨的镜面一样平展，小船往来穿梭，船上传出的是愉快的采菱歌。

平原之上，水云相接，小楼之外风和日丽，济南却是暮云飞渡，你归来愁绪就没有了。

菱歌还是菱歌，让人愉快的菱歌，但是终还是落到"愁"字上，那是风气。苏东坡一生虽大起大落，胸怀磊落坦荡，却也免不了，几多愁，一江春水向东流。

还好，有菱歌在，菱或者芰终究是美好的。

 兰

## 春兰可佩


说起兰最容易想到的是"春、兰、秋、菊"这花中的四君子，想把这样的寓意深入中国人的所有阶层，实际能否做到另说，人们心中有这样的愿望总是好的。

兰，我是说中国兰，花不够鲜艳，香气却袭人，而花色、形状夺人眼目的蝴蝶兰，不香但惹眼，和中国兰打一颠倒。

古人很早就注意到兰的"君子品质"，《孔子家语》载："芝兰生于深谷，不以无人而不芳；君子修道立德，不以困穷而改节。故曰：与善人居，如入芝兰之室，久而不闻其香，即与之化矣；与不善人居，如入鲍鱼之肆，久而不闻其臭，亦与之化矣。丹之所藏者赤，漆之所藏者黑，是以君子必慎其所处者焉。又曰：不以无人而不芳，不因清寒而萎琐；气若兰兮长不改，心若兰兮终不移。"

以香草、恶草区分君子、小人的屈原当然不会忽略兰的存在，《楚辞》中就提到三十多次，是提到次数最多的植物。就以屈原的《九歌·礼魂》为例感受一下兰的芳香吧。

《九歌·礼魂》："成礼兮会鼓，传芭兮代舞；姱女倡兮容与；春兰兮秋菊，长无绝兮终古。"大意是，祭祀礼成啊鼓乐和鸣，香花传递啊纷纷起舞，美女高唱啊仪态从容。春天祭祀以兰花啊秋天祭祀以菊花，长久没终止啊直到永远。

也因此有了成语"春兰秋菊"，指兰、菊各有称道的地方。

我知道关于兰的诗是在《唐诗三百首》中，因为是第一篇，格外引人注意，就是张九龄的《感遇十二首》其一：

> 兰叶春葳蕤，桂华秋皎洁。
> 欣欣此生意，自尔为佳节。
> 谁知林栖者，闻风坐相悦。
> 草木有本心，何求美人折？

春兰茂盛，秋桂飘香。它们欣欣向荣地生长，是因为顺应了美好的季节。林中的美女看到它们的美好非常欣悦，想要攀折，但是且慢，草木自有本性，不是为了取悦美人才芳华绝代的，还是收回您那贵手吧。

唐朝的兰远没有牡丹兴盛，到了宋代就不一样了，兰有了自己的第一份谱系，就是赵时庚所著的《金漳兰谱》，介绍了三十二种兰花。后世兰谱没有不从其中抄录的。

宋代罗愿在《尔雅翼》中也有介绍："兰之叶如莎，首春则发。花甚芳香，大抵生于森林之中，微风过之，其香蔼然达于外，故曰芷兰。江南兰只在春劳，荆楚及闽中者秋夏再芳。"所以宋词中兰出现的频率非常高，当然和它的兴盛有很大关系。因为多反倒不好选择，那就撞吧，第一个撞到的是柳永的《离别难》：

花谢水流倏忽，嗟年少光阴。有天然、蕙质兰心。美韶容、何啻值千金。便因甚、翠弱红衰，缠绵香体，都不胜任。算神仙、五色灵丹无验，中路委瓶簪。

人悄悄，夜沈沈。闭香闺、永弃鸳衾。想娇魂媚魄非远，纵洪都方士也难寻。最苦是、好景良天，尊前歌笑，空想遗音。望断处，杳杳巫峰十二，千古暮云深。

柳永这是在写一位女子的"香消玉殒"。女子蕙质兰心，正是花儿般的年华，可惜得了病，什么灵丹妙药都不能挽救她的生命。曾经的欢情犹在眼前，可惜"良宵美景奈何天"，你去了，"望断处，杳杳巫峰十二，千古暮云深。"

这位蕙质兰心的女子，可能是与柳永交往的歌女，因病早逝，柳永为悼念她而作《离别难》。

再撞就到了苏轼的《占春芳》，这个跨度比较大。

红杏了，天桃尽，独自占春芳。不比人间兰麝，自然透骨生香。
对酒莫相忘。似佳人、兼合明光。只忧长笛吹花落，除是宁王。

这是借鉴了别人的解读，我不知道这是写梨花的。

红杏开过了，鲜艳的桃花开过了，就剩梨花独自占住春光大显身手，和人间的兰花、麝香的香味不一样，梨花是天然生发，香气透骨沁人。

饮酒也别忘了赏花，就好似佳人般，色香俱佳。只担心唐朝那个善吹长笛的宁王把梨花吹落。

这是夸梨花呢，兰花不过是陪衬。第一次看到贬抑兰花的诗词，虽然我对苏轼的看法不以为然，但我捍卫他发表自己意见的权利，也因此感到这一撞有意思。

再撞就撞到辛弃疾了，他的《沁园春·带湖新居将成》写到兰。

## 沁园春·带湖新居将成
### 辛弃疾

三径初成，鹤怨猿惊，稼轩未来。甚云山自许，平生意气；衣冠人笑，抵死尘埃。意倦须还，身闲贵早，岂为莼羹鲈脍哉。秋江上，看惊弦雁避，骇浪船回。

东冈更葺茅斋。好都把轩窗临水开。要小舟行钓，先应种柳；疏篱护竹，莫碍观梅。秋菊堪餐，春兰可佩，留待先生手自栽。沉吟久，怕君恩未许，此意徘徊。

此时辛弃疾因为遭人排挤早有归隐之意，他还在任上就开始修建居所，起名"稼轩"，自号"稼轩居士"。

此词用典很多，都和归隐有关。

归隐之地刚刚建好，仙鹤猿猴已经在惊怪主人我还没有归来（化用孔稚圭《北山移文》："蕙帐空兮夜鹤鸣，山人去兮晓猿惊。"），归隐山林本来就是我的志趣，被那官场人笑话我不以为意。有了这样的想法就要趁早，不仅仅是为了莼羹鲈脍口腹之欲，且看秋江上，"惊弦雁避，骇浪船回"也是快意人生。

东冈建的茅屋，要把窗户都临水开着，想要划船垂钓，先临岸种柳；再插上篱笆护住一片竹林，但竹林不能过密，不然影响了赏梅。我自己亲自种的是可餐的秋菊，可佩的春兰，都是君子的标配。这样畅想着，又怕君王不答应，不由沉吟徘徊。

归隐之士大都会选择"梅、兰、竹、菊"栽种，以示自己品格的高洁。辛弃疾想为国家出力，但是奸臣当道，他力不能及，只好选择归隐。归隐了，君子情结需要一个外在的表达，于是种竹、种梅，特别是亲自种菊花和春兰，可见其心向往之。他的兰不同于柳永的"兰心蕙质"，是屈原的兰，我喜欢。

最后就撞到了张炎的《国香》，巧得很，最后一篇就是专门写兰的，且往下看。

空谷幽人。曳冰簪雾带，古色生春。结根未同萧艾，独抱孤贞。自分生涯淡薄，隐蓬蒿、甘老山林。风烟伴憔悴，冷落吴宫，草暗花深。

霓痕消蕙雪，向崖阴饮露，应是知心。所思何处，愁满楚水湘云。肯信遗芳千古，尚依依、泽畔行吟。香痕已成梦，短操谁弹，月冷瑶琴。

张炎此人已经在其他篇里介绍过，生于南宋末年，宋末四大家，南宋灭亡后，不仕。

张炎的兰就是屈原的兰。空谷幽兰，不同于萧艾这样的"恶草"，它是孤高清傲的，被皇家冷落，在山间自开自落自芬芳。

这样的结局只有屈子最能理解。孔子曾经弹《猗兰操》曲，慨叹兰生空谷无人欣赏，如今一样，"香痕已成梦""月冷瑶琴"，终究是"空谷幽兰""孤芳自赏"。

兰在这里结束正好，这就是兰之性。

# 菊 花

## 人比黄花瘦

又到了写菊花的时候。已经写过多次，不愿意躲开的仍是屈原的"春兰秋菊"、陶渊明的"采菊东篱下"、杜牧的"菊花须插满头归"、黄巢的"满城尽带黄金甲"。

每个人的审美情趣不同，每一次的选择终究逃不过自己的审美取向，所以再写菊花就不愿意做这样的选择。不妨写下今日的感受吧。

秋天刚过，菊花在初冬里傲然开放，似乎并没有感觉寒冷的逼近。很喜欢附近公园里遍植的小菊以及菊花，虽然没有那些如牡丹一般硕大娇艳的特别培植品种，例如什么贵妃醉酒、瑶台玉凤、胭脂点雪、清水荷花、紫龙卧雪、朱砂红霜等名贵菊花，但也不是从前那般只有黄色的花朵了。现在有红、黄、白、粉等不同颜色的菊花，都是菊花原初模样，看了有一种恍然回到过去的怅然情绪。

兴许是年龄的缘故，已经不喜欢过于争奇斗艳的花了，更喜欢简单、原始的。我见的菊就是如此，开在偏僻的公园边缘处，没有人给整形，也没有人给修剪，是去年种上以后今年自己长出来的，因此并不成形，一簇一簇的。但于我这样的人见到却是欣喜的，觉得这才是一种野趣。花开得明艳，不受天气的影响，也不受雾霾的影响，就算落叶纷纷，也仍然任自开放，我是发自内心地敬佩，这就是性格的不屈，这就是生命的顽强。

看见这样品行的菊花，所有的玻璃心，所有的矫情都轰然退去，没有理由捂住自己的玻璃心，没有理由展示内心的矫情，只有勇猛向前，就像菊花一样，明知寒冬将至依旧无所畏惧，坚持绽放自己最灿烂的笑容。

如此，我有些理解君子对菊花的偏爱，那是一种品格精神，不是"风花雪月"。只是这样的菊花适合宋词吗？看惯了宋词中的伤春悲秋，愁肠百转、断肠人在天涯式的叹息，不知道寒风中的菊花是让宋词人怎样消解的。你还别说，宋词里写到菊花的非常多，就略选几首吧。

先选欧阳修的《渔家傲》，他写到菊花的词不少，此一首是我喜欢的，我认为它至少没有脂粉气。

## 渔家傲

九月霜秋秋已尽。烘林败叶红相映。惟有东篱黄菊盛。遗金粉。人家帘幕重阳近。

晓日阴阴晴未定。授衣时节轻寒嫩。新雁一声风又劲。云欲凝。雁来应有吾乡信。

九月重阳秋霜已落，树木层林尽染，落叶缤纷。只有东篱的菊花正开得如火如荼。那金色的花瓣似乎是告诉人们重阳就要到了。

今日天气阴晴未定，还不是很冷，家家已经开始准备寒衣了。雁在南归，风在加劲，云似乎想要凝结，我想此时该有家乡的音信了。

正在盛开的菊花是让人有些期盼的，所以雁归时，家乡的音讯也该有了。

接着选晏几道的《蝶恋花》：

黄菊开时伤聚散。曾记花前，共说深深愿。重见金英人未见。相思一夜天涯远。

罗带同心闲结遍。带易成双，人恨成双晚。欲写彩笺书别怨。泪痕早已先书满。

这首词就是标准的宋词，表达了离别、幽怨之情。

菊花开的时候感伤离别，那是因为去年此时你我在菊花面前深深许愿，今年菊花已经开了，但是相思了一夜也不见人归。

相思不解，用罗带结同心结，罗带的同心容易结，只是你我成双何其晚，想要写书信与你，未写泪早已滴满彩笺。

词作清丽动人，菊花有了新的用途，是恋人盟誓的象征。想来一派君子风范的菊花堪当大任，只可惜菊花应时年年开，恋人却没有音信，让人伤心。

再看黄庭坚的《鹧鸪天》，是"菊花插满头"式的菊花。

黄菊枝头生晓寒，人生莫放酒杯干。风前横笛斜吹雨，醉里簪花倒著冠。
身健在，且加餐。舞裙歌板尽清欢。黄花白发相牵挽，付与时人冷眼看。

重阳时节，从菊花开满的枝头已经感觉到寒意，我是有些感慨的，人生就该及时行乐，风雨吹横笛，醉中簪花倒戴冠，何等的潇洒放浪。

只愿身体健康，多吃多喝，听歌看舞尽是清欢。就是要满头白发插上黄菊，让那些世俗人等冷眼旁观吧。

黄庭坚此时并不真的潇洒，不过是故作潇洒，就像杜牧那"菊花须插满头归"一样。

最后就到了"人比黄花瘦"的李清照，她专写过《多丽·咏白菊》，但是哪里能比得上《醉花阴》中的黄菊呢！

### 醉花阴

薄雾浓云愁永昼，瑞脑消金兽。佳节又重阳，玉枕纱厨，半夜凉初透。
东篱把酒黄昏后，有暗香盈袖。莫道不销魂，帘卷西风，人比黄花瘦。

这是李清照写给丈夫赵明诚的思念之词。

又到了重阳节，没有你的日子，时间很难消磨。龙脑香在香炉里冉冉升起，我睡在纱帐中思念你，半夜凉气袭遍全身。

黄昏后在东篱边饮酒，有菊花香气袭入袖中，思念你的心情让人销魂，临着寒冷的西风，人比黄花瘦。

相思极深，清冷无比，菊花冷艳，让人如何消受得起。

那时的菊花是"瘦的"。如今不一样，菊花硕大肥壮，快赶上牡丹了，若是李清照生在今朝，定不会以菊花比人瘦，该是"常记溪亭日暮，沉醉不知归路。兴尽晚回舟，误入藕花深处。争渡，争渡，惊起一滩鸥鹭"了。

那时的她"岁月安好"，此时却"人比黄花瘦"，后来就"寻寻觅觅，冷冷清清，凄凄惨惨戚戚""这次第，怎一个愁字了得"了。

菊花在李清照的"人比黄花瘦"中结束正和宋词的意趣，那就打住吧。

# 薏苡仁

## 相思意已深

薏苡是禾本科薏苡属一年生粗壮草本植物，也叫药玉米、水玉米、晚念珠，都很形象，但称为薏苡仁的更多。

我在没见过薏苡前就知道薏苡仁。那是儿时，很多女孩的脸上有雀斑，俗称"蝇子屎"，爱美的女孩子很介意，大人也很介意，认为喝薏苡仁粥就治"蝇子屎"。我就喝过，薏苡仁看起来

更像高粱米，不过颗粒更大一些，薏苡仁粥不好喝，虽然不苦，但味道寡淡，而且薏苡仁还粗粝，不好下咽，在淡淡的几颗"蝇子屎"和难咽的薏苡仁粥之间我选择了留下"蝇子屎"，所以至今我的脸上那几颗"蝇子屎"还健在。坚持喝薏苡仁粥的我的小伙伴，她脸上的"蝇子屎"没有消失，且不知何故比我的多，而且颜色更深。

薏苡仁虽然没有治好我们的"蝇子屎"，却从此留在我的记忆中，以至于在以后的岁月里，每当我又介意自己的"蝇子屎"时，就喝几次薏苡仁粥，自然每次都没有效果。

薏苡仁粥具有祛湿之功效，我也再一次喝起薏苡仁粥。尽管湿气没祛成，我也不怨薏苡仁粥，毕竟喝薏苡仁粥我从没有坚持过三天以上。

后来在一个植物园见到薏苡时我还是高兴的，那种终于见到本家的高兴，而且是我自己判断出来的，不免为自己判断植物的能力小小地骄傲一番。

薏苡的历史很悠久，虽然以薏苡入诗入文的极少，但有关于它的成语——薏苡明珠，意思是把薏苡当明珠，比喻被人诬蔑，蒙受冤屈；故意颠倒黑白，

糊弄是非。看到这里还是让人一头雾水。

此故事在《后汉书·马援列传》中，先摘录原文表示故事的真实性：

初，援在交趾，常饵薏苡实，用能轻身省欲，以胜瘴气。南方薏苡实大，援欲以为种，军还，载之一车。时人以为南土珍怪，权贵皆望之。援时方有宠，故莫以闻。及卒后，有上书谮之者，以为前所载还，皆明珠文犀。马武与于陵侯侯昱等皆以章言其状，帝益怒。援妻孥惶惧，不敢以丧还旧茔，裁买城西数亩地槁葬而已。宾客故人莫敢吊会。严与援妻子草索相连，诣阙请罪。帝乃出松书以示之，方知所坐，上书诉冤，前后六上，辞甚哀切，然后得葬。

大意是马援在越南常吃薏苡仁，发现其中的好处，回来时就带了一车，权贵们以为是明珠，等着马援分给他们几个，没想到马援就没这心眼。权贵们不高兴，因他此时正得宠，又敢怒不敢言。马援死后，权贵们的机会来了，马上告御状，皇帝很生气，吓得马援妻子和儿子都不敢把马援拉回家乡，就近草草埋了了事。后来马援妻子向皇帝请罪后，才得知其中的缘由，赶紧诉冤，前后达六次，才化解了此事。

伏波将军马援何等的英雄，没想到因为一车薏苡仁，死后受到迫害，因此有了成语"薏苡明珠"。后来史书中多有引用，可见这事是何等的惊心动魄，借此就再引用几段史书资料。

《后汉书·吴佑传》："今大人逾越五岭，远在海滨，其俗旧多珍怪。此书若成，则载之兼两。昔马援以薏苡兴谤，王阳以衣囊邀名。嫌疑之间，诚先贤所慎也。"

《旧唐书·王珪杜正伦等传论》："正伦以能文被举，以直道见委，参典机密，出入两宫，斯谓得时。然被承乾金带之讥，孰与夫薏苡之谤，士大夫慎之。"

五代王定保《唐摭言·好及第恶登科》："是知瓜李之嫌，薏苡之谤，斯不可忘。"

唐代白居易《得微之到官后书备知通州之事怅然有感因成四章》："侏儒饱笑东方朔，薏苡谗忧马伏波。"

可见薏苡明珠的事件历朝历代都少不了，有江湖的地方就有是非，更遑论在权力机构。

放下感慨，到宋朝看看，断少不了薏苡明珠的事件，但不是为了探究薏苡明珠的，而是为了见识宋朝的薏苡。陈亚《生查子·药名闺情》云：

相思意已深，白纸书难足。字字苦参商，故要檀郎读。
分明记得约当归，远至樱桃熟。何事菊花时，犹未回乡曲？

陈亚是北宋人，属于仕宦阶层。他喜欢以药名为诗词，据说以药名为诗多达百首，比如"风月前湖夜，轩窗半夏凉"等为时人称道。

但清代冯金伯在《词苑萃编》中不以为然地道："宋陈亚，性滑稽，尝用药名作闺情《生查子》三首，予谓此等词，偶一为之可耳，毕竟不雅。"其实我不这么看，何来不雅？

现在看陈亚"不雅"的《药名闺情》。

离别后，相思日渐加深，书信难以表达我的情思。信中的每一个字都表达我们不能相见的相思苦痛，郎君一定要明白我的心意。

分明记得郎君离别时约定的归期，最晚到樱桃熟了就回来了，但是现在菊花都开了，还没有等到你回乡的消息。

妻子思念丈夫，用药名写出来，是有趣，不是滑稽，但是我不和冯金伯争论，他在"那边"，他滑稽他的，我在"这边"，我有趣我的。


# 白 芷

## 白纸书难足


知道白芷是从中药名开始的。后来喜欢辨别各种植物后见到了白芷，在一处不大的药圃中，我被盛开的芍药吸引过去，看够了芍药，嗅够了芳香，顺带就认识了白芷，后来还有柴胡、牛蒡子、射干、丹参、生地等，至于白芷"解表散寒，祛风止痛，通鼻窍，燥湿止带，消肿排脓"的功用起先并不在我的认识当中，毕竟对于中药，寻常人就是浅尝辄止，不对，是知道中药的"本草"

就行，至于这些草药能干什么，是中医的事儿，我只管有趣。

白芷有趣还在于它很早就被我们的先人认识并使用，首先是发现白芷的芳香，是为了身体之用。《礼记·内则》中就有记载，父母长辈会赏赐家族女性食物、布帛、白芷和泽兰，食物和布帛吃穿之用不必说，白芷和泽兰则纯粹是为了芳香，是为了修饰形象的。

白芷还是屈原欣赏的"香草"，在他的带领下，白芷就成了《楚辞》中出现最多的植物。

就选屈原的《九章·悲回风》感受一下："故荼荠不同亩兮，兰茝幽而芳。"

意思是，苦菜和荠菜不会在一片田里生长，泽兰和白芷在幽深处独自芬芳。

东汉王逸在《楚辞章句》中云："性清洁者佩芳，德仁明者佩玉，能解结者佩觿，能决疑者佩玦，故孔子无所不佩也。"孔子"各项全能"，所以"无所不佩"，其中一定少不了白芷吧。

虽然白芷深受屈原及他的弟子喜欢，但后来的文人骚客写白芷的真不多。

唐朝钱起《省试湘灵鼓瑟》：

> 善鼓云和瑟，常闻帝子灵。
> 冯夷空自舞，楚客不堪听。
> 苦调凄金石，清音入杳冥。
> 苍梧来怨慕，白芷动芳馨。
> 流水传潇浦，悲风过洞庭。
> 曲终人不见，江上数峰青。

湘水女神善于鼓瑟，那尧帝的女儿娥皇女英常常聆听。就连水神冯夷都忍不住闻瑟起舞，只是那哀婉的音乐让不得意的"楚客"屈原、贾谊等更加难过。

凄美的音乐令金石悲戚，清澈的乐声直达苍穹。就连九嶷山的舜帝都被惊动，那香草白芷也因此散发出更悠远的芳香。音乐在湘江上流动，哀怨的声音随风传到了洞庭湖。

这样悠远清越的诗居然是试帖诗。

到了宋朝，白芷就不再是人们佩戴的香草，而是常出现在诗词中的一味中药，且为白纸的谐音，书写了无尽的相思。

且看陈亚的《生查子·药名闺情》：

相思意已深，白纸书难足。字字苦参商，故要檀郎读。
分明记得约当归，远至樱桃熟。何事菊花时，犹未回乡曲？

此词反复引用，就不再翻译了，诸君随意看关于此词中的植物篇就好。

最后，还是要把白芷的科属报出来的，这个不能忘。

白芷是伞形科当归属高大的草本植物，具有美容的功效。

自知道有药名词，也就知道有药名诗，借此机会也搬出来，一同欣赏。

唐代诗人陆龟蒙、皮日休创造的"药名离合诗"，就是诗中的上句末尾与下句开头一字构成一个药名，有趣得很。

皮日休《怀锡山药名离合二首》：

其一
暗窦养泉容决决，明园护桂放亭亭。
历山居处当天半，夏里松风尽足听。

其二
晓景半和山气白，蔷香清净杂纤云。
实头自是眠平石，脑侧空林看虎群。

陆龟蒙《和袭美怀锡山药名离合二首》：

其一

鹤伴前溪栽白杏，人来阴洞写枯松。

萝深境静日欲落，石上未眠闻远钟。

其二

佳句成来谁不伏，神丹偷去亦须防。

风前莫怪携诗蒉，本是吴吟荡桨郎。

诗的意思就不解了，能辨别出药名就已经不简单了。

皮日休的两首诗里有决明子、亭历、半夏、白薇、云实、石脑六味药，陆龟蒙的有杏仁、松萝、络石、伏神、防风、藁本六味药。

# 苦 参

## 字字苦参商

苦参是豆科槐属草本或亚灌木植物，也叫地槐、好汉枝、山槐子、野槐。我的好奇不在"好汉枝"，而是苦参和人参居然不是一个科，更不是一个属，人参是五加科人参属多年生草本植物。

既然是这样，我有兴趣知道其他有"参"名的科属，不看不知道，一看有惊叫。几乎所有的"参"都不是一个科一个属。

丹参是唇形科鼠尾草属多年生直立草本植物。

党参是桔梗科党参属多年生草本植物。

我还知道西洋参，就是外国参，或者叫花旗参、洋参，居然和人参一个科属，世界就是这么奇妙，外国参和咱人参同一个科一个属，咱自己其他的参竟都不是人参的科属。

对于苦参我能说的不多，只能现学现卖，我国古代医药大师陶弘景说："近道处处有之。叶极似槐叶，花黄色，子作荚，根味至苦恶。"但可惜我不认识，接着介绍，苦参有"清热利湿，抗菌消炎，健胃驱虫之效，常用作治疗皮肤瘙痒，神经衰弱，消化不良及便秘等症"。

另外，苦参的种子可作农药，茎皮纤维可织麻袋等。

诗文中也只有宋时陈亚的《生查子·药名闺情》"相思意已深，白纸书难足。字字苦参商，故要檀郎读"句提到。

此词已经提过数遍了，诸君参看《薏苡——相思意已深》就好。


# 狼　毒

## 故要檀郎读


至少有两种植物叫狼毒，一种是瑞香科狼毒属多年生草本植物，也称续毒、川狼毒、白狼毒、猫儿眼根草等，生在高山、草原，开白色、黄色、紫色的花，芳香无比，就是有毒，毒性还挺大。为什么叫狼毒，李时珍没有说，我也不知道。这种瑞香狼毒是中药，主要以根部入药，有祛痰、消积、止痛的功效，主治结核类、疮瘘癣类等。还可以提取工业酒精以及造纸。

还有一种狼毒，是大戟科大戟属的，也叫大蓟狼毒、狼毒疙瘩、狼毒、猫眼睛、山红萝卜等，开的花跟叶子似的，没有香味，但有毒，毒性也挺大。

这两种狼毒不是一个科一个属，但有个相似的名字，猫儿眼根草、猫眼睛，这就让我"晕菜"了，以至于我把真正的猫眼草当作狼毒，不仅自己认为是这样，也想当然地这样介绍给别人。但是自以为是害死人。有一天，我发现猫眼草就是猫眼草，或者也可以叫泽漆、乳浆大戟、细叶猫眼草、烂疤眼、乳浆草等，就是不叫狼毒。我自己认识了，但是我无法向被我误导的每一位受害者解释，因为我忘记告诉哪些人了，但愿他们有机会看到我的这篇文章，就算我认错了吧。

大蓟狼毒以根入药，有破积杀虫、除湿止痒的功效，主治淋巴结结核、骨结核、皮肤结核、牛皮癣、神经性皮炎、慢性支气管炎、阴道滴虫。

猫眼草也是中药，也有毒，毒性没有前二者大。有镇咳、祛痰、散结、逐水、拔毒、杀虫的功效，主治痰饮咳喘、水肿、瘰疬、疥癣、无名肿毒等。

瑞香狼毒和大蓟狼毒较好区分，因为形态生长环境完全不一样；大蓟狼毒和猫眼草一个科一个属，长得很像，还真不好区分。它们生长的区域差别不大，只不过大蓟狼毒花期在5、6月，猫眼草在4至10月，至于它们的更多区别只有诸君亲自体验，才好真正辨别。当然，我是说去仔细观察两种植物，不是像神农尝百草一样品尝它们的滋味，它们真的有毒！

在《芳香宋词》中写植物狼毒其实也不是必须，陈亚《生查子·药名闺情》"字字苦参商，故要檀郎读"句，"檀郎"即是槟榔，"郎读"要是解读为"狼毒"的谐音也不是不可。我知道没有其他人这样解读，但我既然"看出来"了，那就理直气壮地牵强附会吧。

陈亚的词就不再解读了，参看"白芷篇"就可。

其实《生查子·药名闺情》有四首，一直引用的是第一首，不如此篇就把其他三首也放出来，欣赏一下无妨。

二

小院雨余凉，石竹风生砌，罢扇尽从容，半下纱橱睡。起来闲坐北亭中，滴尽珍珠泪，为念婿辛勤，去折蟾宫桂。

三

浪荡去未来，踯躅花频换，可惜石榴裙，兰麝香销半。琵琶闲抱理相思。必拔朱弦断，拟续断朱弦，待这冤家看。

四

朝廷数擢贤，旋占凌霄路，自是郁陶人，艰险无夷处，也是没药疗孤寒，食薄何须误，大幅纸连粘，甘草归田赋。

词的意思并不复杂，想念夫君的女子，一方面期待他蟾宫折桂，一方面又想他回来。其中除了第一首词的中药，剩下的三首还含有，余粮、石竹、苁蓉、北亭、珍珠、细辛、桂、蔻苕、踯躅、石榴、麝香、枇杷、筚拨、续断、代赭、蒴藋、凌霄花、桃仁、芜荑、没药、薄荷、大腹皮、甘草等23种药，可谓琳琅满目。幸亏我多少知道一些中药的名字，否则就是找中药名也不知从何找起。

狼毒在《神农本草经》中被列为下品，因为有大毒。

最后，还想把辛弃疾的药名词《满庭芳》展露一下，让诸君一次就药名词看个够。

### 满庭芳·静夜思

云母屏开，珍珠帘闭，防风吹散沉香。离情抑郁，金缕织硫黄，柏影桂枝交映，从容起，弄水银塘。连翘首，惊过半夏，凉透薄荷裳。

一钩藤上月，寻常山夜，梦宿沙场。早已轻粉黛，独活空房。欲续断弦未得，乌头白，最苦参商。当归也，茱萸熟，地老菊花黄。

辛弃疾太厉害了，文武双全，同是写离情，没有"功名利禄"，而有生死的离情，因为是沙场，不是官场。

词中有云母、珍珠、防风、沉香、郁金、硫黄、黄檗、桂枝、苁蓉、水银、连翘、半夏、薄荷、钩藤、常山、缩砂仁、轻粉、独活、续断、乌头、苦参、当归、茱萸、熟地、菊花等25味中药的药名。

诸君消化消化众中药，洒家去也！

# 当　归

## 分明记得月当归

当归是伞形科当归属多年生草本植物。很多人知道当归都因为它是药，我就是其中一个。有一段时间我常吃当归丸，作用是活血化瘀。当归不仅有这个作用，还有补血和血、调经止痛、润燥滑肠、抗癌、抗老防老、免疫之功效。

当归还有"密码"的作用，《三国志》中就有两处用药材"当归"表明人的"当归"。一处是《三国志·吴书·太史慈传》记载，曹操

得知东吴太史慈很有才干，就想让其投奔曹魏，劝归的书信里专门夹了一些当归表示殷切的希望。

另一处是《三国志·蜀书·姜维传》记载，姜维投靠蜀国后，魏国又想争取他回来，通过姜维的母亲写信给他，也是在信里夹上当归。姜维反复思量之后给母亲回信，信中也夹有当归，还有远志，他是这么写的："良田百顷，不在一亩（母）；但有远志，不在当归。"姜维母亲一看便知："儿有远志，母无它求。"

李时珍是这么介绍当归得名缘由的："古人娶妻要嗣续也，当归调血为女人要药，有思夫之意，故有当归之名。"

唐代也有书信寄当归的事例。张说在《代书寄吉十一》中提道：

一雁雪上飞，值我衡阳道。

口衔离别字，远寄当归草。

目想春来迟，心惊寒去早。

忆乡乘羽翮，慕侣盈怀抱。

零落答故人，将随江树老。

想回回不了，就寄去当归草，羡慕人家相聚相会，我只能在此终老。看得让人心酸。

到了宋代依旧是如此，有王质的《浣溪沙》为证：

何药能医肠九回。榴莲不似蜀当归。却簪征帽解戎衣。泪下猿声巴峡里，眼荒鸥碛楚江涯。梦魂只傍故人飞。

什么药能医治回乡的病，榴莲再好也不如当归。我想卸甲归田，但是不能，只得梦中和故人在一起。

陈亚的《生查子·药名闺情》当然也是。

当归，当归，当归，那是含泪的当归。

# 茴 香

## 犹未回乡曲

茴香分为大茴香和小茴香，大茴香是八角茴香的俗称，是八角科八角属乔木，产于广西西部、南部等地。大茴香的果实性辛甘、温，主要用于温阳、散寒、理气，治中寒呕逆，寒疝腹痛，肾虚腰痛，干、湿脚气等。

小茴香是伞形科茴香属草本植物，嫩茎叶是蔬菜，果实不仅是调味料，还是重要的中药，性味辛温，有行气止痛、健胃散寒的功效。主治胃寒痛、小腹冷痛、痛经、腹胁痛、疝痛、睾丸鞘膜积液、血吸虫病等。小茴香最早见于唐本草，可见其历史悠久。关于小茴香名字的来源，南朝陶弘景说："煮臭肉，下少许，无臭气，臭酱入末亦香，故曰茴香。"

估计大茴香是比照小茴香起的名，我是这么胡乱猜测的。

不论大茴香还是小茴香，老百姓的日常生活中都常用，煮肉时大茴香是少不了的，那种浓烈的香气会把肉类的腥膻驱赶殆尽。北方人常在蒸花卷时铺撒小茴香的果实，蒸出的花卷便有特殊的香味，不用吃菜，单吃茴香花卷就够味。再有就是茴香包子，以茴香配猪肉蒸包子那是包子中的翘楚。

历史上还真有以茴香赋诗的，恰巧是宋朝的黄庭坚，先看诗吧。

### 和柳子玉官舍十首之茴香

邻家争插红紫归，诗人独行麋芳草。
丛边幽蠹更不凡，蝴蝶纷纷逐花老。

看样子写的是小茴香，邻居家都是插红戴紫，诗人却偏停下来闻小茴香的芳香，茴香丛边的虫儿更不凡，那蝴蝶纷纷追逐插茴香的老诗人。

再就是陈亚的《生查子·药名闺情》提到了茴香，至于是大茴香还是小茴香，那就不好说了。反正人家是以药名抒情，不是治病，是茴香就行。词就不再赘述了，参看"白芷篇"就可。

历代以药名入诗入词的有一些，写到茴香的还真没几首，那就别勉强寻找了，倒是冯梦龙关于药名的《挂枝儿》有趣，就借茴香的舞台，挂上一枝吧。

### 挂枝儿

你说我，负了心，无凭枳实，激得我蹬穿了地骨皮，愿对威灵仙发下盟誓。细辛将奴想，厚朴你自知，莫把我情书也当破故纸。

想人参最是离别恨，只为甘草口甜甜的哄到如今，黄连心苦苦嚼为伊耽闷，白芷儿写不尽离情字，嘱咐使君子，切莫做负恩人。你果是半夏当归也，我情愿对着天南星彻夜的等。

其中写到枳实、地骨皮、威灵仙、细辛、厚朴、人参、甘草、黄连、白芷、使君子十味中药，看起来一气呵成，意思又很简单，有趣得紧，请诸君一赏。

回香（茴香）无比。

# 荻

## 怕荻花枫叶俱凄楚

荻是禾本科荻属多年生草本植物，常和芦苇长在一起，不注意的人往往分辨不出荻和芦苇，我便是如此。帮助我分辨出二者的是《秦风·蒹葭》，这是《诗经》中我最喜欢的诗之一。

蒹葭苍苍，白露为霜。所谓伊人，在水一方。
溯洄从之，道阻且长。溯游从之，宛在水中央。
蒹葭凄凄，白露未晞。所谓伊人，在水之湄。
溯洄从之，道阻且跻。溯游从之，宛在水中坻。
蒹葭采采，白露未已。所谓伊人，在水之涘。
溯洄从之，道阻且右。溯游从之，宛在水中沚。

想删节都没地方删，那就呈上全诗。

深秋的蒹葭本已萧瑟，结霜的白露更添了我的惆怅，我思念的那个人儿，远在河的那边。

蒹葭茂盛，白露未干，所谓伊人，在水之湄。

蒹葭丛密，白露还在，所谓伊人，在水之涘。

一片深秋的蒹葭，一地结霜的白露，一位思念那人的有情人，只见河水不见人影的那人。

凄清，深情，旷远。

其中的蒹，就是荻，葭就是芦苇。可见自古以来荻和芦苇就长在一起，很难分割，以至于寡闻如我一直以为"蒹葭"是一种植物。

古代，荻不仅仅被称为"蒹"，还被称为"藋"，屈原《天问》云："咸播秬黍，莆藋是营。何由并投，而鲧疾修盈？"意思是，鲧辛勤耕作种上优质的黑粟，那里曾经长满蒲和荻，为何要把他和共工一起流放，难道是鲧真的恶贯满盈？

自因为《诗经》认识荻后，每到秋天就注意荻，那是会让人产生"蒹葭苍苍"遐想的风景，是文艺青年向往的不落俗套的自然美。而落入俗套的是，刚

出生的荻芽是美味。欧阳修在《六一诗话》中云："河豚鱼白与荻芽为羹最美。"

欧阳修和荻有着密切的关系，"画地学书"用的"笔"就是荻做的。原委是这样的："四岁而孤，母郑，守节自誓，亲诲之学。家贫，至以荻画地学书。幼敏悟过人，读书辄成诵。及冠，嶷然有声。后，遂以文章名冠天下。"

荻在宋词中并不鲜见，除了常常"蒹葭"联用，也有荻花独自竞放。

先看苏舜钦的《水调歌头》：

潇洒太湖岸，淡伫洞庭山。鱼龙隐处，烟雾深锁渺弥间。方念陶朱张翰，忽有扁舟急桨，撇浪载鲈还。落日暴风雨，归路绕汀湾。

丈夫志，当景盛，耻疏闲。壮年何事憔悴，华发改朱颜。拟借寒潭垂钓，又恐鸥鸟相猜，不肯傍青纶。刺棹穿芦荻，无语看波澜。

苏舜钦是因为《沧浪亭记》而有名，他生在仕宦家庭，因为支持范仲淹的庆历新政被守旧派诬陷，被罢职闲居苏州，买下五代吴越王的花园，并于花园中建沧浪亭。他与当时的梅尧臣齐名，时称"梅苏"。可惜只存有此《水调歌头》一首，正好因为词中的"荻"得以今日再见。

此词是苏舜钦被罢职后写的。太湖岸洞庭山，烟波浩渺，烟雾弥漫。心中想着当年范蠡、张翰辞官归隐的事迹，忽然见一小船载着鲈鱼急速驶来，眼见落日下暴风骤雨，小船只好绕道而行。

大丈夫一心想的是"修齐治平"，耻于闲散无事。正值壮年却憔悴如此，满头白发改变了容貌。原想在寒潭垂钓，又恐鸥鸟猜疑，本就不愿意依傍高官，我现在能做的就是撑船穿过芦荻荡，沉默无语看波澜翻滚，我自不惊。

这首词表明了他的人生态度：不如意，但依旧不趋炎附势。

再看刘过的《贺新郎》：

老去相如倦。向文君、说似而今，怎生消遣？衣袂京尘曾染处，空有香红尚软。料彼此、魂消肠断。一枕新凉眠客舍，听梧桐疏雨秋风颤。灯晕冷，记初见。

楼低不放珠帘卷。晚妆残，翠蛾狼藉，泪痕凝脸。人道愁来须殢酒，无奈愁深酒浅。但托意焦琴纨扇。莫鼓琵琶江上曲，怕荻花枫叶俱凄怨。云万叠，寸心远。

刘过是南宋词人，与陆游、辛弃疾、陈亮、岳珂交好。词风与辛弃疾相近，常抒发抗金抱负，四次应举都不中，只好流落江湖，布衣终身。

此词是刘过参加试用官吏的考试，没有过关，当时他已经三十九岁，在那时，这个年龄就是中年了。失意中遇到一位半老徐娘的女子，有同病相怜之感，写下这首《贺新郎》。

年老的司马相如疲惫了，问卓文君，我们如今的境况如何打发？想当年我们相爱共眠，就算客舍有些凉意也阻挡不了我们的情意。一起听秋风过处，梧桐落雨。现如今，伴着眼前昏暗的烛火，回忆我们的相识。

如今，这低矮的楼阁中，珠帘低垂，你满脸憔悴，妆容不整，泪痕清晰。人们都说借酒浇愁，但你我的愁太重，酒太浅，解不了愁。只能托意弹琴不愿恩爱断绝，更不要弹琵琶，像白居易的琵琶女，只怕荻花、枫叶和你我同伤悲，俱凄楚。天上的云有万层，你我寸心悠远。

真是凄楚万分，轻飘飘的荻花怎能承载得动这样的凄清、幽怨、不得意？

我无奈，总是在宋词的各种愁里结束植物的芳香。

# 浮　萍

## 水趁浮萍风趁水

浮萍是浮萍科浮萍属水面浮生植物，小到你以为是低等植物，但是人家全乎着呢，有叶有根还开花，只不过花开得少，不常见而已。以我的经验，浮萍就是池塘里的一层绿，分不出彼此的紧密相接，有密集恐惧症的人估计不喜欢看到浮萍的生长之地。

说明确点，我没有仔细观察过浮萍，细小到1.5~2毫米的叶子让近视的我有畏难情绪，让本没有密集恐惧症的我产生密集恐惧症。就是这样的植物，历代以它为题入诗文的相当多，几乎所有的诗人都可怜浮萍没有根，随处漂泊，弱小，任人欺凌的形象，这和我的观感大相径庭。

沿着历史的足迹看看文人墨客眼中的浮萍吧。

我看到最早给浮萍定位是西汉刘向的《九怀·尊嘉》："河伯兮开门，迎余兮欢欣。顾念兮旧都，怀恨兮艰难。窃哀兮浮萍，泛淫兮无根。"意思是，水神河伯啊打开宫门，热烈欢迎我啊欢欣不已。我却是顾念我的故国，心怀忧愤啊世道艰难。暗自哀怜啊身似浮萍，漂浮不定啊没有根基。

浮萍就这样定位了，杜甫有"杨花雪落覆白苹，青鸟飞去衔红巾"（《丽人行》），白居易有"与君相遇知何处，两叶浮萍大海中"（《答微之》），大都如此。在故纸堆里使劲翻检，终于找出不是"身似浮萍"的浮萍，是杜牧的《齐安郡后池绝句》：

菱透浮萍绿锦池，夏莺千啭弄蔷薇。
尽日无人看微雨，鸳鸯相对浴红衣。

此时是夏天，微微下着雨，暑气尽消。园子的池塘里红菱叶子露出水面，满池的浮萍像锦绣一样铺开，再看园子里，黄莺围着盛开的满架蔷薇婉转啼鸣。一天了并没有人看细雨，只有我在这里，淋着毛毛细雨看池子里对对鸳鸯相互嬉戏，甚是惬意。

杜牧笔下的浮萍生机盎然，没有飘零，这样我就安心了，我就有勇气到宋朝看浮萍了，早就看多了宋朝的愁绪哀怨，想着浮萍在宋词人眼里能不引起哀怨吗？

欧阳修的《减字木兰花》：

年来方寸。十日幽欢千日恨。未会此情。白尽人头可得平。区区堪比。水趁浮萍风趁水。试望瑶京。芳草随人上古城。

近来内心烦乱，欢聚十日留下千日的离恨。这样的情感只能到了白头才能抚平。

拿什么比较呢？就好似连绵不断的浮萍随水流随风飘，望到京都，那浮萍就跟着飘到京都。

浮萍虽也是飘零，但更多的是绵延不断的不能常相聚的恨意。这倒有些意思了。

再看曾觌的《阮郎归》：

上苑初夏侍宴，池上上飞燕掠水而去，得旨赋之。
柳阴庭院占风光，呢喃清昼长。碧波新涨小池塘，双双蹴水忙。
萍散漫，絮飘飏，轻盈体态狂。为怜流去落红香，衔将归画梁。

曾觌是南宋词人，宋孝宗时人，与当权者龙大渊朋比为奸，恃宠干政，广收贿赂，权势颇盛。据周密《武林旧事》记载，宋孝宗陪太上皇宋高宗在后花园赏花，"回至清妍亭看荼蘼，就登御舟，绕堤闲游。（太上皇）倚阑闲看，适有双燕掠水飞过，传旨令曾觌赋之，遂进《阮郎归》。"就是说这首应制词是"奉旨填词"。

初夏，柳荫遮住耀眼的阳光，燕子穿梭其间，不停地呢喃。小池塘碧波荡漾，双燕不时从水面掠过，啄食昆虫。

小池塘中长满浮萍，柳絮也在上面飘飞，体态轻盈疏狂。燕子不忍水中落红流走，特意衔起来叼回画梁中的燕巢。

好清雅的词，一下子忘记他的为政不端。可见文如其人也不是放之四海而皆准的。如此清丽的词与恃宠干政、广收贿赂、权势颇盛似乎不搭，那就是混搭。不管怎么说，因为"奉旨填词"，连浮萍都不飘零了，我不知该喜该忧。

其实宋词里的浮萍更多的是"叹浪萍风梗知何去"（柳永《夜半乐》），"萍梗孤踪，梦魂浮世，别离常是"（晁补之《水龙吟》），"浮萍破处，帘花檐影颠倒"（周邦彦《隔浦莲》）。

这样的浮萍比比皆是，就不说了。

# 瓜

## 沉李浮瓜忍轻诺

瓜肯定是植物，但不是一种植物，而是一大分类的总称。除了东南西北，还有甜酸苦辣各味瓜。我想说的大多是甜瓜类，比如葫芦科的瓜。

甜瓜的历史很悠久，不说它被人类最早食用的年代，从《诗经》中就能看到瓜的踪影，举一个"高大上"的例子，《大雅·绵》（摘录）：

绵绵瓜瓞。民之初生，自土沮漆。古公亶父，陶复陶穴，未有家室。
古公亶父，来朝走马。率西水浒，至于岐下。爰及姜女，聿来胥宇。

大意是，瓜秧连绵瓜不断，我们周祖的先民，从豳地迁往岐山。我们的领袖古公亶父，带领我们打山洞以避风寒，那时候没有把房子盖。古公亶父大早就把马儿赶，顺着豳城西岸的河边走。来到岐山之下，和他的妻子姜氏一起，找地方重新安家。

这是周人记述祖先古公亶父事迹的诗。繁盛的瓜及连绵的瓜秧是周人繁衍不断的象征。

也许就是受了这样的启示，瓜在周代成为重要的祭品，《周礼·地官》中提到的"委人"就是专门征收包括瓜在内的蔬果作物的官职。

唐朝有位叫贯休的诗僧写到瓜。

### 春晚书山家屋壁二首（其二）
水香塘黑蒲森森，鸳鸯鸂鶒如家禽。
前村后垄桑柘深，东邻西舍无相侵。
蚕娘洗茧前溪渌，牧童吹笛和衣浴。
山翁留我宿又宿，笑指西坡瓜豆熟。

贯休在有水塘的村舍，看到水塘里香蒲很茁壮，鸳鸯、鸂鶒像家禽一样自在游动。村子的前后种着桑柘树，村民们勤劳耕作和谐共处。但只见蚕娘正

在溪水边欢喜蚕茧，牧童一边吹笛一边戏水。此情此景令人流连忘返，山翁看我喜欢此地，恳切邀我留宿，笑说你看那西坡的甜瓜和豆子都熟了，特别是甜瓜香甜可口，正是品尝的好时候，你就留下吧。

这样的瓜怎不令人留恋？有这样的"笑指西坡瓜豆熟"的情景，人世是值得留恋的。

到宋朝前，有一句成语必须提，沉李浮瓜，出自三国时期曹丕《与朝歌令吴质书》："浮甘瓜于清泉，沉朱李于寒水……同乘并载，以游后园。"意思是吃在冷水里浸过的瓜果，一同在后湖里游玩。形容暑天消夏的生活。这么惬意的"瓜果生活"在宋词里反复出现。

柳永的《女冠子》："以文会友，沉李浮瓜忍轻诺。"

黄庭坚的《鹊桥仙·席上赋七夕》："朱楼彩舫，浮瓜沉李，报答风光有处。"

辛弃疾的《南歌子》："散发披襟处，浮瓜沉李杯，涓涓流水细侵阶。"

当然也有别的瓜，比如陆游的《鹧鸪天》："懒向青门学种瓜，只将渔钓送年华。"

咱就选其中一二感受一下宋词中的瓜吧。

先看黄庭坚的沉李浮瓜。

### 鹊桥仙·席上赋七夕

朱楼彩舫，浮瓜沈李，报答风光有处。一年尊酒暂时同，别泪作、人间晓雨。

鸳鸯机综，能令侬巧，也待乘槎仙去。若逢海上白头翁，共一访、痴牛騃女。

七夕，朋友们一起聚会在朱楼彩舫，吃着冷水浸过的瓜李，欣赏无限风光，一年相会一次，又该别离，人间就是如此。

鸳鸯织绣令女乞巧，有机会还是要仙去，若碰上白头翁仙人，那就和他一起拜访痴情的牛郎和织女。

吃着令人舒服的瓜李，感叹着牛郎织女的痴情，想着自己的心事，这就是黄庭坚的七夕，吃着浮瓜沉李的七夕。

再看陆游的《鹧鸪天》：

懒向青门学种瓜，只将渔钓送年华。双双新燕飞春岸，片片轻鸥落晚沙。

歌缥缈，木房呕哑，酒如清露鲊如花。逢人问道归何处，笑指船儿此是家。

"懒向青门学种瓜"是有来源的。汉初，秦故东陵侯邵平在秦亡后为布衣，在长安城东青门外种瓜，瓜甜味美，时人称为"东陵瓜"。后世人以"邵平瓜"誉称退隐官人的瓜田。

陆游的意思是他不想在青门外种瓜，但是过渔钓生活还是可以的，此时看看双双新燕飞过，片片轻鸥落下，那是多么惬意的生活。

歌声隐约，摇橹声暗哑，酒如清露，水母如花开。有人问我归往何处，我笑着说此船就是我的家。

看起来是很诗意的生活，不知道词人内心是否真的甘于如此，斯人已去，就不追问了。

其实青门种瓜和渔舟唱晚意思是一样的，没有质的区别，不过是个人喜好而已。邵平种瓜是不得已而为之，陆游就是心甘情愿吗？

到今天，于我，是真的愿意种瓜的，那是岁月静好、气定神闲的象征。

# 杜　衡

## 衡皋向晚舣轻航

杜衡是马兜铃科细辛属多年生草本植物，多长在河南以南。虽然是和细辛同为一科一属，但杜衡不是细辛，《本草纲目》说得详细："细辛，叶如葵，赤黑色，非此则杜衡也。杜衡叶如马蹄之下，故俗名马蹄香。"还说："细辛水渍令直，是以杜衡伪为之也。东南所用细辛，皆杜衡也。"还说："《博物志》言杜衡乱细辛，自古已然矣。"

细辛是中药，具有祛风，散寒，行水，开窍的功效。

杜衡是中药，具有解表散寒，祛风止痛，通窍，温肺化饮。

二者作用差不多，但确实不是一种植物。我除了知道细辛是中药，杜衡反复在《楚辞》中出现以外，顶多知道杜衡是《红楼梦》薛宝钗院子里的植物之一，贾宝玉在诗中提道："蘅芜满净苑，萝薜助芬芳。软衬三春草，柔拖一缕香。"

就选《楚辞》中的杜衡感受一下此香草的魅力吧。

### 九歌·湘夫人

芷葺兮荷屋，缭之兮杜衡。

合百草兮实庭，建芳馨兮庑门。

九嶷缤兮并迎，灵之来兮如云。（节录）

大意是，在荷屋上覆盖香草白芷，用杜衡围绕四周。庭院里布满各种芳草，再建一座芳香馥郁的门廊。九嶷山的众神都来迎接湘夫人，他们如云般相拥而至。

杜衡在屈原的辞赋里看起来"高大上"，在民间的名字更接地气，比如泥里花、土里开花等，就算你没见过，根据花名也有想象的余地，但"杜衡"就不一样，我就无法根据杜衡想出它的模样，想不出就认为杜衡不寻常，尤其还出现在屈原的香草系列里。

尽管杜衡在《楚辞》中举足轻重，但在历史的长河中还是鲜有入诗。从《楚辞》一跃千年就到了宋词，还只找见一首，就是柳永的《彩云归》：

蘅皋向晚纾轻航。卸云帆、水驿鱼乡。当暮天、霁色如晴昼，江练静、皎月飞光。那堪听、远村羌管，引离人断肠。此际浪萍风梗，度岁茫茫。

堪伤。朝欢暮散，被多情、赋与凄凉。别来最苦，襟袖依约，尚有余香。算得伊、鸳衾凤枕，夜永争不思量。牵情处，惟有临歧，一句难忘。

天色向晚，船儿向长满杜衡的岸边靠拢。放下船帆，停留在鱼米之乡。已经傍晚了，但天空还像白天一样晴朗透彻，江水白练一样寂静，月光皎洁明亮。远处传来悠悠的羌笛声，一下击中离人思乡的情怀。再看江中，浮萍飘荡，就如眼前的我，年年岁岁，心事茫茫。

朝欢暮散最是伤人，多情带来的总是凄凉。离别最是痛苦，隐约间衣襟上还有佳人的余香。猜想你一定是坐在鸳鸯被凤凰枕旁，面对慢慢长夜，和我一样思念。我们离别时的赠言言犹在耳，句句难忘。

虽然不知道这是写给哪位佳人的，但其中的情丝缠绵，意犹未尽，让有过刻骨相思的人不禁感同身受，以至于险些忘记选此词的目的，感谢风流才子柳咏，让杜衡在宋词里占有一席之地。

# 芭 蕉

## 阵阵芭蕉雨

芭蕉长得富有诗意，我还是小女孩时就喜欢芭蕉下的仕女，也曾梦想自己就是那芭蕉下抚琴的清雅女子。那时仅仅在仕女画中见过芭蕉。最吸引我的是仕女画家王叔晖的《西厢记》，其中很多场景里，莺莺都是在芭蕉树下的。

后来北方种植美人蕉，我就设想芭蕉就是美人蕉的模样。及至有一天见了真的芭蕉，才发现芭蕉很高大，那时早忘了儿时的芭蕉树下仕女梦，而是关心芭蕉好吃吗？芭蕉没香蕉好吃。

芭蕉是从唐朝开始广泛进入文人的诗词中的，唐朝就有不少写到芭蕉的诗，最吸引人的是晚唐韩偓的《深院》：

> 鹅儿唼喋栀黄嘴，凤子轻盈腻粉腰。
> 深院下帘人昼寝，红蔷薇架碧芭蕉。

韩偓在自己的小院里，只见嫩鹅张开小黄嘴呱呱鸣叫，美丽的凤蝶扭动腰肢上下翻飞。此时正是大白天，主人拉下帘子午睡，院子里红色的蔷薇与绿色

的芭蕉相互陪衬，该是大好春光。只是主人辜负了，大白天的在睡觉，一点也不思进取。

一句"红蔷薇架碧芭蕉"和宋代蒋捷《一剪梅》"红了樱桃，绿了芭蕉"有一拼。

宋代作品描写到芭蕉的更多，芭蕉葱绿硕大的叶片特别适合宋词人的多愁善感。除了"绿了芭蕉"还有好几阵"阵阵芭蕉雨"，不妨看看。

先看张先的《生查子》：

> 含羞整翠鬟，得意频相顾。雁柱十三弦，一一春莺语。
>
> 娇云容易飞，梦断知何处。深院锁黄昏，阵阵芭蕉雨。

张先是北宋词人，990年—1078年在世，活了八十八岁，一生为官，善写士大夫的诗酒生活和男女之情，是婉约派的代表人物。

《生查子》写了一位女子在弹筝，娇羞得意，顾盼生辉，琴声如春天的黄莺婉转传情。但是曲终人散，梦断此处，只留下庭院深深，寂寞和黄昏都锁在里面，还有雨打芭蕉的声音，声声入耳。

刚还莺歌燕舞，转瞬就是雨打芭蕉，男女情如此，世事大抵也如此。

这并不惊异，惊异的是和他同时代，比他年少十七岁的欧阳修和他写了一模一样的《生查子》，这样的事例在宋词中不是一次看到。我惊愕之余，不知该说什么。不敢断然说就是欧阳修抄张先，毕竟他们同时代，就算张先比欧阳修大十七岁，而且还比欧阳修晚去世六年，也不敢说《生查子》是谁先写的。

下面介绍两位也写到芭蕉的不熟悉的宋词人。一位是陆游妾写的《生查子》，鲜见，所以特别留出，还有石孝友的《眼儿媚》。

先看陆游妾《生查子》：

> 只知眉上愁，不识愁来路。窗外有芭蕉，阵阵黄昏雨。晓起理残妆，整顿教愁去。不合画春山，依旧留愁住。

陆游妾是有故事的人，据宋末陈世崇《随隐漫录》云："陆放翁宿驿中，见题壁云：'玉阶蟋蟀闹清夜，金井梧桐辞故枝。一枕凄凉眠不得，挑灯起作感秋诗。'放翁询之，驿卒女也，遂纳为妾。方半载余，夫人逐之，妾赋《生查子》云……"妾赋的就是这首《生查子》。

陆游妾无端就愁了，不知什么引起的愁，窗外的芭蕉赶巧又被雨打了，更增加了妾的愁绪。

大早晨起来化妆，原本想整理妆容，精神了愁就褪去了，但是画起眉毛来，愁更愁，无法排遣。

看来陆游妾在陆家过得不好，仅仅半年就被陆妻赶走，可叹可怜。那陆游只管娶回来，不管留下来，我能说他不负责任吗？芭蕉再次被雨打，这次可真是说多了都是泪。

再看石孝友的《眼儿媚》：

愁云淡淡雨潇潇，暮暮复朝朝。别来应是，眉峰翠减，腕玉香销。
小轩独坐相思处，情绪好无聊。一丛萱草，数竿修竹，几叶芭蕉。

石孝友只知道是南宋词人，仕途不顺，不羡富贵，隐居于丘壑之间，所以留下的文章叫《金谷遗音》。

闺中的女子坐在小轩，看窗外，云淡淡，但是愁的，雨潇潇，但是凉的。这样的日子，朝朝暮暮，自别后，懒画蛾眉，身体憔悴。相思使人无聊。只见窗外，一丛萱草，数竿修竹，几叶芭蕉，几多相思泪。

芭蕉承担着女子的相思愁，想起李商隐的"芭蕉不展丁香结，同向春风各自愁"，也想起我的芭蕉仕女梦，但是我的梦是少女梦，不是忧愁梦。幸亏那时不懂相思，不懂忧愁，顶多是"为赋新词强说愁"的故作姿态，否则相思如"暮暮复朝朝"，过不了多久就该"香消玉殒"了，哪里还有机会探寻芭蕉的味道。

关于芭蕉的忧愁就到这里吧。

# 牡　丹

## 闲看洛阳花

牡丹国色天香，于家是富贵的标志，于国是繁荣昌盛的象征。因为它的硕大、芳香、鲜艳，任何见过的人都不能无视其存在。

和牡丹是直系亲属关系的芍药就没有牡丹至上的盛名，牡丹是花王，芍药是花相，不过这个局面是在唐以后发生的。唐以前，牡丹叫"木芍药"，自改名"牡丹"后，牡丹"大红大紫"就没有衰落过，可见名字的重要性。

据李时珍《本草纲目》载："牡丹虽结籽而根上生苗，故谓'牡'，其花红故谓'丹'"。

牡丹还叫过特别下里巴的名字，比如鼠姑、鹿韭、白茸等，完全没有牡丹的霸气，你怎么能想象一种叫"鼠姑"的植物千年大放异彩、登堂入室呢？

牡丹虽然在唐朝走向鼎盛，但却是在隋朝开始酝酿的。到了唐朝就出现了专门种植牡丹的花艺师。柳宗元在《龙城录》中记载："洛人宋单父，善种牡丹，凡牡丹变易千种，红白斗色，人不能知其术，唐皇李隆基召至骊山，植牡丹万本，色样各不同。"

牡丹之兴盛与遭到武则天贬抑有关。《事物纪原》记载："武后诏游后苑，百花俱开，牡丹独迟，遂贬于洛阳。"从此牡丹也叫"洛阳花"。

唐朝舒元舆道出了唐人喜欢牡丹的原因。他在《牡丹赋》中这样说："我案花品，此花第一。脱落群类，独占春日。其大盈尺，其香满室。叶如翠羽，拥抱栉比。蕊如金屑，妆饰淑质。玫瑰羞死，芍药自失。夭桃敛迹，秾李惭出。踯躅宵溃，木兰潜逸。朱槿灰心，紫薇屈膝，皆让其先，敢怀愤嫉？"

意思是牡丹开了，玫瑰得羞死，芍药就失色，桃花不敢艳，李花要退出，杜鹃心有愧，木兰将遁逃，朱槿会灰心，紫薇皆弯腰，哪里敢有愤慨嫉妒的心思。

既然大唐的牡丹都这样了，那就把夸牡丹的唐诗列几例吧。

皮日休《牡丹》：

> 落尽残红始吐芳，佳名唤作百花王。
> 竞夸天下无双艳，独立人间第一香。

刘禹锡《赏牡丹》：

> 庭前芍药妖无格，池上芙蕖净少情。
> 唯有牡丹真国色，花开时节动京城。

白居易《牡丹芳》节录：

> 共愁日照芳难驻，仍张帷幕垂阴凉。
> 花开花落二十日，一城之人皆若狂。

在唐朝，牡丹是"花开时节动京城""一城之人皆若狂"的"真国色""百花王"。仔细想想，除了牡丹还真没有另一种植物能全方位代表上自帝王下至百姓的期盼与愿望。

宋词里的牡丹，欧阳修有"直须看尽洛阳花，始共春风容易别"（《玉楼春·尊前拟把归期说》）、"关心只为牡丹红，一片春愁来梦里"（《玉楼春·常忆洛阳风景媚》），以及"更值牡丹开欲遍，酴醿压架清香散"（《渔家傲》），我们就看看不甚出名的宋词人是怎么看牡丹的吧。

陈瓘的《满庭芳》写到牡丹。

槁木形骸，浮云身世，一年两到京华。又还乘兴，闲看洛阳花。闻道鞓红最好，春归后、终委泥沙。忘言处，花开花谢，不似我生涯。

年华。留不住，饥餐困寝，触处为家。这一轮明月，本自无瑕。随分冬裘夏葛，都不会、赤水黄芽。谁知我，春风一拐，谈笑有丹砂。

说是闲看牡丹花，其实是刻意为之，得知鞓红这个品种最好，春归后还不是也要委身泥沙？心知肚明，花开花谢，跟我的生命足迹不相似。

知道年华留不住，饿了吃，困了睡，四处为家。天上的这一轮明月，洁净无瑕。随季节我冬穿裘夏穿葛，修身炼丹，谁人知我春风中一拐子，谈笑间都是灵丹妙药。

据惠洪《冷斋夜话》云："刘跛子者，青州人，挂一拐，每岁必一至洛中看花……计其寿百四十五年许。"

陈瓘是个通达之人，"槁木形骸，浮云身世"并不影响每年看国色天香的牡丹，随意天成，潇洒自在，一改宋词中连绵不绝的愁绪，是以选此牡丹。

再选一个不出名的，刘仙伦的《菩萨蛮》：

东风去了秦楼畔。一川烟草无人管。芳树雨初晴。黄鹂三两声。
海棠花已谢。春事无多也。只有牡丹时。知他归不归。

刘仙伦是真没名气，只知道是南宋人，布衣终身，善诗词，《全宋词》就选了他的一首，恰好有牡丹。

春风去了秦楼楚馆，任一川野草疯狂生长。雨过天晴，树上传来黄鹂的几声鸣叫。海棠花已经谢了，想来春天到末尾了，只有牡丹开的时候，就知道春天是不是归去了。

看起来也没什么意思，但没有发愁就好。

最后看文天祥的《满江红·代王夫人作》：

试问琵琶，胡沙外、怎生风色。最苦是、姚黄一朵，移根仙阙。王母欢阑琼宴罢，仙人泪满金盘侧。听行宫、半夜雨淋铃，声声歇。

彩云散，香尘灭。铜驼恨，那堪说。想男儿慷慨，嚼穿龈血。回首昭阳离落日，伤心铜雀迎秋月。算妾身、不愿似天家，金瓯缺。

王夫人是宋恭帝的昭仪，南宋灭亡时随宋恭帝被掳往大都。文天祥在驿站的墙壁上看到王夫人题写的《满江红》，不满结尾三句"问嫦娥、于我肯从容，同圆缺"，就以王夫人的口气代作一首。

问我常弹的琵琶，北地风沙，有何景色。最不堪，名贵如姚黄牡丹竟然连根从仙界挖走，仙人泪满金盘，王母停止筵宴。仿佛听到了唐玄宗在蜀中听到夜雨淋铃一般，都是亡国惨状。

曾经的繁华消尽，只留下亡国恨，哪里忍诉说。想那男儿该是咬紧牙根慷慨救国。回首曾经的宫殿，伤心离别时秋风拂面。就算是我这样的女子，也不愿大宋江山，残缺不全。

后三句一改，马上风向就转了，那是激励宋人保家守国呢！虽然最终没有守住，但是这样的志气是要有的，永远不能丢。

我只是震惊，牡丹会以这样的面目出现，竟掀起荡气回肠心绪，不由得想起我最喜欢的文天祥的两句诗："人生自古谁无死，留取丹心照汗青。"他以行动践行此言。看起来和牡丹无关，但是世界就是这样的。仔细看，怎能无关呢？

# 红 蓼

## 红蓼花香夹岸稠

红蓼是蓼科蓼属一年生草本植物，属于野蛮生长、自由散漫的高大野草。只要有块土地，只要有点湿润，红蓼就开始恣意汪洋地生长，也不介意和其他草木混杂，你长你的，我长我的。夏末初秋就显示出红蓼的不同，一穗一穗红色跟狗尾巴草一样的红蓼就开花了。风一吹，红蓼摇曳，就好像一条条小游龙在游动，这样的形容是从古人那里体会出来的。《诗经》时代，红蓼就叫游龙，可见红蓼的久远。

现场感受一下《诗经》中的游龙——红蓼吧。《郑风·山有扶苏》云：

> 山有扶苏，隰有荷华。不见子都，乃见狂且。
> 山有桥松，隰有游龙。不见子充，乃见狡童。

这是典型的"郑卫之音"，关乎男女，关乎调情。

山上有唐棣，水洼有荷花。不见美男子，倒见你这个轻狂人。

山上有松树，水里有红蓼。不见美男子，倒见你这个轻浮人。

夏秋之际，一个女子戏谑男子的调情诗，可以是女子对自己情人的"打是亲骂是爱"，也可以是期待子都一般的美男子，所会却是莽撞的小青年，女子也是喜悦的，是俏骂，是期待。

红蓼就在这样的"红色记忆"中登场了。然后一跃就到了唐朝，似乎其间的诗人们忘了红蓼，忘了那调皮的游龙和子都。白居易写到红蓼，但是完全和男女无关，且看他的《曲江早秋》和《早秋曲江感怀》，应该是同一时期写的，题目几乎一样，提到的植物也一样，植物红蓼是配角。

### 曲江早秋

> 秋波红蓼水，夕照青芜岸。
> 独信马蹄行，曲江池四畔。
> 早凉晴后至，残暑暝来散。
> 方喜炎燠销，复嗟时节换。
> 我年三十六，冉冉昏复旦。
> 人寿七十稀，七十新过半。
> 且当对酒笑，勿起临风叹。

初秋，白居易骑马到曲江边游览，红蓼就蓬勃摇动映照到江水里，天气已经是早晚凉爽了，暑气晚上就散了。刚高兴"桑拿天"结束了，又感叹时光匆匆，季节转换。我已经三十六岁了，朝朝暮暮昏昏然然就过去了。都说人生七十古来稀，我已经过了一半，可不敢虚度光阴了，最好是把酒言欢，别临风哀叹。

红蓼是初秋的象征，白居易感叹时光的飞逝。

再看他的《早秋曲江感怀》，此红蓼是彼红蓼吗？

> 离离暑云散，袅袅凉风起。池上秋又来，荷花半成子。
> 朱颜易销歇，白日无穷已。人寿不如山，年光急于水。
> 青芜与红蓼，岁岁秋相似。去岁此悲秋，今秋复来此。

还真是一个红蓼，两种闲愁。看到红蓼就悲秋，和我看到红蓼的感觉不一样，我没那么"矫情"，就是被一片衰草中的那抹红色吸引，然后感觉秋色真美。至于季节转换，没想到人生苦短，也许是因为不是诗人，所以只顾了眼前的美景。

闲话休叙，就到宋朝看看红蓼吧，没看就有些发愁，怕那些"白面书生"的各种愁绪。但是好奇心害死人，还是想看看，宋词里还真有不少写到红蓼的，有机会挑，就挑我想看的吧，顾不上照顾少露面的词人了。当然，他若是不哼哼唧唧就有机会在我的"道场"出现。

先看晏殊的《浣溪沙》：

> 红蓼花香夹岸稠，绿波春水向东流。小船轻舫好追游。
> 渔父酒醒重拨棹，鸳鸯飞去却回头。一杯销尽两眉愁。

红蓼花开得稠密，江水两岸沿途不断，伴着一江春水向东流，我坐在船里看景不由赏心悦目。

驾船的渔夫酒醒后继续划桨，惊飞了鸳鸯，鸳鸯不时回头诧异我们的冒失。我继续喝酒，喝着美酒、看着美景，顿时百愁消尽。

词是好词，虽然也写到愁，但毕竟一杯酒，两岸红蓼，愁没了。只是我有所不解，晏殊的红蓼居然开在春天吗？晏殊的红蓼居然有香气？是我不解风情，太"下里巴人"，还是晏殊太跳跃，人家不过是一种意象？不管怎么说，领略到"红蓼花香夹岸稠"的意象美，这就够了。

再看苏东坡的《浣溪沙·从泗州刘倩叔游南山》：

细雨斜风作晓寒，淡烟疏柳媚晴滩。入淮清洛渐漫漫，雪沫乳花浮午盏。蓼茸蒿笋试春盘，人间有味是清欢。

这是春天，下着细雨，还有些清冷。放晴后，柳树在河滩妩媚摇曳，流进淮水的洛涧已经涨水了。看着眼前的美景，再好好冲泡上一壶好茶，品尝着蓼芽和嫩笋，感受到，人间有味道的还是清淡带给人的欢愉。

此词当然好，喜欢的不是其中的蓼，而是"人间有味是清欢"的恬淡心境。其实我也不能判断词中的"蓼"是什么蓼，蓼可以入药，但是没听说过可以食用。

有了"人间有味是清欢"垫底，我又有勇气继续给汪藻舞台了，选中了汪藻的《小重山》：

月下潮生红蓼汀。浅霞都敛尽，四山青。柳梢风急堕流萤。随波处，点点乱寒星。

别语寄丁宁。如今能间隔，几长亭。夜来秋气入银屏。梧桐雨，还恨不同听。

汪藻是南宋早期人，官至显谟阁大学士，封新安郡侯。

月光下看到红蓼长满水汀，晚霞已经退去，四周青山隐隐，风吹柳梢飞扬，流萤翻转飘落。

离别反复叮咛，长亭更短亭，几朝离别，夜来寒气如银屏，梧桐雨下，点点是离人泪，你我已经不能一起听那点点滴滴的雨声。

还是说到了愁，一愁，我就忘记了原本是要说红蓼的，不说也罢，有"红蓼花香夹岸稠"的红蓼，有"人间有味是清欢"的欢愉就够了。

# 黄 葵

## 侬家解说黄葵艳

　　很庆幸在北方见过黄葵或者黄蜀葵，原本是南方植物。其实蜀葵原本也是南方植物，从名字就可以看出，只是现在在北方疯长，不拘地点地乱长，所以到如今蜀葵除了在名字里知道它的来源，看植物完全看不出南方特性。黄葵不一样，北方很少见，见也是近几年引种，但达到蜀葵那样的家喻户晓还差之千里。

　　黄葵也称黄蜀葵是有道理的，除了黄颜色的特征，你看不出黄葵和蜀葵的区别，以为就是颜色的差别，当然结了果实就看出来了。作为锦葵科秋葵属的黄葵那是要结出秋葵果实的模样，跟辣椒一样的果实，但作为锦葵科蜀葵属的自然要结出蜀葵的果实，就是缩小版车轮的模样。

　　李时珍《本草纲目》载："黄蜀葵与蜀葵别种，非是蜀葵中黄者也。叶心下有紫檀色，摘下剔散，日干之。不尔，即烂也。黄葵二月下种，或宿子在土自生，至夏始长。叶大如蓖麻叶，深绿色，开岐丫，有人亦呼为侧金盏花。随即结角，大如拇指，长二寸许，本大末尖，六棱有毛，老则黑色。其棱自绽，

内有六房，如脂麻房。其子累累在房内，状如麻子，色黑。其茎长者六七尺，剥皮可作绳索。"和我所见一模一样，但我说出来和他老人家说出来那是天壤之别。

黄蜀葵能入药，从入药的地方介绍也可以感受到它南方的本质。傈僳药、畲药、瑶药、白药、傣药、景颇药、哈尼药、彝药、藏药、苗药等，简直就是西南少数民族的集合。看得人眼花缭乱，比黄蜀葵本身还耀眼。这一些民族都看重的草药，它的性质是"甘、寒"，功能有：清热解毒，润燥滑肠。种子：用于大便秘结，小便不利，水肿，尿路结石，乳汁不通。根、叶：外用治疗疮，腮腺炎，骨折，刀伤。花：浸菜油外用治烧烫伤。至于各项功能分属哪家使用，诸君自己了解吧。

虽然我是近几年才在北方一个小村子见过黄葵，认识黄葵，并不代表人家历史的短暂，相反，黄葵的历史很长，至少唐朝时就广为人知。

张祜就以"黄蜀葵花"为名写了首诗。

### 黄蜀葵花

名花八叶嫩黄金，色照书窗透竹林。
无奈美人闲把嗅，直疑檀口印中心。

显然是夸黄蜀葵的，还把黄蜀葵当作名花，说黄蜀葵的花是嫩嫩的金黄色，光艳照人竟能透过竹林照到美人的书窗上。慵懒无聊的美人摘一朵闻一闻，发现黄蜀葵竟是这样香，就跟檀香木留在心中的香味一样。

唐朝还有以黄葵入诗的，但咱的重点是宋朝，那些个特别容易"感时花溅泪，恨别鸟惊心"的宋人一定会注意黄葵的。先以诗为证，再以词佐证。

### 黄葵

#### 王操

昔年南国看黄葵，云鬟金钗向后垂。
今日林容篱落下，秋风寂寞两三枝。

长在南国的黄葵就像向后垂的金钗。现在过了花季，篱笆处只有两三枝在秋风里寂寞开放。

诗人看起来有些寥落，但总还记得黄葵的美丽。

拿苏东坡的《黄葵》诗作证最有力度，名声大。

### 黄葵

弱质困夏永，奇姿苏晓凉。低昂黄金杯，照耀初日光。

檀心自成晕，翠叶森有芒。古来写生人，妙绝谁似昌。

晨妆与午醉，真态含阴阳。君看此花枝，中有风露香。

用六十个字夸黄葵，不仅说到黄葵有黄金杯的模样，还提到它有一种香气。这是我没有注意到的，蜀葵科没有香气，就知道"直达天庭"一股蛮气的野蛮生长。看到黄葵有香气，才知道还是名贵的高级调香料。

再来个佐证吧，晏殊的两首《菩萨蛮》。

### 菩萨蛮

秋花最是黄葵好。天然嫩态迎秋早。染得道家衣。淡妆梳洗时。

晓来清露滴。一一金杯侧。插向绿云鬟。便随王母仙。

### 菩萨蛮

人人尽道黄葵淡。侬家解说黄葵艳。可喜万般宜。不劳朱粉施。

摘承金盏酒。劝我千长寿。擎作女真冠。试伊娇面看。

这样直白地夸赞黄葵我看就很好，最怕宋词人动不动就愁绪、断肠、落泪，我这小心脏"载不动几多愁"。

黄葵是秋天最好看的花，金杯样的花儿清淡宜人，就像道家人的装束，也最适合伴随王母娘娘。

你们看黄葵淡，我看黄葵艳，是恰到好处的艳，不需要再施朱粉的刚好。

看晏几道的黄葵很舒服，赶紧结束。别自己找不痛快，万一再来个愁苦的黄葵词人岂不是扫兴？

# 苔 藓

## 庭院碧苔红叶遍

苔藓是最不引人注意的"小微植物"了，在我眼里就是阴湿的土地、砖缝、岩石上茸茸的一片绿。苔藓从来是成片生长的，没见过一株苔藓，也无法想象一株苔藓是什么样子。

过去以为苔藓就是一种或者几种，但是自以为是害死人，苔藓居然有两万三千多种，中国就有两千八百多种。别看人家小，但是人家成员众多。

苔藓是我写的所有植物中唯一一类"最低等的高等植物"，无花、无种，以孢子繁殖。清代袁枚《苔》云："白日不到处，青春恰自来。苔花如米小，也学牡丹开。"写苔开花，诗很感人，但那苔花显然是不合科学依据的。但这不能怪袁枚，我就亲眼见"苔花如米小"，在长长的一条水泥缝隙里，长着茂盛的苔藓，几乎每粒苔藓中都尽量高地举着一枚小小的小米样颗粒。当时的我很兴奋，原来这就是"苔花如米小"，后来才知道那是孢子，相当于种子。再去看时，"苔花如米小"就不见了，整整一年都没见过。

我还以为苔藓没人关注，除了袁枚和我，但是大错特错，历代关注苔藓的人多着呢，入诗入词的也不在少数，就选一首唐诗感受一下苔藓入诗的久远吧。当然诗没出现的时候，苔藓就已存在，它比我们人类存在的历史更加悠久。

唐代李咸《苔》：

> 几年风雨迹，叠在石屏颜。
> 生处景长静，看来情尽闲。
> 吟亭侵坏壁，药院掩空关。
> 每忆东行径，移筇独自还。

李咸写了苔的生长足迹，苔生长的地方安静，甚至有些破败，看到这样的场景，他有些黯然、惆怅，拄杖独自回去了。不如王维写到的苔，《书事》："轻阴阁小雨，深院昼慵开。坐看苍苔色，欲上人衣来。"苔藓蔓延生长，好像要爬到人的身上来，这才叫形象生动、有趣。

有趣之后，到宋词里继续寻访苔藓的踪迹，不少呢，先看晏几道的《蝶恋花》：

庭院碧苔红叶遍。金菊开时，已近重阳宴。日日露荷凋绿扇。粉塘烟水澄如练。

试倚凉风醒酒面。雁字来时，恰向层楼见。几点护霜云影转。谁家芦管吹秋怨。

晏几道是晏殊的儿子，据说词风似父而造诣过之。

重阳时节，院子里碧绿的苔藓上满是红色的落叶，金菊开得正旺，带露的荷花凋零在绿扇一样的荷叶上，池塘里映着残荷的粉红。

依着栏杆让凉风吹醒酒醉的我，恰好看到南归的燕子，以及云影飘转，还听得见芦管吹出悠悠远远的秋怨曲。

晏几道的观察能力很强，注意到秋天飘落的红叶是落在碧绿的苔藓上，这样的红绿配异常生动，生动之后，就是秋怨，别人吹的，听到他的心里一样的。

再看舒亶的《卜算子·分题得苔》：

池台小雨干，门巷香轮少。谁把青钱衬落红，满地无人扫。

何时斗草归，几度寻花了。留得佳人莲步痕，宫样鞋儿小。

舒亶是北宋词人，和苏轼同时代，算是王安石新法的践行者，同时也是"乌台诗案"中弹劾苏轼的主要人物。

池塘台阶上的小雨已经干了，门口往来的车辆也稀少了。落红飘落在碧绿的青苔上，就是无人清扫。

不觉玩斗草的人已经散去，暮春已没有几次能再寻花开，青苔上只留下美人轻移莲步的痕迹，是时尚前沿小小的宫样鞋的印记。

舒亶的苔藓不一样，是美女游玩时宫样小鞋踩过的苔藓，透着一种旖旎的韵致。

苔藓就在美人的莲步中渐行渐远。


# 灵 芝

## 微闻兰芝动芳馨


说起灵芝就想起《盗仙草》，中国人妇孺皆知的白娘子救丈夫许仙所盗之仙草就是灵芝，所以在老百姓心中，灵芝是极为珍贵不易得的圣物。

灵芝被认为是仙草不是从《盗仙草》才开始的，汉代的《神农本草经》从药理卜就确定了它的"仙草"功能。灵芝不仅有各种颜色，比如赤、黑、青、白、芝、紫芝等，还因为颜色的不同而有不同的作用，有"益肾气，通九窍，聪察"，还有"益肺气，通利口鼻，强志意，勇悍，安魄"等，功效不一而足，所有灵芝都有一个共同的特点，即"久食，轻身不老延年神仙"。这大抵就是灵芝能救回许仙的原因。

和《神农本草经》同期出现的《孔子家语·六本》从另一方面阐释了灵芝的不同寻常："与善人居，如入芝兰之室，久而不闻其香，即与之化矣。"意思是和品行高尚的人在一起，就如走到有灵芝和泽兰的屋子里一样，时间长了便闻不到香味，那是因为你已经融化在其中。

更早的战国时代也有灵芝不朽的身影，那就是屈原的灵芝，那时称为"三秀"。是历史上最狂野的美女山鬼的掌中物。

《九歌·山鬼》:"采三秀兮于山间,石磊磊兮葛蔓蔓。怨公子兮怅忘归,君思我兮不得闲。"意思是,我在山间采摘灵芝,岩石堆积葛藤缠绕。怨恨那思慕的人儿惆怅忘归,你是思念我的,只因为没有空闲来吧?

白娘子盗的仙草能救许仙的命,山鬼的运气就没那么好,采再多的灵芝也没有等到她的情人。

像灵芝这样的仙草根本不用担心后世的人们不会歌咏,就说唐朝吧,有孟浩然的《寄天台道士》:

> 海上求仙客,三山望几时。
> 焚香宿华顶,裛露采灵芝。
> 屡蹑莓苔滑,将寻汗漫期。
> 倘因松子去,长与世人辞。

孟诗不过是夸灵芝的仙,灵芝自从有了"仙气",更增加了吉祥的含义,成为祥瑞。

唐朝李义府《宣正殿芝草》:

> 明王敦孝感,宝殿秀灵芝。
> 色带朝阳净,光涵雨露滋。
> 且标宣德重,更引国恩施。
> 圣祚今无限,微臣乐未移。

那是直截了当的阿谀,灵芝就是阿谀的工具。宋朝也有与李义府比肩的,如曹勋《恭进德寿芝草》:

> 椒掖冲襟奉玉宸,灵芝茎叶出氤氲。
> 如颂月令欣欣政,先学巫山蔼蔼云。
> 璀璨吐奇康寿栋。轮囷绝异汉唐闻。
> 只应一叶三千岁,万亿斯年赞大君。

感受到灵芝的威力了吗?

灵芝有这样的地位，历代皇帝功不可没，秦始皇就有先例，汉武帝不说了，但他们都没有为灵芝赋诗。到了宋代不一样，宋太宗赵光义直接以皇帝身份歌颂了灵芝，请看他的《逍遥咏》：

灵芝出见少人知，此是含玄故不疑。

隐逸大同非妄想，精诚自化岂参差。

翱翔碧落乘云驾，宛转虹霓入室时。

至道就中升降等，丹田日用有盈亏。

毕竟是皇帝，用不着阿谀任何人，只是承认灵芝的不易得，承认灵芝生长在不寻常的地方。

宋词中写到灵芝的也有一些，不选阿谀的，苏东坡、李清照、陆游这样的大名人也不选，就选滕宗谅的《临江仙》和汪莘的《沁园春》吧，知道的人少，我内心希望给鲜为人知的词人一个平台。

## 临江仙
### 滕宗谅

湖水连天天连水，秋来分外澄清。君山自是小蓬瀛。气蒸云梦泽，波撼岳阳城。

帝子有灵能鼓瑟，凄然依旧伤情。微闻兰芝动芳馨。曲终人不见，江上数峰青。

滕宗谅就是滕子京，这样说诸君就认识了，就是范仲淹《岳阳楼记》"庆历四年春，滕子京谪守巴陵郡。越明年，政通人和，百废具兴。乃重修岳阳楼，增其旧制，刻唐贤今人诗赋于其上。属予作文以记之"里的那位。剩下的不用介绍，了解他管理岳州时"政通人和"就够了。

滕子京夸洞庭湖美，碧波荡漾，洞庭山好似小蓬莱，那是仙山。

湘君善鼓瑟，失去舜帝伤心不已，曲调悠远凄清，隐约能闻见兰草和灵芝的芳香。曲终人不见，只留下江上几座山峰巍然矗立。

一曲凄婉的曲调，让滕子京感受到如沐兰草和灵芝的芬芳，可见其曲的动人。

再看汪莘的《沁园春·忆黄山》：

三十六峰，三十六溪，长锁清秋。对孤峰绝顶，云烟竞秀；悬崖峭壁，瀑布争流。洞里桃花，仙家芝草，雪后春正取次游。亲曾见，是龙潭白昼，海涌潮头。

当年黄帝浮丘，有玉枕玉床还在不？向天都月夜，遥闻凤管；翠微霜晓，仰盼龙楼。砂穴长红，丹炉已冷，安得灵方闻早修？谁如此，问源头白鹿，水畔青牛。

汪莘是南宋人，善易经，为朱熹所推荐和看重。

黄山自古就是中国名山，因为传说是黄帝飞升之地，自唐代改名黄山。汪莘的这首词就写到这一点。黄山三十六峰、三十六溪，仿佛仙境，所以，有"洞里桃花，仙家芝草"。

当年黄帝和浮丘公在此修行，可还有遗迹存在？我看"砂穴长红，丹炉已冷"想必都消失了，想要升天，我看就只有问那白鹿和青牛了。

汪莘夸黄山，就是仙境，灵芝是仙境的标配。

说来说去，灵芝就是仙草，长在仙境中的仙草，好像不是我们凡夫俗子所能享受的。

# 竹 子

## 人画竹身肥臃肿

再写竹子有些头大，植物种类就是大类，文化意义更是包罗万象，关于竹子的成语也是不胜枚举。最喜欢的是"茂林修竹""青梅竹马"和"胸有成竹"。

"茂林修竹"出自东晋王羲之《兰亭集序》："此地有崇山峻岭，茂林修竹。"短短十一个字，一处环境优雅、陶冶性情的美地映入你眼帘。

这一日，天朗气清，惠风和畅，一群文人在崇山峻岭、茂林修竹中，即使没有"丝竹管弦之盛"，也有"曲水流觞""一觞一咏，亦足以畅叙幽情"。此一盛事因着王羲之的天下第一行书流传千年不衰，成了后世人的"高山仰止"。于是"茂林修竹"成就了竹的品格。

"青梅竹马"语出唐代李白《长干行》："郎骑竹马来，绕床弄青梅。同居长干里，两小无嫌猜。"

"胸有成竹"语出宋代苏轼《文与可画筼筜谷偃竹记》："故画竹，必先得成竹于胸中。执笔熟视，乃见其所欲画者，急起从之，振笔直遂，以追其所见。如兔起鹘落，少纵则逝矣。"

删繁就简，直接就到宋词中找竹子的身影吧，那可是"茂林修竹"，不是"胸有成竹"还真不敢贸然成行，暗自里还是希望找到与"青梅竹马"有关的故事。

其实在众多写到竹子的词中，我还是最看重苏东坡的。他爱竹，写到竹的词也多，于是放弃我的小心思，就单拿他的竹观赏一下吧。

他《定风波》中的竹最好看。

莫听穿林打叶声，何妨吟啸且徐行。竹杖芒鞋轻胜马，谁怕，一蓑烟雨任平生。

料峭春风吹酒醒，微冷，山头斜照却相迎。回首向来萧瑟处，归去，也无风雨也无晴。

可惜已经在"芒"篇使用过了，实在是舍不得那句"竹杖芒鞋轻胜马，谁怕，一蓑烟雨任平生"，就再次摘录。

他还有一篇《定风波》是专门写墨竹的。

元丰六年七月六日，在王文甫家饮酿白酒，大醉，集古句作墨竹词。

雨洗娟娟嫩叶光。风吹细细绿筠香。秀色乱侵书帙晚。帘卷。清阴微过酒尊凉。

人画竹身肥拥肿。何用。先生落笔胜萧郎。记得小轩岑寂夜。廊下。月和疏影上东墙。

这是苏东坡在他的老朋友家喝酒，大醉，然后词就在"斗酒"中作出来了。

竹子被雨洗过非常光鲜，感觉到有细细的绿竹清香。清脆的颜色晕染到书卷上，卷起帘子，一道竹影映到酒樽上，竟产生清凉的效果。

有人画竹子显得很臃肿，但是先生你画竹比前朝大画家萧悦的还好。记得从前在小轩清冷的夜里，廊下，月亮和竹子的影子爬上东墙，就是那种感觉。

再看他《劝金船·和元素韵自撰腔命名》中的竹。

无情流水多情客，劝我如曾识。杯行到手休辞却，这公道难得。曲水池上，小字更书年月。还对茂林修竹，似永和节。

纤纤素手如霜雪，笑把秋花插。尊前莫怪歌声咽，又还是轻别。此去翱翔，遍赏玉堂金阙。欲问再来何岁，应有华发。

此词描述的状况好像当年王羲之《兰亭集序》所云："永和九年，岁在癸丑，暮春之初，会于会稽山阴之兰亭，修禊事也。群贤毕至，少长咸集。此地有崇山峻岭，茂林修竹，又有清流激湍，映带左右，引以为流觞曲水，列坐其次。

虽无丝竹管弦之盛，一觞一咏，亦足以畅叙幽情。"

苏东坡等人的聚会除了"群贤毕至"还多了歌女助兴，那多情的劝酒者就是有着纤纤玉手的歌女。歌女笑着插花，歌声却是呜咽的，这还是看轻离别呢，此番出行，定要遍赏翰林、宫阙。若是问我们哪一年再相会，想必那时一定华发满头了吧。

虽说是仿照王羲之的兰亭集会，但是感觉不到"群贤毕至"的氛围，有"茂林修竹""曲水流觞"，但又多了歌女助兴，绿竹掩映中多了几许嫣红，就算多情，最后还是感叹离别后再聚的不可知，几乎所有的离别都是这样的调子。

最后，除了苏轼还想拿出黄公度写到竹的词。他是南宋早期词人，因为支持岳飞抗金，受秦桧诬陷，被罢官，再后来秦桧死，他得以再度为官，可惜英年早逝，时年48岁。他是在一首《菩萨蛮》中写到竹子的，也隐晦提到秦桧。我对这样的人物是敬佩的，不自觉就想让这样的人物彰显。

### 菩萨蛮

公时在泉幕，有怀汪彦章而作。以当路多忌，故托玉人以见意。

高楼目断南来翼，玉人依旧无消息。愁绪促眉端。不随衣带宽。

萋萋天外草。何处春归早。无语凭栏杆。竹声生暮寒。

前序中的"当路"就是指秦桧，因为忌讳他，委托他人为朋友传递书信。

登到高楼上望眼欲穿，只见南来大雁，不见君的书信。不禁愁绪上眉头，衣带都宽了，眉头的愁绪更紧了。

春天还没有来，远处的草丛萋萋。依着栏杆，无语，竹林飒飒作响，更增了暮色中的寒气。

此词看得我一身寒，多少的无奈愁绪，因为"当路多忌"，只能无语，眼看着风吹竹林寒风习习，暮天更冷。

没想到竹子篇，竟在想要寻觅"青梅竹马"之竹以外结束。想想，人生大多如此，从来不会按你的设计发展。

# 白 茅

## 数间茅屋闲临水

白茅成片生长是很壮观的，特别是在绿意盎然的仲春时节，成片的白茅甚是突兀，这样的景致应该是秋天才有的，比如荻芦一片，都是白茫茫的景象，特别符合萧瑟的情调。但白茅却在春暮硬生生地生长，赤裸裸地开花，在我眼里这是一种别致的、逆潮而生的植物。

白茅或许就是因为自己的特立独行，所以很早就被人注意，《周易》这样严肃的宇宙规律推演经书也提到白茅："初六。藉用白茅，无咎。"此白茅是祭祀使用的衬垫物。

白茅曾经和爱情有关，是在《诗经》时代。

### 召南·野有死麕

野有死麕，白茅包之。有女怀春，吉士诱之。

林有朴樕，野有死鹿。白茅纯束，有女如玉。

舒而脱脱兮！无感我帨兮！无使尨也吠！

大意是，野外有一只獐鹿死了，用白茅包裹住它。有一位女子春心萌动，就有一位男子追逐。树林里小树婆娑，野地里有死去的野鹿，白茅捆扎献给谁，有位女子美如玉。宽衣解带要缓慢，不要弄坏我的配巾，不要惊动那长毛狗儿去吠叫。

猎获的野鹿是用白茅包裹的，那是献祭时的标配，把它送给怀春的女子当然深得芳心。

这样的白茅令人心动，原始纯朴，野蛮生动。

后来白茅更多出现在"茅屋"上，最有名的当是杜甫的茅屋，一首《茅屋为秋风所破歌》，一下让茅草上升到"安得广厦千万间，大庇天下寒士俱欢颜"的政治高度，令人肃然起敬。诗有点长，但是无法节录，否则就感受不到诗人的浩荡胸怀了。

## 茅屋为秋风所破歌

八月秋高风怒号，卷我屋上三重茅。茅飞渡江洒江郊，高者挂罥长林梢，下者飘转沉塘坳。

南村群童欺我老无力，忍能对面为盗贼。公然抱茅入竹去，唇焦口燥呼不得，归来倚杖自叹息。

俄顷风定云墨色，秋天漠漠向昏黑。布衾多年冷似铁，娇儿恶卧踏里裂。床头屋漏无干处，雨脚如麻未断绝。自经丧乱少睡眠，长夜沾湿何由彻！

安得广厦千万间，大庇天下寒士俱欢颜！风雨不动安如山。呜呼！何时眼前突兀见此屋，吾庐独破受冻死亦足！

深秋，天开始转寒，大风吹过，卷走杜甫好不容易才建好的茅草棚顶。茅草"起舞弄清影"，飞得高的缠住树梢，飞得低的落在对面江边。

村里的顽童欺我年老无力，竟然当着我的面抢东西，无所畏惧地抱着茅草跑到竹林里。我嘴干舌燥呼喝不止，但他们权当没我这个人，无奈拄杖回家，独自黯然叹息。

一会儿风是停了，云却是墨染一般的黑，这是要下雨啊。果然天黑了，全家人睡觉了，那被子不能提了，盖了多年，跟铁一样硬，我那孩子睡觉姿势不好还把被子踢破了。雨开始下了，"屋漏偏逢连夜雨"，家里就没个干燥的地方，屋内的雨就跟麻线一样不断地下。

自安史之乱后我就睡得少，如此长夜，外面大雨屋里小雨，一家人如何挨到天亮！

如何才能得到千万间宽敞明亮的房子，让天下的贫寒读书人得以遮蔽，看到他们高兴的模样，风雨中房子不动，寒士也不动，就像泰山一样稳当。

天哪，何时眼前突然出现这样的大厦，我宁可自己一个人住破屋，受冻饿死也是心甘情愿的！

在这样沉重的茅草压迫中就到了宋朝，当然有茅草，只是宋词里不多，想必以风花雪月见长的宋词对茅草这样"不合时宜"的植物不感兴趣。

先看王安石的《菩萨蛮》：

数间茅屋闲临水，窄衫短帽垂杨里。花是去年红，吹开一夜风。

梢梢新月偃，午醉醒来晚。何物最关情，黄鹂三两声。

王安石是著名北宋政治家，他想使国家富强的决心、信心、勇气和办法令人敬仰。他也是思想家、文学家。欧阳修称赞其文章水平是这样说的："翰林风月三千首，吏部文章二百年。老去自怜心尚在，后来谁与子争先。"但"拗相公"王安石的词不多，估计是不喜词的委婉温情吧，一直想在植物篇中写到他，但是令公不仅词少，写到植物的更少，幸好有此篇提及茅草，还是以"茅屋"的形式。

几间茅草屋临水而建，我穿着随意的便服走在柳林中，欣赏周边的风景，发现还是去年的花开得红，风吹过，一夜之间就开了。

新月挂在树梢上，中午喝醉了晚上才醒来，听到黄鹂的几声啼鸣，才发现那才是令人动情的声音。

王安石有他的细腻，有他不一样的情致。

再看张昇的《离亭燕》：

一带江山如画，风物向秋潇洒。水浸碧天何处断？霁色冷光相射。蓼屿荻花洲，掩映竹篱茅舍。

云际客帆高挂，烟外酒旗低亚。多少六朝兴废事，尽入渔樵闲话。怅望倚层楼，寒日无言西下。

张昇是北宋词人，官至太子太师，活了86岁。看起来一生过得不错，且看他的茅舍如何。

秋高气爽，江山如画，水映蓝天，红蓼荻花相映，竹篱掩茅舍，好一派迷人秋色。

水天一色处，白帆高挂，烟雾中酒旗低垂，此情此景，不由想到曾经的六朝往事早已灰飞烟灭，只留下人们茶余饭后的谈资。远望没有温度的寒日缓缓落下，不由有些怅然。

原本好情好景好茅屋，想到朝代更迭心情就不好了。

那就不想了，不如到茅草屋休息片刻，饮几杯薄酒，"渔樵闲话"，只说八卦。

# 荇 菜

## 菱花荇蔓随双桨

再次写到荇菜让人有一种亲切感，是老朋友再见的喜悦。这样的喜悦是只有我自己才能体会到的。荇菜是我写芳香系列的第一篇植物文章。我把它称为中国第一朵爱情花，就是因为它出现在"我国最早的诗歌总集"《诗经》中的第一篇《关雎》。

### 周南·关雎

关关雎鸠，在河之洲。窈窕淑女，君子好逑。

参差荇菜，左右流之。窈窕淑女，寤寐求之。

求之不得，寤寐思服。悠哉悠哉，辗转反侧。

参差荇菜，左右采之。窈窕淑女，琴瑟友之。

参差荇菜，左右芼之。窈窕淑女，钟鼓乐之。

我记得此诗的翻译，我一直认为那是我翻译解读最好的一篇，所以也不厌其烦地再次拿出来分享。

雎鸠鸟儿在河中的沙洲上鸣唱，苗条美好的姑娘在河边采荇菜，青年男子触景生情爱上姑娘。姑娘没有停歇，在艳阳高照的夏日，穿梭在金黄的荇菜花中，左采右采，男子流连忘返，恨不能自己就是那荇菜，让姑娘采入筐中。但是，男子只是远远看着，日夜思念，辗转反侧，以琴瑟表述钟情，以钟鼓传达爱意。

《关雎》在中国诗歌史乃至文学史上的地位不言而喻，从前的蒙童学习的经史子集第一篇就是，几千年来不知多少童子都是在"关关雎鸠，在河之洲"的琅琅读书声中开始自己的求学生涯的，其中的荇菜就算你没见过也不会忘怀。我虽然不是蒙童时读的"关关雎鸠，在河之洲""参差荇菜，左右流之"，但是读过《诗经》，就一定读过《关雎》，所以无论哪样形式的再见荇菜都是亲切的，让人回忆的。

上次和荇菜相遇是在《芳香唐诗》中，这一次我们就接着唐诗中的荇菜一路向前吧，先把唐诗中的荇菜请出来。

就选我喜欢的王维吧，他的诗清雅自然，很少病态。

### 青溪

言入黄花川，每逐清溪水。

随山将万转，趣途无百里。

声喧乱石中，色静深松里。

漾漾泛菱荇，澄澄映葭苇。

我心素已闲，清川澹如此。

请留盘石上，垂钓将已矣。

在山里游玩转悠，就是那不算长的沟壑，就是这样寻常的景致我还是十分欣赏。你看那溪水流过撞到乱石上发出的轰鸣，再看林间因为深色的松树看不到边，更显幽静，一乱一静，动静结合，正是美景。

再看前边，溪水流过形成池塘，菱角和荇菜随波逐流，芦苇倒映在水中。我的心早已归隐，正如眼前的景致。不如就学东汉严子陵垂钓富春江的故事，就留在磐石上，以垂钓了此余生，也无不可。

王维的荇菜不是热情的"爱情花"，是淡泊，是纯朴，是归隐中的宁静。

宋词里也有荇菜，不知道是关于爱情，关于归隐，还是关于什么的。

先看欧阳修的《蝶恋花》：

永日环堤乘彩舫。烟草萧疏，恰似晴江上。水浸碧天风皱浪，菱花荇蔓随双桨。

红粉佳人翻丽唱。惊起鸳鸯，两两飞相向。且把金尊倾美酿，休思往事成惆怅。

无事时乘着彩舫幽兰，只见两岸草木稀疏，就像此时的江水。水天相接，风吹起浪花，红菱荇菜随着双桨蜿蜒。

随行的美女歌声清丽婉转，却惊起鸳鸯双飞，看眼前美景，听歌声嘹亮，再把美酒痛饮，就用不着想那令人惆怅的往事了。

欧阳修的荇菜让人忘记往日的惆怅。

再看周邦彦的《蓦山溪·春景》：

湖平春水，菱荇萦船尾。空翠入衣襟，拊轻根、游鱼惊避。晚来潮上，迤逦没沙痕，山四倚。云渐起。鸟度屏风里。（节录）

春天的湖水跟镜子一样平，红菱、荇菜绕在船尾。满眼都是绿色，总之湖光山色一片美景。

有意思的是，不论欧阳修还是周邦彦，他们的荇菜总是和红菱相伴相生，当然原本就是菱荇共生，他们发现并写了出来，而且感受到其中的美好，是纯自然的风光。

其实荇菜和水藻也共生，黄庭坚就发现了，他在《满庭芳》中就写道："微雨过，婴姗藻荇，琐碎浮萍。"不仅有水藻还有浮萍，这正是荇菜的正常状态。

兴致勃勃地从《诗经》时代穿越历史长河一路看荇菜花开花落，看它随诗人的心情起伏，煞是有趣。有趣就好，人生就是要活得有趣。

只顾了感受诗人们的感受，竟忘了通报荇菜的科属。好吧，文章结尾处说不迟。荇菜是龙胆科荇菜属浅水性植物，叶片像睡莲的样子，开鲜黄色的小黄花。就是这样。

# 竹 笋

## 新笋已成堂下竹

竹笋是禾本科竹属常绿植物，就是竹子的初生物。只有熊猫、竹鼠等少数动物才吃竹子，至少人是不吃竹子的，主要是没那牙口，但竹笋不一样，不仅能吃，而且好吃。我们的祖先很早就发现竹笋能吃，《周礼》记载："加豆之实，笋菹鱼醢。"就是说笋可以和鱼一起腌制了吃，而且是祭祀时供给祖先的美味，当然也不是所有的竹笋都能吃。《诗经》也有记载作为实证："其蔌伊芳何，惟笋及蒲。"

竹笋有3000年以上的食用历史，是竹子的嫩芽，之所以不在竹子篇介绍而要单独拿出来，当然是有原因的。历代中国文人对竹子都有很深厚的感情，竹子和梅、兰、菊号称"四君子"，是君子品格的象征，历朝历代歌颂歌咏的不计其数。竹笋放到竹子篇里根本看不到，所以要单独列出。

竹笋有个很奇特的外号叫"妒母草"，李时珍云："谓笋生旬有六日而齐母也。"就是说竹笋刚冒出来，十来天就和母亲长一样高了，意即嫉妒母亲的身高就要急起直追。

竹笋是寒凉之物，能治病。最早的例子可追溯到《南齐书·刘怀珍传》记载："灵哲所生母尝病，灵哲躬自祈祷，梦见黄衣老公曰：'可取南山竹笋食之，疾立可愈。'"

北方人现在也吃竹笋，是从南方运过来的，大部分也是在饭店吃，家里少有人做，也感觉不到竹笋的妙处，比如清热化痰、益气和胃、治消渴、利水道、利膈爽胃等功效。竹笋还具有低脂肪、低糖、多纤维的特点，食用竹笋不仅能促进肠道蠕动，帮助消化，去积食，防便秘，并有预防大肠癌的功效。

吃竹笋还是更主要的，就到唐朝先体验一把吧。

白居易就有《食笋诗》：

> 此处乃竹乡，春笋满山谷；
> 山夫折盈抱，抱来早市鬻。

竹乡产竹，当然也产笋，此时正是春天，春笋长了满山谷，山野的乡民砍一些春笋。到早市上卖，不用说是为补贴家用呢。

品尝了唐朝的竹笋，就到宋朝看看那时的笋是吃食、是品格，还是其他。

先看黄庭坚的《拨棹子·退居》：

> 归去来。归去来。携手旧山归去来。有人共、月对尊罍。横一琴，甚处不逍遥自在。
> 闲世界。无利害。何必向、世间甘幻爱。与君钓、晚烟寒濑。蒸白鱼稻饭，溪童供笋菜。

"归去来"自然是化用陶渊明的《归去来辞》以表示自己归隐的志向。此时他的原配妻子孙氏去世，黄庭坚心情很不好，就产生了归隐的想法。还是归去吧，只要有人与你把酒相对，月下对酌，再横一把琴，哪里不是逍遥自在的地方。

等闲世界，我不和他们计较，自然也没有利害冲突。何必对世界充满幻想。与朋友相约，傍晚时分，蒸白鱼，煮稻饭，村童再为我们做上竹笋美味，岂不是人间一乐事？

黄庭坚在自我安慰，自己给自己调节，假装快乐。他的竹笋是为了吃，也许吃好就能解除人的烦忧，或者一点烦忧，但愿竹笋有这样的功效。

再看周邦彦的《浣溪沙》：

楼上晴天碧四垂，楼前芳草接天涯。劝君莫上最高梯。
新笋已成堂下竹，落花都上燕巢泥。忍听林表杜鹃啼。

晴空万里，芳草连天，但君还是别登高楼，更添思乡情。

新笋已经长成竹子，燕子也已把落花涂在燕巢里，春天就要过去了，怎忍听那杜鹃"归去归去"的啼鸣呢？

思乡又不点透，借用的都是外物衬托，特别是用新笋长成竹子来比喻时光流逝很别致。

最后看惠洪的《西江月》：

十指嫩抽春笋，纤纤玉软红柔。人前欲展强娇羞。微露云衣霓袖。
最好洞天春晚，黄庭卷罢清幽。凡心无计奈闲愁。试拈花枝频嗅。

惠洪是宋代著名诗僧，年幼时父母双亡，入寺为沙弥，一生两度入狱，境遇坎坷。黄庭坚很认可他，认为其词气韵不让秦观。

没想到诗僧写女子的娇羞如此动人。

美女长了一双美手，就像刚发芽的春笋一般，又细又柔软，人前想展示一下，却有些不好意思，只是把美丽的衣袖露了露。

要想展示纤纤玉手，最好是暮春时节，打开一本书，又因为几多闲愁，站起来把眼前的花枝一抬闻闻花香，顺道就露出纤纤玉手，惹人怜爱。

看来自古手就是女人的第二张脸。古代描述女子手的美丽，最常用的就是玉葱一般，再就是春笋一般，此词就是，惠洪僧人成就了一段竹笋的美丽。

# 菖 蒲

## 菖蒲叶叶知多少

菖蒲是个很好听的名字，昌盛的蒲，李时珍就是这么解释的。他说："菖蒲，乃蒲类之昌盛者，故曰菖蒲。"

菖蒲的历史悠久，因为它的形状、花色、生长的季节引人瞩目，所以上久远的"历史花名册"很容易。

《典术》云："尧时天降精于庭为韭，感百阴之气为菖蒲。故曰尧韭。方士隐为水剑，因叶形也。"

《吕氏春秋》云："冬至后五十七日，菖始生。菖者百草之先生者，于是始耕。则菖蒲、昌阳又取此义也。"

可见菖蒲"不假日色，不资寸土""耐苦寒，安淡泊"的高尚品格。先人们对它器重是有道理的。菖蒲不是第一次写了，提笔仍然意犹未尽，先道出它的科属，菖蒲是天南星科菖蒲属多年水生草本植物。菖蒲就是菖蒲，可以是尧韭、水剑、泥菖蒲，但不是唐菖蒲、香蒲。唐菖蒲是鸢尾科唐菖蒲属，香蒲是香蒲科香蒲属的水生植物。

从名字上最容易让人混淆的是菖蒲和唐菖蒲，它们一毛钱关系都没有，而且唐菖蒲和唐朝也没关系。它是原产于非洲好望角等地后经杂交的一个品种，

主要产区在美国、荷兰等地，取了个特别中国化的名字，当然容易让人望文生义，以为是源自唐朝的菖蒲。

菖蒲入诗是在屈原的辞中。

《离骚》："兰芷变而不芳兮，荃蕙化而为茅。"

《九歌·湘君》："薜荔柏兮蕙绸，荪桡兮兰旌。"

《九歌·湘夫人》："荪壁兮紫坛，播芳椒兮成堂。"

其中的"荪""荃"就是菖蒲。就因为他老人家这么喜欢菖蒲，为纪念他而创立的端午节，除了艾叶、粽子，菖蒲也是重要的一物。当然是取其香草的本质。

让人讶异的是这样美好的植物入诗竟不多，在唐朝找到一首，是李白的《送杨山人归嵩山》：

> 我有万古宅，嵩阳玉女峰。
>
> 长留一片月，挂在东溪松。
>
> 尔去掇仙草，菖蒲花紫茸。
>
> 岁晚或相访，青天骑白龙。

我在那嵩山玉女峰那里，有千年修行的地方。既是要长久地修行，就要有个好心情，好景致，我满意的景致，比如把那明月长长久久地挂在东溪的松上，岂不逍遥自在？老朋友杨山人去采仙草，那起码是九节的开紫花的菖蒲，然后化仙而去。我呢，或许年末去看你，是"青天骑白龙"般地去看你。

李白的洒脱我们比不了，他的归宿自然是仙化而去。

菖蒲还是要在人间"昌盛"的，时日就到了宋朝。宋时还真有几人为菖蒲赋诗，比如张九成、陆游等。陆游出现的机会多呢，就选张九成的诗吧。

### 菖蒲

#### 张九成

> 石盆养寒翠，六月如三冬。
>
> 勿云数寸碧，意若千丈松。
>
> 劲节凌孤竹，虬根蟠老龙。
>
> 傲霜滋正气，泣露泫春容。

座有江湖趣，眼无尘土踪。

终朝澹相对，浇我磊魂胸。

张九成是夸菖蒲有松树的气节，充分展示了"不假日色，不资寸土""耐苦寒，安淡泊"的本质，和菖蒲相对时，解除了他胸中的块垒。

宋词中也有菖蒲，在秦观的《迎春乐》和周邦彦的《醉桃源》中，不妨一一感受一下。

## 迎春乐
### 秦观

菖蒲叶叶知多少。惟有个、蜂儿妙。雨晴红粉齐开了。露一点、娇黄小。

早是被、晓风力暴。更春共、斜阳俱老。怎得香香深处，作个蜂儿抱。

菖蒲茂盛，能看见的是嘤嘤飞舞的蜜蜂。雨后花儿婀娜绽放，花心里只看到蜜蜂露出小小的身体。早上春风迅疾，凋零了花儿。年少人正当青春，转眼也会和夕阳一起老去。所以"好花不常开，好景不长在""人生得意须尽欢"，想办法像那蜜蜂一样，投身在花香深处，和花儿紧紧拥抱。

这就是"婉约派"，赤裸裸的香艳。原本没什么，但把菖蒲，那个"孤高标格"的菖蒲放到一起，就"酷毙了"，香艳是和桃红柳绿梨花香在一起的。

## 醉桃源
### 周邦彦

菖蒲叶老水平沙，临流苏小家。画阑曲径宛秋蛇，金英垂露华。

烧蜜炬，引莲娃。酒香薰脸霞。再来重约日西斜，倚门听暮鸦。

秋天了，菖蒲叶子已经老了，曲径画廊处，正是南朝名妓苏小小的家，带露的菊花正芳。

点起芳香的蜡烛，美好的女子来了，因为醉酒脸上犹如霞光一样明艳。这都是从前，我们再约，"人约黄昏后"，但是美人不在，只有我独依门槛，听暮鸦声声叫。

又是一首香艳词，又和菖蒲挂上钩了，是菖蒲情何以堪，还是秦观、周邦彦情何以堪？当问屈原。

# 麦 子

## 陇麦回青润

宋词里出现的粮食作物很少，屈指可数。

诗文里出现粮食作物最多的是《诗经》。其中《豳风·七月》一篇就提到差不多二十种植物，栗子、桑树、荻、芦苇、麻、冬葵、大豆、红枣、稻子、甜瓜、麦子、臭椿、苦苣、白蒿、谷子、黍子、韭菜、野葡萄、郁李、茅草、远志等，简直气象万千，是以后任何一篇诗歌中没有的丰富，所有提及的植物都是实用的，没有任何一样是为了伤春悲秋。

稍后一点的《楚辞》提到的植物很少，是以香、恶分类，提到粮食作物的就少，我想原因是诗的写作者不同，《诗经》是民歌，是下里巴人所为，《楚辞》是官曲，是士大夫写的，属于阳春白雪，高居庙堂之上的文人士大夫是无暇顾及田垄地头的。

先列举《诗经》中提到的麦吧，《周颂·思文》："贻我来牟，帝命率育，无此疆尔界。陈常于时夏。"《周颂·臣工》："如何新畬？於皇来牟。"其中的"来"是指小麦，"牟"是指大麦。《鄘风·桑中》《鄘风·载驰》《王风·丘中有麻》《魏风·硕鼠》《豳风·七月》《大雅·生民》《鲁颂·閟宫》都是直接提到"麦"，这个"麦"我就分不清了。

《丘中有麻》是首原始纯朴的情诗：

丘中有麻，彼留子嗟。彼留子嗟，将其来施施。

丘中有麦，彼留子国。彼留子国，将其来食。

丘中有李，彼留之子。彼留之子，贻我佩玖。

山丘上是麻林、麦苗、李树，那位公子曾过来。那位公子快过来呀，请他过来好欢聚，一起和我吃麦饭，他还赠我一块佩玉。

麻林、麦田、李树林，都留下恋爱中男女的身影，浪漫原始，自然美好，比之花前月下、灯光烛影更增了一份淳朴与野趣，是现代人几乎享受不到的恋爱方式。因为无法享受，所以无限向往。

到了唐代，唐诗里写到粮食作物的不算少，其中麦出现的次数较多，而且可以清晰地分出大麦、小麦、荞麦。不妨感受一下各麦的风采。

先看王建的《江陵使至汝州》，他写的是小麦。

回看巴路在云间，寒食离家麦熟还。

日暮数峰青似染，商人说是汝州山。

回望自己走过的巴陵路已经在远远的云间了，我离家已经很久了，走的时候是寒食时分，回来时麦子金黄已经成熟了。此时太阳落山，山峰青翠好似染过一般，同行的商人说那就是离我家乡很近的汝州山。我的心情好不激动欣喜，特别是看到麦浪滚滚，更加归心似箭。

再看李颀《送陈章甫》，他写的是大麦。

四月南风大麦黄，枣花未落桐叶长。

青山朝别暮还见，嘶马出门思旧乡。（节录）

农历四月大麦已经发黄，丰收在即，枣花已经开放，空气中散发着温馨甜蜜的芳香，桐树叶子长得蓬勃健旺。青山依旧在，早晚都相见，出门的马儿长声嘶鸣似乎是激发人思乡的情绪。

接着看白居易的《村夜》，他写的是荞麦。

霜草苍苍虫切切，村南村北行人绝。

独出前门望野田，月明荞麦花如雪。

不知是哪一天，白先生在一个深秋的夜晚来到一处村庄。此时草已经结了霜，冻得秋虫叽叽哀鸣，打眼一望，村子四周连个人影也没有。我闲来无事，独自走出大门看眼前的田野，但只见明亮的月光下，荞麦花如雪一样铺满田地。

唐诗里的麦更丰富吧，宋词里不是这样的，看见大麦，没看见荞麦，多了一样燕麦，已经在相关篇中写过，就说麦吧，有几首词提到，以苏东坡提到的最多，至少四次。宋词中出现的粮食作物不多，我想和《楚辞》性质一样，是写作者的身份原因。尤其宋词，春花秋月、伤春悲秋、病病歪歪、哼哼唧唧、男欢女爱者多，关心农稼者自然少，不合宋词的调调。

下面就先选晏几道的《生查子》：

春从何处归，试向溪边问。岸柳弄娇黄，陇麦回青润。
多情美少年，屈指芳菲近。谁寄岭头梅，来报江南信。

春天到来的标志是什么呢？我想到溪边问一问，一看之下发现岸边的柳条已经嫩黄了，田垄里麦苗也返青了，看来春天真的到了。

多情的美少年，感受到春天的烂漫，谁能把岭上的梅花寄给远方的那人，告知我在江南的情况。

麦苗返青了，和故人的约定该有信息了。麦苗返青是报春的，就像迎春、杏花、桃花都可以报春。麦苗报春就显得接地气，少了些许娇柔。

再看苏东坡笔下的麦子。

### 浣溪沙·徐州藏春阁园中

惭愧今年二麦丰，千畦细浪舞晴空。化工余力染天红。
归去山公应倒载，阑街拍手笑儿童。甚时名作锦薰笼。

这是苏东坡在徐州任太守时写的，看起来很高兴。

难得今年的大麦、小麦都丰收了，千亩良田中麦浪滚滚，竟衬托得瑞香花更加艳红。

看见丰收的景象，举杯庆贺，酩酊大醉，就像当年的西晋山简（山涛的儿子），被儿童笑话，还有那芳香四溢的瑞香花更显风姿。

我看，麦子到这里结束最好，一片丰收的喜悦，难得，我是说宋词中这样的气氛难得。

## 玉簪花

### 紫萼香心初吐

玉簪花也不是第一次写了，原产于中国，是百合科玉簪属多年生草本植物。

描述玉簪我以为最好的是明代田艺衡的《玉簪花赋》。再一次引用如下："白花六出，碧茎森森，绿苞敷艳，翠叶丛引，皓丝垂须，黄擅缀心，色美如玉，形肖惟簪。曰贵且重，名比南金，方其根萎严霜，英抽湛露，酷暑既徂，凉飚初度，拂拂翻荣，亭亭挺素，皓雪凝条，明冰挂树。山楂为之抱惭，水仙见而曾妒，纵玉井之莲花，亦同行而却步。……独持雅洁，以压群芳，鄙芙蓉之多态，笑兰蕙其不香。"

田艺衡笔下玉簪花已经无出其右了。

玉簪花名来自一段传说，起于何时不知道，但至少唐时就有。传说王母娘娘有个女儿想要到人间看看，被王母看穿，不允许她下凡。女儿不甘心就把头

上的玉簪子拔下投到人间，让玉簪子替她到人间看看。那玉簪子没有投胎而是变成了玉簪花，还散发出清幽的芳香，得到人间民众的喜欢。

接着诸君就随我看唐朝的玉簪怎样芳香。

### 玉簪花
#### 罗隐

雪魄冰姿俗不侵，阿谁移植小窗阴。

若非月姊黄金钏，难买天孙白玉簪。

看来玉簪花在唐朝就是超凡脱俗的花，一句"雪魄冰姿俗不侵"就把玉簪的不俗表现出来，剩下的说玉簪难得，除非是嫦娥姐姐的金钏，要不然根本买不下天女的白玉簪。

再到宋朝看看，那时玉簪更香，好多大诗人都夸它。就连"拗相公"王安石也不能抵御玉簪的芳香。

### 玉簪
#### 王安石

瑶池仙子宴流霞，醉里遗簪幻作花。

万斛浓香山麝馥，随风吹落到君家。

玉簪的传说也引用了，而且花香也是极浓郁的，此花也不挑人，是"随风吹落到君家"，特别亲民的一种花。

再举一首宋诗夸玉簪的，现在完全没有"粉丝"的吴震斋这样写道：

### 玉簪花

素娥昔日宴仙家，醉里从他宝髻斜。

遗下玉簪无觅处，如今化作一枝花。

诸君比照王安石相关诗解读便可。

这样美的花，这样雅的花，没想到宋词里却鲜少见。我只找到欧阳修的《梁州令》，让人欣喜的是他写到了紫玉簪，那是别的诗人没写到的。我不得不夸奖自己一句，要不是我慧眼识英雄，认出"紫萼"就是紫玉簪，那欧阳修词中的紫玉簪就散不出芳香了。

### 梁州令

红杏墙头树。紫萼香心初吐。新年花发旧时枝，徘徊千绕，独共东风语。
阳台一梦如云雨。为问今何处。离情别恨多少，条条结向垂杨缕。

此事难分付。初心本谁先许。窃香解佩两沈沈，知他而今，记得当初否。
谁教薄幸轻相误。不信道、相思苦。如今却怎空追悔，元来也会忆人去。

欧阳修鼎鼎大名，唐宋八大家，政治上有成就，文学上有成就，书法上也
有成就，以我的水平最喜欢的还是他的《醉翁亭记》："醉翁之意不在酒，在乎
山水之间也。"就是这么潇洒不羁。只是他的这首《梁州令》让我有些诧异，
好似柳永作品一般的缠绵悱恻，看起来不像欧阳修的正面形象，其实这正是诗
和词的区别，尤其是豪放派没出来的时候，宋词除了缠绵悱恻、伤春悲秋就是
淫词艳曲，所以过去就有诗言志、词言情之说。欧阳修此词就是这样。

红杏长在墙头，紫玉簪芳香绽放，花都是开在去年的枝头上，我不由想起
曾经的巫山云雨，不过是成了过去，所有的离愁别恨但看那千丝万缕的柳条就
知道了。

此情可待成追忆，当初你我相许，不知道相思苦，如今识尽个中愁，只有
回忆、回忆、回忆。

缠绵到不忍卒读。欧阳修解不开相思的苦了，我却在找紫玉簪，想从他的
词里拉走，玉簪不是缠绵的性儿，就让红杏、杨柳陪他就好。


# 苎　麻

## 白纻春衫杨柳鞭


苎麻是荨麻科苎麻属亚灌木或灌木植物，和大麻的历史一样长，都是最早
用来为人类挡风遮寒的衣物的原材料。

叫麻的植物大致有大麻、荨麻、苘麻、苎麻，都可以用于纺织、编织，但除了苎麻和荨麻属于同一科外，其他的不仅不是一个属还不是一个科。

大麻是桑科大麻属一年生直立草本植物。

苘麻是锦葵科苘麻属一年生亚灌木草本植物。

苎麻是荨麻科苎麻属亚灌木或灌木植物。

荨麻是荨麻科荨麻属多年生草本植物，也叫蜇人草、咬人草、蝎子草，有毒，不能碰，碰了过敏。

知道麻有区别就行，咱别的休提，就说苎麻。苎麻是很好的天然纺织材料，用苎麻纺织的衣料透气性好，色彩淡雅，是夏季衣服的最好选择之一。虽然它的下垂感不算好，但飘逸呀，想展示"衣袂飘飘"还是不费吹灰之力的。

已经说过苎麻和麻使用的历史很久，从《诗经》中就可以看到，而且出现在同一首诗中。

### 陈风·东门有池

东门之池，可以沤麻。彼美淑姬，可以晤歌。

东门之池，可以沤纻。彼美淑姬，可以晤语。

东门之池，可以沤菅。彼美淑姬，可以晤言。

大意是东门外有个坡池，这个坡池可以浣洗麻丝、苎麻以及菅线，那是姑娘们聚集的地方。有位美丽的姬姓姑娘在这里，我想和她对歌，说话。

看到了吧，麻、苎麻、菅草不仅可以用于制作衣服，还可以传达情谊。

到了唐代，苎麻依旧是制作衣服的主要材料。那时苎麻不传情了，它是寡妇身上的褴褛衣衫。

唐末杜荀鹤《山中寡妇》：

夫因兵死守蓬茅，麻苎衣衫鬓发焦。

桑柘废来犹纳税，田园荒后尚征苗。

时挑野菜和根煮，旋斫生柴带叶烧。

任是深山更深处，也应无计避征徭。

此诗正是写兵荒马乱之时，农妇守着茅草棚，她的丈夫已经死于战乱。在丈夫是天的时代，女人此时的境况可想而知，苎麻的衣衫褴褛，头发焦黄。更可悲的是，作为经济作物的桑树和柘树都已经荒废了，官府还是要征税，田园荒芜了也要征苗。农妇只能吃连着根的野菜，烧带着叶子的柴草，甚至躲到深山的更深处，也还是躲不过徭役。

只要兵荒马乱，就算有苎麻衣服，也是不能完全遮体，可见想要"衣袂飘飘"就要国泰民安，所以我终身祈祷"天佑中华""国泰民安"。

宋词里提到苎麻的也很少，我找到的就是晏几道的《浣溪沙》和吴文英的《莺啼序》。

先看晏几道的《浣溪沙》：

> 白纻春衫杨柳鞭。碧蹄骄马杏花鞯。落英飞絮冶游天。
> 南陌暖风吹舞榭，东城凉月照歌筵。赏心多是酒中仙。

穿苎麻衣衫畅游在春天里，骑骏马跨在杏色马鞍上，神气活现，在落花中"寻花问柳"。

南风吹在歌楼舞榭中，明月照在歌楼里，能如此欣赏美景美人的都是酒中仙人。

苎麻白衫不过是"衣袂飘飘"的"换言之"，重点还是"寻花问柳"，这是宋代词人的一大爱好。

南宋吴文英在《莺啼序》里也提到苎麻，此词牌是他首创，词很长，有240字，伤生离，恨死别，叹岁月流逝、欢情缘浅。咱就摘写到苎麻的吧：

> 危亭望极，草色天涯，叹鬓侵半苎。暗点检、离痕欢唾，尚染鲛绡，䌽凤迷归，破鸾慵舞。殷勤待写，书中长恨，蓝霞辽海沉过雁。漫相思、弹入哀筝柱。伤心千里江南，怨曲重招，断魂在否？

词不解了，诸君自己体会。只说其中的苎麻，不是当衣服穿，而是说苎麻植物本身是白色，所谓"白苎"是也，叹息他的头发跟苎麻一样白了。

这倒真是不一样的苎麻。

# 郁 金

## 乔家深闭郁金堂

郁金就是郁金，不是郁金香，郁金原产地是中国，郁金香原产地是地中海南北沿岸。郁金是姜科郁金属多年生草本植物，郁金香是百合科郁金香属草本植物。它们完全没有关系。郁金倒是跟莪术关系更近，更是同科同属，又被称为广西莪术、蓬莪术、姜黄，而姜黄就是我认识的一种食品添加剂了。

郁金的历史很悠久，《诗经》时代就有，是用来做酒的，那时称为"鬯"。《礼记·郊特牲》记载："周人尚臭（嗅），慣用鬯臭（嗅），郁合鬯臭（嗅），阴达于渊泉。"是说周人最讲究味道，慣用郁金这种有香味的酒。郁金做的酒被称为"黄流"，所以有《大雅·旱麓》："瑟彼玉瓒，黄流在中。"即黄流这种美酒装在玉壶中。

郁金是长在南方的植物，北方人很少能见到，只有用郁金做的姜黄，部分北方人会用来蒸馒头。姜黄除了香，还能染色，掺了姜黄的馒头层层叠叠的黄白相间，好吃又好看。姜黄还是咖喱饭的主要原料，和蒸馒头一样，取其香和色，可见对姜黄的运用中外是同理的。

历史上以郁金入诗文的不算多，就选初唐沈佺期的《独不见》吧，他提到了郁金，确切说是郁金堂，因为有来头所以特别摘录。

### 独不见

卢家少妇郁金堂，海燕双栖玳瑁梁。

九月寒砧催木叶，十年征戍忆辽阳。

白狼河北音书断，丹凤城南秋夜长。

谁为含愁独不见，更教明月照流黄。

卢家的少妇居住在以郁金香料泥墙的房子里，海燕成双成对地栖息在用玳瑁装饰的梁上，这是何等豪华的屋宇。此时已经深秋，捣衣的声音阵阵传来，似乎惊动的树叶都纷纷落下，不由思念远征的丈夫，他已经十年没有回来。那地方的音书早已断绝，在京城的少妇寂寞寒冷只感觉夜更长，更难熬。我是为那一位不断地忧愁却又不能相见啊，还叫那明月照在帷帐上更增加了我的思念。

这个郁金堂出自南朝梁武帝《河中之水歌》："卢家兰室桂为梁，中有郁金苏合香。"北周庾信《奉和示内人》有"然香郁金屋，吹管凤凰台"之句，后来郁金堂就成为女子芳香高贵居室的代称。和"椒房"有异曲同工之妙，不过是少了多子多福的寓意。

当然郁金不仅仅是郁金堂，还是郁金本身，和久远的从前一样是用来做美酒的，李白可以证明：

### 客中作

兰陵美酒郁金香，玉碗盛来琥珀光。

但使主人能醉客，不知何处是他乡。

兰陵的美酒是用喷香的郁金做的，用玉碗来盛放，闪烁着琥珀色的光泽，看起来就令人陶醉。我虽然客居此地，但主人的盛情款待让我深深陶醉，酒至酣处，不知何处是故乡。

到了宋朝郁金还在，不仅"传承"了郁金堂，还有郁金酒。

北宋初年的张泌在《南歌子》中提道：

锦荐红鹦鹉，罗衣绣凤凰。绮疏飘雪北风狂，帘幕尽垂无事，郁金香。

张泌可以说是唐末人，也可以说是宋初人，是南唐后主的官员，并随后主一起投降北宋，是花间派的重要词人。

鹦鹉是一种水鸟，比鸳鸯大，也称紫鸳鸯。锦衣玉食的人穿的是绣着红鹦鹉的锦绣，还有绣着凤凰的罗衣。此时正是寒冬，北风呼啸，飞雪飘落，但是贵人不必受此寒冷，只不过把帘幕垂下来遮挡外面的寒气，闲来无事可以啜饮郁金做的美酒。

这就是那时贵族的生活，不用管外面的风刀霜剑，闲适的生活中尽可以"为赋新词强说愁"。

再看贺铸的《试周郎》：

乔家深闭郁金堂。朝镜事梅妆。云鬟翠钿浮动，微步拥钗梁。

情尚秘，色犹庄。递瞻相。弄丝调管，时误新声，翻试周郎。

贺铸奇丑无比，文采飞扬，是北宋王室外戚、贺知章后裔。

此词的词牌名原为《诉衷情》，因为贺铸此词写得动人，后来《诉衷情》的词牌就成了《试周郎》。

乔家有位深居简出的女子，住的闺楼有着郁金堂般华贵。女子每日对镜梳妆，妆容精美，头饰豪华，走起路来翠钿微微颤动。

女子含情不露，颜色庄重，不时打眼观察心仪的男子，弹奏乐曲时故意弹错，就是为了吸引心仪男子的注意。

写女子的心理惟妙惟肖，那样含情不露，又婉转传递的小聪明真是可爱至极。当然这样可人的女子一定要住在郁金堂这样的华屋才好。

还有北宋的高似孙在《眼儿媚》中也写到郁金堂，诸君比照贺铸的看吧。

### 眼儿媚

翠帘低护郁金堂。犹自未忺妆。梨花新月，杏花新雨，怎奈昏黄。

春今不管人相忆，欲去又相将。只销相约，与春同去，须到君行。

住郁金堂的女子梨花带雨，我见犹怜，回忆从前，思念佳人，与君相约。

郁金终是美好的寄托，可以为酒，可以为屋，等而下之也可做姜黄馒头或者咖喱。

# 莼　菜

## 莼菜鲈鱼留我

莼菜是睡莲科莼属多年生草本植物，也叫蓴菜、马蹄菜、湖菜等，跟睡莲有相像的地方，比如叶子的形状，但叶子的背面就不一样了。莼菜的背面有胶状透明物质，夏季开暗红色小花。这个不重要，重要的是莼菜是一种非常美味的蔬菜，是有人可以为了满足口腹之欲而放弃为官的美味，这就不寻常了。

就从张翰为莼菜辞官归乡说起。《晋书·张翰传》载："齐王冏辟为大司马东曹掾……翰因见秋风起，乃思吴中菰菜、莼羹、鲈鱼脍，曰：'人生贵得适志，何能羁宦数千里以要名爵乎！'遂命驾而归。"

西晋的张翰在北方洛阳为官，职位不高，抱负难展，却诸事繁杂，可谓官场不顺。加之司马家族内乱，他不想受牵连，盘算避祸退隐。正值此时，秋风起，云飞扬，想起南方家乡的莼菜鲈鱼何等美味，不由叹道："人生贵在适合自己的志向，何苦千里为官只图个官禄名爵！"于是，他辞官返乡，痛痛快快地品尝莼羹鲈脍去了。潇洒如此，不让陶渊明。

自张翰不惜弃官吃莼羹鲈脍之后，这道菜不仅闻名，而且成为成语，意思是不愿意追逐表面的名利。

《世说新语·言语》也有关于莼菜美味的记载：王武子问陆机，江南有什么东西可以与北方羊酪相比，陆机答复："有千里莼羹，但未下盐豉耳。"当时人誉为名对。

其实在"莼羹鲈脍"典故之前，《诗经》中就记载了莼菜，那时称为"茆"。《鲁颂·泮水》："思乐泮水，薄采其茆。"意思是，泮水之滨多快乐，伸手去摘嫩莼菜，此诗是夸鲁侯的威仪。

但自张翰辞官吃莼羹鲈脍之后，莼菜在后来的文人墨客眼中就只是"莼羹鲈脍"了。

唐代有李中《寄赠致仕沈彬郎中》："莼羹与鲈脍，秋兴最宜长。"白居易《偶吟》："犹有鲈鱼莼菜兴，来出或拟往江东。"因为有了"莼羹鲈脍"之说，诗都不用解了，张翰是什么意思，诗就是什么意思。

到了宋代，苏东坡对莼羹鲈脍更是爱不释口，不厌其烦地说起，他在《送吕昌期知嘉州》中云："得句会应缘竹鹤，思归宁复为莼鲈。"在《虔守霍大夫、监郡许朝奉见和，复次前韵》中云："秋思生莼鲙，寒衣待橘洲。"还有："丰湖有藤菜，似可敌莼羹。"在《蝶恋花·用韵秋怀》中云："世路只催双鬓白，菰菜莼羹，正自令人忆。"在《忆江南寄纯如五首》中云："若话三吴胜事，不惟千里莼羹。"

看苏东坡的"莼羹鲈脍"我以为不吃到它人生一定是有缺憾的，我下定决心，一定品尝此美味，不负此生！

宋代还有很多词提到莼菜，就选周邦彦的《蓦山溪》和朱敦儒的《好事近》吧。

### 蓦山溪·春景
#### 周邦彦

周郎逸兴，黄帽侵云水。落日媚沧洲，泛一棹、夷犹未已。玉箫金管，不共美人游，因个甚，烟雾底。独爱莼羹美。（节录）

周邦彦的这首词少了男女的卿卿我我，"不共美人游"，因为 "独爱莼羹美"。他厌倦了，想要归隐了。

周瑜有雅兴，行船在此，落日余晖更增加了湖景的美丽，这样的美景我也不想约美人一起游览。若要问我为什么，我告诉你，我想家了，想那舌尖上的美味 "莼羹鲈脍"。

为了莼羹鲈脍，美人都可以放弃了，那是怎样的美味呢？

## 好事近

### 朱敦儒

失却故山云，索手指空为客。莼菜鲈鱼留我，住鸳鸯湖侧。

偶然添酒旧壶卢，小醉度朝夕。吹笛波楼下，有何人相识。

朱敦儒是两宋之间的人，文学上的贡献很大，辛弃疾、陆游都受他影响。辛弃疾《念奴娇》词就明确说是 "效朱希真体"。陆游年轻时曾受知于朱敦儒，为人与作词都受朱敦儒的熏陶，他的名作《卜算子·咏梅》即与朱敦儒的《卜算子》(古涧一枝梅) 风神相似。

朱敦儒因为主战被贬，回到故乡，对官场的纷乱黑暗已经厌倦。此时清风明月，鸳鸯湖侧，把酒小酌，莼羹鲈脍，不问世事，也无人相识，豁达旷远，神仙般的日子，并以此终年。不亦乐乎！这就是达则兼济天下，无缘 "达"，那就 "独善其身"，不必非要 "穷"，富裕的悠闲生活依然能独善其身。

莼菜可真不简单，那是文化菜呀。已经说过了，我一定品尝莼羹鲈脍，附庸风雅，感受文化菜的魅力。

# 芒 草

## 竹杖芒鞋轻胜马

芒是禾本科芒属多年生草本植物，它和同是禾本科植物的芦苇、荻苇是"亲戚关系"，对于"孤陋寡闻"的城里人来说很难区分，特别是荻苇和芒，更让人一头雾水，我是费了九牛二虎之力才基本区分开的。

这要感谢物质社会的进步，曾经的野草，堂而皇之地"走进"公园。在秋天的公园里独步，那一丛丛高大、头上云彩一般的芒，让人不由联想"风吹草低见牛羊"的情景。而且还有粉色、褐色的芒，在湖边此起彼伏，随风飘动，竟然产生感动。这样的感动竟然出自芒，一种极为普通极为寻常极为低调的野草。

芒虽然不起眼但是有用，我们的祖先不仅用它当饲料，还用它编织，主要是编织鞋，用芒编织的鞋就叫"芒鞋"。

有一句成语叫"芒刺在背"，我看此"芒"非彼"芒"，应该是麦芒的芒。麦芒的芒有刺，芒草的芒拂到人身上是温柔的，让人变得安静的。

成语"芒刺在背"显然不是"小清新"，因为有"刺"，一定是麦芒之类的芒。

不论是不是芒草的芒，还是看看"芒刺在背"的来历吧，见识一下不同的芒也是好的。

东汉班固《汉书·霍光传》："宣帝始立，谒见高庙，大将军光从骖乘，上内严惮之，若有芒刺在背。"

接着就可以看看诗词中的芒了，不多，但是有，先从唐诗开始。

### 奉和鲁望樵人十咏·樵径
#### 皮日休

蒙茏中一径，绕在千峰里。

歇处遇松根，危中值石齿。

花穿臬衣落，云拂芒鞋起。

自古行此途，不闻颠与坠。

山中有一条露，很不好走，有危石，有松根，但是砍柴人自古就在这条小径走，从来就没听说坠落过，他们穿着麻衣，脚蹬芒鞋，花穿衣而过，云自脚下升起。

芒草编的鞋子当然不是什么好鞋子，但就是穿上这样简陋的鞋照样翻山越岭，而且安全有效。

再看一首唐诗，诗不惊人，人不寻常，就是唐末的伊用昌。

### 题茶陵县门
#### 伊用昌

茶陵一道好长街，两畔栽柳不栽槐。

夜后不闻更漏鼓，只听锤芒织草鞋。

伊用昌是乞丐，出言不着调，常被人殴打，人称"伊风子"。他会作词，喜欢的调是《望江南》，常常与妻子唱和，有板有眼。别看人家夫妻行乞，妻子还有美色，富家子弟常言语调戏，但人家妻子人穷志不穷，不给那些人机会。有一天，夫妻二人发现有死牛肉，就吃了，然后死了。后来有人看到这对夫妻所埋的地方，除了烂牛肉没别的。这该是传奇了吧？

若是他们生活在今天，一定会成为著名网红。且看其诗。

茶陵有一道长街，两边栽的柳树，而不是槐树，深夜已经听不到敲更的鼓声，只听见捶打芒草、编织草鞋的声音。

没一句难懂的，平静的叙述，但还是感到生活的艰辛，夜深了还要捶打芒草编织草鞋，只有劳动人民才会这么辛苦。但伊用昌没这么说。

宋朝只有苏东坡的词中有芒草。

### 定风波

三月七日，沙湖道中遇雨。雨具先去，同行皆狼狈，余独不觉，已而遂晴，故作此词。

莫听穿林打叶声，何妨吟啸且徐行。竹杖芒鞋轻胜马，谁怕，一蓑烟雨任平生。

料峭春风吹酒醒，微冷，山头斜照却相迎。回首向来萧瑟处，归去，也无风雨也无晴。

还是苏轼潇洒，此时他被贬黄州，想在这里安家置田，和朋友一同选址，路上遇雨，朋友感觉很狼狈，苏轼却很畅快。

已经听到雨打在树林里的声音，但是那又怎样，何不像阮籍一般长啸，而且从容行走。拄着竹杖，穿着芒鞋，此等轻便胜过骑马，淋雨这等小事有什么可怕的，穿一件蓑衣就在风雨中度过一生。

料峭春风，吹得我酒醒，不由感到有些寒冷。此时雨停了，斜阳闪着温暖的光辉照了过来，回头看风雨来处，就是归去的时候，心里想根本不去管它是雨是晴还是风，我自岿然不动。

这份洒脱不羁不是寻常人能学来的，就算是你穿上芒鞋，拄上竹杖，披上蓑衣，内心没有乾坤，也无法"一蓑烟雨任平生"。

# 水 藻

## 绿藻幽香

藻其实是泛指生长在水中的低等植物，也有部分高等植物，比如狸藻、金鱼藻，还有更多的蓝藻、红藻、隐藻、甲藻、金藻、黄藻、硅藻、褐藻、裸藻、绿藻、轮藻等众多的种类，藻类中有极小的硅藻，种类也有11000以上，硅藻最小的只有3.5微米，大的有300到600微米，差距极大。藻类中大的海带也叫昆布，这些褐色海藻一般都在2米到4米，果囊马尾藻则可长达几十米。但再大再长也是低等植物，其特点就是无根、茎、叶的分化。

藻是很大的群体，我们古代诗文中早就注意到藻的存在，但没有说是什么藻，顶多是绿藻以区别于褐藻吧。

关于藻的成语、词语非常多，必须举出例子，要不诸君感受不到其多。

成语大致有：春葩丽藻、雕镂藻绘、鸿笔丽藻、丽藻春葩、虑周藻密、山节藻棁、抉藻飞声、扬葩振藻、重葩累藻。

词语大致有：才藻、采藻、彩藻、宸藻、骋藻、摛藻、春藻、辞藻、粹藻、典藻、雕镂藻绘、雕藻、发藻、粉藻、奋藻、丰藻等。

多乎哉？多也！

但是上述成语、词语意思都相近。都是好词，比如才藻等就是指华丽的文采等。

藻还有廉洁的意思，比如皇帝、官员身上的官服绣有水藻纹饰就是寓意官员要廉洁自明的，因为水藻生在水里，很干净。

藻还是辟火的指代，古人在房梁上画水藻纹饰就是借喻水藻生活在水中来避屋舍的火灾的。

李时珍在《本草纲目》中这样介绍水藻名字的来源："藻乃水草之有纹者，洁净如澡浴，故谓之藻。"

水藻入诗很早，《诗经》时代就登堂入室，就选《小雅·鱼藻》吧，是美好的寓意，让人欢喜。

《小雅·鱼藻》："鱼在在藻，有颁其首。王在在镐，岂乐饮酒。"意思是，鱼儿游在水藻中，它的脑袋大又圆。天子住在京镐中，快乐地和群臣饮酒。

"鱼在在藻""王在在镐"，各得其所，岂不乐哉？

唐诗中当然有藻，中国文学史的高峰之一，怎么能没有藻的出席？就选杜甫的作品，感受一下那时的藻吧。

### 咏怀古迹五首（其二）

#### 杜甫

摇落深知宋玉悲，风流儒雅亦吾师。

怅望千秋一洒泪，萧条异代不同时。

江山故宅空文藻，云雨荒台岂梦思。

最是楚宫俱泯灭，舟人指点到今疑。

深秋时节，树叶飘落，万物凄凉，我感受到宋玉的悲哀（等同于屈原的悲哀，报国无门，空赋志才），风流儒雅的他也是我学习的榜样。惆怅地回望历史，为他洒下同情的泪水，我们有同样的遭际只是不在同一时代。江山依旧在，故宅主人去，只留下文采飞扬的辞赋在人间。曾经的巫山云雨只不过是荒唐的美梦。最令人痛心的是楚王宫早已灰飞烟灭，那舟子还指点着所谓的遗迹让人生疑。

看到了吧，杜甫诗中的"藻"就是"文藻"。

到了宋代，宋词中用到藻的很多，我观察了一下，大多是水藻。苏东坡在《临江仙》中有："幽花香涧谷，寒藻舞沦漪。"不仅仅是化用，简直是借用柳宗元的《南涧中题》："羁禽响幽谷，寒藻舞沦漪。"黄庭坚有《满庭芳》："微雨过，婆姗藻荇，琐碎浮萍。"还有就是刘泾及辛弃疾的词作。

先看刘泾的《夏初临·夏景》：

泛水新荷，舞风轻燕，园林夏日初长。庭树阴浓，雏莺学弄新簧。小桥飞入横塘。跨青苹、绿藻幽香。朱阑斜倚，霜纨未摇，衣袂先凉。

歌欢稀遇，怨别多同，路遥水远，烟淡梅黄。轻衫短帽，相携洞府流觞。况有红妆。醉归来、宝蜡成行。拂牙床。纱厨半开，月在回廊。

刘泾的名气其实也不算小，和苏东坡同时代，王安石欣赏他的才干。和米芾、苏东坡是书画友，所谓"谈笑皆鸿儒，往来无白丁"。只是今人知道得少，我就不知道。

写夏日的闲适生活。园林里有湖，湖中的荷叶"才露尖尖角"，新生的小黄莺才学"婉转入云霄"呢。湖里还有浮萍、绿藻，那时一派生机。乘凉人依着栏杆，用不着扇扇子，湖面的微风吹过，衣衫里就是凉快的，好不惬意。

能欢歌时还是少，但幽怨离别大多是一样的。正是梅子黄时，朋友自远方来不亦乐乎，一同相携一起玩"曲水流觞"的游戏，何况还有红妆陪伴，得开怀处皆开怀。大醉而归，回家休息，只见明月在回廊。

刘泾好逍遥好自在，好会享受生活，水藻可有可无，不过是增加了适意中的一片绿意。

再看辛弃疾的《水调歌头·盟鸥》：

带湖吾甚爱，千丈翠奁开。先生杖屦无事，一日走千回。凡我同盟鸥鹭，今日既盟之后，来往莫相猜。白鹤在何处？尝试与偕来。

破青萍，排翠藻，立苍苔。窥鱼笑汝痴计，不解举吾杯。废沼荒丘畴昔，明月清风此夜，人世几欢哀？东岸绿阴少，杨柳更须栽。

"盟鸥"显然是借用《列子·黄帝·好鸥鸟者》典故：

海上之人有好鸥鸟者，每旦之海上，从鸥鸟游，鸥鸟之至者百住而不止。其父曰：吾闻鸥鸟皆从汝游，汝取来，吾玩之。明日之海上，鸥鸟舞而不下也。

不过是活学活用。"好鸥鸟者"背盟，辛弃疾则盟约，永在水国归隐。他这想法，李白也有："明朝拂衣去，永与白鸥盟。"

此时辛弃疾遭弹劾后在带湖闲居。他非常喜欢带湖，没事一天要走个千八百回，看见和我一样的鸥鸟，咱就从此结盟，永不猜忌。还有白鹤在哪里？它是志同道合的鸟，把它也约来。

破开青萍，推走绿藻，立在苍苔之上，原来鸥鸟是在专心偷窥鱼儿准备捕鱼，我不由笑你的痴劲，你是不知道此时举杯的我是什么心情。这里曾经是荒败的沼泽山丘，此时却是明月照清风拂，人世间几多欢乐几多悲哀，看东岸绿荫还少，转天我就多多栽上杨柳，待来年，带湖定是一番新天地。

辛弃疾无法为国家效命，隐居带湖，就把带湖变成理想中的模样。忘记朝廷上那些尔虞我诈，忘记那些卑躬屈膝，忘记那些趋炎附势，咱就和鸥鸟一样，鸥鹭忘机，与世无争，逍遥一世。

其实辛弃疾不想这样，只是不得不这样，就像苏东坡，把他放到任何地方他都能尽量好地生活。

水藻就是水藻，不是文藻，不是春葩丽藻，就是鸥鸟生活环境中的一种植物，自然野性、无拘无束。

# 大　蒜

## 银蒜押帘

大蒜是百合科葱属半年生草本植物。也叫蒜头、胡蒜、独头蒜等。这样说很正式，看起来好似在卖弄一样，大蒜是那种"天下谁人不识君"的蔬菜，用得着你卖弄吗？但是我不是吹，就算煮到锅里你认得出大蒜，你真的知道大蒜是百合科的吗？你真的知道圆头圆脑的大蒜和细长苗条的大葱是一个属的吗？不瞒你说，在写此文前我真不知道。

贾思勰在《齐民要术·卷三种蒜第十九》中给我们讲了各路证明大蒜来源的出处："《说文》：'蒜、荤菜也。'《广志》曰：'蒜有胡蒜、小蒜。黄蒜，长苗无科，处哀牢。'王逸曰：'张骞流绝域，始得大蒜、葡萄、苜蓿。'《博物志》

曰：'张骞使西域，得大蒜、胡荽。'延都曰：'张骞大宛之蒜。'"

贾思勰老先生充分说明了大蒜是张骞从西域带回来的，至今已经两千余年，大蒜早已本土化，现今谁还叫大蒜为胡蒜呢？

大蒜和葱不仅是同科同属，而且它们的功用也接近，都是炒菜、拌菜的必需品。别说是饭店，就是家户，没有任何一家没有大蒜的，就算有人不吃大蒜，那也不敢保证这家没有大蒜，别人也得吃呀。

大蒜是从西域来的，小蒜是中国的原产，至今北方的百姓会在农历三月采挖小蒜解馋，谓之："三月小蒜香死老汉。"就是说此时采挖出来的小蒜炒出来是"香死人"的，尤其是和鸡蛋拌起来炒，无论老汉、老妪、父老乡亲，都是会"香死"的。大蒜就没有这样的"功效"，它再不可或缺，终究是配菜。

我以为大蒜被称为"荤菜"是寺里的专称，和尚不吃"荤"谁都知道，不吃"素荤"大约只有信徒知道，但大蒜从东汉开始就被认为是"荤菜"估计就更少有人知了。

大蒜如此寻常，人们天天食用，但入诗的还真少。

唐代有蒋贻恭的《咏安仁宰捣蒜》：

安仁县令好诛求，百姓脂膏满囤流。
半破磁缸成醋酒，死牛肠肚作馒头。
帐生岁取餐三顿，乡老盘庚犯五瓯。
半醉半醒齐出具，共伤涂炭不胜愁。

没想到有关大蒜诗文的出场竟是这样，大蒜作为安仁县令搜取民脂民膏的一项填列其中。他不顾百姓的死活，只顾自己的享受，是可忍孰不可忍，就连大蒜都不放过！该杀，意念里杀了贪官就来到了宋朝。

宋朝当然有蒜，只是诗文里也少见，只找见宋庠的《噪雀》。

## 噪雀

宋庠

楚雀乘春眹眹飞，蒜头椒目禀生微。

风前莫学惊鸥散，堂上人无海客机。

噪雀就是呱呱乱叫的雀，长着大蒜一样的脑袋、花椒一样的小眼睛，春天时成群地飞舞。你们可别学那动心机的人类，我这堂上可都是"鸥鸟忘机"的高人隐士。

这是讽刺那些有巧诈或权变之心的佞人，就像呱呱乱叫的雀儿。他自己是淡泊隐居，不以世事为怀的。

"鸥鸟忘机"出自战国《列子·黄帝·好鸥鸟者》。再一次没想到，大蒜不是用来食用而是比喻鸟的头型。这个比喻新鲜，隔了一千多年仍然感觉新鲜。

再看宋词中的蒜吧，还是不能吃，也不是鸟头，而是大蒜一样压帘子的物品。苏轼和葛立方都这么用，就选葛立方的《西江月》吧。

## 西江月

葛立方

风送丹枫卷地，霜乾枯苇鸣溪。兽炉重熨向深闺。红入麒麟方炽。

翠箔底垂银蒜，罗帏小钉金泥。笙歌送我玉东西。谁管摇花舞砌。

深秋了，风吹过枫叶飘了一地，溪水边芦苇已经枯萎而且结了霜。天气已经很冷了，闺房里已经点起炉子，红红的火焰好似麒麟一般闪烁。

这样的闺楼好温暖，把那翠色的珠帘用银蒜压住，罗帏也用金泥固定。正好笙歌舞彻，管他风来风去。

好逍遥好闲适的生活，外面天寒地冻，深闺歌舞升平。大蒜不是用来吃的，而是打造成银蒜，这不过是现下时尚的流行样式。

没有大蒜该有的烟火气，也不是鸥鸟忘机的恬淡，而是灯红酒绿的歌台舞榭，是红尘滚滚的热闹，大蒜就在其中。

我就在梦中结束关于大蒜的宋词之路。

# 藜

## 杖藜徐步转斜阳

　　藜就是灰条、灰灰菜，也有叫
狗尿菜、猪菜、灰苋菜、粉仔菜的。
但凡认识两种以上野菜，灰条必是
其一。太常见、太寻常，以至于不
需要时完全熟视无睹，需要时分分
钟就可以采摘回来。

　　藜是藜科藜属一年生草本植物，
它除了可以食用外，还可以治病，
具有清热、泻火、通便、解毒利湿、
杀虫等功效。

　　灰条是有年代的"老草"，《诗经》
时代就记录，有时说它好，代表兴旺；有时说它是杂草，需要剪除。

　　说它茂盛的是《小雅·南山有台》："南山有台，北山有莱。乐只君子，邦
家之基。乐只君子，万寿无期。"意思是，南山有莎草，北山有藜草，赞美这
位君子，是国家的基石，祝愿君子，万寿无疆。

　　说它是杂草的是《小雅·十月之交》："抑此皇父，岂曰不时？胡为我作，
不即我谋？彻我墙屋，田卒污莱。曰予不戕，礼则然矣。"其中"莱"就是藜，
即荒地杂草，是要去除的。

　　到了唐朝，藜依旧是旧藜，在庄稼地里就要剪除，比如宋之问的《早发始
兴江口虚氏村作》："何当首归路，行剪故园莱。"他的故园莱是杂草，是要修
剪的。

　　在山村，藜被当作一种可食的野菜，比如王维的《积雨辋川庄作》："积雨
空林烟火迟，蒸藜炊黍饷东菑。"

　　吃了"蒸藜"就来到了宋朝。这时当然不缺藜，虽然入诗词的少，但是有，

只是和前朝不一样的藜，还是苏东坡为诸君提供的。

## 鹧鸪天

林断山明竹隐墙，乱蝉衰草小池塘。翻空白鸟时时见，照水红蕖细细香。
村舍外，古城旁，杖藜徐步转斜阳。殷勤昨夜三更雨，又得浮生一日凉。

这是苏东坡谪居黄州时写的。远处树林挡住的大山，近处竹林挡住了围墙，小池塘边长满衰草，树上蝉儿乱叫。小鸟儿在空中上下翻飞，红荷映照在水中传出缕缕清香。

村子外面，古城墙旁，我手拄着藜杖缓缓朝着夕阳走去。昨夜三更下了不小的雨，今天才能享受一日的清凉。

这就是苏东坡，不管身处什么境遇，得开怀处且开怀，哪怕是"偷得浮生半日凉"呢。

还有一首词提到藜，也是苏东坡的作品。宋词离不了苏东坡，宋词中的植物也离不了苏东坡。

## 浣溪沙

麻叶层层苘叶光，谁家煮茧一村香。隔篱娇语络丝娘。
垂白杖藜抬醉眼，捋青捣麨软饥肠。问言豆叶几时黄。

村外的麻叶、苘麻一层层一片片，村里不知谁家正在煮蚕茧，满村子都能闻到那特殊的、熟悉的香味。隔着篱笆缫丝的女人们欢声笑语，那是劳动中的女人最可爱的景象。

须发皆白的老翁拄着藜杖，喝得醉眼迷离，吃着新麦做的饭果腹。问起豆叶何时黄，到那时又有新鲜的豆子可以吃了。

这一次是村翁拄着藜杖，可见藜杖在那时是"大路货"，人尽可拄。只是真有一根结实的藜杖我看不容易，毕竟是草本植物，就算长得老了木质化了，也还是不够粗壮，不知我们的先人是怎么看重藜，并用它来做藜杖的。

当然，现在的人感兴趣的还是藜可以吃，解腻。这是现代人非常需要的。

# 菰

## 无数菰蒲间藕花

菰可以是菰米，可以是茭白，看你取用什么位置。菰是禾本科菰属多年生宿根水生草本植物，菰米就是菰结的种子。茭白是菰生病以后长的"菌瘿"，只有中国人吃的蔬菜，而且当作美味。

菰最早是当作粮食的，周朝就开始食用，《礼记》记载："食蜗醢而菰羹。"菰羹就是菰米饭。而且菰米那时是和黍、麦、稻等被当作"六谷"的。

茭白也是在那时发现的。菰受到"黑粉菌"的侵蚀后，茎变得肥大，植株不能抽穗开花。想必农人可惜菰米绝收，就将菰被"黑粉菌"侵袭后形成的"菌瘿"茭白当成了蔬菜。

真正让菰成为蔬菜的是唐末，那时开始大面积种植水稻，而且产量远比菰米多。于是大米成为主食，茭白成为蔬菜，当然这一切都是说的南方。

菰最早出现在诗歌里当然是《楚辞》中。

《楚辞·大招》："五谷六仞，设菰粱只。鼎臑盈望，和致芳只。"大意是，五谷高高堆起，还摆放着菰米饭。大鼎里的食物满眼都是，调和滋味让食物散发出芳香。

显然那时菰还是菰米。

到了唐代菰还是多指菰米。就选杜牧的《早雁》吧。

### 早雁

金河秋半虏弦开，云外惊飞四散哀。

仙掌月明孤影过，长门灯暗数声来。

须知胡骑纷纷在，岂逐春风一一回？

莫厌潇湘少人处，水多菰米岸莓苔。

北方边境那胡虏已经张开弦，把天上的大雁惊得四处飞散。飞到汉时建章宫孤独的承露盘，原本凄清的冷宫因大雁的几声凄鸣，更加阴冷。此时那胡虏还在，春暖时大雁可能一一飞回？飞回的大雁不要嫌弃潇湘这一带的人烟稀少，那里水多还有菰米、莓苔，都是大雁爱吃的植物。

此时杜牧正在黄州任刺史，听说北方回鹘人侵扰边地，民众流离失所，苦不堪言，对他们深表同情。

杜牧希望边地百姓能安然躲过胡虏的"骚扰"，如果来到了内地，这里也有让大家生存的基础保障，粮食、蔬菜，比如菰米、莓苔。

菰米还是能解人为难、果人饥腹的。

现在到宋朝看看，不知道菰在那时是什么状态。首先是不少，看来菰很能入词人的眼，既然不少就有选择的余地。就选苏庠的《清江曲》和姜夔的《念奴娇》吧。他们能在我的植物文章中出现的机会少。

### 清江曲

属玉双飞水满塘，菰蒲深处浴鸳鸯。白蘋满棹归来晚，秋著芦花一岸霜。

扁舟系岸依林樾，萧萧两鬓吹华发。万事不理醉复醒，长占烟波弄明月。

苏庠是南宋初期人，早年得到苏轼的赏识，因为身体不好，自号"湖病民"，一直过着隐居的生活，所以词也空灵洒脱。

鹢鸼（水鸟）双双飞在水塘上，鸳鸯对对在菰米和香蒲深处戏水。船儿在田字草中划行，深秋时节岸边的芦花好似蒙了一层霜。

我把小船系在岸边林下，一阵风吹乱我两鬓的白发。且醉且醒还复醉，得开怀处且开怀，此时一轮明月当头照，我独欣赏在此间。

果然潇洒自在，菰不过是隐逸生活的点缀，可有可无，但有菰的隐逸多了些野趣，跟唐朝"不能承受之重"的菰大异其趣。

再看姜夔的《念奴娇》：

闹红一舸，记来时、尝与鸳鸯为侣。三十六陂人未到，水佩风裳无数。翠叶吹凉，玉容销酒，更洒菰蒲雨。嫣然摇动，冷香飞上诗句。

日暮。青盖亭亭，情人不见，争忍凌波去。只恐舞衣寒易落，愁入西风南浦。高柳垂阴，老鱼吹浪，留我花间住。田田多少，几回沙际归路。

姜夔是写湖中的荷花呢，菰也罢蒲也罢实在是配角。但红花还要绿叶配，那红荷舞蹁跹，荷叶如亭盖，就算它"嫣然摇动，冷香飞上诗句"不是还需要"洒菰蒲雨"吗？

一路下来，宋词中菰一直和蒲紧紧相连，周邦彦《虞美人》"菰蒲睡鸭占陂塘"，赵构《渔父词》"无数菰蒲间藕花"，仿佛都不食人间烟火，清高到"诗和远方"的境界。

那就这样吧，菰蒲就菰蒲，转头我还是要寻机品尝"江南三大名菜"之茭白的，这一点我始终没有忘。

# 黍 子

## 幽欢一梦成炊黍

黍子也写过多回了，从《诗经》时代最重要的"五谷"（稻、黍、稷、麦、豆）经过数千年终于退出主场，当起配角——粗粮了。

历代诗文中只要写到粮食作物就不会忽略黍子。从《诗经》时代就是如此，而且那时黍子远比麦子的行情好，从诗中提到的次数就可以看出端详，提黍子十七次，提麦子九次，还是大麦小麦都算。而且黍子出现在风、雅、颂各部分，那是其他植物包括粮食作物没有的待遇。

就以《鲁颂·閟宫》为例，一则是因为提到黍子，二则是因为三句诗就提到六种粮食，让我们感受一下数千年前我们祖先笔下的食物。

《鲁颂·閟宫》："黍稷重穋，稙稚菽麦。奄有下国，俾民稼穑。有稷有黍，有稻有秬。"

说的是周的始祖姜嫄和她的儿子，他们教人农稼，黍、稷、菽、麦、稻、秬哪个先种，哪个先熟等，他们是伟大的"农业之神"。

南北朝时期，我国最早的农学著作《齐民要术》就把"黍穄"列为谷类的首章，可见其重要性。一直到唐宋时期，黍子都是国人的主食。

《诗经》中还有一首写到黍子的诗不能不提，一会儿诸君就知道原因了。那就是《王风·黍离》，在诗经中算长的，选取一段吧。

彼黍离离，彼稷之苗。行迈靡靡，中心摇摇。知我者，谓我心忧；不知我者，谓我何求。悠悠苍天，此何人哉？

大意是，那里的黍子长得茂盛，那里的谷子刚长出苗。我步履迟缓，心神不定，知我者知道我心中的忧患，不知我者，不理解我还有什么寻求。苍天啊，这到底是什么样的人呢？

这就是有名的"黍离之悲"，后世用来指亡国之痛。至于学者对于诗作的原意有什么分歧，"黍离之悲"已经既成事实，只要"黍离"就是"亡国"。

在提"黍离"之前先感受一下唐代黍子的美好吧，就是李白的《南陵别儿童入京》，不为别的，一则提到黍子，二则提到我尤其喜欢的"仰天大笑出门去，我辈岂是蓬蒿人"，喜欢这样的旷达潇洒，只要有机会就要歌之鼓之。

## 南陵别儿童入京

白酒新熟山中归，黄鸡啄黍秋正肥。

呼童烹鸡酌白酒，儿女嬉笑牵人衣。

高歌取醉欲自慰，起舞落日争光辉。

游说万乘苦不早，著鞭跨马涉远道。

会稽愚妇轻买臣，余亦辞家西入秦。

仰天大笑出门去，我辈岂是蓬蒿人。

李白写这首诗时是他最得意的时候，因为唐玄宗召他入京，他自以为从此可以实现他的政治抱负，所以高兴得不能自抑。他又是喝酒、又是唱歌、又是舞蹈，兴奋得不亦乐乎，于是自负地唱出"仰天大笑出门去，我辈岂是蓬蒿人"的狂语。当然，他失望了，那是后话，此时他是高兴的，连那黄鸡啄食的黍子也注意到了，因为此时"秋正肥"，他的喜悦也是"肥"的，黄鸡也一定是"肥"的，当然黍子也一定是"肥"的。

感受了吃过"肥"黍子就可以"仰天大笑出门去"之后，就可以到宋词中感受"黍离"的悲哀了。在此之前，先看吴文英的《杏花天·重午》：

幽欢一梦成炊黍。知绿暗、汀菰几度。竹西歌断芳尘去。宽尽经年臂缕。

梅黄后、林梢更雨。小池面、啼红怨暮。当时明月重生处。楼上宫眉在否。

吴文英是南宋人，一生未第，游幕终身，和奸臣贾似道友善，后"困踬以死"。

重五就是端午。

就是黄粱一梦换了个词，曾经的幽欢就好像是黄粱一梦一样烟消云散。几度春秋，几度菰熟，当年的佳人音信全无，想来也是衣带渐宽吧。

端午时，梅黄后，林梢沐雨，小池上花儿凋零。那时的明月今犹在，那时的佳人今在否？

"黄粱一梦"古诗文里常用，宋词也不例外，不过化用成"一梦成炊黍"，眼不尖真会忽略的。

下面就该"黍离"了。

先看文及翁的《贺新郎》：

> 一勺西湖水。渡江来，百年歌舞，百年酣醉。回首洛阳花石尽，烟渺黍离之地。更不复、新亭堕泪。簌乐红妆摇画舫，问中流、击楫何人是？千古恨，几时洗？
>
> 余生自负澄清志。更有谁、磻溪未遇，傅岩未起。国事如今谁倚仗，衣带一江而已！便都道、江神堪恃。借问孤山林处士，但掉头、笑指梅花蕊。天下事，可知矣！

文及翁是南宋人，虽然中的是一甲第二名进士，而且为官多年，但是不知道生卒年。南宋亡国后，弃官遁去，元朝多次征召不去。

自渡江以来，这里就是君臣偏安一隅的地方，百年的歌舞沉醉，今日却是黍离之地，曾经的故地更不曾有人记挂，这千古的恨何时才能雪洗？

我就是有一腔的报国之志，却无报国之门。那些大臣们只知空谈，只知观梅赏景。如此一来，天下事可想而知了。

这就是"黍离之悲"，或者更悲，已经要亡国了还不自知。

南宋末年还有一个生卒年不详的徐一初，写过和文及翁几乎无二至的"黍离之悲"，也拿出来体会一下吧。

> 对茱萸、一年一度，龙山今在何处？参军莫道无勋业，消得从容尊俎。君看取，便破帽飘零，也博名千古。当年幕府。知多少时流，等闲收拾，有个客如许！
>
> 追往事，满目山河晋土。征鸿又过边羽。登临莫上高层望，怕见故宫禾黍。筋绿醑，浇万斛牢愁，泪阁新亭雨。黄花无语。毕竟是西风，朝来披拂，犹忆旧时主。

不解读了，说多了都是泪，悲愤之泪。二次引用"黍离之悲"就是想提醒生活在"岁月安好"世界的诸君，珍惜美好安定的时光，离黍子远了吗？不远矣。

# 葱

## 雾窗春晓翠如葱

葱是百合科葱属多年生草本植物。这样一说好似不认识葱似的，还真不认识，真没想过葱会是百合科植物，其实百合科有230属，咱中国有60属，其中有百合属、葱属、菝葜属、沿阶草属、黄精属、天门冬属、贝母属等。不要以为百合科就是百合属就是百合花，葱也是百合科呢，还有常见的沿阶草、天门冬、黄精都是百合科呢。

葱原产于中国，我没想到，我以为也是张骞从西域带回来的呢，很多辛辣的植物蒜、芫荽、胡椒等都是，葱似乎也应该是，但真不是，它就在自己的老家一直生长，而且南北居民通吃，后来才传到外国的。

因为在最古老的典籍中没有找到葱的痕迹，就只能从最早的农学专著《齐民要术》中找，还真有，在卷三的"种葱第二十一"中介绍了葱的种类以及种法。卷三还介绍了蒜、韭菜、胡荽、姜的种法，这些蔬菜有共同的地方，非辛即辣，葱也不例外。葱那时就分大葱、小葱、胡葱等，今天葱的品类更多。最有名的吃法就是山东大葱蘸酱了，太纯粹。

葱很早就渗入人们的饮食生活中，不论南北东西，饮食中怎么能缺了大葱呢？没有大葱的炒菜怎么会香呢？但是没有葱的唐诗宋词一点也不影响其光辉。

唐诗就不稀罕葱，所以我没找到葱，只找到了"葱茏"，但那不是葱。还好，宋诗里有葱，似乎接了点地气，唯有陆游出场才能让葱有一丁点地位。

## 葱

瓦盆麦饭伴邻翁，黄菌青蔬放箸空。

一事尚非贫贱分，芼羹僭用大官葱。

一看就是清贫的生活，麦饭是用瓦盆盛的，已经吃完了黄菌和青菜，能享用的就是大葱了。

可见大葱在没有蔬菜时竟可作为青菜吃，而不是配菜。

虽然诗里少见葱，没想到宋词里居然有不少葱的痕迹，不是"葱茏"，而是"玉葱手"。就选两首感受一下阳春白雪似的葱吧。

先是惠洪的《西江月》：

大厦吞风吐月，小舟坐水眠空。雾窗春晓翠如葱，睡起云涛正涌。

往事回头笑处，此生弹指声中。玉笺佳句敏惊鸿，闻道衡阳价重。

惠洪和黄庭坚是同时代人，是僧人、诗人、词人，一生两次入狱但终化险为夷，也和黄庭坚友善，此词就是为黄庭坚写的。

《冷斋夜话》记载，黄庭坚被贬，与惠洪相会。同期李子光把官船借给黄住，但又暗中讥讽黄。黄一气之下就带自家十六口人住在买来的小舟上。惠洪觉得过于窘迫狭小，黄庭坚笑言："烟波万顷，水宿小舟，与大厦千楹、醉眠一榻何所异？道人谬矣。"惠洪有所感就写了《西江月》赞扬黄庭坚的气度胸怀。

曾经也住过大厦，那时吞风吐月，现在住在小舟，也是坐水眠空。小舟的窗外春意正浓，恰似水葱般翠绿，睡起看窗外，正云涛飞涌。

笑看往事，人生弹指一挥间。您的才思无人能及，写的文章那是"洛阳纸贵"啊，我敬重您。

这样的人物值得敬佩，词里的葱也没有任何烟火气，竟是如沐春风的"葱"。

还有呢，再看陈三聘的《鹧鸪天》。

## 鹧鸪天

指剥春葱去采蘋。衣丝秋藕不沾尘。眼波明处偏宜笑，眉黛愁来也解颦。

巫峡路，忆行云。几番曾梦曲江春。相逢细把银釭照，犹恐今宵梦似真。

陈三聘是南宋人，其他不知。

描写一位女子的美丽，手若春葱一般细白，衣服像秋藕一样的颜色不沾尘土，明眸皓齿，巧笑倩分，眉头似蹙似颦含些愁。

我想和那女子相会，断不了的是"巫山云雨"。已经梦了几回了，说不定今宵成真。

"女子的手像葱一般洁白"这种比喻大概就是从宋朝兴起的，苏轼就这样形容过，《南歌子》云："共看剥葱纤手，舞凝神。"还有吴文英的《青玉案》："翠阴曾摘梅枝嗅，还忆秋千玉葱手。"

这样的"葱"不仅仅是词人们向往的，我亦向往。没有烟火气的葱仍旧美好。


# 蔓　菁

## 古岸开青荠


蔓菁也叫芜菁，以及诸葛菜、圆头菜、圆根等，是十字花科芸薹属二年生草本植物，和它最像的莫过于芥疙瘩，同科同属，几乎是同模样，以至于民间有把二者混同的，比如我，还有和它俩相近的就是白萝卜了，和它们同科不同属，白萝卜是萝卜属，为什么要提白萝卜呢？是因为我们的先民常把蔓菁和白萝卜同提，我估计就是因为那时它们的功用一样吧。

蔓菁的历史很悠久，《周礼·天官·醢人》记载："朝事之事，其实菁菹。"意思就是用腌制的蔓菁祭祀。其中的"菁"就是蔓菁。

《诗经》中也提到蔓菁，那时称为"葑"。其中的"菲"就是白萝卜，知道为什么前面要提到白萝卜了吧？

### 邶风·谷风

习习谷风，以阴以雨。黾勉同心，不宜有怒。采葑采菲，无以下体？德音莫违，及尔同死。（节录）

111

山谷吹来阵阵风，乌云携裹片片雨。我愿与你一条心，你不该把我来欺凌。采了蔓菁采萝卜，怎可不要根和茎？别忘了我们曾有的誓言，愿和你同生共死。

这是一首弃妇的控诉，蔓菁不幸牵连其中。

当然蔓菁也可以充当欢会的场所，看诗人的心情。

### 鄘风·桑中

爱采葑矣？沬之东矣。云谁之思？美孟庸矣。期我乎桑中，要我乎上宫，送我乎淇之上矣。（节录）

意思就是在那沬水边采蔓菁，想念美女孟庸，相约在桑林欢会。

三国时的学者陆机专门解释《诗经》中的各种动植物，他不像我考虑到诗人因心情不同对植物的态度也不同，他只是尽量客观冷静地介绍植物本体，他在《毛诗草木鸟兽虫鱼疏》中这样介绍上述两诗中的"葑"："葑，芜菁也。幽州人谓之芥。郭璞云：芜似羊蹄，叶细，味酢可食。……然则葑也，须也，芜菁也，蔓荆也，芜也，荛也，芥也，七者一物也。"

陆机说了蔓菁的各种称呼以及吃法，根本没考虑"悲哀"的葑和"欢喜"的葑。

葑到了唐朝就是蔓菁了，有诗为证。大才子元稹在《村花晚》中就提道：

三春已暮桃李伤，棠梨花白蔓菁黄。

村中女儿争摘将，插刺头髻相夸张。

田翁蚕老迷臭香，晒暴奄聂熏衣裳。

非无后秀与孤芳，奈尔千株万顷之茫茫。

天公此意何可量，长教尔辈时节长。

说的是暮春时节，桃李花已经落了，雪白的棠梨花和明黄的蔓菁花正艳，村野的女子们争相插花戴朵，恨不得"插满头"，连那老头们都迷恋花香，让那花香熏满衣裳。并不是春过了就没有花开，一样会茫茫一片竞相绽放，上天的意愿哪里可以揣测，其实那时节长着呢。

经元积一提忽然想起蔓菁不仅仅是"大头菜"，它还可以开花，开的艳黄花会引起大诗人的注意，这就有趣了。

到了宋朝，蔓菁不仅是菜还是药，先看陆游的《芜菁》：

> 往日芜菁不到吴，如今幽圃手亲锄。
>
> 凭谁为向曹瞒道，彻底无能合种蔬。

到了南宋，蔓菁才见于南方，陆游就开始种了。苏东坡的蔓菁却是作为药用的。

### 狄韶州煮蔓菁芦菔羹

> 我昔在田间，寒疱有珍烹。
>
> 常支折脚鼎，自煮花蔓菁。
>
> 中年失此味，想像如隔生。
>
> 谁知南岳老，解作东坡羹。
>
> 中有芦菔根，尚含晓露清。
>
> 勿语贵公子，从渠醉膻腥。

他说过去在农村得了病，就是靠吃煮蔓菁治好的，有好事者把"蔓菁羹"称为"东坡羹"，我也不解释，反正以我命名的菜名不少，但药名倒是第一次。

蔓菁又多了新用途，不仅如此呢，苏东坡还在他的词里提到蔓菁，很古雅地用了"葑"这样旧称。

### 南歌子

> 古岸开青葑，新渠走碧流。会看光满万家楼。记取他年扶路、入西州。
>
> 佳节连梅雨，余生寄叶舟。只将菱角与鸡头。更有月明千顷、一时留。

古老的岸边种植着蔓菁，新开的水渠碧水荡漾。记得当年相携到西州，灯火万家。

现在是梅雨季节，我的余生看来是寄于一叶扁舟流浪。伴随我流浪的还有菱角和芡实，更有天上的一轮明月照我行，此生此刻足矣。

不知苏东坡是不是这个意思，反正我是这么解释的，没问题的是他看到了大片的蔓菁田，肯定是当蔬菜的，他在"一叶扁舟"上带上了菱角和芡实食用，没有带蔓菁，可能他的病好了，不需要喝"蔓菁羹"了，毕竟蔓菁羹的味道比起菱角和芡实的味道差了些。


# 甘 蔗

## 蔗浆酪粉金盘冷


甘蔗是禾本科甘蔗属一年生或多年生热带或亚热带实心草本植物，可以长到3~6米，和高粱一样高，是禾本科草本植物里的"大高个"了，特别是和禾本科的狗尾草比起来，甘蔗简直就是"绿巨人"。

或许有人不知道甘蔗，但无人不知白糖，那是妇孺皆知的美味，此美味就是从甘蔗中榨取的。在现代中国，食用糖里蔗糖占到80%以上。在古代，蔗糖是贵重食物，任何甜味都会让人产生美好的感觉，所以从古至今人们都不厌其

烦地追求"甘美",能享用蔗糖一定是高级享受。至今为止,还没有一种植物的甜味能超过甘蔗的吧。所以在缺乏"甘美"的古代,甘蔗一定是美物,是贵物,直到宋代江南各省才广泛种植甘蔗。

甘蔗多会儿进入中国不敢确定,据说是周宣王时传入南方。所以那时的流行歌曲《诗经》中没有提及,其后的南方流行曲《楚辞》中就有了,比如屈原的《招魂》,那时甘蔗被称为"柘":

### 招魂

肥牛之腱,臑若芳些。

和酸若苦,陈吴羹些。

胹鳖炮羔,有柘浆些。

鹄酸臇凫,煎鸿鸧些。(节录)

肥牛的腱子肉,煮熟后芳香扑鼻。

把那酸味和苦味调和一下,把吴地的肉羹陈列出来。

蒸烤龟鳖和羊羔,再浇上甘蔗的糖浆。

风干天鹅和野鸭,烹煮大雁和鸧鸹。

天鹅肉随便吃按下不提,意外发现我们南方的先人吃龟鳖和羊羔时是浇上甘蔗汁,而不是佐盐!这就明白南方人做菜喜欢放糖的原因了,那是有历史传承的。然后想,那时天鹅肉是可以吃的,吃天鹅肉的是那些贵族,终究"癞蛤蟆想吃天鹅肉"还是幻想。

放下癞蛤蟆和天鹅,还是回到甘蔗,甘蔗如此美味,但历来甘蔗入诗的不多。

唐代有薛能的《留题》:

茶兴复诗心,一瓯还一吟。压春甘蔗冷,喧雨荔枝深。骤去无遗恨,幽栖已遍寻。蛾眉不可到,高处望千岑。

宋代甘蔗还是苏东坡的,当然南宋吕止庵有《后庭花一声金缕词》:"一声金缕词,十分金菊卮。金刃分甘蔗,金盘荐荔枝。"

115

还是说苏东坡的甘蔗吧，他是又有诗又有词，对比起来更有趣，人生就是求的有趣，不是吗？

### 甘蔗

老境于吾渐不佳，一生拗性旧秋崖。

笑人煮积何时熟，生啖青青竹一排。

人到老年境况就不会好了，我这一生性情执拗更是如此。笑那人熬煮甘蔗不知何时才能熬好，你看我直接就咀嚼一排排青青的甘蔗杆，那是何等的洒脱不羁。

这样子像苏东坡所为，再看他词里的甘蔗。

### 四时词·夏日词

垂柳阴阴日初永，蔗浆酪粉金盘冷。帘额低垂紫燕忙，蜜脾已满黄蜂静。

高楼睡起翠眉嚬，枕破斜红未肯匀。玉腕半揎云碧袖，楼前知有断肠人。

夏天到了，白天长了，垂柳弄出片片阴凉，人们享受着盘中的酪粉和蔗糖浆，甜蜜清凉。低垂的帘子旁只见紫燕忙碌，黄蜂却待在蜂巢里很安静。

闺楼里女子午睡起来眉头皱起，眼角处的"斜红"妆因为蹭了枕头，已经不均匀了，但她并不想抹匀。天热，女子挽起云碧袖露出一段玉腕，思想起那楼前想念她的断肠人，但是那又怎样？闺中女子只能在闺楼静静等待，断肠女子又能如何？

原本是消夏的时节，没有心事的人就享受着酪粉、蔗浆的甘美清凉，女子因为惦念为她而"断肠"的人，不愿理红妆，更想不起蔗浆。这般"剪不断，理还乱"的小儿女情态，哪里是"生啖青青竹一排"的潇洒。

罢罢罢，一看那柔肠百转的女子就无奈了，就是奉上蔗浆也难解心头的愁绪，还是生啖甘蔗轻松愉快，就这样吧，就让我们和苏东坡一起"生啖青青竹一排"，感受生活的甘美吧。即使世界远不像甘蔗呈现给我们的滋味那般甘甜。

# 黄 瓜

## 牛衣古柳卖黄瓜

黄瓜是葫芦科黄瓜属一年生蔓生草本植物，和葫芦、西葫芦是一个科，只是不是一个属。黄瓜也叫胡瓜、刺瓜、王瓜、勤瓜、青瓜、唐瓜、吊瓜等。从胡瓜的名字看就知道是"外来货"，据说是西汉张骞出使西域带回来的，据《本草纲目》云："张骞使西域得种，故名胡瓜。"东晋时更名"黄瓜"。

更名为黄瓜，据说是缘于后赵皇帝石勒。他本是"胡人"，入塞当了皇帝后不愿意被称为"胡"，就下令，无论说话还是写文章，一律不准出现"胡"字，违者问斩。

话说一日，石勒召见大臣，见郡守樊坦穿着破衣服，很生气地问："你为何衣冠不整就来朝见？"樊坦慌忙回答："这都怪胡人没道义，把衣物都抢走了，害我狼狈来朝。"他话音刚落就意识到犯了大忌，赶紧叩头请罪。石勒见他知罪也就不"问斩"了。

但是到了赐宴时，石勒故意拷问樊坦，指着盘中胡瓜问樊坦："卿知此物何名？"樊坦当然明白胡人皇帝的意图，正色道："紫案佳肴，银杯绿茶，金樽甘露，玉盘黄瓜。"石勒一听很满意，自此胡瓜就被称为黄瓜了。到了唐朝，黄瓜就成了家常蔬菜。

这是有证据的，张祜的《相和歌辞·读曲歌五首之五》就写到黄瓜：

郎去摘黄瓜，郎来收赤枣。
郎耕种麻地，今作西舍道。

就是白话也不用翻译，一个农家女子提起自己的丈夫日常劳作，可见其时黄瓜的普遍。

到了宋朝，黄瓜入诗也入词，先说入诗的吧。陆游就有两首，不妨都看一下。

### 秋怀

园丁傍架摘黄瓜，村女沿篱采碧花。

城市尚余三伏热，秋光先到野人家。

### 种菜

白苣黄瓜上市稀，盘中顿觉有光辉。

时清闾里俱安业，殊胜周人咏采薇。

看来陆游很喜欢黄瓜，能吃到黄瓜就认为比周朝时歌颂采薇而食的隐士强多了。

说蔬菜离不了苏东坡，好吃如他岂能忘了黄瓜的美味？果然，黄瓜不仅入他的诗，也入他的词，先说诗。

### 病中游祖塔院

紫李黄瓜村路香，乌纱白葛道衣凉。

闭门野寺松阴转，欹枕风轩客梦长。

因病得闲殊不恶，安心是药更无方。

道人不惜阶前水，借与匏樽自在尝。

这是苏轼在杭州当官时写的，他病后初愈来到祖塔院，一路走来一路思量，病已经得了，药虽然有用，但更要紧的是安心，安心才是最好的药方，就像我们现在说的心态很重要。黄瓜是他去祖塔院的路遇，这是病后方能体会到的世俗生活。

他还在《浣溪沙》中写道：

簌簌衣巾落枣花，村南村北响缲车。牛衣古柳卖黄瓜。

酒困路长惟欲睡，日高人渴漫思茶。敲门试问野人家。

夏天，枣花飘落在我的衣襟上，村子里到处都响着缫丝的声音，女人们忙碌着。路边的老柳树下有身着麻衣的农人在卖黄瓜。我不过是村中的过客，酒后就想睡觉，可是路还很长，太阳已经很高，喝了酒就很渴，但不好意思问农人要根黄瓜解渴，毕竟人家是卖黄瓜补贴家用。我就想喝口茶，虽然眼看着黄瓜，还是去敲村人的家门。

还是路遇，不过是路遇卖黄瓜的人，从农人衣着"牛衣"就知道其生活情况，他喝了酒口渴，太阳又高高挂起，更渴得厉害，但是只能去问村人家可否有茶解渴。看来是黄瓜解不了他的渴，所以没有买。又或许他没有带钱，又不好意思讨要，只好要茶水，也未可知。

我们能确信的是黄瓜那时肯定是家喻户晓的蔬菜了，普及到老百姓在村口卖的程度自然可以称为"家喻户晓"。不知在苏轼的眼里，黄瓜怎么才能做出美味来，比如有一种羹叫东坡羹，就是用荠菜为主做的。可以大开脑洞地想，苏东坡会用黄瓜做什么好吃的呢？除了生吃，调凉菜，还有什么呢？

# 豆

## 问言豆叶几时黄

豆的历史很悠久自不必说，最早的"五谷"（稻、黍、稷、麦、豆）就有豆，不过那时豆叫菽、荏菽、藿。豆的重要性从过去到今天都从没有改变过。

豆在诗文中频频出现，最早的当然得说《诗经》，有六次提到豆，遍及风、雅、颂，这是少见的，从这方面也能看出豆在人们生活中的重要性。

《诗经》中专门有一篇诗《采菽》说白话就是采大豆。不能不在写大豆的诗文中提起，诗有点长截取一部分。

**小雅·采菽**

采菽采菽，筐之筥之。君子来朝，何锡予之？虽无予之，路车乘马。又何予之？玄衮及黼。

觱沸槛泉，言采其芹。君子来朝，言观其旂。其旂淠淠，鸾声嘒嘒。载骖载驷，君子所届。

说的是诸侯朝见周天子的盛景。

采大豆呀采大豆，用筐用筥来盛装。诸侯们前来朝见，天子用什么来相赠？就算没什么要赠予，也会赠他们好车和马匹。还有什么要赠予？诸侯的礼服已备好。

泉水在滚滚翻腾，我前去采摘水芹。诸侯都来朝见，旌旗已经渐近。旌旗在霍霍飘动，銮铃叮当作响。三马四马其驾，诸侯都已来临。

看起来很愉快的过程，大豆旁证了大家的愉快。

大家耳熟能详的是三国时期曹植的《七步诗》：

煮豆燃豆萁，豆在釜中泣。

本是同根生，相煎何太急。

这样的豆是悲情的豆，是中国人关于亲情教育的最好的反面案例，豆在历史上承担了不能承受之重。

唐诗里有一首写到豆的是我喜欢的，不妨拿出来与诸君一赏，就是贯休的《春晚书山家屋壁二首》：

柴门寂寂黍饭馨，山家烟火春雨晴。
庭花蒙蒙水泠泠，小儿啼索树上莺。

水香塘黑蒲森森，鸳鸯鸂鶒如家禽。
前村后垄桑柘深，东邻西舍无相侵。
蚕娘洗茧前溪渌，牧童吹笛和衣浴。
山翁留我宿又宿，笑指西坡瓜豆熟。

此诗特别接地气，提到的植物都是农人日常所见所用，有黍子、香蒲、桑树、柘树、甜瓜、大豆。就从有大豆的后四句说，蚕娘在河边漂洗蚕茧，牧童吹着笛子和衣沐浴，山里的老汉反复留我住宿，笑说西坡上的瓜豆都成熟了，真是五谷丰登的好时节。

这是让人喜欢的农村景象，有甜瓜、大豆，更有人与人之间的脉脉温情，这是让我无比向往与珍惜的。

宋词里也提到豆，但是很少，可以理解，宋词的性质就不适合提农稼耕作，最适合抒情，儿女情长的情。既然有当然要特别列出，我找到的只有两首，一首是苏东坡的《浣溪沙》，一首是蒋捷的《贺新郎》，一个北宋，一个南宋，刚好。先从苏东坡开始。

### 浣溪沙

麻叶层层苘叶光，谁家煮茧一村香？隔篱娇语络丝娘。
垂白杖藜抬醉眼，捋青捣麨软饥肠。问言豆叶几时黄？

村外的麻叶、苘麻一层层一片片，村里不知谁家正在煮蚕茧，满村子都能闻到那特殊熟悉的香味。隔着篱笆缫丝的女人们欢声笑语，那是劳动中的女人最可爱的景象。

须发皆白的老翁拄着拐杖，喝得醉眼迷离，吃着新麦做的饭果腹。问起豆叶何时黄，到那时又有新鲜的豆子可以吃了。

和贯休的《春晚书山家屋壁二首》有一拼，是我喜欢看见的景象。

再看蒋捷的《贺新郎》：

梦冷黄金屋。叹秦筝、斜鸿阵里，素弦尘扑。化作娇莺飞归去，犹认纱窗旧绿。正过雨、荆桃如菽。此恨难平君知否，似琼台涌起弹棋局。消瘦影，嫌明烛。

鸳楼碎泻东西玉。问芳踪、何时再展，翠钗难卜。待把宫眉横云样，描上生绡画幅。怕不是、新来妆束。彩扇红牙今都在，恨无人解听开元曲。空掩袖，倚寒竹。

此词写得够婉约，原本是感叹亡国之痛的，却写得绮丽婉转，还是通过美人、秦筝、棋盘、女子的装扮隐隐提及。

亡国的恨是难平的，就像不理解当年的开元曲，我能怎么办？空掩袖，倚寒竹。对了，此时樱桃长到如豆子大小，根本不是顾及"樱桃好吃树难栽"的时候，而是再也吃不上故乡的樱桃了，就算它豆子大又怎样？

这就是亡国，国一亡，什么都没有了，不管是家、佳人、樱桃，还是大豆。

# 麻

## 谁向桑麻杜曲

在古代单说麻基本上是说大麻，而且大多是和桑麻一起出现，都是制作衣服的基础材料，桑树是靠桑叶喂养桑蚕抽丝做衣服，是间接的，麻就是径直"沤麻"之后做衣用或编织用。

不说苘麻、苎麻、亚麻，就说中国传统最大量使用的大麻。大麻是桑科大麻属一年生草本植物，中国原产。在农耕时代是上自皇家下至百姓生活中不可或缺的实用物，历朝历代对桑麻的重视是永远提到"议事日程"上的。

我最喜欢引用的我国第一部农学专著、北魏贾思勰的《齐民要术》中就有专门的篇章讲"种麻"，虽然排在"第八"，但是却是生活用的第一，前面都是粮食，谷子、大豆、小豆等，甚至排在大小麦和水稻之前，可见麻的重要作用。

麻的起源很早，用于生产生活也很早，这里就不溯源了，就从《诗经》时代说起，那是地道的农耕时代，我们的先民在诗歌里大量提到自己的劳动生活，比如麻就提了二十余处。别的不提，就提有情的麻，《王风·丘中有麻》："丘中有麻，彼留子嗟。彼留子嗟，将其来施施。"意思是山丘上种着大麻，谁为我留下那男子？若是能把他留下，就请他过来和我相会。

大胆直接，简洁大方，不用后来中国人擅长的"含蓄""含而不露"的方式，那是文人方式，文人以为这样"阳春白雪"，但有时候，我以为这样"下里巴人"的表达方式更阳光、更干净。

直接过渡到唐朝吧，现代人要是知道麻一定是"把酒话桑麻"，出自孟浩然的《过故人庄》。

### 过故人庄
故人具鸡黍，邀我至田家。
绿树村边合，青山郭外斜。
开轩面场圃，把酒话桑麻。
待到重阳日，还来就菊花。

孟浩然来到老朋友的农家小院吃饭，老朋友用自家的鸡、黍子款待他。这个小院位于绿树环抱的村中，远处还能看见青山苍翠，是个环境优美舒适的世

外桃源。我们吃到高兴处，打开窗户，面对的是场院和田园，忍不住就打开话匣子，谈谈桑麻等有关农事的种种。言犹未尽，意犹未尽，就相约明年秋天，秋高气爽的九月九，我还来这里，登高望远，菊花插头，把酒话桑麻，不亦乐乎！

这是我最喜欢的麻，所以会不断引用。有了这样的麻做底，就可以到宋朝看看了，不知道此时的麻是否可以"麻"出新高度？

宋诗里的就不提了，就说宋词里的，够用，苏东坡、辛弃疾、刘克庄等都写到过。

苏东坡的《浣溪沙》"麻叶层层苘叶光，谁家煮茧一村香"，以及同题的"日暖桑麻光似发，风来蒿艾气如熏"，和刘克庄的《满江红·端午》"麻与麦，俱成长"，均在相关植物篇中用过，就略过不提，单表辛弃疾的《八声甘州》。

### 八声甘州

夜读《李广传》，不能寐。因念晁楚老、杨民瞻约同居山间，戏用李广事，赋以寄之。

故将军饮罢夜归来，长亭解雕鞍。恨灞陵醉尉，匆匆未识，桃李无言。射虎山横一骑，裂石响惊弦。落魄封侯事，岁晚田间。

谁向桑麻杜曲，要短衣匹马，移住南山？看风流慷慨，谈笑过残年。汉开边、功名万里，甚当时、健者也曾闲。纱窗外、斜风细雨，一阵轻寒。

这首词既然是辛弃疾"夜读"《李广传》所写，自然少不了用《史记·李广列传》中的典故，下面就先列出典故吧。

"故将军饮罢夜归来"四句："广家与故颍阴侯孙屏野居蓝田南山中射猎。尝夜从一骑出，从人田间饮。还至霸陵亭，霸陵尉醉，呵止广。广骑曰：'故李将军。'尉曰：'今将军尚不得夜行，何乃故也！'止广宿亭下。"

"桃李无言"："桃李不言，下自成蹊。"

"射虎山横一骑，裂石响惊弦"："广出猎，见草中石，以为虎而射之。中石，没镞，视之，石也。因复更射之，终不能复入石矣。"

"谁向桑麻杜曲"五句，出自唐代杜甫《曲江三章》第三首："自断此生休问天，杜曲幸有桑麻田，故将移住南山边，短衣匹马随李广，看射猛虎终残年。"

辛弃疾写李广其实就是写自己，李广屡建战功却无封侯之赏，和他的处境有相似之处，不同在于，李广还有机会为国出力，不过是没有封赏。辛弃疾却在懦弱无能的南宋政权中无所作为，不得不退而求其次，归隐山林。

曾经的大汉开疆拓土，风流慷慨，那是功名万里的功德，但那"健者"也会赋闲。不由得想起杜公（杜甫）因为不得志，只好不得意不问国事，幸好有桑麻之地可以终度晚年。我就是这样的结局，看窗外，此时斜风细雨，一阵轻寒。我是无奈啊。

桑麻终究是让人安心的定心丸，有了桑麻就有了生活，但有时候，如此的桑麻是不得已啊。


# 艾 蒿

## 风来蒿艾气如熏

艾草是菊科蒿属多年生草本植物，有很多别名，萧茅、冰台、遏草、香艾、蕲艾、艾萧、艾蒿、艾蒿、蓬蘽、艾、灸草、医草、黄草、艾绒等。从中也可看出，艾草的医疗作用，还可以看出它是有香气的。当然，也有人认为那气味"臭"，总之艾草是一种有着特殊芳香的广泛用于治病的草药。

艾草除了治病还有文化含义，比如端午节，家家户户门上都要插艾草，插艾草的原因是让其承担驱除邪毒以及妖魔鬼怪的责任，因为端午那天是"恶月

恶日"是百毒之虫出没的日子，艾草的辛香正可担当大任。艾草能不能驱除鬼怪不知道，能驱除蚊蝇那是亲眼所见，所以它的功用不是吹出来的。

艾草除了有温经、去湿、散寒、止血、消炎、平喘、止咳、安胎、抗过敏等作用外，还可以食用。南方人是把鲜嫩的艾叶捣碎和糯米搅拌制成一种叫"艾糍"的美食，当然直接用艾草的嫩叶做蔬菜就太寻常了；北方人是把鲜嫩的艾叶和面搅拌蒸熟吃，这种吃法在北方很普遍，大部分的蔬菜都可以用这种方法，民间叫蒸"故垒"（口音记录）。

艾草这些功用常见，有一种大部分人不知道，就是它还可以制作印泥。印泥的主要原料是朱砂、朱镖、蓖麻油、麝香、冰片和艾绒等，至于当天然染料就更是知之甚少了。

尽管艾草有这么多作用，但古人仍有不喜欢它的，屈原就把艾当作恶草。他在《离骚》中这样提到艾蒿：

兰芷变而不芳兮，荃蕙化而为茅。
何昔日之芳草兮，今直为此萧艾也？
岂其有他故兮，莫好修之害也！（节录）

兰草、白芷变节已经不再芳香，荃、蕙已经和茅草一样。
为什么曾经的芳草啊，如今竟然和白蒿、艾草同流合污。
难道还有别的缘故吗？这就是不好好修行带来的危害。

白蒿、艾草就这样相对于兰草、白芷变成无可置疑的恶草。后来的成语"芝艾俱焚""兰艾难分""兰艾同焚"等，都是延续屈原对艾的定位。有意思的，是为纪念他而设立的端午节正是最多用到艾草的时节，并且承担着非常"正能量"的责任——驱除邪毒。屈原老先生泉下有知不知做何感想。

不论古人有多少对艾草的"偏见"，我还是独爱一种艾——"一日不见如隔三秋"的艾，出自《王风·采葛》：

彼采葛兮，一日不见，如三月兮。
彼采萧兮，一日不见，如三秋兮。
彼采艾兮，一日不见，如三岁兮。

意思是，我采葛藤、采牛尾蒿、采艾蒿，不论采什么，心里只有你，"一日不见如隔三秋"，相思苦啊，但那是有情的苦，那相思就是苦中有甜，就像艾蒿的味道，香，香得别致。这样有情的艾岂不是令人向往的艾？

历代以艾入诗的不算多，咱就直接跳到宋朝，有诗有词，我很好奇那时的艾是什么样的艾。

没想到宋诗中写到艾的居然都是陆游的作品，分列如下。

### 古风

木生虽拱把，鲜不困斧斤。

枯朽亦可全，又以艻故焚。

嘉禾终钜艾，岂独草见耘。

此理讲已熟，要当尊所闻。

### 山房

四纪移家剡曲傍，自茨生草作山房。

寒侵夜艾知霜重，行遍天涯觉梦长。

戒婢无劳事钗泽，课奴相率补陂塘。

无衣已免齮人叹，数箔春蚕岁有常。

### 雨晴至园中

入夏经月雨，园路久已荒。

今朝偶一到，蒿艾如人长。

岂惟蛙黾豪，颇觉蜂蝶狂。

怅然怀故山，舍东百本桑。

迨此积雨余，枝叶沃以光。

父老适相遇，藉草挥一觞。

一觞颓然醉，笑语相扶将。

赋诗示儿子，此乐未易忘。

就以《雨晴至园中》为例介绍吧。

此诗是写他怀念故国的情怀。入夏以来连续阴雨，园子里的路都荒芜了，今天雨过天晴偶然过来，发现蒿草和艾草已经和人一样高了。草丛中的蛙声气势雄壮，蜂和蝶也狂飞乱舞。见此情形不由得怅然怀念我的北方故国，那里的房屋东面长着百十株桑树，若是沐此雨水，那枝叶一定是肥沃光亮的。父老们相遇一定相互邀约举杯畅饮，一醉方休，在欢笑声中相互搀扶。何等的惬意温馨，我记下这样的欢乐告诉儿子，你可别忘了，这是咱北方故国曾有的情景。

艾在诗里就是杂草，即由此引出怀念故国的情怀，是喜忧参半。

回到正题，看宋词里的艾，只找见一首，苏轼的《浣溪沙》：

软草平莎过雨新，轻沙走马路无尘。何时收拾耦耕身？
日暖桑麻光似泼，风来蒿艾气如熏。使君原是此中人。

雨过之后的莎草地轻软新鲜，骑行时没有一丝尘土，使人分外舒爽。我何时才能回归农家当个田舍翁呢？

桑麻的枝叶上阳光好似泼洒下来一般，一阵风吹来艾草的香气。这是我向往的田园生活，或者我原本就是这样环境中的人。

苏轼向往田园生活不奇怪，大多数官场不得意的文人都有这样的想法，概莫能外。我只注意此词中艾的作用，很欣喜，竟然是让人陶醉的香味，如此甚好，这也是我向往的对世界的看法，愿一切皆是美物。

## 苘　麻

### 麻叶层层苘叶光

苘麻是锦葵科苘麻属一年生亚灌木草本，也叫椿麻、塘麻、青麻、白麻、车轮草等。这种植物遍地都有，但凡是长在农村或者村郊的人没有不认识苘麻的，就算他不知道它的名字，也知道它的模样。孩子们都知道苘麻的车轮状果实可以吃，大人们则知道苘麻的茎皮可以编织麻袋、搓绳索、编麻鞋等。当然苘麻的种子还可以榨油，不过现在没人吃。它还用于制皂、油漆和工业用润滑油，至于苘麻可以入药知道的人就少了，有清热、利湿、解毒、退翳的功用。

　　尽管苘麻这么有用，但我没有见过种植的苘麻。无论什么场地，只要是有裸露的土地就能见到它，儿时也吃过它芝麻一样的种子，玩过它如丝绒般柔软的叶片。让我对它另眼相看的是它出现在《诗经》里，作为贵妇遮挡尘土的罩衣，这是我想不到的，此时不妨和诸君共赏。

　　《卫风·硕人》中的"襜"就是苘麻做的：

　　硕人其颀，衣锦襜衣。齐侯之子，卫侯之妻。东宫之妹，邢侯之姨，谭公维私。

　　手如柔荑，肤如凝脂，领如蝤蛴，齿如瓠犀。螓首蛾眉，巧笑倩兮，美目盼兮。（节录）

　　大意是，高个美人身苗条，麻纱罩衣披身上。她是齐侯的女儿，嫁给卫侯为妻。她是太子的亲妹妹，还是邢侯的小姨子，谭公是她的亲姐夫。

　　"手如柔荑，肤如凝脂，领如蝤蛴，齿如瓠犀。螓首蛾眉，巧笑倩兮，美目盼兮。"后面七句是流传千古的名句，至今我都认为古代描写美女容貌的诗文此篇是第一。苘麻恰恰出现在其中，我以为是苘麻之幸运，因此我想多说两句。

　　"衣锦襜衣"是说穿着锦绣的衣服，外面再罩一层纱衣，这层纱衣就是用苘麻做的。清人姚际恒对此有很好的解释："襜衣，襜或作颎，或作絅，或作景，

皆同，乃禅衣也。《士昏礼》，女登车，'姆为加景，乃驱'，即此也。古妇人平时盛服必加禅衣于外。《中庸》'谓其文之著'是也。若嫁时加裘，则为涂间辟尘也。"用苘麻做的外衣只是贵族妇女外出时挡尘土的衣服，完全是奢侈品。后来，美丽的"硕人"湮没在历史的长河中，苘麻也几乎消失在诗文里。直到宋代，居然有一个"苘"字出现在似乎不计其数的宋词中，还被我找到了，我有一种幸运的感觉传遍全身，不知道苘麻因为我的认识可否"三生有幸"？

宋时的苘麻也出现在苏东坡的词里。

### 浣溪沙
#### 苏东坡

麻叶层层苘叶光，谁家煮茧一村香。隔篱娇语络丝娘。

垂白杖藜抬醉眼，捋青捣䴬软饥肠。问言豆叶几时黄。

典型的农耕时代全中国农村都有的景象，离现在似乎很近，又很遥远，但扑面而来的亲近是挥之不去的。这份亲近不仅仅因为女人们的欢声笑语，不仅仅是老翁的"把酒言欢"，还有村外不可或缺的麻和苘麻。

那是农耕时代的苘麻，令人有美好回忆的苘麻。


# 豆 蔻

## 豆蔻梢头


自唐代杜牧写了"豆蔻梢头二月初"之后，豆蔻一路大红千年，你可能不知道"耄耋之年"，但一定知道"豆蔻年华"，那是一段"引无数英雄竞折腰"的年华。

豆蔻在唐之前，确切说在杜牧之前就是植物豆蔻，是中原人不认识的植物，但杜牧写了豆蔻，豆蔻就是文化豆蔻，是全中国人的豆蔻。

植物豆蔻是姜科山姜属多年生常绿草本植物，主要生长在岭南，外形像芭蕉，花是淡黄色，果实扁球形，有香味。比起芭蕉，豆蔻并没有更特别的韵味。

文化豆蔻就是杜牧的豆蔻，且看《赠别二首》其一：

娉娉袅袅十三余，豆蔻梢头二月初。
春风十里扬州路，卷上珠帘总不如。

身姿婀娜，体态娉婷，刚刚十三岁的歌姬，正如那二月的豆蔻花，娇俏含羞，美不胜收。那春风十里的扬州，车水马龙，姹紫嫣红，珠光宝气，但是就是卷起珠帘"巧笑倩兮""美目盼兮"也没有豆蔻女子美。

后来，到了宋朝，豆蔻就开始大行其道了，诗、词中都不乏其例。因其多，就只取词中豆蔻足矣。

王雱《眼儿媚》："相思只在，丁香枝上，豆蔻梢头。"

秦观《满庭芳》："豆蔻梢头旧恨，十年梦，屈指堪惊。"

贺铸《第一花》："豆蔻梢头莫漫夸，春风十里旧繁华。"

谢逸《蝶恋花》："豆蔻梢头春色浅，新试纱衣，拂袖东风软。"

李清照《摊破浣溪沙》："豆蔻连梢煎熟水，莫分茶。"

侯寘《西江月》："豆蔻梢头年纪，芙蓉水上精神。"

赵长卿《鹧鸪天》："玉钗头上轻轻颤，摇落钗头豆蔻枝。"

这还不是全部，绝大部分都是化用杜牧的"豆蔻"，诸君就明白起始就提杜

牧的用心了。

就选上几例感受一下吧，先说王雱的《眼儿媚》：

杨柳丝丝弄轻柔，烟缕织成愁。海棠未雨，梨花先雪，一半春休。
而今往事难重省，归梦绕秦楼。相思只在，丁香枝上，豆蔻梢头。

王雱是大名鼎鼎的王安石的儿子，从小体弱多病，也因为多病，娶妻后和妻子长期分居，后来他父亲就把他的妻子另嫁他人。这首词据说就是他想念妻子的哀叹，有故事的词当然有意思。

风摆杨柳万千条，丝丝烟缕织成愁。海棠还没有沐浴春雨，梨花已经雪花一样绽放，春已经过去一半了。

往事不堪回首，梦到你回到旧时闺楼，但那只是梦，无处寄相思，只把相思托付在丁香枝上、豆蔻梢头。

此豆蔻不是杜牧的豆蔻，却比杜牧的豆蔻沉重了许多，这样重的相思豆蔻可能担得起？

再看秦观的《满庭芳》：

晓色云开，春随人意，骤雨才还晴。古台芳榭，飞燕蹴红英。舞困榆钱自落，秋千外、绿水桥平。东风里，朱门映柳，低按小秦筝。
多情行乐处，珠钿翠盖，玉辔红缨。渐酒空金榼，花困蓬瀛。豆蔻梢头旧恨，十年梦、屈指堪惊。恁阑久，疏烟淡日，寂寞下芜城。

春意浓浓，雨后初晴，水榭楼台，燕子穿行在花朵之间，榆钱蹁跹飘落，好一派迷人春色。有秋千的人家，传出筝曲，不知是谁家的女子清雅如此。

曾记得多情行乐处，女戴珠钿，男骑骏马。开怀畅饮，花间困卧。但是这是从前，我也有那"娉娉袅袅十三余，豆蔻梢头二月初"的时候，现在只有独自凭栏，眼见"疏烟淡日，寂寞下芜城"。

秦观的词和杜牧的诗异曲同工，都是"十年一觉扬州梦，赢得青楼薄幸名"。

还对李清照的豆蔻感兴趣，《摊破浣溪沙》词云：

病起萧萧两鬓华，卧看残月上窗纱。豆蔻连梢煎熟水，莫分茶。
枕上诗书闲处好，门前风景雨来佳。终日向人多酝藉，木犀花。

此词显然是李清照晚年所作，她两鬓斑白，大病初愈，身体不是很好，只能卧看残月。煎煮温热的豆蔻暖身，不敢饮清寒的茶水。

靠在枕头上读书多么闲适，偷空再看一眼门前的风景，下雨时更好看。病重时每日陪伴我的是芳香温和的桂花。

豆蔻此时是暖身体的良药，终于"逃出"了杜牧的"豆蔻年华"。可怜一代才女李清照晚年不幸，家庭不幸不说，身体还有病，感谢大病初愈，豆蔻能给她散淡寂寞的生活增加些许暖意，虽然少了杜牧的诗意，但有烟火气的豆蔻更实在，至少我这么认为。


# 稻 子

## 稻花香里说丰年


稻子是古老农作物中发展最多、品种最多的粮食作物。从七千年前开始栽培，到现在有14万种，简直不可想象，和玉米、小麦一起雄踞世界三大谷类。

这样悠久的历史，这样大张旗鼓的发展，在久远的时代一定有诗歌记载稻子。果然《诗经》中有，甚至不看重农稼的《楚辞》中也有，不妨拿出来，分别品尝一下南北不同稻子的味道。

《小雅·甫田》，诗有些长，截取一部分。

曾孙之稼，如茨如梁。曾孙之庾，如坻如京。乃求千斯仓，乃求万斯箱。
黍稷稻粱，农夫之庆。报以介福，万寿无疆。

大意是，先王后代的庄稼堆到屋顶，先王后代的谷仓像山丘。于是要再筑上千座谷仓，于是要再造万座车辆。丰收了黄米小米和大米，农夫们高兴互相庆贺。这是神灵赐给先王的厚福，我们祝愿他万寿无疆。

这当然是让人愉快的稻子。

《楚辞·招魂》，此诗更长，只截取有稻的部分吧。

> 室家遂宗，食多方些。
>
> 稻粢穱麦，挐黄梁些。
>
> 大苦咸酸，辛甘行些。

大意是，整个宗族聚集在一起，饮食丰盛品种多样。稻谷大麦，还有黄粱。有苦咸酸各味，再加上甜辣调和。

《楚辞》中的稻子是放到第一位的，这就是南北的差异。南方自古以稻谷为主食，北方以黍子为主食，特别是黄河流域一带。不管怎么说稻子是重要的粮食没问题，要是做酒稻子就更重要了，郑玄《三礼注》云："凡酒，稻为上，黍次之，禾又次之。"

后世诗词中描述稻子的有一些，比想象中的少，就以唐诗为例吧，过滤掉让人悲凉的稻子，专捡光明的，最喜欢王驾的《社日》，可以感受到丰收的喜悦。

> 鹅湖山下稻梁肥，豚栅鸡栖对掩扉。
>
> 桑柘影斜春社散，家家扶得醉人归。

鹅湖山下稻子、谷子长得苗壮，村里百姓家的猪舍、鸡舍都半掩着，已经

是傍晚，桑树和柘树的树影已经拉到很长，庆祝春社的集会刚刚散去，每家都有喝醉酒被家人搀扶回家的人。

这是农耕时代最好的氛围，一年之计在于春，百姓祈祷今年稻粱丰收，正好稻粱长得旺盛，大家在一起祈祷鼓励，一年的辛苦此时得到缓解，于是一起饮酒直到酩酊大醉，然后劳作期盼稻粱丰收。

宋词中还真有几首提到稻子。黄庭坚的稻子要品尝，辛弃疾的更喜欢，咱就一一来过吧。

黄庭坚的《拨棹子·退居》：

归去来。归去来。携手旧山归去来。有人共、月对尊罍。横一琴，甚处不逍遥自在。

闲世界。无利害。何必向、世间甘幻爱。与君钓、晚烟寒濑。蒸白鱼稻饭，溪童供笋菜。

"归去来"自然是化用陶渊明的《归去来辞》以表示自己归隐的志向。此时他的原配妻子孙氏去世，黄庭坚心情很不好，就产生了归隐的想法。还是归去吧，只要有人与你把酒相对，月下对酌，再横一把琴，哪里不是逍遥自在的地方。

等闲世界，我不和他们计较，自然也没有利害冲突。何必对世界充满幻想。与朋友相约，傍晚时分，蒸白鱼，煮稻饭，村童再为我们做上竹笋美味，岂不是人间一乐事？

黄庭坚是不得已为之，就像当年的陶渊明，他的稻子是苦中作乐味。

接着品尝辛弃疾的《西江月·夜行黄沙道中》：

明月别枝惊鹊，清风半夜鸣蝉。稻花香里说丰年，听取蛙声一片。
七八个星天外，两三点雨山前。旧时茅店社林边，路转溪桥忽见。

明亮的月光惊飞了枝头栖息的喜鹊，半夜里清风伴着蝉鸣。农人们在满溢着稻花香的村里谈论着丰收的年景，耳边传来阵阵的蛙声，似乎也为农人助兴、祝贺。

天上月明星稀，山前雨点疏落。曾经熟悉的在社林边的茅店，就在那转过的溪桥边。

这是辛弃疾被贬官闲居在江西时写的词，看到可以期待丰收的稻子，不由高兴着农人的高兴，完全顾不上介意自己的处境，他是深深浸入其中的看客，就在社林边的茅店观看，那里他熟悉，他热爱，和农人一样，他也嗅到了稻花香。

世人自从"品尝"了他笔下芳香的稻子之后，便趋之若鹜，《红楼梦》里李纨的住所"稻香村"当然是取了辛弃疾"稻花香里说丰年"的美好意象，李纨自号"稻香老农"也脱胎于此。再后来，北京有个百年老字号叫"稻香村"，至今犹在，谁敢说不是取用辛弃疾的稻花香呢？我当然不能免俗，一眼就中了他的稻香毒，不能自拔。

稻子在这里结束恰是时候。


# 葫 芦

## 葫芦却缠葫芦倒


葫芦是葫芦科葫芦属一年生藤蔓植物，非常古老。考古界在浙江余姚河姆渡不仅发现了酸枣、橡子、芡实、菱角等，还发现了葫芦以及葫芦的种子，那可是7000年前的葫芦啊！

葫芦的花不稀奇，就是不够平展的白色花朵，但它的果实千姿百态，长的、圆的、"8"字形的、上大下小的、巨型的、微型的等，不一而足，浩若繁星。

葫芦在古代有很多你想望文生义也生不了的名字，比如"瓠""匏""甘瓠""壶卢""蒲卢"等，现代人难以理解。

宋代陆佃在《埤雅》中还解释了"瓠""匏"的区别："长而唐上曰瓠，短颈大腹曰匏。"

元代王祯所著《农书》介绍了葫芦的吃法："匏之为用甚广，大者可煮作素羹，可和肉煮作荤羹，可蜜前煎作果，可削条作干……"还说："瓠之为物也，累然而生，食之无穷，烹饪咸宜，最为佳蔬。"

现代人更注重葫芦的"福禄"性质、文玩性质，作为蔬菜它早就退出菜市场了，我们现在吃的"葫芦"是"西葫芦"，不是可以雕刻，可以镇宅的葫芦。

葫芦入诗肯定是从《诗经》开始的，那时的古人对葫芦饱含深情，总共305首诗，就有6处提到，至于以葫芦籽赞美美人牙齿的（《卫风·硕人》：齿如瓠犀）就不提了，就说一样现代人不可想象的葫芦用法，当作会见情人用的"腰舟"，你想到了吗？反正我没想到。

### 邶风·匏有苦叶

匏有苦叶，济有深涉。深则厉，浅则揭。

有弥济盈，有鷕雉鸣。济盈不濡轨，雉鸣求其牡。

雍雍鸣雁，旭日始旦。士如归妻，迨冰未泮。

招招舟子，人涉卬否。人涉卬否，卬须我友。

大意是，葫芦叶子枯黄，济水河也已经上涨。水深的地方把葫芦系在腰间浮过来，水浅的地方只把衣服撩起来就可以通过。那济水一直在上涨，雌鸡"唯唯"在乱叫。济水再涨还淹不过车轮，那雌鸡鸣叫是在呼唤雄鸡。大雁发出和谐的叫声，旭日东升天已明。郎君若是要娶妻，趁河没有结冰时。渡口舟子在召唤，别人都已渡河，就是我不渡，我专等我那心上人。

葫芦叶子枯黄正好，葫芦可以帮我的心上人渡过正涨水的河，我一大早就在这里等你，看见那雉鸡鸣叫声声呼唤雄鸡，郎君你若是想娶我，赶紧"携匏涉水"来找我，我在岸边痴痴等你来。女子急切又直接，盼望心上人的迎娶。

多浪漫，这可比开着豪车追情人有趣多了。

用两千多年前的葫芦"腰舟"一下子划到唐朝，盛唐当然是有葫芦的，但是不叫葫芦，而是叫瓢，不一样的葫芦。就选韦应物的《答释子良史送酒瓢》感受一下吧。

### 答释子良史送酒瓢
此瓢今已到，山瓢知已空。
且饮寒塘水，遥将回也同。

朋友，你送的瓢已经收到了，瓢知道自己是空心的，待要饮酒又没有，那就用瓢喝点凉水，我想就是此瓢在你那里不过也是如此吧，哪里有酒可以用瓢盛呢？

诗人喝酒是常事，用瓢盛酒也寻常，过去就有酒葫芦一说，不过韦应物收到的是瓢，不寻常的是有了酒具却没有酒，你说扫兴不扫兴？不仅自己没有，送酒具的朋友也没有，没有酒怎么写好诗呢？所以此诗就出不了名。

放下唐朝没有酒的瓢，就到了宋朝，宋朝的葫芦在干什么呢？

先看杨万里的《甘瓠》：

笑杀桑根甘瓠苗，乱他桑叶上他条。
向人便逞庚藏巧，却到桑梢挂一瓢。

杨万里看到一株葫芦苗攀到了桑树上，他觉得很好玩，那葫芦苗自由生长把桑树的秩序打乱，没人知道葫芦苗何时长出，它藏得巧妙，待你发觉，桑树的梢头已经挂上一个大大的瓢。

这真是没想到的葫芦，有趣，是一个野蛮生长的葫芦，不像是斯文的宋朝的葫芦，长在唐朝更适合。

宋词里也有葫芦，而且首次以"葫芦"出现，让我们一眼就能认出。

这个"葫芦"是黄庭坚提到的。

## 渔家傲

踏破草鞋参到了。等闲拾得衣中宝。遇酒逢花须一笑。长年少。俗人不用瞋贫道。

何处青旗夸酒好。醉乡路上多芳草。提著葫芦行未到。风落帽。葫芦却缠葫芦倒。

黄庭坚当然是要说一下的，那是和苏轼齐名的书法家、诗人，词与秦观齐名，著名的苏门四学士之一，还是江西诗派的开山之祖。

写《渔家傲》中的葫芦时已经写过诗，他自己说："余尝戏作诗云：'大葫芦挈小葫芦，恼乱檀那得便沽。每到夜深人静后，小葫芦入大葫芦。'又云：'大葫芦干枯，小葫芦行沽。一住金仙宅，一住黄公垆。有此通大道。无此令人老。不问恶与好，两葫芦俱倒。'或请以此意倚声律作词，使人歌之，为作渔家傲。"

既然《渔家傲》是依据他的葫芦诗意趣写的，咱就说他的《渔家傲》吧。

黄庭坚的佛法修为很深，他自己说"踏破草鞋"之后就参悟了，等闲处就获得了佛法的真谛。遇到酒就喝，见到花就笑，心态年轻，那俗人理解不了也别笑话我。

挂酒幡的总是夸自己的酒好，我走一处，喝一处，醉到一处，酒醉的路上眼见的都是芳草。提着酒葫芦还没到酒铺，风先把我的帽子刮落，我的酒葫芦也被葫芦秧子缠住连带我摔倒了。

参禅悟道后的黄庭坚看淡世间事，随遇而安，得开怀处且开怀，喝酒尽兴，人生尽欢，葫芦是道具。他被缠倒了并没有败兴，而是有感"诗酒人生"之趣。

这样的葫芦要的。

# 萱　草

## 不见忘忧芳草

萱草现在公园里种植很多，品种也很多，从以前只有的金黄色到现在的浅黄色、大红色、深红色，形状从百合样子的喇叭状到现在的多层、粗短、细长，不一而足。

这样的改变，或者多样性，让我几乎忘记了萱草的文化意蕴。萱草不仅仅只用来观赏或者食用，比如至今我们还在广泛食用的"金针"（就是萱草的花骨朵），萱草还有"忘忧""解忧""宜男"之用，是母亲草。

这当然不是我的杜撰，不是我的自作多情，而是有出处的，就在《诗经》中。

《卫风·伯兮》："焉得谖草？言树之背。愿言思伯，使我心痗。"意思是，哪里能找到忘忧草？我要把它种在北堂上。内心想着我的丈夫，想得我的心都破碎了。朱熹的注释云："谖草，令人忘忧；背，北堂也。"所以萱草又称北堂萱。这是中国的母亲花，外国的母亲花是康乃馨，石竹科的，和萱草完全不是一回事，萱草是百合科。

萱草可以忘忧也是有史料记载的。《博物志》云："萱草，食之令人好欢乐，忘忧思，故曰忘忧草。"苏颂《图经》云："萱草利心智，令人欢乐忘忧。"竹林七贤之嵇康在《养生论》中也云："合欢蠲忿，萱草忘忧，愚智所共知也。"

中药汤剂就有"萱草忘忧汤"，方子是现成的：

治忧愁太过，忽忽不乐，洒淅寒热，痰气不清：桂枝五分，白芍一钱，甘草五分，与郁金二钱，合欢花二钱，广皮一钱，贝母二钱，半夏一钱，茯神二钱，柏仁二钱，金针菜一两，煎汤代水。（《中药大辞典》）

至于"宜男"，就是易于生男孩，李时珍的《本草纲目》就记载："《周处风土记》云：怀妊妇人佩其花，则生男。故名宜男。"

风流才子曹植就有《宜男花颂》，他说："妇女服食萱花求得男"。是否果真就不必追究了，反正中国古人信。

萱草忘忧历代均有诗赋，就选白居易的《酬梦得比萱草见赠》吧。

### 酬梦得比萱草见赠

杜康能散闷，萱草解忘忧。借问萱逢杜，何如白见刘。

老衰胜少夭，闲乐笑忙愁。试问同年内，何人得白头。

白居易和刘禹锡是老朋友，他夸他们之间的友谊，比杜康散闷、萱草解忧还欢喜。

萱草宜男也有诗，还是唐朝的，是于鹄的《题美人》：

秦女窥人不解羞，攀花趁蝶出墙头。

胸前空带宜男草，嫁得萧郎爱远游。

一个胆大开放的秦女，趁着追蝴蝶就偷偷翻出墙头，采的是宜男花，还挂在胸前。于鹄笑话她，那有什么用呢？她嫁的郎君常年不在家，何来"宜男"？

萱草作为母亲花出现是在孟郊的《游子诗》：

萱草生堂阶，游子行天涯。

慈母依堂前，不见萱草花。

这是游子孟郊想念母亲而作的诗，跟《诗经》时代一样，母亲住的房前种着萱草，母亲盼儿归，儿归期无限，堂前萱草竟也不开花，无以解除母亲的忧愁。

萱草的种种文化意蕴都点到了，到了宋朝，写萱草的不算少，不知那些词人们可有新的诠释？

贺铸就有，《薄幸》词云："便认得、琴心相许，与写宜男双带。"《定情曲》词云："可待合欢翠被，不见忘忧芳草。"

前文已经写了"忘忧""宜男"，这里就不重复了，诸君随我看石孝友的《眼儿媚》和刘铉的《蝶恋花·送春》。

### 眼儿媚
#### 石孝友

愁云淡淡雨潇潇，暮暮复朝朝。别来应是，眉峰翠减，腕玉香销。

小轩独坐相思处，情绪好无聊。一丛萱草，数竿修竹，几叶芭蕉。

石孝友写男女情爱有一手，而且通俗易懂。

比如这一首，天气不好，女子的相思如同不尽的愁云苦雨，"懒起画蛾眉""为伊消得人憔悴"。

独自坐在阁楼上让相思尽情蔓延，心情却是无聊的，看窗外，一丛萱草、几竿修竹、几叶芭蕉，更增添了女子的愁绪。

词中的萱草代表什么，就看女子当下的愁绪了，能忘忧最好，但竹子和芭蕉又代表什么？其实这一切都无法让人忘忧，萱草此时就是夏日的一丛花，萱草花。

### 蝶恋花·送春
#### 刘铉

人自怜春春未去。萱草石榴，也解留春住。只道送春无送处。山花落得红成路。

高处莺啼低蝶舞。何况日长，燕子能言语。会与光阴相客主。晴云又卷西边雨。

刘铉是南宋末年词人，为官一生，卒于任内。

人自多情，怜惜春天，不想让春天走，但春天就没走，盛开的萱草、石榴花很懂得人要留住春天的心思。但是春天终究是要走的，原本不知道把春送到哪里，但看那烂漫的山花落红满地，就知道春天的去处了。

黄莺在高处啼鸣，蝴蝶在低处飞舞。天渐渐变长了，雏燕已经能呢喃。光阴四时变换，自是"东边日出西边雨，道是无晴却有晴"。

刘铉笔下的萱草不用承担"忘忧""宜男"这样的重任，它另有所托，就是留住春天，是懂得人心的"解语花"。

这样的萱草就接近现在的萱草了，种在公园里，各色各样，就是渲染春夏的热闹的。


# 冬　葵

## 兔葵燕麦春风里

冬葵是锦葵科锦葵属的草本植物，和蜀葵、锦葵是"近亲"，和秋葵（锦葵科秋葵属）是"表亲"。这是不得不介绍的，冬葵已经是第四次写了，我敢肯定已经黔驴技穷，但宋词里有，我就不得不再写。

《诗经》中提到的冬葵必须写，要不不知道冬葵的久远。

《豳风·七月》："六月食郁及薁，七月亨葵及菽。"意思是，六月吃郁李和葡萄，七月煮冬葵和豆子。

自那时开始，冬葵一直存在于人们的日常生活中，所以北魏贾思勰在《齐民要术·种葵第十七》中专门介绍了怎样种冬葵。

《史记》中还记述了有关冬葵的故事，并因此有了"拔葵去织"的成语。《史记·循吏列传》载："食茹而美，拔其园葵而弃之；见其家织布好，而疾出其家妇，燔其机，云：'欲令农士工女安所仇其货乎？'"意思是拔掉种植的冬葵，禁止妻子织布，指为官者廉洁自奉，不与百姓争利。

到了唐代，冬葵仍然是人们日常食用的蔬菜，白居易就专门写过《烹葵》：

昨卧不夕食，今起乃朝饥。

贫厨何所有，炊稻烹秋葵。

红粒香复软，绿英滑且肥。

饥来止于饱，饱后复何思。

忆昔荣遇日，迨今穷退时。

今亦不冻馁，昔亦无余资。

口既不减食，身又不减衣。

抚心私自问，何者是荣衰。

勿学常人意，其间分是非。

大意是，昨晚睡了，没吃晚饭，今早饿了想吃。跟厨子说了，厨子能做的不过是蒸米饭烹冬葵，想吃其他没有了。不过我吃着很好，米饭软糯，冬葵滑嫩。填饱肚子就有精力想想往事了。过去也有光荣时刻，如今却是穷困潦倒。如此光景倒也没有冻饿至死，过去荣耀也没有多余的资财。现在嘴里没有因为贫困减一口粮食，身上也没有因为贫困减一件衣服。扪心自问，什么是荣，什么又是衰呢？想想，没必要以常人的认识为认识，我自有自己的是非观念。

唐代诗人刘禹锡也写到过冬葵，《再游玄都观绝句》："重游玄都，荡然无复一树，唯兔葵燕麦，动摇于春风耳。"玄都观什么都没有了，连一棵树都没有，

只有荒草菟丝、冬葵燕麦在春风里摇荡，那是一片荒凉的景象。可见玄都观的冬葵已经沦落为荒草。

冬葵因为刘禹锡成了"兔葵燕麦"以后，到了宋代，吃不吃冬葵不重要，重要的是"兔葵燕麦"的意蕴。

贺铸的《渔家傲》就是这么化用"兔葵燕麦"的。

莫厌香醪斟绣履。吐茵也是风流事。今夜夜寒愁不睡。披衣起。挑灯开卷花生纸。

倩问尊前桃与李。重来若个犹相记。前度刘郎应老矣。行乐地。兔葵燕麦春风里。

贺铸长得丑，但他的诗文漂亮，能豪放能婉约就不寻常，至于这首词则另当别论，诸君看了就知道。

贺铸的这首《渔家傲》他自己解释说，是在一桌宴席上，有客人把酒倒在鞋里喝，喝多了，吐了。他有喜欢的女人，催促招来，招是招来了，却好似是素昧平生的人。于是晚上我不顾眼疾，写下此赋，调和两位客人。

他说别厌烦把美酒倒在绣鞋里，就是这样喝到吐也是一件风流事。今晚很冷睡不着，我就披衣起来，挑灯记录此次的雅事。

且问朋友你的桃花和李花，就是再叫来一个，你又能记得吗？前度刘郎就算来了也是老了，此地是行乐地，即便是兔葵燕麦，也是要逍遥在春风里。

虽然宋代词人多豪放不羁，而且往往引以为傲，但放荡如此，纵使因为现实环境的逼迫也是无趣的。至少我是这么认为。

其间的冬葵是荒凉景象的象征。

冬葵在历史的长河中大部分时间还是作为蔬菜存在的，李时珍在《本草纲目》中说："古者，葵为五菜之主。"明代以后，冬葵才从"蔬菜部"转移到"草药部"。

# 芍 药

## 一阑红药

芍药是毛茛科芍药属多年生草本植物，有一些很奇怪的别名，比如，将离、离草、婪尾春、余容、犁食、没骨花、黑牵夷、花中丞相等。

芍药的历史其实比牡丹更悠久，牡丹在很久以前被称为木芍药，后来成了花中王，芍药就成了花中相，永远地成为牡丹的"近侍"。

芍药又名将离、离草是有原因的，可以追溯到《诗经》时代，看了《郑风·溱洧》就知道原因了。

溱与洧，方涣涣兮。士与女，方秉蕳兮。女曰观乎？士曰既且，且往观乎！洧之外，洵訏且乐。维士与女，伊其相谑，赠之以勺药。

大意是，溱河和洧河，春来涨满哗哗流。小伙子和姑娘，正拿着那泽兰在手中。姑娘说：去游水吧。小伙说：已经游过。那就再去看看吧，洧河对岸，宽阔又热闹。小伙子和姑娘，他们说笑打闹，离别时相互赠送芍药。

知道了吧？情人离别时赠以芍药，自此后芍药就成了将离、离草，也是爱情的信物。

司马迁在《史记》中也曾记载其时芍药的繁盛："绣山其草多芍药，条谷之山其草多芍药。句棪之山其草多芍药。洞庭之山其草多芍药。"

历代以芍药赋诗的很多，如唐代韩愈的《芍药》：

浩态狂香昔未逢，红灯烁烁绿盘笼。
觉来独对情惊恐，身在仙宫第几重。

自然是夸芍药的，前所未有的香，红灯笼一样的态，恍惚间以为自己在仙宫里一般。你说芍药美不美？

还有历代诗人们以牡丹、芍药为题，互斗，定要让牡丹、芍药争出个高下，很有趣，我们不妨"坐山观花斗"。

唐代刘禹锡《赏牡丹》扬牡丹贬芍药：

> 庭前芍药妖无格，池上芙蕖净少情。
>
> 唯有牡丹真国色，华开时节动京城。

宋代王溥《咏牡丹》笑话牡丹"大而无当"：

> 枣花至小能结实，桑叶虽柔可作丝。
>
> 堪笑牡丹如斗大，不成一事只空枝。

清代孔尚任《咏一捻红芍药》认为芍药一样能"倾城倾国"：

> 一支芍药上精神，斜倚雕栏比太真。
>
> 料得也能倾国笑，有红点处是樱唇。

历代诗人们且去"斗花"不管，咱还是回到宋朝，毕竟是谈宋词中的植物。以芍药的姿色，以宋词人的婉约，不会不写芍药的，而且不会少。

芍药五月开，中国传统的五月花神就是芍药，应到人身上就是苏东坡，就先选他的《浣溪沙四六首》写到芍药的一段吧。

芍药樱桃两斗新。名园高会送芳辰。洛阳初夏广陵春。红玉半开菩萨面，丹砂浓点柳枝唇。尊前还有个中人。

芍药和樱桃一起开，二者争妍呢。一个是红玉一般还有着菩萨的庄严模样，一个是红心一点柳枝一般的颜色，还有一个欣赏它们的我。

有意思的是，宋词里的芍药几乎都是以"红药"出现，可见红色是当时芍药的主色。

比如贺铸的《掩萧斋》"碧梧红药掩萧斋"、陈师道的《减字木兰花》"芍药枝头红玉小"、晁补之的《金凤钩》"一阑红药"和他的《望海潮》"红药万株"，还有周邦彦的《瑞鹤仙》"绕红药"等，就选晁补之的《金凤钩》感受一下宋词中的"红药"吧。

### 金凤钩

春辞我向何处。怪草草、夜来风雨。一簪华发，少欢饶恨，无计殢春且住。

春回常恨寻无路。试向我、小园徐步。一阑红药，倚风含露。春自未曾归去。

晁补之是北宋词人，苏门四学士之一，他的词近"苏体"当然可以理解，著有《鸡肋集》，听名字就是有趣的。

暮春了，一夜风雨，春去了，太匆匆，眼看我满头华发，欢少恨多，想让春留住，但无计可施。

想找到春回的道路追她而去，那是找不到的，不如像我一样，到小院子里走一走，但只见一阑红药在风中摇曳生姿，含芳沁露，百般妩媚，于是我释然了，春没有走啊。

这样的芍药多好，哪里是什么"妖无格"，那是"把春留住"的美好寄托。

我想，在这里结束关于宋词中的芍药刚好。

# 黄 粱

## 黄粱梦

黄粱是脱了壳的粟，也叫稷、
谷、粱等，大同小异。黄粱在北方
也叫小米，分为软小米和小米两大
类，简单地说，蒸食或包粽子、炸
油糕用的就是软小米（或软小米
面），熬粥就用小米，这是北方人几
千年来不变的"心中好"，也是自古
以来黄河流域最主要的粮食作物。

黄粱在"粟"的阶段是禾本科
狗尾草属一年生草本植物，和狗尾草是至亲关系，不过是颗粒、植株大小区分
而已。在《诗经》时代，粟是古人的"命根子"，是要极力保护的，狗尾草就
不同了，那是要赶尽杀绝的，不让它和粟争田地、水肥、产量。粟和狗尾草在
农人的眼里是"敌进我退"的关系，所以不能让"敌"进。

历史上有"粟文化"一说，夏商时期，人们以粟为主粮，因此这个时期的
农耕文化被称为"粟文化"。其实以粟——黄粱为主食的现在还有，当然还是
在黄粱的原生地，北方。

说起黄粱，现代人首先想到的是"黄粱一梦"，而不是小米。小米在小麦、
稻子成为主食后，在很多地方就成了杂粮，包括很多北方地区，产麦子和稻子
的北方地区。

黄粱当然不仅仅是黄粱一梦。

在《诗经》时代，黄粱就是必不可少的粮食，《小雅·黄鸟》中就是这样
体现的，"黄鸟黄鸟，无集于榖，无啄我粟。此邦之人，不我肯穀。言旋言归，
复我邦族"。

我最喜欢的是杜甫的黄粱，他在《赠卫八处士》中提道"夜雨剪春韭，新

炊间黄粱"，老朋友相见，高兴得又是剪春韭，又是煮新熟的黄粱，人间的温暖顿时"满血复活"。

黄粱温暖了我们的心后，我们就可以说"黄粱一梦"了。该成语最早出自唐代沈既济的《枕中记》，历代都有根据此编写的故事，称为"黄粱梦"或"邯郸梦"，唐代有《南柯记》，宋代有《南柯太守》，元朝马致远作《邯郸道省悟黄粱梦》，明朝汤显祖改编《邯郸记》，清代蒲松龄作《续黄粱》。大意是，卢生在邯郸旅店住宿，入睡后做了一场享尽一生荣华富贵的好梦。他醒来的时候，小米饭还没熟，因有所悟。

人生富贵如梦几乎是所有人的感受，所以"黄粱一梦"的认知率特别高，特别是在富贵梦破灭的时候。

有意思的是宋词里提到黄粱，几乎都是和黄粱梦紧密结合的，很是说明"人生无常"。比如：

贺铸《六州歌头》："似黄粱梦，辞丹凤，明月共。"

晁补之《水龙吟》："黄粱未熟，红旌已远，南柯旧事。"

王以宁《水调歌头》："黄粱梦，未觉枕，几经秋。"

陆游《洞庭春色》："请看邯郸当日梦，待炊罢黄粱徐欠伸。"

杨舜举《满江红》："忽一声、长啸出山来，黄粱熟。"

既然大宋的黄粱在词人眼里都是"黄粱梦"，咱就选一二做代表吧。

先选晁补之的《水龙吟·别吴兴至松江作》：

水晶宫绕千家，卞山倒影双溪里。白苹洲渚，诗成春晚，当年此地。行遍瑶台，弄英携手，月婵娟际。算多情小杜，风流未睹，空肠断、枝间子。

一似君恩赐与，贺家湖、千峰凝翠。黄粱未熟，红旌已远，南柯旧事。常恐重来，夜阑相对，也疑非是。向松陵回首，平芜尽处，在青山外。

松江这个地方非常美，想当年杜牧看上一位女子，许诺相娶，但多年后提亲，才知道女子已经出嫁，而且有两个孩子了，这不是让多情公子空断肠吗？

当年皇帝赐贺知章的镜湖也是非常美。但镜湖尚在，知章何在？可见世间事，不过是黄粱一梦、南柯一梦，富贵如浮云，沧海会变桑田。想到此，你我都该看开，苦海无边，回头是岸。

再看王以宁的《水调歌头·呈汉阳使君》：

大别我知友，突兀起西州。十年重见，依旧秀色照清眸。常记鲐狂客，邀我登楼雪霁，杖策拥羊裘。山吐月千仞，残夜水明楼。

黄粱梦，未觉枕，几经秋。与君邂逅，相逐飞步碧山头。举酒一觞今古，叹息英雄骨冷，清泪不能收。鹦鹉更谁赋，遗恨满芳州。

王以宁是两宋之间的爱国词人，靖康初年为主战派李纲的幕僚，曾只身一人借援兵，解太原围。

此词是他写给老朋友汉阳使君的。和朋友十年间两度游大别山，不禁感慨万千。

大别山我知也，它挺拔高耸，险峻奇峭。此次再游，秀色如故。想起你汉阳使君，穿羊皮袄，拄着杖，邀我一起雪后登高，看千山明月，湖水倒映楼阁。

如今，十年岁月，宦海沉浮，如同黄粱一梦，还没察觉呢，岁月已经匆匆流逝。你我今日重逢，仍像当年一样健步登山，畅饮美酒，叹息英雄豪杰都已故去，不由泪如雨下。曾记得三国祢衡不得志作《鹦鹉赋》，现在谁还能赋？壮志未酬，空留满腔遗恨。

一句"黄粱梦"道尽千古无尽的"壮志未酬"，黄粱不是梦，黄粱梦是梦。


# 菅　草

## 苍菅径里

第三次写菅草，仍然脱不了"草菅人命"的窠臼。谁让它寻常到可以忽略，又不寻常到因为"命如草芥"，因而被"草菅人命"。

无论怎样，还得介绍菅草，是禾本科多年生草本植物，可以作为饲料，可以编绳索、制草席等等，也可以当作茅草的统称。

虽然菅草寻常，但我们的先人还是注意到它，《小雅·白华》就提到菅草：

白华菅兮，白茅束兮。之子之远，俾我独兮。英英白云，露彼菅茅。天步艰难，之子不犹。

大意是，开白花的菅草呀，白茅把它捆成束呀。这个人儿远离去，使我空房守孤独呀。天上朵朵白云飘，甘露普降惠菅茅。怨我命运太艰难，这人无德又无道。

这是一首弃妇的怨诗，连带菅草起始就是薄命的坯子。

所以《左传·成公九年》云："虽有丝、麻，无弃菅、蒯。"就是说即使有丝麻这样高档的织品，也不放弃菅、蒯这样的微贱之草。

既然知道菅草离不开"草菅人命"，那就连带说一下它的出处吧。

"草菅人命"最早在《大戴礼记·保傅》中首次出现："其视杀人，若艾草菅然。"就是说杀人就像割菅草一样容易。可见菅草的微贱从古至今一以贯之。

宋词里提到一次菅草，能逃出"微贱"的命运吗？

晁补之《永遇乐》词云：

松菊堂深，芰荷池小，长夏清暑。燕引雏还，鸠呼妇往，人静郊原趣。麦天已过，薄衣轻扇，试起绕园徐步。听衡宇、欣欣童稚，共说夜来初雨。

苍菅径里，紫葳枝上，数点幽花垂露。东里催锄，西邻助馌，相戒清晨去。斜川归兴，翛然满目，回首帝乡何处。只愁恐、轻鞭犯夜，灞陵旧路。

此词是他被罢黜归乡后所写。几乎是陶渊明的再版，原本该在"采菊东篱下，悠然见南山"时就结束，但晁补之不甘心，他还是"回首帝乡"，想为帝国做事。

村子很美，松、菊并存，菱角、荷花同在。正是夏天，燕子呼唤它的雏燕归巢。斑鸠鸣叫妇人下田。小麦已经收割完毕，田野十分安静，我穿着薄衫子，摇着扇子，绕着院子缓步慢行，听到屋子里孩子们高兴地玩乐，嬉笑着说起夜晚刚下的那场雨。

院里，小径上长着萱草，凌霄花上还有露水。东临催促锄地，西邻帮助做饭，相约早上一起劳作。我感受其中的乐趣，但是内心还有不甘，不由地回望帝京的方向，何时才能让我再展宏图呢？

放下晁补之的不甘，其词中萱草居然就是萱草，终于不用背负"微贱"之名。

于是除了"草菅人命"，终于有"苍菅径里"可以安静地描述菅草了。

# 大　黄

## 只爱大黄甘草贱

大黄是植物是我最近才确定的，我不知道哪根筋驱使，认为大黄是和硫黄一样的矿物质。但地黄我就没这样想当然，特别是野生地黄。那是春天里我最喜欢关注的花儿，更多是因为野地黄毛茸茸的，喇叭花根是甜的，那是所有孩子都喜欢的新奇事物。转过来再说大黄，大黄是多种蓼科大黄属多年生高大草本植物的合称，生长在山地林缘或草坡。

大黄的别名很有特点，有将军、黄良、火参、肤如、蜀、牛舌、锦纹等。称为将军，是因它"泻下"的能力很强，就像将军攻城克敌一样所向披靡。你敢大量用大黄，大黄就敢让你一泻千里。说到这里，诸君就知道，大黄是泻下药，一定是苦、寒，所以最早的《神农本草经》把它列为下品。

历史上用大黄的名方有《伤寒论》的大、小承气汤，用于胃肠实热积滞、大便秘结、腹胀腹痛等，就是"泻下攻积"的作用；《金匮要略》的"大黄牡丹皮汤"用于火热炽盛，迫血妄行的吐衄等，就是"泻火解毒"的作用。

这样现学现卖说大黄是因为大黄在中国就是"本草"药，所以不说它的药性就不知道说什么好了，毕竟我还没有注意到野生的大黄。中国是这样看待大黄，但外国不一样，欧洲以及中东的大黄是用来食用的，只是味苦、微涩，但远没有中国大黄的"将军"态势。

历代以大黄入诗词的只有南宋的陈瓘，还是他的《减字木兰花》：

世间药院。只爱大黄甘草贱。急急加工。更靠硫黄与鹿茸。鹿茸吃了。却恨世间凉药少。冷热平均。须是松根白茯苓。

陈瓘的这首词反复用，别无他法呀。那医馆的人贪图大黄、甘草便宜，大量加工这类药。更多的还要靠硫黄和鹿茸。鹿茸贵重，吃多了大热，说不定还要流鼻血，此时又恨世间凉药少。这世间不是太凉就是太热，不凉不热还真有，就是伏神白茯苓！

说了陈瓘的药名词，仍然意犹未尽，自宋开始以药名入诗词的有不少，就拿北宋洪皓的《药名诗》为例吧。

药名诗

独活他乡已九秋，肠肝续断更刚留。

遥知母老相思子，没药医治尽白头。

用了"独活""续断""知母""相思子""白头"五味中药，表达的却是思念家乡、想念母亲的情意。

后世明代冯梦龙的《桂枝儿》更有趣，不妨像大黄"将军"一样，不泻则以，一泻千里，不，一泻百年。他用十四味中药写男女的"盟誓""欢爱""思念"，但和中医没一丝关系。

这样的中药妙趣横生，虽然大黄不在其中，虽然我走题了，但是有趣啊，人生有趣比什么都好。

# 甘　草

## 只爱大黄甘草贱

甘草是豆科甘草属多年生草本。只要是用过中药的人，没有不知道甘草的，中药处方中常常会用到它。早在两千年前，东汉张仲景就说过："此草最为众药之主，经方少有不用者，犹如香中有沉香也。国老即帝师之称，虽非君而为君所宗，是以能安和草石而解诸毒也。"他在《伤寒杂病论》中记载了256个处方，其中含甘草的处方就有154个，因为其"诸药中以甘草为君，功能调和诸药，遂有国老之号"。

明代李时珍云："甘草协和群品，有元老之功，普治百邪，得王道之化，可谓药中之良相也。"

《神农本草经》又称甘草为"美草""蜜甘"。

可见历代对甘草是赞赏有加，除了"协和群品""调和诸药"，甘草还具有清热解毒、祛痰止咳的功效。在我眼里，什么药方都有它的身影，又什么病也

不确定治疗。

我儿时家家户户都有药罐子，虽然西药已经大行其道，但中药仍是老百姓信任的良药。每每家里有人熬中药我都是最兴奋的，当然不是兴奋家里人生病，而是各种草和根熬在一起，发出浓重的味道，人喝了汤药病情便减轻甚至痊愈了。有时里面会有山楂、桂圆这些好吃的东西，后来大人告诉我甘草也能品味，果真甘甜，但甜得特别。就是因为这个黄色的、细长的根茎，靠强力的咀嚼，能挤出特殊的甜味，我就记住了甘草，和所有甜味不一样的甘草甜。

后来知道山西有些地方会用甘草的嫩叶绞碎蒸馒头，其味甘甜如饴，我期待有一日可以品尝到甘草馒头。

甘草的甘古人早就发现了，除了当药材，肯定也当甜味剂，就像我一样，在《诗经》中就能找到例子，不过那时不叫甘草，叫苓。

### 邶风·简兮

山有榛，隰有苓。云谁之思？西方美人。彼美人兮，西方之人兮。（节录）

大意是，高山上有榛树，洼泽里有甘草。若问我心中想着谁？是那西方的美男子。那位美男子，他是来自西国的人啊。

甘草被誉为"美草""蜜甘"，所以看到那西方来的美男子，不由得联想到洼泽中的甘草，女子心里那个甜蜜叫"甘草如饴"。

后来以甘草入诗的还真不多，直接就到了宋代，就是陈瓘的《减字木兰花》：

世间药院。只爱大黄甘草贱。急急加工。更靠硫黄与鹿茸。鹿茸吃了。却恨世间凉药少。冷热平均。须是松根白茯苓。

前文介绍过陈瓘的这首词，以甘草之寻常，是真正的物美价廉。

# 茯 苓

## 须是松根白茯苓

茯苓是药材，比如参苓白术散、桂枝茯苓丸，那都是传统中成药。关键是我也吃过，所以知道茯苓是药材，但真不知道茯苓是真菌！我以为茯苓和甘薯、土豆顶多和地黄类似的根茎植物，但不是，茯苓是"拟层孔菌科茯苓属真菌"！一个我一头雾水的领域。

知道了茯苓的"底细"，有一种"黑夜给了我黑色的眼睛"的好奇，于是查阅得知茯苓又叫玉灵、茯灵、万灵桂、茯菟，寄生于松科植物赤松或马尾松等的树根上。

古人很早就注意到茯苓的存在，《史记·龟策传》称茯苓为伏灵："盖松之神灵之气，伏结而成，故谓之伏灵、伏神也。"《仙经》云："伏灵大如拳者，佩之令百鬼消灭。"可见茯苓来历不凡。

需要注意的是，茯苓和土茯苓完全不是一回事，土茯苓是百合科光叶菝葜的根。

茯苓既然被称为"伏神",是因为它有极高的药用价值,比如具有宁心安神、败毒抗癌等功效,又因为药性平和、利湿不伤正气,可以广泛配合其他药品使用,还是春夏潮湿季节的调养佳品。

茯苓出现在宋词中实在是个意外,我知道两首以中药名写就的词,一首是陈亚的《生查子·药名闺情》,一首是陈瓘的《减字木兰花》,前文均介绍过。

陈瓘词云:"鹿茸吃了。却恨世间凉药少。冷热平均。须是松根白茯苓。"

《宋史》说陈瓘:"谏疏似陆贽,刚方似狄仁杰,明道似韩愈。"他为人谦和,刚正不阿,因为不与奸臣蔡京等同流合污,为宦四十二年,换了二十三次职务,走过八省十九个州县,后来宋钦宗即位,为其平反。陈瓘书法造诣颇深,有《仲冬严寒帖》传世。

此词既是说几种药物的药性,也是说世态人心,更是夸茯苓的,不凉不热,中正平和。


# 杜　若

## 绿卷芳洲生杜若


杜若是鸭跖草科杜若属多年生草本植物,主要生长在广东这样的南方省份。要不是《楚辞》多达九次的提及,我是不会知道这种植物的。至今,杜若都是边缘花卉,以香草的形态存在于屈子的辞赋里。

杜若也叫地藕、竹叶莲、山竹壳菜。从名字就可以大致看出杜若的模样,但是它的花很别致,居然会有这样的描述:"蝎尾状聚伞花序。"聚伞花序的花常见,白芷、香菜等都是聚伞花序,但仅此而已,杜若聚伞花序的别致处在于有"蝎子的尾巴"。就是说杜若洁白的花会伸出细若游丝的长尾,尾巴尖上还有小勾,所以称蝎尾。但此蝎尾不蜇人,还有芳香的味道,否则屈子不会不厌其烦地用到它。

屈原《九歌·湘君》:"采芳洲兮杜若,将以遗兮下女。时不可兮再得,聊逍遥兮容与。"

屈原《九歌·湘夫人》:"搴
汀洲兮杜若，将以遗褋兮远者；
时不可兮骤得，聊逍遥兮容与！"

屈原《九歌·山鬼》:"山中
人兮芳杜若，饮石泉兮荫松柏，
君思我兮然疑作。"

屈原《九章·惜往日》:"自
前世之嫉贤兮，谓蕙若其不
可佩。"

屈原《九章·悲回风》:"惟佳人之独怀兮，折若椒以自处。"

也不必一一翻译，大致就是杜若是被人嫉妒的香草，往往会不得志，就跟
屈子的所有香草美人一样。

自屈子特书杜若后，杜若沉寂了很久，千年间少有人以杜若为题入诗，有
也是寥若晨星，暗淡无光，我也就不费周折在此展现了。但是到了宋代不一样
了，还真有不少词人提及杜若，就选张元干的《满江红·自豫章阻风吴城山作》
和方岳的《沁园春·赋子规》吧。

### 满江红·自豫章阻风吴城山作

张元干

春水迷天，桃花浪、几番风恶。云乍起、远山遮尽，晚风还作。绿眷芳洲
生杜若，数帆带雨烟中落。傍向来沙嘴共停桡，伤飘泊。

寒犹在，衾偏薄。肠欲断，愁难著。倚篷窗无寐，引杯孤酌。寒食清明都
过却，最怜轻负年时约。想小楼、终日望归舟，人如削。

张元干是南宋初期词人，主张坚决抗金，当然不被秦桧所容，被秦桧除名
削籍，老年客死他乡。

春天，泛起桃花浪，风起云涌，远山不见踪影。晚上了风还不停，沙洲长
满杜若，风帆落在烟雨中。行船停泊，我不由伤感身世的漂泊。

春寒还在，但衾被却薄。更增添无数愁肠。靠在蓬窗边，睡不着觉，独自

饮酒。此时寒食和清明都过了，心下怜惜轻易错过从前的约定。猜想那佳人在闺中一定终日盼望有我的归舟，人一定比黄花瘦。

没看出杜若在词中的特殊作用，倒是让我怀疑此杜若是开"蝎尾状聚伞花序"的杜若吗？杜若不长在沙洲啊。

此时杜若不重要，重要的是盼君归的闺中女子，那是怎一个"愁"字了得。杜若就是再香，又能怎样？

## 沁园春·赋子规

### 方岳

尽为春愁，尽劝春归，直恁恨深。况雨急黄昏，寒欺客路，月明夜半，人梦家林。店舍无烟，楚乡寒食，一片花飞那可禁。小凝伫，黯红蔫翠老，江树阴阴。

汀洲杜若谁寻。想朝鹤怨兮猿夜吟。甚连天芳草，凄迷离恨，拂帘香絮，撩乱深心。汝亦知乎，吾今倦矣，瓮有余春可共斟。归来也，问渊明而后，谁是知音。

方岳是南宋词人，因为得罪奸臣贾似道被贬，后来隐居不仕。

子规就是杜鹃鸟，方岳此词一片愁云惨雾。春愁、春归、恨深，再加上寒雨、寒食，一派花草枯萎的凄苦景象。

杜若原本寓意隐居之地，谁现在还想隐居？隐士出山，引来鹤怨猿吟。但是现在我的心是悲愁迷乱的。子规鸟，你可知，我已经厌倦当世，我是要归隐的，归来吧，陶渊明之后，谁还是隐者的知音？

杜若是清晰的，代表他归隐的心。

杜若回归屈子的香草，那时当朝不清明，词人需要杜若，需要"桃花源"。

# 女 萝

## 烟萝澹碧

女萝是种很特别的植物，直径只有一毫米，纤细修长，特别是从松树上垂挂下来，<u>丝丝缕缕</u>，就跟迷蒙的江南烟雨一般。

女萝之特别还因为它是附生植物，就是依附它物生长的植物。很久的从前，我们的先人曾经把女萝当作菟丝，比如毛苌《诗注》云："女萝，菟丝也。"陆佃《埤雅》言："茑是松、柏上寄生，女萝是松上浮蔓。在木为女萝，在草为菟丝。"这当然是大错而特错也，那时就有人指出其错误，陆机《诗疏》言："菟丝蔓生草上，黄赤如金，非松萝也。松萝蔓延松上生枝正青，与菟丝殊异。"

现代植物学界自然有科学的分类，女萝是地衣门松萝科松萝属附生植物，菟丝是旋花科菟丝子属寄生植物。附生植物是依附在寄主身上，自己养自己；寄生植物是寄生在寄主身上，靠寄主提供的养料生存。所以，女萝和菟丝子肯定不是一类植物，虽然它们都是细长的丝状植物且姿态相似。

我记忆中的女萝长在深山老林里，我就是在那里见到的女萝，并被它"色青而细长，无杂蔓"（罗愿《尔雅翼》）的曼妙模样吸引。有当地人在销售女萝，说壮阳。原本想买的心登时落下来，且不论女萝是否有壮阳作用，而是近

些年人们上下左右开发出的各类壮阳药品让人目不暇接，似乎全民都需要壮阳一般，这样无孔不入的壮阳自然让我有排斥心理，于是再一次望了望高高攀缘在松树上袅娜的松萝，悻悻然走了。

我走了，女萝还在，它的历史悠久着呢，古人早就注意它的存在，不是因为它"壮阳"，而是它的依附姿态。

### 小雅·頍弁

有頍者弁，实维伊何？尔酒既旨，尔肴既嘉。岂伊异人？兄弟匪他。茑与女萝，施于松柏。未见君子，忧心奕奕；既见君子，庶几说怿。

大意是，鹿皮礼帽真漂亮，为何将它戴头顶？你的酒浆都甘醇，你的肴馔是珍品。来的哪里有外人，都是兄弟非别人。茑和女萝蔓儿长，依附松柏悄攀缘。未曾见到君子面，忧心忡忡神不安。如今见到君子面，荣幸相聚真喜欢。

《楚辞》中也有，也是因为它的功用，可以当腰带。《九歌·山鬼》："若有人兮山之阿，被薜荔兮带女萝。既含睇兮又宜笑，子慕予兮善窈窕。"

大意是，好像有人从山的弯处经过，那是我身披薜荔，腰间系着松萝。含情脉脉巧笑倩兮，你爱慕我的姿态窈窕婀娜。

美丽的山鬼用女萝当腰带实在是恰当不过。

你别小看女萝这种植物，历代为其歌赋的不少，大唐也不例外，就选李白的女萝感受一下大唐气象吧。

### 白云歌送刘十六归山

楚山秦山皆白云，白云处处长随君。

长随君，君入楚山里，云亦随君渡湘水。

湘水上，女萝衣，白云堪卧君早归。

这是李白还在长安送友人归隐湖南时写的诗。

南北到处有白云，高洁的白云伴随你。你去楚地，白云也跟你渡湘水。你看到了吗？湘水上，屈子的美丽山鬼披着女萝衣迎接你，你正是那山鬼喜欢、爱慕、洁身自好的君子。那你就早早过去吧，高卧白云，何等潇洒飘逸。

李白化用了屈子的"女萝"，虽然没有"创新"，但表明了自己的心迹。

到了宋代，女萝也没有缺席，我找到三处写到女萝的，就介绍两例吧。

吴文英的《齐天乐·会江湖诸友泛湖》：

曲尘犹沁伤心水，歌蝉暗惊春换。露藻清啼，烟萝澹碧，先结湖山秋怨。波帘翠卷。叹霞薄轻绡，泛人重见。傍柳追凉，暂疏怀袖负纨扇。

南花清斗素靥，画船应不载，坡静诗卷。泛酒芳筩，题名蠹壁，重集湘鸿江燕。平芜未剪。怕一夕西风，镜心红变。望极愁生，暮天菱唱远。

吴文英是南宋词人，当过官，和奸臣贾似道友善，当时其词名重一时。

此词是写吴文英和朋友们泛舟游乐的。春天来了，又走了，因为蝉已经开始叫夏，近处藻上凝露，远处女萝如烟。朋友们相聚于此，就是有柳荫遮阳，也还是要执扇清凉。

朋友们再次聚会，有酒、有诗，很是惬意。只怕西风起，红叶飘零，无名的愁思顿生。

我看吴文英有点"为赋新词强说愁"的意思。朋友相聚，饮酒赋诗，没来由就"伤春悲秋"，一看就是闲的。那女萝就是他注意到的衬景，提到会产生迷蒙青碧的意韵。

再看张炎的《台城路·游北山寺》：

云多不记山深浅，人行半天岩壑。旷野飞声，虚空倒影，松挂危峰疑落。流泉喷薄。自窈窱寻源，引瓢孤酌。倦倚高寒，少年游事老方觉。

幽寻闲院邃阁。树凉僧坐夏，翻笑行乐。近竹惊秋，穿萝误晚，都把尘缘消却。东林似昨。待学取当年，晋人曾约。童子何知，故山空放鹤。

张炎是南宋著名的词人，和蒋捷、王沂孙、周密并称"宋末四大家"。他的六世祖是南宋著名将领张俊，和岳飞、韩世忠、刘光世并称南宋"中兴四将"。没想到的是，张炎的祖父竟然是被元人磔杀，南宋也灭亡了，国破家亡，他落魄而终。他就成了写宋词的最后一位，其词作成了南宋末年的终结之音。

张炎游的北山寺就是今天浙江宁波的一座寺庙。

北山寺在山里，山中云雾缭绕，看不清山的险峻，走在山岩间，听得见旷野中的鸟鸣，因为长在悬崖边，松树好像要掉下来，山中泉水飞溅，蜿蜒奔流，喝一口清凉的泉水解渴又解乏，靠在岩石上休息，不由得想起少年的游乐往事，现在才感觉"风光不再"。

到了寺里，幽静深邃，有僧人在树下乘凉。他是嘲笑行乐的人世间的。走进竹林惊觉马上就是秋天了，穿过女萝意识到天色不早了，此一番要把那尘缘消却。晋朝东林寺的僧人结社好像就在昨天，想要学他们，跟随的童子哪里知道，僧人放鹤归山的心愿。

词有不说透的隐痛，所以才会想"尘缘消却"，女萝不重要，但女萝长在北山寺，长在要归因的山林十分贴切，幽静、含蓄、淡然。

这就是宋词中的女萝，没有一丝烟火气，女萝就是这样的植物，远离尘嚣的植物。

# 芡　实

## 菱芡四时足

芡实是睡莲科芡属一年生大型水生草本植物。还有很形象的别名，鸡头米、鸡头苞、鸡头莲，都是说它花开的模样，像鸡头。芡实的模样很粗糙，不论是叶片还是花朵，因为有硬刺，怎么看都不会想到柔媚、娇艳这样形容花的词汇。这样的植物就长在大部分南方的水塘湖泊里，北方也有，我就是在北京的植物园中见的。

芡实虽然远不如同是水生植物的荷花好看，但却有不同凡响的功用，早在《神农本草经》中就被列为上品，具有"益肾固精、补脾止泻、祛湿止带的功效，主治梦遗、滑精，遗尿、尿频，脾虚久泻，白浊、带下"。这几条就不简单，因而也被称为"水中人参""水中桂圆"，凭这一点，很多人就对芡实趋之若鹜。

芡实应用历史悠久，《周礼·天官冢宰第一》载："笾人掌四笾之实……加笾之实，菱、芡、铺。"笾人就是掌管食物的官吏。

在历代的诗文里，芡实出现得不多，唐代有杜甫的《渼陂西南台》："况资菱芡足，庶结茅茨迥。"到了宋代就多了，有一位叫姜特立的诗人专门以"芡实"为题写诗，就不能不介绍。

### 芡实

芡实遍芳塘，明珠截锦囊。

风流熏麝气，包裹借荷香。

姜特立是北宋末年人，虽然干过"平"方腊义军的勾当，但在靖康之难中，为朝廷送告急文书，他不惜割开大腿，内藏蜡书，想要调兵救援，到那儿被金兵发现，遭俘被杀，实在也是英雄。

他的这首诗是夸芡实的，芡实长满了池塘，芡实的籽实就装在"鸡头"里，别看它长得丑，但也是芳香四溢，其实借重的是荷花的香气。

诗很朴素，和他救国的壮举相比，确实朴素无华。

宋词里也提到过芡实，有陆游的《好事近》和张孝祥的《满江红·思归寄柳州》。下面分别叙之。

### 好事近寄张真甫

溢口放船归，薄暮散花洲宿。两岸白蘋红蓼，映一蓑新绿。

有沽酒处便为家，菱芡四时足，明日又乘风去，任江南江北。

写到芡实时，陆游已经年过半百，而且是被罢官之后，但词中看不出他的落寞惆怅，反倒是随意洒脱。

溢口乘船归乡，日暮时在散花洲留宿，有闲情逸致看两岸的景致，白的蘋，红的蓼，映衬着舟子蓑衣上的一片新绿，煞是好看。

我并不急于归家，只要有酒家就是我的家，只要菱角、芡实四时不断我就能安身。明天我又要乘风前行，管他去的是江北江南，那是任我行啊。

看起来旷达疏朗，内心我们就不任意揣测了。

## 满江红·思归寄柳州
### 张孝祥

秋满漓源，瘴云净、晓山如簇。动远思、空江小艇，高丘乔木。策策西风双鬓底，晖晖斜日朱栏曲。试侧身、回首望京华，迷南北。

思归梦，天边鹄。游宦事，蕉中鹿。想一年好处，砌红堆绿。罗帕分柑霜落齿，冰磐剥芡珠盈掬。倩春纤、缕鲙捣香齑，新篘熟。

张孝祥是南宋的词人，据说他的词像苏轼，当然除了豪放还有爱国情操，所以被罢官。

秋天漓江水满，烟云素净，山峦丛丛。想要归乡，就在那江上行舟，两侧有大山林木。风从两鬓吹过，日暮余晖照在栏杆上，望着故都京华的方向，却辨不清南北。

想要归家的梦想，就像天上要归家的天鹅。为官的事，那是得失无常的。还是想想一年的好处，总有草木茂盛的时节。那就趁好时光，分享柑橘、芡实，再用佐料炖鱼，佐以新煮熟的美酒，不辜负"一年好处"。那是因为我无奈啊，故国不堪回首，我就是整日悲愁，也解决不了问题，只好趁现在的好时光，有柑，有芡实，有酒，且醉。

和陆游笔下的芡实有异曲同工之妙。

这样的芡实是家国的芡实，承受着不能承受之重，但生在那时，不得不承受。于是我又要庆幸，岁月安好真好，吃芡实的时候没有负担。

# 荠 菜

## 春在溪头野荠花

　　这是第三次写荠菜了，《诗经》中的，《唐诗》中的，现在是《宋词》中的。想了想写不出新花样。但不能不写，那就硬着头皮从远到近梳理吧。我只是安慰自己，人们不会看完"芳香"系列的每一本书，所以该重复就重复，有些不得不重复，比如荠菜的科属。

　　荠菜是十字花科荠菜属的一、二年生草本植物。原本在我眼里是不起眼的"杂草"，因为《诗经》的"提携"才让我对荠菜刮目相看，那是上了《诗经》的"杂草"啊，那是充满诗意的"杂草"啊，那是几千年来被奉为经典的书籍中提到的"杂草"啊，那可是"四书五经"中的"杂草"啊。

　　其实"啊"了半天，荠菜还真就是荠菜，若是一株荠菜，简直普通到完全可以忽视，若是成片生长，特别是在春天开花时，那也是点点雪粒呢，虽然没有一位姑娘会摘了荠菜花戴，但看到多如繁星的小小荠菜，会有"野火烧不尽，春风吹又生"的勃勃生气。在春夏之交，荠菜结出三角形的荚果，就像缩小版的风铃，在风里丁零当啷地摇晃，煞是有趣。首先孩子们就感兴趣了，会摘下来当拨浪鼓玩，这是说从前的孩子，现在的孩子玩电玩，自然和荠菜离得

很远。从前有一句俗语："没吃过猪肉还没见过猪跑吗？"现在就不能这么说，应该这样说"没见过猪跑还没吃过猪肉吗？"这就是时代的不同，我们得认清现实。

现在该重复写过的东西了，不拿《诗经》中提到的荠菜说事，体现不出荠菜的古老。《邶风·谷风》提及荠菜，只此一处，就节选一段有荠菜的吧。

行道迟迟，中心有违。不远伊迩，薄送我畿。谁谓荼苦？其甘如荠。宴尔新昏，如兄如弟。

意思是，我步履沉重走在路上，内心满是委屈。连很近的一段路你都不愿意送，就送我到房门口。谁说苦菜味最苦，比起我的痛苦来，它比荠菜还要甜。你们新婚快乐，亲兄亲妹不能比。

其中的"荼"是苦菜，"荠"就是荠菜。"谁谓荼苦？其甘如荠。"意思是苦菜苦，荠菜甜。荠菜在那时是美味的野疏，至于弃妇的哀伤就不说了。

荠菜从那时到现在都可以吃，但是北方的我们很少食用，是真把荠菜当杂草的。我是看书得知荠菜能吃并尝试的，荠菜饺子果然是美味。

可见《尔雅翼》"荠之为菜最甘，故称其甘如荠"之说是可信的。苏东坡的"荠菜羹"是美味的，也是可以相信的。陆游就相信："有食荠糁甚美，盖蜀人所谓东坡羹也。"

荠菜除了能吃，好吃，还能用于表示忠心，这是我完全没有想到的。唐朝第一太监高力士赋诗为证。

### 感巫州荠菜

高力士

两京作斤卖，五溪无人采。

夷夏虽有殊，气味都不改。

这时高力士已经失宠，被流放到巫州（今湖南怀化一代）。诗很朴素，没什么特别之处。荠菜在帝都是论斤卖的，但在五溪这个地方却没人采摘。此处和京城虽然完全不同，但荠菜的味道一点也没有变。

以诗言志的说法，高力士是在表他的忠心，就像荠菜一样，在京，在夷，

"我的心不变"。

他心变不变不重要，时间不等人，他早已湮没在历史的长河中任人评说。此时我们来到宋朝，想知道在宋词人的眼中荠菜是什么样子。

第一次入的是陆游的眼，他在《双头莲》中提到了荠菜。

## 双头莲

风卷征尘，堪叹处、青骢正摇金辔。客襟贮泪。漫万点如血，凭谁持寄。伫想艳态幽情，压江南佳丽。春正媚。怎忍长亭，匆匆顿分连理。

目断淡日平芜，望烟浓树远，微茫如荠。悲欢梦里。奈倦客、又是关河千里。最苦唱彻骊歌，重迟留无计。何限事。待与丁宁，行时已醉。

我没有查到陆游的这首词写于什么时候，以及当时的相关背景，所以只能按自己的理解说下大致意思。

陆游是悲痛现在的境况，征程没有结果，内心悲伤，泪洒衣襟。想曾经的北地女子那是能艳过江南佳丽的，此时春天正好，但我不得不离别，就是连理也只得分别。

放眼望去，平林漠漠，远处深色的树木烟雾蒙蒙，看起来如荠菜一般渺小。梦里有我的悲欢留在此处，怎奈我疲倦了，大好的河山，何时才能收回。人世间最苦莫过于离别，就算我唱彻骊歌，也不能留下了。无限的不甘心，无限的叮咛，离别时因为醉酒，终于没有说出。

陆游词中荠菜的意蕴和唐代孟浩然在《秋登万山寄张五》"天边树若荠，江畔洲如月"中的相近，都是说小的意思。

再有就是辛弃疾在《鹧鸪天》中提到的荠菜：

陌上柔桑破嫩芽，东邻蚕种已生些。平冈细草鸣黄犊，斜日寒林点暮鸦。
山远近，路横斜，青旗沽酒有人家。城中桃李愁风雨，春在溪头荠菜花。

这首词就很辛弃疾，疏朗、自信、不屈。

当然是春天了，桑树已经发芽，蚕宝宝正等着美食。小黄牛在细茸茸的草地上欢快地长鸣，日落西山时，还有些寒意的树林中点点栖息着鸦雀。

路在脚下延伸，山忽远忽近，脚朝着挂酒幡的店家行进。此时城中的桃李就怕一场风雨到来，只落得落红满地。但同样的春，溪头的荠菜花就会随着春的节奏跳舞，风来风中舞，雨来雨中舞，春光照耀，光中舞，这就是荠菜。

辛弃疾的荠菜真好，我是一棵小小草，但是一棵不屈不挠的小小草，是"野火烧不尽，春风吹又生"的小小草。

这正是荠菜的真实写照，辛弃疾是拿荠菜自比的，我也想这样自比，朝着荠菜生长的方向，向它学习。

# 韭 菜

## 共裁春夜韭

韭菜这是第三次写了，有黔驴技穷的感觉。还是硬着头皮写吧，总会找到不同的角度，比如以前就没写过韭花，也没写过《笑林广记》中的韭菜。

必要的重复还是需要的，比如韭菜的科属，韭菜是百合科葱属多年生草本植物，别名丰本、草钟乳、起阳草、懒人菜、长生韭、壮阳草、扁菜等。

听名字就知道韭菜的功用，壮阳，还好打理，一次下种，多年收割。

壮阳草的称谓从清代笑话集《笑林广记》中最能体现，那就不妨让平日里附庸风雅的我，下里巴人一回，摘古人有些荤腥的笑话，让诸君会心一笑。

先说《丝瓜换韭》：

妻令夫买丝瓜，夫立门外候之，有卖韭者至，劝之使买。夫："要买丝瓜耳。"卖者曰："丝瓜痿阳，韭菜兴阳，如何兴阳的不买，倒去买痿阳的？"妻闻之，高声唤曰："丝瓜等不来，就买了韭菜罢。"

再笑一回，说《后园种韭》：

有客方饭，偶谈"丝瓜痿阳，不如韭菜兴阳"。已而主人呼酒不至，以问儿，儿曰："娘往园里去了。"问："何为？"答曰："拔去丝瓜种韭菜。"

我就是从《笑林广记》中知道韭菜以及丝瓜的妙用的。北方人最爱吃的素馅饺子首推韭菜鸡蛋馅，可以联想和《笑林广记》有关，只要你敢想。

韭菜几乎家家户户都吃，到现在已经不是时令菜，而是一年四季都有。但韭花就不一样了，只有秋天才有，韭花就是韭菜开的花，韭苔就是韭菜花下的嫩茎，都好吃，韭苔吃法比照蒜薹吃法，韭花不同，想要吃上是要费些功夫的。

首先是摘取不算老的韭花，最好不要超过"半老徐娘"的状态，然后清洗晾晒，再然后找石臼（最好是石头的），放入韭花、花红少许，盐少许捣碎，直到成浓绿的汁液状，装入瓶子封好，就可以随时取用了。那是涮锅子必不可少的佐料，当然吃了韭花是不可以会客的，韭花的气味可以长久地陪伴你，比你的男友还忠实。

娱乐之后就开始严肃吧，严肃的段落难免有重复之嫌，没办法，躲不开。韭菜是最古老的蔬菜之一，《豳风·七月》就提道："四之日其蚤，献羔祭韭。"意思是，二月里祭祀祖先，献上羔羊和韭菜。羔羊和韭菜是供品，供品首先是要供给祖先吃的。

我国最早的农学专著《齐民要术》在"种韭第二十二"章讲了韭菜的种类、种法、收法（收韭子，如葱法）。

历史一晃就到了唐朝，唐诗里写到韭菜，很少，以我的能力只找到一篇，但这一篇足矣，因为读过唐诗的人，大都知道"夜雨剪春韭"这句诗，这是诗

圣杜甫《赠卫八处士》中的一句。诗有些长，就摘取一段吧。

## 赠卫八处士

夜雨剪春韭，新炊间黄粱。主称会面难，一举累十觞。

十觞亦不醉，感子故意长。明日隔山岳，世事两茫茫。（节录)

这是杜甫自洛阳到华州途中访问好友卫八处士所作。此时安史之乱还在延续，能和故友重逢，感慨万千。

和老友一别二十年，老友热情招待杜甫，其中一项就是夜晚的雨中让孩子出去剪春韭，春韭是韭菜最好吃的时候，厨房里飘过黄粱蒸熟的香味，让我这游子分外感动、温暖。老朋友说我们好不容易见面，一定要好好喝酒，一醉方休。可是因为兴奋又感伤，喝了很多酒，也没有醉，感慨彼此的情谊恒久绵长。我们都知道，明日一别，隔山隔水，"世事两茫茫"，就像那"参与商"。

杜甫的韭菜带着最温暖的人间烟火气，所以流传至今，不衰。

宋词中也有韭菜，我找到三篇，除了辛弃疾在《汉宫春》"黄柑荐酒，更传青韭堆盘"中提到，还有陈允平的《绮罗香·秋雨》"共裁春夜韭"、刘辰翁的《摸鱼儿·酒边留同年徐云屋》"草草留君剪韭"，诸君没有觉得这两篇和杜甫的"春韭"有着神秘的关联吗？

先说陈允平的《绮罗香·秋雨》：

雁宇苍寒，蛩疏翠冷，又是凄凉时候。小揭珠帘，夜润唾花罗皱。饶晓鹭、独立衰荷，递归燕、尚栖残柳。想黄花，羞涩东篱，断无新句到重九。

孤棠清梦易觉，肠断唐宫旧曲，声迷宫漏。滴入愁心，秋似玉楼人瘦。烟槛外、催落梧桐，带西风、乱捎鸳甃。记画檐，灯影沈沈，共裁春夜韭。

关于陈允平只知道他是宋末元初人，做过县官等。

写秋雨，是有色彩的凄冷。

天寒地冷，又到了秋凉的时候。揭起珠帘，夜色浸润衣衫。拂晓中的白鹭，仍然挺立在衰败的荷花边，该南飞的燕子还依依不舍地栖息在残柳上。想那金黄的菊花也难得攀附东篱，此时此刻，再没有超过"菊花插满头"的诗句在重阳节呈现了。

夜晚灯台伴着梦醒的我，不由回想起唐宫旧曲，那是何等的"歌舞升平""通宵达旦"。此时那曲调何在？岂不是让我千愁百虑。秋天像歌姬一般消瘦。烟雨蒙蒙的郊外，梧桐落叶纷纷，西风吹过，掠过画着鸳鸯的墙壁。记得画檐下灯影闪烁，你我一起裁韭菜，话家常，那时是春天，下着雨，此时是秋天，也下着雨。只不过，此时，只我一人。

这是我的解读，不知道是不是陈允平的原意，此时屋外正下着连绵的秋雨，我读着他的秋雨词，他却想着"共裁春夜韭"，莫名的落寞、孤寂感染了我，但我想逃开。

再看刘辰翁的《摸鱼儿·酒边留同年徐云屋》：

怎知他、春归何处？相逢且尽尊酒。少年袅袅天涯恨，长结西湖烟柳。休回首，但细雨断桥，憔悴人归后。东风似旧。向前度桃花，刘郎能记，花复认郎否？

君且住，草草留君剪韭。前宵正恁时候。深杯欲共歌声滑，翻湿春衫半袖。空眉皱。看白发尊前，已似人人有。临分把手，叹一笑论文，清狂顾曲，此会几时又。

刘辰翁是宋末元初爱国词人，进士，当过官，著过书，风格近似苏辛，作词量也大到仅次于苏辛，位居第三，代表作有《兰陵王·丙子送春》《永遇乐·碧月初晴》。

这是刘辰翁饯别友人而作的词。

我们相逢在暮春时节，那就好好地痛饮一番。年少时就天涯漂泊，我们结伴在西湖烟柳中。唉，往事不堪回首，依稀间烟雨中的断桥，憔悴人再游旧地，情何以堪。只有春风似乎依旧。曾经的桃花今又开，刘郎我能记得，只是那桃花可认得眼前人？

好朋友，先别走，还是留下和我再吃一顿粗茶淡饭，里面有春韭，你我就像前朝杜甫和他的老友一般，再叙家常。昨天我们已经欢聚，喝酒、唱歌，甚至打翻的酒杯浸湿了袖子。欢聚后，仍是紧锁眉头，你我已是斑斑白发，这是人人有的烦忧。分别时，执手相看，不由叹我们谈笑论文、轻狂赏曲，何等潇洒，这样的欢聚何时才能有？

刘辰翁化用了的唐代刘禹锡的"种桃道士归何处？前度刘郎今又来"（《再游玄都观》），不过用得好，他也姓刘，不知道刘禹锡的诗，也知道词的意思。

　　不用说，他还化用了杜甫的"夜雨剪春韭，新炊间黄粱"，只要说到"剪春韭"，一定是话别，而且是简陋但热情的招待，靠的就是"剪春韭"，这样的韭菜就是杜甫的韭菜，温情的韭菜。我们现在吃韭菜，没有那样的温情，没有告别，只有滚滚红尘中的烟火气，仔细想想，虽然没有唐诗，没有宋词，但是，有现世安好还是好！

# 燕　麦

## 兔葵燕麦春风里

　　燕麦对于我们现在的城市人并不陌生，谁家早饭没有吃过燕麦粥呢？那是最现成实惠的保健食品。但是真见过燕麦植物的不多，或者见了也不认识。

　　燕麦和其他麦子，比如大麦、小麦等都属于禾本科一年生草本植物，燕麦属于燕麦属，大麦和小麦分别属于自己的属，只不过燕麦更耐寒、耐旱，是高寒地区的主粮。

燕麦也有野生的，就叫野燕麦，或者叫雀麦、野麦子。在麦田的周边往往长着茂盛的雀麦，风一吹，雀麦穗就像风铃一样摆动，婀娜多姿，比麦子好看多了。

麦子的栽培历史很久，超过五千年，但燕麦似乎晚很多，在久远的过去甚至没有进入人的餐桌，燕麦不容易脱皮应该是一个原因，更重要的原因是吃燕麦不长肉，这在缺衣少食的旧时代是致命的弱点。但是换到今天就不一样了，在人人减肥的时代，燕麦正是人们求之不得的"尤物"，热量低，富含膳食纤维，降脂降糖，甚至有美容养颜、壮阳之功效，现代人不趋之若鹜才怪。

然而，明代万历年间编写的《救荒本草》就介绍过燕麦，一听名字就知道这是专门应对荒年歉收的，所以叫"救荒"。《救荒本草》曾列过田旋花、苍耳这样今天不可能食用的草，可在荒年时不得不食用。燕麦填列其中，可见即使在那时也不过是不得已而替代粮食的"救荒本草"。那时燕麦是这样吃的——舂去皮作面蒸食及作饼食。很平常的做法，就像麦子一样，但只要粮食够吃，人们是不去吃燕麦的，所以要介绍做法，怕人们不知道。

这就是燕麦沧海桑田的变化，它自知吗？

在《救荒本草》中找到燕麦，就能理解成语"兔葵燕麦"的意思了，兔葵燕麦出自唐代刘禹锡《再游玄都观绝句》："重游玄都，荡然无复一树，唯兔葵燕麦，动摇于春风耳。"就是景象荒凉的意思。

再有"兔丝燕麦"，出自《资治通鉴·梁武帝天监十五年》："今国子虽有学官之名，而无教授之实，何异兔丝燕麦，南箕北斗哉？"意思是如今那国子虽然担任学官，却没有真正讲学，就像是菟丝子一样，虽有丝的名称，其丝却不能织布，就像野燕麦一样，有麦子的名称，其麦却不能食用，就像簸箕星不能当簸箕用，酒斗星不能装酒一样。

看到了吗？不论唐还是宋，人们还把叫燕麦的麦子不当能食用的麦子，长燕麦的地方竟然是荒凉的地方，燕麦的"名不副实""徒有虚名"昭然若揭。

宋词里提到燕麦的只有两首，都是化用刘禹锡的"兔葵燕麦"先从贺铸的《渔家傲》说起吧。

莫厌香醪斟绣履。吐茵也是风流事。今夜夜寒愁不睡。披衣起。挑灯开卷花生纸。

倩问尊前桃与李。重来若个犹相记。前度刘郎应老矣。行乐地。兔葵燕麦春风里。

贺铸在当时北宋的词人中是很有名的，因有"一川烟草，满城风絮，梅子黄时雨"句世称"贺梅子"。他是宋太祖贺皇后族孙，所娶也是宗室之女，意思就是正牌贵族吧。但他自认为是唐代贺知章的后代。这个贺铸很有脾气，长相也很奇特，长身耸目，面色铁青，又被称为贺鬼头。因为性格耿介，不附权贵，喜论天下事，一生仕途并不顺畅。但他的诗文却不寻常，能婉约还能豪放，婉约可以比肩秦观，豪放逼近苏轼，留下的词作有283首之多。

接着看辛弃疾的《新荷叶·和赵德庄韵》：

人已归来，杜鹃欲劝谁归？绿树如云，等闲借与莺飞。兔葵燕麦，问刘郎、几度沾衣？翠屏幽梦，觉来水绕山围。

有酒重携，小园随意芳菲。往日繁华，而今物是人非。春风半面，记当年、初识崔徽。南云雁少，锦书无个因依。

辛弃疾不用说了，宋词人中的最爱之一，除了爱他仗剑行天下的豪气干云，更爱他大开大合的豪放派词，但这首词不算豪放。

我回来了，那树上的杜鹃还是一声声叫着"不如归去"，它是在劝谁呢？绿树如云，但只见黄莺儿翻飞其间。只可惜，此时兔葵燕麦，问刘郎，随风摇曳的燕麦曾有几次沾上你的衣襟？寻梦去，醒来只见山环水绕。

带上酒，在旧日的园子里重游，芳菲依旧，但往日繁华，如今已经物是人非。曾经美丽的女子在春风中半掩芳容，我记忆犹新，后来，想要音信相通，却没有个凭借。

难得辛弃疾有这样的婉转柔情，读来别有一番滋味。正是结了刘禹锡的"兔葵燕麦""动摇春风"才曲折的反映出世事无常。

我在想，这是我认识的燕麦吗？

我认识的燕麦就是燕麦粥，就是降脂降糖以及养生，与风情无关，与宋词无关。

# 芋　头

## 幸山中芋栗

吃过芋头，见过芋头，还写过芋头，但是对于芋头还是不熟悉，毕竟是南方植物，对我这个长在北方的北方人来说终归是陌生的。

首先还是要自报一下门户，芋头是天南星科芋属植物的地下球茎。

第一次吃芋头是二十余年前在成都，就是一盆子雪白的泥，像北方的土豆泥，但是更白。因为有吃土豆泥的经验，所以对"白泥"并不拒绝，一勺子下去，满嘴甘甜细腻，比我喜欢的红薯还要甘甜，直呼好吃，主人听到甚为高兴，说这就是芋头，蒸熟碾成泥，拌上糖，就是令人向往的美味，这一次就记住了芋头。

回到北方的家乡，心里想念着南方的芋头。后来，北方竟然也有了芋头，我以为是我的强烈梦想使然，于是不止一次地买芋头、做芋头，但是没有一次像我在成都吃到的那样甘甜，我爱芋头的心也慢慢凉了，心想，芋头还是在南方吃才好。

看见芋头的植株也是那次去成都，寻常到哪里都能看见，田间地头，路边水塘，甚至竹林间的空隙。芋头结结实实地管自生长，壮阔的叶子，挺拔的叶柄，深绿的颜色，舍我其谁的霸道，特别是和修长的竹子在一起，你就更明白什么是清秀，什么是粗狂。

芋头原产于中国，只可惜《诗经》中没有，我认识古老的植物总想在《诗经》中找，似乎那就是源头。但没有芋头我也释然，毕竟《诗经》中的植物还是北方的多。

《诗经》中没有，《史记》中有，只不过不叫芋头，而是叫你很容易错过的名字"蹲鸱"，就是蹲着的猫头鹰，看芋头的形状特别是皮色还真有几分神似。《史记》是这样介绍"蹲鸱"——芋头的："卓氏云：岷山之下，沃野，下有蹲鸱，至死不饥。"就是说因为有芋头，没有人会饿死，可见芋头是被当作粮食的。

《汉书》时，芋头就有了相近的名字了，称为"芋魁"。

到了唐代，芋头没变，仍然是重要的食品，也入过唐诗，不多，杜甫就写过。

### 南邻

杜甫

锦里先生乌角巾，园收芋栗未全贫。

惯看宾客儿童喜，得食阶除鸟雀驯。

秋水才深四五尺，野航恰受两三人。

白沙翠竹江村暮，相送柴门月色新。

从诗里看，杜先生心情挺好，他去邻居锦里先生家做客，锦里先生家正收芋头和栗子，虽然他家境贫寒，但因为有了芋头和栗子也能过得去。家里的儿童常见宾客，而且见了宾客很是欢喜，台阶上的鸟雀正在啄食，也不怕人，可见这家人气很好，是安贫乐道的好人家。

我该告别了，此时是秋天，锦里先生家门前的小河不深，小舟刚能盛下两三人。依依惜别时只见白沙、翠竹、村子笼罩在暮色中，送别在柴门前，月儿当头照，主人殷勤留。

很温馨的场景，此中的芋头和栗子都是粮食，保证贫寒的一家人不至于冻饿，这总是让人有盼头的。

选杜甫的这首诗当然是有用意的，杜甫诗中是"芋栗"并提，宋词中我唯一找见写芋头的也是"芋栗"并提，并且化用了杜甫的诗意，这就是辛弃疾的《雨中花慢·登新楼有怀昌甫、徐斯远、韩仲止、吴子似、杨民瞻》。

### 雨中花慢·登新楼有怀昌甫、徐斯远、韩仲止、吴子似、杨民瞻

旧雨常来，今雨不来，佳人偃寒谁留。幸山中芋栗，今岁全收。贫贱交情落落，古今吾道悠悠。怪新来却见，文反离骚，诗发秦州。

功名只道，无之不乐，那知有更堪忧。怎奈向、儿曹抵死，唤不回头。石卧山前认虎，蚁喧床下闻牛。为谁西望，凭栏一饷，却下层楼。

先说辛弃疾化用杜甫诗意的地方，"旧雨常来，今雨不来"出自杜甫《秋述》："秋，杜子卧病长安旅次，多雨生鱼，青苔及榻，常时车马之客，旧雨来，今雨不来。"

"幸山中芋栗，今岁全收"，出自杜甫《南邻》："锦里先生乌角巾，园收芋栗未全贫。"

"古今吾道悠悠""诗发秦州"，出自杜甫《发秦州》："大哉乾坤内，吾道长悠悠。"

"文反离骚"，出自汉代杨雄《反离骚》。

"蚁喧床下闻牛"，出自《世说新语·纰漏》："殷仲堪父病虚悸，闻床下蚁动，谓是牛斗。"

此词辛弃疾用典很多，对过去的文人不算什么，对今人是极大的考验，往往不知所云，好在即使不知典故，也能大致了解词意。

辛弃疾说，他的朋友过去下雨时也常来，但现在正下着雨却没来，朋友被雨相阻，谁能留下他们呢？幸好今年山中的芋头和栗子收成还好，不会为生计发愁。贫贱之交不过落寞，古今概莫能外。若是此时相见，反倒奇怪，就像杨雄写文《反离骚》，对屈原沉江不以为然，杜甫写诗《发秦州》，认识"吾道长悠悠"一样。

人们都愿意追逐功名，没有酒不快乐，却不知道，有了功名更忧虑。但是

不管你怎么劝，那些逐功名者打死也不回头。错把石头当成老虎，蚂蚁躁动当成牛斗。我无语，凭栏处，久久西望，无奈，下楼吧。

芋头也罢、栗子也罢，不过是一种果腹的粮食，和词中的关系不算很大。但是从此短短一句可以看出，那时芋头的重要作用，那是可以让人维持生计的食物。

关于芋头的宋词，只能悭吝如此，我想那时的芋头一定没有我在成都吃的"白泥"好吃。

# 水仙花

## 国香到此谁怜

水仙花是石蒜科水仙属多年生草本植物，有很多美丽的外号，比如，凌波仙子、金盏银台、落神香妃、玉玲珑、金银台、雪中花、天蒜等等。我还是"为赋新词强说愁"的时候，最喜欢的就是水仙花，清雅、芳香，很符合我"文艺小清新"的雅好。后来，逐渐"不一样的烟火"气后，水仙在我心中就退居到众花的行列，没有了特殊位置。

水仙也叫中国水仙，却是从外国传过来的，据说是在唐末时从意大利引进，是法国多花水仙花的变种，一千多年后，就成了独具特色、有中国韵味的中国水仙。

据唐末段公路所撰记录岭南风俗风物等的《北户录》记载："孙光宪续注曰，从事江陵日，寄住蕃客穆思密尝遗水仙花数本，摘之水器中，经年不萎。"

意思是说寄居江陵的波斯人穆思密赠送给孙光宪几株水仙花，种在水盆里，好多年一直生长。孙光宪是晚唐五代花间派的重要词人，但他并没有写水仙花，他是不是第一个获得水仙花的人也不能确定，能确定的是唐代的诗词歌赋中真还没找到水仙花的影子。到了宋代就不一样了，水仙花多起来，知道水仙花的也多起来，喜欢水仙花的诗人也不少，很多都是名人，比如黄庭坚、杨万里，甚至朱熹，他们特别喜欢水仙花，也多次为其赋诗赞美，就选一二以飨诸君吧。

先说黄庭坚的，正是有了他的赞美，水仙才有了"凌波仙子"的别称。

### 王充道送水仙花五十枝，欣然会心，为之作咏

凌波仙子生尘袜，水上轻盈步微月。

是谁招此断肠魂，种作寒花寄愁绝。

含香体素欲倾城，山矾是弟梅是兄。

坐对真成被花恼，出门一笑大江横。

大意是说水仙花就像凌波仙子，月色中在水上轻盈曼舞。这开在寒冷季节的花定是有人断肠时的寄托吧。这样雅致洁白的花朵是要倾城的，那山矾花是它的弟弟，梅花是它的兄长。看着眼前的尤物无端被它恼，但出了门看着空阔的江面不禁大笑一声，所有的烦愁烟消云散。

黄庭坚也是多愁善感的种。

杨万里也写了多首称赞水仙花的诗，就选其中一首吧。

### 水仙花

江妃虚却药珠宫，银汉仙人谪此中。

偶趁月明波上戏，一身冰雪舞春风。

杨万里没有"多情总被无情恼"的多思多虑，他就是赞美水仙花，就像仙女江妃的宫殿，还像被贬人间的仙人。偶尔趁着月明在水波荡漾的江面上戏耍，就像冰雪舞蹈在春风里一般。

　　朱熹的《水仙花》中"水中仙子何处来，翠袖黄冠白玉英"是描述水仙花的形状的。

　　令人诧异的是宋词里写水仙花的仅有三首，不及杨万里一人写得多，而且都是在南宋末年写的，没有诗好，云山雾罩的，太刻意了，也许就是因为词是诗之余吧！即使如此也要介绍，毕竟我们要写宋词中的植物。

　　有高观国的《金人捧露盘·水仙花》，周密的《花犯·水仙》，还有王沂孙的《庆宫春·水仙花》，就选高观国的吧。

### 金人捧露盘·水仙花

梦湘云，吟湘月，吊湘灵。有谁见、罗袜尘生。凌波步弱，背人羞整六铢轻。娉娉袅袅，晕娇黄、玉色轻明。

香心静，波心冷，琴心怨，客心惊。怕佩解、却返瑶京。杯擎清露，醉春兰友与梅兄。苍烟万顷，断肠是、雪冷江清。


　　这个高观国只知道是南宋中期人，和姜夔同时期，和史达祖友善，其他不详。

　　大意是说水仙花就像是湘水女神一样，借用黄庭坚的意思那是在水上凌波微步，自然娉娉婷婷、袅袅娜娜。这样的清雅一定能和兰为友，和梅为兄。

　　我看他的水仙花直接比照黄庭坚的理解就好。

　　我的水仙花已经在岁月的驱赶下，遗忘在远处的书桌上。

# 莎 草

## 平莎茸嫩

　　莎草有很多种，我们常见也容易引起注意的是在水边或者潮湿地长的异型莎草，它会在茎的顶部开花结实，但没人以为那是它的花和果实，因为那是暗淡的褐色，不规则，疙疙瘩瘩地聚拢在一处。

　　很小就注意到这种长相特别的草，但从不知道它的名字，周围人也不知道，最多告诉我"就是杂草"了事。但我们的古人不这样，他们不仅给它起了名字，还探索出它的功用，可以编织器物如席子、蓑笠等。

　　香附子也是莎草科莎草属的植物，《名医别录》中就称为莎草，《唐本草》才开始称为香附子。《本草纲目》称为"莎草香附子"，并描述它的形态："莎叶如老韭叶而硬，光泽有剑脊棱。"香附子是有名的中草药，有理气解郁、调经止痛的功用。

　　更远的古代，比如《诗经》时代，先民就知道莎草，并起名为"薹""莞"。《小雅·南山有台》："南山有台，北山有莱。乐只君子，邦家之基。乐只君子，万寿无期。"

　　意思是，南山生莎草，北山长藜草。君子真快乐，为国立根基。君子真快乐，万年寿无期。

　　后来"薹"等变成了沙阜，我就在唐诗中找到了它，在李白的《忆旧游寄谯郡元参军》中。诗很长，就选有莎草的一节吧。

### 忆旧游寄谯郡元参军

时时出向城西曲，晋祠流水如碧玉。

浮舟弄水箫鼓鸣，微波龙鳞莎草绿。（节录）

　　这是李白写给参军元演的，两人是很好的朋友，常在一起欢聚，诗就回忆了他们几次相聚的情景。此段介绍了李白到了并州（今山西太原），受到元演和他父亲的盛情款待，他很感谢元演父子"贵义轻黄金"的豪爽，每天好吃、好喝、好玩，逍遥得李白都没有回家的心思了。

他们还一起游览了太原的名胜——晋祠，晋祠的水像碧玉一样美妙，湖上泛舟，鼓乐相伴，微波中莎草翠绿摇动，那是怎样的快意人生。后面还有，就是看透人生，要及时行乐，已经不关莎草什么事了。

到了宋朝，宋词里有几处提到莎草的，苏东坡的《浣溪沙》"软草平莎过雨新，轻沙走马路无尘"。已经在相关篇章中介绍故不赘述，就选陈亮的《水龙吟·春恨》和陈允平的《酹江月》吧。

## 水龙吟·春恨
### 陈亮

闹花深处层楼，画帘半卷东风软。春归翠陌，平莎茸嫩，垂杨金浅。迟日催花，淡云阁雨，轻寒轻暖。恨芳菲世界，游人未赏，都付与、莺和燕。

寂寞凭高念远。向南楼、一声归雁。金钗斗草，青丝勒马，风流云散。罗绶分香，翠绡对泪，几多幽怨。正销魂，又是疏烟淡月，子规声断。

陈亮和辛弃疾相近，铮铮铁骨，一片丹心，满怀豪情。终归空悲壮。果有"推倒一世之智勇，开拓万古之心胸"（南宋陈亮《甲辰答朱元晦书》），可惜生不逢时，天大的抱负也实现不了。

他的词当然很豪放，如《念奴娇·登多景楼》"凭却江山管不到，河洛腥膻无际。正好长驱，不须反顾，寻取中流誓"，或者《贺新郎·寄辛幼安和见怀韵》"父老长安今余几？后死无仇可雪"等，爱国忧愤之情溢于言表，不可谓不慷慨，不可谓不磅礴。但也会有诗情画意的闲适风景，就是这首带莎草的《水龙吟·春恨》。

高楼掩映在花丛深处，春风吹过半卷的画帘。春天已经来了，远处的莎草毛茸茸的非常鲜嫩，柳树丝丝条条犹如垂挂的一条条金线。白昼见长催花开，淡云缭绕阻雨来，天气还是忽冷忽热。已经是春光烂漫的好时节，可惜游人还意识不到，倒是那莺歌燕舞的莺燕最先知道春的魅力。

寂寞时登高望远，南楼外传来一声归雁的鸣叫。曾经的斗草游戏，马头上的青丝勒马，已经是过往云烟都散去了。你我分别，你含泪的书信，那是多么的幽怨啊，正沉迷在离愁中不能自拔，却听得杜鹃"子规、子规"不停地啼叫，此时月儿淡淡，云儿如烟。

英雄的柔肠百转更让人怜惜再怜惜。鲜嫩的莎草正是春的信息，是无限春光的一处，反衬了词人的思念，一声"子规"尽在不言中。

## 酹江月
### 陈允平

霁空虹雨，傍啼螀莎草，宿鹭汀洲。隔岸人家砧杵急，微寒先到帘钩。步幄尘高，征衫酒润，谁暖玉香篝。风灯微暗，夜长频换更筹。

应是雁柱调筝，鸳梭织锦，付与两眉愁。不似尊前今夜月，几度同上南楼。红叶无情，黄花有恨，孤负十分秋。归心如醉，梦魂飞趁东流。

只知道陈允平是宋末元初人，当过官，有诗作、词作。

雨过彩虹出，听得到蝉鸣，看得到莎草。留宿在鹭汀洲，隔岸人家急匆匆地捣衣，已经是有些寒意了，从帘钩上就能感觉到军营在移动，壮行酒洒满衣衫，有谁在为征人暖干衣衫。夜深了，风把烛火吹暗，报更的牌子不断更换。

相思不相见，怎能不双眉愁。从前这样有明月的夜晚，你我小知多少次登楼赏月。可是如今，传情的红叶也是无情的，明艳的菊花也是有恨的，独自辜负这般秋时。归心似箭，梦里已经乘流水归去。

陈允平在相思，莎草就是不起眼的陪衬，其他草也可以，但碰巧是莎草，其实解决不了他的相思，只有"归去"才能化解。秦观曾云："两情若是久长时，又岂在朝朝暮暮。"其实他是无奈，现在是"若要两情久长时，必须朝朝暮暮"。你敢离别，我就敢永别。呵呵，和莎草无关，莎草就是个看客。

# 旋覆花

## 刚被金钱妒

旋覆花又叫金钱花，别不好意思，好像植物有了一个充满铜臭味的名字很是不堪，现在谁嫌弃铜臭味呢？你若嫌，一定是矫情，有旧时书生的酸腐气。不就是长得像铜钱吗？那不是此花的错，是世人的眼光问题。

金钱花哪里像金钱一样紧紧攥在人的隐蔽处，富人藏起来不愿露富，穷人掖起来怕被人偷，少有人把金钱亮在明处不加看守的。但金钱花不同，它长在一切有土地的地方，不论田野、山坡、公园还是路边，只要有种子，它就能发芽，幼时无人注意，盛开时连篇累牍，金灿灿的你不注意都不行。

当然就引起人们注意了，特别是唐朝时，不仅百姓会注意到，那是因为他就生活在无处不在的金钱花旁边，诗人也会注意到它，那时谈金钱还不是那么羞耻，还可以有"千金散尽还复来"的潇洒。

唐时的诗人吟诵金钱花的不少，就选罗隐的《金钱花》吧，有代表性。

### 金钱花

占得佳名绕树芳，依依相伴向秋光。

若教此物堪收贮，应被豪门尽劚将。

罗隐是中晚唐时期的诗人，他"少英敏，善属文，诗笔尤俊"，却屡试不第，比范进还惨，竟然十次都没有考中进士，可谓不折不扣的怀才不遇，他的诗讽刺现实很恰当，比如这首《金钱花》。

先夸金钱花名字好、模样好，天高云淡的秋天正展现了金钱花的芳姿。但是这样好看形似金钱的花若是能收藏，那还了得，早被豪门望族一网打尽了，人间哪还能再见金钱花？可见人们自古以来对金钱的趋之若鹜。

抛开不是金钱花的自愿，它叫旋覆花的时候就是药，《神农本草经》载："主结气胁下满，惊悸。除水，去五脏间寒热，补中，下气。"除了这两个名字，旋覆花还叫飞天蕊、滴滴金、迭罗黄、猫耳朵花、驴耳朵花、金沸花、伏花、全福花等有趣的、可以想象的花名。

光顾了金钱花的"金钱"特性，竟忘了介绍它的本性，金钱花——旋覆花是菊科旋覆花属多年生草本植物，夏秋之际开金灿灿的黄花。

金钱花从唐朝走来到了宋朝，不论宋是多么的软弱不济，国土狭小还被沦丧，但两宋时期经济还是可以趾高气扬的，对金钱是有所求的，但让人意外的是，宋词里却只有一首提到它，难道是豪放派、婉约派都不屑提到金钱？是因为忍受不了金钱的铜臭味？不得而知，那就不纠结、不探究了，直接介绍好了，这仅有的一首是鼎鼎大名的柳永写的。

柳永可是对宋词的发展、拓展有巨大贡献的人，这得益于他的屡试不第。他像所有士子一样年少时是有经世之志的，但当官这一路屡走不通。科举总是不成功，于是沉浸在花街柳巷，为歌妓等填词填曲，因为词作通俗易懂，而且愿意为这些沦落风尘的女子表达心意，所以深受她们的欢迎。在这个领域，柳永的词被广为传唱，名震花街江湖，惹得一般文人墨客无限的羡慕嫉妒恨，又无可奈何，因为他的才华无人能敌。

关于他有不少传说和演绎，不妨八卦一下。据说柳永已经很有"艳名"的时候，宋仁宗一开始是很欣赏的，因为他自己就通晓音律，也好辞赋。即位后有所改变，喜欢儒雅了，就对写"淫词艳曲"的柳永很不满。进士放榜时，仁宗就引用柳永的词"忍把浮名，换了浅斟低唱"（《鹤冲天·黄金榜上》）说："既然想要'浅斟低唱'，何必在意虚名？"就刻意划去柳永的名字。

还有人说，有人向仁宗推荐柳永，仁宗答复："且去填词。"所以在仁宗手里柳永永远不会得志，于是自号"奉圣旨填词柳三变"，柳三变是柳永的本名。

八卦够了，开始说他写到金钱花的词。

### 受恩深

雅致装庭宇，黄花开淡泞。细香明艳尽天与。助秀色堪餐，向晓自有真珠露。刚被金钱妒。拟买断秋天，容易独步。

粉蝶无情蜂已去。要上金尊，惟有诗人曾许。待宴赏重阳，恁时尽把芳心吐。陶令轻回顾。免憔悴东篱，冷烟寒雨。

这是夸菊花呢，用金钱花衬托，都是明艳的金黄色。

此时是深秋，菊花很雅致地开在庭院中，黄色的花淡远宁静。它的明艳和馨香是上天赐予的，实在是秋色可餐，特别是早上露水凝在花瓣上更是美不胜收，被同样明艳的金钱花所嫉妒。深秋时节就是菊花的天下。

此时粉蝶和蜂儿无情，已经离开，要赏菊花，就等到重阳时节，把酒言欢。那时菊花尽情绽放吐蕊，就让那陶渊明再次重温他的"采菊东篱下"。这样就不辜负菊花也会憔悴东篱，在冷烟寒雨中凄清度过。

宋词里夸菊花的多呢，以菊花为题材的也多呢，但是以金钱花衬托菊花明艳的只此一处。很妙，夸了菊花，其实也夸了金钱花。这个金钱花完全不管金钱的事，没有必要像罗隐一样担心"若教此物堪收贮，应被豪门尽刷将"。且不管柳永的淫词艳曲，这样明丽的菊花、金钱花甚好。


# 香 蒲

## 菰蒲睡鸭占陂塘


香蒲是香蒲科香蒲属水生、沼生多年生草本植物，也叫水烛，这个名字很形象，但使用较晚，至少是有了烛火之后才有的名字。香蒲很古老、很有名，我们的老祖先很早就注意到它的存在，发现了它的用途。第一是祭祀，第二是食用，第三是使用（编织），这在《周礼》中是有记载的，"蒲菹"就是腌制后的香蒲。

《周礼》提到的植物都是"正剧"式的提法，比如祭祀，《诗经》提到的植物多姿多彩，可以食用，也可以传情达意。因为它独具个性，让人产生美好的联想。如果"试举一例说明"的话，那就举《诗经·陈风·泽陂》："彼泽之陂，有蒲与荷。有美一人，伤如之何？寤寐无为，涕泗滂沱。"意思是，沼泽之畔，有香蒲和荷花。有一美人，令我伤心。为她（或他）辗转反侧，泪如雨下。

香蒲、荷花配美人，美不胜收。

到了大唐，香蒲仍然因为它不衰的美丽赢得诗人的青睐，我将用我喜欢的王维的香蒲来举例说明。

### 白石滩

清浅白石滩，绿蒲向堪把。
家住水东西，浣纱明月下。

这是王维常去的地方，溪水清浅，露出洁白的石滩，水中生长着绿莹莹的蒲草，因为成片地靠近水边生长，可以一把抓住，这里的溪水这么清澈，生长的香蒲一定好吃。夜晚月明星稀，一群女子相约在水边浣纱。她们有的住在水

东边，有的住在水西边，但有一条可以共同劳动嬉闹的溪水，溪水里还长着生机勃勃的蒲草。连我这个旁观者看到，都感觉心旷神怡。

当然还有韩愈的《青青水中蒲三首》，是写给妻子的思念诗："青青水中蒲，下有一双鱼。"很有韵味。

还是到宋朝看看吧，看看他们是怎么看待心仪的香蒲的。以我对喜欢莺歌燕舞、浅吟低唱的宋词人的了解，香蒲应该能入他们的法眼，但是我错了，关注香蒲的寥寥无几，无法和他们关注梅花的程度相比。写梅花的词人不计其数，却很少有写香蒲的。意想不到的是，这些词人中居然有皇帝赵构。还是从周邦彦开始说，他提到香蒲至少三次，就以其中的《虞美人》为例吧。

疏篱曲径田家小，云树开清晓。天寒山色有无中。野外一声钟起、送孤蓬。
添衣策马寻亭堠。愁抱惟宜酒。菰蒲睡鸭占陂塘。纵被行人惊散、又成双。

周邦彦是北宋末期著名词人，历经神宗、徽宗、钦宗三朝，目睹了北宋走向衰亡的过程。他担任过提举大晟府，也就是最高音乐机关的官员，所以精通音律，创作了不少新词调，是格律派的词宗，也是婉约派的"正宗"，被誉为"词家之冠""词中老杜"。既然是婉约派词人，自然写闺情多，此《虞美人》就是其中一例，是写送别的。

到了和心上人送别的时候，村舍、曲径、篱笆就在眼前，正是清晨时分。远处因为天寒山色若隐若现。更远处传来钟声，心上人已经送上了孤蓬。

她走了，我很难过，天气寒，我的心更寒，添上件衣服，策马寻找一处驿站，借酒浇愁。看得到池塘里的茭白、香蒲，还有尚未睡醒的水鸭子，因为我的惊动，它们飞散了，我走了，它们又双双飞回，而我却是孤独一人。

周邦彦写得很婉转，全词没写一句"离"字，但处处是抹不开的清冷孤寂。特别是长着茭白、香蒲的池塘，被惊动的昏睡的水鸭子，但惊动过后又双双飞回，留下送走心上人的他，更显孤寂清冷，于是借酒浇愁。

接着就介绍南宋第一个皇帝赵构的《渔父词》，他总共写了15章，就选有香蒲的那章吧。

无数菰蒲间藕花。棹歌轻举酌流霞。随家好，转山斜。也有孤村三两家。

赵构是个让人纠结的皇帝，他继承了父兄徽宗、钦宗的艺术禀赋，擅长书法，精于笔墨，南宋的书家多少都会受他影响，所谓上好下效。有艺术禀赋，自然不能说是缺点，但作为皇帝，如果保不住国家的疆土，那就不仅仅是缺点，而是耻辱，尤其是重用佞臣秦桧、王伦等，处死"精忠报国"的岳飞，罢免李纲、张浚、韩世忠等主战大臣实在是最大的污点。但是他比被掳到北国的父兄强不少，虽然偏安一隅、苟且偷生，好歹留住了宋朝江山，为南宋的开端，南宋朝开始经济繁荣发展，甚至被时人称为"中兴之主"，他的词远比清朝乾隆帝的诗好，清丽、淡远。比如这首《渔父词》。

荷花开在无数茭白和香蒲的中间，行船的歌声伴着轻饮的"流霞"仙酒。行船处，有家室，转过山脚，还能看见零星分布的孤村三两家。

这是一幅静谧安然的水墨画，由他擅长书画的父兄画，一定美不胜收，可惜他们被掳北国。赵构内心并不希望他们回来，要不他的皇帝位置就没了。现在虽然缺了锦上添花的图画，就这么浅吟低唱也是不错的。

那香蒲虽然没有入宋朝大多数词人的眼，但入了皇帝赵构的眼。说不上是喜是愁，几多愁，恰似一江春水向东流。


# 蜀 葵

## 戎葵凝笑墙东


蜀葵在《芳香唐诗》中写过，以蜀葵的产地以及普及程度，我认为唐诗中写它的太少，不出十首，没想到宋词中竟然更少，只有区区一首，搞不清为什么蜀葵入不了宋时词人的法眼。

蜀葵是锦葵科蜀葵属二年生草本植物，别名有一丈红、大蜀葵、戎葵、吴葵、卫足葵、胡葵、斗篷花等，原产中国四川，所以称蜀葵。只不过现如今蜀葵遍及中国大地，"蜀"的特指已经没有任何现实意义，却留下了历史的痕迹。

蜀葵花色以红、粉、白为主，现如今，既然有"蓝色妖姬"蓝玫瑰，就可以有"黑色幽灵"黑蜀葵，当然单调的单瓣蜀葵也不能满足贪婪人类的需求，就有了重瓣的，所以原本村野气十足的蜀葵就变得"姹紫嫣红""多姿多彩"起来，特别是在夏季少花季节，因为有了蓬勃旺盛的蜀葵，夏季便更加热闹非凡。

据李时珍说，蜀葵的嫩叶和花都可以食用，但我及周围的人都没有食用过它。我向往"神农遍尝百草"，下决心有一天能品尝一下蜀葵的滋味，特别是蜀葵花朵的滋味，毕竟品尝花朵无比风雅。

唐诗中蜀葵的形象也不尽然是好的，唐朝陈标认为蜀葵怎么可以和牡丹争美名呢？

### 蜀葵

眼前无奈蜀葵何，浅紫深红数百窠。

能共牡丹争几许，得人嫌处只缘多。

蜀葵开了，浅紫、深红开了一大堆，但是你又能和牡丹争得什么名呢，反倒让人嫌弃。

当然褒贬俱有，唐朝徐夤的《蜀葵》就为蜀葵唱了赞歌。

### 蜀葵

剑门南面树。移向会仙亭。锦水饶花艳。岷山带叶青。

文君惭婉娩。神女让娉婷。烂熳红兼紫。飘香入绣扃。

徐夤眼里的蜀葵把美女文君都比下去了，连神女都不敢在蜀葵面前娉婷婀娜，那又红又紫的鲜花飘香，钻入女子的绣扃中。

既然提到了蜀葵的唐诗衬托，就可以看看宋词中唯一提及蜀葵的词了——陈与义的《临江仙》：

高咏楚词酬午日，天涯节序匆匆。榴花不似舞裙红。无人知此意，歌罢满帘风。

万事一身伤老矣，戎葵凝笑墙东。酒杯深浅去年同。试浇桥下水，今夕到湘中。

陈与义现在看来没什么名气，但在南北宋交接之际，那也是名震一方，与黄庭坚、陈师道并称江西诗派"三宗"。他在北宋做过地方官，也是南宋重臣，诗写得好，虽然留下的不多，但大都是忧国忧民的爱国诗篇。他的词也写得好，此篇就能看出一二。

这是陈与义借五月端午纪念屈原，抒发自己的情怀。

我在端午节高声吟唱屈原的辞赋，此时"身在天涯为异客"。正在竞相开放的石榴花鲜红似火，但也比不上过往京城里醉人的红舞裙。没有人能理解我此时的心情，就像此时我高歌的楚辞，无人听，只有风过身旁。

到如今，我老了，也病了，那墙东朝阳的蜀葵似乎也在嘲笑我的境况。端午节不能不喝酒，我喝了，和去年一样，我把酒倒入桥下的江水中，希望江水今晚就把它带到湘江屈子沉江处，将我满腔怀念故国的心情诉于屈子，我知道他最懂。

不敢说与陈与义感同身受，不可能有真正的感同身受，只有遥远的同情和窃喜。同情他的处境，那是每个有良知的中国人不堪忍受的处境，欣喜我的现在，不必忍受亡国之痛。

蜀葵哪里能承担陈与义的痛，蜀葵只知道向着朝阳不屈不挠地生长，有壮志的人应该向蜀葵学习，不屈不挠，永远向前。

# 芎 劳

## 恨蘼芜杜若

芎劳是伞形科藁本属多年生草本植物，也叫香果、山鞠穷等，是很有名的中药。因为中药主要用的是四川产的芎劳，所以又叫川芎。其实其他地方也产芎劳，产在陕西叫西芎，产在陕西蓝田叫蓝芎，产在关中叫京芎，但药效没有产在四川的好。

《益都方物略记》载："芎劳蜀中处处有之，成都九月九日药市，芎劳与大黄如积，香溢四里。"所以芎劳也叫香果。

芎劳最早被记载并不因为是药物，而是因为其"芳香四溢"，是屈原眼里的香草。他在《离骚》《九歌·少司命》中多次提到，那时称为江离、蘼芜。选一二分享。

《离骚》："扈江离与辟芷兮，纫秋兰以为佩。"大意是，身披芎劳和白芷，还要配挂泽兰在身。

《九歌·少司命》："秋兰兮蘼芜，罗生兮堂下。"大意是，芳香的兰草和芎劳，一起生在堂前。

屈原的意思是，"我"就是"君子""香草"，但是一直怀才不遇。后世的怀才不遇者统统继承了他的衣钵，但凡用屈原的"香草"，都是称赞品格和才华的。

因为芎䒩的芳香，古人常常把它做成香囊佩戴在身上，据说一代枭雄曹操就常将其藏在衣袖中。香草配英雄，曹操霎时可爱起来。

其实更早的《神农本草》就发现了芎䒩的药理作用，只不过把它列为中品，但明代的《本草纲目》将其列为上品，主要治疗头痛，还能调月经，故此有"头痛必用川芎"之说。

芎䒩除了可以用药，还可以食用，宋代有诗为证。

宋朝韩琦夸赞芎䒩：

> 蘼芜嘉种列群芳，御湿前推药品良。
> 时摘嫩苗烹赐茗，更从云脚发清香。

宋朝宋祁也赞：

> 柔叶美根，冬不殒零，采而掇之，可糁于羹。

宋词中提到芎䒩的只有一处，那就是彭元逊的《解佩环·寻梅不见》。

> 江空不渡，恨蘼芜杜若，零落无数。远道荒寒，婉娩流年，望望美人迟暮。风烟雨雪阴晴晚，更何须，春风千树。尽孤城、落木萧萧，日夜江声流去。
>
> 日晏山深闻笛，恐他年流落，与子同赋。事阔心违，交淡媒劳，蔓草沾衣多露。汀洲窈窕余醒寐，遗佩环浮沉澧浦。有白鸥淡月，微波寄语，逍遥容与。

彭元逊是宋末元初人，生卒年不详，宋亡以后不仕。《宋词三百首》收录有他的词，这是其中一首，里面用了不少典故，都出自屈原的《离骚》《九歌》。

"美人迟暮"出自《离骚》："惟草木之零落兮，恐美人之迟暮。""媒劳"出自《九歌·湘君》："心不同兮媒劳，恩不甚兮轻绝。""澧浦"出自《九歌·湘君》："捐余袂兮江中，遗余褋兮澧浦。""逍遥容与"出自《九歌·湘君》："时不可兮再得，聊逍遥兮容与。"

不说出彭元逊此词用典的出处，很难理解他的词，现在就大致翻译一下。他是写寻找梅花，但他不仅在现实中没有找到，词里也没有任何词句写到"梅"字，这就很有意思了，果然是"寻梅不见"。

江边的天空阔辽远，没有看到梅花，芎蓉和杜若也零落无数。为了看梅花，我不怕路远地偏，即使美人迟暮，也在所不惜。不论风霜雨雪，阴晴圆缺，就是不见梅的踪影，更别想象春风轻拂，梅开千树的胜景。但只见，一座孤城，树木落叶，只有江声随水奔流不息。

夜幕降临，听到深山传来笛声，人们怕梅花零落，谱了《梅花引》的曲子传唱。事与愿违，我没看到梅花，是因为我和她的交情太淡，此时徒然让蔓草上的露水沾湿我的衣襟。我在江边睡醒，丢下环佩在澧浦沉浮。此时，淡淡的月光下白鸥玉立，江中微波闪烁，似乎在告诉我，人当逍遥自在，不必劳神伤感。

整首词在伤感的气氛中抒写，频繁引用屈子的辞赋，更增加了其词的郁郁不得志，不是吗？自己的家国不在了，哪里还有什么志向可以张扬，哪里还需要我的志向。那最有品格的梅花，"众里寻他千百度"，即使回首，也不曾看见梅花的半点踪影，就算是"迟暮美人"也无法寻见。我理解了屈子的抑郁不得志，他的香草芎蓉、杜若一样，也不过是"零落成泥碾作尘"罢了。

亡国之人的悲哀啊，连带香草芎蓉也零落。

# 牵牛花

## 挂牵牛数多青花小

牵牛花是旋花科牵牛属一年生缠绕草本植物，别名有朝颜、黑丑、白丑、二丑、喇叭花等。朝颜就是早上开花的意思，喇叭花顾名思义，就是花的形状像喇叭，至于黑丑、白丑、二丑等名字，黑、白是说牵牛花的子有黑白两种，对于"丑"，大医药学家李时珍是这样解释的，"盖以丑属牛也"。关键是牵牛本名，传说不足为凭，就以另一位大医药学家陶弘景为准吧，他说："此药始出田野人牵牛谢药，故以名之。"

牵牛是一味中药，《本草纲目》有详细的介绍，"治水气在肺，喘满肿胀，下焦郁遏，腰背胀肿，及大肠风秘气秘，卓有殊功。但病在血分，及脾胃虚弱而痞满者，则不可取快一时，及常服暗伤元气也"。

在我眼里，牵牛就是牵牛花，是夏秋早晨迎着太阳张扬绽放的喇叭花，是温柔细腻娇弱的尤物，是小女孩梦想中的喇叭裙，是鼓舞士气的号角。

牵牛花有蓝、紫、桃红、白等颜色，村野、田边、庭院、街角都能看到，在盛夏的浓浓绿意里格外夺目。和它同属旋花科的田旋花、打碗碗花，与它相伴就相形见绌，颜色单一浅淡，花型也小很多。但田旋花等有一样长处是牵牛花比不了的，田旋花只要开起来，就能从早开到晚，牵牛花则不然，只能早上开，太阳当头的时候它就卷起花瓣了，它怕把自己丝绒一样美丽的衣衫晒褪色。

牵牛花不是本土植物，但在中国至少也有一千多年了。唐诗里没有提及，宋词里提到一次，宋诗里则多次提到，也许就是从宋时，牵牛花渐渐走入大众的视野。

先从宋诗中选两首吧，都别具盛名。第一首诗来自北宋诗人秦观。

### 牵牛花

银汉初移漏欲残，步虚人倚玉阑杆。

仙衣染得天边碧，乞与人间向晓看。

秦观和我的看法差不多，他说牵牛花的颜色就跟仙人的衣衫一样美，人间要看还是讨要来，只能早上看。

写花最多的宋诗人杨万里自然也不会错过牵牛花。

### 牵牛花

素罗笠顶碧罗檐，脱却蓝裳着茜衫。

望见竹篱心独喜，翩然飞上翠琼簪。

杨万里说牵牛花美，有蓝色，也有红色，喜欢攀爬竹篱，是"翩然而至"的洒脱，是惊艳式的绽放。

还是回到宋词吧，只有蒋捷写过。

蒋捷是南宋末年人，不仅仅是"末年"，还赶上南宋灭国。作为南宋的进士，他深感亡国之痛，为表其志，隐居不仕，被时人称道，因《竹山词》被称为"竹山先生"，因《一剪梅·舟过吴江》中的"流光容易把人抛，红了樱桃，绿了芭蕉"被称为"樱桃进士"。他是宋末四大家之一，词多抒发怀念故国的情思，不免悲凉、寂寥。

他在《贺新郎·秋晓》中提到牵牛花。

渺渺啼鸦了，亘鱼天、寒生峭屿，五湖秋晓。竹几一灯人做梦，嘶马谁行古道。起搔首、窥星多少。月有微黄篱无影，挂牵牛、数朵青花小。秋太淡，添红枣。

愁痕倚赖西风扫，被西风、翻催鬓鬓，与秋俱老。旧院隔霜帘不卷，金粉屏边醉倒。计无此、中年怀抱。万里江南吹箫恨，恨参差、白雁横天杪。烟未敛，楚山杳。

蒋捷早早起来，天边还是鱼肚白，正是秋寒时节，天上挂着几点星星，月亮微微发黄，连院里的篱笆都没有影子。篱笆上攀着牵牛，开着几朵蓝花。秋景清淡，又添了几颗红枣。

秋风袭来，吹乱鬓发，和秋天一起老去。心有郁结，我的故国何在，让我落得"万里江南吹箫恨"的境地，眼前烟雾笼罩，楚山迷蒙，正如我的心境。

蒋捷国破家亡，心怀愁与恨。眼前的所有景致都不能让他释怀，再美的牵牛花，再鲜艳的红枣，都不能让他愉快。有国才有家，有家才有牵牛花，它的美丽能够投射到心里。

唉，遗憾，宋末的牵牛花。现在，我们何其幸哉！

# 木香宋词

寻芳记

# 梧　桐

## 寂寞梧桐深院锁清秋

　　梧桐是唐诗中出现的第一种植物，令人称奇的是，它也是宋词中出现的第一种植物。抛开梧桐的实用价值不谈，它的文化内涵就很丰富，如在中国传统文化中有"凤凰非梧桐不栖"一说。

　　《大雅·卷阿》说："凤凰鸣矣，于彼高冈。梧桐生矣，于彼朝阳。"就是说，凤凰长鸣，停在高冈之上。梧桐伟岸，在那山的东边。

　　后来庄子在《庄子·秋水》中声言："南方有鸟，其名为鹓鶵，子知之乎？夫鹓鶵，发于南海而飞于北海，非梧桐不栖，非练实不食，非醴泉不饮。"

　　鸟王凤凰选中梧桐栖身，就说明了梧桐的不同寻常。而且梧桐是凤凰唯一的选择，可见梧桐地位的崇高是其他植物无可比拟的。

　　与此同时，梧桐还是"一叶知秋"的关键一叶。宋玉《楚辞·九辩》中云："白露既下百草兮，奄离披此梧楸。"意思是，露水已经落在那百草上啊，发黄的树叶瞬间从梧桐、楸树上飘落。

　　从那时起，梧桐多以这两种形象交替出现在文人笔下。

　　先选唐诗中这两种意象的代表。第一种是招凤凰的梧桐，见李商隐的《韩

冬郎即席为诗相送，一座尽惊。他日余方追吟"连宵侍坐徘徊久"之句，有老成之风，因成二绝寄酬，兼呈畏之员外》：

十岁裁诗走马成，冷灰残烛动离情。

桐花万里丹山路，雏凤清于老凤声。

这是李商隐夸韩偓少年天才的诗。十岁的韩偓走马之间成诗，于是李商隐比喻，在开满梧桐花的路上，清晰听到雏凤鸣叫的声音比老凤清亮动人。自然是说，有一天你的儿子一定比你这只老凤凰叫得更加嘹亮动听。

后来李商隐去世，他的朋友崔珏在《哭李商隐》中也把他比作凤凰，不过因为梧桐死了，凤凰就不来了："鸟啼花落人何在，竹死桐枯凤不来。"

第二种是"一叶知秋"的梧桐，见李白的《秋登宣城谢朓北楼》：

江城如画里，山晚望晴空。

两水夹明镜，双桥落彩虹。

人烟寒橘柚，秋色老梧桐。

谁念北楼上，临风怀谢公。

怀古最好的时节就是秋天，万物凋零，梧桐呈现秋色，寒意袭来，面对"旧时谢家"，正可以凭吊怀古。

到了宋朝，宋词里写到梧桐的地方很多，虽然比不上柳树、桃树，但也算最多的之一。

宋词里的梧桐延续了唐诗里梧桐的意象，并有所发展。首先就是李煜（他投降了宋朝，死于宋时，就把他当宋词人）的《相见欢》：

无言独上西楼，月如钩。寂寞梧桐深院锁清秋。

剪不断，理还乱，是离愁。别是一般滋味在心头。

这首词太有名了，那种无言的忧愁通过寂寞的梧桐、深锁的清秋就能感觉到。那"剪不断，理还乱"描述得实在到位，怎能不"别是一般滋味在心头"呢？国都"莫名其妙"地没了，已经是阶下囚了，就算"理"又能怎样呢？

宋词里，梧桐除了栖凤凰、寂寞，还可以有难得的花开芳香。请看下面这首张泌的《南歌子》：

柳色遮楼暗，桐花落砌香。画堂开处远风凉，高卷水精帘额，衬斜阳。

张泌是李后主李煜的臣子，随李煜投降宋朝。此词是他在南唐时写的，那时春风拂柳，梧桐花开，画堂凉风，夕阳温暖，卷帘人正享受"岁月静好"的时光。后来，梧桐就"寂寞"了。

再选柳永的《凤栖梧》，他的梧桐上落着孤凤。

帘下清歌帘外宴。虽爱新声，不见如花面。牙板数敲珠一串，梁尘暗落琉璃盏。

桐树花深孤凤怨。渐遏遥天，不放行云散。坐上少年听不惯。玉山未倒肠先断。

歌姬在唱歌，非常好听，但是隔着帘子看不到她的面容，那歌声动人，曲调忧伤，好似落在梧桐上的孤凤在啼鸣，少年的我听不下去了，酒不醉，肠已寸断。

韩偓、李商隐可以是凤，歌姬也可以是凤，不过是孤独的凤。宋词里的梧桐更多是和梧桐雨连在一起的，写梧桐最多的晏殊就有，"碧纱秋月，梧桐夜雨，几回无寐"（《撼庭秋》）、"高楼目尽欲黄昏，梧桐叶上萧萧雨"（《踏莎行》）。

然而，我最后选的还是李清照的梧桐雨，它比晏殊的梧桐雨更彻底，更清冷。

## 声声慢

寻寻觅觅，冷冷清清，凄凄惨惨戚戚。乍暖还寒时候，最难将息。三杯两盏淡酒，怎敌他、晚来风急？雁过也，正伤心，却是旧时相识。

满地黄花堆积。憔悴损，如今有谁堪摘？守着窗儿，独自怎生得黑？梧桐更兼细雨，到黄昏、点点滴滴。这次第，怎一个愁字了得！

此时的李清照，国破家亡，天涯沦落，孤独寂寞，真真是"寻寻觅觅，冷冷清清，凄凄惨惨戚戚"，看得人直起鸡皮疙瘩，再加上菊花落地，"梧桐更兼细雨"，点点滴滴，"怎一个愁字了得"！

宋词中的梧桐就在这点点滴滴到天明的细雨中，落下枯叶。

使劲想想，就算把晏殊的儿子晏几道搬出来，他的梧桐依旧是"卧听疏雨梧桐，雨余淡月朦胧。一夜梦魂何处，那回杨叶楼中"。再就是柳永的《玉蝴蝶》"水风轻，蘋花渐老，月露冷，梧叶飘黄"，还有他的《戚氏》"槛菊萧疏，井梧零乱惹残烟"。

看来我想留一条"光明尾巴"的愿望在宋词里不容易实现，那就不勉强，我已经习惯了宋词的缠绵悱恻和无限愁苦，即使在凤凰栖息的梧桐树上找一点艳阳，都是不容易的。


# 柳　树

## 月到柳梢头


除梧桐外，柳在宋词里是最早出现的，我却很难下笔，因此也写得最晚。宋词里的柳太多了，几乎每一个词人都写过柳，让我极难选择，只能胡乱写写。

柳树的过往还是需要简单说一下，因为宋柳和之前的柳都有传承，就算是继承后的发展，也是先继承后发展，所以会有重复。

《诗经》是柳诗的源头，其中的"杨柳依依"被以后的诗人无数次使用。《小雅·采薇》："昔我往矣，杨柳依依。今我来思，雨雪霏霏。行道迟迟，载渴载饥。我心伤悲，莫知我哀！"

大意是，回想当初出征时，杨柳依依随风吹；如今回来路途中，雨雪纷纷满天飞。道路泥泞难行走，又渴又饥真劳累。满心伤感满腔悲，我的哀痛谁体会！

这是一首戍边士卒思念家乡、盼望回归的伤感之作，在这里杨柳第一次作为离别的象征出现，从此杨柳就成了离情的代言。

到了唐朝，柳的内涵更加丰富，比如这首贺知章的《咏柳》：

> 碧玉妆成一树高，万条垂下绿丝绦。
> 不知细叶谁裁出，二月春风似剪刀。

"二月春风"把"万条垂下"的柳条剪成丝丝缕缕，那是喜人的春柳。

唐诗中可爱的柳还有好多，忍不住全都列出来感受一下。比如下面刘禹锡的这首《竹枝词二首》其一：

> 杨柳青青江水平，闻郎江上唱歌声。
> 东边日出西边雨，道是无晴却有晴。

当然，也不能少了儿童都会的杜甫的《绝句四首》其三：

> 两个黄鹂鸣翠柳，一行白鹭上青天。
> 窗含西岭千秋雪，门泊东吴万里船。

还有韩愈的这首《早春呈水部张十八员外二首》其一：

> 天街小雨润如酥，草色遥看近却无。
> 最是一年春好处，绝胜烟柳满皇都。

至此，就可以放心进入宋柳，确切地说是柳林了。

宋词的柳林里第一个被"砸中"的当然是柳永，不仅仅是因他姓柳，还因他写柳超过20篇，很难不被"砸中"。就选他的这首《少年游》：

> 参差烟树灞陵桥。风物尽前朝。衰杨古柳，几经攀折，憔悴楚宫腰。
> 夕阳闲淡秋光老，离思满蘅皋。一曲阳关，断肠声尽，独自凭兰桡。

自汉代开始，灞陵桥就是人们送别时折柳相赠的地方，如今依旧。那是多少人多少次的送别啊，无数次的攀折让古老的柳树憔悴不堪，好像楚宫中饿瘦的细腰美女。

秋天的夕阳散淡寂寥，更增加了离别的情绪，延及水边的杜衡都满是离绪。一首送别的《阳关》曲，让离人听得肠断，独自倚在船栏杆边，难以排遣。

这是典型的"灞桥柳"，就是离别柳，柳树都被攀折的憔悴了，更何况人呢？

下面"砸中"的是张先，他的柳词也很多，就选这首《更漏子》吧。

锦筵红，罗幕翠。侍宴美人姝丽。十五六，解怜才。劝人深酒杯。
黛眉长，檀口小。耳畔向人轻道。柳阴曲，是儿家。门前红杏花。

张先是北宋词人，和梅尧臣、欧阳修、苏轼交好，与柳永齐名，因词中三处"影"字用得好，时称"张三影"。

宴席上，碧绿的罗幕低垂，侍候宴席的美人长得十分可人，十五六岁的年纪却懂得爱慕有才华的人，不断地劝酒增加彼此的印象。

且看她柳叶眉、樱桃口，在我的耳畔款款细语，说："弯弯的柳荫深处，门前有红杏花的就是我的家。"

大胆的小女子看上了风流倜傥的张先，顾不上封建道统，直率表达自己的爱慕之情。值得鼓励。其实，能在宋词成片的阴云密布、愁云惨雾中，找到这样一处曲径通幽的柳树拐弯地，并且成就一段公子佳人的因缘，就已经很让人欣慰了。

之后，"砸到"了欧阳修，在他众多写到柳的词里，《生查子》是完全不能忽略的。

### 生查子

去年元夜时，花市灯如昼。月上柳梢头，人约黄昏后。
今年元夜时，月与灯依旧。不见去年人，泪湿春衫袖。

去年元宵佳节时，各类花灯照得夜如白昼。我却对这些并不感兴趣，只想和佳人约会，就在月亮上到柳树梢头时。在黄昏时分，我们互诉衷肠。

又到了元宵佳节，月亮还是那个月亮，花灯还是那个花灯，但是再也看不到去年的佳人，不由得泪满衣衫。

欧阳修是否有这样一段旖旎、浪漫、凄清的恋情不重要，重要的是从那时起，无数人就都想成就一段"月上柳梢头，人约黄昏后"的恋情，我也是其中一位，想让平凡的生命镀上一层明月的光晕。

我仍沉浸在欧阳修的恋情中，就看到苏东坡泪眼蒙眬地走了过来。苏先生是怎么了，可以安慰他吗？而他则是用《水龙吟·次韵章质夫杨花词》回应的。

似花还似非花，也无人惜从教坠。抛家傍路，思量却是，无情有思。萦损柔肠，困酣娇眼，欲开还闭。梦随风万里，寻郎去处，又还被莺呼起。

不恨此花飞尽，恨西园，落红难缀。晓来雨过，遗踪何在？一池萍碎。春色三分，二分尘土，一分流水。细看来，不是杨花，点点是离人泪。

杨花就是柳树的花，但它看起来不像花，因为毫无姿色，无人怜惜，任它飘落。看起来像是无情物，细思量却蕴含着情思。柔肠百转，困顿娇眼，欲开还闭，就像做梦思夫的女子，欲要千里寻夫，却被那不知趣的黄莺啼鸣唤醒。

不怨恨杨花飞尽，只恨百花凋零的西园。清晨一阵风雨过后，杨花不再，落红难觅，只有一池细碎的浮萍，春色占了三分，还有二分尘土、一分流水，点点是离人泪。

这样的离人泪劝不得，见了也会流泪。杨花何止是杨花，更是无人怜惜的思妇，是被贬谪的苏东坡，是人生不易的芸芸众生。

杨花慢慢飘落，遗踪不在，离人泪在。

# 梅 花

## 梅花似雪

我对梅有着天然的向往，所有带梅的词都令我印象深刻，比如一剪梅、踏雪寻梅。

小时候，我学过毛主席的《卜算子·咏梅》："俏也不争春，只把春来报。待到山花烂漫时，她在丛中笑。"我发觉梅就是个特殊的存在，再加上革命歌曲《红梅赞》"红岩上红梅开，千里冰峰脚下踩，三九严寒何所惧，一片丹心向阳开"，都让我对梅有一种不可磨灭的期待。

当然不能满足于书面、画面，我还要亲眼看到梅。

让人意想不到的是，我第一次看见的梅居然是蜡梅，它是黄色的钟样花朵。于惊异间探知，蜡梅不是梅，梅属蔷薇科，与杏是直系亲属，与蜡梅科蜡梅属的蜡梅毫不相干。

后来，我北方的家乡有了梅花，是我自己发现并确认的，长在公园湖边，在早春开放的"杏花样"花朵是梅花，只有五株，这是我自己的秘密，花开时节，只要有时间，就去看梅，直到"山花烂漫时，她在丛中笑"。

看到了现实生活中的梅，再看梅花诗，就"心中有数"。接下来，我们还是看看《诗经》中的梅吧，一起感受一下原始梅的意蕴，一些有关爱情的感悟。

### 召南·摽有梅

摽有梅，其实七兮！求我庶士，迨其吉兮！

摽有梅，其实三兮！求我庶士，迨其今兮！

摽有梅，顷筐塈之！求我庶士，迨其谓之！

树上梅子往下掉，现在还剩下七成。肯追求我的男子，快点来吧。树上的梅子往下掉，现在还剩三成，追求我的男子，最好就在今朝。树上的梅子往下掉，都用大筐装，追求我的男子，怎么还不来！

梅子都快落完了，那追求"我"的男子在哪里呢？我开始着急了，我期待

"桃之夭夭"，期待"之子于归"，哪个少女不善怀春？哪个儿郎不在好逑？最好恰逢其时，可不要错过梅子成熟。这里的梅子也可以借用。

南朝也有人写梅，但让我大吃一惊。南朝的吴均在《梅花》中是这样描述梅的：

> 梅性本轻荡，世人相陵贱。
> 故作负霜花，欲使绮罗见。
> 但愿深相知，千摧非所恋。

一句"梅性本轻荡"就让我震惊，定睛一看，真是写梅，原本想和他理论，但这也不现实，他在"那边"，我在"这边"，就作罢。写梅好的诗多呢，顾不上和他纠缠。

李白的梅怎么能错过呢？

### 长干行

> 妾发初覆额，折花门前剧。
> 郎骑竹马来，绕床弄青梅。
> 同居长干里，两小无嫌猜，
> 十四为君妇，羞颜未尝开。
> 低头向暗壁，千唤不一回。
> 十五始展眉，愿同尘与灰。
> 常存抱柱信，岂上望夫台。（节录）

就截取到女子15岁吧，她16岁时丈夫就出门了。

女子在丈夫出门远行以后，思念丈夫，回忆过往。他们从头发刚刚盖住额头那时起，就一起玩游戏。玩的游戏叫过家家，你用竹竿假装当马骑，嬉闹间互掷青梅逗趣。我们一同长在长干里，一起玩耍，两小无猜。14岁时嫁给你，害羞得不敢笑。常常一个人躲在暗处，怎么叫也不敢应声。15岁时，才慢慢舒展眉头，懂得抒发情感，愿意和你同生共死。但愿可以遇到像尾生那样坚贞不二的爱情，但从未想过有一天，你出门远行，我从此登上望夫台，天天盼着你归来。

李白的"青梅竹马"让所有人回忆。当然，除了唐朝的"青梅竹马"，我还喜欢宋朝王安石的梅。

### 梅花

墙角数枝梅，凌寒独自开。

遥知不是雪，为有暗香来。

还有宋朝卢梅坡的这首《雪梅》：

梅雪争春未肯降，骚人搁笔费评章。

梅须逊雪三分白，雪却输梅一段香。

有了宋朝诗里"暗香浮动"的梅，就有闲情逸致，去赏宋词里的梅香了，这里是指梅花的香，而不是丫鬟梅香。

宋词里的梅多到不胜枚举，换一种选法，就选女子写的梅吧，有李清照、朱淑真、洪惠英，让身为女性的我尤为欣喜。

先从李清照说起。

### 清平乐

年年雪里，常插梅花醉。挼尽梅花无好意，赢得满衣清泪。

今年海角天涯，萧萧两鬓生华。看取晚来风势，故应难看梅花。

这是李清照晚年写的词，国破家亡，她身心疲惫。

从前，年年踏雪寻梅，为梅花沉醉。后来，梅花在手，却无心赏玩，轻轻揉搓，不知不觉中，泪水打湿衣衫。

今年梅花又开，我却漂泊天涯，满头白发，看看那凛冽的寒风吹来，我知道，这梅花烂漫，将再难看到。

三种看梅的态度道尽了人生的沧桑。

再看朱淑真的《卜算子·咏梅》：

> 竹里一枝斜，映带林逾静。雨后清奇画不成，浅水横疏影。
> 吹彻小单于，心事思重省。拂拂风前度暗香，月色侵花冷。

梅枝从竹丛中伸出，竹梅相映，更显树林的静谧。雨后的美景难以描摹，旁边的浅水里映着竹梅的影子，就像一幅画。

吹奏着《小单于》的曲子，满怀心事，风儿吹过，飘过一阵暗香，月色如水，梅花清冷。

朱淑真描绘了一幅极美的竹梅月下图画，再加上临水倒影，更是美不胜收。虽然心事重重，但是我关注的还是梅竹辉映。

下面是洪惠英的《减字木兰花》：

> 梅花似雪。刚被雪来相挫折。雪里梅花。无限精神总属他。
> 梅花无语。只有东君来作主。传语东君。且与梅花作主人。

洪惠英是南宋歌姬，南宋著名官员文学家洪迈在《夷坚志》中写到此女："予守会稽，有歌宫调女子洪惠英，正唱词次，忽停鼓白曰：'惠英有述怀小曲，愿容举似。'乃歌曰：（就是《减字木兰花》）。歌毕，再拜云：'梅者惠英自喻，非敢僭拟名花，姑以借意，雪者指无赖多少也。'官奴因言，其人到府一月，而遭恶子困扰者至四五，故情见乎词，在流辈中诚不易得。"

从洪迈的介绍中，我们已经知道洪惠英此词想要表达的意思，梅是她的自喻，看起来洁白的雪，现在是欺压梅的罪魁祸首。

雪打梅花，梅花更显其志，但强劲的风刀霜剑终究不是梅花能抵御的，请春神来做主，让梅花自保高洁。

这样的志向在她的那个阶层中实在难得，时隔千年，我也表示由衷敬佩，在此结束，妙哉。


# 杏　树

## 青杏园林煮酒香


杏虽然是美味的果品，但因民谚有"桃饱杏伤人"之说，所以至今对杏都是浅尝辄止。但杏花不一样，早春的时候，山杏就云蒸霞蔚般地开在荒寂光秃的山峦间，开在没有绿草的山坡上，开在青砖碧瓦的墙边。

山杏一开，你就知道山花烂漫的春天到了，心便开始躁动起来。当然，比我更早知道杏花开放的是蜜蜂，它们早就迫不及待地蛰伏在杏树枝头，杏花刚一张开，蜜蜂就直奔花心，好像那是它久违的家，所以你以为杏花会唱歌，杏树枝头总是嘤嘤歌唱，那是来自春天的歌声。

杏就这样走来，时代更迭，没有改变的是杏报春时。当然，先人首先注意到的是杏的实用价值。我国最早指导农业生产的历书《夏小正》载："正月：梅杏施桃则华；四月：囿有见杏。"那是为了食用，不是为了赏花。最重实际的

管子也注意到杏："五沃之土，其木多杏。"

后来，孔子在满是杏树的园子开坛授徒，"杏坛"从此成了老师讲课之地的代称。

东汉名医董奉看病不收钱，只让种植杏树，杏树"蔚然成林"。自此，"杏林春满""誉满杏林"成了赞扬医术高明的医生的专用名词。

唐代刘沧因为及第宴请宾客："及第新春选胜游，杏园初宴曲江头"，就在开满杏花的园子，自此"杏园"泛指新科进士游宴之地。

宋朝的诗词里，提到杏的地方特别多，先看宋诗里的杏吧，最出名的当然是"一枝红杏出墙头"，陆游在《马上作》中云："平桥小陌雨初收，淡日穿云翠霭浮。杨柳不遮春色断，一枝红杏出墙头。"有意思的是，和他同时代的叶绍翁在《游园不值》中云："应怜屐齿印苍苔，小叩柴扉久不开。春色满园关不住，一枝红杏出墙来。"更有意思的是，他们都借用了唐朝吴融的《途中见杏花》："一枝红杏出墙头，墙外行人正独愁。"我更喜欢叶绍翁的"一枝红杏"，因为那满园关不住的春色，更引人入胜。

下面可以观赏宋词里的杏花了，先看中的是宋祁的杏花。

### 玉楼春·春景

东城渐觉风光好，縠皱波纹迎客棹。绿杨烟外晓寒轻，红杏枝头春意闹。
浮生长恨欢娱少，肯爱千金轻一笑。为君持酒劝斜阳，且向花间留晚照。

宋祁是北宋词人，与欧阳修等同修了《新唐书》。

东城的风光越发好起来，就是因为春天到了，杨柳轻拂，杏花开得灿烂，繁华热闹。

看杏花这般，想浮世人生，恨多欢少，爱的是千金，轻的是欢颜。我劝夕阳别着急下山，和杏花一起共享欢乐时光。

对于宋祁的感慨，我不以为意，倒是"红杏枝头春意闹"这句我格外喜欢，那种春意盎然的勃勃生机如在眼前。

接下来是欧阳修的《浣溪沙》：

青杏园林煮酒香。佳人初著薄罗裳。柳丝摇曳燕飞忙。
乍雨乍晴花自落，闲愁闲闷昼偏长。为谁消瘦损容光。

初夏，青杏初成，酿制新酒，佳人刚换上薄衣裳，燕子欢快地穿梭在柳丝中间。

夏天的天气多变，一会儿晴一会儿雨，花也根据季节的变换自开自落。佳人想心事，几多闲愁，几多烦闷，无处消解，偏偏天又变长，就算是青杏煮酒，也难消愁，但不知为谁而愁。

宋词里有很多红杏，但青杏也不少，我以为是"青梅煮酒"的变种，这是有依据的。据北魏贾思勰《齐民要术》介绍，梅杏不分家，它们就是同科同属（蔷薇科杏属）。

最后是晏几道的红杏。

### 蝶恋花

碧玉高楼临水住。红杏开时，花底曾相遇。一曲阳春春已暮。晓莺声断朝云去。

远水来从楼下路。过尽流波，未得鱼中素。月细风尖垂柳渡。梦魂长在分襟处。

小家碧玉住在临水的高楼上，有一年红杏开时，我们在花下相遇，惺惺相惜，留下美好回忆。

分别后，流水依旧从楼下流向远方，但是却得不到她的音信，月如钩，风似剑，垂柳渡口，思念她的心绪深深入梦怀。

都是小儿女情怀，连杏花也难免其俗，成了"小家碧玉"式的杏花，不合我的情调，但这就是"宋调"。诗人自管"儿女情长"，我自管"红杏枝头春意闹"。

# 木 兰

## 僧老木兰非

木兰是木兰科木兰属落叶小乔木，别名有紫玉兰、辛夷、木笔等。诸君要注意，木兰不是玉兰，玉兰是木兰科木兰亚属的落叶大乔木，别名有白玉兰、望春等。

仔细区分的话，木兰花的萼片和花瓣存在明显区别，花瓣是六瓣；玉兰花的萼片和花瓣很难区分，看起来是九瓣。

我就是以颜色区分的，白色的统称玉兰，紫色的统称辛夷。有一次遇见黄色的，便不知怎么称呼，那时我还不能准确区分辛夷和玉兰。古人是不是也和我们一样对木兰、玉兰并没有认真区分，我不敢断言，下面慢慢看。

先从屈原开始，他对木兰情有独钟，后世都以他的木兰为木兰，而且也管木兰叫辛夷，不妨先感受一下屈原的木兰——辛夷吧。

《离骚》："朝饮木兰之坠露兮，夕餐秋菊之落英。"

《九歌·湘夫人》："桂栋兮兰橑，辛夷楣兮药房。"

木兰这样芳香美丽的植物肯定深入诗人的心，唐诗中不乏木兰的身影。白居易就写过不止一次，而且写的就是辛夷，跟我一样，以颜色区分二者。

### 题灵隐寺红辛夷花戏酬光上人

紫粉笔含尖火焰，红胭脂染小莲花。

芳情乡思知多少，恼得山僧悔出家。

这是"戏"灵隐寺住持光上人的诗。木兰有个很形象的别名——木笔，诗就是从这里开始的。

辛夷花含苞待放，紫粉的颜色像尖尖的笔头，开了花就像胭脂色的小莲花。这样美丽芳香的辛夷不知勾起多少思乡的情绪，老僧人，你是不是很后悔出家呢？非常调皮。还是白居易，再写木兰花，写的仍然是"戏"。

### 戏题木兰花

紫房日照胭脂拆，素艳风吹腻粉开。

怪得独饶脂粉态，木兰曾作女郎来。

这里还是描述了木兰的姿态，木兰如胭脂般美艳，风儿吹过来娇嫩地开放。怪不得木兰有女子态，因为它曾是女儿身——花木兰。

陆游《幽居初夏》诗云："箨龙已过头番笋，木笔犹开第一花。"

历史上还真有把木兰和玉兰比较的，我只找得到明代陈淳的《玉兰》："花开不是辛夷种，自得凝香绕紫苞"。看来古人是认真的，不像我一样习惯了。

继续木兰的旅程，这就到宋代找木兰。还有很多词提到木兰，就选晁补之的《八声甘州》和李清照的《一剪梅》吧。

### 八声甘州·扬州次韵和东坡钱塘作

谓东坡、未老赋归来，天未遣公归。向西湖两处，秋波一种，飞霭澄辉。又拥竹西歌吹，僧老木兰非。一笑千秋事，浮世危机。

应倚平山栏槛，是醉翁饮处，江雨霏霏。送孤鸿相接，今古眼中稀。念平生、相从江海，任飘蓬、不遣此心违。登临事，更何须惜，吹帽淋衣。

"僧老木兰非"句化用唐代王播《题木兰院》诗："三十年前此院游，木兰花发院新修。而今再到经行处，树老无花僧白头。"王播少时孤贫，寄居在扬州惠照寺木兰院，随僧粥食，久之僧颇厌，乃饭后始鸣钟以拒之，后播得志，出为淮南节度使，镇扬州，因访旧游处，作此诗。

晁补之说，苏东坡早有归隐的志向，但一直未能如愿，感叹"僧老木兰非"的人世冷暖，最好"一笑千秋事"，浮生处处是危机。晁补认可苏东坡，此生不论何时，都愿意追随左右，不惜吹帽淋衣。

放下他们对人世、官场的无奈，但看"僧老木兰非"，感慨万千，人情的冷暖竟和木兰挂上钩，从此大不一样。

再看李清照的《一剪梅》，这是她很有名的词，一句"雁字回时，月满西楼"传颂至今。

### 一剪梅

红藕香残玉簟秋。轻解罗裳，独上兰舟。云中谁寄锦书来，雁字回时，月满西楼。

花自飘零水自流。一种相思，两处闲愁。此情无计可消除，才下眉头，却上心头。

这是李清照和丈夫离别后写的词。这样的离别之情写得动人心弦，美得不可方物。

深秋，荷花已经败了，脱下罗裳，独自上木兰舟，大雁南归，月满西楼，可有你寄回的家书。

花飘零，水自流，你我都相思，人却在两处，这样的愁绪无法消除，刚劝慰了自己，转身又悄悄上了心头。

李清照登上的是不是木兰做的舟不重要，是木兰舟让相思的苦都充满着清冷纯粹的美的意象。从前只注意到她的词句，如今却也看到了木兰和木兰舟，别有一番滋味在心头。

# 樱 桃

## 红了樱桃

　　樱桃是蔷薇科樱属乔木，中国产的樱桃还称为莺桃、荆桃、樱珠等，外国产的称为车厘子。

　　最早是从一首革命歌曲知道樱桃的，"樱桃好吃树难栽，不下苦功花不开。幸福不会从天降，社会主义等不来"。而歌曲第一句出自山西左权民歌："樱桃好吃树难栽，有那些心思口难开。山丹丹开花背洼洼开，有了心思慢慢来。"这是一首情歌。

　　知道樱桃后的很长时间都没有吃过，心想有朝一日一定品尝一下，不知有多好吃。吃了樱桃后才发现，比起味道，樱桃更好看，如玛瑙一般剔透光亮。

　　真正好吃的樱桃，所谓甜樱桃是19世纪在中国的传教士带进来的。中国原产的樱桃颗粒小、酸度高，它的观赏程度更高，更能入文人墨客的眼。从汉代开始种植樱桃，到了唐代就比较普遍了，第一次兴盛是在宋代，我们先看看唐代的樱桃吧。

　　就选李商隐的《樱桃花下》吧。

流莺舞蝶两相欺，不取花芳正结时。

他日未开今日谢，嘉辰长短是参差。

我站在樱桃树下，想赏花，可气那黄莺和蝴蝶都笑话我，笑我赏花不在樱桃花绽放的时节，要不是花不开，要不就是花落时，总是赶不上恰当时节，岂不是被嘲笑。

李商隐也是一肚子的不合时宜。

咱还是看看宋朝樱桃盛行时的模样吧，一句"红了樱桃，绿了芭蕉"传唱千古，来自宋朝的蒋捷。

先看晏殊的《采桑子》，蒋捷的压轴。

樱桃谢了梨花发，红白相催。燕子归来。几处风帘绣户开。

人生乐事知多少，且酌金杯。管咽弦哀。慢引萧娘舞袖回。

在其他篇章中说过晏殊，他是北宋有名的宰相、词人，和他儿子晏几道被称为"大晏"和"小晏"，盛名一时。

仲春时节，粉红色的樱桃花谢了，白色的梨花盛开。燕子也归来了，有几处织绣的人家已经开始劳作。

哪里能知道人生欢乐的事有几回，所以要尽情尽兴。你听那管弦呜咽慢吟，你看那萧娘舞袖蹁跹，得欢乐处且欢乐，莫使金樽空对月。

晏殊是在感叹时光易逝，接了樱桃和梨花的"红白相催"。我们再看晁补之的《金凤钩》：

雪消闲步花畔。试屈指、早春将半。樱桃枝上最先到，却恨小梅芳浅。

忽惊拂水双来燕。暗自忆、故人犹远。一分风雨占春愁，一来又对花肠断。

苏门四学士之一的晁补之词写得清雅。早春已经过半，雪消了，花开了，最先看到的是樱桃花，梅花也开着，却比不上樱桃的鲜艳。忽然被拂水而过的双飞燕惊到，燕子已经归来了，但故人还在远方。这春天"三分春色二分愁，更一分风雨"，面对盛开的樱桃花，想起不归的故人，肠断。这是词人的特点，感时花溅泪，恨别鸟惊心。豪放派，婉约派，概莫能外。

最后看最期待的"红了樱桃,绿了芭蕉",出自蒋捷的《一剪梅·舟过吴江》。

一片春愁待酒浇。江上舟摇,楼上帘招。秋娘渡与泰娘桥,风又飘飘,雨又萧萧。何日归家洗客袍?银字笙调,心字香烧。流光容易把人抛,红了樱桃,绿了芭蕉。

南宋词人蒋捷因为这首词被称为"樱桃进士"。词中的秋娘是杜牧的《杜秋娘诗并序》中有故事的女子,泰娘是唐朝刘禹锡的《泰娘诗并序》中有故事的女子,人生跌宕起伏,结局悲凉。

见春愁春,解酒浇愁,江上酒旗招展,楼内酒客沉醉,看秋娘渡,泰娘桥,更增愁绪,此时风飘飘,雨潇潇。

何日才能回家,就算清洗衣袍也好,洁身沐浴,焚香弄琴,把心愁消解。只可惜,流光易逝,流水无情。樱桃才红,芭蕉又绿了,时光无法追赶。

蒋捷的"红了樱桃,绿了芭蕉"和晏殊的"樱桃谢了梨花发,红白相催"是一样的情绪,时光流逝,樱桃红了又谢了。


# 槟　榔

## 故要槟郎读


槟榔是棕榈科槟榔属常绿乔木,是典型的热带植物,能长到30米。槟榔对于北方人是神秘的,南方一些少数民族嚼槟榔,是一种嗜好,吃到牙齿乌黑,并以此为美。我喜欢槟榔,不是为了咀嚼,而是因为那首经典歌曲《采槟榔》,周旋、邓丽君都唱过。

## 采槟榔

高高的树上结槟榔，谁先爬上谁先尝，

谁先爬上我替谁先装。

少年郎采槟榔，姐姐提篮抬头望，低头又想。

他又美他又壮，谁人比他强。

赶忙来叫声我的郎呀

青山高呀流水长

那太阳已残，那归鸟儿在唱

教我俩赶快回家乡。

这是我向往的，阳光灿烂，直白热烈，像热带的阳光。我去过南方，也喜欢植物，但是那些陌生奇特的植物让我目瞪口呆、目不暇接，让我来不及消化。没几天，热带植物渐行渐远，我又回到原地，除了热带标志椰子树，让我分清香蕉树和芭蕉树是困难的，至于槟榔、棕榈、橄榄树，我分清楚过，但回到北方就忘了。不忘的是《采槟榔》，让人向往。

我不知道槟榔是中药材，但咀嚼槟榔带来的害处这几年有所耳闻，毕竟离得远，我只能高高挂起。

嚼槟榔的习惯很早就有，李时珍介绍说："宾与郎皆贵客之称。稽含《南方草木状》言：交广人凡贵胜族客，必先呈此果。"

我想描述槟榔，但是黔驴技穷，只好再次请出李时珍，他说："槟榔树初生若笋竿积硬，引茎直上。茎干颇似桄榔、椰子而有节，旁无枝柯，条从心生。端顶有叶如甘蕉，条派开破，风至则如羽扇扫天之状。"

又像桃榔，又像椰子，又像甘蔗，令我一头雾水。我不熟悉槟榔，但古人熟悉，让我不免有些惭愧。其中少不了苏东坡，他什么植物都知道，南北通吃。

### 咏槟榔

异味谁栽向海滨，亭亭直干乱枝分。

开花树杪翻青箨，结子苞中皱锦纹。

可疗饥怀香自吐，能消瘴疠暖如薰。

堆盘何物堪为偶，蒌叶清新卷翠云。

这是为咀嚼槟榔站台呢，又香又暖还疗饥，怎不令人向往，除了会黑齿、黑唇。苏东坡吃得少，所以没有黑齿的顾虑。

他的老友黄庭坚也有关于槟榔的诗，不妨一同欣赏。

### 几道复觅槟榔

蛮烟雨里红千树，逐水排痰肘后方。

莫笑忍饥穷县令，烦君一斛寄槟榔。

穷县令忍饥，需要朋友寄槟榔解决。槟榔具有杀虫、破积、降气行滞、行水化湿的功效，聊以充饥，还可以逐水排痰。县令很苦，贫病交加，槟榔竟是他的救命食物。

还有一位叫郑域的南宋诗人谈到槟榔，我想他一定是北方人。

### 槟榔

海角人烟百万家，蛮风未变事堪嗟。

果堆羊矢乌青榄，菜佐丁香紫白茄。

杨枣实酸薄纳子，山茶无叶木棉花。

一般气味真难学，日啖槟榔当啜茶。

热带地区的植物很特别，风情也异于中土，最让人吃惊的是每日吃槟榔，好像跟喝茶一般，外地人学不来。

再就是宋词里陈亚的《生查子·药名闺情》提到的槟榔。

相思意已深，白纸书难足。字字苦参商，故要槟郎读。分明记得约当归，远至樱桃熟。何事菊花时，犹未回乡曲。

其中"槟郎"也写作"檀郎"，借的"槟榔"的名儿。此词的解读参看"薏苡"篇，此处不再赘述。

一路看过槟榔，最喜欢的还是"高高的树上结槟榔，谁先爬上谁先尝"，很有生活气息。


# 梨 树

## 梨花细雨


想起梨花，便是"梨花一枝春带雨"；想起梨，便是美味的酥梨、玉露香梨或者库尔勒香梨，听着就垂涎欲滴；想起梨树，就是"千树万树梨花开"了。

梨树的种类很多，最早的原生品种有棠梨，又称杜梨，现在山野之中仍然可以看到。别看棠梨长得不起眼，甚至口味酸涩，但它的文化价值却不小。《召南·甘棠》就是最直接的例证。

蔽芾甘棠，勿剪勿伐，召伯所茇。
蔽芾甘棠，勿剪勿败，召伯所憩。
蔽芾甘棠，勿剪勿拜，召伯所说。

树荫遮蔽的甘棠树，别剪别伐，那可是召伯所植。枝叶茂盛的甘棠树，别剪别损，那可是召伯休息的地方。生长旺盛的甘棠树，别剪别毁，那可是召伯所喜欢的地方。

召伯是和周公齐名的德高望重之贤人。周公有周公吐哺、天下归心之名，召公有甘棠遗爱、甘棠之惠之谓。

至少到了汉代，人们食用的梨就不局限于棠梨了，而出现了很多品种。据西汉《西京杂记》记载："紫梨、青梨（实大）、芳梨（实小）、大谷梨、细叶梨、缥叶梨、金叶梨（出琅玡王野家，太守王唐所献）、瀚海梨（出瀚海北，耐寒不枯）、东王梨（出海中）、紫条梨。"汉武帝果园的梨就更不同寻常了，据《三秦记》记载："汉武果园，一名'御宿'，有大梨如五升，落地即破。取者布囊盛之，名曰'含消梨。'"说有很大的梨，能装到五升的容器里，很脆，很酥，入口即化。

这些梨虽然美味，但没有诗意，还是到唐代看看"千树万树梨花开"吧，这是岑参《白雪歌送武判官归京》诗中的一句。全诗比较长，就选相关的四句。

北风卷地白草折，胡天八月即飞雪。
忽如一夜春风来，千树万树梨花开。

岑参送好友归京，塞外八月，南方正值盛夏，这里竟然下雪了。北风很强劲，把强韧的白草都吹折了。看到纷纷落下的雪，我想起江南的梨花，好似春风吹来，一夜之间千树万树梨花开，甚是美妙。

除了"千树万树梨树开"，被后世广泛引用的还有白居易的"梨花一枝春带雨"，出自《长恨歌》：

风吹仙袂飘飘举，犹似霓裳羽衣舞。
玉容寂寞泪阑干，梨花一枝春带雨。
含情凝睇谢君王，一别音容两渺茫。
昭阳殿里恩爱绝，蓬莱宫中日月长。（节录）

这首叙事诗是白居易有感唐明皇和杨贵妃的爱情故事而作的，写得瑰丽、旖旎、浪漫却又悲情。从那时起，"梨花一枝春带雨"就成了我见犹怜女子美貌的特称。

到了宋朝，像梨花这样含忧带愁过于素白的花深入词人们的内心，所以宋词中梨花一定不少，且"带雨""凋零"，那就让我们感同身受一下，先看柳永的"梨花一枝春带雨"。

## 倾怀

### 柳永

离宴殷勤，兰舟凝滞，看看送行南浦。情知道世上，难使皓月长圆，彩云镇聚。算人生、悲莫悲于轻别，最苦正欢娱，便分鸳侣。泪流琼脸，梨花一枝春带雨。

惨黛蛾、盈盈无绪。共黯然消魂，重携素手，话别临行，犹自再三、问道君须去。频耳畔低语。知多少、他日深盟，平生丹素。从今尽把凭鳞羽。

离别宴上，彼此不舍，木兰舟就在不远处，到了不得不离别的时候。明知道月难长圆、彩云常聚。人生最悲哀的莫过于离别，热恋中的情人猛然分离，就是"梨花一枝春带雨"。

情人因为离别而黯然销魂，让人百般不忍，不由再次拉住她的手，反复询问是不是一定要走。过去多少山盟海誓，今天起就只能鱼雁传书，这便是"梨花一枝春带雨"。

再看梨花的凋零，在欧阳修的《玉楼春》里有。

## 玉楼春

### 欧阳修

去时梅萼初凝粉。不觉小桃风力损。梨花最晚又凋零，何事归期无定准。阑干倚遍重来凭。泪粉偷将红袖印。蜘蛛喜鹊误人多，似此无凭安足信。

这是欧阳修替闺中女子写的思念词。

走的时候，梅花刚结花骨朵，不知不觉，小桃花已经被风吹落，梨花开得最晚，也已经凋零，归期怎么仍未定下？

倚遍栏杆远望，泪水已将红袖打湿。蜘蛛一遍遍眼前悬丝，喜鹊一遍遍鸣叫，但是君还是没有归来，它们是何等的误人。

从前的女子好可怜，出不了门，只能默默等郎归，等久了，又只能默默流泪。看到梨花凋零，孤零寂寞的感觉便更添一层。

楚楚可怜的梨花让人心碎，但仔细寻找，竟有不甚悲凉的梨花，是王安国的《清平乐·春晚》：

留春不住，费尽莺儿语。满地残红宫锦污，昨夜南园风雨。
小怜初上琵琶，晓来思绕天涯。不肯画堂朱户，春风自在梨花。

王安国是王安石的弟弟，也为官，《全宋词》只录了他三首词。

黄莺儿费劲啼鸣也留不住春，满地残红污浊了锦绣，都是因为昨夜的一场风雨。

歌女刚刚弹起琵琶，万千思绪直达天涯。那春风中片片飘落的梨花不肯进入豪门大户人家。

这便是不寻常的梨花。


# 楸 树

## 王孙走马楸陌


楸树是紫葳科梓树属高大的落叶乔木，和梓树特别像，也因此称为梓桐、金丝楸、旱楸蒜薹，水桐等。旱楸蒜薹则完全根据楸树的荚果形态称呼，果然像树上长的蒜薹，梓树也是一样。

现在我也可以辨认出梓树和楸树。在每年五月初，梓树开黄绿色泡桐样的花，楸树开肉粉色泡桐样的花，不过梓树的花小一些，楸树的花大一些。花谢结果时，我就分不清了，我想很少有人能在无花季节将它们辨别出来吧。

楸树是古老的树种，原产于中国，在古代是重要的经济树种，从汉代起人们就有种植楸树作为遗产留给子孙后代的习俗。

楸树的古老可以从《诗经》中看出，那时被称为"条"，像是数量词。

## 秦风·终南

终南何有？有条有梅。君子至止，锦衣狐裘。颜如渥丹，其君也哉！

终南何有？有纪有堂。君子至止，黻衣绣裳。佩玉将将，寿考不亡！

大意是，终南山上有什么？有高大山楸也有挺拔的楠木。君子来到这里，穿锦衣披狐裘。红润的脸庞好像涂了赭石，真是有风度呀。

终南山上有什么？有杞柳也有棠梨。君子来到这里，穿礼服着锦绣。佩玉叮当作响，祝他健康长寿！

《秦风·终南》中的楸树是美好的意象，象征君子与茁壮，它终因其高大、美丽，赢得君子的心。宋人陆佃为《尔雅》作补充的《埤雅》就是这样描述楸树的："楸，美木也，茎干乔耸凌云，高华可爱。"

因为楸树"高华可爱"，自然得到诗人特别是唐代诗人的欢心，唐宋八大家之首的韩愈游某处城南写下十六首诗，其中就有三首写了楸树。

## 游城南十六首

### 楸树

青幢紫盖立童童，细雨浮烟作彩笼。

不得画师来貌取，定知难见一生中。

### 楸树二首

几岁生成为大树，一朝缠绕困长藤。

谁人与脱青罗帔，看吐高花万万层。

幸自枝条能树立，可烦萝蔓作交加。

傍人不解寻根本，却道新花胜旧花。

第一首写楸树的状貌，烟雨中开花的楸树一生少见，那是画师也难描画的美貌。

再看楸树时，楸树被藤蔓困扰住了，难以展现芳姿，不知什么人能为楸树解脱藩篱，让它如从前一样一层一层高高绽放。但楸树毕竟是高大的乔木，即使藤蔓缠绕，仍然能屹立不倒。看到被藤蔓缠绕的楸树，旁人竟然认为藤蔓上的花比原来的楸花好看。

到了宋代，写楸树的少了，只在宋词中找到柳永的《少年游》。我很好奇柳永的楸树是什么样子的，诸君随我一起来。

### 少年游

日高花榭懒梳头。无语倚妆楼。修眉敛黛，遥山横翠，相对结春愁。
王孙走马长楸陌，贪迷恋、少年游。似恁疏狂，费人拘管，争似不风流。

暮春，花已经谢了，女子有心事，太阳已经高高挂起，此时她懒得梳妆打扮，而是默默倚在闺楼上，别是一番滋味在心头。

那些王孙骑马漫游在长满楸树的旷野，他们任性潇洒，只贪恋一时欢乐，看似疯狂，但若是有人以情管束，他们就不愿风流了。这就是女子的"春愁"，她留不住那些喜欢少年游的王孙公子。

这就是柳永写到的楸树，和韩愈大异其趣。我不想说我只喜欢韩愈的楸树，尽管他的楸树更接近楸树的本质，生活是多种多样的，比如柳永的楸，染了女子的"春愁"。

# 枫 树

## 枫叶荻花秋瑟瑟

我非常喜欢枫树，不论是元宝枫、鸡爪枫还是糖枫。我居住的北方小城元宝枫居多，每到深秋枫叶红时，我就为看枫叶而忙碌，看枫叶红了、黄了或者还绿着。这是个五彩缤纷的季节，让人很想作诗，从古至今都是。

就从《楚辞》开始吧。

屈子《招魂》："朱明承夜兮，时不可以淹。皋兰被径兮，斯路渐。湛湛江水兮，上有枫。目极千里兮，伤春心。魂兮归来，哀江南！"大意是，太阳破晓而出啊，不可以停留。兰草长满小径啊，小路渐次荒漠。清澈的江水啊，高处有枫树，一望无际啊，心中满怀伤春的情绪。魂兮归来啊，哀叹故土江南。

屈子提到了枫，不以香、恶论之，这就是风景，如此甚好。

历史上最有名的枫，出自唐朝诗人张继的《枫桥夜泊》：

月落乌啼霜满天，江枫渔火对愁眠。
姑苏城外寒山寺，夜半钟声到客船。

诗人凭借一首诗名传千古。深秋的夜晚，诗人羁留在苏州城外江中的船上，天气已经很冷，冷意飕飕，好似天上都布满的霜花。船停靠在一座叫枫桥的桥边，一定是周边长满了枫树的缘故吧。幽暗的枫林和渔舟上亮起的渔火衬托着我思乡的愁绪，我想眠，但是失眠，夜深人静，能听见钟声悠悠传来，那是城外不远的寒山寺敲的钟。

自有了张继的江枫，后世就出现了无数江枫，他的枫是有愁绪的。还有一个"正能量"的枫，出自杜牧的《山行》：

远上寒山石径斜，白云生处有人家。
停车坐爱枫林晚，霜叶红于二月花。

现在是深秋，我正爬山，山路弯弯，白云悠悠，若隐若现有处人家，因为有了人间的烟火气，我内心是安稳的。此时吸引我的是漫山遍野的枫树，如火如荼，美不胜收，那鲜艳的红色远胜烂漫的二月春花。

紧接着，让我们走进宋朝，先看看欧阳修的《减字木兰花》：

伤怀离抱，天若有情天亦老。此意如何？细似轻丝渺似波。
扁舟岸侧，枫叶荻花秋索索。细想前欢，须著人间比梦间。

分别的怀抱甚是伤感，上天也会因此衰老。细如轻丝，渺似波纹，看似清淡，其实点点在心头，挥之不去。

深秋，一叶扁舟在岸边，枫叶、荻花在秋风中沙沙作响。仔细想我们曾经的欢聚，只有在梦中，才能重温。

让我最为感叹的是"天若有情天亦老"这句。最早知道此句，是在毛主席的《七律·人民解放军占领南京》中，"天若有情天亦老，人间正道是沧桑"，当时就非常喜欢。

后来，我发现李贺在《金铜仙人辞汉歌》中也有"衰兰送客咸阳道，天若有情天亦老"，我才知道历代文人多有借用李贺此句。宋朝万俟咏的《忆秦娥》："天若有情天亦老，此情说便说不了。"孙洙的《河满子》："天若有情天亦老，摇摇幽恨难禁。"元朝元好问的《蝶恋花》："天若有情天亦老。世间原只无情好。"不仅是诗词附会，甚至还有对联相应，如宋朝石延年的"天若有情天亦老，月如无恨月常圆"。不同的人，就会有不一样的情。我们回头看枫，就是秋天秋风中簌簌作响的无情物。

再看张炎的《绮罗香·红叶》：

万里飞霜，千林落木，寒艳不招春妒。枫冷吴江，独客又吟愁句。正船舣、流水孤村，似花绕、斜阳归路。甚荒沟、一片凄凉，载情不去载愁去。

长安谁问倦旅？羞见衰颜借酒，飘零如许。谩倚新妆，不入洛阳花谱。为回风、起舞尊前，尽化作、断霞千缕。记阴阴、绿遍江南，夜窗听暗雨。

张炎在其他篇章中已经介绍过，身世堪怜，国破家亡，没有安身之地。他写的是红叶，但更多的是自己的感慨。

秋冬时节，万木凋零，此时只有红叶在寒风中独艳，不必担心招致春天的嫉妒。在长满枫树的吴江边上，我独吟愁句。船随水流，夕阳照着归路，红叶飘零如许，载不动许多情，只载许多愁飘向远方。

都城无人顾念疲倦的旅人，不愿意看见衰老的自己，只能借酒浇愁，不必再扮新妆，扮了新妆也进不了当今的牡丹花谱。红叶纷纷，不过就是起舞酒杯前，化作细碎的红霞缕缕。看红叶飘零，不由记起我的家乡江南，那是满眼绿色的江南，夜雨声声，倚窗而听，可惜一切都随国破不复存在。

张炎词中的红叶，也许是枫树的叶，也许是黄栌的叶，非常艳丽，若生在春天，百花会嫉妒，飘落江水，犹如断霞，是美丽的哀愁，承载着张炎不能承受之重。

宋朝的枫就在张炎的枫叶凄艳中飘落而下。

# 李 树

## 正好三春桃李

桃李常常不分家，从《诗经》时代就是这样，比如《召南·何彼襛矣》"何彼襛矣，华如桃李"，以及《大雅·抑》"投我以桃，报之以李"。

再加上投桃报李、桃李满天下、桃李争妍、李代桃僵、艳如桃李、夭桃秾李、桃李不言等成语，则更加证明了它们的密切关系。

到了唐代，桃李依旧紧密结合，比如这首贾至的《春思二首》其一：

> 草色青青柳色黄，桃花历乱李花香。
> 东风不为吹愁去，春日偏能惹恨长。

春天到了，绿草丛生，柳芽鹅黄，桃花乱舞，李花飘香。在如此生机盎然的季节，春风吹过，吹不走我的忧愁，却因为烂漫春光，而增加了我的怨恨。贾至用桃李的美艳反衬他的忧愁与怨恨。

桃李不分开是有物种原因的，它们同属蔷薇科李亚科，一个桃属、一个李属。桃李在一起的例子不胜枚举。有一个关于李花的传说，和李白有关。

李白的父亲为他起名，一直没有满意的，直到李白七岁时，李父想作一首

春日绝句："春风送暖百花开，迎春绽金它先来。"后两句让李白和他母亲填补，李母云："火烧杏林红霞落。"李白道："李花怒放一树白。"李父很赞赏，道："首字为我姓，尾字道出李花的品格。"从此，李白就有了和李花相关的名字。

宋诗里也能找到单写李花的诗，比如杨万里的"春暖何缘雪压山，香来初认李花繁"，还有"李花宜远更宜繁，唯远唯繁始足看"等。

历代还有因为成语"桃李不言，下自成蹊"多次入诗的，出处在司马迁《史记·李将军列传》："太史公曰：传曰：'其身正，不令而行；其身不正，虽令不从。'其李将军之谓也。余睹李将军，悛悛如鄙人，口不能道辞。及死之日，天下知与不知，皆为尽哀。彼其忠实心诚信于士大夫也。谚曰：'桃李不言，下自成蹊。'此言虽小，可以谕大也。"

这个故事值得一谈，太史公司马迁说："你自身正，不下命令，人们也会奉行；自身不正，就是下令，也没人愿意执行。这正是说的李将军啊。我看到的李将军就像个粗鄙的人，还不善于言辞。到他死的时候，天下人，不论认不识他，都为他哀痛。他的忠实诚信实在是让士大夫信服的呀。谚语说：'桃李自己不言语，它的花、结下的果实自然就让人走到它的旁边，赏花、摘果。日久，就形成了一条路。'这虽然是一句俗语，但小中见大。说得直白点，就是人有好的品格，自然会吸引人。"

最早引用的是南朝江总《咏李》："但见成蹊处，几得整冠人。"以及王筠《答元金紫饷朱李诗》："秾华春花彩，结实下成蹊。"到了宋朝，就要看宋词，桃李依旧不分，那我们就选几首看看吧。

先看苏东坡的《雨中花慢》：

嫩脸羞蛾，因甚化作行云，却返巫阳。但有寒灯孤枕，皓月空床。长记当初，乍谐云雨，便学鸾凤。又岂料、正好三春桃李，一夜风霜。

丹青入画，无言无笑，看了漫结愁肠。襟袖上，犹存残黛，渐减余香。一自醉中忘了，奈何酒后思量。算应负你，枕前珠泪，万点千行。

这是苏东坡写给病逝的宠妾朝云的。苏东坡专门为她写了墓志铭，说她侍奉先生多年，忠敬若一，34岁去世。苏东坡很难过，特写此词缅怀朝云，也算朝云不白白跟随他一场，这一点比白居易强多了，白居易把自己的宠妾和马一起卖掉了。

苏东坡回忆和朝云的相爱相携，甚是欢畅，正好经历了三春的桃李芬芳，但是，"又岂料，一夜风霜"，朝云却走了，让苏东坡猝不及防，痛断肝肠。

千万个舍不得，把朝云的画像反复观看，朝云无言无语，让老人家愁肠百结。衣衫中还留有朝云的余香，人却远走，醉了就忘了，醒了又反复思量，觉得辜负了朝云，顿时眼泪万点千行。

看得出苏东坡痛断肝肠，不由想起他的另一首词《江城子·乙卯正月二十夜记梦》：

十年生死两茫茫，不思量，自难忘。千里孤坟，无处话凄凉。纵使相逢应不识，尘满面，鬓如霜。

夜来幽梦忽还乡。小轩窗，正梳妆。相顾无言，惟有泪千行。料得年年肠断处，明月夜，短松冈。

这是怀念他的亡妻的，感情深挚到今天读来依旧让人泪湿。可怜苏东坡后来有了朝云，却再一次失去，怎不叫人再一次泪奔。

此时读来仍让人脊背发寒，赶紧走出来吧，我有掉进悲痛深渊的担心。解铃还须系铃人，就用他的一首《如梦令》消除愁绪。

### 如梦令·春思

手种堂前桃李，无限绿阴青子。帘外百舌儿，惊起五更春睡。居士，居士。莫忘小桥流水。

这是苏东坡被贬居黄州时写的。堂前的桃李已经绿树成荫，结了青色的果实。帘外的小鸟百舌儿不停地鸣叫，惊醒春睡的我。小桥流水的美景，是一个居士该有的归宿，

苏东坡几经宦海沉浮，早有归隐之心。归隐地该有小桥流水，还有桃李满堂前。

他还有一首《望江南·暮春》词，和此词正好呼应，不妨一赏。

### 望江南·暮春

春已老，春服几时成。曲水浪低蕉叶稳，舞雩风软纻罗轻。酣咏乐升平。

微雨过，何处不催耕。百舌无言桃李尽，柘林深处鹁鸪鸣。春色属芜菁。

春天已经过去，春衣还没有制成，时间真是太快了。我们正在饮酒欢乐，那曲水中的蕉叶酒杯正稳稳地随水流动，舞女们身着霓裳羽衣，一派歌舞升平的景象。

一阵细雨飘过，到了春耕的大忙时节，只在春天鸣叫的百舌鸟儿因为桃李芳菲已尽，已经停止了歌喉。鹁鸪开始"播谷播谷"上场催耕，那声音是从柘树林子传出来的。此时你再看，芜菁花儿黄，春色尽显。

最后引出秦观的《行香子》：

### 行香子

树绕村庄。水满坡塘。倚东风、豪兴徜徉。小园几许，收尽春光。有桃花红，李花白，菜花黄。

远远围墙。隐隐茅堂。飏青旗、流水桥傍。偶然乘兴，步过东冈。正莺儿啼，燕儿舞，蝶儿忙。

这首词好，没有深重的愁苦。村庄，春光，无限，有桃花红、李花白、菜花黄，美不胜收。远处，茅堂，小桥流水，乘兴欣赏，正莺儿啼、燕儿舞、蝶儿忙，好不令人心醉。


# 榆 树

## 雨翻榆荚阵

榆树是榆科榆属落叶乔木，也叫春榆、白榆，是很寻常的树木，如不是它开花结荚的时节，很少有人注意它的存在。

榆树结的荚就是榆钱，过去救荒时，榆荚是最好的食物。粮食够吃以后，榆钱就退居二线，不再受到人们的关注。但是近些年来，榆钱再次贡献自己的余热，因为物质丰富以后，整天膏粱厚味，吃的人脑满肠肥，减肥成了人们日常交谈中必谈的话题，各种野蔬走进人们的视野，其中就包括榆钱。

榆钱的性味微辛、平，主要功能是安神健脾，可治疗神经衰弱、失眠、食欲缺乏等，没有减肥功效，但现在的人认为只要是可食用的野菜，都可以减肥。当年肥胖是地主家的专利，吃野菜的人家没见过胖子。没听说吃榆钱能吃成胖子的，于是榆钱权当减肥菜。

榆树的功用很多，比如制作家具、车辆、农具、器具、桥梁、建筑等。树皮还可以制绳索、麻袋或作人造棉与造纸原料。久远的从前，人们还用榆树皮磨成粉掺和面粉食用。

尽管榆树全身都是宝，但也有不同声音出现，比如，称人脑筋不灵活就叫"榆木脑袋"，其实这是榆树的长处，但也容易长树瘤。

榆树是古老的树种，是被北魏贾思勰《齐民要术》归为经济林广泛种植的。在此之前《诗经》中就写到榆树，那时叫"枌"，《陈风·东门之枌》中说："东门之枌，宛丘之栩。子仲之子，婆娑其下。"意思是，东门外有榆树，宛丘上有栎树。子仲家有好女子，林下婆娑起舞。

历史上写到榆树的诗文很多，先选一首我喜欢的唐诗——岑参的《戏问花门酒家翁》：

老人七十仍沽酒，千壶百瓮花门口。

道傍榆荚仍似钱，摘来沽酒君肯否。

此时正是仲春时节，岑参从新疆库车（安西）到了甘肃武威（凉州），进了城里，在一家叫花门楼的酒店里，看见一位年过七旬的老人在卖酒，老人面前摆满了酒壶酒瓮。他心情不错，就想逗逗老人，看到道路旁榆树结出的榆荚，就说："我把那榆钱摘下来买酒，你可愿意？"这是令人愉快的榆钱。

成语里有两句提到榆树——"桑榆暮景""失之东隅，收之桑榆"，可见榆树在人们的日常生活中用处颇多。"桑榆暮景"最早出自南朝宋刘铄《拟古二首》："愿垂薄雾景，照妾桑榆时。"宋代苏轼在《罢登州谢杜宿州启》中也有"桑榆晚景，忽蒙收录之恩"一句。

"失之东隅，收之桑榆"出自范晔《后汉书·冯异传》："玺书劳异曰：赤眉破平，士吏劳苦，始虽垂翅回溪，终能奋翼黾池，可谓'失之东隅，收之桑榆'。方论功赏，以答大勋。"意思是，在一处吃了败仗，在另一处又取得了胜利。

宋代写到榆树的词不少，先选一首苏东坡的《临江仙》。

### 临江仙

九十日春都过了，贪忙何处追游。三分春色一分愁。雨翻榆荚阵，风转柳花球。

我与使君皆白首，休夸少年风流。佳人斜倚合江楼，水光都眼净，山色总眉愁。

这是苏东坡在惠州宴饮时所写的诗。

春天马上就过去了，整日里忙忙碌碌竟没有好好欣赏春天的美景。即使是现在，也还留有三分春色，却有一分惆怅相伴，你看雨打榆荚落满地，风吹柳絮满天飞。

我和使君都白发苍苍，再别提年少时的风流往事。佳人斜靠合江楼，眼前的风景如此美丽，但是总有一分惆怅，让人不禁感叹。

苏东坡一生经历坎坷，晚年令人伤感，春末万物欣欣向荣，但春的好掩盖不了他内心的落寞，三分春色一分愁，榆钱飘落、柳絮翻滚也会带来愁绪。

榆钱年年结，榆荚年年落，一晃就到了南宋，吴潜的榆钱也伴着柳。

### 满江红·金陵乌衣巷

柳带榆钱，又还过、清明寒食。天一笑、满园罗绮，满城箫笛。花树得晴红欲染，远山过雨青如滴。问江南、池馆有谁来，江南客。

乌衣巷，今犹昔。乌衣事，今难觅。但年年燕子，晚烟斜日。抖擞一春尘土债，悲凉万古英雄迹。且芳尊、随分趁芳时，休虚掷。

吴潜是南宋词人，一度曾任宰相，后被贾似道排挤，出任地方官，与姜夔、吴文英等交往甚密，词风更近于辛弃疾，多抒发济时忧国的抱负与报国无门的悲愤。乌衣巷很有名，唐朝刘禹锡《乌衣巷》诗云："朱雀桥边野草花，乌衣巷口夕阳斜。旧时王谢堂前燕，飞入寻常百姓家。"说的是晋代王、谢等贵族的高门大院，在宋代成为游乐场所。

春末，柳絮飞，夹着榆钱。马上就是清明寒食，天气很好，满园的穿罗女子，满城的莺歌燕舞。花儿因为天气好而开得格外娇艳，远山雨过天晴，青翠欲滴。问游览乌衣巷的是谁，是我和我的兄长。

乌衣巷还是从前的样子，但那时发生的事，如今再难寻觅。燕子年年今朝，晚来烟笼斜阳照。真想放下公务放纵自己，看着乌衣巷难免不悲叹英雄的落寞。该是趁春时好好度光阴，且莫虚度。

写春天那么好，天都是"一笑"的，花艳山翠，却让人想起乌衣巷的往事，曾经的簪缨世族转眼成空，"我"怎能不哀叹英雄末路呢？所以要好好珍惜现有时光，别虚掷了。

吴潜和苏东坡的榆与我的不一样，总有几分哀愁。

# 木 槿

## 容易舜花偷换

木槿和蜀葵、锦葵、黄葵、朱槿同是锦葵科的植物，但蜀葵、锦葵、黄葵是草本植物，木槿和朱槿是木本植物，关系更近的是木槿和朱槿，它们还是同一个属，唯一不同的是木槿是落叶灌木，朱槿是常绿灌木。朱槿在北方是种在花盆里的，木槿则到处都有，街道、公园、小区都少不了。它和紫薇一样，是夏季开花最长的植物，春日

里百花争艳之后，夏日少花的季节全凭木槿和紫薇来支撑。

木槿有个特殊的名字叫"舜"，就是"仅荣一瞬"的意思，也称"朝开暮落花"，《本草纲目》云："朝开暮敛。"我仔细观察现代的木槿，满树木槿盛开，满地木槿落花，边开边落，单独一朵木槿开的时间不长，但也不是只开一天，成群的木槿则此起彼落、花开花落。

木槿历史悠久，《诗经》中就有确定的描述，称为"舜华"，《郑风·有女同车》就有美丽的木槿花：

有女同车，颜如舜华，将翱将翔，佩玉琼琚。彼美孟姜，洵美且都。
有女同行，颜如舜英，将翱将翔，佩玉将将。彼美孟姜，德音不忘。

大意是，有位姑娘和我同车，她的脸如木槿花。她的步履轻盈如翱翔，身佩美玉晶莹闪亮。她就是美好的孟姜，真是美丽又端庄。

有位姑娘和我同行，她的脸像木槿花。她的体态婀娜如翱翔，身佩美玉叮叮当当。她就是美好的孟姜，她美好的声音令人难忘。

美丽的姑娘像木槿花一样，身佩美玉，轻盈袅娜，和心仪的男子同车出游，世间事美好不过如此，女子正当其时，男子正当其时，木槿花正当其时，"颜如舜华"。

但在我的眼里木槿很是寻常，花朵是灰暗的粉色，不像桃花般"灼灼其华"，甚至比不上蜀葵鲜艳夺目。所以看到《诗经》中的木槿我是吃惊的，木槿可以是这样的吗？"有女同车，颜如舜华"，之后再看木槿，尤其雨后的木槿花，竟有些妩媚了。

自《诗经》中有了木槿，后世的诗文里也不乏木槿的身影，但诗人们关注更多的是它的"朝开暮敛"，由此感叹人生。最典型的是唐朝李商隐的《槿花》：

> 风露凄凄秋景繁，可怜荣落在朝昏。
> 未央宫里三千女，但保红颜莫保恩。

已经入秋，木槿花还在开，它从夏开到秋，可怜的是单朵只能朝开夕落。从前汉武帝充入后宫的三千宫女，她们就算能保得住自己的红颜，哪里又能保住君王的宠幸呢？君王的恩宠就像木槿花的开放，不过是一朝一夕而已。

换个角度看问题就不一样了，同是"朝开暮敛"，有人看到了光明的一面。

### 槿花

崔道融

> 槿花不见夕，一日一回新。
> 东风吹桃李，须到明年春。

崔道融看到木槿朝开夕落，更看到木槿的"日日新"，桃李今年花开娇艳，再看就得等明年春天。

有人看出有小人的迹象，还有人看出盛极而衰的悲情。木槿倒是不管任何人的议论，自开自落自芬芳，从古至今。

到了宋朝，议论木槿的诗文少了，但我仍然能看到柳永的《迷仙引》：

> 才过笄年，初绾云鬟，便学歌舞。席上尊前，王孙随分相许。算等闲、酬一笑，便千金慵觑。常只恐、容易韶华偷换，光阴虚度。

已受君恩顾，好与花为主。万里丹霄，何妨携手同归去。永弃却、烟花伴侣。免教人见妾，朝云暮雨。

看到柳永的名字就想到花街柳巷。小女子刚满15岁，头发刚刚盘起，学习了歌舞表演，要表演给王孙公子，曲意逢迎，为博一笑。但是害怕时光流逝，人生就像木槿花一般朝开夕落，光阴就这样虚度。

小女子已经被您看上，您要为我做主，江山万里，您何不带我远走高飞，让我永远抛却这烟花柳巷，免得让人想到"朝云暮雨"。

看了此词我竟莫名地感动，那女子让人心疼、感动，人前强颜欢笑，背后悲叹身世。小女子也不简单，她不愿意过这"卖笑"的生涯，虚度光阴，她想和心上人远走他乡，过"你挑水来我浇园"的平常人生。

突然对柳永有了好感，谢谢木槿花。


# 松 树

## 昨夜松边醉倒


松树总是让人肃然起敬，这和松树的挺拔坚韧有关，也和其文化寓意相关，比如乔松之寿、松柏后凋、松柏之茂、松筠之节、岁寒知松柏等。但松树并不总是让人敬畏，就拿《郑风·山有扶苏》中的松来说吧。

山有扶苏，隰有荷华。不见子都，乃见狂且。
山有桥松，隰有游龙。不见子充，乃见狡童。

山上林木参天，沼泽荷花映日。不见子都般的美男子，却碰上你这个轻狂的人。

山上有高大松树，水边有漂浮的水草。不见子充般的美男子，却见你这个轻浮少年。

女子和情人欢会，选择在松树林里，如果有文化寓意上的忌惮那就不会这样了。

当然，民间随性自然，宫廷就不一样了，仍然是《诗经》,《小雅·天保》中的松就有了后世松的内涵："如月之恒，如日之升。如南山之寿，不骞不崩。如松柏之茂，无不尔或承。"大意是，您像新月刚出现，您像红日刚升起。您像南山永长生，永远不会崩塌坍陷。您像松柏永茂盛，没有不拥护您的。这是大臣祝颂君主的诗。

不过，我喜欢的是唐朝王维笔下的松。

### 山居秋暝

空山新雨后，天气晚来秋。

明月松间照，清泉石上流。

竹喧归浣女，莲动下渔舟。

随意春芳歇，王孙自可留。

空旷的群山在一场雨后显得格外干净透彻，初秋傍晚时分，明月穿过松林洒下清辉，清澈的泉水从石上流过。竹林里传来阵阵喧嚣，那是浣衣归来的女子们相互嬉闹，湖里的莲花轻动，是捕鱼的船儿轻动。我找到了归隐的好地方，可以随时随地安歇。《招隐士》说："王孙兮归来，山中兮不可久留！"可

我恰恰在这里自可久留。

到了宋代，宋词中有150余种植物，苏东坡、晏殊、欧阳修、辛弃疾出现了无数次，他们写到的植物种类也多，而司马光有所不同，宋词收录少，写到的植物更少。宋朝可以没有词人司马光，但不能没有史学家司马光，仅凭一部《资治通鉴》，他就功不可没。

## 阮郎归
### 司马光

渔舟容易入春山，仙家日月闲。绮窗纱幌映朱颜，相逢醉梦间。

松露冷，海霞殷。匆匆整棹还。落花寂寂水潺潺，重寻此路难。

渔舟轻易地驶入春山仙境，就像进入陶渊明的桃花源，仙家的日月悠长随意。恍惚间看到纱窗里有一位佳人，相逢相遇，好似醉梦一般。

猛然间，感到松树上的露水清冷地打在身上，太阳落山，海霞殷红，不敢留恋，匆匆归去。落花流水人走，再要回来，竟是难寻旧路。

看到此词我很惊愕。他的谥号是"文正"，自号是"迂夫"，整日里板着面孔对皇帝"臣光曰"，怎么会写出这样"艳情"的词呢？但是就是写了，可见人都是多面的。

这首词有《郑风·山有扶苏》的余韵，是阳春白雪版的《山有扶苏》，完全打破了我的预先判断，非常有趣。

下一个登场的是苏东坡。

## 江城子·乙卯正月二十夜记梦

十年生死两茫茫。不思量，自难忘。千里孤坟，无处话凄凉。纵使相逢应不识，尘满面，鬓如霜。

夜来幽梦忽还乡。小轩窗，正梳妆。相顾无言，惟有泪千行。料得年年断肠处，明月夜，短松冈。

此词被誉为"千古悼亡词第一"，是悼念他的亡妻的，读来令人脊背寒凉。明月夜，短松冈。那是亡妻的墓地，有松树的墓地，年年断肠地。所以，不敢在松林里造次。

最后选辛弃疾的《西江月·遣兴》：

醉里且贪欢笑，要愁那得工夫。近来始觉古人书。信着全无是处。

昨夜松边醉倒，问松我醉何如。只疑松动要来扶。以手推松曰去。

喝醉了放浪恣肆欢笑，要愁哪有工夫。昨夜喝醉了倒在松树边上，醉眼蒙眬，不知就里，错把松树看成了人，问松："我醉的如何？"恍惚间以为松树要来扶我，我不干，用手推松说："去去去！"显然是辛弃疾失意的写照，但却如此旷达，是大丈夫的形象，这样的松这样的辛弃疾绝配。

宋词中能有辛弃疾是宋词的万幸，宋词中有这样的松，万幸。

# 木芙蓉

## 水边无数木芙蓉

芙蓉有两种，分别是水芙蓉、木芙蓉。水芙蓉就是荷花，历代诗歌歌颂很多，你需要体会诗意，才能判断是水芙蓉还是木芙蓉。木芙蓉也称芙蓉，若不是直接写成木芙蓉，就需要判断，选宋词里的木芙蓉时，就遇到这样的问题，我只选能清晰判断的。

称为芙蓉的木芙蓉是锦葵科木槿属落叶灌木，也称拒霜花、木莲、地芙蓉，和木槿、蜀葵、锦葵一个科，长相也有相近的地方，只不过木芙蓉花更大更鲜艳而已。

木芙蓉很早以前是南方花木，是因为五代时的"花蕊夫人"成名的，她是后蜀皇帝孟昶的宠妃，

有一日花蕊夫人看到木芙蓉开的锦绣灿烂，甚为欢欣。孟昶为讨宠妃欢喜，就在成都遍植木芙蓉，有了"四十里如锦绣"的芙蓉城，成都自此也有了"芙蓉城"之称。

后来这锦绣芙蓉城就不是他们的了。后蜀亡国，花蕊夫人写了一首著名的《述亡国诗》：

君王城上竖降旗，妾在深宫那得知。

十四万人齐解甲，更无一个是男儿。

花蕊夫人面对宋太祖写出这样不卑不亢的诗，令人高看。唐代白居易有一首诗同时写到水芙蓉和木芙蓉，也很有趣。

### 木芙蓉花下招客饮

晚凉思饮两三杯，召得江头酒客来。

莫怕秋无伴醉物，水莲花尽木莲开。

秋色已浓，晚间有些凉意，也无他事，想喝几杯小酒享受生活，约江头的几位酒客小酌一番。酒要喝，伴要有，喝醉了也还有伴醉的花儿，就像秋日登高望远喝酒赏菊一样。现在我们且饮且赏，此时水中的芙蓉已经开过，身边的木芙蓉开得正好，明月、呼伴、饮酒、赏花，人生乐矣！

木芙蓉这样美艳的花宋词里肯定有，还不少，这次选木芙蓉和金菊相对的。

### 诉衷情

#### 晏殊

芙蓉金菊斗馨香。天气欲重阳。远村秋色如画，红树间疏黄。

流水淡，碧天长。路茫茫。凭高目断。鸿雁来时，无限思量。

重阳时节，木芙蓉和金菊争奇斗艳，远处的村舍风景如画，红叶间杂着黄色，十分赏心悦目。正是天高云淡的时日，碧波荡漾，道路茫茫，登高极目远望，鸿雁归来，引起我的思念。秋高气爽，芙蓉金菊，风景如画，鸿雁南归，我在思念，美的意境，使我忘记一切。

# 诉衷情

## 晏殊

数枝金菊对芙蓉，摇落一重重。不知多少幽怨，和露泣西风。

人散后，月明中。夜寒浓。谢娘愁卧，潘令闲眠，心事无穷。

已入深秋，金菊、芙蓉相对开，花瓣落了一重重，无尽幽怨伴着露水泪洒风中。人散了，只有明月当空。歌姬带着忧愁入睡，怀才不遇者只能闲眠，心事却无穷。

上一首金菊、芙蓉开得正好，思念也很清爽。这一首金菊依旧对着芙蓉，但已经是"摇落一重重"。于是歌女愁，怀才不遇者愁，两处闲愁，一般金菊对芙蓉。

再看周紫芝的《渔家傲·夜饮木芙蓉下》：

月黑天寒花欲睡。移灯影落清尊里。唤醒妖红明晚翠。如有意。嫣然一笑知谁会。

露湿柔柯红压地。羞容似替人垂泪。著意西风吹不起。空绕砌。明年花共谁同醉。

周紫芝是南宋词人，一生为官，曾向秦桧父子献谀诗，后来退隐庐山。夜晚在木芙蓉树下饮酒，花都想休息了，把灯移到树下，芙蓉花就抖擞起精神。那人若有意，嫣然一笑便能知会。

夜深露重，花朵压弯了树枝，娇羞的模样好似替有情人垂泪。西风都吹不动低垂的芙蓉，只在台阶上打转。却不知明年今晚芙蓉可和谁同醉。

好好的夜晚饮酒赏花，冷不丁就愁上眉头，担忧明年有谁花下共醉，这是宋词人的特点。芙蓉花就在他们的忧愁中落下花瓣。

# 柏 树

## 柏叶椒花芬翠袖

柏树是日常生活中的常见树种，我最早认识的是侧柏，惊异于它的扁平叶片和灰绿色的小果实，更惊讶于柏子仁有黑发的功效。后来知道柏不仅仅是侧柏还有圆柏、扁柏、花柏、龙柏等。那种长得像松又像柏的桧，其实就是圆柏。

柏树是柏科柏木属常绿乔木。柏常常和松有着紧密联系，比如松柏常青、苍松翠柏、贞松劲柏、松柏之茂、松柏之志、餐松啖柏、岁寒知松柏等，它们实际上也常常长在一起，很多时候都是人们刻意为之。比如在宫殿、庙宇、陵墓等地，一则寓意品格，二则寓意长寿，自古以来就是如此。

明代王象晋专门介绍栽培植物的《群芳谱》里，这样介绍柏树名字的由来："柏向荫指西……盖木之有贞德者，故字从白。白为西方正色。"意思是，柏为贞德的树种，这是人们追求的品德，要广而种之。

当然，柏树本身的材质坚硬芳香，是经济树种，很早就被人们广泛使用。

旧时的殷实人家希望自己年老的时候，能有一口柏木棺材，就是因为柏木不容易腐烂，可以长久保存躯体，即"老者入土，年久难朽"。

除了棺木，柏树最早还用来制作舟船，《鄘风·柏舟》有"泛彼柏舟，在彼中河"一句，《邶风·柏舟》有"泛彼柏舟，亦泛其流"一句，此诗中还有几句我特别喜欢："我心匪鉴，不可以茹。亦有兄弟，不可以据。薄言往愬，逢彼之怒。我心匪石，不可转也。我心匪席，不可卷也。威仪棣棣，不可选也。"意思是，我的心并不是镜子，不能包容一切。我虽有手足兄弟，他们却不能依靠。想去诉苦求安慰，正碰上他们发脾气。我的心不是石头，不能随意来翻转。我的心不是草席，不能随意卷动。做人自有堂堂尊严，没有什么可挑剔的。这样的心是有着柏树品德的。

柏树虽然和松树品德一样，但历代文人较少以柏为诗。就选杜甫的《蜀相》吧，这是标准的柏树形象。

## 蜀相

### 杜甫

丞相祠堂何处寻，锦官城外柏森森。

映阶碧草自春色，隔叶黄鹂空好音。

三顾频烦天下计，两朝开济老臣心。

只要看到锦官城外柏木森森的地方，那就是武侯祠。这时正是春天，碧草在台阶上投射了影子，我隔着树叶看到黄鹂婉转鸣唱。这里是刘备三顾茅庐定夺天下诸葛亮的故居，他是最忠心的两朝元老，只可惜"出帅未捷身先死，长使英雄泪满襟"。

到了宋代，写到柏树的诗词比之桃红柳绿少了很多，就选宋词里两首提到柏的，去感受一下宋柏的品格。

## 减字木兰花

### 陈师道

娉娉袅袅，芍药枝头红玉小。舞袖迟迟，心到郎边客已知。

当筵举酒，劝我尊前松柏寿。莫莫休休，白发簪花我自羞。

陈师道是北宋人，苏东坡看重他的文行，为苏门六君子之一。一生安贫乐道，闭门苦吟，有"闭门觅句陈无己"之称，无己是他的字。

陈师道和朋友聚会，有舞女娉娉袅袅、娜娜起舞，舞姿优美，舞袖翻飞，心有属意。朋友们举起酒杯祝我松柏寿，我哪里敢承受，白发人簪花我好不羞涩。

"当筵举酒，劝我尊前松柏寿。莫莫休休，白发簪花我自羞"这四句借用宋周煇《清波杂志》："金樽玉酒，劝我尊前千万寿。莫莫休休，白发簪花我自羞。"

陈师道的柏和杜甫的柏品味大异其趣，请诸君体会。

### 玉楼春·己卯岁元日

#### 毛滂

一年滴尽莲花漏。碧井酴酥沉冻酒。晓寒料峭尚欺人，春态苗条先到柳。

佳人重劝千长寿。柏叶椒花芬翠袖。醉乡深处少相知，只与东君偏故旧。

毛滂是北宋词人，时人评他的词"豪放恣肆""自成一家"，但晚年结交蔡京，靠献词得以进用。

一年又过去了，喝着在井中冻过的美酒，寒意还在，但柳条随风摇曳，能感到春天的气息。

美女几番劝酒祝寿，她袖中的柏叶椒花芬芳馥郁，我沉醉中感受更深的，还是与物候相知。

这样的柏少了几千年来的庄严肃穆、正襟危坐，竟有些可爱温暖。

# 海　棠

## 泪湿海棠花枝处

　　最早知道海棠，是在少年时读的《红楼梦》中，一是大观园里众姐妹结成的海棠诗社，二是怡红院种的西府海棠冬天开花，引起各种猜测。从那时起，西府海棠就深深印在我的脑海里。后来，年纪渐长，居然在一处小花园里看到两株西府海棠，那时正开着粉红粉白的花儿，灿若云霞，令人心驰神往。从此，每到西府海棠开花的日子，我都会在此流连忘返。再后来，我开始了柴米油盐酱醋茶的生活，将文艺抛之脑后，然而那两株西府海棠依旧灿若云霞。

　　海棠是蔷薇科苹果属和木瓜属几种植物的统称，不仅仅是西府海棠，还有垂丝海棠、八棱海棠等，更奇妙的是还有贴梗海棠、木瓜海棠，与西府海棠差别很大。尤其是木瓜海棠，居然结甜瓜那么大、金黄色的木质果实，清香无比，是我现在的最爱。

　　《诗经》中提到了木瓜，全名就叫木瓜海棠。《卫风·木瓜》云："投我以木瓜，报之以琼琚。匪报也，永以为好也"。大意是，你赠我木瓜，我用佩玉回

报。不是为了回赠，而是永结盟好，这是一首男女互赠礼物定情的诗歌。

自我自己有了木瓜，我就发现了关于木瓜的许多诗。先是宋代陆游的《或遗木瓜有双实者香甚喜作》："宣城绣瓜有奇香，偶得并蒂置枕旁。六根互用亦何常，我以鼻嗅代舌尝。"木瓜不仅果香，花也好看，不输桃花。

宋代张舜民还有一首《木瓜花》诗："簇簇红葩间绿荄，阳和闲暇不须催。天教尔艳呈奇绝，不与夭桃次第开。"

唐诗里当然也有海棠，就选晚唐郑谷的《海棠》感受一下吧。

### 海棠

春风用意匀颜色，销得携觞与赋诗。

秾丽最宜新著雨，娇饶全在欲开时。

莫愁粉黛临窗懒，梁广丹青点笔迟。

朝醉暮吟看不足，羡他蝴蝶宿深枝。

郑谷眼里的海棠简直让人销魂，春风都特意为其着色，竟使得诗人愿意为其饮酒赋诗。尤其一场春雨过后，那带雨的海棠分外妖娆，最迷人处就是海棠欲开未开之时，深红粉白，别样情致。美女莫愁临窗，看到娇艳的海棠都懒得梳妆，画家梁广为海棠的美艳所折服，竟迟迟动不了笔。诗人从早到晚欣赏海棠，没有知足的时候，还羡慕那花蝴蝶能栖息在海棠的枝头。

有了这样的海棠，就可以到宋词的海洋里，寻觅海棠的芳踪。宋词里海棠芳香弥漫，我灵机一动，只选女子写的海棠，一定别有韵味。

### 卷珠帘

#### 魏夫人

记得来时春未暮。执手攀花，袖染花梢露。暗卜春心共花语，争寻双朵争先去。

多情因甚相辜负。轻拆轻离，欲向谁分诉。泪湿海棠花枝处，东君空把奴分付。

魏夫人是北宋女词人，也是曾布的妻子。曾布是曾巩的弟弟、北宋中期的宰相，在王安石变法时期发挥了重要作用。后世的朱熹在《朱子语类》中说：

"本朝夫人能文，只有李易安与魏夫人。"但我只知道李易安和朱淑真，却不知魏夫人，那就借芳香植物的平台，认识一下她吧。

记得你来时还没到春末，你我牵着手折花，衣袖上沾满花的露水。我们都暗暗卜算海棠花给我们的启示，争相寻找并蒂花儿。

多情总被无情辜负，轻易就说分离，能向谁诉说委屈。只有点点泪滴洒在海棠花枝上，春神错把我交付给这样薄情的人。

很显然，魏夫人家世显赫，被封为鲁国夫人，词中的万般委屈不知是她替自己还是替别的女子诉说。她的海棠花留给我们半是欢喜半是愁。

## 如梦令

### 李清照

昨夜雨疏风骤，浓睡不消残酒。试问卷帘人，却道海棠依旧。知否？知否？应是绿肥红瘦。

仲春，雨下得急，风刮得猛，纵然深深睡去，仍不能消解醉酒。醒来问正卷帘子的侍女，海棠花怎么样了？侍女说，应该没有变化。我却不以为然，告诉她，你知道吗？一夜风雨之后，海棠花该是绿叶婆娑、红花凋零。

李清照的海棠清新可人，但也有些伤感，毕竟春暮，红花凋零。

## 眼儿媚

### 朱淑真

迟迟春日弄轻柔，花径暗香流。清明过了，不堪回首，云锁朱楼。
午窗睡起莺声巧，何处唤春愁？绿杨影里，海棠亭畔，红杏梢头。

仲春时节，暖意融融，花径上暗香流动。清明已经过去，云雾却笼罩着朱楼，就像我不堪回首的心。

午睡起来，听到黄莺灵巧的叫声，唤醒了我的愁绪，那愁绪在柳树影里、海棠亭畔、红杏梢头，处处都有。

好好的春光，最有才的三位宋代女子愁绪满怀，无意留春住，春也留不住，留住的只有赶不走的愁绪。

# 紫 薇

## 薇花留住

　　紫薇是千屈菜科紫薇属落叶灌木或小乔木，这些年在城市里很常见。紫薇除了这个好听的名字外，还有一些形而下的"土名"，如痒痒树、蚊子花、西洋水杨梅、百日红、无皮树等，但没诗意，这怎么可以入诗入词呢？

　　紫薇曾经很不寻常，有"官样花"的称号。明代王象晋编著的《二如亭群芳谱》介绍："一枝数颖，一颖数花，每微风至，妖娇颤动，舞燕惊鸿，未足为喻。唐时省中多植此花，取其耐久，且烂漫可爱。"因紫薇被中书省多植，还产生了佳话，《唐书·百官志》载："开元元年，改中书省为紫薇省，中书令曰紫薇郎。"

　　杜牧因做过中书省舍人，被时人称为"杜紫薇"，紫薇也因此被称作"官样花"，多浪漫的官名，多温暖的政府名称，让我从此觉得严肃刻板的政府形象也变得亲民起来。

　　白居易在中书省时就曾写下《紫薇花》诗：

> 丝纶阁下文书静，钟鼓楼中刻漏长。
>
> 独坐黄昏谁是伴，紫薇花对紫微郎。

看来白居易在中书省的工作很轻松、很安静。黄昏时刻，同事们都下班了，只有院子里开的紫薇花和紫薇郎相伴，寂寞的暖意融于其中。

紫薇粉红色银耳一样的花煞是迷人，而且常开不败，号称百日红，就是反驳"花无百日红"一说的。因为好看，花期又长，紫薇就一路开到宋朝，写花木诗最多的杨万里就盛赞紫薇，诸君请看。

### 疑露堂前紫薇花两株，每自五月盛开，九月乃衰

一

似痴如醉弱还佳，露压风欺分外斜。

谁道花无常百日，紫薇长放半年花。

二

晴霞艳艳覆檐牙，绛雪霏霏点砌沙。

莫管身非香案吏，也移床对紫薇花。

杨万里说别看紫薇花枝条柔弱，风过把它压得特别斜，但是只要开花就是半年，绝不是花无百日红。显然人家知道紫薇郎的故事，他说他不是紫薇郎，也要和紫薇花相对，我高兴。

宋朝还有个王十朋也是瞅准了紫薇郎。

### 满堂红

盛夏绿遮眼，此花红满堂。

自惭终日对，不是紫薇郎。

他不如杨万里，不是紫薇郎，也要相伴紫薇花。再看看宋词里的紫薇吧，先从柳永开始。

### 如鱼水

轻霭浮空，乱峰倒影，潋滟十里银塘。绕岸垂杨。红楼朱阁相望。芰荷香。双双戏、鸳鸯。乍雨过、兰芷汀洲，望中依约似潇湘。

风淡淡，水茫茫。动一片湖光。画舫相将。盈盈红粉清商。紫薇郎。修禊饮、且乐仙乡。更归去、遍历蓬坡凤沼，此景也难忘。

阴历三月三日到水边嬉游饮酒，消除不祥，是为"修禊"，柳永这一天和一帮朋友到烟波浩渺的湖边游玩，风和日丽，画舫相接，歌女清唱，词友饮酒，不亦乐乎。其中的紫薇郎，柳永指的是他们这一帮文人墨客。

再看南宋末年张炎的《长亭怨》：

岁庚寅，会吴菊全于燕蓟。越八年，再会于甬东。未几别去，将复之北，遂作此曲。

记横笛、玉关高处。万里沙寒，雪深无路。破却貂裘，远游归后与谁谱。故人何许。浑忘了、江南旧雨。不拟重逢，应笑我、飘零如羽。

同去。钓珊瑚海树。底事又成行旅。烟篷断浦。更几点、恋人飞絮。如今又、京洛寻春，定应被、薇花留住。且莫把孤愁，说与当时歌舞。

张炎的六世祖是南宋初年大将张浚，祖父张濡被元人磔杀，他从此落魄，和蒋捷、王沂孙、周密并称"宋末四大家"。

"记横笛、玉关高处"化用王之涣的《凉州词》："羌笛何须怨杨柳，春风不度玉门关。"

张炎和吴菊全一起去大都写经，那里一片北国风光，万里雪飘，远游归来还能与谁同谱。已经忘了曾经的江南旧景。原本不想重逢，重逢后怕笑我飘零如羽毛。

一同去是为了求取功名，但终究是成了行旅。如今又去，这一次一定要留往紫薇花，别把自己孤独、惆怅的不合时宜，说给歌舞欢娱。

紫薇是紫薇郎，但也不是紫薇郎。

# 朱　槿

## 紫菊初生朱槿坠

　　朱槿就是扶桑，传说中日出的地方，但朱槿不是木槿，虽然它们同是锦葵科木槿属灌木，但扶桑常绿，木槿落叶。扶桑通常开红色的花，因此也叫赤槿。外国人认为这是"中国蔷薇"，不知他们怎么想的，和蔷薇没有共同之处。

　　南朝诗人江总作有《朱槿花赋》。

### 朱槿花赋

朝霞映日殊未妍，珊瑚照水定非鲜。

千叶芙蓉讵相似，百枝灯花复羞然。

　　朝霞、珊瑚、芙蓉、灯花都很美丽，鲜红夺目，但都比不上朱槿。

　　再选唐代李绅的《朱槿花》感受一下吧。

### 朱槿花

瘴烟长暖无霜雪，槿艳繁花满树红。

每叹芳菲四时厌，不知开落有春风。

　　显然朱槿开在南方，因此不知道霜雪和春风，不厌四时、红彤彤地开。

　　现在可以到宋朝看看了，有意思的是，我看到写朱槿的只有晏殊，那就把他的朱槿一次看个够。

### 清平乐

金风细细。叶叶梧桐坠。绿酒初尝人易醉。一枕小窗浓睡。

紫薇朱槿花残。斜阳却照阑干。双燕欲归时节，银屏昨夜微寒。

　　秋风细细吹来，梧桐叶开始飘落。尝了些绿酒就醉了，靠在小窗边深深睡去。

　　紫薇、朱槿花已经凋落，只有夕阳照着栏杆，双燕南归，昨夜银色的屏风已经有了寒意。

晏殊的日子很惬意，品着美酒，静看花开花谢，燕子归去。今日入眼的恰是紫薇、朱槿，都是长开不易败的花，但秋天还是败了，这就是自然物候。

### 采桑子

林间摘遍双双叶，寄与相思。朱槿开时。尚有山榴一两枝。

荷花欲绽金莲子，半落红衣。晚雨微微。待得空梁宿燕归。

闺中女子相思了，在林间采摘的都是成双成对的叶子。此时朱槿盛开，山榴花也开着一两枝。荷花开始结莲子，花瓣飘落，傍晚细雨淋漓，女子期盼那梁上的燕子归巢。

女子想念自己的丈夫，有一种淡淡的忧伤。朱槿是盛开的，但是解不了她想要"双宿双飞"的苦恼。

### 蝶恋花

紫菊初生朱槿坠。月好风清，渐有中秋意。更漏乍长天似水。银屏展尽遥山翠。

绣幕卷波香引穗。急管繁弦，共庆人间瑞。满酌玉杯萦舞袂。南阳祝寿千千岁。

中秋时节，紫菊刚开，朱槿谢了，月明风清，秋意浓厚，夜开始长了，天空看起来跟水一样，隔着银屏风能感受到远处层峦叠翠。

音乐响，舞蹈起，酒斟满，祝您"福如东海长流水，寿比南山不老松"。

这首词好意外，原本写的是中秋美景，你正静静沉浸在秋色中享受其美妙，忽然传来

一阵"锵个隆冬锵"，却是一家人在过寿，晏殊是来祝寿的，就算朱槿谢了也不会影响欢乐的祝寿场面，朱槿也在意想不到的情境中凋谢。

# 石 榴

## 深院榴花吐

石榴是石榴科石榴属的灌木或小乔木，曾经有很长的时间叫安石榴，因为它是西汉张骞出使西域从安息国带回来的。据《博物志》记载："汉张骞出使西域，得涂林安石国榴种以归，故名安石榴。"

石榴也叫若榴、丹若、金罂、金庞、涂林、天浆等，听起来很有学问。对于"榴"，李时珍解释说："榴者，瘤也，丹实垂垂如赘瘤也。""金罂"之名据《笔衡》云："五代吴越王钱改榴为金罂"。"天浆"之名据《酉阳杂俎》言："榴甜者名天浆。"

石榴自被张骞带回东土，就广受欢迎，只用了不到几百年时间就在中华大

地上"根深叶茂""行走四方"了，南朝《齐民要术》上已经把石榴当作必备果木，和中国原产的桃李杏梅等一同介绍了。

石榴的品种很多，分结果的和不结果的，有单瓣花、多瓣花，花色有红、白、黄或者红白相间等，但主要以红色为主，"五月榴花红似火"历代被诗人广泛使用。

历代写石榴的诗文非常多，比如"海榴开似火，先解报春风"（唐朝温庭筠）、"珊瑚映绿水，未足比光辉"（唐朝李白）、"万绿丛中一点红，动人春色不须多"（宋朝王安石）、"妾石榴花红玛瑙，嘉陵江水碧玻璃"（清朝钱载）等。就选我熟悉的一首吧。

### 题榴花

#### 韩愈

五月榴花照眼明，枝间时见子初成。

可怜此地无车马，颠倒青苔落绛英。

这首诗是韩愈被贬时所写，但是并没有想象中那样抑郁。他看到偏僻之处一株石榴花开的正好，很是欣赏，那鲜红的花朵照亮了眼睛，无法感受到心情不好。此树不仅花在开，石榴也结果了，很是欣欣向荣。可惜此地"门前冷落鞍马稀"，除了我，无人欣赏，任那繁花落到土地的青苔上。

写石榴一定不能忘了"石榴裙"，"石榴裙"的典故出自梁元帝《乌栖曲》"芙蓉为带石榴裙"，最著名的"石榴裙"当是武则天的"石榴裙"。她在感业寺写下了她一生最有名的诗：

### 如意娘

看朱成碧思纷纷，憔悴支离为忆君。

不信比来长下泪，开箱验取石榴裙。

思念你，泪流满面。你看衣箱里的石榴裙，全是斑斑泪痕。

高宗兴许就是因为此诗才把武则天再次带进宫去，武则天也才有机会成为中国历史上唯一的女皇。这条洒满泪滴的石榴裙功劳最大。

到了宋朝，无论诗还是词，都在石榴的红和石榴裙中转。比如苏东坡的

《南乡子》"裙带石榴红，却水殷勤解赠侬"，黄庭坚的《南歌子》"槐绿低窗暗，榴红照眼明"，都化用了韩愈的《题榴花》，就选黄庭坚的吧。

## 南歌子
### 黄庭坚

槐绿低窗暗，榴红照眼明。玉人邀我少留行。无奈一帆烟雨、画船轻。

柳叶随歌皱，梨花与泪倾。别时不似见时情。今夜月明江上、酒初醒。

槐树叶遮挡的窗户有些发暗，石榴花开得明亮耀眼。美女邀我别着急走，但是行期已到，烟雨中帆船就要航行。

美人唱着歌但紧皱眉头，满面梨花带雨让人怜爱。离别和相见时很不一样。今夜明月照江上，我的酒刚醒。

韩愈的"榴花照眼明"和黄庭坚的大有不同，请诸君体会。

再看刘克庄的《贺新郎·端午》：

深院榴花吐。画帘开、束衣纨扇，午风清暑。儿女纷纷夸结束，新样钗符艾虎。早已有、游人观渡。老大逢场慵作戏，任陌头、年少争旗鼓。溪雨急，浪花舞。

灵均标致高如许。忆生平、既纫兰佩，更怀椒糈。谁信骚魂千载后，波底垂涎角黍。又说是、蛟馋龙怒。把似而今醒到了，料当年、醉死差无苦。聊一笑，吊千古。

刘克庄是南宋豪放派词人，他颇为仰慕辛弃疾，且看他的这首《贺新郎》。

院了里石榴花开得正艳，我撩起帘子，整理好衣衫，手执凉扇出门转悠，此时正是端午的正午，刮起一阵风，去了不少暑气。孩子们争夸自己的新装好看，还有节日里戴的头饰、艾虎等。江边早就有人看龙舟比赛，我年纪大了不去凑热闹，便让那少年儿郎摇旗呐喊、击鼓争先吧。江面上水珠如急雨飞溅、浪花飞舞。

屈原高标情致，一生洁身自好，佩带兰草以示其志，敬献椒酒以示恭敬。谁真的相信千年之后，他会在波涛之下垂涎粽子呢？若是他老人家今日醒来，想到当年，还不如直接醉死，也就没有痛苦。我今日不过是姑妄论之，也算是凭吊屈原英灵千古吧。

此词不凡，千年后端午已经世俗化，变得更具娱乐性，人们顶多在门上插一束艾草用以辟邪。刘克庄那时就体会到了这种世俗化，故借屈原事抒怨愤之情。

# 桑　树

## 采桑径里逢迎

桑树曾经是中国人最熟悉的植物，不论南北几乎家家都种桑养蚕，这当然是为了获取丝绸。《诗经》中竟有二十首诗提及桑树，比如"维桑与梓，必恭敬止"（《小雅·小弁》）、"菀彼桑柔，其下侯旬"（《大雅·桑柔》）、"食我桑葚，怀我好音"（《鲁颂·泮水》）等，下面选一首有故事的桑感受一下吧。

卫风·氓

桑之未落，其叶沃若。于嗟鸠兮，无食桑葚！于嗟女兮，无与士耽！士之耽兮，犹可说也。女之耽兮，不可说也。

桑之落矣，其黄而陨。自我徂尔，三岁食贫。淇水汤汤，渐车帷裳。女也不爽，士贰其行。士也罔极，二三其德。（节录）

桑叶没落时，叶子茂密葱茏。哎呀那斑鸠呀，别吃我的桑葚！哎呀，那些姑娘呀，别和男人们谈情说爱！男人们迷恋你，还可以放弃，女子若是爱恋男子，那可是很难解脱。

桑叶落下时，叶子干枯飘零。自从我嫁到你家来，三年来缺吃少穿。淇水奔流不息，把车帷子都打湿。我自己也没什么过错，是你品行无良缺德行。男人没有做人的原则，反复无常不立人。

这是一首怨妇诗，《诗经》中这样的诗很多，抛开幽怨，还是喜欢"桑叶沃若"的茂盛肥厚、光泽鲜脆的感觉。

很久的从前，与桑树相关的故事很多，大禹和涂山女在郁桑之地相遇；晋文公与部下在齐国的桑树林里密谋，成就了霸业；传统剧目《桑园会》剧情发生在桑园；丑女"宿瘤女"成为齐闵王的王后就是以桑树为媒介……由此可以断定，桑树是最有故事的树种之一。

先选一首唐代我最喜欢的写到桑树的诗愉悦一下身心吧。

## 社日

### 王驾

鹅湖山下稻粱肥，豚栅鸡栖对掩扉。

桑柘影斜春社散，家家扶得醉人归。

王驾的桑是在百姓社日的欢聚中生长的，看到丰收的农人大醉而归，久经沧桑的桑树是喜悦的，想必诸君也受到感染，到宋词中品鉴桑树时便不会再愁绪满怀了。

苏东坡有"日暖桑麻光似泼，风来蒿艾气如薰"（《浣溪沙》），"垅上麦头昂，林间桑子落"（《五禽言》），都很好，不过还是先看晏殊的《破阵子·春景》：

燕子来时新社，梨花落后清明。池上碧苔三四点，叶底黄鹂一两声，日长飞絮轻。

巧笑东邻女伴，采桑径里逢迎。疑怪昨宵春梦好，元是今朝斗草赢。笑从双脸生。

清明时节，正是社祭之日，梨花已经落了。池水中有碧苔三四点，树叶底下传来黄鹂一二声啼鸣，白日变长了，柳絮轻轻飞，春光大好一片。

东邻的女伴在采桑路上相会，发出阵阵欢笑。怨不得昨夜做了个好梦，原来是今天斗草的游戏胜利，不由生喜。

一个小小的游戏就可以让姑娘们喜笑颜开，劳动中的美丽更动人。

再来看谢逸的《卜算子》：

烟雨幂横塘，绀色涵清浅。谁把并州快剪刀，剪取吴江半。
隐几岸乌巾，细葛含风软。不见柴桑避俗翁，心共孤云远。

谢逸就是北宋那位善写蝴蝶的词人，人称"谢蝴蝶"。可惜屡试不第，终老布衣，"老"时不足五十岁。

烟雨笼罩池塘，塘水清澈中有红晕。是谁用锋利的剪刀，把吴江的一半剪到这里？

靠着几案把罩头的乌巾推上额头，一任柔和的清风吹着葛布衣衫。虽然不见归隐在故乡柴桑的陶渊明，我依旧和他心气相同，和那高天上飘着的孤云一般，是一只闲云野鹤。

柴桑不是桑，是县名，但它和桑有关，去向归隐者的圣地。

最后看辛弃疾的《鹧鸪天·鹅湖归病起作》：

着意寻春懒便回。何如信步两三杯。山才好处行还倦，诗未成时雨早催。
携竹杖，更芒鞋。朱朱粉粉野蒿开。谁家寒食归宁女，笑语柔桑陌上来。

这是辛弃疾谪居时写的词，他病刚好，身体还不是很强健。

清明时踏青，走累了就回来，倒不如边喝酒边信步走。刚看到山色的美丽，身体就困倦了，想要赋诗还没有完成雨下得催人归。

我拄拐杖，穿芒鞋，行走在红红粉粉的野草丛中。远远看见回娘家的女子，笑语盈盈，从那刚长出嫩叶的桑树林中来。

喜欢辛弃疾的大气豪爽，并没有充满哀怨，而是非常乐观，一句"笑语柔桑陌上来"，把春天的景春天的人该有的风貌都涵盖。如此甚好。

# 酴醾

## 谢了荼蘼春事休

荼蘼是蔷薇科悬钩子属直立或攀缘灌木，也叫酴醾、佛见笑、重瓣空心泡。

荼蘼的名字早就听说过，"酴醾"这两个字，让人有一种神秘的感觉，让我猜测酴醾说不定就是荚迷的一种，也是忍冬科荚迷属植物，但完全错误。

酴醾出现得比较晚，没有唐诗，到了宋朝不一样了，词

里一下子多了酴醾，写得人还很多。比如欧阳修的《渔家傲》"更值牡丹开欲遍，酴醾压架清香散"，晁冲之的《蓦山溪》"葡萄酒，旋落酴醾片"，姜夔的《洞仙歌》"鹅儿真似酒，我爱幽芳，还比酴醾又娇绝"，蒋捷的《绛都春》"春愁怎画？正莺背带雪，酴醾花谢"等，要选的是李清照、范成大的，且随我来。

### 转调满庭芳

#### 李清照

芳草池塘，绿阴庭院，晚晴寒透窗纱。玉钩金锁，管是客来吵。寂寞尊前席上，唯愁海角天涯。能留否？酴醾落尽，犹赖有梨花。

当年曾胜赏，生香熏袖，活火分茶。极目犹龙骄马，流水轻车。不怕风狂雨骤，恰才称，煮酒笺花。如今也，不成怀抱，得似旧时那？

这首词是李清照晚年写的，丈夫去世，国家沦陷，孤独、老病、苦痛不言而喻。

现在是春天，池塘里芳草碧绿，庭院里绿树成荫。夕阳穿透纱窗照进来，没有暖意，倒是感到一丝寒凉。听到有人叩门，以为会有客人来，可是席上无客，杯中无酒，只发愁此地不是故乡，我能否待住。洁白的酴醾花已经谢了，好歹有梨花相伴。

曾经的盛宴聚会，熏香熏了衣袖，为大家煮茶分茶，目力所及，车如流水马如龙，不怕风狂雨骤，文人雅士尽显文采。到如今，哪里还有那样的胜景，不可同日而语呀。

悲哀时想到曾经的幸福生活更觉悲哀。人都说酴醾开罢再无花，过了花季，"犹赖有梨花"实在可疑。都是雪白的、让人清冷的花，阳光都带不来暖意，遑论白色的酴醾花开了。她只愿家国平安。

## 鹧鸪天
### 范成大

嫩绿重重看得成，曲阑幽槛小红英。酴醾架上蜂儿闹，杨柳行间燕子轻。
春婉娩，客飘零，残花浅酒片时清。一杯且买明朝事，送了斜阳月又生。

范成大是南宋名臣，与杨万里、陆游、尤袤合称南宋中兴四大诗人。

暮春时节，嫩绿层层叠叠，通幽处红花点点。酴醾已经开花，引来无数蜂儿聚会，柳树枝条间燕子轻巧穿行。

春就要结束了，行客飘零，只有残花残酒和片刻的清醒。再来一杯酒让我买下明朝的醉，斜阳走了月亮升起。

大好的春天，词人无心欣赏，只想一醉方休，不仅今朝醉，连明日也一起买断，一人送走斜阳迎来明月，清醒片刻，眯眼看看外面的世界。

酴醾不一样，它正要大显身手，范成大自饮自醉，它径自芳香。

# 荔　枝

## 荔枝滩上留千骑

　　荔枝是无患子科荔枝属常绿乔木，不过10米左右高，有一年去福建时见过。荔枝浑圆饱满的果肉，令人难以忘怀。当直接从树上摘下荔枝品尝美味时，就能理解当年杨贵妃想要吃新鲜荔枝的心情了。可惜她也因此饱受诟病，若是生在当今哪用那么大费周折，发个快递比那时的三千里加急都快。现在的寻常百姓吃荔枝也是寻常事，不用"快马加鞭"，水果市场、超市就现成。

　　荔枝美味没问题，荔枝有名一定是因为杨贵妃。

　　荔枝别名丹荔、丽枝、离枝、火山荔、勒荔、荔支，品种有三月红、圆枝、黑叶、淮枝、桂味、糯米糍、元红、兰竹、陈紫、挂绿、水晶球、妃子笑、白糖罂等，虽然桂味、糯米糍、挂绿号称"荔枝三杰"，但是当年贵妃好的是"妃子笑"。在我们北方的小城市，已经可以吃上"妃子笑"了。

　　荔枝原本叫离枝，据三国时吴人朱应《扶南异物志》记载："此木结实时，枝弱而蒂牢，不可摘取，必以刀斧取其枝，故以为名。""荔枝"的名字一定是文人取的，因为"离枝"太形而下，没有任何想象空间。西汉司马相如在他的《上林赋》也把荔枝称为"离支"，他应该给"离支"起个好名字，说不定那时荔枝就能风靡中国了。到了晋朝，荔枝开始叫荔枝，大文学家左思在《蜀都

赋》中说："旁挺龙目，侧生荔枝。"

真正让荔枝"倾城倾国"的当然是唐朝，不得不提杜牧在《过华清宫绝句三首》中勾画的荔枝以及贵妃。

### 过华清宫绝句三首（之一）

杜牧

长安回望绣成堆，山顶千门次第开。

一骑红尘妃子笑，无人知是荔枝来。

《新唐书·杨贵妃传》以文章的形式记录了这段历史："妃嗜荔枝，必欲生致之，乃置骑传送，走数千里，味未变已至京师。"杨贵妃好吃荔枝之后，到了宋朝荔枝依然受到追捧。从其入诗入词的数量就能看出端倪。先提千古第一吃才苏东坡的荔枝诗吧。

### 惠州一绝·食荔枝

苏东坡

罗浮山下四时春，卢橘杨梅次第新。

日啖荔枝三百颗，不辞长作岭南人。

诗通俗易懂，唯一需要说明的是，现代人不能把苏老先生的诗当真，如果有人真的"日啖荔枝三百颗"，恐怕就要去医院了。既然是说宋词中的植物，还是回到本题，宋词中提到荔枝的还真不少，当然你不能指望和杨柳、桃杏一样多，就先选两首感受一番吧。

### 浪淘沙·五岭麦秋残

欧阳修

五岭麦秋残。荔子初丹。绛纱囊里水晶丸。可惜天教生处远，不近长安。

往事忆开元。妃子偏怜。一从魂散马嵬关。只有红尘无驿使，满眼骊山。

选此词是因为它延续了"妃子笑"，可见贵妃对荔枝的传播起了多大作用。

遥远的岭南已经是麦收过后，正是荔枝成熟的时候，绛红色的皮囊里，水晶一般的果肉让人垂涎欲滴。可惜荔枝生长的地方太远了，贵妃吃起来不方便。

这当然是段前朝的往事，可怜贵妃在马嵬坡魂散一处。红尘还在，那为妃子飞驰送荔枝的驿使已不在，目之所及，骊山依旧草木葱葱。

## 醉落魄

### 黄庭坚

陶陶兀兀。人生无累何由得。杯中三万六千日。闷损旁观，自我解落魄。

扶头不起还颓玉。日高春睡平生足。谁门可款新篘熟。安乐春泉，玉醴荔枝绿。

喝得酩酊大醉，那是因为人生不易，想要人生没有烦忧，哪里由得了人。杯中酒过人生百年，旁观者不理解，我不过是自己借酒浇愁。

喝得烂醉如泥，每日里能睡到日上三竿就满足了。谁家还有新做的酒来款待我，比如让人喜悦的春泉，琼浆玉液荔枝绿。

欧阳修一副对世事不耐烦的颓丧。荔枝做成的酒也不能解除他的烦忧，他自己清楚"人生无累何由得"。

## 满江红·端午

### 刘克庄

梅雨初收，浑不辨、东陂南荡。清旦里、鼓铙动地，车轮空巷。画舫稍稍京辇俗，红旗会踏吴儿浪。共葬鱼娘子斩蛟翁，穷欢赏。

麻与麦，俱成长。蕉与荔，应来享。有累臣泽畔，感时惆怅。纵使菖蒲生九节，争如白发长千丈。但浩然一笑独醒人，空悲壮。

刘克庄的端午虽然写了节日的热闹，但他更想写的是"众人皆醉我独醒"的屈原。

大麻和麦子长得正好，也应该好好享受香蕉和荔枝，但是从前的屈子在江边独自惆怅。纵然菖蒲叶长上加长，就有白发三千丈，他的报国之志难以实现，他又能怎样呢？浩然一笑，独醒，空悲壮，于是沉江。

这个荔枝不一样，脱离了妃子的荔枝，衬托了悲壮。何来甘甜？不过，现在的荔枝也不够甜，因为已经慢慢工业化，失去了该有的味道，即使品相比从前好看千倍，却失了农耕时代的原味，我不知道是喜是忧。

# 丁 香

## 报君百洁丁香

丁香有两种，一种是木樨科丁香属落叶灌木或小乔木，一种是姚金娘科蒲桃属常绿乔木或灌木。前者就是我们常见的紫丁香，后者是一种调味的香料，原产印度尼西亚等地。紫丁香有说原产于中国的，也有说产于大食、波斯的，以外国说占多数，比如《本草拾遗》《梦溪笔谈》《法苑珠林》《岭外代答》等就持此论。据《诸蕃志》记载："丁香出大食、阇婆诸国，其状似丁字，因以名之。能辟口气，郎官咀以奏事。其大者谓之丁香母。丁香母即鸡舌香也。或曰鸡舌香，千年枣实也。"

无论丁香原产何地，在中国都有一千余年的种植历史，从唐诗中就能得到印证，如李商隐写的丁香。

**代赠二首（其一）**

李商隐

楼上黄昏欲望休，玉梯横绝月如钩。

芭蕉不展丁香结，同向春风各自愁。

春日黄昏，一位女子在闺楼上想看看窗外，却"欲望还休"，此时"月如钩"。院子里，芭蕉的叶片还未展开，芳香馥郁的丁香花蕾也未开放，就像女子期盼却又不见情人的心，女子和情人异地同心，都为不能与对方相会而愁苦，于是不展的芭蕉和未开的丁香各自忧愁。

从李商隐的丁香开始，丁香就是愁绪的代称。因为丁香花成簇开放，就像打结，"丁结，百花结"，因此丁香还有百结、情客的别称。丁香因花似小钉，味道芳香，所以得名"丁香"，没有进一步的想象空间。百结、情客就不一样了，其中的空间很大，有一样不变——总关情。总也愁眉不展的杜甫还专门以"丁香"为题写过一首诗，不妨感受一下诗圣的丁香。

### 江头四咏
#### 丁香

丁香体柔弱，乱结枝犹垫。

细叶带浮毛，疏花披素艳。

深栽小斋后，庶使幽人占。

晚随兰麝中，休怀粉身念。

丁香长得很柔弱，枝条胡乱伸展，叶片上有一层绒毛，花并不茂盛，但素净明艳。它深深地扎根在斋堂之后，只给懂得的人欣赏，丁香开花时一定是和兰花、麝香一样芬芳无比的，所以此时根本不用想以后会粉身的事。

老杜的丁香不管儿女情长，说的是自己。他忧国忧民，却终身不得意，他像丁香一样"体柔弱"，但是报国心是一样的，能芬芳则芬芳，不管以后会怎样。老杜让丁香除了"百结""情客"，还有别样情怀。

现在就可以到宋词中嗅丁香的芬芳了。以丁香的浓郁芳香，在宋词的婉约中不会没有获苇，果然，一众词人纷纷书写自己的丁香，正统庄重的欧阳修也不例外，他的《惜芳时》就有"丁香嚼碎偎人睡，犹记恨，夜来些个"；黄庭坚不甘落后，在《望远行》中有"且与一班半点，只怕你没丁香核"；还有丑男贺铸的《石州引》"欲知方寸，共有几许清愁？芭蕉不展丁香结"，直接用了前朝李商隐的原句，这样的例子在宋词中非常常见。

接下来是李清照的《摊破浣溪沙》和赵彦端的《清平乐》。

## 摊破浣溪沙

### 李清照

揉破黄金万点轻。剪成碧玉叶层层。风度精神如彦辅，大鲜明。

梅蕊重重何俗甚，丁香千结苦粗生。熏透愁人千里梦，却无情。

桂花犹如黄金万点，绿叶裁剪非常整齐，犹如碧玉，飘逸俊雅。再看梅花开时，层层叠叠，那百结丁香更是粗枝大叶。尤其是它们竞相开放时，香气直冲霄汉，连愁绪满怀的梦中人也不放过，但是又解不了我的愁，这样无情又何必打扰我呢！

李清照不能解自己的愁，高标孤傲的梅花在她眼里竟是俗气的，连带把丁香也损了，偏是桂花入她的眼，其中的原因只有她自己清楚吧？

## 清平乐·席上赠人

### 赵彦端

桃根桃叶。一树芳相接。春到江南三二月。迷损东家蝴蝶。

殷勤踏取青阳。风前花正低昂。与我同心栀子，报君百结丁香。

赵彦端是皇亲贵胄，南宋人，写有"波底夕阳红湿"之句，宋高宗很喜欢，称"我家里人也会作此"。意思是，词人们别太得意，我家也有能写出好词的才俊。

桃根、桃叶原本是晋朝王献之爱妾的名字，此时指美女。

江南的春天到了，春色美，美人更美。我去踏青，春风吹，花儿开，美人你与我同心如栀子花开，我报你百般相思丁香结。

都是些儿女情长，此词好轻巧迷人。丁香也不完全就是愁了，此时是情客。

# 桂　树

## 有三秋桂子

　　桂树分肉桂和桂花树两种，不过这篇文章单提桂花树，因为历代诗文里提到的桂花、桂子都是桂花树的一部分。桂树是木樨科木樨属的常绿阔叶乔木，它的花香令人沉醉。

　　"吴刚捧出桂花酒"的故事也不提了，知道的人很多。最早在诗中提桂花的是屈原，在屈原眼中桂花当然是香草。

　　《九歌·湘夫人》："桂栋兮兰橑，辛夷楣兮药房。"

　　《九歌·大司命》："结桂枝兮延伫，羌愈思兮愁人。"

　　《九歌·东君》："操余弧兮反沦降，援北斗兮酌桂浆。"

　　《九歌·山鬼》："乘赤豹兮从文狸，辛夷车兮结桂旗。"

　　桂花一路芳香到了唐朝，就选一首写桂花的，要给宋词的桂花留下地方。

### 鸟鸣涧

#### 王维

人闲桂花落，夜静春山空。

月出惊山鸟，时鸣春涧中。

　　这首诗清新、干净、舒服，所以不得不选。

　　春天的夜晚，看到桂花飘落。山里的夜太安静了，明月升起，惊动了鸟儿，鸟儿不时鸣叫，清脆的叫声在春天的溪涧中回荡。

　　宋朝的桂花芳香四溢，我首先选中了柳永的《望海潮》，那一句"有三秋桂子，十里荷花"一下就迷倒了我；再有就是严蕊的《鹊桥仙》"碧梧初出，桂花才吐，池上水花微谢"，她的经历很不寻常，诸君一会儿便知；刘敞的《清平乐》"小山丛桂，最有留人意"；黄庭坚的《洞仙歌》"月中丹桂，自风霜难老，阅尽人间盛衰草"；李清照的《摊破浣溪沙》"终日向人多酝藉，木犀花"；等等。

## 望海潮

### 柳永

东南形胜，三吴都会，钱塘自古繁华，烟柳画桥，风帘翠幕，参差十万人家。云树绕堤沙，怒涛卷霜雪，天堑无涯。市列珠玑，户盈罗绮，竞豪奢。

重湖叠巘清嘉。有三秋桂子，十里荷花。羌管弄晴，菱歌泛夜，嬉嬉钓叟莲娃。千骑拥高牙。乘醉听箫鼓，吟赏烟霞。异日图将好景，归去凤池夸。

上阕写杭州风景优美，市井繁华，江面宽阔，卷起千堆雪，一片胜景。下阕写湖水山川美不胜收，有"三秋桂子，十里荷花"，还有采菱姑娘、钓鱼老翁，舞台歌榭，买醉欢笑，应有尽有，真是人间天堂。

这是为杭州做的最美的广告，没有桂花的杭州就少了香魂。

## 鹊桥仙

### 严蕊

碧梧初出，桂花才吐，池上水花微谢。穿针人在合欢楼，正月露、玉盘高泻。

蛛忙鹊懒，耕慵织倦，空做古今佳话。人间刚道隔年期，指天上、方才隔夜。

先讲严蕊的故事。南宋台州知府唐仲有为歌妓严蕊等四人落籍。朱熹正巡行台州，与其观点不合，就连上六疏弹劾唐仲有，说唐仲有和严蕊有"风化之罪"。同时把严蕊抓起来严刑逼供，"两月之间，一再杖，几死"。但是严蕊宁死不从，义正词严地回答："身为贱妓，纵合与太守有滥，科亦不至死；然是非真伪，岂可妄言以污士大夫，虽死不可诬也。"她捍卫了自己的尊严，也保护了为她赎身的唐仲有。

此事朝廷上下议论纷纷，宋孝宗认为是"秀才争闲气"，于是调离朱熹，同时放了严蕊，问她出去怎么办，严蕊以词答复，《卜算子》云："不是爱风尘，似被前缘误。花落花开自有时，总赖东君主。去也终须去，住也如何住！若得山花插满头，莫问奴归处。"她从良后，被赵宋宗室纳为妾，也算有了较好的归宿。

当然历史也有传说，是朱熹和唐仲有争夺色艺才俱佳的严蕊，没争过，于是公报私仇陷害唐仲有。

现在可以说她写到的桂花词了。

梧桐树刚开始落叶，正是桂花吐芳的时节。湖水里荷花也有些凋谢，正是七夕，姑娘们在合欢楼穿针引线忙着绣荷包，此时明月高挂，清辉流泻而下。

蜘蛛在忙，为恋人们搭桥的喜鹊却慵懒，牛郎不耕田，织女不织布，岂不是"假大空的"千古佳话？人间七夕须隔一年，可天上不过是隔夜而已，哪里像人间的恋人们如此强烈地期待相会。

这首诗把女子想和恋人相见的期许都幻化在合欢楼的穿针引线中，再加上桂花吐芳，实在令人遐思。此桂花香得高洁、明朗又甜蜜。

# 棠 梨

## 野棠梨雨泪阑干

棠梨在我眼里就是"野梨"，果实小，酸涩，但是历史上的棠梨有着不寻常的荣耀，这要从《召南·甘棠》说起。甘棠就是棠梨、豆梨，也叫野梨、鸟梨、酱梨，蔷薇科梨属落叶乔木，中国原产。在三千年前，老百姓歌颂召公爱民如子，就是依托的棠梨。

**召南·甘棠**

蔽芾甘棠，勿剪勿伐，召伯所茇。
蔽芾甘棠，勿剪勿败，召伯所憩。
蔽芾甘棠，勿剪勿拜，召伯所说。

意思是，树荫遮蔽的甘棠树，别剪别伐，那可是召伯所植。枝叶茂盛的甘棠树，别剪别损，那可是召伯休息的地方。生长旺盛的甘棠树，别剪别毁，那可是召伯所喜欢的地方。召公就是和周公齐名齐位的德高望重之贤人，周公有周公吐哺、天下归心之名，召公有甘棠遗爱、甘棠之惠之谓。召公在棠梨树下为老百姓办公，获得英名，棠梨也因此"一战成名"。

此事《史记·燕召公世家》就有记载："召公之治西方，甚得兆民和。召公巡行乡邑，有棠树，决狱政事其下，自侯伯至庶人各得其所，无失职者。召公卒，而民人思召公之政，怀棠树不敢伐，歌咏之，作甘棠之诗。"

唐代元稹写到过棠梨，和召公的棠梨无关。

### 村花晚

三春已暮桃李伤，棠梨花白蔓菁黄。

村中女儿争摘将，插刺头鬓相夸张。

田翁蚕老迷臭香，晒暴奄聂熏衣裳。

非无后秀与孤芳，奈尔千株万顷之茫茫。

天公此意何可量，长教尔辈时节长。

暮春时节，桃李花已经落了，雪白的棠梨花和明黄的蔓菁花正艳，村野的女子们争相插花带朵，恨不得"插满头"，连那老头们都迷恋花香，让那花香熏满衣裳。并不是春过了就没有花开，一样会茫茫一片竞相绽放，上天的意愿哪里可以测量，其实那时节长着呢。

想象得到，在暮春时节，此花开后彼花开，村民还沉浸在春的生机中，彼此嬉闹农作，旁观者元稹不无善意地笑谑一下，如此而已。

到了宋代，就有专门写到棠梨的诗了，没想到是王安石，是夸甘棠果实的，题目就是《甘棠梨》。

### 甘棠梨

甘棠诗所歌，自足夸众果。

爱其凌秋霜，万玉悬磊砢。

园夫盛采摘，市贾争包裹。

车输动盈箱，舟载辄连柁。

朝分不知数，暮在知几颗。

但使甘有余，何伤小而椭。

主人捐千金，钉饾留四坐。

柑榟与橙栗，在口亦云可。

大意是，甘棠梨这种果实不寻常，我喜欢它不怕秋霜的气节。棠梨丰收，园丁采摘，商贾争购，船拉车载。早上多得不可计数，晚上就屈指可数。小又有点伤，只要甜就行。主人花重金，盘中盛放着柑榉与橙栗高档水果，吃在嘴里也不错。但是京城是繁华地，也是纷乱地，容易内热生火，去除烦躁口渴只有我棠梨当仁不让。

还有王禹偁的《村行》："棠梨叶落胭脂色，荞麦花开白雪香。"这番秋色值得欣赏。

宋词里写到棠梨的有晏几道的《鹧鸪天》和苏东坡的《木兰花令》，诸君随我来。

### 鹧鸪天

一醉醒来春又残。野棠梨雨泪阑干。玉笙声里鸾空怨，罗幕香中燕未还。

终易散，且长闲。莫教离恨损朱颜。谁堪共展鸳鸯锦，同过西楼此夜寒。

沉醉之后，发现春都夺去了，野棠梨花带雨，依旧是离人泪。玉笙悠悠一腔幽怨，孤衾难眠。

终了还是离散容易，闲时悠长，不想让离别的怨恨损伤美颜，但是谁能和我共度此寒夜呢？

棠梨也能"梨花带雨"，和召公的棠梨完全不相干。

苏东坡的《木兰花令》节选："棠梨花映白杨树，尽是死生别离处。冥冥重泉哭不闻，萧萧暮雨人归去。"意思是，长着白杨的路上有白色棠梨花掩映，都是死生离别。踏上黄泉路的亡魂听不到生者的悲声，祭奠的人在萧萧暮雨中黯然归去。

他的棠梨也"点点是离人泪"，而且是死生离别，和我最向往的召公甘棠越离越远。

没想到棠梨到了宋朝沦落到如此地步，唉，召公，你在哪里？

# 红 豆

## 银烛生花如红豆

红豆是豆科相思子属藤本木质植物。果实黑红相间，有剧毒，符合相思的特征，所以称相思子更贴切。其实能够称为红豆的植物至少还有两种：一是赤豆，北方人称其为红豆，是豇豆属的，大家熟知的红豆薏米粥就是用赤豆熬制的；二是海红豆，是海红豆属落叶乔木，通体赤红，煞是好看，无毒，除了当首饰，还可以入药，非洲人还用它当调味品。

谈及诗词里的红豆，不得不提唐朝王维的《相思》。

### 相思

红豆生南国，春来发几枝。

愿君多采撷，此物最相思。

据说天宝之乱后，著名歌唱家李龟年从宫廷流落到民间，经常为人唱这首诗，听者无不为之动容。红豆相思不仅仅是在男女之间，朋友之间也可以，是冠冕堂皇的相思，唐朝贯休就提供了这样的范本。

### 将入匡山别芳昼二公二首（之二）

红豆树间滴红雨，恋师不得依师住。

世情世界愁杀人，锦绣谷中归舍去。

贯休的朋友约他小住，但是他只能一见，并不能长久欢聚，所以"恋师不得依师住"，连那山间生长的红豆都配合他的依恋，滴下"红雨"，可见他想要和朋友长相聚首的愿望有多么热切，不能相聚又多么黯然神伤，不由得抱怨世界"愁杀人"，却也只能黯然神伤，离别的是"锦绣谷"，多么讽刺的现实。

宋朝的相思，我们先选黄庭坚的《忆帝京·私情》和秦观的《御街行》。

## 忆帝京·私情
### 黄庭坚

银烛生花如红豆。占好事、而今有。人醉曲屏深，借宝瑟、轻招手。一阵白苹风，故灭烛、教相就。

花带雨、冰肌香透。恨啼鸟、辘轳声晓。岸柳微凉吹残酒。断肠时、至今依旧。镜中消瘦。那人知后。怕夯你来偎倚。

果真是私情，银烛着的样子像红豆，果然有好事，银烛预示了好事之后就被灭了，成就和美人的好事。

春宵一刻值千金，百般温存之后，破晓就是分别。于是断肠、消瘦，那人知后，心疼你，责怪你。

此词只关乎儿女私情。

## 御街行
### 秦观

银烛生花如红豆。这好事、而今有。夜阑人静曲屏深，惜宝瑟、轻轻招手。一阵白苹风，故灭烛、教相就。

花带雨、冰肌香透。恨啼鸟、辘轳声晓。岸柳微风吹残酒。断肠时、至今依旧。镜中消瘦。那人知后，怕你来偎倚。

大家刚刚看到这首诗，肯定会觉得这是黄庭坚的《忆帝京·私情》。但定睛一看，真是秦观的《御街行》。可这是怎么回事呢？

据说秦观此词是有故事的，宋朝杨湜在《古今词话》中记载："秦少游在扬州，刘太尉家出姬侑觞。中有一姝，善弹箜篌。此乐既古，进时罕有其传，以为绝艺。姝又倾慕少游之才名，偏属意，少游借箜篌观之。既而主人入宅更衣，适值狂风灭烛，姝来且相亲，有仓促之欢。且云：'今日为学士瘦了一半。'

280

少游因作《御街行》以道一时之景。"红豆在这样的暧昧中实在让人看不到相思之情。

再到南宋看看红豆，就选宋末四大家之一的蒋捷，"红了樱桃，绿了芭蕉"的"樱桃先生"。

**金盏子**

蒋捷

练月萦窗，梦乍醒、黄花翠竹庭馆。心字夜香消，人孤另、双鹣被池羞看。拟待告诉天公，减秋声一半。无情雁。正用恁时飞来，叫云寻伴。

犹记杏桃暖。银烛下，纤影卸佩款。春涡晕，红豆小，莺衣嫩，珠痕淡印芳汗。自从信误青骝，想笼莺停唤。风刀快，翦尽画檐梧桐，怎翦愁断。

深秋，明月夜，人孤独，就是那绣着比翼鸟鹣鹣的被头也羞于看。想告诉天公，别让秋天来，那无情的大雁飞来都是要叫云做伴的。

想起春天时，银烛下美人如画，一笑一对酒窝，"红豆小"（诸君理解去吧），你我欢喜惹得你一身香汗。自从有了这般欢情，更觉时间飞逝，你我难相见，梧桐雨，剪不断，理还乱，怎一个愁字了得。

在宋朝，红豆就是"欢情"的预示。关于红豆，只愿其坚贞一些，不囿于情爱。

# 碧 桃

## 溪上碧桃多少

虽然碧桃是桃，但是不得不把它独立出来，让碧桃展现和桃不一样的"烟火"，毕竟碧桃不同于桃，就像蟠桃不同于桃一样。

若说桃是"桃之夭夭，灼灼其华"，碧桃则更能体现其"华"。桃花单瓣，碧桃就是重瓣，而且颜色多样，红、白、粉、红白、粉白相间，都常见。碧桃主要是为了观赏，没人注意果实。

碧桃和桃都是蔷薇科李属小乔木，先从唐诗中欣赏碧桃的美丽吧。

晚唐高蟾的《下第后上永崇高侍郎》是我们一定要选择的诗。

### 下第后上永崇高侍郎

天上碧桃和露种，日边红杏倚云栽。
芙蓉生在秋江上，不向东风怨未开。

这是他还没有考中进士时写的诗。人家考中进士的犹如"天上碧桃""日边红杏"，而且生长环境优越，而他就像生长在江边的芙蓉，没有可依靠的"天"和"日"。春天时花不开，是时候不到，时候到了自然就开了。果然，高蟾屡试不第后，终于还是中举了，后来当了御史中丞这样不算小的官，圆了他的梦。

到了宋朝，碧桃以其不可方物的美丽继续"灼灼其华"，先看秦观的《虞美人》：

碧桃天上栽和露。不是凡花数。乱山深处水萦回。可惜一枝如画、为谁开。

轻寒细雨情何限。不道春难管。为君沉醉又何妨。只怕酒醒时候、断人肠。

那好似天上的碧桃因着露的滋养分外妖娆，是人间的繁花所不可比的。错落山间溪水淙淙，只见那碧桃一枝竟放，如画般美丽，只是她为谁开呢？

此时春光无限，但细雨带来寒意。春终将逝去。此刻为君醉一场又何妨，就只怕酒醒人去楼空，只留下断肠人在天涯。

这正是唐诗和宋词不可分割的魅力，也是词为诗之余的佐证。

再看杨舜举的《南浦·春水》，也有意思，同样借用了唐诗。

## 南浦·春水

波暖绿粼粼，燕飞来，好是苏堤才晓。鱼没浪痕圆，流红去，翻笑东风难扫。荒桥断浦，柳阴撑出扁舟小。回首池塘青欲遍，绝似梦中芳草。

和云流出空山，甚年年净洗，花香不了。新绿乍生时，孤村路，犹忆那回曾到。余情渺渺，茂林觞咏如今悄。前度刘郎归去后，溪上碧桃多少。

杨舜举是南宋末年词人，南宋灭亡后归隐。

他的春水好，波光粼粼，鱼儿翻飞，小桥流水，落花无疑，柳荫小船，这一切好似梦中一般。

溪水碧云流出空山，洗净芳香落花。春水乍绿时，想起曾经和友人一同游览，那是和王羲之《兰亭集序》"此地有崇山峻岭，茂林修竹"有一比的盛会，但是如今已烟消云散。"种桃道士归何处？前度刘郎今又来"的我这个"刘郎"回去后，此时溪水畔的碧桃花开多少？

"种桃道士归何处？前度刘郎今又来。"出自唐朝刘禹锡《再游玄都观》。杨舜举信手拈来，毫不违和。刘禹锡的此诗已被宋词人用烂，到处是"前度刘郎"。但这无论如何都是人间仙境。

# 三株树

## 倚遍玉城珠树

三株树是传说中的树，据《山海经·海外南经》记载："三株树在厌火北，生赤水上。其为树如柏，叶皆为珠。一曰，其为树若彗。"

我们的先人没有给植物归科归属，按《山海经》所言树干是柏树，归到柏科，但它的叶子是结珠子的，所以不知道把三株树往哪里归。历代写三株树的诗文不少，可见它在文人的世界里是树，所以就把它当作一种名叫"三株树"的植物。

《山海经》是本很奇异的书，大人国、小人国、女儿国都有，夸父追日、女娲补天、精卫填海、大禹治水等传说最早就出自这里，有的真实存在，比如大禹治水。当然其中的珍奇花木更是比比皆是，有的不能证实其存在，也不能证实其不存在，三株树就在此列。

三株树就在很多人的心里，李白在《古风五十九首》中就有"苍苍三株树，冥目焉能攀"之句。"前不见古人，后不见来者"的陈子昂在《感遇三十八首》中也有"翡翠巢南海，雄雌珠树林"之句。下面还是举张九龄的三株树吧。

### 感遇十二首（其四）

张九龄

孤鸿海上来，池潢不敢顾。

侧见双翠鸟，巢在三珠树。

矫矫珍木巅，得无金丸惧？

美服患人指，高明逼神恶。

今我游冥冥，弋者何所慕！

大意是，一只孤鸿来自茫茫大海，却对护城河小小的水流不敢回顾。冷眼看到一对漂亮的翡翠鸟，居住在华美的三株树上。趾高气扬地栖息在珍贵的树巅上，你们就不怕被人用金弹丸打下来吗？自古以来，穿着美服是会被人指点的，太过聪明，别人也是不能容忍的。你们的所作所为，一定也会摔得狠。而我将化入冥冥世界，就是有人想猎取我又怎么能抓到我呢？

在这首诗中，三株树就是美物的高贵衬托。宋词里碰巧也有三株树，我们不妨看看。

## 御街行

### 晏几道

年光正似花梢露，弹指春还暮。翠眉仙子望归来，倚遍玉城珠树。岂知别后，好风良月，往事无寻处。

狂情错向红尘住，忘了瑶台路。碧桃花蕊已应开，欲伴彩云飞去。回思十载，朱颜青鬓，枉被浮名误。

晏几道是晏殊的第七子。晏殊是北宋著名的宰相，王国维在《人间词话》中称他有大事业、大学问，一生写了一万多首词。晏几道虽然政绩没有乃父突出，但词作却赶超乃父。"小晏"性格孤傲，工于言情，是婉约派的重要作家。

正是好年华，弹指一挥间，春天还是结束了。仙子盼望归来，寻遍京城三株树。她哪里知道，自别后，月挂枝头，好风吹过，往事已经无处可寻。

刘晨、阮肇天台欲寻仙子，再去已经找不到曾经的路。我也一样，此时碧桃花正开，好似彩云飞舞。想想曾经的十年，那时年少轻狂，浪得虚名，也被虚名误。

《邵氏闻见后录》云："得新词盈卷，盖才有余而德不足者。愿郎君捐有余之才，补不足之德，不胜门下老吏之望。"可见"小晏"浪得的虚名是名不虚传了，他心中的女子是仙子，所以仙子寻他也是在结珠子的三株树上寻，二人惺惺相惜。

也没甚趣味，权作谈资，再见了，三株树。

# 椿 树

## 固大椿年

椿树也称香椿，为楝科香椿属落叶乔木，是雌雄异株，这是我没有注意到的。银杏、构树雌雄异株容易辨别，但香椿树在过了春季后，注意的人就少了，结不结果已经不重要了。在春天，香椿的嫩芽是很多人的美味，也因此被称为"树上的蔬菜"。天才吃货苏东坡也盛赞"椿木实儿叶香可嗛"。

香椿和臭椿总有说不清的纠缠，粗看几乎没有区别，我为了辨别清楚，也付出了很多努力，但尽管如此，还没有到远处一看就能分辨的程度，可见二者多么相近。

但香椿和臭椿实在不是一个科一个属，臭椿是苦木科臭椿属的落叶乔木，古代叫"樗"，《诗经》里就有记载，比如《小雅·我行其野》的"我行其野，蔽芾其樗"。据说汉代的时候香椿就是人们餐桌上的美味，但文字记录不多。

我知道既写到香椿又写到臭椿的古人似乎只有庄子。

写臭椿——樗，是这么写的，《庄子·逍遥游》："吾有大树，人谓之樗。其大本臃肿而不中绳墨，其小枝卷曲而不中规矩。立之涂，匠者不顾。"就是说，臭椿的枝干肿大弯曲，木匠无法下线，小枝歪七扭八，"没有规矩"，就算它长

在道路显眼处，木匠都不会看它一眼。

写香椿——大椿，是这么写的，《庄子·逍遥游》："上古有大椿者，以八千岁为春；八千岁为秋。"庄子描述了一种"万寿无疆"的大椿，八千年对它来说只是一个春天。

自从庄子给香椿定义之后，香椿就以祝愿长寿的面目出现在诗文中。

宋朝的晏殊写过一首《椿》，也是我能找到的唯一以椿为题的诗："峨峨楚南树，杳杳含风韵。何用八千秋，腾凌诧朝菌。"意思是，巍峨壮观的椿树完全秒杀朝生暮死的小蘑菇。就连成语"椿萱并茂"也延续了庄子对椿的定义，是祝愿父母健康长寿的意思。

宋词里竟也提到椿，居然有二次，分别为苏东坡、萧泰来所作。先说苏东坡提到椿的《戚氏》（此词始终指意，言周穆王宾于西王母事）：

玉龟山。东皇灵媲统群仙。绛阙岹峣，翠房深迥，倚霏烟。幽闲。志萧然。金城千里锁婵娟。当时穆满巡狩。翠华曾到海西边。风露明霁，鲸波极目，势浮舆盖方圆。正迢迢丽日。玄圃清寂，琼草芊绵。

争解绣勒香鞯。鸾辂驻跸，八马戏芝田。瑶池近、画楼隐隐，翠鸟翩翩。肆华筵。间作脆管鸣弦。宛若帝所钧天。稚颜皓齿，绿发方瞳，圆极恬淡高妍。

尽倒琼壶酒，献金鼎药，固大椿年。缥缈飞琼妙舞，命双成、奏曲醉留连。云璈韵响泻寒泉。浩歌畅饮，斜月低河汉。渐渐绮霞、天际红深浅。动归思、回首尘寰。烂漫游、玉辇东还。杏花风、数里响鸣鞭。望长安路，依稀柳色，翠点春妍。

词挺长，写的是传说中周天子周穆王在西王母家做客时的情景，那是仙界的"红旗招展，锣鼓喧天"，其中椿就是庄子的椿，"以八千岁为春，八千岁为秋"，比王母娘娘的蟠桃"三千年一开花，三千年一结果"还厉害。

所以《梁溪漫志》云："东坡御风骑气，下笔真神仙语，此等鄙俚猥俗之词殆是教坊倡优所为，虽东坡灶下老婢亦不作此语。"其实当时苏东坡应邀所作此词："座中随声击节，终席不闻他词。亦不容别进一语，且曰：'是为中山一时盛事。'"（《能改斋漫录》），可见对苏东坡的《戚氏》存在两种完全不同的看法。

接下来看萧泰来的《满江红·寿大山兄》：

七十人稀，尝记得、少陵旧语。谁知道、五园庵主，寿今如许。书底青瞳如月样，镜中黑鬓无双处。与人间、世味不相投，神仙侣。

文汉史，诗唐句。字晋帖，碑周鼓。这千年勋业，一年一部。晔晔紫芝商隐皓，猗猗绿竹淇瞻武。问先生、何处更高歌，凭椿树。

萧泰来是南宋人，这首词是他为哥哥萧大山祝寿时写的。

"人生七十古来稀"是杜甫（杜少陵）说的，没想到如今您已经活到这般岁数了。您现在还是眼明发黑，不与那世俗人一样，是神仙中人。

文章看《史记》，诗文看唐诗，书法看晋帖，石碑看周时秦国的石鼓文。这都是千年不朽的勋业。您有这样的追求，一年一部地奋笔疾书。看看高寿的汉代商山四皓，春秋时95岁的卫武公。问我的兄长，何处才是更远的征程，请您看看庄子那"以八千岁为春，八千岁为秋"的大椿吧。

说来说去，椿是大椿，就是长寿，而在我眼里椿就是香椿芽，"树上的蔬菜"，是舌尖上的美味。


# 葡 萄

## 蒲萄架上春藤秀


葡萄自从张骞从西域带回来后就一直是中国人民非常喜爱的水果。其实中国原本也有葡萄，野葡萄，那时叫"葛藟""蘡"。这些葡萄到现在还是野葡萄，颗粒小而酸涩，很难入口，但可以酿酒。西域传来的葡萄就大了许多，极为美味，让人爱不释"口"。

葡萄刚传入中土的时候叫"蒲桃"，还叫"草龙珠"。《本草纲目》介绍说："其圆者名草龙珠，长者名马乳葡萄，白者名水晶葡萄，黑者名紫葡萄。"

葡萄是葡萄科葡萄属木质藤本植物，到目前为止，葡萄的品种已经超过8000种，中国有800种，至今还在产生新品种，目前我比较喜欢夏黑，口味极甜，连北京客人都交口称赞。还有一种叫"乒乓"葡萄的，个真是大，就跟乒乓球一般，口感和"巨峰"差不多，一口吃下去竟有些困难。至于专门用于酿酒的雷司令、赤霞珠、霞多丽等名字异彩纷呈，但其实不知所云。

其实古代就有巨型葡萄，据《唐书》记载："波斯所出者，大如鸡卵。此物最难干，不干不可收。不问土地，但收皆可酿酒。"那时没有乒乓球，但有鸡蛋，就是说，那时有一种葡萄就跟鸡蛋那么大。

葡萄入诗词在水果里不算少数，先选唐朝的看看，当然不能省了王翰的"葡萄美酒夜光杯"。

### 凉州词
#### 王翰
葡萄美酒夜光杯，欲饮琵琶马上催。
醉卧沙场君莫笑，古来征战几人回。

这是在边境凉州，战士们就要出征，举行盛大的聚会，场面豪奢又悲壮。一面是"葡萄美酒夜光杯"，急促的琵琶声促人豪饮。另一面，战士在欢快豪

饮，如果"醉卧沙场"，也请你不要笑话，古往今来出征作战的战士又有几人能回呢？葡萄酿制的美酒和战士们"马革裹尸"的决心形成鲜明的对比。

到了宋朝，没有听说过"边塞诗人"，自然也不会有葡萄和出征的对比，但是有孔武仲的《葡萄》：

> 万里殊方种，东随汉节归。
> 露珠凝作骨，云粉渍为衣。
> 柔绿因风长，圆青带雨肥。
> 金盘堆马乳，樽俎为增辉。

就是夸葡萄，也说了葡萄的来历。

我们回到宋词中，选周邦彦的《渔家傲》和谢逸的《菩萨蛮》。

## 渔家傲
### 周邦彦

灰暖香融销永昼。蒲萄架上春藤秀。曲角栏干群雀斗。清明后。风梳万缕亭前柳。

日照钗梁光欲溜。循阶竹粉沾衣袖。拂拂面红如著酒。沉吟久。昨宵正是来时候。

典型的婉约派，所有的"春宵一刻"有葡萄繁盛的绿叶增加春情的色素。

## 菩萨蛮
### 谢逸

暄风迟日春光闹。蒲萄水绿摇轻棹。两岸草烟低。青山啼子规。归来愁未寝。黛浅眉痕沁。花影转廊腰。红添酒面潮。

谢逸是北宋文学家，曾写过300首咏蝶诗，人称"谢蝴蝶"。此词没蝴蝶，有葡萄，确切地说是葡萄酒。春天景色，湖水犹如葡萄酒般令人心醉。美人逛完了美景回来又发愁了，自己喝闷酒。

其实苏东坡《南乡子》中的葡萄是我喜欢的，但是苏东坡"C"位时间太多，所以这次就让苏东坡的葡萄最后出场吧。

## 南乡子

晚景落琼杯，照眼云山翠作堆。认得岷峨春雪浪，初来，万顷蒲萄涨渌醅。

春雨暗阳台，乱洒歌楼湿粉腮。一阵东风来卷地，吹回，落照江天一半开。

就算苏东坡写到歌女，其落脚也是葡萄美酒一般的江水和天空，水天一色，各占一半，江阔天空般的疏朗。

# 桧　树

## 延松高桧老参天

桧树是柏科圆柏属常绿高大乔木，也叫圆柏、刺柏、桧柏等。我们常常看见像侧柏但又不同的"柏"，就是桧树或者圆柏，北方多种植河南桧，还有西安桧、北京桧等。

桧树是中国原产植物，它有个特点是"柏叶松身"，刚长出来的嫩叶如同柏树叶，长老了就成了尖刺状，但也没有松树的松针长，所以人们常常分不清此植物是柏还是松。

桧树在古诗中出现很早，不仅如此，还有以桧命名的国家，所以《诗经·国风》里有《桧风》篇，但此篇没有桧，《卫风》篇有，可见桧在当时就是很普遍的存在。那就拿出《卫风·竹竿》中的桧见识一下吧："淇水滺滺，桧楫松舟。驾言出游，以写我忧。"意思是，淇水静静流淌，桧木桨儿柏木舟。只能任着船儿荡，以宣泄我的忧思。

看到了吗？桧和柏一样是用来做舟和楫的。

桧树还因为有和松柏"寿高千古""经霜不坠""岁寒无异"等一样的品质，往往种植在庙宇、殿堂、陵园等庄严的地方。

然而，陆游为我们描述了一个意想不到的桧树妙用。他在《老学庵笔记》中记载："亳州太清宫多桧树，桧花开时蜜蜂飞集其间，不可胜数。作蜜极香，而带微苦，谓之桧花蜜。"没想到桧树花居然可以酿制桧花蜜，我甚至没有注意到桧树开花。欧阳修也证明陆游所言属实："古郡谁云亳陋邦，蜂采桧花村落香。"

苏东坡在颍州为官时还专门写了关于桧树的诗："汝阴有老桧，处处屯苍山。地连丹砂井，物化青牛君。时有再生枝，还作左纽纹。王孙有古意，书室延清芬。应邻四孺子，不坠凡木群。体备松柏姿，气含芝术熏。初扶鹤立骨，未出龙缠筋。"这首诗把桧树描述得非常"高大上"。

苏东坡不仅在诗里描述了桧，词里也写到了，那就接着看。

### 满庭芳

有王长官者，弃官黄州三十三年，黄人谓之王先生。因送陈慥来过余，因为赋此。

三十三年，今谁存者？算只君与长江。凛然苍桧，霜干苦难双。闻道司州古县，云溪上、竹坞松窗。江南岸，不因送子，宁肯过吾邦？

摐摐，疏雨过，风林舞破，烟盖云幢。愿持此邀君，一饮空缸。居士先生老矣，真梦里、相对残釭。歌声断，行人未起，船鼓已逢逢。

这是苏东坡被贬黄州时写的，他的有些朋友唯恐躲之不及，但王长官却不为所动，送苏东坡的朋友陈慥来访，苏东坡很是感念。

33年了，谁还能在？就只有王长官和长江能与君齐。那是和苍劲高标的桧树一般的品格，所受的苦难别无第二。听闻司州古县，云溪上、竹坞松窗，是您的居所，若不是为了送我的朋友您怎么会造访我的小地方呢？

风吹雨打，树林舞动，烟雾笼罩草屋。我愿和您一起开怀畅饮，把那酒缸喝干。我老了，好像在梦里一般，我们相对残灯一醉方休。歌罢舞罢，行人还未起，行船已在催人出发。

此时就能看出桧树的高洁或者桀骜不驯。人生有多少33年？王长官弃官秉持自己的人生态度一直没变，那就是桧树的品格。

再看王安中的《安阳好》之五：

安阳好，耆旧迹依然。醉白垂杨低掠水，延松高桧老参天。曾映两貂蝉。
王谢族，兰玉秀当年。画隼朱轮人继踵，丹台碧落世多贤。簪缨看家传。

说了苏东坡的桧树，再看王安中的桧树就差强人意了。此人曾经师从苏东坡，后来为了自己的前途投靠了宦官童贯等，让人诟病，不知道他的桧树是怎样的桧树。

这是夸安阳好的九首词之五，这地方的古迹都还在，垂柳掠过水面，松桧参天高耸，美女貂蝉就在这里生活。

当年的簪缨家族王谢两家也在这里，那些贤良之人还是要看家传啊。

从苏东坡的"高风亮节"高远，一下就跌落到"古木参天"寻常。这就是师道，可惜没有传给王安石。但他影响不了苏东坡的光辉，也影响不了桧树的"志存高洁"。


# 蟠　桃

## 蟠桃已是著花迟


从小就对蟠桃垂涎欲滴，当然是受孙悟空偷吃王母娘娘的蟠桃影响。尤其是那"三千年一开花、三千年一结果"的悠长岁月，增添了无尽的遐想与不切实际的幻想。我要是当一次孙悟空就好了，先有七十二般变化，就有机会参加蟠桃会。然后美美地享受一顿蟠桃盛宴，从此长生不老，那将是怎样的神仙光景！

有这样想法的不止我一个人，汉武帝也向往，据《汉武内传》载："七月七日，西王母降，以仙桃四颗与帝。帝食辄收其核，王母问帝，帝曰：'欲种之。'王母曰：'此桃三千年一生实，中夏地薄，种之不生。'帝乃止。"

西王母给了汉武帝四颗蟠桃，汉武帝想留下桃核种植。他的果园里什么都有，偏没有蟠桃，这是天赐良机。没想到王母娘娘看出他的心思，说你这种土地太薄，种不了三千年一开花的蟠桃，汉武帝只得作罢。

但他还是种了蟠桃，不过是经过改良的，于是我们就看到了现在的蟠桃。

蟠桃原产西域，来到东土就好比"南橘北枳"，有重大改变，种树两年就可以开花结果，和当地的桃树"沆瀣一气"，春天开花，夏天结果，除了扁圆的形状外，其口感、色泽和普通桃子别无二致。我每年都买几次，想品尝出"长生不老"的滋味，但是蟠桃终究是桃的滋味，已经没有原来的"仙气"了。

蟠桃和桃子一样，属于蔷薇科桃属植物桃的变种，就因为它前世的神奇经历至今仍被称为仙果、寿桃。但凡家里有老人过寿，桃是断断少不了的。民间老百姓崇尚的南极翁寿星老不仅他的脑袋像桃子，他的随从永远拿着桃子，随同寿星奔波在各家过寿的宴席上。只是所有的桃子都是水蜜桃的模样，真没见过寿宴上摆蟠桃的，这不仅是因为季节的限制，也因为蟠桃的大小、形状远没有水蜜桃饱满红润。现在就连与寿星相关的图画中都不见蟠桃的影子，我要为蟠桃打抱不平，那是赤裸裸的侵权：你用桃子我不反对，但别打我的名号啊！各位看清楚，我是扁的！不是圆的！

这也是我特意把蟠桃拿出来写的原因，蟠桃很容易淹没在众桃的海洋里，现在就让蟠桃现身吧，宋词里蟠桃不算少，有苏东坡的《临江仙》"阆苑先生

须自责，蟠桃动是千秋"，秦观的《雨中花》"好是蟠桃熟后，阿环偷报消息"，仲殊的《南歌子》"蟠桃已是著花迟，不向春风一笑、待何时"，以及辛弃疾的《醉花阴》"蟠桃结子知多少，家住三山岛"。

北宋的选苏轼，南宋的选辛弃疾，中间加一个仲殊的，蟠桃就圆满了。

## 临江仙
### 苏轼

九十日春都过了，贪忙何处追游。三分春色一分愁。雨翻榆荚阵，风转柳花球。

阆苑先生须自责，蟠桃动是千秋。不知人世苦厌求。东皇不拘束，肯为使君留。

此词的解读参观"榆树"篇，此处不再赘述。

## 南歌子
### 仲殊

解舞清平乐，如今说向谁。红炉片雪上钳锤。打就金毛狮子、也堪疑。木女明开眼，泥人暗皱眉。蟠桃已是著花迟。不向春风一笑、待何时。

选仲殊是因为他和苏轼很友善，经历跌宕起伏。他考过进士，年轻时放荡不羁，几乎被妻子毒死，然后出家为僧，因常常食用蜂蜜解毒，人称"蜜殊"，再后来自缢而死。咱看看他的蟠桃，还真是和苏轼有关。

曾经清平乐舞曲，如今还给谁跳？火红的炉子上落着雪花，经受佛家的严苛教诲，打就了文殊菩萨的坐骑金毛狮子，内心深处是否受到教诲，还是让人怀疑。

女子打眼看过来，高僧暗皱眉，那又何必呢？蟠桃千年才开一次花，既然开了，何不临春风向花一笑，更待何时？

这里面有个故事。《苕溪渔隐丛话》载，苏轼带着侍妾朝云去见一位高僧，作一词，其中有一句"溪女方偷眼，山僧莫皱眉"，仲殊改成"木女明开眼，泥人暗皱眉"，是打趣那位高僧道貌岸然，实在是没必要。

别说菊花年年开得好，秋尽菊花也就谢了。黑发人不怕秋天，对酒当歌，年少人花都赔笑。

家在仙山的蟠桃不知道结了多少，我想有一日乘青鸾，越苍山渡沧海飞到蟠桃家园，从此了却尘世因缘。

蟠桃终究是仙家水果，人追求的首先是和蟠桃共生的仙家家园，其次才是享受蟠桃的美味，辛弃疾的向往也是我的向往。

# 瑞 香

## 领巾飘下瑞香风

瑞香是瑞香科瑞香属常绿灌木，也叫睡香、蓬莱紫、风流树、毛瑞香、千里香、山梦花等，春天开花，夏天结果。这可是地道的中国原产植物，生长在长江流域以南，只不过到了宋代才有人家种植，因为芳香而很快出名。

据《本草纲目》记载："南方州郡山中有之。枝干婆娑，柔条浓叶，四时青茂。冬春之交，开花成簇，长三四分，如丁香状，有黄、白、紫三色。"就是说瑞香的花形似丁香花。

宋代《清异录》记载了瑞香名字的来源："庐山瑞香花，始缘一比丘，昼寝磐石上，梦中闻花香酷烈，及觉求得之，因名睡香。四方奇之，谓为花中祥瑞，遂名瑞香。"

通过古人的介绍基本就知道瑞香的样子了，今天瑞香仍然长在南方，北方只有花市上有，也没有像杜鹃一样大行其道，想来杜鹃培育在大年开花，热烈喜庆，并不如瑞香一般守住"初心"，只在该开花的季节开花，该结果的时节结果。于是在北方，瑞香始终是一小部分人的心中好。

闲话休叙，就到瑞香"蹿红"的宋朝看看它的"原生态"吧，诗词中还真有不少描写瑞香的，先选两首诗预热一下瑞香的香。

### 瑞香三首（之一）

范成大

一丛三百朵，细细拆浓檀。

帘幕护花气，不知窗外寒。

诗不复杂，就是夸瑞香香味浓郁，开在早春，竟不怕寒，这样的花怎能不令人喜爱呢？接下来，再看朱淑真的瑞香吧。

### 瑞香

朱淑真

玲珑巧麽紫罗囊，今得东君著意妆。

带露欲开宜晓日，临风微困怯春霜。

发挥名字来雕萃，弹厌芳菲入醉乡。

最是午窗初睡省，重重赢得梦魂香。

其实和范成大夸瑞香差不多，不过是说出了瑞香的颜色及瑞香得名的缘由。诗里有了瑞香，接着看词里的。

### 西江月·真觉赏瑞香二首（之一）

苏东坡

公子眼花乱发，老夫鼻观先通。领巾飘下瑞香风。惊起谪仙春梦。

后土祠中玉蕊，蓬莱殿后鞓红。此花清绝更纤秾。把酒何人心动。

看来瑞香花不仅仅香浓，连花姿、花色都迷人，能惊起谪仙人李白的春梦。对酒赏花，花不醉人人自醉，不是"何人心动"，而是何人不心动？

### 西江月·瑞香
#### 张抡

翦就碧云闹叶，刻成紫玉芳心。浅春不怕峭寒侵，暖彻薰笼瑞锦。
花里清芬独步，尊前胜韵难禁。飞香直到玉杯深，消得厌厌痛饮。

张抡是宋高宗时期人，当过官，也善于填词。

这首夸瑞香的词是全面夸，从叶子、花色到芳香都夸到了，还提到了瑞香的另一个名字"锦薰笼"，尤其夸瑞香的香是"清芬独步"，这也就夸到头了。

行文至此，有种言不尽意之感，梅花、桃花等入诗、入词均有指向，有文化意义，而到了瑞香就只有其本身，但瑞香不该是这样吗？

瑞香善哉，"不以物喜不以己悲"。


# 茱 萸

## 年年菊蕊茱萸


同一植物反复写实在很为难，尤其不算熟悉的植物，就更难写出新花样了。茱萸就是其中一种。

茱萸，我们在《芳香楚辞》《芳香唐诗》中都写过，说到三种茱萸，山茱萸、吴茱萸、草茱萸，还分析了"遍插茱萸少一人"之茱萸是吴茱萸的原因。所以在《芳香宋词》中就不用分析了，但凡是过重阳节需要"菊花插满头""遍插茱萸"时，那茱萸就是吴茱萸。需要注意的是，菊是插的花，茱萸是插的果，秋天所有的茱萸都是果子。

近些年，物质生活进一步丰富以后，北方的植物也丰富起来，很多偏于南方的植物也入住北方，比如山茱萸。一般山茱萸都在秦岭以南，但现在它就在我家附近的公园里，在春夏时节开黄色的小花，秋冬结枸杞样鲜艳明亮的红果，我假想"遍插茱萸"的感受，虽然那时插的茱萸不是山茱萸，但吴茱萸和山茱萸多少有些相像。

北方人认识茱萸大多是从知道"遍插茱萸"这首诗开始的，比如我。

## 九月九日忆山东兄弟

王维

独在异乡为异客，每逢佳节倍思亲。

遥知兄弟登高处，遍插茱萸少一人。

"遍插茱萸"很早就是中国的民俗，人们在农历九月九日重阳节佩茱萸以祛邪辟恶，还要喝菊花酒，为祈求长寿。《西京杂记》卷三云："九月九日，佩茱萸，食蓬饵，饮菊花酒，令人长寿。"三国魏曹植《浮萍篇》云："茱萸自有芳，不若桂与兰。"

不过，他们说得再好，都比不上王维的那句诗，茱萸从那时起"一炮走红"。

其实写九月九日插茱萸的唐朝诗人可多着呢，比如朱放的《九日与杨凝、崔淑期登江上山会有故不得往因赠之》"那得更将头上发，学他年少插茱萸"，王昌龄的《九日登高》"茱萸插鬓花宜寿，翡翠横钗舞作愁"，戴叔伦的《登高回乘月寻僧》"插鬓茱萸来未尽，共随明月下沙堆"，以及卢纶的《九日奉陪侍郎登白楼》"睥睨三层连步障，茱萸一朵映华簪"等，好像唐朝的诗人在那日都插茱萸似的。

唐诗人"遍插茱萸"，宋词人呢？插还是不插，这是个值得思考的问题。宋词里提到茱萸的地方不少，可选余地比较大，就选黄庭坚和朱熹的茱萸吧。

## 鹧鸪天
### 黄庭坚

万事令人心骨寒。故人坟上土新干。淫坊酒肆狂居士，李下何妨也整冠。

金作鼎，玉为餐。老来亦失少时欢。茱萸菊蕊年年事，十日还将九日看。

显然是一首不得意的词，人生不得意，所以能恣意妄为时就恣意。

世间万事都是令人心寒的。老朋友的坟上新培的土已经干了，不过是一日的光景。人生不如意十常八九，所以得开怀处且开怀，就在那茶肆酒坊尽情放纵，什么"君子防未然，不处嫌疑间。瓜田不纳履，李下不正冠"，我偏要李下整冠，那又何妨？

即便是日日钟鸣鼎食，老了也丢失了少年才有的欢乐。遍插茱萸、遍饮菊酒年年有，可今年不见故人来。人老了，不能不怀旧，你我还是且行且珍惜吧。

## 水调歌头·隐括杜牧之齐山诗
### 朱熹

江水浸云影，鸿雁欲南飞。携壶结客，何处空翠渺烟霏。尘世难逢一笑，况有紫萸黄菊，堪插满头归。风景今朝是，身世昔人非。

酬佳节，须酩酊，莫相违。人生如寄，何事辛苦怨斜晖。无尽今来古往，多少春花秋月，那更有危机。与问牛山客，何必独沾衣。

朱熹被尊为理学家、思想家、哲学家、教育家，是儒学集大成者，世尊称为"朱子"。朱熹还是唯一非孔子亲传弟子而享祀孔庙，位列大成殿十二哲者中的人。我非常喜欢他"问渠那得清如许，为有源头活水来"的诗句，但他的"存天理灭人欲"更让我另眼相看，此处放下不提，就看他的茱萸吧。

江水中映着云朵的影子，鸿雁已经要南飞了。和朋友们带着酒壶要去一处氤氲苍翠的地方饮酒作乐。想想尘世间能笑处很少，幸好还有插茱萸饮黄菊的一日，那就在这一日尽情插茱萸饮菊酒，尽兴而归。若不然昨日风景今日在，此身已非旧日人了。

既然是佳节，不妨喝得酩酊大醉。人生如行客，何必辛苦劳累，又抱怨人生苦难呢。古往今来，多少春花秋月，真是危机重重，可一旦明白就不会像齐景公一般感叹人生短暂泪满衣襟了。

这首词通达、透彻，茱萸恰在其中，甚好。


# 蔷　薇

## 蔷薇花谢绿窗前


蔷薇原产中国，总想当然地以为同科同属的玫瑰、月季因为外来原因代表着"爱情"，就以为花也是外来的。有一个时期，月亮是外国的圆，花也连带是外国的香。后来我长大了，发现中国的月亮也是圆的，中国的花也是香的。

蔷薇是蔷薇科蔷薇属藤蔓植物。虽然自始至终都开着芳香馥郁、一簇一簇的小花，深粉、浅粉、白色不一而足，而且栽培历史悠久，但入诗入画却较晚。我期待蔷薇可以入《诗经》，这样才算早。

蔷薇之所以叫蔷薇，李时珍在《本草纲目》中云："草茎蔓柔，依墙援而生，故名。"别称还有蔓性蔷薇、墙蘼、刺蘼、蔷蘼、刺莓苔等，因为常常丛生郊

野，也称"野客"。这些不算特别，蔷薇还有个名字叫"买笑"，一听就是有故事的，原因是这样的。《贾氏说林》："汉武与丽娟看花，蔷薇始开，态若含笑。帝曰：'此花绝胜佳人笑也。'丽娟戏曰：'笑可买乎？'帝曰：'可。'娟奉金百斤，为买笑钱。蔷薇名买笑以此。"

我能找到最早写蔷薇的是南朝梁简文帝萧纲的《咏蔷薇》：

> 燕来枝益软，风飘花转光。
> 氲氤不肯去，还来阶上香。

蔷薇枝条柔软，花儿随风朝向阳光，一步步沿阶而上，把芳香散播到台阶上，随意自由。

到唐朝时，蔷薇就频频入诗了，以蔷薇为题赋诗的便不少，虽然有白居易《题蔷薇架》专写蔷薇，但诗很长，所以还是选杜牧的《蔷薇花》进行解读，因为现在是"快餐文化"时代，长诗再好，哪里有人读呢？

### 蔷薇花
#### 杜牧

> 朵朵精神叶叶柔，雨晴香拂醉人头。
> 石家锦幛依然在，闲倚狂风夜不收。

蔷薇花朵朵开得精神，倒显得绿叶温柔。雨过天晴，蔷薇散发出沁人心脾的芳香。就像当年石崇的五十里锦步障依然存在，就算是雨打风吹，蔷薇也好似"闲庭信步"，夜晚也不收起盛放的美丽。

这是多么野蛮、自由的蔷薇啊。还有一种蔷薇就曼妙娇柔了许多，就是李商隐的蔷薇。

### 日射
#### 李商隐

> 日射纱窗风撼扉，香罗拭手春事违。
> 回廊四合掩寂寞，碧鹦鹉对红蔷薇。

女子在闺中百无聊赖，已经是炎热的初夏了，太阳照射着纱窗，风儿吹动着门扉，我独自把玩香帕，无所事事。院子这么大，回廊那么空寂，唯一的生机就是架上的绿鹦鹉痴对着正盛开的红蔷薇。只不过更增加了我的寂寞。

女子春闺怨，蔷薇就显得娇艳了。特别是"碧鹦鹉对红蔷薇"，简直就是奢侈的闲适与娇贵。

到了宋朝，诗和词里也有不少蔷薇。已经选了两首唐诗，宋代就选词吧，毕竟宋代是词的巅峰时代，想必词里的蔷薇也是无比芳香的。

### 浣溪沙

晁端礼

清润风光雨后天。蔷薇花谢绿窗前。碧琉璃瓦欲生烟。

十里闲情凭蝶梦，一春幽怨付鲲弦。小楼今夜月重圆。

晁端礼是北宋词人，为官得罪上司，被贬徙达30年。后来由于蔡京举荐，他为当时的皇帝宋徽宗上《并蒂芙蓉》词，得到徽宗的赞赏，再次赐官。

这首词应该归于他为歌妓或者女子写的"婉约词"。雨过天晴，蔷薇花已经在窗前凋谢，阁楼上的绿琉璃瓦蒸腾起烟雾。女子无事，夜夜春梦，把一春的幽怨都尽情挥洒在琴弦上。还好，没有白梦，今夜月会圆，人也会圆。

蔷薇到了舞榭歌亭就沾染上媚色，似乎也无不妥，但总觉得没有"碧鹦鹉对红蔷薇"娇俏，更没有"朵朵精神叶叶柔""野蛮生长"的劲头。

再选一首周邦彦的《虞美人》，他大名鼎鼎，是婉约派的"正宗"，被认为是"词家之冠""词中老杜"，这当然是很高的评价。

### 虞美人

周邦彦

灯前欲去仍留恋，肠断朱扉远。未须红雨洗香腮，待得蔷薇花谢便归来。

舞腰歌板闲时按，一任旁人看。金炉应见旧残煤，莫使恩情容易似寒灰。

这是一首男女离别词。掌灯时该跟你告别，但我不想走，分手是令人肠断的，特别是离那朱红的大门渐行渐远，更让人不忍分别。我走后，你不要悲伤得整日以泪洗面，我在蔷薇花谢的暮春就回来。

你还是像往常一样，该唱就唱、该舞就舞。暖炉中有旧煤的灰烬，千万别让我们的情义像那灰烬一般熄灭。

男子不愿意离开相恋的青楼女子，相约蔷薇花谢了的时候就回来。我看不妙，蔷薇花谢了，黄瓜菜也凉了，男子还让她"正常营业"，又叮嘱别让旧情湮灭，这是自欺欺人。

蔷薇花一路走来"江河日下"，不停脚地混迹于"舞榭歌台"，忘记自己曾经的潇洒自由。有些遗憾，那就告别那时的蔷薇吧，我熟悉的蔷薇在公园，在小区，在不经意的回眸处。

# 杨　树

## 棠梨花映白杨路

杨树是最普通、最常见、最广为人知、最便宜的树。但凡认识两种树以上，杨树一定在其中，可见杨树的普及性之高。

杨树是杨柳科杨属落叶乔木，也是古老的树种，有诗为证。

### 陈风·东门之杨

东门之杨，其叶牂牂。昏以为期，明星煌煌。

东门之杨，其叶肺肺。昏以为期，明星晢晢。

东门的杨树，叶子沙沙作响。约好黄昏见面，相会到启明星闪亮。

东门的杨树，叶子呼呼作响。约好黄昏见面，相会到启明星照耀。

那时杨树林是人们欢会的场所之一，后来往往和离别、悲伤连在一起。比如汉代《古诗十九首·去者日已疏》："古墓犁为田，松柏摧为薪。白杨多悲风，萧萧愁杀人。"一句"白杨多悲风"就定下悲凉的调了。

到了唐代，白居易写到杨树的两首诗都和坟墓有关。

### 燕子楼（其三）

今春有客洛阳回，曾到尚书墓上来。

见说白杨堪作柱，争教红粉不成灰。

今春你从洛阳回来，告我说你曾经到尚书墓祭奠，还说尚书墓上的白杨树已经长得可以当柱子了，可不是吗？已经十年过去了，白杨树已经成材了，时光流逝，怎么能不叫那红颜成灰呢？

### 览卢子蒙侍御旧诗，多与微之唱和。感今伤昔，因赠子蒙，题于卷后

昔闻元九咏君诗，恨与卢君相识迟。

今日逢君开旧卷，卷中多道赠微之。

相看泪眼情难说，别有伤心事岂知？

闻道咸阳坟上树，已抽三丈白杨枝。

白居易的好友元稹去世十年了，他很怀念他，于是写了这首诗，元稹的墓边已经长了"三丈"高的白杨树。

古时写到杨树的诗不多，写柳树的不计其数。但古时柳树被称为杨柳、垂杨、绿杨，柳絮的飞花被称为杨花，很容易让今人误解，以为写了两种植物，或者就是写杨树，但不对，即使知道了杨柳是指柳树，仍然有很难辨别的时候，我就上了李白的当。他在《金陵白下亭留别》中清清楚楚写下"杨树"，但是往下看诗文，发现还是柳树，不信，请诸君辨别一下。

## 金陵白下亭留别

驿亭三杨树，正当白下门。

吴烟暝长条，汉水啮古根。

向来送行处，回首阻笑言。

别后若见之，为余一攀翻。

驿站长着三株杨树，就在白下亭门外。蒙蒙烟雨笼罩着长长的柳枝，滔滔的汉水侵蚀着它的老根。送行时难以言笑，以后再见它时，就为我攀折一枝，以寄托相思。诗中说的是柳枝，自古"杨柳依依"是离别的象征，所以李白的"三杨树"指的是柳树。

我们再到宋朝，找一首确定是杨树的词看看。遗憾又庆幸的是只有一首，是苏东坡的《木兰花令》，这首词完全是从前朝白居易的《寒食野望吟》而来，仅仅改动了几个字。闲话休叙，就把二者的一诗一词分列如下吧。

## 寒食野望吟

### 白居易

丘墟郭门外，寒食谁家哭？

风吹旷野纸钱飞，古墓累累春草绿。

棠梨花映白杨树，尽是死生别离处。

冥冥重泉哭不闻，萧萧暮雨人归去。

## 木兰花令

### 苏轼

与郭生游寒溪，主簿吴亮置酒，郭生喜作挽歌，酒酣发声，坐为凄然。郭生言吾恨无佳词，因为略改乐天《寒食诗》歌之，坐客有泣者。

乌啼鹊噪昏乔木，清明寒食谁家哭。风吹旷野纸钱飞，古墓垒垒春草绿。

棠梨花映白杨树，尽是死生别离处。冥冥重泉哭不闻，萧萧暮雨人归去。

果然如苏东坡所言，就是"略改"，当时和他在一起的"泣者"是感动于他的词，还是白居易的诗？或者就是因为这个特殊的节日，只要给点启发就可以"泣"，亦未可知。

苏东坡强化了寒食时的气氛，乌鹊呱呱乱叫，在清明寒食的节日里不知哪家传来哀哀的哭声。旷野里风吹得纸钱上下翻飞，古墓重重叠叠，上面长满了绿油油的春草、"那时春风吹又生"的绿草，可惜人却不能死而复生。

长着白杨的路上有白色棠梨花掩映，这里到处都是死生离别。踏上黄泉路的亡魂听不到生者的悲声，祭奠的人在萧萧暮雨中黯然归去。

好不令人伤心悲凉，这是世界的无情！也是世界的有情，我们就生活在这样的世界，感受着有情和无情的碰撞。

# 柘　树

## 柘林深处鹁鸪鸣

柘树是桑科柘属落叶灌木或小乔木，南北都可以生长，适应性强，山坡、路边、灌木林甚至宅院边都有，但是我不能确定自己见过。"柘"这个字还是因为北京有个"潭柘寺"，并且因为有"先有潭柘寺，后有北京城"的说法，我才注意到潭柘寺，因为周边多有柘树而命名的寺，并且认识其中的"柘"，并知道"柘"是一种植物。

开头已经提到，柘树是桑树科的，当然和桑树是亲戚关系，所以在唐诗里，桑柘往往并提。而且柘树和桑树一样古老，在《诗经》时代就被我们的先民认识并使用，就从那时开始说柘树吧。

## 大雅·皇矣

启之辟之，其柽其椐。攘之剔之，其檿其柘。帝迁明德，串夷载路。天立厥配，受命既固。（节录）

砍伐清理杂树，去掉枯死倒地的朽木。将它修剪整齐，那些灌木小树。砍掉清除它们，那些柽树和椐树。修剪整饬它们，那些檿桑和柘树。上天扶持明德之人，打败了蛮夷部落。上帝为太王选择了配偶，太王受命于天坚若磐石。

那时的柘树是用来制作弓的，《考工记》就记载了"弓人取干，柘为上，檿桑次之"。用柘树制作的弓，被古人称为"乌号之弓"，即能让鸟嚎叫的弓。

柘树还是很好的染料，《本草纲目》说："其木染黄赤色，谓之柘黄，天子所服。"用柘树汁液染过的袍服被称为"柘袍"，有时用以指代帝王，苏轼在《书韩干牧马图诗》中就是这样指代的，"柘袍临池侍三千，红妆照日光流渊"。

当然柘树的作用不止这些，还可以治病，比如对肺结核、烫伤疼痛、跌打损伤都有疗效，现在又增加了新的用途——治疗癌症，但疗效不清楚。

需要特别说明的是，柘树的果实极像荔枝，因此柘树有一个特别的称呼——野荔枝。

下面选一首唐朝写到柘树的诗感受一下柘树的魅力吧。

## 社日

### 王驾

鹅湖山下稻粱肥，豚栅鸡栖对掩扉。

桑柘影斜春社散，家家扶得醉人归。

现在过社日的很少，知道的人就少。从前，社日是不可或缺的，是人们祈祷天地减少灾害、获得丰收的特别日子，是为祭祀。这样的日子不仅仅娱神，也娱乐自己。王驾就写出了这样的场景。

鹅湖山下庄稼长势非常旺盛，村庄里的猪在圈里，鸡栖在枝上，农家的门半掩着，门都不用锁，岁月静好。此时太阳西斜，桑柘树拖着长长的影子，春社已经散了，人们在"稻粱肥""六畜旺"的现实中心满意足，借着社日，停下辛苦的劳作，好好酬劳自己，一个一个被家人扶着大醉而归。

这就是有桑柘的社日，农耕时代的典型场景。

有了唐朝的柘，再到宋朝看看世界的丰富多彩。很遗憾我只找到一首写到柘树的词，是苏轼的。

### 望江南·暮春

春已老，春服几时成。曲水浪低蕉叶稳，舞雩风软纻罗轻。酣咏乐升平。
微雨过，何处不催耕。百舌无言桃李尽，柘林深处鹁鸪鸣。春色属芜菁。

此词已经在其他篇章介绍过，不再赘述。

这是令人喜悦的时节，歌舞升平，农耕繁忙，春色宜人。柘树就在其中。

# 茶 树

## 且将新火试新茶

要了解中国的茶源，越不过去的是唐代陆羽的《茶经》，这是中国第一部茶专著，陆羽因为写了中国乃至世界现存最早、最完整、最全面介绍茶的专著，而被誉为"茶圣"。

既然陆羽是茶圣，那我们一定要介绍他。

陆羽云："茶之为饮，发乎神农氏。"且听他分晓："茶者，南方之嘉木也，一尺二尺，乃至数十尺。其巴山峡川有两人合抱者，伐而掇之，其树如瓜芦，叶如栀子，花如白蔷薇，实如栟榈，蒂如丁香，根如胡桃。其字或从草，或从木，或草木并。其名一曰茶，二曰槚，三曰蔎，四曰茗，五曰荈。其地：上者生烂石，中者生砾壤，下者生黄土。凡艺而不实，植而罕茂，法如种瓜，三岁可采。野者上，园者次；阳崖阴林紫者上，绿者次；笋者上，牙者次；叶卷上，叶舒次。阴山坡谷者不堪采掇，性凝滞，结瘕疾。茶之为用，味至寒，为饮最宜精行俭德之人，若热渴、凝闷、脑疼、目涩、四支烦、百节不舒，聊四五啜，与醍醐、甘露抗衡也。采不时，造不精，杂以卉，莽饮之成疾，茶为累也。亦犹人参，上者生上党，中者生百济、新罗，下者生高丽。有生泽州、幽州、檀州者，为药无效，况非此者！设服荠苨，使六疾不瘳。知人参为累，则茶累尽矣。"

大意是，茶是南方的好树，有高有低。茶树的树形像瓜芦，叶子像栀子，花像白蔷薇，等等。茶字原本没有，是从"荼"借鉴过来的。茶的名称有五种，分别是茶、槚、蔎、茗、荈。

种茶也分土质的好坏，茶叶的品质根据栽种地方的不同，也分好坏。茶的性质寒凉，可以去火。品行节俭端正的人，若是发烧、头疼等，喝上几口茶就如饮甘露。但若采摘的时候不对，那做出来的茶就让人生病了。

既然茶是从唐代开始兴盛的，那么就从唐诗中寻找茶的芳香吧。卢仝的《走笔谢孟谏议寄新茶》也称《饮茶歌》，简直就是配合陆羽的《茶经》书写的，后世真正饮茶人都知道此歌。

### 走笔谢孟谏议寄新茶

日高丈五睡正浓，军将打门惊周公。

口云谏议送书信，白绢斜封三道印。

开缄宛见谏议面，手阅月团三百片。

闻道新年入山里，蛰虫惊动春风起。

天子须尝阳美茶，百草不敢先开花。

仁风暗结珠琲瓃，先春抽出黄金芽。

摘鲜焙芳旋封裹，至精至好且不奢。

至尊之余合王公，何事便到山人家。

柴门反关无俗客，纱帽笼头自煎吃。

碧云引风吹不断，白花浮光凝碗面。

一碗喉吻润，两碗破孤闷。

三碗搜枯肠，唯有文字五千卷。

四碗发轻汗，平生不平事，尽向毛孔散。

五碗肌骨清，六碗通仙灵。

七碗吃不得也，唯觉两腋习习清风生。

蓬莱山，在何处。

玉川子，乘此清风欲归去。

山上群仙司下土，地位清高隔风雨。

安得知百万亿苍生命，堕在巅崖受辛苦。

便为谏议问苍生，到头还得苏息否。

卢仝家境不好，早年隐居，想要进入仕途，但终究进不去，最后死于甘露之变。他的诗看起来不工整，但是很有味道，就像茶的味道。

前几句写好友孟谏议派人送茶来，惊醒了还在做梦的他。那茶包装得好，说明此茶是上等茶。那时最好的茶是阳羡产的茶，若是天子想要尝新茶，百草都不敢开花，先紧着茶树生长出黄金般的嫩芽。茶农采好了茶，又精心炮制，那是王公贵族享用的珍品，如今侥幸到了我这山人家。

不管那些，此时我把柴门关了，省得俗客打扰，我要好好品茗，享受茶的乐趣。茶已经煮好，茶碗里碧绿盈盈，上面飘着白沫。我要开始喝茶了。

第一碗先润润喉；第二碗能解孤闷；第三碗就刮肠子了，肚子里只剩下文章五千卷；第四碗身体开始发汗，平生那些不平事随着汗水慢慢溢出；第五碗

喝下去，浑身的浊气消散，感觉肌骨清爽；第六碗再喝就通了仙灵了，怕是要醉了；第七碗果然喝不得，喝下去，两腋生清风，那是要往蓬莱仙境去。到了仙境我要问这些高高在上、仙风道骨的神仙，你们可知民间的疾苦？我这是替孟谏议问的，人间的老百姓何时才能得以喘息，乃至安居乐业？

随着卢全喝茶喝出七个层次，就可以很权威地品评各朝各代的喝茶人或者茶味了。现在需要鉴定品评的是宋词里的茶，茶这样文雅清新的植物不会不受到宋词人的青睐。

宋词里，越不过的是苏东坡的茶，先看他的《西江月·茶词》。

### 西江月·茶词

龙焙今年绝品，谷帘自古珍泉。雪芽双井散神仙。苗裔来从北苑。
汤发云腴酽白，盏浮花乳轻圆。人间谁敢更争妍。斗取红窗粉面。

写来自北苑的名茶非常珍贵，泡出的茶美妙无比，堪比美人。不是爱茶者体会不出苏东坡的感觉，我就理解不了他的喜悦。我更感兴趣的是他的《望江南》"且将新火试新茶"。

### 望江南

春未老，风细柳斜斜。试上超然台上看，半壕春水一城花。烟雨暗千家。
寒食后，酒醒却咨嗟。休对故人思故国，且将新火试新茶。诗酒趁年华。

据《东坡乐府》记载，这是苏东坡从杭州到密州后让人修建的城北旧台，他的弟弟苏辙题名"超然"，取自《老子》："虽有荣观，燕处超然。"

春天还没结束，风儿细柳条斜，登上超然台眺望，护城河春水荡漾，远处烟雨蒙蒙暗淡了千家。

寒食节后，酒醒后叹息不已，真不该在老友面前提思念家乡的话，不如点上火煮刚制好的新茶，边作诗边饮酒不可辜负了好年华。

就是通达人之为，符合苏东坡的脾气。

还有一首宋词写到茶，因为身份特殊，就想特殊列出，倒不是有茶香，反而是"不茶不饭"，出自没名没姓的"蜀妓"。

## 鹊桥仙

说盟说誓。说情说意。动便春愁满纸。多应念得脱空经，是那个、先生教底。

不茶不饭，不言不语，一味供他憔悴。相思已是不曾闲，又那得、工夫咒你。

这位蜀妓和陆游有关，确切地说是和陆游的门客有关。据周密《齐东野语》记载，这位门客从蜀地带回一个妓女，并把她安置在某别馆。门客隔三岔五就去看望蜀妓，偶然患病没去探望，蜀妓起了疑心，门客作词解释，蜀妓和韵作词回答。

又是山盟海誓又是甜言蜜语，满言满纸都是。花言巧语惯了，不知是哪位先生教的。

嗔怨了你，还是想你。因为想你，不思茶饭，不思言语，一味憔悴，相思充满了心头，哪里还有空闲诅咒你。

看来蜀妓对门客是爱恨交加，也是敢爱敢恨，性情很直爽，没有弯弯绕绕。此词更像是元曲，直白浅显，但动人。

词中的茶不是主角，但我们可以从中知道茶在宋人的生活中的重要性。宋茶就在这样姹紫嫣红的氛围中结束了，有趣。

# 凌 霄

## 时上凌霄百尺英

凌霄花时下在我北方的小城特别繁盛，可谓开得如火如荼。盛夏时节，百花不耐酷暑纷纷退场，只有紫薇、木槿、凌霄兴冲冲登场，从夏到秋，都是它们的主场。紫薇原本有"百日红"的绰号，可见其花期之长，明明是和"花无百日红"的常规对抗，凌霄也是，虽无百日的长久，但五十日是有的，尤其是晴朗天空，艳阳高照，鲜红、橘红的凌霄花凌霄开放，让人觉得生命值得热爱。

凌霄是紫葳科紫葳属落叶攀缘藤本植物，也叫紫葳，当然此紫葳非彼紫薇，紫薇是千屈菜科紫薇属落叶灌木，完全不是一回事。凌霄还叫"苕"，那是在《诗经》时代，我们现在就到那时看看凌霄的样子。

### 小雅·苕之华

苕之华，芸其黄矣。心之忧矣，维其伤矣！

苕之华，其叶青青。知我如此，不如无生。

牂羊坟首，三星在罶。人可以食，鲜可以饱。

大意是，凌霄花开放，一片金黄。心中忧愁不止，我是那样忧伤！凌霄花绽放，枝繁叶茂。早知道我这样，不如不降生。母羊身瘦头大，星光照着捕鱼篓。人能吃上东西就算不错，可吃饱的时候却很少。

大大出乎意料，凌霄花的盛大开放，竟然是为了比对"我"的悲惨处境。我该高兴凌霄的美丽，还是同情诗人悲苦的境遇呢？

不管是喜悦还是同情，还是"跳出三界外"，到大唐看看凌霄吧，也许大唐的凌霄不一样。果真不一样，一个极赞，一个极贬。先说贬的，白居易在他的《有木诗之有木名凌霄》中就把凌霄看作攀附权贵、趋炎附势的奸佞小人。

### 有木诗之有木名凌霄

有木名凌霄，擢秀非孤标；

偶依一株树，遂抽百尺条。

托根附树身，开花寄树梢；

自谓得其势，无因有动摇。

一旦树摧倒，独立暂飘飖；

疾风从东起，吹折不终朝。

朝为拂云花，暮为委地樵；

寄言立身者，勿学柔弱苗。

　　有一种植物名叫凌霄，欣欣向荣。一次偶然的机会，靠到一棵树上，就不得了了，一下子伸展出百尺的枝条，比那树木还茂盛。凌霄把根紧紧依附在树身上，把美丽的花儿开在树梢上，何等耀眼、威风、妖艳。

　　此时的凌霄自以为得势，根本不会想到，有朝一日会衰落。但世间事总会有潮起潮落，一旦大树倒了，那攀附的凌霄马上成了漂浮的浮萍。东风吹过，树倒猢狲散，凌霄失去了依附。早晨还是接天连日的美艳花朵，晚上就是落地的柴草。我奉劝那些想要在世间安身立命、胸怀大志的人，切不要学习攀缘附势的凌霄花，到头来却落得个身败名裂的羞耻下场。

　　但是晚唐的诗人欧阳炯就极赞凌霄花。

### 凌霄花

凌霄多半绕棕榈，深染栀黄色不如。

满树微风吹细叶，一条龙甲入清虚。

　　凌霄花依着棕榈树生长，栀子花的颜色远远比不上它的美艳。一阵微风吹过，拂动树叶，就好似一条长龙游达天空。

　　这样的分歧一直在延续，赞就极赞，贬就极贬，这样一路斗争，就到了宋朝。宋朝的诗词中大量描述了凌霄，就选一二"参观"一下吧。

## 凌霄花

### 贾昌期

直绕枝干凌霄去，犹有根源与地平。

不道花依他树发，强攀红日斗修明。

你猜他是夸凌霄，还是贬凌霄呢？下面再看看宋词中的凌霄。

## 减字木兰花

### 苏轼

钱塘西湖有诗僧清顺，所居藏春坞，门前有二古松，各有凌霄花络其上，顺常昼卧其下。时余为郡，一日屏骑从过之，松风骚然，顺指落花求韵，余为赋此。

双龙对起，白甲苍髯烟雨里。疏影微香，下有幽人昼梦长。

湖风清软，双鹊飞来争噪晚。翠飐红轻，时下凌霄百尺英。

这是苏东坡为杭州郡守时，应僧人清顺之约写的。

两株松树双双擎起，烟雨中遒劲挺拔，古朴苍劲。又有凌霄鲜红的花儿竞开其上，掩映在苍翠的松树之上，散发出淡淡的清香，那僧人沉沉地高卧松下，不知梦里何处。

夏日的风轻柔清凉，有一对喜鹊飞来叽叽喳喳，打破幽静之地的清净，那喜鹊是冲着凌霄花儿来的，落在百尺盛开的金红的凌霄上。

苏轼眼中的凌霄不是"小人"，虽然依然是攀缘松树，但二者更像是相互依存，一个刚劲挺拔，一个娇美柔韧，相得益彰，这种诠释符合我的审美。

# 槐　树

## 绿槐烟柳长亭路

我们现在说的槐树是指洋槐，就是"五月槐花香"的槐，18世纪才进入中国，只用了200多年的时间就遍布中国大地，当代人以为那是本土植物，只有上了年纪的人才会说那是洋槐。

但我们说的是国槐，即历史上曾经"位列三公"的槐树。如今，国槐早已从"神圣"位置跌落民间，"沦落"为行道树，作用不大。尽管《名医别录》云："服之令脑满发不白而长生"。《抱朴子》也云："此物至补脑，早服之令人发不白而长生"。但我们补脑用"脑白金"，没见任何广告说用槐米补脑的，现代人一定会觉得"槐米"过时了。

现代人"返璞归真"，吃的槐花是洋槐花，但《本草纲目》云："槐初生嫩芽，可炸熟水淘过食，亦可作饮代茶。或采槐子种畦中，采苗食之亦良。"国槐吃的是槐树叶，只是我不知道而已。

先说魏晋时期繁钦的《槐树诗》，这是极少的单独以槐树为题写的诗。

## 槐树诗

嘉树吐翠叶，列在双阙涯。

旖旎随风动，柔色纷陆离。

繁钦默默无闻，但是他侍候的主子太有名了，是如雷贯耳的曹操。这首夸槐树的诗其实特点不明显，说是夸其他树也没问题，唯有"列在双阙涯"显示其地位的显赫（曾经位列三公，是可以植以庙堂之侧的树种）。把槐树描述成"旖旎随风动"我总有些不适应，槐树在我眼里的形象是不动如山，但仁者见仁、智者见智，每个人眼中都有不一样的"林黛玉"。

到了唐代，有几首写到槐树的诗，还是请出白居易吧，一首是《暮立》，一首是《秘省后厅》。

## 暮立

黄昏独立佛堂前，满地槐花满树蝉。

大抵四时心总苦，就中肠断是秋天。

国槐在夏秋开花，白居易因为为母亲守丧，心情很不好，傍晚独自站在佛堂前，看到槐花落了满地，听到秋蝉发出凄楚的鸣声，不由生发出"伤春悲秋"的感叹，特别是在秋天，飒飒落叶让人感叹，白色槐花飘落更增加了节气的悲凉，肠断在秋天。

## 秘省后厅

槐花雨润新秋地，桐叶风翻欲夜天。

尽日后厅无一事，白头老监枕书眠。

他的办公场所就不一样了，同样是秋天、槐花和槐花落，却岁月安好，尽管槐花落满地。

到了宋朝，诗词里也没少了槐树的身影，苏东坡、黄庭坚、祖可等都在词中写到，但我更愿意拿出吴淑姬的词分享，因为她是少有的女性词人，因为她是有故事的人。

## 小重山

谢了荼蘼春事休。无多花片子，缀枝头。庭槐影碎被风揉。莺虽老，声尚带娇羞。

独自倚妆楼。一川烟草浪，衬云浮。不如归去下帘钩。心儿小，难着许多愁。

吴淑姬是南宋才女，有人评价说她的成就不亚于李清照。但才女大都不幸，吴淑姬也不能例外。她家贫，父亲是个穷秀才，要命的是她貌美还能创作诗词，就被富家子长期霸占，又莫名其妙地因被诬与人偷情而进入监狱。审理案件的官员知道她是冤枉的，给她出主意让她即席赋诗，以才动人，兴许能解牢狱之灾。于是吴淑姬当即写下著名的《长相思令》："烟霏霏，雪霏霏。雪向梅花枝上堆，春从何处回？醉眼开，睡眼开，疏影横斜安在哉？从教塞管催。"大意是，雨雪交加打到梅花身上，请问春天在哪里？不论什么眼，您睁开，傲雪凌霜的梅花竞相开放，任凭那羌笛把它吹落。

官员明白她的意思，把她的词连同别人告她的不实之词都转交给上级。她果然得以解脱。解脱是解脱了，但纵使她才高八斗，终也不过为人侍妾的命运。

现在该说她的《小重山》了。

酴醿花谢了的时候春就该走了，只有零星的花朵在枝头不肯离开。此时只有槐树树影婆娑随风摇动，枝杈间传出黄莺的啼鸣，就算是那黄莺已经老了，声音还是含着娇羞。我独自倚在绣楼中，看外面的风景，"平林漠漠烟如织"，人生便如浮云随风飘游。想想心里不由黯淡，还是回屋吧，许多愁心小装不下。

一个处境不佳的侍妾，才情高，也不过是不断"触景伤情"。现在春意阑珊，她要愁，即使槐树摇曳生姿，黄莺婉转啼鸣，也挡不住她的愁，她的命运已经给她定下愁的基调。

看了吴淑姬写槐树的词有些不甘心，不想总是"载不动许多愁"，于是就找到了南宋刘光祖的《醉落魄·春日怀故山》：

春风开者。一时还共春风谢。柳条送我今槐夏。不饮香醪，孤负人生也。曲塘泉细幽琴写。胡床滑簟应无价。日迟睡起帘钩挂。何不归欤，花竹秀而野。

刘光祖一生为官，并不突出，但他的词作很洒脱。

春风带来春天，春风也带走春天。婀娜柳条牵出夏日的槐花，槐树开花了，你就知道夏天来了。好时光不饮美酒，便对不起人生。

泉水细细流动，就像琴声一样动听，我睡在无价的胡床上，自然醒才起来挂起帘钩，那才是我的归处，该回去了，那里花美竹秀，还有野野的田园情趣。

此情此景闲适自在，非常圆满。

# 枣 树

## 枣花金钏约柔荑

枣树不是第一次写，其实说是枣树，大多是写它的果实，甚至是花。枣树是鼠李科枣属落叶小乔木，高达十余米，这一科的特点是一般都有刺，花小，果实为肉质核果或蒴果，一看枣树和酸枣树便知，我们熟悉的鼠李科植物就是这两种了。

枣树原产于中国，1500多年前北魏贾思勰在《齐民要术》中就介绍了很多枣树品种，更早的枣子出现在"三礼"中，《周礼》《仪礼》《礼记》都介绍过枣子的使用方法，注意，我说的是使用方法，不是食用方法，当然，"使用"后还是要"食用"的。在"三礼"中，枣子是献祭的重要供品，也是通用的礼品。因为枣子甘甜美味，在那时的生产生活中，是很难被取代的甜美食物。枣子发展至今，品种多达700余种。

贾思勰说的"壶枣、要枣、白枣、酸枣、齐枣、羊枣、大枣、填枣、苦枣、无实枣"，或者汉代《西京杂记》记录的"弱枝枣、玉门枣、西王母枣、青花枣"等，我一个也不知道，我山西老家枣的品种就数不过来，我熟悉的有稷山枣、永和枣、柳林枣、官滩枣、临猗梨枣等，这些都是山西名枣，还有一种山西人也不熟悉的小种类叫葫芦枣，非常好吃，脆、甜，略有酸味，口感极佳，长相特别，是葫芦模样。看惯了浑圆、椭圆、长圆、扁圆等各种形状的枣，真想不到有一种枣就照着葫芦的样子长，可惜产量不高，而且不易保存，我只知道山西襄汾有，每年都能吃上，有一种人生的小确幸。

不能不提最早写到枣的诗歌，《诗经》中"风"篇最长的农事诗《豳风·七月》写了几十种可食用植物，其中就含有枣："六月食郁及薁，七月亨葵及菽。八月剥枣，十月获稻。为此春酒，以介眉寿。"大意是，六月吃李子和野葡萄，七月煮冬葵和大豆。八月打枣，十月收稻。酿好春酒，给老人祝寿。

农忙，辛苦又欣喜，因为收获。枣子是其中最甜蜜的一种。在收获季节，一定最能体现丰收的味道。

枣子虽然甜蜜，但是入诗不多，即使在中国人引以为豪的大唐盛世也不多见，更具有讽刺意味的是，大唐的枣子并没有如同人们期待的那样彰显盛唐荣光，反而凸显出盛世下的阴影，看看杜甫的《又呈吴郎》就知道了。

### 又呈吴郎

堂前扑枣任西邻，无食无儿一妇人。
不为困穷宁有此？只缘恐惧转须亲。
即防远客虽多事，便插疏篱却甚真。
已诉征求贫到骨，正思戎马泪盈巾。

这是杜甫劝说吴郎的一首诗，杜甫把草堂让给了吴郎，吴郎就"装修"草堂，为草堂扎起了篱笆。这也无可厚非，但他这一举动却影响了看似不相干的人，即一位年老的寡妇。她是靠扑打原杜甫院内的枣子度过艰难岁月的，如今扎上篱笆，老妇人无以为食。杜甫这样劝他：

我就是因为西邻老妇人无儿没有食物才任由她在咱草堂院子里打枣的。要不是她穷到极致怎么会做这样的事呢！正是因为如此，我怕她恐惧反倒对她亲善。

你来了之后，那老妇人本就内心提防，你再扎上篱笆，她便真的提防了。她已经被官府的征赋逼到赤贫，再一想现在兵荒马乱的时局实在让人心寒，忍不住泪沾巾。

这样的劝说令人动容，怎能不接受呢？接受不了的是已经风光不再的"开元盛世"，已经是"天宝遗世"。日渐衰败的国家，老妇老无可依，食不果腹，只能靠窃取邻居的枣度日，怎一句寒心可以道尽老妇、杜甫的辛酸。

离开已经衰败的唐朝，来到宋朝，枣子的诗就多了起来，就选苏轼的吧，因为他还有词可以呼应。

### 枣

居人几番老，枣树未成槎。

汝长才堪轴，吾归已及瓜。

其实说的是枣树，枣树长得慢，在它旁边居住的人都换了几茬了，枣树的枝杈还不见有什么变化，你的材质才能做车轴，我已经到了回归的日子（取自"及瓜而代"）。

真写枣子的是史尧弼。

### 枣

后皇有嘉树，刿棘森自防。

安得上摘实，贡之白玉堂。

屈原的"后皇有嘉树"是指橘树，史尧弼的嘉树是长刺、能自我保护的枣树。他说要是能让他摘下不易摘的枣子，就把枣子供在白玉堂上，可见枣子在他眼里有多么珍贵。

现在就可以到宋词里看枣子的模样了。

先说苏东坡，再说"苏门四学士"之一秦观的枣子。

### 浣溪沙
#### 苏东坡

簌簌衣巾落枣花，村南村北响缲车。牛衣古柳卖黄瓜。

酒困路长惟欲睡，日高人渴漫思茶。敲门试问野人家。

此词在"黄瓜"篇已解释过，枣花不过是夏季的报告者，枣花开的时候，他醉酒，讨茶喝。现在，来看看他学生秦观的枣子吧。

## 江城子

### 秦观

枣花金钏约柔荑。昔曾携。事难期。咫尺玉颜，和泪锁春闺。恰似小园桃与李，虽同处，不同枝。

玉笙初度颤鸾篦。落花飞。为谁吹。月冷风高，此恨只天知。任是行人无定处，重相见，是何时。

这是秦观写给有情人的，是谁，我不知道。说他们曾携手相伴，他牵着女子的纤纤玉手，那是一只戴着雕刻着枣花的金镯子。可是世事难料，他们竟不能相会，就像一个园子里的桃和李，虽然看似在一起，却结不成连理枝。

女子吹笙，头上的发饰颤动，已经是落花时节，你为谁吹？月冷风高，心中的怨恨只有天知。我就是一过客，再要相见，不知是什么时候。

秦观的枣更让人意外，不必探究那女子是什么样的女子，也许就是烟花女子吧。我们寻的是宋词里的枣和枣花，竟然如此情意绵绵，也未尝不可。

# 蜡 梅

## 雪共蜡梅相照影

蜡梅是蜡梅科蜡梅属落叶灌木，只有3米多高，也叫黄梅、黄梅花。但蜡梅真不是梅，梅属于蔷薇科杏属乔木。蜡梅和梅长得一点也不像，颜色自然不同，形状也不一样，梅花具有蔷薇科植物的特点，与西府海棠的花有些相近，但蜡梅花却是倒挂金钟的样子。

蜡梅和梅有两个共同点：第一，都香；第二，都是在寒冬时节开放，所谓"傲雪凌霜"是也。

蜡梅和梅都原产我国，但几千年前蜡梅远没有梅有名。《诗经》时代梅就广受重视，不仅是可供观赏，还可和李子、杏子一样食用。我国最早的农学著作《齐民要术》就提到梅、杏的种法、吃法，但没见有蜡梅一说。

李时珍在《本草纲目》中解释了蜡梅得名的原因："此物本非梅类，因其与梅同时，香又相近，色似蜜蜡，故得此名。"

他还介绍了蜡梅的品种："蜡梅小树，丛枝尖叶。种凡三种：以子种出不经接者，腊月开小花而香淡，名狗蝇梅；经接而花疏，开时含口者，名磬口梅；

花密而香浓，色深黄如紫檀者，名檀香梅，最佳。结实如垂铃，尖长寸余，子在其中。其树皮浸水磨墨，有光采。"

对于我来说，蜡梅是儿时伙伴的名字，是遥不可及南方花卉，是品格高尚的象征，像红梅一样，不过是开成黄色的梅花。但是社会发展到今天，红梅和蜡梅都来到了北方。我欣喜地看梅花开放，嗅梅花吐芳。但我很吃惊蜡梅居然是有齿的吊钟模样，居然不是梅！于是我永远也不会忘记蜡梅了。

蜡梅在文人眼中的历史虽然没有梅长，但也足够长，主要是从宋朝开始。他们更感兴趣蜡梅的"蜡"，而不是它的品格。比如：

王十朋："蝶采花成蜡，还将蜡染花。"

苏轼："蜜蜂采花作黄蜡，取蜡为花亦其物。"

杨万里："岁晚略无花可采，却将香蜡吐成花。"

张孝祥："满面宫妆淡淡黄，绛纱封蜡贮幽香。"

当然也有歌颂蜡梅姿态、芳香的，也举一个例子。

### 腊梅

郑刚中

缟衣仙子变新装，浅染春前一样黄。

不肯皎然争腊雪，只将孤艳付幽香。

还是回到宋词中。

### 减字木兰花·春

黄庭坚

余寒争令。雪共蜡梅相照影。昨夜东风。已出耕牛劝岁功。

阴云幂幂。近觉去天无几尺。休恨春迟。桃李梢头次第知。

这首诗写得有趣，按节气春天已经到了，但寒冷还不愿意退去，那蜡梅和雪花竞相开放。昨夜就刮起东风，到了耕牛该出力的时候了。

春天余寒尚存，蜡梅伴着雪花，天空阴云密布，云压得很低，好像离地没有几尺。诸君也别嫌春来得迟，桃花、李花会渐次开放。

黄庭坚的春好，是蜡梅开的头。

再看赵士暕的《好事近·蜡梅》，这是我找到的唯一一首只写蜡梅的宋词。

## 好事近·蜡梅

### 其一

雪里晓寒浓，已见蜡梅初折。应是月娥仙挂，与娇魂香魄。

玉人挨鬓一枝斜，不忍更多摘。酒面暗沈疏影，照鹅儿颜色。

### 其二

潇洒点疏丛，浑似蜜房雕刻。不爱艳妆浓粉，借娇黄一拂。

有情常怅早相逢，须信做尤物。已是恼人风韵，更芝兰香骨。

### 其三

造化有深功，缀就梢头黄蜡。剪刻翻成新样，与江梅殊别。

半开微露紫檀心，潇洒对风月。素手偏宜折取，向乌云斜插。

### 其四

剪蜡缀寒条，标韵自然奇绝。不待陇头春信，喜一枝先折。

寿阳妆鉴晓初开，残桦若飞雪。何似嫩黄新蕊，映眉心娇月。

赵士暕是北宋宗室，确切地说是汉王赵元佐的玄孙。

其一是说蜡梅开在雪中，就像月亮上的桂花；其二是说蜡梅不喜欢浓妆艳抹，但有幽兰的芳香；其三是说蜡梅和梅花不一样，最适宜摘一朵戴在发间；其四是说蜡梅在春信未到时就先开了，那嫩黄的颜色真像寿阳公主的梅花妆。

宋词里没一句提蜡梅"傲雪凌霜"，就是在雪中开，也是报春信的。想必不是看不出蜡梅的品格，而是关注点不一样，就像俗语说的，药农进山见草药，猎人进山见虎豹。

如今我见着蜡梅了，在我眼里，它芳香晶莹、傲雪凌霜。

# 黄木香

## 压架玲珑雪

第一次听说有黄木香这种植物，而且是蔷薇科蔷薇属常绿藤本植物，常见的蔷薇有粉色、白色、玫红，还真没见过黄色的，为什么不叫黄蔷薇，而叫黄木香呢？这会让人产生错觉，以为是一种桂花或黄颜色的菊科木香，但不是，就是黄木香，是开黄花的蔷薇。

黄木香原产于我国西南部，它在老家可以四季常绿，到了北方受条件所限无法常绿，所以北方人没见过它非常正常。

写酝酿篇时，我在姜夔的《洞仙歌·黄木香赠辛稼轩》中发现了黄木香这种植物，宋时写黄木香的还真有几位，不妨感受一下它的魅力。

### 黄木香

张侃

名花爱向春深月，幻作人间黄玉花。

裛露承风娇不尽，好将逸语为渠夸。

张侃是南宋人，其父因为谄媚权奸而受世人诟病，累及子孙。可见人生在世，当谨言慎行。

黄木香那时就是名花，开在暮春，好像从仙境来到人间，黄玉一样的花，在风中娇媚可人，那是可以用好词堆砌起来夸赞的。

### 送黄木香与九兄

苏洞

冶叶倡条无意度，黄香千叠最宜春。

折来欲赠空惆怅，未遇人间第一人。

看来苏洞认为黄木香是人间第一花。黄木香开得恣意，最适合春天。我想折几枝送人，但是思来想去没有折，原因很简单，没有一个人能配上这人间第一花。

宋词中，史可堂将黄木香送给了陆景思，姜夔将黄木香送给了辛弃疾，咱们一一看来。

### 声声慢·和陆景思黄木香

史可堂

羞朱妒粉，染雾裁云，淡然苍佩仙裳。半额蜂妆，莫道梳洗家常。碧罗乱萦小带，翠虬寒、一架清香。春思苦，倚晴娇无力，如待韩郎。

密幄笼芳吟夜，任露沾轻袖，月转空梁。弱骨柔姿，偏解勾引诗狂。遗细碎金满地，恨无情、风送韶光。间画永，有青青、垂蔓过墙。

这里是说，黄木香美丽，就是那红色、粉色的花儿也羡慕嫉妒恨，黄木香盛开，一架清香。就算如此，还是春思，春思还苦，娇弱无力，就像早夭的元稹女婿韩郎。

柔弱的美姿勾引得人诗情大发，但花开得再好，落地就像碎金子，韶光逝去，无情啊，青青枝条越墙而去，只留下诗人惆怅感叹。

我们接着看姜夔的词，毕竟他是写给辛弃疾的，或许没有愁苦之意。

#### 洞仙歌·黄木香赠辛稼轩

花中惯识，压架玲珑雪。乍见缃蕤间琅叶。恨春见将了，染额人归，留得
个、袅袅垂香带月。

鹅儿真似酒，我爱幽芳，还比酴醾又娇绝。自种古松根，待看黄龙，乱飞
上、苍髯五鬣。更老仙、添与笔端春，敢唤起桃花，问谁优劣。

姜夔是南宋词人里的另类，貌似仙人，但少年孤贫，屡试不第，当然也就
终身未仕。一生混迹江湖，靠卖字和朋友接济为生。他和大诗人杨万里、范成
大、辛弃疾交好。这一层次的人，词差不了，他还擅长音乐、书法、散文等，
是苏东坡之后又一艺术全才。

黄木香开得繁盛，整架的淡黄色花儿一路垂下，煞是好看。只怕春结束了，
看不见染黄额的美人归来，要留下那黄木香，让美人看看月色下袅袅婷婷、芳
香袭人的黄木香。

我爱这黄木香，比酴醾酒的颜色还娇艳。原本种着古松，待看了黄龙一样
飞舞的黄木香，更有你辛弃疾锦上添花的文辞歌颂，我就想该让那已经归去的
桃花回来，看看到底是谁更美。

这一番夸赞，我很想立刻看到黄木香盛开的胜景，好奇那是怎样一番光景，
能让俊雅如仙人的姜夔如此赞美。


# 扶　桑

## 系扶桑


扶桑确实是植物，但在古诗文中，扶桑更多代表太阳。作为植物，扶桑也
叫佛槿、朱槿、佛桑、大红花、赤槿等，是一种开红花的植物。现在扶桑花的
颜色很多，都是培育出来的新品种。

在古代，扶桑被视为神树，是太阳的栖息地，比如《山海经·海外东经》

说："汤谷上有扶桑，十日所浴，在黑齿北。"《山海经·大荒东经》也说："大荒之中，有山名曰孽摇頵羝。上有扶木，柱三百里，其叶如芥。有谷曰温源谷。汤谷上有扶木，一日方至，一日方出，皆载于乌。"汤谷上的"扶木"就是指扶桑。

关于扶桑的名称来历，《海内十洲记·带洲》是这样说的："多生林木，叶如桑。又有椹，树长者二千丈，大二千余围。树两两同根偶生，更相依倚，是以名为扶桑也。"

自从太阳从扶桑树上升起之后，人们就用扶桑指代太阳，还把太阳升起的东方称为扶桑国。

据《梁书·诸夷传·扶桑国》记载："扶桑在大汉国东二万余里，地在中国之东，其土多扶桑木，故以为名。"可见此扶桑不是指有"扶桑"之称的日本，日本称扶桑国是从唐朝开始的。晚唐诗人韦庄《送日本国僧敬龙归》诗云："扶桑已在渺茫中，家在扶桑东更东。"

我很喜欢唐代诗人刘叉写的《偶书》。

### 偶书

日出扶桑一丈高，人间万事细如毛。

野夫怒见不平处，磨损胸中万古刀。

太阳从扶桑树上升起时，人间多如牛毛的琐事就开始产生。我这个野夫面对不平事，怒从心头起，想要灭掉人间不平事，但不平事太多了，把我抗争的"万古刀"都磨损了。

一看就是任侠好义的人，《唐才子传》就介绍说，他在少年时期"尚义行侠，旁观切齿，因被酒杀人亡命，会赦乃出，更改志从学"。

这样的万丈豪情让人荡气回肠，虽然最终是"磨损胸中万古刀"，但毕竟是"野夫怒见不平处"，只要有那"日出扶桑一丈高"，我们心中的明灯就不会灭。

更后世的李时珍描述植物扶桑时这样说："东海日出处有扶桑树。此花光艳照日，其叶似桑，因以比之。后人讹为佛桑，乃木槿别种，故日及诸名亦与之同。"

这个木槿别种也称舜华，即朝开夕落，但扶桑不是，开多久我不知道，但肯定不是早晚之间。

宋代一位叫张俞的诗人写过一首《朱槿花》：

风雨无人弄晚芳，野桥千树斗红房。

朝荣暮落成何事，可笑纷华不久长。

从诗意来看，诗人描述的应是木槿，至于为何诗名朱槿，则不得而知。

接着看宋词中的扶桑，我只找到一处。

### 行路难
贺铸

缚虎手。悬河口。车如鸡栖马如狗。白纶巾。扑黄尘。不知我辈，可是蓬蒿人。衰兰送客咸阳道。天若有情天亦老。作雷颠。不论钱。谁问旗亭，美酒斗十千。

酌大斗。更为寿。青鬓长青古无有。笑嫣然。舞翩然。当垆秦女，十五语如弦。遗音能记秋风曲。事去千年犹恨促。揽流光。系扶桑。争奈愁来，一日却为长。

此篇我喜欢。

我力大无穷、口若悬河，但车马却极为简陋。我是高洁的隐士，是居住在田舍的蓬蒿人。我志向高洁，鄙薄金钱。那情势自是天若有情天亦老，李白斗酒诗百篇。

大口喝酒，恣意纵横，青丝常在古来就没有。当垆沽酒的秦女笑得美，舞得更美，15岁的年纪琴艺高超，能把汉武帝的《秋风辞》"欢乐极兮哀情多，少壮几时兮奈老何"诠释得如此到位。此事已经过去千年，但曲犹在耳。我想揽住时光，把扶桑——太阳系住，怎奈何忧愁缠绕之际，一日都嫌太长。

希望留住时光的感叹从古至今就没少过，但贺铸想要系住太阳，留住青春，又怕一日的愁绪，凭增了生活的纠结、无奈。

# 琼　花

## 扬州坐上琼花底

琼花怕是中国最有名的花了。隋炀帝为看扬州盛开的琼花，不惜动用国本修建运河一睹芳容。他看到了琼花，但他再也看不到他的山河。

当然这是言之凿凿的传说。隋炀帝开凿贯通南北的大运河至今让两岸百姓受益，扬州的经济就是从那时逐步发达的，果真是因为琼花？这个问号一定得重重地打，但不论实际如何，琼花"一凿成名"，无人能及，被贬的国花牡丹

也没有这样的待遇。

琼花不仅仅和隋炀帝有关，到了宋朝，又和两任皇帝扯上关系，北宋的仁宗皇帝先把琼花移植到汴京御花园，没想到琼花水土不服，次年枯萎，只好送还扬州。到了南宋，孝宗皇帝又把它移植到临安，但是琼花很有个性，"授命不迁"，枯萎了，再一次被送回扬州。

被送回扬州的琼花如鱼得水，直到元兵攻破城池，琼花彻底死了，再无复生，我们现在看到的所谓琼花是和它相近的聚八仙花。

北宋欧阳修在扬州任太守时曾称赞琼花"举世无双"，并在琼花观内题下"无双亭"三字。北宋刘敞也有诗赞琼花："东风万木竞纷华，天下无双独此花。"

南宋淳熙年间，扬州太守郑兴裔就写过《琼花辨》，以区分琼花和聚八仙。他说两种花有三种不同："琼花大而瓣厚，其色淡黄，聚八仙花小而瓣薄，其色渐青，不同者一也；琼花叶柔而莹泽，聚八仙叶粗而有芒，不同者二也；琼花蕊花平，不结子而香，聚八仙蕊低于花，结子而不香，不同者三也。"

不论怎么说，现在的琼花已经是聚八仙了，所以琼花的"别名"里就有聚八仙，以及蝴蝶花、牛耳抱珠等，但都没有琼花的名头响亮。

现代琼花属于忍冬科荚蒾属半常绿灌木。它在春夏之交时开洁白的"盘子花"，晶莹玉润，中间是小碎花，外面是八朵田字模样的不孕花，模样非常奇特，但不足以到要开凿运河去看的地步。

有一年，我于"烟花三月下扬州"，得见传说中的琼花，我期待着自己被惊艳，但我却吃惊了，这就是令几任皇帝折腰的琼花？这不就是荚蒾吗？我北方小城的公园里就有，即使有些许不一样，也改变不了荚蒾的属性呀！

我说不上是失望还是惊愕，小心脏跳动了一下。北方小城的荚蒾是近些年引进的，开花的时候我会细细欣赏。秋天的时候，荚蒾的叶子变红，是秋天里远景的衬色，花却是要近看才有趣。并且，荚蒾的花盘并不总是八个，琼花也一样，并不只有"聚八仙"，也有"五仙""四仙"。

因为有北方的荚蒾做底，琼花一下子变得平民化，我有些失落，希望世间果真有一种"授命不迁"的植物。

还是到宋词里看看琼花吧，也许会不一样。

## 醉蓬莱

秦观

见扬州独有，天下无双，号为琼树。占断天风，岁花开两次。九朵一苞，攒成环玉，心似珠玑缀。瓣瓣玲珑，枝枝洁净，世上无花类。

冷露朝凝，香风远送，信是琼瑶贵。料得天宫有，此地久难留住。翰苑才人，贵家公子，都要看花去。莫吝金钱，好寻诗伴，日日花前醉。

## 鹊桥仙·纤云弄巧

秦观

纤云弄巧，飞星传恨，银汉迢迢暗度。

金风玉露一相逢，便胜却、人间无数。

柔情似水，佳期如梦，忍顾鹊桥归路。

两情若是久长时，又岂在、朝朝暮暮。

这首词流传千古，但凡看过宋词的对此篇没有不留恋的。

他很仰慕苏轼，曾写诗道："我独不愿万户侯，惟愿一识苏徐州。"苏轼也很欣赏他，认为他"有屈、宋之才"。

此一篇《醉蓬莱》是专门夸琼花的，琼花天下无双，贵家公子莫要吝惜金钱，好好惜花赏花，花前喝酒吟诗，不亦乐乎。

再有就是晁补之的《下水船》和《一丛花》，就选《下水船·和季良琼花》吧。

## 下水船·和季良琼花

百紫千红翠。唯有琼花特异。便是当年，唐昌观中玉蕊。尚记得、月里仙人来赏，明日喧传都市。

甚时又，分与扬州本，一朵冰姿难比。曾向无双亭边，半酣独倚。似梦觉，晓山瑶台十里。犹忆飞琼标致。

这首词也是夸琼花的。晁补之追溯到唐朝开元、天宝年间，唐昌公主种"玉蕊"琼花，天上的仙人夜里来欣赏，第二日全京城的人都知道了，争相观赏。

后来就把此花分给扬州，那可是绝世无双啊。

总而言之，琼花和扬州不可分割，这让我想起唐朝诗人杜牧的《遣怀》：

落魄江南载酒行，楚腰肠断掌中轻。

十年一觉扬州梦，赢得青楼薄幸名。

看起来和琼花无关，但扬州就是这样，它容得下琼花，也容得下烟花。

# 楝　树

## 楝花飘砌

楝树是楝科楝属落叶乔木，也称紫花树、森树，分布于我国黄河以南各省。因为整树开淡紫的花，还有芳香，很多地方将楝树当作行道树、观赏树。

楝树可以做家具、乐器，它的叶、皮、果还可以生产牙膏、肥皂等，当然做洗面奶、沐浴露也不在话下。楝树的皮可以造纸，花可以提取芳香精油，果肉还可以酿酒，总而言之，楝树全身都是宝，但是，这么常见的树，我居然没见过，现在也只能盯着楝树的图片反复观察。我相信一旦见到楝树，我会一眼

认出，当然要在它开花的时候。

宋词里提到了楝树，而且不止一首。因为少，我就把能找到的列出，然后再选一二与诸君分享。

谢逸《千秋岁》："楝花飘砌，簌簌清香细。梅雨过，萍风起。"

汤恢《倦寻芳》："风到楝花，二十四番吹遍。"

蒋捷《解佩令》："梅花风小，杏花风小。海棠风、蓦地寒峭。楝花风、尔且慢到。"

刘天迪《虞美人》："蔷薇花发望春归，谢了蔷薇、又见楝花飞。"

就选蒋捷和刘天迪的楝花吧，非常诱人。

### 解佩令·春
#### 蒋捷

春晴也好，春阴也好。著些儿、春雨越好。春雨如丝，绣出花枝红袅。怎禁他、孟婆合皂。

梅花风小，杏花风小。海棠风、蓦地寒峭。岁岁春光，被二十四风吹老。楝花风、尔且慢到。

蒋捷就是那位"红了樱桃，绿了芭蕉"的"樱桃先生"。这首词有趣，在为春天而喜悦。春天怎么都好，晴阴都好，要是再下点春雨就更好。如丝的春雨让百花袅娜多姿，不过要小心那风神吵闹聒噪。

梅花风到是小寒，杏花风到是雨水，海棠风到就是春分时节，也会猛然"春寒料峭"。年年春到，但人却会被二十四番花信风吹老。所以，请谷雨时节的楝花风且慢些到，留住我的好春光。

姹紫嫣红的二十四番花信风在蒋捷词里跳跃，活泼轻快，动人心弦。让我一下子就记住了楝花风和楝花。

### 虞美人·春残念远
#### 刘天迪

子规解劝春归去。春亦无心住。江南风景正堪怜。到得而今不去、待何年。

无端往事萦心曲。两鬓先惊绿。蔷薇花发望春归。谢了蔷薇、又见楝花飞。

暮春，杜鹃鸟劝春归去，春天也没有要留的意思。此时江南的风景正好，春不归，还待何时？

我却无端想起往事，蓦然间两鬓已经见灰，不由感叹时光飞逝。蔷薇花绽放，春自然就该退去。蔷薇花谢了，楝花就该开了。

楝花总是和时光的流逝有关，似乎是在提醒人们：人生易老天难老，花谢花飞四时常。

感谢二十四番花信的各花，尤其感谢楝花。四时运转，我会抓住每一个信期，还有你，楝花飞时再见！

# 花　椒

## 柏叶椒花芬翠袖

花椒属于芸香科花椒属，别名檓、大椒、秦椒、蜀椒等，不过诸君可别认为秦椒、蜀椒是秦地和蜀地的辣椒。

花椒除了作为调料，还有一定的药用价值，李时珍在《本草纲目》中写道："花椒坚齿、乌发、明目，久服具有延年益寿之效。"而且花椒居然可以制作肥皂！不过，它既然能提取芳香精油，那当然也可以用于制造肥皂。

花椒树还有防护刺篱的作用，我北方的家乡就用花椒树作为防护刺篱，主要是保护果树不被牲畜破坏，防止被人偷盗。花椒成熟时是否需要采摘是其次，防护是其首要职责。

花椒树除了担任防护经济果林的职责，也承当护花使者的职责，而我就是被它提防的人物。某年小城牡丹园牡丹开放之际，园子还没开放，但牡丹已经姹紫嫣红、竞相争妍，想要就近观赏，然而大门紧锁，周边还有花椒篱笆的坚定护卫。我急于当观花大盗，绕着牡丹园转了几圈，都被花椒树尖锐的硬刺挡住，让我无计可施。不过最后，我还是成功找到了姚黄、魏紫，但也付出了代价，那代价就是花椒树给予的。时至中秋，手背上的硬刺划痕还在，我能不时时想起花椒吗？这就是此篇花椒的新意。

花椒作为古老的芳香树种，很早就被先人注意到，所以不得不引出《唐风·椒聊》，以说明花椒在那时的光景。

椒聊之实，蕃衍盈升。彼其之子，硕大无朋。

椒聊且，远条且。

椒聊之实，蕃衍盈匊。彼其之子，硕大且笃。

椒聊且，远条且。

花椒的果实，可以繁衍满升。那人的子孙，长得高大健壮。椒粒繁多，枝条粗壮。

花椒的果实，可以繁衍满捧。那人的子孙，长得粗壮有力。椒粒繁多，枝条粗壮。

从那时起，花椒就是子孙众多、繁衍日盛的代表。汉代后宫嫔妃住椒房就是这个意思，为皇家繁衍后代，多多益善。唐诗中几首写到花椒的都是和椒房有关，比如白居易的《长恨歌》："梨园弟子白发新，椒房阿监青娥老。"

不过，专写花椒的诗，历代只有宋朝的刘子翚的《花椒》，自然尤其珍贵。

### 花椒

欣忻笑口向西风，喷出元珠颗颗同。

采处倒含秋露白，晒时娇映夕阳红。

调浆美著骚经上，涂壁香凝汉殿中。

鼎铼也应知此味，莫教姜桂独成功。

刘子翚是理学家，当时享有盛誉，提到他的学生，你就知道他的不寻常，其学生就是影响后世千年的朱熹。

这是刘老师在夸花椒。花椒成熟的时候，"笑口"就开了，黑色的小果实"喷薄而出"。花椒是深秋时采摘、晾晒时其圆珠和夕阳交相辉映。除此之外，它还是后宫佳丽宫墙上的热宠。美食中缺不了花椒，哪里能让生姜、桂皮独占鳌头呢？

宋词里也有几首提到了花椒，在此不吝笔墨，列出一二。

## 玉楼春·己卯岁元日

### 毛滂

一年滴尽莲花漏。碧井酴酥沈冻酒。晓寒料峭尚欺人，春态苗条先到柳。

佳人重劝千长寿。柏叶椒花芬翠袖。醉乡深处少相知，只与东君偏故旧。

此词在"柏树"篇介绍过，看来那时柏叶、花椒都是香料。

## 蝶恋花·戊申元日立春席间作

### 辛弃疾

谁向椒盘簪彩胜？整整韶华，争上春风鬓。往日不堪重记省，为花长把新春恨。

春未来时先借问。晚恨开迟，早又飘零近。今岁花期消息定，只愁风雨无凭准。

今年是元日立春，为家长敬献花椒的盘子中，也放着春幡，年少人争着把春幡插在双鬓。我却忆起往事，不堪回首。

今年春天没有来时，就探寻花期，春来晚了，恨花开得迟；来早了，又担心花过早飘零。现在知道花期了，又担心风雨不定，花能不能开好。

辛弃疾的花椒是盛在盘子中的，那时的习俗是正月初一各家用盘子盛上花椒献给家长，希望家族兴旺。

不论时事如何，花椒总是带给人希望，也象征着希望。

# 花　红

## 晓来庭院半残红

花红是沙果的学名，是蔷薇科苹果属落叶小乔木，别名小苹果、文林果、林檎、五色来、联珠果等。它跟苹果长得很像，所以有小苹果的称谓，也和苹果一样在春夏之交开花。花蕾是红色的，开放后只留下红晕，有点西府海棠的韵味。果实或红或黄，模样就是苹果，口味酸甜，还带点涩味，是我国特有的植物。

花红肯定不是果实中的当家花旦，在北方小城的瓜果市场也很难见到。偶尔会在农贸市场见到农人进城摆出的少量花红，往往是自己种植自己采摘，卖了增加些许零花钱的，完全不是批量产出。

儿时的秋天，每当做韭菜花酱的时候，老人往往要在捣碎韭菜花的钵子里放花红，和韭菜花一起捣。曾经问过他们为什么，老人说放进去好吃。但是为什么要放花红，老人答不出。后来花红少见，每当捣韭菜花时，老人就放苹果，做出来的韭菜花酱也一样好吃。

花红和苹果大致在一个时段成熟，孩子们大多会选苹果品尝，苹果味甜，花红酸甜，还带有涩味，让舌头不好受，所以往往是家里好看的摆设，或者家

里气味的调节者，就像文人士大夫家中特意摆放的"香供"。

花红作为小众水果能入诗让我深感意外，但也仅有一诗一词。诗是北宋末年陈与义写的《来禽花》，那时花红就叫来禽。

### 来禽花

陈与义

来禽花高不受折，满意清明好时节。

人间风日不贷春，昨暮烟脂今日雪。

舍东芜菁满眼黄，胡蝶飞去专斜阳。

妍媸都无十日事，付与梧桐一夏凉。

这是夸花红的，花红长得高，不容易攀折，过了清明花红就开了，昨天花骨朵还是胭脂色的，今天开了就跟白雪一样。不看芜菁的黄花，蝴蝶贪恋花红，只不过"花无十日红"，花落了就跟梧桐一起为人遮阴挡凉了。

### 虞美人·雨后同干誉、才卿置酒来禽花下作

叶梦得

落花已作风前舞，又送黄昏雨。晓来庭院半残红，惟有游丝千丈、罥晴空。

殷勤花下同携手，更尽杯中酒。美人不用敛蛾眉，我亦多情无奈、酒阑时。

叶梦得是北宋末期词人，官至户部尚书、龙图阁直学士，中年时有苏东坡之风，南渡后感怀国事，其作品更加淡远。

这首词是叶梦得暮春雨后和朋友在花红树下聚会时写的。暮春，花红的花在风中飘落，黄昏又开始下雨。第二天一早满院都是落红，只有蛛丝千丈，在雨后的晴空里飘荡。

我殷勤地邀约朋友们赏花饮酒，美人啊，你别皱眉头，伤感花落飘零，我也多情伤感但又无奈，无计留住春天。只有此时把酒花下醉，欣赏最后一点春光。

叶梦得说自己"我亦多情无奈"，好像和美人一起伤感春天消失、落红满地，但我看着却闲适潇洒，享受安闲生活。

这样的花红好，诗情画意，没有烟火气。我的花红就是滚滚红尘，岁月安好，这样就好。

# 橘　树

## 手中橘千头

　　橘树是芸香科柑橘属的常绿小乔木，初夏时开白花，深秋时结金黄色的果实，酸甜可口，老少咸宜，是国人接受程度很高的南方水果。橘树历史悠久，原产于中国，至今欧洲人还称橘子是"中国苹果"。

　　橘子不仅好吃，还能治病，《本草纲目》介绍橘皮，即陈皮，云："同补药则补；同泻药则泻；同升药则升；同降药则降。"橘树在中国历史上有很高的地位，堪比松柏，这一切都得益于屈原的赞颂。

　　那就把屈原对橘树的赞歌搬出来，让今天只知橘子甘美、娱乐至死的芸芸众生感受橘树的不凡品格吧。

### 九章·橘颂

后皇嘉树，橘徕服兮。受命不迁，生南国兮。

深固难徙，更壹志兮。绿叶素荣，纷其可喜兮。

曾枝剡棘，圆果抟兮。青黄杂糅，文章烂兮。

精色内白，类任道兮。纷缊宜修，姱而不丑兮。

嗟尔幼志，有以异兮。独立不迁，岂不可喜兮。

深固难徙，廓其无求兮。苏世独立，横而不流兮。

闭心自慎，不终失过兮。秉德无私，参天地兮。

原岁并谢，与长友兮。淑离不淫，梗其有理兮。

年岁虽少，可师长兮。行比伯夷，置以为像兮。

　　上天孕育的美好橘树啊，生来就适应这方水土。秉承上天的使命不再外迁，永生永世生长在南方土地。

　　你扎根深厚难以迁移，立志是多么的专一。鲜绿的叶子洁白的花朵，缤纷多姿何其令人欢喜。

　　重叠的树叶中长满尖刺，圆圆的果实成簇成团。青黄两色杂陈其间，色泽相配如此美丽。

你外表鲜艳内里纯洁，犹如堪当大任的君子。你风姿独具仪态美好，美丽到没有瑕疵。

赞叹你自小就有的志向啊，从来就与众不同。你遗世独立不肯迁移，这样的气节怎能不令人欣喜。

你扎根深厚难以迁移，心胸阔达没有欲求。清醒卓然立于浊世，绝不随波逐流。

你坚守初心谨慎自重，始终不会犯有过失罪责。秉承德行公正无私，那是和天地同在啊。

愿和岁月一起流失，和你长久相伴永为友人。你德行美好从不放纵自己，枝干坚韧条理清晰。

你年纪虽小，却可以为我的师长。你的品行可与伯夷比肩，正是我永远学习的榜样。

这样的橘树是不是让今人为之感慨不已、敬仰不已，同时对自己的蝇营狗苟、混沌庸常感到自惭形秽、相形见绌呢？

从屈原的橘颂一跃就到了"大宋",这个让无数中国人悲欢交替的朝代,一方面是文化、经济高度发达,另一方面是不停歇地屈辱求和,不知道橘树这样的品行在那时是怎样的境遇。

还好,我找到了三位词人写到橘树,分别是朱敦儒、李清照、辛弃疾,那就不厌其烦,分别叙之吧。

## 相见欢

### 朱敦儒

东风吹尽江梅。橘花开。旧日吴王宫殿、长青苔。

今古事。英雄泪。老相催。长恨夕阳西去、晚潮回。

朱敦儒是南宋词人,主战派,词作多忧国愤时之作:"中原乱,簪缨散,几时收?"其有"词俊"之称,晚年闲适,词作充满"人生无常""浮生如梦"的情调,他是和后来的辛弃疾相仿,能比较完整表现自己一生轨迹的词人。

江边的梅花已经被风吹落,正是橘花开的时候。曾经的吴王宫殿早已成为历史,只留下青苔恣意生长。

曾经的吴王是霸主,如今早已灰飞烟灭,没有踪影。唉,古今多少事,那堪追忆,想起来都是泪。年华一天天老去,不由恨那夕阳西落,潮水晚归。我除了无可奈何,还能怎样。

此时的朱敦儒已经老了,南宋偏安一隅,屈原眼里"授命不迁"的橘树也不过是初夏季节的标志。

## 瑞鹧鸪·双银杏

### 李清照

风韵雍容未甚都。尊前柑橘可为奴。谁怜流落江湖上,玉骨冰肌未肯枯。

谁教并蒂连枝摘,醉后明皇倚太真。居士擘开真有意,要吟风味两家新。

这是夸银杏树的。两株银杏长得风姿雍容,他们(李清照已经把银杏拟人化,所以特意用"他们")旁边的柑橘显然比不上其韵致,正好可以为奴(柑橘别名"木奴")。就是此时流落江湖,其"玉骨冰肌"的姿态也一点没改变。两株银杏并蒂连枝,就好像当年明皇醉后靠着贵妃。我和郎君也是这番爱怜有意、心心相印。

此时的李清照还在幸福的早年，可惜为了夸"并蒂连枝"的两株银杏，贬损柑橘为奴。当然柑和橘是有区别的，但毕竟是"同胞兄弟"（同是芸香科柑橘属），难免受牵连。恐怕沉江的屈原完全没想到他极力赞颂的橘树，有一天会被"堕落"为"奴"吧。

## 水调歌头·舟次扬州和人韵

### 辛弃疾

落日塞尘起，胡骑猎清秋。汉家组练十万，列监牟高楼。谁道投鞭飞渡，忆昔鸣髇血污，风雨佛狸愁。季子正年少，匹马黑貂裘。

今老矣，搔白首，过扬州。倦游欲去江上，手种橘千头。二客东南名胜，万卷诗书事业，尝试与君谋。莫射南山虎，直觅富民侯。

辛弃疾此词用典太多，还是逐一列出比较好。

"谁道投鞭飞渡"，《晋书·苻坚载记》："坚曰：'以吾之众，投鞭于江，足断其流。'"

"忆昔鸣髇血污"，《史记·匈奴列传》："谓匈奴头曼单于之子冒顿作鸣镝，令左右曰：'鸣镝所射而不悉者斩之。'后从其父头曼猎，以鸣镝射头曼，其左右皆随鸣镝而射杀头曼。"

"风雨佛狸愁"，"佛狸"为北太武帝小字，他南侵刘宋王朝受挫，结果死于宦官之手。

"季子正年少"，"季子"是苏秦的字。《战国策·赵策》："李兑送苏秦明月之珠，和氏之璧，黑貂之裘，黄金百镒，苏秦得以用，西入于秦。"

"手种橘千头"，《襄阳者旧传》："李衡为丹阳太守，遣人往武陵龙阳汜洲上作宅，种橘千株。临死，救儿曰：'吾州里有千头木奴，不责汝食，岁千匹绢，亦当足用耳。'"

"二客东南名胜"，《资治通鉴·晋纪》胡三省注："江东人士，其名位通显于时者，率为之佳胜、名胜。"

"莫射南山虎"，射南山虎，指汉代李广将军，《史记·李将军列传》："广家居蓝田南山中，射猎。所居郡闻有虎，尝自射之。"

"直觅富民侯"，《汉书·食货志》："武帝末年，悔征伐之事，乃封丞相为富民候。"

一首词用了八处典，词的大意是，边塞狼烟起，我军整装待发。别说那些历史上失败的例子，要学的是年少时的苏秦，挂相印，承富贵，何等威风。

如今老了，挠挠白头，不再意气风发，还是归隐了，就种上橘树千头，当个江东名士，以诗酒为乐，不当那射虎的李广，就当优哉游哉的富民候，岂不乐哉！

此时的辛弃疾已经没有了万丈豪情，只想当乡下的富裕士绅了。他的橘树和屈原的橘树是不一样的，是南宋的橘树。

# 郁 李

## 更值棠棣连阴

郁李是蔷薇科樱属灌木，春天开粉红、粉白的花朵，繁密如云，秋天结光亮樱桃般的果实，实在是园林里最相宜的观花、观果树种。

因为写《诗经》中的植物而结识郁李，那时它被称为棠棣、常棣、唐棣，寓意兄弟情深。不妨感受一下两千多年前郁李饱满的深情。

**小雅·常棣**

常棣之华，鄂不韡韡。凡今之人，莫如兄弟。

死丧之威，兄弟孔怀。原隰裒矣，兄弟求矣。

脊令在原，兄弟急难。每有良朋，况也永叹。

兄弟阋于墙，外御其务。每有良朋，烝也无戎。

丧乱既平，既安且宁。虽有兄弟，不如友生？

傧尔笾豆，饮酒之饫。兄弟既具，和乐且孺。

妻子好合，如鼓瑟琴。兄弟既翕，和乐且湛。

宜尔室家，乐尔妻帑。是究是图，亶其然乎？

郁李花儿开，花朵连着花托。世间人再亲近，又有谁能亲过兄弟。

有了丧亡威胁，只有兄弟关怀。抛尸荒郊野外，只有兄弟前去寻找。

鹡鸰困于原野，救难的只有兄弟。即使是良朋好友，不过是同情而已。

兄弟在家也会争斗，外敌来临就会同心抵抗。即使有良朋好友，也不会与你并肩作战。

当丧乱平定之后，恢复了平安宁静。此时就是有兄弟，好像还不如朋友亲密。

摆上美酒佳肴，共同饮酒作乐，只有兄弟们都在，才会欢乐融洽。

和妻子的情爱，犹如琴瑟和谐。只有兄弟相亲，那才是最美妙的音乐。

要让全家安宁，要让妻儿欢喜，请你仔细思量，此话是否在理？

这是最早歌颂兄弟情义的诗歌，也是全方位道出兄弟情义的诗歌，让我们切实感受到棠棣指代兄弟情义的意义。

为什么选中郁李作为兄弟相亲的代表，想来和郁李开花两三一簇、又繁又密、亲密无间有关系吧？

后来在诗文中用到棠棣的并不多，唐代有刘禹锡的《敬宗睿武昭愍孝皇帝挽歌三首》"晚出芙蓉阙，春归棠棣华"，北宋有宋祁《咏棠棣》的"潘赋幽芳在，周诗荣鄂传。佛轮千幅细，公带万钉圆"。

宋词里也只有李清照的《长寿乐》提到一次，就摘录如下。

**长寿乐·南昌生日**

微寒应候，望日边，六叶阶蓂初秀。爱景欲挂扶桑，漏残银箭，杓回摇斗。庆高闳此际，掌上一颗明珠剖。有令容淑质，归逢佳偶。到如今，昼锦满堂贵胄。

荣耀，文步紫禁，一一金章绿绶。更值棠棣连阴，虎符熊轼，夹河分守。况青云咫尺，朝暮重入承明后。看彩衣争献、兰羞玉酎。祝千龄，借指松椿比寿。

南昌此时不是地名，而是一位贵妇的封号，此词是李清照为她写的祝寿词。

词作大意是，天气还冷，太阳刚刚升起，阶前的瑞草已经长出，此一日，您出生在显赫家庭，被视为掌上明珠，您姿容秀丽，又嫁得好，如今已经是子孙满堂，个个是勋贵。

太荣耀了，家人当大官不说，更可喜的是，您儿子弟兄俩成了雄霸一方的太守，未来不可限量，他们会更上一层楼，现在他们身披彩衣前来为您祝寿，祝您"福如东海长流水，寿比南山不老松"。

这样的词看起来怪怪的，不像缠缠绵绵、愁肠百转的宋词，或者豪气干云、义薄云天的宋词，这显然是"颂词"，偶尔看一下，也可以调剂一下口味。

此词中的棠棣象征着兄弟情义，古雅，又妩媚。

# 薜 荔

## 采芳洲薜荔

薜荔真是种让我为难的植物，我这种没见过薜荔的北方人来说，实在不知从何落笔，于是感到黔驴技穷。薜荔是桑科榕属木质藤本植物，北方人可以想象成葡萄藤。薜荔开白花，果实像倒莲蓬，可以做凉粉。据《广东中药》《福建中草药》记载，薜荔还可以治病，有祛风、利湿、活血、解毒的功用，还可以治风湿痹痛、泻痢、淋病、跌打损伤、痈肿疮疖。

如今，薜荔是常见的城市垂直绿化植物，也有护堤和保持水土的作用。《红楼梦》中，薛宝钗在她的"百花园"蘅芜苑里种了很多屈原喜欢的香草，其中就有薜荔，贾宝玉还曾赋诗："蘅芜满净苑，萝薜助芬芳。软衬三春草，柔拖一缕香。"

我不得不再次引用屈原的《九歌·山鬼》，他多次提到薜荔，其中我最喜欢的是山鬼的薜荔。

### 九歌·山鬼

若有人兮山之阿，被薜荔兮带女萝。

既含睇兮又宜笑，子慕予兮善窈窕。（节录）

好像有人从山的弯处经过，那是我身披薜荔、腰间系着松萝。

含情脉脉巧笑倩兮，你爱慕我的姿态窈窕婀娜。

这个野性的女子身上缠绕着薜荔、松萝，美艳绝伦，是何等洒脱不羁，有李白之风。但李白并没有写薜荔，倒是宋之问被贬岭南时作《早发始兴江口虚氏村作》，诗云："薜荔摇青气，桄榔翳碧苔。"

得了屈原真谛的是柳宗元的薜荔。

### 登柳州城楼寄漳、汀、封、连四州刺史

城上高楼接大荒，海天愁思正茫茫。

惊风乱飐芙蓉水，密雨斜侵薜荔墙。

岭树重遮千里目，江流曲似九回肠。

共来百越文身地，犹自音书滞一乡。

这是柳宗元等一众革新派被贬，各到自己的任所后，柳宗元写给他们的诗。

柳州城楼很高，我登高望远，能看见极远的地方，海天一色挡不住我为国忧思的茫茫愁绪。风大雨急，打在高洁、坚韧的荷花、薜荔身上，就像你我的处境。我不由想念你们，可是山重水复、道路遥远，我们一同来到这荒蛮的"百越文身"之地，就连音讯也难以传达，心情怎能不沉重悲凉。

宋朝只有两位词人写到薜荔，分列如下。

## 好事近

胡铨

富贵本无心，何事故乡轻别。空惹猿惊鹤怨，误松萝风月。

囊锥刚强出头来，不道甚时节。欲命巾车归去，恐豺狼当辙。

胡铨与李纲、赵鼎、李光并称"南宋四名臣"。当时秦桧主和，胡铨上疏高宗，乞斩秦桧等，因此被"除名，编管照州（今广西平乐）"。多年后，词人写下了《好事近》这首词，以示自己的高尚气节。

本来没有追逐富贵的心思，为何要草率离别家乡。让那曾经相伴的猿、鹤惊恐埋怨，耽误了在薜荔、女萝等幽静地的修行隐居。

原本是要为国效力，但也没看清现在朝廷里是什么人当道，驾车再次回归，却被豺狼阻挡。

胡铨很是气愤，却无可奈何，他惹不起秦桧等人又不得不回归，但还是"声震朝野"，结果被贬、被除名。当时不愿他出山的仙鹤、猿猴，以及薜荔、女萝应该高兴吧？曾经归隐的地方该是欢迎他回归的吧？但是它们哪里能知道，一颗热爱国家的心在家国面临屈辱时的悲愤，以及想要救国救民的强烈信念呢？

鹤、猿不知，薜荔、松萝也不知，它们的幽静平和就是靠胡铨们来保证的。

抚平心绪，接着看张炎的《木兰花慢·书邓牧心东游诗卷后》。

### 木兰花慢·书邓牧心东游诗卷后

采芳洲薜荔，流水外、白鸥前。度万壑千岩，晴岚暖翠，心目娟娟。山川。自今自古，怕依然。认得米家船。明月闲延夜语，落花静拥春眠。

吟边。象笔蛮笺。清绝处、小留连。正寂寂江潭，树犹如此，那更啼鹃。居廛。闭门隐几，好林泉。都在卧游边。记得当时旧事，误人却是桃源。

此词是张炎写给一生不仕、所谓"异端思想家"邓牧的。

所有意蕴都是写隐居在秀美山川中的惬意，吟诗、作画或者赏画，这不过已经是往事，都是受陶渊明的影响。其中的薜荔和胡铨的"薜萝"一样，都是指幽静的隐居之地。

这样看来，薜荔从山鬼的衣饰演化到隐士的隐居地，后来者不容易看出其中的脉络。

我也因此知道了不一样的薜荔，期待与薜荔再次相遇。


# 栀 子

## 与我同心栀子

栀子是茜草科栀子属常绿灌木，北方人对它也不算陌生，特别是在花市里，因为它持久的清香以及脂粉一样的白花，得到了北方人的喜爱。当然在南方，栀子就是在庭院中随意生长的，我不稀罕随意开花的常绿灌木，但是有了栀子的花香，南方的夏日就可以忍受。

提及栀子花，我就想起了歌曲《栀子花开》："栀子花开如此可爱，挥挥手告别欢乐和无奈。光阴好像流水飞快，日日夜夜将我们的青春灌溉……"

最早以栀子花入诗的是南朝梁简文帝萧纲。

## 咏栀子花

素华偏可喜，的的半临池。

疑为霜裹叶，复类雪封枝。

日斜光隐见，风还影合离。

萧纲做皇帝不怎样，被叛臣侯景害死，但在文学上的成就一直被人称道，他的文学功绩主要是创立了宫体诗，主张"新变"、修辞和美文。

栀子花因其白色素净，很得我的喜爱，有不少花儿临池开放，别有一番韵味。看那洁白的样子好像霜裹了叶子，雪封住枝条，有说不出的冰清玉洁。此时太阳落山了，若有若无的光影照在花上，花和花影随风吹过忽合忽离，甚为动人。

唐朝写栀子花的诗人不少，杜甫、刘禹锡、韩愈、李贺都写过，在《芳香唐诗》里有部分介绍，此番想介绍的是宋代女诗人朱淑真的《水栀子》。

## 水栀子

一根曾寄小峰峦，苦葡香清水影寒。

玉质自然无暑意，更宜移就月中看。

这首诗也是夸栀子花的。栀子花开在山间能照见影子的水边，那样清新美丽，最应该在月下赏看。

她是中国古代除李清照外最有名的女诗人，但人生比李清照更悲惨，她生

于仕宦之家，嫁于小吏，志趣相异，夫妻不和，抑郁早逝，留下了《断肠词》。

她最有名的词作是《生查子·元夕》，至今被人传唱，但也有很多人认为是欧阳修写的。

她还有一首"圈儿词"《相思词》，非常有意思："相思欲寄无从寄，画个圈儿替。话在圈儿外，心在圈儿里。单圈儿是我，双圈儿是你。你心中有我，我心中有你。月缺了会圆，月圆了会缺。整圆儿是团圆，半圈儿是别离。我密密加圈，你须密密知我意。还有数不尽的相思情，我一路圈儿圈到底。"

接着要找到宋词里的栀子，只有一首，是赵彦端的《清平乐·席上赠人》。

### 清平乐·席上赠人

桃根桃叶。一树芳相接。春到江南三二月。迷损东家蝴蝶。

殷勤踏取青阳。风前花正低昂。与我同心栀子，报君百结丁香。

前文介绍过赵彦端其人，他的这首《清平乐》某种程度上就是艳词，赞美女性长得漂亮，没有深意，枉负了栀子的清香。

# 臭 椿

## 约樗蒲

臭椿显然是古老的植物，因为其臭以及所谓的"无用"很早就被人们注意到。无论我是第几次写，还是得先说出臭椿的科属。

臭椿是苦木科臭椿属的落叶乔木，高可达30余米。至于它和香椿的本质区别，在此不赘述，不过还是要强调，臭椿和香椿不是同科同属，是长得极像的"异性兄弟"。

有意思的是，我的家乡有人会吃臭椿的嫩叶，就像吃香椿的嫩叶一样。因为香椿能吃，那么臭椿去除苦味后也能吃，不过是不够香而已。在老百姓的眼里，臭椿和香椿的区别是香臭而不是科属，就像甜苣菜和苦苣菜都能吃一样，然而甜苣和苦苣是"亲兄弟"。

还是得说到《诗经》中提到的臭椿，那时称为"樗"，《小雅·我行其野》云："我行其野，蔽芾其樗。昏姻之故，言就尔居。尔不我畜，复我邦家。"意思是，我独自走在田野里，臭椿长得如此茂盛。因为和你结成婚姻，才来到你家居住。但你不肯把我养，我只好回到自己家。诗中的弃妇很悲伤，看到的树木都是恶木——臭椿。

庄子的臭椿也不能不提，不知道庄子的臭椿，就理解不了后世文人墨客眼中的臭椿。

《庄子·逍遥游》："吾有大树，人谓之樗。其大本臃肿而不中绳墨，其小枝卷曲而不中规矩。立之涂，匠者不顾。"就是说，臭椿的枝干肿大弯曲，木匠无法下线，小枝歪七扭八，"没有规矩"。就算它长在道路显眼处，木匠都不会看它一眼。于是成语"樗栎庸材"就更好理解了，说臭椿和栎树无用。

不过，我们还是回到历史的长河中，去看看文人眼中的臭椿吧。

臭椿入诗的不多，但凡入诗还都是和庄子的"樗"相关。

唐朝的白居易写过一首诗，就是专门写樗的。

### 林下樗

香檀文桂苦雕镌，生理何曾得自全。

知我无材老樗否，一枝不损尽天年。

此诗是，夸臭椿，并不意外，正符合庄子的臭椿"无用论"，因为无用才得以长存。那些贵重的檀木、桂树被雕刻，因为"有用"而不能自保。你看看我这棵不成材的老臭椿，一枝不损，一叶不伤，得享天年，何其乐哉！

到了宋朝，臭椿几乎不见痕迹。在陆游《月照梨花·闺思》中，臭椿作为一种赌具的材料被提到。

### 月照梨花·闺思

霁景风软，烟江春涨。小阁无人，绣帘半上。花外姊妹相呼。约樗蒲。

修蛾忘了章台样。细思一饷。感事添惆怅。胸酥臂玉消减，拟觅双鱼。倩传书。

这是一首闺情词。已到春天，雨后初晴，风儿轻柔，江水在烟雾中上涨。闺中没有人，绣帘半卷着，隔着花丛听到姐妹们呼唤，约着一起玩博戏（即赌博），其中投掷的骰子就是用臭椿木制作的（不知道臭椿木制作的骰子味道如何）。

闺中女子画眉忘了想要的眉形。闲来无聊，想了一晌心事，越想越惆怅。不由得"为伊消得人憔悴"，想要那双鱼儿，为那能传书的鱼儿传递心中情愫。

闺中女子的惆怅在春光中、在姐妹们的呼唤中更显落寞。女子们一起玩的博戏，不论是不是用臭椿木做的都不能消减女子的心事。

此篇的意义在于，臭椿不再是"无用"之木，居然可以做博戏的骰子，这大大出乎我的意料。


# 刺 桐

## 落尽刺桐花

刺桐不是桐树，就像法桐不是桐树一样。就拿名中含"桐"的植物来说吧。梧桐，梧桐科，梧桐属；泡桐，玄参科，泡桐属；法桐，悬铃木科，悬铃木属；油桐，大戟科，油桐属；海桐，海桐科，海桐花属；本篇的主角刺桐，豆科，刺桐属。这些"桐树"居然均不同科同属，让我不知所措。

还是回到刺桐。据《异物志》记载："苍梧即刺桐，岭南多此物，因以名郡。"我也会想当然地认为"苍梧"和"梧桐"是直系亲属，或者就是同物异名，但是，苍梧"宁可"是刺桐。

刺桐是落叶乔木，高可达20余米。春天开鲜红色、辣椒样的花朵。因为是硕大的总状花序，花开时节，刺桐就像一株巨大的辣椒树，也像农人晾晒的辣椒串。三月艳阳高照，满城开遍刺桐花，岂不是一大胜景？真有这样的城市，福建泉州就是，因而也叫刺桐城。

刺桐生长的地方，很久以前是蛮荒之地。那里文人少，刺桐开得再好，也没有机会登堂入室。唐代就不一样了，即便被贬的官员去了蛮荒之地，也是文人，于是刺桐就有机会入诗了。

### 刺桐花

王毅

南国清和烟雨辰，刺桐夹道花开新。

林梢簇簇红霞烂，暑天别觉生精神。

秾英斗火欺朱槿，栖鹤惊飞翅忧烬。

直疑青帝去匆匆，收拾春风浑不尽。

王毂当然是在夸刺桐花。

南方的晴天以及烟雨时分，刺桐正夹道盛开。树梢上簇簇开放的花朵就像红霞一样灿烂，大热天倍增精气神。刺桐那个红客不一般，比朱槿还要鲜艳，栖息在刺桐上的仙鹤惊飞了，它以为刺桐的红花是燃烧的火焰，怕把它的翅膀烧掉。我怀疑管花的青帝走得匆匆，没有把春天带走，只留下刺桐热情似火。

加上唐代的刺桐花，大概就对刺桐有了一定的概念，热情似火，豪情万丈。现在到了宋代，欣喜的是可以在宋词里再见刺桐。不多，只有两首。

先从辛弃疾的词作讲起。

### 满江红·暮春

家住江南，又过了、清明寒食。花径里、一番风雨，一番狼藉。红粉暗随流水去，园林渐觉清阴密。算年年、落尽刺桐花，寒无力。

庭院静，空相忆。无说处，闲愁极。怕流莺乳燕，得知消息。尺素始今何处也，彩云依旧无踪迹。谩教人、羞去上层楼，平芜碧。

很难想象这是辛弃疾写的词，特别不"豪放"，但又十分欣喜他写这样的词。有一种柔情叫英雄的柔情，分外动人。

家住江南，清明、寒食两个节气都过了，正是仲春。长满花丛的路上，一番风雨过后，一片狼藉，落红遍地。落花随流水而去，满树就是青翠稠密的树叶。时光流转，在刺桐花落尽的时候，寒冷就真的退去了。

庭院寂静，独自想念佳人，却无处可以诉说，真是愁极了，怕那黄莺、小燕得知我的心思。书信不知下落，思念的人没有消息。就算是上楼又怎样，看见的也不过是"平林漠漠""一带伤心碧"。

火红的刺桐花落尽，天气已经很暖和了，却不见我思念的人，整首词委婉缠绵，足见大家风范。更多不想甚解，比如和政治关联。

再看马子严的词作。

### 孤鸾·早春

沙堤香软。正宿雨初收，落梅飘满。可奈东风，暗逐马蹄轻卷。湖波又还涨绿，粉墙阴、日融烟暖。蓦地刺桐枝上，有一声春唤。

任酒帘、飞动画楼晚。便指数烧灯，时节非远。陌上叫声，好是卖花行院。玉梅对妆雪柳，闹蛾儿、象生娇颤。归去争先戴取，倚宝钗双燕。

马子严是南宋末年文人，中过进士，当过小官，福建人。

春天来了，沙堤已经酥软。昨晚的雨刚停，地上落满了梅花。东风吹过，比马蹄驰过还要迅疾。湖水渐渐绿了，粉墙爬上树荫的影子，阳光正好，烟气葱茏。猛听得刺桐枝上传来一声鸟鸣，便知道春来了。

街上酒肆的旗子飘动，想来营生不错。临近清明，春的气息就更近了。小路上传来叫好声，好像是艺人在表演，也好似那歌舞伎楼。不管是玉梅对雪柳，还是各种簪钗，女子们都争相妆饰。

有意思的是，辛弃疾写暮春，刺桐花落尽；马子严写早春，刺桐花正艳。刺桐树上传出鸟鸣，那春的意蕴就更浓了。

这就是宋词里的刺桐，不张扬，安静得像梅、杏，灿烂，但不喧嚣。


# 枇　杷

## 相扶入东园枇杷熟


枇杷是蔷薇科枇杷属常绿小乔木，原产于中国东南部，培育到现在，已经有300多种。即使如此，如今的北方还是没有，也少有人吃。

枇杷，顾名思义，像乐器琵琶。琵琶是东亚传统乐器，大约在秦朝开始流传于我国。这么说来，枇杷作为水果，出现了顶多2000年，当然，这也够漫长。

枇杷也称芦橘、金丸、芦枝、炎果、焦子等，有一个不同寻常的特征，它在秋天或者初冬开花，果实在春天到初夏成熟，而大部分水果都在夏天、秋天成熟，因此枇杷被称为"果木中独备四时之气者"。果实呈现金黄色、花白色或淡黄色。枇杷的果实、花、叶都可以入药，最著名的就是"川贝枇杷膏"，是止咳的。

枇杷入诗词大约是在唐代，就选白居易的《枇杷花二首》一赏吧。

### 枇杷花二首

一

万重青嶂蜀门口，一树红花山顶头。

春尽忆家归未得，低红如解替君愁。

二

叶如裙色碧绡浅，花似芙蓉红粉轻。

若使此花兼解语，推囚御史定违程。

这是白居易和他的老朋友元稹的酬和诗，元稹思念老友作《江月楼》，白居易以"枇杷花"为题回应。

万重青山在蜀地，山顶一树红花分外妖娆。春天已经结束，老友仍然没回到家。那低垂的红花如果能明白，一定会解除他的忧愁。

枇杷叶子像女子的碧纱裙，花儿开得芙蓉般粉中带白，就让那枇杷花当解语花，推迟囚犯的审定于是允许你违反行程归来吧。

这一次枇杷花是以解语花的面貌出现的。

到了宋代，写枇杷的不多，诗里、词里倒是都有，就选写植物最多的杨万里的《枇杷》诗吧。有意思的是，他在诗里不计其数地描述各种植物，在词里却吝啬很多，所以，在《芳香宋词》中，但凡有机会就要把他搬出来，让他眼中的植物放放光彩。

### 枇杷

大叶耸长耳，一梢堪满盘。

荔支分与核，金橘却无酸。

雨压低枝重，浆流水齿寒。

长卿今尚在，莫遣作园官。

枇杷的叶子像长耳朵一般，一枝上的枇杷就可以装满一盘子。它有荔枝的核，长得像金橘，却不酸。此时正下雨，吃着枇杷竟然寒齿。若是刘长卿在，且不要派他做管园子的官员（刘长卿写过《春草官》）。

关于枇杷的词，我只找到了一首辛弃疾的。

### 满江红·山居即事

几个轻鸥，来点破、一泓澄绿。更何处、一双鸂鶒，故来争浴。细读离骚
还痛饮，饱看修竹何妨肉。有飞泉、日日供明珠，三千斛。

春雨满，秧新谷。闲日永，眠黄犊。看云连麦垄，雪堆蚕簇。若要足时今
足矣，以为未足何时足。被野老、相扶入东园，枇杷熟。

写这首词的时候，辛弃疾已经赋闲多年，看起来心情不错。

春末几只鸥鸟飞过澄绿的湖水，留下几点涟漪。不知哪里来的一对鸳鸯正
在戏水。我一边饮酒一边细读《离骚》，既要看修竹，也不拒吃肉。此地还有
瀑布飞流而下，溅起万千明珠，足有三千斛。

春雨足，正在种谷子。闲暇时光，小黄牛正瞌睡。抬眼看相连不断的麦田，
还有雪一般洁白的蚕茧。见此景象，想到此时就该知足，若是还不知足，那要
到什么时候知足呢？村中的几位老农，看我无事，邀我到东边的园子里，说枇
杷熟了，我们欣然相扶而去。

此枇杷让我欣然，能这样过日子真好。

# 黄　柑

## 黄柑荐酒

　　黄柑是芸香科柑橘属小乔木，是橘橙的天然杂交种，据说有1700年的历史，确切地说至少也有1200年的历史，一会儿请柳宗元先生出面作证。

　　黄柑分布于四川、湖南、湖北和汉中等地，也叫肿皮柑、玛瑙柑、泡柑、皱皮柑。果实大，表面粗糙，味道酸、甜、苦，甚至有药味。与此同时，也有药效，可以止咳、补胃、生津、降火。

　　看模样，有些像现在风靡的丑柑，但真不是丑柑，丑柑是日本于1972年才培育出来的，2000年才引种到四川。丑柑味道甘甜，果皮表面略微粗糙，和黄柑相比，简直就是西施。

　　黄柑的"姊妹"橘子很早就入诗了，因为屈原的一首《橘颂》而有了崇高的地位。屈原说橘树是"嘉树"，而且"独立不迁，岂不可喜兮""苏世独立，横而不流兮""秉德无私，参天地兮"。黄柑就没这么幸运，一定和它丑陋的相貌有关，尤其在屈原这样崇尚完美的君子眼里。

　　黄柑能入诗，实在要感谢被贬柳州的柳宗元，他不"手种黄柑二百株"，我都不知道世界上有一种柑叫黄柑，且看柳宗元笔下的黄柑。

柳州榕叶落尽偶题

手种黄柑二百株，春来新叶遍城隅。

方同楚客怜皇树，不学荆州利木奴。

几岁开花闻喷雪，何人摘实见垂珠。

若教坐待成林日，滋味还堪养老夫。

　　柳先生公务忙完，颐养性情，在园子里亲手种了200株黄柑，那时大官也可以农耕。此时正是春天，万木吐绿，欣欣向荣，我心情也不错。我种黄柑其实和屈原一样，向往橘的品格。橘、柑同类，在此我把柑类比橘。我看不起三国时期丹阳太守李衡为了给家人牟利而种木奴（柑的别称）的低级行为。

看着亲手种下的黄柑，想着黄柑不知几年能开花，那喷雪一样洁白的柑花一定芳香宜人，不知将来何人来摘那果实。那结了果实的黄柑也一定很甘美，说不定还能让我养老呢。

柳先生还是没能脱了屈原的窠臼，总要把黄柑和橘子一同看待。

到了宋代写黄柑的也只有我真心仰慕的辛弃疾。不妨看看，那是怎样的黄柑。

### 汉宫春·立春日

*春已归来，看美人头上，袅袅春幡。无端风雨，未肯收尽余寒。年时燕子，料今宵、梦到西园。浑未办、黄柑荐酒，更传青韭堆盘。*

*却笑东风从此，便薰梅染柳，更没些闲。闲时又来镜里，转变朱颜。清愁不断，问何人、曾解连环。生怕见、花开花落，朝来塞雁先还。*

立春到，春天就回来了，看到美人头上根据节气制作的春幡就知道，但是冷不丁的风雨还是散播着寒意。燕子还没有回来，它也该梦到北方的家园了吧？我还没有置办立春节气的物品，需要有黄柑制作的酒，还有韭菜、葱、蒜、蓼、芥盛放的五辛盘。

从今日起，就开始给春天上色，先从梅花和柳树开始，一点也不得闲。若是得闲，就改变了人的青春容颜，我无端地增了些惆怅。不愿意见花开花落，

那朝来的边塞大雁比我先回到北方。

不用怀疑，辛弃疾在想他的收复大业，但他指望的南宋软弱朝廷配不上他的大志向，自然"清愁不断"。终其一生，多少次花开花落，他的志向终成空。

黄柑只不过是提醒他立春到了，但立春到了又怎样？辛弃疾哪里有心置办应节的物事？他心心念念的就是"收拾旧山河，朝天阙"！

我们该好好铭记辛弃疾这样的英豪。

# 葛 藤

## 蔓藤累葛

葛藤是旋花科银背藤属藤本植物，也叫野葛、白花银背藤、甜葛藤，旋花科还有一类很有名的植物——打碗碗花、田旋花，遍布北方，在少花的夏季，打碗碗花或者田旋花粉色的喇叭夺人眼目。葛藤不一样，葛藤寻常，但不长在北方，让我觉得不寻常。

很久之前，葛藤是用来纺织的，可以做粗陋的衣衫，也可以编织鞋子，后来人们发现了葛花的妙用——解酒。

在没有棉花的《诗经》时代，贵族身穿丝绸制作的衣服，老百姓则大多穿葛藤或麻制的衣服，所以许多诗歌提及了这种植物：提到葛藤制作过程的《周南·葛覃》，提到象征着思念的《王风·采葛》，提到男女关系的《齐风·南山》。当然，我最喜欢的还是有情有义"一日不见，如隔三秋"的葛。就以此为例，看看它的长情吧。

**王风·采葛**

彼采葛兮，一日不见，如三月兮。

彼采萧兮，一日不见，如三秋兮。

彼采艾兮，一日不见，如三岁兮。

大意是，劳作时，采葛藤、采萧蒿、采艾蒿，想到自己的心上人，一日不见如隔三秋。

《列子·汤问》中也提到葛："九土所资，或农或商，或田或渔；如冬裘夏葛，水舟陆车。"意思是，广大土地所能提供的，可以农耕，可以经商，可以有田地，也可以有渔场。犹如冬天穿裘皮，夏日着葛衣，舟在水中行，车在地上跑，并以此有了"冬裘夏葛"的成语。

后来的文人墨客，就很少提及葛藤了。但凡写过词的文人，几乎没人不提柳、梅，那几乎是宋词人的标配，感谢辛弃疾和他的好友陈亮提到葛藤，让今日的我得以看见千年前它的模样。

### 水调歌头·题永丰杨少游提点一枝堂

辛弃疾

万事几时足，日月自西东。无穷宇宙，人是一粟太仓中。一葛一裘经岁，一钵一瓶终日，老子旧家风。更著一杯酒，梦觉大槐宫。

记当年，味腐鼠，叹冥鸿。衣冠神武门外，惊倒几儿童。休说须弥芥子，看取鹍鹏斥鷃，小大若为同。君欲论齐物，须访一枝翁。

万事万物没有尽头，只有日月恒久不变。在无穷的宇宙中，人就像粮仓里的一粒米。所以我过的日子就是，夏天一件葛衣、冬天一件裘皮，每日不过一碗饭、一瓶水。兴致来时喝一杯酒，大梦醒来就知道，不过南柯一梦，一切富

贵都是浮云。

想当年，我是叱咤风云的人物，渴望鲲鹏展翅。到如今，志向难以施展，我方才明白，渺小如芥子，宏大如鲲鹏，其实都一样。庄子的《齐物论》说得明白，今天若是要参透，那就请教一枝堂的主人杨少游吧。

辛弃疾屡遭劾奏，看清世间万物，也认识到人世的缥缈无常，那就"一葛一裘经岁，一钵一瓶终日"。

再看他的好友陈亮在《贺新郎·酬辛幼安再用韵见寄》中提到的葛藤。

陈亮跟辛弃疾是同时代的英雄，他的豪言壮语"推倒一世之智勇，开拓万古之心胸"，豪气干云，他也因此自称"人中之龙，文中之虎"，就是如此自信。

如果辛弃疾是将领、词人，那么陈亮就是思想家、文学家。他年少时"为人才气超迈，喜谈兵，议论风生，下笔数千言立就"，但一生官运不通，两次被诬陷下狱，于绍熙四年（1193年）被宋光宗擢为状元，次年在赴任的路上去世。

## 贺新郎·酬辛幼安再用韵见寄

离乱从头说。爱吾民、金缯不爱，蔓藤累葛。壮气尽消人脆好，冠盖阴山观雪。亏杀我、一星星发。涕出女吴成倒转，问鲁为齐弱何年月。丘也幸，由之瑟。

斩新换出旗麾别。把当时、一桩大义，拆开收合。据地一呼吾往矣，万里摇肢动骨。这话霸、又成痴绝。天地洪炉谁扇鞴，算于中、安得长坚铁。泪水破，关东裂。

陈亮和辛弃疾意气相投，都深怀为国征战、收复北疆的大愿。南宋朝廷一贯苟且偷安，这是不可能做到的事情，他们内心的愤懑悲愤不言而喻。辛弃疾已经失望，转而过"一葛一裘，一钵一瓶"的生活。而陈亮还在畅想二人联手征战的情景，当然他知道这不过是幻想。

如今的离乱还是从头说起。早在前朝，就是假以"爱民"，不惜把不计其数的金银布帛"进贡"给辽朝，现在又"进贡"给金朝，真是丧权辱国，这样的事犹如"蔓藤累葛"，百年没有停息，让人壮气尽消。人们一味趋于柔弱，那前去和金国谈判的使臣就算衣冠盛美，也只是看看阴山的雪景，其他一事无成。我痛心疾首，连头发都白了。齐景公畏惧吴国就流泪送人家美女，鲁国怕齐国，即使齐君勾连鲁君的夫人，鲁国也不敢吭气，这样遭受侮辱的局面何时能够改变？孔门有仲由这样的硬汉是他的荣幸，而我想说，大宋有我和你，是大幸。

畅想一下，我们现在打出崭新的抗战旗帜，把鹅湖之会之大义仔细剖析，广泛宣传，只要振臂一呼，一定会得到八方响应，必定震撼河山。但是这样的筹谋不过是幻想，是痴心妄想。但是我不死心，天地犹如大熔炉，万事万物瞬间就会被愈鼓愈旺的火化为灰烬，那金国岂能长久如铁般坚硬？我相信曾经的大破淝水之战定能实现！

陈亮可歌可泣，中华民族正是有了这样的脊梁才得以延续数千年。让我们为陈亮鼓掌，为辛弃疾点赞，他们是民族的英杰，万古流芳。

感谢葛藤带来的绝唱！


# 杉　树

## 万桂千杉


杉树是杉科杉树属的高大常绿或落叶乔木，生长在山区，常常和松树为伴。

杉树的品种很多，有水杉、云杉、松杉、冷杉等。其和松树一样久远，但是至唐以前的诗词歌赋均未提到杉树，或许古人和我一样将杉树当成了松树。你看，杉树中就有一种叫松杉。我以为有这种可能，比如"螟蛉之子"就是以讹传讹。

我在山中看见过杉树，高大笔直，郁郁葱葱，比松树还要挺拔俊秀。最先在词作中提及杉树的是辛弃疾。

## 行香子·云岩道中

辛弃疾

云岫如簪。野涨接蓝。向春阑、绿醒红酣。青裙缟袂，两两三三。把曲生禅，玉版句，一时参。

拄杖弯环。过眼嵌岩。岸轻乌、白发鬟鬖。他年来种，万桂千杉。听小绵蛮，新格磔，旧呢喃。

辛弃疾是南宋抗金英雄、豪放派词人，与苏轼合称"苏辛"，与李清照合称"济南二安"，人称"词中之龙"。

走在云岩的路上，山间云雾缭绕，山峰就像簪子一样笔直挺立，溪水涨满，看起来像天空的颜色。此时春意正浓，绿的鲜艳，红的浓烈。三三两两的贫家女，把酒问禅，新笋出头，参悟当下。

我拄着杖过弯路，有不少山洞。轻轻推一下我的乌纱帽，露出斑斑白发。人生易老天难老，来年我要种万千的桂树和杉树，听黄莺婉转啼鸣，听鹧鸪咕咕叫，旧燕子呢喃软语。

辛弃疾感叹人生老之将至，但不屈服，在白发飘飘的年龄还想种"万桂千杉"。有了这万桂千杉，何愁听不到各色鸟儿的啼鸣？真是乐观。

再看程珌笔下的杉树。

## 沁园春·读史记有感

程珌

试课阳坡，春后添栽，多少杉松。正桃坞昼浓，云溪风软，从容延叩，太史丞公：底事越人，见垣一壁，比过秦关遽失瞳？江神吏，灵能脱罟，不发卫平蒙。

休言唐举无功，更休笑丘轲自陀穷。算汨罗醒处，元来醉里；真教假孟，毕竟谁封？太史亡言，床头酿熟，人在晴岚烟霭中。新堤路，喜樛枝鳞角，夭矫苍龙。

程珌是南宋人，一生为官，自号洺水遗民。很好奇南宋人读《史记》的感怀，不妨一看。

程珌读《史记》是在很悠闲的状态下，正是春天，刚在自家附近的阳坡上种了些杉树和松树。云淡风轻之际，我想从容地叩问太史公几句。

第一，《史记·扁鹊仓公列传》记载，春秋时名医秦越人被秦太医李醯刺杀。据说秦越人能"视见垣一方人"，有透视眼，那他为什么看不出李醯有谋杀他的险恶用心呢？难道是翻越过秦关此能力就消失了？

第二，《史记·龟策列传》记载，长江神龟出使黄河，中途被捕获。龟就托梦给宋元王求救。宋元王派人救下此龟，正要放生，博士卫平却说此龟乃天下之宝，不可轻易放过。于是宋元王忘记了自己想要救龟的初心，生生剥了龟，用其甲为占卜之具。这个故事令人生疑，龟既然能托梦宋元王救自己，难道他就不能增长卫平的智慧，使自己免遭杀身之祸吗？

第三，《史记·范雎蔡泽列传》记载，战国时，燕国人蔡泽四处奔走游说诸侯，人家都不用他。他请唐举相面。唐举见其形象丑陋，就挖苦他。蔡泽经此一事，反倒更加励志，继续努力，果然得志，秦昭王拜他为相。这个唐举相的面就要被议论吗？

第四，《史记·孔子世家》及《孟子荀卿列传》记载了孔子、孟子周游列国，无功而返，就要嘲笑他们的穷困潦倒不显达吗？

第五，《史记·屈原贾生列传》记载，屈原认为自己清醒（举世混浊而我独清，众人皆醉而我独醒），这真的能说明他清醒吗？

第六，《史记·滑稽列传》记载，楚国贤相孙叔敖死后家无余财，其子只好靠背柴度日。倡优优孟想为其子鸣不平，就假扮孙叔敖模样，楚庄王信以为真，要封假孙叔敖为相。这到底是封谁为相呢？

此时，在我的院子里，我新栽的杉树和松树正发新芽、长新枝，那模样竟跟苍龙一般。

程珌是在优哉游哉的情况下大发感慨的，这样沉重的历史话题让他这么三心二意地说出来，竟有些说不出的轻慢，也不必和他纠缠，历史原本是人写的，怎么可能客观？

跟着程珌掉了半天书袋，看起来跟杉树无关，但是仔细想想，伴着杉树读《史记》远比伴着花草读般配得多吧？花草哪里能承载历史的"许多愁"（宋词人最喜欢的用词），还是得高大挺拔的松杉。


# 荆 条

## 柴荆添睡


荆条寻常，自古就有，在人们的政治经济生活中一直存在。到写《芳香宋词》的时候，荆条已经被写过多次，那么，不妨把历代的荆条对比一番。

荆条学名叫牡荆，是马鞭草科牡荆属落叶灌木，开淡紫色的小花，关注牡丹的人不会注意到荆条开花。农人不一样，农人认为荆条可以编织筐、篮，也可以做盖房时的"糊檗"，所以尤为关注荆条何时开花，荆条开花时，农人就会放出蜜蜂采蜜，这种蜜就是有名的荆条蜜。

说荆条和政治生活有关，是有来头的，"负荆请罪"的成语大家都知道。经济生活就不用说了，到如今荆条至少还是重要的蜜源植物。

荆条还是夫妻关系紧密的象征，《唐风·绸缪》就提道："绸缪束楚，三星在户。今夕何夕，见此粲者。子兮子兮，如此粲者何！"

其中的"楚"就是荆条，诗的大意是，荆条紧紧捆，三星在门前。今夜是何夜，和着美人相见，你呀你呀，我可把这美人怎么办！

寓意夫妻犹如紧紧束缚在一起的荆条，密不可分又紧紧相拥。情人相会，喜悦难耐，竟不知道该如何是好，犹如"绸缪束楚"，无论如何"绸缪"都是紧紧相依、相连、相拥，此荆条何其缠绵悱恻。

到了唐朝，唐诗里的荆条不少，有杜甫《羌村三首》之三中"驱鸡上树木，始闻叩柴荆"做院门的荆条；有韦应物《登楼寄王卿》中"数家砧杵秋山下，一郡荆榛寒雨中"承受风雨的荆条；还有李商隐《北齐二首》其一中"一笑相倾国便亡，何劳荆棘始堪伤"预示家国灭亡的荆条。

到了宋朝荆条一下子少了，宋朝的词人不屑于荆条这样的山野植物，唯一想到荆条的是忧国忧民的陆游。

### 双头莲·呈范至能待制

华鬓星星，惊壮志成虚，此身如寄。萧条病骥。向暗里、消尽当年豪气。梦断故国山川，隔重重烟水。身万里，旧社凋零，青门俊游谁记？

尽道锦里繁华，叹官闲昼永，柴荆添睡。清愁自醉。念此际、付与何人心事。纵有楚柂吴樯，知何时东逝？空怅望，鲙美菰香，秋风又起。

这是陆游写给范成大的。两人同朝为官，关系不错，互有唱和之作，这首是其中之一。此时陆游已经五十有二，卸职在家又在病中，心情不好，豪气尽消。

陆游说他现在已经鬓发斑白，身体也不好，猛然惊醒，曾经的壮志至今未酬，却疾病缠身，耗尽了当年的豪气。梦断曾经的故国山川，相隔重重烟水。身在故国的万里之外，原来的旧友才俊，还能记得几个？

都说成都繁华，可叹我是闲居，不过是关了柴荆多睡几觉。也是几许清愁，念及此，想要与人诉说，转念一想，也没有能说的人。我就是想要归乡、享受"莼羹鲈脍"的美味又能怎样，不过是"空怅望"，此时秋风又起。

陆游当然很惆怅，"故国不堪回首月明中"，年华渐渐老去，病骨支离，当年的豪气逐渐被消磨掉了。

受陆游的影响，我几乎忘记荆条是蜜蜂的最爱之一，可以给人带来甜蜜，但陆游是看不到的。于是我庆幸我生在此时，生在蜜蜂可以采荆条，我可以吃上荆条蜜的现在。


# 栗子树

## 幸山中芋栗


栗子树已经写过好几次了，这让我有点为难，但也说明栗子树的悠久历史及其实用性。不论怎样，栗子树是壳斗科栗属乔木还是要说的。

栗子在《诗经》时代，不仅仅是果腹的食物，还是重要的祭祀之物。据《仪礼》记载，周朝的士冠礼、诸侯相见相互拜访（聘问）的礼仪、丧礼、祭祀的仪式，栗子是作为贺礼或祭品的。

当然，在《诗经》中，栗子还是传情达意的媒介，比如《郑风·东门之墠》诗云："东门之墠，茹藘在阪。其室则迩，其人甚远。东门之栗，有践家室。岂不尔思？子不我即。"大意是，东门外面很平坦，茜草长在半坡上。这房屋离我很近，可人儿却离我很远。东门外面长栗树，下面就是我的家。难道不是我想你？是你不来找我呀。

唐诗中的栗子不关爱情，关乎国民生计，就选杜甫的《北征》，诗很长，节录如下：

> 菊垂今秋花，石戴古车辙。青云动高兴，幽事亦可悦。
> 山果多琐细，罗生杂橡栗。或红如丹砂，或黑如点漆。

全诗有140句，是杜甫任左拾遗回家探亲路上的所见所闻，写给唐肃宗看的。安史之乱时，生灵涂炭，人民生活在水深火热之中。平叛后，国家有点起色，杜甫又满怀信心。摘取的这一小段，是路上的景致。秋天时节，菊花正开，我沿着车辙行进，天上的云彩在飞扬，地上似乎也很喜悦。山中的果实小但是多，夹杂着橡树和栗子树，那成熟的果实红如丹砂，黑如点漆。看着让人欣喜，毕竟是收获的季节，大乱之后，又可以注意到果实的成熟，注意到果实可以鲜艳如丹砂，又可以黑亮如点漆，怎能不因此寄托对国家重振的希望呢？

其实李白在《行路难》其二中也写到了栗子："大道如青天，我独不得出。羞逐长安社中儿，赤鸡白雉赌梨栗。"我们为什么偏偏选杜甫所写的呢？因为宋代唯一提到栗子的词作就化用了杜甫的诗意。

宋词"婉约""娇情""柔媚""欢情""愁绪"多，更注重个人感受，像栗子这样的庸常之物很难入词人的"玻璃心"，当然也有反其道行之的人，比如辛弃疾，他关心个人命运，更关心国家命运，也能体会老百姓的苦衷，所以他写到栗子是情理之中的。

**雨中花慢·登新楼有怀昌甫、徐斯远、韩仲止、吴子似、杨民瞻**

旧雨常来，今雨不来，佳人偃蹇谁留。幸山中芋栗，今岁全收。贫贱交情落落，古今吾道悠悠。怪新来却见，文反离骚，诗发秦州。

功名只道，无之不乐，那知有更堪忧。怎奈向、儿曹抵死，唤不回头。石卧山前认虎，蚁喧床下闻牛。为谁西望，凭栏一饷，却下层楼。

此词在"芋头"篇介绍过，词中的栗子似乎可以忽略不计，但是仔细想想又不能缺少，因为有了芋头、栗子的丰收，果腹就不是问题，辛弃疾对朋友的怀念就少了担忧，然后才能抒发人情的"吾道悠悠"。可见经济基础决定上层建筑，"古今"都是硬道理。

# 木　棉

## 湿透木棉裘

木棉是木棉科木棉属落叶大乔木，主要生长在热带及亚热带地区，原产印度。目前最早确定是木棉的记录为晋朝葛洪的《西京杂记》："西汉时，南越王赵佗向汉帝进贡木棉树：'高一丈二尺，一本二柯，至夜光景欲燃'。"

元朝以前，中国古代所指木棉其实是棉花，禅宗信物"木棉袈裟"，不是木棉袈裟，而是棉布袈裟。元朝司农司编撰的《农桑辑要》记载木棉法一篇，讲述的就是棉花种植技术："近岁以来，苎麻艺于河南，木棉种于陕右，滋茂繁盛，与本土无异，二方之民，深荷其利。遂即已试之效，令所在种之。"

所以除非特别确认，我们还真不敢把木棉当木棉。但木棉还真的能当棉花使用，用以御寒。古代提到的傣族织锦，也称"桐锦"，就是取自木棉的果絮。

粤人就是以木棉为棉絮的，可以做棉衣、棉被等。宋代郑熊《番禺杂记》载："木棉树高二三丈，切类桐木，二三月花既谢，芯为绵。彼人织之为毯，洁白如雪，温暖无比。"唐代诗人李琼有"衣裁木上棉"之句，指的就是高大的木棉树。

　　木棉有很多别名，如红棉、英雄树、攀枝花、斑芝棉、斑芝树等，"红棉"这一名称反映了木棉的典型特性，春天开一树的红花，最是引人注目。又因为开花时气概雄迈而被称为英雄树，清代陈恭尹在《木棉花歌》中首次使用此称："浓须大面好英雄，壮气高冠何落落。"

　　木棉高大雄伟，是南粤主要的行道树、庭荫树和风景树，其花是广州、攀枝花的市花，攀枝花市就是因为木棉即攀枝花多而被命名的，也是我国唯一以花名命名的城市。

　　历史上写木棉的诗词不多，具体到宋代只找到一诗一词。

### 木棉
#### 艾可叔

收来老茧倍三春，匹似真棉白一分。
车转轻雷秋纺雪，弓弯半月夜弹云。
衣裘卒岁吟翁暖，机杼终年织妇勤。
闻得上方存节检，区区欲献野人芹。

　　这首诗说的是木棉，其实是说"弹棉花""织布"，从诗中看还真不好确定就是开红花的木棉，只是因为诗题为《木棉》姑且用之。

　　宋词写到木棉的是南宋词人蒋捷，他比艾可叔有名，是宋末四大家之一，因写《竹山词》而被称为"竹山先生"、因写《一剪梅·舟过吴江》中有句"流光容易把人抛，红了樱桃，绿了芭蕉"而被称为"樱桃进士"。他在《梅花引·荆溪阻雪》中提到木棉，我也不敢特别确定就是开红花的木棉。

### 梅花引·荆溪阻雪
#### 蒋捷

白鸥问我泊孤舟，是身留，是心留？心若留时，何事锁眉头？风拍小帘灯晕舞，对闲影，冷清清，忆旧游。

旧游旧游今在否？花外楼，柳下舟。梦也梦也，梦不到，寒水空流。漠漠黄云，湿透木棉裘。都道无人愁似我，今夜雪，有梅花，似我愁。

自从南宋灭国后，蒋捷就没高兴过。此时因下雪不能行船，所以写下愁郁的心情。

白鸥问泊在孤舟中的我，是被迫留在这里，还是心里想留下？若是心里想留下，又为什么眉头紧锁？此时江风拍打着船窗上的帘子，孤灯摇曳不止，我看着自己的影子，清冷无比，想起故国在时的游览，岂能不愁绪悲愤满怀？

唉，旧时的游览啊，一去不复返，曾记得那时花外有楼、柳下有舟，现在一切都成梦了。眼前冰冷

的江水空自流，阴云漠漠，湿透木棉衣裳。都说没人像我一样惆怅，此时，雪夜，有梅花，似我愁。

没有国就没有家，能不惆怅吗？特别是在寒冷的雪夜，木棉做的御寒衣服又湿透，怎一个"愁"字了得。

这哪里是木棉花、英雄花的意象？这哪里是"至夜光景欲燃"的热烈？国没了，家没了，木棉的底气就没了，恐怕那时花开已经不鲜艳了吧？

现在甚好，现世安稳，木棉花巍峨壮观、如火如荼，它以行道树的身份存在，可以在公园观赏，甚至在春天，整个城市就是木棉即攀枝花的世界，如此甚好，令人向往。

芳香唐诗

# 寻芳记

李继红 —— 著

新华出版社

图书在版编目（CIP）数据

芳香唐诗 / 李继红著. -- 北京：新华出版社，2024.7
（寻芳记）
ISBN 978-7-5166-6724-8

Ⅰ. ①芳… Ⅱ. ①李… Ⅲ. ①唐诗—诗歌欣赏 Ⅳ.
①I207.227.42

中国国家版本馆CIP数据核字（2023）第025976号

目 录

## 草香唐诗

1

## 木香唐诗

草香唐诗

寻芳记

# 野豌豆

## 长歌怀采薇

知道野豌豆叫"薇"是因为伯夷、叔齐，这兄弟俩因为不食周粟，在首阳山采薇而食，最后饿死，历来被文人高士视为高洁和隐士的榜样。他们的故事被记入《史记·伯夷传》。

这个"薇"显然是能食用的。《小雅·采薇》一篇就描述采薇引发的对家乡的思念。"昔我往矣，杨柳依依。今我来思，雨雪霏霏。"想起此时家乡野豌豆正嫩，正是"采薇"之时。

后来，"采薇而食"指代人品高洁不向当权者低头。中国封建史几千年，改朝换代不计其数，"采薇而食"者不在少数，所以历代都有描述"采薇"的诗歌。

让我意外的是，唐代描述"采薇而食"的文学作品很少，我只看到两首。其中一首是王绩的《野望》，尾联是："相顾无相识，长歌怀采薇。"

王绩是山西河津人，据说是隋末大儒王通的弟弟，自幼"博闻强记"，少年英才，可惜一生不得志，又在隋唐交替之际，在新朝（唐）为官，后不满现实，最终弃官回乡，放诞纵酒，仰慕"竹林七贤"。

王维笔下的"薇"就不一样了，他所处的时代已经是"开元盛世"，没有隐者，有才华的人争相走出来"修齐治平"，于是他送给"高考"落第的朋友一首诗，即这首《送綦毋潜落第还乡》："圣代无隐者，英灵尽来归。遂令东山客，不得顾采薇。"告诉他们别泄气，继续努力，伟大的时代不可辜负，哪还有时间去"采薇"呢？

薇其实已经趋近符号化，现实中的野豌豆就是春天田野中星星点点的紫色野花，装点时日的美好，是我踏青时必看的野花。曾经问过田中的农人是否"采薇而食"，农人很吃惊，他说："人不吃，羊吃。"不用"采薇而食"的时代，很好。

# 豆

## 笑指西坡瓜豆熟

豆作为粮食作物很早就存在，有文字记载后自不待说，相信在野蛮时代，它们已然成为人们的食物。

《诗经》时代的豆，被称为菽、藿。《小雅·采菽》："采菽采菽，筐之筥之。君子来朝，何锡予之？虽无予之，路车乘马。又何予之？玄衮及黼。"大意是，采大豆呀采大豆，用筐用筥来盛装。诸侯们前来朝见，天子用什么来相赠？就算没什么要赠予，也会赠他们好车和马匹。还有什么要赠予？诸侯的礼服已备好。

此篇说的是诸侯朝见周天子的盛景。周天子招待诸侯就用的是大豆等菜蔬，可见大豆的重要性。

到了三国时代，诞生了一篇传唱至今的诗，就是曹植的《七步诗》："煮豆燃豆萁，豆在釜中泣。本是同根生，相煎何太急？"豆充当了"相煎太急"的悲情角色，但同时也说明，豆是彼时人们餐桌上的常客。

我国最早的农学著作《齐民要术》也提到了豆，而且分为"大豆"和"小豆"。在所列种植粮食作物中，豆类位列第四，前三位分别是谷、黍、粱等米类粮食，大麦、小麦、水稻等都位居其后，可见豆的重要性。

今天，豆的种类繁多，分为大豆、小豆、胡豆、芸豆、黑豆、白豆、红豆等。此外，先人还发明了举世闻名的豆腐，相关豆类食物更是不胜枚举。

唐代自然少不了豆的身影，我却只找到与之相关的四首诗。

王绩《秋夜喜遇王处士》："北场芸藿罢，东皋刈黍归。"

杜甫《自京赴奉先县咏怀五百字》："葵藿倾太阳，物性固难夺。"

元稹《遣悲怀三首》其一："野蔬充膳甘长藿，落叶添薪仰古槐。"

贯休《春晚书山家屋壁二首》："山翁留我宿又宿，笑指西坡瓜豆熟。"

王绩有"竹林七贤"之好，诗中常带"采菊东篱下"的悠然，只不过他的闲情逸致在锄地上，北边耕耘豆子地，东边割黍子，正是标准的田园生活。

杜甫的诗是一首长诗，一共五百字，千古名句"朱门酒肉臭，路有冻死骨"就出自此篇。"葵藿倾太阳，物性固难夺"是说，杜甫忠君爱国，想为国效力的愿望就像冬葵、豆叶向着太阳生长一样，是物的本性，这种说法符合杜甫一贯忧国忧民的思想。以他关心民生疾苦的本性，以"葵藿"这样接地气的植物比喻很恰当。

元稹，这首写给妻子的悼亡诗很有名，清代蘅塘退士说此诗："古今悼亡诗充栋，终无能出此三首范围者。"出身官宦之家的妻子跟着元稹过的是艰苦的生活，吃的是野菜，豆叶对于她都是甘美的，做饭用的柴草是老槐树上落下的枝叶。当丈夫没有衣服穿，妻子翻箱倒柜搜寻，他要喝酒，又没钱，妻子就拔下金钗为他沽酒。可惜的是，这样一位贤妻年仅二十七岁就亡故了，岂不让人痛断肝肠。

贯休是晚唐诗人，也是僧人。他的诗极少空寂的"佛味"，反倒纯朴自然，

有田园风格，这首写豆的诗就是这样。蚕娘在河边漂洗蚕茧，牧童吹着笛子和衣沐浴，山里的老汉反复留我住宿，笑说西坡上的瓜豆都成熟了，真是五谷丰登的好时节。

这哪里像僧人的诗，分明比陶渊明"悠然见南山"的情致更殷实可喜。

这样的"豆"多好，不要"煮豆燃豆萁""野蔬充膳甘长藿"，也不要"葵藿倾太阳"，只要"笑指西坡瓜豆熟"或"北场芸藿罢，东皋刈黍归"。

# 黍　子

## 黄鸡啄黍秋正肥

黍子曾是先人最重要的粮食作物，五谷中就有黍子，其历史久远，可以追溯到上古。现在黍子已经是可有可无的粗粮，只是作为口味上的调剂品。现在的主食是三谷，即大米、小麦、玉米。

黍子在《诗经》时代可是正经的主食，提到十余次之多，遍及风、雅、颂，这是其他植物或者农作物所没有的待遇。

来感受一下这首《鲁颂·閟宫》："黍稷重穋，稙稺菽麦。奄有下土，俾民稼穑。有稷有黍，有稻有秬。"

说明黍子在过去就有栽培，史前时代是黄河流域居民的主食。甲骨文就有关于黍的记载，最早的酒就是殷商人用黍酿造的。南北朝时期，我国最早的农学著作《齐民要术》就把"黍稷"列为谷类的首章，可见其重要性，直到唐宋时期都是国人的主食。

唐诗中写到黍子自然不用感到奇怪，倒是奇怪写得并不多，比《诗经》中少多了。想想也不难理解，《诗经》多来自民间，老百姓自然关心农稼，唐诗多来自知识分子，他们也关心农稼，但更关注"修齐治平"，即使农稼，也不屑入诗。

我找到了九篇，分列如下：

王绩《秋夜喜遇王处士》："北场芸藿罢，东皋刈黍归。"

王维《积雨辋川庄作》："积雨空林烟火迟，蒸藜炊黍饷东菑。"

杜甫《羌村三首》："赖知禾黍收，已觉糟床注"和"莫辞酒味薄，黍地无人耕。"

元稹《连昌宫词》："燮理阴阳禾黍丰，调和中外无兵戎。"

许浑《金陵怀古》："松楸远近千官冢，禾黍高低六代宫。"

许浑《登洛阳故城》："禾黍离离半野蒿，昔人城此岂知劳？"

韦庄《秦妇吟》："小姑惯织褐紬袍，中妇能炊红黍饭。"

贯休《春晚书山家屋壁二首》："柴门寂寂黍饭馨，山家烟火春雨晴。"

再有就是李白的《南陵别儿童入京》和张籍的《牧童词》。

<h2 style="text-align:center">南陵别儿童入京</h2>

李白

白酒新熟山中归，黄鸡啄黍秋正肥。

呼童烹鸡酌白酒，儿女嬉笑牵人衣。

高歌取醉欲自慰，起舞落日争光辉。

游说万乘苦不早，著鞭跨马涉远道。

会稽愚妇轻买臣，余亦辞家西入秦。

仰天大笑出门去，我辈岂是蓬蒿人。

写这首诗时正是李白最得意的时候，因为唐玄宗召他入京，他自以为政治抱负就此可以实现，又是喝酒，又是唱歌，又是舞蹈，不亦乐乎，自负地说出"仰天大笑出门去，我辈岂是蓬蒿人"的狂语。当然，他失望了，那是后话，此时他是高兴的，连那黄鸡啄食的黍子也注意到了，因为此时"秋正肥"，他的喜悦也是"肥"的，黄鸡和黍子都一定是"肥"的。

## 牧童词

### 张籍

远牧牛，绕村四面禾黍稠。

陂中饥鸟啄牛背，令我不得戏垄头。

入陂草多牛散行，白犊时向芦中鸣。

隔堤吹叶应同伴，还鼓长鞭三四声。

牛牛食草莫相触，官家截尔头上角。

张籍和白居易是同时代的人。安史之乱后，大唐已经从极盛走向衰败，这首诗就写于此时。

前四句就是美美的田园牧歌图，牧童放牛，四周都是稠密的禾黍苗。怕牛儿吃了庄稼，牧童把牛赶到山坡上，牛儿自在吃草，牧童回应对面山坡其他牧童的吹笛声。一切都是静谧美好的。然而，牧童却跟牛儿说好好吃草，不要互相用牛角打斗，否则官府就会把你们的牛角截去。

官府会截牛角是有典故的。北魏时期，万州刺史因需要润滑车轮的角脂，就派人四处截取民间的牛角，吓得百姓都不敢放牛了。

安史之乱之后，看似岁月依旧静好，禾黍也长得旺盛，如果没有意外，一定是个丰收年，但当下要担心的是官府，官府是会"截牛角"的，其中深意读者自行体会。

# 田字草

## 晴光转绿蘋

　　田字草是苹科苹属多年生挺水蕨类植物，有细长的叶柄，柄上长有四个叶片，排成"十"字状，形状像汉字"田"，所以称田字草或十字草，以及四叶草、破铜钱草等。

　　田字草长在池塘、稻田等浅水中，南方各省都有，北方少见。田字草可以吃，《本草纲目》把它视为清热解毒、利尿消肿的良药。

　　别看田字草不起眼，从前的名头可不小。《诗经》时代就有记载，但那时它被称为"蘋"。

　　《召南·采蘋》："于以采蘋？南涧之滨。"在哪里采蘋呢？在那边的涧水中。采来的蘋是用来祭祀的。

　　《左传·隐公三年》中载："苟有明信，涧溪沼沚之毛，蘋蘩蕴藻之菜，筐筥锜釜之器，潢污行潦之水，可荐于鬼神，可羞于王公。"除了用于祭祀，蘋也可作为蔬菜食用。

　　一千多年过去了，长到唐朝的田字草有什么变化吗？你还别说，它在唐诗里出现得不算少，很多诗人都写到它，但没有一首提到用来祭祀的，所谓此一时彼一时也。

　　先看杜审言的田字草。

### 和晋陵陆丞早春游望

独有宦游人，偏惊物候新。

云霞出海曙，梅柳渡江春。

淑气催黄鸟，晴光转绿蘋。

忽闻歌古调，归思欲沾巾。

　　杜审言的仕途乏善可陈，中进士后当不大的官，后来和张易之兄弟交往，被贬当时的峰州即现在的越南某地。让人欣慰的是，作为杜甫的祖父，杜审言的文采还是很亮眼的，他在江南当小官时和友人的诗，是中华文化不可或缺的瑰宝。

只有在外做官的人才会对节气的变化敏感。正是早春时节，旭日东升，云霞灿烂，江南的梅花、柳树该开的开，该吐芽的吐芽。黄莺开始鸣唱，水中的田字草因为阳光照耀更加鲜绿。在这样的"春和景明"时分，却因听到老友吟唱的古调，不由勾起归乡的思绪，泪水忍不住打湿衣襟。

杜审言的言外之意，江南再好也不如我的家乡好，我想回家。

再看看其孙杜甫笔下的田字草。

### 清明二首（其二）

此身飘泊苦西东，右臂偏枯半耳聋。

寂寂系舟双下泪，悠悠伏枕左书空。

十年蹴踘将雏远，万里秋千习俗同。

旅雁上云归紫塞，家人钻火用青枫。

秦城楼阁烟花里，汉主山河锦绣中。

风水春来洞庭阔，白蘋愁杀白头翁。

写此诗时，遭贬谪的杜甫已进入晚年。想到一生的坎坷，诗人不禁双泪横流。十年了，离京城越来越远，不变的唯有清明的习俗。大雁飞回北方的家园，家人依风俗用青枫钻火。京城里一定繁花似锦，那江山该是锦绣一片。洞庭湖春水涟漪，望到铺满湖水的田字草，我这白头翁却满怀愁绪，我知道我再也回不去了。

看了杜甫的诗，心情顿时沉重下来，田字草也沾染了他的愁。

还是找一首快乐的写田字草的唐诗吧。正好有一首于鹄的《江南曲》：

偶向江边采白蘋，还随女伴赛江神。

众中不敢分明语，暗掷金钱卜远人。

于鹄生性散淡，诗也写得散淡疏放。

一位江南女子偶尔在江边采田字草，心不在焉地陪着女伴看民间的游乐节目。大家在一起欢笑嬉闹，女子却不敢说出自己的心事，而是躲在一旁抛掷铜钱，卜一卜心上人多会能回来。

诗人写得富有情趣，小儿女的形态尽在诗中，那可采可不采的田字草也很放松地长在江边，不必承担它不能承受之重。这样甚好。

# 藜

## 园庐但蒿藜

藜是藜科藜属一年生草本植物，很多人不知道藜到底是什么植物，但大部分人都知道灰条、灰灰菜。这就是"野火烧不尽，春风吹又生"的野草，只要有土地，就能看到它的身影。

藜是可以入药的草，可以清热、泻火、通便、解毒利湿、杀虫等。

过去，灰条是很重要的救荒野菜。人们衣食无忧之后，灰条又是鸡鸭的美食，再后来，花样百出的蔬菜也难以满足现代人的口腹之欲，灰条再一次回到人们的餐桌上，被当作"野味"尝鲜。

灰条是最好做的野菜，最简单的做法就是用水焯，咸盐调，淋点油，加点蒜，口味重的话再调点醋。至于炒食、蒸包子，自由发挥就好了。它们是纯天然蔬菜。

灰条的历史很久远。《诗经》中灰条称为"莱"，表示草木茂盛。比如《小雅·南山有台》："南山有台，北山有莱。乐只君子，邦家之基。乐只君子，万寿无期。"南山有莎草，北山有藜草，赞美这位君子，是国家的基石，祝愿君子，万寿无疆。此时的灰条让人联想到人才济济。

但它要是和庄稼长在一起，就是要去除的杂草。比如《小雅·十月之交》："抑此皇父，岂曰不时？胡为我作，不即我谋？彻我墙屋，田卒污莱。曰予不戕，礼则然矣。"其中"田卒污莱"的"莱"就是荒地杂草，可见，莱本是杂草。就看你以什么眼光看它了，千万年来它就是按自己的本性生长的。

唐诗中，一定少不了藜。

宋之问的《早发始兴江口虚氏村作》提到藜："何当首归路，行剪故园莱。"在他的故园，莱是杂草，是要修剪的。王维的《积雨辋川庄作》也提到藜："积雨空林烟火迟，蒸藜炊黍饷东菑。"藜是被当作菜吃的。

再说一下杜甫的藜。

### 无家别

寂寞天宝后，园庐但蒿藜。

我里百余家，世乱各东西。

存者无消息，死者为尘泥。

贱子因阵败，归来寻旧蹊。

人行见空巷，日瘦气惨凄。

但对狐与狸，竖毛怒我啼。

四邻何所有，一二老寡妻。（节选）

《无家别》是杜甫"三别"（另"二别"是《新婚别》《垂老别》）之一，写一名单身汉再一次被征当兵，无人送别，也无人可以告别，尽显一种无归属的悲哀。

盛唐已经不再，天保年后，家园荒芜，田地里只见蒿草和灰条。家乡原本百余户的人家，因为战乱而各奔东西。活着的没有音讯，死了的已经归于尘土。我一个小兵因为邺城兵败，逃回家乡。回到家乡走了很久，杳无人迹，只有空街留我孤影。再看那日头，竟是黯淡无光。我能看见的居然是该藏匿行踪的狐狸，它不躲着我，还冲我咆哮，好像这里成了它的家园。我那街坊四邻呢？他们哪里去了？左寻右找，只见零星年老寡妇。

这是何等悲惨、悲凉、悲愤！藜这样的杂草已经长满家园，那还是家吗？狐狸居然敢在家园里冲我吼叫，这还是家吗？满目凄凉，怎能不泪沾巾？

# 女 萝

## 湘水上女萝衣

女萝的学名叫松萝，是地衣门松萝科松萝属附生植物。因为外形特别，它有很多很形象的别称，如龙须草、金钱草、关公须、天蓬草、树挂、松毛、海风藤、金丝藤、云雾草、老君须、过山龙等。

女萝作为附生植物，常攀附在松树上生长，也叫松萝，远望犹如条条绳索下垂，是藻类和真菌的共生体。

女萝存在的历史很长，现在就请它"闪亮登场"，我们一起体会一下数千年前的它。

### 小雅·頍弁

有頍者弁，实维伊何？尔酒既旨，尔肴既嘉。岂伊异人？兄弟匪他。茑与女萝，施于松柏。未见君子，忧心奕奕；既见君子，庶几说怿。

鹿皮礼帽真漂亮，为何将它戴头顶？你的酒浆都甘醇，你的肴馔是珍品。来的哪里有外人，都是兄弟非别人。茑和女萝蔓儿长，依附松柏悄攀缘。未曾见到君子面，忧心忡忡神不安。如今见到君子面，荣幸相聚真喜欢。

这是一首描写贵族兄弟相聚的宴饮诗，主人请他的兄弟、姻亲来宴饮作乐，赴宴者赋诗以表心意。客人是"茑与女萝",主人是"松柏",所以,我们还是要仰仗你,"施于松柏",表示对这位主人的攀附。

看来,我们的先祖早就看出女萝之于松柏是一种依附关系,这种依附关系在此诗中是一种仰慕的状态。

《楚辞》记录了南方的女萝:

### 九歌·山鬼
若有人兮山之阿,被薜荔兮带女萝。

既含睇兮又宜笑,子慕予兮善窈窕。

好像有人从山的弯处经过,那是我身披薜荔腰间系着松萝。含情脉脉巧笑倩兮,你爱慕我的姿态窈窕婀娜。

这是我没意想到的,松萝居然表示的是美丽山鬼腰间的腰带,却也在情理之中,更符合松萝似绳索的本来面目。

大唐诗人写到女萝的作品真不少,就选两首感受一下吧。

### 白云歌送刘十六归山
楚山秦山皆白云,白云处处长随君。

长随君,君入楚山里,云亦随君渡湘水。

湘水上,女萝衣,白云堪卧君早归。

这是李白还在长安，送友人归隐湖南时写的诗。

用白云作歌是有缘由的。南朝时，齐高帝萧道成问归隐山中的陶弘景："山中何所有？"陶弘景答："山中何所有？岭上多白云。只可自怡悦，不堪持赠君。"自此，白云就和归隐挂上了钩，李白的"白云"一定脱胎于此。

南北到处有白云，高洁的白云伴随你。你去楚地，白云也跟你渡湘水。你看到了吗？湘水上，屈子的美丽山鬼披着女萝衣迎接你。那山鬼喜欢爱慕洁身自好的君子，那你就早早过去。高卧白云，何等潇洒飘逸。

李白化用屈子的"女萝"，来表明自己的心迹。终于有一天，李白在长安待不住了，从此浪迹天涯，高卧白云。

诗仙李白浪漫写女萝，诗圣杜甫现实写女萝。

## 佳人

绝代有佳人，幽居在空谷。

自云良家子，零落依草木。

关中昔丧败，兄弟遭杀戮。

官高何足论，不得收骨肉。

世情恶衰歇，万事随转烛。

夫婿轻薄儿，新人已如玉。

合昏尚知时，鸳鸯不独宿。

但见新人笑，那闻旧人哭。

在山泉水清，出山泉水浊。

侍婢卖珠回，牵萝补茅屋。

摘花不插发，采柏动盈掬。

天寒翠袖薄，日暮倚修竹。

诗文略长一些，但值得一看。

幽静的山谷，有一位绝代佳人居住。她本是良家女子，家道沦落才到此与草木为伴。其实女子家曾经是高官。但是社会动荡，兄弟都被杀死，她连尸骨都不能收取，所谓的高官此时有什么用呢？

自家道中落，马上就体会到世态炎凉，丈夫抛弃了我，另娶新欢。"但见新人笑，那闻旧人哭。"山中泉水清，出山泉水浊。世道就是如此。我只好来到这里，那侍女刚刚变卖了首饰回来，扯了些藤萝（女萝）修补茅屋。采花不是为了戴，采的柏子已经满满一大捧。天气已经转寒，那绝世佳人的衣衫单薄，落日余晖，她依着修竹想心事。

此诗读来令人唏嘘感叹，这样的"佳人"不当也罢。修补茅屋的"萝"真的能抵挡风寒吗？山鬼的女萝衣是美丽浪漫的想象，但这时的佳人需要的是一间温暖的茅屋。但愿女萝能带去一丝温暖，温暖一下饱受世态炎凉折磨的绝世佳人。

从李白和杜甫笔下的女萝，就可看出他们的意趣方向不同。

猛然间有了一种无力感，可能是受了杜甫的影响，依然能感到那份穿越千年而来的薄凉。世情没变，女萝也没变。

# 郁 金

## 兰陵美酒郁金香

郁金就是姜黄，是姜科姜黄属草本植物，也叫宝鼎香、毫命。它是南方植物，比我们常见的生姜高大苗壮，花开得也好看。

郁金的历史很悠久，我只是奇怪它很少在《诗经》里出现。

郁金那时被称为"鬯"，是做酒用的。《礼记·郊特牲》记载："周人尚臭（嗅），惯用鬯臭（嗅），郁合鬯臭（嗅），阴达于渊泉。"周人最讲究味道，惯用郁金这种有香味的植物入酒。郁金做的酒称为"黄流"，《大雅·旱麓》中有："瑟彼玉瓒，黄流在中。"这种美酒装在玉壶中。

《大雅·江汉》是一首记叙召伯平淮夷，受周王赏赐的诗，赞扬了宣王命召虎平淮夷的武功。后半首写宣王与召虎的对答之词，君臣嘉勉颂扬，其中提到用"鬯"做的酒，就是郁金。

**大雅·江汉**

釐尔圭瓒，秬鬯一卣。告于文人，锡山土田。于周受命，自召祖命，虎拜稽首：天子万年！（节选）

赐你圭瓒以玉为柄，黑黍香酒再赐一卣。禀告文德昭著先祖，还要赐你山川田畴。去到岐周进行册封，援例康公仪式如旧。下臣召虎叩头伏地：大周天子万年长寿！

郁金在今天更多是指姜黄，是晋南人"过事"（婚丧嫁娶等称为过事）时馒头中的黄色。好看，也好吃，有一种特殊的清香。姜黄还是时下年轻人吃的咖喱饭中的黄色，让人跃跃欲试。

到了唐朝，郁金是什么样子呢？唐诗中说得不多，初唐的沈佺期在《独不见》中提到郁金：

卢家少妇郁金堂，海燕双栖玳瑁梁。
九月寒砧催木叶，十年征戍忆辽阳。
白狼河北音书断，丹凤城南秋夜长。
谁为含愁独不见，更教明月照流黄。

沈佺期是中唐人，深得武则天赏识。他的这首诗曾被定为"唐人七律第一"，可见其优秀程度。

卢家的少妇居住在以郁金浸酒和泥涂壁的房子里，海燕成双成对栖息在用玳瑁装饰的梁上，屋宇何等豪华。此时已入深秋，捣衣的声音阵阵传来，惊动了树叶纷纷落下，让人不禁思念已经十年未归的远征的丈夫。那地方的音书早已断绝，在京城的少妇寂寞寒冷，只感觉夜更长更难熬。我为思念亲人而忧愁，却始终不能相见。明月照在帷帐上，让我的思念更深一层。

涂抹郁金泥的墙就跟涂抹花椒泥的墙一样，是奢华的象征。想当年，"金屋藏娇"的陈皇后就住在椒房，即便如此奢华，也没有阻断她被废的命运。卢家少妇住的郁金房，就算香气袭人，也挡不住深闺寂寞，挡不住对远征十年丈夫的思念，寂寞更甚。

这样的郁金堂，不住也罢，远不敌"老婆孩子热炕头"的简朴生活。

除此之外，还有李白的郁金。

**客中作**

兰陵美酒郁金香，玉碗盛来琥珀光。

但使主人能醉客，不知何处是他乡。

兰陵的美酒是用喷香的郁金做的，用玉碗来盛放，闪烁着琥珀色的光泽，看起来就令人陶醉。我虽然客居此地，但主人的盛情款待让我深深陶醉，酒至酣处，不知何处是故乡。

这就是李白，恣肆随意，快活随性，郁金做的美酒愈发令人陶醉了。这样的美酒古已有之，可以"斗酒诗百篇"，真是好酒、好诗、好人啊！

# 荷

## 荷风送香气

荷花是睡莲科莲属多年生水生草本植物，别名有很多，比如莲花、水芙蓉、藕花、芙蕖、水芝、水华、泽芝等。荷的栽培历史很悠久，堪称植物花卉的代表形象，历代入诗入画之作不计其数。比如：

**陈风·泽陂**

彼泽之陂，有蒲与荷。有美一人，伤如之何？寤寐无为，涕泗滂沱。

在那池塘边，生长着蒲草和荷花。有一位英俊的小伙子，我能把他怎么样呢？一天到晚什么也干不成，思念到泪如雨下。

那位姑娘深深地爱上了"有美一人"，爱到"寤寐无为，涕泗滂沱"。她眼中只有池塘边的荷花、蒲草，那样美好芳香，但只有她心中"硕大且卷"的美男子才能相配。

荷花在那久远的时代代表着美、相思与芳香，"硕大且俨"。

说到这儿，就不能不提曹植的《芙蓉赋》，他把荷的美丽拔到了登峰造极的高度："其始荣也，皎若夜光寻扶桑；其杨晖也，晃若九阳出旸谷。芙蓉蹇产，菡萏星属。丝条垂珠，丹荣吐绿。焜焜韦华，烂若龙烛。观者终朝，情犹未足。"还有宋代周敦颐的《爱莲说》，后世无可超越："出淤泥而不染，濯清涟而不妖，中通外直。不蔓不枝，香远益清，亭亭净植，可远观而不可亵玩焉。"

我个人最喜欢的还是宋人杨万里笔下的荷。比如《晓出净慈寺送林子方》：

毕竟西湖六月中，风光不与四时同。

接天莲叶无穷碧，映日荷花别样红。

还有他的《小池》：

泉眼无声惜细流，树阴照水爱晴柔。

小荷才露尖尖角，早有蜻蜓立上头。

接下来，让我们一起感受一下唐诗中的荷。

## 夏日南亭怀辛大

### 孟浩然

山光忽西落，池月渐东上。

散发乘夕凉，开轩卧闲敞。

荷风送香气，竹露滴清响。

欲取鸣琴弹，恨无知音赏。

感此怀故人，中宵劳梦想。

孟浩然在夏日乘凉的时候，想起了朋友辛大。

夕阳西下，明月东升，映在池中。打开窗子，松开发髻，清净闲躺。此时，清风送来阵阵荷花香，还能听到竹叶上的露珠轻轻落下的声响。如此美景，让我不由得想弹琴助兴。猛然间，又想起没有知音共赏，便念起我的老朋友、老知音辛大。他若在我身旁，这个夏夜的美好之处便可与人共享，而现在的我，只能希冀夜里梦到他，如此而已。

淡而清远，但没有悲伤，毕竟"荷风送香气，竹露滴清响"已经无比美好。再看储光羲的《钓鱼湾》：

垂钓绿湾春，春深杏花乱。

潭清疑水浅，荷动知鱼散。

日暮待情人，维舟绿杨岸。

储光羲是开元进士，安史之乱时被迫任职，平乱后被贬，死在岭南。他的诗多具田园风格和闲适情调。此诗就是一首富有淡淡意蕴的情诗。

一个小伙子在垂钓，正值暮春，杏花已经开始纷纷飘落。他心不在焉地看着清澈的潭水。以为是水浅，但水中的荷叶在动。这下，他才知道鱼已经游走了。其实他哪里是在钓鱼，他其实是在等心上人。

这个场景如此美好，就像一幅清新、淡雅的水墨画，我就是被"荷动知鱼散"打动了，倒是不在乎小伙子等没等来心上人。这样的荷有趣。

接着看皇甫松的《采莲子》：

船动湖光滟滟秋，

贪看年少信船流。

无端隔水抛莲子，

遥被人知半日羞。

这个皇甫松对于当代人来说实在没什么名气，但这首《采莲子》实在是动人，对年轻女子"怀春"的描写尤为出彩。

正值秋高气爽，湖面上水光激滟，采莲的女子在船中，随船而动。不远处有一位英俊少年，吸引了女子的目光，让她忘了掌舵，任由船儿游走。然而，那英俊少年居然没有注意到她，她情急之下，把手中采来的莲子径直抛向那少年。远处的人看到她的大胆举动，让她不禁娇羞，半日没缓过神来。

刚才是男子假装钓鱼等心上人，现在是少女怀春调戏少男，都在有荷的水中，漾出红尘的气息，却有"清水出芙蓉"的感觉。真的太美妙了，这样的荷怎不叫人心动？

原本在这里收笔就好，但我总想再找一些不一样的荷。恰好，遇到李商隐。

### 宿骆氏亭寄怀崔雍崔衮

竹坞无尘水槛清，相思迢递隔重城。

秋阴不散霜飞晚，留得枯荷听雨声。

崔雍、崔衮是李商隐的从表兄弟，他在崔家住过，和两兄弟很有感情，便写下了这首小诗。

秋天，我寄住在骆氏亭中，这里竹林环绕、水静无声、清净幽雅，更让人想念起昔日的兄弟。天气转阴，霜该来但还没来，只有满塘的枯荷还在。下雨了，我就听听秋雨打在枯荷上的声音吧，萧瑟、凄凉，但有一种符合我现在心境的美。

不过现在夏日，正是"接天莲叶无穷碧"，我还是到荷塘看看"映日荷花别样红"的样子。

# 兰

## 兰叶春葳蕤

　　此篇说的兰为中国兰，自然是本土兰花，属兰科蕙兰属，大致分为蕙兰、春兰、建兰、寒兰、墨兰五大类。兰在中国人的眼里具有崇高的地位，是洁身自好、高尚品德、谦谦君子的象征。

　　兰的这些标配和屈原的影响有很大关系，尽管屈原的兰不止一种，泽兰也是兰，但后来兰的地位逐日上升，人们就把很多品质集中到好看好闻的兰身上，有了"花中君子"的说法。

　　先看《孔子家语》中的兰："芝兰生于深谷，不以无人而不芳；君子修道立德，不以困穷而改节。故曰：与善人居，如入芝兰之室，久而不闻其香，即与之化矣；与不善人居，如入鲍鱼之肆，久而不闻其臭，亦与之化矣。丹之所藏者赤，漆之所藏者黑，是以君子必慎其所处者焉。又曰：不以无人而不芳，不因清寒而萎琐；气若兰兮长不改，心若兰兮终不移。"

　　《周易》也提到了兰："同心之言，其嗅如兰。"

　　《楚辞》中也提到兰多达三十余次。屈原是"兰花发烧友"，成语"春兰秋菊"就是从他的《九歌·礼魂》中提炼而来。

　　《九歌·礼魂》："成礼兮会鼓，传芭兮代舞；姱女倡兮容与；春兰兮秋菊，长无绝兮终古。"祭祀礼成啊鼓乐和鸣，香花传递啊纷纷起舞，美女高唱啊仪态从容。春天祭祀以兰花啊秋天祭祀以菊花，长久没有终止啊直到永远。

兰再次迎来鼎盛时期是在宋代。罗愿的《尔雅翼》有"兰之叶如莎，首春则发。花甚芳香，大抵生于森林之中，微风过之，其香蔼然达于外，故曰芷兰。江南兰只在春劳，荆楚及闽中者秋夏再芳"。此间诞生了中国最早的兰花专著《金漳兰谱》。

在唐代，没有什么可以超越牡丹的地位，兰作为"幽兰"存在，默默散发着亘古不变的幽香。

先来看张九龄《感遇十二首》其一：

> 兰叶春葳蕤，桂华秋皎洁。
>
> 欣欣此生意，自尔为佳节。
>
> 谁知林栖者，闻风坐相悦。
>
> 草木有本心，何求美人折？

这组诗是张九龄遭贬谪之后写下的一系列感遇，提到兰叶的是第一首。前两句应该是托化于屈原《九歌·礼魂》之"春兰兮秋菊，长无绝兮终古"，不过是把秋菊换成了桂花。

春兰茂盛，秋桂飘香。它们欣欣向荣，各有自己绽放的美好季节。林中的美女看到它们的美好非常喜悦，想要攀折，但是且慢，草木自有它的本性，不是为了取悦美人才芳华绝代的。

张九龄以春兰自比，表明自己的节操，他只是在尽自己的本分，不是为了博取他人的欢心，这也正是兰的本色。

陈了昂也在自己的感遇中提到兰：

### 感遇三十八首（其二）

> 兰若生春夏，芊蔚何青青。
>
> 幽独空林色，朱蕤冒紫茎。
>
> 迟迟白日晚，袅袅秋风生。
>
> 岁华尽摇落，芳意竟何成。

陈子昂在感慨身世、感叹时政，有不得不"独怆然而涕下"的无奈。

他的兰、杜若就脱胎于屈原的"香草论"，兰、杜若都是《楚辞》中典型的香草。陈子昂借题发挥，前四句夸兰、杜若的美好，后四句急转直下，秋天到了，秋风起了，吹落一世繁华，孤芳自赏的兰和杜若陨落了。陈子昂正是在不甘中陨落的，他的感遇竟成谶语。

再看李贺的兰——《金铜仙人辞汉歌》：

> 茂陵刘郎秋风客，夜闻马嘶晓无迹。
> 画栏桂树悬秋香，三十六宫土花碧。
> 魏官牵车指千里，东关酸风射眸子。
> 空将汉月出宫门，忆君清泪如铅水。
> 衰兰送客咸阳道，天若有情天亦老。
> 携盘独出月荒凉，渭城已远波声小。

金铜仙人是汉武帝求长生不老专门兴建的雄伟道具，但是曹操之孙魏明帝想要将其搬到自己的殿前，但金铜仙人太重，终究没有搬过来。李贺就根据这段历史演绎了自己预感将要灭国的感叹。

前四句写出汉武帝的昔日威风，也写出他身后的落寞。此时将金人搬走，金人感慨曾经的繁华和如今的衰败，不由滴下铅泪。已经由盛而衰的兰花目送金人的离去，感叹声也渐渐远去，这真是悲凉的场景。

盛世大唐就在李贺"衰兰"的寓意下于九十年后消亡，让人扼腕叹息。

# 荠　菜

## 天边树若荠

荠菜是十字花科荠菜属的一二年生草本植物，在北方人眼里就是杂草，只要有草的地方，荠菜就可以自在地生长，而且不怕踩踏清除，但凡有水，它就又蓬勃生长起来，豪迈而无所畏惧。

这样野性微贱的荠菜自古就能吃，在古代是"其甘如荠"的美味。《诗经》

中就提到荠菜。

## 邶风·谷风

行道迟迟，中心有违。不远伊迩，薄送我畿。谁谓荼苦？其甘如荠。宴尔新昏，如兄如弟。

我步履沉重走在路上，内心满是委屈。连很近的一段路你都不愿意送，只送我到房门口。谁说苦菜味最苦，比起我的痛苦来，它比荠菜还要甜。你们新婚多快乐，如亲兄亲妹一般。

其中的荠菜之甜对比出了苦菜之苦。说到"其甘如荠"，也很有现实意义。现代人的饮食状况堪忧，已经到了"脑满肠肥""膏粱厚味"的情况，偶尔吃一吃路边不起眼的荠菜，体会一下农耕时代"舌尖上的美味"，不失为一种时髦解腻的好办法。

荠菜在不同的地方有不同的名字，比如扁锅铲菜、地丁菜、地菜、荠、靡草、花花菜、护生草、羊菜、鸡心菜、净肠草、菱角菜、清明菜、香田芥、枕头草、地米菜、鸡脚菜、假水菜、地地菜、烟盒草、西西、山萝卜苗、百花头、俞菜、辣菜等。

但在我眼里，荠菜就是春天和麦苗一起返青的报春草。万物还在苏醒，荠菜已经在开白色的小花，你能注意到它，是因为此时还没有"万紫千红总是春"。当"千树万树梨花开"的时候，荠菜已经结子了，是一个个小小的扁三角，认真听，它们细碎地碰撞着，发出细小清脆像风铃一样的声音。

当然，如果把荠菜当作野味蔬菜，用来包饺子再好不过了。但陆游认为："有食荠糁甚美，盖蜀人所谓东坡羹也。"意思是说，吃货苏东坡用荠菜做的羹叫东坡羹或翡翠羹，那才美味。《尔雅翼》中说："荠之为菜最甘，故称其甘如荠。"不管怎么说，荠菜在农耕时代是享有盛誉的。

那么，我们来到唐朝看看。孟浩然在《秋登兰山寄张五》中提到荠菜：

<blockquote>
北山白云里，隐者自怡悦。

相望始登高，心随雁飞灭。

愁因薄暮起，兴是清秋发。

时见归村人，平沙渡头歇。

天边树若荠，江畔洲如月。

何当载酒来，共醉重阳节。
</blockquote>

这是孟浩然写给朋友张子荣的。

我在北山上，周围白云飘飘，朋友乃山中隐者，自在怡然。我想念他，不由登高望向他隐居的地方，望不见朋友，心儿随大雁飞走直到看不见。薄暮来临，无由增加愁绪，但清秋时节，天高云淡，兴致大发。

此时看向山下，村里的农人正在归家路上，三三两两在渡头歇息，看起来安闲自在。再看天边，郁郁葱葱的树木竟小得像荠菜，江边的沙洲也小得像弯弯的月亮。老朋友啊，这样的美景，这样的风致，我们何时能把酒言欢，共醉重阳节啊。

诗写得淡远悠长，让人向往。荠菜不是诗里的主角，但它一定是彼时人们日常生活中的常见植物。孟浩然似乎在不经意间就引它入诗，不着痕迹，又形象生动。

再举个荠菜的例子，有点特别，是高力士写的。高力士是中国历史上最有名的宦官之一，还是巾帼英雄冼夫人第六代孙。武则天就很赏识他，唐玄宗在位期间更是权倾朝野。因为帮助唐玄宗平定韦皇后、太平公主之乱，他深得玄宗信任。玄宗死后，高力士也吐血而亡，陪葬于泰陵，被誉为"千古贤宦第一人"。

还是说说高力士的荠菜诗吧。

**感巫州荠菜**

两京作斤卖，五溪无人采。

夷夏虽有殊，气味都不改。

此诗是高力士被流放到巫州时写的，巫州就是现在的湖南怀化一带。

诗很朴素，没什么特别之处。荠菜在帝都是论斤卖的，但五溪这个地方却没人采摘。此处和京城虽然完全不同，但荠菜的味道一点也没有变。

按照以诗言志的说法，高力士是在表忠心吗？就像荠菜一样，无论在京在夷，"我的心不变"。

没想到小小荠菜竟有如此妙用。在弃妇眼里，"其甘如荠"；在孟浩然眼里，"微不足道"；在高力士眼里，"聊表忠心"。毕竟，荠菜"气味不改"。


# 竹　子

## 竹叶于人既无分

竹子是禾本科竹属多年生木质植物。原产于中国，有二十二个属，两百多种，比较熟悉的品种有：慈竹、斑竹（就是湘妃竹）、楠竹（毛竹）、罗汉竹、凤尾竹等，还有十二时竹、人面竹、孝顺竹、相思竹、梅绿竹等我不熟悉的。

竹子不仅种类多，用处也广泛，能食用，能编织，能盖房，还能入文人的眼，历朝历代写到竹子的诗文不计其数。成语中的竹子就更多了：哀丝豪竹、茂林修竹、品竹调丝、破竹建瓴、青梅竹马、罄竹难书、武昌剩竹、势如破竹、胸有成竹、竹苞松茂、竹报平安、竹马之交等。

比如"胸有成竹"的出处是苏轼的《文与可画筼筜谷偃竹记》："故画竹，必先得成竹于胸中。执笔熟视，乃见其所欲画者，急起从之，振笔直遂，以追其所见。如兔起鹘落，少纵则逝矣。""青梅竹马"的出处是唐朝李白《长干行》："郎骑竹马来，绕床弄青梅。"还有大家不太熟悉的"哀丝豪竹"，出处是杜甫的《醉为马坠诸公携酒相看》："酒肉如山又一时，初筵哀丝动豪竹。""竹报平安"也是从唐人段成式的《酉阳杂俎续集·支植下》中演化来的："北都惟童子寺有竹一窠，才长数尺。相传其寺纲维每日报竹平安。"

再提一下《诗经》中的竹。

《小雅·斯干》："如竹苞矣，如松茂矣。"竹根基牢固，繁荣兴旺，也产生了"竹苞松茂"这一成语，竹文化可谓源远流长。

再来看李白笔下的竹：

### 下终南山过斛斯山人宿置酒

暮从碧山下，山月随人归。

却顾所来径，苍苍横翠微。

相携及田家，童稚开荆扉。

绿竹入幽径，青萝拂行衣。

欢言得所憩，美酒聊共挥。

长歌吟松风，曲尽河星稀。

我醉君复乐，陶然共忘机。

这是李白在终南山遇见斛斯（复姓）山人，在他家留宿并喝酒后写的诗。

暮色中走下终南山，月亮升起，我走它也走。回望来的路，山色青翠欲滴。遇到斛斯山人，他邀我到他家，我也没客气，应邀而来，有孩童忙开柴门，但见他家周围竹林幽静，小路蜿蜒，青萝不时牵扯人的衣裳。在这样安闲的环境，我俩相谈甚欢，再加上美酒相伴，尽情尽兴。喝到高兴处，不由放声高歌，直唱到月明星稀。主人自然高兴，我们都忘记了世俗的狡诈。

竹子的幽静悠然彰显了主人的生活趣味，潇洒的李白加入后，便有了"竹林七贤"的风范。

再看他的《谢公亭》：

谢公离别处，风景每生愁。

客散青天月，山空碧水流。

池花春映日，窗竹夜鸣秋。

今古一相接，长歌怀旧游。

我今日去拜访当年谢朓和范云告别的地方，看到此处的风景不由惆怅，朋友离别，日月还在，空旷的山中碧水仍旧流淌。眼前的亭子依旧风景无限，春天百花开放，秋天竹叶映窗。想过去，看今朝，我豁然开朗，放怀歌唱和谢公的神交。

此诗中的竹子当然显示了谢公的品位和李白对他的推崇。

原本还想再看李白在《访戴天山道士不遇》中的竹子："野竹分青霭，飞泉挂碧峰。"转念一想，难道唐朝再没有不一样的竹子吗？

再看看杜甫的竹子吧。

### 将赴成都草堂途中有作先寄严郑公五首（其四）

常苦沙崩损药栏，也从江槛落风湍。

新松恨不高千尺，恶竹应须斩万竿。

生理只凭黄阁老，衰颜欲付紫金丹。

三年奔走空皮骨，信有人间行路难。

这是杜甫避难之后，在返回成都草堂的路上，写给帮助他渡难关的严郑公的诗。

自离开草堂就担心沙堤崩塌把我的药栏损毁，说不定现在就随江槛落到湍急的江水里了。我那草堂里还有刚种几年的小松树，恨不得它赶紧长成千尺高，但只怕那到处横生的恶竹已经侵占遍地，恨不能把它斩草除根。如今我要

回去了，多亏有严郑公您的帮助，我这副老骨头还可以将养。三年的颠沛流离只剩下空皮囊，此时才相信人间走一遭，那真是行路难啊！

这样的恶竹真是出乎意料，却是真实存在的。

再看他的《九日》：

重阳独酌杯中酒，抱病起登江上台。

竹叶于人既无分，菊花从此不须开。

殊方日落玄猿哭，旧国霜前白雁来。

弟妹萧条各何在，干戈衰谢两相催！

重阳节，杜甫登高，想要喝酒，但因病不能畅饮。既然这竹叶青酒与我已经无缘，那菊花也就从此别开了。晚间猿声凄厉，大雁从心心念念的长安飞来。每逢佳节倍思亲，我那远方的弟妹今何在，战争不断，岁月不停催人衰老。

尽管此诗中的"竹叶"是指竹叶青酒，但是这样别致的竹不是更有意趣吗？

唐诗中的竹再多，总有穷尽，我不想像杜甫那样"恶竹应须斩万竿"，只想"郎骑竹马来，绕床弄青梅"，或者"遥看一处攒云树，近入千家散花竹。"（王维《桃源行》）

# 麻

## 把酒话桑麻

麻有很多种，比如大麻、苘麻、苎麻、亚麻等。大麻是桑科大麻属一年生草本植物；苘麻是锦葵科苘麻属一年生亚灌木草本植物；苎麻是荨麻科苎麻属亚灌木或灌木植物；亚麻是亚麻科亚麻属一年生草本植物。它们有两个共同之处，都是做衣物的材料，都有一个"麻"字；有趣的是，它们居然没有一种是一科一属的植物。除亚麻是20世纪引进品种外，余者都是中国原产。

古诗里讲的麻大多指大麻，它是过去主要的制衣材料。当然，它还可以食用，毒品大麻就是大麻的一种，其中含有大量芳香毒性的树脂，原产于印度。中国产的大麻是纤维大麻，毒性小一些，但吃多了也会"走火入魔"，《神农本草经》就说："多食人见鬼狂走。"大麻的子称为"大麻仁"或"火麻仁"，也是重要的药材，《神农本草经》将其列为上品，主治五劳七伤，并能润燥、滑肠，中成药"麻仁助脾丸"就含有麻子。

还是在《诗经》中体会麻的魅力吧，其中居然有二十余处提到麻，可见麻的重要地位。先说《王风·丘中有麻》："丘中有麻，彼留子嗟。彼留子嗟，将其来施施。"我以为这是爱情诗。山丘上种着大麻，有郎的深情留下。若是能把他留下，就请他过来和我相会。多么大胆直接、言简意赅，似乎"现代"的表达方式，老祖先早就玩过了。

再看一首《陈风·东门之池》："东门之池，可以沤麻。彼美淑姬，可以晤歌。"刚才是女子，现在是男子。东门外有个坡池，可以浣洗麻丝。那位美丽的姬姓姑娘，可以和她把歌对。

多么情深意长，其中的麻都是道具，缠绵悠长，没有尽头。当然也有纠缠不清的麻，比如《齐风·南山》："蓺麻如之何？衡从其亩。取妻如之何？必告父母。既曰告止，曷又鞠止？"农家如何种麻？纵横耕耘田亩。人该如何娶妻？定要拜见父母。既已禀告宗庙，为何又不管教她？

此诗讽刺了齐襄公和他的妹妹文姜，他们行为不轨，关系如一团乱麻。

现在，到唐朝看看吧，那里的麻一定很兴旺。

首先想到的就是孟浩然的"把酒话桑麻"，就从他的麻开始：

### 过故人庄

故人具鸡黍，邀我至田家。

绿树村边合，青山郭外斜。

开轩面场圃，把酒话桑麻。

待到重阳日，还来就菊花。

孟浩然来到老朋友的农家小院吃饭，老朋友用自家的鸡、黍子款待他。这个小院身处绿树环抱的村中，远处青山苍翠，是个环境优美舒适的世外桃源。他们吃到高兴处，打开屋里的窗子，面对的是场院和田园，忍不住打开了话匣子，谈谈桑麻等农事的种种。意犹未尽，就相约好在明年秋高气爽的九月九，还来这里登高望远、菊花插头、把酒桑麻，不亦乐乎！

这个"麻头"开得好。再看一首皎然的《寻陆鸿渐不遇》：

移家虽带郭，野径入桑麻。

近种篱边菊，秋来未著花。

扣门无犬吠，欲去问西家。

报道山中去，归时每日斜。

皎然是个僧人，是南朝宋谢灵运的十世孙，他想拜访的人至今鼎鼎大名，说陆鸿渐大家不知道，说陆羽就尽人皆知。他是《茶经》的作者，后世茶人眼中的"茶圣""茶神"，终身不仕，和皎然是好朋友。

皎然拜访陆羽，陆家搬到郭外，是个远离尘嚣的地方，连路都是"野径"，寻"野径"过去是成片的桑麻地。到了陆羽的院子边，看到篱笆边种着很多菊花，颇有"采菊东篱下"的味道，可惜已经入秋，却没有开花，也没法"菊花插满头"。他敲了敲门，不仅无人应答，连狗叫的声音也没有。不免有些失望，就问陆羽的邻居，邻居说他进山去了，每天都伴着夕阳归来。

好一个逍遥自在的隐士，身上没有一点烟火气。孟浩然和朋友大谈特谈关于桑麻的农事，陆羽却进山修行，桑麻不过是他居住地的伴生物。

离开没有烟火气的桑麻地，看看唐朝的麻还有什么新花样。

武元衡的《赠道者》：

麻衣如雪一枝梅，笑掩微妆入梦来。

若到越溪逢越女，红莲池里白莲开。

武元衡是武则天的侄孙子，当过宰相，因为主张削藩，被节度使李师道刺死。结局很惨，他的这首诗却很隽秀。

诗中的女道士身穿一件雪白的麻衣，就像傲雪的梅花一样美丽，女子娇羞含笑、修饰得当，款款来到我的梦中。她是这样美丽，若是来到越溪，和西施一样的越女相遇，就像是白莲花开在了红莲池里，纯洁无瑕，亭亭玉立，好不让人钦慕。

这样的麻衣，素净、高雅，连我也要倾倒。这样的麻谁不愿意穿呢？

# 大 麦

## 四月南风大麦黄

大麦和小麦都是禾本科一年生草本植物，一个是大麦属，一个是小麦属。大麦还叫牟麦、饭麦、赤膊麦等，与小麦的营养成分近似，但纤维素含量略高。大麦、小麦都是麦，但其地位和影响力不可同日而语。小麦是世界三大谷物之一，全世界都在食用，大麦则不然，只有较少地区的人食用，比如西藏。西藏人民最爱吃的青稞就是一种大麦，叫裸大麦。现在大麦在中原地区主要是用来制作啤酒或者给牲畜食用。

大麦和小麦刚长出来时并不容易区分，结了穗儿就好认了。小麦的芒短，大麦的芒长，果实成熟后，小麦的颖果容易去皮，大麦的则很难去皮。

大麦和小麦的栽培历史悠久。《诗经》中对二者都有提及。那时大麦叫

"牟"，小麦除了叫"麦"，也叫"来"。

《周颂·思文》："贻我来牟，帝命率育，无此疆尔界。陈常于时夏。"

《周颂·臣工》："如何新畬？於皇来牟。"

唐诗中写大麦的不多，代表诗人李颀和杜甫，在"枣树"篇中就是他俩。

先看李颀的《送陈章甫》（节选）：

> 四月南风大麦黄，枣花未落桐叶长。
>
> 青山朝别暮还见，嘶马出门思旧乡。

农历四月大麦已经发黄，丰收在即，枣花已经开放，空气中散发着甜蜜的芳香，桐树叶子长得蓬勃健旺。青山依旧在，早晚都相见，出门的马儿长声嘶鸣似乎能够激发人思乡的情绪。诗人看到自然界的蓬勃，心中豁达通透，所以，能看到成熟的大麦，闻到芳香的枣花。

再看杜甫眼中的大麦：

### 大麦行

> 大麦干枯小麦黄，妇女行泣夫走藏。
>
> 东至集壁西梁洋，问谁腰镰胡与羌。
>
> 岂无蜀兵三千人，部领辛苦江山长。
>
> 安得如鸟有羽翅，托身白云还故乡。

大麦已经成熟，小麦已青黄。妇人边走边哭，丈夫逃跑藏起来。向东跑到集、壁、梁、洋四个州，问谁有来自镰胡与羌插在腰间的镰刀。岂敢没有三千蜀兵，（为了逃命）不怕道路悠长，疲于奔命，故不能及时救护。怎能像鸟儿一样拥有翅膀，安身在白云间返回家乡。

这就是忧国忧民的杜甫，大部分的诗都关乎民生。兵荒马乱之时，大麦和小麦黄了又怎样？人民生活在水深火热中，大麦也就是黄了而已，到不了老百姓的嘴里。

李颀相比较而言，就散淡多了，一样是官场不顺，却选择隐居，任他东南西北风。


# 牡　丹

## 唯有牡丹真国色

牡丹是毛茛科芍药属多年生落叶灌木。今人都知道它是花王，国色天香，其实过去牡丹也有下里巴人的称谓，比如鼠姑、鹿韭、白茸等。

牡丹和芍药历史一样悠久。以前，我常常分不清牡丹和芍药，后来读《神农本草经》发现牡丹和芍药不同的药用价值："牡丹味辛寒，一名鹿韭，一名鼠姑，生山谷。"至于牡丹其名，听听李时珍的解释："牡丹虽结籽而根上生苗，故谓'牡'，其花红故谓'丹'。"到了南北朝，牡丹从野生变为栽培，《太平御览》记载："南朝宋时，永嘉水际竹间多牡丹。"

到了隋代，牡丹的栽培开始扩大，皇家园林、高官显贵都以引种牡丹为荣，唐《海山记》记载："隋帝辟地二百里为西苑，诏天下进花卉，易州进二十箱牡丹，有赫红、飞来红、袁家红、醉颜红、云红、天外红、一拂黄、软条黄、延安黄、先春红、颤风娇……"，那时牡丹就有了相当别致的品种。从种种迹象看，西苑种牡丹和隋炀帝广泛收集民间的奇花异草有关。

到了唐朝，甚至出现了专门种植牡丹的花艺师，柳宗元在《龙城录》中载：

"洛人宋单父，善种牡丹，凡牡丹变易千种，红白斗色，人不能知其术，唐皇李隆基召至骊山，植牡丹万本，色样各不同。"

唐朝种植牡丹，不仅仅因为其国色天香，还因为它具有较高的经济价值。《唐国史补》载："人种以求利，本有值数万者。"但真正让牡丹风靡天下，后世趋之若鹜的还是因为武则天。《事物纪原》载："武后诏游后苑，百花俱开，牡丹独迟，遂贬于洛阳。"

究竟牡丹为什么这么让唐人喜欢，还得听唐人自己说。舒元舆在《牡丹赋》中这样说："我案花品，此花第一。脱落群类，独占春日。其大盈尺，其香满室。叶如翠羽，拥抱栉比。蕊如金屑，妆饰淑质。玫瑰羞死，芍药自失。夭桃敛迹，秾李惭出。踯躅宵溃，木兰潜逸。朱槿灰心，紫薇屈膝，皆让其先，敢怀愤嫉？"牡丹开了，玫瑰得羞死，芍药就失色，桃花不敢艳，李花要退出，杜鹃心有愧，木兰将遁逃，朱槿会灰心，紫薇皆弯腰，哪里敢有愤慨嫉妒的心思。

联想盛唐气象，也只有牡丹与之最相配。别的不说，这样的牡丹唐诗里当然少不了，那就赶紧到唐诗里在牡丹的芳香中沉醉吧。

先列一些我喜欢的写到牡丹的唐诗。

皮日休《牡丹》：

> 落尽残红始吐芳，佳名唤作百花王。
> 竞夸天下无双艳，独立人间第一香。

刘禹锡《赏牡丹》：

> 庭前芍药妖无格，池上芙蕖净少情。
> 唯有牡丹真国色，花开时节动京城。

白居易《牡丹芳》节选：

> 共愁日照芳难驻，仍张帷幕垂阴凉。
> 花开花落二十日，一城之人皆若狂。

李正封《咏牡丹》：

> 国色朝酣酒，天香夜染衣。
> 丹景春醉容，明月问归期。

唐诗咏牡丹的太多了，极赞此花芳华，但到了宋朝就不一样，有一人不喜欢牡丹的"华而不实"，就是王溥的《咏牡丹》：

> 枣花至小能成实，桑叶虽柔解吐丝。
> 堪笑牡丹如斗大，不成一事又空枝。

还是回到唐朝，白居易写的牡丹最多，不能不介绍他的牡丹，就看他的《惜牡丹花》其一：

> 惆怅阶前红牡丹，晚来唯有两枝残。
> 明朝风起应吹尽，夜惜衰红把火看。

阶前开着红牡丹，鲜艳美丽，我却是惆怅的，到了晚间，就只剩下两枝残花，怎不叫人升起伤春悲秋的心绪，心想，要是明天一早风一吹，说不定剩下的两枝也全落了。我不甘心这样的"红颜落尽"，忍不住夜里点起火把看牡丹，把牡丹的芳容深深印在脑海中，我知道，要再看牡丹就到明年了。

白居易真爱牡丹，想要留住牡丹的芳华，知道留不住，不惜夜间点燃火把再一次细细观赏它。

再选一首薛涛的《牡丹》，要知道薛涛可是唐朝屈指可数的女性诗人：

去春零落暮春时，泪湿红笺怨别离。
常恐便同巫峡散，因何重有武陵期？
传情每向馨香得，不语还应彼此知。
只欲栏边安枕席，夜深闲共说相思。

白居易爱牡丹，也不过是秉烛夜赏，而薛涛爱牡丹，则是把花当情人对待。

去年和牡丹告别的时候，是你零落成泥的暮春时节，我难过得泪洒"薛涛笺"，担心像巫山云雨那样没有"后会有期"，为什么还有今朝的"桃花源"再会。你我传情就是你那无比的芳香，你不说话我也知道，我们心心相印。牡丹你来了，我安心了，夜深人静时，我们枕边共话相思。

多么深情款款，这哪里是对花儿，分明是对有情人。但对牡丹花——值！牡丹值，薛涛也值。


# 芦　苇

## 八月寒苇花


芦苇是禾本科芦苇属多年生水生或湿生草本植物，和荻很像，也常常长在一起，它们原本也是表亲，荻是禾本科荻属植物。

只要是有水的地方，没有不长芦苇的。芦苇浑身上下都是宝，芦叶、芦花、芦茎、芦根、芦笋可入药。芦茎、芦根可以造纸，芦茎还可以做成工艺品。芦苇当扫把那简直是浑然天成。当然，城市注重绿化以后，公园的湖边、水塘、河边除了野生的芦苇，都会种植观赏芦苇，以期营造一个"蒹葭苍苍，白露为霜"的意境。

就从《诗经》中的芦苇说起吧，太唯美了。

### 秦风·蒹葭

蒹葭苍苍，白露为霜。所谓伊人，在水一方。

溯洄从之，道阻且长。溯游从之，宛在水中央。

蒹葭凄凄，白露未晞。所谓伊人，在水之湄。

溯洄从之，道阻且跻。溯游从之，宛在水中坻。

蒹葭采采，白露未已。所谓伊人，在水之涘。

溯洄从之，道阻且右。溯游从之，宛在水中沚。

深秋的荻苇和芦苇本已萧瑟，结霜的白露更添了我的惆怅，我思念的那个人儿，远在河的那边。一片深秋的荻苇和芦苇，一地结霜的白露，一位思念那人的有情人，只见河水不见人影的那人。凄清，深情，旷远。

关于芦苇还有一个著名的故事，在《二十四孝》中，说的是孔子七十二贤徒之一闵子骞的事。闵子骞的继母让亲生儿子穿丝绵（春秋时没有棉花）絮的棉袄，却让闵子骞穿完全不能御寒的芦花絮的袄，他却一如既往孝敬继母。后来，"著芦花"一词就成了继父母虐待非亲生子女的代用语。

让我们到大唐看下那时的芦苇吧。

第一个要看的是李颀的《送刘昱》：

八月寒苇花，秋江浪白头。

北风吹五两，谁是浔阳客。

鸬鹚山头微雨晴，扬州郭里暮潮生。

行人夜宿金陵渚，试听沙边有雁声。

李颀是初唐边塞诗人，风格豪放，这是他送友人刘昱的诗作。

八月就是深秋了，芦苇已经是白花花一片，江水随风起浪也白花花一片。北风吹着候风器，似乎是在问谁要出发去浔阳。鸬鹚山刚下了雨，天气已经转晴，在扬州城的暮色中，潮水已经开始长了。朋友刘昱这是要出发了，我是留不住的。但看往来的行人已经住宿，夜间会听到一阵阵雁叫声，那是回家的叫声。

李颀的送别诗没有豪爽，也没有哀愁，就是云淡风轻，苇白浪白，该走的走，该留的留。

再看司空曙的《江村即事》：

> 钓罢归来不系船，江村月落正堪眠。
> 纵然一夜风吹去，只在芦花浅水边。

司空曙写了一名垂钓者，钓了一天鱼，累了，月落时分回家，天气凉快，正好睡觉，懒得系船，任由船儿在水里漂荡。钓鱼者心想，就由那船漂吧，它能漂到哪里去呢？顶多是长着芦花的浅水边。真有情趣，宁静、安闲、随意，正是人间好时光。

再看一首唐末李频的《湘口送友人》：

> 中流欲暮见湘烟，苇岸无穷接楚田。
> 去雁远冲云梦雪，离人独上洞庭船。
> 风波尽日依山转，星汉通霄向水悬。
> 零落梅花过残腊，故园归醉又新年。

又是送友人的诗，明显和李颀的不一样，此诗有离愁，有孤寂。

暮色下的江水笼罩在烟幕中，岸边的芦苇一直延伸到远处。已经在飞雪，

你却要独自离开。洞庭湖烟波浩渺，天上星河璀璨。梅花开始零落，新年就要到了，你要离别，我却不能归去。不免伤感。

这样的离别，无形中增加了芦苇的凄凉色彩。

# 菱

## 菱歌慢慢声

菱是水生植物，像荷一样长在湖泊、荷塘，但是荷北方常见，是夏季北方水生植物中最养眼、最吸引人的植物，但菱不是，北方压根就没有它的身影。

我所知道的菱就是从前的民歌《采红菱》，那是你侬我侬、欢快愉悦的菱。至今都记得那质朴的歌词："我们俩划着船儿采红菱呀采红菱。得呀得郎有心，得呀得妹有情。就好像两角菱从来不分离呀，我俩一条心。"

菱在水生植物中是独具个性的，你可以想象荷、荇菜、慈姑，以为菱该是那样，但是菱就是菱，"凌厉"得很，长着三角形叶不说，居然有锯齿，更诧异的是，菱的果实也很"凌厉"，居然是牛角样的尖锐，外皮居然像坚果壳，不像是从柔顺温柔的水中长出来的。但这种样貌很有个性的菱角，早在周代就是

祭祀用的供品，当然也是食品。

作为北方诗歌的《诗经》自然不会提到菱，但南方诗歌的代表《楚辞》中则少不了它的身影，而且它还有一个听起来很有意思的名称——芰荷。比如《离骚》："制芰荷以为衣兮，集芙蓉以为裳。"用菱叶做成上衣啊，那荷花裁成下裳。我暗自想，荷叶做衣很好理解，三角带锯齿的菱叶做衣好吗？

王维也写过菱，在《青溪》中：

> 言入黄花川，每逐青溪水。
> 随山将万转，趣途无百里。
> 声喧乱石中，色静深松里。
> 漾漾泛菱荇，澄澄映葭苇。
> 我心素已闲，清川澹如此。
> 请留盘石上，垂钓将已矣。

那溪水里不仅有菱和荇菜，还有芦苇、荻等水生植物，我走在有着松林的溪水边，心中淡泊宁静，只有眼前的怡人景色，好不自在。

再看中唐王建的《江馆》：

> 水面细风生，菱歌慢慢声。
> 客亭临小市，灯火夜妆明。

诗人住在临江的一家客店，赏夜景时，感觉到水面细细飘来的凉风，不远处传来唱菱歌的声音。因为客店临着夜市，灯火点点，装扮着夜色，一副岁月静好的模样。

之所以选王建的诗，就是因为里面的"菱歌"，那一定是江南小曲，是《采红菱》吗？"我们俩划着船儿采红菱……"如此热烈奔放的歌词倒也符合盛唐的气质。

再选一首写到菱的诗，就是崔国辅的《小长干曲》：

> 月暗送潮风，相寻路不通。
> 菱歌唱不彻，知在此塘中。

在月色朦胧夜,一位男子到江边找自己心仪的姑娘,走到池塘边,路不通了,只听得"菱歌"声不断。男子仔细辨听,他心爱的姑娘就在那些唱"菱歌"小曲的女子中间,心下好不安慰。

我不由喜悦起来,那种梦回唐朝的、熟悉的喜悦又回来了。

# 荇 菜

## 漾漾泛菱荇

荇菜是龙胆科莕菜属浅水性植物,叶片与睡莲相仿,只不过小一些。开黄色的小花,伴生在荷塘里,和硕大的荷花相映成趣。

历代荇菜入诗的不多,但只一首就让荇菜千古留名,那就是《诗经》的开篇,《周南·关雎》:

> 关关雎鸠,在河之洲。窈窕淑女,君子好逑。
> 参差荇菜,左右流之。窈窕淑女,寤寐求之。
> 求之不得,寤寐思服。悠哉悠哉,辗转反侧。
> 参差荇菜,左右采之。窈窕淑女,琴瑟友之。
> 参差荇菜,左右芼之。窈窕淑女,钟鼓乐之。

我在《芳香诗经》第一篇就写的荇菜,并把荇菜定义为"第一朵爱情花"。此处不妨借用一二。

雎鸠鸟儿在河中的沙洲上鸣唱,苗条美好的姑娘在河边采荇菜,青年男子触景生情爱上姑娘。姑娘没有停歇,在艳阳高照的夏日,穿梭在金黄的荇菜花中,左采右采,男子流连忘返,恨不得自己就是那荇菜,让姑娘采入筐中。但是,男子只是远远看着,日夜思念,辗转反侧,以琴瑟表述钟情,以钟鼓传达爱意。

阳光而美好,健康而优美,这就是远在三千年前的爱情场景,怎不叫人心向往之。令岸边的青年男子怦然心动的一定不仅仅是姑娘，还有那应景的荇菜花吧。后来，荇菜就淹没在诗歌历史的长河中少有踪影。

我们直接跳到唐朝，找到荇菜的身影，就在王维的那首《青溪》中：

言入黄花川，每逐青溪水。

随山将万转，趣途无百里。

声喧乱石中，色静深松里。

漾漾泛菱荇，澄澄映葭苇。

我心素已闲，清川澹如此。

请留盘石上，垂钓将已矣。

王维很喜欢青溪黄花川，多次造访，多次将其入诗。这一次再入黄花川，又一次逐青溪水。在山里游玩转悠，去的就是那不算长的沟壑。溪水撞到乱石上发出轰鸣，林间因为深色的松树而看不到边，动静结合，美不胜收。

再看前边，溪水流过形成池塘，菱角和荇菜随波逐流，芦苇倒影映在水中，我的心早已归隐。不如就学东汉严子陵垂钓富春江的故事，就留在盘石上，以垂钓了此余生，也无不可。

王维诗里的荇菜没有"爱情花"的味道，唯有淡泊的心性，正是他的精神追求，所以，所有的物事，分什么人看，有情人眼里出爱情，归隐人眼里出宁静。

我看到了荠菜花的艳黄、明亮，于是，荠菜也变得有情，是无情世界里的有情花。

# 小　麦

## 寒食离家麦熟还

小麦是禾本科小麦属一年生草本植物，北方人再熟悉不过的植物，是世界上三大谷物之一，在粮食作物中其产量位居第二，第一是玉米。我国是世界上最早栽培小麦的国家之一。

甲骨文以及金文中就有"麦"字，《诗经》中也提到了麦，多达九次。

比如《魏风·硕鼠》："硕鼠硕鼠，无食我麦！三岁贯女，莫我肯德。"还有《王风·丘中有麻》中多情的麦：

丘中有麻，彼留子嗟。彼留子嗟，将其来施施。
丘中有麦，彼留子国。彼留子国，将其来食。
丘中有李，彼留之子。彼留之子，贻我佩玖。

山丘上是麻林，还长着麦苗和李子树，我思念的那位公子在这里。那位公子快过来呀，请他过来好欢聚，一起吃麦饭，然后他赠我一块佩玉。

麻林、麦田、李树林，都留下了恋爱中的男女的身影，比之花前月下、灯光烛影，更增加了一份淳朴与野趣，这是现代人几乎无法复制的恋爱方式。

我是喜欢麦田的。看着刚返青的麦苗，会想起"春的生机"这样蓬勃的词；看着浓绿的麦苗闪着迷人的光华以及风吹麦浪的景色，就会感到无限喜悦。

不必在《诗经》时代久留，直奔大唐，看看那时的麦子长势如何。

先看到王建的《江陵使至汝州》：

回看巴路在云间，寒食离家麦熟还。
日暮数峰青似染，商人说是汝州山。

这是王建是在从江陵回汝州的路上写的。

走过的巴陵路已经在远远的云间，我离家已经很久了，走的时候是寒食时分，回来时麦子已经成熟了。此时太阳落山，山峰青翠好似染过一般，同行的商人说那就是离我家乡很近的汝州山。我的心情好不激动欣喜，看到麦浪滚滚，归心似箭。

再看到白居易用一首《观刈麦》为我们展现了唐朝的割麦子场景：

田家少闲月，五月人倍忙。夜来南风起，小麦覆陇黄。

妇姑荷箪食，童稚携壶浆，相随饷田去，丁壮在南冈。

足蒸暑土气，背灼炎天光，力尽不知热，但惜夏日长。

复有贫妇人，抱子在其旁，右手秉遗穗，左臂悬敝筐。

听其相顾言，闻者为悲伤。家田输税尽，拾此充饥肠。

今我何功德？曾不事农桑。吏禄三百石，岁晏有余粮。

念此私自愧，尽日不能忘。

这是白居易在陕西周至任县尉时写的。

农家很少有闲的时候，五月就更忙了。一场夜风起，小麦就发黄了，女人领着孩子去田里，她担着饭食，孩子提着水壶，男人在麦田收割，天太热脚下都蒸腾，后背更是被太阳晒得发烫。一家人抓紧干活，顾不上暑热，天长多干活，虽然辛苦，但也该是个丰收的场景，人们应该感到喜悦才对。

但是，有一位贫寒的女人怀里抱着孩子，左臂挎一个破篮子，右手拿着刚拣起的麦穗。听她讲自己的事情，听者都感到悲伤，女人自己的麦田已经因为缴税颗粒不剩了，只能到这里捡拾一些麦穗充饥。

老白联想到自己，我有何德何能，不是耕稼农桑，俸禄有三百石，到了年末还有余粮。想到此我很羞愧，郁闷的心情整日不能消散。

最后看晚唐孟宾于的《公子行》：

> 锦衣红夺彩霞明，侵晓春游向野庭。
> 不识农夫辛苦力，骄骢蹋烂麦青春。

孟宾于生活在晚唐五代时期，那时的贵族已经腐化堕落到无以复加的地步。

贵公子穿的锦衣比彩霞还明亮招摇。正是春游的好时光，一大早他就出门闲逛，农夫在田里辛苦劳作，在贵公子眼里不过是春天一景，放任他的马儿踏烂正在返青的麦苗。

可恶至极！从可以欣赏麦子成熟，到"苛政猛于虎"让贫妇只能靠捡拾麦穗充饥，再到完全无视农人的劳作，任意践踏麦苗，世情一路急转直下，直至亡国——唉，我们引以为豪的大唐，让人唏嘘不已。

不过，我相信，有一天，我们会再现盛世的风华。

# 蒺 藜

## 虏骑崩腾畏蒺藜

蒺藜是蒺藜科蒺藜属的草本植物，几乎有草的地方就会长蒺藜，仲春开花时，鲜艳的黄色小花清新爽目，及至夏秋结了果实，反而人见人恶了。

蒺藜的果实全身长刺，稍不注意就会被狠狠扎一下，生生地疼。牲畜等黏上蒺藜自己没法处理，难受不说，还影响皮毛质量，农人也不喜欢，自古就被认为是"恶草"。从它的名字也能看出此草的"厉害"，名茨、旁通、屈人、止行、休羽、升推。人见了它都得"屈"，都得"止行"。

蒺藜很早就出名了，在《诗经》时代就被当作可恶、羞耻的代名词。不妨感受一下"蒺藜"之"恶"。来看这首《鄘风·墙有茨》：

墙有茨，不可扫也。中冓之言，不可道也。所可道也，言之丑也。
墙有茨，不可襄也。中冓之言，不可详也。所可详也，言之长也。
墙有茨，不可束也。中冓之言，不可读也。所可读也，言之辱也。

宫中发生了丑闻，又臭又长，要是传出去了，那可真要羞煞人也。不过，这桩丑闻很长很复杂，一时半会儿讲不清楚。

西汉刘向在《列女传·孽嬖传》里专门写了这件丑事。刘向这样评价故事的主人公卫宣公姜："卫之宣姜，谋危太子，欲立子寿，阴设力士，寿乃俱死，卫果危殆，五世不宁，乱由姜起。"

"五世不宁"的起因就是宣姜的"之子于归"。宣姜本是齐侯的女儿，自然走的是政治联姻的套路。姜姓女子在卫侯和齐侯的安排下，本要嫁给卫宣公的太子伋，这个太子伋本是他老爸和他庶祖母的孩子，就是说，伋是他爸卫宣公和宣公老爸的老婆着急偷情生的孩子（所以取名急子，又名伋）。

就是这个急子，兴高采烈走在迎娶佳人的路上，太子早就耳闻准新妇的美貌，"美好无匹""巧笑倩兮"，一路上不断畅想。但风云变化，命运莫测，行至中途就被自己的老爸卫宣公横刀夺爱，齐侯的女儿就成了宣姜，卫国的历史也改变了走向。

其实宣姜也身不由己，哪里能知道原本要嫁个年轻俊郎，进了洞房才知道是个丑老头卫宣公。

接着说"乱"和"丑"。宣姜和宣公婚后还生下两个儿子，长子寿，次子朔。宣姜喜欢次子，想让次子继承爵位，各种计策心机之后，曾是她的未婚夫的太子伋被杀，长子寿被杀，次子朔被立为太子，卫宣公死后，朔顺利即位，成为卫惠公，到这里故事似乎该结束了，但是，并没有。

儿子朔当上诸侯了，宣姜该考虑自己的后半生了。她要开始新生活，自己找丈夫，自己做主。

宣姜看上了太子伋的弟弟伯昭。这事有难度，但在势力强大的娘家帮助下，宣姜成功了，嫁给了和自己年貌相当的伯昭。

谁说强扭的瓜不甜？婚嫁后的嫡母和庶子接二连三生了五个孩子，三儿两女。三个儿子都当了诸侯，两个女儿也都嫁了诸侯，其中许穆夫人还是我国最早的爱国女诗人，有《载驰》为证。

这就是宣姜的一生，混乱而精彩。但是这在注重礼仪（虽然孔夫子对春秋时代的礼仪已经很不满，所谓礼崩乐坏）时代，宣姜够得上大逆不道，够得上卫道士口诛笔伐，于她就进了《列女传》之唯一写坏女人的"孽嬖传"。

这就能理解蒺藜为什么被写进《鄘风·墙有茨》了。蒺藜就是让人不舒服去不掉、刺人身的恶草，用来描述这种不能为外人言的"丑事"相当合适。蒺藜很早就担上了恶名，那么到了伟大的唐朝它的处境怎么样呢？

还是绕不过王维的《老将行》，诗比较长，只选取一段：

少年十五二十时，步行夺得胡马骑。

射杀山中白额虎，肯数邺下黄须儿！

一身转战三千里，一剑曾当百万师。

汉兵奋迅如霹雳，虏骑崩腾畏蒺藜。

卫青不败由天幸，李广无功缘数奇。

全诗描述了老将征战一生，功勋卓著，但落得被弃的结果，不得已以躬耕叫卖维持生计。后来，边关告急，朝廷又想起他了，老将不计前嫌，再次报

国，令人唏嘘感叹。

选取有蒺藜的是第一段，看起来很爽。老将军年少就入伍，夺胡马，射白虎，英勇作战，功劳却归了别人。老将一生转战南北，有"一夫当关、万夫莫开"的本领。他用兵神速，虏敌用铁蒺藜阵，有勇有谋，是不可多得的将领，可这样杰出的将领却没有寸功之赏。想想那汉武帝赏识的卫青战无不胜，立功受赏，那是"天幸"啊，再看李广却皇恩稀薄，没有封侯授爵，反倒落得自尽的下场，这样的结局也是"奇数"啊。

这是不一样的"蒺藜"，依然"恶"，却是制敌的法宝，那是仿生武器。可见蒺藜用在什么地方，不可一概而论。

再看柳宗元的《田家·古道饶蒺藜》：

古道饶蒺藜，萦回古城曲。

蓼花被堤岸，陂水寒更绿。

是时收获竟，落日多樵牧。

风高榆柳疏，霜重梨枣熟。

行人迷去住，野鸟竞栖宿。

田翁笑相念，昏黑慎原陆。

今年幸少丰，无厌饘与粥。

这是柳宗元外放柳州以后写的。

和农人一起劳动之后要回寓所，道路上长着很多蒺藜，我不得不绕道而行。一眼看去，蓼花长满堤岸，湖水更加碧绿，此时秋收刚完，樵夫和牧童迎着夕阳回家。风已经凉了，榆树和柳树开始落叶，梨和枣也成熟了，只顾看周边的景色。我迷了路，但鸟儿不会迷，它们已经归巢。老农看到我的窘态，笑着挽留我住他家，说天黑要注意安全。他还和我拉家常，今年的收成还不错，不怕没有粥喝。

这样的场景很温馨，原本有蒺藜的路很难走，天又黑，诗人又迷了路，但这里的人民很淳厚，并没有盘问他什么，而是担心他走夜路不安全，让他留下过夜，年成好到可以喝一碗粥，让行人尽管填饱肚子，这很动人。柳宗元本是戴罪的官员，心情不好，却在遥远的村野享受到官场永远不会有的温情，他是感慨的吧。

蒺藜此时也不是可恶的了，也正是它的出现，让心情郁闷的柳宗元感受到了淳厚的乡情，如此甚好。蒺藜也渐渐褪去了那层久远的"恶"的外衣。

# 瓜

## 笑指西坡瓜豆熟

瓜是个大类，此篇主要说的是蔓生植物所结的瓜，基本属葫芦科。比如甜瓜、西瓜、南瓜等。木瓜则不然，属蔷薇科，此篇不提。

甜瓜在中国的历史最悠久。西瓜就晚了很多，金元时传入中国；南瓜更晚，明代才传入；冬瓜有本土说，也有说是唐朝传入。最可靠的本土产物就是甜瓜，现在就说甜瓜的那些事儿。

先说几处记录瓜比较早的历史文献，如《礼记·曲礼》："为天子削瓜者副之。"《汉书·食货志》："菜茹有畦，瓜瓠，果蓏殖于疆易。"《齐民要术》："二月辰日宜种瓜。"

更早的是《诗经》，提到五处：《豳风·东山》的"有敦瓜苦，烝在栗薪"；《豳

风·七月》的"七月食瓜，八月断壶"；《小雅·信南山》的"中田有庐，疆场有瓜"；《大雅·绵》的"绵绵瓜瓞，民之初生"；《大雅·生民》的"麻麦幪幪，瓜瓞唪唪"。五个瓜，不知道哪个是甜瓜，选《大雅·绵》（节选）之瓜秧一叙吧。

> 绵绵瓜瓞。民之初生，自土沮漆。古公亶父，陶复陶穴，未有家室。
> 古公亶父，来朝走马。率西水浒，至于岐下。爰及姜女，聿来胥宇。

瓜秧连绵瓜不断。我们周祖的先民，从豳地迁往岐山。我们的领袖古公亶父，带领我们打山洞以避风寒，那时候没有盖房子。

古公亶父大早就把马儿赶，顺着豳城西岸的河边走。来到岐山之下，和他的妻子姜氏一起，找地方重新安家。

诗中的"瓜"主要是说，周族的先民繁衍生息连绵不断，像瓜儿的藤蔓一样。"瓜儿连着藤，藤儿连着瓜"，从此走向繁荣的道路。

瓜在周代就是重要的食物和祭品，《周礼·地官》提到"委人"的官职，专门征收瓜、瓠、芋、葵等作物，其中的"瓜"据说就是甜瓜。《汉书·地理志》云："敦煌，古瓜州也，有美瓜。"此"美瓜"就是甜瓜。还说甘肃所产甜瓜"大如枕，其肉与瓠甜胜蜜""味甜于他瓜"，被称为"甜瓜"。

让人意想不到的是，古人以瓜计时，如果外派公干是产瓜时节，也会约定来年产瓜时期派人换班，即所谓："瓜时而往，及瓜而代。"语出《左传·庄公八年》："齐侯使连称、管至父戍葵丘。瓜时而往，曰：'及瓜而代。'期戍，公问不至。请代，弗许。故谋作乱。"齐侯没有信守"及瓜而代"的诺言，瓜熟了，齐侯人头也落了地。

马王堆汉墓那位名震江湖的资深"睡美人"辛追夫人腹内就含着不少甜瓜子，据说就是因为吃甜瓜太多病亡的。

久远的瓜已经说得不少，还是走进唐朝看看那时的瓜吧。

还是离不开王维，离不开他的《老将行》，此篇选录中间十句：

> 自从弃置便衰朽，世事蹉跎成白首。
> 昔时飞箭无全目，今日垂杨生左肘。

路旁时卖故侯瓜，门前学种先生柳。

苍茫古木连穷巷，寥落寒山对虚牖。

誓令疏勒出飞泉，不似颍川空使酒。

此段是写老将被遗弃后的清贫生活。老将衰老了，满头白发，昔日的武功也废了。此时不过是在路旁卖瓜，门前种柳，住的是穷街陋巷，对的是寥落寒山。但老将并不气馁，还想着有朝一日退敌立功。

一跃，从初唐就到了唐末，一位诗僧写到瓜，他叫贯休。且看他的《春晚书山家屋壁二首》其二：

水香塘黑蒲森森，鸳鸯鸂鶒如家禽。

前村后垄桑柘深，东邻西舍无相侵。

蚕娘洗茧前溪渌，牧童吹笛和衣浴。

山翁留我宿又宿，笑指西坡瓜豆熟。

贯休和王维关注的不一样，此时他在有水塘的村舍，看到水塘里香蒲很苗壮，鸳鸯、鸂鶒像家禽一样自在游动。村子前后种着桑树、柘树，村民们勤劳耕作和谐共处。只见蚕娘正在溪水边浣洗蚕茧，牧童一边吹笛一边戏水。此情此景令人流连忘返，山翁看他喜欢此地，恳切邀他留宿，笑说"你看那西坡的甜瓜和豆子都熟了，特别是甜瓜香甜可口，正是品尝的好时候，你就留下吧"。

我想贯休留下了，这样静谧自在的田园生活，谁不向往？而且正值"瓜豆"成熟的季节，品尝纯天然的瓜豆，不用担心污染，仔细品味岁月静好，岂不是快乐人生？

前两首提到的瓜应是甜瓜。还有和冬瓜有关的诗，此诗的来由有趣。话说中唐诗人张祜，家世好，有"海内名士"之誉，只是一生不得志，原因就是元稹嫉贤妒能，在皇帝面前诉病张祜，说他的诗不过是"雕虫小技"，导致他隐居终了一生。他最著名的诗是《宫词二首》其一："故国三千里，深宫二十年。一声《何满子》，双泪落君前。"他的小名就叫冬瓜，因为张母生他时梦见了冬瓜，他也因此备受别人的奚落。

和他不睦的酒徒诗人朱冲和作《嘲张祜》奚落他：

甘苦始终相依，瓜和瓜蒂揭示了人生真谛。

# 芋 头

## 园收芋栗未全贫

芋头是天南星科芋属植物的地下球茎。基本产于南方，北方人是因为交通发达之后才开始少量食用芋头的。

我在南方见到的芋头有成片长的，有散生田间地头的，也有在路边丛生的，没有枝干。长而结实的叶柄擎起硕大的叶片，叶子呈盾形，很威武，很霸道，地下的球茎也很肥大、壮阔，比红薯整齐，也更饱满。

芋头最简单的吃法就是像红薯一样蒸熟了吃，绵软香甜，但甜度没有红薯

高。至于芋头炖肉等，都是南方人的吃法，北方人基本停留在比照红薯吃法的阶段。

芋头并不是外来品种，只不过对北方人来说陌生一些。但古人早就发现了芋头的实际作用。早在《史记》中就有关于芋头的记载，不过当时不叫芋头，而是叫"蹲鸱"这样看起来很特别的名字，表面上看就是蹲着的猫头鹰，仔细想芋头的模样，倒也有几分相像。《史记》有云："卓氏云：岷山之下，沃野，下有蹲鸱，至死不饥。"因为有芋头，没有人会饿死，可见芋头是被当作粮食的。《汉书》称芋头为"芋魁"，它还有土芝（《别录》）、芋奶（《种芋法》）、芋艿（《中国医学大辞典》）等接近现在的名字。

芋头不仅球茎能吃，茎叶还能治病。《梦溪笔谈》云："处士刘易隐居王屋山，尝于斋中见一大蜂胃于蛛网，蛛搏之，为蜂所螫坠地。俄顷，蛛鼓腹欲裂，徐行入草。蛛啮芋梗微破，以疮就啮处磨之，良久，腹渐消，轻躁如故。"

到了唐代，芋头没变，仍然是重要的食品，只不过很少入诗人的眼。

首先请出的还是王维，他在《送梓州李使君》中提到芋头：

万壑树参天，千山响杜鹃。
山中一夜雨，树杪百重泉。
汉女输橦布，巴人讼芋田。
文翁翻教授，不敢倚先贤。

王维的朋友李使君去到梓州（四川三台）为官，那里是蜀地，少数民族聚居区，他要对老朋友劝勉几句。

蜀地风光秀丽俊美，万壑千山，古木参天，万山丛中回荡着杜鹃的啼鸣。山中下了一夜的雨，树梢上流淌的雨水犹如瀑布飞下。那里的确俊美，但人员组成复杂，汉女主要是辛勤织布，巴人往往会因为种芋头的田地争讼。你要发扬文翁政绩，兴学育才，不负先贤。

从诗中就可以看出，那时的蜀地，芋头属于主要粮食，人们会因为芋头田的多少发生争执。

我们可亲可敬的杜甫也写到芋头，他也在蜀地，就是这首《南邻》：

锦里先生乌角巾，园收芋栗未全贫。

惯看宾客儿童喜，得食阶除鸟雀驯。

秋水才深四五尺，野航恰受两三人。

白沙翠竹江村暮，相送柴门月色新。

从诗里看，杜教师心情挺好，他去住在锦里的朋友家做客，他家正收芋头和栗子。虽然他家境贫寒，但有了芋头和栗子也能度日。家里的儿童常见宾客，见了宾客很是欢喜，台阶上的鸟雀正在啄食，也不怕人，可见这家人安贫乐道。

我该告别了，此时是秋天，锦江里的水深不过四五尺，小舟刚能盛下两三人。依依惜别时，只见白沙、翠竹、村子笼罩在暮色中，送别在柴门，月儿当头照，主人殷勤留。

很温馨的场景，诗中的芋头也是粮食，刚好供一家人果腹，岁月静好，虽然，并不富有。

# 飞 蓬

## 飞蓬各自远

飞蓬不是一种植物，而是多种。一种称为小飞蓬，是菊科白酒草属一年生或越年生草本植物，成片生长，没开花时像柳叶一般互生的样子很好看，带着欣欣向荣的翠绿。

另一种叫一年蓬，是菊科飞蓬属一年生或两年生草本植物，春夏时开白色或淡蓝色小花，特别像紫菀花或马兰花，民间也称一年蓬为女菀、白马兰。当然也有墙头草、野蒿等的名称，一看就知道是无足轻重的存在。

宋代陆佃所作训诂书《埤雅》这样介绍飞蓬："其叶散生，末大于本，故遇风辄拔而旋。虽转徙无常，其相遇往往而有，故字从逢。"就是说，飞蓬头大根小，枝叶散生，"大风起兮云飞扬"的时候，飞蓬就被连根拔起，飞蓬就会"邂逅"彼处飞蓬，因为会"飞"，被称为"飞蓬"。

《卫风·伯兮》中有一种"蓬"叫"首如飞蓬"："伯兮朅兮，邦之桀兮。伯也执殳，为王前驱。自伯之东，首如飞蓬。"我的丈夫很英武，是国家的英杰。我的丈夫手执长矛，为君主出行开路。自从丈夫去了东方，我的头发散乱如飞蓬。

女子因思念服兵役的丈夫，无心打理自己，所以"首如飞蓬"，蓬头垢面。总之飞蓬就是"转蓬"，就是身世飘零、蓬门荜户，即使到了唐朝，也改不了它飘零的性质。

唐诗中写到飞蓬的作品非常多，选几首感受一二吧。

还是舍不下李白，李白写到飞蓬的诗不下五首，列几句看看。

《梁甫吟》："东下齐城七十二，指挥楚汉如旋蓬。"

《南陵别儿童入京》："仰天大笑出门去，我辈岂是蓬蒿人。"

《鲁郡东石门送杜二甫》："飞蓬各自远，且尽手中杯。"

《送友人》："此地一为别，孤蓬万里征。"

《效古》："光景不可留，生世如转蓬。"

特别喜欢他笔下"仰天大笑出门去，我辈岂是蓬蒿人"的豪气，就选《南陵别儿童入京》的这段：

白酒新熟山中归，黄鸡啄黍秋正肥。

呼童烹鸡酌白酒，儿女嬉笑牵人衣。

高歌取醉欲自慰，起舞落日争光辉。

游说万乘苦不早，著鞭跨马涉远道。

会稽愚妇轻买臣，余亦辞家西入秦。

仰天大笑出门去，我辈岂是蓬蒿人。

这是李白最得意的时刻，唐玄宗召他进京，他以为从此可以经世报国了，高兴得忘乎所以。喝酒、唱歌，孩子们看到老爹高兴，也跟着高兴，连那院子里正吃黍子的黄鸡都看着可爱。他要去京城大展宏图，仰天大笑出门去：我辈岂是蓬蒿人！言外之意：我李白怎么会是杂草飞蓬、蒿草一般的人呢？但后来他明白了，皇帝并不重用他，他的境遇又比蓬蒿好多少呢？

再来看李商隐的飞蓬，且看《无题二首》其一：

昨夜星辰昨夜风，画楼西畔桂堂东。

身无彩凤双飞翼，心有灵犀一点通。

隔座送钩春酒暖，分曹射覆蜡灯红。

嗟余听鼓应官去，走马兰台类转蓬。

李商隐爱上一位女子，但那是"昨日星辰"，相见很难，所以"身无彩凤双飞翼"；但是我们的心意是相通的，所以"心有灵犀一点通"。我爱的那女子正在宴席上猜酒行令，欢快热闹，但时间不早，我不得不上班去，唉，我控制不了自己的命运，就像那转蓬一样，风来了，飞蓬不得不飞走，

李商隐不想离开心上人，但身不由己，感慨自己就像"转蓬"一样。其实大家都一样，唐朝如李商隐，今天如你我他，都如"转蓬"一般。

再介绍一首关于飞蓬的诗，不是诗不寻常，是人不寻常，作者叫葛鸦儿，一位身份不明的女子，诗名《怀良人》：

蓬鬓荆钗世所稀，布裙犹是嫁时衣。

胡麻好种无人种，正是归时不见归。

"首如飞蓬"的头发用荆条别着，身上的布裙还是出嫁时候穿的，这样贫寒的女人世上都少见。胡麻就是好种的庄稼了，但是也没有人能种。丈夫本来该回来跟我一起劳作了，可是一直不见人，怎能不增加我的悲愁呢？

所有的飞蓬都意味着凄凉、飘零、荒芜，一直没有改变。


# 冬 葵

## 松下清斋折露葵

冬葵是锦葵科锦葵属的草本植物，和蜀葵、锦葵是近亲，和秋葵（锦葵科秋葵属）是表亲。冬葵也称冬苋菜、冬寒菜、葵菜、冬寒菜、皱叶锦葵，都是有亲和力的名字，说明冬葵的亲民性。

冬葵作为蔬菜的历史很悠久，在《诗经》时代就是，《豳风·七月》中就提道："六月食郁及薁，七月亨葵及菽。"六月吃郁李和葡萄，七月煮冬葵和豆子。《齐民要术》中的种葵第十七也专门写了怎样种冬葵。

《本草纲目》是这样说冬葵的："古者，葵为五菜之主。"还说，"四五月种者可留子。六七月种者为秋葵，八九月种者为冬葵，经年收采，正月复种者为春葵，然宿根至春亦生。"

其中的秋葵不是今日的秋葵，因为种的季节不同，才有了秋冬之分，本质上都是冬葵。李时珍还说现在不怎么吃了，就把冬葵从蔬菜部移到草药部了。

其实今天冬葵只在部分地区被继续食用，比如湖南、四川、江西、贵州、云南等省。自古人们吃的是冬葵的叶子，现在吃的是秋葵像辣椒一样的果实，所以秋葵也被称为"洋辣椒"，可见其外来属性。

汉乐府诗就有《十五从军征》中"井上生旅葵""采葵持作羹"这样的诗句。还有一个提到冬葵的成语——拔葵去织，意思是，拔掉种植的冬葵，禁止妻子织布，指为官者廉洁自奉，不与百姓争利。出处为《史记·循吏列传》："食茹而美，拔其园葵而弃之；见其家织布好，而疾出其家妇，燔其机，云'欲令农士工女安所雠其货乎？'"

可见，冬葵在很长的一段时间，都是人们的主要蔬菜。

冬葵在唐代仍居"百菜之主"的地位，那时还没有"今不复食之，故移入此"（从菜部移入草部）。

来看王维的这首《积雨辋川庄作》：

积雨空林烟火迟，蒸藜炊黍饷东菑。
漠漠水田飞白鹭，阴阴夏木啭黄鹂。
山中习静观朝槿，松下清斋折露葵。
野老与人争席罢，海鸥何事更相疑。

王维此时居住在辋川，过着"采菊东篱下，悠然见南山"的生活。此诗就是写照。

辋川这一时段一直下着雨，疏林里燃起的炊烟缓慢升起。女人们蒸灰条，煮黍米，为田间的劳作者送饭。我静静看水田飞起的白鹭，树林里鸣叫的黄鹂。现在的我已经明白人生如朝露，就像朝开夕落的木槿，看淡了，就可以在松下吃着冬葵享受自然的道法。我这个乡间野老已经物我两忘，何来海鸥在猜疑呢？

"与人争席"的典故出自《庄子·杂篇·寓言》：杨朱去从老子学道，路上旅舍主人欢迎他，客人都给他让座；学成归来，旅客们却不再让座，而与他"争席"，说明杨朱已得自然之道，与他人没有隔阂了。

"海鸥忘机"的典故出自《列子·黄帝篇》：海上有人与鸥鸟相亲近，互不猜疑。一天，父亲要他把海鸥捉回家来，他又到海滨时，海鸥便飞得远远的，心术不正破坏了他和海鸥的亲密关系。

冬葵不过是王维清修后常吃的蔬菜，是一种让人舍弃浮华躁动的蔬菜。

再看一首写冬葵的诗。再次把白居易搬出来，来看这首《烹葵》：

> 昨卧不夕食，今起乃朝饥。
>
> 贫厨何所有，炊稻烹秋葵。
>
> 红粒香复软，绿英滑且肥。
>
> 饥来止于饱，饱后复何思。
>
> 忆昔荣遇日，迨今穷退时。
>
> 今亦不冻馁，昔亦无余资。
>
> 口既不减食，身又不减衣。
>
> 抚心私自问，何者是荣衰。
>
> 勿学常人意，其间分是非。

白居易为官一直过得很清贫。"饮冰食檗"是指他做了三年刺史，吃得极为粗陋，《烹葵》正是写照。昨晚睡了，没吃晚饭，今早饿了想吃。跟厨子说了，厨子能做的不过是蒸米饭烹冬葵，没有其他的了。不过我吃着很好，米饭软糯，冬葵滑嫩。填饱肚子就有精力想想往事了。过去也有光荣时刻，如今却是穷困潦倒。如此光景倒也没有冻饿至死，过去荣耀也没有多余的资财。现在嘴里没有因为贫困减一口粮食，身上也没有因为贫困减一件衣服。扪心自问，什么是荣，什么又是衰呢？想想，没必要以常人的认识为认识，我自有自己的是非观念。

王维和白居易都写到冬葵，但他们认知里的冬葵完全不一样，内心的追求和所处的环境也不同。王维吃冬葵是自主选择，以表明清修的状态。白居易吃冬葵是不得不吃，因为"贫厨"拿不出冬葵以外的任何蔬菜。于是王维得出的结论是："野老与人争席罢，海鸥何事更相疑"；白居易得出的结论是："勿学常人意，其间分是非"。

不同的人吃冬葵有不一样的认识，而冬葵还是冬葵。

# 苔 藓

## 坐看苍苔色

苔藓是苔藓科苔藓属植物，植物无花、无种，以孢子繁殖。全世界有两万三千种苔藓植物，中国有两千八百多种，可见种类很多。

苔藓细小，像浮萍一样微不足道，但是生命力顽强，拥有无可置疑的繁殖能力，不管是阴湿的土地，还是裸露的山体，只要有空气，苔藓就能生长。

我自然是见过苔藓的，但是没一样能叫出名字。自前两年电视上"经典咏流传""传出"清朝袁枚的《苔》，苔藓一下光大起来，从低到尘埃的地上，涌入人们的心中。

袁枚的《苔》写得让人感动到流泪：

> 白日不到处，青春恰自来。
> 苔花如米小，也学牡丹开。

诗文简洁直白，感动在于即使微小如苔，也有自己的追求。"苔花如米小，也学牡丹开"彰显了一种振聋发聩的不屈不挠。我知道这首诗以后，第一次看到苔"开花"。长长的石缝中整齐长出细长的苔，每一丛苔上都长着小米大的颗粒，正是"苔花如米小"的现实版，它要"开放"。我很期待，甚至为了看如米小的"苔花"驱车前往，苔米一直支棱着小小的米粒，不知等待什么，我以为它在等我，它想要告诉我，我就是那小小的苔，一样要绽放生命的光彩。

后来，石缝中的苔不见了，完成了自己的历史使命。

除了袁枚，唐代也有两人以《苔》为名写诗。先看李咸用的这首《苔》：

> 几年风雨迹，叠在石屏颜。
> 生处景长静，看来情尽闲。
> 吟亭侵坏壁，药院掩空关。
> 每忆东行径，移筇独自还。

李咸用是唐末人，仕途不顺。他写了苔的生长足迹，苔生长的地方安静，甚至有些破败，看到这样的场景，他有些黯然、惆怅，便拄杖独自回去。

还有一个叫徐夤（寅）的晚唐诗人也写过苔，我没觉得有意思，倒是他归乡以后的自嘲令人解颐："何人买我安贫趣，百万黄金未可论。"来看他的《苔》：

> 印留麋鹿野禽踪，岩壁渔矶几处逢。
> 金谷晓凝花影重，章华春映柳阴浓。
> 石桥羽客遗前迹，陈阁才人没旧容。
> 归去扫除阶砌下，藓痕残绿一重重。

我以为这首和李咸用的那首大同小异，只记录于此。倒是他们的前辈，没有专写苔，只是略提到而已，反倒有些趣味，不妨分享一二。

就从王维的《书事》开始，就是喜欢王维的调调儿。

> 轻阴阁小雨，深院昼慵开。
> 坐看苍苔色，欲上人衣来。

现在是白天，天阴着，实际上是雨刚停，我来到院子里，并不想打开院门，而是静静看院中的苍苔，看得入神，竟然感觉那幽静似绒的苍苔要爬到身上来，真是有趣。

这样的苔令人惬意，王维在《鹿柴》中也提到苔，一样让人舒服："返景入深林，复照青苔上。"

再看一下刘长卿的《酬李穆见寄》：

> 孤舟相访至天涯，万转云山路更赊。
> 欲扫柴门迎远客，青苔黄叶满贫家。

这是写给他女婿的。

你一叶扁舟到这遥远的地方看我，道路险且阻真是为难。我内心是很感动的，想要打扫家里的房前屋后，只是家贫，院子里长满青苔，落满了黄叶。

刘长卿的苔是荒芜清寒的苔，比不得王维想要爬上人衣的苔。

再选一首我喜欢的苔，是胡令能的《小儿垂钓》：

蓬头稚子学垂纶，侧坐莓苔草映身。

路人借问遥招手，怕得鱼惊不应人。

胡令能在唐代诗人里名气不大，但他有不寻常的经历。年少家贫，他以修补锅碗盆缸为生，这样的人怎么能写出诗呢？诀窍是他梦见有人刨其腹，往里塞了一卷书，从此他就会写诗了，而且写得不错。

这首诗就是这样，很有生活情趣。

一个头发蓬乱的童子在河边学钓鱼，坐在莓苔上，野草几乎遮挡了一切。一位路人远远招手问路，那童子一动不动，根本不应路人，生怕惊动了水中的鱼儿。

这情景太有趣了，活灵活现，一幅趣钓图就在眼前，图里有河、有草、有路人，有拿着鱼竿的童子，还有勃勃生机的莓苔。

这样的莓苔真好。

# 香 蒲

## 青青水中蒲

　　蒲有蒲草、菖蒲等蒲属植物，但它们完全不属于一科一属。蒲草是通常指香蒲、水烛，是香蒲科香蒲属水生、沼生多年生草本植物；菖蒲是天南星科菖蒲属沼泽、水生多年生草本植物。蒲草长有像蜡烛一样的花序，根茎可食，《周礼》说的"蒲菹"就是香蒲腌制后作为重要的祭祀物品。蒲草还可以编织，我们过去常用的蒲团就是蒲草编的。菖蒲开鸢尾一样的花，全身有毒，但它们有一个共性，名字里都有个"蒲"字。

　　蒲草在《诗经》时代就有，美丽如一。《陈风·泽陂》："彼泽之陂，有蒲与荷。有美一人，伤如之何？寤寐无为，涕泗滂沱。"沼泽之畔，有香蒲和荷花。有一美人，令我伤心。为她（或他）辗转反侧，泪如雨下。香蒲、荷花配美人，相得益彰，无比绝美。

　　《孔雀东南飞》中也提到蒲，我以为指的是香蒲。刘兰芝用蒲来表示自己对丈夫坚韧不改的情感，和磐石的坚硬相辅相成："君当作磐石，妾当作蒲苇。蒲苇纫如丝，磐石无转移。"

　　再说菖蒲。李时珍解释了其名的由来："菖蒲，乃蒲类之昌盛者，故曰菖蒲。又《吕氏春秋》云：冬至后五十七日，菖始生。菖者百草之先生者，于是始耕。则菖蒲、昌阳又取此义也。《典术》云：尧时天降精于庭为韭，感百阴之气为菖蒲。故曰尧韭。方士隐为水剑，因叶形也。"菖蒲就是昌盛的意思，也叫过"尧韭""水剑"这样很形象的名字。

冬至过了五十七日，天气还很寒冷。直到菖蒲开始生长，农人才开始耕稼，人们对它很是器重，也看出了它的品格："不假日色，不资寸土""耐苦寒，安淡泊"。

《楚辞》中提到菖蒲，那时它被称为"荪""荃"。

屈原的《九歌·湘夫人》这样描述菖蒲："筑室兮水中，葺之兮荷盖。荪壁兮紫坛，播芳椒兮成堂。"我要把房屋啊建在水中，用荷叶啊来做屋顶。用菖蒲装饰墙壁啊用紫草铺地面，用芳椒和泥啊涂抹祭坛。

菖蒲当然是诗人眼中的香草。

看过几千年前的蒲草和菖蒲，来到唐朝，看看诗人们眼中的"蒲"是什么样子。

先看王维的《白石滩》，他描述的植物最自然：

### 白石滩
清浅白石滩，绿蒲向堪把。
家住水东西，浣纱明月下。

这是王维常去的地方，溪水清浅，露出洁白的石滩，水中生长着绿莹莹的蒲草，因为成片生长，靠近水边，可以一把抓住。这里的溪水这么清澈，生长的香蒲一定好吃。此时已经入夜，月明星稀，一群女子相约在水边浣纱，她们有的住在水东边，有的住在水西边，但有一条可以共同劳动嬉闹的溪水，溪水里还长着生机勃勃的蒲草。我这个旁观者看到这样的场景，只会觉得心旷神怡。

再看韩愈的《青青水中蒲三首》：

### 一
青青水中蒲，下有一双鱼。
君今上陇去，我在与谁居。

### 二
青青水中蒲，长在水中居。

寄语浮萍草，相随我不如。

三

青青水中蒲，叶短不出水。
妇人不下堂，行子在万里。

这是韩愈年轻时代卢氏所作的组诗。

翠绿的蒲草长在水中，它旁边游弋着一双鱼儿。郎君你去远方，我可和谁相居。

翠绿的蒲草长在水中，它静静长在水中央。我看到那随水漂移的浮萍心生感慨，我还不如它呢，不能相随郎君去远方。

翠绿的蒲草长在水中，有那叶子短的长不出水面，就像古礼对女子的要求，"妇人不下堂"，就是我出不了门，但是郎君啊，你却在万里之外，我怎么能不思念呢？

这组诗写得情真意切、清爽透彻，就像水中的蒲草。

# 白 茅

## 公然抱茅入竹去

白茅是禾本科白茅属多年生草本植物，也称为茅、茅针、茅根等。

白茅在荒野、田野甚至公园都常见，只是现代人不太关注而已。从前，白茅被用来作为祭祀时衬垫祭物的植物。《周易》的"大过初六"说："籍用白茅，无咎。"

李时珍说："茅叶如矛，故谓之茅。其根牵连，故谓之茹。《易》曰：拔茅连茹，是也。有数种：夏花者，为茅；秋花者，为菅，二物功用相近，而名谓不同。《诗》云：白华菅兮，白茅束兮，是也。"他还介绍茅有很多种："茅有白茅、菅茅、黄茅、香茅、芭茅数种，叶皆相似。"形态和功用各不相同，就不一一细说了。

想说的是《诗经》中的白茅，有关爱情。比如这首《召南·野有死麕》：

野有死麕，白茅包之。有女怀春，吉士诱之。

林有朴樕，野有死鹿。白茅纯束，有女如玉。

舒而脱脱兮！无感我帨兮！无使尨也吠！

野外有一只獐鹿死了，用白茅包裹住它。有一位女子春心萌动，就有一位男子追逐。树林里小树婆娑，野地里有死去的野鹿，白茅捆扎献给谁，有位女子美如玉。宽衣解带要缓慢，不要弄坏我的佩巾，不要惊动那长毛狗儿去吠叫。

见识了如此淳朴而美好的冲动，再到唐朝看看那时的白茅吧。

杜甫的《茅屋为秋风所破歌》不能不提，多次提到茅草：

八月秋高风怒号，卷我屋上三重茅。茅飞渡江洒江郊，高者挂罥长林梢，下者飘转沉塘坳。

南村群童欺我老无力，忍能对面为盗贼。公然抱茅入竹去，唇焦口燥呼不得，归来倚杖自叹息。

俄顷风定云墨色，秋天漠漠向昏黑。布衾多年冷似铁，娇儿恶卧踏里裂。床头屋漏无干处，雨脚如麻未断绝。自经丧乱少睡眠，长夜沾湿何由彻！

安得广厦千万间，大庇天下寒士俱欢颜！风雨不动安如山。呜呼！何时眼前突兀见此屋，吾庐独破受冻死亦足！

诗不难理解，却深深打动人心。

深秋，天开始转寒，大风吹过，卷走我好不容易才建好的茅草棚顶。茅草"起舞弄清影"，飞得高的缠住树梢，飞得低的则落在对面江边。

村里的顽童欺我年老无力，竟然当着我的面抢东西，无所畏惧地抱着茅草跑到竹林里。我口干舌燥呼喝不止，但他们权当没我这个人，无奈拄杖回家，独自黯然叹息。

一会儿风是停了，但云却墨染一般的黑，这是要下雨的节奏啊。果然天黑了，全家人睡觉了，那被子不能提了，盖了多年，跟铁一样硬，我那孩子睡觉姿势不好还把被子踢破了。雨开始下了，家里就没个干燥的地方，屋内的雨就跟麻线一样不断头。

自安史之乱以后，我就睡得少，如此长夜，外面大雨屋里小雨，一家人如何挨到天亮。

如何才能得到千万间宽敞明亮的房子，让天下广大的贫寒读书人得以遮蔽，看到他们高兴的模样，风雨中房子不动，寒士也不动，就像泰山一样稳当。

天哪，何时眼前突然出现这样的大厦，我宁可自己一个人住破屋受冻饿死也是心甘情愿的！

这是怎样沉重伤痛的呐喊啊！仅仅是几间茅草盖的小屋都不能得到保证，天下比他不足的寒士更多，竟让我们尊敬的杜甫先生发出荡气回肠的悲鸣，"安得广厦千万间，大庇天下寒士俱欢颜"！如果真能这样，我宁可自己一个人受冻而死都心甘情愿。我想起范仲淹的那句话："先天下之忧而忧，后天下之乐而乐。"和杜甫有异曲同工之妙，都是忧国忧民，只不过杜甫的呐喊更激烈，甚是凄厉。这样的诗即使放在今天，也会让人感到沉重又无奈。

诗里的茅草原本是最不值钱的东西，但在风雨交加的时候，它比金银更顶用，可以让人躲避风雨，有一个"安如山"的家，但是，茅草却被风卷走了。这是我知道的最沉重的茅草，虽然它们能被风刮走。

再看一首写到茅草的诗，是轻松的茅草。正是常建的《宿王昌龄隐居》：

清溪深不测，隐处唯孤云。

松际露微月，清光犹为君。

茅亭宿花影，药院滋苔纹。

余亦谢时去，西山鸾鹤群。

常建和王昌龄是同榜进士，常建只做过县尉这样的小官，很快退隐，王昌龄是先前退隐，后来为官，他们的仕途都不顺遂。

这是常建到王昌龄曾经隐居的故居留宿时写的。

王昌龄的隐居地溪水清澈但深不可测，只有洁白的孤云和他相伴。松林里有明月的微光泄露，清光为他而照耀。他的居所是茅草盖的，因为月光，院子里的花影投射到茅草屋，很有意趣。王昌龄的花圃长得很好，但已经久未侍弄，院子里长了很多青苔。这更增加了诗人归隐的心思，就像以鸾鹤为伴的仙人一样，从此告别"江湖"。

都是茅草屋，杜甫的沉重到让人的心滴血，常建看到的却是归隐之后闲云野鹤般的逍遥自在。都是茅草，怎么会有这么大的差别呢？

# 石 竹

## 石竹绣罗衣

石竹是石竹科石竹属多年生草本植物，在中国也叫洛阳花。在海外，它被称为中国石竹，而海外的石竹叫康乃馨。在中国反而是知道康乃馨的人多，令人意味深长。

石竹在我眼里是很媚的花儿，很多年前看到石竹花海，香艳迷人，不论哪种颜色、镶不镶花边，都有白粉，犹如女人涂着厚厚的脂粉，而且香气有一种暧昧，在这样的香气里，你会想到灯红酒绿、纸醉金迷并沉醉其中。

清代钦定的《广群芳谱》是这么描述石竹的："石竹草品纤细而青翠，花有五色单叶千叶，又有翦绒，娇艳夺目，嫚娟动人，一云千瓣者，名洛阳花，草中佳品也。"所以也称"美人草"。

石竹入诗是在唐代，有不少人写，包括我的偶像李白。他在《宫中行乐词八首》其一中提到"山花插宝髻，石竹绣罗衣"。还有王绩的《石竹咏》也值得一提。

王绩有个著名的哥哥叫王通，字仲淹，又称文中子，是比肩孔孟之类的人物，收的徒弟都很牛，唐朝的宰相文彦博等就拜在他的门下，连《三字经》都把他列在"子"里，是先秦之后唯一入"子"的大儒。王绩虽然没有其兄的名气大，但也很有才华。他当过官，后又弃官回乡，放诞纵酒，追求的是"竹林"风度。且看他的《石竹咏》是什么气象：

> 萋萋结绿枝，晔晔垂朱英。
>
> 常恐零露降，不得全其生。
>
> 叹息聊自思，此生岂我情。
>
> 昔我未生时，谁者令我萌。
>
> 弃置勿重陈，委化何足惊。

石竹长得很茂盛，花开得很美好。但又担心气温下降，难免"好花不常在"。看看眼前的石竹花，不由叹息，此生岂是我情愿的？我没出生的时候，是谁让我生的呢？我不过是顺其自然，不以物喜，不以己悲。

看来王绩有些颓废消极，石竹初夏才开直到中秋，完全不用担心霜降。是他自己不得志，看什么都会联想到自身，所谓"诗言志"，这不是"志"，这是抒怀。

再看一首晚唐司空曙的《云阳寺石竹花》。

司空曙是"大历十才子"之一，有奇才，无奇遇，脾气不好，也不得志，看看他是怎样写石竹的：

一自幽山别，相逢此寺中。

高低俱出叶，深浅不分丛。

野蝶难争白，庭榴暗让红。

谁怜芳最久，春露到秋风。

在幽山见过石竹花后，再见就在云阳寺了。石竹长了一片，高高低低，错落有致，争奇斗艳。有谁怜爱这从春开到秋的石竹呢？我就是一个。

司空曙看到石竹花期长，不像王绩那样杞人忧天，石竹花也算是找到了知音。

# 莎　草

## 微波龙鳞莎草绿

莎草是多种植物的总称，为莎草科多年生草本，大多生长在潮湿或者沼泽地。莎草大多有一个特点，细长，又有韧性，可以编织器物，比如席子、蓑笠等。

莎草是一类古老植物，太寻常，太不起眼，大多数人对其不以为然，我就是其中一位。

但我们智慧的先民不这么看，他们知道很多莎草的功用。《诗经》时代的莎草被称为"薹"，还有"莞"，这是两种莎草，我们见识一下。先看《小雅·南山有台》（节选）：

南山有台，北山有莱。乐只君子，邦家之基。乐只君子，万寿无期……

南山生莎草，北山长藜草。君子真快乐，为国立根基。君子真快乐，万年寿无期。

这个莎草"薹"，陆玑在《毛诗草木鸟兽虫鱼疏》中释云："薹，夫须。旧说夫须，莎草也，可为蓑笠。"

《小雅·都人士》也提到薹，并且道出了薹的功用："彼都人士，台笠缁撮。"

千年后的张九龄借用了"薹"的作用，在《奉和圣制瑞雪篇》中云："朝冕旒兮载悦，想答笠兮农节。"

"莞"今天叫蒲草或蔍草，出现在《小雅·斯干》（节选）中：

下莞上簟，乃安斯寝。乃寝乃兴，乃占我梦。吉梦维何？维熊维罴，维虺维蛇。

铺好蒲席再把竹凉席铺上，然后君王进入甜美的梦乡。从深沉的睡梦中悠悠醒来，反复回忆修补梦游的情状。你猜君王在梦里梦到什么？梦到了黑熊黑罴是那样粗壮，梦到了花虺蛇是那样细长。

《汉书·东方朔传》提到"孝文皇帝莞蒲为席"，一则是说席子用的材料是莞，更是说汉文帝主张休养生息的政策，以身作则，自奉简朴，终成文景之治，其简朴生活也为历代文人所赞颂。

现在，到唐朝看看，除了张九龄写到的薹，就只看到李白写到的莎草。

李白的莎草出现在《忆旧游

寄谯郡元参军》中，诗挺长，就选有莎草的那段：

君家严君勇貔虎，作尹并州遏戎虏。

五月相呼渡太行，摧轮不道羊肠苦。

行来北凉岁月深，感君贵义轻黄金。

琼杯绮食青玉案，使我醉饱无归心。

时时出向城西曲，晋祠流水如碧玉。

浮舟弄水箫鼓鸣，微波龙鳞莎草绿。

兴来携妓恣经过，其若杨花似雪何！

红妆欲醉宜斜日，百尺清潭写翠娥。

翠娥婵娟初月辉，美人更唱舞罗衣。

清风吹歌入空去，歌曲自绕行云飞。

这是写给参军元演的，两人是很好的朋友，常在一起欢聚，诗句回忆了他们几次相聚的情景。此段写到李白到了并州（今山西太原），受到元演和他父亲的盛情款待。

他们相携同去，过的是太行山，太行山是巍峨险峻高大的山，道路肯定难走，但他们兴致很好，根本不觉其苦。他很感谢元演父子"贵义轻黄金"的豪爽，每天好吃好喝好玩，李白都没有回家的心思了。

他们还一起游览了太原的名胜晋祠，晋祠的水像碧玉一样美妙，湖上泛舟，鼓乐相伴，微波中莎草翠绿摇动，那是怎样的快意人生。一时兴起叫几个歌舞姬助兴，人生不如意事八九，何不及时行乐。看美女们莺歌燕舞，心情很好，从白天进行到"月上柳梢头"，那歌声传到空中，带到云上，随云飞扬。

这是李白的生活态度，一腔报国之心无法施展，那就莺歌燕舞，及时行乐，不辜负人生一场。都是内心痛苦，但李白比杜甫过得潇洒多了，晋祠那随湖水飘荡的莎草反倒成了可有可无的点缀。

莎草就这样在唐诗中落下帷幕，没有被编成席子，没有被做成蓑笠，只是碧玉一般晋祠湖里的草，仍是莎草。

# 菖 蒲

## 菖蒲花紫茸

菖蒲是天南星科菖蒲属植物，从花形上很容易和鸢尾混淆，从名字上很容易和唐菖蒲混淆，但它们三者不是一个科一个属，鸢尾是鸢尾科鸢尾属，唐菖蒲是鸢尾科唐菖蒲属。

菖蒲是水边植物，就像它的别名水剑一样，就像从水中长出的长长的剑，分外挺拔。菖蒲是中国原产，一开始开白花，后经培植可以开很多种颜色的花，更容易和鸢尾混淆。

近些年城市公园大行其道，但凡有湖的地方，都会种植菖蒲、香蒲、水葱等水生植物。仲春时节，也是菖蒲开花的时节，黄菖蒲明艳的黄色装点依旧清冷的湖岸，别看如今只是稀疏的一层，来年就会布满沿岸，这就是"昌盛"来源。

据说菖蒲和艾叶是端午节的"标配"，这应该源于南方的习俗。南方人屈原喜欢菖蒲，他在很多作品里都提到菖蒲，比如，《离骚》："兰芷变而不芳兮，荃蕙化而为茅"；《九歌·湘君》："薜荔柏兮蕙绸，荪桡兮兰旌"；《九歌·湘夫人》："荪壁兮紫坛，播芳椒兮成堂"。

其中的"荪""荃"就是菖蒲，纪念他的日子选散发芳香的菖蒲完全适合。

只是北方人不用而已，这和北方的地理位置有关，北方缺水、缺湖，自然也缺菖蒲。就算想通过菖蒲表达对屈子的怀念，也没有现成的材料。

现在说唐朝的菖蒲。我只找到李白的《送杨山人归嵩山》，原以为以菖蒲的"品格""芳香"在大唐会大肆入诗，然而并没有。还是来看李白笔下的菖蒲：

我有万古宅，嵩阳玉女峰。
长留一片月，挂在东溪松。
尔去掇仙草，菖蒲花紫茸。
岁晚或相访，青天骑白龙。

这是李白送别友人道士杨山人的诗。李白的诗永远恣肆张扬，无与伦比地洒脱，无人能比，无法描述。"仰天大笑出门去，我辈岂是蓬蒿人""天生我材必有用，千金散尽还复来"也就罢了，即使是送别友人，也要写得无比豪放。且看：

我有万古不坏的仙宅，那就是嵩山之阳的玉女峰。那挂在东溪松间的一片明月，一直留在我的心中。杨先生您又要去那里采集仙草，去攫食紫花的菖蒲保持青春的面容。年底时我将到嵩山之阳拜访您，您可能正在青天上乘着白龙来相迎。

李白很潇洒，看不出离愁别恨，只看到出神入化般的仙风道骨。

李白的菖蒲不是寻常的菖蒲，和道家有关。老道葛洪在《抱朴子》中云："韩众服菖蒲十三年，身上生毛，冬祖不寒，日记万言。商丘子不娶，惟食菖蒲根，不饥不老，不知所终。"《神仙传》云："咸阳王典食菖蒲得长生。安期生采一寸九节菖蒲服，仙去。"

食菖蒲可以长生仙去，李白最终是仙去了，这可能就和菖蒲有关。

# 蒿

## 只叫识蒿簪

蒿是植物没错，但它是很多种
植物。《诗经》中提到的蒿就有很
多种，比如播娘蒿、牡蒿、艾蒿、
蒌蒿、牛尾蒿、白蒿，它们各有各
的用处，有用于祭祀，有用于食
用，不一而足。

艾蒿不仅可以治病，还可以代
表相思。《王风·采葛》有言："彼
采艾兮，一日不见，如三岁兮。"

播娘蒿可以食用，并为人称
颂。牡蒿因为无用，被人嫌弃。
《小雅·蓼莪》中的"莪"就是播
娘蒿，"蔚"就是牡蒿："蓼蓼者莪，
匪莪伊蒿。哀哀父母，生我劬劳。"

白蒿则是用于祭祀的。《召南·采蘩》有："于以采蘩？于沼于沚。于以用
之？公侯之事。"

蒌蒿是柴薪，却能和爱情挂上钩。《周南·汉广》有："翘翘错薪，言刈其楚；
之子于归，言秣其马。"

牛尾蒿也是用于祭祀的，《小雅·蓼萧》有："蓼彼萧斯，零露湑兮。既见
君子，我心写兮。燕笑语兮，是以有誉处兮。"

现在，我们去唐朝。在唐诗里蒿就是蒿。

李白的《答王十二寒夜独酌有怀》："君不见裴尚书，土坟三尺蒿棘居"；杜
甫的《无家别》："寂寞天宝后，园庐但蒿藜"；白居易的《村居苦寒》："唯烧
蒿棘火，愁坐夜待晨"就不说了。细赏于濆的《里中女》：

吾闻池中鱼，不识海水深。

吾闻桑下女，不识华堂阴。

贫窗苦机杼，富家鸣杵砧。

天与双明眸，只教识蒿簪。

徒惜越娃貌，亦蕴韩娥音。

珠玉不到眼，遂无奢侈心。

岂知赵飞燕，满髻钗黄金。

于濆是晚唐诗人，关心民众。此诗就是一例。

我看那浅池中摇头摆尾的鱼儿，哪里能知道海水的深度。采桑的女子就是池中鱼，不知道高堂华屋的壮丽。小女子昼夜忙织布，富人家天天传出的是洗衣服的捣杵声。上天给了小女子一双明亮的眼睛，但是她能认识的只有蒿草做的簪子。可惜即使拥有西施貌、韩娥音，却从来没见过珠宝玉石，也就压根起不了贪奢的心，她哪里知道赵飞燕满头别的都是黄金钗呀，那和蒿草簪子简直是云泥之别。

于濆的蒿不关思念、不关情谊、不关祭祀，就是贫女头上的簪子，就地取材，形同柴草。

再看韦庄的《秦妇吟》（节选）：

大道俱成棘子林，行人夜宿墙匡月。

明朝晓至三峰路，百万人家无一户。

破落田园但有蒿，摧残竹树皆无主。

路旁试问金天神，金天无语愁于人。

韦庄和温庭筠同是"花间派"的代表作家，善写"隐约迷离的意境"，但其《秦妇吟》不同，是类似于白居易《长恨歌》的长篇叙事诗，写的是唐末黄巢起义战乱中女子不幸的遭遇。当时此诗甚至被制成幛子悬挂，韦庄也被称为"秦妇吟秀才"，名噪一时。

晚唐朝廷腐败无能，官府横征暴敛，逼得百姓造反，朝廷严酷镇压，最终老百姓流离失所，这是其中有"蒿"的一段。

秦妇逃到路上，因为战乱，道路无人行走，早已变成酸枣林了。偶然经过行人，夜晚住的地方墙壁是坍塌的，能看见月亮。明天早上要到那三峰路，那曾经很繁华，现在竟一个都没有了。没有人烟，有的是田园里疯长的蒿草和横七竖八的竹子、树木，根本没有主人料理。上天那，我问你金天神，这一切是为什么？为什么要让老百姓遭受这样深重的苦难？金天神无语，他也回答不了，他比人还发愁。

荒地的蒿草侵入原本该是长满庄稼的田园，从最微小的地方展示了战乱带给百姓的苦难。任何时候，只要一乱，受伤最严重的永远是百姓。蒿不管这些，只要给它机会，就可以占领一切可以生长的地方，蒿是"野火烧不尽，春风吹又生"的绵绵不绝草，蒿啊，我是该夸你还是恨你呢？

## 萱　草

### 萱草解忘忧

从样子就不难看出萱草是百合科，但和百合不是一个属，百合是百合属，萱草是萱草属。萱草有很多寓意特别的名字，比如金针、黄花菜、忘忧草、宜男草、疗愁、鹿箭等，每一个名字都有来历。其中，金针、黄花菜直取花形而名。

萱草在《诗经》时代被称为谖草，寓意母亲，出自《卫风·伯兮》："焉得谖草？言树之背。愿言思伯，使我心痗。"哪里能找到忘忧草？我要把它种在北堂上。内心想着我的丈夫，想得我心都破碎。朱熹的注释云："谖草，令人忘忧；背，北堂也。"所以萱草又称北堂萱。这是中国的母亲花，萱草令人忘忧，这不是传说，是真的有此功效。

《博物志》记载："萱草，食之令人好欢乐，忘忧思，故曰忘忧草。"苏颂《图经》云："萱草利心智，令人欢乐忘忧。"

《医醇剩义》中有萱草忘忧汤一方："治忧愁太过，忽忽不乐，洒淅寒热，痰气不清：桂枝五分，白芍一钱五分，甘草五分，郁金二钱，合欢花二钱，广皮一钱，贝母二钱，半夏一钱，茯神二钱，柏仁二钱，金针菜一两，煎汤代水。"

至于"宜男草"，《周处风土记》载："妊妇佩其草则生男。"这里曹植直接把萱草称为"宜男草"，他在《宜男花颂》中云："妇女服食萱花求得男。"真假与否，就不必追究了。

萱草有百合科的特征，李时珍说："萱宜下湿地，冬月丛生。叶如蒲、蒜辈而柔弱，新旧相代，四时青翠。五月抽茎开花，六出四垂，朝开暮蔫，至秋深乃尽，其花有红黄紫三色。结实三角，内有子大如梧子，黑而光泽。其根与麦门冬相似，最易繁衍。"

萱草特别容易繁殖，一次种植，再不用管，来年就是成片，开花时节艳黄的六瓣花最是招蜂引蝶。当然，现在培育的品种多了，花色除了黄色，还有红、黄、黑红。

历代写萱草的诗文，都离不开以上这些寓意，唐朝也不例外。

先看白居易所写的《酬梦得比萱草见赠》：

杜康能散闷，萱草解忘忧。借问萱逢杜，何如白见刘。
老衰胜少天，闲乐笑忙愁。试问同年内，何人得白头。

这是白居易写给老友刘禹锡的。以曹操的"何以解忧，唯有杜康"开头，

就知道主调是失意，还有著名的忘忧草——萱草，果真能忘忧吗？就算是杜康加上萱草，还不如就让我和梦得（刘禹锡的字）相见欢喜。似水流年，人都会老，但是即便衰老，也胜似早早夭折。唉，试看今日，又有哪些人能不"早夭"坚持到白头的？

看来白居易和刘禹锡都做到了"白头"，而且是"共白头"。他二人同年生，一个活了七十四岁，一个活了七十岁，在过去都算是古来稀了。是因为借助了杜康和萱草，还是对生命保持豁达的态度，不得而知。

再说一例关于"宜男草"的诗作，即于鹄的《题美人》：

秦女窥人不解羞，攀花趁蝶出墙头。
胸前空带宜男草，嫁得萧郎爱远游。

于鹄是中晚唐时人。他住在秦地，描述了一个胆大开放的女子，偷偷跑出来，又悄悄看人，一点也不害羞，显然不是大家闺秀，没有一点矜持。她要折花又追逐蝴蝶，就越过了墙头，只见女子胸前带着萱草——宜男草，可惜这又有什么用，她嫁的郎君就常年不在家，何来"宜男"？

看似洒脱的秦女，一朵"宜男草"则暴露了空闺的寂寞，令人叹息。她忍不住想问，她的萧郎回来了吗？她"宜男"的愿望实现了吗？

孟郊擅长写母亲，他在《游子吟》中写到萱草：

萱草生堂阶，游子行天涯。
慈母依堂前，不见萱草花。

萱草种在母亲居住的堂前，我的母亲也不例外，她的房前也种着萱草，可是我不能在母亲跟前尽孝。这一走就是经年，慈母依然在堂前盼着儿子归来，但是儿子的归期难定，那堂前的萱草啊，竟然不开花，无以解除母亲的忧愁。

夏日里艳放的萱草，竟承担着如此沉重的责任。要为人解忧，要为人"宜男"，还要让母亲的思念变为现实。

忍不住又是一声叹息，为母亲，为萱草。

# 稻

## 山前有熟稻

稻是禾本科稻属一年生草本植物的总称。原产于中国，栽培历史至少有七千年，发展到现在，稻子的种类竟然有十四万种，尽管如此，科学家还在不停的研制新稻种。

我从稻子最早的记载开始谈起。稻子经过漫长的栽培发展到今天，已经是世界上三大谷类之一，全世界产量在玉米和小麦之后。

最早记录稻子品种的是《管子·地员》，有十种水稻名称。郭义恭《广志》曰："有虎掌稻、紫芒稻、赤芒稻、白米稻。南方有蝉鸣稻，七月熟。"我喜欢"蝉鸣稻"这样有趣的名字。

《史记·夏本纪》记载，大禹时期就种植水稻："令益予众庶稻，可种卑湿。命后稷予众庶难得之食。食少，调有余相给，以均诸侯。"即大禹命令伯益给大家发稻种，种在水田里，还命令后稷给大家发难以获得的食物，让食物多的地方发给食物少的地方。

《诗经》和《楚辞》都提到稻，各举一例吧。

《小雅·甫田》（节选）中提到的稻子让人喜悦，因为丰收：

曾孙之稼，如茨如梁。曾孙之庾，如坻如京。乃求千斯仓，乃求万斯箱。黍稷稻粱，农夫之庆。报以介福，万寿无疆。

先王后代的庄稼堆得到屋顶，先王后代的谷仓像山丘，于是要再筑上千座，要再造万座车辆。丰收了黄米小米和大米，农夫们高兴互相庆贺。这是神灵赐给先王的厚福，我们祝愿他万寿无疆。

下面是《楚辞·招魂》（节选）中的稻子：

室家遂宗，食多方些。

稻粢穱麦，挐黄粱些。

大苦咸酸，辛甘行些。

整个宗族聚集在一起，饮食丰盛品种多样。稻谷大麦，还有黄粱。有苦咸酸各味，再加上甜辣调和。

郑玄《仪礼注疏》云："凡酒，稻为上，黍次之，禾又次之。"虽然说的是做酒，从中也可以看出稻子的地位。

到唐朝看看吧，稻子并不如想象中的多，而且并没有期望中的"甫田稻"。先看皮日休的《橡媪叹》：

秋深橡子熟，散落榛芜冈。伛偻黄发媪，拾之践晨霜。
移时始盈掬，尽日方满筐。几曝复几蒸，用作三冬粮。
山前有熟稻，紫穗袭人香。细获又精舂，粒粒如玉珰。
持之纳于官，私室无仓箱。如何一石余，只作五斗量！
狡吏不畏刑，贪官不避赃。农时作私债，农毕归官仓。
自冬及于春，橡实诳饥肠。吾闻田成子，诈仁犹自王。
吁嗟逢橡媪，不觉泪沾裳。

深秋时节，正是橡子成熟的时候，橡子散落在草木丛生的山岗。一位伛偻腰身的老年妇女，在晨曦中捡拾橡子，从早捡到晚才能拣满一筐子。捡回的橡子又是蒸又是晒，几经处理，橡子就可以作为一家人冬天的粮食了。

但是再看那山前，稻子成熟了，袭来阵阵沁人心脾的香气。农人的粮食大丰收，稻子仔细收割，回来又认真挑拣，那一粒粒的大米珠圆玉润实在好看。但这些丰收所得全部交给了官府，自己家一点都留不下。而且官府坑人，明明是一石还多，却被量作五斗。那狡猾的酷吏，不怕刑罚，贪婪的官员根本不避讳贪赃。农时他们把官粮放了私债，农毕自己先获利，再把放粮的本钱放到官仓。实在疯狂至极，可恶至极。

再回到老农妇家，从冬天到春天，就靠橡子充饥，实在是很难吃，不过是诳骗自己肠胃而已。春秋时期的田成子曾经大斗出贷小斗收取，赢得老百姓的祝福，虽然这是假仁假义，但终于还是凭此为一方诸侯。但是看看眼前捡拾橡子的老妇人，就知道那些为官者比田成子都不如，根本不在乎民心，就知道为自己不停攫取利益，根本不顾老百姓的死活。想到这里，不禁双泪长流沾湿衣襟。稻米的香甜和橡子的涩苦形成鲜明的对比。为老妇哀伤之余，又想到就在唐朝稻米也是珍贵的粮食。

再看李贺的《南山田中行》：

秋野明，秋风白，塘水漻漻虫啧啧。

云根苔藓山上石，冷红泣露娇啼色。

荒畦九月稻叉牙，蛰萤低飞陇径斜。

石脉水流泉滴沙，鬼灯如漆点松花。

"诗鬼"李贺写到的植物也不少，但是引用的少，我不太能接受诗中的阴森"鬼气"，但又割舍不下他的才气。

李贺走在秋天的田野上，天气晴好，但是萧瑟的迹象已经显露。水塘清澈秋虫高鸣。半山腰云雾缭绕，山石上长满苔藓，冷艳的红花滴下，点点露珠惹人爱怜。洼地里稻谷已经成熟，叶子枯黄交错叉丫，该蛰伏的萤火虫低低飞过。已经是夜晚了，石间的水流出滴在地上的沙土里，远处萤火闪烁黑漆漆的穿越在松枝之间，就像松花一般。

李贺的诗好冷，原本稻子熟了，是丰收的喜悦，但是在他眼里看到的是枯黄的稻叶胡乱交叉，给人衰败的印象。

我总是希望看到曙光，看到光明，于是不得不再把王驾的《社日》拿出来，感受稻子成熟的喜悦：

> 鹅湖山下稻粱肥，豚栅鸡栖对掩扉。
> 桑柘影斜春社散，家家扶得醉人归。

鹅湖山下稻子谷子长得茁壮，村里百姓家的猪舍、鸡舍都半掩着，已经是傍晚，桑树和柘树的树影已经拉到很长，庆祝春社的集会刚刚散去，每家都有喝醉酒被家人搀扶回家的人。

这样的气氛多好，一年之计在于春，百姓祈祷今年稻粱丰收，正好稻粱长得旺盛，大家在一起祈祷鼓励，缓解一年的辛苦，大家一起饮酒直到酩酊大醉，然后劳作期盼稻粱丰收。

千百年来，农业社会的百姓就是这样过来的，抛开苛捐杂税等，他们只求安居乐业，只要"稻粱肥"，如此足矣。

# 粟

## 新炊间黄粱

粟是禾本科狗尾草属一年生草本植物，也称为稷，脱了壳就是粱，黄粱，现在最通行的叫法是小米。原产于中国北方黄河流域，是古代先民主要的粮食作物。粟有五色，其实不止五色，比如白、红、黄、黑、橙、紫等，还分黏性和不黏的粟。有一种说法，称夏、商属于"粟文化"，就是那时的主要粮食是以粟为主的。经过漫长的发展，小麦、稻子成为更主要的主食之后，粟才退居二线，作为杂粮存在。不用说，《诗经》中一定有粟、粱、谷的身影，就选一首让人印象深刻的吧。来看这首《小雅·黄鸟》：

> 黄鸟黄鸟，无集于穀，无啄我粟。此邦之人，不我肯穀。言旋言归，复我

邦族。

黄鸟黄鸟，无集于桑，无啄我梁。此邦之人，不可与明。言旋言归，复我诸兄。

黄鸟黄鸟，无集于栩，无啄我黍。此邦之人，不可与处。言旋言归，复我诸父。

黄雀呀黄雀，不要聚集在楮树上，不要啄食我的粟子。这地方的人，不肯善待我，还是回去吧，回到我的家乡。

黄雀呀黄雀，不要聚集在桑树上，不要啄食我的黄粱。这地方的人，不可以和他们订立盟约，还是回去吧，回去找我的兄弟。

黄雀呀黄雀，不要聚集在柞树上，不要啄食我的黍子。这个地方的人，不能够和他们相处。还是回去吧，回去找我的父伯。

总共三段，都提到谷物，都是小米类别的，可见其重要程度，令人难过的是这些谷子却无法收获。

小米，也称黄粱，我们都做过"黄粱一梦"。粱出现在唐朝沈既济的《枕中记》，卢生在邯郸旅店住宿，入睡后做了一场享尽一生荣华富贵的好梦。醒来的时候，小米饭还没有熟，便有所悟。

唐代有《南柯记》，宋代有《南柯太守》，元朝有马致远作《邯郸道省悟黄粱梦》，明朝有汤显祖改编《邯郸记》，清代有蒲松龄作《续黄粱》，都源于此

典故。代代都有续写改编，可见明知荣华富贵如梦一场，短促而虚幻，但千年来人们依旧看不破，倒是黄粱从远古走来，一直不变。

看过唐朝的"黄粱一梦"，再看唐诗中的粱、粟。

写到粮食作物，便不能不提杜甫，另选其《同诸公登慈恩寺塔》，诗有点长，就截取有粱的后半部分：

> 秦山忽破碎，泾渭不可求。
> 俯视但一气，焉能辨皇州。
> 回首叫虞舜，苍梧云正愁。
> 惜哉瑶池饮，日晏昆仑丘。
> 黄鹄去不息，哀鸣何所投。
> 君看随阳雁，各有稻粱谋。

这是杜甫到慈恩寺时写的，此寺是唐高宗为其母建的。此时的大唐已经显露败象，杜甫是有感而发。

秦岭和终南山远远看去就像破碎了一样，泾河、渭河原本一浊一清，现在也看不出来了。看首都长安，在黄昏里也很难辨清。回首想那虞舜圣君，他也会在苍梧山发愁吧，可惜曾经在瑶池宴饮的周穆王西王母们该日落了吧。那天鹅般的有志之士纷纷离去，他们哀鸣自己到哪里呢？但那些随太阳迁徙的鸟，却是只为自己的营生——稻粱谋啊。

杜甫总能看到他那个时代的悲哀，又无可奈何。没想到用了他的"粱"，却是小人们各自为己的"稻粱谋"。

再看一篇"粟"，就用李绅的《悯农二首》：

> 一
>
> 春种一粒粟，秋收万颗子。
> 四海无闲田，农夫犹饿死。
>
> 二
>
> 锄禾日当午，汗滴禾下土。
> 谁知盘中餐，粒粒皆辛苦。

春天种一粒种子，秋天就能收千万颗子，"普天之下莫非王土"的广阔土地没有闲田，但是在"率土之滨莫非王臣"领导下的农夫却仍然会饿死。

农夫在太阳下劳动，汗水颗颗滴在禾苗生长的土地上，那些"四体不勤五谷不分"的老爷们，你们哪里知道每一粒粮食都是劳动所得，不该浪费啊。

这样的粟、粱食之倍感沉重，就像白居易《观刈麦》的诗句："念此私自愧，尽日不能忘。"

我们也不能忘："谁知盘中餐，粒粒皆辛苦。"


# 浮 萍

## 十年身世各如萍


浮萍的来历不复杂，就是浮萍科浮萍属的水面浮生植物。都是青萍、田萍、水浮萍等稀松平常的名字，唯一让我感兴趣的是浮萍的尺寸，那是以毫米计的。浮萍叶子几乎圆形，长1.5~5毫米，宽2~3毫米。这一特征很重要，所有关于浮萍的文化意蕴都关乎它的"浮"和"小"。

最早是《楚辞·九怀·尊嘉》给浮萍定位的："河伯兮开门，迎余兮欢欣。顾念兮旧都，怀恨兮艰难。窃哀兮浮萍，泛淫兮无根。"水神河伯啊打开宫门，热烈欢迎我啊欢欣不已。我却是顾念我的故国，心怀忧愤啊世道艰难。暗自哀怜啊身似浮萍，漂浮不定啊没有根基。你说与不说，浮萍都天然飘零。

其实浮萍长成整片时，你会望"萍"兴叹，那是一种肆无忌惮的恣肆汪洋，不是浮萍渺小，是我们渺小。

还是到唐朝看看那时的浮萍吧，先说晚唐韦庄的《与东吴生相遇》：

十年身事各如萍，白首相逢泪满缨。

老去不知花有态，乱来唯觉酒多情。

贫疑陋巷春偏少，贵想豪家月最明。

且对一尊开口笑，未衰应见泰阶平。

写此诗时的韦庄经过十来年的颠沛流离，已经做官，但其时的大唐已是战乱频仍，民不聊生。所以，五十九岁的韦庄和东吴生相遇感叹，十年来我们都是和浮萍一样飘零人世，此时相逢已经鬓发全白，不免泪流满面。这般年纪已经感觉不到花儿的姿态，如此离乱的时代唯有酒让人寄情。想那贫寒之家哪里有什么春天，可豪贵之家就连那月亮都是明亮的。唉，这样的世道，姑且饮酒开口笑，趁还没有过于衰老，期盼国家风调雨顺，国泰民安，我们一醉方休吧。韦庄面对已经逝去的繁华，仍然乐观地期盼大唐再兴，可惜啊，只是美好的愿望而已。

再看杜牧的《齐安郡后池绝句》：

菱透浮萍绿锦池，夏莺千啭弄蔷薇。

尽日无人看微雨，鸳鸯相对浴红衣。

此时是夏天，微微下着雨，暑气尽消。园子的池塘里红菱叶子露出水面，满池的浮萍像锦绣一样铺开，再看园子里，黄莺围着盛开的满架蔷薇婉转啼鸣。一天了，并没有人看细雨，只有我在这里，淋着毛毛细雨看池子里对对鸳

鸯相互嬉戏，甚是惬意。

所有的浮萍都是"萍飘蓬转"，只有杜牧看出了浮萍的美意，浮萍也可以是美的，可以被欣赏的。为杜牧笔下的浮萍点赞。


# 菊 花

## 菊花须插满头归


菊花在各种场合已经被写过多次，再写仍然觉得有新意。它是菊科菊属毋庸置疑，有意思的是，自从菊花可以培植之后，早已不是"采菊东篱下"的黄花。按照花瓣的形状，可以分为园抱、退抱、反抱、乱抱、露心抱、飞午抱等类型，更别说菊花无以计数的品种，以及诗意盎然的名字，比如贵妃醉酒、汴梁绿翠等。

据记载，周代就开始栽培菊花了，距今有三千多年的历史。《礼记·月令篇》载："季秋之月，鞠有黄华。"

屈原在《离骚》中云："朝饮木兰之坠露兮，夕餐秋菊之落英。苟余情其信姱以练要兮，长顑颔亦何伤。"大意是，清晨我饮木兰上的露珠，傍晚食菊花落下的花瓣。只要我的情志美好坚贞不易，长久的形神消瘦又有什么悲伤。自屈子吃菊花开始，菊花就是高洁的象征。

后来菊花被赋予了"长寿"的品质，比如九月九日重阳日要喝菊花酒。来到唐朝，那时菊花已经从纯黄色走出，有了白色和紫色。白居易《重阳席上赋白菊》诗有："满园花菊郁金黄，中有孤丛色似霜"。李商隐《菊》诗云："暗暗淡淡紫，融融冶冶黄"。可谓"有诗为证"。

菊花很入文人的眼。大唐近三百年的历史，好的菊花诗比比皆是。杜甫的《秋兴八首》其一："丛菊两开他日泪，孤舟一系故园心。"岑参的《行军九思长安故园》"遥怜故园菊，应傍战场开。"刘禹锡的《始闻秋风》："昔看黄菊与君别，今听玄蝉我却回。"白居易的《与梦得沽酒闲饮且约后期》："更待菊黄家酿熟，共君一醉一陶然。"以及我尤为喜欢的黄巢的两首菊花诗：

### 题菊花

飒飒西风满院栽，蕊寒香冷蝶难来。

他年我若为青帝，报与桃花一处开。

### 不第后赋菊

待到秋来九月八，我花开时百花杀。

冲天香阵透长安，满城尽带黄金甲。

下面是元稹的《菊花》，和陶渊明异曲同工：

秋丛绕舍似陶家，遍绕篱边日渐斜。

不是花中偏爱菊，此花开尽更无花。

深秋时节，满院的篱笆开满了菊花，就好似到了"采菊东篱下，悠然见南山"的陶渊明家，我不由自主地欣赏菊花，甚至不知道已经"夕阳无限好"了。我倒不是对菊花尤为偏爱，此时如果不好好欣赏菊花，严冬将至，哪里还能看到一朵花呢？

所以，我不得不爱菊，爱它的明艳、无畏和卓尔不群。

再选一首杜牧的《九日齐山登高》：

> 江涵秋影雁初飞，与客携壶上翠微。
> 尘世难逢开口笑，菊花须插满头归。
> 但将酩酊酬佳节，不用登临恨落晖。
> 古往今来只如此，牛山何必独沾衣。

选此诗就是看中了"菊花须插满头归"的潇洒。

九月九是重阳节，饮菊花酒，插茱萸，登高望远，欣赏秋景。此时身为刺史的杜牧正是如此，和老友登上齐山，远处的江水倒映出大雁的身影，约朋友一起拿着酒登上依然青葱苍绿的大山。尘世种种的不愉快此时被抛在脑后，要高兴就彻底高兴，把那盛开的菊花插个满头，自在逍遥，尽情尽兴再投身尘世。所以喝它个酩酊大醉不枉佳节，管它现在已经是落日黄昏。古往今来不过如此，何苦像齐景公面对牛山落泪发出感叹："若何滂滂去此而死乎！"

杜牧看似潇洒，不过是借"菊花插满头"式的放纵安慰抑郁的内心，此时的大唐已不复往日，哪里可以潇洒到不管世间事的程度，不过是借着节日，让自己暂时忘却尘世的烦恼，以便再入凡尘时有充沛的精力去应对，而菊花正是这样的精神寄托。

我们不妨学杜牧，给自己一个"菊花插满头"的机会。

想想，还是把唐太宗的《赋得残菊》搬出来，体会一下几乎被视为完人的李世民的菊花情怀：

> 阶兰凝曙霜，岸菊照晨光。
> 露浓晞晚笑，风劲浅残香。
> 细叶凋轻翠，圆花飞碎黄。
> 还持今岁色，复结后年芳。

在深秋或者初冬，残菊一样风采照人。一阵劲风吹过，吹来阵阵菊花香。菊花细小的叶子依然顽强生长，圆圆的花朵还在寒风里展露嫩黄的颜色。菊花不会轻易改变自己，它那样明黄，来年也依旧会明艳照人。

# 韭　菜

## 夜雨剪春韭

韭菜是百合科葱属多年生草本植物，它的别名很有意思，丰本、草钟乳、起阳草、懒人菜、长生韭、壮阳草、扁菜等。

懒人菜不好听，却实至名归，种一次就行，剩下就等收割了，而且是多次、经年收割。

壮阳草的意思比较明显，《笑林广记》中很多段子都和韭菜有关，和韭菜对应的是

丝瓜。女人都愿意让自己的丈夫吃韭菜，不吃丝瓜。韭菜是很多人都喜欢的蔬菜，我尤甚。苏东坡不可一日无肉，我不可一月无韭。尤其是韭菜饺子，百吃不厌，百做不厌，屡吃屡做，屡做屡吃，至今不衰。

韭菜还是最古老的蔬菜之一，从《诗经》时代就开始种植了。《豳风·七月》："四之日其蚤，献羔祭韭。"二月里祭祀祖先，献上羔羊和韭菜。那时韭菜是供品，是要献给祖先享用的，可见韭菜那时就是美味。

南朝宋的周颙就说过，最好吃的蔬菜就是春天的韭菜了。《南史·周颙传》记载了他的言论："春初早韭，秋末晚菘。"确实是，夏天的韭菜就老了，特别是出苔以后的韭菜，人们就不爱吃了，有"六月韭，臭死狗"的说法。虽然我不以为然，只要有卖的，我一年四季都吃它。

除了《诗经》提到韭菜，《汉书》也提到"冬种葱韭菜茹"，北魏贾思勰在《齐民要术》种韭第二十二中也有介绍。

到了唐朝，韭菜虽不是边缘菜，入诗的却只有杜甫的《赠卫八处士》：

> 人生不相见，动如参与商。今夕复何夕，共此灯烛光。
>
> 少壮能几时，鬓发各已苍。访旧半为鬼，惊呼热中肠。
>
> 焉知二十载，重上君子堂。昔别君未婚，儿女忽成行。
>
> 怡然敬父执，问我来何方。问答乃未已，驱儿罗酒浆。
>
> 夜雨剪春韭，新炊间黄粱。主称会面难，一举累十觞。
>
> 十觞亦不醉，感子故意长。明日隔山岳，世事两茫茫。

这是杜甫自洛阳到华州途中访问好友卫八处士所作。此时安史之乱还在延续，能和故友重逢，感慨万千。

人生能不能相见，就像那永不相见的参星与商星，谁敢断言"再见"就能见呢？今日能和老友相见，共此烛光，真是感慨万千。我们一别竟是二十年，各自都衰老了，当年少壮体健，此时鬓发斑白。更令人唏嘘感叹的是，我们的故旧竟然有一半都故去了，惊叹中难免不伤怀。

二十年后再见老朋友，儿女已经绕膝了，而且一看就是教育有方，给我敬酒，还问我从哪里来。话还没说完，老朋友早已急于招待我，让孩子赶紧沽酒去。已经是夜晚了，而且外面还下着雨，老朋友还是让孩子出去剪春韭，那可是最好吃的韭菜。厨房里飘过黄粱蒸熟的香味，让我这游子分外感动、温暖。

老朋友说我们好不容易见面，一定要好好喝酒，一醉方休。可是因为兴奋又感伤，喝了很多酒，也没有醉，感慨彼此的情谊恒久绵长。我们都知道，明日一别，隔山隔水，"世事两茫茫"，就像那"参星与商星"。

杜甫的韭菜很感人，只和情谊有关，和温暖有关。

就让这样的韭菜从千年前一直延续到今朝吧。

# 灵 芝

## 忆向天阶问紫芝

　　灵芝是一种菌类，属灵芝科灵芝属，有"林中灵"的称号。《神农本草经》记录了赤芝、黑芝、青芝、白芝、黄芝、紫芝等不同品种的产地和性状，有的"益心气，补中，增慧智"，有的"益肾气，通九窍，聪察"，还有的"益肺气，通利口鼻，强志意，勇悍，安魄"等，不一而足，但所有灵芝都有一个共同的特点，那就是"久食，轻身不老，延年神仙"，自古就被视为仙草。

　　《孔子家语·六本》："与善人居，如入芝兰之室，久而不闻其香，即与之化矣。"和品行高尚的人在一起，就如走到有灵芝和泽兰的屋子里一样，时间长了便闻不到香味，那是因为你已经融化在其中了。

　　把植物分为"香""恶"的屈原，当然是把灵芝归为"香草"，并称灵芝为"三秀"。《九歌·山鬼》："采三秀兮于山间，石磊磊兮葛蔓蔓。怨公子兮怅忘归，君思我兮不得闲。"我在山间采摘灵芝，岩石堆积葛藤缠绕。怨恨那思慕的人儿惆怅忘归，你思念我却没有空闲来。美丽的山鬼怨恨那没有如约而来的

情人，即使采下香草灵芝又有何用？

追求长生不老是人类共同的妄想，秦始皇派徐福寻访长生不老药一去不归。汉武帝也追求长生不老，以为不老药就是灵芝。班固在《两都赋》有言："神木灵草，不死药也。"

灵芝在中国人的心中是一种神奇的草，在唐朝亦如是。大诗人李商隐在《重过圣女祠》中写到了灵芝：

> 白石岩扉碧藓滋，上清沦谪得归迟。
> 一春梦雨常飘瓦，尽日灵风不满旗。
> 萼绿华来无定所，杜兰香去未移时。
> 玉郎会此通仙籍，忆向天阶问紫芝。

从字面上看，诗人再一次过圣女祠时，圣女还在人间，她是从天上被贬到人间的。白色的石门已经被苔藓染绿，圣女迟迟回不到天庭。至于犯了什么天条，没人知道。此时是春天，春雨飘到屋瓦上，一个"春"字、一个"梦"字难免让人浮想联翩，圣女不会动了凡心吧？祠中的神旗被风刮过。此间的圣女是这样的寂寞，而那从前的仙女萼绿华、杜兰香却是从人间得道升天的。但愿那天界掌管户籍的玉郎能知道圣女，能让她再次回到天界，可以采摘灵芝，那曾经是她的工作。

看似虚无缥缈、云山雾罩，实则是诗人的心声，想来他也是希望自己能重获重用，不再像圣女一样幽居吧。那灵芝正是他的期盼。

再看一首写到灵芝的诗，陆龟蒙的《新沙》：

> 渤澥声中涨小堤，官家知后海鸥知。
> 蓬莱有路教人到，应亦年年税紫芝。

陆龟蒙的灵芝实在令人惊异，超出我的想象。他的灵芝竟然和被压迫的劳动人民联系在一起。

那渤海随着潮涨潮落形成一个自然的堤坝，堤坝里就自然有了一片还未来得及开垦的土地。对这一带水域非常熟悉的海鸥还来不及知道此处的情况，那官府就先海鸥知道了。这是为什么呢？陆龟蒙告诉你，若是蓬莱仙境能有通过的道，那官府一定会征收采摘灵芝的赋税！

看似幽默的笔调，透着强烈的讥讽，渤海是海鸥的家，它还没来得及注意到新形成的堤坝，以及堤坝里形成的土地，那没长翅膀的官府就像狗一样闻到了此处的发展前景：有了土地就可以耕种，有了耕种就有收获，有了收获就可以收税，这是多么好的蓝图。

农家也别太生气，那官府不仅会收你们的，就是蓬莱阁，官府也不会手软。那能让人长命百岁长生不老的灵芝，你敢采，官家就敢收税！

这样的灵芝让人气馁，神秘美好的物事一下蒙上了阴影。

又想到南朝刘义庆《世说新语·言语》中有言："譬如芝兰玉树，欲使其生于庭阶耳。"那芝兰玉树，谁不想让它们长在自家的庭院呢。

不到天庭摘灵芝，不让官府欺压灵芝，只想长成"芝兰玉树"，如此甚好。


# 菟丝子

## 兔丝附蓬麻


菟丝子是旋花科菟丝子属植物，又名无娘藤、无根藤、萝丝子。从名字就可以看出，它是一种寄生植物。

菟丝子原本就是缠绕在植物上"剪不断、理还乱"的"烦恼丝"，我曾亲眼看到一丛荷兰菊被菟丝子以网络状缠绕以致窒息。

我是在《诗经》中重新认识菟丝子的，那里的菟丝子不是"纠缠不清"，而是"缠绵悱恻"。

《鄘风·桑中》中就提到菟丝子，称为"唐"："爰采唐矣？沬之乡矣。云谁之思？美孟姜矣。期我乎桑中，要我乎上宫，送我乎淇之上矣"。到哪里采菟丝呢？就在那沬水的东边。正在想念的是哪位？就是那个美孟姜。约我来到桑林里，与我欢会在社宫，送我在那淇水旁。

然后又采麦子、采蔓菁，都是约会在桑林中，欢会在社宫，送别在淇水旁。

自由奔放，热情似火，缠绵不休，犹如菟丝，缠绵悱恻。于是，我对菟丝子另眼相看了。

汉乐府肯定是受了《诗经》影响，在《古诗十九首·冉冉孤生竹》中就有"与君为新婚，菟丝附女萝"，表达的是一个意思。

经过了上千年，不知此时的菟丝子在唐人眼里会是怎样的。来看杜甫《新婚别》中的菟丝子：

兔丝附蓬麻，引蔓故不长。嫁女与征夫，不如弃路旁。

结发为君妻，席不暖君床。暮婚晨告别，无乃太匆忙。

君行虽不远，守边赴河阳。妾身未分明，何以拜姑嫜？

父母养我时，日夜令我藏。生女有所归，鸡狗亦得将。

君今往死地，沉痛迫中肠。誓欲随君去，形势反苍黄。

勿为新婚念，努力事戎行。妇人在军中，兵气恐不扬。

自嗟贫家女，久致罗襦裳。罗襦不复施，对君洗红妆。

仰视百鸟飞，大小必双翔。人事多错迕，与君永相望。

杜甫描述了一位在战乱之时深明大义的新婚妻子。

那菟丝子缠绕在蓬麻之上，怎么可能延伸到很远呢。唉，把女儿嫁给军人还不如丢弃在大路旁。可是父母偏偏就把我嫁给了你，晚上我们成婚，早上你

就走了，连婚床都没有暖热呢。你倒是走得不远，那戍守的边关已经移到洛阳不远的河阳。可是依照婚俗，我还没有拜见公婆，就不能算是他们的儿媳妇，你让我怎么面对他们？

想当初，父母养育我，也是把我当宝贝，但"男大当婚，女大当嫁"，我长大了只好出嫁，所谓"嫁鸡随鸡、嫁狗随狗"，我跟了你这样一位军人。你去的是不知能不能回来的"死地"，我怎么能不担忧痛苦。心里无数次想跟你一道去战场，只怕那战场并不适宜女人，反倒坏了形势。

翻来覆去想，定下心来，夫君，你就别以我为念，安心保家卫国吧，我若是到了战场，恐怕反而影响士气。我原本就是个贫家女，积攒了很久才备下这些嫁衣。从现在起，我就脱下这些罗裙，洗掉脂粉，静心等你归来。

夫君，你看那天上的鸟儿自由飞翔，大大小小都是成双成对。可人世间的事八九不如意，你我两地新婚就分别，但是夫君你放心，我愿与你同心永结，永不相忘。

攀附的是蓬草，不是高大的树木，这样的菟丝子怎么会有未来？可是对于一个女人，丈夫就是她的天、她的地、她的一切。夫君新婚第二天就出征，那是去的"死地"，她的内心怎么能不痛苦、不担忧呢？

但是想到夫君是为了保护国家出征，只好放下个人哀怨，支持丈夫，同时也期盼丈夫能平安归来。这个菟丝子命运一样的女子不寻常，柔弱，但是坚韧，相信未来。

因为那新婚的女子，唐诗中的菟丝子有了生命中不能承受之重。


# 竹 笋

## 笋根稚子无人见


竹笋是竹子的嫩芽，单独拿出来写是因为唐诗中写竹子的实在太多了，根本顾及不到竹笋，所以单独将其列为一篇。

竹是禾本科植物，竹笋当然也是，不过是竹子可食用的部分。中国人吃竹笋的历史很悠久，《周礼》记载："加豆之实，笋菹鱼醢"，就是说笋可以和鱼一起腌制。

李时珍说竹子又称为"妒母草"，"谓笋生旬有六日而齐母也"，意思是笋只要长十几天就赶上母亲一样高了。知道竹子长得快，却没想过给竹子起名"妒母草"，有趣，特此记述。

竹子到底是南方植物，北方即使移栽，也不过是为了美化环

境或者附庸风雅，完全顾不上吃竹笋，长都来不及，哪里可能吃呢？

北方人现在也吃竹笋，肯定是从南方运过来的，大部分也是在饭店吃，家里少有人做，也感觉不到竹笋的妙处，比如清热化痰、益气和胃、治消渴、利水道、利膈爽胃等功效。竹笋还具有低脂肪、低糖、多纤维的特点，食用竹笋不仅能促进肠道蠕动，帮助消化，去积食，防便秘，并有预防大肠癌的功效。

还是回到唐朝吧，拿出杜甫的《绝句漫兴九首》其七：

糁径杨花铺白毡，点溪荷叶叠青钱。

笋根稚子无人见，沙上凫雏傍母眠。

这是杜老先生到了成都草堂后写的，杨花飘飘、荷叶朵朵，时值初夏。草堂周围的小路上落满了杨花，好像铺了一层白毡子，溪水里荷叶刚出头，点缀水中像铜钱一样层层叠叠。竹林里嫩笋刚刚冒出来，还没人关注，沙洲上小野鸭依偎在母鸭身旁正酣睡。

看来老杜先生在草堂的生活比较安定，兴之所至，提笔有神，此情此景，安闲自在，有一种岁月静好的安稳，竹笋和嫩鸭正是新生命的开端，充满生机。

还有白居易《食笋》（节选）：

此州乃竹乡，春笋满山谷；
山夫折盈抱，抱来早市鬻。

很简单，竹乡产竹，当然也产笋。正值春天，春笋长了满山谷，山野的乡民砍一些春笋到早市上卖，不用说是补贴家用呢。

施肩吾也写过笋，不妨一赏。且看《湘竹词》：

万古湘江竹，无穷奈怨何？
年年长春笋，只是泪痕多！

湘竹自古就被誉为娥皇女英泪洒的竹子，她们为自己逝去的丈夫舜流泪，以至泪斑撒在湘江的竹子上，再也掉不下来。李商隐感叹，就是那年年都长的春笋也忘不了那哀怨，泪痕何其多啊。

还想引用一位女诗人有关竹笋的诗，就是鼎鼎大名的薛涛，诗名是《十离诗·竹离亭》：

蓊郁新栽四五行，常将劲节负秋霜。
为缘春笋钻墙破，不得垂阴覆玉堂。

铅华洗净的薛涛在亭子周围种了四五行竹子，喜欢竹子的气节，在秋霜时节更显其品格，也为她的玉堂遮阴避暑，可是现在她不得不离开，是因为那"初生牛犊不怕虎"的春笋竟然把墙都钻破了。

诗里没有要抱怨春笋的意思，反倒感觉春笋的顽强生机。薛涛是欣赏竹子的"劲节"的，所以对竹笋的"蛮横"并不以为意，而是让竹笋离开她心爱的亭子。

# 水 藻

## 江山故宅空文藻

水藻就是水生藻类植物，藻的一种。

夏季在荷塘、溪水边、幽黑清澈的水中，水藻像鱼儿一样游动，柔软、温顺、干净，看得人也变得神清气爽。

李时珍在《本草纲目》中这样介绍水藻："藻乃水草之有纹者，洁净如澡浴，故谓之藻"。

《诗经》时代，水藻不仅仅可以当菜，也入了诗。就用《小雅·鱼藻》中的水藻吧，那是鱼水之欢的美好："鱼在在藻，有颁其首。王在在镐，岂乐饮酒。"鱼儿游在水藻中，它的脑袋大又圆。天子住在京镐中，快乐地和群臣饮酒。"鱼在在藻""王在在镐"各得其所，岂不乐哉？

水藻生在水中，很早以来就被当作辟火的象征。在容易起火的地方，比如木质的房屋梁上会画上水藻的纹样，用以压制火灾。水藻因为其柔软、顺从，在讲究礼制的周代，会作为女子祭祀的供品，以示自己的谦卑、顺从、干净。

水藻还有意味着廉洁，不仅用于祭祀，更用在三品以上含皇帝的朝服上，在皇帝特制的十二纹章图案中也有水藻。

后来，又有了藻思、玉藻、藻井、辞藻这些衍生词语，"辞藻"则被引申为文采飞扬。同时，也引出关于水藻的不少成语，比如春葩丽藻、雕镂藻绘、鸿笔丽藻、虑周藻密、山节藻棁、掞藻飞声、扬葩振藻、重葩累藻等，都是用来夸赞文采的。就举两个于唐朝产生的有关水藻的成语感受一下吧。

鸿笔丽藻，形容诗文笔力雄健，辞藻华丽。唐人源直心《议释道不应拜俗状》："枢纽经典，畴咨故实，理例锋颖，词韵膏腴，则司戎之称鸿笔丽藻矣。"

掞藻飞声，指施展文才，声誉远扬。唐朝萧颖士《赠韦司业书》："今朝野之际，文场至广，掞藻飞声，森然林植。"

接下来是唐诗中的水藻，杜甫《咏怀古迹五首》其二中就有：

摇落深知宋玉悲，风流儒雅亦吾师。

怅望千秋一洒泪，萧条异代不同时。

江山故宅空文藻，云雨荒台岂梦思。

最是楚宫俱泯灭，舟人指点到今疑。

这是杜甫老年到了夔州写的诗，咏怀楚国的大才子宋玉。

深秋时节，树叶飘落，万物凄凉，我感受到宋玉的悲哀（等同于屈原的悲哀，报国无门，空赋志才），我想学习他的风流儒雅。惆怅地回望历史，为他洒下同情的泪水。我们拥有同样的遭际，只是时代不同。江山依旧在，故宅主人去，只留下文采飞扬的辞赋，曾经的巫山云雨只不过是荒唐的美梦。最令人痛心的是，楚王宫早已灰飞烟灭，那舟子还指点着所谓的遗迹让人生疑。

宋玉因为写《高唐赋》《神女赋》，而留下楚王和巫山神女"云雨"的传说，人们就以为宋玉是个"高唐"子。其实，宋玉和屈原一样有抱负，只是人们误解了他而已。杜甫能理解宋玉，在他的故宅凭吊咏怀，借以感叹自己不如意的人生。其中的文藻就是用了水藻的延伸意思，即文采飞扬。

韩愈也在《湘中》写到水藻：

猿愁鱼踊水翻波，自古流传是汨罗。

蘋藻满盘无处奠，空闻渔父扣舷歌。

这是韩愈被贬到长沙写的一首诗。

这里就是汨罗江，山猿哀愁，江鱼翻腾，水波卷浪。我想在此祭奠投江的屈子，表达我的缅怀。虽然江上到处都漂浮着用于祭祀的蘋、水藻，但是那屈子投江的遗迹没有任何遗留，我没办法祭奠。只有江上渔夫的歌声遥遥可闻，我只有惆怅。

韩愈被贬，来到汨罗江，自然能想到屈原。其中的"蘋藻"（田字草、水藻）句出自《召南·采蘋》："于以采蘋？南涧之滨。于以采藻？于彼行潦。"

韩愈的水藻无关"文藻"，而是水藻最早的用途——祭祀，只是冥冥中和杜甫又有"灵犀"，都是对自身处境的感怀悲叹。如今，水藻依然在水中随波逐流，它从来没有想过自己的身世，过去没有，如今没有，以后也不会有。

# 白 芷

## 白芷动芳馨

白芷是伞形科植物，莳芎、香菜、芹菜、蛇床子都是伞形科植物。它们都有共同的特征，外形像一柄伞，基本上是白色的，都有自己特殊的芳香，令人难忘。

白芷是这些伞形科植物中长得最高大的，盛开时的伞形花序会吸引各式昆虫，美丽的如蝴蝶，丑陋的如苍蝇，以及各种不知名的昆虫，都会聚集在白芷的花盘上，各自忙碌，并发出沉醉其中的嗡嗡声。

这一切都源自白芷的芳香，这芳香不止吸引昆虫，而且还吸引人类。在《礼记·内则》中就有记载，那时父母长辈会赏赐家族女性食物、布帛、白芷和泽兰。食物和布帛是为了吃穿，白芷和泽兰则纯粹是为了熏香和修饰。

白芷最被看重是在《楚辞》时代，是《楚辞》中提及最多的香草，被当作君子看待。著有《楚辞章句》的东汉人王逸就说过："行清洁者佩芳，德仁明者佩玉，能解结者佩觿，能决疑者佩玦，故孔子无所不佩也。"孔子佩的"芳"

应该有白芷，是君子的标配。

选屈子有白芷的诗句感受一下两千年前的白芷芳香。且看《九章·悲回风》中的"故荼荠不同亩兮，兰茝幽而独芳"。苦菜和荠菜不会在一片田里生长，泽兰和白芷在幽深处独自芬芳。

这是典型的屈原式的"众人皆醉我独醒"的悲愤之叹。屈原受到迫害，理想抱负不能实现，又不愿意和"恶草"小人同流合污，所以"兰茝幽而独芳"。

到了唐朝，我只发现一首，是钱起的《省试湘灵鼓瑟》：

善鼓云和瑟，常闻帝子灵。

冯夷空自舞，楚客不堪听。

苦调凄金石，清音入杳冥。

苍梧来怨慕，白芷动芳馨。

流水传潇浦，悲风过洞庭。

曲终人不见，江上数峰青。

钱起，天宝进士，盛唐时期人，被誉为"大历十才子"之一。而这首诗是一首"试帖诗"，即应付科举考试的一种"体制诗"，这样的诗因为受限很多，不容易写好，就像"应制诗"一样，但钱起的这首试帖诗历经百年无人超越。

湘水女神善于鼓瑟，尧帝的女儿娥皇女英常常聆听，就连水神冯夷听了都忍不住闻瑟起舞，只是那音乐哀婉，让不得意的"楚客"屈原、贾谊等更加难过。

凄美的音乐令金石悲戚，清澈的乐声直达苍穹。就连九嶷山的舜帝都被惊动，那白芷也散发出更悠远的芳香。音乐在湘江上流动，哀怨的声音随风传到了洞庭湖。

湘灵的瑟弹奏完，你还沉浸在其中，那弹曲的人已经不见了，只留下江边郁郁葱葱的山峰，回荡着不绝于耳的音乐。

诗句悠远轻扬，一点也看不出是试帖诗，你会跟随钱起的引导，融汇在他所描述的音乐中无法自拔。

白芷虽然长在唐朝，却饱有自《楚辞》中绵延留下的气质，芳香，清高。

现代的白芷早没有古时的韵味，没有几人知道它曾经是君子的代言人。如今，白芷更多的是入药，东汉时期的《神农百草经》就已经将其收录，"性温味辛，气芳香"。最重要的是，它可以美颜，这令现代女性趋之若鹜。


# 谷

## 五月粜新谷


谷是禾本科狗尾草属一年生草本植物，在古代就是稷、粟或者粱。谷一直是北方，特别是黄河流域的重要粮食。谷还是政府税收的重要来源，因为农业立国，自然会祭祀农神，农神就是稷——谷。对稷的崇拜就是从稷宫到后稷再到稷神这样演变的，甚至会把国家称为"社稷"，可见谷物在中国农业社会的重要性。

《诗经》中就多次提到谷物粮食，就比如前文讲过的拿《小雅·黄鸟》，一首诗里把谷的各种称呼都提到了。

还是回到唐朝吧！既然是想看看唐诗中的谷，那就赶紧拿出来"晒谷"吧。

先看顾况的《过山农家》：

板桥人渡泉声，茅檐日午鸡鸣。

莫嗔焙茶烟暗，却喜晒谷天晴。

顾况和白居易是同时代人，诗人、画家，一生官位不高，因为讽刺当朝权贵被贬，晚年隐居。他的诗名虽然没有白居易大，但对白居易的出名起到了很大的作用。

据《幽闲鼓吹》记载："尚书白居易应举，初至京，以诗谒著作顾况。况睹姓名，熟视白公曰：'米价方贵，居亦弗易。'乃披卷，首篇曰：'离离原上草，一岁一枯荣。野火烧不尽，春风吹又生。'却嗟赏曰：'道得个语，居即易矣。'因为之延誉，声名大振。"

还有一件"红叶传情"的传闻，说的是天宝年间的一个秋天，顾况从皇家护城河里捡到一片红叶，上面写有诗句："一入深宫里，年年不见春，聊题一片叶，寄与有情人。"（天宝宫人《题洛苑梧叶上》）顾况看罢，感动之余也在

红叶上和诗："花落深宫莺亦悲，上阳宫女断肠时。君恩不闭东流水，叶上题诗寄与谁？"（《叶上题诗从苑中流出》）仍把红叶放入河中，没想到竟和那宫女取得联系，两人从此开始"红叶传诗"。后来，顾况居然找到那位出逃的宫女，二人喜结连理、相伴一生。

还是回到顾况的谷。夏秋之际，顾况来到一处有山、有水、有溪流的村里，过桥看到村舍茅屋下的鸡咕咕欢叫。此时是正午，这家的主人正在烟熏火燎地焙茶，看有人来很不

好意思，说不要见怪，这样好的天气正好晒谷子。

这样的场景很舒服，是烟火人家的现世安好。

再看聂夷中的《伤田家》：

二月卖新丝，五月粜新谷。

医得眼前疮，剜却心头肉。

我愿君王心，化作光明烛。

不照绮罗筵，只照逃亡屋。

到了唐末，农家的日子更不好过了。

才二月，蚕茧刚出生，就要把将要产的丝卖掉；才五月，谷子还没有结穗，就要把将要打的谷子卖掉。但就像眼前的急症要治疗，才不得不狠心剜下心头肉。远在天边的君王啊，愿在你的心中，点亮一支光明的蜡烛。别照那些穿绫罗绸缎的权贵家，就照一照缺衣少穿只有逃亡的农户家吧。

谷子还没收，就提前卖了。高高在上的君王没有点亮光明的蜡烛，大唐也随之土崩瓦解。唉，这的确很心酸。

但历史就是历史，无法修改。还是现在好，谷子应有尽有，也意味着丰收。

# 慈 姑

## 茨菇叶烂别西湾

慈姑是水生植物，泽泻科慈姑属，又称剪刀草、燕尾草、茨菇。不仅在南方生长，而且在北方的荷塘也常见。慈姑的地下球茎可以吃，但是北方人不吃，甚至无人观赏，被当作水中杂草对待。

慈姑有标志性的三角叶子很容易辨识，和巨大圆形的荷叶长在一起，不屈不挠。慈姑和荷花的花期一样，都在盛夏。荷花开得巨大，却并不影响慈姑兀自开着白色的花朵，一点也不招摇。不争艳，不争色，不争名。且看张潮的

《江南行》：

茨菰叶烂别西湾，莲子花开不见还。

妾梦不离江上水，人传郎在凤凰山。

张潮是中晚唐时期的进士，《全唐诗》仅仅收录了他的五首诗，其中就有一首提到慈姑。

张潮本是江苏人，熟悉江南的生活，《江南行》更像江南民歌，将女子对郎君的思念通过慈姑和荷花辗转表达。

去年初冬慈姑叶子已经腐烂的时候，我们在西湾离别，今年夏天了，荷花已经娇艳地盛开，却不见郎君归来。女子做梦都不敢离开西湾的江水，只怕你哪一天回来，我却不在江边，哪怕是梦里。想你、念你、盼你、打听你，有人说你在凤凰山中。

我不知是喜是忧，能做的就是等你，梦里都不敢离开我们告别的地方，你走的时候，天已经很冷了，慈姑经不住寒冷，叶子都烂了。现在夏天到了，慈姑隐没在盛开的荷花中，你该回来了，但是我还是见不到你。

女子伤感，思念动人，慈姑凄清，荷花娇美，郎君狠心，一幅悲凉的图景。

慈姑就这样湮没在历史的长河中。只是那女子的思念，牵动人心，悠悠远远延续到今日。我想知道，那郎君归来了吗？此时慈姑的叶子又绿了，安静不起眼的小小白花又开了，就在那盛开的荷花中。

几百年后的明朝，慈姑花开了。来看赵完璧的《茨菰花》：

忽讶秋风玉，由来冰雪姿。

孤光明绿苇，独秀出污池。

宠谢华堂剪，闲依野钓丝。

清芬烟水外，不受一尘欺。

忽然有一种明艳的豁然开朗，赵完璧让我们看到了冰雪之姿的慈姑花，出淤泥而不染，如此甚好。

# 藁 本

## 莫是藁砧归来时

藁本是一种伞形科植物，它的叶子似白芷，香味似芎䓖，苗又似水芹，还和蛇床像，都是伞形科植物。动物有四不像，我看藁本是"四像"。

《楚辞》中的藁本是香草，《九叹·怨思》："犯颜色而触谏兮，反蒙辜而被疑。菀蘼芜与菌若兮，渐藁本于洿渎。"触犯君主的颜面直言相谏，反而受到冤枉而被猜忌。芎䓖、菌若混乱堆积，把芳草藁本浸泡在臭水沟里。

但在《宋史》中，藁是杂草。文天祥在集英殿对策，深得皇帝宋理宗的赏识，史书载："其言万余不为藁，一挥而成。"文天祥洋洋万言有章有法，一点也不乱，一挥而就。这个"藁"其实是乱草丛生理不清的意思。

唐诗里，藁本是和砧连在一起，是为"藁砧"，即切草的砧板，那"藁"是草的代称。"藁砧"非同寻常，一种解释是"古代处死刑，罪人席藁伏于砧上，用鈇斩之"；第二种解释是铡草工具，藁是草，砧是垫在地上用以铡草的板子，

铡草是用的"鈇"这样的工具，"鈇"和"夫"谐音，引申为女子称丈夫的隐语。

诗人权德舆在《玉台体十二首》其十一中用的就是夫君的意思：

昨夜裙带解，今朝蟢子飞。
铅华不可弃，莫是藁砧归。

"玉台体"一直是香艳体的代称，专写闺阁女子的情感。但这首玉台体却没有香艳的感觉，就是闺阁的情思。

一位女子昨夜裙带自己就松开了，今晨又看到蟢子双双飞来。要赶紧梳妆打扮，说不定我那夫君就要回来了。

这样的隐语实在令人诧异，不是妇女解放以后的现代人能理解的，而且诗中的"藁"已经和伞形科植物"藁本"失之毫厘差之千里了，只是出现了"藁"，增加了不同于以往的《楚辞》里的香草形象，也不同于《宋史》里杂草的杂乱，而是出人意料的"夫君"之意，真是有趣。

# 芦 笋

## 芦笋初生渐欲齐

芦笋又称石刁柏，天门冬科天门冬属，多年生草本植物，嫩苗是上好的蔬菜，在人们开始极为关注养生的时候，芦笋作为抗癌蔬菜，被人们广为接受。芦笋含有丰富的维生素B、维生素A以及叶酸、硒、铁、锰、锌等微量元素，以及人体所必需的各种氨基酸。

有一段时期，我以为芦笋就是芦苇的嫩苗，就像竹笋就是竹子的嫩苗一样。现在知道了，芦笋就是芦笋，芦苇就是芦苇，完全不是一个科一个属，它们甚至不是表亲关系。

芦笋曾经和韭、葱、蒜是一个科，即百合科，后来分家了，芦笋归了天门冬科，但不管怎么说，它们还是有亲戚关系的，这也是我没想到的。它们看起来并不相像。

芦苇的嫩芽也被当作美味蔬菜，历代诗人赞颂的很多，苏东坡《惠崇春江晚景二首》其一云："蒌蒿满地芦芽短，正是河豚欲上时。"至于何时就成了盘中餐不可考。

芦笋入诗的不多，唐代诗人张籍在《凉州词三首》其一中写道：

边城暮雨雁飞低，芦笋初生渐欲齐。

无数铃声遥过碛，应驮白练到安西。

张籍是中唐时人，进士，文官。《凉州词三首》是他在安西和凉州落入吐蕃手中期间所作，表达自己对边事的忧虑。

边城此时正处于暮色苍茫中，雨一直在下，大雁低低飞过，芦笋刚刚发芽，正茁壮成长。遥远的地方传来无数的驼铃声，西去的驼队想来是要去安西。

可惜的是，此时通往安西的丝绸之路已经被吐蕃截断了。

从诗中看，其中的芦笋更像是芦苇的嫩芽——芦芽，但以我的私心还是属意是芦笋。只是以这样的境况出现，让人凄凉，往日的大唐气象今日不再，此时边城阴雨绵绵，但"春风吹又生"的芦笋依旧蓬勃生长，像不谙世事的幼童。与大唐的衰落不同，那芦笋生机勃勃，富有生命力。


# 芭 蕉

## 红蔷薇架绿芭蕉

芭蕉是芭蕉科芭蕉属植物，别看它长得高大帅气，却是多年生草本植物。中国原产，主要长在秦岭以南。近些年北方也有人家为了追求风雅种芭蕉，就像种竹子一样。庭院里种几竿竹子，主人家一下清高了许多。若是连芭蕉都种上了，就更增加了"宋词"般隽秀的魅力。

一说到芭蕉，马上想到雨打芭蕉，这已经成了固定搭配，如白居易的《连雨》"碎声笼苦竹，冷翠落芭蕉"、《夜雨》"隔窗知夜雨，芭蕉先有声"，杜牧的《芭蕉》"芭蕉为雨移，故向窗前种"等，雨和芭蕉有"剪不断，理还乱"的关系。当然，"红了樱桃，绿了芭蕉"更让人欣喜，但那是宋朝的芭蕉，还是回到唐朝吧。

芭蕉特别有诗意，硕大葱绿的叶片，挺拔不屈的枝干，特别适宜"竹林七贤"这样的人物于树下弹琴、赋诗或者长啸。

先说钱珝的《未展芭蕉》：

冷烛无烟绿蜡干，芳心犹卷怯春寒。<br>一缄书札藏何事，会被东风暗拆看。

钱珝是晚唐诗人。为官又遭贬，似乎是唐代为官诗人的宿命。其一生看不出什么功绩，他的诗在唐朝那些如雷贯耳的大师面前，恐怕要低到尘埃里，但他的《未展芭蕉》却意外地在《红楼梦》第十八回被提到，成功引起我的注意。

芭蕉因其舒展宽大的叶片令人神往，钱珝另辟蹊径，欣赏没有展开的芭蕉叶，那么，在他的眼里，会是怎样的一番光景呢？

那芭蕉卷曲未展开的样子像绿色没有火焰的蜡烛，芭蕉的芯被紧紧包裹，好似胆怯春天仍然寒冷的天气，不由我见犹怜。那叶片包裹的样子又好似卷起的书札，不知内里有多少往事收藏，春风再次吹过的时候，她藏不住心事，风儿会悄悄打开卷住的芭蕉，一览无余。

我忽然想起一句清诗："清风不识字，何必乱翻书。"钱珝诗中的东风太多情。不过，他眼中的芭蕉竟然很娇羞，打破了雨打芭蕉的固定模式，这总是

好的。

再看一首韩偓有关芭蕉的诗《深院》：

> 鹅儿唼喋栀黄嘴，凤子轻盈腻粉腰。
> 深院下帘人昼寝，红蔷薇架碧芭蕉。

韩偓是比钱珝更晚的晚唐诗人，当过不小的官，因为不愿意依附唐朝的掘墓人朱温，被贬官。尽管在政治上韩偓有自己的品格，但生活中不乏散漫，早年以写艳情诗为主，被人称为"香奁体"，后来，国家离乱，诗风转变，多为感叹伤时。

韩偓在自己的小院里，只见嫩鹅张开小黄嘴呱呱鸣叫，美丽的凤蝶扭动腰肢上下翻飞。此时还是白天，主人拉下帘子午睡，院子里红色蔷薇与绿色芭蕉相互陪衬，该是大好春光。只是主人辜负，一点也不思进取。其实，他也想进取，但朱温当道，大唐已经不复往日，他一介小官，无力回天。

所有的景致都很迷人，尤其是红蔷薇架碧芭蕉。

# 荞　麦

## 满山荞麦花

一直以为荞麦是北方农作物，看资料才得知，几乎全国各地都有。但遗憾的是，我没见过荞麦。我吃过荞麦，但没见过田地里生长的荞麦。我相信和我一样的不在少数。

北方人把荞麦作为一种小吃来吃。有一种叫"荞面腕托子"的小吃，非常好吃。

荞麦根本不是像麦子一样的禾本科植物，而是蓼科植物。红蓼就是蓼科植物，只不过不是一个属。荞麦是荞麦属，红蓼是蓼属，但总有相近属性。

荞麦原产于中国，唐代开始大面积种植。唐时开始有介绍荞麦的诗，大医药家孙思邈《备急千金要方》中介绍曰："酸，微寒。食之难消。久食动风，令人头眩。作面和猪、羊肉热食，不过八九顿，即患热风，须眉脱落，还生亦希。泾、以北，多此疾。又不可合黄鱼食。"明代李时珍则讲了利用此"害处"："荞麦最降气宽肠，故能炼肠胃滓滞，而治浊带泻痢腹痛上气之疾，气盛有湿热者宜之。"当然，"若脾胃虚寒人食之，则大脱元气而落须眉，非所宜矣"。

大诗人白居易就写过荞麦，来看这首《村夜》：

霜草苍苍虫切切，村南村北行人绝。
独出前门望野田，月明荞麦花如雪。

白先生在一个深秋的夜晚来到一处村庄。此时草已经结霜，冻得秋虫叽叽哀鸣，打眼一望，村子四周连个人影也没有。他闲来无事，独自走出大门看眼前的田野，但只见明亮的月光下，荞麦花如雪一样铺满田地。

本来冷寂的深秋和孤单的自己，因为眼前月光照耀下雪白的荞麦花，竟然让人有豁然开朗的欣喜。这是没见过荞麦花的人很难体会的感觉，也因老白的细致描绘，令人向往那"如雪"的荞麦花，忘记荞麦是用来果腹的一种粮食。

白居易之后的大诗人温庭筠也写过荞麦花，其开放时，尤其是大面积种植

如小麦一样开放时，一定壮观吧？引得大诗人都注意到了。来看这首《处士卢岵山居》：

西溪问樵客，遥识主人家。

古树老连石，急泉清露沙。

千峰随雨暗，一径入云斜。

日暮飞鸦集，满山荞麦花。

唐朝的那一日，温先生到卢岵山拜访修行的处士，来到一处溪水边，向砍柴人打听处士的住处，砍柴人认识，指向远远的山林深处。温先生沿着樵夫所指的路，那是深山老林，但只见森森的老树盘连着岩石，急流的泉水清澈见底，可以看到溪水下的沙子。万山丛中，因为一时到来的雨水，而一下子黯淡下来，只见一小径弯弯曲曲向着云端延伸，好一处幽静深远修行的地方所在。不知不觉中，夕阳西下，倦鸟归途，满山都是荞麦花，又有了人间烟火气，心情大好。

跟着温庭筠的诗一起到卢岵山，千山竞秀，溪水淙淙，满眼碧绿，眼前突然出现漫山遍野雪白的荞麦花，会有怎样的舒心和安静的喜悦啊！

因着白居易、温庭筠眼中的荞麦花，我爱上了荞麦花。我想，我一定会在某一天，去看看唐朝诗人眼中的荞麦花。

# 蓍 草

## 不用钻龟与祝蓍

我是在山西霍州七里峪山坡草甸上见到蓍草的。九月份蓍草正开花，开的是白色的花，我很惊喜，居然在不是它旧有的生长地看见。

蓍草是中国古老植物中最神秘的一种，担负着"生命中不能承受之重"。小到订婚丧决嫁娶，大到决生死定命运，甚至可以决定国家的政策、战争的走向，你信吗？不由你不信，我们曾经的历史就是被蓍草决定后书写的，我们今天的存在就是用曾经的蓍草决定后遗留的。《周易·系辞传上》云："定天下之吉凶，成天下之亹亹者，莫大乎蓍龟。"判定天下事的吉凶，成就百姓勤勉的功业，没有比占蓍卜龟更有效的了。除了天子、诸侯、士大夫，平民百姓凡有重大事也是要通过占蓍卜龟决议，所谓上行下效。

《左传》记述占卜的地方很多，谓之"蓍筮"，发动战争时更是不卜不出征。当然，诸侯娶妻时也要占卜，比如晋献公娶骊姬时就占了两次，一次用龟甲占，"卜之不吉"，一次用蓍草占，"吉"，晋献公听从了蓍草占下的结论，娶了骊姬乱了晋国三代，当然也因此成就了晋文公，晋国的历史也因为一次蓍草占卜的结果而彻底改写。

"蓍"源于"耆"，就是六十岁的意思，孔子曰："夫蓍之为言耆也，龟之为言旧也，明狐疑之事，当问耆旧也。""老人历年多，更事久，事能尽知也。"六十岁在那时当然就是老人了，七十就古来稀了。《博物志》云："蓍一千年长三百茎，植株够老，所以能知吉凶。"

蓍草丛生，先人取六十茎以上，并且长满六尺的蓍草，用于占卜。植株簇生到五十茎以上者就称为"灵蓍"，意即很灵验了。传说蓍草长满百茎者，其下必有神龟守护，其上常有青云覆之。蓍草能长满百茎，茎长超过一丈，就说明天下太平，王道大行，若是蓍草不长，簇生很少，那就是昏君当道，民不聊生。《曹风·下泉》中提到的"蓍"就是在"冽彼下泉"中长的，水里哪里能长"蓍"？所以，其时的"天下"不用说你也知道了：

冽彼下泉，浸彼苞稂。忾我寤叹，念彼周京。
冽彼下泉，浸彼苞萧。忾我寤叹，念彼京周。
冽彼下泉，浸彼苞蓍。忾我寤叹，念彼京师。
芃芃黍苗，阴雨膏之。四国有王，郇伯劳之。

冰冷的泉水流泻，浸泡着谷草。我长夜难眠伤心叹息，心中想念周王的京城。

冰冷的泉水流淌，淹没了萧草。我长夜难眠伤心叹息，心中想念周王的京城。

冰冷的泉水流淌，淹没了蓍草。我长夜难眠伤心叹息，心中想念周王的京城。

苗长茂盛的禾苗，绵绵细雨滋润着它们。四方诸侯拥戴我王，都靠郇伯的辛劳。

《诗序》云："鲁昭公二十二年，周景王死，太子寿先卒，王子猛立。王子朝欲篡位，杀王子猛，尹氏乃立王子朝。乱发后，晋顷公命大夫郇伯攻周，杀王子朝，拥立王子匄为周敬王。"至此，平定了周王室的五年之乱，此诗记述了此事。

周王室不得宁静，天下自然混乱，谷草、萧草、蓍草等生长在山坡草地的植物浸泡在了冰冷的泉水里，不得生长。它们关乎国计民生、国家命运，一种是吃的粮食，一种是祭祀用的，一种是占卜用的，哪一样都不可或缺，可见"草"生不逢时，民也难安其生，多亏郇伯出头，才"擎大厦于将倾"，挽救了周王室的混乱。

后来，用龟甲和蓍草占卜的习俗逐渐衰落，不是不占卜了，而是有了新的办法。

今天我们依然能看见遗存的龟甲，以及龟甲占卜的结果，但是我们看不到遗存的蓍草。

到了唐代，早没有人用蓍草占卜了，而改用铜钱。唐朝最有名的占卜大师袁天罡就是用铜钱预言武则天称帝的。也许是因为蓍草久已荒废，入诗的就少，只有白居易在《放言五首》其三中提到：

> 赠君一法决狐疑，不用钻龟与祝蓍。
> 试玉要烧三日满，辨材须待七年期。
> 周公恐惧流言日，王莽谦恭未篡时。
> 向使当初身便死，一生真伪复谁知？

这是白居易在贬官途中写给好友元稹的。元稹前些年也被贬官，此时已经"转正"，白又遭变故。元稹写《闻乐天授江州司马》以寄托自己对老友的深挚感情，白居易和了他五首，写到蓍草的是第三首。

我有一种办法赠送你，检验玉石的真假需要烧三日，木材的优劣得长够七年。可见日久见人心，品格需要长久的时间才能知道。周公辅佐成王的时候，一直有流言蜚语说他要篡位，王莽篡位前那可是谦谦君子。如果早早就去世，那一生的真假又如何能辨别呢？所以，要解决疑问，不是用龟甲不是用蓍草，只能靠时间。

白居易是告诉世人，自己的清白不在这遭贬的一时一地，他要好好活着，直到云开日出、水落石出，证明他清白的一天。

显然蓍草证明不了他的清白，蓍草原本没有想过证明他的清白，蓍草仅仅是在山间清清白白地生长着，悠悠岁月，不改其性。


## 菌

## 菌生香案正当衙


菌很少出现在诗词中，成语里有一句"夏虫朝菌"，是说夏天的虫子活不过冬天，大部分的菌朝生暮死，比喻生命短促。出处是《庄子·秋水》："夏虫不可以语于冰。"夏天的虫子你给它说寒冰，它完全不懂，因为它是看不到的。在另一篇《庄子·逍遥游》中也有"朝菌不知晦朔"的句子，早晨的菌不知道天黑是什么意思，因为它活不到那时。

唐诗里也出现过菌，在大诗人元稹的《连昌宫词》中，不是"朝生暮死"的短暂，而是荒芜的象征。这是一首很长的诗，跟白居易的《长恨歌》有一拼，是写唐明皇和杨贵妃的。安史之乱是个分界线，之前歌舞升平，莺歌燕舞，之后宫殿废弃，潦倒衰败，然后再进行劝诫。

就选一节和菌相关的介绍一下：

尘埋粉壁旧花钿，乌啄风筝碎珠玉。

上皇偏爱临砌花，依然御榻临阶斜。

蛇出燕巢盘斗栱，菌生香案正当衔。

寝殿相连端正楼，太真梳洗楼上头。

安史之乱以后，曾经灯火辉煌的行宫，如今连昌宫的宫墙都被尘土埋没，那宫女的首饰丢弃在尘埃里，哭丧的乌鸦啄食昔日玩耍的风筝和人们逃走时来不及带走的珠玉。明皇偏爱依墙看花，如今依旧把卧榻放在台阶旁，此时除了怀旧还能干什么？此时的连昌宫早已不复往日繁华，而是蛇游走在离开的燕子巢里，盘桓在飞檐斗栱上，好似它是主人。那生长在暗处的蘑菇此时竟堂而皇之长在了香案上。曾经连着寝殿的端正楼，那时贵妃日日在此梳洗打扮，但会跳霓裳羽衣舞的贵妃今何在？明皇的夜夜笙歌今何在？

此诗读来令人唏嘘叹息，那句"菌生香案"更增添凄凉落寞。这个菌用得实在奇妙，让人意想不到。

但是我还是更喜欢元稹怀念他亡妻的那句诗："曾经沧海难为水，除却巫山不是云。"不知身在破败连昌宫的明皇可曾这样怀念他的玉真娘子？"夏虫朝菌"的蘑菇不会知道，它等不得。

# 蔓　菁

## 棠梨花白蔓菁黄

蔓菁这些年在北方很少见了，更常见的是和它相近的芥疙瘩，都是十字花科芸薹属的蔬菜，一不小心就会混在一起。

芥疙瘩的主要用途是腌咸菜、做酸菜，也做辣菜，因为它身上有"芥"味。蔓菁就没有，但是它们的吃法相近，所以，很多北方人不做区分，但可以肯定地说，它们不是一种菜。

蔓菁的名头不小，和现在的吃法惊人相似。《周礼·天官·醢人》："朝豆之事，其实菁菹。"蔓菁要腌菜吃，也用来祭祀。

《鄘风·桑中》写到蔓菁，那时它也叫"葑"。不可思议的是，圆圆的大头菜蔓菁和爱情有关联，令我意想不到：

*爱采唐矣？沬之乡矣。云谁之思？美孟姜矣。期我乎桑中，要我乎上宫，送我乎淇之上矣。*

*爱采麦矣？沬之北矣。云谁之思？美孟弋矣。期我乎桑中，要我乎上宫，送我乎淇之上矣。*

*爱采葑矣？沬之东矣。云谁之思？美孟庸矣。期我乎桑中，要我乎上宫，送我乎淇之上矣。*

采摩罗、采麦穗、采蔓菁，在那沬水的各方，想念美女孟姜、孟弋、孟庸，相约在桑林欢会。

仲春时节，男女相会没有那么大张旗鼓、明目张胆，于是，借着采植物，在那水边的桑林（似乎欢会都在桑林）男欢女爱，采蔓菁居然也可以名正言顺用来做欢会的挡箭牌，这是我们两千多年后的现代人完全意想不到的。但是我喜欢，喜欢一切明朗单纯的事物，比如，采蔓菁、约会、成就一段情爱。

到了唐朝，蔓菁还是蔬菜，也入了诗。唐朝写有关蔓菁诗的人不多，远比宋人少。大才子元稹写过一首《村花晚》：

> 三春已暮桃李伤，棠梨花白蔓菁黄。
> 村中女儿争摘将，插刺头鬐相夸张。
> 田翁蚕老迷臭香，晒暴奄聂熏衣裳。
> 非无后秀与孤芳，奈尔千株万顷之茫茫。
> 天公此意何可量，长教尔辈时节长。

暮春时节，桃李花已经落了，雪白的棠梨花和明黄的蔓菁花正艳，村野的女子们争相插花带朵，恨不得"插满头"，让那花香熏满衣裳。春过之后，花朵会和往常一样，茫茫一片竞相绽放，上天的意愿哪里可以衡量，其实那时节还长。

想象得到，暮春时节，此花开后彼花开，村中的女人、老人还沉浸在春的生机中，彼此嬉闹农作，旁观者元稹无不善意地笑谑一下，如此而已。

还有个有志向的民间诗人卢仝写的《月蚀诗》提到蔓菁，这首诗有一千七百多字，写了当时一次月全食现象，诡异万状，大文豪韩愈很认可，极"称其工"。有一句是这样的："恒州阵斩郦定进，项骨脆甚春蔓菁。"

至少，元稹的蔓菁花令人喜悦，这是让人安慰的。

# 豆　蔻

## 豆蔻梢头二月初

　　知道豆蔻是因为成语"豆蔻年华"，源于一首诗，就是唐朝大诗人杜牧。中唐的李杜指的是李白、杜甫，晚唐的李杜指的是李商隐、杜牧，为了区别，也称小李杜，可见杜牧的诗名很盛。

　　杜牧可比他的前辈杜甫幸运多了，首先他是"官三代"，他爷爷任过宰相，他年少就关注时政，很有才华，研究《孙子》并注解，在一次平虏过程中出谋划策，被采用，获得成功。

　　杜牧的政治前途一直非常平稳，先是进士及第，然后开始做官，京官、刺史都做过，虽然也有宦海沉浮，没有位极人臣，但比起杜甫好了很多。

　　他的诗有的气势雄浑，如著名的《阿房宫赋》，有的潇洒浪漫，如"停车坐爱枫林晚，霜叶红于二月花"，还有香艳的，比如"豆蔻年华"。

　　原诗是《赠别二首》其一：

娉娉袅袅十三余，豆蔻梢头二月初。

春风十里扬州路，卷上珠帘总不如。

　　他在扬州为幕僚时认识了一位歌妓，很是欣赏。她身姿婀娜，体态娉婷，刚刚一十三岁，正如那二月的豆蔻花，娇俏含羞，美不胜收。那春风十里的扬州，车水马龙，姹紫嫣红，珠光宝气，但也没有豆蔻女子美。

　　杜牧夸美女夸得清奇，用豆蔻比就不寻常，这一比，就留下了千年的美辞。

　　这豆蔻有多美，北方人是不知道的，那是南方植物，也正因为没见过，更增加了想象成分，比如我，竟不忍真的见识豆蔻，怕坏了心中美好的想象。

　　但豆蔻就是植物，和生姜一个科，姜科。豆蔻不止一种，比如草豆蔻、白豆蔻、红豆蔻等，草豆蔻又名草蔻，辛辣芳香，性质温和；白豆蔻又称多骨，皮色黄白，具有油性，辣而香气柔和；红豆蔻也叫红豆、红蔻，颜色深红，有辣味和浓烈的香气。总之是辛辣、芳香，不过是轻重的区别而已。

　　还有一种豆蔻叫肉豆蔻，又名迦拘勒，是肉豆蔻科，和草豆蔻不是一个科，但性状相似，所以也被归为豆蔻类，其实不同。

　　杜牧诗中的豆蔻是草豆蔻，别看它是草，却很高大，长得像芭蕉，花是淡黄色的，自有一种风韵，但并不惊艳，扁球形的果实里包着石榴子一样的种子，产在岭南一代。因为杜牧的"豆蔻"太美，所以真见了草本豆蔻，是会失望的，因为期望值太高。

　　倒不如让草本豆蔻留在它的岭南，让杜牧的少女豆蔻留在我们心中。

# 旋覆花

## 占得佳名绕树芳

　　旋覆花更有名的名字是金钱花，是典型的菊科植物，生长的地方也寻常，田野、山坡、公园、路边，并不挑剔，长相就跟缩小版的向日葵相似，看起来像旧时的铜钱，又是金黄色，所以称金钱花，它的本名旋覆花知道的反而人少。

看来不仅仅是今天的人对金钱的向往犹如长江之水滔滔不绝，在我们最引以为豪的唐朝，也是"黄金遍地流"，那时金钱花也大行其道，吟诵的诗人不少。真不是因为花好看，就是因为有一个令人向往的好名字：金钱花。

那就看看金钱花在唐诗里的盛名吧。且看罗隐的《金钱花》：

占得佳名绕树芳，依依相伴向秋光。
若教此物堪收贮，应被豪门尽劚将。

罗隐是中晚唐时期的诗人，"少英敏，善属文，诗笔尤俊"，却屡试不第，比范进还惨，竟然十次都没有考中进士，可谓不折不扣的怀才不遇，他的诗很能讽刺现实，比如这首。先夸金钱花名字好、模样好，天高云淡的秋天展现了金钱花的芳姿。但是，这样好看形似金钱的花若是能收藏，那还了得，早被豪门望族一网打尽，人间哪里还能再见金钱花。

但是，金钱花毕竟只是植物，不能真当金钱用，所以，在很多地方都能一睹它的芳颜；也因为不能当钱用，它远没有"国色天香"牡丹的待遇，被人供

养、消遣，而任天涯地乱长，给点土壤就"金钱"。

皮日休和罗隐处于同时期，他早早就中进士，只是不满混乱的社会，加入了黄巢起义，这一点对于从小受儒家"修齐治平"教育的读书人来说，太不容易。他的诗反映当时的民生自然能理解。且看看他的《金钱花》：

阴阳为炭地为炉，铸出金钱不用模。

莫向人间逞颜色，不知还解济贫无。

皮日休对金钱花的态度和罗隐不一样，他客观冷静地说这种和金钱酷似的花，你别逞能，不用模子铸，徒有虚名，自然不能解救生活贫困的百姓。其实和罗隐角度不同，但异曲同工。

好好一丛金钱花，就是因为长得像钱，就被人冷不丁批了一顿。长得像铜钱不是我的错，更何况，我原名叫旋覆花，是世人想钱急红了眼，但凡看着有铜钱的些许姿色就争相想攫为己有，倒连累我受奚落。

还好，用铜钱的时代一去不复返了。于是金钱花还原为它自己。不必人夸颜色好，也不必承担不能当钱花的恶名。

于是，我们继续在田野、山坡，草丛，公园，看到欣欣向荣的金钱花——旋覆花。

如此，甚好。


# 胡　麻

## 胡麻好种无人种


称为胡麻的有两种植物：

一种是芝麻。芝麻属胡麻科胡麻属，别名叫胡麻、脂麻，是我国主要的油料作物，著名的大名府小磨香油就是用芝麻磨的。

另一种是做油料用的亚麻，据说是张骞出使西域带回来的。这种胡麻喜欢生在严寒的地区，所以在山西北部地区可见。胡麻产的油有特殊的香气，没有吃惯会很不适应。大同特有的一种月饼就是用胡麻油做的，没馅儿，就是用胡麻油和面做成。一般人以为的胡麻就是亚麻科的胡麻，而真正的胡麻科胡麻则被称为芝麻。

前文提到的唐代女诗人葛鸦儿所作的《怀良人》就提到了胡麻，却不知她诗中的胡麻是芝麻还是胡麻。重温一下此诗：

蓬鬓荆钗世所稀，布裙犹是嫁时衣。

胡麻好种无人种，正是归时不见归。

这是中晚唐时期的诗。当时，社会动乱，民不聊生，男子服役没有准时回来。留守在家的女子，头发散乱，荆钗布裙，十分贫寒，仅有的布裙还是出嫁时的嫁衣，可见生活潦倒到什么程度。雪上加霜的是，丈夫一去不返，女人的生计也成了问题，就算胡麻好种，也没有人手，女子怎么不盼望丈夫归期呢？

明人顾元庆在《夷白斋诗话》中对胡麻是这么理解的："南方谚语有'长老种芝麻，未见得'。余不解其意，偶阅唐诗，始悟斯言其来远矣。胡麻即今芝麻，种时必夫妇两手同种，其麻倍收。"

如果是这样的话，葛鸦儿笔下的胡麻就大有深意了，别说无人种胡麻了，就算种，没有"良人"在，也不会有收获。可见，女人内心更期盼良人回来，这样不仅可以种胡麻，而且可以成倍收获。

真恨不能穿越过去，帮她找到良人，送回去。我们是不是应该欣慰了，如今没有战乱，没有纷争，百姓安居乐业，一切都安好。

# 瓦　松

## 由来不羡瓦松高

小时候就注意到瓦松，是一种长在屋瓦上的植物，可以说是最好看的植物，至少在我年少时期是这样认为的。也一直期盼能近距离观察瓦松，可是它对于一个不善"上房揭瓦"的少女来说，长得太高了，所以瓦松对我来说一直是神秘的存在。

不理解瓦松为什么专门选在屋瓦之处生长，那一定不是一个好的生长环境，但它完全不管不顾，从古至今毅然决然挺立在屋瓦上，就像松树挺立在岩石上一样。

高楼林立之后，瓦松就退出了城市的"江湖"。而长大后的我关注的事情太多，生存、生活、生死，一地鸡毛，喘息的时候才会想象一下诗和远方，瓦松就是诗和远方。

很庆幸唐朝有诗人写了瓦松。最早是唐朝初期崇文馆学士崔融所作《瓦松赋》，辞藻华丽，晦涩难懂，难以读下去，倒是其序说得明白，不妨摘录于此："崇文馆瓦松者，产于屋霤之上。千株万茎，开花吐叶，高不及尺，下才如寸，不载于仙经，靡题于药录。谓之为木也，访山客而未详；谓之为草也，验农皇而罕记：岂不以在人无用，在物无成？俗以其形似松，生必依瓦，故曰瓦松。"

瓦松长不高，不能做木材，也不能入药，是无用之物。这当然是误解，瓦松有"凉血止血，清热解毒，收湿敛疮"的功效，现在的中药店里就可以买到。可惜我不能当面告知崔大学士瓦松有用，也不能告之瓦松的其他名字，比如屋上无根草、向天草、瓦花、石蓬花、瓦塔、瓦霜等。我还看出瓦松是景天科植物，想必他更不知道了。

一晃两百多年过去了，唐朝由盛而衰。唐末，又有一位诗人写到瓦松，但只是捎带着提了提，可惜他也不认可瓦松，虽然是站在和崔大学士不一样的角度。他叫郑谷，出身士大夫阶层。他写菊以表现自己的高洁，捎带写了瓦松，且看这首《菊》：

王孙莫把比蓬蒿，九日枝枝近鬓毛。
露湿秋香满池岸，由来不羡瓦松高。

官高位显的王孙公子们，且不要把菊花当作蓬蒿一样看待，九月九日人们登高赏菊，就看重菊的品格。那一丛丛带着露水的菊花正自散发芳香，在它们心里从来没有羡慕过凭借屋瓦高高在上的瓦松。虽然你（瓦松）高高在上，其实"在人无用，在物无成"。这不是直接打王孙的脸吗？还是顶级王孙——唐朝最后一任皇帝李晔，被朱温杀死，谥号居然是"圣穆景文孝皇帝"，年仅三十八岁。

这位末代皇帝也写了一首瓦松诗。《尚书都堂瓦松》：

华省秘仙踪，高堂露瓦松。
叶因春后长，花为雨来浓。
影混鸳鸯色，光含翡翠容。
天然斯所寄，地势太无从。

接栋临双阙，连甍近九重。

宁知深涧底，霜雪岁兼封。

　　这首诗我看了几遍，不敢解。作为末代皇帝，李晔一直受外藩、内臣的胁迫，处心积虑想要改变，结果适得其反，不仅没有解决问题，反而让朱温得势，最后被其所杀。而直接胁迫他的是节度使兼岐王李茂贞，李晔拿他没有办法，任由对方指手画脚。不知此诗的写作背景是否与之有关。

　　他们诗中的瓦松和我的瓦松不一样，我的瓦松是不屈的，是可以在缺水少土的屋顶生长的，具有一种大无畏的品质，这样甚好。


# 苎　麻

## 麻苎衣衫鬓发焦


　　喜欢民族风服饰的女人大都知道苎麻衣料，透气性好，色彩淡雅，虽然悬垂性不佳，但也能做到衣袂飘飘。

　　苎麻作为衣料的历史跟麻一样长，距今已四千七百年有余，有浙江钱山漾新石器时代遗址出土的苎麻布和细麻绳为证。苎麻适合温带和亚热带气候，基本产于中国西南地区，以陕西、河南以南为界，所以像山西这样的北地就没有了，但并不影响《诗经》中提到它。

　　苎麻出现在《陈风·东门有池》中，可以理解，陈国在河南，而河南产苎麻，关键是苎麻不仅可以做美衣，还可以传美情：

东门之池，可以沤麻。彼美淑姬，可以晤歌。

东门之池，可以沤纻。彼美淑姬，可以晤语。

东门之池，可以沤菅。彼美淑姬，可以晤言。

　　东门外有个坡池，这里可以浣洗麻丝、苎麻以及菅线，那是姑娘们聚集的地方，有位美丽的姬姓姑娘在这里，我想和她对歌、说话。

那浣苎麻的女子，一定姿态美丽，因为劳动就是美丽的，在那男耕女织的时代，一定吸引男子。那男子远远望过去，把情歌送出，把情话传达，正是那苎麻做的媒。

唐诗中再次提到苎麻，只是完全不是从前的"情意苎麻"，而是寡妇褴褛的衣衫。

唐末的杜荀鹤处于军阀混战、民不聊生的时代，眼见改朝换代，便有感而发了这首《山中寡妇》：

夫因兵死守蓬茅，麻苎衣衫鬓发焦。
桑柘废来犹纳税，田园荒后尚征苗。
时挑野菜和根煮，旋斫生柴带叶烧。
任是深山更深处，也应无计避征徭。

兵荒马乱之时，农妇守着茅草棚，她的丈夫已经死于战乱。女人此时的境况可想而知，苎麻的衣衫褴褛，头发焦黄。更可悲的是，作为经济作物的桑树和柘树都已经废了，官府还要征税，田园荒芜也要征苗。农妇只能吃连着根的野菜，烧带着叶子的柴草，甚至已经躲到深山里，也还是躲不过徭役。

女人的苦难穿过千年仍然能够戳痛我，那是怎样的无助、无奈、痛心啊！

如果可以的话，我愿意把我衣袂飘飘的苎麻衣服送给这名寡妇。

# 凤仙花

## 香红嫩绿正开时

凤仙花是凤仙花科凤仙花属一年生草本植物，也叫指甲花、急性子、小桃等，夏季开花，有红、白、粉红、深红、紫等颜色。它是旧时女孩子的最爱，自然是因为其花可以做染料美甲。

凤仙花原产于我国，李时珍这样介绍此花："其花头翅尾足，俱翘翘然如凤状，故以名之。女人采其花及叶包染指甲，其实状如小桃，老则迸裂，故有指甲、急性、小桃诸名。宋光宗李后讳凤，宫中呼为好女儿花。张宛丘呼为菊婢。韦君呼为羽客。"

我小时候家家院子都种指甲草，夏天开红、白、粉的花，花朵就像欲飞的小鸟。我以为是自己观察仔细，不免扬扬得意，大声宣告我的"新发现"，家里大人完全无视我的兴奋，说："人家就叫凤仙花。"到凤仙花开到极致时，它就是指甲草了。家里老人会摘取花朵捣碎，厚厚涂在十个指甲上，再用预先摘取的蓖麻叶包裹，第二天指甲连同手指肚都是红的了。

指甲草这种不分青红皂白地"熏染"感，并不合我的心意，满足了好奇心之后，也就不再热衷染指甲了。但是它的"急性子"还是让人牵挂的。凤仙花开后，结了毛茸茸的"小桃"，你轻轻一碰，"小桃"马上炸开，种子弹射出去，煞是有趣。这是童年里最好的记忆，永远也忘不掉，凤仙花是所有花卉里最亲民、最草根的花儿了。

唐朝时凤仙花已经入诗，只是极少，我只找到吴仁璧的一首《凤仙花》：

> 香红嫩绿正开时，冷蝶饥蜂两不知。
> 此际最宜何处看，朝阳初上碧梧枝。

吴仁璧很有些个性，进士及第后到钱塘的武肃王钱镠处为官。钱镠以礼相待，几次请吴仁璧做事，他都坚辞不就，大约是看不上钱镠高官显贵的行径吧，钱镠一怒之下就把他投到了江里。他留下的诗不多，只有十一首，《凤仙

花》是其中一首，现在看来尤为珍贵，毕竟我没找到第二首写凤仙花的唐诗。

凤仙花的枝叶有点像玻璃翠，嫩的时候很青翠，花香清淡，所以吴仁壁说花开正好，但蜂蝶都不过来，为什么？这正是凤仙花的特别处，李时珍也发现了这一点，他说："但此草不生虫蠹，蜂蝶亦不近，恐亦不能无毒也。"蜂蝶不来就不来，此花照样盛开，它最好看的时候是在太阳初升到梧桐树上的时候，那是凤凰栖息的地方，此时的凤仙花最美。吴仁壁的凤仙花是有格调的，并不亲民，具有士大夫的品位。

唐朝张祜的《听筝》云："十指纤纤玉笋红，雁行轻遏翠弦中。分明似说长城苦，水咽云寒一夜风。""十指纤纤玉笋红"就是指染了蔻丹的指甲，也可看作是写到凤仙花的一位吧。

等来年的凤仙花开，不染指甲，也不用栖息梧桐，就看小桃崩裂，种子飞出，煞是有趣。


# 茭　白

## 水多菰米岸莓苔


茭白是禾本科菰属草本植物，别称有很多，高瓜、菰笋、菰手、茭笋，高笋、茭瓜等，典型的南方蔬菜，北方人对它了解不多。有意思的是，茭白最早不是蔬菜，而是粮食，我们的祖先吃的是这种植物的果实，称为"菰米"。

远在周朝茭白就被食用了，《礼记》记载："食蜗醢而菰羹。"菰羹就是菰米饭。菰米那时是和黍、麦、稻等一起被当作"六谷"的。

后来，周朝的先人发现"菰"被一种叫黑粉菌的寄生以后，植株便不再抽穗开花，转而茎尖形成畸形肥大的菌瘿。聪明的先人发现，虽然植株不能结子，但"菌瘿"可以吃，而且很好吃，于是"菰"一边继续做着"六谷"的粮食"菰米"，一边化身为美味的蔬菜"茭白"。

到了唐朝末期，开始大面积种植水稻，大米成为南方的主食，菰的身份彻底转变为蔬菜，并跻身"江南三大名菜"。

作为南方文学的《楚辞》就描述过"菰"。

《楚辞·大招》："五谷六仞，设菰粱只。鼎臑盈望，和致芳只。"

五谷高高堆起，还摆放着菰米饭。大鼎里的食物满眼都是，调和滋味让食物散发出芳香。

显然，这里的菰是当粮食吃的，那大鼎里的美味是今天不敢想的，也不愿意想，都是保护动物。对比之下菰米就显得安逸多了。

在唐代，菰米已经从主食变成蔬菜，却仍然能看到菰米的身影，就在杜甫的《秋兴八首》其七里：

昆明池水汉时功，武帝旌旗在眼中。
织女机丝虚夜月，石鲸鳞甲动秋风。
波漂菰米沉云黑，露冷莲房坠粉红。
关塞极天惟鸟道，江湖满地一渔翁。

写《秋兴八首》时，杜甫已经五十五岁，身体欠佳，壮志难酬，心情怎么也好不起来。此诗表达的就是这样的思想感情，全诗八首一气呵成，原本不应拆开，但全诗赏读下来，我们早已找不到茭白。

经历了安史之乱之后，回忆起当年长安的昆明池，是多么的雄伟壮丽。此时的昆明池却是菰米无人收割，荷花任其飘零。那关塞已经不通，只有鸟能飞去，眼前的江边湖泊孤零零只剩一个渔翁，渺小、无足轻重。

我们已经很难理解杜甫的悲伤，原本能带给人口腹之美的菰米，在他眼里也已经发黑且无人收割。国家衰败了，连带粮食菰米都沦落了。

老杜写了沉沦的菰米，小杜也写过，不妨一看杜牧的《早雁》：

金河秋半虏弦开，云外惊飞四散哀。

仙掌月明孤影过，长门灯暗数声来。

须知胡骑纷纷在，岂逐春风一一回？

莫厌潇湘少人处，水多菰米岸莓苔。

杜牧此时正在黄州任刺史，听说北方回鹘人侵扰边地，那里的民众流离失所，苦不堪言。

北方边境的胡虏已经张开弦，把那天上的大雁惊得四处飞散。飞到汉时建章宫的孤独的承露盘，那原本凄清的冷宫因大雁的几声凄鸣，更显阴冷。此时那胡虏还在，春暖时大雁可能一一飞回？飞回的大雁不要嫌弃潇湘这一带的人烟稀少，那里水多还有菰米、莓苔，都是大雁爱吃的植物。

杜牧希望边地流离失所的老百姓能安然度过胡虏的"骚扰"，如果来到内地，这里也有让大家生存的基础保障：粮食、蔬菜，比如菰米、莓苔。

同是菰米，老杜看到了菰米的沉沦，小杜看到的则是菰米可以给人希望。但无论哪种菰米，都是让人有不能承受之重。

好在菰米远矣！我们还是在夏天有空调的房间里，谈谈"江南三大名菜"茭白为好，感受一下什么是"岁月静好"……

# 决 明

## 阶下决明颜色鲜

决明对我来说就是一味中药——决明子，是豆科决明属草本植物。它的药用价值在于具有清肝明目、通便的功能，主治高血压、头痛、眩晕、急性结膜炎、角膜溃疡、青光眼、痈疖疮疡等症。

据说决明生命力极其旺盛，在成片的植物中它轻而易举就能成为一方的主宰，所以在北美洲等地区，它被视为难以根除的杂草。在我国，它除了是中草药还是观赏花卉，它的黄颜色鲜艳夺目，就像花生的花一样。

南北朝时期的医圣陶弘景就提到过决明，可见其历史悠久："决明，叶如茳芒，子形似马蹄，呼为马蹄决明。用之当捣碎。又别有草决明，是萋蒿子，在下品中也。"评价不高。但决明更多被称为"还瞳子"，是医眼的第一良药。我不和专家争，反正现代人常拿决明泡水喝，就是为了解决眼部不适的问题。

其实《神农本草经》就提过决明，唐朝自然也有，只是入诗的少，我只见杜甫老先生提到一次，来看《秋雨叹三首》其一：

雨中百草秋烂死，阶下决明颜色鲜。

著叶满枝翠羽盖，开花无数黄金钱。

凉风萧萧吹汝急，恐汝后时难独立。

堂上书生空白头，临风三嗅馨香泣。

深秋，雨下个不停，草都烂掉了，但是台阶下的决明却长得很好。叶子翠绿蓬勃，金色的花就像金钱一样灿烂夺目。唉，可惜冷风呼呼吹着你，恐怕你往后就难以挺立寒秋中了。我这个白发老头空悲叹，在风中也只不过是闻闻你的馨香独自哭泣，没有办法，我哪里能为你遮挡住人世间的风刀霜剑呢？

杜甫为决明的命运悲哀，自有其深层原因。但是决明自身很淡定，它生长、翠绿、开花、灿烂，对于一个生命来说就够了。毕竟，我来过，就算有一天不得不走，但来了就好。

# 美人蕉

## 红蕉花样炎方识

美人蕉是美人蕉科美人蕉属多年生草本植物，是亚热带、热带最常见的观花植物。最早的美人蕉开红花，所以也叫红蕉，后来培育有黄色、红黄相间、大花、小花等不少品种，不变的是美人的性质，是草本花卉中最美的花之一。

现在美人蕉南北都有，种植广泛，公园、路旁、庭院都种，但几十年前，谁家要有一株美人蕉都很稀奇的。硕大的叶片，丝绒般鲜红美艳的花朵，是人见人爱、我见犹怜的尤物，是要仔细端详、细细观赏的。特别是在夏季花少的情况下，美人蕉在骄阳下的光焰尤为夺人心魄。

原以为美人蕉是外来品种，来自南方自不必说，从它的叶片就可以判定，北方的植物不会长这样硕大的叶片的。没想到，至少从唐朝起，美人蕉就在园林栽培了，那时叫红蕉。

《广群芳谱》中这样描述美人蕉："其花四时皆开，深红照眼，经月不谢，中心一朵，晓生甘露，其甜如蜜。"这说的一定是南方的美人蕉，在北方，美人蕉无法过冬。我更感兴趣的是"晓生甘露，其甜如蜜"，这是我此前没有发现的，待下次美人蕉开花一定要品尝一下。

唐朝也有人为美人蕉作赋，韩偓的《红芭蕉赋》就盛赞此花的美艳："瞥见红蕉魂随魄消，阴火与朱花共映。神霞将日脚相烧……赵合德裙间一点……邓夫人额上微殷……含贝发朱唇之色。"韩偓把美人蕉夸的艳压群芳，是真爱没错了。

再看唐诗里的红蕉。写"锄禾日当午"的李绅就写了《红蕉花》：

> 红蕉花样炎方识，瘴水溪边色最深。
> 叶满丛深殷似火，不唯烧眼更烧心。

李绅是在南方认识红蕉花的，长在溪水边的花的颜色最深。成片的美人蕉花开之后像火一样，不仅看着耀眼，殷红的颜色把人心都烧红了。

比起韩偓的赋，李绅的美人蕉就是透心的红。

再有就是徐凝的《红蕉》：

> 红蕉曾到岭南看，校小芭蕉几一般。
> 差是斜刀剪红绢，卷来开去叶中安。

徐凝和我对美人蕉的看法差不多，认为它就是小一号的芭蕉。他是在岭南看的，我是在北方看的。他说美人蕉的花就像剪刀斜裁剪下的红绢，再卷起来安放在叶子中央。很形象，我就想不到这样的比喻，将之比作美人我就以为极好了。

唐时关于美人蕉的诗只有这两首，可见那时美人蕉更多生在岭南，那里是"烟瘴""流放"之地，去的文人少，入诗少自然可以理解。

后来，美人蕉"入主中原"，就开始大放异彩了，这是后话。


# 木芙蓉

## 水莲开尽木莲开


木芙蓉也称芙蓉，是锦葵科植物，和木槿、蜀葵、锦葵同属一个科，长相也有相近的地方，只不过木芙蓉花更大、更鲜艳而已。

叫芙蓉的花主要有两种，一种是荷花，也叫水芙蓉；一种就是木芙蓉，也叫木莲。虽然完全不是一个科一个属，但它们经常入诗入画，读者往往会弄不清是木芙蓉还是水芙蓉。

木芙蓉原产于中国，但"成名"比荷花要晚很多。曹植写《芙蓉赋》也就是"荷花颂"的时候，木芙蓉也在开，但没人写，或者说写了没人知道，没人宣传。木芙蓉真正出名，是因为五代时的后蜀皇帝孟昶，他的宠妃"花蕊夫人"看到木芙蓉开得犹如锦绣，甚是喜欢，孟昶为讨宠妃欢喜，在成都遍植木芙蓉，有了"四十里如锦绣"的芙蓉城，成都自此也叫芙蓉城。

后来很不妙，花蕊夫人被宋太祖抓走，后蜀国灭了。花蕊夫人写下著名的《述国亡诗》："君王城上竖降旗，妾在深宫那得知。十四万人齐解甲，更无一个是男儿。"她不承认自己是红颜祸水，我也不承认，她只不过是让成都美丽起来而已，那份美丽离不开芙蓉。

唐代有不少诗人写木芙蓉，但写水芙蓉的更多。我只好选确证是木芙蓉的诗作和诸君一赏。

于是李白又登场了，他在《妾薄命》中写到木芙蓉：

汉帝重阿娇，贮之黄金屋。

咳唾落九天，随风生珠玉。

宠极爱还歇，妒深情却疏。

长门一步地，不肯暂回车。

雨落不上天，水覆难再收。

君情与妾意，各自东西流。

昔日芙蓉花，今成断根草。

以色事他人，能得几时好？

汉武帝"金屋藏娇"的故事很多人都知道。刘彻小的时候，他姑姑长公主问他要不要媳妇，他要的就是长公主的女儿阿娇："若得阿娇作妇，当作金屋贮之。"阿娇果然当了皇后，娇宠一时。但是幸福来得太快，走得也快。昔日娇艳美丽的芙蓉花，今日成了断肠草，可见以色事人，终不能长久。

木芙蓉也称断肠草，有毒，据说神农氏遍尝百草，最后就是尝木芙蓉时中毒身亡的。可见盛衰、福祸是紧紧相依的，正所谓"成也萧何败也萧何"，不是吗？木芙蓉就是"花中萧何"。

再看白居易写的《木芙蓉花下招客饮》：

晚凉思饮两三杯，召得江头酒客来。
莫怕秋无伴醉物，水莲花尽木莲开。

这首诗写得惬意，而且清晰地道出水芙蓉和木芙蓉。

秋色已浓，晚间有些凉意，也无他事，就想喝几杯小酒享受生活。一人喝酒没趣味，约江头的几位酒客一起小酌一番。酒要喝，伴要有，喝醉了也还有伴醉的花儿，就像秋日登高望远喝酒赏菊一样，现在我们且饮且赏，水中的芙蓉已经开过，身边的木芙蓉开得正好，明月、呼伴、饮酒、赏花，人生乐矣！

## 罂　粟
### 开花空道胜于草

　　罂粟是罂粟科罂粟属一年生草本植物，也称御米、象谷、米囊、囊子等，和虞美人一个科一个属，很多人不认识罂粟，但见过虞美人的就很多了。只不过虞美人纤细，罂粟粗壮，花也是这样，虞美人的花小，单薄像纸，罂粟花大，花瓣有光泽。比较下来，罂粟的花更迷人。

　　罂粟原本是很美丽的花，因为是提取鸦片的主要原料让人"醉生梦死"，就成了"恶之花"，但是这关罂粟什么事儿？罂粟的提取物吗啡、蒂巴因、可待因、罂粟碱、那可丁具有镇静催眠的作用，用对了地方，能够缓解人的痛苦。

有些人一听此花之名就想到毒品，唯恐避之不及，还有些人，比如我，充满了好奇，想看美丽的罂粟花。

其实罂粟花的籽还是一种油料，而且是对人类健康有益的油脂，西方人做沙拉就放这种油料。当然最重要的是，罂粟花华美无比，色彩缤纷，完全可以当观赏植物。

罂粟花在唐朝被称为米囊花，是因为它的果实像一个装米的囊袋。当时罂粟花并不普遍，即使美丽妖娆甚于虞美人，但为它写诗的人寥寥无几，我能找到的就一个，叫郭震。

郭震因为官（县尉小官）不正，武则天想要治他的罪，没想到交谈之后，女帝认为他有经世之才，后来果然在边防上大有作为，使用离间计使吐蕃发生内乱。此人常年镇守边关、拓展疆域，使这一地区长期安定并得到发展。

后来的事不说也罢，虽然他辅助唐玄宗诛杀太平公主有功而晋封代国公，却因为一次军容不整被流放，途中抑郁而终。

还是说他的《米囊花》吧，独此一家，无可挑选：

开花空道胜于草，结实何曾济得民。

却笑野田禾与黍，不闻弦管过青春。

这是讽刺罂粟名不副实的。罂粟花好看，比草强多了，但是花开的好又怎样，哪里有一点能对人有用呢？没用便也罢了，还笑田里的禾黍，竟然没有听过歌乐这样美妙的声音，就错过青春了。

看来郭震的罂粟花开在士大夫的花园里，一帮达官贵人边赏花边听音乐，那是何等"高大上"的生活，不像田里的禾黍，原本就在村野，何来雅乐？但是罂粟花能给人提供果腹的粮食吗？不就是好看，空有一副皮囊而已。

显然郭震并不知道罂粟的"妙用"，日后能取得巨大的经济价值，当然也不知道后世子孙差点因为罂粟而亡国。若是他晚生一千年就不会这样讽刺罂粟花了。

这样想来，那时没有开发出罂粟的价值是件好事，郭震振振有词讽刺罂粟无用也是件好事。但是我仍然念念不忘想看那美丽妖娆的罂粟花。不管它有用还是没用，于我，美丽就行。

# 石莲花

## 今逢石上生

　　石莲花是景天科石莲花属多年生草本多肉植物。叶子基生，莲座状，因为叶子的形状而被称为石莲花。

　　近些年，各式各样、千奇百怪的多肉造就了大批"肉粉"，我曾经参与其中，石莲花是最常见的，当然会养几株观赏。但我更热衷于一种叫生石花的多肉，它长得跟彩色石头一样，小巧玲珑，惹人喜爱，价格不菲。生石花是番杏科生石花属多肉的总称，产于非洲南部，是近些年才引进国内的，有"有生命的石头"之称。当然，很多"肉粉"也叫它"屁屁花"，真的长得像人的两瓣屁股蛋儿。本来要说石莲花，却说起生石花，是因为它们常在一起，我就理所当然地以为石莲花也是产在遥远的异域，但它原产于中国。

　　一千多年前的先人就认识到它的存在。石莲花在唐代不仅长在山野，还长在诗人的心里。来看司空曙的《石莲花》：

今逢石上生，本自波中有。

红艳秋风里，谁怜众芳后。

　　司空曙看到石莲花长在石头缝里，很感慨，说莲花是长在水中的。红艳艳开在秋风里，但秋风过后会怎样，没人关注。当然他是有所指的，人世间大抵都是如此，人们在意的都是你"红颜娇艳"之时，花落了，人也散了。

　　和司空曙同是"大历十才子"的钱起也写过《蓝田溪杂咏二十二首·石莲花》，不妨一赏：

幽石生芙蓉，百花惭美色。

远笑越溪女，闻芳不可识。

　　幽静的石上长出石莲花，百花看到它的美色都惭愧。可笑那远方的美女，听过石莲花的芳名就是不认识。

　　有人解释说，这是钱起抱怨高高在上的权贵们不知道他卓越才情的发泄之词。历来怀才不遇者都是这样的，可以借助各种物事发出自己的心声，石莲花不过是少见的一种而已。

　　我突然想起毛泽东的"牢骚太盛防肠断，风物长宜放眼量"。

　　愿石莲花安好，也愿那些过往的怀才不遇者安息。

## 黄蜀葵

### 黄蜀葵花一朵开

　　黄蜀葵是锦葵科秋葵属一年或多年生草本植物，别名很多，比如秋葵、棉花葵、假阳桃、野芙蓉、黄芙蓉、黄花莲、鸡爪莲、疮疮药、追风药、豹子眼睛花、荞面花等。黄蜀葵和蜀葵特别像，二者确实是表亲关系，属于一个科，但它们真的不是一个属，黄蜀葵是秋葵属，蜀葵是蜀葵属。原本想把黄蜀葵和蜀葵放在一起写，再一想，毕竟它们不是一种植物，所以就单独把黄蜀葵列出，以示尊重。

李时珍的《本草纲目》中对黄蜀葵做了专门介绍，他认可黄蜀葵和蜀葵的高度一致性，但也指出二者的不同："黄蜀葵与蜀葵别种，非是蜀葵中黄者也。叶心下有紫檀色，摘下剔散，日干之。不尔，即烂也。"

他还介绍了黄蜀葵的形态："黄葵二月下种，或宿子在土自生，至夏始长。叶大如蓖麻叶，深绿色，开岐丫，有人亦呼为侧金盏花。随即结角，大如拇指，长二寸许，本大末尖，六棱有毛，老则黑色。其棱自绽，内有六房，如脂麻房。其子累累在房内，状如麻子，色黑。其茎长者六七尺，剥皮可作绳索。"

就是说，黄蜀葵的果实像拇指一样是角状的，有点像秋葵的模样，但蜀葵跟缩小的车轮似的，形状完全不一样，应该分别叙述。

在北方不论城市还是乡村，蜀葵随处可见，但黄蜀葵则不然，我只在一处乡村见过，被当作农作物，而不是花卉，除了果实和蜀葵几无区别。其特别的黄色引起我的注意，也因此知道了黄蜀葵。

黄蜀葵除了可以入药，还可以用来制作食品添加剂，在冰激凌、雪糕、冰棍和面包、饼干、糕点、果酱中充当增稠剂等。

闲话休叙，就到唐朝看看黄蜀葵吧，它和蜀葵的历史一样悠久，也存在于唐诗中，虽然少，但有。

先从张祜的《黄蜀葵花》开始：

名花八叶嫩黄金，色照书窗透竹林。
无奈美人闲把嗅，直疑檀口印中心。

诗人显然是在夸黄蜀葵，还把它当作名花，说其花是嫩嫩的金黄色，光艳照人，竟能透过竹林照到美人的书窗上，慵懒无聊的美人摘一朵闻一闻，发现黄蜀葵竟是这样香，就跟檀香木留在心中的香味一样。

张祜眼中的美人是有闲情逸致的美人。

再看薛能的《黄蜀葵》：

娇黄新嫩欲题诗，尽日含毫有所思。
记得玉人初病起，道家妆束厌禳时。

看到黄蜀葵娇黄鲜嫩的颜色，忍不住想要赋诗，整日拿着毛笔在构思，记起的是美人刚病好，她是道家打扮，已经厌烦为她禳灾祈福的那一套，美人的道袍就是黄色的，跟黄蜀葵一样。

黄蜀葵让薛能想到穿道袍的美人，只是美人是娇弱的，黄蜀葵不然，苗壮挺立，不会作小女儿态，薛能心里想那玉人，黄蜀葵只不过是眼前可用的借口。

还有一首郑谷的《和知己秋日伤怀》：

流水歌声共不回，去年天气旧亭台。<br>梁尘寂寞燕归去，黄蜀葵花一朵开。

一到秋天，诗人们就开始伤怀了。

去年，郑谷和知己在亭台还欢歌笑语，但是今年没有歌声，流水也一去不复返。房梁上落满尘土，燕子已经飞走了，还在的只有院子里孤独开放的一朵黄蜀葵。

郑谷孤独，黄蜀葵也孤独，只开了一朵。

其实黄蜀葵像蜀葵一样"喧嚣"，那是能走遍天涯的意气风发，到了诗人笔下却瘦弱起来。

如果有机会的话，就再到村野看看庄稼一般的黄蜀葵吧，好看，艳阳一般的光明灿烂。

# 鸡冠花

## 一丛浓艳对秋光

鸡冠花是苋科青葙属一年生草本植物，有很多形象的别名，比如鸡髻花、老来红、芦花鸡冠、笔鸡冠、小头鸡冠、凤尾鸡冠、大鸡公花、鸡角根、红鸡冠等。品种也不少，以形状分有鸡冠状、火炬状、绒球状、羽毛状、扇面状等，以花色分有深红、浅黄等，是常见的夏秋花卉。

初见鸡冠花时，我感到很惊奇，不相信世界上居然有这样的花，真的跟鸡冠似的，然后又感叹大自然的神奇。

鸡冠花只可观赏，不可采摘，没有可以染指的茎，没有寻常花朵的模样，不能戴在发间，看到鸡冠花你想不起妩媚、温柔，除了像鸡冠，雄赳赳、气昂昂，真产生不了别的想象。

明朝吴彦匡在《花史》中记载了一个有关鸡冠花的故事，我以为有趣，不妨与诸君共赏。

明人解缙，侍奉皇帝，皇帝令其咏鸡冠花。解缙念出第一句"鸡冠本是胭脂染"，皇帝从袖中取出白鸡冠花，解缙沉思片刻，念出后几句"今日为何浅淡妆。只为五更贪报晓，至今戴却满头霜"，很是机智，妙趣横生。

明代的仲弘道夸鸡冠花到了登峰造极的程度，那是我无论如何都不会想到的。他在《鸡冠花赋》中云：

方其炎蒸甫歇，金风乍飔，群株炫采，烂焉盈枝。尔乃瘦梗寒条，较芙蓉而更寂；疏根朗叶，对篱菊其多思。似班姬退处夫长门，如判萝幽闭乎西施。迨夫青霜降兮木落，白露漂兮草萋。众卉兮凋谢，尔独映乎条枚。凉飙凛凛兮，摧之不能摧；风霜飘零兮，欺之不可欺。尔于是强项独发，傲骨生姿。朱紫奋采，黄白争奇。

夏秋之际，群芳争艳，鸡冠花却"瘦梗寒条"，比芙蓉寂寞，比菊花显得多思，那状态就像失宠的班姬、幽闭的西施。但霜降之时，众芳凋敝，你却卓尔

不群。你就是那强项令，傲骨生姿，不管是红紫还是黄白。

历代写鸡冠花的诗不少，就选两首我喜欢的分享一下。

宋朝赵企《鸡冠花》："秋光及物眼犹迷，著叶婆娑拟碧鸡。精彩十分佯欲动，五更只欠一声啼。"十分形象生动，呼之欲出。

元代姚文奂《题画鸡冠花》："何处一声天下白，霜华晚拂绛云冠。五陵斗罢归来后，独立秋亭血未乾。"

我喜欢第一句，因为太似曾相识了，"雄鸡一唱天下白"也许就托化于此。

宋、元、明的鸡冠花都有了，其实唐代也有，虽然我只找到一人，就是罗邺。因为没有选择，那就让他的《鸡冠花》走上今天的舞台，不知能鸣叫出什么声调：

一枝秾艳对秋光，露滴风摇倚砌傍。
晓景乍看何处似，谢家新染紫罗裳。

罗邺是中晚唐时人，一生不得志，抑郁终于北疆，有"诗虎"之称，但是这个称呼没有流传下来，得亏这首《鸡冠花》让我认识了这位老先生。

鸡冠花开在秋天，沐浴晨露，接受风吹，长在台阶边。我左看、右看、上看、下看，它好像和什么东西像，哦，想起来了，好像舞伎谢阿蛮刚新染就得紫罗裳。

呵呵，有些意外，不是"一唱天下白"，不是"只欠一声啼"，不是"强项独发，傲骨生姿"，而是美女新作的一件紫罗裳！我为鸡冠花有这样一个别致的描述感到欣喜。下次见鸡冠花的时候就可以从另一种角度看它了，不仅仅是鸡冠，还可以是裙裾。

# 金灯花

## 砌下惟翻艳艳丛

金灯花是石蒜科石蒜属多年生草本植物，又叫独蒜兰、云南独蒜兰，也有叫毛慈姑的。金灯花有一个不同寻常的生长习性，叶子广线性不特别，夏秋间叶子就枯萎了，此时鳞茎挺出一茎，茎顶生出伞形花序，有五至十朵，排列成轮状，侧向开放，花红色。蒴果形似灯笼下垂。因为花叶不相见，它也叫无义草。

这种草分布在我国中南及西南部，于山野常见。北方不常见，我几乎就没见过。但薛涛见过，而且作了一首《金灯花》：

> 阑边不见襄襄叶，砌下惟翻艳艳丛。
> 细视欲将何物比，晓霞初叠赤城宫。

栏杆边不见些许叶子，只有鲜红的花儿丛丛开放。花要有个贴切的比喻，就好比是初生的朝霞层层叠叠在赤城宫。可见那金灯花红艳到什么程度。

再有就是卢溆的《金灯》：

疏茎秋拥翠，幽艳夕添红。

有月长灯在，无烟烬火同。

香浓初受露，势庳不知风。

应笑金台上，先随晓漏终。

花茎上抽出翠绿的叶子，夜晚那金灯花开了，是幽幽的红色。因为明月当头，金灯花就像长明的灯台，还像没有烟的火花一般红艳。此时金灯花因为露水的缘故香味更浓，因为长得低，并不知道风儿在刮，它可以笑话那灯台上的烛火，那是会随着破晓一起熄灭的，而金灯花却长明不灭。

此诗道出了金灯花的特质，让我有一睹芳容的急切愿望。

金灯花的特质也让我想起彼岸花，都是石蒜科。彼岸花也是花叶两不见，所以称为彼岸花，金灯花却叫不义草。

彼岸花还有个高大上的名字，叫曼殊沙华，出自《法华经》卷一："尔时世尊，四众围绕，供养恭敬，尊重赞叹。为诸菩萨说大乘经，名无量义，教菩萨法，佛所护念。佛说此经已，结跏趺坐，入于无量义处三昧，身心不动。是时，乱坠天花，有四花，分别为：天雨曼陀罗华、摩诃曼陀罗华、曼殊沙华、摩诃曼殊沙华。而散佛上，及诸大众。"

彼岸花是佛经中"天花乱坠"的四种花之一，和金灯花区别不大，但意象却差之千里，到哪里去说理呢？

# 蜀 葵

## 眼前无奈蜀葵何

蜀葵是锦葵科蜀葵属二年生草本植物，别名有一丈红、大蜀葵、戎葵、吴葵、卫足葵、胡葵、斗篷花等，原产于中国四川，现在遍布神州大地。

蜀葵是夏季少花季节开得最灿烂的花，主要花色有红、紫、粉、白等，有单瓣，有重瓣，可谓姹紫嫣红，因为茎直立有直冲霄汉的劲头，正能量满满的感觉。

李时珍说蜀葵嫩叶和花都可以食用，我一直都想尝试，但是看看蜀葵那粗壮且声势夺人的模样，终于没有下手。

还是看看李时珍介绍的蜀葵吧，不仅能吃，还有渊源："蜀葵似葵，花如木槿花，有五色。小花者名锦葵，功用更强。蜀葵处处人家植之。春初种子，冬月宿根亦自生苗，嫩时亦可茹食。叶似葵菜而大，亦似丝瓜叶，有岐叉。过小满后长茎，高五、六尺。"就是说，蜀葵和木槿的花很像，都很高，所以又叫"一丈红"。

蜀葵的历史很悠久，罗愿《尔雅翼》："吴葵作胡葵，云胡，戎也。《夏小正》云：'四月小满后五日，吴葵华。'"可见，夏朝时就有蜀葵，只不过叫吴葵而已。

了解了蜀葵的悠久历史，再看看它在唐时的模样吧。

有些惊讶，以蜀葵的普及、茁壮以及鲜艳，本想它应该很能入诗人的法眼，却不过是我的一厢情愿，大唐的诗人对蜀葵非常吝惜笔墨，只有屈指可数的几位写到。难道就是因为蜀葵村野气息太重？

就从我喜欢的边塞诗人岑参开始，来看他的《蜀葵花歌》：

> 昨日一花开，今日一花开。
>
> 今日花正好，昨日花已老。
>
> 始知人老不如花，可惜落花君莫扫。
>
> 人生不得长少年，莫惜床头沽酒钱。
>
> 请君有钱向酒家，君不见，蜀葵花。

岑参借蜀葵花在感叹人生易老，韶华短暂。

蜀葵昨天开了一朵花，今天又开了一朵。今天的花开得鲜艳，但昨日的花已经衰败。看到此景才知道，其实人老了还不如蜀葵花呢，还是别扫吧。想想人生哪里能永远年轻呢，所以今朝有酒今朝醉，切莫舍不得床头买酒的小钱。咱有点钱就到酒家买醉，若不然，你就看看眼前的蜀葵花就明白了。

岑参真消极，蜀葵在我眼里不是这样的，它是蓬勃向上的，给点阳光就灿烂，是只要有可能就尽力生长的，但我想岑参自有他的道理吧。

再看陈标的《蜀葵》，他不会继续消极了吧：

> 眼前无奈蜀葵何，浅紫深红数百窠。
> 能共牡丹争几许，得人嫌处只缘多。

蜀葵开了，浅紫、深红开了一大片，即便如此又能和牡丹争得什么名呢，反倒因为多而让人嫌弃。

看来"物以稀为贵"是颠扑不破的真理，蜀葵开得多也成罪过了，你骂你的，我长我的吧。

有骂的，就有赞的，徐夤的《蜀葵》就是为蜀葵唱赞歌的：

> 剑门南面树。移向会仙亭。锦水饶花艳。岷山带叶青。
> 文君惭婉娩。神女让娉婷。烂熳红兼紫。飘香入绣扃。

徐夤眼里的蜀葵把美女文君都比下去了，连神女都不敢再蜀葵面前娉婷婀娜，那又红又紫的鲜花还飘香，钻入女子的绣扃中。

我以为他夸过了。首先蜀葵没有香味，老人家想是偏爱蜀葵，产生幻觉了吧。我眼中的蜀葵一直是粗壮健康的村妇形象，但徐夤眼中的蜀葵竟是仙女都比不上的。见仁见智，我也不和他争辩了。

最后再看一首，是武则天的曾侄孙武元衡写的《宜阳所居白蜀葵答咏柬诸公》：

冉冉众芳歇，亭亭虚室前。

敷荣时已背，幽赏地宜偏。

红艳世方重，素华徒可怜。

何当君子愿，知不竞喧妍。

这算是同情白蜀葵吗？夏天大部分花卉都不开了，白蜀葵亭亭玉立在庭前，要展现荣华已经不是时候，想得到欣赏，其实该在僻静的地方。世道更欣赏的是红艳夺目。在艳红高帜的群芳里，洁净的白花显得很可怜。就应该向君子期待的那样，知道这种结局就不再庭前展示自己的娇颜。

武元衡是说自己不愿意趋炎附势，明知道自己的素雅并不合时宜，那就走到偏远之地，省得在趋炎附势的地方招人嫌弃。

没想到一路高歌猛进的蜀葵在唐人眼里竟是如此大相径庭的形象。也好，让我对蜀葵有了新的认识。

# 向日葵

## 倾阳一点丹心在

向日葵是菊科向日葵属一年生草本植物，又称朝阳花、转日莲、向阳花、望日莲、太阳花等，万变不离其宗，向日葵就是随着太阳转的花。

向日葵的花序非常大，有10~30厘米，有甚者会超过脸盆那么大。向日葵不仅花大，而且个子高，一般来说有2.5~3.5米，有文献显示，种植在帕多瓦的向日葵植株最高可达12米。更近的纪录（约20年前）有8米以上的植株，在荷兰和加拿大安大略省。

向日葵据说是在明朝引入中国，明人王象晋的《群芳谱》中还不见"向日葵"的名称，只有"丈菊"条："丈菊，名西番菊，名迎阳花。茎长丈余，干坚粗如竹，叶类麻，多直生。虽有分枝，只生一花；大如盘盏，单瓣色黄，心皆作窠如蜂房状。至秋渐紫黑而坚，取其子中之，甚易生，花有毒能堕胎。"

从他的描述来看，"丈菊"应是向日葵无疑，就是"花有毒能堕胎"句实可怀疑。

至于是唐人唐彦谦的"倾阳一点丹心在"指的是什么葵，我不敢说是向日葵，但诗人写出的状态就是向日葵的样子，不信诸君随我一起看一看唐代的葵花。

先看刘长卿的《游南园，偶见在墙阴下葵，因以成咏》：

此地常无日，青青独在阴。

太阳偏不及，非是未倾心。

说刘长卿大部分人不知道，说他的《逢雪宿芙蓉山主人》就知道了："日暮苍山远，天寒白屋贫。柴门闻犬吠，风雪夜归人。"现在说他的葵花诗。这一株葵花种在阴处，太阳照不到，不是它不想随着太阳转。诗人是说葵花，也是说他自己。这样的葵不是向日葵吗？

再看唐彦谦的《秋葵》:

月瓣团栾剪赭罗，长条排蕊缀鸣珂。

倾阳一点丹心在，承得中天雨露多。

此处秋葵是指秋天的葵花，显然不是现在才引进的像辣椒的秋葵。前两句写葵花的样子，花瓣似剪下的赭色绫罗，花心排列如缀着的风铃。此花最大的特点就是一片丹心向阳开，也因此接受上天的雨露多。这还不足以证明是向日葵的话，就把宋代的葵拿出来晒晒。来看这克庄的《记小圃花果二十首·葵》:

生长古墙阴，园荒草树深。

可曾沾雨露？不改向阳心。

和刘长卿如出一辙！

到此，唐宋的葵花已经在这里开了，是不是后来所谓"明朝引进"的向日葵，我也不敢妄下结论，诸君自己分辨吧。


# 玉簪花

## 雪魄冰姿俗不侵

玉簪花是百合科玉簪属多年生草本植物，是典型的耐阴花卉。别名有玉春棒、白鹤花、玉泡花、白玉簪等，以白色、淡紫色花为主，芳香宜人，是夏季最美丽的花之一。

玉簪花是本土花卉，听名字就很中国，玉色的簪子，那一定要配美人的，再加上馨香馥郁，太有画画感了。

明朝田艺衡在《玉簪花赋》中详细地描述了玉簪，引用如下："白花六出，碧茎森森，绿苞敷艳，翠叶丛引，皓丝垂须，黄擅缀心，色美如玉，形肖惟簪。曰贵且重，名比南金，方其根萎，严霜英，抽湛露，酷暑既徂，凉飚初度，拂拂翻荣，亭亭挺素，皓雪凝条，明冰挂树。山桅为之抱惭，水仙见而曾妒，纵玉井之莲花，亦同行而却步……独持雅洁，以压群芳，鄙芙蓉之多态，笑兰蕙其不香。"

田艺衡为了夸玉簪花又美又香，不惜贬低人们心目中的美花芙蓉、水仙、莲花以及兰蕙，以衬托玉簪的"亭亭挺素，皓雪凝条"。我想要申辩，但是仔细看来也觉得并不为过。

人们还为玉簪花，编排了一个动人的故事。话说王母娘娘有个女儿想要到人间看看，被王母看穿，不允许她下凡，女儿不甘心就把头上的玉簪子拔下投到人间，让玉簪子替她到人间看看，那玉簪子没有投胎而是变成了玉簪花，还散发出清幽的芳香，人间民众非常喜欢。

宋代的黄庭坚就把它封为"东南第一花"，诗云："宴罢瑶池阿母家，嫩琼飞上紫云车。玉簪堕地无人拾，化作东南第一花。"

连宋代的"拗相公"王安石都不惜笔墨歌咏一首《玉簪》：

瑶池仙子宴流霞，醉里遗簪幻作花。

万斛浓香山麝馥，随风吹落到君家。

但是很奇怪，对于这样不同凡俗的花，堂堂大唐竟然少有人赋诗，我只找到一首罗隐的《玉簪花》：

雪魄冰姿俗不侵，阿谁移植小窗阴。

若非月姊黄金钏，难买天孙白玉簪。

看来玉簪花在唐朝就是超凡脱俗的花，一句"雪魄冰姿俗不侵"就把它的不俗表现出来，剩下的说玉簪难得，除非是嫦娥姐姐的金钏，要不是根本买不下天女的白玉簪。

古人把玉簪夸上了天，其实玉簪也没有那么高不可攀，不过是"质本洁来还洁去"的干净花，素净淡雅，让人愿意在花旁"静静地想一想"。

# 木香唐诗

寻芳记

# 梧　桐

## 窗前植梧青凤小

　　《芳香成语》以梅花开篇，《芳香唐诗》以梧桐开篇，甚是古雅清俊，暗自欣喜。但都不是刻意之举，一切都是自然而然，如此，甚好。

　　梧桐，早在《诗经》中就有提及，那时，梧桐就是凤凰必选的栖身之地。《大雅·卷阿》云："凤凰鸣矣，于彼高冈。梧桐生矣，于彼朝阳。"凤凰长鸣，停在高冈之上。梧桐伟岸，在那山的东边。

　　坐实了凤凰非梧桐不栖的是庄子，他在《庄子·秋水》中言："南方有鸟，其名为鹓鶵，子知之乎？夫鹓鶵，发于南海而飞于北海，非梧桐不栖，非练实不食，非醴泉不饮。"凤凰是种很挑剔的神鸟，不是梧桐树就不能容他的身，可见梧桐不寻常的身价——那是能承载凤凰的树木，而且是唯一，没有之二。

　　以香草喻君子、恶木喻小人的《楚辞》中当然会提到梧桐，只是比想象的少，只有宋玉在《九辩》中提道："白露既下百草兮，奄离披此梧楸。"露水已经落在那百草上啊，发黄的树叶瞬间从梧桐、楸树上飘落。宋玉的梧桐没有栖凤凰，而是"梧桐知秋"。

到了唐代，梧桐没有任何悬念地延续了它在《诗经》《楚辞》中的意象，不是和凤凰紧密相连，就是和秋天、秋雨相伴。

先列出有凤凰的梧桐。

杜甫《秋兴八首》其八："香稻啄余鹦鹉粒，碧梧栖老凤凰枝。"

李贺《天上谣》："秦妃卷帘北窗晓，窗前植桐青凤小。"

李商隐《韩冬郎即席为诗相送，一座尽惊。他日余方追吟"连宵侍坐徘徊久"之句，有老成之风，因成二绝寄酬，兼呈畏之员外》其一："桐花万里丹山路，雏凤清于老凤声。"

崔珏《哭李商隐》："鸟啼花落人何在，竹死桐枯凤不来。"

不论是何种凤凰，不论是喜是忧，梧桐和凤凰都紧密相连，就以李商隐、崔珏诗为例吧。

李商隐中过进士，当过官，受人排挤，潦倒一生。他的名句很多，比如"此情可待成追忆，只是当时已惘然""夕阳无限好，只是近黄昏""何当共剪西窗烛，却话巴山夜雨时"等。

李商隐这首诗的题目很长，是在赞叹韩偓父子。韩偓当时十岁，才思敏捷，写诗很快，比他父亲还强，所以有"雏凤清于老凤声"的比喻，但不管是老凤还是雏凤，栖息的还是开满桐花的梧桐树。

李商隐死后，朋友崔珏作诗《哭李商隐》，把李商隐比作凤凰，竹子死、梧桐枯萎，凤自然存在不了，这是所有怀才不遇者的结局。

历史是何其诡异，李商隐比喻别人是凤凰，别人比喻他为凤凰，别人有梧桐栖身，他却没有。

再说"知秋"的梧桐。

王昌龄《长信怨》（其一）："金井梧桐秋夜黄，珠帘不卷夜来霜。"

李白《秋登宣城谢朓北楼》："人烟寒橘柚，秋色老梧桐。"

杜甫《宿府》："清秋幕府井梧寒，独宿江城蜡炬残。"

王昌龄是著名的边塞诗人，名作有《出塞》："秦时明月汉时关，万里长征人未还。但使龙城飞将在，不教胡马度阴山。"其雄浑悲壮的气势夺人心魄，传唱千年不衰。他写梧桐的诗名声不大，而且和其"边塞诗人"的身份不符，是一首宫怨诗。深宫女子在凄凉的清秋中，形单影只，那井边的梧桐叶子黄了，纷纷落下，夜色已浓，寒意渐重，即使如此，女子也懒得卷珠帘，宫里寂寞，长夜深长，睁着眼静静听更漏的声音。屋外的梧桐目睹着女子今日复明日的清寂生活。如今想想，都不禁打个寒战。

史上最浪漫的诗人李白也写过梧桐。他在游览宣城名胜古迹"旧时谢家"北楼时，天色不错，登楼远望，远处炊烟袅袅，橘柚深碧，老梧桐叶色泛黄，深秋时节了，寒意袭来，于是怀古。

"诗圣"杜甫的梧桐也在井边，可见那时有在井边植梧桐的习惯。杜甫一生不得志，也没有李白的豪迈，总是给人苦大仇深的感觉。这首有梧桐的诗也不出其外，写他独自住在官衙之内，秋天了，井边的梧桐感知到寒意，落叶纷纷，诗人不由感叹自己遭际，外界是清冷的，内心是失望的，那梧桐更增加了诗人的惆怅。

梧桐除了是凤凰的栖身之所，也最能感知秋色，气质高洁。比如虞世南的《蝉》："垂緌饮清露，流响出疏桐。"

蝉清高到只以清露为食，自然对自己的栖身之所也很挑剔，和凤凰一样，它栖身在梧桐树上，那清亮的叫声就是从那里出来的。

今天的梧桐远没有法桐、泡桐有名，甚至大部分人都不认识此树。梧桐对于当代人几乎就是文化里的植被。但梧桐仍在街角、林场站立，毫不张扬，没有要吸引金凤凰的愿望，金凤凰都落在城市中比梧桐高很多的水泥森林里了。

# 柳 树

## 杨柳青青江水平

柳树是杨柳科柳属落叶乔木的总称。柳树大多原产于中国，已经有两千多年的栽培历史，世界上有五百二十余种，我国有二百五十余种，常见的有垂柳、旱柳、爆竹柳、白柳、枫杨圆头柳、白皮柳、云南柳、紫柳、腺柳、杞柳、大白柳、大叶柳、细柱柳、棉花柳、朝鲜垂柳等。

俗语说："有心栽花花不开，无心插柳柳成荫。"柳树容易繁殖，是典型给点阳光就灿烂的主儿。柳树不仅是经济林，也是美化环境的重要树种。更重要的是，柳树受到历朝历代文人不遗余力地吟诵歌唱，是所有植物中被吟唱最多的，也是唐诗中反复出现的意象，以至于让我有老虎吃天无从下手的感觉。

还是先找到吟唱柳树的根源再探寻唐柳，请打开《诗经》翻到《小雅·采薇》："昔我往矣，杨柳依依。今我来思，雨雪霏霏。行道迟迟，载渴载饥。我心伤悲，莫知我哀！"

回想当初出征时，杨柳依依随风吹；如今回来路途中，雨雪纷纷满天飞。道路泥泞难行走，又渴又饥真劳累。满心伤感满腔悲。我的哀痛谁体会！

这是一首戍边士卒思念家乡、盼望回归的伤感之作，杨柳第一次以离别的意象出现，就此成为离情的代言。

这一首就够了，直接到唐朝吧，那里的柳树早都成荫了。我是怀着披荆斩棘的心情寻找唐诗中的柳树的，否则根本无法从柳林里走出。

贺知章的《咏柳》云：

碧玉妆成一树高，万条垂下绿丝绦。

不知细叶谁裁出，二月春风似剪刀。

贺知章和李白是好朋友，并将李白引荐给唐玄宗。他和李白性情很像，生性旷达豪放，善谈笑，好饮酒，又风流潇洒，为时人所倾慕。李白的雅号"谪

仙人"就是他送的。

那柳树就像碧玉装成的，千条万缕丝丝垂下，纤细可人的叶子是谁造就的呢？是二月的春风剪刀一般巧手裁出。贺知章的文字真别致，不愧是李白的知己。

再看王之涣的《凉州词》其一：

> 黄河远上白云间，一片孤城万仞山。
> 羌笛何须怨杨柳，春风不度玉门关。

王之涣是边塞诗人，那种豪放不羁是中原诗人不可比拟的。

看黄河蜿蜒流淌直达天际，就像和白云相接，万山丛中只有一座孤城挺立。边塞呜咽的羌笛不要埋怨中原杨柳已经迎风招展，春风此时还吹不到孤城的玉门关呢。

接着看王维的《送元二使安西》：

> 渭城朝雨浥轻尘，客舍青青柳色新。
> 劝君更尽一杯酒，西出阳关无故人。

王维送别朋友元二使去边疆。这天下着小雨，把渭城的尘土打湿了，驿站的柳树青翠欲滴，正可以折来送别，朋友喝了这杯酒吧，此番出关就再也遇不到亲朋故旧了。有些感伤，有些留恋。

来看刘禹锡的《竹枝词二首》其一：

> 杨柳青青江水平，闻郎江上唱歌声。
> 东边日出西边雨，道是无晴却有晴。

宽阔平静的江水边上柳树青青，听见江上情郎的唱歌声。好似对我有意思，但是我不敢确定，就像现在的天气，西边下着雨，但东边太阳出，你说是有情还是无情，我看还是有情。

杜甫的《绝句四首》其三是越不过的：

> 两个黄鹂鸣翠柳，一行白鹭上青天。
> 窗含西岭千秋雪，门泊东吴万里船。

这首即景小诗一定要摘录，难得杜甫有这样心情舒畅的时候。不用我翻译，儿童都熟悉此诗之意。

贾至这首《春思二首》其一虽然够不上家喻户晓，但也算很有代表性：

> 草色青青柳色黄，桃花历乱李花香。
> 东风不为吹愁去，春日偏能惹恨长。

春天，草已经返青，柳树吐出鹅黄的嫩芽，桃花红李花白正是好春光。但是我这遭贬谪之人就是被春风吹过也吹不去我的惆怅，反倒因为明媚的春光对比我的委屈更让人增加怨恨。

再看韩翃《寒食》：

> 春城无处不飞花，寒食东风御柳斜。
> 日暮汉宫传蜡烛，轻烟散入五侯家。

寒食节时，城里到处飘着柳絮，傍晚汉宫里传递出蜡烛，那是特别给新封的王侯家的。

王侯家享受皇家特赐的恩典，在寒食节可以有明火，想来韩翃是在讽刺特权阶级，我看到的就是"春城无处不飞花"。

还有韩愈的《早春呈水部张十八员外二首》其一：

> 天街小雨润如酥，草色遥看近却无。
> 最是一年春好处，绝胜烟柳满皇都。

皇城的街上下着小雨，细雨滋润着土地，土地开始酥软，远看，小草已经铺满大地，仔细看，却看不到什么，这就是一年最好的季节，远远胜过杨柳满城时的皇都。

以上都是出现在"经典咏流传"节目里的诗，无一不带"柳"，但是要结束此篇却要用一篇妓女写到的柳，她在《全唐诗》中的留名为武昌妓。且看这首《续韦蟾句》：

> 悲莫悲兮生别离，登山临水送将归。
> 武昌无限新栽柳，不见杨花扑面飞。

晚唐诗人韦蟾离开武昌时，当地官员为其钱别，韦蟾出联"悲莫悲兮生别离"（屈原《九歌·少司命》），请大家接续，正是武昌妓率先续成"登山临水（兮）送将归"（宋玉《九辩》），满座叫好。

要别离了肯定悲伤，登山临水也要分别，武昌新栽了很多柳树，君不见那杨花扑面飞吗？那是我等缠绵的情谊化作柳絮飞。

好一个有才的武昌妓！特留此存，以示纪念。


# 槐　树

## 弱柳青槐拂地垂


槐树，这里指国槐，是豆科槐属的乔木，原产于中国。刺槐，就是人们常说的洋槐，是豆科刺槐属。我们常吃的槐花就是刺槐的白色花蕾，国槐的花也能吃，那是用来入药的。《名医别录》云："服之令脑满，发不白而长生。"

此篇专讲国槐，洋槐是18世纪才引入中国的，按下不表。

据《本草纲目》介绍："槐初生嫩芽，可炸熟水淘过食，亦可作饮代茶。或采槐子种畦中，采苗食之亦良。"但我没有听说过有人吃。

更早的《抱朴子》断言："此物至补脑，早服之，令人发不白而长生。"这个我真不知道，但初夏时人们采槐米送中药铺我是知道的，据说它有"凉血止血，清肝泻火"的功用。还有，槐米竟然是一种天然的植物染料，不仅可以做食用色素，还可以做纺织品的染料。

槐树在历史上很有地位，《周礼》中曾说位列三公的重臣是在三棵大槐树之下，意思是槐树的地位在三公之上。太师、太傅、太保此三公是周代最高官阶，因为三公朝见天子站在槐树底下，也把槐树比喻为三公。关于槐树的高贵有一个故事，我很喜欢，分享给大家，就是西汉刘向在《列女传》中讲的"齐伤槐女"。

春秋时期的齐景公喜欢槐树，派专人看守，并下令："犯槐者刑，伤槐者死。"还是有不长脑子的人往枪口上撞，比如这个叫衍的人。他喝醉了，伤了槐，依令当斩。衍的女儿不愿意，就设法救父亲。当时齐国的宰相是名相晏婴。衍的女儿婧面见晏婴慷慨陈词，一番道理讲下来，连晏婴都服了。婧的结论是："孤儿婧是害怕此举会伤害了为政的法度，损害了国君光辉的形象。要是让邻国的民众听说了，人家肯定都会说我们国君喜爱树超过喜爱他的人民，这样损害国家国君形象的事哪里能行呢？"于是，晏婴对齐景公一番劝谏，于是："罢守槐之役，拔植悬之木，废伤槐之法，出犯槐之囚。"婧凭借自己的智慧救了父亲，也救了其他伤槐的人，实在是可敬可佩！故事不仅赞扬了小女子婧，也显示了槐的崇高地位。

那么到千年后的唐朝，不知槐还有这么高的位置吗？

谁知唐代诗人写到槐树的很少，我只看见卢照邻、顾况、元稹提到，他们的槐和齐景公的槐不可同日而语，且看无妨。元稹的"槐"已在"大豆"篇中提及，不再赘述。

卢照邻是初唐四杰，《新唐书》云："杨勃与杨炯、卢照邻、骆宾王皆以文章齐名，天下称'王、杨、卢、骆'四杰。"他擅长诗歌骈文，一生仕宦不顺，贫病交加，最后竟因病投河而死。

卢照邻最有名的一句诗是："得成比目何辞死，愿作鸳鸯不羡仙。"恰恰就出自写到"槐"的《长安古意》，此诗很长，就选有槐的那一段：

御史府中乌夜啼，廷尉门前雀欲栖。

隐隐朱城临玉道，遥遥翠幰没金堤。

挟弹飞鹰杜陵北，探丸借客渭桥西。

俱邀侠客芙蓉剑，共宿娼家桃李蹊。

娼家日暮紫罗裙，清歌一啭口氛氲。

北堂夜夜人如月，南陌朝朝骑似云。

南陌北堂连北里，五剧三条控三市。

弱柳青槐拂地垂，佳气红尘暗天起。

汉代金吾千骑来，翡翠屠苏鹦鹉杯。

罗襦宝带为君解，燕歌赵舞为君开。

这是写长安权贵，以及各阶层生活的诗，说是"古意"，我看是"今说"。

第一部分写的是长安豪贵骄奢淫逸、奢侈无度的生活。摘录的是第二部分，写长安的夜生活，槐树在里面实在是"弱柳青槐"不值一提，是长安繁华街市小小的点缀，让人想不到槐树在周朝拥有的崇高地位。

再看看顾况在《公子行》中写的槐：

轻薄儿，面如玉，紫陌春风缠马足。

双蹬悬金缕鹘飞，长衫刺雪生犀束。

绿槐夹道阴初成，珊瑚几节敌流星。

红肌拂拂酒光狞，当街背拉金吾行。

朝游冬冬鼓声发，暮游冬冬鼓声绝。

入门不肯自升堂，美人扶踏金阶月。

公子哥儿长得好，穿得好，行头好，此时是仲春，槐树已经可以遮阴，从早就出门，四处游逛不得闲。喝酒闹事根本不把执法者当回事，晚上回家继续撒野，必须有美人陪着才进厅堂。

这样的公子哥什么时候都有，这样寻常的槐树也一直有，但是和公子哥没有一毛钱关系，我不想那酒气熏天的公子哥和槐树有任何关联。

面对唐朝这样的槐，我有些失望。

# 桑 树

## 蚕眠桑叶稀

桑树是桑科桑属的落叶乔木，原产于中国，栽培历史悠久，很早以来我们的先民就开始养蚕、造茧、制作丝绸，仰仗的就是桑树的叶子，当然，桑树的果实桑葚也是美味的水果。但对于桑叶所做的贡献，桑葚可以忽略不计。

抛开其他古籍记载的桑树，从《诗经》中就可以充分体会桑的重要性。《诗经》总共记录了三百余首诗，提到桑的就有二十首之多，而且遍及风、雅、颂，这是其他植物完全没有的待遇。就在风、雅、颂中各选一句感受一下数千年前桑的魅力。

《卫风·氓》："桑之未落，其叶沃若。"

《小雅·小弁》："维桑与梓，必恭敬止。"

《鲁颂·泮水》："食我桑葚，怀我好音。"

自古以来，桑林中发生了无数故事，小到男女相会，大到决定家国命运。桑林可以是策划密谋之地，晋公子重耳落脚齐国，他的随从就是在桑树林密谋共商复国大计的；可以是调戏女子的场所，著名的京剧《桑园会》、元代的《秋胡戏妻》就是讲的衣锦还乡的丈夫，看见在桑园采桑的美女，上前调戏，没想到是自己的妻子，被妻子狠狠责骂。西汉刘向把此女列到《列女传·节义传》，以表彰此女的德行；还可以是相中"国母"的宝地，也是《列女传·辩通传》中讲齐闵王看重一位丑极的女子，历史上被称为"宿瘤女"，和天下第一丑女钟离春是婆媳关系，齐闵王出行，老百姓围观，堵得周边水泄不通，但宿瘤女完全置若罔闻，独自在桑园采桑，此景被齐闵王看到，认为此女不一般，一番交流之下，径直就把宿瘤女娶回王宫。

唐诗中的桑树先从王维的《渭川田家》说起：

斜阳照墟落，穷巷牛羊归。

野老念牧童，倚杖候荆扉。

雉雊麦苗秀，蚕眠桑叶稀。

田夫荷锄至，相见语依依。

即此羡闲逸，怅然吟式微。

我喜欢王维的恬淡。夕阳西下，农人回家，先看见村道里牛羊回来了。村里的老人惦记放牧的小儿，拄着杖倚在自家柴门边等候。雉鸡叫得欢快，那是因为麦子该秀穗了，蚕已经休眠，桑叶没剩下多少了。农夫们扛着锄头回来，迎头碰见相互问候，好像有说不完的话。我看着好生羡慕，但是想到自己的处境，不由吟诵《诗经·邶风》"式微，式微，胡不归？"一句。我早该归隐了，早该过眼前农夫的生活。

再看贾岛的《暮过山村》：

数里闻寒水，山家少四邻。

怪禽啼旷野，落日恐行人。

初月未终夕，边烽不过秦。

萧条桑柘外，烟火渐相亲。

傍晚，贾岛行在路上，听见远处有水流的声音，远远就能感觉到寒气逼人。山里村庄小，看不到几处人家。天色晚了，怪禽开始啼鸣，太阳一落山行人很害怕。初月刚升起来，远处的烽火点燃着，我知道这是报平安的烽火，内心有

170

些安定。走着走着，看到桑树和柘树，我就知道村庄就在眼前，果然有烟火升起，我不由感到亲切安然。

尽管这种描写在写桑的唐诗里很边缘，但也从另一个侧面表明了桑树和百姓息息相关。

以下各位诗人的桑太沉重，压得我喘不过气来，不敢过多涉足，只稍微提几句。

杜甫《北征》："鸱鸟鸣黄桑，野鼠拱乱穴。"

白居易《杜陵叟》："典桑卖地纳官租，明年衣食将何如？"

刘叉《冰柱》："畹中无熟谷，垄上无桑麻。"

于濆《里中女》："吾闻桑下女，不识华堂阴。"

韦庄《秦妇吟》："乡园本贯东畿县，岁岁耕桑临近甸。"

杜荀鹤《山中寡妇》："夫因兵死守蓬茅，麻苎衣衫鬓发焦。桑柘废来犹纳税，田园荒后尚征苗。"

最后，在王驾的《社日》中结束桑的旅行：

鹅湖山下稻粱肥，豚栅鸡栖对掩扉。
桑柘影斜春社散，家家扶得醉人归。

王驾的桑是在百姓社日的欢聚中生长的，看到丰收的农人大醉而归，久经沧桑的桑树是喜悦的吧。


# 松 树

## 明月松间照

松树是松科松树的乔木，有八十余种，遍及神州，华北、西北多油松、樟子松、黑松、赤松，华中则多马尾松、黄山松、高山松等。

古人很早就知道松，不仅认识到了松树的用途，还注意到了松树不老的特点，很早就把它作为寿礼。现代祝寿的人，哪个不是嘴里这样送去祝福："福如东海长流水，寿比南山不老松。"当然松不仅仅是长寿的象征，还是傲雪凌霜、不畏严寒的象征，所以有松柏之茂、松筠之节、岁寒知松柏这样的成语。

还是从最早提到松的诗歌里感受它不俗的意蕴吧。先说一个你想不到的松。且看《郑风·山有扶苏》：

山有扶苏，隰有荷华。不见子都，乃见狂且。

山有桥松，隰有游龙。不见子充，乃见狡童。

山上林木参天，沼泽荷花映日。不见子都般的美男子，却碰上你这个轻狂的人。

山上有高大松树，水边有漂浮的水草。不见子充般的美男子，却见你这个轻浮少年。

一位女子在林木沼泽地和自己的心上人欢会，戏谑笑骂情人，就像我们现今说的"你坏""你讨厌"一样，女子的心是健康的，和情人欢会选在万年长青的茂密松林，面对映日的荷花、游动的水草，诗意盎然，万千气象，心中很难不泛起涟漪。女子想要歌唱自己心中的喜悦，想象松木葱茏、荷花鲜艳、水草自在的情景，一切都是美好欢快的，妙不可言。

《小雅·天保》（节选）中的松就"高大上"了：

如月之恒，如日之升。如南山之寿，不骞不崩。如松柏之茂，无不尔或承。

您像新月刚出现，您像红日刚升起。您像南山永长生，永远不会崩塌坍陷。您像松柏永茂盛，没有不拥护您的。

这是大臣祝颂君主的诗，周宣王老师召伯虎对新王热情鼓励及殷切期望，期望周宣王登位后能励精图治，完成中兴大业，重振先祖雄风。周宣王果然不负老师的厚望，实现了历史称道的"宣王中兴"。诗中的松就有茂盛常青的意蕴。

越过千年的历史长河，到唐朝看看松树的长势。茂盛之极，波澜壮阔，让人目不暇接，就在无数松中选几株吧。

写到松的诗人虽然不计其数，但王维的松直到今天还令人神往欣喜，索性就以他为例。且看《酬张少府》：

晚年唯好静，万事不关心。
自顾无长策，空知返旧林。
松风吹解带，山月照弹琴。
君问穷通理，渔歌入浦深。

王维说他到了晚年特别喜欢安静，万事看开了。他知道自己并没有什么高大上的策略可以报国，只能回归山林归隐山林。过那种不拘形迹松风吹来宽衣解带的生活，伴着山月弹琴也不错。你若是非要问他世间穷通的道理，他讲不出，你就听渐行渐远入水深处的渔歌。这样被松风吹过、衣带解开的惬意是现代人可望而不可即的。

再看他的《过香积寺》：

不知香积寺，数里入云峰。
古木无人径，深山何处钟。
泉声咽危石，日色冷青松。
薄暮空潭曲，安禅制毒龙。

王维想参观香积寺，又不知道具体在什么地方，信步走到云雾缭绕的山里。

山中古木森森，远处传来钟声，泉水淙淙流过，阳光照进松林留下的光影更衬托出松树的冷峻，终于在薄暮中找到寺庙。他内心安然，就像佛经中高僧制服叨扰的毒龙一般。

再看他最有名的松，《山居秋暝》：

> 空山新雨后，天气晚来秋。
> 明月松间照，清泉石上流。
> 竹喧归浣女，莲动下渔舟。
> 随意春芳歇，王孙自可留。

空旷的群山在一场雨后显得格外干净透彻，此时正是初秋傍晚，明月穿透松林洒下清辉，看得到清澈的泉水在石上流过。竹林里传来阵阵喧嚣，那是浣衣归来的女子们相互嬉闹，湖里的莲花在动，想来是捕鱼的船儿在滑动。我可找到了归隐的好地方，随时随地安歇，《招隐士》说"王孙兮归来，山中兮不可久留"，可我恰恰在这里自可久留。有明月照的松间是多么惬意，有浣纱女的竹林是多么富有生机啊！

# 桂 树

## 桂子月中落

桂树有两种，分别是肉桂和桂花树，都是南方植物。

肉桂是樟科樟属植物，长在云南、广西、广东、福建地区，是比较高大的乔木，神奇的是它的树皮居然可以厚达13毫米，它的叶片、树皮、嫩枝都有浓郁的香味。我们日常用的香料就是此肉桂，炖出的红烧排骨天下无敌。

但此篇桂树说的是开桂花的桂树。此桂树是木樨科木樨属的常绿阔叶乔木，它的枝叶不香，就是花香，花开了，香气迷人，令人沉醉。

说桂树，吴刚的故事不能不讲。《酉阳杂俎》载："人姓吴，名刚，西河人，学仙有过，谪令伐树"。

月中有桂树（我想就是月中的阴影吧）高五百丈。有个叫吴刚的人，学习成仙得道之术，却不好好遵守规矩，师父就惩罚他到月中伐桂，但这桂树本身就是仙树，砍了马上就长好了，根本砍不倒。那吴刚天天砍，桂树天天长，所以他再也回不到人间。幸亏有嫦娥和玉兔为伴，广寒宫才没有过于寂寞。吴刚才有兴趣制作桂花酒，在月宫和嫦娥饮芳香四溢的桂花酒，一定比李白"对饮成三人"有趣得多。

据《西京杂记》记载，汉武帝在上林苑广植奇花异木，其中有桂树一百株。当时栽种的植物，如甘蕉、蜜香、指甲花、龙眼、荔枝、橄榄、柑橘等，大多枯死，而桂花有幸活了下来。自此桂树一直是中国的名木，广受欢迎。

其实最早盛赞桂树的当属屈原，他在《离骚》《九歌》等中提了好多回。随便拣几句就散发着桂树的芬芳。

《九歌·湘夫人》："桂栋兮兰橑，辛夷楣兮药房。"

《九歌·大司命》："结桂枝兮延伫，羌愈思兮愁人。"

《九歌·东君》："操余弧兮反沦降，援北斗兮酌桂浆。"

《九歌·山鬼》："乘赤豹兮从文狸，辛夷车兮结桂旗。"

后世诗文多受此影响。当然，月中的桂花也是人们喜欢传颂的。

唐朝的桂花也香飘万里。

宋之问《灵隐寺》中的句子实在吸引人：

鹫岭郁岧峣，龙宫锁寂寥。

楼观沧海日，门对浙江潮。

桂子月中落，天香云外飘。

扪萝登塔远，刳木取泉遥。

霜薄花更发，冰轻叶未凋。

夙龄尚遐异，搜对涤烦嚣。

待入天台路，看余度石桥。

杭州灵隐寺的景致，很是壮观、寂静，满溢着中国元素。且不说灵隐寺的地点特征"楼观沧海日，门对浙江潮"，就说"桂子月中落"，传说灵隐寺每到秋天时节，不时从天上飘下点点颗粒，异常芳香，大家说那是月宫中的桂花跌落，所以是"天香云外飘"。

再看王维的《鸟鸣涧》：

> 人闲桂花落，夜静春山空。
> 月出惊山鸟，时鸣春涧中。

王维的诗向来让人体感舒服，这首小诗也一样。

春天的夜晚，闲来无事，看到春桂花开又飘落，甚至能听到桂花掉落地上的声音。山里的夜太安静了，以至于明月升起惊动了鸟儿，鸟儿不时鸣叫，清脆的叫声在春天的涧水中回荡。

多么清新、干净的景致，多么纯粹的心声，不是我等现代人能体会到的。现代人心思太乱、太浮，哪里能注意到"桂花落"的情景，更何况现代人哪里得闲呢？所以看到王维的"人闲桂花落"，便向往春山、春涧、春桂，想看桂花落，想听桂花落的声音。

辞别王维，再看白居易的《东城桂三首》：

> 子堕本从天竺寺，根盘今在阖闾城。
> 当时应逐南风落，落向人间取次生。

霜雪压多虽不死，荆榛长疾欲相埋。

长忧落在樵人手，卖作苏州一束柴。

遥知天上桂花孤，试问嫦娥更要无。

月宫幸有闲田地，何不中央种两株。

这是白居易在苏州为刺史时写的，当时"苏之东城，古吴都城也。今为樵牧之场。有桂一株，生乎城下，惜其不得地，因赋三绝句以唁之"。

白居易叹息长在"樵牧"之地的一株桂树，说你原本出身高贵，现在却很飘零，就算是风霜雨雪没有把你压倒，那荆棘杂木长得太快，也会把你湮没。我担心你会落到砍柴人的手里，把你当柴草一般卖到苏州。

我知道天上也有桂花树，而且很孤独，试问一下嫦娥，你可还需要一株上好的桂花树吗？你不也是"寂寞嫦娥舒广袖"，无聊得很吗？再说月宫若大，闲地很多，倒不如就在中央种它几株，人间的桂树也有地了，天上的桂树也有伴了，嫦娥你想做香囊、桂花糕或者桂花酒，材料就更多了。

白居易为弃之的桂花发愁，为它设想了很好的去处，我相信，会很圆满。

# 梅　花

## 绕床弄青梅

梅是蔷薇科李属、杏属梅亚属小乔木，原产于中国，至少有三千年的栽培史。

梅一开始并不指代"高人，隐士，傲骨，清高"。我们的先人首先发现梅的果实酸，可以当作"醋"一样的调味品。《尚书·说命下》："若作和羹，尔惟盐梅。"他们把梅和杏等同看待，还没挖掘出梅的品格。

《尔雅·释木》云："梅，枏。"郭璞注："梅，似杏，实酸。"

《齐民要术》转引《诗义疏》云："梅，杏类也；树及叶皆如杏而黑耳。实赤于杏而醋，亦可生啖也。煮而曝干为酥，置羹臛、兖中。又可含以香口。亦蜜藏而食。"

贾思勰的《齐民要术》也把梅和杏放在一起，讲述它们的种植方法及食用方法。

综上所述，可见在一千五百年以前，梅多被人们视为食材。到了宋代，文人墨客大有雅兴，他们关心的是"梅花香自苦寒来"，而不是梅子。《群芳谱》载："梅的枝干苍古，姿态清丽，岁寒发花，芬芳秀丽。"与有闲情逸致的文人雅士十分投缘。

还想说一下《召南·摽有梅》中的梅，和爱情有关，是我们眼中不一样的梅：

摽有梅，其实七兮！求我庶士，迨其吉兮！

摽有梅，其实三兮！求我庶士，迨其今兮！

摽有梅，顷筐塈之！求我庶士，迨其谓之！

树上梅子往下掉，现在还有七成在。肯追求我的男子，快点来吧。树上的梅子往下掉，现在还剩三成。追求我的男子，最好就在今朝。树上的梅子往下掉，都用大筐装了，追求我的男子，怎么还不来！

梅子都快落完了，那追求我的男子在哪里呢？我很着急，期待"桃之夭夭"，期待"之子于归"。哪个少女不善怀春，哪个儿郎不在好逑。最好恰逢其时，可不要错过梅子成熟。梅子竟是女子表达迫切嫁人的多情信物。

再到唐朝看看，那是什么样的梅。

选来选去，仍然放不下李白的"青梅竹马"，那就从他的《长干行》其一（节选）开始"踏雪寻梅"：

妾发初覆额，折花门前剧。

郎骑竹马来，绕床弄青梅。

同居长干里，两小无嫌猜，

十四为君妇，羞颜未尝开。

低头向暗壁，千唤不一回。

十五始展眉，愿同尘与灰。

常存抱柱信，岂上望夫台。

　　女子思念远行的丈夫，回忆过往。从头发刚刚盖住额头说起，那时他俩就一起玩游戏。你用竹竿假装当马骑，嬉闹中互掷青梅逗趣。我们一同长在长干里，一起玩耍，两小无猜。十四岁时嫁给你，反倒害羞到不敢露笑脸。常常一个人躲在暗处，怎么叫也不敢应声。十五岁时，才慢慢舒展眉头，愿意和你同生共死。但愿像尾生抱柱那样坚贞不二的爱情，但是哪里想到有一天，你出门远行，我从此登上望夫台，天天盼着你归来。

　　哪个人没有自己的"青梅竹马"？哪个人不期望有一生的"尾生之约"？这样的梅即使酸涩，在回忆里依旧是甜蜜并令人向往的。这就是不能放下李白之"梅"的缘故。

　　再看戎昱的《早梅》：

一树寒梅白玉条，迥临村路傍溪桥。

应缘近水花先发，疑是经春雪未销。

　　戎昱是中唐时期人了。他的梅花诗很客观地描述了早开梅花的状态。

村子路边的溪水桥畔，开了一树白玉般的梅花。此时还很冷，万物还在蛰伏，梅花却先期开放，我想是因为临水，地气暖一些。我感觉它更像没有消化的春雪。喜欢这样的纯朴自然。

再看李商隐的《忆梅》：

定定住天涯，依依向物华。

寒梅最堪恨，常作去年花。

这时，李商隐远离长安，归期未知，人在天涯一般远的梓州好像被固定了一样，心情哪里能好呢？但是春天万物峥嵘，他不由心向往之。看到万物竞华，又想起已经凋谢的梅花，竟不能和万物一起芬芳，岂不是不合时宜、可恶可恨？让人甚至以为它是去年开的花。

这样的梅花好奇怪，和你我心中的梅花差之千里。诗人以梅花自比，早秀先凋，寂寞无伴，比不得百花盛开、群芳争艳的春天。

告别李商隐孤独早凋的梅花，再看一首齐己的梅花诗，写的也是《早梅》。他是晚唐时的僧人，很想知道僧人眼里的梅花诗怎样的：

万木冻欲折，孤根暖独回。

前村深雪里，昨夜一枝开。

风递幽香去，禽窥素艳来。

明年如应律，先发映春台。

万木冰冻到要折断的时候，梅花的根却独得地气的暖意，昨夜在笼罩着深雪的村中，一枝梅花开了。风儿轻轻传递来梅花的幽香，还没有清醒的鸟儿看到梅花，不禁惊奇地窥望。我也莫名欣喜，明年此梅花若是还按时开放，最好开在展现春天生机的望春台上。毕竟"寂寞开无主"不是我人生的追求。看来，僧人齐己并不甘于是个出家人，但凡有机遇他还是愿意实现抱负，获取功名的。

唐朝的梅有点特别，和宋梅不一样，比如王安石的《梅花》："墙角数枝梅，凌寒独自开。遥知不是雪，为有暗香来。"卢梅坡的《雪梅》："梅雪争春未肯降，骚人搁笔费评章。梅须逊雪三分白，雪却输梅一段香。"

与众不同的梅花，都各具特色，极具韵味。

# 李 树

## 桃花离乱李花香

李树是蔷薇科李属落叶小乔木，结美艳的红色果实，当然也有暗红色表皮带霜的，依旧迷人，有一种神秘感。

李树有悠久的历史，可以说桃子有多久，李子就有多久。从前，桃李不分家，说十句桃子，八句就要带上李子。比如投桃报李、桃李满天下、桃李争妍、李代桃僵、艳如桃李、夭桃秾李、桃李不言等。

还是回到《诗经》时代，感受数千年前李子以及桃子的魅力。

《召南·何彼襛矣》："何彼襛矣，华如桃李。"多么鲜艳呀，就像桃李那样美。

《王风·丘中有麻》："丘中有李，彼留之子。彼留之子，贻我佩玖。"山丘上种着李，我在想那个公子。我在想那个公子，他送了我一块佩玉。

《大雅·抑》："投我以桃，报之以李。"来而不往非礼也吧。

那时的李非常普遍、美好和繁盛。

有这么良好的基础，再看唐时的李，自然让人有所期待。

先看贾至的《春思二首》其一：

> 草色青青柳色黄，桃花历乱李花香。
> 东风不为吹愁去，春日偏能惹恨长。

贾至没什么特殊的逸闻趣事，宦海生涯也不顺，此诗应该是他贬谪期间写的。

春天到了，绿草丛生，柳芽鹅黄，桃花乱舞，李花飘香。如此生机盎然的季节，春风吹过，却吹不走我的忧愁，反倒因为烂漫春光更增加了我的怨恨。

想来，贾至是想用春天的美好反衬自己难以消除的忧愁与怨恨，世道不公啊。但是贾至先生，世道自古就是这样的，还是看开一点好。你错过了美好的春天，若不调整心态的话，也会错过夏天、秋天和冬天。

再看一首刘禹锡的《竹枝词九首》其九：

山上层层桃李花，云间烟火是人家。
银钏金钗来负水，长刀短笠去烧畲。

诗文并不复杂，就描述山村人家在春天里热热闹闹的耕种场景，纯自然的风景，无污染的生态，安居乐业的百姓。

正值初春，山上桃花、李花竞相绽放。桃花红，李花白，多彩炫目。云彩缭绕的半山腰，烟火正升腾，那是山里人家。戴着金银手镯的女人们在挑水，男人们挎长刀、戴短笠在烧草木准备耕种，一派繁忙景象，生机勃勃。

这样的桃李本身就意味着美好与生机，就是寒冷过后的山花烂漫，就是无言的今世安好。

再看唐末的李，来自武陵的《赠卖松人》：

入市虽求利，怜君意独真。
劚将寒涧树，卖与翠楼人。
瘦叶几经雪，淡花应少春。
长安重桃李，徒染六街尘。

把松树拿到集市上只是为了贩卖，我怜惜你心里的真情实意。你想把这生长在寒冷涧边的树木，卖给酒楼中的富贵人。窄长的松叶虽经过几度风霜，开放的淡淡花朵大略也见不到几许春意。长安历来喜欢粉红色的桃花和雪白的李花，可怜这些松树白白地染上长安街道的尘土。

这首诗的寓意大概有两点：一则是卖松人的不合时宜，二则是把表示高风亮节的松树拿到只注重浓艳桃李的长安，自然卖不出去，就像君子在物欲横流的长安不会得意一样，双方各自都不欣赏。

其实桃李美艳没错，就像刘禹锡的桃李是春天的象征，但是人世间只有桃李也不行，得有松树，松树得有合适的地方，松树和桃李是没有可比性的。

# 桃 花

## 人面桃花相映红

桃是蔷薇科桃属的落叶小乔木，原产于中国，《管子》《尚书》《韩非子》《山海经》《吕氏春秋》等典籍中均有记载。《礼记》中把桃列为祭祀的"五果"（另"四果"为李、梅、杏、枣）之一。贾思勰在《齐民要术》种桃柰第三十四中讲了桃子的品种及桃子的种法：

《诗经》中当然也有桃子，就挑我喜欢的《周南·桃夭》分享诸君吧。

> 桃之夭夭，灼灼其华。之子于归，宜其室家。
> 桃之夭夭，有蕡其实。之子于归，宜其家室。
> 桃之夭夭，其叶蓁蓁。之子于归，宜其家人。

桃树枝叶茂盛，桃花娇艳夺目，枝头硕果累累，姑娘今日出嫁，定让家庭美满。

多美的日子，多美的愿望，桃花当日，姑娘当龄，正是人面桃花相映红，桃之幸？女之幸？这样的桃多美，这样的女子多美，我喜欢这样的桃。

还有一种桃，是你意想不到的桃，表示"同性"感情的，叫"分桃断袖"，抛开"断袖"不讲，就说"分桃"，最早出自《韩非子·说难》："弥子名瑕，卫之嬖大夫也。昔者弥子瑕有宠于卫。卫国之法，窃驾君车者罪刖。弥子瑕母病，其人有夜告弥子，弥子矫驾君车出。君闻而贤之，曰：'孝哉！为母之故，忘其犯刖罪。'异日与君游于果园，食桃而甘，不尽，以其半啖君。君曰：'爱我哉！忘其口味以啖寡人。'及弥子瑕色衰爱弛，得罪于君。君曰：'是固尝矫驾吾车，又尝啖我以余桃。'"

　　弥子瑕深受卫灵王的宠幸。弥子瑕驾着卫灵公的车出去，卫灵公说他孝顺母亲，甘愿冒断足之刑。又一天，两人一起游果园，弥子瑕把自己吃剩的桃子给卫灵公吃，卫灵公说他是多么爱我呀，吃到甜的桃子不愿意自己独吃就分给了我。后来，弥子瑕色衰爱弛，以上的两点就成了罪过。结局不用说了——死。

　　不过，我们还是要到唐朝看看，看唐诗里的桃是什么样的。

　　李白写到的桃就很多，只列几句，剩下给别的诗人。

　　《古风五十九首》其三十一："一往桃花源，千春隔流水。"

　　《梁甫吟》："力排南山三壮士，齐相杀之费二桃。"

　　《当涂赵炎少府粉图山水歌》："若待功成拂衣去，武陵桃花笑杀人。"

　　《江夏赠韦南陵冰》："昨日绣衣倾绿尊，病如桃李竟何言。"

　　《赠汪伦》："桃花潭水深千尺，不及汪伦送我情。"

　　《寄东鲁二稚子》："楼东一株桃，枝叶拂青烟。"

　　《寄东鲁二稚子》："桃今与楼齐，我行尚未旋。"

　　《寄东鲁二稚子》："娇女字平阳，折花倚桃边。"

　　《寄东鲁二稚子》："双行桃树下，抚背复谁怜？"

　　《山中答问》："桃花流水窅然去，别有天地非人间。"

　　《访戴天山道士不遇》："犬吠水声中，桃花带露浓。"

　　崔护的《题都城南庄》不能不提：

　　　　　去年今日此门中，人面桃花相映红。

　　　　　人面不知何处去，桃花依旧笑春风。

崔护因一诗成名，"人面桃花"千古流传。

话说春和景明、风和日丽的长安城南，应试的崔护公子正在一处村庄游玩。看到桃花盛开、蜂蝶飞舞的一家农舍，兴许是口渴，兴许就是受桃花吸引，敲门而入。接待他的正是冥冥中安排的美少女，多情公子、怀春少女一见钟情。水喝了好几碗，再也喝不下去，到了不得不告别的时候，才依依不舍，终于告别。

第二年，崔护旧地重游，还是那个时节，还是风和日丽，那处房舍的桃花依旧，蝴蝶依然飞舞，门扉却紧紧闭锁。多情人崔护万分惆怅，惆怅之余，赋诗一首，就是那首让他名传千古的"人面桃花"。

至于白居易的《大林寺桃花》："人间四月芳菲尽，山寺桃花始盛开。长恨春归无觅处，不知转入此中来。"妇孺皆知。

再说一个有故事的。且看杜牧的《题桃花夫人庙》：

细腰宫里露桃新，脉脉无言度几春。

至竟息亡缘底事？可怜金谷坠楼人。

桃花夫人的故事很长，《左传》就讲过，汉代刘向的《列女传》也讲过，只不过讲的角度不一样，内容也有区别。我更愿意相信刘向，那是个凄美的爱情故事。

桃花夫人就是息妫，息国国君夫人，面若桃花，结果就惹祸了。先是蔡国国君看上她，后来楚国国君看上她，蔡、息两国灭之后息妫成了楚王的夫人，却整日郁郁寡欢。她心里装着息君，便趁楚王不注意，偷偷去见已成门卫的息君，表达了"谷则异室，死则同穴。谓予不信，有如皦日"

的决心，自杀身亡，息君紧随其后殉情。

《左传》则是说息妫入楚宫后，虽然三年不语，却还是为楚王生了两个孩子，而且还比楚王活的时间长。

杜牧之作取的是《左传》的意思。他是在参观了桃花夫人庙之后写的这首诗。

楚王好细腰那是出了名的，就是在楚宫里，桃花几度春，桃花夫人默默无言，也是几度春。因为她，息国灭亡，她却从息夫人变成楚夫人，再想想晋朝的绿珠为了报答石崇对她的宠爱，坠楼而死，可怜啊。

此诗分明是讽刺桃花夫人没有像绿珠那样以死明志。其实刘向在心里也希望息妫是这样的，所以就为她编一个凄美的结局。

不想以悲剧色彩的故事结束，那就把刘禹锡拉出来。且看这首《再游玄都观》：

百亩庭中半是苔，桃花净尽菜花开。
种桃道士归何处，前度刘郎今又来。

# 薜　荔

## 密雨斜侵薜荔墙

薜荔是桑科榕属木质藤本植物，虽然不是第一次写，但还是感到很陌生。交通发达到南北早已经"通衢"，但我在南方没有注意过薜荔，知道它是因为写《楚辞》中的植物。

我先入为主地认为薜荔是高大的乔木，就是上了它名字中"荔"字的当，以为薜荔和荔枝都有"荔"，至少应该和荔枝一样是乔木，荔枝是无患子科荔枝属，但薜荔不是乔木和灌木，而是藤本植物，和荔枝完全不搭界。

薜荔还有个名称，叫木莲，更实用的名称是凉粉子，就是说，薜荔的果实可以制作凉粉。看到这里，我两眼顿时放光。我吃过很多种凉粉，红薯粉、土豆粉、荞麦粉，就是没有吃过薜荔凉粉，那会是怎样的滋味呢？我无比期待。

薜荔的果实也很有趣，像是倒着的莲蓬，叶子和藤可以入药，功能是"祛风，利湿，活血，解毒。"

薜荔这样的植物还出现在《红楼梦》薛宝钗的蘅芜苑里，她的院子里种了杜若、蘅芜、茝兰、清葛、金簦草、玉蕗藤、紫芸、青芷等植物，其中就有薜荔，贾宝玉在诗中写道："蘅芜满净苑，萝薜助芬芳。软衬三春草，柔拖一缕香。"真想去薛宝钗的蘅芜苑，看看薜荔以及杜若、蘅芜、茝兰这些在《楚辞》中大放异彩的植物。

《楚辞》有八次提到薜荔，就选我感兴趣的《九歌·山鬼》（节选）为例：

若有人兮山之阿，被薜荔兮带女萝。

既含睇兮又宜笑，子慕予兮善窈窕。

乘赤豹兮从文狸，辛夷车兮结桂旗。

被石兰兮带杜衡，折芳馨兮遗所思。

好像有人从山的弯处经过，那是我身披薜荔腰间系着松萝。含情脉脉巧笑倩兮，你爱慕我的姿态窈窕婀娜。我驾着赤豹出行后面跟着花狸，辛夷做车桂枝为旗。我身披着石兰腰系杜衡，折一枝芳香花朵送与我思慕的人。

这是一个很野性的女子形象，能够将缠绕的薜荔、松萝披在身上，与赤豹和花狸同行，那是怎样的恣意潇洒啊。

屈子喜欢薜荔，曾多次提及，但后世人用的不多。即使到了大唐，写薜荔的人也不多。

宋之问的《早发始兴江口虚氏村作》提及薜荔"薜荔摇青气，桄榔翳碧苔"。此诗已经在"桄榔"篇用过，按下不表。来说柳宗元的《登柳州城楼寄漳、汀、封、连四州刺史》：

城上高楼接大荒，海天愁思正茫茫。
惊风乱飐芙蓉水，密雨斜侵薜荔墙。
岭树重遮千里目，江流曲似九回肠。
共来百越文身地，犹自音书滞一乡。

这是柳宗元一众革新派被贬，各到自己的任所后，柳宗元写给他们的诗。

柳州城楼很高，我登高望远，能看见极远的地方，海天一色，挡不住我为国忧思的茫茫愁绪。风大雨急，打在高洁、坚韧的荷花、薜荔身上，就像你我的处境。我不由想念你们，可是山重水复、道路遥远，我们一同来到这荒蛮的"百越文身"之地，就连音讯也难以传达，心情怎能不沉重悲凉？

柳宗元运用了屈原关于薜荔和荷花所具有的美好情操，正如屈原在《离骚》中描述的："擥木根以结茝兮，贯薜荔之落蕊。"这样的美物却遭遇疾风暴雨，不正是柳宗元和他朋友的写照吗？

所以，柳宗元诗中的薜荔，与其说是风雨中的薜荔，不如说是文化意义上的薜荔。这样的薜荔是高洁、不屈的。如此一来，我对薜荔的好奇和向往更胜了。

# 桄　榔

## 桄榔翳碧苔

　　桄榔为棕榈科桄榔属乔木，是典型的热带植物，可以根据棕榈，想象桄榔的模样。它的花是佛焰苞式的，而且有很多，果实球形并不稀罕，有四五厘米大，更不稀罕，稀罕的是，果实会在开花后两三年的时间成熟。

　　作为热带植物，北方人不知道，情有可原。但李时珍不一样，你总是可以在他的《本草纲目》中找到自己想认识的古代植物，比如桄榔："桄榔粉味甘平，无毒，作饼炙食腴美，令人不饥，补益虚羸损，腰脚乏力，久服轻身辟谷。"用桄榔树磨成粉制作的淀粉味道甘平，无毒，做饼子很好吃，不仅能充饥，长期食用还能强身健体。

　　桄榔的花序可以制糖、酿酒，嫩茎还可做入菜，种子可以做蜜饯，但饱含种子的果肉却不能碰，因为果肉汁液有强烈的刺激性和腐蚀性，这是多么特别的植物。人们最期待的果实恰恰不能食用，余者皆可以为人所用。

　　桄榔并没有辉煌的历史，也不怎么能入诗人的眼，唐诗中我只找到两首有关桄榔的诗，都是诗人被贬南方时写的。

　　先说宋之问的《早发始兴江口虚氏村作》：

<blockquote>
候晓逾闽嶂，乘春望越台。<br>
宿云鹏际落，残月蚌中开。<br>
薜荔摇青气，桄榔翳碧苔。<br>
桂香多露裹，石响细泉回。<br>
抱叶玄猿啸，衔花翡翠来。<br>
南中虽可悦，北思日悠哉。<br>
鬓发俄成素，丹心已作灰。<br>
何当首归路，行剪故园菜。
</blockquote>

　　宋之问一开始走的是歌功颂德、浮华粉饰、趋炎附势的诗文道路，后来

宦途失意，跌落民间，诗文大改，以《祭杨盈川文》为标志，开始抒发情感真实。

这首写桄榔的诗，是他被贬岭南途中创作的。

早上我已经越过闽地的山岭，此时是春天，遥遥望去，似乎已经可以看见越王台了。昨日的云彩已经散落，残月像蚌中之珠一般。山中的薜荔像是一股青气缠绕升腾，桄榔身负青苔矗立高耸。桂香带露飘来，山间泉水响亮。猿猴啸鸣，翡翠鸟衔花，好一派南国美景。但是，再好也不是我的故乡。我想念京城，想念我从前的时日，我现在遭此一劫，心如死灰，鬓发皆白。仕途已绝，不如让我修剪故园里的藜草。

南国的美景分外迷人，"薜荔摇青气，桄榔翳碧苔"写出了不一样的热带风致，但是，诗人仍然想他的故园，更愿意修剪那不起眼的杂草藜。桄榔有异域景致，让人新鲜，但留不住北方人的心。

再有就是晚唐宰相李德裕的《谪岭南道中作》："岭水争分路转迷，桄榔椰叶暗蛮溪。"诗已经在"椰子"篇中叙及，故不赘述。但要说明的是，宋、李都是被贬之身，但李德裕的贬可惜，他是国家栋梁，不同于骚客宋之问。

他们都写被贬途中的桄榔，桄榔虽同，但人不同。

# 三株树

## 巢在三株树


三株树在《山海经》中是树，但世间不存在此树，它只在文人的诗中。唐朝诗人中，至少陈子昂、张九龄、李白、李德裕写过。

三株树出自《山海经·海外南经》："三株树在厌火北，生赤水上。其为树如柏，叶皆为珠。一曰，其为树若彗。"

三株树长在厌火国的北面，就在赤水河的岸边。树的样子很像柏树，不一样的是，叶子都是珠宝。还有另一种说法，三株树像彗星的样子。

一看这种树就不寻常，《山海经》中很多树都不寻常，三株树不过其中一种而已。《山海经》是本很奇异的书，充满了孔夫子不屑的"怪力乱神"，所记述的山川、物产、人物、怪兽、异鸟，猛一看异想天开，是神话，但后世包括现今的科学家发现，书中说的很多山川、物产等在现实中是存在的，不能简单视为"怪力乱神"，其中的夸父追日、女娲补天、精卫填海、大禹治水等，直到现在都是家喻户晓的传说，是中国文化的精髓。

三株树就是上古先人描述的一种珍贵树种，树上长珠宝，成为后世文人反复借用的意象。

就从陈子昂的三株树开始吧，他仅凭《登幽州台歌》："前不见古人，后不见来者。念天地之悠悠，独怆然而涕下！"就让我永远记住了他。

陈子昂的"三株树"出现在他的《感遇三十八首》其二十三中：

翡翠巢南海，雄雌珠树林。

何知美人意，骄爱比黄金？

杀身炎洲里，委羽玉堂阴，

旖旎光首饰，葳蕤烂锦衾。

岂不在遐远？虞罗忽见寻。

多材信为累，叹息此珍禽。

翡翠鸟居住在南海，雌雄鸟儿双双栖息在三株树这样华贵的树上。没想到被美人看上了，很宠爱翡翠鸟，比黄金还看重。看重的结果是，翡翠鸟被活活杀死，原来美人看上的是翡翠鸟美丽无匹的羽毛，用美丽的羽毛做首饰，装点自己的寝被。有人说了，既然知道有遭杀身之祸，为什么鸟儿还不逃离远一点，但是诸位看官，南海还不远吗？那捉拿鸟儿的"天罗地网"让翡翠鸟无处逃遁。唉，想一想，此时才明白，翡翠鸟是因为羽毛的美丽遭到屠戮，有才的人天赋异禀岂不也是累赘？将翡翠鸟儿和自己相比，我不由为翡翠鸟儿叹息！

陈子昂明显是感叹自己的遭际，不过借翡翠鸟抒发而已，再看《登幽州台歌》，就更能体会他的悲怆、无奈、不甘了。华贵的三株树不过是美丽翡翠鸟的衬托，越是贵重，最后的遭际就越发悲惨。

再看张九龄的三株树，在《感遇十二首》其四中：

孤鸿海上来，池潢不敢顾。

侧见双翠鸟，巢在三珠树。

矫矫珍木巅，得无金丸惧？

美服患人指，高明逼神恶。

今我游冥冥，弋者何所慕！

张九龄不寻常，且不说他是留侯张良之后，其个人政绩已是相当斐然，身为开元名相、贤相，为"开元之治"做出了重要贡献。以至于在他之后，别人向唐玄宗推荐宰相时，玄宗就问："风度得如九龄否？"

此诗是张九龄在朝中遭李林甫、牛仙客排挤，被贬荆州刺史时所写。诗中，他自比孤鸿，双翠鸟则指前二人。

一只孤鸿来自茫茫大海，却对护城河小小的水流都不敢看。冷眼看到一对漂亮的翡翠鸟，居住在华美的三株树上。趾高气扬地栖息在珍贵之木的高处，你们就不怕猎人的金弹？自古以来，穿着美服是会被人指点的，聪明过人也是不被容忍的。而我将翱翔天际，即使有人想猎取我，又怎么能抓到呢？

张九龄写完这首诗的两年之后就去世了。他宦海一生，晚年已勘破官场，不再和那些骄横跋扈的佞人计较，让自己化入老子的道中，回归自然。

三株树再一次扮演了美物的高贵衬托，和陈子昂的三株树异曲同工。

这样的三株树世间真的没有吗？

这是个值得思考的问题。


# 枫　树

## 停车坐爱枫林晚


枫树是槭树科槭树属的落叶乔木，我们熟悉的有元宝枫、鸡爪槭等，我们不熟悉，但加拿大人民熟悉的有糖枫，就是能产枫糖的枫。

枫树叶宽大，柄细长，稍有微风，枫叶开始摇曳，叶叶碰撞，发出声响，因为对风积极的响应，被称为风树——枫树。当然，我们喜欢枫树，主要是因为深秋时节，枫叶变红，世界变得五彩斑斓。

枫树是古老的树种，南北都有，《诗经》中没提及，可以在南方祖先的诗歌里一睹枫树的风采的。且看屈子的《招魂》（节选）：

朱明承夜兮，时不可以淹。

皋兰被径兮，斯路渐。

湛湛江水兮，上有枫。

目极千里兮，伤春心。

魂兮归来，哀江南！


太阳破晓而出啊，不可以停留。

兰草长满小径啊，小路渐次荒漠。

清澈的江水啊，高处有枫树，

一望无际啊，心中满怀伤春的情绪。

魂兮归来啊，哀叹故土江南。

屈子的枫树似乎并无香草或恶草的气质，而是景致，我略微有些失望。虽然枫树并不会散发香味，但它美丽，这难道不也是一种"香"？也好，让后世的人们对枫树有自己的想象空间。

那就到唐朝看看吧，看看那时的枫。唐诗写到枫树的很多，就选有名的两首和特别的一首分享。

先是张继的《枫桥夜泊》：

月落乌啼霜满天，江枫渔火对愁眠。

姑苏城外寒山寺，夜半钟声到客船。

张继是盛唐时人，当过官，在大唐不计其数的诗人中显得平平无奇，留下的诗作也不多，却只凭这一首诗流传千古。月亮已落下乌鸦啼叫寒气满天，面对江边枫树与船上渔火，我忧愁难眠。姑苏城外那寒山古寺，半夜里敲响的钟声传到了我乘坐的客船。

一点愁绪，几点渔火，月光枫林，伴随钟声，是一种不可言喻的意境美。

再看一首妇孺皆知的"枫"，就是杜牧的《山行》：

远上寒山石径斜，白云生处有人家。

停车坐爱枫林晚，霜叶红于二月花。

这首诗特别的正能量，一扫诗人们"断肠人在天涯"的呻吟。

现在是深秋，我正爬山，山路弯弯，远处白云悠悠，若隐若现有处人家，

因为有了人间的烟火气，我内心是安稳的。但是此时吸引我的是漫山遍野的枫林，如火如荼，漫山红遍，美不胜收，完全不亚于山花烂漫的二月花开。

也有人用此诗作为"夕阳无限好"的激励之语，我深以为然。一首写风景的诗能有这样的效果，很神奇。

为杜牧点赞，为枫树点赞。

最后选的是鱼玄机写枫的诗。鱼玄机堪称绝代佳人，很小就通音律善诗文，对于那时的文人墨客，有无可抵挡的魅力。温庭筠就是其一，他们相互和诗，颇为相得。就是在温的撮合下，鱼玄机以妾的身份嫁给状元郎李亿，夫妻感情甚好。但李亿正妻完全容不下鱼玄机。后来，鱼玄机无奈被迫进了道观，玄机就是进了道观以后改的名字。

成为女道后，鱼玄机一边和诸多名士交流，往来酬唱，一边不忘与前夫的旧情，写下很多怀念李亿的诗，但终究落得"易求无价宝，难得有心郎"的下场。鱼玄机把对生活的不满发泄到婢女身上，将其打死，她也为此付出生命的代价，被判死刑，死时年仅二十七岁。真是可惜、可恨、可怜、可叹、可悲。来看这首《江陵愁望有寄》：

枫叶千枝复万枝，江桥掩映暮帆迟。
忆君心似西江水，日夜东流无歇时。

这一定是写给情人的诗，具体写给谁的，不必探究。

我猜，鱼玄机一定想到了屈子《招魂》中的枫林，"湛湛江水兮上有枫，目极千里兮伤春心"。她的枫林也是长在江边的，枫叶千枝万枝摇摆，站在枫林边，极目远望已经日暮的江上，期待的身影还不见乘船归来。那思念的心似潮涌，似枫叶万千，似江水绵延不绝，没有片刻停息。

鱼玄机到底是小女子，她的枫叶只关风月。

我还是惦记杜牧"停车坐爱枫林晚"的枫叶，我们都会有那一天。但愿那一天到来的时候，我们都能"霜叶红于二月花"。

# 杨 树

## 已抽三丈白杨枝

杨树是杨柳科杨属落叶乔木，杨柳科有三个属：杨属、柳属、钻天柳属。之所以在此篇要提及杨柳科的三个属自然是有原因的：一则表面看起来不相干的杨树和柳树其实同属一个科的；二则我们的先人常常把杨柳并提，但是古人眼中的杨柳不是杨树和柳树，而是单指柳树；三则古人所说的杨花也不是杨树的花而是柳絮；四则古人所说的绿杨其实是柳树；五则古人说的垂杨也不是杨树，也是柳树。

摘录几首诗感受一下吧。

隋朝的《送别》最典型："杨柳青青著地垂，杨花漫漫搅天飞。柳条折尽花飞尽，借问行人归不归？"

张敬忠《边词》："五原春色旧来迟，二月垂杨未挂丝。"

王昌龄《青楼曲二首》其二："驰道杨花满御沟，红妆漫绾上青楼。"

李白《赠钱征君少阳》："白玉一杯酒，绿杨三月时。"

以上的"杨"都指柳树、柳絮。

抛开了各种名"杨"实柳，真正的杨就没多少了。

但古老的《诗经》中，写到杨的居然有五处：《陈风·东门之杨》"东门之杨，其叶牂牂"，《秦风·车邻》"阪有桑，隰有杨"，《小雅·南山有台》"南山有桑，北山有杨"，《小雅·菁菁者莪》"泛泛杨舟，载沉载浮"，《小雅·采菽》"汎汎杨舟，绋纚维之"。

《陈风·东门之杨》中的杨好看，是"郑卫之音"似的好看：

> 东门之杨，其叶牂牂。昏以为期，明星煌煌。
> 东门之杨，其叶肺肺。昏以为期，明星晢晢。

东门的杨树，叶子沙沙作响。约好黄昏见面，相会到启明星闪亮。

东门的杨树，叶子呼呼作响。约好黄昏见面，相会到启明星照耀。

有情人相约黄昏后，相会沙沙作响的杨树林，欢会直到启明星闪耀。美好温情，想入非非，粗壮疏朗如杨树竟然扮演起媒人的角色，让人欢悦。

后来柳大行其道，杨在诗文中就黯然失色了，现在顾不上杨分什么青杨、白杨、黑杨、胡杨、大叶杨，是杨就行。

你还别不服气，唐诗中我只找到两首写杨的，而且都是白居易写的。

白居易的《燕子楼》其二其实在写"柏树"篇时已经用过，现在我们介绍其三。

《燕子楼》原是张仲素写的三首诗，白居易看到后又和了三首，咱就节选写到杨树的第三首吧，顺便也把张仲素的第三首摘出，毕竟他的诗是起因。

## 燕子楼（其三）

### 张仲素

适看鸿雁洛阳回，又睹玄禽逼社来。

瑶瑟玉箫无意绪，任从蛛网任从灰。

### 白居易

今春有客洛阳回，曾到尚书墓上来。

见说白杨堪作柱，争教红粉不成灰。

前两首已经介绍了燕子楼是张尚书宠姬关盼盼的居所，张尚书死后，关盼盼在燕子楼为他守节十年不出嫁。张仲素赞叹关盼盼的情义，写诗三首，这首是说张尚书埋在北邙，那里松柏环绕愁云惨雾，燕子楼里的关盼盼日夜想念

不思饮食。自从尚书死了，盼盼再也没有起舞歌唱，这样的情况已经持续了十年。

张仲素替关盼盼说，那传递书信的鸿雁从洛阳回来了，但传递书信的人却永远消失了，春天到了，燕子双双飞舞，让我这孤单之人情何以堪？曾经让我们喜悦的各式乐器我一样也不想动，任凭它结蛛网落灰尘。盼盼的心已经随尚书一起死了。

白居易感慨说，今春你从洛阳回来，告我说你曾经到尚书墓祭奠，还说尚书墓上的白杨树已经长得可以当柱子了，可不是吗？已经十年过去了，白杨树已经成材了，时光流逝，怎么能不叫那红颜成灰呢？

白居易应该是感叹时光飞逝，感叹盼盼对尚书的情意深长，没想到此诗让本来就心如死灰的盼盼看到，竟然绝食而死，果真成灰了。

大唐的这株白杨好生凄凉。

白居易另一首写到白杨的是《览卢子蒙侍御旧诗，多与微之唱和。感今伤昔，因赠子蒙，题于卷后》：

昔闻元九咏君诗，恨与卢君相识迟。
今日逢君开旧卷，卷中多道赠微之。
相看泪眼情难说，别有伤心事岂知？
闻道咸阳坟上树，已抽三丈白杨枝。

白居易看了朋友卢子蒙的诗稿，发现里面有不少卢和元稹的和诗，不由感伤起来。元白的友谊当时被传为佳话，可惜此时元稹已经去世十年，怎么能不让白居易百感交集？

过去我就知道元稹有很多写到你的诗篇，当时恨不能和你相识。现在我看到你的旧诗作，其中很多都是和元稹的唱和，看到这里，你我不禁泪眼双流，别人哪里能知道我们心中的伤心事呢？唉，听说咸阳元稹的坟头上已经长出三丈长的白杨树了。

我寻觅了许久，只找到这两株唐诗里的白杨，意想不到的是都长在坟头，坟头不是种松柏吗？也种杨树？

我眼中的杨树可不是坟头的杨树，而是"枝头树叶金黄，风来声瑟瑟"的秋景，或者是"一棵小白杨，长在哨所上"的意气风发。

还是回到现在吧，我怕大唐的杨树伤到我。


# 橘　子

## 江南有丹橘


橘子无疑是芸香科柑橘属的常绿乔木，在初夏开花，是白色的，深秋的时候结果，果实为金黄色，甚为诱人，是全国人民都爱吃的南方水果。

橘子原产于中国，有趣的是，阿拉伯人把橘子带到欧亚大陆后，荷兰人、德国人将其称为"中国苹果"，至今仍如此。

橘子具体什么时候开始栽培的我不知道，但能肯定的是已有两千年以上的历史，因为屈子已为它作过《九章·橘颂》：

后皇嘉树，橘徕服兮。受命不迁，生南国兮。
深固难徙，更壹志兮。绿叶素荣，纷其可喜兮。
曾枝剡棘，圆果抟兮。青黄杂糅，文章烂兮。
精色内白，类任道兮。纷缊宜修，姱而不丑兮。
嗟尔幼志，有以异兮。独立不迁，岂不可喜兮。
深固难徙，廓其无求兮。苏世独立，横而不流兮。
闭心自慎，不终失过兮。秉德无私，参天地兮。
原岁并谢，与长友兮。淑离不淫，梗其有理兮。
年岁虽少，可师长兮。行比伯夷，置以为像兮。

上天孕育的美好橘树啊，生来就适应这方水土。秉承上天的使命不再外迁，永生永世生长在南方土地。

你扎根深厚难以迁移，立志是多么的专一。鲜绿的叶子洁白的花朵，缤纷多姿何其令人欢喜。

重叠的树叶中长满尖刺，圆圆的果实成簇成团。青黄两色杂陈其间，色泽相配如此美丽。

你外表鲜艳内里纯洁，犹如堪当大任的君子。你风姿独具仪态美好，美丽到没有瑕疵。

赞叹你自小就有的志向啊，从来就与众不同。你遗世独立不肯迁移，这样的气节怎能不令人欣喜。

你扎根深厚难以迁移，心胸阔达没有欲求。清醒卓然立于浊世，绝不随波逐流。

你坚守初心谨慎自重，始终不曾犯有过失罪责。秉承德行公正无私，那是和天地同在啊。

愿和岁月一起流失，和你长久相伴永为友人。你德行美好从不放纵自己，枝干坚韧条理清晰。

你年纪虽小，却可以为我的师长。你的品行可与伯夷比肩，正是我永远学习的榜样。

"受命不迁，生南国兮"就是屈子眼中橘树的品格。

给橘子定了性之后，我们回到唐朝，看看大唐的橘子。大唐诗人写到橘子的不少，就挑两位的作品分享吧。

先介绍张九龄的诗，不仅因为他写到橘子，更是敬仰他的品格。且看《感遇十二首》其七：

江南有丹橘，经冬犹绿林。

岂伊地气暖，自有岁寒心。

可以荐嘉客，奈何阻重深！

运命唯所遇，循环不可寻。

徒言树桃李，此木岂无阴？

这是张九龄被贬荆州时写的。

江南有丹橘，冬天了还是绿叶婆娑，因为橘树有松柏一样不怕岁寒的心志。这样的美味原是可以让贵客享受的，但道路遥远、阻碍重重，竟是不能送达。看到这样的结果，不由想到命运就是你所遭遇的，在自然的道里循环，是你不能把握的。但我还是不甘，人们都在种桃树、李树，难道橘树就没有用处吗？

张九龄一定是受到屈子的《九章·橘颂》影响，以橘树的品格自比，为橘树的不受重视鸣不平。

再看白居易，他在《轻肥》中写道：

意气骄满路，鞍马光照尘。

借问何为者，人称是内臣。

朱绂皆大夫，紫绶悉将军。

夸赴军中宴，走马去如云。

樽罍溢九酝，水陆罗八珍。

果擘洞庭橘，脍切天池鳞。

食饱心自若，酒酣气益振。

是岁江南旱，衢州人食人！

"轻肥"二字取自《论语·雍也》中的"乘肥马，衣轻裘"，意思是豪奢的生活。

诗里过着豪奢生活的是什么人呢？太监！他们居然可以身为大夫，甚至是将军。甚为嚣张，到军中赴宴，"车如流水马如龙"般，飞扬跋扈、没有禁忌。吃的水果是洞庭湖的橘子，吃的鱼是天池钓上的大鱼，酒要喝多少有多少。吃饱了泰然自若，喝罢了酒，就更不可一世。但是，此时的江南正在大旱，衢州

已经到了人吃人的地步！

何等惊心动魄。宦官为所欲为，疯狂嚣张，胡吃海喝，天上地下都不放过；但是老百姓不仅忍饥挨饿，甚至到了人吃人的地步。这样的对比实在让人不寒而栗，这样的政权不灭，天理何在！

屈原、张九龄心目中"授命不迁"的橘子竟然被这些脑满肠肥、大腹便便的宦官玷污，何等惨烈！

看了白居易的《轻肥》，我的心情沉重起来，为受苦的百姓，还为那被"被侮辱与被损害"的橘子！

就让橘子留下伤痕吧，作为警示！


# 栀　子

## 闲看中庭栀子花


栀子是茜草科栀子属常绿灌木，叶子翠绿的革质，花是白色的，香气袭人。南方种在街边或者院子里，北方只能种在花盆里。家里有一盆正开花的栀子，其香会让你有醉生梦死的感觉，太香了。

栀子还有几个很形象的别名，越桃、支子花、玉荷花、白蟾花，看名字就能想到花的样子。

栀子花的栽培历史也算很久远了，至少有一千年以上。《艺文类聚》记载"汉有栀茜园"，说明汉时栀子花已经是园林花卉了。

栀子花入诗的最早记录是在南朝时期，梁朝简文帝萧纲写过《咏栀子花》：

素华偏可喜，的的半临池。
疑为霜裹叶，复类雪封枝。
日斜光隐见，风还影合离。

萧纲做皇帝不怎样，被叛臣侯景害死，但在文学上的成就一直为人称道，其文学功绩主要是创立了宫体诗，主张"新变"，主张修辞，主张美文。

这首咏栀子花的诗简洁明快，看不出丝毫匠气。

栀子花因其白色素净很得我的喜爱，有不少花儿临池开放，别有一番韵味。看那洁白的样子好像霜裹了叶子，雪封住枝条，说不出的冰清玉洁。此时太阳落山了，若有若无的光影照在花上，花和花影随风吹过忽合忽离，甚为动人。

看来萧纲很喜欢栀子花，栀子花在他眼里冰清玉洁，但他的朝廷却风雨飘摇，自己都难保，不知他喜欢的栀子花在他死后还能继续"的的半临池"吗？

还是到唐朝看看吧，那里的栀子花也许没有萧纲身后的凄凉。

先看王建的《雨过山村》：

雨里鸡鸣一两家，竹溪村路板桥斜。

妇姑相唤浴蚕去，闲看中庭栀子花。

王建是中唐时期人，出身寒微，当过小官，还从军塞上，写平民百姓比较多。

这是王建来到一处山村写的田园景致。村子不大，雨里看去只有鸡鸣的一两家。竹溪旁的村路有石板桥越过溪水斜斜搭着，有顺随自然的无意。婆媳想唤着一起到水边浣蚕，何等的和睦亲切，只有我这样的闲人在大家都劳作忙碌的时候，静看院中盛开芳香馥郁的栀子花，何等惬意，这里岂不是现世的桃花源？

越过杜甫的《江头四咏·栀子》:"栀子比众木，人间诚未多"，看刘禹锡的《和令狐相公咏栀子花》：

蜀国花已尽，越桃今已开。

色疑琼树倚，香似玉京来。

且赏同心处，那忧别叶催。

佳人如拟咏，何必待寒梅。

栀子花的花期很长，从5月一直开到8月，夏季花少，栀子花可谓一骑绝尘。那素雅的颜色好似玉树，那花香好似天上来。你我有相投的意趣，何必担忧落叶的催促。高洁的人何时都是高洁的，何必借寒梅的风姿呢？

显然，在刘禹锡的眼里，栀子花是高洁的，花似玉树，香来天界，玉树琼花的品格，何等高贵。

在此落下栀子花的帷幕最好，何必等到伤心时呢？

# 葡 萄

## 葡萄美酒夜光杯

葡萄是葡萄科葡萄属木质藤本植物。果实呈球形或椭圆形，十分惹人喜爱。

葡萄还有蒲桃、草龙珠、山葫芦、李桃等古老特别的名字。李时珍在《本草纲目》中云："其圆者名草龙珠，长者名马乳葡萄，白者名水晶葡萄，黑者名紫葡萄。"至于提子、美国黑提等不过是现代叫法。

很多人都知道葡萄是张骞出使西域时带回的水果，这也是《汉书》说的："张骞使西域还，始得此种。"其实是他带回了大宛品种的葡萄。当时的汉地也有葡萄，不过是野葡萄，叫葛藟、蘡。因为颗粒小而酸，并不直接食用，而被用来酿酒。

西域的葡萄除了鲜食、制葡萄干，最重要的用途仍然是酿酒。可见，葡萄自进入人类的食谱就和酿酒密不可分。

葡萄作为最古老的植物之一，因其美味，很早就进入人类的生活。到目前为止，世界上的葡萄品种超过八千种，中国有八百种。老百姓熟悉的品种有巨峰、玫瑰香、无核白等。至于酿酒的葡萄，则有雷司令、赤霞珠、霞多丽等。

美味的葡萄吸引王公贵族，也吸引文人骚客。你可以不知道王翰，但一定知道"葡萄美酒夜光杯"，那就是他写的，他是唐朝人，我们就从他开始说唐诗中的葡萄。

《唐书》云："波斯所出者，大如鸡卵。此物最难干，不干不可收。不问土地，但收皆可酿酒。"不知道王翰的葡萄可是波斯所产？

王翰是山西太原人，家道富足，任侠好酒，恃才不羁，有李白的影子，可惜他的诗集早已亡佚，只留下少数，和"葡萄"相关的最有名。不妨把两首都摘录于此。

## 凉州词二首

### 其一

葡萄美酒夜光杯，欲饮琵琶马上催。

醉卧沙场君莫笑，古来征战几人回。

其二

秦中花鸟已应阑，塞外风沙犹自寒。
夜听胡笳折杨柳，教人意气忆长安。

在边境凉州，战士们就要出征。举行盛大的聚会，那场面豪奢又悲壮。一面是"葡萄美酒夜光杯"，急促的琵琶促人豪饮。另一面，战士此时是在欢快豪饮，甚至会"醉卧沙场"，但是，君莫笑，我们征战，奋勇杀敌，抱的就是"马革裹尸"的决心，此时能纵酒时纵酒，我们不知道自己还能不能回来。古往今来，出征作战的战士又有几人能回呢？

原本极度欢快的场景，因为"几人还"，一下子悲壮起来，所以，葡萄美酒和夜光杯，再豪奢，在保家卫国的战士面前，不值一提！

再看第二首。

荡气回肠之后，豪饮享受之后。想起家乡，鸟语花香的春季已经过了，边地的风沙还是彻骨寒。夜晚听着胡笳幽咽的乐曲，就是赠别的《折杨柳》，怎不叫人思念美丽的家乡。

从以葡萄美酒夜光杯为标志的欢快场景，一步步落入"几人回"的悲壮中，但那不是气馁，而是壮行，是明知山有虎偏向虎山行的豪迈，是肩负使命的决绝。不是不知道儿女情长、家乡美好，而是国家需要，我们一往无前，借葡萄美酒抒发我们内心深处的情感，一切尽在不言中！

到了晚唐，一位没留下姓名的诗人写过葡萄。他在《全唐诗》中被称为捧剑仆，据说是富人郭氏的仆人。作为仆人，他不"安分守己"，"尝以望水眺云为事，遭鞭箠，终不改"，于是成就了这首有葡萄的《诗》：

青鸟衔葡萄，飞上金井栏。
美人恐惊去，不敢卷帘看。

诗写得很有画面感，一只青鸟嘴里衔着葡萄，飞到金色的井栏边，那是多美好的景致。这样的景致被一位美人看到了，她怕把鸟儿惊着，更怕错过这样的趣事，只是隔着卷帘偷看，不敢把卷帘卷起。

美人眼里衔葡萄的鸟儿是美景，我们眼里，卷帘下看鸟儿的美人连带葡萄、金井栏都是美景。简简单单四句诗，一下子把我们从"金戈铁马"的"葡萄美酒"中带到了中原小家碧玉的惬意生活。一切的岁月静好，一定是有别人负重前行。而这两种截然不同的生活都和葡萄有关。

我相信，世界是有神秘内在关系的，比如葡萄的前世今生。

# 枣 树

## 枣花未落桐叶长

枣树是鼠李科枣属落叶小乔木，最小也能长到十来米高。

枣树原产于中国，枣子无人不知无人不晓，一句"大红枣儿甜又香"就概括了枣子的特点。现今枣子的品种不下七百余种。

《齐民要术》介绍了很多枣的种类，比如壶枣、要枣、白枣、酸枣、齐枣、羊枣、大枣、填枣、苦枣、无实枣等。

《西京杂记》记录的枣更有趣，有弱枝枣、玉门枣、西王母枣、青花枣等。

《周礼》《仪礼》《礼记》都讲述了枣的用途及使用方法，比如祭祀、送礼、做枣圃等。《战国策》

说："北有枣栗之利……足食于民"枣在中国北方有着重要作用，即"木本粮食"。《韩非子》则记载了秦国饥荒时用枣栗救民的事。

《诗经》中就提到了枣。《豳风·七月》："六月食郁及薁，七月亨葵及菽。八月剥枣，十月获稻。为此春酒，以介眉寿。"

六月里吃李子和野葡萄，七月里煮冬葵和大豆。八月里打枣，十月里收稻。酿好春酒，给老人祝寿。

好一派农忙景致，辛苦又欣喜。枣子只是一种，但也是最甜蜜的一种。在没有甘蔗的中原地区，枣子一定是最让人愉悦的果实，甜蜜的味道让人忘记忧愁，意味着收获。

即使在当代，枣子依旧是人们日常生活中重要的获取甘美味道的途径。枣子是端午粽子中最重要的食材，也是北方过年蒸花馍喜庆的象征，还是婚庆喜宴中最美好的寓意——早生贵子。枣总是让人想起甜蜜、美好和岁月悠长。

还是到唐朝看看那时的枣子有多甜吧。

让人吃惊的是，这么甜美的果实竟然很少入诗，比起竹子、柳树、杨树完全可以忽略不计，是枣子引不起诗人浪漫的情绪，还是带不来伤春悲秋的气氛？少归少，总归有。来看李颀的《送陈章甫》：

四月南风大麦黄，枣花未落桐叶长。

青山朝别暮还见，嘶马出门思旧乡。

陈侯立身何坦荡，虬须虎眉仍大颡。

腹中贮书一万卷，不肯低头在草莽。

东门沽酒饮我曹，心轻万事皆鸿毛。

醉卧不知白日暮，有时空望孤云高。

长河浪头连天黑，津口停舟渡不得。

郑国游人未及家，洛阳行子空叹息。

闻道故林相识多，罢官昨日今如何。

农历四月大麦发黄，丰收在即，枣花也已经开放，空气中散发着温馨甜蜜的芳香，桐树叶子长得蓬勃健旺。青山依旧在，早晚都相见，出门的马儿长声嘶鸣，似乎激发人思乡的情绪。

接着，李颀狠狠夸奖了老友陈章甫，胸怀坦荡、气度不凡、满腹经纶、气节高尚等。

你我心境一样，情怀一样，你没有归家，我为你感叹。知道你家乡的故交很多，昨日你已经罢官，今朝他们待你如何呢？

李顾看待官场的失意比大部分人豁达得多。从此诗就可以看出，他和他的友人虽然都官场不得志，但并没有感到绝望，反倒能欣赏到自然蓬勃的状态：大麦黄、枣花开、桐叶旺，每一种都欣欣向荣。大有此处不留爷，自有留爷处的无所畏惧。他们都隐居了，过自在逍遥的生活。李顾唯一担心的是朋友的故交会不会势利眼。

其实不用担心，官都可以罢，还怕世情的冷暖吗？更何况世情本就是势力的，安之若素就好。

再一首写到枣的诗是杜甫的，可以理解，他是最关心现实的诗人之一。来看这首《又呈吴郎》：

堂前扑枣任西邻，无食无儿一妇人。

不为困穷宁有此？只缘恐惧转须亲。

即防远客虽多事，便插疏篱却甚真。

已诉征求贫到骨，正思戎马泪盈巾。

这是杜甫劝说吴郎的一首诗。他把草堂让给了吴郎，吴郎就"装修"草堂，为草堂扎起了篱笆，按说这也无可厚非，但他这一举动却影响了看似不相干的人——一位年老的寡妇。这寡妇就是靠扑打杜甫院内的枣子度过艰难岁月的，如今扎上篱笆，老妇人无以为食。杜甫这样劝吴郎：

我就是因为西邻老妇人无儿没有食物才任由她在草堂院子里打枣的。要不是她穷到极致怎么会做这样的事呢？正是因为如此，我怕她恐惧反倒对她亲善。

你来了，那老妇人本就内心有提防，你再扎上篱笆就更像真的提防了。她已经被官府的征赋逼到赤贫，再一想现在的时局实在让人心寒，忍不住泪沾巾。

这样的劝说令人动容，怎能不接受呢？接受不了的是日渐衰败的国家，可杜甫以及吴郎又能怎样呢？所能做的不过是让那无依无靠的老妇人打枣果腹，如此而已。

枣子出现在这样的场景令人心寒，寒到忘记了枣子的甜美，此时的食枣哪里是为了享受，而是为了救命啊。枣子是好枣子，动荡的社会怎么能说好呢?

感谢杜甫，感谢枣子。

# 柏　树

## 采柏动盈掬

柏树是柏科柏木属常绿乔木，遍布全国。柏树并不只有一种，还有侧柏、圆柏、扁柏、花柏等，它们有一个共同特性，就是生长缓慢、寿命极长，常被人当作长寿的象征。

我们的先人早就认识到柏树的特点，很早就在庄严肃穆的地方，比如宫殿、庙宇、陵墓等地种植，寓意"万寿无疆"。

千年以上的柏不难找，山西介休某村中就有国家认定的"秦柏"。有名的如陕北黄帝陵有七八人才能合抱的柏树；山西临汾尧庙有著名汉代奇树柏抱槐、柏抱楸、鸣鹿柏、夜笑柏；山东曲阜孔林有树龄超过千年的柏树；四川武侯祠有相传为三国时所植的柏木，杜甫作诗《古柏行》："孔明庙前有老柏，柯如青铜根如石。"不一而足，足以说明柏的长寿特征以及特殊使命。

明朝王象晋的《群芳谱》这样介绍柏树名字的由来："柏向荫指西……盖木之有贞德者，故字从白。白，西方正色。"一是说柏从白，为西方正色；二是说柏是有贞德的树种，因为柏树的树姿好看。"叶青枝长，四时不凋，岁寒更茂，孔子称之"，是说柏树四季常青，越是天寒越显茂盛，连孔老夫子都称赞它。

柏树木材有脂而香，木质坚硬细腻，可长期保存，乃栋梁之材，"有乾刚之性，故古人任之"，不仅仅适合做舟（有油脂，不易渗水），有身份的人更是要作为自己百年后的棺木，"老者入土，年久难朽。"

《诗经》中就多次提到柏树，比如《鄘风·柏舟》："泛彼柏舟，在彼中河。"

《小雅·天保》："如松柏之茂，无不尔或承。"《小雅·頍弁》："茑与女萝，施于松柏。"《邶风·柏舟》（节选）中有几句我特别喜欢，借写柏树一同分享大家：

泛彼柏舟，亦泛其流。耿耿不寐，如有隐忧。微我无酒，以敖以游。
我心匪鉴，不可以茹。亦有兄弟，不可以据。薄言往愬，逢彼之怒。
我心匪石，不可转也。我心匪席，不可卷也。威仪棣棣，不可选也。

乘着柏木之舟，随河水漂流。心中烦闷难以入睡，因为有难言的忧愁。不是因为我喝醉酒，才乘舟遨游。

我的心并不是镜子，不能包容一切。我虽有手足兄弟，他们却不能依靠。想去诉苦求安慰，正碰上他们发脾气。

我的心不是石头，不能随意来翻转。我的心不是草席，不能随意卷动。做人自有堂堂尊严，没有什么可挑剔的。

关于此诗的说法很多，我不想加入专家的行列，只喜欢本诗的"我心匪鉴，不可以茹。我心匪石，不可转也。我心匪席，不可卷也。威仪棣棣，不可选也"，犹如柏树之贞德。

下面，我们就到唐朝看看那时的柏吧，我知道柏从来没有大红大紫过，但

也不曾湮灭过。

唐诗中提到柏的诗不少，且常常和松连在一起，少有分别，好像它们一直是兄弟一样。想选一首只有柏的诗都不容易，还好有老杜的这首《佳人》（节选）：

在山泉水清，出山泉水浊。
侍婢卖珠回，牵萝补茅屋。
摘花不插发，采柏动盈掬。
天寒翠袖薄，日暮倚修竹。

绝代佳人因为战乱而家破人亡，被丈夫抛弃，住在山村里，她明白世情就是如此，在山中泉水是清澈的，出了山泉水就混浊了。美女的丫鬟出去卖首饰回来，开始牵萝补茅屋。美女采花但并不戴，没那心思，更多的是补贴家用。天气已经转入寒冷，那女子在夕阳下倚着青竹，思绪万千。

杜甫诗里的柏树没有常青的意思，而是清贫生活的补给品，这是让人意想不到的。

杜甫还写到一次柏，不同于美女的柏，是这首《蜀相》：

丞相祠堂何处寻，锦官城外柏森森。
映阶碧草自春色，隔叶黄鹂空好音。
三顾频烦天下计，两朝开济老臣心。

只要看到锦官城外柏木森森的地方就是武侯祠了。这时正是春天，碧草在台阶上投射下影子，我隔着树叶看到黄鹂婉转鸣唱。

这里是帮刘备定夺天下的诸葛亮的故居，他是最忠心的两朝元老，可惜"出师未捷身先死，长使英雄泪满襟"。

此诗中的柏就是传统意义上人们对柏的定位，要把它植于庙堂之上，以示对庙主的永久怀念。

# 柚　子

## 醉别江楼橘柚香

柚子是芸香科柚子亚属的植物，有很多别称，比如文旦、香栾、朱栾、内紫、条、雷柚、碌柚、胡柑、臭柚、泡果等，让人遐想。

柚子和很多芸香科的水果一样，只产于南方。柚子不同于橘子的地方，首先是果实硕大无比，是芸香科里最大的，最重可达三公斤，相当于一个婴儿出生时的体重。柚子的口感清香、酸甜、凉润，大有超过橘子的劲头。

柚子的药用价值很高，主要具有理气化痰、润肺清肠、补血健脾等功效。我更感兴趣的是柚子茶，用柚子皮加蜂蜜等制作的。和朋友们聊天喝下午茶，喝的就是柚子茶，只不过里面加了些许红茶，百喝不厌。柚子茶成了朋友们相聚欢会的见证。

两千多年前，在水果品种很少的时候，柚子就被培育出来了。《吕氏春秋》载："果之美者，云梦之柚。"《神农本草经集注》中也记载了它。

《楚辞》中提到了柚子，和橘子一样是被视为"香木"的。就拿《七谏·自悲》为例："饮菌若之朝露兮，构桂木而为室。杂橘柚以为囿兮，列新夷与椒桢。"饮菌若上面的晨露，用桂木搭建的房屋居住。种植橘柚成为园林，周围再种上辛夷、花椒和女贞。

到了大唐，柚子依然存在，而且颇有存在感。

北方人也会写到柚子，就从正宗北方人王昌龄的《送魏二》开始柚子之旅：

> 醉别江楼橘柚香，江风引雨入舟凉。
>
> 忆君遥在潇湘月，愁听清猿梦里长。

王昌龄送别友人魏二，酒宴设在江楼边，此时正是清秋，橘子、柚子的果香随风飘散过来，同时也把凉雨吹到船里。我们就在此话别，我不由想到你独在潇湘月下的情景，满怀愁绪入梦，伴随梦境的是猿声，悠长悠远的啼鸣。

柚子、橘子再香，挡不住离别的愁绪。

李白也写到过柚子，来看《秋登宣城谢朓北楼》：

江城如画里，山晚望晴空。

两水夹明镜，双桥落彩虹。

人烟寒橘柚，秋色老梧桐。

谁念北楼上，临风怀谢公？

谢朓是南齐诗人，他在宣城建的楼，是后世游览的好去所。此时李白就在此楼游玩。这里江山如画，晴空万里。江水似明镜，桥上落彩虹。已经深秋，柚子、橘子飘香，梧桐开始落叶。此时谁能想到此楼，以及曾经的谢公呢？

杜甫的柚子也需要提及，毕竟他在南方生活的时间长。来看《禹庙》：

禹庙空山里，秋风落日斜。

荒庭垂橘柚，古屋画龙蛇。

云气生虚壁，江声走白沙。

早知乘四载，疏凿控三巴。

这是杜甫到了重庆拜谒大禹庙写下的诗篇。

大禹庙建在空阔的山里，此时是秋天的落日时分，风吹过山间，吹到寂寞的大禹庙，没有人迹，只有橘柚芳香馥郁。古老的庙宇里画着龙蛇，都是和治

水相关的。此处云雾缭绕。江水卷起白沙浪涛。我知道伟大的大禹遇水乘舟、遇路乘车、遇泥乘辅、遇山乘檋"四载"而动就是为了疏通河道、治理山川，最终控制了三巴的水患，为人民造福，被传颂万代。

大禹庙罕有人迹，但橘柚硕果累累，那是杜甫暗用的典故。据《尚书·禹贡》记载，大禹治理洪水后，九州人民从此安居生产，就是远在东南的"岛夷"，百姓也"厥包橘柚"，把丰收的橘柚包裹起来献给大禹，表示对大禹的敬爱。

此时，橘柚不仅仅是飘香的水果，更象征着希望。它从此有了不一样的厚重的文化意味，这就是柚的存在感。

# 荆 条

## 始闻扣柴荆

荆条的学名叫牡荆，是马鞭草科牡荆属落叶灌木，开淡紫色的小花，很常见。当然对于农人来说就不一样，荆条可以编织筐，做盖房时的"糊襞"，还可以酿荆条蜜。

我曾以为荆条是一种多年生草本，当见识到它灌木状的荆条，居然满树紫花，够得上繁花茂盛，着实大吃一惊，也大开眼界。

荆条古已有之，往往和棘联用，称为荆棘。其实这是两种植物，荆就是荆条，棘是酸枣树，因为二者常常混生，所以连在一起，衍化出成语披荆斩棘、荆棘满途等。

《诗经》中提到荆的地方有五次之多，那时称为"楚"，被当作柴草，以《唐风·绸缪》为例："绸缪束楚，三星在户。今夕何夕，见此粲者。子兮子兮，如此粲者何！"荆条紧紧捆，三星在门前。今夜是何夜，和着美人相见，你呀你呀，我可把这美人怎么办！

夫妻犹如紧紧束缚在一起的荆条，密不可分，紧紧相拥。情人相会，喜悦难耐，竟是不知道该如何是好。只能清晰表达犹如"绸缪束楚"，无论如何"绸缪"都是紧紧相依、相连、相拥，此"楚"——荆条何其缠绵悱恻。

但荆条大多数情况下不是这么浪漫有趣，比如"负荆请罪""荆钗布裙"。

"负荆请罪"的故事家喻户晓，说的是老将廉颇背负荆条诚心向丞相蔺相如请罪，出自《史记·廉颇蔺相如列传》："廉颇闻之，肉袒负荆，因宾客至蔺相如门谢罪。"

"荆钗布裙"没那么有名，但说"举案齐眉"就都知道了。东汉隐士梁鸿，穷，有气节；富家女孟光丑，但是有眼光，要嫁给梁鸿。她过的是锦衣玉食的生活，出嫁时自然华服美饰，梁鸿很不满意，不和孟光同房。孟光追问之下才知，梁鸿想要的是和他一样穿粗衣吃淡饭、过隐世生活的人。于是，孟光二话不说换以"荆钗布裙"，还"举案齐眉"，于是，成就了这对夫妻的传世美名。

《太平御览》卷七百十八引《列女传》："梁鸿妻孟光，荆钗布裙。"

有一种婚姻不需要"有房有车"，只需要"荆钗布裙"。

我们这就穿越到唐朝，看看唐诗里的荆条是什么样子。唐诗里提荆条的真不少，就从我们永远割舍不下的杜甫的《羌村三首》其三开始：

群鸡正乱叫，客至鸡斗争。

驱鸡上树木，始闻叩柴荆。

父老四五人，问我久远行。

手中各有携，倾榼浊复清。

莫辞酒味薄，黍地无人耕。

兵戈既未息，儿童尽东征。

请为父老歌，艰难愧深情。

歌罢仰天叹，四座泪纵横。

这是杜甫官至左拾遗，引援救他人，触怒皇帝，下放回家写的三首诗，我选了有"荆条"的第三首。

前两首写诗人刚回家时全家的悲喜交集，以及回家后的苦闷心情。

第三首就写到邻居拜访的情景。一群鸡正在乱叫，客人来了好似"人来疯"一般打斗不休。我把那群鸡赶上树，听见有人敲柴荆。邻里父老四五人过来看我，问我的情况，手中还拿着酒水，酒水清浊不一。客人不好意思地解释说："您别嫌酒水味道薄，现在庄稼已经没人耕种了。就是因为国家战乱不已，连儿童都当兵去了。"杜甫感动之余，也更感到时局的艰难，能为父老申诉的能有多少呢？内心感到对不住父老的深情。杜甫一曲歌罢，仰天长叹，举座泪纵横！

荆条在诗中不过是杜甫家的院门，几乎不足挂齿，这样的门扉很符合他当时的处境。荆条也就成了艰难时局的见证。

再看韦应物的"荆条"，即这首《登楼寄王卿》：

踏阁攀林恨不同，楚云沧海思无穷。

数家砧杵秋山下，一郡荆榛寒雨中。

这是韦应物写给好友王卿的诗。想当年我们一起"踏阁攀林"，此时却天各一方，隔着"楚云沧海"，思念无穷。眼下正值深秋，只听得几家捣衣声稀稀落落传来，又消失在茫茫秋山中，但见山中荆条、榛树等一众杂树，承受着日渐寒冷的凄风苦雨。

这样的情愫无比清冷，加重了思念的无奈和寂寞。荆条在寒雨中也是瑟瑟发抖吧，它该落叶了，抵不住寒冷，就像韦应物抵不住思念友人的心。

再看看李商隐的"荆条"，也是这么悲凉吗？是《北齐二首》其一：

一笑相倾国便亡，何劳荆棘始堪伤。

小怜玉体横陈夜，已报周师入晋阳。

这自然是李商隐写北齐后主宠幸冯小怜灭国的一段历史。他用了两个典故，第一句说的是周幽王宠幸褒姒"烽火戏诸侯"只为博取其一笑导致亡国的故事，第二句就和荆条有关。《晋书·索靖传》记载："靖有先识远量，知天下将乱，指洛阳宫门铜驼，叹曰：'会见汝在荆棘中耳？'"西晋时期，一位叫索靖的官员，早早就看出朝廷的败象，因无力改变，不免感叹，指着洛阳宫门外摆放的铜驼，叹道："我会看见你们淹没在荆棘中吗？"也有了"铜驼荆棘"的成语，意即国土沦陷后残破的景象。

北齐后主是有名的昏君。大敌当前，他不知道组织反攻，反倒各种宴席、各种游乐，其爱妃冯小怜不知羞耻，只知道"玉体横陈"迷惑君主，淫乐不休，国不亡，天理难容。

后来，齐后主被杀，冯小怜继续靠"玉体横陈"迷惑新主，最终落得自杀的结局。

荆棘此时是残破景象的意象，和曾经的"绸缪束楚"，有云泥之别。


# 杏 树

## 一枝红杏出墙头


杏树和很多果树一样是蔷薇科植物，只不过是杏属。梅子也是杏属，我们的先人早就看出梅、杏的相似性，所以在种植上就把二者放在一起。比如《齐民要术》种梅杏第三十六的标题就是这么写的。

杏树原产于中国，栽培历史和桃子一样久，但《诗经》多次提到桃、李、梅，就是没有提到杏，原因不明。但《诗经》不提，并不代表那时没有杏。我国最早指导农业生产的历书《夏小正》载："正月：梅杏杝桃则华；四月：囿有见杏。"《山海经》也载："灵山之下，其木多杏。"《管子》中也说："五沃之土，其木多杏。"

春天百花盛开，桃有"桃之夭夭，灼灼其华"，杏有"漫天云霞，红杏闹春"。下面就挑杏田、杏坛、杏园说一说。

杏田和东汉一代名医董奉有直接关系，传说他为人治病不取钱，"但使重病愈者植杏五株，轻者一株"。多年来治好了无数人，杏树也就栽了十余万株，"蔚然成林"，称

"董仙杏林"。后来"杏林春满""誉满杏林"也成了歌颂医道高明的专用词语。

再说杏坛，和孔夫子直接相关，是孔子聚徒讲学的地方。想象一下，孔丘先生捻着山羊胡子眯着眼睛，摇头晃脑地在开满杏花的杏林里满口之乎者也，也许那雪白的头发上还落了三五瓣杏花，此情此景甚是动人。那孔夫子除了"仰之弥高"外，顿时多了份亲切、温和。

杏园是喻进士及第的。唐代刘沧因为及第宴请宾客："及第新春选胜游，杏园初宴曲江头"，就在开满杏花的园子，自此"杏园"泛指新科进士游宴之地。温庭筠就不够幸运，所以在《春日将欲东归寄新及第苗绅先辈》里叹道："几年辛苦与君同，得丧悲欢尽是空。……知有杏园无路入，马前惆怅满枝红。"书生们雄心壮志赴考，先赠你"一枝红杏"鼓鼓士气，及第，粉中透些红意，为你笑逐颜开；落第，陪你伤心一同白面。

再说唐朝的杏，入诗的很多，无法一一道来，就挑我感兴趣的说几句吧。比如那句妇孺皆知的"一枝红杏出墙头"。很有趣，只要说到红杏，似乎没有不出墙头的。

先是吴融的《途中见杏花》：

一枝红杏出墙头，墙外行人正独愁。

长得看来犹有恨，可堪逢处更难留！

林空色暝莺先到，春浅香寒蝶未游。

更忆帝乡千万树，澹烟笼日暗神州。

到了宋朝，陆游作《马上作》："杨柳不遮春色断，一枝红杏出墙头。"叶绍翁作《游园不值》："春色满园关不住，一枝红杏出墙来。"诗句显然脱胎于吴融的"一枝红杏出墙头"，只不过叶绍翁的"一枝红杏"更有名而已。

吴融是晚唐诗人，是经历了宦海沉浮的人，漂泊一生，性格不免忧郁，《途中见杏花》就是他的心曲。

早春，万花还蛰伏，杏花开了，娇艳地伸出墙头，见者原本应该高兴，毕竟灰蒙蒙了整个冬季，猛然"一枝红杏出墙头"，该是何等的喜悦，但是吴融心事满怀，看见红杏，感受不到喜悦，反倒正自惆怅，看到杏花只感到韶华易逝、时光难留。

此时林中听得见黄莺啼鸣，只是春还早，杏花就是盛放，蝴蝶也因为寒冷不能来。不由想起长安的五千杏树开放，犹如满天云霞笼罩神州，那是何等的壮观。

大唐在吴融所在的时代已江河日下，帝都就算是杏花盛开，也不长久，诗人途中羁旅，看到"红杏出墙"，反而升起对人世的点点无奈、哀愁。和后世的"满园春色关不住，一枝红杏出墙来"大异其趣。

说唐诗里的杏，不能不提杜牧的《清明》：

清明时节雨纷纷，路上行人欲断魂。

借问酒家何处有？牧童遥指杏花村。

这也是妇孺皆知的名诗，句句打动人心。清明对中国人来说是个大节。缅怀先祖，踏青出游，情绪在"慎终追远"和"风清气爽"中交替。杜牧赶上清明下雨，内心涌动着愁绪，想要借酒浇愁，酒家挺远，在杏花盛开的村庄里。愁一下子在杏花盛开处化解开来。

还想说一下温庭筠的小诗《碧涧驿晓思》：

香灯伴残梦，楚国在天涯。
月落子规歇，满庭山杏花。

温庭筠于行旅中，早晨醒来若有所思，赋诗一首。刚醒来，梦还没彻底遗忘，恍惚间知道自己在驿站，感到家乡楚国远在天涯，不免思念，外面月亮已经落山，"思归"的子归鸟也歇息，打开房门一看，满院山杏花盛开。人不由豁然开朗。

# 扶　桑

## 日出扶桑一丈高

扶桑是锦葵科木槿树的常绿灌木，和木槿是近亲，人们常常将二者混淆。它们主要的区别是常绿和落叶。扶桑在北方只能长在花棚里。在南方就不一样，可以很茂盛、很灿烂，花团锦簇。木槿不同，粗放很多，不挑地方，给片土地就生长，给点阳光就灿烂，

扶桑也叫佛槿、朱槿、佛桑、大红花、赤槿等，开大红的花儿。但现在不同，扶桑也有能开出黄花的新品种。此处只说扶桑的原始状态。

扶桑大名鼎鼎，是因为传说中太阳是从扶桑树生长的地方升起的。《山海经·海外东经》载："汤谷上有扶桑，十日所浴，在黑齿北。"《山海经·大荒东经》载："大荒之中，有山名曰孽摇頞羝。上有扶木，柱三百里，其叶如芥。有谷曰温源谷。汤谷上有扶木，一日方至，一日方出，皆载于乌。"汤谷上的"扶木"就是扶桑。

关于扶桑名字的来历，《海内十洲记·带洲》这样记载："多生林木，叶如桑。又有椹，树长者二千丈，大二千余围。树两两同根偶生，更相依倚，是以名为扶桑也。"

更神奇的是，还有一个因为扶桑而得名的国家。《梁书·诸夷传·扶桑国》："扶桑在大汉国东二万余里，地在中国之东，其土多扶桑木，故以为名。"这显然不是日本国，日本称扶桑国是从唐朝开始的。晚唐诗人韦庄在《送日本国僧敬龙归》中这样描述："扶桑已在渺茫中，家在扶桑东更东。"

李时珍说："东海日出处有扶桑树。此花光艳照日，其叶似桑，因以比之。后人讹为佛桑，乃木槿别种，故日及诸名亦与之同。"

可见，扶桑从一开始就是"神树"，尽管是木槿的"别种"，但它无论如何也不能和扶桑同日而语。

屈原在《九歌·东君》中这样描述扶桑："暾将出兮东，照吾槛兮扶桑。抚余马兮安驱，夜皎皎兮既明。"

太阳就要从东方升起，出自扶桑的光芒照在我的栏杆。轻拍我的马儿徐徐前行，夜色就要散去天就要亮了。

且看王维的《送秘书晁监还日本国》：

积水不可极，安知沧海东。

九州何处远，万里若乘空。

向国唯看日，归帆但信风。

鳌身映天黑，鱼眼射波红。

乡树扶桑外，主人孤岛中。

别离方异域，音信若为通。

晁衡是日本人，原名阿倍仲麻吕，日本遣唐使，热爱中国，在中国为官，也逝于中国。此诗写的是晁衡回国探亲，唐玄宗、王维等都作诗为他送别。

从诗中不难看出王维对这位日本朋友的深挚感情，对他返回日本路途遥远艰难的关心，以及一别是否再能相见的担忧。其中的扶桑就是指日本。它已经可以长到外乡了，而主人此时要回自己的故乡，那是一座孤岛。

到了晚唐，又有韦庄送日本友人，也是以扶桑为名。来看这首《送日本国僧敬龙归》：

> 扶桑已在渺茫中，家在扶桑东更东。
> 此去与师谁共到，一船明月一帆风。

敬龙是日本僧人，学成回国，韦庄送别他。扶桑在那太阳升起的地方，在遥远的大海那边，老朋友的家乡比扶桑地还远。不知道此次回去谁和你一起呢？但愿明月照耀一帆风顺回家乡。

再看刘叉的《偶书》：

> 日出扶桑一丈高，人间万事细如毛。
> 野夫怒见不平处，磨损胸中万古刀。

太阳从扶桑树上升起时，人间多如牛毛的万事也开始产生。我这个野夫面对不平事，怒从心头起，想要灭掉人间不平事，但不平事太多，把我抗争的"万古刀"都磨损了。

韦庄一看就是任侠好义的人，《唐才子传》就介绍说，他在少年时期："尚义行侠，旁观切齿，因被酒杀人亡命，会赦乃出，更改志从学。"

这样的万丈豪情荡气回肠，虽然最终是"磨损胸中万古刀"，毕竟是"野夫怒见不平处"，只要有那"日出扶桑一丈高"，我们心中的明灯就不灭。

扶桑，是日出的地方，是给人带来光明的地方。

# 木 槿

## 槿花不见夕

　　木槿是锦葵科木槿属的落叶灌木，虽是常见的花木，也有悠久历史。早在《诗经》时代就有记载，那时称为"舜华"。

　　《郑风·有女同车》就有美丽的木槿花：

> 有女同车，颜如舜华，将翱将翔，佩玉琼琚。彼美孟姜，洵美且都。
> 有女同行，颜如舜英，将翱将翔，佩玉将将。彼美孟姜，德音不忘。

　　有位姑娘和我同车，她的脸如木槿花。她的步履轻盈如翱翔，身佩美玉晶莹闪亮。她就是美好的孟姜，真是美丽又端庄。

　　有位姑娘和我同行，她的脸像木槿花。她的体态婀娜如翱翔，身佩美玉叮叮当当。她就是美好的孟姜，她美好的声音令人难忘。

　　美丽的姑娘像木槿花一样，身配美玉，身段轻盈袅娜，和心仪的男子同车出游，世间事美好不过如此。

　　舜华是因"仅荣一瞬"，那一瞬是美好的，所以也称"朝开暮落花"。《本草

纲目》云："朝开暮敛"。

后世文人多因木槿的"朝开暮敛"感叹人生，有赞有贬。回到唐朝，一起看看木槿在那时是怎样"舜"的。

李白写过《咏槿》，但不能老搬出他了，李商隐也写过《槿花》，就从他开始：

> 风露凄凄秋景繁，可怜荣落在朝昏。
> 未央宫里三千女，但保红颜莫保恩。

已经入秋，木槿花还在开，她是从夏开到秋啊，可怜的是单朵只能是朝开夕落。想那从前汉武帝充入后宫的三千宫女，她们就算是能保得住自己的红颜，哪里又能保住君王的宠幸呢？君王的恩宠就像木槿花的开放，不过是一朝一夕之间。

再举一个说木槿花"朝开暮敛"的，是晚唐的崔道融。之所以选他，是因为他曾经为西施鸣不平，是"红颜祸水"论的反对者。

先看他的"不平"诗《西施滩》：

> 宰嚭亡吴国，西施陷恶名。
> 浣纱春水急，似有不平声。

明明是伯嚭卖国导致吴国灭亡，倒让西施担了恶名。西施曾经浣纱的溪水淙淙流过，听起来都像为她鸣不平。由此可见，崔道融有见识。再看看他的《槿花》诗：

> 槿花不见夕，一日一回新。
> 东风吹桃李，须到明年春。

崔道融也发现了木槿"朝开夕落"的特点，但他并没有因而"伤春悲秋"，而是看到木槿的"日日新"，桃李今年花开"灼灼其华"，再看就到了明年春天了。崔道融的认识与今天人们的认识是相符的。

我们换个角度看木槿，刘庭琦笔下的木槿，是这首《咏木槿树题武进文明府厅》：

物情良可见，人事不胜悲。

莫恃朝荣好，君看暮落时。

刘庭琦显然没有夸木槿。世间事，人情万千，不要以一时兴衰看事物，今朝看她荣华富贵，日落就见她枯萎一地，"眼见他起高楼，眼见他宴宾客。眼见他楼塌了"。

更让人意想不到的是，孟郊写的木槿，居然是"小人"！人的认识差别怎么这么大呢？来看这首《审交》：

种树须择地，恶土变木根。

结交若失人，中道生谤言。

君子芳桂性，春荣冬更繁。

小人槿花心，朝在夕不存。

莫蹋冬冰坚，中有潜浪翻。

唯当金石交，可以贤达论。

孟郊告诫人们如何交友，说君子就像桂树一样芳香无比，春天繁荣，冬天也不改其性。小人就长着一颗木槿花的心，早上对你好，晚上就消失得无影无踪。你能不防吗？

不过，在我眼里，木槿有"生如夏花之灿烂"的光景，也有"死如秋叶之静美"，如此甚好。


# 漆　树

## 婆娑数株树

漆树是漆树科漆属的落叶乔木，是中国的原产树种。我们的先祖早在七千年前就发现了漆树的作用，并把它应用到了日常生活，比如在浙江余姚河姆渡原始文化遗址中就出土了木胎涂漆（自然生漆）的碗。

夏、商、西周三代使用色料调漆。漆经久耐牢、不褪色、不怕潮湿、鲜亮美观。正是这些优良特性，弱化了漆树的毒性。它的毒性往小了说，皮肤接触即引起红肿、痒痛，误食引起强烈刺激，如口腔炎、溃疡、呕吐、腹泻，严重者可发生中毒性肾病，但这一切都挡不住人们对美好的追求。

为了让器物保持美丽，漆树从最早的原始野生发展成为人工培育。比如商周时代就有天子的漆园，春秋战国还有私家漆园，庄子就当过宋国的漆园吏，秦国的法律还有专门管理漆园的条款，可见漆的使用有多么广泛，以及在上层社会中的重要作用。

有《秦风·车邻》为例："阪有漆，隰有栗。既见君子，并坐鼓瑟。今者不乐，逝者其耋。"

山上长漆树，洼地长栗树。终于见到那君子，坐在一起弹琴鼓瑟。今日若是不快乐，时间飞逝成老弱。

到了唐代，漆的地位，以广泛使用漆器为标志达到顶峰。什么金银平脱、螺钿、雕漆等制作费时、价格昂贵的技法极为盛行。这一切当然离不开漆树，大唐的诗人不可能不写到它。

就从王维的《漆园》说起：

> 古人非傲吏，自阙经世务。
>
> 偶寄一微官，婆娑数株树。

虽然很短，但意蕴深长。《史记·老庄申韩列传》载，庄子当漆园吏的时候，楚威王想聘他为相，他不愿意，就对来使说："子亟去，无污我。"以表示自己的高洁。晋朝郭璞在《游仙诗》就赞扬了庄子："漆园有傲吏。"王维借用了这个典故，只不过他不认为庄子是傲吏，而是自觉缺乏经世之才。而庄子正是王维追求隐逸生活的典范。之所以当个微不足道的小官，不过是寄存形骸，精神早如"婆娑数株树"般洒脱了。

还有一首关于庄子为漆园吏的诗，和王维的意蕴完全不一样。是到了晚唐或者是南唐时期的李中写的，他情趣高雅，琴棋书画无所不通，书法尤佳，善草书。来看他的《经古观有感》：

古观寥寥枕碧溪，偶思前事立残晖。

漆园化蝶名空在，柱史犹龙去不归。

丹井泉枯苔锁合，醮坛松折鹤来稀。

回头因叹浮生事，梦里光阴疾若飞。

　　李中经过一处古观，残阳下想起了前尘往事，当年的漆园吏庄子已经化蝶
飞走，史官老子也化龙一去不返。炼丹的井已经被苔藓湮没，祭神的道场松折
鹤走。再回到眼前，不由感叹浮生，时光飞逝，沧海桑田，无可奈何。

　　原本说漆树，说的却是漆园，还说到漆园吏庄子。窥见的是唐时的一瞥，
透过的就是漆树，怎敢说和漆树无关呢？

　　再说一首提到"漆"的，是白居易的《白发》：

雪发随梳落，霜毛绕鬓垂。

加添老气味，改变旧容仪。

不肯长如漆，无过总作丝。

最憎明镜里，黑白半头时。

　　白居易在感叹"人老珠黄"。雪白的头发随梳子掉落，如霜的鬓发自两边垂
下。时光飞逝，人一天天老去，容貌也发生变化。那时光不肯让头发如漆一般

黑亮，不久就变得如丝线般纯白，最恨那明镜照出人的样子，头发半黑半白，让人情何以堪？

白居易不能面对自己的衰老，我也不能，我们曾经用"漆黑"描述头发以及黑夜，现在城市的夜晚灯红酒绿，已经没有"漆黑"二字了。

而漆也已经不是曾经的漆，我们离漆树更远了。那个"阪有漆，隰有栗"的时代，一去不复返了。

# 红　豆

## 红豆生南国

被称为红豆的有三种，即赤豆、海红豆、相思子。它们都是豆科植物无疑，只是分属不同的属，分别是豇豆属、海红豆属、相思子属。它们长相也不同，赤豆直立或缠绕草本；海红豆落叶乔木，高5~20米；相思子是藤本植物，有少部分为攀缘灌木或灌木。

赤豆是我们日常食用的豆子，颜色暗红；海红豆鲜红；相思子半红半黑，都可用于装饰。我个人以为相思子的确切合相思的特点，一则是半红半黑相互依存，一则是它的剧毒，正是相思的特点，红豆其实是它的别称。

红豆开始指代相思并大行其道，肯定是因为王维的《相思》：

> 红豆生南国，春来发几枝。
> 愿君多采撷，此物最相思。

王维是山西人，一生中的大部分时光处盛唐，过着悠游的生活，诗写得悠然自得。"遍插茱萸少一人""客舍青青柳色新"及"红豆生南国"这样的名句在中国可谓家喻户晓，妇孺皆知。

此诗并不隐晦难懂，读起来很是动人。据说天宝之乱后，著名歌唱家李龟年从宫廷流浪到民间，经常为人唱这首诗，听者无不为之动容。

说相思，让我想起的是晋朝干宝的《搜神记·韩凭夫妇》，实在是一个凄美动人的故事：

宋康王舍人韩凭娶妻何氏，美，康王夺之。凭怨，王囚之，论为城旦。妻密遗凭书，缪其辞曰："其雨淫淫，河大水深，日出当心。"既而王得其书，以示左右，左右莫解其意。臣苏贺对曰："其雨淫淫，言愁且思也；河大水深，不得往来也。日出当心，心有死志也。"俄而凭乃自杀。

其妻乃阴腐其衣，王与之登台，妻遂自投台，左右揽之，衣不中手而死。遗书于带曰："王利其生，妾利其死，愿以尸骨赐凭合葬。"

王怒，弗听，使里人埋之，冢相望也。王曰："尔夫妇相爱不已，若能使冢合，则吾弗阻也。"宿昔之间，便有大梓木，生于二冢之端，旬日而大盈抱，屈体相就，根交于下，枝错于上。又有鸳鸯，雌雄各一，恒栖树上，晨夕不去，交颈悲鸣，音声感人。宋人哀之，遂号其木曰"相思树"。"相思"之名，起于此也。南人谓：此禽即韩凭夫妇之精魂。

今睢阳有韩凭城，其歌谣至今犹存。

宋康王的手下韩凭娶一美貌女子，被宋康王抢夺。韩凭怨恨，宋康王就把他囚禁了。那美女"身在曹营心在汉"暗中给韩凭送信，表明自己不屈必死的心志。韩凭明了，不久自杀。美女紧随其后，设计投栏而死。留下遗书，想让

宋康王把他们夫妻合葬在一起。

那宋康王岂能满足美女的愿望？专门把他们的坟墓隔开，却又能彼此看见。宋康王还扬言："你们夫妇相爱深厚，若坟墓自己相合，我就不再阻拦你们！"

于是，一夜之间，两座坟墓中各长出一株梓树。不过十日，那梓树就长有一抱之围，两树互倾，根交于地下，枝连于顶端。又有雌雄鸳鸯栖于树上，交颈悲鸣，宋国人无不感动。此树为相思树，那鸳鸯就是韩凭夫妻的精魂变成。

还是回到唐诗中的红豆。都知道红豆相思，但相思不一定是男女间相思，也有朋友之间的相思，比如贯休的《将入匡山别芳昼二公二首》其二：

<blockquote>
红豆树间滴红雨，恋师不得依师住。

世情世界愁杀人，锦绣谷中归舍去。
</blockquote>

贯休的朋友约他小住，并不能长久欢聚，所以"恋师不得依师住"，连那山间生长的红豆都配合他的依恋，滴下"红雨"，可见他想要和朋友长相聚首的愿望有多热切，不能聚又多么黯然神伤，不由得抱怨现实世界，那是"愁杀人"的世界，是红豆滴红雨的无奈。只能黯然神伤离别，离别的是"锦绣谷"，多么讽刺的现实。

这首诗，让我们对红豆有了不一样的理解。

还有一首写到相思子的诗，是温庭筠的《锦城曲》（节选）：

<blockquote>
怨魄未归芳草死，江头学种相思子。

树成寄与望乡人，白帝荒城五千里。
</blockquote>

这是描述丝织女工生活状况的诗，挺不符合人们对温庭筠诗作的印象，他是"花间词派"之鼻祖，"辞藻华丽，秾艳精致"，但这首不是，他写了织女的幽怨、不幸、无望，以及不甘。

织女们织锦绣，锦绣华丽无比，但织女困守山城，不能回家，织女们宁愿学那守望丈夫却一直未见丈夫归来相思化成红豆的相思子，只待那相思子长成，把那相思子寄与望乡人，告诉他，我思念你，思念家乡。但是，我只能望乡，我困守这里，离家乡多么遥远。

相思子——红豆寄托了多少人不同的相思，难怪红豆下的雨会是红色的。

# 茱 萸

## 遍插茱萸少一人

叫茱萸的有三种，山茱萸、吴茱萸、食茱萸各有特性。先说山茱萸，它是山茱萸科山茱萸属，是小乔木，春天开伞形花，秋天结鲜红色或紫色的果实，没有香味。中药山萸肉就是山茱萸的果实制成，其"味酸涩，性微温"，有"补肝肾、涩精气、固虚脱、健胃壮阳"等功能，常用中成药知柏地黄丸、十全大补丸、六味地黄丸的主要成分就是山茱萸。

再说吴茱萸，它是芸香科吴茱萸属的植物，也是小乔木，春夏开花，夏秋结果，果实暗红色，有浓郁的香味。"七月、八月结实似椒子"，也是传统的中药，"辛，温，有小毒"，有"温中下气，止痛，除湿血痹，逐风邪，开腠理，咳逆寒热"的功效。

接着说食茱萸，是芸香科花椒属植物。与其他茱萸不同的是，食茱萸是羽状复叶，而且全身长刺，鸟儿都不敢栖息，也被称为"鸟不踏"。鸟不踏并不代表没动物敢踏，蜜蜂、蝴蝶就喜欢食茱萸。它花开不大，但香气浓郁，结的果实就像花椒一样，北魏贾思勰《齐民要术》种茱萸第四十四载："食茱萸也，山茱萸则不任食。"《淮南毕万术》也说："井上宜种茱萸，茱萸叶落井中，饮此水无瘟病。""悬茱萸子于屋内，鬼畏不入也。"

再看唐诗中的茱萸。当然是从大家都熟悉的开始，就是王维的《九月九日忆山东兄弟》：

> 独在异乡为异客，每逢佳节倍思亲。
> 遥知兄弟登高处，遍插茱萸少一人。

"遍插茱萸"是中国很早就有的民间风俗。农历九月九日重阳节，佩茱萸祛邪辟恶，还要喝菊花酒，祈求长寿。《西京杂记》卷三说得清楚："九月九日，佩茱萸，食蓬饵，饮菊花酒，令人长寿。"三国魏曹植《浮萍篇》："茱萸自有芳，不若桂与兰。"

到了唐代，这个习俗有过之而无不及，王维的这首诗就是明证。他插的茱萸是什么茱萸呢？

山茱萸显然不是"遍插茱萸"的茱萸，没有驱邪功能，没有辛香味道。食茱萸和吴茱萸都辛香，可以驱邪，一个药食同用，一个只做药用。只是那食茱萸遍身长刺，鸟儿都不踏，那人儿岂可以插在鬓间？

其实写九月九日插茱萸的唐朝诗人很多，比如杜甫的这首《九日蓝田崔氏庄》：

老去悲秋强自宽，兴来今日尽君欢。

羞将短发还吹帽，笑倩旁人为正冠。

蓝水远从千涧落，玉山高并两峰寒。

明年此会知谁健？醉把茱萸仔细看。

朱放的《九日与杨凝、崔淑期登江上山会有故不得往因赠之》：

欲从携手登高去，一到门前意已无。

那得更将头上发，学他年少插茱萸。

王昌龄的《九日登高》："茱萸插鬓花宜寿，翡翠横钗舞作愁。"

戴叔伦《登高回乘月寻僧》："插鬓茱萸来未尽，共随明月下沙堆。"

卢纶《九日奉陪侍郎登白楼》："睥睨三层连步障，茱萸一朵映华簪。"

白居易《九日宴集，醉题郡楼，兼呈周、殷二判官》："觥醆艳翻菡萏叶，舞鬟摆落茱萸房。"

但是，我们能记得的只有王维的"茱萸"。

王维还写过一首名为《山茱萸》的诗，不妨一赏：

> 朱实山下开，清香寒更发。
>
> 幸与丛桂花，窗前向秋月。

山茱萸开黄色的小花，秋天结红色的小果实，很像枸杞的样子。王维写的正是秋天结实的山茱萸，是"窗前"的小景致，鲜红的山茱萸和桂花相伴媲美媲香，在已经有寒气的秋天分外妖娆。

回头再看杜甫的"茱萸"，不免悲凉了很多。来看这首《九日蓝田崔氏庄》：

> 老去悲秋强自宽，兴来今日尽君欢。
>
> 羞将短发还吹帽，笑倩旁人为正冠。
>
> 蓝水远从千涧落，玉山高并两峰寒。
>
> 明年此会知谁健？醉把茱萸仔细看。

杜甫说自己老了，难免悲秋，不过是自我安慰，九月九日这天，和朋友在一起，才来了兴致。一起登高望远，人老了，头发都短了少了，要把帽子戴紧，苦笑着让旁人为自己正冠，别吹落了让人笑话。戴好帽子，抬眼望去，只见瀑布飞落，山峰林立，好不气派。再低头看眼前的茱萸，好端端地在手里、在鬓间，只是谁知道明年此时插茱萸的还有谁在，我不能不感伤，人生无常啊，茱萸你可明白？

还想说一下朱放的茱萸诗《九日与杨凝崔淑期登江上山会有故不得往因赠之》：

> 欲从携手登高去，一到门前意已无。
>
> 那得更将头上发，学他年少插茱萸。

他是唐中后期的名士，当过官，又辞官，和当时诗文俱佳的女道士李季兰过从甚密，留下一段佳话。朱放和朋友原本在九月九日这一天登高"插茱萸"去，因故没有成行，有些遗憾，他羡慕人家能登高望远、释放心情，即使现在已经不再年少，不妨学那少年"插茱萸"又如何？

一路下来，我们已经在唐朝不同的九月九日留恋很久，那时那刻离不了茱萸。茱萸不仅令人思亲，还令人感叹人生无常，当然也令人向往。

而今，再不见插茱萸者，但人生一样无常，我们还是会思念亲人，偶尔也会向往那插茱萸的时代。


# 榛　子

## 一郡荆榛寒雨中


榛子是桦木科榛属灌木或小乔木，是世界四大干果（核桃、扁桃、榛子、腰果）之一，赫赫有名。

榛子的栽培历史很悠久，早在周朝就有，再往前推，可以追溯到新石器时代。陕西半坡村古人类遗址挖掘出了大量的榛子果壳，至今有五六千年的历史。

最早的关于榛子的文字记载在《周礼·笾人》中："馈食之笾，其实榛。"

榛子作为美味的食物当然是要贡献给祖先的，《左传》云："女贽，不过榛、栗、枣脩，以告虔也。榛，小栗。脩，脯。虔，敬也。皆取其名以示敬。"在女子献祭的食品中，有榛子、栗子、枣子，还有脩，寓意日臻完善。

这就牵涉到榛子的取名，《礼记》郑玄注云："关中其多此果。关中，秦地也。榛之从秦，盖取此意。"榛树居然是因为秦地多有此树而得名。

李时珍描述得好，就借用他的《本草纲目》："榛树低小如荆，丛生。冬末开花如栎花，成条下垂，长二、三寸。"

知道了榛子的外形与用处，再看看《诗经》时代中的它。《邶风·简兮》："山有榛，隰有苓。"《鄘风·定之方中》："树之榛栗，椅桐梓漆，爰伐琴瑟。"《曹风·鸤鸠》:"鸤鸠在桑,其子在榛。"《小雅·青蝇》:"营营青蝇,止于榛。"

就举《鄘风·定之方中》的例子吧。说的是卫文公复国重建家园的事。"文公初立,轻赋平罪,身自劳,与百姓同苦,以收卫民。"《史记》如是记载卫文公。"定之方中"描述了文公在废墟上重建宫室,种上可食用可用材的榛树,还种上了"椅桐梓漆",都是可用之材,将来要做"琴瑟"。能做琴瑟时,说明家国"琴瑟和鸣"了。吃上榛子,说明百姓安居乐业。有国才有家,有了家园,就有了榛。榛子在春秋时就开始栽培了。

还想举一个榛子和美人的例子。

《邶风·简兮》:"山有榛,隰有苓。云谁之思?西方美人。彼美人兮,西方之人兮。"高山上有榛树,洼泽里有甘草。若问我心中想着谁?是那西方的美男子。那位美男子,他是来自西国的人啊。

唐朝人诗的榛子比我想象得少,就选两例感受一下吧。

先说韦应物的《登楼寄王卿》:

<blockquote>
踏阁攀林恨不同,楚云沧海思无穷。

数家砧杵秋山下,一郡荆榛寒雨中。
</blockquote>

韦应物是中唐时期人,用"浪子回头金不换"形容他最为贴切。少年放荡不羁,为官之后,关心百姓疾苦,擅长写田园诗。此诗是他写给好友王卿的。

韦应物登高上楼，独此一人，不由想起和好友王卿同游的情景，怎能不心生物是人非的感慨。好友去了楚地，我很想念他，就像楚天云海般没有穷尽，但只听得有稀稀落落几家捣衣声。正值深秋，寒雨袭过，笼罩远处的荆棘、榛树林，这样寂寥、黯淡的景致，平添了我对友人的思念。

榛子和荆棘连在一起，肯定是野生的，诗中描述是说那里长了一片杂树林，榛子不过是其中一种而已，只是一片矮小的灌木林。

再看李贺《老夫采玉歌》中的榛子：

采玉采玉须水碧，琢作步摇徒好色。

老夫饥寒龙为愁，蓝溪水气无清白。

夜雨冈头食蓁子，杜鹃口血老夫泪。

蓝溪之水厌生人，身死千年恨溪水。

斜山柏风雨如啸，泉脚挂绳青袅袅。

村寒白屋念娇婴，古台石磴悬肠草。

李贺的这首诗写了陕西蓝田采玉工的辛酸生活。采玉民工要采的是一种珍贵的玉石水碧，想要给贵妇当作步摇增加容色。可是老夫却在饥寒交迫下劳动，把那蓝溪水都搅浑了，让水里的龙王都发愁。已经入夜，又下着雨，伴着老夫混浊的老泪，却只能吃采摘的榛子果腹，杜鹃鸟见状都忍不住啼血。这蓝溪水是吃人的水，多少年来淹死过多少采玉人，即使过了千年也要怨恨。陡峭的山坡上，狂风骤雨、柏树呼啸，老夫悬绳直到溪水上，心里挂念的是村舍里还弱小的孩了，看着山崖上孤悬的悬肠草——思子曼，老夫悲戚的心无以复加，又无可奈何，幼儿还等着他带回养家的食物呢。

李贺写的悬肠草出现在南朝梁任昉《述异记》卷下："悬肠草，一名思子曼，南中呼为离别草。"想念自己孩子或者别离，老夫两样都有，该有多难过。劳作不仅辛苦，还有生命危险，如此高强度的劳作还吃不上粮食，只能以山间的榛子为食，可那家中嗷嗷待哺的婴孩可怎么办啊？

对老夫食用的榛子该感谢还是恨呢？其实谁都知道该恨谁，榛子是无辜的。

这样的榛子让人垂头丧气，它已经在大唐沦为山野的杂木和不得已的果腹食物，真是时代的悲哀。

# 梨 树

## 千树万树梨花开

梨树是蔷薇科梨属多年生落叶植物，就属苹果和梨的种植面积广泛。现代梨的品种数不胜数，比如鸭梨、笨梨、香梨、黄梨等，大部分都叫不上名字，甚至无法分辨。

梨树在《诗经》时代就有，是野生的，酸涩，难以下口，到了汉代就有栽培的梨了。《三秦记》记载："汉武果园，一名'御宿'，有大梨如五升，落地即破。取者布囊盛之，名曰'含消梨。'"很大的梨能装到五升的容器里，很脆，很酥，吃到嘴里就化了。

写西汉杂史的《西京杂记》记载了不同品种的梨："紫梨、青梨（实大）、芳梨（实小）、大谷梨、细叶梨、缥叶梨、金叶梨（出琅玡王野家，太守王唐所献）、瀚海梨（出瀚海北，耐寒不枯）、东王梨（出海中）、紫条梨。"

当然，专门记录农事的北魏贾思勰一定不会忘记介绍梨的种法，在他的《齐民要术》中专设有一章"插梨第三十七"。

梨同时还可以入药。秋天肺燥，哪家没有煮梨喝汤，甘美无比。

作为美味水果，大唐一定不缺梨。唐玄宗就有专门的梨园，并在园中跳舞唱歌，便有了专指戏剧界的梨园，唐玄宗也自然成了梨园弟子的祖师爷。

还是欣赏一下唐诗中的梨树吧。

从我最喜欢的"千树万树梨花开"开始，这是岑参《白雪歌送武判官归京》诗中的一句：

北风卷地白草折，胡天八月即飞雪。

忽如一夜春风来，千树万树梨花开。

散入珠帘湿罗幕，狐裘不暖锦衾薄。

将军角弓不得控，都护铁衣冷难着。

瀚海阑干百丈冰，愁云惨淡万里凝。

中军置酒饮归客，胡琴琵琶与羌笛。

纷纷暮雪下辕门，风掣红旗冻不翻。

轮台东门送君去，去时雪满天山路。

山回路转不见君，雪上空留马行处。

喜欢岑参"大漠孤烟直"似的豪迈，看起来荡气回肠。

岑参送好友归京，此时正是塞外的八月，南方正值盛夏，但这里竟然下雪了，北风很强劲，把地下原本强韧的白草都吹折了。看到纷纷落下的雪，我想到江南的梨花，好似春风吹来，一夜之间千树万树梨花开，甚是美妙。

但这如梨花般美妙的雪花，飘进帷帐打湿了罗幕，即使身穿狐裘盖着锦被，都不暖和。驰骋疆场的将军拉不得弓，都护的铁衣坚硬冰冷到不能穿。

戈壁沙漠冰封千里，愁云惨雾弥漫天空。我们摆酒为将军送行，边疆的音乐声响起。就算千里搭凉棚，没有不散的筵席，即使有万分不舍，也还是要走。辕门外雪还在下，鲜红的战旗因为冰冻风都刮不动。你还是走了，渐渐消失在大雪覆盖的天山路上。峰回路转，不见你的踪影，能见的只有一行马蹄印留在雪中，就像我的牵挂，印在你的心底。

岑参的梨花是白雪的代言，却是最美的梨花，高冷洁白。

白居易的"梨花带雨"也分外有名，出自叙事长诗《长恨歌》（节选）：

## 长恨歌

风吹仙袂飘飘举，犹似霓裳羽衣舞。

玉容寂寞泪阑干，梨花一枝春带雨。

含情凝睇谢君王，一别音容两渺茫。

昭阳殿里恩爱绝，蓬莱宫中日月长。（节选）

《长恨歌》写了唐明皇和杨贵妃的爱情故事，瑰丽、旖旎、浪漫却又悲情。写到杨贵妃的美貌时，用的就是"梨花一枝春带雨"的仙句。

但他们终究落得个阴阳两隔，最终仍然放不下，就在长生殿双双祈祷：

在天愿作比翼鸟，在地愿为连理枝。

天长地久有时尽，此恨绵绵无绝期。

这样"梨花带雨"的人儿，终究香消玉殒，留下了"梨花带雨"的传说，世代相传。

梨花因其洁白往往被比作雪，除了豪气干云的"千树万树梨花开"以外，还有杜牧的"砌下梨花一堆雪"。来看《初冬夜饮》：

淮阳多病偶求欢，客袖侵霜与烛盘。

砌下梨花一堆雪，明年谁此凭阑干。

杜牧外放，心情不好。这一天，淮阳的冬天分外寒冷，他身体不好，一直病着，心也病着，偶尔饮酒，借酒浇愁。他的心冷，天气也冷，烛光下自斟自饮，哪里能开怀。看外面的台阶上，堆起层层雪，就像朵朵梨花落下。但谁知道，明年此时谁会在这里凭栏眺望呢？真是又冷又失意的"梨花堆雪"啊！

下面，是一首不知名诗人写的《杂诗》：

旧山虽在不关身，且向长安过暮春。

一树梨花一溪月，不知今夜属何人？

这首杂诗写于唐末，盛世早已光华不再，末世的落寞随处可见。

诗人此时在长安。正值暮春，我的家乡一切依旧，但已经和我毫无关联。

家乡如雪的梨花、流淌的溪水，以及映在水中的月亮，是何等静谧安然、岁月静好啊，只是不知这样的美景现在被何人所有？早已物是人非。

梨花真美，一树梨花一溪月，淡淡哀愁、安然世外、寂寞清秋、纯净悠然尽在画中。

就停留在这样的梨花世界吧。


# 栗　子

## 罗生杂橡栗


栗子树是壳斗科栗属乔木。栗子的种植历史很悠久，至少有两三千年的历史。《齐民要术》专门记述了栗子的种法以及很多栗子品种。《三秦记》："汉武帝果园，大栗十五枚为一斗。"那得是多大的栗子啊。

对于我来说，栗子就是糖炒栗子、栗子羹。冬天买一包刚翻炒出来烫手开口的栗子，那真是甜香诱人。不等回家，站街脚就把栗子壳剥开，将一颗饱满的栗子放进嘴里。栗子绵甜喷香，冬天一下子美丽起来。有了糖炒栗子，冬天的萧瑟也可以被原谅。

《仪礼》中记载，在周朝的士冠礼、诸侯见相互拜访（聘问）的礼仪、各种丧礼、祭祀的仪式上，栗子可以作为贺礼或祭品。美味的干果总要献祭给祖先和神灵。但《诗经》中的栗子和爱情有关，如此甚好。

《郑风·东门之墠》中就有这样的栗子："东门之墠，茹藘在阪。其室则迩，其人甚远。东门之栗，有践家室。岂不尔思？子不我即。"

东门外面很平坦，茜草长在半坡上。这房屋离我很近，可人儿却离我很远。东门外面长栗树，下面就是我的家。难道不是我想你？是你不来找我呀。

多么具有烟火气，久远、纯净，有了栗子的陪伴，更好。

再看唐朝的栗子，这次选了经典搭档李（李白）杜（杜甫）。

先看李白的《行路难》其二：

> 大道如青天，我独不得出。
>
> 羞逐长安社中儿，赤鸡白雉赌梨栗。
>
> 弹剑作歌奏苦声，曳裾王门不称情。
>
> 淮阴市井笑韩信，汉朝公卿忌贾生。
>
> 君不见昔时燕家重郭隗，拥篲折节无嫌猜。
>
> 剧辛、乐毅感恩分，输肝剖胆效英才。
>
> 昭王白骨萦蔓草，谁人更扫黄金台？
>
> 行路难，归去来！

李白的诗豪气干云，没有一丝凄凄哀哀。

大道如青天宽广，但就是没我的路。我可不愿意像那长安街头的世家子弟，拿梨、栗做抵押干些斗鸡走狗的赌博玩意。像孟尝君门客那样弹剑发牢骚，曳着衣服给权贵卑躬屈膝不符合我的心意。想当年淮阴市井之人讥笑韩信，大汉公卿大臣嫉妒贾谊。但是再看看燕昭王重用郭隗，做出种种礼贤下士的举措，君臣没有猜疑，那是多么快意。引来了剧辛、乐毅报效燕王，可惜燕王早死，世上哪里还有这样知道重用人才的君王呢？唉，行路难，我不得不归去了。

诗中的栗子可有可无，和李白的行路难不可同日而语。为什么是"梨栗"？因其甘甜，还是常见？诸君自思量。

再看杜甫的《北征》，诗很长，从中选一段：

> 菊垂今秋花，石戴古车辙。青云动高兴，幽事亦可悦。
>
> 山果多琐细，罗生杂橡栗。或红如丹砂，或黑如点漆。

全诗共一百四十句，描写了杜甫任左拾遗回家探亲路上的所见所闻，其实是写给唐肃宗看的。安史之乱的生灵涂炭，让人民生活在水深火热之中。平乱后，国家有点起色，杜甫满怀信心。摘取的这一小段，写的是路上的景致。秋天时节，菊花正开，我沿着车辙行进，天上的云彩在飞扬，地上也充满了喜悦。山中的果实虽小但多，夹杂着橡树和栗子树。那成熟的果实红如丹砂，黑如点漆，好看又闪亮，让人欣喜。毕竟是收获的季节，大乱之后，又可以注意到果实的成熟，怎能不寄托对国家重振的希望呢？

不管老杜的愿望实现了没有，能够让人产生希望就好，不是吗？

# 木 兰

## 木兰曾作女郎来

木兰、玉兰、辛夷曾把我搞晕，它们都是木兰科，一个是木兰属，另两个是玉兰亚属，其中，木兰和辛夷就是一种植物。区别在于，木兰是小乔木，玉兰是大乔木，木兰花的萼片和花瓣区别明显，花瓣就是六瓣，玉兰花的萼片和花瓣很难区分，看起来就是九瓣。

其实大多数人无法区分它们，所以将它们统称为玉兰，但是真的有区别。还是顺着先人的足迹，看看他们眼中的木兰。

说木兰不能不提屈原，他在很多篇诗里提到此花，都是芳香无比的意象，比如《离骚》中："朝饮木兰之坠露兮，夕餐秋菊之落英"，以及《九歌·湘君》："桂櫂兮兰枻，斲冰兮积雪"，《九歌·湘夫人》："桂栋兮兰橑，辛夷楣兮药房"。

不能不提的还有《木兰辞》（节选），这里的"木兰"是女子的名字：

唧唧复唧唧，木兰当户织。不闻机杼声，惟闻女叹息。问女何所思，问女何所忆。女亦无所思，女亦无所忆。昨夜见军帖，可汗大点兵。军书十二卷，卷卷有爷名。阿爷无大儿，木兰无长兄。愿为市鞍马，从此替爷征。（节选）

替父从军的女子，名字就是木兰。"万里赴戎机，关山度若飞"时是英雄，"当窗理云鬓，对镜贴花黄"时是娇娥。从那时起，木兰更增添了一份飒爽英姿。

木兰这样品格优秀的香木入了很多诗人的眼，白居易至少两次写过木兰——辛夷。先看《题灵隐寺红辛夷花戏酬光上人》：

紫粉笔含尖火焰，红胭脂染小莲花。
芳情乡思知多少，恼得山僧悔出家。

这是"戏"灵隐寺住持光上人的诗。辛夷（木兰）有个很形象的别名，叫木笔。辛夷花含苞待放，紫粉的颜色像尖尖的笔头，开花就像胭脂色似的小莲花。这样美丽芳香的辛夷不知勾起多少思乡的情绪。还是白居易，再写木兰花，仍然是"戏"。来看《戏题木兰花》：

紫房日照胭脂拆，素艳风吹腻粉开。
怪得独饶脂粉态，木兰曾作女郎来。

描述的还是木兰的姿态，开放的木兰如胭脂般美艳。风儿吹过，花娇嫩地开。怪不得木兰有女子态，因为它就曾是女儿身。

唐代还有不少写木兰——辛夷的诗，多是因它像毛笔头而作。

欧阳炯《辛夷》："应是玉皇曾掷笔，落来地上长成花。"

李商隐《娇儿诗》："芭蕉斜卷笺，辛夷低过笔。"

吴融《木笔花》："嫩如新竹管初齐，粉腻红轻样可携。谁与诗人偎槛看，好于笺墨并分题。"

当然，木兰不仅仅是木笔，它还是王维的《辛夷坞》："木末芙蓉花，山中发红萼。涧户寂无人，纷纷开且落。"

元稹笔下的木兰非常有趣，《辛夷花问韩员外》："折枝为赠君莫惜，纵君不折风依吹。"难道因为会吹落花儿，我们就应该随便采摘花木吗？

再摘一句我喜欢的木兰，是陆龟蒙的《和袭美扬州看辛夷花次韵》："柳疏梅堕少春丛，天遣花神别致功。"木兰是花神，她配。


# 沙　棠

## 木兰之枻沙棠舟


沙棠是一种植物没错，但不敢确认沙棠具体是什么植物。沙棠树的出处在《山海经·西山经》："（昆仑之丘）有木焉，其状如棠，黄华赤实，其味如李而无核，名曰沙棠；可以御水，食之使人不溺。"

《山海经》中有很多奇树怪石，沙棠就是一种，像棠梨，开黄花，结红色的果实，味道像李子，又没有核。这没什么神奇，神奇的是，吃了沙棠果，居然可以不溺水！

《吕氏春秋·本味》载："果之美者，沙棠之实。"

晋朝郭璞注意到沙棠使人不溺水，特作《沙棠》诗："安得沙棠，制为龙舟，泛彼沧海，眇然遐游。"

南朝梁昉《述异记》云："汉成帝与赵飞燕游太液池，以沙棠木为舟。其木出昆仑山，人食其实，入水不溺。"

到了伟大的唐朝，想起沙棠的是李白。他在《江上吟》中提道：

木兰之枻沙棠舟，玉箫金管坐两头。

美酒樽中置千斛，载妓随波任去留。

仙人有待乘黄鹤，海客无心随白鸥。

屈平辞赋悬日月，楚王台榭空山丘。

兴酣落笔摇五岳，诗成笑傲凌沧洲。

功名富贵若长在，汉水亦应西北流。

这是李白游江夏时写的，超凡脱俗，意蕴飞扬，天上地下任我行，恣肆汪洋。

坐的是高大上的游船，木兰做桨，沙棠做舟，响起的是玉箫金管，音乐飞扬。美酒无数，美姬伴随。仙人是要乘黄鹤的，人最好是如白鸥没有心机的。那屈子的辞赋犹如日月般高挂天上，那楚王曾经的台榭今日不过是空山丘一座。我一高兴下笔那是撼动五岳，那诗成之后是笑傲江湖。人世间的功名富贵我看得很清楚，这要是长久，那汉水就西北流了。

李白看似诗酒放纵狂放不羁，其实内心还是想着报国，至于沙棠不过是诗酒生活刻意的点缀。

唐诗与沙棠的缘分也就如此了。我在想它真的可以让人不溺水吗？汉成帝和赵飞燕早已成为沙土，那他们的沙棠舟呢？就是沙棠舟不见了，那沙棠呢？难道这植物只在李白的诗里吗？

# 酸 枣

## 荆棘满庭君自知

酸枣是鼠李科枣属多刺的灌木，和大红枣是亲兄弟，我们常吃的枣就是从酸枣树嫁接过来的。酸枣树有很多名字，比如棘、棘子、野枣、山枣、葛针等，但最重要的古名是"棘"，因为酸枣多刺。

很久以前，酸枣是需要先人"披荆斩棘"的，这样才可以获得更多的耕地或去营建村舍。

《诗经》时代"棘"是人们不得不留意的植物，被多次提到。但我喜欢一种"棘"，和母亲有关。《邶风·凯风》中就是这样描述的："凯风自南，吹彼棘心。棘心夭夭，母氏劬劳。"和风从南吹过来，吹到酸枣小嫩芽。嫩芽欣欣向荣，都是母亲辛劳。

让我意想不到的是《周礼》的记载，外朝的政法规定：在衙门的左侧种九棵酸枣，是卿大夫的位置，右侧也种九棵酸枣，是公侯伯子男的位置。为什么选不起眼、遍地都是的酸枣树作为标志，我不理解。

在《楚辞》中就不一样了，它是恶木的代言。

《楚辞·九叹·思古》中的酸枣树代表"丑妇"："甘棠枯于丰草兮，藜棘树于中庭。西施斥于北宫兮，仳倠倚于弥楹。"棠梨枯死于丰茂的草丛，满身长刺的棘却长满庭院。美女西施被赶到冷宫啊，那丑妇仳倠得以近身君王。显然，美女西施美若"甘棠"，丑妇仳倠就是那浑身长刺"棘"——酸枣树。

现在就到唐朝看看那时的棘吧。

又用到了李白的诗，来看《答王十二寒夜独酌有怀》（节选）：

君不见李北海，英风豪气今何在。

君不见裴尚书，土坟三尺蒿棘居。

少年早欲五湖去，见此弥将钟鼎疏。

诗比较长，这是诗的最后几句。

此诗先写朋友间的相互怀念，接着抒发是非颠倒、贤愚不分的朝廷现状。再写仁人志士"不得开心颜"的情景。愤慨的李白说，你看那李邕曾经的英风豪气已经不再，你看那裴敦复的坟头已经让蒿草酸枣树占满，他们这样的英才被当朝宰相杀掉了，这是什么世道！我原准备"事君之道成，荣亲之义毕"之后再放浪山水间，现今没机会做出"治国平天下"的功绩，那就归隐五湖，远远疏离那"钟鸣鼎食"的混乱尘世。

其实裴尚书的坟上长的蒿棘不确定是哪种具体植物，长于荒地的蒿和带刺的植物都可以叫"蒿棘"，直接说成酸枣树有点不伦不类。倒不如古人直接给酸枣树的定义——棘，来得更形象。

再选一首白居易关于"棘"的诗《村居苦寒》：

八年十二月，五日雪纷纷。

竹柏皆冻死，况彼无衣民。

回观村闾间，十室八九贫。

北风利如剑，布絮不蔽身。

唯烧蒿棘火，愁坐夜待晨。

乃知大寒岁，农者尤苦辛。

顾我当此日，草堂深掩门。

褐裘覆纴被，坐卧有余温。

幸免饥冻苦，又无垄亩勤。

念彼深可愧，自问是何人。

这是白居易居丧期间写的诗。他自己多病，生活困顿，朋友们对他多有周济，但是村里的老百姓比他要苦多了。

已经进入寒冬，大雪纷纷，竹柏都能冻死，何况贫寒无衣的村民。老百姓穷啊，十家就有九家如此。北风刮得紧，百姓衣不遮体，只能在家中点起蒿草、酸枣树枝取暖，但内心哪里能安稳，总是发愁日子怎么过。今年是大寒的年月，老百姓是最辛苦劳作的人，但一年辛苦下来，却缺衣少穿，这是什么世道啊。再看我，躲在草堂里，有衣御寒，不受饥寒交迫之苦，想到此处我深深愧疚，我算是什么人呢？

白居易能体会百姓疾苦，真让人感动。他是当过大官的人，一生过得简朴，以至于在家居丧都需要有朋友周济，才能保障温饱，但他看到百姓的深重苦难，还是为自己感到羞愧。

棘在诗中不过更增加了百姓的愁苦而已，棘浑身长刺，那种贫寒的触目惊心就更令人过目不忘了。

# 蔷薇

## 碧鹦鹉对红蔷薇

蔷薇是蔷薇科蔷薇属藤蔓植物，开着芳香馥郁、一簇一簇的小花，有深粉、浅粉、白色等，初夏开放时如火如荼，热情无法阻挡，然后，一霎时就消失了，就像春天一样。整整一个夏天，你都会想起那蔓延在墙角，垂吊在篱笆上芳香馥郁，艳如桃李的蔷薇，那是能入梦的花儿。

蔷薇和月季、玫瑰一科一属，又有来自人为的"爱情"属性，以至于很多人以为蔷薇原产西方。其实，蔷薇原产于中国，中国人表达感情很含蓄，不会把一种植物特意指定为爱情信物。就像欧洲有一种花叫"勿忘我"，但是在中国，它叫"补血草"，没有诗意，但很实用。

哪个少女没有在蔷薇架下做过美梦呢？我仍然记得少女时，立在蔷薇架边，深深地吸吮蔷薇的花香，期待有朝一日能遇到自己的白马王子。

还是穿越到唐朝，看看那时的蔷薇吧，看它是否关乎爱情。

且不说大诗人李白的《忆东山二首》其一："不向东山久，蔷薇几度花"。

而从贾岛的《题兴化寺园亭》开始：

> 破却千家作一池，不栽桃李种蔷薇。
> 蔷薇花落秋风起，荆棘满亭君自知。

这首诗与民生、兴衰有关，这是我万万没想到的。当时，宰相裴度大肆修建花园，贾岛看不惯，写诗讽刺他：

你居然破坏千家百姓只为修一座池子，不栽能收获果实的桃李，而是栽华而不实的蔷薇。但看那蔷薇花落秋风起时，只留下荆棘满亭院您才会知趣。

再看看李商隐的《日射》：

> 日射纱窗风撼扉，香罗拭手春事违。
> 回廊四合掩寂寞，碧鹦鹉对红蔷薇。

这诗显然是春闺怨，这怨，清淡、舒缓、不着痕迹。

女子百无聊赖在闺中，已经是初夏了，外面非常炎热，太阳照射着纱窗，风儿吹动着门扉。她独自把玩着手里香帕，无所事事。院子这么大，回廊那么空寂，唯一的生机就是架上的绿鹦鹉痴对正盛开的红蔷薇，但更增加了她的寂寞。

红蔷薇虽艳，却解不了女子的寂寞，顶多增加一点无端的期盼而已。

显然，闺中的红蔷薇和宰相府中的蔷薇完全不是一个感觉。

和李商隐的闺怨如出一辙的是韩偓的《深院》：

> 鹅儿唼喋栀黄嘴，凤子轻盈腻粉腰。
> 深院下帘人昼寝，红蔷薇架碧芭蕉。

再看一首高骈的《山亭夏日》：

> 绿树阴浓夏日长，楼台倒影入池塘。
> 水晶帘动微风起，满架蔷薇一院香。

有意思的是，高骈是将领，似乎和文人诗情挂不上钩。他镇压过黄巢起义军，割据一方后又被部将所杀。这样的经历和他的蔷薇诗反差极大。

蔷薇开时，一定是初夏，绿树浓荫，夏日绵长。楼台亭阁的倒影清晰映照在池塘里，此时水晶帘子随风微微晃动。透过水晶帘，看到那满院的蔷薇正开得旺盛，一阵阵香气弥漫沁人肺腑，真是美好的享受啊。

这正是蔷薇应该有的境遇：不奢靡，不幽怨，只是"满架蔷薇一院香"。

# 石 榴

## 五月榴花照眼明

石榴是石榴科石榴属的灌木，在北方落叶，在热带则不。但我一直以为石榴是北方树种，而且原产于中国。实际上，石榴原产于伊朗，是汉使张骞出使西域带回中土的，因为石榴的适应性极强，在中国各地广泛生根开花结果，很容易就误会它是本土植物的想法。

从石榴最初的名字可以知道它的来源——安石榴，即安息国石榴。石榴不仅花好看，果实也好看还好吃，还有不少别名，比如若榴、丹若、金罂、金庞、涂林、天浆等。

关于石榴一名的由来，李时珍说："榴者，瘤也，丹实垂垂如赘瘤也。"

作为北方人，我知道最好的石榴是陕西临潼的石榴，果实非常大，一个有八九两往上，分酸、甜两种。过去，很多人家的院子里都栽石榴树，我家也不例外，更多是感受"五月榴花红似火"的热闹。石榴花一旦绽放，经夏不断，即使枝头果实累累，石榴花也会不时跳上枝头，绽一点鲜红，增加人们对生活的期盼。

石榴的果实跟一颗颗晶莹剔透的玛瑙子似的，好看得让人不忍下口。入口后，酸甜爽口的汁液浸满口腔，让人非常满足。但是遇到酸石榴，咬一口下去，再看那人的表情，便是最好的痛苦表情包。

回到唐朝，那时的文人是欣赏榴花，还是享受美味呢？

就从唐宋八大家之首韩愈的石榴花说起，来看他的《题榴花》：

五月榴花照眼明，枝间时见子初成。
可怜此地无车马，颠倒青苔落绛英。

写这首诗时，正值韩愈被贬。他看到偏僻之处一株石榴花开得正好，很是欣赏，那鲜红的花朵让人眼前一亮。此树不仅花在开，石榴也结果了，欣欣向荣。可惜此地"门前冷落鞍马稀"，除了诗人，无人欣赏，一任那繁花落到地面的青苔上。

韩愈一边欣赏那株"孤芳自赏"的石榴树，一边暗自叹息无人喝彩的寂寞人生，情绪复杂。很多时候，你不得不流着泪奔跑。但是，石榴不管，不论在什么地方，只要有阳光，它都会"照眼明"。

唐代还有个生卒年不详的僧人子兰，写过一首《千叶石榴花》：

> 一朵花开千叶红，开时又不藉春风。
>
> 若教移在香闺畔，定与佳人艳态同。

子兰这个僧人不好好诵经也就罢了，看到石榴花开得好看，竟想到"香闺""佳人"，反而让人觉得此僧不可憎，反倒有趣了起来。

再看一首李商隐的《石榴》：

> 榴枝婀娜榴实繁，榴膜轻明榴子鲜。
>
> 可羡瑶池碧桃树，碧桃红颊一千年。

石榴枝纤细婀娜，但果实繁茂殷实。掰开让人垂涎欲滴的石榴，那石榴膜透明轻薄，石榴子鲜艳晶莹。是因为羡慕王母娘娘的瑶池碧桃树，才长成千年不变的红色面颊吧。

石榴花"五月榴花红似火"，任谁看了都觉红火，瞬间忘却了颓丧、抑郁。那红玛瑙般的石榴子也让人爱不释手，明艳到让人产生美好的"非分之想"，那娇艳鲜红的花儿，竟让一个僧人也抑制不住自己的遐想。

这样的石榴，怎一个"美"字了得。


# 橙　子

## 霜橙压香橘


橙子是芸香科柑橘属的植物，小乔木，长得不高，算是南方柑橘属类植物中能长在偏北地区的一种。它与柑子、橘子长得相似，北方人很难区分。

我认知中的橙子就是拳头大小、滚圆壮实的金色果实，表面光滑，比各色橘子都好看，但是吃起来费劲，不能徒手剥皮，只能用刀切开吃，酸甜可口，清爽宜人。

橙子的栽培历史很久，马王堆汉墓不仅出土了甜瓜的种子，还出土了橙子的种子。不过甜瓜是用来吃的，橙子却是用来当香薰的。

两千多年前，屈子就写过橘子的颂歌，是为《九章·橘颂》："后皇嘉树，橘徕服兮。受命不迁，生南国兮。"自此，"受命不迁"的品格一直作为橘子的象征。但橙子不然，历代写橙子的人很少，多亏了令人尊敬的杜甫老先生，为我们填补这一空白。

这枚橙子藏在杜甫名为《自京赴奉先县咏怀五百字》的诗里。作为五言诗，五百字很长了，我们仅截取中间一段，不仅有"橙子"，还有千古名句"朱门酒肉臭，路有冻死骨"。

此诗写于安禄山即将造反的前夕，此时唐明皇和杨贵妃正沉浸在莺歌燕舞、歌舞升平的"太平世界"里不能自拔。杜甫因为从京赴奉先，一路上所见所闻已透露出动乱的前兆：

> 岁暮百草零，疾风高冈裂。天衢阴峥嵘，客子中夜发。
> 霜严衣带断，指直不得结。凌晨过骊山，御榻在嵽嵲。
> 蚩尤塞寒空，蹴蹋崖谷滑。瑶池气郁律，羽林相摩戛。
> 君臣留欢娱，乐动殷樛嶱。赐浴皆长缨，与宴非短褐。
> 彤庭所分帛，本自寒女出。鞭挞其夫家，聚敛贡城阙。
> 圣人筐篚恩，实欲邦国活。臣如忽至理，君岂弃此物。
> 多士盈朝廷，仁者宜战栗。况闻内金盘，尽在卫霍室。

中堂舞神仙，烟雾散玉质。暖客貂鼠裘，悲管逐清瑟。
劝客驼蹄羹，霜橙压香橘。朱门酒肉臭，路有冻死骨。
荣枯咫尺异，惆怅难再述。

前一段杜甫表明了自己的心迹，无论怎样艰难困苦，我都要忠君爱国，就像向日葵朝向太阳一样是天性所为。

此一段是杜甫过骊山看到的场景，那是"锣鼓喧天鞭炮齐鸣"，不对，皇家气派不是这样的，大宴宾客，吃的是骆驼蹄子做的羹，水果除了贵妃爱吃的荔枝，还有结霜的橙子和喷香的橘子。饭后可以在华清池沐浴，不仅是"贵妃沐浴"，豪贵皆赐沐浴，那是何等的舒畅惬意啊。

那些穿锦袍戴美玉的贵人，他们的衣衫可是出自寒门女子的日夜劳作啊，可是她们的丈夫还被鞭挞去修城阙。一路上只见"朱门酒肉臭，路有冻死骨"，一荣一枯咫尺之间，我内心的惆怅啊，真是难以述说！

此诗中的橙子，如同令杨妃一笑的荔枝。只不过荔枝借妃子一笑成名，橙子已经被路边的"冻死骨"湮没。

令人奇异的是，杜牧笔下的荔枝，杜甫诗中的橙子，都是水果，得到的待遇却不同，但唐明皇、杨贵妃历史结局没有改变。真让人唏嘘、感叹！

# 橡 树

## 呼儿登山收橡实

橡树不是一种树，而是壳斗科植物的泛称，包括栎属、青冈属和柯属，一般指栎属植物。就算是栎属植物也有六百一十五种，还有亚种。它们的果实统称为橡子。

橡树高大结实，而且寿命很长，四百岁对于橡树来说很常见。据说美国的一株橡树居然活了一万三千余万年，而且还健在，叫侏鲁帕橡树。

在欧美，橡树的用途很广，比如作为葡萄酒和香槟酒的酒塞。橡树高大健壮，又长寿，会被认为是圣树。最浪漫、最长情的做法是在高大的橡树上结上红丝带，盼望远方的亲人早日归来。

橡树的果实橡子很好看，是松鼠的最爱，当然在特定时期也是人类的果腹植物。比如在唐朝，来看张籍的这首《野老歌》：

> 老农家贫在山住，耕种山田三四亩。
> 苗疏税多不得食，输入官仓化为土。
> 岁暮锄犁傍空室，呼儿登山收橡实。
> 西江贾客珠百斛，船中养犬长食肉。

这是一首为劳动人民抱不平的诗。

家贫的老农住在山里，就靠耕种的三四亩山田生活。但是这薄薄的山地也要收很多赋税，把地里的粮食交到官仓也是浪费，都化成土了，老农却得不到温饱。到了年尾，家中空空如也，只有劳动的锄头倚在墙角，只好呼唤自己的儿子上山去捡拾橡子，聊以充饥。可是再看那从长江西面来的富商，那珠宝都是用斛来量，就连那船中的狗都是拿肉喂的。这是什么世道！

读完此诗，不由对张籍肃然起敬，身为官员，看到世间的不公平，并为百姓发声，让人佩服。

再看皮日休作的《橡媪叹》，又是反映百姓愁苦的作品：

> 秋深橡子熟，散落榛芜冈。伛偻黄发媪，拾之践晨霜。
> 移时始盈掬，尽日方满筐。几曝复几蒸，用作三冬粮。
> 山前有熟稻，紫穗袭人香。细获又精舂，粒粒如玉珰。
> 持之纳于官，私室无仓箱。如何一石余，只作五斗量！
> 狡吏不畏刑，贪官不避赃。农时作私债，农毕归官仓。
> 自冬及于春，橡实诳饥肠。吾闻田成子，诈仁犹自王。
> 吁嗟逢橡媪，不觉泪沾裳。

皮日休比张籍更激愤地抨击唐末的现实。

深秋时节，正是橡子成熟的时候，它们散落在草木丛生的山冈。一位伛偻腰身的老年妇女，在晨曦中捡拾橡子。从早捡到晚，才能拣满一筐子。捡回的橡子又是蒸来又是晒，不然难以下咽。几经处理，橡子就可以作为一家人冬天的粮食了。

但是再看那山前，稻子成熟了，袭来阵阵沁人的香气。农人的粮食大丰收，稻子仔细收割，回来又认真挑拣，那一粒粒的大米珠圆玉润，实在好看。但这些全部交给了官府，自己家一点都没留下，而且官府坑人，明明是一石还多，却被量作五斗。那狡猾的酷吏，不怕刑罚，贪婪的官员也根本不避讳贪赃。农时，他们把官粮放了私债，农毕自己先获利，再把放粮的本钱放到官仓。实在是疯狂至极，可恶至极。

再回到老农妇家，从冬天到春天，就靠橡子充饥，实在是很难吃，不过是诓骗自己的肠胃而已。春秋时期的田成子曾经大斗出贷小斗收取，赢得老百姓的拥护，虽然这是假仁假义，但终于还是凭此为一方诸侯。但是看看现在，眼前捡拾橡子的老妇人，就知道那些为官者比田成子都不如，根本不在乎民心，就知道为自己不停攫取利益，根本不顾老百姓的死活。想到这里，不禁双泪长流、沾湿衣襟。

看到此，我也"潸然泪下"：可叹可叹，那佝偻腰身的老妇人；可恶可恶，不知惜民的官府；可敬可敬，总算找到让农妇一家活命的橡子。尽管难以下咽，尽管诓饥肠，但总算能果腹了。

但愿农妇食橡子的一幕永不再现。

# 臭 椿

## 郑公樗散鬓成丝

臭椿已经写过好几回了，但真不知道它居然是苦木科臭椿属的植物。尤其让我大跌眼镜的是，它居然和香椿不是一个科，更不是一个属，香椿是楝科香椿属的植物。它们实在是太像了，必须仔细分辨才能分清。

臭椿和香椿的第一大区别就是气味：一个奇臭，一个异香；第二个区别是臭椿是奇数羽状复叶，香椿是偶数羽状复叶；第三个区别，臭椿的树皮光滑如婴儿肌肤，香椿的皮老气横秋，有岁月的沧桑感。

臭椿生命力极为旺盛，不需要格外侍弄。农家的小院，不管房前或者屋后，田野的田埂边、沟壑边，甚至公园的小角落，不知不觉就会长出一株或数株臭椿。你以为它小，没有及时铲除，来年再看时，它已经长成一棵树，一棵你欲砍又不忍砍、不砍又不堪其臭的笔直的树。而且，你必须承认，若非那令人掩鼻的臭味，它的样子其实很好看，朝气蓬勃，舒展挺拔，恣肆自由。但据说这种树的寿命短，不会超过五十年，但是以它疯狂生长的速度，经历过风雨，见证过生命，足矣。

正是因为臭椿这样只要有一点点土壤就敢扎根的性情，也被称为"杂草树"。

在庄子眼中，臭椿是"无用"之物。《庄子·逍遥游》："吾有大树，人谓之樗。其大本臃肿而不中绳墨，其小枝卷曲而不中规矩。立之涂，匠者不顾。"臭椿当时还叫樗，枝干肿大弯曲，小枝歪七扭八，"没有规矩"，就算长在道路显眼处，木匠都不会看它一眼。

有一句成语"樗栎庸材"，就是说臭椿和栎树无用。其实樗——臭椿用处多着呢，作为园林的风景树还在其次，木材还可以制作农具车辆。奇臭无比的叶子在椿蚕（天蚕）眼里可是香饽饽，树皮、根皮、果实还可以入药，有清热利湿、收敛止痢的功效。臭椿的全身都是宝，在此我要为臭椿正名！

在庄子之前，我们的先人就注意到臭椿，《小雅·我行其野》："我行其野，蔽芾其樗。昏姻之故，言就尔居。尔不我畜，复我邦家。"我独自走在田野里，臭椿长得如此茂盛。因为和你结成婚姻，才来到你家居住。但你不肯把我养，我只好回到自己家。

在怨妇眼中，臭椿也成为"恶木"。唉，就因为它的"臭"，臭椿想要翻身都不容易。

还是看看大唐时的臭椿吧，会有翻身的机会吗？

还得请杜甫老先生出面，来看这首题目很长的诗《送郑十八虔贬台州司户伤其临老陷贼之故阙为面别情见于诗》：

郑公樗散鬓成丝，酒后常称老画师。
万里伤心严谴日，百年垂死中兴时。
苍惶已就长途往，邂逅无端出饯迟。
便与先生应永诀，九重泉路尽交期。

这首诗是杜甫为自己的好友郑虔鸣不平写的。此时安史之乱已被平定，所谓的"中兴"就要开始，没有罪过的老友郑虔却被贬到遥远的台州，那不是要他的老命吗？

杜甫认为郑虔"才过屈宋"，不仅以诗书画称绝，更是上知天文、下知地理，还兼通军事、医药和音律，是个全才。安史之乱期间，他不愿在伪政府为官，一直假装重病，但安史之乱后，唐朝廷还是将他流放了。

杜甫的诗中，老友不过是"樗栎庸材"又鬓发斑白的糟老头，喝了酒就称自己是个老画师，哪里有什么企图呢？但现在被迫流放，内心能不伤心吗？我们知道这一别就是永远，再相见恐怕就是黄泉路上吧。

太凄惨了，太伤感了。显然，郑虔并不是真的"樗栎庸材"。杜甫老先生不过是想说郑虔已经很老了，老到已经"无用"了，中兴的唐朝何苦苦苦相逼呢？

我还找到一首臭椿诗，出自白居易笔下。来看这首《林下樗》：

香檀文桂苦雕锼，生理何曾得自全。
知我无材老樗否，一枝不损尽天年。

这首诗不复杂，脱胎于庄子的臭椿"无用论"。那些贵重的檀木桂树被雕刻，它们因为自己的"有用"不能自保。你看看我这棵不成材的老臭椿，一枝不损，一叶不伤，得享天年，何其乐哉！


# 桤　木

## 桤林碍日吟风叶

桤木是桦木科桤木属的植物，也叫水冬瓜树、水青风、桤蒿，即使有这样看似形象的称谓，我还是无法想象桤木的样子。桤木现在是国家Ⅱ级濒危重点保护野生植物。它的生长范围广阔，辽宁、河北、山西、河南、陕西、甘肃、内蒙古、宁夏、新疆、青海等地都有。

桤木的叶子、嫩芽还可以入药，有止泻以及止血等功效。但似乎不作为常用，至少李时珍的《本草纲目》中没有提及。

我在杜甫的诗里发现了桤木，那就梦回大唐，看看杜甫眼中的桤木吧。来看这回《堂成》：

背郭堂成荫白茅，缘江路熟俯青郊。

桤林碍日吟风叶，笼竹和烟滴露梢。

暂止飞乌将数子，频来语燕定新巢。

旁人错比扬雄宅，懒惰无心作解嘲。

　　杜甫为了躲避战乱来到成都，临时搭建了草堂以栖身。此诗就是草堂刚建成时老杜的心情。

　　白茅盖的草堂背城郭临江水，可以一览青葱的郊野。我这草堂盖在桤木林里，桤木林高大密实，阳光照下来只能映出光斑，草堂周边竹林笼罩，露水滴在竹叶上的声音都能听到，可真是清修的地方。

　　这么安静清幽的好地方能吸引乌鸦、燕子过来筑巢。有人说我这草堂跟三国时杨雄的草玄堂一样，我可没那份心情像杨雄一样闭门著书，做"解嘲"那样的文章。

　　不管怎么样，饱受离乱的杜甫终于有了可以安身的地方，这里有桤木、竹林，鸟儿都来栖息，还是很安逸的。

　　后来杜甫还种过桤木。再看这首《凭何十一少府邕觅桤木栽》：

草堂堑西无树林，非子谁复见幽心。

饱闻桤木三年大，与致溪边十亩阴。

虽然他居住的草堂有桤木林，但西边却是空旷的，老杜请此地的县尉何邕帮忙，找些树植，因为只有他懂得老杜想要清净安宁的心。因为要种树，他早就打听好了，据说桤木成树快，三年就能长大，那就在西边种上十亩，像草堂周围一样桤木成林、遮天蔽日，有一种"躲进小楼成一统"的安全感。

杜甫一生颠沛流离，有一处树木参天、修竹围绕的草堂足以慰藉他那颗已经衰老的心，桤木的出现恰逢其时。

那桤木一定是美木，因为它带给了伟大诗人一份安宁。


# 凌霄花

## 有木名凌霄

凌霄是紫葳科紫薇属的落叶攀缘藤本植物，还有很多有趣的别名，比如紫葳、五爪龙、红花倒水莲、倒挂金钟、上树龙、上树蜈蚣、白狗肠、吊墙花、堕胎花、芰华、藤萝花。

有堕胎花之名，是因为此花有活血化瘀的功效。至于其他名字诸君可以展开想象，勾勒一下凌霄的形象。

我是喜欢凌霄花的，它明艳照人、金红似火，盛夏之际攀缘开放，让人生出想要好好生活的劲头。

但对凌霄花，自古看法不同。认为它好的，有宋朝的陆游："庭中青松四无邻，凌霄百尺依松身。高花风堕赤玉盏，老蔓烟湿苍龙鳞。"清人李笠翁赞凌霄花为"天际真人"："藤花之可敬者，莫若凌霄，望之如天际真人，卒急不能招致。"白居易则认为，此花攀附权贵，趋炎附势，不是什么好花。有诗为证：

**有木诗八首·凌霄**

有木名凌霄，擢秀非孤标。

偶依一株树，遂抽百尺条。

托根附树身，开花寄树梢。

自谓得其势，无因有动摇。

一旦树摧倒，独立暂飘飘。

疾风从东起，吹折不终朝。

朝为拂云花，暮为委地樵。

寄言立身者，勿学柔弱苗。

　　白先生是在阅读史书时，看到历朝历代奸佞宠臣，媚上惑下、攀附权势、嚣张跋扈，有感于此，借树木抒发自己的感想。

　　有一种植物名叫凌霄，欣欣向荣，独树一帜。偶然的机会靠到一棵树上，那就不得了了，一下子伸展出百尺的枝条，比那树木还茂盛。凌霄把根紧紧依附在树身上，把美丽的花儿开在树梢上，何等耀眼、威风、妖艳。

　　此时的凌霄自以为得势，根本不会想到有朝一日会衰落。但世间事无不潮起潮落，一旦大树倒了，那攀附的凌霄马上成了浮萍。只见那东风吹过，树倒猢狲散，凌霄失去了依附。早晨还是接天连日的美艳花朵，晚上就是落地的柴草。奉劝那些想要在世间安身立命、胸怀大志的人，切不要学习那攀缘附势的凌霄花，到头来只落得身败名裂的悲惨下场。

　　我不由想起现代诗人舒婷《致橡树》中的名句："我如果爱你，绝不像攀缘

的凌霄花，借你的高枝炫耀自己。"不用说，舒婷一定看过白居易关于凌霄的诗，并深以为是。

晚唐诗人欧阳炯和白居易看法不同。且看他的《凌霄花》：

凌霄多半绕棕榈，深染栀黄色不如。

满树微风吹细叶，一条龙甲入清虚。

凌霄花依着棕榈树生长，栀子花的颜色远远比不上它的美艳。一阵微风吹过拂动树叶，就好似一条长龙游达天空。欧阳炯笔下的凌霄洒脱达天际。

在我眼中，凌霄依旧是美丽的，是欣欣向荣、向往阳光的美丽。

# 榆 树

## 道旁榆荚仍似钱

榆树独立成科成属，就是榆科榆属，很寻常的树。城市里不常见，但村野山林处处都有。榆树因为长相寻常，不成大材，而且容易长树瘤，木质坚硬，难怪人们形容一个人脑筋死不转弯叫"榆木脑袋"。

但我更多想起的是榆钱，榆树的花果青白，形如小铜钱，一串一串的。春天榆钱满树时，北方人兴高采烈地将其采下，清洗干净，拌面蒸了吃，非常美味。

"榆木疙瘩"这样的贬称实在不适合榆树，榆树浑身上下都是宝，不光榆钱能吃，榆树叶、榆树皮也能吃，曾是救荒的重要食源。榆木也可以制作家具、车辆、农具、器具、桥梁、建筑等。皮还可以麻制绳索、麻袋或做人造棉与造纸原料。世界上哪有这样"能干"的"榆木疙瘩"？简直是对榆树的污蔑。

榆树遍及大江南北，是很古老的树种，《诗经》时代就有，被称为"枌"。《陈风·东门之枌》："东门之枌，宛丘之栩。子仲之子，婆娑其下。"东门外有榆树，宛丘上有栎树。子仲家有好女子，林下婆娑起舞。

写唐诗中的植物离不开杜甫，他就写到榆树，来看《成都府》："翳翳桑榆日，照我征衣裳"。还有岑参的《戏问花门酒家翁》：

老人七十仍沽酒，千壶百瓮花门口。
道傍榆荚仍似钱，摘来沽酒君肯否。

边塞的辽阔让岑参的诗歌慷慨激越、气势豪迈，不由好奇，他写的榆树会是什么样。

岑参从新疆库车（安西）到了甘肃武威（凉州）。当时，正是仲春时节，在一家叫花门楼的楼堂，看见一位年过七十的老人在卖酒，老人面前摆满了酒壶酒瓮。他心情不错，就想和老人开个玩笑。看到道路旁榆树正在结出的榆荚，就跟老人说，我把那榆钱摘下来买酒，你可愿意？

这是生活中有趣的片段。榆树上的"榆钱"充当了幽默的媒介，甚是惬意。

岑参在秋天的时候又来到花门楼下喝酒，"花门楼前见秋草，岂能贫贱相看老。一生大笑能几回，斗酒相逢须醉倒。"（《凉州馆中与诸判官夜集》）这样畅快淋漓、纵横豪迈，不知此时他喝的可是这位老人的酒？他还记得"榆钱沽酒"的事吗？

再看孟郊是如何写榆树的。

孟郊一生穷困潦倒，和同病相怜的贾岛合称"郊寒岛瘦"，写出了"谁言寸

草心，报得三春晖"这样刻骨铭心的诗句。

孟郊的榆树在《洛桥晚望》里：

天津桥下冰初结，洛阳陌上人行绝。

榆柳萧疏楼阁闲，月明直见嵩山雪。

天津桥是洛水上的一座桥。此时是冬天的夜晚，洛水已经结了冰，道路上
没有行人。已经落叶的榆树和柳树此时很萧瑟，衬托得楼阁更加静谧清冷。抬
头只见月色明亮，一眼就看到嵩山上的雪，和月色相映生辉。

不同的人，在不同时节，看一样的榆树，会有不一样的感受。

本不想说杜甫的榆树了，但是他的榆树很有代表性，"桑榆"，或者叫"桑
榆晚景"，这是榆树留下的文化缩影，那就把杜甫的《成都府》搬出来：

翳翳桑榆日，照我征衣裳。

我行山川异，忽在天一方。

但逢新人民，未卜见故乡。

大江东流去，游子日月长。

曾城填华屋，季冬树木苍。

喧然名都会，吹箫间笙簧。

信美无与适，侧身望川梁。

鸟雀夜各归，中原杳茫茫。

初月出不高，众星尚争光。

自古有羁旅，我何苦哀伤。

杜甫已经举家来到成都，正值冬季，夕阳西下，那是"桑榆晚照"啊，正
像当下的诗人，"桑榆暮景"，颠沛流离之后，终于有了可以安身立命的地方。
杜甫亦喜亦忧，喜的是可以不再奔波，忧的是他始终放不下的家国。

# 碧 桃

## 天上碧桃和露种

　　碧桃当然是桃，不过是桃的变种，自《诗经》时代"桃之夭夭，灼灼其华""艳若桃李"之后，桃花就是美艳的代表。碧桃比之桃花犹胜，桃花、碧桃犹如春天最美的孪生姐妹。

　　碧桃原产于中国，据说有三千年的栽培历史。据说汉代就传到波斯、印度，后来又传到日本。

　　桃花以单瓣的多，碧桃以重瓣的多，桃花美艳，也很美味，尤其在久远的两千年前，食用水果匮乏，桃子就是最美味的水果了。成语分桃断袖、二桃杀三士都是从不同角度说到桃子在数千年前的重要性。

　　碧桃不同于桃的地方就是它主要用于观赏，果实可有可无，从这一点就知道碧桃具有"艳压群芳"的资本，它就是因美而生的。

　　唐时有关碧桃的诗，就有高蟾的《下第后上永崇高侍郎》：

天上碧桃和露种，日边红杏倚云栽。
芙蓉生在秋江上，不向东风怨未开。

高蟾是晚唐人，屡试不第，最终"上岸"，后来也当了御史中丞这样不算小的官。这首诗写在他没中进士的时候。诗有四句，前三句写到花，看似"天花乱坠"，其实内心气不平。天上的碧桃和着甘露种植，日边的红杏倚着彩云栽培。芙蓉生长在这秋天的江畔，从不抱怨东风不让她及时开放。

百年后，秦观直接用了"碧桃"句。直到现在，人们只知道秦观的"碧桃"，不知道高蟾的"碧桃"。来看秦观这首词《虞美人·碧桃天上载和露》：

碧桃天上栽和露。不是凡花数。乱山深处水萦回。可惜一枝如画、为谁开。
轻寒细雨情何限！不道春难管。为君沈醉又何妨。只怕酒醒时候、断人肠。

那好似天上的碧桃因着露的滋养分外妖娆，哪里是人间的繁花可比的。错落山间溪水淙淙，只见那碧桃一枝竞放，如画般美丽，只是她为谁开呢？

此时春光无限，但细雨带来寒意。春终将逝去。此刻就是为君醉一场又何妨，就只怕，酒醒了，人去楼空，只留下断肠人在天涯。

这是有故事的词，比之高蟾诗里攀高枝的碧桃，多了十二分的依依不舍，也许正是因为这份不舍才让秦观的碧桃流传后世。

# 茶

## 天子须尝阳羡茶

茶树为山茶科山茶树的灌木或小乔木。茶树的叶子可制茶，种子可以榨油。茶树喜欢温暖湿润的气候，长在中国南方的广大区域。

茶树原产于中国，至于什么时候开始"吃茶""喝茶"，说法不一。

中国最早的茶专著自然是唐朝陆羽的《茶经》，原来茶还有荼、槚、蔎、茗、荈等很奇怪的称呼。

《尔雅》中就有"槚，苦荼"。东晋《尔雅注》解释："树小如栀子。冬生叶，可煮作羹饮。今呼早取为荼，晚取为茗。"

茶的确切定义既然就来自唐，我们就从陆羽的《茶经》开始说茶吧。

陆羽因为写了中国乃至世界现存最早、最完整、最全面介绍茶的专著，而被誉为"茶圣"。

陆羽认为："茶之为饮，发乎神农氏。"且听他细述："茶者，南方之嘉木也，一尺二尺，乃至数十尺。其巴山峡川有两人合抱者，伐而掇之，其树如瓜芦，叶如栀子，花如白蔷薇，实如栟榈，蒂如丁香，根如胡桃。其字或从草，或从木，或草木并。其名一曰茶，二曰槚，三曰蔎，四曰茗，五

曰荈。其地，上者生烂石，中者生栎壤，下者生黄土。凡艺而不实，植而罕茂，法如种瓜，三岁可采。野者上，园者次；阳崖阴林，紫者上，绿者次；笋者上，牙者次；叶卷上，叶舒次。阴山坡谷者；不堪采掇，性凝滞，结瘕疾。茶之为用，味至寒，为饮最宜精行俭德之人。若热渴、凝闷、脑疼、目涩、四支烦、百节不舒，聊四五啜，与醍醐、甘露抗衡也。采不时，造不精，杂以卉莽，饮之成疾。茶为累也，亦犹人参，上者生上党，中者生百济、新罗，下者生高丽。有生泽州、幽州、檀州者，为药无效，况非此者，设服荠苨，使六疾不瘳。知人参为累，则茶累尽矣。"

茶是南方的佳木，有高有低。茶树的外形像瓜芦，叶子像栀子，花像白蔷薇等。"茶"字是从"荼"字衍化过来的。茶的名称有五种，即茶、槚、蔎、茗、荈。

茶叶的品质根据栽种土质不同，也分好坏。茶的性质寒凉，可以去火。品行节俭端正的人，若是发烧、头疼，喝上几口茶，就如饮甘露。但是采摘的时

候不对，那做出来的茶就会让人生病。

　　这就是陆羽为我们介绍的茶，可以解除有品德之人的"头疼脑热"。不像现在"禅茶一味"以后的茶，令人眼花缭乱，特别是在表演茶道时，会让你以为在看文艺节目。

　　接着说说唐诗里的茶。就以卢仝的《走笔谢孟谏议寄新茶》为例吧，这首诗也称《饮茶歌》，挺长的，但专讲茶的就这一首，正好和陆羽的《茶经》是绝配。所以全录如下：

日高丈五睡正浓，军将打门惊周公。

口云谏议送书信，白绢斜封三道印。

开缄宛见谏议面，手阅月团三百片。

闻道新年入山里，蛰虫惊动春风起。

天子须尝阳羡茶，百草不敢先开花。

仁风暗结珠琲瓃，先春抽出黄金芽。

摘鲜焙芳旋封裹，至精至好且不奢。

至尊之余合王公，何事便到山人家。

柴门反关无俗客，纱帽笼头自煎吃。

碧云引风吹不断，白花浮光凝碗面。

一碗喉吻润，两碗破孤闷。

三碗搜枯肠，唯有文字五千卷。

四碗发轻汗，平生不平事，尽向毛孔散。

五碗肌骨清，六碗通仙灵。

七碗吃不得也，唯觉两腋习习清风生。

蓬莱山，在何处。

玉川子，乘此清风欲归去。

山上群仙司下土，地位清高隔风雨。

安得知百万亿苍生命，堕在巅崖受辛苦。

便为谏议问苍生，到头还得苏息否。

　　卢仝家境不好，早年隐居，想要进入仕途，但一直不如意，最后在甘露之变中遇害。他的诗看起来不工整，但很有味道。

　　前几句写好友孟谏议派人送茶来，惊醒了还在做梦的他。那茶包装得好，说明是上品。那时最好的茶是阳羡产的茶，若是天子想要尝新茶，那百草都不敢先开花，先紧着茶树生长出黄金般的嫩芽。茶农采好茶，又精心炮制，那是王公贵族享用的珍品，如今侥幸到了我这里。

　　不管那些，此时我关上了柴门，省得俗客打扰，我要好好品茗吃茶，享受茶的乐趣。茶已经煮好，茶碗里碧绿盈盈，上面漂着白沫。我要开始喝茶了。

　　第一碗先润润喉。第二碗能解孤闷。第三碗就刮肠子了，肚子里只剩下文章五千卷。第四碗身体开始发汗，平生那些不平事就随着汗水慢慢溢出。第五碗喝下去，浑身的浊气消散，感觉肌骨清爽。第六碗再喝就通灵了，怕是要醉了。第七碗果然喝不得，喝下去，两腋生清风，那是要往蓬莱仙境去。到了这仙境我要问问神仙，你们可知民间的疾苦？我这是替孟谏议问的，人间的老百姓何时才能得以喘息，安居乐业？

　　此诗奇，喝茶喝出七层境界，最终从个人感受上升到感叹民间的疾苦，有此一篇足矣。


# 柿子树

## 柿叶翻红霜景天

　　柿子树常见，它样貌壮美、果实鲜艳，秋天时叶子绯红，山林、公园甚至城市的行道都有它的身影。

　　柿子树是本土果树，我国也是柿子品种最多的国家，据说有三百多种，从颜色可以分出红、黄、青、朱、白、乌等七彩的色泽，从形状又可分成圆、长、方、葫芦、牛心等，可谓品种多样、丰富多彩。

　　柿子树栽培历史悠久，南北朝时就有栽种，《齐民要术》种柿第四十中记载了柿子树，并且注明柿子树属于嫁接树种，是在一种叫软枣也叫黑枣的树上嫁接的。那时柿子的品种就有不少，比如牛柿、鸿柿、山柿、梁侯乌椑柿等。

自古至今，柿子就是涩的，去涩后才能食用。吃过涩柿子的人忘不了那种涩，恨不能把自己的舌头割下来。去涩后的柿子其甘美令人回味无穷，无论硬柿子还是软柿子，无不美味。如今有一种柿子叫水果柿子，可以直接食用，省去了涩的环节。

回到唐朝，柿子树是不少诗人的灵感，李益就写过。

李益是中唐诗人，中过进士，也当过官，没什么突出政绩，花边新闻却流传广泛。唐人传奇小说《霍小玉传》写了他辜负了痴情女霍小玉的故事。霍小玉因相思而死，李益受到广泛谴责，内心留下阴影，得了妄想症。别有意味的是，霍小玉因相思李益而死，李益却活到八十多岁，世事就是这么讽刺。

来看李益的这首《诣红楼院寻广宣不遇留题》：

柿叶翻红霜景秋，碧天如水倚红楼。

隔窗爱竹无人问，遣向邻房觅户钩。

这个红楼院是长安城的一座佛寺，广宣是寺里的僧人。这天秋高气爽，李益到红楼院拜访广宣不遇。但见高大的柿子树经霜以后艳红灿烂，天高云淡，分外美丽。僧人不在，他隔窗看到喜欢的竹子无人观赏，便让侍从到邻居家借钩子打开院门，方便欣赏美景。

李益欣赏广宣住持的红楼院竹子，也看到了秋天柿子叶艳红的美丽，广宣

也对院中的柿子树颇为自得，写了一首关于柿子树的诗，而且是应制诗，一棵不一样的柿子树引起了皇帝的注意：

### 寺中柿树一蒂四颗咏应制

珍木生奇甭，低枝拂梵宫。因开四界分，本自百花中。

当夏阴涵绿，临秋色变红。君看药草喻，何减太阳功。

这棵柿子树真奇妙，低低的枝杈掠过寺院院墙。成百的花儿都在开放，唯有它一个蒂上分四朵。夏日茂盛的柿子树遮阴避凉，到了秋天那树叶就变成耀眼的红色。大家看看柿子树的用处，都是像太阳一样的皇帝的功劳。

挺没意思的一首诗。一般而言，应制诗迫于形势，很少能写出好诗。此外，白居易在《杭州春望》"红袖织绫夸柿蒂，青旗沽酒趁梨花"中提到了织锦的"柿蒂"纹。

我无法判定唐时的诗人为什么没有让柿子树大量入诗。深秋里柿子树的绯红甚至比枫树都更加鲜艳夺目，但枫树、枫林入唐诗犹如"过江之鲫"不可谓不多。

不用纠结，任何时代都有自己运行的规律，不写或者写得少自有原因。能在今日看到千年前曾经为诗人所吟咏过的柿子树已经很好了。

# 荔 枝

## 新雨山头荔枝熟

荔枝自然是美味佳果，否则也留不下"一骑红尘妃子笑"的千古佳话了。直到现在，荔枝仍然是需要从南至北地快运过来，北地的食客才能一饱口福。荔枝是无患子科荔枝属的植物，和香蕉、菠萝、龙眼一同号称"南国四大果品"。《本草纲目》云："止渴，益人颜色。"

最早入诗的荔枝是汉代司马相如的《上林赋》，他的诗里，荔枝被称为"离支"。晋朝左思在《蜀都赋》有言："旁挺龙目，侧生荔枝。"

当然，让荔枝闻名遐迩的还是杨贵妃，来看杜牧在《过华清宫绝句三首》中勾画的场景：

长安回望绣成堆，山顶千门次第开。

一骑红尘妃子笑，无人知是荔枝来。

这是杜牧路过华清池时想象的场景。

从长安看骊山是锦绣河山，那重重宫殿的大门一扇接着一扇打开，只见那飞骑闪电般入宫，没人知道为什么，原来是给贵妃娘娘送南方的佳果荔枝来了。

贵妃吃到荔枝高兴地笑了，盛唐却从此衰落了。后来贵妃死在马嵬坡上，留下黯然神伤的唐明皇，不知他回到长生殿是否想起爱妃那一笑？想起那"闪送"而来的荔枝？是否再次吃过荔枝？

《新唐书·杨贵妃传》："妃嗜荔枝，必欲生致之，乃置骑传送，走数千里，味未变已至京师。"也记录了这一与荔枝相关的事件。

中唐的张籍也在诗里提到荔枝，来看这首《成都曲》：

锦江近西烟水绿，新雨山头荔枝熟。

万里桥边多酒家，游人爱向谁家宿。

这一日，张籍来到成都锦江，烟波浩渺，碧波荡漾，再看那刚下过雨的山头，鲜美的荔枝成熟了，不由让人垂涎欲滴。万里桥这里的酒家很多，游人如织，市井繁华，游客看到如此众多热情洋溢的店家，竟不知如何选择，这该是怎样的太平时光啊。

看似寻常的市井生活，以及远处优美的风景，让人向往。

这样的荔枝岂不是比"妃子笑"的荔枝美好？

白居易还为画工画的荔枝图作序，对荔枝的描述细致到位，虽然不是诗，也想录于此：

荔枝生巴、峡间。树形团团如帷盖，叶如桂，冬青。花如橘，春荣，实如丹，夏熟。朵如蒲桃，核如枇杷，壳如红缯，膜如紫绡，瓤肉洁白如冰雪，浆液甘酸如醴酪。大略如彼，其实过之。若离本枝，一日而色变，二日而香变，三日而味变，四、五日外，色香味尽去矣。

白先生从荔枝的产地，到它的树形、花色、果样、味道，以及注意事项都描述得言简意赅，却胜过千言万语。

最后，但求"新雨山头荔枝熟"。


# 杜　鹃

## 踯躅闲开艳艳花


杜鹃花闻名遐迩，遍布神州，南方长在山林，北方长在花盆。因为花色多样、花期长，此花在北方是年节最重要的花卉品种。

杜鹃花的名字很多，比如山踯躅、山石榴、映山红。一首名为《映山红》的红色歌曲传唱大江南北，至今传唱不衰，杜鹃这一别名就更响亮了。

传说，周时蜀地的领袖杜宇注重民生，教化大家务农，死后都不忘自己的责任，化成鸟儿，一到播种的时间就"布谷、布谷"啼鸣，提醒人们赶紧播种。因为太过用心，鸣叫啼血，把此时正开放的杜鹃花都染红了，此鸟就叫杜鹃鸟，此花就是杜鹃花。

说到唐朝的杜鹃花还要提起白居易，他写过十数首关于杜鹃的诗，而且在诗里明确表示，他要封杜鹃为"百花王"，可见对杜鹃的偏爱。来看这首《山石榴花十二韵》：

> 晔晔复煌煌，花中无比方。艳天宜小院，条短称低廊。
> 本是山头物，今为砌下芳。千丛相向背，万朵互低昂。
> 照灼连朱槛，玲珑映粉墙。风来添意态，日出助晶光。
> 渐绽胭脂萼，犹含琴轸房。离披乱剪彩，斑驳未匀妆。
> 绛焰灯千炷，红裙妓一行。此时逢国色，何处觅天香。
> 恐合栽金阙，思将献玉皇。好差青鸟使，封作百花王。

整整一百二十个字，全是对杜鹃的赞语——山石榴，艳照四方，以至于"花中无比方"。千朵万朵地开放，风来增加它的仪态，日照平添它的晶莹，如此这般的美色，就是国色天香的牡丹也比不了，不如告诉那玉皇老儿，就差那青鸟把杜鹃封作百花王吧。

老白的夸赞一扫"望帝春心托杜鹃"的悲情。这正是杜鹃花的真实写照。

杜鹃的"踯躅"之名入诗的也有例证，元稹就写过《紫踯躅》，但我选了这首韩愈的《答张十一功曹》：

山净江空水见沙，哀猿啼处两三家。

筼筜竞长纤纤笋，踯躅闲开艳艳花。

未报恩波知死所，莫令炎瘴送生涯。

吟君诗罢看双鬓，斗觉霜毛一半加。

这是韩愈被贬广东阳山后和友人张属的诗。他被贬的地方其实风景很好，山色干净，水流清澈，山林能听到猿啼鸣，有零落的几处人家。那粗壮的竹子正长出纤细的竹笋，让人眼前一亮的，鲜艳夺目的杜鹃满山遍野开放。眼前的美景再好，可惜我是在被贬的地方，想一想，皇帝的圣恩我还没有报答，不知自己将死于何地，不要让这有烟瘴的地方送了我的命。此时看了张署的诗，不由感慨，再看我的双鬓，哎呀，竟然发觉鬓发白了一半。

杜鹃花开得再好看，也难抵挡我被贬此地的悲凉之心，只希望有朝一日回京，我还希望报答"君恩"呢。这就是古代士人"修齐治平"的宿命。

还想说一首关于杜鹃的诗，晚唐吴融的《送杜鹃花》：

春红始谢又秋红，息国亡来入楚宫。

应是蜀冤啼不尽，更凭颜色诉西风。

吴融四十岁才开始为官，五十四岁死于任所，十四年宦海沉浮不定。他死后三年，盛极一时的大唐也灰飞烟灭。

杜鹃在春天花枝招展落幕，又在秋天开始花枝乱颤。就像那桃花夫人息妫，导致息国灭亡了，她又到了楚国为王妃。这杜鹃花开得如此不息，是因为蜀王杜宇的哀怨啼不尽吧，他无以为告，只能凭鲜艳的颜色倾诉给西风听。

息夫人的故事第一次和杜鹃有了关系。她因为美丽遭遇姐夫调戏，丈夫为她伸张权益，不幸遭灭国之灾。楚王依旧是因为她的美丽将其纳入王宫，息夫人以无言抗争，就像冤屈的蜀王通过鲜血般鲜艳的杜鹃花诉与西风一样。

人有时不得不屈服于命运，又不甘于屈服于命运。杜鹃花就承担了这样的角色，是它生命中不能承受之重。

还是白居易的杜鹃花好，无处不在，无处不艳，朝气蓬勃，欣欣向荣。只要给我土地，我就恣意生长，开出映山一般的红。


# 花 椒

## 捣椒泥四壁


花椒是调味品，日常生活离不开它。尤其四川人吃火锅，靠的就是花椒提味，没有花椒，没人敢说那是四川火锅。

花椒的做法也很多。比如用花椒的嫩叶炒鸡蛋、用花椒的老叶晒干碾碎蒸馒头、干炸花椒叶、椒叶油饼等。除此之外，花椒还可以治病，用处大得很呢。

感觉自己对花椒似乎很熟悉，但还真不知道它是芸香科花椒属的植物。说到芸香科更多会想起橘、柑子等典型的芸香科植物，花椒也是芸香科，出乎我的意料。

花椒的种植历史源远流长，《诗经》时代就有，而且寓意美好，《唐风·椒聊》就是专门说花椒的，不妨一赏：

> 椒聊之实，蕃衍盈升。彼其之子，硕大无朋。椒聊且，远条且。
> 椒聊之实，蕃衍盈掬。彼其之子，硕大且笃。椒聊且，远条且。

花椒的果实，可以繁衍满升。那人的子孙，长得高大健壮。椒粒繁多，枝条粗壮。花椒的果实，可以繁衍满捧。那人的子孙，长得粗壮有力。椒粒繁多，枝条粗壮。

诗中的花椒表示子孙繁多壮实。但花椒还有一个延续几千年的妙用，就是泥墙，用花椒泥墙显然很奢侈，这当然不是给一般人的，而是给皇后的。所以，自花椒给皇后泥过墙之后，皇后的住处也被称为椒房。有汉朝班固的《西都赋》为证："后宫则有掖庭椒房，后妃之室。"寓意皇后可以多生子嗣。花椒原本是温性热性植物，也取此房温暖、芬芳、多子之意。

我国最早的农学著作《齐民要术》在种椒第四十三中就专门讲了如何种植花椒。

到了唐代，花椒仍然是中国百姓的重要调味品。但是在唐朝诗人眼里，更有诗意的是"椒房"，我找到了三首有关花椒的诗，都是关于椒房的。

白居易在《长恨歌》里就提到椒房："梨园弟子白发新，椒房阿监青娥老。"

再有就是杜甫，在《丽人行》中提到椒房：

三月三日天气新，长安水边多丽人。

态浓意远淑且真，肌理细腻骨肉匀。

绣罗衣裳照暮春，蹙金孔雀银麒麟。

头上何所有？翠微匐叶垂鬓唇。

背后何所见？珠压腰衱稳称身。

就中云幕椒房亲，赐名大国虢与秦。

紫驼之峰出翠釜，水精之盘行素鳞。

犀箸厌饫久未下，鸾刀缕切空纷纶。

黄门飞鞚不动尘，御厨络绎送八珍。

箫鼓哀吟感鬼神，宾从杂沓实要津。

后来鞍马何逡巡，当轩下马入锦茵。

杨花雪落覆白苹，青鸟飞去衔红巾。

炙手可热势绝伦，慎莫近前丞相嗔！

春天的时候，杨家姐妹出行，花团锦簇、旌旗招展。之所以被封虢国夫人、秦国夫人，就是因为她们有能住在椒房的姐妹呀。这些人吃的是山珍海味，穿的是绫罗绸缎，品行却如杨花一样摇摆不定，但就是这样一帮人那时炙手可热、权势熏天呀。此时椒房是地位的象征，权势的标志。喜耶？忧耶？

到了晚唐，又有一人写了和椒房有关的诗。那是一位终生不得志的诗人，他叫张孜。因为他喜欢讽刺时事，被朝廷追究，不得不隐姓埋名，所以只留下一首完整的诗——《雪夜》：

长安大雪天，鸟雀难相觅。

其中豪贵家，捣椒泥四壁。

到处爇红炉，周回下罗幂。

暖手调金丝，蘸甲斟琼液。

醉唱玉尘飞，困融香汗滴。

岂知饥寒人，手脚生皴劈。

此时那个万千气象的盛唐不再，只留下苟延残喘的病夫弱唐。这一天，长安下大雪，鸟雀都看不到了。在这样的冰天雪地，豪门贵族却有着花椒和泥砌的墙，再加上暖烘烘炉子烧着，温暖如春。豪贵们正在饮酒作乐，莺歌燕舞。再看看外面的世界，那饥寒交迫的人，在这样风雪交加的极寒天气，手脚都冻伤皴裂。

这样的对比，刺目、寒心，那可怜的花椒，又是为统治阶级服务了。面对这样的花椒，我沉默了，就像沉默的大多数。

# 黄 芦

## 黄芦苦竹绕宅生

    黄芦是小檗科小檗属的植物，这样清晰道明它的科属，实在是因为我认识它同科同属的红叶小檗。这是近些年来园林绿化做绿篱的常用灌木，看到红色的红叶小檗你就知道黄芦的模样了，只是黄芦叶子绿而已。

    还有一种植物叫黄栌，就是香山红叶的重要组成部分。金秋时期，黄栌是山里最美的风景。此黄栌是漆树科黄栌属，和黄芦完全不是一回事。

    因为黄芦的科属，让我不由想起"饮冰室檗"。就其性质来说，小檗和黄芦就是一种。此成语就出自唐白居易《三年为刺史二首》其二："三年为刺史，饮冰复食檗。唯向天竺山，取得两片石"。白先生说自己做了三年刺史，喝的是冷水，吃的是小檗叶，生活极为清苦。从天竺山拿了两块石头，还只怕玷污了自己清白的名声。

    白居易不仅诗做得好，为官清廉，还是植物学家，诗里提到的植物很多，有些还很生僻，比如小檗，以及现在提到的黄芦。

    白先生提到的黄芦在他最有名的长诗之一《琵琶行》里，来看这段琵琶女"痛说革命家史"后的自我感叹：

我闻琵琶已叹息，又闻此语重唧唧。
同是天涯沦落人，相逢何必曾相识！
我从去年辞帝京，谪居卧病浔阳城。
浔阳地僻无音乐，终岁不闻丝竹声。
住近溢江地低湿，黄芦苦竹绕宅生。
其间旦暮闻何物？杜鹃啼血猿哀鸣。
春江花朝秋月夜，往往取酒还独倾。
岂无山歌与村笛，呕哑嘲哳难为听。
今夜闻君琵琶语，如听仙乐耳暂明。

莫辞更坐弹一曲，为君翻作《琵琶行》。

感我此言良久立，却坐促弦弦转急。

凄凄不似向前声，满座重闻皆掩泣。

座中泣下谁最多？江州司马青衫湿。

白先生被贬江州为司马，和友人在船上听歌姬弹琵琶，弹得犹如"大珠小珠落玉盘"，歌姬讲了她的历史，曾经门前"车如流水马如龙"，如今是"门前冷落鞍马稀"，让白先生产生"同是天涯沦落人"的感同身受。

自从我被贬谪，卧病浔阳城，何曾再听过丝竹管乐之声，那是旧时的记忆了。我住的地方地势偏低，潮湿阴冷，院子前长的是黄芦、苦竹这样的微贱植物。这里能听见的是杜鹃啼血猿哀鸣的声音。但凡有一日春江花月夜，我也不过是月下独酌。就算有民歌嘹亮，也是"下里巴人"般的嘈杂。哪里像琵琶女的弹奏，犹如仙乐。

我就请她再弹一曲《琵琶行》，歌姬听到我的赞扬很感动，久久站立不愿意坐下。待到再次弹奏的时候，却和前面的曲子大有不同，在座的人各个掩面而泣，若问在座的哪一位泪流得最多，唉，除了我还有谁呢？

此时的白先生与其说是同情琵琶女，莫说是同情自己。居住的院子用黄芦、竹子做篱笆原本是极为风雅的，苏东坡就说"宁可食无肉，不可居无竹"。

和竹子在一起的黄芦自然也是白先生的选择，可见也不会比竹子逊色多少。但是因为被贬，这一切就不一样了，竹子是苦竹，黄芦就是"饮冰室檗"清苦的滋味。本就失意的心在黯淡的日子里慢慢调整，偶尔也能欣赏一下"春江花月夜"，虽然依旧是独酌，但毕竟可以赏景。但一听那"此时无声胜有声"的琵琶曲，我的悲哀情绪一下翻涌上来，不能自控，眼泪如江河奔涌，连简朴的青衫都打湿了。

其实黄芦是美丽的，犹如竹子一般，关键是看的人的心情。如今就是黄芦的好时候，看见黄芦你是很难想到"苦"的。


# 棕　榈

## 棕榈叶战水风凉


棕榈肯定是南方树种，原本以为只有热带地区才有，看了下资料才知道，只要是过了秦岭以南都有。因为棕榈是世界上最耐寒的棕榈科植物。

棕榈的外形具有热带植物的特征，那扇形近圆的叶子便与北方植物不同，其开花、结果的位置都和热带代表植物椰子类似。

棕榈很早就被栽于庭院，四季常绿，树形优美。其木材还可以制器具，我们最熟悉的莫过于棕榈叶制作的扇子。在李时珍眼里，棕榈也是药材，可以止泻。他说此树之所以叫棕榈，是因为"皮中毛缕如马之鬃"。

《山海经》也记载过棕榈："石翠之山，其木多棕是也。"据说："其皮作绳，入土千岁不烂。昔有人开冢得一索，已生根。"

"七绝圣手"王昌龄除了写边塞诗，也写过有关棕榈的诗。他被贬岭南时肯定见过棕榈，在江宁为刺史也见过棕榈。来看这首《题僧房双桐》：

棕榈花满院，苔藓入闲房。
彼此名言绝，空中闻异香。

题目写的是僧房外的两株桐树，但诗中一字未提，倒是提了其他两种植物：棕榈、苔藓。此时正是春季，僧房绿化很好，棕榈花开了满院，各种植物各领风骚，气候很湿润，苔藓都蔓延到闲置的房间了。与僧人往来酬答之间，闻到空中飘来阵阵香气，那是两颗泡桐花开了。

白居易也写过棕榈。来看这首《西湖晚归回望孤山寺赠诸客》：

柳湖松岛莲花寺，晚动归桡出道场。
卢橘子低山雨重，棕榈叶战水风凉。
烟波澹荡摇空碧，楼殿参差倚夕阳。
到岸请君回首望，蓬莱宫在海中央。

这自然是白先生在杭州为刺史时写的。盛夏时节，荷花开得正好，老白闲暇时间到西湖游玩，听孤山寺的和尚讲经，听罢之后豁然开朗。往回走的时候，看到西湖美景分外美丽。枇杷因为雨水滋润，果实累累，已经压弯了枝条。高大的棕榈树被带着雨的风吹过，阵阵凉意袭来，好不惬意。行船在烟波浩渺的西湖上，再看岸上，楼堂馆阁错落有致，正伴着夕阳隐没。上了岸，诸君再回首，看那孤山寺的蓬莱阁就在那湖的中央。

美不胜收的景致，心情愉悦地描述，棕榈正在其中。

老杜也写过棕榈，是为《枯棕》："蜀门多棕榈，高者十八九。其皮割剥甚，虽众亦易朽。"很是凄惨，不是我能承受的。不提也罢，还是让棕榈在夏日的凉风中降低盛夏的暑气和燥热，温凉一下蠢蠢欲动的利欲心，如此甚好。

# 楸 树

## 松楸远近千官冢

楸树和梓树同科同属，即紫薇科梓树属，不开花时一般人很难区分。楸树最好看的时候是5月。楸树开粉白带斑点的花，一串串的，极像泡桐的样子。

我正是在采摘洋槐洁白芳香的花蕾时，看见了楸树开花。

楸树那彩云一般的花令人神往，那是从久远的从前走来的花，《诗经》时代就有，那时被称为"条"。来看这首《秦风·终南》：

终南何有？有条有梅。君子至止，锦衣狐裘。颜如渥丹，其君也哉！

终南何有？有纪有堂。君子至止，黻衣绣裳。佩玉将将，寿考不亡！

终南山上有什么？有高大山楸，也有挺拔的楠木。君子来到这里，穿锦衣披狐裘。红润的脸庞好像涂了赭石，真是有风度呀。

终南山上有什么？有杞柳，也有棠梨。君子来到这里，穿礼服着锦绣。佩玉叮当作响，祝他健康长寿！

《秦风·终南》中，楸树和楠木被相提并论，具有美好的意象，可见楸树因其高大、美丽深得君子的心。

宋人陆佃专门解释名物，为《尔雅》作补充的《埤雅》就是这样描述楸树的："楸，美木也，茎干乔耸凌云，高华可爱。"

楸树因其"才貌双全"，自古被广泛种植，是皇宫、庙宇的园林树种，也有广泛的用途，比如建筑、家具等，也是民间比较重要的经济树种。

山西临汾尧庙殿前有四株闻名遐迩的柏树，其中一株是柏抱楸。一粒楸树的种子投入苍老的柏树怀抱，生根发芽，一住就是终生。

还有介子推故去的山西介休，那里的张壁古堡，除了隋唐英雄窦建德曾驻扎过，比较有名的还有村中的槐抱楸，跟柏抱楸一样，再次印证了楸树高大且生命力极强的特点。

楸树遍布神州，种子四处飞扬，生长恣意烂漫。我真正认识楸树是在尧帝的都城陶寺遗址旁，散漫的楸树站在田野边，守护着农人的庄稼，那是四千三百年前的古城边生长的楸树。

到了唐代，楸树一样茂盛，就以韩愈、许浑的诗为例，感受一下楸树的意趣。

令人欣喜的是，韩先生笔下的楸树很独特。来看《游城南十六首》，其中三首写到了楸树：

楸树

青幢紫盖立童童，细雨浮烟作彩笼。

不得画师来貌取，定知难见一生中。

楸树二首

几岁生成为大树，一朝缠绕困长藤。

谁人与脱青罗帔，看吐高花万万层。

幸自枝条能树立，可烦萝蔓作交加。

傍人不解寻根本，却道新花胜旧花。

第一首写楸树的状貌，烟雨中开花的楸树，其美貌连画师也难描画，是一生中都少见的。

再看楸树时，楸树被藤蔓困住了，难以展现芳姿，不知什么人能为楸树解脱藩篱，让那楸树又如从前一样，一层一层高高绽放。

楸树毕竟是高大的乔木，即使藤蔓缠绕，也丝毫不影响树的挺拔姿态。

这是显然的诗言志，诗人以楸树自比，和《楚辞》中的类比很相似。

再看许浑诗中的楸树。来看这首《金陵怀古》：

玉树歌残王气终，景阳兵合戍楼空。

松楸远近千官冢，禾黍高低六代宫。

石燕拂云晴亦雨，江豚吹浪夜还风。

英雄一去豪华尽，惟有青山似洛中。

许浑是进士，做过刺史。此诗写的是南朝陈后主被隋军打得束手就擒，金陵一片破败，千官冢散布在依旧苍翠的松楸之间，庄稼高低错落，掩映着曾经繁华的宫殿。石燕穿云飞过的天空，江豚游走风吹过的江河。唯有青山不老，江河长流，松楸常青。

这样的感叹，自古皆有，和"旧时王谢堂前燕，飞入寻常百姓家"有异曲同工之妙。

而楸树，管你"晴亦雨"还是"夜还风"，冷眼看"千官冢"，这就是历史，而楸树正是历史的见证者。


# 榕　树

## 榕叶满庭莺乱啼

榕树是中国南方的树，福州就是因为榕树多才被称为榕城。

榕树最稀奇之处是它的气根，从枝杈间一条条帘幕一样垂下来，不由让人感到生命的厚重和悠长。

北方也有榕树，只是作为盆景存在，很是别致。曾经有一家很有名的文学网站叫"榕树下",估计就是因为榕树遮天蔽日的树冠而起的吧。

中原地区能知道榕树的人不多,更遑论入诗,至唐时,以榕树入诗的人我只知道柳宗元。他这个地道的北方人被贬谪到南地,年仅四十七岁就逝于柳州任所。

在柳州,柳宗元放下官场失意,苦中作乐地种了两百棵黄柑,设想数年后结实的黄柑也许可以滋养他的晚年。那么,当他面对榕树时,心境是怎样的呢?来看这首《柳州二月榕叶落尽偶题》:

> 宦情羁思共凄凄,春半如秋意转迷。
> 山城过雨百花尽,榕叶满庭莺乱啼。

看来柳先生此时不高兴,一则身在异乡,二则是戴罪之身,春天已经过半,却像秋天一样让人心意沉迷。这个偏僻的山城下了一场大雨,本该盛放的白花无奈"雨打风吹去",连那雄壮结实的榕树也禁不住风雨,叶子落满庭院,黄莺似乎也失了分寸,乱叫乱啼,让人心不静。

身为唐宋八大家的柳宗元以散文见长,写诗多是用来寄情寄性。他为官时间早,二十六岁考中进士就入仕了,一心要有所作为,可惜终其一生未能如愿,可见他有多么不如意。

我多少有些遗憾,榕树好不容易入一次唐诗,竟然是这样的境况,风雨过

后，满地榕叶。

人生的境况谁又能左右呢？我们要从柳宗元的不如意中，从满地的榕树落叶中，走出来。


# 柑

## 手种黄柑二百株


柑是南方水果，南北交通便利以后，柑在北方也常见，但从前北方只有香蕉和橘子。

橘和柑是很密切的亲戚关系，都是芸香科，但确实不是一种植物。两种树长得很像，像双胞胎。柑树比橘树刺少些，柑树比橘树娇嫩些，怕冰雪，没有屈原《九章·橘颂》中优良的品质。我更关心的是作为水果的柑，它的皮比橘子的厚，纹理粗，果实也比橘子大，金灿灿的，好吃不酸，只是不好保存。

柑橘类的水果原产于中国，据《禹贡》记载，四千年前的夏朝，柑已被列为贡税之物。历史这么悠久，口感这么好，一定会入诗。比如柑的姐妹橘早早就出现在屈子的《九章·橘颂》中，但纵观诗歌几千年的历史，咏柑的真不多。南朝徐陵有《咏柑诗》："朱实挺江南，苞品擅珍淑。上林杂嘉树，江潭间修竹。万室拟封侯，千株挺荆国。绿叶萋以布，素荣芬且郁。得陈终宴欢，良垂云雨育。"到了唐朝，杜甫和柳宗元曾写到柑。

先说柳宗元的《柳州城西北隅种柑树》。当时他在柳州做刺史，亲手种了两百株柑：

> 手种黄柑二百株，春来新叶遍城隅。
> 方同楚客怜皇树，不学荆州利木奴。
> 几岁开花闻喷雪，何人摘实见垂珠。
> 若教坐待成林日，滋味还堪养老夫。

289

柳先生忙完公务，颐养性情，在园子里亲手种了两百株黄柑，此时正是春天，万木吐绿，欣欣向荣，我心情也不错。我种黄柑其实和屈原一样，向往橘的品格。橘、柑同类，在此我把柑类比橘。我打心眼里看不起三国时期丹阳太守李衡那样种"木奴"（柑的别称），为了给自己的家人牟利的低级行为。看着亲手种的黄柑，想着不知几年黄柑能开花，那洁白的柑花一定芳香宜人，不知将来何人来摘那果实。那结了果实的黄柑也一定很甘美，说不定还能让我养老呢。

柳先生种柑的时候很愉快，也不免抒发一下自己的情怀。他的志向和屈子是一致的，不是李衡类的谋私。柑虽已种下，但柳先生并不能把握自己的命运，若是终老异乡，那甘美的黄柑还是可以滋养他的。果不其然，柳先生终于还是逝于任所，不知种的黄柑他享受到了吗？

"诗圣"杜甫也写了柑，此时他在哪里？一定是在南方，有柑的地方。且看这首《树间》：

岑寂双甘树，婆娑一院香。
交柯低几杖，垂实碍衣裳。
满岁如松碧，同时待菊黄。
几回沾叶露，乘月坐胡床。

院子里有两株树，一株是柑树，另一株还是柑树。此时正是秋天，柑树硕果累累，满院香气。两株树交错生长，挂满果实，行走其间，险些把他的衣服挂扯。柑树如松一样碧绿，还静待菊花黄，可以像陶渊明一样"菊花还插头"。欣赏美物的此时，几回都让那柑树叶子上的露水沾湿。闻着阵阵飘来的香气，他趁着月色，坐在胡床上，想心事。

我感受到，他在柑树间享受着柑的鲜美，暂时忘却了一生的劳顿失意。

在柑的沉香中，我梦回大唐。

# 柘 树

## 桑柘影斜春社散

我自认对柘树有一定的了解，但看了唐诗中的柘树才发现，还是自己孤陋寡闻了。

唐诗里的柘树从来没有独立存在过，而是"桑柘"并存，无一例外。可见至少在唐时，两树关系是很紧密的，远不是现在的局面。如今，桑树并不多见，柘树更是屈指可数了。我知道柘树是因为北京的潭柘寺，因其建在生有柘树的山中而名。

柘树和桑树确实是亲戚关系，都是桑科植物，柘树也称为柘桑，有意思的是，柘树的果实像极了南方的荔枝，也称野荔枝。

柘树的芯材可以提制黄色染料，称为"柘黄"，专门用于染制黄色衣物。唐朝以后，黄色成为帝王的专用服色，《本草纲目》都说："其木染黄赤色，谓之柘黄，天子所服。"用柘木汁液染过的黄袍，称为"柘袍"，因而有时也会用以指代帝王，如苏轼的《书韩干牧马图》："柘袍临池侍三千，红妆照日光流渊。"诗中的"柘袍"就指皇帝。

柘树在《诗经》时代是制弓的上乘材料，超过了檿。《考工记》云："弓人取干，柘为上，檿桑次之。"用柘树制作的弓，被古人称为"乌号之弓"，能让鸟嚎叫。庾信《春赋》："金鞍始被，柘弓新张。"就是"乌号之弓"吧。

《诗经》中只有一处提到柘，即《大雅·皇矣》（节选）：

启之辟之，其柽其椐。攘之剔之，其檿其柘。帝迁明德，串夷载路。天立厥配，受命既固。

砍伐清理杂树，去掉枯死倒地的朽木。将它修剪整齐，那些灌木小树。砍掉清除它们，那些柽树和椐树。修剪整饬它们，那些檿桑和柘树。上帝扶持明德之人，打败了蛮夷部落。上帝为太王选择了配偶，太王受命于天坚若磐石。

在周文王的爷爷古公亶父时代，檿桑和柘树已经开始被使用了，所以需要修剪。

现在进入唐朝，看看那时的柘树、桑柘。

那个"推敲"诗人贾岛就写过桑柘。贾岛出过家，又还俗，屡试不第，肯定不得意。他在作诗上追求极致，才会在"以手推出窗前月"和"以手敲开窗前月"之中纠结。

还是看看他写到桑柘的诗吧，是这首《暮过山村》：

数里闻寒水，山家少四邻。
怪禽啼旷野，落日恐行人。

初月未终夕，边烽不过秦。

萧条桑柘外，烟火渐相亲。

数里之遥，听见溪流潺潺，感觉到凉意。远处的山村有几处人家，稀稀落落，难免有些清冷。天色已经晚了，那怪叫的鸟儿惊动了旷野，日落之后难免吓到孤独的行人，比如现在的我。此时月亮刚刚升起，那烽火没有越过秦地，说明这里平安无事。一路走来，终于看到桑、柘渐近，说明离人家近了，果然，农家的炊烟袅袅，我一下就感觉到尘世烟火的气息，那是温暖的气息。

从一开始的冷寂、落寞，到看到桑柘就知道有人家的安慰，及至再看到炊烟，心一下落地了。

那时，桑柘都是种在家园附近，看到桑柘就看到了人家，与我们是多么亲近啊！

还有一首写到桑柘的诗，很有趣，是晚唐的王驾写的。他是山西人，进士，做过礼部员外郎。晚唐的诗多是描写不安、战乱、失意，王驾的这首《社日》不一样，不妨一看：

鹅湖山下稻粱肥，豚栅鸡栖对掩扉。

桑柘影斜春社散，家家扶得醉人归。

现在过社日的很少，知道的人就少了。从前，社日是不可或缺的，是人们祈祷天地减少灾害、获得丰收的特别日子。这样的日子不仅仅娱神，也娱己。王驾就写了这样的场景。

鹅湖山下各种庄稼长得非常健旺，村庄里的猪在圈里，鸡栖在枝上，农家的门半掩着。此时太阳已经西斜，桑柘树拖着长长的影子，春社已经散了，人们在"稻粱肥""六畜旺"中，心满意足。借着社日，人们停下辛苦的劳作，好好酬劳自己，都是相互扶着大醉而归。

这样的场景正是千百年来人们的祈愿，也是社日存在的真正原因。即使到了今天，人们的愿望依旧没有变，不论是在"稻粱肥壮""桑柘影长"的农村，还是钢筋水泥的城市，都希望国泰民安、安居乐业。

柘，还是回来吧，我们需要钢筋水泥的丛林，也需要有着桑柘的绿色家园。

# 枥 树

## 青枥林深亦有人

　　枥树对我而言完全是陌生的，知道鹅耳枥、苦枥白蜡，却不了解以独立之姿出现的枥树。有文人说枥等同于栎，我以为不妥。

　　鹅耳枥，桦木科鹅耳枥属乔木植物，高5~10米，不算高，但也不是灌木。产地在辽宁南部、山西、河北、河南、山东、陕西、甘肃。生于海拔500~2000米的山坡或山谷林中。

　　苦枥白蜡树，木樨科的乔木植物，高10米左右，同鹅耳枥差不多，产于吉林、辽宁、河北、河南等地。现在北方的林场会种白蜡树，我见过。林场主人告诉我，过去白蜡树可以做枪杆、扁担等，因为结实、韧性好。

　　先把诗引出来。项斯的《山行》，并不出名：

> 青枥林深亦有人，一渠流水数家分。
>
> 山当日午回峰影，草带泥痕过鹿群。
>
> 蒸茗气从茅舍出，缲丝声隔竹篱闻。
>
> 行逢卖药归来客，不惜相随入岛云。

　　先说项斯这个人。虽然《唐才子传》卷七记载了他，但比起唐朝那些如雷

贯耳的大诗人，他仍然是无名之辈。他是晚唐人，中过进士，当过县尉这样的小官。

此时他来到一处山林，长着众多枥树（鹅耳枥？苦枥？不知也），但是别认为枥树茂密就少有人家。有人，还有溪流分开几处流，一看就是个好去处。

正当午时，山峰的影子随日成形，草带着泥，那是鹿群飞奔之后飞溅上去的。农家的茅草屋里冒出烟气，缫丝的声音隔着竹篱都能听到，岁月静好。他正沉醉其间，又碰上卖药归来的药农，想想自己仕途渺茫，正值乱世，狠狠心，索性跟他进入更深的山林。

这是不得已的归隐山林。但是项斯这"厮"不简单，"山当日午回峰影，草带泥痕过鹿群"这句真漂亮，像是风景画一般。但是那"枥"呢？是哪种枥？从两种枥的生长环境看，都是北方植物，没有跨过长江去，项斯做县尉的地方叫丹徒，是在镇江一代，那里有枥吗？我不知道。

但那有什么，至少知道唐朝有一种树叫枥树，最重要的是，项斯描写了一处世外桃源般的好地方。

以奇制胜的韩愈在诗中也写到枥，我以为也可能是栎，因为和松连在一起，以栎——橡树的雄伟，和松搭配很合适，但就算是鹅耳枥，在丛林里也是乔木，依旧是茁壮，那就鹅耳枥吧。来看这首《山石》（节选）：

天明独去无道路，出入高下穷烟霏。
山红涧碧纷烂漫，时见松枥皆十围。
当流赤足踏涧石，水声激激风吹衣。
人生如此自可乐，岂必局束为人鞿。
嗟哉吾党二三子，安得至老不更归。

这是《山石》的后半段，韩愈和朋友在洛阳的惠林寺游玩。黄昏时，他们到了寺里，僧人介绍寺里的情况，大家安然入睡。第二天天亮，韩愈独自离开了，节选的就是这一段。

韩愈显然不熟悉离开寺庙的道路，在烟雾缭绕中寻找出口。路不好走，但此地风景不错，山花正烂漫，松树和枥树长得粗壮。前面是一道溪流，他赤足涉水而过，水流声声，风吹阵阵，掀起他的衣衫，好不惬意。人生能如此逍遥，自得其乐，何必受那拘束，使人不得开心颜。我那意气相投的朋友啊，我们怎么能到老都不用回到那尘世凡间呢？

韩愈是有情趣的，到了一处风景绝佳的地方，忍不住发出感叹，不想再回人间，特别是尔虞我诈的官场，就在这山花烂漫、松枥雄伟、溪水潺潺的幽静之地终老多好。

这样的枥就有了让人流连忘返的仙气，好啊，枥！


# 椰子树

## 桄榔椰叶暗蛮溪


椰子树入唐诗还是让我有些意外的，毕竟一千多年前有椰子树的地方还是"化外"之地，只有被贬的官员才去，而且很难回来，因为当地瘴气毒虫遍地，不适合中土人士生活，往往行至半道就一命呜呼。

史上名气最大的被贬官员苏轼写过一首和椰子树有关的诗，题目叫《椰子冠》，在他众多如雷贯耳的诗词中名气不大。唐朝写到椰子树的也是被贬官员，职位比苏轼大多了，是宰相李德裕。

李德裕家世显赫，其父为中书侍郎李吉甫。但他一生宦海沉浮，数次外放被贬，最终在被贬的任所去世。

李德裕的人生巅峰时期，曾经"外攘回纥、内平泽潞，裁汰冗官、制驭宦官，功绩显赫"。李商隐对他评价很高，说他是"万古良相"。梁启超将他和管仲、商鞅、诸葛亮、王安石、张居正并称为封建时代六大政治家之一。而他和唐武宗因为君臣相知，为人所称颂，成为晚唐绝唱。

看看他这首提到椰子树的诗《谪岭南道中作》：

> 岭水争分路转迷，桄榔椰叶暗蛮溪。
> 愁冲毒雾逢蛇草，畏落沙虫避燕泥。

五月畬田收火米，三更津吏报潮鸡。

不堪肠断思乡处，红槿花中越鸟啼。

　　遭贬的李德裕来到岭南，这里河流山川众多，再加上桄榔、椰树长得高大，遮天蔽日，连那溪流都被遮挡得阴暗了。很发愁这里的瘴气毒雾还有草蛇，还畏惧沙虫以至于连衔泥的燕子都赶紧躲开，这里可不是好地方，哪里能比得上我那八百里秦川的富足。这里五月就开始收"火米"——旱稻，三更鸡就报晓，津吏就通知民众潮汛来了，和我的家乡完全不同。看到这样的情景，我怎能不想念家乡，特别是看到不忘故土的越鸟在那红色的木槿花中啼叫，我不免感怀身世，有生之年还能从贬谪之地回到家乡吗？

　　可惜呀，曾经功高盖世的宰相没有回去，而是永久留在了有着桄榔树和椰树的岭南。

　　唐早期还有一位诗人写椰子树，题目就是《题椰子树》。这人就是沈佺期，武则天时期的宠臣，之后被贬到驩州（今越南北部），那里有椰子树：

日南椰子树，香袅出风尘。

丛生调木首，圆实槟榔身。

玉房九霄露，碧叶四时春。

不及涂林果，移根随汉臣。

沈佺期描写了椰子树的风姿，树姿优美，果水如露，四季常青，但是那也不如"涂林果"，不离不弃追随主人天涯海角。他被宠信三十年之后，人生逆转，被贬的地方生长着椰树，椰树很美，人很苦。


## 檗

# 苦檗已染衣


蘗，同檗。

最早提到檗的是汉代司马相如的《子虚赋》："其北则有阴林：其树楩柟豫章，桂椒木兰，檗离朱杨，樝梨楟栗，橘柚芬芳。"北面有森林大树，黄楩树、楠木、樟木、桂树、花椒树、木兰、黄檗树、山梨树、赤茎柳、山楂树、黑枣树、橘树、柚子树，芳香无比。

檗，正是奇花异草中的一种。

可"饮冰食檗"中的檗是用来吃的，出自白居易的《三年为刺史》其二：

三年为刺史，饮冰复食檗。

唯向天竺山，取得两片石。

此抵有千金，无乃伤清白。

白居易在杭州为刺史三年，离任时写了这首诗。他说自己的生活很清苦，喝凉水，吃的是口感很不好的檗。走时什么也没有，只是从天竺山上取了两片石头，还怕这两片石头伤了自己"为官清正"的清白。

李贺也写到过檗，不知道是不是用来吃的。来看《咏怀二首》其二：

日夕著书罢，惊霜落素丝。

镜中聊自笑，讵是南山期。

头上无幅巾，苦檗已染衣。

不见清溪鱼，饮水得自宜。

李贺是鬼才，一生不得志，虽然是皇室的远支，但早不是"官二代"的光景，所以也得科考，却遭人嫉恨，丧失了考试资格。他整日写诗遣怀，但言志的诗也缓解不了他的精神痛苦，年仅二十七岁就去世了。

这首咏怀诗就透露了其不得意的生活状况。傍晚写完诗，猛然发现竟然有白发了，可是我这么年轻呢，露出苦笑，想必自己到不了那"寿比南山"的岁数吧。我自己也懒得梳理，头上不戴幅巾，衣服是用食之苦涩的檗染的颜色。生活是如此清苦。转头看到溪水里的鱼，喝到水也是怡然自得，我还是苦中作乐吧。

可见檗能吃，虽然不好吃，总还是可以解饥，不仅如此，还可以做衣服的染料，李贺穿的就是苦味的檗染就的衣服。

《张揖曰》就记录了这一点："檗，皮可染者。"两个诗人没提到的是，檗的树皮可以入药。陶弘景《本草》载："子檗，树小，状似石榴，皮黄而苦。"

这样，我们就对檗有了不一样的认识。

# 枳

## 枳花明驿墙

枳是一种香味特别的植物，被称为臭橘，但我以为香。

枳小有名气是因为晏子。《晏子使楚》中载："橘生淮南则为橘，生于淮北则为枳，叶徒相似，其实味不同。所以然者何？水土异也。"

晏子的雄辩取得了胜利，但枳落下了恶名。年幼时，我是深信晏子所言的，也对枳充满了好奇，怎么就能从橘变成枳呢？

事实是，水土有异，但橘真没有变成枳，它们是很亲密的亲戚关系，都是芸香科。药效也相近，比如化痰。后来有好事者真把枳、橘嫁接在一起，结的果实称为枳橙，像柠檬的味道。晏子骗了楚王，也骗了年幼的我。

长大了，我看见了枳。果真生长于北方，浑身长刺，花朵白色清香，果实有核桃般大小。我很喜欢，摘下来当香供，自我感觉良好。

但屈子的徒子徒孙感觉不好，在他们眼里，枳是"恶木"。因为眼里只有它的刺，他们闻不到枳花的芳香。

《九思·悯上》这样提到枳："贪枉兮党比，贞良兮茕独。鹄窜兮枳棘，鹈集兮帷幄。"贪婪奸邪之人朋比为奸，忠贞贤良之人反而孤独无依。天鹅竟然逃窜受困于枳棘之中，那丑陋的鹈鹕反而聚集在帷帐里。

可怜的枳，果不堪食，树身长刺，形象欠佳，一时半会翻不了身。

到了唐朝就不一样了，虽然描写枳的诗歌少，但是精。比如温庭筠《商山早行》：

晨起动征铎，客行悲故乡。
鸡声茅店月，人迹板桥霜。
槲叶落山路，枳花明驿墙。
因思杜陵梦，凫雁满回塘。

温庭筠住在陕西商山的驿站，一大早准备出发，心里有些悲哀，古语有

"在家千日好，出门一日难"啊，若非不得已，谁愿意在交通住宿不便的当下出门呢？此时天色还早，茅草盖的驿站有鸡在报晓，但月儿还挂在天上。过了驿站，来到一处石板桥，已经有更早的行人踏在结霜的桥上，不知那早行者是不是也和我一样悲哀，也许是要急着赶回家，那心境就不一样了，那会是"春风得意马蹄疾"。现在正是早春，槲树的旧叶落在山路上，那洁白芳香的枳花在破晓的早晨醒目地开在驿站的墙边，想起昨夜梦见老家杜陵，此时正是野鸭、大雁落满渐暖的水塘的时候。那"凫雁"何等自在逍遥，我却离家乡更远，走在有霜的板桥上，能不悲凉吗？只有那开在驿站墙边的洁白馨香的枳花，或可安慰一下旅人的心。

温庭筠仅用四十个字就清晰表达了早行旅人的心境，以及路上、驿站的风景，清新动人。我用了数百字解释，不知还有没有味道？

另有一首写到枳的是雍陶的《访城西友人别墅》：

澧水桥西小路斜，日高犹未到君家。<br>
村园门巷多相似，处处春风枳壳花。

这个雍陶和温庭筠同时代，也是做官的。他的这首小诗很清新，符合我当下的心境。去拜访城西的友人，太阳高高挂起。还未到朋友家，一路上景色宜人，免不了东张西望。这村里家户门巷很相似，更相似的是春风里处处绽放的枳壳花。

多惬意，多散淡，多醉人，都是说的枳，怎么这么不一样呢？

所以，抛却了"鹊窜分枳棘"的"恶"，还是在"处处春风枳壳花"的芳香里结束枳的"行旅"，正好。

# 槲 树

## 槲叶落山路

我是通过舒婷的《致橡树》知道橡树的。槲树就是橡树的一种，栎树也是橡树的一种，它们可以泛称为橡树。

我肯定见过槲树，它们一般长在北方的山上，那锯齿形叶子很吸引人。槲树的"叶、皮和种子都有药用价值，具有活血，利小便等作用；木材坚硬，耐磨损，可以供坑木、地板等用材；叶还可饲柞蚕；种子含则可酿酒或作饲料；树皮、种子入药作收敛剂；树皮、壳斗可提取栲胶"，可谓是浑身是宝。

我更感兴趣的是舒婷笔下的橡树。来看这首《致橡树》（节选）：

我如果爱你——
绝不像攀缘的凌霄花，
借你的高枝炫耀自己；
我如果爱你——
绝不学痴情的鸟儿，
为绿荫重复单调的歌曲；
也不止像泉源，
常年送来清凉的慰藉；
也不止像险峰，
增加你的高度，衬托你的威仪。
甚至日光，

甚至春雨。

不，这些都还不够！

我必须是你近旁的一株木棉，

作为树的形象和你站在一起。

　　舒婷的橡树清醒而浪漫。我见橡树——槲树时，最初只对它别致的叶子，以及秋天呈现出红褐色的风景感兴趣，完全没有想到爱情。庄子不仅没想到爱情，也没有看到槲树呈现出的风景，他只看到槲树——栎树没用的地方，所以有"樗栎庸材"。

　　到了唐朝，槲树还在，在山间路旁。注意到的人不多，温庭筠算一个。槲树就在上一篇已讲过的《商山早行》：

晨起动征铎，客行悲故乡。

鸡声茅店月，人迹板桥霜。

槲叶落山路，枳花明驿墙。

因思杜陵梦，凫雁满回塘。

　　温庭筠是山西人，是唐初宰相文彦博的后人。可惜到了他这一代官运闭塞，晋身无门，屡试不第，但他的文采不俗。据说每次考试，文题押韵，手八叉展开，就成就八韵，人送外号"温八叉"。

然而，他恃才傲物，无视考场纪律，代人作赋，官场自然不得意。于是纵情声色，写些当时文人士大夫看不上的"淫词艳曲"，被称为"花间词派"鼻祖。

温庭筠的《商山早行》文风清秀。此外不作赘述。


# 樱　花

## 樱花永巷垂杨岸


樱花原产于中国，但日本的樱花太有名了，所以，人们一说到樱花就以为是日本樱花。其实，今日之樱花，早已是改良品种。

樱花分两种，不结果的樱花，观赏为主；结果的樱花，也叫樱桃花，也可以观赏。

樱花和樱桃花都是蔷薇科樱属植物，只不过用途不同。观赏樱花主要种在公园、庭院，樱桃花基本上长在樱桃园，专门用于食用。

据日本的权威著作《樱大鉴》记载，中国在秦汉时期宫廷内就种植樱花，

到了唐代，宫廷、民间随处可见此花，并传入日本。后来，日本培育出本国品种而且名气越来越大，以至于全世界都认为樱花是日本的，其他国家都是引进的。

有关观赏樱花的唐诗，我只找到李商隐的《无题四首》之四（节选）：

何处哀筝随急管，樱花永巷垂杨岸。
东家老女嫁不售，白日当天三月半。
溧阳公主年十四，清明暖后同墙看。
归来展转到五更，梁间燕子闻长叹。

一位没嫁出去的老姑娘，听到不远处的音乐声响，此时是春天万物竞发的好时节，樱花盛开，杨柳垂岸，真是良辰美景，可是这位女子却没有"桃之夭夭""之子于归"的机会。想那从前梁简文帝的女儿溧阳公主，年方十四岁就出嫁，得到丈夫侯景的宠爱，同是阳春三月，夫妻一同出游，何等恩爱幸福。可老姑娘形单影只，看罢樱花归来，想起自己的身世，辗转反侧，无法入睡，就连那梁间的燕子都为她感叹，好不凄凉。

原本艳若桃李的樱花，竟在老姑娘的黯然神伤中，顿失颜色。还是再看看结樱桃的樱桃花吧，也许没有那么凄凉。

李商隐还写过一首《樱桃花下》：

流莺舞蝶两相欺，不取花芳正结时。
他日未开今日谢，嘉辰长短是参差。

我站在樱桃树下，想赏花，可气那黄莺和蝴蝶都笑话我，笑我赏花不在樱桃花开正好的时节，要不是花不开，要不就是花落时，总是赶不上恰当时节，岂不是被嘲笑。

表面上看诗人是自嘲，总是不合时宜；实际也正是如此，自嘲的同时也在感叹自身的遭际，这就是此诗的初衷。

樱桃花入唐诗的当然不止李商隐。李白、刘禹锡、白居易、元稹、温庭筠等大诗人都写过。

再看看白居易写的吧，他不止一次写过樱桃花，来看这首《樱桃花下叹白发》：

逐处花皆好，随年貌自衰。

红樱满眼日，白发半头时。

倚树无言久，攀条欲放迟。

临风两堪叹，如雪复如丝。

所到之处，花都开得好，但随着年龄的增长，面貌却逐年衰老。且看那红樱桃花满眼都是，只映衬出我这半头的白发。不由感慨良多，"人生几何，去日苦多"啊，我倚在树上无语，攀一枝条，看这美艳的樱桃花，迟迟不愿松手，好想拽住青春不放。风吹过来，吹散我的白发，再次叹息。此时只有这如丝的白发随风在红樱桃花中飘散，就像飘散远逝的似水流年。

白居易以红樱桃花的美衬托自己的衰老，心生感慨。

《本草纲目》说樱桃是樱，不是桃，但像桃，"故曰樱桃"。樱桃还有很多有趣的名字，沐猴梨、胡桃、莺桃、含桃等。其中含桃在《礼记》中就有记载："仲春，天子以含桃荐宗庙。"樱桃过去是祭品，供奉祖先的。《吕氏春秋》也提道："含桃，以莺鸟所含故名。"此言把樱桃的两个别名都涵盖了。

据说在唐朝，人们十分喜欢樱桃树，其地位也很高，尤其是新及第的进士要用樱桃大宴宾客，是为"樱桃宴"，听起来风雅得很。

如今，学子们考上大学，也要庆祝，名为"谢师宴"。参加过几次，没见过宴席上有樱桃，和婚宴差不多，人们不过借此大快朵颐罢了。

再说，现下的樱桃早已不是唐朝的樱桃。国产品种不多，大都是外国引进的。有一种极品被称为"车厘子"，黑紫的颜色，未必比玛瑙般的樱桃好吃。还是樱桃好，可以入诗，可以摆"樱桃宴"。

就以李德裕的《樱桃花》作结吧，这是唐朝的樱桃花：

皎月照芳树，鲜葩含素辉。

# 丁 香

## 芭蕉不展丁香结

　　4月是丁香盛开的季节，你不会不注意它，不仅仅是因为灿若云霞的"香雪海"，更因为异常浓郁的芳香。

　　我曾见一只很大的蝴蝶迷醉在丁香花海，我赶它，它都不走。这香闻了会上瘾吧?

　　少女时，丁香就是我的梦。怀春少女会读"感时花溅泪"的言情小说，不知哪篇中就有"谁找到了五瓣丁香，谁就找到了幸福"的预言。二八年华的我信了，在同学们午睡期间，独自走到学校小小的花园里，在盛开的丁香树下，和蜜蜂一起找"幸福"，蜜蜂找它心仪的花蕊，我找五瓣丁香。

　　五瓣丁香并不好找呢，整整一个午休时间，仅仅找到一朵，但我是兴奋的，汗流浃背，面色桃红，小心翼翼捧着少女的"幸福"，回到同学们还在午睡的宿舍，款款把"幸福"夹在日记本中——那时是写日记的，少女的心事都会在精心保护的日记本里倾情展现，以为从此"幸福"就会永驻我心。当然后来我知道，那只是我的一厢情愿。从那以后，每年丁香开的时候，我都会找五瓣丁香，即使不信那预言，也会找，很执着。

千年前的唐朝就盛开丁香了，但是没人提过五瓣丁香的事。我想是因为写诗的人不是少女，不懂少女心吧。

那个写"此情可待成追忆"的李商隐，就写过丁香。我很好奇，他的丁香是什么样的。来看这首《代赠二首》其一：

楼上黄昏欲望休，玉梯横绝月如钩。
芭蕉不展丁香结，同向春风各自愁。

一位女子在春日黄昏，站在闺楼上，想看看窗外，却"欲望还休"。此时"月如钩"，院子里，芭蕉的叶片还未展开，芳香馥郁的丁香也未开放，而是一个一个的结，就像此时女子盼却又不见"情人"的心。女子和她的情人是一心的，他们"同向春风"，但是因为不得而知的缘由，见不了面，于是不展的芭蕉和未开的丁香结各自忧愁。

李商隐描述的女子一定没有认真找过五瓣丁香，只注意丁香结了，难怪盼不到情人。

始终愁容满面的杜甫也咏过丁香。我很好奇，"国破山河在，城春草木深"的杜甫眼里会有怎样的丁香？来看这首《江头四咏·丁香》：

丁香体柔弱，乱结枝犹垫。
细叶带浮毛，疏花披素艳。
深栽小斋后，庶近幽人占。
晚堕兰麝中，休怀粉身念。

丁香很柔弱，枝条胡乱伸展，叶片上有一层绒毛，花开得并不茂盛，但素净明艳。这株丁香深深地栽在斋堂之后，不醒目，只为那懂它的人独美。

老杜写的是丁香，其实说的是自己。他忧国忧民，却终身不得志，也从未像他的偶像李白生出"我辈岂是蓬蒿人"的豪迈。他像丁香一样"体柔弱"，但是报国心是一样的，能芬芳则芬芳，不管有没有人能嗅到。

还是老杜的境界高一筹，写丁香也不拘泥于儿女情长，而是寄托自己的心怀。其实写写儿女情长也好，丁香自古就被喻为"情客"，让绷紧的精神舒缓也是好的。

不过，能写出"感时花溅泪，恨别鸟惊心"的老杜一定有自我解脱的办法，不会因为"丁香结"而郁结的。

还好，我们现在国在，山河在，可以在每一年的春天寻找五瓣丁香，可以和蜜蜂蝴蝶一起寻找自己的幸福，如此甚好。

# 海 棠

## 海棠花自落

海棠是蔷薇科苹果属和木瓜属几种植物的统称，比如西府海棠、垂丝海棠、贴梗海棠、木瓜海棠等，也被称为"海棠四品"，现今的城市公园都能见到，是有名的观花树木。以西府海棠为最。

春天是花的世界，姹紫嫣红，有你方唱罢我登场的热闹，所以有"春闹"一说。迎春花之后，杏花、桃花次第开，西府海棠不甘寂寞，在"夭桃秾李"之后醒目地开放。满树的海棠花开，犹如云蒸霞蔚，把春天推向了极致，那蜜蜂尤其欢喜，嗡嗡叫个不停，是兴奋、知足的欢喜。海棠的花儿在蜜蜂的欢畅中微微颤动，深红、粉白的花儿竟是娇羞的模样。

《诗经》中提到木瓜，其实就是木瓜海棠。我们还是看看唐诗里的海棠吧。就以唐晚期的郑谷的《海棠》诗为例，虽然他是以《鹧鸪诗》出名，人称郑鹧鸪，但我记住他，却是因为他在《菊》诗里写了瓦松。现在他又专门以海棠为诗，且写了至少四首，我以为更应该叫郑海棠。来看这首《海棠》：

> 春风用意匀颜色，销得携觞与赋诗。
> 秾丽最宜新著雨，娇饶全在欲开时。
> 莫愁粉黛临窗懒，梁广丹青点笔迟。
> 朝醉暮吟看不足，羡他蝴蝶宿深枝。

郑谷眼里的海棠简直让人销魂，连那春风都特意为海棠着色，竟使得诗人愿意为他饮酒赋诗。尤其一场春雨过后，那带雨的海棠分外妖娆，最迷人处就是海棠欲开未开之时，深红、粉白，别样情致。美女莫愁临窗，看到娇艳的海棠都懒得梳妆，画家梁广为海棠的美艳所折服，竟迟迟动不了笔。诗人从早到晚欣赏海棠，没有知足的时候，还羡慕那花蝴蝶能栖息在海棠的枝头。郑谷眼里海棠简直堪比"国色天香"的牡丹，所以唐人也把海棠誉为"花中神仙"。

明代王象晋《群芳谱·花谱》这样描述海棠："其花甚丰，其叶甚茂，其枝甚柔，望之绰绰如处女。"如处女就是鲜艳欲滴的意思，现在人定不会这样描述花卉了。

韩偓在《效崔国辅体四首》其一中也提到海棠：

> 澹月照中庭，海棠花自落。
> 独立俯闲阶，风动秋千索。

春夜的庭院里，月光淡淡洒下，能看得见海棠落下的花瓣。一位女子独自立在台阶上，院子静悄悄的，只有风儿吹动着秋千，更增加了此时的无限落寞萧索。是春怨，还是闺怨？海棠原本是深红浅红无比的美艳，此时却是落红，怎能不平添惆怅。

现在的人已经很少能体会满腹"闺怨"的女人了，所以看到"海棠花自落"，会觉得那女人矫情、自怨自艾。那是因为人们不懂"养在深宫人未识"。这还是在开放程度较高的唐朝，宋明以后，女人更是大门不出二门不迈，活活困守在闺房，所以才会千方百计"一枝红杏出墙来"。要是没那个心思，只好看海棠落花，风动秋千，独自神伤。

幸好，如今海棠依旧，我看到的只是姹紫嫣红。

# 山茶花

## 牡丹枉用三春力

山茶花是山茶科山茶属常绿灌木、小乔木，别称有曼陀罗树、薮春、山椿、耐冬、晚山茶，以及海石榴等。

山茶花原产于中国，是中国十大名花之一，栽培历史悠久，现有三百余个品种。自南朝开始栽培，至唐代成为珍贵观赏花木，到了宋代已十分盛行。明代《花史》中就记有十九个品种：玛瑙茶、鹤顶红、宝珠茶、蕉萼白宝珠、杨妃茶、正宫粉、石榴茶、一捻红、照殿红、晚山茶、南山茶等。

山茶花不是茶树，虽然它们都是山茶科山茶属，李时珍在《本草纲目》中已经说明："山茶花其叶类茶，又可作饮，故得名。"

我所认识的山茶花是在花圃，种在花盆里的，大部分时间含苞待放，多是红色、白色或者红白相间，有点像玫瑰，并没有让人惊艳。毕竟，花盆里的山茶花怎么可以和成片种植、成片开放的山茶花比呢？

先探一下唐朝的山茶花吧，也许能给我一些惊喜。

先说司空图的《红茶花》：

景物诗人见即夸，岂怜高韵说红茶。

牡丹枉用三春力，开得方知不是花。

诗人见了红山茶花就开始夸。试想一下，牡丹拼尽三春的力量开的花，在红山茶面前都不算花，你说红山茶得美成什么样？

再看白居易的《十一月山茶》：

似有浓妆出绛纱，行光一道映朝霞。

飘香送艳春多少，犹如真红耐久花。

老白说红山茶开了好似浓艳的红纱，又好似朝霞般闪耀，它的香气在艳阳的春天飘散，看起来就像永不凋谢的大红花。

老白的红山茶也算夸到极致，但我以为没有司空图的有韵致。

再看诗僧贯休的《山茶花》，会是什么韵致：

风裁日染开仙圃，百花色死猩血谬。

今朝一朵堕阶前，应有看人怨孙秀。

山茶花是得天地之精华开在仙苑的，有它在，百花全无颜色。此时有一朵掉在台阶上，看的人会埋怨孙秀。孙秀据说和石崇争石崇的宠姬绿珠，后来石崇死，绿珠坠楼而死以报答石崇的宠爱。看来贯休认为孙秀逼死了绿珠，就像此时香消玉殒在台阶上的山茶花。

这是黑色幽默吗？这个比喻好可怕，竟是出自一位僧人。

但是就是他们几个各有偏重的赞美，让我更增加了探寻山茶花的兴趣。唐人本就有"为爱名花抵死狂"的豪气，那是我的祖先，我留着他们的血液，也会"为卿疯狂"，一生至少一次，才不枉人生。

# 石 楠

## 雨中须是石楠枝

石楠是蔷薇科石楠属常绿灌木。原本是南方植物，在南方可以长成小乔木。在北方开始大兴园林建设后，石楠或者主要是红叶石楠从南迁居到北，生长得很好，冬天也不落叶，春季还开一簇簇洁白的小花，芳香无比，让人喜爱。

因为近年才注意到石楠的存在，以为是外来物种，但不是，石楠栽培的历史很久，唐代就有。

被誉为"世界最早的植物学辞典"的花谱大全《全芳备祖》这样描述石楠："叶如枇杷，上有小刺，凌冬不凋。春生白花成簇，秋结细红实……人多移植亭院间，阴翳可爱，不透日气。"大体是这样的，但"阴翳可爱，不透日气"是说它长得密实连阳光都透不进去，似可怀疑，在北方毕竟是绿篱，长不高，其实是阳光普照的。

石楠还叫端正树，和唐玄宗有关。《唐传奇·杨太真外传》中记述："上发马嵬，行至扶风道，道旁有花，寺畔见石楠树团圆，爱玩之，因呼为端正树，盖有所思也"。后来还真有以"端正树"为题写的诗。

更早的南朝梁任昉《述异记》就记录过石楠："曲阜古城，有颜回墓，墓上石楠树二株，可三四十围，土人云：'颜回手植之木。'"说明石楠可以长很大，真实性有待考察。柳宗元在《袁家渴记》也提到石楠："其树多枫、柟、石楠、楩、槠、樟、柚。"可见其由来已久。

出乎意料的是，唐诗中写到石楠的诗不少，李白、白居易、孟郊、张籍、温庭筠等都写过，可见石楠在当时很普遍。

抛开李白等，选现代人不算熟悉的王建《看石楠花》，感受一下石楠的魅力：

> 留得行人忘却归，雨中须是石楠枝。
> 明朝独上铜台路，容见花开少许时。

王建路上看见石楠树，很喜欢，下雨也流连忘返，但是石楠没有开花。王建很遗憾，告诉石楠树说，明天我就要踏上凄凉肃杀的铜台路了，希望你为我哪怕少开几多花呢。

石楠花有这样的魅力吗？看看白居易的《石楠树》就理解了：

> 可怜颜色好阴凉，叶翦红笺花扑霜，
> 伞盖低垂金翡翠，熏笼乱搭绣衣裳。
> 春芽细炷千灯焰，夏蕊浓焚百合香。
> 见说上林无此树，只教桃柳占年芳。

白居易说，石楠茂盛，叶子发红花似霜。花序像翡翠鸟，花香直扑人的衣裳。开花时就像丁灯焰火，花香混合了各种香味。即使在皇家的上林苑也没有此花，所以那里桃柳就占了上风。

白居易这么一说，就能理解王建的苦衷了。虽然我眼见着石楠发芽、开花、结果，还是不能体会白居易所说的石楠的美好，难道他的石楠和我看到的石楠不是一种吗？

既然前面提到"端正树"，就拿出《题端正树》的例子吧，是温庭筠写的：

> 路傍佳树碧云愁，曾侍金舆幸驿楼。

草木荣枯似人事，绿阴寂寞汉陵秋。

此诗显然受到了《唐传奇·杨太真外传》的影响。路边这棵好树虽然碧绿，但是并不生机勃勃。杨贵妃深得宠幸，但现在又如何呢？不也烟消云散了吗？跟草木的荣枯是一样的，那所谓的"端正树"不过也是寂寞地长在汉陵边吧。

原本诗人们歌颂的石楠，因为牵扯上"长恨歌"的主人，竟是悲观失望的了，还叫了个端正树，实在谬以千里，可惜了端正树的名字。

# 杨 梅

## 玉盘杨梅为君设

杨梅是杨梅科杨梅属的灌木，南方植物，据说有很高的药用价值和食用价值，但北方人很少吃杨梅，所以我讲杨梅有点为难。

杨梅原产于中国，据说1973年余姚境内发掘新石器时代的河姆渡遗址时发现了杨梅属花粉，说明在七千多年以前该地区就有杨梅生长。

历代写到杨梅的诗歌少，唐代有一首，是李白的，来看这首《梁园吟》（节选）：

人生达命岂暇愁，且饮美酒登高楼。

平头奴子摇大扇，五月不热疑清秋。

玉盘杨梅为君设，吴盐如花皎白雪。

持盐把酒但饮之，莫学夷齐事高洁。

昔人豪贵信陵君，今人耕种信陵坟。

荒城虚照碧山月，古木尽入苍梧云。

梁王宫阙今安在？枚马先归不相待。

舞影歌声散绿池，空余汴水东流海。

沉吟此事泪满衣，黄金买醉未能归。

连呼五白行六博，分曹赌酒酣驰晖。

歌且谣，意方远。

东山高卧时起来，欲济苍生未应晚。

此诗是在"仰天大笑出门去，我辈岂是蓬蒿人"之后写的。李白万丈豪情，准备应皇帝的诏日去京城大展宏图，没想到唐玄宗只不过希望他做个弄臣，他接受不了，唐玄宗索性将他"赐金放还"，此时来到汉代梁孝王建的梁园大发感慨。我们选取的是第二段，既一睹李白的风采，也一睹杨梅的风采。

李白离开京城，山高路远，旅途极为辛苦，心情也不好。来到了昔日梁孝王的故园"梁园"，感慨自己的远大志向实现不了。但是转念一想，人各有命，达然处之，不必忧愁，不如饮酒登高欣赏美景，岂不潇洒。有小子摇扇，酷热的五月，就如同秋天一样清爽。有人为你玉盘盛杨梅，再为你端上洁白的吴盐，把酒沾盐吃杨梅，学那不食周粟的伯夷、叔齐赢个高洁的名声干什么？想那从前信陵君何等豪贵，再看今日那农人在他坟上耕种。岂不是"昔日王谢堂前沿，飞入寻常百姓家"吗？再看这梁园破败只有那明月依旧，当年的风流人物枚乘、司马相如今何在？当年舞榭歌台今何在？如今只剩下下水东流大海不复还。想到这里，我是泪满衣衫啊，不归吧，我要黄金买醉。吆五喝六，赌酒行博，一醉解千愁。

316

既然已经如此，那就唱歌呼啸，当个隐士。把那心怀放远，就像当年谢安高卧东山一样，时机到来，仍可大展宏图，再济苍生应未晚。

李白再难过，再感慨豪贵变粪土，也不过暂时当个隐士，终究不死心，等待有朝一日东山再起济苍生。

原来杨梅也有这样的寓意。

# 迎春花

## 金英翠萼带春寒

迎春花是木樨科素馨属落叶灌木，也称黄素馨、金腰带，非常形象。迎春花的名字更确切，寒冬刚过，小草还战战兢兢，试探着露头的时候，迎春花就挺立起柔韧的枝条发芽，芽是嫩红色的。再过几日，金黄的小花就开了，先是三朵两朵，更多的是金红的花苞，转天就是迎春花的天下，整丛整丛的迎春花一条条开放，像极了金腰带。这时候，你知道，春天真的到了，但桃花、杏花还睡眼惺忪呢。

听说迎春花和梅花、水仙、山茶花被誉为"雪中四友"，仔细想想也是，能在雪中看到的花能有几样呢？

迎春花单朵不大，但是开在春寒料峭的早春就不一般了。特别是北方地区，冬天是灰蒙蒙的。进入工业化时代，雾霾天成为日常，日月星辰都少见，更别说绿色了。所以初春一到，人们会特别注意尘世的色彩变化，迎春花正是给人带来"春的生机"的植物，从灰蒙蒙一下跳跃到耀眼的金黄，喜悦不言而喻，所以喜欢迎春花的人很多。

春天还有一种金黄色的花是连翘花，很多人区分不了，但是我一眼就能分辨，因为我更爱迎春，它更早就告诉人们春天的到来。

连翘要等迎春花报了春天的信息后才开呢，它怕冷。迎春花和连翘还有几点区别。它们虽然都是木樨科，但迎春花是素馨属，连翘是连翘属；迎春花的枝条是四棱的，连翘是圆枝条；迎春花的花瓣有六瓣也有五瓣，连翘无一例外是四瓣；再一个，迎春花几乎没有果实，连翘结果，可以入药，称为青翘。

李时珍在《本草纲目》中这样介绍迎春花："处处人家栽插之，丛生，高者二三尺，方茎浓叶。叶如初生小椒叶而无齿，面青背淡。对节生小枝，一枝三叶。正月初开小花，状如瑞香，花黄色，不结实。"

迎春结不结果，丝毫不影响人们对它的喜爱。我很年轻的时候，每年都会到小城的一角寻找春天，标志就是迎春花开了。后来生活变成一地鸡毛，诗意和远方渐行渐远。直到有一天，当我发现小城里的公园到处是迎春花的时候，才再一次邂逅惊喜。

迎春花的历史很长，但唐之前少有人提，即便在唐朝，以迎春花赋诗的我就只找到白居易一位，有些诧异，但也能理解，大唐看重的是"国色天香"的牡丹，迎春花远没有牡丹的雍容。

就把老白的迎春花从大唐摘下，晒到今天的"朋友圈"：

### 玩迎春花赠杨郎中
金英翠萼带春寒，黄色花中有几般？
凭君与向游人道，莫作蔓菁花眼看。

这个"杨郎中"我不知道是谁，反正是老白摘了迎春花赠他。迎春花开在还有寒气的春天，像此花这般英姿飒爽的能有几样？杨郎中你要给游人解释，且不敢当作蔓菁花看错了，白白折损了迎春花的芳名。

还是老白，这次是送给刘郎中的，这个刘郎中认识，就是他的好朋友刘禹锡：

### 代迎春花招刘郎中

幸与松筠相近栽，不随桃李一时开。

杏园岂敢妨君去，未有花时且看来。

白居易在杏园请刘禹锡赏花，杏园是士子们及第后去的地方，此时杏花还没开，迎春开了。白居易说幸好迎春花是和松树、竹子一起栽的，那都是有气节的植物。迎春花也和它们相配，耐寒，先于其他花绽放。此时杏园安静，没有喧嚣，只有迎春凛然开放。

老白盛赞了迎春花，此花在他眼里跟松筠一样。这是极高的评价，松筠从古至今都是气节的象征，迎春花受之不愧。

看到这样的迎春花，我心满意足。


# 郁 李

## 由来好颜色

郁李是蔷薇科樱属落叶小灌木，原产于中国，别名夫移，有红、白、粉三色。

郁李的历史很悠久，《诗经》时代就有，那时称为"常棣"，那是有深刻含义的，不如先感受一下：

### 小雅·常棣

常棣之华，鄂不韡韡。凡今之人，莫如兄弟。

死丧之威，兄弟孔怀。原隰裒矣，兄弟求矣。

脊令在原，兄弟急难。每有良朋，况也永叹。

兄弟阋于墙，外御其务。每有良朋，烝也无戎。

丧乱既平，既安且宁。虽有兄弟，不如友生？

319

俵尔笾豆，饮酒之饫。兄弟既具，和乐且孺。

妻子好合，如鼓瑟琴。兄弟既翕，和乐且湛。

宜尔室家，乐尔妻帑。是究是图，亶其然乎？

郁李花儿开，花朵连着花托。世间人再亲近，又有谁能亲过兄弟。

有了丧亡威胁，只有兄弟关怀。抛尸荒郊野外，只有兄弟前去寻找。

鹡鸰困于原野，救难的只有兄弟。即使是良朋好友，不过是同情而已。

兄弟在家也会争斗，外敌来临就会同心抵抗。即使有良朋好友，也不会与你并肩作战。

当丧乱评定之后，恢复了平安宁静。此时就是有兄弟，好像还不如朋友亲密。

摆上美酒佳肴，共同饮酒作乐，只有兄弟们都在，才会欢乐融洽。

和妻子的情爱，犹如琴瑟和谐。只有兄弟相亲，那才是最美妙的音乐。

要让全家安宁，要让妻儿欢喜，请你仔细思量，此话是否在理。

诗有些长，但是值得全录，这是有史以来最先完整歌颂兄弟情谊的诗歌，道出了兄弟情谊的真谛，歌来令人动容。"常棣"也从此指代兄弟之情。

既然有理想中的兄弟之情，就有不理想的，最典型的例子就是西周初年周公的兄弟管叔和蔡叔的叛乱。据此，《诗序》认为此诗为成王时周公所作，曰：

"《常棣》，燕兄弟也。闵管、蔡之失道，故作《常棣》。"《左氏春秋》则认为此诗为厉王时召穆公所作，原因是除了"管蔡之乱"的兄弟相残，贵族为了争夺权力兄弟相残的事比比皆是，《左传·僖公二十四年》："召穆公思周德之不类，故纠合宗族于成周，而作诗曰：'常棣之华……'云云。"

为什么选中"常棣"——郁李作为兄弟相亲的代表？可能是因为郁李开花往往两三一簇亲密无间吧。

象征兄弟相亲的不止一个树种，紫荆也是。

但后世写到郁李花的人很少，唐代也不过两三人而已，先是陆龟蒙在《郁李花赋》中描述了郁李的形态："试问山翁，得郁李之春丛，移来砌下，出自山中，长霑涧雨，迥洒岩风，曾不得次玉堂而展低艳，承画阁而逞微红，虚在芳菲之数，徒干造化之功，弱植欹危，繁梢襞积，一枝上能万其肤萼，一萼中自参其丹白。"郁李来自山间，得造化之功，枝条细弱，花朵繁茂，一枝上万朵竞放，一朵中红白相间。

还有白居易的《惜郁李花》：

> 树小花鲜妍，香繁枝软弱。高低二三尺，重叠千万萼。
> 朝艳蔼菲菲，夕凋纷漠漠。辞枝朱粉细，覆地红绡薄。
> 由来红颜色，尝苦易销铄。不见莨荡花，狂风吹不落。

郁李树小花朵艳，枝条看起来很孱弱，只有二三尺高，花却开了千万朵。早上艳如朝霞，晚上又纷乱萧瑟。花落的时候花粉细碎，落地的花瓣红颜已逝。不像那莨荡花，狂风都吹不落。

白居易在叹息，花开时轰轰烈烈，花落时纷纷扰扰，倒不像莨荡花，不起眼，就算是那狂风都吹不落，叹的是红颜薄命。

这样的郁李可叹，"常棣"那样的郁李可敬，各花入各眼，不强求。

# 紫荆花

## 风吹紫荆树

紫荆是豆科紫荆属落叶乔木或灌木，原产于中国。李时珍这样介绍紫荆："紫荆处处有之，人多种于庭院间。木似黄荆，叶小无桠，花深紫可爱。"

确实是处处有之，而且花色深紫可爱。仲春时，桃李竟妍，但并不妨碍紫荆绽放，它的花紧紧贴在枝干上，密密麻麻就像紫色的蜜蜂，阳光灿烂的时候，你似乎都能感觉到紫蜜蜂嗡嗡的叫声。女孩子都喜欢花，但没人摘紫荆花，它小，没有花瓣，更主要的是紫荆真像蜜蜂，没有人想要摘蜜蜂，看者止于欣赏，不会想要拥有。

紫荆是和西府海棠同期开放，西府海棠的清秀俊雅和紫荆的浓艳热烈形成鲜明的对比。你左看西府海棠，右看紫荆，顿生世界多样性的小确幸，原来生活可以多姿多彩。

紫荆历史久远，而且有故事。南朝梁均《续齐谐记·紫荆树》记载："京兆田真兄弟三人共议分财生赀，皆平均，惟堂前一株紫荆树，共议欲破三片。明日，就截之，其树即枯死、状如火然。真往见之，大惊，谓诸弟曰：'树本同株，问将分斫，所以憔悴。是人不如木也。'因悲不自胜，不复解树，树应声荣茂。兄弟相感，合财宝，遂为孝门。"

田真兄弟三人分家产，要把堂前的一株紫荆树一劈为三。紫荆树得知自己的命运，不等他们分自己就枯死了。田真见状就跟自己的弟弟们说："树本是同根，听到将要劈开以至于憔悴至死。唉，我们兄弟还不如那紫荆树呢。"说完自己难过不已，兄弟们也是感同身受，于是不再分家，没想到那紫荆居然也活过来了，有了一个皆大欢喜的结局。从此，紫荆树也成了家庭和睦、兄弟情深的象征。到了唐代，这个故事依然存在。杜甫的《得舍弟消息》就是一例：

风吹紫荆树，色与春庭暮。

花落辞故枝，风回返无处。

骨肉恩书重，漂泊难相遇。

犹有泪成河，经天复东注。

已经到暮春时节，被风吹着的紫荆树已显露衰败。花自飘零，风也不知道把它吹向哪里。就像我们兄弟一般骨肉分离，有一点音讯就很重要，因为我们分离，就是漂泊如浮萍，哪里敢期待相遇呢？想到此，泪洒双襟还不够，简直流成河了，每天以泪洗面随河水流到东边，东边是家的方向啊。

可怜老杜兄弟分离再不能见面，还不如人家田氏兄弟能和好如初，那纷纷飘落的紫荆花也不能解除杜甫的忧愁。

韦应物也写了一首紫荆花的诗，用了田真兄弟的典故：

### 见紫荆花

杂英纷已积，含芳独暮春。

还如故园树，忽忆故园人。

很多花纷纷落下，暮春的时候，唯有紫荆花依然盛开。像那故园的树一般，是兄弟相亲的好时光，不由得怀念起故园的人。

韦应物写得淡而远，看似不经意，但忆起故人就表露出他的心迹，那是兄弟相亲的大好时光，也是紫荆花盛开的大好时光。

元稹也写过紫荆花，我是说《红荆》。你敢说紫荆花不是红色的吗？不过是红得发紫而已：

> 庭中栽得红荆树，十月花开不待春。
> 直到孩提尽惊怪，一家同是北来人。

元稹到了蜀地，院子里栽的是红色的紫荆花，没想到深秋季节居然开花了，紫荆花明明是春天的花卉呀。孩子们也大惊小怪，还是我分析得当，因为我们一家都是北方来的，北方的紫荆花只开在春天。

元稹只是惊奇蜀地紫荆花开在秋季，没有更深刻的含义。不像杜甫，即使是写花卉，也"语不惊人死不休"。

从心里我更愿意紫荆花就是元稹笔下的那样，不需要特别的含义。我们都需要过那种"帝力与我何有哉"的顺遂自然的生活，没有人为的生离死别，没有战乱频仍，没有兄弟纷争，这样紫荆什么时候开放都好。

# 刺 桐

## 刺桐夹道花开新

刺桐是豆科刺桐属落叶乔木，南方树种，福建泉州因为广泛种植刺桐被称为"桐城"。目前为止，刺桐还是用于公路行道树、城市街道绿化的树种，具有很强的抗旱能力。刺桐树还有一个特点，冬季落叶以后才开花，花是鲜红色的，果实却在夏季结，生黑籽。

刺桐历史久远，唐代就有，那就别耽搁，直接去看好了。是王毂的《刺桐花》：

> 南国清和烟雨辰，刺桐夹道花开新。
> 林梢簇簇红霞烂，暑天别觉生精神。
> 秾英斗火欺朱槿，栖鹤惊飞翅忧烬。

直疑青帝去匆匆，收拾春风浑不尽。

王毂是在夸刺桐花。

南方的烟雨时分，刺桐正夹道盛开。树梢上簇簇开放就像红霞一样灿烂，大热天感觉神清气爽。刺桐那个红可不一般，比朱槿还要鲜艳，刺桐上栖息的仙鹤惊飞了，它以为刺桐的红花是燃烧的火焰，怕把它的翅膀烧掉。我怀疑管花的青帝没有把春天带走，只留下刺桐热情似火。

王毂的《刺桐花》让我感受到了刺桐的魅力，形象生动。

还有一位夸刺桐的，跟王毂一样没名气，叫陈陶，夸赞的本事和王毂有一拼。诗有点长，截取一段：

### 泉州刺桐花咏兼呈赵使君

仿佛三株植世间，风光满地赤城闲。

无因秉烛看奇树，长伴刘公醉玉山。

海曲春深满郡霞，越人多种刺桐花。

可怜虎竹西楼色，锦帐三千阿母家。

石氏金园无此艳，南都旧赋乏灵材。

只因赤帝宫中树，丹凤新衔出世来。

猗猗小艳夹通衢，晴日熏风笑越姝。

刺桐就像传说中的神树三株树种到人间，南方人喜欢种此树。此树一种，那些曾经的锦绣都黯然失色，因为刺桐是赤帝宫中的树，是丹凤鸟把它带到人间的，这样的艳色比越女还美。

还有一位叫朱庆余的，他也写过刺桐。

### 南岭路
越岭向南风景异，人人传说到京城。
经冬来往不踏雪，尽在刺桐花下行。

过了岭南，风景就和中原不一样了，人们把这一带的风土人情传到京城。这里冬天没雪，人们行走在鲜红的刺桐花下，这是北方人不可想象的。

# 紫　藤

## 春晚紫藤开

紫藤是豆科紫藤属落叶藤本植物。春末开花，像紫色的洋槐花，满藤满架，甚是迷人。

对紫藤的认识来自中学课本，是那篇宗璞的《紫藤萝瀑布》："从未见过开得这样盛的藤萝，只见一片辉煌的淡紫色，像一条瀑布，从空中垂下，不见其发端，也不见其终极。只是深深浅浅的紫，仿佛在流动，在欢笑，在不停地生长。紫色的大条幅上，泛着点点银光，就像迸溅的水花。仔细看时，才知道那是每一朵紫花中的最浅淡的部分，在和阳光互相挑逗。"紫藤在宗先生的描述下增加了无限的魅力。

宗先生最后总结说："花和人都会遇到各种各样的不幸，但是生命的长河是无止境的。我抚摸了一下那小小的紫色的花舱，那里满装生命的酒酿，它张满了帆，在这闪光的花的河流上航行。它是万花中的一朵，也正是一朵朵花，组成了万花灿烂的流动的瀑布。"

这往往不是我能提炼总结拔高的，我就是个纯自然主义者，只见花开花落，都是自然美景，不想伤春悲秋，感叹人生。

就到唐朝看看那时的紫藤吧，是不是也是"满装生命的酒酿"呢？

先看李德裕的《忆新藤》：

遥闻碧潭上，春晚紫藤开。水似晨霞照，林疑彩凤来。

清香凝岛屿，繁艳映莓苔。金谷如相并，应将锦帐回。

这是夸紫藤的。

听说碧潭那里紫藤开了，这时已经是暮春。紫藤一开，水就跟晨霞照耀一般，林中好似有彩凤飞来。紫藤花不仅好看，还很香，映照在苔藓上。晋朝石崇的金谷园如果还在，他是真不好意思把他象征豪奢的锦帐继续展开的。

看来李宰相很喜欢紫藤。

再看李白的《紫藤树》：

紫藤挂云木，花蔓宜阳春。

密叶隐歌鸟，香风留美人。

这也是夸紫藤的，紫藤挂在高高的大树上，适合阳光明媚的春天。稠密的叶子把正唱歌的鸟儿都遮挡住了，但紫藤飘出的阵阵香风不由得就把美人留下，正所谓"鲜花送美人"。

下面请看白居易的《紫藤》，这首诗具有警示意义，但有点长：

藤花紫蒙茸，藤叶青扶疏。谁谓好颜色，而为害有余。

下如蛇屈盘，上若绳萦纡。可怜中间树，束缚成枯株。

柔蔓不自胜，袅袅挂空虚。岂知缠树木，千夫力不如。

先柔后为害，有似谀佞徒。附著君权势，君迷不肯诛。

又如妖妇人，绸缪蛊其夫。奇邪坏人室，夫惑不能除。

寄言邦与家，所慎在其初。毫末不早辨，滋蔓信难图。

愿以藤为戒，铭之于座隅。

这下有意思了，老白没夸紫藤，倒把紫藤贬得一无是处，确实有"警示"作用了。

他说紫藤长得紫莹莹的，藤叶也是青翠欲滴，谁说这就是好颜色呢？它危害不浅。首先藤蔓轻飘，自己不能支撑，却像绳子一样紧紧缠住别的树，可怜被缠的树最后日渐枯萎；第二，紫藤先柔媚再为害，就像那奸佞小人，附着在君王左右，君王迷恋它的妖媚不肯对它下手；第三，紫藤还像妖女，常常蛊惑丈夫，能败坏好端端的人家。因此我"忠言逆耳"，大家一定要谨慎初起的祸端，一开始分辨不出，等它蔓延开来就不好办了。各位朋友，请以紫藤为戒，天天反思自己。

我所有关于紫藤的美好瞬间化为乌有，我想反驳老白，但是仔细看诗，他说的有错吗？不过是借紫藤的另一特性表达了自己的观点，就像宗璞一样，不过是一正一反不同的侧面。

不过我认为，还是李德裕的好，虽然他有言过其实的地方，但那就是紫藤啊，自然生长的紫藤，没有高尚也没有奸佞，就是花自开放我自风流。

# 枇　杷

## 枇杷花里闭门居

　　枇杷原产于中国，原本生活在南方，后来几经培育，在北方较南的地方也能生长。至少作为园林花木，我在秦岭一带就见过枇杷。金秋十月，枇杷开白花，不引人注目，但芳香宜人。

　　吃枇杷却是在台湾，那是春天。一般水果都是春天开花，夏天或秋天果实成熟，比如桃子、杏、苹果、梨等，枇杷则是秋天或冬天开花，春天或初夏成熟，那真是"不一样的烟火"。

　　枇杷既然是本土水果，入诗入画自不在话下。但《诗经》和《楚辞》中却没有。还好唐诗中有不少。

　　白居易就不止一次以枇杷入诗，那时枇杷也叫卢橘，他在杭州为官时写的《西湖晚归回望孤山寺赠诸客》就提道："卢橘子低山雨重，棕榈叶战水风凉。"他从孤山寺听经回来的船上，感受西湖美景。那枇杷树上正结果子，因为山雨滋润，把枝条都压低了。

　　他还写了以枇杷为题的《酬和元九东川路诗十二首·山枇杷花二首》，不妨一赏。

一

万重青嶂蜀门口，一树红花山顶头。

春尽忆家归未得，低红如解替君愁。

二

叶如裙色碧绡浅，花似芙蓉红粉轻。

若使此花兼解语，推囚御史定违程。

　　这是白居易和他的老朋友元稹的酬和诗，元稹思念老友作《江月楼》，白居易以枇杷花为题回应。

说那万重青山在蜀地，但只见山顶一树红花分外妖娆。春天已经结束，老友仍然没有回到家，那低垂的红花如果能明白，一定会解除他的忧愁。

看那枇杷叶子像女子的碧纱裙，花儿开得芙蓉般粉中带白，就让那枇杷花当解语花，推迟囚犯的审定，于是允许你违反行程归来吧。

第一次知道枇杷花可以作为解语花，花朵可以是红色。再一次感慨，在久远的从前，朋友间深深的思念可以这么诗意悠长。

还有一首有关枇杷和才女薛涛的诗，是王建的《寄蜀中薛涛校书》：

万里桥边女校书，枇杷花里闭门居。<br>扫眉才子于今少，管领春风总不如。

薛涛大名鼎鼎，是中国历史上有名的女诗人，一生就是一个传奇，和当时一流的诗人以及官员，比如元稹、白居易、张籍、王建、刘禹锡、杜牧、张祜等都有唱酬交往。她还和韦皋、元稹谈过恋爱，却终身未婚。有关薛涛的情爱往事早已烟消云散，但她亲手研发制作的"薛涛笺"却流传至今。

至于说她是"校书"，是因为剑南西川节度使韦皋曾拟奏请朝廷授其以秘书省校书郎的官衔，虽未准奏，但薛涛女校书的名号就此流传开来。

这首诗写的正是薛涛。才情一等一的薛涛住在桥边，院门深锁，深居简出，只有那枇杷花悠然开放。像薛涛这样的才女如今很少，她现在闭门不出，那些正领风骚的人物远远不如她。

可见薛涛在那时人们心中是可望而不可即的。就连薛涛院中的枇杷花，也因薛涛的居住，更显得不同寻常。

薛涛名满天下，以她名字命名的事物不少，除了薛涛笺，还有薛涛井、薛涛酒，那么，薛涛晚年愿意为伴的枇杷花，是不是可以称为薛涛花呢？

这样，花人两相得。


# 合欢花

## 夜合花开香满庭


合欢树是豆科合欢属落叶乔木，也称为夜合树、马缨花、绒花树、扁担树、福榕树、绒线花等。儿时因为特别喜欢合欢的香味和花朵轻抚在人身上的轻柔感，就把合欢仙化，比拟为绒花仙子，为她编了一段清雅浪漫的故事。长成人进入"柴米油盐酱醋茶"的岁月之后，绒花仙子就遥远地存在我记忆的深处了。

合欢树的由来不详，但隋代就有定论，有王谊《夜合花》的"碧纱笼里银缸影，照见深宫夜合花"为证。

合欢树除具观赏价值之外，更多的是医疗价值。《本草纲目》载合欢树皮及花均可入药，有宁神作用，主要治郁结胸闷、失眠、健忘、眼疾、神经衰弱等，还有"和心志""悦颜色"等现代人追求的功效，对了，它还能解酒。

有一点闻所未闻，合欢花的嫩叶居然可以食用，那细小的羽状复叶能吃吗？我下定决心像神农尝百草一样尝试一次。

合欢叫夜合花，形象地表明此花夜间会进入闭合休眠的状态，跟含羞草似的。有意思的是，含羞草看似是缩小版的合欢树，但它们完全不是一个科一个属，含羞草是含羞草科含羞草属草本或落叶灌木，和高大的乔木合欢完全不搭界。

闲话休叙，就到唐朝看看合欢树吧，那时叫它叫夜合花。

就从元稹的《夜合》开始：

绮树满朝阳，融融有露光。

雨多疑濯锦，风散似分妆。

叶密烟蒙火，枝低绣拂墙。

更怜当暑见，留咏日偏长。

元稹在夸夜合花好看，美好的树木沐浴着阳光，树木伸展舒畅，下雨的时候又像是锦绣被清洗的样子，风一吹散落开来，像化了淡妆。夜合花的叶子层层叠叠，上面再蒙一层似火的花儿，分外美丽，修长的枝干低低地轻抚装点着墙头，增添了夏日的美丽，此花正是夏季的娇儿，想看它夜合的样子，白日竟是那么长，我得慢慢等待。

白居易也写过夜合树，叫《东墙夜合树去秋为风雨所摧今年花时怅然有感》：

碧萋红缕今何在？风雨飘将去不回。

惆怅去年墙下地，今春唯有荠花开。

曾经一丝丝的红缕今何在？去年一场风雨摧残了美丽的夜合树，它再也回不来了，今年看到曾经栽它的地方空空如也，唯有小小的荠菜花开放。

再看窦叔向的《夏夜宿表兄话旧》：

夜合花开香满庭，夜深微雨醉初醒。
远书珍重何曾达，旧事凄凉不可听。
去日儿童皆长大，昔年亲友半凋零。
明朝又是孤舟别，愁见河桥酒幔青。

窦叔向和表兄话旧，是在一个夜合花盛开的院落，香气袭人，兄弟俩"把酒话桑麻"，直到夜深，微雨正下，酒也醒了。想起过去写的家书，本想问平安，因为纷乱，根本就寄不到，往事凄凉不可提。当年离别时的小儿已经长大，但亲友却大半凋零了。明天我又要乘舟走了，内心不由忧愁，又要面临亲友的告别。

告别总是伤心地，尤其不知道还能不能相见。夜合花不管人的忧愁，它独自开放，芳香沁人肺腑，和离愁那样不符，更增加了离愁的浓度。

夜合花在这样的境况出现，竟是让人无言以对。我有些不甘心，就再找到一首和夜合花般配的诗。

唐彦谦的《无题十首》其七：

夜合庭前花正开，轻罗小扇为谁裁。
多情惊起双蝴蝶，飞入巫山梦里来。

夜合花正在庭院里盛开，那女子正在制作一把轻罗小扇。慢慢摇动，竟惊起了双双飞舞的蝴蝶，就让它们飞到女子期盼的巫山云雨的梦中吧。

这首诗有些暧昧，正是夜合花的内在含义。至此，夜合花才像夜合花，也就到了该说再见的时候了。

就用一把轻罗小扇挥手向夜合花告别吧，愿它安好。

芳香楚辞

寻芳记

李继红 —— 著

新华出版社

图书在版编目（CIP）数据

芳香楚辞 / 李继红著. -- 北京：新华出版社，2024.7
（寻芳记）
ISBN 978-7-5166-6724-8

Ⅰ.①芳…　Ⅱ.①李…　Ⅲ.①楚辞—诗歌欣赏　Ⅳ.
①I207.223

中国国家版本馆CIP数据核字（2023）第028254号

# 目录

## 草香楚辞

## 木香楚辞

# 草香楚辞

寻芳记

# 芎

## 佩江蓠之斐斐

写《楚辞》中的植物有些勉强，因为我是长在北方的北方人，对南方的植物了解不多，有些甚至不闻其名，但是架不住对植物的喜爱，以及对《楚辞》中植物的好奇，一首《离骚》竟提到28种植物，那屈子是多么热爱植物呢？所以想一探究竟。

写《楚辞》中的植物当然离不开《离骚》，但《离骚》一直是让我望而生畏的，除了"吾将上下而求索"外，能看懂的就是屈子的满腔悲愤，但这不是我一个凡尘女子能承受得起的，所以"上下求索"了几次都望而却步了。终于硬着头皮"求索"是因为《离骚》里的香草，我闻到了香草味儿。于我，香草是不可抗拒的，于是再次"求索"。

每个人对植物都是有偏好的，喜欢某种，不喜欢某种，但屈子的偏好是极致的，植物在他眼里不是香草就是恶草，而且把香草、恶草拟人化，香草当然是君子，恶草就是奸佞小人了。其实《诗经》中也会对某种植物充满喜爱，比如桃花（桃之夭夭，灼灼其华）、芍药（伊其相谑，赠之以勺药），也有十分的

厌恶，比如蒺藜（墙有茨，不可扫也），但没有屈子那段强烈分明，屈子是物我合一，即我就是香草，而不是像香草。

说了半天还没说到正题，《楚辞》第一篇是《离骚》，《离骚》中的第一种植物，或者说香草，是川芎，确切地说应该叫芎䓖。因为川芎是以产地命名的，产在四川叫川芎，产在陕西叫西芎，产在陕西蓝田叫蓝芎，产在关中的叫京芎，等等不一而足，但作为中药只有四川的芎䓖地道，所以芎䓖就称为川芎了。

川芎也称香果，就是因为它芳香四溢。《益都方物略记》载："芎䓖蜀中处处有之，成都九月九日药市，芎䓖与大黄如积，香溢千里。"川芎之所以香是因为它是伞形科植物，这是这一科的特点，川芎尤甚。

宋代韩琦夸赞芎：

靡芜嘉树列群芳，御湿前推药品良。
时摘嫩苗烹赐茗，更从云脚发清香。

宋代宋祁也赞芎：

柔叶美根，冬不殒零，采而掇之，可糁于羹。

芎在《神农本草经》中被列为中品之药，但在《本草纲目》中被列为上品。可见川芎在过去不仅是作为药品，还是作为饮品食用的。

川芎为药主治很多，但最有名的就两样：一是治头痛，二是调月经。因此，有"头痛必用川芎"之说。

川芎除了能治病能食用，还可以佩戴，据说一代枭雄曹操就常将川芎藏在衣袖中。香草配英雄，曹操霎时可爱起来。

到这里就可以说屈子的香草——芎了，屈子的芎不是为了药用，不是为了品茗，更不是为了食用，而是因其芳香，比喻为君子的。我不由得想，曹操佩川芎仅仅是为了其香吗？但还是回到《离骚》中的芎，那时称为"江离"，一个让人一头雾水的名字：

纷吾既有此内美兮，又重之以修能。

扈江离与辟芷兮，纫秋兰以为佩。

汩余若将不及兮，恐年岁之不吾与。

朝搴阰之木兰兮，夕揽洲之宿莽。（节录）

上天恩赐给我美好的修养，我自己也不断努力进步。

身披芎䓖和白芷，还要配挂泽兰在身。

时光如梭我跟不上，唯恐岁月不假以时日。

清晨我在山坡采摘木兰，夕时在小洲采收宿莽。

四句诗用了五种植物，除了芎䓖，还有同是伞形科的白芷，以及泽兰、木
兰、宿莽。这些在屈子眼里都是香草，只是这个"宿莽"到底是种什么草还是
让人费思量的，但从前后句看一定是香草无疑。此处不提，但凭这几句诗给人
的意象就是芳草遍地，芬芳馥郁，人为之神清气爽，愿是那身披芎䓖、白芷，
要挂泽兰的"内美"之人。

《楚辞》中提到芎䓖的地方不少，总计有9处，除了称为"江离"，还称为
"麋芜"，不妨一一列出：

屈原《离骚》：览椒兰其若兹兮，又况揭车与江离？

屈原《九歌·少司命》：秋兰兮麋芜，罗生兮堂下。

西汉·东方朔《七谏·怨思》：江离弃于穷巷兮，蒺藜蔓乎东厢。

西汉·王褒《九怀·尊嘉》：江离兮遗捐，辛夷兮挤臧。

西汉·刘向《九叹·怨思》：菀麋芜与菌若兮，渐藁本于洿渎。

西汉·刘向《九叹·惜贤》：怀芬香而挟蕙兮，佩江蓠之菲菲。

西汉·刘向《九叹·愍命》：莞芎弃于泽洲兮，瓟蠡蠹于筐簏。

屈原的遭遇素来被人同情，特别是怀才不遇之情境尤其让历代"怀才不遇"
者引起强烈共鸣。以至于后来者以屈原《离骚》《九歌》为滥觞，开创了新的
文体——离骚体。此体的主要功用就是发泄不被赏识的悲愤，上面所列几人无
一不是如此，他们都是借屈原抒发自己的悲愤情怀，所以连引用的植物也如出
一辙，不用逐一翻译，大约都是"我是香草"，却被"奸佞恶草"陷害，不得

君王赏识。我这株"香草"就像芎䓖、白芷、泽兰、木兰一样，可惜这如此的芳香竟不能穿越山林沼泽直达宫廷，于是屈原投江，他的追随者无一得志，只是香草芎䓖却一如既往，芳香盈室，不以物喜不以己悲，挣脱了千年的悲怨，调养人的气血，疗治人不通达才有的头痛。

美矣，芎。

# 白 芷

## 兰茞幽而独芳

白芷于我就是个中药名，似乎是可以治头痛和妇科病，仅此而已。我因白芷骄傲过一次是因为在一个小的药圃，我一眼就认出那种高大但貌不惊人的植物是白芷，而此前我从未见过，只是在中药书上看过图片。我得意于自己的辨识能力，以至于见了类似的植物都以白芷为判断标准，比如蛇床子。

白芷在我眼里是不需要特别关注的，只是在辨花识草过程中顺带认识的植物。白芷哪里能比得上牡丹、芍药、射干、桔梗醒目迷人呢？就算是车前草、苍耳子、马齿苋、野地黄这些十分寻常的植物也比白芷醒目呀。

然而，是我孤陋寡闻了，白芷虽然貌不惊人，但芳香肆意，在久远的从

前声名赫赫，是有名的香草，是《楚辞》中出现最多的香草，居然达27次之多，而且也是名字最多的香草，分别是：茝、芷、药、茞、白芷、蘪。

《诗经》中没有提到白芷，我的理解中《诗经》更现实主义一些，所提植物都有实用价值，比如大麦、小麦、红枣、板栗；而《楚辞》更浪漫一些，提到的植物是以香臭分，不是为了实用，而是表明情操，明显的士大夫情怀。而白芷就是取其芳香之意。

白芷和芎䓖都是伞形科植物，都是以其芳香著称，以至于在《礼记·内则》都有记载，那时父母长辈会赏赐家族女性食物、布帛以及白芷和泽兰，可见其深入人们生活的程度。白芷在东汉的《神农百草经》中被列为中品，"性温味辛，气芳香"，主治祛风湿，活血排脓，生肌止痛。白芷除了药用，有一种作用是颇符合现代女性的需求的，有美容功效，有一定的增白效果。

著有《楚辞章句》的东汉·王逸就说过："性清洁者佩芳，德仁明者佩玉，能解结者佩觿，能决疑者佩玦，故孔子无所不佩也。"孔子佩的"芳"我想应该有白芷。曹操是"糜芜香草，可藏衣中"，和孔子遥相呼应。

还是回到《楚辞》中吧，列举部分提到白芷的地方。

屈原《离骚》：扈江离与辟芷兮，纫秋兰以为佩。昔三后之纯粹兮，固众芳之所在。杂申椒与菌桂兮，岂惟纫夫蕙茝！

屈原《九歌·湘夫人》：沅有茝兮澧有兰，思公子兮未敢言。

屈原《九章·思美人》：擥大薄之芳茝兮，搴长洲之宿莽。

屈原《九章·悲回风》：故茶荠不同亩兮，兰茝幽而独芳。

屈原《招魂》：菉蘋齐叶兮，白芷生。

屈原《大招》：茝兰桂树，郁弥路只。

东方朔《七谏·沉江》：联蕙芷以为佩兮，过鲍肆而失香。

东方朔《七谏·怨世》：弃捐药芷与杜衡兮，余奈世之不知芳何？

王褒《九怀·匡机》：芷间兮药房，奋摇兮众芳。

王褒《九怀·危俊》：结荣茝兮逶逝，将去兮远游。

王褒《九怀·乱曰》：皇门开兮照下土，株秽除兮兰芷睹。

刘向《九叹·逢纷》：怀兰蕙与衡芷兮，行中野而散之。

刘向《九叹·怨思》：淹芳芷于腐井兮，弃鸡骇于筐簏。

刘向《九叹·惜贤》：登长陵而四望兮，览芷圃之蠚蠚。

刘向《九叹·愍命》：莞芎弃于泽洲兮，飓蠹蠹于筐簏。

刘向《九叹·远游》：怀兰茝之芬芳兮，妒被离而折之。

王逸《九思·怨上》：菽藟兮蔓衍，芳藭兮挫枯。

王逸《九思·伤时》：堇荼茂兮扶疏，蘅芷雕兮莹娱。

以屈原的《九章·悲回风》为例说白芷即可，我以为从屈原到东方朔、王褒、刘向、王逸，对白芷的解读如出一辙，所以一例即可。

鸟兽鸣以号群兮，草苴比而不芳。

鱼葺鳞以自别兮，蛟龙隐其文章。

故荼荠不同亩兮，兰茝幽而独芳。（节录）

鸟兽是以鸣叫来区分，绿草和枯草杂处就失去了芳香。

鱼儿靠鳞片相互分别，蛟龙隐藏起身上的纹章。

苦菜和荠菜不会在一片田里生长，泽兰和白芷在幽深处独自芬芳。

这是典型的屈原模式，"众人皆醉我独醒"的悲愤之叹。屈原受到迫害，理想抱负不能实现，又不愿意和"恶草"小人同流合污，所以"兰茝幽而独芳"。

其实，白芷这香草哪里能承担起屈子如此沉重的理想寄托，屈子对白芷是那么深爱，在诗篇中十几次提起，不仅仅是自比，怕他也是随身佩戴吧。

也许是屈子的愤怨太重，连带他喜欢的白芷也受牵连，要不过去人人喜欢的香草到如今除了用于药用，没听说人再佩戴，或者摆放。现代人喜欢的香草是薰衣草，一种和君子无关的、充满生活情趣的草。

那么，白芷，除过屈原的原因，愿它芳香如故。

# 泽 兰

## 浴兰汤兮沐芳

久远的过去，兰更多的是指泽兰，而不是有"王者之香"的兰花，或者叫中国兰。比《楚辞》早近千年的《诗经》中就提到泽兰，一则在《郑风·溱洧》中"士与女，方秉蕳兮"。一则在《陈风·泽陂》中"彼泽之陂，有蒲与蕳"。

《诗经》中的泽兰也是香草，是手中把玩、水中沐浴、赠送佳人的香草，和《楚辞》中美誉君子品行道德的香草有不同的味道，而且有讽刺意味的是《郑风·溱洧》一诗中因为姑娘和小伙子手拿泽兰，在溱河和洧河中嬉戏玩乐，被后世卫道士讥讽为"溱洧"淫乱，连累了泽兰"香草"。

《楚辞》中提到"兰"的地方有近30处，绝大部分应该是说的泽兰，有专家说也有"王者之香"的兰花，但以我的孤陋水平是分不出的，所以就通以泽兰视之。不妨一一列举。

屈原《离骚》：扈江离与辟芷兮，纫秋兰以为佩；兰芷变而不芳兮，荃蕙化而为茅。余以兰为可恃兮，羌无实而容长；览椒兰其若兹兮，又况揭车与

江离?

屈原《九歌·云中君》：浴兰汤兮沐芳，华采衣兮若英。

屈原《九歌·东皇太一》：蕙肴蒸兮兰藉，奠桂酒兮椒浆。

屈原《九歌·湘君》：薜荔柏兮蕙绸，荪桡兮兰旌。

屈原《九歌·湘夫人》：沅有芷兮澧有兰，思公子兮未敢言。

屈原《九歌·少司命》：秋兰兮麋芜，罗生兮堂下；秋兰兮青青，绿叶兮紫茎满。

屈原《招魂》：光风转蕙，氾崇兰些；兰膏明烛，华容备些；兰薄户树，琼木篱些；兰膏明烛，华镫错些；结撰至思，兰芳假些；皋兰被径兮，斯路渐。

屈原《大招》：茝兰桂树，郁弥路只。

西汉东方朔《七谏·沉江》：明法令而修理兮，兰芷幽而有芳。

西汉王褒《九怀·尊嘉》：余悲兮兰悴（生），委积兮纵横。

西汉王褒《九怀·蓄英》：将息兮兰皋，失志兮悠悠。

西汉王褒《九怀·乱曰》：皇门开兮照下土，株秽除兮兰芷睹。

西汉刘向《九叹·逢纷》：怀兰蕙与衡芷兮，行中野而散之。

西汉刘向《九叹·惜贤》：游兰皋与蕙林兮，睨玉石之参嵯。

西汉刘向《九叹·远游》：怀兰茝之芬芳兮，妒被离而折之。

这么多处提到泽兰，意思相近，就以屈原《九歌·云中君》为例叙之。

*浴兰汤兮沐芳，华采衣兮若英。*
*灵连蜷兮既留，烂昭昭兮未央。（节录）*

用泽兰泡的水沐浴芳香四溢，穿着的衣服鲜艳华丽像花儿一样美丽。

灵巫盘旋起舞神灵依附在他身上，他身上因为有神灵附身不断散发出不尽的光芒。

这是一首祭祀云神的诗，是主祭巫和扮演云神的巫（灵子）的对唱，颂扬云神，思慕云神，从此留下"沐浴兰汤"的嘉美之词。

从《楚辞》多次提到泽兰当然可以想象泽兰在那时的崇高地位，甚至和玉相当。因为古时，只有有德的君子才能佩玉，泽兰也是一样，只有道德高尚的君子才有资格佩兰——泽兰。屈原当然常常佩戴，否则不会如此多次地反复吟唱，所谓"扈江离与辟芷兮，纫秋兰以为佩"。

那时如此声名显赫的泽兰如今在哪里？不知何时何地就湮没在历史的长河中不为人知。泽兰早已退隐到沼泽河边，"躲在河边人未识"了，像风中的野草，自开自落自芬芳，不再担负"香草美人"的美誉，替代它的是另一种兰，中国兰，"王者之香"的兰，君子的重任就让此兰延续了。

泽兰是长得不起眼的菊科植物，叶子有些像薄荷叶，伞状花序，凡常的深粉色，实在是貌不惊人，以我形而下的眼光看，很难和君子美人美德联系起来。我不免胡乱揣测，古时的君子真的跟泽兰一样普通吗？

于是不由得想到《郑风·溱洧》中的泽兰，就是男女相会手拿泽兰增加一点情调。于我，这样就妥帖了。

我想，我是够不上君子了，只好在这里遥望一下屈原，对他表示敬意和同情。我知道他是"怀兰茝之芬芳兮，妒被离而折之"的。

# 杜　衡

## 杂杜衡与芳芷

杜衡在《楚辞》中出现7次之多，可见是一种比较重要的香草，因为它总是和其他香草同时出现，比如和白芷、泽兰等，所以肯定是香草无疑。

杜衡的别名很多，有蘅薇香、楚蘅、杜蘅、马蹄香、蘹香、杜衡葵、南细辛、马蹄细辛、泥里花、土里开花等等。我喜欢泥里花、土里开花这样接地气的名称，形象生动，没有负担。

《唐本草》云："杜衡，叶似葵，形如马蹄，故俗云马蹄香。生山之阴，水泽下湿地。根似细辛、白前等。"

《山海经》："天帝之山有草焉，其状如葵，其臭如蘪芜，名曰杜衡，食之已瘿。"

就是想说明杜衡是种很早就被人发现并被认知的香草，可以"令人身衣香"，还可以"食之已瘿"，只是我不知道而已。

把《楚辞》中有关杜衡的诗句一一列出，兴许可以增加对杜衡的认识。

屈原《离骚》：畦留夷与揭车兮，杂杜衡与芳芷。

屈原《九歌·湘夫人》：芷葺兮荷屋，缭之兮杜衡。

屈原《九歌·山鬼》：被石兰兮带杜衡，折芳馨兮遗所思。

屈原《九章·悲回风》：蘠蘅槁而节离兮，芳以歇而不比。

东方朔《七谏·怨世》：弃捐药芷与杜衡兮，余奈世之不知芳何？

刘向《九叹·逢纷》：怀兰蕙与衡芷兮，行中野而散之。

王逸《九思·伤时》：菫荼茂兮扶疏，蘅芷雕兮莹嫇。

就选屈原《九歌·湘夫人》中的杜衡一叙：

芷葺兮荷屋，缭之兮杜衡。

合百草兮实庭，建芳馨兮庑门。

九嶷缤兮并迎，灵之来兮如云。（节录）

在荷屋上覆盖香草白芷，用杜衡围绕四周。

庭院里布满各种芳草，再建一座芳香馥郁的门廊。

九嶷山的众神都来迎接湘夫人，他们如云般相拥而至。

湘君做好各种准备迎候湘夫人，但湘夫人没有来，于是他又思慕又哀怨。

有杜衡的这一段很美，诗中描述各种香草修建的庭院令人向往，以一个俗人的心是止不住要赴约的。

在楚地的民间传说中，湘夫人是有具体指向的，是舜的两位夫人——娥皇女英，自然湘君就是舜了。传说舜巡查南方，劳顿辛苦，死于苍梧，葬于九嶷山。娥皇女英闻讯万分悲痛，泪洒竹子形成斑点成为湘妃竹，二妃不能承受丧夫之痛投入湘江化为湘妃。历代文人墨客书画湘君湘夫人的很多，湘夫人自此就成了凄美的传说。杜衡作为重芳中的一芳，为湘夫人增添了一抹香韵，足矣。


# 芍 药

## 畦留夷与揭车兮


我的家乡近年来种了很多芍药，是作为药品种植的，因为面积大，春夏时分，整片地里芍药绽放，粉红粉白，阳光下起舞，给人明艳动人之感，生活很美好。

过去总认为芍药没有牡丹华贵、气度雍容。古人评价此二花为"花中双绝"，牡丹是花王，芍药是花相、是近侍，那意思总是芍药比牡丹略逊一筹，我也是和古人随声附和的。但是近时看多了，倒发现芍药的清雅、芬芳别具一格。特别是作为药用植物的芍药，不似牡丹过于华丽、雍容、花大如斗，于我倒是蛮相宜的。

其实很久以前，牡丹和芍药都叫芍药，唐以后才把木芍药称为牡丹。芍药的别称很多，比如绰约、余容、婪尾草、没骨草、将离。我最喜欢将离，是因为此称谓的来源，和《郑风·溱洧》有关。

溱与洧，方涣涣兮。士与女，方秉蕳兮。女曰："观乎？"士曰："既且。""且往观乎！"洧之外，洵訏且乐。维士与女，伊其相谑，赠之以芍药。（节录）

溱河和洧河，春来涨满哗哗流。

小伙子和姑娘，正拿着那泽兰在手中。

姑娘说：去游水吧。小伙说：已经游过。

那就再去看看吧，洧河对岸，宽阔又热闹。

小伙子和姑娘，他们说笑打闹，相互赠送芍药。

说的是小伙子和姑娘嬉戏玩乐之后告别，难舍难分，互赠芍药。从此后，芍药也被称作将离。因为有故事，所以喜欢。

《楚辞》中只有一次提到芍药，当然是作为香草提到，但不叫芍药，也不叫将离，而是叫"留夷"，一个让我不知所以的名字。

余既滋兰之九畹兮，又树蕙之百亩。
畦留夷与揭车兮，杂杜衡与芳芷。
冀枝叶之峻茂兮，愿俟时乎吾将刈。
虽萎绝其亦何伤兮，哀众芳之芜秽。

我种了很多泽兰，又栽了成片蕙草。

芍药和揭车分陇而种，杜衡和白芷杂陈其中。

期望这些香草枝叶茂盛，能到我可以收割的时候。

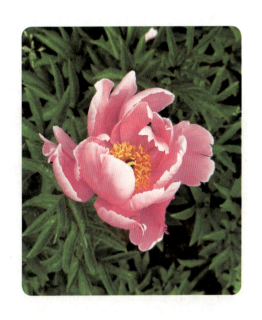

就是它们枯萎死绝又有什么哀伤，可悲伤的是众芳草的变节。

这是典型的屈原式香草，和《郑风·溱洧》大异其趣，屈原的香草是"高大上"的，是有道德情操指向的，是阳春白雪的，《郑风·溱洧》却是民间的，是下里巴人的，我不想有高下之分，追求不一样。

"留夷"还出现在《汉书·司马相如传》中："糅以蘪芜，杂以留夷。"和屈原的"杂杜衡与芳芷"如出一辙，显而易见司马相如是受屈原影响的。

因为喜欢芍药，就以清代孔尚任称赞芍药的诗结束本文吧。

一支芍药上精神，斜倚雕栏比太真。
料得也能倾国笑，有红点处是樱唇。

似乎和屈子的香草芍药无关。


# 菊

## 夕餐秋菊之落英

历来写菊花的诗最多。

最悠然自得的当然是陶渊明的："采菊东篱下，悠然见南山。"

最豪气冲天的自然属黄巢的："待到秋来九月八，我花开后百花杀。冲天香阵透长安，满城尽带黄金甲。"

他的另一首菊花诗我也很喜欢："飒飒西风满院栽，蕊寒香冷蝶难来。他年我若为青帝，报与桃花一处开。"

元稹的菊花诗写出了菊的本质："秋丛绕舍似陶家，遍绕篱边日渐斜。不是花中偏爱菊，此花开尽更无花。"

杜牧看似潇洒实则无奈落魄的心情用的是菊花表述："尘世难逢开口笑，菊花须插满头归。"

李清照的菊花也是旧日菊花的写照："莫道不销魂，帘卷西风，人比黄花瘦。"

菊花还和重阳节有巨大关系，此一日自三国魏晋始就有赏菊、饮菊花酒的习俗，菊花誉为长寿，饮菊花酒则有祛灾祈福的美意，所以重阳节甚至称为菊花节。

魏时送人菊花是祝对方长寿的，比如，曹丕就在重阳节赠菊花给钟繇祝寿。现在可不敢，菊花成了人过世之后的标志性花卉。

晋时的葛洪在《抱朴子》中记载，有人因饮了遍生菊花的甘谷水而延年益寿的事。

菊花制酒不知起于何时，但至少在汉代就有了。东晋陶渊明在《九日闲居》诗序文中说："余闲居，爱重九之名。秋菊盈园，而持醪靡由，空服九华，寄怀于言"。

菊花也因其傲霜挺立、不畏严寒的高洁品质位列"梅菊竹兰"四君子的行列。

菊花唐宋以前就是黄色的，所以菊花又称为黄花，只是唐宋以后才培育了不同颜色的菊花，比如白色和紫色。宋代培植菊花进入盛期，到今天菊花的品种超过三千。很多城市都有菊花节，菊花从单纯的"黄花"到了"醉舞杨妃""鸳鸯戏水""鹤舞云霄""空谷清泉"，姹紫嫣红，十分诗意。但是我还是怀念菊花是"黄花"的纯粹，喜欢"菊花插满头"的洒脱不羁。

更早的菊花在《楚辞》中，提到三次。菊花当然是和白芷、木兰、兰并列

的香草。

屈原《离骚》：朝饮木兰之坠露兮，夕餐秋菊之落英。

屈原《九歌·礼魂》：春兰兮秋菊，长无绝兮终古。

屈原《九章·惜诵》：播江离与滋菊兮，愿春日以为糇芳。

很有兴趣知道屈原眼里的菊花是怎样的情志，所以不妨一一列举。

《离骚》：

朝饮木兰之坠露兮，夕餐秋菊之落英。

苟余情其信婍以练要兮，长顑颔亦何伤。（节选）

清晨我饮木兰上的露珠，傍晚食菊花落下的花瓣。

只要我的情志美好坚贞不易，长久的形神消瘦又有什么悲伤。

屈原是不食人间烟火的神仙，不食五谷杂粮，饮的是香花滴出来的露水，食的是香花的落英，如此高洁，如此阳春白雪，哪里是红尘中整日宴饮无度的楚王能理解并接受的呢？所以屈原的结局从他崇尚的高洁就可以断定。

再看《九歌·礼魂》：

成礼兮会鼓，传芭兮代舞，婍女倡兮容与。

春兰兮秋菊，长无绝兮终古。

祭祀礼成啊鼓乐和鸣，香花传递啊纷纷起舞，美女高唱啊仪态从容。

春天祭祀以兰草啊秋天祭祀以菊花，长久没有终止啊直到永远。

《九歌·礼魂》是《楚辞》中最短的一篇，是祭祀各神之后的送神曲，短短几句竟是气象万千，鼓乐齐鸣，美女歌唱，众人起舞。春秋祭祀，兰花菊花，永久不绝。那菊花是充当祭祀的供品自然是高贵无比，芳香无比，以菊花的品行当得起。

再看《九章·惜诵》：

梼木兰以矫蕙兮，糳申椒以为粮。

播江离与滋菊兮，愿春日以为糇芳。

捣碎木兰再加上蕙草啊，舂碎申椒做成干粮。

种下芎䓖栽上菊花啊，愿到春天做成芬芳的干粮。

此时菊花再次成为食品，和木兰、蕙草、申椒、芎䓖一起做成"干粮"，没有一点烟火，空灵到只剩下芳香。他这样的高洁怎能被世俗接纳？从来曲高和寡，他的直言进谏怎能不遭人谗言诬陷？屈原痛惜他的遭遇，我也痛惜，因而更理解了菊花傲骨凌霜的气节。痛哉，屈原，美哉，菊花。

屈原的菊不是陶渊明的菊，更不是黄巢杀气腾腾的菊，但骨子里，都是不为五斗米折腰的菊。无论怎样的菊，都是"只留清气满乾坤"的菊。

菊，当得高洁。


# 杜 若

## 山中人兮芳杜若


杜若无疑是种芳草，《楚辞》中九次提起，可见它的芳香是如此深入诗人们的心，是如此深得诗人们的喜爱。但杜若到底是杜若还是高良姜，上千年来也没有定论。

屈子眼中的杜若若还是今朝的杜若，那么杜若就是鸭跖草科的杜若；若是今日的高良姜，那么杜若就是姜科的高良姜。说明·点，杜若和高良姜真的很像，这是有依据的。

沈括《梦溪笔谈·补笔谈卷三·药议》云："杜若，即今之高良姜，后人不识，又别出高良姜条，如赤箭再出天麻条……诸药例皆如此，岂杜若也。后人又取高良姜中小者为杜若，正如用天麻、芦头为赤箭也。又有用北地山姜为杜若者。杜若，古人以为香草，北地山姜，何尝有香？高良姜花成穗，芳华可爱，土人用盐梅汁淹以为菹，南人亦谓之山姜花，又曰豆蔻花。《本草图经》云：'杜若苗似山姜，花黄赤，子赤色，大如棘子，中似豆蔻，出峡山、岭南北。'正是高良姜，其子乃红蔻也，骚人比之兰、芷。"

只是高良姜开花白色中带红，植株有香气。鸭跖草科的杜若开花是白色，也没有香气，所以古人眼里的杜若到底是哪种，若是能穿越马上就知道，用不着争论至今，但我只是提出来并不探究。

还是列出《楚辞》中的杜若吧，芳香着呢。

屈原《九歌·湘君》：采芳洲兮杜若，将以遗兮下女。时不可兮再得，聊逍遥兮容与。

屈原《九歌·湘夫人》：搴汀洲兮杜若，将以遗褋兮远者。时不可兮骤得，聊逍遥兮容与！

屈原《九歌·山鬼》：山中人兮芳杜若，饮石泉兮荫松柏，君思我兮然疑作。

屈原《九章·惜往日》：自前世之嫉贤兮，谓蕙若其不可佩。

屈原《九章·悲回风》：惟佳人之独怀兮，折若椒以自处。

东方朔《七谏·自悲》：饮菌若之朝露兮，构桂木而为室。

刘向《九叹·怨思》：菀蘼芜与菌若兮，渐藁本于洿渎。

刘向《九叹·惜贤》：握申椒与杜若兮，冠浮云之峨峨。

王逸《九思·悯上》：怀兰英兮把琼若，待天明兮立踯躅。

就以《九歌·山鬼》为例吧，喜欢山鬼，因为山鬼多情，多情总比无情好。还喜欢山鬼的形象，那山鬼身披着薜荔、女罗、石兰和杜衡，乘着赤豹拉的辛

夷车，车上插着桂枝编织的旗，身边跟着长有花纹的花猫，何等的芳香、自然、野性与美丽，她在期盼恋人的到来。诗不长，全录于下，看看山鬼和杜若的风采。

若有人兮山之阿，被薜荔兮带女萝。
既含睇兮又宜笑，子慕予兮善窈窕。
乘赤豹兮从文狸，辛夷车兮结桂旗。
被石兰兮带杜衡，折芳馨兮遗所思。
余处幽篁兮终不见天，路险难兮独后来。
表独立兮山之上，云容容兮而在下。
杳冥冥兮羌昼晦，东风飘兮神灵雨。
留灵修兮憺忘归，岁既晏兮孰华予？
采三秀兮于山间，石磊磊兮葛蔓蔓。
怨公子兮怅忘归，君思我兮不得闲。
山中人兮芳杜若，饮石泉兮荫松柏，
君思我兮然疑作。
雷填填兮雨冥冥，猨啾啾兮狖夜鸣。
风飒飒兮木萧萧，思公子兮徒离忧。

好像有人从山的弯处经过，那是我身披薜荔腰间系着松萝。含情脉脉巧笑倩兮，你爱慕我的姿态窈窕婀娜。我驾着赤豹出行后面跟着花狸，辛夷做车桂枝为旗。我身披着石兰腰系杜衡，折一枝芳香花朵送于我思慕的人。

我住在幽深的竹林不见天日，道路艰难难以行走，所以我姗姗来迟。孤身一人站在那大山之巅，云雾缭绕在脚下自如翻卷。天色幽暗如同黑夜，东风吹来雨神降雨。想留住思慕的人忘却归去，年华渐老谁能让我花颜永驻？

我在山间采摘灵芝，岩石堆积葛藤缠绕。怨恨那思慕的人儿惆怅忘归，你是思念我的，是因为没有空闲来吧？我这山中人如杜若般芳香，喝的是石间的清泉，住的是松柏之下。你思念我吗？我心中有些疑虑。雷声大作，阴雨绵绵，猿声不断，长夜不停。冷风习习，落叶纷纷，思念那人徒然叫人忧伤。

那披花结草的山鬼分外妖娆，驾着赤豹凭增了一分原始的狂野，只是期望看到自己思慕的人时，却是柔肠百转、幽怨哀伤。那杜若只是美丽山鬼身上锦上添花的一种芳草，因着山鬼更增加了浪漫、神秘、芳香的意蕴，你甚至不愿意看到杜若是一种现实中具象的花，比如高良姜，比如鸭跖草科的杜若。

# 石 斛

## 疏石兰兮为芳

石斛兰是一种兰科植物无疑，近些年很有名是因为铁皮石斛被吵上了天价。铁皮石斛生长的环境苛刻，药农为获得好的收益自然不惜代价采摘，所以越来越少。于是物以稀为贵，铁皮石斛就在炒作中走入人们的视野。我也便知道了世界上有一种植物叫石斛兰。

石斛被称为"仙草"，是因为其具有抗衰老、抗肿瘤、治疗消化系统、治疗糖尿病等作用，自然会被现代人追捧。其实石斛自古就是重要的中药材，在《神农本草经》中被列为上品。用于中药的除了珍贵的铁皮石斛，还有金钗石斛、马鞭石斛、美花石斛，等等。

石斛的品种很多，全世界有1500多种，我国有76种，但我们是发现石斛药用价值最早的国家，更早的是我们的先人发现了石斛的芳香，屈子当是其一，他在《九歌》中两次提到石斛——石兰。

《九歌·湘夫人》：白玉兮为镇，疏石兰兮为芳。

《九歌·山鬼》：被石兰兮带杜衡，折芳馨兮遗所思。

《山鬼》已在《山中人兮芳杜若》中全文介绍，那就介绍《湘夫人》中的石斛吧，和众芳草一起，惊艳非常。

筑室兮水中，葺之兮荷盖。

荪壁兮紫坛，播芳椒兮成堂。

桂栋兮兰橑，辛夷楣兮药房。

罔薜荔兮为帷，擗蕙櫋兮既张。

白玉兮为镇，疏石兰兮为芳。

芷葺兮荷屋，缭之兮杜衡。

合百草兮实庭，建芳馨兮庑门。

九嶷缤兮并迎，灵之来兮如云。（节录）

我要把房屋啊建在水中，用荷叶啊来做屋顶。用菖蒲装饰墙壁啊用紫草铺地面，用芳椒和泥啊涂抹祭坛。用桂树做栋梁啊用木兰做椽，辛夷做门楣啊白芷装饰卧房。编织薜荔啊做成帷幔，蕙草做成隔扇啊已经摆放停当。用白玉啊压住睡席，各处摆放石斛啊芳香四溢。在荷叶屋顶上再覆盖白芷，四周再用杜衡环绕。汇集香草啊装满庭院，建造芳香馥郁的门廊。九嶷山的神灵纷纷前来恭贺新宅，众神降临啊犹如云集。

那是怎样的一栋美屋呢？芳草香木椒墙，荷叶顶白芷覆盖，卧室中石斛芬芳馥郁，美不胜收就是这个意思吧！那是湘君期待和湘夫人相聚的地方，然而，终未相会，于是幽怨，相思。

人一有情，就会受伤，神也一样，不过是更加缠绵瑰丽。过于美丽的意境只能增加未曾相见的惆怅。石兰——石斛正是芳香中的惆怅。

# 柴 胡

## 揽茹蕙以掩涕

柴胡在中药里是有名的。少时，家中无论大小，感冒发烧了就是到卫生所打一针柴胡安痛定。所以自小知道柴胡，稍大，就知道小柴胡汤，当是汉代名医张仲景《伤寒论》所创，首先是用于治疗感冒，后来发现治疗"内症"也颇有疗效。《皇汉医学》载："凡气管炎、百日咳、肺结核、肋膜炎、肠窒扶斯、疟疾、胃肠加答儿、肝脏病、肾脏肾盂炎症、妇人病等悉能治之。"现在医学界开始尝试用小柴胡汤治疗癌症，柴胡功莫大焉！

柴胡是伞形科植物，和白芷、川芎一个科，自带芳香，当然是香草。只是柴胡的植株比白芷、川芎更不起眼。多年前，在一处僻静如世外桃源般的小药圃见过柴胡，和芍药、射干比起来，柴胡就是一堆乱草，如果不是种在整齐的药田里，你会以为就是杂草。

《诗经》中没有提过柴胡，《诗经》之浪漫是原始的浪漫，屈原之浪漫是有情操的浪漫，他的香草是为了体现情操的，所以提及的香草很多不以形胜，主要是内质，比如白芷、川芎，包括柴胡。

《楚辞》中就提到一次柴胡，还是在《离骚》中，那时称为"茹"。

*阽余身而危死兮，览余初其犹未悔。*
*不量凿而正枘兮，固前修以菹醢。*

曾歔欷余郁邑兮，哀朕时之不当。

揽茹蕙以掩涕兮，沾余襟之浪浪。（节录）

我预感自己将遭遇死亡的危险，但我毫不后悔当初的志向。

就是不能迁就凿眼就削正榫头，前代的先贤就是因此遭受荼毒。

我泣不成声烦恼悲伤，哀叹自己的生不逢时。

拿香草柴胡和熏草擦拭眼泪，泪水涟涟沾满我的衣裳。

屈子擦拭眼泪都要拿香草，他是一个多么自洁自爱的人呀。

"茹"可以解释为柴胡，也可以解释为柔软，我的意愿里自然愿意解释为柴胡，而且不是空穴来风。《吴普本草》就称柴胡为茹草，还称为地熏、芸蒿、山菜。柴胡始载于《神农本草经》，被列为上品。

李时珍《本草纲目》云："嫩则可茹，老则采而为柴，故苗有芸蒿、山菜、茹草之名，而根名柴胡也。"

有意思的是，《战国策》也提到柴胡："今求柴胡、桔梗于沮泽，则累世不得一焉。"是说要在沼泽湿地找柴胡和桔梗那是不可能的。那时小柴胡汤还没有问世，除了如屈原般可以擦拭眼泪、幼苗可以食用外，那《战国策》里的柴胡是做什么用的？一定不是治疗癌症。

想了想，柴胡还是治疗感冒发烧的好。擦眼泪就不必了，太沉重。


# 灵 芝

## 南采兮芝英


灵芝自古就是仙草，与之有关的最著名传说——白娘子盗仙草救许仙，其中白娘子所盗之草就是灵芝。

《神农本草经》记录有赤芝、黑芝、青芝、白芝、黄芝、紫芝等不同产地及不同性状的灵芝，有的"益心气，补中，增慧智"，有的"益肾气，通九窍，聪察"，还有的"益肺气，通利口鼻，强志意，勇悍，安魄"，不一而足，但所有灵芝都有一个共同的功效，那就是"久食，轻身不老延年神仙"。

自古以来，很多人追求长生不老，秦始皇派徐福寻访长生不老药，徐福一去不归。汉武帝也追求长生不老，他很实际，认为灵芝就是不老药，献不老药方的方士、文人投其所好，引经据典就把灵芝形容为神仙草。你还别说，汉武帝虽然没有"万岁万岁万万岁"，总还是活了70岁，在2000多年前算是很长寿了，尤其是在帝王当中，人生七十古来稀，从这一点看灵芝确实对延年益寿有一定作用。李喜注《两都赋》赞曰："神木灵草，不死药也。"

灵芝生长的区域很广，贵州、黑龙江、吉林、山东、湖南、安徽、江西、福建、广东、广西、河北等省都有。现在人工种植的尤其多，灵芝已经不稀奇珍贵了。

《楚辞》中两次提到灵芝，当然是当作香草的。《孔子家语·六本》："与善人居，如入芝兰之室，久而不闻其香，即与之化矣。"意思就是说和品行高尚的人在一起，就如走到有灵芝和泽兰的屋子里一样，时间长了便闻不到香味，但那是因为你已经融化在其中。

在屈原的《九歌·山鬼》中，灵芝被称为"三秀"。《论衡》中云："芝草一岁三华。"就是说灵芝一年之中开花三次，所以"三秀""三华"就是灵芝了。

王褒在《九怀·通路》中也提到灵芝，称为芝。

屈原眼中的灵芝仅仅是香草，还没上升的仙草。

### 九歌·山鬼

采三秀兮于山间，石磊磊兮葛蔓蔓。

怨公子兮怅忘归，君思我兮不得闲。

美丽的山鬼怨恨那没有如约而来的情人，就是采下香草灵芝又有何用？

下面看一看王褒的灵芝有何用。

### 九怀·通路

乘虬兮登阳，载象兮上行。

朝发兮葱岭，夕至兮明光。

北饮兮飞泉，南采兮芝英。

宣游兮列宿，顺极兮彷徉。

红采兮骍衣，翠缥兮为裳。

舒佩兮綝纚，竦余剑兮干将。

腾蛇兮后从，飞驱兮步旁。

微观兮玄圃，览察兮瑶光。（节录）

乘着虬龙啊飞上天，骑着神象啊向上飞翔。早上从葱岭出发啊，傍晚到达明光山。在北方饮飞泉啊，到南方采灵芝。把天上的星宿游遍，环绕北极徜徉游荡。鲜艳彩虹啊做我的上衣，青色云朵啊做我的下裳。玉佩叮当潇洒自如，紧握手中干将宝剑。神龙腾蛇跟随其后。善跑的驱骥伴随一旁。暗暗观察天地的玄圃，仔细查看北斗瑶光。

王褒幻想自己有一条上达天庭的"通路"，然而"理想很丰满，现实很残酷"。他和屈原始终打不开"通路"，此一节正是诗人的幻想、幻象，绮丽多姿，无限美妙，灵芝正是多姿中的芳香一姿，美则美矣，却在天际，而我们在人间。

现在好了，灵芝哪里都有，"条条大路通罗马"，路总会有的，面包会有的，灵芝也会有的，我相信。

# 射 干

## 掘荃蕙与射干兮

射干除了是清热解毒的中药，于我，更多的是美艳的花儿。

第一次见射干是多年前在汾河边上的药圃，柴胡、甘草、牛蒡子丝毫没有引起我的注意，是娇艳的芍药吸引了我的目光，于是我花中游，醉于花阴，忽又看见鲜红有斑点的"小百合"，便像采花的蝴蝶，径直奔了过去，细细观赏。花不大，一枝数朵，像百合，颜色像卷丹，所以我起名"小百合"，转头看见田埂边立着木牌子，上写：射干。才知其真名，只是实在无法把射干和眼前美艳的花儿联系起来。

后来又知道射干不是百合科的植物，居然是鸢尾科的，又出乎我的意料，射干实在是和我见过的鸢尾科植物不相似。

再后来知道射干为什么叫射干了，是《本草纲目》说的："射干之形，茎梗疏长，正如射人长竿之状，得名由此尔。"射干还有很多奇怪的名字："其叶丛生，横铺一面，如乌翅及扇之状，故有乌扇、凤翼、鬼扇、仙人掌诸名。俗呼扁竹，谓其叶扁生而根如竹也。根叶又如蛮姜，故曰草姜。"只有"凤翼"描述花的姿态让人略感贴合。但射干因名称和花的巨大差异反倒让我一次就记住了这种植物。李时珍描述它的果实模样非常准确："射干即今扁竹也，今人所种多是紫花者，呼为紫蝴蝶，其花三四月开，六出大如萱花，结房大如拇指，颇似泡桐子。"只是居然是紫色射干，又让人一惊。

《神农本草经》把射干列为下品，是因为"射干性寒，多服泄人"。荀子《劝学篇》居然也提到射干："西方有木焉，名曰射干，茎长四寸。生于高山之上，而临百仞之渊，木茎非能长也，所立者然也。"只是此"射干"从其描述看应是木本植物，而不是草本的射干。

在《抱朴子》中，射干却是神奇得不得了："千岁之射干，其根如生人，长七尺，刺之有血。以其血涂足下，科步行水上不没；以涂人鼻，入水，水为之开，可以止住渊底也。以涂身，则隐形，欲见则拭之。"就是说"千岁射干"有"水上飞""隐身术"的神奇作用，说来就是到了今天也是令人向往的。

射干不香，但在《楚辞》中列为香草，想必就是因为射干娇艳的花儿和神奇的作用吧！刘向在《九叹·愍命》中提到一次射干。

折芳枝与琼华兮，树枳棘与薪柴。
掘荃蕙与射干兮，耘藜藿与蘘荷。
惜今世其何殊兮，远近思而不同。
或沉沦其无所达兮，或清激其无所通。
哀余生之不当兮，独蒙毒而逢尤。

折断芳枝和琼花啊，培植枳棘和柴火。
挖出荃蕙和射干啊，耕植灰菜豆叶和蘘荷。
可惜今日和往昔如此殊异，古今之人如此不同。
有人沉沦不能显达，有人清廉不能恒通。
悲叹我生不逢时啊，独遭苦难蒙受冤屈。

这是刘向替屈原写的诗，生不逢时、命运多舛、不容于世，斯世颠倒黑白，所以挖出的是香草，比如射干，扶植的却是恶草，比如灰菜。这样一对比，"香""恶"立显，更突显射干的卓尔不群。于是让只知道欣赏射干"风花雪月"的我多了一层"忧国忧民"的"匹夫之责"。

# 蒺藜

## 蒺藜蔓乎东厢

蒺藜的名字很形象，正如李时珍云："蒺，疾也；藜，利也；茨，刺也。其刺伤人，甚疾而利也。屈人、止行，皆因其伤人也。"其中茨、屈人、止行都是蒺藜的别称。这些名称都道出了蒺藜的特点，其果实尖锐有刺，往往伤人，阻止人的行进，甚至让人叫屈不已。

《易》提到蒺藜，云："据于蒺藜，言其凶伤。"说明受蒺藜之刺，那是不吉利的。

但用于兵家就是有力的武器，以蒺藜的形状制造的仿生武器"铁蒺藜"正是冷兵器时代很有用的防御性武器。王维《老将行》："汉兵奋迅如霹雳，虏骑崩腾畏蒺藜。"此诗道出了"铁蒺藜"的厉害。

儿时就知道这种草，喜欢它铺地细小的黄花，待到细看，却被那"子有三角"的果实刺中，疼痛不已，从此对此草留下很深的记忆，会讨厌它，视为恶草。

《诗经》就视蒺藜为恶草，称为"茨"，《鄘风·墙有茨》中的"茨"就是可恶和羞耻的代名词。

> 墙有茨，不可扫也。中冓之言，不可道也。所可道也，言之丑也。
> 墙有茨，不可襄也。中冓之言，不可详也。所可详也，言之长也。
> 墙有茨，不可束也。中冓之言，不可读也。所可读也，言之辱也。

说的是宫中发生了丑闻，又臭又长，要是传出去了，那可真要羞煞人也。

不用想，《楚辞》中若提到蒺藜一定是恶草，因为蒺藜适应性强，全国各地哪里都有。果然，《七谏·怨思》中提到蒺藜：

> 行明白而日黑兮，荆棘聚而成林。
> 江离弃于穷巷兮，蒺藜蔓乎东厢。

贤者蔽而不见兮，谗谀进而相朋。（节录）

行为高洁却被视为污浊啊，荆棘丛生以至成为树林。

香草芎䓖被抛弃于陋巷啊，恶草蒺藜却蔓延在东厢房中。

贤者被蒙蔽无缘见君王啊，奸佞小人却日益得势甚嚣张。

诗人以香草芎䓖和恶草蒺藜相对，痛惜君王贤愚不分，香臭不分。唉，不说了，说多了都是泪，那蒺藜真不是好草，蔓延到哪里就扎到哪里。

《离骚》中提到"䕅"，《现代汉语词典》的解释是堆积或聚集杂草。是不是可以做"茨"——蒺藜解释不得而知，因为"䕅""茨"相关，不妨列出。

䕅菉葹以盈室兮，判独离而不服。（《离骚》节录）

蒺藜、荩草、苍耳充满房屋啊，你却异于众人不肯佩戴。

总之不论何处提到蒺藜，没有一处是称许的。但是在今日的艳阳天下，我就找出蒺藜的些许妙用以满足我中国人期盼圆满美好的心。

那刺人的蒺藜果实有平肝解郁、活血祛风、明目的功效，可以"长肌肉、明目轻身"，甚至强壮身体、提高性能力。

于是，蒺藜不再是"茨""止行""屈人"，让世界充满"正能量"，我这样想。

# 荩 草

## 篆苹齐叶兮白芷生

荩草虽然分布极广，我却只注意过一次，是在霍山脚下的一处泉水边，绿草盈盈，青翠可爱，犹如矮小的竹子。

完全没想过这样极普通的草是可以染色的，染黄色。这是《诗经》告诉我的，《小雅·采绿》中的"绿"就是荩草。

终朝采绿，不盈一匊。予发曲局，薄言归沐。
终朝采蓝，不盈一襜。五日为期，六日不詹。（节录）

整个上午采荩草，还是不到手一捧。我的头发蓬松卷曲，还是回家去梳洗吧。

整个上午采靛草，围裙里面装不满。说好的五天就回家，结果六天不见人。

妻子思念在外的丈夫，一上午都采不下一捧荩草，那是怎样的心不在焉呀，头发蓬乱也没有打理，想想还是回去梳洗一下吧，万一此时丈夫回来呢。

这位妻子采的荩草就是为官府所用，因为荩草"染黄色，极鲜好"。而黄色是那时官服的重要颜色，君主常驱使百姓采集荩草，所以此草也称为"王刍"。

《广本草注》描述荩草的形态："叶似竹而细薄，茎亦圆小。生平泽、溪涧只测。"和我看到的一模一样。

然而《楚辞》中的荩草可不是用来染衣服，也不是女子手下采不满围裙的"相思草"，而是杂草，甚至是恶草。比如《离骚》中，荩草被称为"菉"：

薋菉葹以盈室兮，判独离而不服。
众不可户说兮，孰云察余之中情？
世并举而好朋兮，夫何茕独而不予听？（节录）

蒺藜、荩草、苍耳充满房屋啊，你却异于众人不肯佩戴。

不可能对每一个人表明自己的心迹啊，谁又能明了我内心的真诚。

世人相互举荐相互利用啊，你又为什么孑然独立不听我的劝告。

无疑，荩草和蒺藜、苍耳同列恶草，蒺藜、苍耳列为恶草不难理解，果实长刺，形象猥琐，伤人，粘人，令人厌恶，但荩草并无可以刺人的"武器"，它甚至是一种染料。想来也许是因为荩草和狗尾草一样遍地都生，在屈子的眼里就是没有香味、没有美貌的杂草吧！

《招魂》中的荩草就是杂草。

献岁发春兮，汩吾南征，菉蘋齐叶兮白芷生。
路贯庐江兮左长薄，倚沼畦瀛兮遥望博。（节录）

尾声：一年复始春来到啊，我将要匆匆去南方，荩草齐聚生长啊白芷生机盎然。路途要经过庐江啊，那左边是茂密的树林，站在池塘的田界啊，眺望广袤无边的楚国大地。

此时的"恶草"荩草竟是和"香草"白芷并生的，"恶"耶？"香"耶？那是屈子的事。我以为荩草就是霍山脚下、泉水旁边、众草丛生中，绿草盈盈、青翠欲滴的野草，如此而已。

# 苍 耳

## 菓耳兮充房

苍耳是人们最熟悉的野草，"恶"草了，就是因为苍耳子那无处不在、无处不黏人、无处不扎人的习性。

儿时不知天高地厚，却有着神农尝百草的心，什么花都想采，什么果实都想品尝。哪个孩子没尝过龙葵黑紫只有一点点甜味的果实呢？哪个孩子没摘过紫茉莉的小喇叭花装点自己的发鬓呢？但并不是所有孩子都尝过苍耳子的果实。

我尝过，像新鲜的葵花籽味，样子也像。只尝过屈指可数的几次，实在是因为那尖锐的外皮令人难以下手，不能像吃瓜子般轻易得手，但我要感谢那令人生厌尖锐的外皮，因为苍耳子有毒！若是轻易得手，我岂不是早就呜呼哀哉了！

几乎所有的中药书都记载苍耳子有毒，比如《中药大辞典》载："苍耳子性寒，苦辛、寒涩，有毒，能散风、止痛、祛湿、杀虫。"再次感谢上天，我还活着，在吃了苍耳子之后。

但在久远的过去，苍耳的植株确实是被当菜吃的，有杜甫的《驱竖子摘苍耳》诗为证："蓬莠犹不焦，野蔬暗泉石。卷耳况疗风，童儿且时摘。""登床半生熟，下筋还小益。加点瓜薤间，依稀橘奴迹。"一是为了吃，二是为了治病。

《诗经》中也记载了苍耳，那时称为"卷耳"，看情形也是用来吃的。

**周南·卷耳**
采采卷耳，不盈顷筐。
嗟我怀人，置彼周行。（节录）

诗歌描述了一位女子采卷耳，总也采不满筐子，那是在思念她的爱人。那女子的思念忧伤犹如眼前，女子实在是满怀心事、无心采卷耳，要不那种满世界乱长、从不挑肥拣瘦的卷耳何以不盈筐？只要下手，分分钟"盈筐"。

据说苍耳子"滑而少味"，并不好吃，不过是荒年时的救荒食物，聊以充饥罢了。此时，人们饱食膏粱厚味，哪里能想起苍耳子曾经是可以食用的呢？

苍耳子即使有种种不堪也有可取之处，《神农本草经》列为中品，可以"治风寒头痛，鼻渊，齿痛，风寒湿痹，四肢挛痛，疥癞，瘙痒"。

在《楚辞》中，以苍耳的丑陋、刺人，一定是列为恶草的，不用怀疑。有两处提到，《离骚》中称为"菤"，《九思·哀岁》中称为"菓"，分别叙之。

### 离骚

薋菉葹以盈室兮，判独离而不服。
众不可户说兮，孰云察余之中情？
世并举而好朋兮，夫何茕独而不予听？（节录）

蒺藜、菉草、苍耳充满房屋啊，你却异于众人不肯佩戴。
不可能对每一个人表明自己的心迹啊，谁又能明了我内心的真诚。
世人相互举荐相互利用啊，你又为什么孑然独立不听我的劝告。

显然，蒺藜、菉草和苍耳并列，比喻奸佞小人充满君王的宫廷，君子屈原却不愿和这些宵小同流合污。

九思·哀岁

*伤俗兮泥浊，曚蔽兮不章。*

*宝彼兮沙砾，捐此兮夜光。*

*椒瑛兮湟污，菓耳兮充房。*

*摄衣兮缓带，操我兮墨阳。*

悲伤世俗如此污浊，人们被蒙蔽不辨黑白。

把那沙粒碎石当珍宝，夜明珠却被抛弃。

香木花椒美玉遭污染，那刺人恶草苍耳却充斥厅房。

整理衣衫啊宽松衣带，我要拿上墨阳宝剑出门远行。

这苍耳的恶名是当定了，我想替其辩解都难。


# 艾

## 户服艾以盈要


艾草是现今人们最常用到的草，以艾灸为主，不仅治病，更是养生，甚至到了无艾不用的程度，有包治百病的嫌疑。很久的从前，人们就用艾来治病，伟大的孟子云："七年之病求三年之艾。"

我喜欢的艾是五月端午的艾，除了家家户户吃美味的粽子，就是家家户户都要在门上插上艾草，用以驱邪避毒，因为那时百虫开始蠢蠢欲动、横行四野，能镇住五毒的就是艾草了，因为艾草有一种特殊的气味，你喜欢就觉得是香味，你不喜欢就觉得是臭味。我喜欢，所以，在我眼里，艾草是香草。

喜欢艾草还因为《诗经》中的艾。《王风·采葛》中，采了三种草，其中有艾草：

彼采葛兮，一日不见，如三月兮。

彼采萧兮，一日不见，如三秋兮。

彼采艾兮，一日不见，如三岁兮。

不用翻译，就是男女相思之歌。

一日不见如隔三月、三秋、三岁，那是怎样的思念眷恋和深情啊，借用的就是艾草，那艾草可不是长情的草？我喜欢艾草，喜欢它的味道，更喜欢"一日不见如隔三秋"的长情。

《楚辞》中四次提到艾，但大大出乎我的意料，艾在那些忧愤的诗人眼里是恶草！这是需要用感叹号的，因为我还沉浸在"一日不见如隔三秋"的艾草香里。

我倒要看看他们是怎样"抹黑"艾草的。

### 离骚

兰芷变而不芳兮，荃蕙化而为茅。

何昔日之芳草兮，今直为此萧艾也？

岂其有他故兮，莫好修之害也！（节录）

兰草、白芷变节已经不再芳香，荃、蕙已经和茅草一样。

为什么曾经的芳草啊，如今竟然和白蒿、艾草同流合污。

难道还有别的缘故吗？这就是不好好修行带来的危害。

白蒿、艾草此时无可置疑地被置于恶草之列，想来是因为它们生命力旺盛、无处不生、无处不长的缘故吧，它们都是"野火烧不尽，春风吹又生"的顽强的草，顽强到屈子不喜欢的程度。

### 九歌·少司命

*孔盖兮翠旌，登九天兮抚彗星。*

*竦长剑兮拥幼艾，荪独宜兮为民正。*

孔雀翎为车盖翠鸟羽为旌旗，登上九天以扶持彗星。

手拿长剑啊保护幼童，只有您才有资格为我们的主宰。

此处提到"艾"，但是为"少艾"，我以为应是儿童，不是艾草。幸也，此艾不是彼艾，不是恶草。

### 七谏·怨世

*蓬艾亲入御于床第兮，马兰踸踔而日加。*

*弃捐药芷与杜衡兮，余奈世之不知芳何？（节录）*

那粗陋的蓬艾居然用来铺床，杂草马兰却越长越高。

抛弃了香草白芷和杜衡啊，我遗憾世人竟然不知道什么为芳草。

艾草再一次充当不堪的恶草，其实想来真用艾草铺床，一定能治不少病呢，就是闻着艾草的香气，说不定也能睡个安稳觉。可惜诗人们不欣赏，心心念念要把艾草归于恶草类。

他们的悲愤是有多么深呢？

艾草无辜兮。

# 蒿

## 今直为此萧艾

古时的"萧"无疑是指蒿，无论是在《诗经》中，还是在《楚辞》中，无论是指白蒿、艾蒿还是牛尾蒿，那都是蒿。

其实蒿类植物很多很难区分，不仅是我们今人，就是古人怕是也很难区分，想来有时也不是很有必要区分。所谓"萧"应该就是其中一种。

《诗经》中提到萧五次，是作为香草提的，萧主要用于祭祀，比如《小雅·蓼萧》："蓼彼萧斯，零露湑兮。既见君子，我心写兮。燕笑语兮，是以有誉处兮。"大意是，高大茂盛的艾蒿，露珠晶莹剔透。看见君子之后，我心十分欢愉。举杯共饮欢歌笑语，因此大家尽情欢乐。

《诗经》中，我最喜欢的萧的寓意是相思，比如《王风·采葛》："彼采萧兮，一日不见，如三秋兮。"那采来的萧是用于祭祀还是食物我不想也不必追究，我喜欢的是那"一日不见如隔三秋"的情意绵绵，谁不喜欢呢？其实那秦观说得不对，"两情若是久长时，又岂在朝朝暮暮"。那是他没办法，两情相悦在朝朝暮暮，否则怎么会"一日不见如隔三秋"呢？这是题外话，是野草"萧"引来的题外话。

让我意外的是《楚辞》中的萧，居然是恶草，只有一次提及，是在屈原的《离骚》中：

兰芷变而不芳兮，荃蕙化而为茅。

何昔日之芳草兮，今直为此萧艾也。

岂其有他故兮，莫好修之害也！（节录）

难道楚地的萧是臭的吗？我们北方有一种蒿叫"臭蒿"，其实就是青蒿，成就屠呦呦的"青蒿"。所谓"臭"也是相对而言，比如相对于白蒿、艾蒿，但在我眼里，"臭蒿"不臭，比之"樗"——臭椿，那臭蒿简直就是香草。

不论我怎么认为萧是香草，在屈子眼里萧就是臭的，屈子眼里的萧会是我们北方的"臭蒿"吗？是不是就是因为它遍地丛生，所以毫不珍贵呢？


# 葛 藤

## 石磊磊兮葛蔓蔓


### （一）

葛藤在南方就像北方的葎草随处可见。可北方的葎草实在是恶草，除之不尽，灭之不完，在农村是要拿除草剂灭之而后快的，但葛藤不是，虽然二者都是藤本攀缘植物，但葛藤的用处多矣。

很久的从前，葛藤就是人们制作衣物、鞋子的原料，《诗经》中就有记载，提及八次。葛藤是长情的葛，如《王风·采葛》（彼采葛兮，一日不见，如三月兮）；是令人悲伤的葛，如《王风·葛藟》（绵绵葛藟，在河之浒。终远兄弟，谓他人父）；是凄美的葛，如《唐风·葛生》（葛生蒙楚，蔹蔓于野。予美亡此，谁与？独处）；是纠缠不清的葛，如《齐风·南山》（葛屦五两，冠緌双止。鲁道有荡，齐子庸止。既曰庸止，曷又从止）；还是欢快的葛，如《周南·葛覃》（葛之覃兮，施于中谷，维叶萋萋。黄鸟于飞，集于灌木，其鸣喈喈）。

这样的葛对于今天的人，比如我，是出人意料，又情理之中的。我以为的葛，是葛花，可以解酒；是葛根，可以凉血。我没有想过，久远的从前葛可以制作衣物，可以制作鞋，更没有想过，葛可以表达长情，可以表达纠缠不清，随诗人的心情定，起因都是它枝蔓的绵长。

《楚辞》中提到两次葛，葛的好坏也是根据诗人的心情定的。比如在《九歌·山鬼》中，葛是蓬勃兴盛的意思（石磊磊兮葛蔓蔓），在《九怀·思忠》中葛就是交错蔓生、不走正道的恶草了。

九歌·山鬼

采三秀兮于山间，石磊磊兮葛蔓蔓。

怨公子兮怅忘归，君思我兮不得闲。（节录）

也许美丽的山鬼是嫌弃层层叠加的岩石和过于茂盛的葛藤的，因为挡住了她采灵芝（三秀）时的脚步。这样说来，那葛藤岂不是恶草？

九怀·思忠

登九灵兮游神，静女歌兮微晨。

悲皇丘兮积葛，众体错兮交纷。

贞枝抑兮枯槁，枉车登兮庆云。

感余志兮惨栗，心怆怆兮自怜。（节录）

登上九天啊神思散淡，神女在清晨放声歌唱。

伤悲山上啊长满葛藤，枝枝条条纠缠不清。

挺直的枝条啊受压枯萎，邪狞的车驾却尊崇显赫。

感慨我的志向啊悲惨无以实现，心中的创痛只能自己哀怜。

此处的葛藤是多么令人生厌啊，枝枝叶叶交错生长，"剪不断，理还乱"。

于是，我想，相对于长情的葛、纠缠不清的葛，还是形而下的葛好，喝点葛花，吃点葛根粉，解解当今膏粱厚味后的油腻更实用一些。

至于葛制作的衣服、鞋子，还是留在从前吧，现代人消受不了。还有纠缠不清，也留在从前吧。

## （二）

前些年，每次饮酒之前或之后都喝葛花解酒，而且效果很好。现在不喝酒了，也把葛花搁置脑后。

这些年，葛根粉几乎是我在饭店里点菜的必备。葛根粉呈暗褐色，凉调，最是美味。

三千年前，葛却不是用来解酒或者吃的，而是用来做衣服的，确切地说是做夏天衣裳的。那时没有棉花，只有丝、麻和葛。

葛是南方的葛，我知道北方有，但喜欢植物的我没注意到。我最喜欢的是长情的葛，出自《王风·采葛》：

彼采葛兮，一日不见，如三月兮。
彼采萧兮，一日不见，如三秋兮。
彼采艾兮，一日不见，如三岁兮。

葛是藤本植物，最长可达数十米，采葛的人一定看不到葛的头，就像长长的思念，无限延伸，所以一日不见，如三月兮。

最让人难过的葛出自《王风·葛藟》：

绵绵葛藟，在河之浒。
终远兄弟，谓他人父。
谓他人父，亦莫我顾。
绵绵葛藟，在河之涘。
终远兄弟，谓他人母。
谓他人母，亦莫我有。
绵绵葛藟，在河之漘。
终远兄弟，谓他人昆。
谓他人昆，亦莫我闻。

葛藤长长，长在河边。远离我的兄弟，认别人为父。认了别人为父，他却不照顾我。葛藤长长，长在河边。远离我的兄弟，认别人为母。认别人为母，她却不养育我。葛藤长长，长在河边。远别我的兄弟，认别人为哥。认别人为哥，他却不承认我。

长长的长在河边的葛藤，寄托着多少离人的凄凉思念，令人不忍卒读。

最凄美的葛出自《唐风·葛生》：

葛生蒙楚，蔹蔓于野。予美亡此，谁与？独处。

葛生蒙棘，蔹蔓于域。予美亡此，谁与？独息。

角枕粲兮，锦衾烂兮。予美亡此，谁与？独旦。

夏之日，冬之夜。百岁之后，归于其居！

冬之夜，夏之日。百岁之后，归于其室！

葛藤缠绕着荆树，蔹草蔓延于郊野。我的美人长眠于此，谁陪伴她？只有她自己。

葛藤缠绕着酸枣，蔹草蔓延于野地，我的美人长眠在此，谁陪伴她？只有她自己。

这枕头多么漂亮，这锦被多么鲜艳，我的美人不在这里，谁会陪伴我？只有独自守到天明。

一个个夏日，一个个冬夜，只愿百年之后，我们再得相聚，一个个冬夜，一个个夏日，只愿百年之后，我们再合于一室。

深深的怀念，艾艾的倾诉，悠悠的深情，长情不过如此吧。

葛藤还是纠缠不清的象征，如《齐风·南山》：

南山崔崔，雄狐绥绥。鲁道有荡，齐子由归。既曰归止，曷又怀止？

葛屦五两，冠緌双止。鲁道有荡，齐子庸止。既曰庸止，曷又从止？

蓺麻如之何？衡从其亩。取妻如之何？必告父母。既曰告止，曷又鞠止？

析薪如之何？匪斧不克。取妻如之何？匪媒不得。既曰得止，曷又极止？

齐襄公乱伦其妹文姜，文姜已经嫁给鲁桓公，襄公还是要和文姜私会。《左传》惜墨如金，但对他们的乱伦却记录了好几次，《列女传》也把文姜定位在"孽嬖传"里。葛藤不过是用来编织鞋子的，却让人想起长长的葛藤攀缘缠附、纠缠不清，用于此倒也相符。

葛藤何辜，长着长长大大的节，也是会被人诟病的，如《邶风·旄丘》：

旄丘之葛兮，何诞之节兮！叔兮伯兮，何多日也？何其处也？必有与也！何其久也？必有以也！狐裘蒙戎，匪车不东。叔兮伯兮，靡所与同。琐兮尾兮，流离之子。叔兮伯兮，褎如充耳。

说的是流亡于卫国的黎侯君臣，寄人篱下，难免悲怨，所以殃及葛藤。葛藤长了很多结，像他们心中的郁结吧。

《周南·葛覃》中的葛藤才是葛在三千年前实际状况的写照吧。

葛之覃兮，施于中谷，维叶萋萋。黄鸟于飞，集于灌木，其鸣喈喈。

葛之覃兮，施于中谷，维叶莫莫。是刈是濩，为絺为綌，服之无斁。

言告师氏，言告言归。薄污我私，薄浣我衣。害浣害否？归宁父母。

葛藤长长，蔓延在山谷，串串叶子很青翠。黄鹂鸟高飞，落在树丛中，它鸣叫着"家啊家"。葛藤长长，蔓延在山谷，串串叶子很硕大。收割了再蒸煮，织成细葛和粗布，一直织不停。我要告诉师母，告诉她我要回家。快脱掉我的脏衣服，快换上我的新衣服，为何洗浣为何装扮？为的是回家看望父母。

完全没想到葛是这样让人遐思的，而我在物质文明极大丰富的现在，只是喝着葛花，吃着葛根粉，解决燃眉之急，满足口腹之欲，没有浮想联翩，没有长情告白，没有款款深情，没有如隔三秋，更没有纠缠不清，只是物质地行走在生活中。直到葛出现，三千年前的葛出现，于是，我开始永远年轻，永远热泪盈眶！

# 马　兰

## 马兰蹀躞而日加

马兰花对于我就是儿歌，"马兰花开二十一，二八二五六，二八二五七，二八二九三十一"，还是烂漫山花，是农家女孩亲切的名字。

马兰或叫山马兰是春末至夏秋山野最常见的野花。淡紫黄芯铜钱大的马兰开在山坡，开在草丛，开在山顶，开在有阳光的所有地方，开在你以为是野外的地方。看到马兰，你知道你是在村野，在山间，在自然，在你不需要伪装的地方。

马兰是女孩最喜欢别在发间的花朵，是最喜欢采一把握在手中想心事的花朵，是抓在手里以为阳光就在心间的花朵。

马兰花是北方最常见的野花。《诗经》中提到130余种植物，但没有提到马兰，播娘蒿、苍耳这样不起眼的植物都提，美丽俏皮的马兰不提，也许在我们先人的眼里马兰无用吧？

其实马兰可以治病呢，具有解除湿热、利小便、止咳、解毒等功效。

《楚辞》中提到一次马兰，大大出乎我的意料。马兰在愤世嫉俗的东方朔的眼里居然是恶草，那么明艳、风中摇曳、轻巧可爱的马兰居然是恶草，不可思议，不可理解。

也许古书的记载能解除我的困惑。洪兴祖《楚辞补注》载："《本草》云，马兰生泽旁，气臭，花似菊而紫。"就是说马兰味道不好，"气臭"，虽然我没有注意到，但古人注意到了。李时珍《本草纲目·马兰》云："马兰湖泽卑湿处甚多，二月生苗，赤茎白根。长叶有刻齿状，似泽兰，但不香尔，南人多采汋晒干，为蔬及馒馅。入夏高二三尺，开紫花，花罢有细子。"李时珍描述的马兰一定是南方的马兰，生在湖泽阴湿的地方，长得像香草泽兰，但没有香气，于是在东方朔眼里就是恶草了。我忍不住想说，岂有此理！一己幽怨迁怒无辜的野花。

还是看看他是怎样贬损马兰的吧。

### 七谏·怨世

枭鸮既以成群兮，玄鹤弭翼而屏移。

蓬艾亲入御于床笫兮，马兰踸踔而日加。

弃捐药芷与杜衡兮，余奈世之不知芳何？（节录）

那恶鸟猫头鹰已经是成群结队啊，那神鸟只能收起翅膀黯然离去。

那粗陋的蓬艾居然用来铺床，那杂草马兰却越长越高。

抛弃了香草白芷和杜衡啊，我遗憾世人竟然不知道什么为芳草。

用猫头鹰比喻小人在传统的中国人心里当然是接受的，《诗经》中也是这么比喻的。那茂盛的"日加"的马兰比喻奸佞小人仍让我不以为然，但我捍卫东方朔说话的权利，同时捍卫自己保留意见的权利。

于是明艳野趣的马兰，在我的耿耿于怀中告别2000年前的从前，回到如今，回到阳光照耀的地方。

# 泽　泻

## 筐泽泻以豹鞨

泽泻是一种很普通的水生植物，特别是对于南方来说。北方种莲菜的池塘里也见，但比起蓬勃硕大的荷，开较小白花、风姿一般的泽泻就黯然无光了。

但泽泻的名号很响，《本草纲目》说得最清楚："久服轻身面生光，能行水上，月行五百里。"虽然我十分敬重李时珍先生，但泽泻能"行水上，月行五百里"，我还是不敢苟同的。但他记述的泽泻另一个名字"禹孙"，却有点意思，不妨一录："去水曰泻，如泽水之泻也。禹能治水，故曰禹孙。"泽泻和大禹联系起来是我完全没有想到的。

虽然我不相信泽泻能"行水上"，但我相信它"利水、渗湿、泄热"的功效，虽然泽泻全身有毒。

《诗经》中曾经提到泽泻，称为"薭"，能够引起人的美好情感，值得引录。

**魏风·汾沮洳**
彼汾一曲，言采其薭。
彼其之子，美如玉。
美如玉，殊异乎公族。（节录）

在汾水的河湾，有人在采泽泻，那是谁家的男子，美得犹如美玉。美得犹如美玉，比那王公贵族强得多。

一位女子大胆称赞一位男子，女子采泽泻是否为了"面生光"不得而知，但女子心情是愉快的，那手中并不美艳的泽泻也因遇到心仪男子生出些许"灼灼其华"，于是泽泻在我的眼里因着那女子美丽起来。

《楚辞》也提到了泽泻，不叫"薂"，就叫"泽泻"，只是此泽泻一下就把我拉到了深渊。此泽泻是恶草，不是《诗经》中带给女子美好遇见的薂，遇到愤世嫉俗、怀才不遇者，花也是要倒霉的。

### 九叹·怨思

淹芳芷于腐井兮，弃鸡骇于筐簏。

执棠溪以制蓬兮，秉干将以割肉。

筐泽泻以豹鞹兮，破荆和以继筑。

时溷浊犹未清兮，世殽乱犹未察。（节录）

把把芳香的白芷淹没在臭水井啊，把珍贵的犀牛角放置在竹筐里。

用棠溪这样名贵的宝剑去看砍蓬蒿啊，那干将这样的宝剑用来割肉。

用珍贵的豹子皮口袋盛满恶草泽泻啊，用捣土的杵打破玉璧。

时事混浊是非不清啊，世道混乱好坏不明。

泽泻就这样不明不白地被当作恶草了，是因为泽泻到处乱长，所以碍人眼目？还是泽泻有毒，令人生畏？我相信诗人刘向不知道泽泻是可以"面生光"甚至"行水上"的，那时通信工具不发达，可以谅解。

# 藜

## 耘藜藿与蘘荷

藜就是灰条，说灰条知道的人就多了，不论过去还是现在。

饥荒年代，灰条是人们聊以充饥的野菜；物质发达的今日，灰条是人们膏粱厚味之后解腻的调味菜。

灰条的做法很简单，就是用水焯了，咸盐调了，淋点油，加点蒜，口味重的再调点醋，一盘好吃的凉菜就出来了，似乎仅限于此。很多野菜都是这样，一定是用水焯了，去除苦味、涩味，切碎后加盐即可。看做法就知道是物质匮乏时期的产物。

我的长辈还告诉我，儿时的她们会用灰条的枝叶洗衣服，那是我的经验不能理解的，也没有尝试过。

《诗经》中提到藜，也称为"莱"，一次美好，一次嫌恶。

祝寿诗《小雅·南山有台》：

*南山有台，北山有莱。*

*乐只君子，邦家之基。*

*乐只君子，万寿无期。（节录）*

南山有莎草，北山有藜草，赞美这位君子，是国家的基石，祝愿君子，万寿无疆。

此时的藜是欣欣向荣的，就像国家的人才来自四面八方。

《小雅·十月之交》中的藜就是荒地野草了，真是此一时彼一时，全看心情：

抑此皇父，岂曰不时？胡为我作，不即我谋？彻我墙屋，田卒污莱。曰予
不戕，礼则然矣。（节录）

"田卒污莱"的"莱"就代表荒地杂草。可见藜本是杂草。

《楚辞》中也提到藜——灰条，以我的判断，应该是恶草。灰条实在是貌不
惊人、技不压众，没有理由成为士大夫眼中的香草。

刘向《九叹·愍命》：

折芳枝与琼华兮，树枳棘与薪柴。
掘荃蕙与射干兮，耘藜藿与蘘荷。
惜今世其何殊兮，远近思而不同。（节录）

折断芳枝和琼花啊，培植枳棘和柴火。
挖出荃蕙和射干啊，耕植灰菜豆叶和蘘荷。

可惜今日和往昔如此殊异，
古今之人如此不同。

果然，现实的情况是，把香
草比如射干挖出抛弃，培植栽种
的居然是遍地生长的藜。如此的
颠倒，香恶不分，这不是遗憾可
以描述的，那是"说起来都是泪"
的悲愤。

藜就是诗人眼中的恶草，我
眼中的替罪羊罢了。因为昨天我
还吃凉拌灰条了，是膏粱厚味后
的调剂。

# 白 茅

## 荃蕙化而为茅

在野外白茅常见极了，显眼极了，夏日的山野层峦叠翠，一派翠绿的生机盎然，只有成片的白茅看起来有些突兀。白茅侵略性地扩张，如满头白发义无反顾地延伸，看得人会升起苍茫的情绪。

但在久远的《诗经》时代，白茅却是诗意盎然的，蠢蠢欲动的，让人产生遐想。

**召南·野有死麇**

野有死麇，白茅包之。有女怀春，吉士诱之。

林有朴樕，野有死鹿。白茅纯束，有女如玉。

舒而脱脱兮！无感我帨兮！无使尨也吠！

野外有一只獐鹿死了，用白茅包裹住它。有一位女子春心萌动，就有一位男子追逐。树林里小树婆娑，野地里有死去的野鹿，白茅捆扎献给谁，有位女子美如玉。宽衣解带要缓慢，不要弄坏我的配巾，不要惊动那长毛狗儿去吠叫。

一段美好的情谊，少女怀春，恰逢男子，情意缠绵，白茅和麋鹿就是媒人。白茅和麋鹿成就了他们人生的盛宴，于是麋鹿恰逢其时，于是白茅美丽至极。

《诗经》中还有一段说白茅的，我以为不能不提，美好的事物总是让人心向往之。

**卫风·硕人**

手如柔荑，肤如凝脂，领如蝤蛴，齿如瓠犀，螓首蛾眉，巧笑倩兮，美目盼兮。

庄姜的手犹如初生的白茅芽，肌肤犹如凝脂，脖颈犹如天牛的幼虫，牙齿

犹如葫芦籽般整齐，宽宽的额头弯弯的眉，笑起来妖媚动人，一双美目招魂引魄。

"柔荑"就是白茅的嫩芽，我无法想象古人用白茅的嫩芽描述美人的纤纤玉手，但他描述之后，我以为那是全天下最美的玉手。再看白茅时，我在找玉手的痕迹。

白茅至今仍然极为普通，但在几千年前却是极为庄重的植物，多用于祭祀。《周易》："初六，藉用白茅，无咎。"在重大的祭祀、庆典、进贡等仪式中，白茅是贡物的铺垫。所以"吉士"用白茅包了死鹿献给怀春女子，一定深得女子欢心。

这样的白茅让人心生感动，心生企盼。

那么，《楚辞》中的白茅也是这样满怀情愫吗？我心有期盼。

### 离骚

兰芷变而不芳兮，荃蕙化而为茅。
何昔日之芳草兮，今直为此萧艾也？（节录）

兰草和白芷变节已经不再芬芳，荃、蕙已经和茅草一样。
为什么曾经的芳草啊，如今竟然和白蒿、艾草同流合污。

### 惜誓

或推迟而苟容兮，或直言之谔谔。
伤诚是之不察兮，并纫茅丝以为索。
方世俗之幽昏兮，眩白黑之美恶。（节录）

有人与世同流合污，有人敢于直言不讳。

悲伤的是君王不能体察这样的忠诚，竟然把茅草和蚕丝揉成绳索。

当今世界昏暗不堪，哪里都是黑白美丑不分。

九思·悼乱

嗟嗟兮悲夫，殽乱兮纷挐

茅丝兮同综，冠屦兮共絢。（节录）

可叹啊可悲，交错又混乱。

把那茅草和丝线混在一起，那帽子和鞋子竟然装饰一样。

看到了吧？没有"白茅包之"的美好情愫，只有茅草和丝线的纠缠交错，是黑白、美丑不分的贵贱杂糅。那茅草怎么可以和丝线同日而语呢？茅草明显就是宵小呀。

我有些感慨，其实在《楚辞》中茅草——白茅是恶草并不出乎意料，它普通到遍地而生，相貌微贱，哪里能入了士大夫的眼。

但是我更愿意白茅是少女和男子的媒人，是美人的纤纤玉手。

但白茅现在仅仅是村野不为人道的野草，没有美，也没有恶。

# 芒 草

## 菅蒯兮樊莽

芒草就是冬季原野上随风摇曳的旗帜、凛冽的寒风、耀眼的阳光，面对芒草，你的心会生出"前无古人后无来者"的苍茫，或者"苍茫大地谁主沉浮"的雄阔豪迈。

然而，芒草更多的是"菅"，草菅人命的"菅"，此菅就是命如草芥的微贱，无足轻重，人微言轻。所以班固在《汉书·贾谊传》中说："其视杀人，若艾草菅然。"

芒草或者菅虽然微贱，但用处很多，可以编制"芒鞋"，可以饲养马牛，可以编织绳索以及炕席。有诗为证，唐代李贺《箜篌引》云："床有菅席，盘有鱼。"

《陈风·东门之池》也可以说明："东门之池，可以沤菅。"就是说编鞋、绳索是需要"沤"的。

《小雅·白华》也写到菅，是一首弃妇诗：

白华菅兮，白茅束兮。之子之远，俾我独兮。
英英白云，露彼菅茅。天步艰难，之子不犹。（节录）

开白花的菅草呀，白茅把它捆成束呀。这个人儿远离去，使我空房守孤独呀。

天上朵朵白云飘，甘露普降惠菅茅。怨我命运太艰难，这人无德又无道。

菅此时是薄命的意思，就和人们看待菅的态度协调一致了。

《楚辞》中提到两次菅，想来也尊贵不了吧！

**招魂**

赤蚁若象，玄蜂若壶些。

五谷不生，丛菅是食些。

其土烂人，求水无所得些。

彷徉无所倚，广大无所极些。

归来兮！恐自遗贼些。（节录）

红蚁如象一样巨大，土蜂与葫芦相仿。

这里五谷不生，只能以丛生的芒草为食。

这里的土地能把人腐烂，水源又无处可寻。

徘徊游荡无所凭借，广大无极没有尽头。

归来吧，怕你招来祸害。

**九思·悼乱**

菅蒯兮壄莽，雚苇兮仟眠。

鹿蹊兮躖躖，貒貉兮蟫蟫。

鸇鹞兮轩轩，鹑鹌兮甄甄。（节录）

四处是芒草、蔗草郁郁葱葱，荻苇、芦苇丛生丛长。

野鹿奔跑在小路上啊，猪獾和貉前后跟随。

各种鹞鹰展翅飞翔啊，小小鹌鹑翻飞不停。

我有些诧异，我以为诗人们一定会贬损芒草——菅的，因为“草菅人命”，因为芒草微贱，但此时，芒草就是自然中郁郁葱葱生长的草，甚至是恶劣环境中生长的草，不是香草也不是恶草。至此，我心里莫名有一种安慰。

归属于自然的草，芒草，甚好，不用担负各种无当的名号，无论好坏、香恶。

# 田字草

## 鸟何萃兮蘋中

田字草在南方的水塘常见，北方更多的是浮萍，随水飘动的浮萍。田字草不是，田字草有根，而且可以食用，更重要的是在久远的从前，田字草是作为祭祀用的。

《召南·采蘋》中的蘋就是田字草，清楚地说明田字草的用途。

> 于以采蘋？南涧之滨。于以采藻？于彼行潦。
> 于以盛之？维筐及筥。于以湘之？维锜及釜。
> 于以奠之？宗室牖下。谁其尸之？有齐季女。

在哪里采蘋呢？在那边的涧水中。在哪里采水藻？在那水沟中。用什么盛放呢？用筐子和篓子。用什么煮呢？就用鬲和釜。把那祭品放哪里？放在宗庙窗户下。又是谁来做祭祀？是那未婚的美娇娃。

《左传·隐公三年》载："苟有明信，涧溪沼沚之毛，蘋蘩蕴藻之菜，筐筥锜釜之器，潢污行潦之水，可荐于鬼神，可羞于王公。"明确表明，可祭祀，也可作为蔬菜食用。

唐诗人钱起《早下江宁》诗云："霜蘋留楚水，寒雁别吴城。"杜甫《清明二首》诗云："春去春来洞庭阔，白蘋愁杀白头翁。"这两首诗都提到了田字草，特别是杜甫的田字草，竟是让人"愁杀"的，和《召南·采蘋》中少女准备祭祀用的田字草之意境完全相反。

《楚辞》中有两次提起田字草，也称为蘋。

**九歌·湘夫人**
帝子降兮北渚，目眇眇兮愁予。
袅袅兮秋风，洞庭波兮木叶下。
登白薠兮骋望，与佳期兮夕张。

湘夫人降临洞庭湖北侧啊，望眼欲穿寻找湘君心怀悲愁。

萧瑟的秋风徐徐吹过，洞庭湖起波涛树叶纷纷落下。

在白蘋丛中远望，为佳期相见早已准备停当。

但鸟儿怎么会落在田字草上，渔网怎么会挂在树木上。

鸟儿不会落在柔弱不堪的田字草上，渔网只有在水里才能捕到鱼儿。若是鸟儿落在田字草上，是不是"我"和湘君的佳期不能成行？果不其然。他们不得相见，田字草上的鸟儿预示着不幸，田字草无奈，就像杜甫眼中的田字草："白蘋愁杀白头翁。"

### 招魂

乱曰：献岁发春兮，汨吾南征。

菉蘋齐叶兮白芷生。

路贯庐江兮左长薄。

倚沼畦瀛兮遥望博。

尾声：一年复始春来到啊，我将要匆匆去南方，荪草齐聚生长啊白芷生机盎然。路途要经过庐江啊，那左边是茂密的树林，站在池塘的田界啊，眺望广袤无边的楚国大地。

诗人只是在描述自然景致，田字草正好在他的眼中，仅此而已。我忽然有一种释怀的感觉。


# 菱

## 制芰荷以为衣


菱对于我就是几十年前的歌曲《采红菱》，就是男女相爱，你侬我侬，欢快愉悦，至今记忆尤深："我们俩划着船儿采红菱呀采红菱。得呀得郎有心得呀得妹有情。就好像两角菱从来不分离呀，我俩一条心。"

从此对红红的菱角充满期许，充满温暖美好的向往。那是在遥远的南方发生的阳光下的爱情，是劳动中健康明亮的两情相悦。

秋季北方的超市里也卖菱角，忍不住买一些，其实并不是为了口腹之欲，完全是因为《采红菱》带来的美好。就是清水煮了吃，并没有期待中的甜美，就为了完成内心殷殷的莫名的心愿。

发觉菱角并没有期待中的甜美之后，我搁下了菱角，没有搁下的还是那曲《采红菱》。

菱作为水生植物还是让我诧异的。我以为菱该是荷、该是荇菜、该是慈姑那样的，但不是，菱饱满的三角形叶居然有锯齿。菱的果实也是让人诧异的，以水的柔媚，水中的植物果实我以为是莲藕样的，或者荸荠样的，是饱满圆润的，但菱角不是，居然是牛角样的尖锐，外皮居然像坚果壳一样坚韧，样貌又精致到不像果实，到像一种刻意为之的工艺品。

据说，这种样貌很有个性的菱角早在周代就是祭祀用的供品，当然也是食品。

《楚辞》中三次提到菱，会是令人愉快的红菱吗？

## 离骚

制芰荷以为衣兮，集芙蓉以为裳。

不吾知其亦已兮，苟余情其信芳。

高余冠之岌岌兮，长余佩之陆离。

芳与泽其杂糅兮，唯昭质其犹未亏。（节选）

用菱叶做成上衣啊，那荷花裁成下裳。

没有人理解我就算了吧，只愿我保持自己的高尚情操。

把我的高冠加到更高耸，把我的宝剑加长以至瑰异。

芳香和腐臭混杂在一起啊，只有高洁的品质没有亏损。

又是一个让我诧异的设想，那菱居然可以做成上衣。我想起一句话："只有你想不到的，没有你做不到的。"我没有想到，也没有做到。

## 招魂

芙蓉始发，杂芰荷些。

紫茎屏风，文缘波些。（节选）

荷花开始开放，期间伴以碧绿的菱叶。

长着紫色茎秆的水葵，它的纹理随水波荡漾。

**九叹·逢纷**

*芙蓉盖而菱华车兮，紫贝阙而玉堂。*
*薜荔饰而陆离荐兮，鱼鳞衣而白霓裳。*

荷花做盖菱花做车啊，紫贝壳砌楼台白玉铺厅堂。

薜荔做装饰美玉铺床，用鱼鳞做上衣配以洁白的下裳。

诗中都没有提到我深以为诧异的菱角，但是明显是对菱有美好去期许，就像对荷花一样，荷花无论从什么角度都归不到"恶"中去，和荷花伴生相随的菱在诗人的眼里也是美好的，美好到可以做衣服，可以做华车。

但是，我想想，以我滚滚红尘的心思，我还是喜欢《采红菱》中的菱。踏实、欢快、喜悦、情浓。

在红尘中，一个都不能少。


# 荷

## 荷衣兮蕙带


荷就是莲，就是芙蓉，就是芙蕖，就是菡萏，就是"出淤泥而不染"，就是"小荷才露尖尖角"，就是"接天莲叶无穷碧，映日荷花别样红"。

没有人不喜欢荷，那是一边倒式的倾慕，历代文人墨客为了表示自己一以贯之的喜爱，往往为自己冠以"莲"的名号，最著名的莫若李白，号"青莲"，还有一个把莲画得跟隐士一样的陈老莲，等等。

三国时的大才子曹植专门写过《芙蓉赋》，并把荷花推崇为群芳之首。他写的荷华美无比，你不忍心割下任何一段，所以全诗录下：

*览百卉之英茂，无斯华之独灵。结修根于重壤，泛清流而擢茎。竦芳柯以从风，奋纤枝之璀璨。其始荣也，暤若夜光寻扶桑。其扬辉也，晃若九阳出旸*

谷。芙蓉寒产，菡萏星属。丝条垂珠，丹荣吐绿。煜煜韡韡，烂若龙烛。观者终朝，情犹未足。于是狡童媛女，相与同游，擢素手于罗袖，接红葩于中流。

曹植的《芙蓉赋》已经把荷夸到无以复加，但我更喜欢宋人周敦颐的《爱莲说》，他说得最中肯，道出了荷的品质。

"出淤泥而不染，濯清涟而不妖，中通外直，不蔓不枝，香远益清，亭亭净植，可远观而不可亵玩焉。"这分明说的是君子，或者君子就该有荷这样的品质。

早在《诗经》时代我们的先人就提到荷，且一定是美丽的，如《陈风·泽陂》：

彼泽之陂，有蒲与荷。有美一人，伤如之何？
寤寐无为，涕泗滂沱。
彼泽之陂，有蒲与蕑。有美一人，硕大且卷。
寤寐无为，中心悁悁。
彼泽之陂，有蒲菡萏。有美一人，硕大且俨。
寤寐无为，辗转伏枕。

在那池塘边上，生长着蒲草和荷花。有一位英俊的小伙子，我能把他怎么样呢？一天到晚什么也干不成，思念到泪如雨下。

在那池塘边上，生长着蒲草和泽兰。有一位英俊的小伙子，长得高大英俊又魁梧。一天到晚什么也干不成，内心忧闷愁苦。

在那池塘边上，生长着蒲草和荷花。有一位英俊的小伙子，长得高大又威严。一天到晚什么也干不成，伏在枕上睡不着。

那位姑娘是深深爱上"有美一人"了，爱到"寤寐无为，涕泗滂沱""寤寐无为，中心悁悁""寤寐无为，辗转伏枕"。她眼中池塘边的荷花、泽兰和蒲草，都是美好芳香的事物，就如她心中"硕大且卷"的美男子才能相配。

这样的荷花美则美矣，只是让人爱得好辛苦。

《楚辞》中一定有荷，居然提到十次。在《离骚》《九歌·湘君》《九歌·湘夫人》《九歌·少司命》《九歌·河伯》《九章·思美人》《九辩》《招魂》《九怀·尊嘉》《九叹·逢纷》中，选一二赏之。

**九歌·少司命**

荷衣兮蕙带，儵而来兮忽而逝。

夕宿兮帝郊，君谁须兮云之际？（节选）

用荷花做衣服啊用蕙草为腰带，来往迅速啊转瞬即逝。

傍晚休息啊在天上的郊野，您在等待谁啊在那云的边际？

**九章·思美人**

令薜荔以为理兮，惮举趾而缘木。

因芙蓉而为媒兮，惮褰裳而濡足。（节选）

让薜荔为信使啊，却怕抬脚攀缘树木。

靠荷花做媒人啊，却怕提裤又湿了双脚。

《楚辞》中荷是美物，可以为衣，可以为车盖，可以是荷屋，还可以是与人相交的媒人，何其多用哉。但我期待的，像曹植《芙蓉赋》般华美的荷并没有出现。

可见人的期待永远和你看到的不一样。我还是更喜欢周敦颐的"荷"，荷"出淤泥而不染，濯清涟而不妖，中通外直。不蔓不枝，香远益清，亭亭净植，可远观而不可亵玩焉"。

# 松　萝

## 被薜荔兮带女萝

松萝是附生在松树上的一种植物，"色青而细长"，远远望去像万千条绳索下垂，别是一般景致。

松树再常见不过，城市里、公园里、寺庙里、山间都有，但松萝并不常见，似乎是在深山老林中，在"松鹤延年"的画幅里。

我第一次见松萝竟是在西藏的林芝山区，细长黄绿的松萝垂挂在松树上，几乎看不到松树的模样，醒目的就是万千条的松萝，给人的直观感受是松与松萝缠

绵不休。

松和松萝的关系从古至今都是一样的，我们的先人早就注意到了。《诗经》中提到的女萝就是松萝。

**小雅·頍弁**

有頍者弁，实维伊何？尔酒既旨，尔肴既嘉。岂伊异人？兄弟匪他。茑与女萝，施于松柏。未见君子，忧心奕奕；既见君子，庶几说怿。（节录）

鹿皮礼帽真漂亮，为何将它戴头顶？你的酒浆都甘醇，你的肴馔是珍品。来的哪里有外人，都是兄弟非别人。茑和女萝蔓儿长，依附松柏悄攀缘。未曾见到君子面，忧心忡忡神不安。如今见到君子面，荣幸相聚真喜欢。

诗中说的是贵族请他的兄弟、姻亲来宴饮作乐，赴宴者赋诗表达心意：我等是"茑与女萝"，要仰仗攀附松柏一样的贵族。所谓"施于松柏"，非常准确地描述了女萝和松的关系。

《楚辞》中也有一处提及松萝——女萝。

《九歌·山鬼》的开头：

若有人兮山之阿，被薜荔兮带女萝。
既含睇兮又宜笑，子慕予兮善窈窕。
乘赤豹兮从文狸，辛夷车兮结桂旗。
被石兰兮带杜衡，折芳馨兮遗所思。（节录）

这里松萝居然不是表示和松的依附关系，而是美丽山鬼腰间的腰带，出人意料，但又在情理之中，更符合松萝似绳索的本来面目。我却没有想到，这完全是受了《小雅·頍弁》的影响，其实后来大多的文人都受此影响，也固化了松萝的依附作用，忘记它本是绳索一般的本源。

# 浮 萍

## 窃哀兮浮萍

　　浮萍是最常见的水草，也是人们最不愿见的水草吧。不仅仅是因为"身似浮萍"的飘零感，更多的是视觉上的"密集恐惧"。

　　浮萍太具侵略性了，一片水域只要有些许浮萍，几乎是眨眼之间整个水域就是浮萍的天下，哪里会产生身世漂浮的不稳定感，而是浮萍在开疆拓土，你只有招架之功，并无还手之力。

　　就像一只蚂蚁，弱小到可以忽略不计，弱小到我们对弱小者会说："弄死你就像踩死一只蚂蚁一样容易。"是的，我们可以轻易踩死一只蚂蚁，但是一群蚂蚁就不会轻易被踩死了。若是很大一群蚂蚁，不是你可以踩死它们，而是你要考虑自己如何逃生，从蚂蚁群中逃生。

　　浮萍也是这样。一叶浮萍、十叶浮萍都微小到可以忽略不计，你会产生"两叶浮萍大海中"（白居易《答微之》）的极端渺小感，你也不由产生身世飘

零的不稳定感，但是以浮萍的"微薄"之力，它会不遗余力、无以复加地扩张到你无法招架的程度。此时，你还会怜悯浮萍的弱小吗？还会产生身世飘零之感？

只有手无缚鸡之力的文人，闲来病吟，伤春悲秋，感时花溅泪，恨别鸟惊心，几许伤感无处倾诉，于是随波逐流、居无定所的几片浮萍就成了他们的把玩之物，发几句感叹，也就如此而已。

对于农人，浮萍是饲料；对于医生，浮萍是发汗透疹、清热利水的良药；对于文人，浮萍就是无病呻吟的道具。

我想知道《楚辞》中的浮萍是怎样的，只有一次提及。

### 九怀·尊嘉

河伯兮开门，迎余兮欢欣。

顾念兮旧都，怀恨兮艰难。

窃哀兮浮萍，氾淫兮无根。（节录）

水神河伯啊打开宫门，热烈欢迎我啊欢欣不已。

我却是顾念我的故国，心怀忧愤啊世道艰难。

暗自哀怜啊身似浮萍，漂浮不定啊没有根基。

我有些失望，看《楚辞》更愿意看到出乎意料，那些气象万千的波谲云涌的描绘让今天的我脑洞大开，感慨万千。我感叹诗人们悲愤压抑、怀才不遇的同时，也感受到异样的好似天外的烂漫芬芳，比如，荷可以做房屋、女萝可以当腰带、赤豹可以驾车等，但浮萍就是浮萍，就是身世飘零，没有想象力。

也罢，感受了许多惊心动魄的奇思妙想，偶尔浮萍一下，也好。回到现实，现实就是苟且，诗在远方。

# 水　藻

## 凫雁皆唼夫梁藻

　　水藻是池塘、溪水里最常见的水草。我印象最深刻的是我家乡龙祠泉水中的水藻，清澈见底的泉水，溪流中游动着柔顺洁净碧绿的水藻，不是一种，而是很多种。

　　有菖蒲一样细长条的水草像波浪一样涌动，阳光下，透彻的泉水是晶莹的黑，只有柔韧的长水草像碧玉一样闪光。此时，我的心柔软起来，像那游动的水草。

　　溪流起浪花的地方也有很多水草，长着椭圆的叶子，努力往上生长，但在水面上又随着浪花翻动，像跳舞一样。我以为水草和浪花在嬉戏，产生了加入其中的欲望，但是我加入不进去，泉水清凉彻骨，于是我在岸边，并没有遗憾地继续看它们舞蹈。

　　金鱼草是水藻里最常见的，也是我唯一叫得上名字的水草。家里的鱼缸撒几条金鱼草，过不了多日，鱼缸就铺满了草。几尾金鱼在金鱼草的缝隙里勉强游动，于是我捞出以为多余的金鱼草，摺在太阳地里。傍晚，金鱼草不见了，只留下一地绿痕。

草只要长在水里，那颜色就透亮起来，是那种生命涌动的透亮。你的心会安静，会喜悦，会想起岁月静好，会以为诗就在溪水里。

水藻看起来柔顺、自在、普通，但是自古却有着不寻常的寓意。水藻能"禳火"，就是因为水藻生于水中，水自然是克火的，所以古人常在建筑的顶棚部分做水藻纹饰，是为"藻井"，祈愿避火，以保佑房屋的安全。

我记得古代服饰等级标志中有"十二章纹"，就是帝王和官员礼服上按等级绣的纹饰，有日、月、星辰、群山、龙、华虫、宗彝、藻、火、粉米、黼、黻等，其中就有藻。这个藻就是取水藻洁净，转译就是廉洁的意思，当然是希望帝王和官员都是廉洁的。当然，这都是美好的愿望。

《诗经》中有三次提到藻，其中《小雅·鱼藻》中的藻，让人有一种"鱼水之欢"的惬意欢愉，那就让久远的欢愉来到今日，我们共享吧。

**小雅·鱼藻**

鱼在在藻，有颁其首。王在在镐，岂乐饮酒。
鱼在在藻，有莘其尾。王在在镐，饮酒乐岂。
鱼在在藻，依于其蒲。王在在镐，有那其居。

鱼儿游在水藻中，它的脑袋大又圆。天子住在京镐中，快乐地和群臣饮酒。
鱼儿游在水藻中，它的尾巴长又长。天子住在京镐中，欢饮美酒真逍遥。
鱼在哪儿在水藻，游弋在蒲草中间。天子住在京镐中，所居安乐好地方。
那是君臣同乐，恰如鱼水之欢，那时令人向往的关系。
《楚辞》提到一次藻，会是君臣同乐、鱼水之欢的藻吗？我不相信。
宋玉《九辩》：

何时俗之工巧兮，背绳墨而改错！
却骐骥而不乘兮，策驽骀而取路。
当世岂无骐骥兮？诚莫之能善御。
见执辔者非其人兮，故骎跳而远去。
凫雁皆唼夫梁藻兮，凤愈飘翔而高举。（节录）

为什么时下的风气是善于投机取巧啊，总是违背法度改变应有的举措。

不去骑乘骏马啊，而是鞭策劣马上路。

难道当世没有骏马吗？实在是因为人不能好好驾驭。

眼见那拿缰绳的人不是合适的人啊，所以那骏马自然会跳跃飞奔远去。

野鸭、大雁啄食黄粱水藻啊，那凤凰愈加高高飞翔。

哦，好遗憾，凤凰般的宋玉看不上啄食水藻的野鸭和大雁，那低到水里的水藻入不了宋玉的眼。这是不一样的水藻啊！

还是"鱼在在藻"好，即使是愿望也好。


# 水　蓼

## 蓼虫不知徙乎葵菜

水蓼在河边、湿地常见，但如今的人们很少注意它。

夏秋时节，水蓼开花，细长的总状花序若有若无地开着，花很小，或白或粉红，稀稀拉拉，不是因为要辨认植物你不会关注它。

水蓼不像和它同科的红蓼，醒目招摇，像一条条"红龙"在空中追逐嬉闹，煞是惹眼。于是"红龙"红蓼就走到了农家的房前屋后，走到村口的路边，走到公园的湖畔。而水蓼永远在水边，在湿地，在杂草丛中。

然而，在久远的从前，水蓼曾经是五辛之一：葱、蒜、韭、蓼、芥。因为水蓼辛辣，可以去除动物的腥膻味，据《礼记》记载，在烹煮"雉、豚、鱼鳖"时，必须用水蓼填充腹部以去除腥膻味。今天我们依旧，而且是更大量地食用鸡肉、猪肉、鱼鳖，而且也大量用葱姜韭芥，唯独不见了水蓼，为什么？不知道。

《周颂·小毖》提到蓼，不是当作调味品。

予其惩，而毖后患。

莫予荓蜂，自求辛螫。

肇允彼桃虫，拚飞维鸟。

未堪家多难，予又集于蓼。

我必须深刻地吸取教训，以免除将来的祸患。不能惹得群蜂舞动，自己招惹蜂螫。原来只不过是只鹪鹩，转眼变成凶悍的大鸟。不堪忍受家国多难，偏又坠入辛辣的草丛。

水蓼成了成王处于艰难处境的隐喻，到了家国多难的程度，到了内忧外患的程度，一位君主还有比这更艰难的情况吗？水蓼竟然可以借喻，可见水蓼的辛辣自不待言。

《七谏·怨世》中也提到蓼，会是怎样的蓼？辛辣？去腥？

桂蠹不知所淹留兮，蓼虫不知徙乎葵菜。

处湣湣之浊世兮，今安所达乎吾志。

意有所载而远逝兮，固非众人之所识。（节录）

桂树上的蠹虫不知道有所节制啊，辛辣水蓼上的虫子也不知道去找甘美的葵菜。

身处昏暗混浊的尘世啊，我又怎能舒展我的志向。

满怀所有的心意不得不远走，那时众人都不知道我的选择。

《周颂·良耜》："其镈斯赵，以薅荼蓼。荼蓼朽止，黍稷茂止。"也提到"蓼"，还提到"荼"，都是被当作杂草的，一种是旱地的杂草"荼"，一种是水里的杂草"蓼"。可见"荼""蓼"的繁盛程度，不得不为耕种而除掉。


# 飞　蓬

## 若纵火于秋蓬


飞蓬真是了不得，那种无处不在、无处不生的顽强，你不由得想起"野火烧不尽，春风吹又生"。甚至不用等待春天，飞蓬总是无可置疑地扩展自己的领地。

飞蓬并不总是咄咄逼人地向你挺进，那是在深秋的时候，你不敢在飞蓬丛生的野地里行走，过深的草木会让你恐惧。但是春夏时节，飞蓬开白色的花，或者淡紫色的花，中间的管状花心是黄色的，成片成片可以形成花海，那就是景致了，你不由带着欣赏的眼光看飞蓬。此时，你是闲适的。

你想不起"蓬门荜户"这样的寒舍，你想不起"首若飞蓬"的狼狈，你想起的是岁月静好。

然而，飞蓬就是"蓬门荜户"的寒碜，就是"首若飞蓬"的狼狈，这是飞蓬的原本寓意。

**卫风·伯兮**

*伯兮朅兮，邦之桀兮。伯也执殳，为王前驱。自伯之东，首如飞蓬。*

（节录）

我的丈夫很英武，是国家的英杰。我的丈夫手执长矛，为君主出行开路。自从丈夫去了东方，我的头发散乱如飞蓬。

没有阳光下灿烂绽放的花朵，没有岁月静好，只有思念，只有"蓬头垢面"，这样的飞蓬不要吧！

《楚辞》中五次提到蓬，其中《七谏》就三次提到，是《说文》中"蓬蒿也，草之不理者也"的蓬蒿。

### 七谏·沉江

灭规矩而不用兮，背绳墨之正方。

离忧患而乃寤兮，若纵火于秋蓬。（节录）

放弃有用的规矩不用啊，背离正道纲常。

遭到忧患才醒悟啊，犹如放火焚烧秋天的蓬蒿不可挽救。

此时的蓬蒿就是"干柴遇烈火"的自然属性。

### 七谏·怨世

蓬艾亲入御于床笫兮，马兰踸踔而日加。

弃捐药芷与杜衡兮，余奈世之不知芳何？（节录）

那粗陋的蓬艾居然用来铺床，杂草马兰却越长越高。

抛弃了香草白芷和杜衡啊，我遗憾世人竟然不知道什么为芳草。

此时的蓬蒿和艾蒿就是不堪、粗陋的恶草了。

### 七谏·谬谏

菎蕗杂于黀蒸兮，机蓬矢以射革。

驾蹇驴而无策兮，又何路之能

将竹子夹杂在麻秆中焚烧啊，用蓬蒿做箭杆射向皮革做的盾牌。

驾着跛脚的毛驴有没有鞭子啊，这样怎么能到达目的地？

蓬蒿就是生命蓬勃的野草，哪里能做弓箭杆，用它做箭杆当然是废物，蓬蒿因此就成了"草之不理者也"。

纵观蓬蒿的历史，蔑视者多，厌恶者多，轻视者多。现今人谁还说自己家是"蓬门荜户"呢？就是"首若飞蓬"也是在美发店特意"飞蓬"的，所以在城市钢筋水泥的夹缝里，你见一丛飞蓬竟会欣赏它有野趣花姿，因为一时的岁月静好，畅想遥远的从前，荒野里，"大风起兮云飞扬"之时，蓬蒿就真是"飞蓬""转蓬"了，但是你能想起吗？

# 款 冬

## 款冬而生兮

知道款冬是因为它是一味中药，"润肺下气，化痰止嗽。治咳逆喘息，喉痹"。

据植物书介绍，款冬是常见植物，华北、华中、西北等等的广大地区都有，但我却没有见过。对款冬感兴趣是因为它的不同寻常。

款冬在二三月开花，在北方那是冬天。于是，广袤的荒野之上，冰雪之下，一簇簇黄色的花苞破冰而出，开出蒲公英一样艳黄的花朵，你会惊异，万物萧瑟，独款冬生机盎然，你能不佩服一株草的顽强吗？所以，此花也叫颗冻、钻冬。你没有被惊到吗？我就是因为款冬"百草荣于春，而款冬独荣于雪中"的不寻常而记住它，并期待认识它的。

我没有想到《楚辞》会提到款冬，心里以为款冬是北方植物，但别理会我的"以为"，还是看看《楚辞》是怎么描述款冬的。

王褒《九怀·株昭》：

> 悲哉于嗟兮，心内切磋。
> 款冬而生兮，凋彼叶柯。
> 瓦砾进宝兮，捐弃随和。
> 铅刀厉御兮，顿弃太阿。

悲伤啊长长地叹息，内心犹如切磋般的疼痛。

小草款冬居然生长啊，那草木枝叶却是凋谢枯萎的。

石头瓦块竟然当作珍宝啊，放弃的竟是随侯珠和和氏璧。

低劣的铅刀受到重用啊，抛弃的居然是太阿宝剑。

大大出乎意料，凌寒开放的款冬，在诗人眼里是小人！是瓦砾，是铅刀，是得志的小人。我张大了嘴，睁大了眼，仔细辨别，是的，在诗人眼里，款冬是宵小！诗人是怎样的不得意啊，竟至心里扭曲，什么都往坏处想。

也许就是因为冬季是"阴盛阳穷"之时，草木就该枯萎凋谢，款冬独独"欣欣向荣"那是有违时令的，是"附阴背阳"的，于是款冬就成了"小人"。我可以为诗人解释通，但我为自己解释不通，古人也有和我一样看法的。宋代

寇宗奭在《本草衍义》中盛赞："百草中，惟此不顾冰雪，最先春也。"

晋代郭璞还有一首诗专门赞款冬。

**款冬赞**

吹万不同，阳煦阴蒸。

款冬之生，擢颖坚冰。

物体所安，焉知涣凝。

虽然没有我期待的那样铿锵有力、掷地有声，但总算是让我舒了一口气，毕竟"款冬之生，擢颖坚冰"。这样就够了。


# 蒲　草

## 抽蒲兮陈坐


蒲草有可能很多人不知道，但说蒲团知道的人就多了。从前，和尚打坐修行时坐的就是蒲团。其实几十年前，大部分人家都有蒲团或者蒲席。只是工业文明急速扩张后，工业文明的产物逐渐取代了农耕文明的产物。现在家里有蒲团或蒲席倒是稀罕物，或者是清雅之物。

但蒲草到底是什么草呢？我理解更多的是香蒲，老百姓叫水蜡烛的草。这种草的叶片修长到无与伦比，你很难相信它那么细长却又挺拔直立。蒲之所以能编蒲团、蒲席，就是因为具有韧性。

香蒲的作用不仅仅止于此，它的嫩芽可以吃，它的花絮可以做床铺的填充物，它的花序还是很好的水生观赏植物。

蒲还可以是水葱，它的茎叶也可以编织，《小雅·斯干》中就提到了，那时称为"莞"。现在人们也把水葱称为莞、莞蒲、葱蒲、莞草。

下莞上簟，乃安斯寝。乃寝乃兴，乃占我梦。吉梦维何？维熊维罴，维虺维蛇。（节录）

下铺蒲席上铺簟，这里睡觉真安恬。早早睡下早早起，来将我梦细解诠。做的好梦是什么？是熊是罴梦中见，有虺有蛇一同现。

《汉书·东方朔传》中提到"孝文皇帝莞蒲为席"，我以为就是指的水葱这种"蒲"。一位皇帝以莞蒲为席肯定是说他生活简朴、注意民生，所以才成就"文景之治"，那代表简朴的莞蒲就衬托出汉文帝的高大。

《孔雀东南飞》中也提到蒲，我以为是香蒲，因为诗中的蒲是刘兰芝为了表示自己对丈夫坚韧不改的情感，是和磐石的坚硬相辅相成的。"君当作磐石，妾当作蒲苇。蒲苇纫如丝，磐石无转移。"

《楚辞》中两次提到蒲，是哪种蒲呢？

### 九怀·尊嘉

蛟龙兮导引，文鱼兮上濑。

抽蒲兮陈坐，援芙蕖兮为盖。

水跃兮余旌，继以兮微蔡。

（节录）

蛟龙在水中引导，有花纹的鱼儿引我穿越激流。

拔出蒲草铺设座席，采下荷花做成船篷。

浪花翻卷溅湿旌旗，把水里的草卷入船中。

### 天问

阻穷西征，岩何越焉？

化而为黄熊，巫何活焉？

咸播秬黍，莆雚是营。

何由并投，而鲧疾修盈？（节录）

鲧化为黄熊向西方进发，他怎样越过那险要的山岩？

既然鲧的身体已经化为黄熊，神巫又怎么能把他救活。

鲧辛勤耕作种上优质的黑粟，那里曾经长满蒲草和荻苇。

为何要把他和共工一起流放，难道是鲧真的恶贯满盈？

蒲草再一次被做成了蒲团，但在《天问》中那蒲草是妨碍鲧耕种粮食的，有用？无用？只在旦夕之间。

我想起色情小说《肉蒲团》，就是因为其中的一个肉字，这个蒲就色情了。

这可以作为结尾吗？


# 荻苇、芦苇

## 蒹葭兮仟眠


荻苇和芦苇常常伴生，刚长出来人们也不容易区分，所以芦荻常常并提。从很久的从前就并提，比如《诗经》时代。

芦荻并提的诗中我最喜欢的是《秦风·蒹葭》，那时荻苇和芦苇分别叫蒹、葭。那个我以为不可以拆分的词语，那在水一方的伊人唯蒹葭——芦荻可以相配。

蒹葭苍苍，白露为霜。所谓伊人，在水一方。
溯洄从之，道阻且长。溯游从之，宛在水中央。
蒹葭凄凄，白露未晞。所谓伊人，在水之湄。
溯洄从之，道阻且跻。溯游从之，宛在水中坻。
蒹葭采采，白露未已。所谓伊人，在水之涘。
溯洄从之，道阻且右。溯游从之，宛在水中沚。

深秋的荻苇和芦苇本已萧瑟，结霜的白露更添了我的惆怅，我思念的那个人儿，远在河的那边。

荻芦茂盛，白露未干，所谓伊人，在水之湄。

荻芦丛密，白露还在，所谓伊人，在水之涘。

一片深秋的荻苇和芦苇，一地结霜的白露，一位思念那人的有情人，只见河水不见人影的那人。

凄清，深情，旷远。

美到不需要翻译，这一切的美离不开芦荻，这是最美的荻苇和芦苇。

深秋、初冬，河道两侧芦荻似乎随水漂荡，白色的荻花、芦花像波涛一样起伏。如果此时艳阳高照，芦荻镶上金边，你会产生迷幻的感觉，忘记今夕何夕。

回到现实，荻芽、芦芽都可以食用。荻苇还可以造纸当柴草，更重要的是荻苇还成就了大诗人欧阳修。"画地学书"的主人公是欧阳修："四岁而孤，母郑，守节自誓，亲诲之学。家贫，至以荻画地学书。幼敏悟过人，读书辄成诵。及冠，嶷然有声……遂以文章名冠天下。"

芦苇用处更多，至今农村仍会用芦苇编制席子。儿时家家都用芦苇席子，特别是夏天当作凉席用。芦苇最好的用处是当粽子叶，香甜的粽子就是靠芦苇清香的草味有了特别的味道，不可替代的味道。

荻苇成就了一代诗人，芦苇成就了一代孝子，那就是孔子七十二贤徒之一的闵子骞。

《二十四孝》中，闵子骞的继母让亲生儿子穿丝绵（春秋时没有棉花）絮的棉袄，让闵子骞穿完全不能御寒保暖的芦花絮的袄，但闵子骞却一如既往地孝敬继母，古往今来被人称颂。后来，"著芦花"一词就成了继父母虐待非亲生子女的代用语。

《楚辞》中也是芦苇、荻苇并提，那时荻苇称为"萑"，芦苇称为"苇"。

**九思·悼乱**

菅蒯兮樛茅，萑苇兮仟眠。

鹿蹊兮蹯蹯，貒貉兮蟫蟫。

鹍鹢兮轩轩，鹑鹤兮甄甄。（节录）

四处是芒草、蘑草郁郁葱葱，荻苇、芦苇丛生丛长。

野鹿奔跑在小路上啊，猪獾和貉前后跟随。

各种鹍鹰展翅飞翔啊，小小鹌鹑翻飞不停。

**天问**

阻穷西征，岩何越焉？

化而为黄熊，巫何活焉？

咸播秬黍，莆萑是营。

何由并投，而鲧疾修盈？（节录）

鲧化为黄熊向西方进发，他怎样越过那险要的山岩？

既然鲧的身体已经化为黄熊，神巫又怎么能把他救活。

鲧辛勤耕作种上优质的黑粟，那里曾经是长满蒲草和荻苇。

为何要把他和共工一起流放，难道是鲧真的恶贯满盈？

上文中的萑和苇就是荻苇、芦苇，是草，不关情，在《楚辞》爱憎极为分明的世界里少见。但我却有安心的感觉。

# 麻

## 折疏麻兮瑶华

麻曾经是旧时做衣服的主要原料，我们这些成长在工业文明时代的人对麻陌生到无知的地步。只是在钢筋水泥丛林里生活久了以后，人们发现失去了本我，失去了纯朴，内心强烈渴望一种原始的状态，就是返璞归真、回归自然。

麻就是自然的体现，现代人开始穿麻质的衣服，不论苎麻、亚麻，穿上以后不仅仅是衣袂飘飘，还是内心的安稳和踏实。

于是知道麻居然是雌雄异株的植物。雄麻用来制作衣服，因为它的皮纤维强韧；雌麻是用来食用种子的，就是"火麻仁"，可以食用，可以药用。《神农本草经》将其列为上品，主治五劳七伤，并能润燥、滑肠。比如著名的"麻仁助脾丸"，就是老年人的常备药品，解决便秘的。雌麻纤维粗硬，只能制作丧服。

知道《诗经》中一定会提到麻，只是没想到会提到二十几次。

其中最喜欢的是《陈风·东门之池》，因为含情，因为阳光。

东门之池，可以沤麻。彼美淑姬，可以晤歌。（节录）

东门外有个坡池，可以浣洗麻丝。那位美丽的姬姓姑娘，可以和她把歌对。

那位美丽的姬姓姑娘在水池边沤麻，姿态娉婷袅娜，令人心动。于是，把麻的一头交给你，你牵着我，我跟着你，一段阳光下、水池边的情就演绎了。

《楚辞》中也提到麻，比我想象的少，四次，而且只有一处叫麻，其他叫"枲""蘼"这样很奇怪的名字。

天问

焉有石林？何兽能言？

焉有虬龙，负熊以游？

雄虺九首，儵忽焉在？

何所不死？长人何守？

靡萍九衢，枲华安居？（节录）

什么地方有石林？什么野兽可以说话？

什么地方有虬龙？驮着熊游动？

游走迅疾的九头雄毒蛇，到底在哪里？

什么地方的人不死？长命的人依凭的是什么？

浮萍占领了各个地方，那麻的花又能长在哪里？

这真是"天问"，是我问不出来的"问"。"枲"——麻的花开在哪里？不是在枝头吗？浮萍可以侵占麻的地方吗？我不知道。

### 九歌·大司命

折疏麻兮瑶华，将以遗兮离居。

老冉冉兮既极，不寖近兮愈疏。（节录）

折取神麻那玉一般的花儿，准备送给就要离去的大司命。

人已经渐渐走入暮年，不接近大司命就更加疏离。

此时麻的花儿是送给神灵般的大司命的，一定是心中最尊贵的，只是现在的我不理解，尊贵在哪里？

七谏·谬谏

菎蕗杂于廞蒸兮，机蓬矢以射革。

驾蹇驴而无策兮，又何路之能极？（节录）

将竹子夹杂在麻秆中焚烧啊，用蓬蒿做箭杆射向皮革做的盾牌。

驾着跛脚的毛驴有没有鞭子啊，这样怎么能到达目的地？

麻又从尊贵的大司命手里跌落到微贱的地位，那麻秆是不能和竹子比拟的。

麻的命运就像沧海桑田一般，此一时彼一时。曾经"把酒话桑麻"的人，可知今日"把酒"话的是什么？会天问吗？

# 野豌豆

## 惊女采薇

野豌豆花是春天田野里美丽的花朵，娇小俏皮，像是紫色的蜜蜂。在衣食无忧的今天，野豌豆就是风景，就是春游时人们兴致的点缀。

野豌豆是豆科植物，还有个好听的名字"薇"。野豌豆叫薇的时候，薇是用来吃的，只是这个薇不足以填饱肚子，以至于饿死人了，但留下了千古的名声。你不信吗？吃薇吃不饱，饿死了，然后成名了。是的，就是这样。

《史记·伯夷传》："武王已平殷乱，天下宗周，而伯夷、叔齐耻之，义不食周粟，隐于首阳山，采薇而食之。及饿且死，作歌，其辞曰：'登彼西山兮，采其薇矣。以暴易暴兮，不知其非矣。神农、虞、夏忽焉没兮，我安适归矣？于嗟徂兮，命之衰矣。'遂饿死于首阳山。"

这就是"不食周粟"，"采薇而食"，然后"饿死于首阳山"的著名故事。薇也因此"一举成名"。只是知道薇就是开小紫花的野豌豆的人并不多。薇"高大上"，野豌豆"下里巴"。

《诗经》中的薇关乎思念，关乎哀伤。

### 小雅·采薇

采薇采薇，薇亦作止。

日归日归，岁亦莫止。（节录）

说的是征战戍卒，离别家乡，离别采薇的家人，四处以命相搏，思念家人，思念能采薇的日子。"昔我往矣，杨柳依依。今我来思，雨雪霏霏。"我走的时候，杨柳正发，薇菜正嫩。今朝我思念的时候，雨雪交加，更添愁绪。

《楚辞》中《天问》篇提到薇，是我们已经熟悉的"高大上"的薇。

### 天问

惊女采薇，鹿何佑？

北至回水，萃何喜？

兄有噬犬，弟何欲？

易之以百两，卒无禄？（节录）

伯夷叔齐采薇而食受到讽刺，神鹿为什么要保佑他们？

他们来到了首阳山上，为什么那样欢喜？

哥哥秦景公有条猛犬，为什么弟弟要拥有？

弟弟用一百辆车去交换，最终却丢了性命。

屈子的《天问》也问到了伯夷叔齐，他在想自己，是隐居？还是入世？其实他想入世，只是"世人皆醉我独醒"。混浊的世人不接受他，他不得不出世，不得不"采薇而食"。

薇竟然在这么艰难的选择中充当不可或缺的角色，我怎么也想不到薇和野豌豆有什么关系。

# 萹 蓄

## 解萹薄与杂菜

要不是特意认识，你几乎不会注意到萹蓄，更不会知道它叫萹蓄。

萹蓄太普通了，甚至比不上狗尾草醒目。萹蓄植株矮小，几乎是匍匐而生，其花细小到你需要定睛才能看到，要不是那粉红的颜色，那包裹在叶子中间的花你是看不到的。

在我眼里萹蓄和蟋蟀草、牛筋草一样是杂草，但是书中介绍，萹蓄是可以吃的，明代《救荒本草》中仍然视其为重要的救荒野菜。

更让我不可思议的是，极普通，极不显眼的萹蓄竟然可以是君子的象征。《卫风·淇奥》就是这样认为的，诗中的"绿竹"就是指的萹蓄，这是古时权威书籍《尔雅》说的："竹，萹蓄也。"陶弘景的《本草注》也说此草："处处有，布地而生，节间白华，叶细绿，人谓之扁竹。"

**卫风·淇奥**

瞻彼淇奥，绿竹猗猗。有匪君子，如切如磋，如琢如磨。瑟兮僩兮，赫兮咺兮。（节录）

淇水弯弯，萹蓄猗娜。美好君子，如象牙般切磋，如玉石般琢磨。庄严冷峻，光明坦荡，文雅君子，令人难忘。

显然，那美好的君子，那"如切如磋，如琢如磨"的君子，像萹蓄一样"猗娜"。虽然，我至今还不能把萹蓄和美好的君子联系起来，但还是看看《楚辞》中的萹蓄是怎样的吧，会是君子吗？

**九章·思美人**

解萹薄与杂菜兮，备以为交佩。
佩缤纷以缭转兮，遂萎绝而离异。
吾且僵佪以娱忧兮，观南人之变态。
窃快在中心兮，扬厥凭而不竢。（节录）

采摘萹蓄和其他野菜啊，用来备作左右相交的配饰。
它们缤纷茂盛缠绕周身，但最终会枯萎凋谢弃之一旁。
我徘徊左右以消解我的忧愁，看看那些南国人的变态。
一丝快意悄悄涌上心头，舒缓我的愤懑不再等待。

萹蓄不是君子，不是杂草，而是可以做配饰的野菜，即使这样依然让我惊异，萹蓄不"扁"啊！它从来不是我眼中不值一提的杂草，即使不是君子，也是美好的配饰啊。

春天来的时候，我要到野外好好看看萹蓄，好好看看它的君子风度。

# 苦 菜

## 堇荼茂兮扶疏

苦菜，顾名思义，这种植物是苦的。自然界苦的植物多着呢，为什么只有苦菜叫苦菜？我也不知道。

作为野生菜蔬，很多都是苦的，必须经过蒸煮之后，长时间凉水浸泡才能入口，比如蓣菜、灰条等等，苦菜自然更是这样。苦菜作为菜蔬年代久远，上至王公贵族，下至平民百姓都在食用。《礼记·内则》

就记载："濡豚，包苦实蓼。"意思是腌猪肉要用苦菜包裹，内填水蓼。我是很难想象这样的腌猪肉是什么滋味。

苦菜因其苦的滋味，旧时人们描述苦命的女人会说她是苦菜花。但是苦菜不作为食物时，是田野欣欣向荣的美景，充满村野气息，充满生命的朝气蓬勃。

《诗经》中提到苦菜的地方不少，那时叫"荼"，果真是说苦命的女人，比如《邶风·谷风》："谁谓荼苦？其甘如荠。宴尔新昏，如兄如弟。"那位被丈夫抛弃的女子强颜欢笑地说，谁说苦菜苦？甘甜得如荠菜！荠菜是甘甜的吗？辛辣的滋味尝过便知，弃妇是心苦到极致了。新妇"宴尔新昏，如兄如弟"，旧人"谁谓荼苦？其甘如荠"。"甘"得让人心碎、心痛、心伤、心寒、心塞。此时的苦菜最苦吧！

《楚辞》中也提到"荼"——苦菜，我想不会是美好的寓意。

## 九章·悲回风

鸟兽鸣以号群兮，草苴比而不芳。

鱼葺鳞以自别兮，蛟龙隐其文章。

故茶荠不同亩兮，兰茝幽而独芳。（节录）

鸟兽鸣叫呼唤它的同类，绿草和枯草不能一起散发芳香。

鱼儿修饰鳞片显示自己的与众不同，蛟龙则将自己身上的纹路隐藏。

所以苦菜和荠菜不在一块儿田里生长，那兰花白芷在那幽静的地方独自芬芳。

## 九思·伤时

惟昊天兮昭灵，阳气发兮清明。

风习习兮和暖，百草萌兮华荣。

堇茶茂兮扶疏，蘅芷雕兮莹嫮。（节录）

春天展示了它的景象，天气暖和空气晴朗。

春风和煦温暖舒适，百草生发欣欣向荣。

堇菜苦菜茂盛生长，而杜衡白芷却凋谢枯萎。

果然，苦菜是不能和"甘"的荠菜相提并论的，低贱的苦菜长得蓬勃茂盛，反倒映衬出白芷杜衡这样的香草凋零的悲哀。

于是，苦菜就从几千年前苦到今日。今日，它的苦没有变，变的是人心，人们现在把苦菜当稀罕物，是因为太过油腻的生活需要清苦冲淡一下。苦菜成了膏粱厚味之后的调剂品，成了投入自然怀抱时的明亮风景。

苦菜花是明黄色的，让人想到的是明艳，不是苦。

# 荠 菜
## 故荼荠不同亩

荠菜北方人几乎不吃，就是路边、村野、荒地的杂草。顶多是孩子们，还是旧时孩子们手里的玩意儿。

荠菜是春天最早生长的草，不起眼但顽强地生长着。你可以无视它的存在，任意踩踏，但是它无视你的踩踏，坚决生长，直到开花结籽。孩子们就是玩荠菜籽的，拔一株荠菜，只留下结籽的秆，轻轻把小小的倒三角籽扯下一点，不要和茎分开，每一个倒三角小籽都这样扯下些许，食指和拇指捻动，倒三角的荠菜籽相互碰撞，发出难以描述的声音，好像风铃一般。大人觉得没有任何趣味，但在孩子们眼里却是可以把玩半天的。

从书上知道荠菜可以吃，以荠菜饺子最美味。尝试过三次，吃对了一次。第一次误把糖芥的幼苗当作荠菜，已经调了馅，尝了一下，味道奇苦！扔了。不甘心，趁着春天在，继续采我以为的荠菜，第二次成功包了饺子，好吃。过几天，我曾经采"荠菜"的地方，那"荠菜"居然结了扁圆形的小小籽！不是倒三角！又采错了。我采了独行菜！感谢上天，独行菜可以吃，只是"味不佳"。第三次，在朋友的帮助下，终于成功采了真正的荠菜，成功吃上"美味"的荠菜饺子。

可见荠菜的幼苗实在不起眼，很容易和其他草混同，我以我的亲身经历证明。

我以亲自尝试的经验说，荠菜有点辣，不会比韭菜好吃，但在久远的几千年前，我们的先人一直认为荠菜"甘美"，并把荠菜作为衡量甘的标准，比如《邶风·谷风》：

*行道迟迟，中心有违。不远伊迩，薄送我畿。谁谓荼苦？其甘如荠。宴尔新昏，如兄如弟。（节录）*

我步履沉重走在路上，内心满是委屈。连很近的一段路你都不愿意送，就送我到房门口。谁说苦菜味最苦，比起我的痛苦来，它比荠菜还要甜。你们新婚多快乐，亲兄亲妹不能比。

　　比起苦菜来，荠菜是"甘"的。

　　《楚辞》中也提到荠菜。

### 九章·悲回风

鸟兽鸣以号群兮，草苴比而不芳。

鱼葺鳞以自别兮，蛟龙隐其文章。

故荼荠不同亩兮，兰茝幽而独芳。（节录）

　　鸟兽鸣叫呼唤它的同类，绿草和枯草不能一起散发芳香。

　　鱼儿修饰鳞片显示自己的与众不同，蛟龙则将自己身上的纹路隐藏。

　　所以苦菜和荠菜不在一块田里生长，那兰花白芷在那幽静的地方独自芬芳。

　　看出来了吧，荠菜依然是"甘"的，是不能和"苦"的苦菜在一起生长的。少有的"北方的"（《诗经》）植物和"南方的"（《楚辞》）植物高度统一，特别是在这样一种我以为微不足道的植物——荠菜上，"其甘如荠"，我一次就永远记住了这句话。

# 莼 菜

## 紫茎屏风

莼菜是水生植物，而且只在南方的池塘生长，对于我这样的北方人，只能望莼兴叹，特别是知道"莼鲈风味""蓴羹鲈烩"这样的美味后，更是对"莼"有一种特别的向往。

这是有原因的。因为1800年前的一个秋天，有一人就是为了吃"莼鲈风味"不惜辞官回家乡，可见莼菜配了鲈鱼是何等的美味。此人此举就让我记住了晋朝的张翰，最重要的是记住了莼菜。

莼菜也称为水葵，自古就是食用蔬菜，和韭菜的食用历史一样长，都是重要的用于献祭的蔬菜。《周礼·天官·醢人》就有记载："朝事之豆，其实……茆菹麋臡……加豆之实，芹菹兔醢……"说的是"芹""藻""茆"，其中"茆"就是莼菜，用于祭祀。

《齐民要术》很好地解释了莼菜的名字由来："莼性纯而易生，种以浅深为候，水深则茎肥而叶少，水浅则茎瘦而叶多。其性逐水而滑，故谓的莼菜。"

莼菜的叶片像睡莲的质地，只是更圆，春夏时节采摘嫩枝嫩叶食用，据说肥美润滑，特别是和鱼炖在一起，那美味是可以让人辞官的。

《周礼》提到的菜蔬，《诗经》也一定会提，就在《鲁颂·泮水》中，就是"茆"——莼菜。

思乐泮水，薄采其茆。鲁侯戾止，在泮饮酒。既饮旨酒，永锡难老。顺彼长道，屈此群丑。（节录）

泮水之滨多快乐，伸手去摘嫩莼菜。鲁侯威严来这里，泮水之滨饮美酒。饮了甘甜的美酒，上天赐他永不朽。挥军大道往前行，征服敌寇那淮夷。

很明显，采摘莼菜是个愉快的过程，为了歌颂鲁公的功绩，兴高采烈地采摘莼菜。首先是献祭，告诉神明，然后宴饮庆功，然后"莼鲈风味"，然后辞官回家。

作为南方文学的代表，《楚辞》想必不会没有莼菜。果真有，但是藏在诗行里，作为北方人我完全认不出来。在屈原的《招魂》中，莼菜被称为"屏风"，你能认出来吗？

坐堂伏槛，临曲池些。
芙蓉始发，杂芰荷些。
紫茎屏风，文缘波些。（节录）

坐在厅堂凭栏远望，眼下就是庭院的曲池。
荷花开始开放，期间伴以碧绿的菱叶。
长着紫色茎秆的莼菜，它的纹理随水波荡漾。
这是江南美景，虽然没有鲈鱼，但是一池映日荷花，伴以接天菱叶，更有紫色茎秆的莼菜随波荡漾，你不迷醉都不行。这样的美景也是值得辞官的。
这样的美景当然是值得灵魂归来的。于是，"魂兮归来"。

# 冬　葵

## 蓼虫不知徙乎葵菜

冬葵也叫葵菜，北方人几乎
不知道。很久的过去是家常蔬菜，
北魏贾思勰《齐民要术》卷三还
专门有"种葵"一章，可见其普
遍性。到了明朝，李时珍的《本
草纲目》中，冬葵却是"今人不
复食之，亦无种者"。到了今天，
肯定不是"百菜之主"，不过是偶
有种植而已。

据介绍，葵菜是吃它的嫩叶
和幼苗的，其叶圆，边缘折皱曲旋，可供园林观赏之用。只是我没见过。葵菜
不仅可以食用，还可以药用。因为其性味甘寒，"清热、舒水、滑肠"，于是就
有了利尿、催乳、润肠、通便的功效。

《豳风·七月》中提到葵："六月食郁及薁，七月亨葵及菽。"大意是六月
吃郁李和葡萄，七月煮冬葵和豆子。

只是想说明，葵在久远的那时是普遍食用的蔬菜。

《楚辞》中也有，也叫葵。

**七谏·怨世**

桂蠹不知所淹留兮，蓼虫不知徙乎葵菜。

处湣湣之浊世兮，今安所达乎吾志。湣

意有所载而远逝兮，固非众人之所识。（节录）

桂树上的蠹虫不知道有所节制啊，辛辣水蓼上的虫子也不知道去找甘美的葵菜。

身处昏暗混浊的尘世啊，我又怎能舒展我的志向。

满怀所有的心意不得不远走，那时众人都不知道我的选择。

《楚辞》时代的葵菜还是甘美的菜蔬。然而，世事如此，沧海桑田，此一时彼一时，葵菜没有"与时俱进"，于是"长江后浪推前浪，前浪打在沙滩上"。

对于孤陋寡闻的我，也只能在书中了解葵菜的过往，那也算是个美好的过往。


# 匏 瓜

## 瓜兮接粮


说匏瓜知道的人少，说瓢葫芦或者葫芦瓢知道的就多了。过去不论农村、城市，有水缸的家户基本都有瓢葫芦，用来舀水。匏瓜成熟后晒干，从中间一劈两半，掏去瓜瓢就可以当舀水的工具了。

其实匏瓜嫩时可以当蔬菜吃，就跟西葫芦一样，匏瓜就是葫芦科葫芦属。深秋时节，农户人家屋檐下大大小小挂几串瓢葫芦，再加上几串鲜红的辣椒，马上殷实人家的安闲生活便映入眼帘。

我所知道的匏瓜也就是舀水的工具。看过《论语》，但不曾记得《论语》提到匏瓜，但是提了，在《阳货》中："吾岂匏瓜也哉！焉能系而不食？"是说匏瓜徒有其表，没有实际作用，隐喻无所作为的人。《国语·鲁语》："苦瓠不材，于人共济而已。"所以后世王安石云："余生非匏瓜，于世不无求。"

匏瓜还有无偶的寓意，出自曹植《洛神赋》："叹匏瓜之无匹兮，咏牵牛之独处。"阮禹也有《止欲赋》云："伤匏瓜之无偶，悲织女之独勤。"

《诗经》中也提到匏瓜，不是舀水的瓢，不是大而无当的无用之人，而是可以涉水的"腰舟"。

### 邶风·匏有苦叶

匏有苦叶，济有深涉。深则厉，浅则揭。（节录）

葫芦叶子已经枯黄，济水河也已经上涨。水深的地方把葫芦系在腰间浮过来，水浅的地方只把衣服撩起来就可以过。

此处的匏瓜是做"腰舟"的，绝好的用处，特别是系上"腰舟"涉水探望心上人，那是何等的浪漫与心切。

很想知道《楚辞》中匏瓜的寓意。其中的"瓟"就是匏瓜。

### 九怀·思忠

登华盖兮乘阳，聊逍遥兮播光。

抽库娄兮酌醴，援瓟瓜兮接粮。

毕休息兮远逝，发玉轫兮西行。（节录）

登上华盖群星来到天上，姑且逍遥游荡瑶光星。

持库娄群星斟满美酒，取匏瓜之星作为粮食。

休息好了我将远走他乡，驱车出发要去西方。

### 九叹·愍命

荟菉葍以弃于泽洲兮，瓟蠡囊于筐簏。

麒麟奔于九皋兮，熊罴群而逸圄。（节录）

水葱苈萝丢弃在水泽啊，葫芦瓢收进筐篓。

麒麟奔逃在曲折的沼泽啊，

熊罴成群奔跑在苑囿。

在《九思·思忠》里，匏瓜居然是星座！而且一语双关。一位叫张铣的先人居然有解释："匏瓜，星名，独在河鼓东，故云无匹。"

《九叹·愍命》中的匏瓜是我熟悉的器皿，可以舀水，只不过就是这样的用处也被收进"筐篓"，不能物尽其用。那"美人"君王呀，忠奸颠倒，良莠不分，让愤懑的诗人情何以堪！

唉，匏瓜无辜，它只是按照自然的法则生长啊！是人要分出个高低上下、香恶俊丑啊！


# 石龙芮

## 堇荼茂兮扶疏


"堇"是古语的一种野菜，以我之愚笨仔细辨别半日，只好认为是苦堇、水堇，也就是石龙芮了。《尔雅》云："啮，苦堇也。"郭璞云："即堇葵也。"李时珍曰："芮芮，细貌。其椹之子细芮，故名。地椹以下，皆子名也。水堇以下，皆苗名也。苗作蔬食，味辛而滑，故有椒、葵之名。"

《大雅·绵》中堇和荼并提。

周原膴膴，堇荼如饴。爰始爰谋，爰契我龟，曰止曰时，筑室于兹。

乃慰乃止，乃左乃右，乃疆乃理，乃宣乃亩。自西徂东，周爰执事。
（节录）

周原土地肥美，堇葵苦菜如饴。大家谋划建房，龟板之上神迹。卜辞告知时间，就在这里建房。

于是定居此地，划定左右区域。划定田地边界，整修田垄沟渠。自西边到东边，大家辛苦劳作。

这是周人记述自己祖先古公亶父事迹的诗篇。他的儿子周文王、孙子周武王在中国妇孺皆知，他们建立了不朽的功业，八百年周朝就始于他们。但"筚路蓝缕"时期则是古公亶父，其功不可磨灭，其事实可歌颂。只是不知道以堇的辛辣、荼的苦寒，何以是"堇荼如饴"？我以为是老百姓跟着古公亶父这样的领导干，生活辛苦，但心甘情愿，对未来充满向往，就算是食用堇和荼这样辛辣苦寒的野菜也"甘之如饴"。

有意思的是，《楚辞》中堇和荼也是并提的，但会是"堇荼如饴"吗？

**九思·伤时**

惟昊天兮昭灵，阳气发兮清明。

风习习兮和暖，百草萌兮华荣。

堇荼茂兮扶疏，蘅芷雕兮莹嫇。（节录）

春天展示了它的景象，天气暖和空气晴朗。

春风和煦温暖舒适，百草生发欣欣向荣。

堇菜苦菜茂盛生长，而杜衡白芷却凋谢枯萎。

遗憾，堇荼是为了对比香草杜衡白芷的。显而易见，堇荼生长茂盛是对"俊彦"之才的损害，堇荼充当了奸邪小人的角色。可见，有一位好领导是多么重要，苦涩的堇荼都可以是"甘"的。

# 豆

## 耘藜藿与蘘荷

"藿"专指的是豆叶,可以引申为豆。豆就种类多了,但三千年前的豆,而且是栽培的豆应该不多,有大豆也就是黄豆,也许还有红豆,在《神农本草经》中有记载。

说起豆可以说的有很多,就是到今天我们也离不开,北方人喜欢喝小米粥,小米粥中往往煮些许黄豆,大豆拌香菜就是一道美味的凉菜。

豆制品就更不用说了,豆浆、豆腐、腐乳、豆豉、豆皮等,可以"一豆到底"。

豆子的营养价值不容置疑,是可以替代肉类蛋白质的极好的品类。现在人们从老到幼没有不减肥的,七颗黄豆就可以顶一颗鸡蛋的营养价值,也许一百颗黄豆就赶上一斤猪肉的营养了,所以想减肥,吃大豆。

但久远的过去,没有人减肥,唐朝人还要增肥来增加自己的美容分呢,肥壮是健康富裕的象征。大豆是为了增加人的气力的,是主要食品,所谓"饭菽配盐,炊其煎藿"。

以豆子在古时人们生活中的重要性,《诗经》自然不会不提,不会少提,有六次之多。那时豆的名称也多,有菽、荏菽、藿。

就选一篇专写到藿的吧。

### 小雅·白驹

皎皎白驹,食我场藿。絷之维之,以永今夕。所谓伊人,于焉嘉客?
(节录)

洁白的小马驹呀,过来吃我草场的豆叶吧。我要把它围起来呀,让它的主人留在这里。我期待的那位君子呀,可否愿意安心在这里做贵客?

藿就是豆叶,是由头,先吸引君子的马驹吃我草场丰厚的豆叶,马儿留下了，我希望君子也能留下，含蓄而殷殷，思贤若渴。此藿非同小可，在那时有思贤的寓意。

以豆在古时的栽培广度，南国一定有，《楚辞》中提到了。

刘向《九叹·愍命》：

折芳枝与琼华兮，树枳棘与薪柴。
掘荃蕙与射干兮，耘藜藿与蘘荷。
惜今世其何殊兮，远近思而不同。（节录）

折断芳枝和琼花啊，培植枳棘和柴火。
挖出荃蕙和射干啊，耕植灰菜豆叶和蘘荷。
可惜今日和往昔如此殊异，古今之人如此不同。

刚还沉浸在以藿思贤的美好寓意里，读了《九叹·愍命》马上跌倒在藜藿并存的野地里。

藿此时竟是和野草藜并提，被"君子"嫌弃的、过于茂盛的杂草。

此藿的命可不好，不思贤也就罢了，何至于被人嫌弃呢？

# 蓍　草

## 启匮兮探筴

　　蓍草肯定是最神秘的草。知道蓍草是因为知道蓍，很久的从前占卜的工具。很难想象能决定生死、决定战争、决定出行、决定婚丧嫁娶的草是什么草，古人告诉我们是蓍草。

　　伏羲演八卦也罢，文王演周易也罢，他们使用的工具就是蓍草，《周易·系辞上》明确说道："定天下之吉凶，成天下之亹亹者，莫大乎蓍龟。"意思是判定天下事的吉凶，成就百姓勤勉的功业，没有比占蓍卜龟更有效的了。这是往大了说，除了天子、诸侯、士大夫，平民百姓凡有重大事也是要通过占蓍卜龟决疑，所谓上行下效。

　　《左传》记述占卜的地方很多，谓之"蓍筮"，特别是发动战争时更是不卜不出征。当然，诸侯娶妻时也要占卜，比如晋献公娶骊姬时就占了两次：一次用龟甲占，"卜之不吉"；一次用蓍草占，"吉"。晋献公听从了蓍草占下的结论，结果是娶了骊姬乱了晋国三代，当然也因此成就了晋文公，晋国的历史就是因为一次蓍草占卜的结果而彻底改写。

　　说了诸侯再说大夫。齐国大夫、权臣崔杼要娶一位美貌的寡妇，让占卜师算，结果是"吉"。但他心里还是不踏实，又请大夫陈文子占卜，结果是"凶"。这下崔杼踏实了吧？没有。他抵不住寡妇的美貌，认为一个寡妇有什么可怕的，娶了。

　　最终结果，一个能"弑其君"的权臣崔杼家破人亡。

　　我想说的是，这个蓍似乎不准，不同的人占卜会有不同的结果，崔杼没有听占卜师的，也没听陈文子的，他听从了自己的内心。最后的家破人亡是不是因为娶了寡妇现在也用不着纠结了，就是知道，我们的先人是用蓍草来决定自己的命运的。

　　也许就是因为蓍草的不稳定性，汉以后占卜就不再用了，但几千年来蓍草的神秘一直流传下来。

　　蓍原本的意思就是"耆"，即六十岁。孔子曰："蓍之为言耆也，龟之为言旧也，明狐疑之事，当问耆旧也。""老人历年多，更事久，事能尽知也。"六十岁在那时当然是老人了，七十都古来稀了。《博物志》云："蓍一千年长三百茎，植株够老，所以能知吉凶。"

　　蓍草丛生，就长在山坡草地，在伏羲的老家河南等地并不鲜见，但用来占卜的蓍草却不是可以轻易获得的，必须是"长满六尺的蓍草"。蓍草植株簇生到五十茎以上者就被称为"灵蓍"，意即很灵验了，到六十茎就可以占卜了。传说蓍草长满百茎者，其下必有神龟守护，其上常有青云覆之。《说文解字》也说蓍草"生千岁（才）三百茎。"（《易纬·乾凿度》引古《经》说："蓍生地，于殷凋殒一千岁。一百岁方生四十九茎，足承天地数，五百岁形渐干实，七百岁无枝叶也，九百岁色紫如铁色，一千岁上有紫气，下有灵龙神龟伏于下。"）

　　蓍草能长满百茎，茎长超过一丈，就说明天下太平，王道大行。若是蓍草不长，簇生很少，那就是昏君当道，民不聊生。

我用古人对蓍草的崇敬描述蓍草的神秘，我希望有一天我用现代人的眼睛看看蓍草，不占卜，就是看看。

《诗经》中不可能不提这么神秘的、重要的草，只是比我想象得少，只提了一次。

### 曹风·下泉

*冽彼下泉，浸彼苞蓍。忾我寤叹，念彼京师。（节录）*

冰冷的泉水流淌，淹没了蓍草。我长夜难眠伤心叹息，心中想念周王的京城。

一看就不好，蓍草被淹没了，王室混乱了，正为了应蓍草没有很好地生长就是世道混乱的预兆。可惜，只提了一次还是这样的情形。

《楚辞》中是提了一次，在《九怀·通路》中，"筴"就是蓍草。

*启匮兮探筴，悲命兮相当。*
*纫蕙兮永辞，将离兮所思。*
*浮云兮容与，道余兮何之？（节录）*

打开盒子拿出蓍草，悲叹命运所遭遇的祸患。

联结好蕙草永远辞别，要离开所思念的人儿。

浮云飘浮不定，把我引向何方？

其实知道自己命运多舛，但还是要拿出蓍草来占卜，这个卜的意义何在？其实卜的就是人们心中对未来的期望，希望卜出自己想要的结果，但往往事与愿违，怨谁呢？蓍草身上的担子好重啊！

幸亏蓍草占卜的功能早就被湮没了，它太累了，也该歇歇了。

# 甘 蔗

## 有柘浆些

　　甘蔗谁不知道呢？几乎所有的糖都来自甘蔗。而且都知道甘蔗是在南方生长的。

　　儿时，秋冬时节哪个孩子不期望手拿一节甘蔗，用嘴啃皮，撕咬下来，咀嚼甘蔗芯，那甘甜的汁液一直甜蜜着儿时的生活。北方的孩子能吃上甘蔗是奢侈的，是需要缠着家里的大人，几次三番才能答应买的。买下几节甘蔗，大人很仔细地按甘蔗节切成几段，一段一段分给孩子吃。现在想来，仍然是甜蜜的回忆。

　　更多的是自制"甘蔗"，玉米、高粱成熟后，它们的秆就是孩子们的"甘蔗"。有经验的孩子就能知道什么样的玉米秆、高粱秆更甜一些，但是再甜的玉米秆、高粱秆也难以逾越甘蔗的甜蜜。那是流蜜一样的甜啊！于是，在那时缺乏水果的北方，孩子们会盼着从遥远的南方运来甘蔗，让小小的心田在甘蔗的滋润下狠狠地甜蜜一回。

　　现在北方吃荔枝寻常到不以为意的时候，北方的孩子不稀罕甘蔗了，也没有人把甘蔗当水果吃。超市里有甘蔗，是加工过的甘蔗，已经去了皮，打开包装，只需咀嚼就行。自从甘蔗有了包装之后，我就再没有吃过，因为找不到儿时甜蜜的记忆了。

　　《诗经》中没有甘蔗很正常，它的生长区域基本在南方。想想我的北方祖先们没有甘蔗这样甜美的食品那是怎样的遗憾呀，就是红枣、甜瓜的甜也不足以取代甘蔗的甜，也许蜂蜜可以补偿一二，这样我为我的北方祖先感到安慰了一下。

　　《楚辞》中提到了甘蔗，所以学者们说，甘蔗"登堂入室"就是从《楚辞》开始的。

**招魂**

肥牛之腱，臑若芳些。

和酸若苦，陈吴羹些。

胹鳖炮羔，有柘浆些。

鹄酸臇凫，煎鸿鸧些。（节录）

肥牛的腱子肉，煮熟后芳香扑鼻。

把那酸味和苦味调和一下，把吴地的肉羹陈列出来。

蒸烤龟鳖和羊羔，再浇上甘蔗的糖浆。

风干天鹅和野鸭，烹煮大雁和鸽鸧。

看看这是怎样的盛宴啊，天鹅那时是随便射取的。没想到的是，我们南方的先人吃龟鳖和羊羔是浇上甘蔗汁吃，而不是咸盐！仅从这一点就可以看出，南方人做菜喜欢放糖是有悠久历史的，是有渊源的。

但是我还是想，龟鳖和羊羔怎么可以放糖浆吃呢？

# 黍 子

## 咸播秬黍

　　黍子在北方算是常见，儿时北方人包粽子就是用的黄米，黍子去了壳就是黄米了。现在用得少，基本就是白色的江米。所以现在能吃上黄米做的粽子也是稀罕的。

　　让我没想到的是南国的楚地最早包粽子就是用的黍子——黄米，吃粽子的来源自不待说，是为了纪念屈原，他忧国忧民悲愤不得志，无奈投江而亡，楚地民众为纪念他就用茭白叶包黍子投到江里，希望屈子能吃到。

　　但我的记忆里，黍子是北方的产物，也是早期北方主要的农作物，从《诗经》17次提到各种黍子就可以知道。南北朝贾思勰在《齐民要术》中把"黍稷"列为谷类的首章，也说明黍子是重要的谷类。我们的圣人孔子说了黍子进一步的用途："黍可以为酒。"

　　就拿提到黍最多的《王风·黍离》为例。

　　*彼黍离离，彼稷之苗。行迈靡靡，中心摇摇。知我者谓我心忧，不知我者谓我何求。悠悠苍天，此何人哉？*

　　*彼黍离离，彼稷之穗。行迈靡靡，中心如醉。知我者谓我心忧，不知我者谓我何求。悠悠苍天，此何人哉？*

　　*彼黍离离，彼稷之实。行迈靡靡，中心如噎。知我者谓我心忧，不知我者谓我何求。悠悠苍天，此何人哉？*

　　黍子长了一片片，谷子新叶绿油油。我缓慢走在小路上，内心惶恐不安，理解我的，知道我心中的烦忧，不理解我的，以为我有什么贪求。苍天啊，这是什么样的人？

　　黍子长了一片片，谷子抽穗很苗壮。我缓慢走在小路上，心中喝醉了般难受。理解我的，知道我心中的烦忧，不理解我的，以为我有什么贪求。苍天啊，这是什么样的人？

黍子长了一片片，谷子成熟沉甸甸。我缓慢走在小路上，心中难受在抽泣。理解我的，知道我心中的烦忧，不理解我的，以为我有什么贪求。苍天啊，这是什么样的人？

《王风·黍离》历来被公认为是悲悼故国的诗篇。《史记·微子世家》载："箕子朝周，过故殷墟，感宫室毁坏，生禾黍，箕子伤之，欲哭，则不可。欲泣，为其近妇人，乃作《麦秀之诗》以歌咏之。其诗曰：麦秀渐渐兮，禾黍油油。彼狡童兮，不与我好兮。"与《黍离》如出一辙。

黍子还在长，我的故国却没有了，此中的难受，不经历家国离乱丧失，哪里有人能懂呢！那黍子曾是我顿顿的饭食，看着黍子成片生长，看着故国变成瓦砾，我的心是欲哭不能啊！黍子长得越繁盛，我的悲伤越沉重。谁知我心呀。

这样的黍子让人难过。

屈原在《天问》中也提到黍子，是一种优质黍子"秬黍"，《尔雅》解释："秬，黑黍。"

阻穷西征，岩何越焉？
化而为黄熊，巫何活焉？

咸播秬黍，莆雚是营。

何由并投，而鲧疾修盈？（节录）

鲧化为黄熊向西方进发，他怎样越过那险要的山岩？

既然鲧的身体已经化为黄熊，神巫又怎么能把他救活。

鲧辛勤耕作种上优质的黑黍，那里曾经长满蒲草和荻苇。

为何要把他和共工一起流放，难道是鲧真的恶贯满盈？

可见，那时的南国也是种黍子的。为什么后来只有北方有，我不知道。


# 小 米

## 挈黄粱些


　　黄粱是小米，很久的从前，中国的北方就是以小米——谷子为主要粮食的，虽然水稻、小麦后来居上，但及至今日，小米在北方仍然是主要的杂粮。

　　小米可是地道的中国产，栽培历史悠久，新石器时代黄河流域就开始栽培，西安半坡遗址挖掘出藏在罐子中的小米就是铁证。自开始有祭祀，小米就是天子在躬耕仪式中不可或缺的五谷之一。特别是小米去壳前有很多种颜色，红、黄、黑、紫、白等等，聚合在一起，自有五谷丰登的天然感受。

　　黄粱自然是指黄色的小米。

　　关于黄粱有一个著名的成语"黄粱一梦"。卢生在邯郸旅店住宿，入睡后做了一场享尽一生荣华富贵的好梦。他醒来的时候，小米饭还没有熟，因有所悟。故事出自唐代沈既济《枕中记》。历代都有根据此编写的故事，称为"黄粱梦"或"邯郸梦"，唐代有《南柯记》，宋代有《南柯太守》，元朝马致远作《邯郸道省悟黄粱梦》，明朝汤显祖改编《邯郸记》，清代蒲松龄作《续黄粱》。

　　其实黄粱就是道具，不重要，白粱也可以，重要的是梦。明知荣华富贵如梦一场，短促而虚幻，但千年来依旧是看不破，所以到今天，黄粱还是那个黄粱，人还是那个人，看不破。

还是杜甫更接地气。《赠卫八处士》诗："夜雨剪春韭，新炊间黄粱。"

这么重要的粮食作物《诗经》里不可能不提。果然，提了六次之多，不称为粱，而是谷子。《小雅·黄鸟》中的谷子让人印象深刻：

黄鸟黄鸟，无集于榖，无啄我粟。此邦之人，不我肯谷。言旋言归，复我邦族。（节录）

黄雀呀黄雀，不要聚集在楮树上，不要啄食我的粟子。这地方的人，不肯善待我，还是回去吧，回到我的家乡。

我一个外乡人，来到这个地方，辛辛苦苦种下各种谷物，却得不到本地人的容纳。这还不算，连那可恶的黄雀都趁火打劫，啄食我的谷物。我哪里还能待得下去，只能回到我的父母家邦。

《楚辞》中提到黄粱我是有惊异的，楚地在南方，基本不产谷子。想来有黄粱一定会是贵重的稀罕物，比如用于祭祀。

**招魂**

室家遂宗，食多方些。
稻粢稷麦，挐黄粱些。
大苦咸酸，辛甘行些。（节录）

整个宗族聚集在一起，饮食丰盛、品种多样。
稻谷小麦，还有黄粱。
有苦咸酸各味，再加上甜辣调和。

宗族的宴饮真丰盛，什么都有，黄粱就是其中一种。

《九辩》也提到粱：

凫雁皆唼夫粱藻兮，凤愈飘翔而高举。
圜凿而方枘兮，吾固知其鉏铻而难入。（节录）

野鸭大雁啄食小米水藻，那凤凰愈加高高飞翔。

圆榫孔配上方楔头，我本来就知道这两者相违背不能插入。

粱就是诗人不甘的说明物，就是可惜了的意思。

# 稻　子

## 稻粱稻麦

稻子似乎什么地方都能长，中国大地幅员辽阔，从南到北都有种植的稻子。这些年东北大米成了大米的主流，我们北方原来种植水稻的区域基本就不种了，因为品质和产量都比不上。

大米在北方人心里一直是南方人的主食，北方人习惯吃小麦，但对大米也不能叫不熟，所谓熟也就是大米妇孺皆知，但知道大米——稻子的栽培历史有7000余年的就不多了，知道更少的是稻子居然有14万种，你是不是惊到掉了下巴？

最早记录稻子品种的是《管子·地员》，有10个水稻品种。北魏《齐民要术》也有记录："有虎掌稻、紫芒稻、赤芒稻、白米稻。南方有蝉鸣稻，七月熟。"摘录于此就是喜欢"蝉鸣稻"这样有趣的名字。若是把全世界14万种稻子的名字全记录下来，估计是一本书了吧！只是不知道有多少有趣的名字。

全世界种植水稻面积最大的国家是印度，第二是中国，但产量最高的是中国，所以作为中国人我们要感谢"杂交水稻之父"袁隆平。

《史记·夏本纪》记载了大禹
时期就种植水稻："令益予众庶稻，
可种卑湿。命后稷予众庶难得之
食。食少，调有余相给，以均诸
侯。"就是说大禹命令伯益给大家
发稻种，种在水田里，还命令后稷
给大家发难以获得的食物。食物少
的地方，就让有多余的地方送给那
些少的地方。

《诗经》中提到稻子的地方有6
处，找一个让人喜悦的分享。

《小雅·甫田》：

曾孙之稼，如茨如梁。曾孙之庾，如坻如京。乃求千斯仓，乃求万斯箱。
黍稷稻粱，农夫之庆。报以介福，万寿无疆。（节录）

先王后代的庄稼堆得到屋顶，先王后代的谷仓像山丘。于是要再筑上千座，
于是要再造万座车辆。丰收了黄米、小米和大米，农夫们高兴地互相庆贺。这
是神灵赐给先王的厚福，我们祝愿他万寿无疆。

这就是个丰收景象，农田广大，种有"黍稷稻粱"，又赶上好年成，农人当
然高兴，相互庆贺，还要感谢神灵。农夫的喜悦里就有稻子的影子。

《楚辞》中一定有稻子，只是比想象的少，只一次。从整体看，《楚辞》提
到农作物就少，不过三种而已，而且就在一句诗里："稻粢穱麦"。我以为和此
书的作者都是官员有很大关系，他们和《诗经》中的作者不是一个阶层，关注
点也不一样。

**招魂**

室家遂宗，食多方些。

稻粢穱麦，挐黄粱些。

*大苦咸酸，辛甘行些。（节录）*

整个宗族聚集在一起，饮食丰盛、品种多样。

稻谷大麦，还有黄粱。

有苦咸酸各味，再加上甜辣调和。

稻子放到第一位，也许就是因为它的重要地位。《仪礼·聘礼》云："凡酒，稻为上，黍次之，粱次之，皆有清白。"虽然说的是做酒，但从中也可以看出稻子的地位。

也许，自今日起，食用大米时会有不一样的感觉，毕竟稻子的历史是如此悠久。

# 麦 子

## 稻粢稴麦

麦子对于北方人来说再熟悉不过了，作为地道的北方人哪一天能离了小麦食品呢？很多北方人天天要吃面条，一天都不愿意少，就是不吃面条也要吃馒头，这是最基础的主食。

在中国，小麦的栽培历史已有五千年之久。早期，我们的祖先吃麦子就是吃的颗粒，即"麦饭"。

历史上有一则吃不上当年新麦饭而死的故事。

话说晋景公病了，做了个噩梦，醒来就找桑田巫询问。巫师说他吃不到今年的新麦了。景公很不高兴，请秦国的医生医缓看病。医缓说景公"病入膏肓"，看不好了。景公不以为意，但还是厚礼护送其回国。不久，新麦成熟了，景公想吃新麦做的饭，就让人献上新麦，并把桑田巫叫来，意思就是告诉巫师，你的预言不对，我就是想让你亲眼看看我吃新麦饭的样子，我吃上新麦饭，然后再杀死你这个乌鸦嘴。新麦饭已经做好了，景公正准备吃，突然肚子疼，马上就要如厕，这事耽误不得，就先去了厕所。只是他这一走就再也没有回来，掉到厕所里淹死了。这真是"天有不测风云，人有旦夕祸福"呀，用到这里再恰当不过。终于，景公还是没有吃上新麦饭。他死了，他想杀的巫师活着。

这可不是我编的，《左传》中有记载。

还是说年代久远的麦子吧。

《诗经》中提到"麦"九次，当时就有大麦、小麦之分，"来"指小麦，"牟"指大麦。选一篇我喜欢的"麦"篇吧，因为有情，爱情。《王风·丘中有麻》：

丘中有麦，彼留子国。彼留子国，将其来食。（节录）

山丘长着麦苗，那位公子在村中。那位公子在村中啊，请他过来吃麦饭。

麦田里，留下恋爱中男女的身影，浪漫原始，自然美好，高兴之余，还要请那心仪的男子吃麦饭。那麦饭一定是喷香的吧？只是没说吃的是小麦还是大麦。不论是什么麦，吃在嘴里，甜在心里吧！

《楚辞》中的麦有爱情的味道吗？

**招魂**

室家遂宗，食多方些。

稻粢穱麦，挐黄粱些。

大苦咸酸，辛甘行些。（节录）

这是盛大的宗族宴会，麦饭一定是香的，"穱"也是麦，只是早熟的麦，大家欢会，这几种主食是肉食的配餐。

# 茭 白

## 设菰粱只

　　我知道茭白是一种蔬菜，而且是一种南方蔬菜，即使运输发达的今天，北方吃茭白的人也是寥寥无几，或者就不认识。所以茭白被誉为"江南三大名菜"是有原因的，北方就不产。

　　茭白原来不是菜我是不知道的。在久远的从前，茭白被称为"菰"，那时人们吃的是菰米，就是它的种子，也叫"雕胡米"。在《周礼》中，它和黍、麦、稻、稷、粱并列为"六谷"，说明菰米曾经是主食。《礼记》记载："食蜗醢而菰羹。"这表明了菰米的食用方式。李白有"跪进雕胡饭，月光明素盘。"之句，杜甫也有"滑忆雕胡饭，香闻锦带羹"的明确表述。

　　那茭白怎么就从粮食变成了蔬菜呢?《尔雅》载："邃蔬似土菌生菰草中。今江东啖之甜滑。"就是说茭白——"菰"，在生长过程中受到黑粉菌的侵蚀，植株就不能再抽穗开花，转而在茎尖部分形成肥大的菌瘿。先民发现这种菌瘿不仅不是植物的"病"，反倒很好吃，所谓"啖之甜滑"，因此称之为"茭郁"。

所以在秦汉年间，茭白既是粮食又是蔬菜。

到了唐末，粮食品种更多、产量更大，茭白就渐渐不被当做粮食，只被当做蔬菜。而且这种做法至今都是只有中国和越南才有。

《楚辞》中提到一次，那么吃的是粮食茭白，还是蔬菜茭白？

**大招**

五谷六仞，设菰粱只。

鼎臑盈望，和致芳只。

内鸧鸽鹄，味豺羹只。

魂乎归来！恣所尝只。（节录）

五谷高高堆起，还摆放着菰米饭。

大鼎里的食物满眼都是，调和滋味让食物散发出芳香。

肥美的鸽子和天鹅，拌上豺肉的羹汤。

魂魄归来吧，随你心愿想吃什么就吃什么。

看来是当粮食吃，那大鼎里的美味是今天不敢想的，都是保护动物。只是看起来充满野性，那菰米就显得安逸多了。

我想，我要品尝一下粮食茭白，和古人架起神秘的沟通，还要品尝一下蔬菜茭白，感受"江南三大名菜"的魅力。

# 蒿、蒌蒿

## 吴酸蒿蒌

《楚辞·大招》中有"吴酸蒿蒌"句，其中的"蒿蒌"应该是两种植物，"蒿"是什么蒿，不好判定。在北方，若是单说蒿，是指青蒿，那"蒌"该是指蒌蒿吧！

青蒿就是初春最早长出的绿色植物，青绿青绿的，在满目的荒凉中，尤为让人喜悦，你会感觉生命真美好。秋天时，白蒿和青蒿一样高，青蒿就更醒目了，因为相伴的白蒿是黄绿的，衬得青蒿更加青翠，让你不会以为是秋天到了。冬天到了，万物凋零，所有的蒿都只剩下干枝，等待来年的复苏。

青蒿最好的时节是在《小雅·鹿鸣》中，呦呦鸣叫的鹿就是吃蒿——青蒿，我这样以为。

呦呦鹿鸣，食野之蒿。我有嘉宾，德音孔昭。视民不恌，君子是则是效。我有旨酒，嘉宾式燕以敖。（节录）

一群鹿儿呦呦叫，在那原野吃青蒿。我有一批好宾客，品德高尚又显耀。示人榜样不轻浮，君子纷纷来仿效。我有美酒香而醇，嘉宾畅饮乐逍遥。

这是一首宴饮诗，周王和群臣甚是欢愉，那"食野之蒿"的鹿也欢快喜乐，悠然自得。此时，蒿很美，因为"呦呦鹿鸣"。

《周南·汉广》写到蒌蒿，称之为"蒌"。

翘翘错薪，言刈其蒌；之子于归，言秣其驹。
汉之广矣，不可泳思；江之永矣，不可方思。（节录）

我追求一位美好的姑娘，始终不可得。杂树丛生，我只砍荆条。野草丛生，我只取萎蒿。姑娘我爱上你了，知道你要出嫁，我赶着马儿去追你。

这样的萎蒿很美，因为"之子于归"。

再看《大招》中的蒿萎：

鲜蠵甘鸡，和楚酪只。

醢豚苦狗，脍苴蒪只。

吴酸蒿萎，不沾薄只。

魂兮归来！恣所择只。（节录）

新鲜的龟、肥美的鸡，调和上楚地的乳酪。

猪肉酱和狗肉干，再切点襄荷放在里面。

吴人腌制的蒿和萎，味道不浓不淡口感刚好。

说到吃，让人顿起口腹之欲。虽然有"鲜蠵甘鸡"，但我还是想知道蒿是什么蒿，看来不是我以为的青蒿。鹿喜欢吃的青蒿人不能吃。那是什么蒿？白蒿？艾蒿？这些都能吃，且不管它，先膏粱厚味再想解腻，那"吴酸蒿萎"一定就是解腻的。

萎蒿除了可以当柴薪，比如在《周南·汉广》中就被当作柴薪，更多的是被当作蔬菜，而且是美味的蔬菜。最有品位的"吃货"苏东坡就提到萎蒿："萎蒿满地芦芽短，正是河豚欲上时。"那萎蒿"正月时长芽，芽呈白色。嫩芽可生食，味香而脆，叶又可蒸煮做菜"。

为"古今皆食之"的蒿、萎蒿点赞。因为它们的生命不断延续，蓬勃，没有濒危。

# 兰 花

## 结幽兰而延伫

兰花一直是名贵花卉，不论是洋兰还是中国兰，但此时说的是中国兰，就是"花中四君子"之一的兰花。

兰花被视为高洁典雅的象征，已有上千年的历史。

《孔子家语》有一段对于兰花很著名的描述："芝兰生于深谷，不以无人而不芳；君子修道立德，不以困穷而改节。故曰：与善人居，如入芝兰之室，久而不闻其香，即与之化矣；与不善人居，如入鲍鱼之肆，久而不闻其臭，亦与之化矣。丹之所藏者赤，漆之所藏者黑，是以君子必慎其所处者焉。又曰：不以无人而不芳，不因清寒而萎琐；气若兰兮长不改，心若兰兮终不移。"

此一节已经把兰的品质高洁表述到极致。此后的中国人就是以这样的标准看待兰花的。

引申到文章写得好叫"兰章"，晚唐韦应物《答贡士黎逢》："兰章忽有赠，持用慰所思。"

《周易》中就提到兰："同心之言，其臭如兰。"只是还没有发掘出兰的高尚品质。

我知道关于兰最早的故事出自《左传·宣公三年》："初，郑文公有贱妾曰燕姞，梦天使与己兰，曰：'余为伯鯈。余，而祖也，以是为而子。以兰有国香，人服媚之如是。'既而文公见之，与之兰而御之。辞曰：'妾不才，幸而有子，将不信，敢征兰乎。'公曰：'诺。'生穆公，名之曰兰。"

一位"贱妾"凭借兰花为信物，为郑文公生了一个儿子，经历种种磨难后成为一方诸侯，是为郑穆公。后来兰花死了，穆公也死了。当时他生病后是这么说的："兰死，吾其死乎，吾所以生也。"

兰花后来在中国盛行。从最早的宫廷到后来的民间，爱兰者不计其数。我也曾因为兰的寓意养过兰，只是兰在我的手里憔悴委顿，于是我就与兰渐行渐远。内心窃以为，兴许我的品行与君子尚有差距，想来还是先修行再养兰吧。

回到从前，《诗经》中只提到了泽兰。《楚辞》中提到兰的地方近乎三十处，从词意看是泽兰的地方多，是兰花的少，有些地方我也辨别不出来。

《离骚》有两处提到兰，因为"幽兰"长在山谷，所以不可能是水边的泽兰。

其一：
时暧暧其将罢兮，结幽兰而延伫。
世溷浊而不分兮，好蔽美而嫉妒。

此时光线暗淡日将西落，只好结幽兰久久伫立。
世道混浊好坏不分，竟然喜欢遮蔽贤良而且还要嫉妒。

其二：
户服艾以盈要兮，谓幽兰其不可佩。
览察草木其犹未得兮，岂珵美之能当？

家家户户把艾草挂满腰间，说芳香的幽兰不能作为佩饰。
连查看的草木都不得当，岂能评判美玉的品质？

**九歌·礼魂**

成礼兮会鼓，传芭兮代舞；

姱女倡兮容与；

春兰兮秋菊，长无绝兮终古。

祭祀礼成啊鼓乐和鸣，香花传递啊纷纷起舞，美女高唱啊仪态从容。

春天祭祀以兰花啊秋天祭祀以菊花，长久没有终止啊直到永远。

兰花就是兰花，终因它不可替代的芳香被人称颂，毋庸置疑地被归于芳草类，我的心安然了。


# 薰　草

## 荷衣兮蕙带


薰草有很多名字，蕙草、香草、燕草、零陵香等等。我确定没见过，因为此草主要生长在南方。

李时珍对薰草做了详细介绍："薰草芳馨，其气辛散上达，故心腹恶气齿痛鼻塞皆用之。脾胃喜芳香，芳香可以养鼻是也。多服作喘，为能耗散真气也。"

中国历史上最奇异的山川地理书《山海经·西山经》也有记载："（浮山）有草焉，名曰薰草，麻叶而方茎，赤华而黑实，臭如蘪芜，佩之可以已疠。"

在《楚辞》时代，薰草被称为蕙草，是《楚辞》中除白芷、泽兰外出现次数最多的香草植物，几乎贯穿全书。不能不关注，不能不好奇。

先列出《离骚》中提到"蕙"的地方。

杂申椒与菌桂兮，岂惟纫夫蕙茝！

余既滋兰之九畹兮，又树蕙之百亩。

矫菌桂以纫蕙兮，索胡绳之纚纚。

既替余以蕙纕兮，又申之以揽茝。

揽茹蕙以掩涕兮，沾余襟之浪浪。

兰芷变而不芳兮，荃蕙化而为茅。

《九歌·东皇太一》：蕙肴蒸兮兰藉，奠桂酒兮椒浆。

《九歌·湘君》：薜荔柏兮蕙绸，荪桡兮兰旌。

《九歌·湘夫人》：罔薜荔兮为帷，擗蕙櫋兮既张。

《九歌·少司命》：荷衣兮蕙带，儵而来兮忽而逝。

《九章·惜诵》：梼木兰以矫蕙兮，糳申椒以为粮。

《九章·惜往日》：自前世之嫉贤兮，谓蕙若其不可佩。

《九辩》：窃悲夫蕙华之曾敷兮，纷旖旎乎都房；以为君独服此蕙兮，羌无以异于众芳。

《招魂》：光风转蕙，氾崇兰些。

《七谏·沉江》：联蕙芷以为佩兮，过鲍肆而失香。

《九怀·匡机》：菌阁兮蕙楼，观道兮从横。

《九怀·通路》：纫蕙兮永辞，将离兮所思。

《九叹·逢纷》：怀兰蕙与衡芷兮，行中野而散之。

《九叹·惜贤》：怀芬香而挟蕙兮，佩江蓠之菲菲。游兰皋与蕙林兮，睨玉石之参嵯。结桂树之旖旎兮，纫荃蕙与辛夷。

《九叹·愍命》：掘荃蕙与射干兮，耘藜藿与襄荷。

蕙真是气象万千，多到令人惊异的程度。还是选几句我喜欢的感受一下蕙的魅力。

### 九歌·东皇太一

*瑶席兮玉瑱，盍将把兮琼芳。*

*蕙肴蒸兮兰藉，奠桂酒兮椒浆。*（节录）

供桌上放着玉瑱，还放着芳香的植物。

蕙草包裹着祭品下面垫有兰叶，泡上花椒的桂酒敬献神灵。

### 九歌·少司命

*荷衣兮蕙带，儵而来兮忽而逝。*

*夕宿兮帝郊，君谁须兮云之际？*（节录）

用荷做衣服用蕙做腰带，来去迅速转瞬即逝。

傍晚在天国的郊野休息，君在那遥远的天际等谁？

### 七谏·沉江

*苦众人之妒予兮，箕子寤而佯狂。*

*不顾地以贪名兮，心怫郁而内伤。*

*联蕙芷以为佩兮，过鲍肆而失香。*（节录）

苦于众人都嫉妒我，箕子就是醒悟所以假装癫狂。

那些人不顾国家只贪求个人名利，我的内心不由忧郁感伤。

结芳香蕙草佩戴在身上啊，经过那鲍鱼的作坊就失去了芳香。

蕙就是芳香的指代，佩在身上就芳香四溢。我期待自己遇见蕙草的机缘。

# 蛇 床

## 索胡绳之纚纚

最早知道蛇床子是蛇床的果实，就像知道苍耳子就是苍耳的果实一样。

蛇床的名字很奇异，直接的解释就是蛇的卧室。李时珍就是这么解释的："蛇虺喜卧于下食其子，故有蛇床、蛇粟诸名。其叶似麋芜，故曰墙麋。"《尔雅》云："盱，虺床也。"

蛇床是很寻常的植物，喜欢长在水边，至少我看见的蛇

床大都长在湿地里。其和白芷、劳芎一样都是伞形科植物，而且长得很像，不是特别关注的话人们常常分不清它们。

以我的认识水平，就常常把开白花、形状像伞的伞形科植物统称为蛇床子。而且不知羞耻地告诉别人，比我知道的植物少的人都对我投来敬佩的眼神。我满足于人们的敬佩，但私下也悄悄查阅资料，验证自己的判断。当然，并不是每一次都对，不对的时候，也没有对人家解释。虽然心有愧意，但还是悄悄原谅自己。

还是李时珍描述蛇床形象："其花如碎米攒簇。其子两片合成，似蒔萝子而细，亦有细棱。凡花实似蛇床者，当归、芎䓖、水芹、藁本、胡萝卜是也。"

对于蛇床，我就是惊异于它的名字，并不知道它的功用，更不知道它除了药用，还能当蔬菜吃。蛇床的功用很多人会感兴趣，《神农本草经》列其为上品，功能是"强阳补肾"。不仅如此，据说长久服用还可以"轻身、好颜色"，

以及"令人有子"。这是让人刮目相看的植物，确切说是药用植物，是我经久见惯但完全不知道功用的植物。

《离骚》里提到一次，称之为"绳"。"绳"为什么是蛇床?《别录》云:"又名思益、绳毒、枣棘。"就是说蛇床也叫"绳毒"。《广雅》云:"绳，一名绳毒。"于是"绳"就是蛇床了。我们来看看《离骚》中的蛇床吧。

> 矫菌桂以纫蕙兮，索胡绳之纚纚。
> 謇吾法夫前修兮，非世俗之所服。
> 虽不周于今之人兮，愿依彭咸之遗则。(节录)

把菌桂搓揉编上蕙草，再把蛇床绞合起来逶迤垂下。

我效法前代贤人的装束，不是那世俗之人所能佩服的。

虽然不能迎和今人，我还是愿意依从彭咸留下的规则。

先不想诗人和世俗人等的格格不入，就说蛇床，蛇床居然被视为香草，就是长在乱草丛中，并没有"遗世独立"风姿的蛇床，竟是诗人眼中的香草。对比一下诗人我有些惭愧，认识蛇床多年，完全没有发现蛇床的芳香，仅仅因为认识蛇床已经让我有些小得意。

仔细想想蛇床芳香是应该的，就像它的同科同属白芷、芎䓖都因芳香而闻名，天生就是芳香的植物。从这一点，我感谢不得志的诗人，让我们知道蛇床是芳香的香草。


# 蘘荷

## 耘藜藿与蘘荷


蘘荷是一种我很不熟悉的植物，长在南方，北方人不熟悉可以谅解。

蘘荷是姜科姜属多年生草本植物，而且"微有芳香味"、生命力极强，有药用价值，有"温中理气，祛风止痛，消肿，活血，散淤"的功效。

我是从《楚辞》中看到蘘荷的，那我们就看看"微有芳香味"、生命力极强的蘘荷在诗中是什么样子的。

### 九叹·愍命

折芳枝与琼华兮，树枳棘与薪柴。
掘荃蕙与射干兮，耘藜藿与蘘荷。
惜今世其何殊兮，远近思而不同。
或沉沦其无所达兮，或清激其无所通。
哀余生之不当兮，独蒙毒而逢尤。

折断芳枝和琼花啊，培植枳棘和柴火。
挖出荃蕙和射干啊，耕植灰菜豆叶和蘘荷。
可惜今日和往昔如此殊异，古今之人如此不同。
有人沉沦不能显达，有人清廉不能恒通。
悲叹我生不逢时啊，独遭苦难蒙受冤屈。

节录的这段诗我反复看了几遍，有点蒙。从诗中看蘘荷和灰条、豆叶并提，单看就是野生蔬菜，前后对比，应该就是恶草了，因为挖出的是显而易见的香草荃蕙和射干，耕耘的是藜藿与蘘荷，岂不是反向对比吗？

我目瞪口呆之余为明明"微有芳香味"的蘘荷找是恶草的缘由，就从和它并列的藜藿开始。藜——灰条，在《诗经》中就曾被当作要除掉的恶草，因为它太容易生长了，就算灰条是救荒蔬菜，而且现今灰条已经能登饭店的大雅之堂，但它"野火烧不尽，春风吹又生"的顽强，以及没有一点风姿的长相，让诗人不待见。物依稀为贵，什么东西一旦多到让人厌烦的程度，有用也被忽略了。藿——豆叶，想来也是这个原因，虽然豆自古以来一直是老百姓钟情的粮食。看看蘘荷的介绍，也是一种生命力极强的植物，说明它随处可生，像灰条一样，多到令人厌烦的程度，否则"微有芳香味"的蘘荷何以被当作恶草。

我长出一口气，为自己的分析，然而又不免叹一口气，为蘘荷。我想，我愿意遇到蘘荷。


# 菖 蒲

## 荪壁兮紫坛


菖蒲算是常见的水边生植物，春夏之际开明艳的黄花，一开始我以为是鸢尾的一种，仔细观察，这两种植物的生长环境和叶片形状都不同。

有一个会混淆的地方，从名字看我总以为唐菖蒲和菖蒲一定有亲戚关系。唐菖蒲我只在鲜花店见过，是有名的切花。见了菖蒲，发现唐菖蒲和菖蒲的花色、茎叶完全不同，难免惊奇它们的名字关联，难道就是字面上的关系吗？查资料才明白，它们果真不是一个科一个属。唐菖蒲是鸢尾科唐菖蒲属，菖蒲是天南星科菖蒲属。唉，虽然我有望文生义的嫌疑，但植物命名者难道不能再起个其他不容易让人混淆的名字吗？

说的是菖蒲，那我们就回到菖蒲吧。李时珍解释了菖蒲名字的由来："菖蒲，乃蒲类之昌盛者，故曰菖蒲。"又《吕氏春秋》云："冬至后五十七日，菖始生。菖者百草之先生者，于是始耕。则菖蒲、昌阳又取此义也。"《本草·菖蒲》："《典术》云：尧时天降精于庭为韭，感百阴之气为菖蒲。故曰尧韭。方士隐为水剑，因叶形也。"

菖蒲就是昌盛的蒲，而且还叫过"尧韭""水剑"这样很形象的名字。

冬至过了五十七日菖蒲就开始生长了，那时天气还很寒冷，所谓"百草之先生者"，菖蒲开始生长了，农人才开始耕稼。人们对它很是器重，也看出了它的品格："不假日色，不资寸土""耐苦寒，安淡泊"。

我只是在春日的湖边看剑一样的菖蒲迎着阳光挺拔生长，郁郁葱葱，繁荣昌盛，明黄的花装点着寂静清冷的湖岸。前一年的一小丛就是今年的一大丛，有一天水边就成了菖蒲的世界，这就是昌盛，菖蒲是也。

我只注意到了菖蒲的昌盛，没有注意花的香味，然而在《楚辞》中它是香草，重要的香草，居然提到十次，那时被称为"荪""荃"。有意思的是，荪有时候专指尊贵者，比如君王，比如少司命。

先列举一下篇名。

《离骚》：兰芷变而不芳兮，荃蕙化而为茅。

《九歌·湘君》：薜荔柏兮蕙绸，荪桡兮兰旌。

《九歌·湘夫人》：荪壁兮紫坛，播芳椒兮成堂。

《九歌·少司命》：夫人自有兮美子，荪何㠯兮愁苦？

《九章·抽思》：数惟荪之多怒兮，伤余心之忧忧！兹历情以陈辞兮，荪详

聋而不闻。何独乐斯之謇謇兮，愿荪美之可光。

《九叹·惜贤》：结桂树之旖旎兮，纫荃蕙与辛夷。

《九叹·愍命》：掘荃蕙与射干兮，耘藜藿与襄荷。

就选《离骚》《九歌·湘夫人》《九歌·少司命》里的荪、荃，让我穿越一次吧。

**离骚**

兰芷变而不芳兮，荃蕙化而为茅。

何昔日之芳草兮，今直为此萧艾也？

岂其有他故兮，莫好修之害也！（节录）

兰草、白芷已经变节不再芳香，菖蒲、薰草也变得与茅草无异。

为什么曾经的香草啊，今日竟然和白蒿、艾草同处一地？

这哪里是有其他的缘故啊，这就是不好好修为带来的危害！

**九歌·湘夫人**

筑室兮水中，葺之兮荷盖。

荪壁兮紫坛，播芳椒兮成堂。（节录）

我要把房屋啊建在水中，用荷叶啊来做屋顶。用菖蒲装饰墙壁啊用紫草铺地面，用芳椒和泥啊涂抹祭坛。

**九歌·少司命**

秋兰兮麋芜，罗生兮堂下。

绿叶兮素华，芳菲菲兮袭予。

夫人自有兮美子，荪何以兮愁苦？（节录）

秋兰啊麋芜，分别生长在厅堂阶下。

绿色的叶子白色的花，浓郁的芳香浸润着我。

世上人都会有自己的娇子，您又为何担心愁苦？

菖蒲无疑是香草，即使诗人遗憾菖蒲竟然混同茅草，但菖蒲芳香的本质不会变。于是菖蒲就可以为湘君和湘夫人的美屋筑芳香的墙壁。于是菖蒲因其芳香被提升为尊称。

于是，来年春天，再见菖蒲时，我要仔细品味它的芳香。

# 藁　本

## 藁本兮萎落

藁本是一种植物，按说是一种寻常的植物，但是它还是把我搞糊涂了。因为它是伞形科植物，那几种伞形科植物已经把我这非专业植物爱好者搞得晕头转向。这藁本叶子似白芷，香味似芎䓖，苗又似水芹、蛇床，这些都是伞形科植物，你知道藁本的长相了吗？

我不敢确定。藁本的生长区域很广，南北都有，我期待有一天我可以清清楚楚地指着某种伞形科植物确定地说，这是藁本。

这个"藁"和我敬仰的民族英雄文天祥有过关联。据《宋史》记载，文天

祥在集英殿对策时，深得皇帝宋理宗的赏识，"其言万余不为藁，一挥而成"。就是说文天祥洋洋万言有章有法，一点也不乱，而且一挥而就。这个"藁"其实是乱草丛生理不清的意思。

当然，我喜欢文天祥就是因为他那句名传千古的诗："人生自古谁无死，留取丹心照汗青。"此句一直在我的生命里灼灼闪耀。

关于藁本还有一句应用，明代冯梦龙《东周列国志》载："宣王怒犹未息，曰：'朕杀杜伯，如去藁草，何须多费唇舌？'"

这藁本实在是杂草。我不知道在《楚辞》中会是什么草，香？恶？

### 九叹·怨思

犯颜色而触谏兮，反蒙辜而被疑。

菀蘼芜与菌若兮，渐藁本于洿渎。（节录）

触犯君主的颜面直言相谏，反而受到冤枉而被猜忌。

芎、菌若混乱堆积，把芳草藁本浸泡在臭水沟里。

### 九思·悯上

蘠蘼兮青葱，橘本兮萎落。

睹斯兮伪惑，心为兮隔错。（节录）

杂草丛生郁郁葱葱，香草藁本反而枯萎凋落。

目睹世间虚伪丑恶，内心不由为之感到痛惜。

藁本一下子从乱草晋升为香草。不对，藁本原本就是有芳香气味的。《楚辞》中诗人闻到的是它的香，史学家看到的是藁本漫山遍野的乱象。

香耶？乱耶？不重要，重要的是你怎么认识。

藁本从没有改变过它的特性。

对了，藁本还是一味不错的中药。《神农本草经》列其为中品，有祛风、散寒、除湿、止痛的功效。

我想，风动、幡动，我的心不动。来年，我要去认识结合了五种伞形科特征的藁本的本来面目。心动了怎么能判定呢？

# 莎　草

## 青莎杂树兮薠草霏靡

莎草并不是一种草，而是一个属，我知道的莎草属植物只有香附子。而香附子也直接被称为莎草，李时珍就是这样说的。

《本草纲目·草三·莎草香附子》："《别录》止云莎草，不言用苗用根。后世皆用其根，名香附子，而不知莎草之名也……其根相附连续而生，可以合香，故谓之香附子。"

香附子很寻常，水边、旱地都能生长，在我眼里不过是清秀一些的杂草，要不是它带"香"的名称，我对它的关注不会超过狗尾草。

香附子有名就是因为它的地下块根，有浓烈的香味，古时人就注意到了，称为"根上结子"，可以食用，可以入药，有健胃、镇痛和调经的功效。

《楚辞》中提到"莎"，还是"青莎"，是不是香附子也未可知，以我的水平就权当香附子吧，至少是莎草科莎草属。

### 招隐士

嵚岑碕礒兮硱磳魂碨，树轮相纠兮林木茷骫。
青莎杂树兮薠草霏靡，白鹿麇麚兮或腾或倚。（节录）

山势崎岖陡峭高低不平，树枝纠缠不清林木纵横。
青莎杂树薠草随风舞动，白鹿獐子蹦跳有停顿。

这是篇招纳隐士的诗文，希望隐士归来为国服务。把那山中的隐居之处描述得极为艰难险恶，以此劝告有德行的贤才出山。于是青莎就充当其中的一种"恶劣环境"植物。于是，我也不想再说香附子块根可食、芳香。

于是，我在想，只要有机会，我愿意为国家处理，不用"招隐士"。


# 蒯　草

## 菅蒯兮樠莽

这个蒯草让人很为难，不知道究竟是什么草。查找到的资料也很有限，只有一句："蒯是多年生草本植物，生长在水边或阴湿的地方，茎可编席，亦可造纸。"

本想放弃写这个莫名其妙的蒯草，但因《左传》也写有这种植物，就勉强写写，只当是记录而已。《左传·成公九年》载："虽有丝麻，无弃菅蒯。"说明这个蒯草和丝麻一样是可以用于编织的。

唐代的陈藏器撰写的《本草拾遗》是这样描述蒯草的："蒯草，苗似茅，可织席为索。子亦堪食，如粳米。"

和《本草拾遗》描述最相似的水边植物是蘼草，有些像水葱，但水葱不可食用。

那就权当是蘼草吧。

《楚辞》中只有一次提及。

**九思·悼乱**

菅蒯兮樠莽，雚苇兮仟眠。

鹿蹊兮躅躅，貒貉兮蟺蟺。

鹍鹍兮轩轩，鹑鹤兮甄甄。（节录）

四处是芒草、蓑草郁郁葱葱，荻苇、芦苇丛生丛长。

野鹿奔跑在小路上啊，猪獾和貉前后跟随。

各种鹞鹰展翅飞翔啊，小小鹌鹑翻飞不停。

这样的"野莽"不是欣欣向荣，而是乱草丛生。于是，芒草、蓑草、荻苇、芦苇就在诗人的"乱象"里黯然失色，也在我的茫然中黯然失色。


# 蘋　草

## 登白蘋兮骋望


蘋草是什么草，我又为难了。

唯一找到的解释出自郭璞注《山海经》："蘋，青蘋，似莎而大。"基本判断就是莎草类植物。具体是什么众说纷纭，我更加懵懂，只记录蘋为一种莎草类植物。

而《楚辞》竟然三次提到蘋，让我很烦，因为我对蘋不知所措。

**九歌·湘夫人**

登白蘋兮骋望，与佳期兮夕张。

鸟何萃兮蘋中，罾何为兮木上。（节录）


在白蘋丛中远望，为佳期相见已准备停当。

但鸟儿怎么会落在田字草上，渔网怎么挂在树上。


**九章·悲回风**

蘋蘅槁而节离兮，芳以歇而不比。

怜思心之不可惩兮，证此言之不可聊。（节录）

蘋草杜衡已经枯萎，芳香已经消散没有生机。

可怜思念君主的心意不可更改，证明克制忧愁的话靠不住。

招隐士

嵚岑碕礒兮硐磳魂硊，树轮相纠兮林木茷骫。

青莎杂树兮蘋草霹靡，白鹿麏麚兮或腾或倚。（节录）

山势崎岖陡峭高低不平，树枝纠缠不清林木纵横。

青莎杂树蘋草随风舞动，白鹿獐子蹦跳有停顿。

蘋草是可以和杜衡相比的香草，也可以是和青莎一起丛生的乱草。这都不重要，重要的是，我还是搞不清蘋草是什么草。

但我想，我不会因为蘋草"烦恼"到茶饭不思，毕竟蘋草不是我"求贤若渴"的对象。

对于蘋草我只能这么草草了之了。

# 紫　草

## 荪壁兮紫坛

我不敢确定自己见过紫草，以前都没听说过。

不知道就问李时珍吧，他生在古代，比我见多识广。他说："此草花紫根紫，可以染紫，故名。"重要的是："《别录》曰：紫草，生砀山山谷及楚地。三月采根，阴干。"可见紫草生在楚地，我这是为《楚辞》提到"紫"找理由。

《博物志》云："平氏阳山，紫草特好。魏国者，染色殊黑。比年东山亦种之，色小浅于北者。恭曰：所在皆有，人家或种之。苗似兰香，茎赤节青。二月开花紫白色。结实白色，秋月熟。"

进一步说明紫草染紫，还有一点，"苗似兰香"说明紫草有香味。我继续为紫草是香草找注脚。

《周礼》竟也提到紫草："染草，有茅蒐、橐庐、豕首、紫茢之属。"就是说染色的草有这些种类，其中的紫茢就是紫草。

紫色在古时是高贵的象征，能染紫的紫草自然不是寻常草。汉代一品大员丞相配的"金印紫绶"，金印自然就是金子做的印，紫绶就是紫草染的绶带。就是因为紫色的不同寻常，竟有"种紫一亩，可敌谷田一顷"之说，可见种植紫草的经济价值。

《楚辞》中提到一次"紫"，这个"紫"是紫草还是紫贝，《楚辞》专家们莫衷一是。

**九歌·湘夫人**

筑室兮水中，葺之兮荷盖。

荪壁兮紫坛，播芳椒兮成堂。

桂栋兮兰橑，辛夷楣兮药房。

罔薜荔兮为帷，擗蕙櫋兮既张。（节录）

我要把房屋啊建在水中，用荷叶啊来做屋顶。用菖蒲装饰墙壁啊用紫草铺地面，用芳椒和泥啊涂抹祭坛。用桂树做栋梁用玉兰做椽，用辛夷做次梁用白芷做侧房。

编结薜荔做成帷帐，用蕙草做成隔断。

奇异瑰丽的厅堂房舍，令人神往，"紫"不论是紫草还是紫贝都是"美得不可方物"之一种。不过依我这个谨小慎微的北方佬的看法，解释为紫草比较合适。全篇都是香木香草，猛然出现紫贝，甚是突兀。

关于紫或者紫草就到此吧。

木香楚辞

寻芳记

# 木兰

## 朝饮木兰之坠露兮

木兰是种很美丽的花树，早春时节，万木竞相迎春，桃花杏花开罢，木兰登场，花瓣洁白，温润如玉，清香袭人，不由惊艳。白色的花朵让人惊艳是很奇异的感觉，但木兰正是让人惊艳的美，整树硕大的白花，散发着沁人心脾的芳香，立于木兰前，你不由感觉自己清雅端庄了许多，内心涤去尘世的尘埃，木兰树下你会守住自己的初心。

说木兰不由想起1500年前的花木兰，流传至今的巾帼英雄，《木兰辞》："唧唧复唧唧，木兰当户织。不闻机杼声，惟闻女叹息。问女何所思，问女何所忆。女亦无所思，女亦无所忆。昨夜见军帖，可汗大点兵。军书十二卷，卷卷有爷名。阿爷无大儿，木兰无长兄。愿为市鞍马，从此替爷征。"（节录）

从此女子有了"谁说女子不如男"的干云豪气。那替父从军的女子，名字

就是木兰，"万里赴戎机，关山度若飞"时是英雄，"当窗理云鬓，对镜贴花黄"时是娇娥，一定是玉质冰心、木兰模样的女娇娥。

于是，从那时起，木兰除了温润典雅，凭增了一分飒爽的英姿。

2300多年前，屈子眼中的木兰可是你我眼中的木兰？可是有着豪气的木兰？他在诗中五次提到木兰。

《离骚》：朝搴阰之木兰兮，夕揽洲之宿莽；朝饮木兰之坠露兮，夕餐秋菊之落英。

《九歌·湘君》：桂棹兮兰枻，斫冰兮积雪。

《九歌·湘夫人》：桂栋兮兰橑，辛夷楣兮药房。

《九章·惜诵》：梼木兰以矫蕙兮，糳申椒以为粮。

《离骚》中的木兰当然是香木。屈原晨时摘取木兰，饮伴着木兰芳香的露水，何等清雅脱俗。

《九歌·湘君》中桂木做船桨，木兰做船舷，那是何等芬芳的船儿，不是有德行的君子如何能乘坐这样的船！

《九歌·湘夫人》中又是桂树和木兰同在，桂树做大梁，木兰做椽子，这样建造出的房屋何等的芳香馥郁，居住此屋的主人又是何等的超凡脱俗。

《九章·惜诵》中的木兰是可以食用的，要捣碎了拌上蕙草，再把申椒磨细用来做点心。那是怎样的滋味，那是怎样的清香，和现今的人整日膏粱厚味不知节制相比是何等的云泥之别。吃了这样的点心，人一定是通透清凉、满身馥郁吧。

可是所有这一切的芳香，都抵御不了屈原内心的忧愤、寂寞、悲怆。然而，终究，清者自清，浊者自浊。

数千年前的木兰芬芳没有解了屈子的忧愤，千年前的木兰却涨了女子的志气，今日的木兰，愿是"只留清气满乾坤"，愿是"她在丛中笑"，愿是"朝饮木兰之坠露兮"。

# 辛　夷

## 辛夷兮药房

年少时，只认为辛夷是中药，治鼻炎的，没想过它是一种花。辛夷这个名字不会让人想起花。及至长大，见过玉兰，知道玉兰，然后发现紫色的玉兰，有花农说那是辛夷。于是辛夷在那时成了花，紫色的玉兰花。

辛夷除了学名，还有很多有趣的名字，比如房木、望春、朝天莲、侯桃、迎春、木笔、女郎花等等。我最喜欢的是木笔，是因为辛夷未开花的花蕾形似毛笔，而且花苞上还密密地生有短绒毛。历代文人雅士也因此写过不少诗句，唐代吴融云："嫩如新竹管初齐，粉腻红轻样可携。谁与诗人偎槛看，好于笺墨并分题。"还有唐代欧阳炯写的，很有想象力："应是玉皇曾掷笔，落来地上长成花。"

明代张新咏辛夷的诗和我想的一样："梦中曾见笔生花，锦字还将气象夸。谁信花中原有笔，毫端方欲吐春霞。"

辛夷自古就被发现了药用价值，被《神农本草经》列为上品，还说："久服下气轻身，明目，增年耐老……入面脂，生光泽。"就是有抗衰老的功效。可是千年用药下来，只知辛夷治鼻炎不可或缺，其他不曾有实例。我倒是愿意辛夷"生光泽"，那美艳明丽的花儿就让人顿生"光泽"。

有玉兰在《楚辞》中，紫玉兰——辛夷也一定在，美丽芬芳，正是典型的香木，屈子岂能忽略了它？果然，《楚辞》中提到六次，屈子提到三次，东方朔、王褒、刘向各提一次。

《九歌·湘夫人》：桂栋兮兰橑，辛夷楣兮药房。

《九歌·山鬼》：乘赤豹兮从文狸，辛夷车兮结桂旗。

《九章·涉江》：露申辛夷，死林薄兮。

《七谏·自悲》：杂橘柚以为囿兮，列新夷与椒桢。

《九怀·尊嘉》：江离兮遗捐，辛夷兮挤臧。

《九叹·惜贤》：结桂树之旖旎兮，纫荃蕙与辛夷。

《湘夫人》中的辛夷是用来做房屋次梁的，和它的亲密姐妹木兰做椽子一样，都是用香木搭建房屋，想想那些芳香都是令人愉悦的。

《山鬼》中的辛夷是山鬼出行的车驾。美丽的山鬼披着薜荔、腰系松萝，眉目含情，赤豹为她驾车，花狸紧跟其后。她就坐在辛夷木做的车驾上，去见自己的心上人。

《涉江》中辛夷不幸死去。自古那些有才情的君子未必能有施展抱负的机会，就像香木辛夷，会在草木丛中干枯死去。而那腥臊恶臭的小人却能靠近君王。君子的悲剧，辛夷的悲剧。

《自悲》中辛夷在开花，是在桂木搭建的房屋外，在橘柚的园林边，种上芳香的辛夷、花椒和女贞，这是令人向往的田园生活，但是那不得志的诗人啊，就像昆鸡和仙鹤的鸣叫，为他的忠信而哀鸣。

《尊嘉》中辛夷被遗弃埋没了。晚春风和日丽，草木欣欣向荣，可诗人却悲叹兰草凋零、芎䓖被遗弃、辛夷被淹没，就像那前世的贤人，多遭祸殃。

《惜贤》中辛夷再一次被遗弃。芳草如辛夷、桂树、总是不被任用，总是被舍弃在丛林里，然后枯萎。

辛夷美丽，可以建房，可以做车驾，可以闻香，但在诗人们的眼里只能顾影自怜，暗自悲叹。在我的眼里，辛夷就是早春最明艳端庄的芳香花儿，没有引起伤春悲秋的情绪，没有怀才不遇的感叹，只是，春天到了，百花争艳，辛夷独树一帜，含笑丛中。

# 松

## 饮石泉兮荫松柏

很想知道《楚辞》中的松是什么样的松，以我对松的理解，或者我们中国人对松的理解，应象征高洁、坚韧等等，想来屈子一定会多番提起的。但是这是我的想当然，屈子只在《九歌·山鬼》中提过一次。

《诗经》中提到七次，除了表示"松柏长青"（《小雅·天保》：如松柏之茂，无不尔或承）外，还表示男女相会的好地方，犹如"台桑之地"。比如《郑风·山有扶苏》中的松，"山有桥松，隰有游龙。不见子充，乃见狡童"。女子在有松的山下、有红蓼的水边，没有等到自己的心上人，却等来了一个轻狂少年。

诗中的松和孤高清傲、傲雪凌霜、品格高洁没有关系，诗本身就是典型的"郑卫之声"，却是我喜欢的声音，是世俗生活的姹紫嫣红，是乡土的芬芳气息。

以屈子的孤傲高洁，他的松一定另有寓意吧。

### 九歌·山鬼

山中人兮芳杜若，饮石泉兮荫松柏。

君思我兮然疑作，雷填填兮雨冥冥，猿啾啾兮狖夜鸣。

风飒飒兮木萧萧，思公子兮徒离忧。（节录）

我这山中人如杜若般芳香，喝的是石间的清泉住的是松柏之下。你思念我吗？我心中有些疑虑。雷声大作阴雨绵绵，猿声不断长夜不停。冷风习习落叶纷纷，思念那人徒然叫人忧伤。

山鬼居住的地方，是在松柏之下，就是"明月松间照，清泉石上流"的清奇不俗，卓尔不群，不是意想中的铁骨铮铮，比如"大雪压青松，青松挺且直"的高洁，再加上是披着芳草的美丽山鬼所居，松一下有了铁骨铮铮之外的"侠骨柔情"。

松的品种多达80余种，屈子的松是哪种，我不得而知，但那又何妨，一幅山鬼卧于松柏之下的美丽画面已经映入我的眼帘，那美丽、忧伤挥之不去。

那就是屈子的松吧！

# 柏

## 若竹柏之异心

柏树是常见树种，更和松树一样是品格高洁的象征。这是一个特殊的物种，它的文化意义深入人心。

没有人家会在自己的房前种柏树，当不起。柏树是种在神圣的地方的，比如庙宇、宫殿的四周。还种在先人的墓前，一则希望自己的先人永生，二则慎终追远，以示敬仰。

《诗经》中提到柏树七次，除了以喻长青不衰，也有实际用途，比如"柏舟"，柏木做的船。

**邶风·柏舟**

泛彼柏舟，亦泛其流。耿耿不寐，如有隐忧。微我无酒，以敖以游。

我心匪鉴，不可以茹。亦有兄弟，不可以据。薄言往愬，逢彼之怒。

我心匪石，不可转也。我心匪席，不可卷也。威仪棣棣，不可选也。
（节录）

乘着柏木之舟，随河水漂流。心中烦闷难以入睡，因为有难言的忧愁。不是因为我喝醉酒，才乘舟遨游。

我的心并不是镜子，不能包容一切。我虽有手足兄弟，他们却不能依靠。想去诉苦求安慰，正碰上他们发脾气。

我的心不是石头，不能随意来翻转。我的心不是草席，不能随意卷动。做人自有堂堂尊严，没有什么可挑剔的。

其间柏木舟不过是结实不漏水的好舟，我更喜欢的是"我心匪鉴，不可以茹""我心匪石，不可转也""我心匪席，不可卷也""威仪棣棣，不可选也"。这样的"心"犹如柏树之品德。

《楚辞》中提到柏树两次，除了《九歌·山鬼》中松、柏并提，再就是东方朔《七谏·初放》中提及柏树。

孰知其不合兮，若竹柏之异心。往者不可及兮，来者不可待。

悠悠苍天兮，莫我振理。窃怨君之不寤兮，吾独死而后已。（节录）

哪里知道君臣不合啊，就像竹子和柏树异心。前世的圣贤不可及，后世的圣君我等不及。

悠悠苍天啊，没有拯救垂怜。暗自埋怨君主的糊涂，我宁愿保持节操，死而后已。

这里的柏树是令人诧异的，代指糊涂不清醒的君主，竹子则代指高风亮节的诗人。诗人对君主是不死心的，所以以有品德的柏树寓之，又以"死而后已"的心想要唤起"柏树"君主的清醒，因为他心底里认为君主本心是高贵的，只是被恶木般的小人蒙蔽。

我有一种悲哀，为古时的怀才不遇者。他们对君主的心是天真的，天真到愿意"死而后已"，相信他们的君主无可怀疑地是香木，只是被蒙蔽而已。

柏亦何辜，受此牵连。

# 竹 子

## 便娟之修竹

竹子的种类繁多，全世界居然有1000多种，最矮的竹子只有女人的高跟鞋那么高——10厘米，最高的竹子竟达40米以上，比一般的乔木还要高，完全出乎我的意料。有意思的是，竹子一生只开花一次，然后回归土地，像是生命最后的赞歌。

竹子的功用极多，只举为中国独有的特例。用竹子制作竹简，《竹书纪年》就是因史书记于竹简之上才得此名。用竹子造纸，9世纪的时候，中国人就用竹子造出了纸，然后又用竹子制作了毛笔杆，至今没有更改。仅此三项功用，竹子就已经了不得了。

竹子不仅仅是具有实用价值，在中国人的眼里竹子就是君子的化身，和"梅兰竹菊"合称为四君子，和"松竹梅"合称为"岁寒三友"。

和竹子相关的成语比比皆是，竹报平安、青梅竹马、胸有成竹、茂林修竹，最想说的是竹苞松茂，语出《小雅·斯干》："如竹苞矣，如松茂矣。"这是祝寿和祈愿家族繁盛的意思。

竹林七贤必须说，魏晋风度离开竹林七贤就大打折扣了，七贤离开竹林就流于平庸，七贤之于竹林犹如鱼儿之于水。

历代歌咏竹子的诗词不计其数，不妨选几例共赏。

陆荣《满江红·咏竹》：不种闲花，池亭畔，几竿修竹。

秦观《满庭芳·碧水惊秋》：西窗下，风摇翠竹，疑是故人来。

沈自晋《玉芙蓉·雨窗小咏》：掩柴扉，谢他梅竹伴我冷书斋。

苏轼《记承天寺夜游》：何夜无月？何处无竹柏？但少闲人如吾二人者耳。

诗词中竹无一例不是显示主人的气节清雅。

所以苏轼云："可使食无肉，不可居无竹。无肉令人瘦，无竹令人俗。人瘦尚可肥，士俗不可医。"

道尽人们喜欢竹的原因。

现在就说《楚辞》中的竹子，以竹子在中国人心目中的崇高地位，以及竹子君子的品德，屈子该是大书而特书的，更何况竹子本南方植物，出门抬脚放眼望去，四处都是"茂林修竹"，但是出乎我的意料，屈子居然一次也没有提到"品行高洁"的竹。时隔两千多年，我无法"求索"其心。但他的后继者东方朔提到了竹，若不提，那是令人遗憾的。

**七谏·初放**

便娟之修竹兮，寄生乎江潭。上葳蕤而防露兮，下泠泠而来风。

孰知其不合兮，若竹柏之异心。往者不可及兮，来者不可待。

悠悠苍天兮，莫我振理。窃怨君之不寤兮，吾独死而后已。（节录）

美好而修长的竹子啊，生长在江边。上面枝繁叶茂可以遮挡露水，下面清凉有风拂过。

哪里知道君臣不合啊，就像竹子和柏树异心。前世的圣贤不可及，后世的圣君我等不及。

悠悠苍天啊，没有拯救垂怜。暗自埋怨君主的糊涂，我宁愿保持节操死，而后已。

东方朔假托屈原之口，表达了自己怀才不遇、愤世嫉俗的忧愤心境。那竹子正是屈子的写照。

如此，即使屈子自己不写竹，有东方朔写，也不枉屈子的君子心，以及竹子的君子品格。

最后，以竹之十德以彰显君子之心。

竹身形挺直，宁折不弯，曰正直；竹虽有竹节，却不止步，曰奋进；竹外直中通，襟怀若谷，曰虚怀；竹有花深埋，素面朝天，曰质朴；竹一生一花，死亦无悔，曰奉献；竹玉竹临风，顶天立地，曰卓尔；竹虽曰卓尔，却不似松，曰善群；竹质地犹石，方可成器，曰性坚；竹化作符节，苏武秉持，曰操守；竹载文传世，任劳任怨，曰担当。

# 女 贞

## 列新夷与椒桢

这些年城市绿化品质日益提高，增加了很多品种的行道树，有些就不认识，比如栾树、女贞等等。因为栾树花期长、结果鲜艳，很引人注目，所以首先认识了它。而对于女贞，却是因为秋冬时节其成串的黑紫色的果实太不寻常，很难不注意，于是知道了女贞。

女贞之所以叫女贞，据李时珍说，是因为"此木凌冬青翠，有贞守之操，故以贞女状之"。《琴操》载："鲁有处女见女贞木而作歌者，即此也。"晋代苏彦《女贞颂》序云："女贞之木，一名冬青。负霜葱翠，振柯凌风。故清士钦其质，而贞女慕其名。是矣。别有冬青与此同名。今方书所用冬青，皆此女贞也。"

可见女贞是因为"凌冬青翠"的特点而得名，又因其叶和冬青相像而被称为冬青。

女贞有很多实际的功用，《本草经疏》云："女贞子，气味俱阴，正入肾除热补精之要品，肾得补，则五脏自安，精神自足，百病去而身肥健矣。其主补中者，以其味甘，甘为主化，故能补中也。此药有变白明目之功，累试辄验，而《经》文不载，为阙略也。"

就是说女贞的果实——女贞子，让人"精神自足，百病去，身肥健"，而且还有"变白明目"的美容效果。

看起来光怪陆离实则遍数珍异的《山海经》也提到女贞，"泰山多贞木"，这个贞木就是女贞。

女贞在《楚辞》中为香木，究其因应该是女贞开花时有清香，花色为白，好似国槐，所以被列为香木吧。只有《七谏·自悲》提到一次女贞。

居不乐以时思兮，食草木之秋实。

饮菌若之朝露兮，构桂木而为室。

杂橘柚以为圃兮，列新夷与椒桢。
鹏鹤孤而夜号兮，哀居者之诚贞。（节录）

生活无趣常常忧思，吃的是秋天草木结下的果实。

饮菌若上面的晨露，用桂木搭建房屋。

种植橘柚成为园林，周围再种上辛夷、花椒和女贞。

鹏鹤孤单夜晚哀鸣，那是为我的忠贞赤诚而悲鸣。

东方朔替屈子哀叹，也替自己哀叹，他们在自省，"内自省而不慙兮，操愈坚而不衰"。自省的结果是继续坚定自己的操守。然而现实是残酷的，最终坚守之士只落得"鹏鹤孤而夜号兮，哀居者之诚贞"，只能住在用香木桂树盖的房屋中，吃着果实，喝着晨露，种上橘柚，再伴以辛夷、花椒、女贞这些表明自己态度、立场和品格的香木，暗自悲鸣。

唉，屈子，唉，东方朔，唉，怀才不遇者，唉，女贞。

# 杜 梨

## 甘棠枯于丰草

以杜梨的形状、口味，在梨子中是最不起眼的了，又小又酸，长相普通，但它在中国的历史上留下了鼎鼎大名。一切源于《诗经》中的一首诗，《召南·甘棠》，甘棠就是杜梨。

**召南·甘棠**

蔽芾甘棠，勿翦勿伐，召伯所茇。
蔽芾甘棠，勿翦勿败，召伯所憩。
蔽芾甘棠，勿翦勿拜，召伯所说。

树荫遮蔽的甘棠树，别剪别伐，那可是召伯所植。
枝叶茂盛的甘棠树，别剪别损，那可是召伯休息的地方。
生长旺盛的甘棠树，别剪别毁，那可是召伯喜欢的地方。

诗中盛赞的召伯是和周公齐名、德高望重的贤人。周公有"周公吐哺，天下归心"之盛名，召公有"甘棠遗爱、甘棠之惠"的美誉。

因为召公在甘棠树下办公听讼，治理邦国，百姓信服，召公走后，人们怀念，刻意保护甘棠，就像召公还在一样。这是多大的盛誉。

《史记·燕召公世家》："召公之治西方，甚得兆民和。召公巡行乡邑，有棠树，决狱政事其下，自侯伯至庶人各得其所，无失职者。召公卒，而民人思召公之政，怀棠树不敢伐，歌咏之，作甘棠之诗。"

甘棠——杜梨也因此一举成名，成为仁爱的代言者。

《楚辞》中提到一次甘棠，且是香木，是受《召南·甘棠》的影响吗？

## 九叹·思古

播规矩以背度兮，错权衡而任意。

操绳墨而放弃兮，倾容幸而侍侧。

甘棠枯于丰草兮，藜棘树于中庭。（节录）

舍弃规矩违背法度啊，丢开度量任意评估。

执行法度的反而被放逐啊，谄媚者却能近身君侧。

杜梨枯死在茂盛的野草丛中啊，那蒺藜荆棘却长满厅堂。

甘棠曾经是何等的荣耀，因召公而获得美誉却在屈子的时代枯萎于茂盛的野草丛中，志得意满的竟然是恶草蒺藜和长满尖刺的酸枣树，它们堂而皇之地长满厅堂。"我"能怎样呢？还是乘着白水自由驰骋，从此退却，与浊世永别，所谓"乘白水而高骛兮，因徙弛而长词"。

作为中国人，总喜欢大团圆的结尾，不喜欢悲剧，但看《楚辞》，再美好的香草、香木都抵不过浊世的昏聩残酷，那悲愤、幽怨、不得志从始至终，令人哀叹。所以想要给我心日中因为召公而阳光的甘棠——杜梨一个美好的归宿却是不能，那就让杜梨停留在山野，停留在从前，小而酸，也许更好。

# 柚 子

## 杂橘柚以为囿

没想到柚子是很古老的树种,至少在战国时期就有农民种植柚子。《吕氏春秋》就说:"果之美者,云梦之柚。"

毫无疑问,柚子是南方水果。这些年交通发达,柚子就跟橘子一样在北方大行其道。以柚子的硕大总不像是自然生长的果实,但确实是。柚子和橘子一样是芸香科植物,而且叶子也和橘叶相似,就是梨形或葫芦形的果实比橘子大了许多,味道酸甜适口,略有苦味,品种也多。

过去的名柚是"云梦柚",今天常见的是沙田柚、琯溪蜜柚、红心柚等。柚子的名称不少,有文旦、香栾、朱栾、内紫、条、雷柚、碌柚、胡柑等。"条"这个称呼很奇怪,出自《尔雅》。在《诗经》中,"条"指的是楸树(《秦风·终南》:终南何有?有条有梅)。在《神农本草经集注》中,"条"就称为"柚"了。

柚子的功用很多，主要具有理气化痰、润肺清肠、补血健脾等功效。我更感兴趣的是柚子茶，就是用柚子皮加蜂蜜等制作的。我和朋友们聊天喝下午茶，喝的就是柚子茶，只不过里面加了些许红茶而已，百喝不厌。柚子茶成了朋友们相聚欢会的见证，我喜欢柚子茶，甜蜜令人欢愉。

《楚辞》中两次提到柚子，都是作为香木和橘子同提，只是其甘甜总伴随着苦楚。

### 七谏·初放

举世皆然兮，余将谁告？

斥逐鸿鹄兮，近习鸱枭。

斩伐橘柚兮，列树苦桃。（节录）

整个天下就是这样啊，我又能向谁去述说？

他们驱逐瑞鸟天鹅呀，却亲近恶鸟猫头鹰。

他们将美好的橘树柚树砍伐啊，却种上恶木苦桃。

悲凉忧愤之心溢于言表，那美好的柚树遭到砍伐，就像屈子被君王放逐。

### 七谏·自悲

饮菌若之朝露兮，构桂木而为室。

杂橘柚以为圃兮，列新夷与椒桢。（节录）

饮菌若上面的晨露，用桂木搭建房屋。

种植橘柚成为园林，周围再种上辛夷、花椒和女贞。

只能节录到这里，就让饮晨露，住桂树房，种植橘柚，围以辛夷、花椒、女贞这些香木的君子得享芳香馥郁，不再悲愤，不再仰天长叹。

不知为什么想起李白的"今人不见古时月，今月曾经照古人"。和柚子有关吗？

# 酸 枣

## 何繁鸟萃棘

农村的孩子哪个没吃过酸枣，哪个又没被酸枣刺扎过呢？哪个孩子不知道村野、山坡、沟梁上哪颗酸枣树的果子好吃呢？

初夏时节，阳光已经有些灼热，走在有庄稼的沟梁边，一阵阵甜香味道飘过来，我知道那是酸枣树开花了。小小的黄绿色的酸枣花一点也不醒目，

但是香味却传遍整个沟壑，让人产生迷醉的生命美好的幻想。

深秋，沟壑山梁上的酸枣红了，下工的农人顺手摘几粒放到嘴里。酸甜的口感让农人的面部扭曲起来，那是享受的扭曲。走几步，农人吐出酸枣核，再摘几粒，依然放到嘴里，吧嗒着嘴，扭曲着脸，迎着夕阳归去。已经汗湿的口袋里满满地装着颗粒饱满、深红闪亮的酸枣，那是带给家中妻儿的礼物。

酸枣不是稀罕物，自古就不是，《诗经》中提到过11次，有栽培的酸枣，有墓门前的酸枣，有栖鸟的酸枣，甚至有青蝇落脚的酸枣，等等，酸枣可谓盛矣。有一处让我印象深刻，就是《邶风·凯风》中的酸枣，那时称为"棘"，和母亲有关。

凯风自南，吹彼棘心。棘心夭夭，母氏劬劳。
凯风自南，吹彼棘薪。母氏圣善，我无令人。
爰有寒泉？在浚之下。有子七人，母氏劳苦。

睍睆黄鸟，载好其音。有子七人，莫慰母心。

和风从南吹过来，吹到酸枣小嫩芽。嫩芽欣欣向荣，都是母亲辛劳。和风从南吹过来，吹到酸枣成柴薪。母亲智慧善良，哺育我们成人。那里有一眼寒泉，水流不尽。养育七个子女，母亲十分劳苦。婉转鸣叫的黄鹂，声音美好动听。就是有七个子女，也难以报答母亲的心。

酸枣成了众多子女的代言，何其幸，何其重也。

当然，酸枣因为多刺，也成了农人砍伐的对象，比如《陈风·墓门》中，"墓门有棘，斧以斯之"。

更多的是鸟儿栖息的地方，比如：

《唐风·鸨羽》：肃肃鸨翼，集于苞棘。

《秦风·黄鸟》：交交黄鸟，止于棘。

《曹风·鸤鸠》：鸤鸠在桑，其子在棘。

《小雅·青蝇》：营营青蝇，止于棘。

让我诧异的是，据《周礼》记载，外朝的政法规定：在衙门的左侧种九棵酸枣，是卿大夫的位置，右侧也种九棵酸枣，是公侯伯子男的位置。今天的我已经无法理解古人为什么会选如此普通、满身是刺的酸枣树作为地位的标定。

酸枣不仅能当水果吃，还是一味良药，《神农本草经》列其为上品，作为安眠药使用。唐代医圣孙思邈曾用酸枣仁治愈一和尚的癫狂症——让其安眠，醒后自愈。甚是了得。

尽管酸枣有众多的用处，尽管酸枣在我的想象里是农人劳作后对自己的奖赏，但是我猜想《楚辞》中若提到酸枣，一定是恶木，因为酸枣多刺。

果然，《楚辞》中也多次提到酸枣树——棘，多达六次，确实是当作恶木的，因为它的刺。

《天问》：何繁鸟萃棘，负子肆情？

《九章·悲回风》：借光景以往来兮，施黄棘之枉策。

《七谏·怨思》：行明白而日黑兮，荆棘聚而成林。

《九叹·愍命》：折芳枝与琼华兮，树枳棘与薪柴。

《九思·悯上》：鹄窜兮枳棘，鹈集兮帷幄。

以上所有的棘都是形容小人的，下面有一处是代表丑妇的，就以此为例吧。

### 九叹·思古

甘棠枯于丰草兮，藜棘树于中庭。

西施斥于北宫兮，仳倠倚于弥楹。（节录）

棠梨枯死于丰茂的草丛，满身长刺的棘却长满庭院。

美女西施被赶到冷宫啊，那丑妇仳倠得以近身君王。

可见美女西施是和人们钟爱的甘棠相媲美的，丑妇仳倠自然是和满身长刺的棘为伍。

我没有愕然，只是怯怯地想，夕阳下暮归的农人，以及农人嘴里的酸枣。

# 山　桃

## 列树苦桃

山桃是最早报春的山野之花了。

初春时节，人们已经忍不住一冬窝在家里的憋屈，蠢蠢欲动犹如春心，急切地奔赴自然，奔赴山野。此时山野光秃秃、灰蒙蒙的，只有星星点点的粉白点缀在山峦之间。人们会盯住不放，一冬入眼的都是灰色，此时哪怕是不大的一片粉白也是醒目的，让人眼前一亮的。

那让人眼前一亮的就是山桃花，粉白、粉红，随着山峦起伏，你的心也随着驿动。那山桃花似乎就是为了春天而生的，绚烂之极，美丽至极，"忽如一夜春风来"之后，漫山遍野的山桃花就相约而放，却又犹如惊鸿一瞥，在你还沉浸在春的臆想中不愿醒来时，它已在"丛中笑"，你已经找不到它了。但是你忘不了它的"桃之夭夭""灼灼其华"。

没有人吃山桃，山桃很小，比花生大不了许多，除了核就是皮。现今的人们注意到了山桃，是因为它的核。山桃核有着美丽的花纹，人们会挑选饱满圆润的核穿成手串，不论贫富，尽可把玩。精心的玩家就刻意打磨，要磨出"胞浆"，就好似那是登大雅之堂的宝物。我曾经跻身此列，拣山桃核穿手串，准备戴出胞浆，最后不了了之，像我的所有爱好一样。

好奇《楚辞》中提到"苦桃"，是山桃吗？

**七谏·初放**

举世皆然兮，余将谁告？

斥逐鸿鹄兮，近习鸱枭。

斩伐橘柚兮，列树苦桃。（节录）

整个天下就是这样啊，我又能向谁去述说？

他们驱逐瑞鸟天鹅呀，却亲近恶鸟猫头鹰。

他们将美好的橘树柚树砍伐啊，却种上恶木苦桃。

哦，不幸，苦桃——山桃"躺枪"了。诗人看不到山桃绽放时的美丽，他只品尝滋味苦涩的山桃肉。诗人也没有注意到山桃核美丽的花纹，他的眼睛只盯住不可入口的山桃肉。于此，我也无话可说。

屈子自被流放以后，心情悲愤难抑，对君主的忠贤不辨、黑白不分很是怨恨，以至于看自然中的万物都带着非黑即白的极端心情。此时，山桃不在自己最美丽的春季，一定是秋天，"秋风秋雨愁煞人"，山桃小小的果实，跟秋天的萧瑟景色一样，令人滋味难消。于是，山桃就是苦桃，就是恶木，我为屈子找到了山桃是恶木的理由。

但是我喜欢山桃，不需要找理由，山桃就是春天山间的烂漫山花，就是人们手上把玩的手串，如此而已，如此甚好。

# 荆 条

## 荆棘聚而成林

荆条太常见了，在山野中，在沟壑边。夏季艳阳高照，荆条小小的头状花序开着淡紫的花，一点也不引人注目，但是却吸引蜜蜂。成群的蜜蜂围着成片的荆条花上下翻飞，于是我们有了荆条蜜。

荆条太寻常、太微贱了，所以古时人们称呼自己的妻子为"拙荆"，贫寒人家女子戴不起金钗、金步摇，如云的发髻就用荆钗挽起。

以"举案齐眉"的孟光和梁鸿的故事为例，那孟光未出嫁时穿锦衣绣服，嫁入贫寒高士梁鸿家后就换上了"荆钗布裙"。

最有名的荆是"负荆请罪"中的荆，《史记·廉颇蔺相如列传》有详细记载，老将廉颇请罪，背负的就是荆条。这也说明了荆条其实是一种刑具，就是因为荆条坚韧结实吧。

荆条更多的是农人的柴薪，是编织农用器皿的用材，还是农家盖房时的"糊笆"。

《诗经》中，荆条被称为"楚"，是一种刑具，大概是取其坚韧结实之意。《诗经》中"楚"出现了五次之多，我最喜欢《唐风·绸缪》。

绸缪束楚，三星在户。今夕何夕，见此粲者。子兮子兮，如此粲者何！
（节录）

荆条紧紧捆，三星在门前。今夜是何夜，和着美人相见，你呀你呀，我可把这美人怎么办！

那紧紧捆在一起的荆条就像夫妻一样密不可分，这样的荆条是缠绵悱恻，又是干柴烈火，是如今的我无论如何都不会想到的。

不知那《楚辞》中的荆条可有这般浪漫？或许就是微贱的"荆钗"？又或许是刑具？

《七谏·怨思》中提到一次。

贤士穷而隐处兮，廉方正而不容。
子胥谏而靡躯兮，比干忠而剖心。
子推自割而饲君兮，德日忘而怨深。
行明白而日黑兮，荆棘聚而成林。（节录）

贤人没有出路只能离世隐居，廉洁正直的人不能容于俗世。
伍子胥进言却遭杀身之祸，比干忠贞惨遭剖心酷刑。

介子推割股让重耳食用，重耳忘记那恩德猜忌日益加深。

行为高洁却被认为污浊啊，那荆棘丛生却长成树林。

荆棘、荆条、酸枣树，是"恶"势力的指代，可以理解。荆棘多刺，我们的先人开创新天地时，要砍伐这些挡路的荆棘。

现在，荆棘早躲进山野，城市里一根也没有。我们不需要砍伐，我们需要的是荆条蜜，还是让荆条生长着吧。


# 橘

## 橘徕服兮

橘子是典型的南方水果，但在交通发达的当今，北方人吃橘子易如反掌。在所有的南方水果中，橘子无疑是人们最常见、最常吃的水果。以至于你会以为橘子原本就在北方，但真不是，橘子在北方生长不了。

北方长不了橘子但真能长枳，是不是晏婴说的"橘生淮北则为枳"中的枳，我不敢确定，但我在北方见过枳实，不能吃，但芳香扑鼻，虽然枳还叫臭橘。

"南橘北枳"的故事太有趣了，那个矮小的晏子也太智慧了，所以忍不住说一说。

故事出自《晏子使楚》："婴闻之，橘生淮南则为橘，生于淮北则为枳，叶徒相似，其实味不同。所以然者何？水土异也。今民生长于齐不盗，入楚则盗，得无楚之水土使民善盗耶？"

齐国晏婴出使到楚国，楚王想戏弄他，专门派人把一个犯人从堂前押来。楚王装模作样地问："此人犯了什么罪呀？"堂下回答："是一个齐国人犯了偷窃罪。"楚王得意自己的小把戏，对晏子说："你们齐国人是不是都很喜欢偷东西？"晏子何等人物，他镇定自若，回答："橘在淮南生长就又大又甜，但移栽到淮北就又酸又小，变成了枳，为什么呢？因为水土不一样。这个齐国人正是这样，他生长在齐国时并不偷东西，可是到楚国就偷了，难道这楚国的水土会养成老百姓偷窃的习惯吗？"

厉害了我的晏子先生，现在我真的怀疑我的北方那枳就是因为"水土不服"由橘变来的。这是题外话，还是说橘吧。

橘的好处太多了，浑身都是宝，橘皮可以制作陈皮，《本草纲目》云："同补药则补；同泻药则泻；同升药则升；同降药则降。"我们现在通常泡陈皮水喝都是为了祛痰、止咳。橘肉不用说，酸甜适口，开胃润肺，就是那橘瓣上白色的网络——橘络也有通络化痰、顺气活血的作用。再有橘核，有散结、理气止痛的功效。橘从里到外全都派上用场了，其功用不可谓不多矣。

2000年前，屈子就专门写有《九章·橘颂》，看看他老人家是怎么夸橘的吧。那是历史上文人第一首咏物诗，不妨全录于下。

后皇嘉树，橘徕服兮。受命不迁，生南国兮。
深固难徙，更壹志兮。绿叶素荣，纷其可喜兮。
曾枝剡棘，圆果抟兮。青黄杂糅，文章烂兮。
精色内白，类任道兮。纷缊宜修，姱而不丑兮。
嗟尔幼志，有以异兮。独立不迁，岂不可喜兮。
深固难徙，廓其无求兮。苏世独立，横而不流兮。
闭心自慎，不终失过兮。秉德无私，参天地兮。
原岁并谢，与长友兮。淑离不淫，梗其有理兮。

年岁虽少，可师长兮。行比伯夷，置以为像兮。

上天孕育的美好橘树啊，生来就适应这方水土。秉承上天的使命不再外迁，永生永世生长在南方土地。

你扎根深厚难以迁移，立志是多么的专一。鲜绿的叶子洁白的花朵，缤纷多姿何其令人欢喜。

重叠的树叶中长满尖刺，圆圆的果实成簇成团。青黄两色杂陈其间，色泽相配如此美丽。

你外表鲜艳内里纯洁，犹如堪当大任的君子。你风姿独具仪态美好，美丽到没有瑕疵。

赞叹你自小就有的志向啊，从来就与众不同。你遗世独立不肯迁移，这样的气节怎能不令人欣喜。

你扎根深厚难以迁移，心胸阔达没有欲求。清醒卓然立于浊世，绝不随波逐流。

你坚守初心谨慎自重，始终不会犯有过失罪责。秉承德行公正无私，那是和天地同在啊。

愿和岁月一起流失，和你长久相伴永为友人。你德行美好从不放纵自己，枝干坚韧条理清晰。

你年纪虽小，却可以为我的师长。你的品行可与伯夷比肩，正是我永远学习的榜样。

屈子颂橘之后，对橘树动容，产生犹如对松树般的敬仰之情。屈子眼中的橘树如此坚贞不屈，不与浊世同流合污，"受命不迁，生南国兮"。屈子眼中的橘树是品格、德行的象征，他没有提一句橘子的美味，以及它的功用。于是我在他面前自惭形秽。

屈子永远阳春白雪，所以他不随波逐流、不媚俗从众、不同流合污。他只能是"众人皆醉我独醒"。橘也只能在南国，不能迁，迁了就是枳了，改性了。

# 枳

## 树枳棘与薪柴

枳是有南方血统的，和橘子一样都是芸香科植物，最早认识枳是因为《晏子使楚》："橘生淮南则为橘，生于淮北则为枳，叶徒相似，其实味不同。所以然者何？水土异也。"

于是，枳就是我眼中不伦不类的果实。

后来，我真的在我的北方看到枳，树枝上长着尖锐的刺，结实、坚硬、浑圆的果实发出浓烈的香味。我忍不住摘几粒放到家中作为香供，比起家中的世俗气息，枳的味道平添了不拘一格的韵致。

枳的枝条是扔了的，那尖锐的刺醒目到你不能无视，醒目到你会恐惧，醒目到你的意识要直接把它移出你的视线。

枳是作为中药使用的，我知道枳化痰，这一点和它的近亲橘子一样，就是因为它们的亲戚关系，还因为枳顽强的生长能力，枳会作为柑橘的砧木，和柑橘杂交后的果实称为枳橙，和柚子杂交后称为枳柚。如果晏子穿越到今天，不知对此做何感想？

《楚辞》中提到枳两次，枳会因浓烈的香味成为诗人眼里的香木，还是因其尖锐的长刺被视为恶木呢？

### 九叹·愍命
麒麟奔于九皋兮，熊罴群而逸囿。
折芳枝与琼华兮，树枳棘与薪柴。（节录）

麒麟奔跑在曲折的沼泽啊，熊罴成群奔跑在苑囿。
折断的是芳枝和玉花啊，培植的是枳棘和柴火。

### 九思·悯上
贪枉兮党比，贞良兮茕独。
鹄窜兮枳棘，鹈集兮帷幄。（节录）

贪婪奸邪之人朋比为奸，忠贞贤良之人反而孤独无依。
天鹅竟然逃窜受困于枳棘之中，那丑陋的鹈鹕居然聚集在帷帐里。
看来枳让诗人看到的是尖刺，是令人不悦的、触手可及的疼痛。
我是把枳的枝条扔了的，只留下芳香四溢的果实。
于是枳在我心里是美好的。

# 葛藟

## 葛藟藟于桂树

葛藟就是野葡萄，倒是常见，因为长得小，没有合适的生长环境，并没有见它的果实。葛藟，落叶木质藤本。叶广卵形，夏季开花，圆锥花序，果实呈黑色。《本草纲目》称其为"千岁藟"，是因为此藤冬天虽然叶片凋落，但植株却可以经年生长。《别录》载："主补五脏，益气，续筋骨，长肌肉，去诸痹。"

《诗经》中两次提到葛藟，很有味道，不妨共赏。

### 周南·樛木

南有樛木，葛藟累之。乐只君子，福履绥之。

南有樛木，葛藟荒之。乐只君子，福履将之。

南有樛木，葛藟萦之。乐只君子，福履成之。

南边有棵弯弯的大树，野葡萄紧紧缠绕着它、密密覆盖着它、蜿蜒缠绕着它。君子真快乐呀，让福祉永远伴随他、降临他、伴随他。

这是一首祝福歌。野葡萄藤缠绕大树，象征女子和男子紧密相连、密不可分的关系，或者祝愿，这样的葛藟情意缠绵，令人向往。

《王风·葛藟》却不然，是"此恨绵绵无绝期"的绵绵。

绵绵葛藟，在河之浒。终远兄弟，谓他人父。谓他人父，亦莫我顾。
（节录）

绵长的野葡萄藤，蔓延在河边。远别我的兄弟，称别人为父。就是认了别人为父，他也而不肯照顾我。

远离了自己的兄弟在异乡，虽然有称呼上的"父""母""兄长"，但并没有

得到相应的关爱，我想念我的亲兄弟，就像那绵绵长长的葡萄藤，那绵长的葡萄藤也能顾及远在梢头的枝叶，我希望得到亲人的关照。

《左传·文公七年》就用的此意："（宋）昭公将去群公子，乐豫曰：不可，公族，公室之枝叶也，若去之，则本根无所庇荫矣。葛藟尤能庇其本根，故君子以为此，况国君乎。"

诸侯家的子女就是诸侯的枝叶，把自己的子女赶出去，那诸侯自己的根本就没有庇佑，葛藟长得再长也连着本根，还能庇佑根本，君子都能认识到这个问题，更何况一国之君呢！

明代归有光《叔祖存默翁六十寿序》："顾今垂老不遇于世，无以庇其九族，有《葛藟》之悲。"这里就直接引用《诗经》原意了。

于是葛藟可以情意缠绵，可以是流亡他乡对故土的连绵思念。

《楚辞》也提到葛藟，是和《诗经》不一样的葛藟。

### 九叹·忧苦

*同骛骡与乘驵兮，杂斑驳与阘茸。*
*葛藟橐于桂树兮，鸱鸮集于木兰。*
*偓促谈于廊庙兮，律魁放乎山间。*（节录）

劣等的骡子和骏马同等看待啊，斑驳的杂色马儿得到欣赏。

讨厌的葛藟攀缘桂枝啊，恶鸟猫头鹰聚集在木兰丛中。

贪鄙小人高谈在庙堂之上啊，贤良高士却被放逐到山野之地。

葛藟从古至今都是绵延生长，不遗余力的。不同人的眼里有不同的葛藟，一样葛藟，两样心境。

我更喜欢《周南·樛木》中的葛藟：

*南有樛木，葛藟累之。乐只君子，福履绥之。*

美好的祝愿，送给普天之下的有情人。

# 枫 树

## 湛湛江水兮上有枫

枫树是很有诗意的树，是人见人爱的树，是容易让人产生情愫的树。就是因为深秋初冬时节，枫叶变红，在萧瑟的秋季煞是美艳夺目，所以唐杜牧有"停车坐爱枫林晚，霜叶红于二月花"诗句，那红于二月花的枫叶自此名传千古。

儿时我是迷恋枫叶的，迷恋香山的红叶，那鲜红美艳的枫叶令我目不转睛。深秋时节如果没有层林尽染的枫树，秋是黯淡的，是凄风苦雨的。

我还向往枫糖，是一种叫糖枫树的枫树品种产的枫糖。那是在北美洲，想象一株美丽的大树产下甜蜜的汁液，制成美味的甜点，幸福会从心底升起。

现在城市中的公园，街角绿化带没有不种枫树的，每年枫叶红了的时候我都会拍照，为枫树。每一次都会从枫树下捡拾掉下的，仍然绽放生命光辉的枫叶，拿回家细细欣赏，然后想，应该为枫树写一首诗。枫叶干了以后，诗就没有了。

枫叶总会干的，失了曾有的美丽，我的诗也随之风化。

《楚辞》中提到枫是我没想过的，但仔细想想也在情理之中，屈子怎么会注

意不到秋季里最引人瞩目的植物呢？只是好奇，屈子会怎样看待枫树呢？

**招魂**

朱明承夜兮，时不可以淹。

皋兰被径兮，斯路渐。

湛湛江水兮，上有枫。

目极千里兮，伤春心。

魂兮归来，哀江南！（节录）

太阳破晓而出啊，不可以停留。

兰草长满小径啊，小路渐次荒漠。

清澈的江水啊，高处有枫树，

一望无际啊，心中满怀伤春的情绪。

魂兮归来啊，哀叹故土江南。

屈子的枫树不是他惯有的标定的香或恶，而是景致，我有些意外。枫树实在是可以以香或恶分的，然而屈子没分，好吧，我的担心也消失了，生怕屈子把枫树划到恶木的行列，那是我情感上不能接受的。

# 竹　子

## 葭蕗杂于麋蒸

　　竹子在南方可谓寻常之极，是人们日常生活中不可或缺的用品甚至是食品，在北方就是大雅之堂、修身养性的标配，所谓"可使食无肉，不可居无竹"，因为"无肉令人瘦，无竹令人俗"。谁愿意俗呢？一句"俗不可耐"就把你贬得面目可憎、不忍卒"视"了，可见竹子在人们心目中的地位。

　　竹子和松、梅在一起，是谓"岁寒三友"，和梅、兰、菊为朋，是谓"花中

164

四君子"。宋代的王珪道出了竹的魂魄：

> 天地得正气，四时无易心。
> 生来本孤节，高处独千寻。

竹在人们心里就是君子，是高洁、淡泊、清高的象征。

于是门前、庭院栽几竿竹子，你马上对主人家刮目相看，以为是君子之家。

《诗经》时代我们的先人就注意到了竹子，虽未将其视同君子，但已经显示出竹子蓬勃茂盛、欣欣向荣的美好视觉形象。

### 小雅·斯干

> 秩秩斯干，幽幽南山。如竹苞矣，如松茂矣。兄及弟矣，式相好矣，无相犹矣。（节录）

涧水清清流不停，南山深幽多清静。有那密集的竹丛，有那茂盛的松林。哥哥弟弟在一起，和睦相处情最亲，没有诈骗和欺凌。

这是一首贵族宫室落成的赞美诗，从此有了"松茂竹苞"的成语，就是看到松竹的繁盛苍翠，想到祈愿家门兴盛，还表示祝人新屋落成。明代范世彦《磨忠记》"亲寿享，愿竹苞松茂，日月悠长"一句，就是取这样的意思。

竹子是南方的主要树种，《楚辞》中一定有，那就看看《楚辞》中竹子是怎

样的模样，君子？繁盛？新居落成？

最讲究气节美德的屈子居然没有提到竹子，我是诧异的，想问问他老人家为什么，是不是需要变成山鬼？还是看看他的后继者是怎么看待竹的吧。

提到竹的有两处，东方朔的《七谏·谬谏》和严忌的《哀时命》，有意思的是，他们二人居然用一模一样的句子描述竹，"菎蕗杂于廮蒸兮"。其中"菎蕗"就是竹子，是什么品种的竹子不得而知。东方朔的"竹子"在《若纵火于秋蓬——飞蓬》篇已有介绍，此处但说《哀时命》。

> 释管晏而任臧获兮，何权衡之能称？
> 菎蕗杂于廮蒸兮，机蓬矢以射革。
> 负檐荷以丈尺兮，欲伸要而不可得。（节录）

放弃管仲、晏婴却使用奴仆啊，这怎么能称得上善于用人呢？
将竹子和麻秆混杂在一起啊，用蓬蒿做箭杆去射皮革。
肩挑被扛向前行啊，想要挺直腰杆儿不能。

看来竹子还是寓意美好的，和麻秆相对而提，美丑立竿见影。只是没有我以为的更高的提炼，也许是历代竹子的"高风亮节"文化内涵已经深入我的骨髓，竹子仅仅是自然的美好反倒让我不习惯了。

其实，这也是需要反思的。

# 杨　树

## 哀枯杨之冤雏

杨树是北方最常见的树种，你只要认识5种以上的树，其中一定有杨树。

想起一句歌词，"枝头树叶金黄，风来声瑟瑟，仿佛为秋天讴歌"。我心里想着那金黄的树叶就是杨树的叶子，北方秋天最惹眼的金黄的叶子就是杨树叶子。

　　杨树因为生长速度快，在北方几乎有空地的地方都会种上它，宽阔的道路两旁，山村的弯曲小路边，村舍的房前屋后，贫瘠的山峦丘陵，田地的田埂分界，都有杨树的身影，杨树还是孩子们练习攀爬树木的最佳选择。

　　哪个孩子没有在杨树上划下自己身高的印记，半年过后，惊愕于自己反倒矮了？杨树上几乎水灵灵的大眼睛闪着笑意，没有回答，她知道，孩子会明白的。

　　杨树种类很多，我还是喜欢秋天树叶会变成金黄的杨树——钻天杨。那种自由奔放的生长，那种高耸入云的伟岸，让我清晰感受到生命的茁壮蓬勃及欣欣向荣。

　　我们《诗经》时代的老祖先就注意到了杨树旺盛的生命力。

　　《小雅·南山有台》中的杨也是棵好杨。

　　南山有桑，北山有杨。乐只君子，邦家之光。乐只君子，万寿无疆。（节录）

　　南山种着桑，北山种着杨。快乐啊君子，家国的光荣，祝他万寿无疆。

　　但是我更喜欢那片有情谊的杨。

**陈风·东门之杨**

东门之杨，其叶牂牂。昏以为期，明星煌煌。

东门之杨，其叶肺肺。昏以为期，明星晢晢。

东门的杨树，叶子沙沙作响。约好黄昏见面，相会到启明星闪亮。

东门的杨树，叶子呼呼作响。约好黄昏见面，相会到启明星照耀。

有情人相约黄昏后，相会在沙沙作响的杨树林，欢会直到启明星闪耀。美好温情，想入非非，粗壮疏朗如杨树竟然扮演起媒人的角色，多好的杨树。

我想知道楚地的杨是怎样的。《楚辞》中只提到一次杨树，楚地毕竟是南国，而杨树的家乡在北方。

**九叹·怨思**

惟郁郁之忧毒兮，志坎壈而不违。

身憔悴而考旦兮，日黄昏而长悲。

闵空宇之孤子兮，哀枯杨之冤雏。（节录）

心中抑郁愁苦啊，遇到坎坷也不改初衷。

身心憔悴直到天亮啊，从朝到暮一直悲伤。

怜悯空室里的孤儿啊，哀伤枯杨上冤屈的雏鸟。

天，只提了一次杨，还是枯杨！那枯杨上栖息着没有父母的哀伤的幼雏。何等的凄凉，何等的低迷，何等的消解志气。

不是"才下眉头，却上心头"可以解的悲愁。

"千金散尽还复来"般潇洒的李白也写下"悲风四边来，肠断白杨声"的悲歌。

我想我是忘记了秋冬的杨树。北风呼啸时，我们躲在暖意融融的屋里，为电视剧中不关痛痒的人物掉几点不咸不淡的清泪。

而屋外，"白杨多悲风，萧萧愁杀人"。

# 楸 树

## 望长楸而太息


自开始关注楸树，楸树就多起来。

楸树和梓树很像，都属于紫葳科梓属，因为像，很多地方叫楸树为梓树，你也不能认为错。但是它们真的不是一种树，从花中最好辨别。

楸树开粉色有黄色斑纹的花，比泡桐的花小一些。梓树开黄绿色的花，比楸树的花小一些，而且芳香四溢。

及至结果你就不好判别了，都是蒜薹一样的长条，挂在树上煞是有趣。那树上的"蒜薹"真不能吃，但楸树的嫩叶可以食用，这可是我没有想到的，而且据说营养丰富。楸树的花也可以吃，甚至可以提炼芳香油。明代鲍山《野菜博录》中记载："食法，采花炸熟，油盐调食。或晒干、炸食、炒食皆可。也可作饲料。"

《诗经》中提到楸树，但不叫楸，叫"椅"。是的，椅子的"椅"。

**小雅·湛露**

湛湛露斯，在彼杞棘。显允君子，莫不令德。

其桐其椅，其实离离。岂弟君子，莫不令仪。（节录）


浓浓的露水，洒在枸杞和酸枣树上。磊落诚信的君子，莫不具有高贵的品德。

那梧桐和楸树，它们的果实缀满枝头。欢乐和悦的君子，莫不具有高贵的风度。

这是一首宴饮诗。梧桐自古就是良木，有"凤凰非梧桐不栖"之语，此时在贵族们欢乐宴饮之际，桐楸并提，楸自然是良木。

没有意外，这就是楸应该有的位置。

《楚辞》中也提到楸树，而且就叫楸。

### 九章·哀郢

*望长楸而太息兮，涕淫淫其若霰。*

*过夏首而西浮兮，顾龙门而不见。*

*心婵媛而伤怀兮，眇不知其所蹠。（节录）*

望着高大的楸树啊我不免叹息，眼泪犹如雪珠一样流淌。

船过夏首向西漂荡，回头看那郢都的龙门早已不见。

内心牵挂不免伤怀啊，前路渺茫不知何处落脚。

此时的楸树是故乡的缩影，是屈子离开故国唯一能看见的具象。

这让我想起"桑梓之地"，就是指的故乡。那梓树和楸树本是同属，所以屈子望见愈来愈远的楸树，思念故乡，完全是情理之中，只是心中的悲凉，穿越2000年，仍然能感受到寒意。

对楸树，又多了一层乡愁的寄托。

# 梓 树

## 揫梓瑟些

梓树自古以来就是木中之王。

"植林则众木皆拱"说的就是梓树。在农耕时代，梓树和桑树是重要的经济林木。所以宋代朱熹在《诗集传》中云："桑、梓二木，古者五亩之宅，树之墙下，以遗子孙给蚕食、具器用者也。"就是说给子孙留下几亩桑梓树林就够子孙日常用度了。

梓树就是因为它的王者之位，有一天竟演变到代指皇后，过去戏文里皇帝称呼自己的皇后就叫"梓童"。

梓树还因为木质纹理均匀、软硬适度，是古代刻板印书的最佳材料，所以印书出版至今都叫"付梓"出版。

梓树作为古老树种并不鲜见，只是现代人更注意新树种，引进树种，比如法桐（其实应该叫悬铃木）、栾树等，对梓树就少有关住了。但是你只要关注，梓树就在那里，在不醒目的一条街巷，在公园一角的空地，在小区的保留树木中。

其花没有泡桐醒目，但荚果细长到你不会不注意到，成串成串地垂吊下来，跟北方的饸饹面一样，让你有想煮了吃的欲望。

让人印象深刻的还是梓树的文化意义，我们至今称自己的故乡为"桑梓之地"，源于《小雅·小弁》：

维桑与梓，必恭敬止。靡瞻匪父，靡依匪母。不属于毛，不罹于里，天之生我，我辰安在？（节录）

只有先辈所载的桑树和梓树，一定要对它毕恭毕敬。我尊敬我的父亲，我依赖我的母亲。现在我既不能依附于父亲，也不能依赖母亲，上天既然让我生，我的好运在哪里？

诗人对父母所栽的桑梓必恭敬止，犹如对父母怀有恭敬孝顺之心，但和父母的关系是"不属于毛，不罹于里"，所以抱怨上天，既然生我，又不让我有好运。

西晋陆机之《百年歌》"辞官致禄归桑梓，安居驷马入旧里"中，桑梓就是家乡之意。

《楚辞》中提到一次梓树，会是代指家乡吗？会是用于制作琴瑟的良才吗？会是留给子孙的财产吗？且看《招魂》：

晋制犀比，费白日些。
铿钟摇簴，揳梓瑟些。
娱酒不废，沉日夜些。（节录）

晋过的犀角赌具聚集一处，一直延续没有终止啊。
钟声悠远磬鸣悠扬，弹起梓木制作的琴瑟啊。
欢娱饮酒持续不断，夜以继日沉迷无度啊。

果然，饮酒欢娱时助兴弹奏的琴瑟就是用梓木做的。只是如此没有节制的欢宴让人忧虑，这历来是亡国的征兆啊！若不是如此，那楚怀王哪里能客死异乡，屈子哪里能绝望沉江！

# 梧　桐

## 奄离披此梧楸

梧桐树的名号很大，身份尊贵，就是因为神鸟凤凰"非梧桐不栖"，这样的定位源自《庄子·秋水》："南方有鸟，其名为鹓鶵，子知之乎？夫鹓鶵，发于南海而飞于北海，非梧桐不栖，非练实不食，非澧泉不饮。"从此，梧桐就有其他树种不可比拟的作用。于是《三国演义》中诸葛亮有个宣誓："凤翱翔于千仞兮，非梧不栖；士伏处于一方兮，非主不依。"

其实早在《诗经》时代，梧桐已经有了崇高的定位，只不过没有像庄子那样高度提炼而已。

### 大雅·卷阿

凤凰鸣矣，于彼高冈。梧桐生矣，于彼朝阳。菶菶萋萋，雍雍喈喈。
（节录）

凤凰引颈长鸣，停在那高冈之上。梧桐伟岸挺立，在那山的东边。梧桐繁茂郁郁葱葱，凤凰鸣声和谐悦耳。

那时凤凰已经和梧桐紧密联系在一起了。那梧桐到底是怎样的树呢？

今天的梧桐看起来是那样普通，如果不认识，你会以为是青皮的泡桐，所以梧桐也叫青桐。梧桐可以长得很高大，盛夏时叶片翠绿，但开花时节不醒目，远不如和它有些相似的泡桐、楸树、梓树的花显眼。

我有些惭愧，看着眼前的梧桐并不能体会"凤凰非梧桐不栖"的必然缘故。

倒是李清照的"梧桐更兼细雨，到黄昏，点点滴滴。这次第，怎一个愁字了得"，以及温庭筠的"梧桐树，三更雨，不道离情正苦，一叶叶，一声声，空阶滴到明"能让我理解。

只是那梧桐又从顶高的位置到了充满愁绪的红尘人间。

还是看看《楚辞》中士怎样看待梧桐的吧。

**九辩**

皇天平分四时兮，窃独悲此廪秋。

白露既下百草兮，奄离披此梧楸。

去白日之昭昭兮，袭长夜之悠悠。

离芳蔼之方壮兮，余萎约而悲愁。（节录）

上天平分一年四季啊，我却独为这寒秋伤悲。

露水已经落在那百草上啊，发黄的树叶瞬间从梧桐、楸树上飘落。

告别光明的白昼啊，继而是漫漫的长夜。

告别了盛时的芬芳啊，我悲愁衰老的困顿。

宋玉的梧桐是变换季节的梧桐，就像"春江水暖鸭先知"，梧桐一落叶，萧瑟的秋季便到了，所谓"一叶知秋"，梧桐正是"知秋"的树种。

此时，正可以体会"一叶叶，一声声，空阶滴到明"的意境。只是，现今的人，谁还有心情听雨、看落叶、想心事呢？更多的是奔波，更深刻地融入滚滚红尘。

于是，今天，梧桐并不特别。

# 榆　树

## 鸣鸠栖于桑榆

榆树，北方人太熟悉了，长得像灌木的乔木。其叶大小如槐树叶，但没有槐树羽状复叶那样整齐，看起来零零落落的。由于枝干歪斜、枝条柔细，榆树给人一种"支离破碎"的感觉。

但榆树有不同寻常的特点，春季时满身"长钱"，称为"榆钱"，那是榆树的翅果。一串串状如铜钱的榆钱是常见的野生美食。想象一下"吃钱"的感觉，是不是很得意、很畅快呢？

不但榆钱能吃，榆树很多部位都能吃，比如嫩叶、榆皮。所以在旧时，榆树是重要的救荒植物。

榆树生长较为缓慢，榆树长十年也比不上杨树长一年。而且榆树的枝干歪斜，还长树瘤，木质较硬，人们比喻某人脑袋不开窍就说，"长了颗榆木脑袋"。谁愿意有颗榆木脑袋呢？这样的脑袋，会被现在的社会抛弃。

榆树是古老树种，品种也不少，比如白榆、刺榆，以及长在南方的椰榆。

《诗经》中有一种植物称为"枌"，就是指的榆树。那是令人愉快的榆树，和"榆木脑袋"无关。

**陈风·东门之枌**

*东门之枌，宛丘之栩。子仲之子，婆娑其下。*
*穀旦于差，南方之原。不绩其麻，市也婆娑。*
*穀旦于逝，越以鬷迈。视尔如荍，贻我握椒。*

东门外有榆树，宛丘上有栎树。子仲家有好女子，林下婆娑起舞。

此时正是良辰美景，在这南方平原。搁下手中正纺织的麻，女子们婆娑起舞。

追赶那良辰美景，少男少女欢聚而行。看你像那美丽的锦葵花，你送我有寓意的花椒一把。

男女相会，榆树下婆娑起舞，那兴致那情绪能从数千年前感染到今朝的我，这样的榆树岂不令人欢悦？

再看《楚辞》中的榆树，但愿也是令人愉悦的。

### 九叹·怨思

闵空宇之孤子兮，哀枯杨之冤雏。

孤雌吟于高墉兮，鸣鸠栖于桑榆。

玄蝯失于潜林兮，独偏弃而远放。（节录）

怜悯空室里的孤儿啊，哀伤枯杨上冤屈的雏鸟。

失去伴侣的雌鸟在高墙上悲鸣，鸣叫的斑鸠栖息在榆树和桑树上。

黑色的猿消失在茂密的丛林里，犹如我独自被放逐到偏远的地方。

哦，遗憾，诗人的榆树是悲哀的，是令人伤感的。

让我感兴趣的倒是"桑榆"连用。因为我更熟悉"莫道桑榆晚，为霞尚满天"。（刘禹锡《酬乐天咏老见示》）

"桑榆"特指人的晚年。

宋代苏轼《罢登州谢杜宿州启》："桑榆晚景，忽蒙收录之恩。"

我能知道最早把"桑榆"喻为晚年的是南朝人刘铄，他在《拟古二首》中写道："愿垂薄雾景，照妾桑榆时。"只是他死时年仅23岁，离"桑榆晚景""垂垂老矣"还早呢。

《楚辞》因为屈子这个带头人的缘故，整个调子都是悲愤、寡欢、不得志的，所以指望从中得到欢快的情调，犹如"缘木求鱼"，所以榆树在此中的悲凉也不奇怪，但我还是固执地想用刘禹锡的那句诗结尾：

莫道桑榆晚，为霞尚满天。

夕阳西下，晚霞满天，无限美景，何须惆怅。


# 芭 蕉

## 传芭兮代舞

芭蕉是我最喜欢的南方植物了，如今我的北方家中也植有两株。虽然几年间从不曾结下芭蕉，但那"绿肥"的叶片就美得动人心魄，故不结芭蕉我也不以为意。

很久的从前，还是少女的我喜欢画仕女画，让芭蕉伴着仕女，仕女的婀娜配上芭蕉的洒脱，立时画面文雅、闲适、舒展起来。

喜欢芭蕉的人远远不是我一个人，历代文人墨客以芭蕉入诗入画者多矣。我喜欢的女词人李清照写有《如梦令》："昨夜雨疏风骤，浓睡不消残酒。试问卷帘人，却道海棠依旧。知否？知否？应是绿肥红瘦。"其中的"绿肥"我总想到芭蕉，即使不是。

不过李清照有诗《添字丑奴儿·芭蕉》："窗前谁种芭蕉树，阴满中庭。阴满中庭，叶叶心心，舒卷有余清。伤心枕上三更雨，点滴霖霪。点滴霖霪，愁损北人，不惯起来听。"

词人伤怀，把芭蕉却写得到位，"叶叶心心，舒卷有余清"。

写花写得最多的、我认为写得最好的诗人，宋代杨万里，也写过芭蕉。

### 芭蕉雨

芭蕉得雨便欣然，终夜作声清更妍。

细声巧学蝇触纸，大声铿若山落泉。

三点五点俱可听，万籁不生秋夕静。

芭蕉自喜人自愁，不如西风收却雨即休。

好个"芭蕉自喜人自愁"，芭蕉被雨滋润自然是酣畅淋漓，所谓"雨打芭蕉"是也。

关于芭蕉还有一个颇为文雅的故事——唐代大书法家、"草圣"怀素，竟是用芭蕉叶代替纸张练习书法。

不是他不喜欢纸张，而是买不起，便在寺院附近种了成片的芭蕉，摘取老叶习书。写狂草的人，就是再多的芭蕉叶也不够用。怀素和尚也不愿费劲摘取叶子了，径直在芭蕉树前，一手提笔一手抓芭蕉叶，只见手腕动处，笔端上下翻飞，芭蕉叶上立时龙飞凤舞，煞是好看。这一练经年不断，终于成就一代狂草大家。

想象一下，万株的芭蕉树，叶片之上都是弯曲扭转的字迹，甚是风雅，就是在那时也是一道不可复制的风景线。

《诗经》中没有提到芭蕉，也许那时的北方还没有移植芭蕉。南国的《楚辞》也只一次提到"芭"，此"芭"是不是指芭蕉也不一定。

王逸在《楚辞章句》中就把"芭"解释为"巫所持香草名也"。但洪兴祖在《楚辞补注》中把"芭"解释为"芭蕉"，原因是司马相如的《子虚赋》云"诸柘巴苴"，说的是芭蕉。

所谓香草，芭蕉具备这个条件，芭蕉果实成熟时味道很香，而且如果花苞中积了水，那水甜如蜜，被称为"甘露"。

《九歌·礼魂》中提到"芭"：

成礼兮会鼓，传芭兮代舞，姱女倡兮容与。
春兰兮秋菊，长无绝兮终古。

祭祀礼成啊鼓乐和鸣，蕉叶传递啊纷纷起舞，美女高唱啊仪态从容。
春天祭祀以兰草啊秋天祭祀以菊花，长久没有终止啊直到永远。

就跟击鼓传花的游戏一样，不过在祭祀的礼仪上更加庄重而已，那芭蕉叶作为传递的媒介实在是物有所值，恰如其分。


# 扶　桑

## 照吾槛兮扶桑


扶桑是个很响亮的名字，上古的传说里太阳就是从扶桑树中升起的。当然不仅于此，古书多有对神树——扶桑的描述。

《山海经·海外东经》："汤谷上有扶桑，十日所浴，在黑齿北。"

《山海经·大荒东经》："大荒之中，有山名曰孽摇頵羝。上有扶木，柱三百里，其叶如芥。有谷曰温源谷。汤谷上有扶木，一日方至，一日方出，皆载于乌。"汤谷上的"扶木"就是说的扶桑。

还有说明扶桑名字的由来及模样的。

《海内十洲记·带洲》:"多生林木,叶如桑。又有椹,树长者二千丈,大二千余围。树两两同根偶生,更相依倚,是以名为扶桑也。"

更神奇的是还有扶桑国,《梁书·诸夷传·扶桑国》:"扶桑在大汉国东二万余里,地在中国之东,其土多扶桑木,故以为名。"这个扶桑国并不是日本。扶桑国指代日本从晚唐开始,晚唐韦庄《送日本国僧敬龙归》云:"扶桑已在渺茫中,家在扶桑东更东。"

这样神奇的神木究竟是什么样,怎能不令人期待呢?李时珍说:"东海日出处有扶桑树。此花光艳照日,其叶似桑,因以比之。后人讹为佛桑,乃木槿别种,故日及诸名亦与之同。"

那个"光艳照日"的花就是今日的朱槿、赤槿,当然也称为扶桑。

这种神奇的花我种过,也许因为它是日出之木,不适应北方的寒冷,所以只能种在花盆里。别人家的扶桑美艳地开放了,花蕊长长地伸出,我在想,这就是太阳所居住的神木吗?

神话毕竟是神话,抛开神话来看,扶桑也是美丽的,我等着我的扶桑开放,但是花苞已经长好了却没开放,据说是水浇多了。看着掉落一地的花苞,我遗憾地想,扶桑怎么可以这么娇气呢?从此,扶桑退出我的花世界。

有一年,去广西,去越南,正是夏季,看到扶桑,扶桑居然是树!高大的树!满树开花,争奇斗艳、热闹非凡,有莺歌燕舞、歌舞升平之感。我突然释然。扶桑这样才对,种在花盆里的扶桑不是扶桑树,是扶桑花,仅用于观赏。

这样重要的树,神树,我奇怪为什么《诗经》中没提,但《楚辞》中提了,而且提了三次。

**九歌·东君**

*暾将出兮东方,照吾槛兮扶桑。*

*抚余马兮安驱,夜皎皎兮既明。*(节录)

太阳就要从东方升起,出自扶桑的光芒照在我的栏杆。

轻拍我的马儿徐徐前行，夜色就要散去天就要亮了。

## 哀时命

冠崔嵬而切云兮，剑淋离而从横。

衣摄叶以储与兮，左袪挂于扶桑。

右衽拂于不周兮，六合不足以肆行。（节录）

高冠高耸入云，佩剑长大纵横。

宽大的衣服不能舒展，左袖就挂在扶桑树上。

右边衣襟拂过不周山，天地四方不足以任我行走。

## 九叹·远游

枉玉衡于炎火兮，委两馆于咸唐。

贯濒蒙以东揭兮，维六龙于扶桑。（节录）

回转玉车载炎火山上，两次放弃住在太阳沐浴之处。

穿越混沌离开东方，把六条神龙拴在扶桑树上。

从三首诗看，扶桑还是"高大上"的神木，如《山海经》一般神奇瑰丽，是愚钝如我不可想象的神奇幻象。

我努力再一次把朱槿——扶桑和日出之处的扶桑联系在一起，让久远的明艳的扶桑映照我的内心。

# 花　椒

## 握申椒与杜若

《楚辞》中居然有十篇十五句诗提到花椒，超出我的想象。比它早的《诗经》中也提到了花椒，只有三次，我以为已经很多了。《诗经》中的花椒是表示子孙繁盛的，比如《唐风·椒聊》："椒聊之实，蕃衍盈升"。《陈风·东门之枌》也提到花椒，和男女相会有关，赠送的是花椒，表达的也是希望成就好事、子孙多如花椒的籽粒，"视尔如荍，贻我握椒"。

这是可以想象的美好愿望。于是想知道《楚辞》中的花椒是什么寓意，会是祈求子孙昌盛吗？先从《离骚》说起。《离骚》中提了六次花椒。

杂申椒与菌桂兮，岂惟纫夫蕙茝。

步余马于兰皋兮，驰椒丘且焉止息。

苏粪壤以充祎兮，谓申椒其不芳。

巫咸将夕降兮，怀椒糈而要之。

椒专佞以慢慆兮，樧又欲充夫佩帏。

览椒兰其若兹兮，又况揭车与江离。

在屈子眼里，花椒是群贤毕至的象征，是马儿休憩的芳香地，是不被认可的馨香，是食物中添加的香料，还是已经变节的芳木，意象何其丰富！竟然没有一次是子孙繁衍昌盛的意思，花椒如此，让我这后来人大开眼界，也惭愧自己的见识。在我眼里，花椒仅是调味品，是火锅里不可或缺的调料，是炒菜时的佐料，我为自己的形而下羞愧。

再看看《楚辞》中其他的花椒，会有更多的寓意吗？

《九歌·东皇太一》：蕙肴蒸兮兰藉，奠桂酒兮椒浆。

《九歌·湘夫人》：荪壁兮紫坛，播芳椒兮成堂。

《九章·惜诵》：梼木兰以矫蕙兮，繫申椒以为粮。

《九章·悲回风》：惟佳人之独怀兮，折若椒以自处。

《七谏·自悲》：杂橘柚以为囿兮，列新夷与椒桢。

《九叹·逢纷》：椒桂罗以颠覆兮，有竭信而归诚。

《九叹·惜贤》：握申椒与杜若兮，冠浮云之峨峨。

《九叹·愍命》：怀椒聊之蔎蔎兮，乃逢纷以罹诟也。

《九思·哀岁》：椒瑛兮湟汙，菉耳兮充房。

花椒此时是可以泡酒的香料，是和泥砌墙的香料，是做点心的添加剂，是美人折取表示自己胸怀的香木，是房前屋后种植以示美德的香木，是即使遭遇厄运依然不屈的品格，是手中高举的芳木，是我自芳香却招人嫉恨，是被人污染的美木。

再一次为屈子及其继承者所折服，一棵小小的花椒树竟让他们演绎得气象万千，即使是表达自己的怀才不遇，也是千般的模样、万种的风情。花椒是可以离开"子孙昌盛"说话的，花椒不仅仅是调料，也可以是阳春白雪。

# 桂 树

## 桂栋兮兰橑

桂树有两种，肉桂和桂花，都是南方植物。对于肉桂我只知道桂皮和肉桂叶，因为煮肉少不了，我做的红烧排骨之所以"广受"欢迎，秘诀就是放桂皮和肉桂叶。会用桂皮和肉桂叶不见得必须见过肉桂树，我就没见过，但是因为香喷喷的红烧排骨，我向往肉桂。

肉桂是樟科樟属植物，长在云南、广西、广东、福建地区，是比较高大的乔木，神奇的是它的树皮居然可以厚达13毫米，叶片、树皮、嫩枝都有浓郁的

香味，能不吸引人吗？

肉桂是热性，所以有补元阳、暖脾胃、除积冷、通血脉的功效。据说有沉鱼之貌的西施曾经服用肉桂治好咽喉症，这是个特殊病例，为她治病的医生说："西施之患，乃虚寒阴火之喉疾，非用引火归元之法不能治也。肉桂用于治喉间痈疮，属特殊情况。"

所以，平时肉桂不宜用量过大，服用超过一两就会产生头晕、眼花、咳嗽等不良反应。我也知道了我做的排骨好吃，但容易上火，就是因为肉桂的热性。

桂花是木樨科常绿乔木或灌木，枝叶不香，就是"八月桂花香"中的桂花，就是从前女子抹的桂花头油，就是毛主席诗词"问讯吴刚何所有，吴刚捧出桂花酒"中的桂花。所以此桂名声大。

据《西京杂记》记载，汉武帝在上林苑广植奇花异木，其中有桂一百株。当时栽种的植物，如甘蕉、蜜香、指甲花、龙眼、荔枝、橄榄、柑橘等，大多枯死，而桂花有幸活了下来。自此，桂花一直是中国的名木，广受欢迎。

据《南部烟花记》记载，南唐陈后主为宠妃张丽华建造"桂宫"，庭院中有桂树，树下有药杵臼，还养一只白兔。他营造了一个中国人都知道的月宫模样。

月中有桂树的传说值得一叙。月中有桂树（我想就是月中的阴影吧），高五百丈，有个叫吴刚的人，学习成仙得道之术，却不好好遵守规矩，师父就惩罚他到月中伐桂，但这桂树本身就是仙树，砍了马上就长好了，根本砍不倒。那吴刚天天砍，桂树天天长，所以吴刚再也回不到人间。幸亏有嫦娥和玉兔为伴，寂寞广寒宫才不过于寂寞。吴刚才有兴趣制作桂花酒，在月上和嫦娥饮芳香四溢的桂花酒，一定比李白"对饮成三人"有趣得多。

《楚辞》中提到桂的地方有二十处之多，可见桂树的芳香魅力。只是诗中的桂树是哪一种桂，我一个北方佬实在是分不清，但可以为君列出，君自己分吧。

《离骚》：杂申椒与菌桂兮，岂惟纫夫蕙茝；矫菌桂以纫蕙兮，索胡绳之纚纚。

《九歌·东皇太一》：蕙肴蒸兮兰藉，奠桂酒兮椒浆。

《九歌·湘君》：美要眇兮宜修，沛吾乘兮桂舟；桂棹兮兰枻，斲冰兮积雪。

《九歌·湘夫人》：桂栋兮兰橑，辛夷楣兮药房。

《九歌·大司命》：结桂枝兮延伫，羌愈思兮愁人。

《九歌·东君》：操余弧兮反沦降，援北斗兮酌桂浆。

《九歌·山鬼》：乘赤豹兮从文狸，辛夷车兮结桂旗。

《远游》：嘉南州之炎德兮，丽桂树之冬荣。

《大招》：茝兰桂树，郁弥路只。

《招隐士》：桂树丛生兮山之幽，偃蹇连蜷兮枝相缭；猿狖群啸兮虎豹嗥，攀缘桂枝兮聊淹留。

《七谏·怨世》：桂蠹不知所淹留兮，蓼虫不知徙乎葵菜。

《七谏·自悲》：登峦山而远望兮，好桂树之冬荣。饮菌若之朝露兮，构桂木而为室。

《九怀·株昭》：步骤桂林兮，超骧卷阿。

《九叹·逢纷》：椒桂罗以颠覆兮，有竭信而归诚。

《九叹·惜贤》：结桂树之旖旎兮，纫荃蕙与辛夷。

《九叹·忧苦》：葛藟虆于桂树兮，鸱鸮集于木兰。

《九思·守志》：桂树列兮纷敷，吐紫华兮布条。

就选《九叹·惜贤》中的桂一起"旖旎"一下吧。

*结桂树之旖旎兮，纫荃蕙与辛夷。*

*芳若兹而不御兮，捐林薄而菀死。*（节录）

结上柔美婀娜的桂树枝条，拴上芳香的薰草、菖蒲和辛夷。

芳香如此却不被任用，舍弃在丛林任其枯萎。

这一例就可以了，我看了看，不论它是肉桂还是桂树，都是一个意思，芳香无比，可以做房梁，可以酿制酒浆，可以装饰配饰，终究是不得志，但桂终究是桂，终究不改其香。

# 薜 荔

## 薜荔柏偋兮蕙绸

薜荔于我实在是个陌生的名字，对于到过几次南方的北方佬来说我还没有机会见识它，现在只能老老实实查资料，了解它的性质。

薜荔是桑科榕属植物，而且是木质藤本，我先入为主地认为它是高大的乔木，就是上了它名称中"荔"的当。荔枝是乔木，无患子科荔枝属，和薜荔完全不搭界。

薜荔还有个名称——木莲，更实用的名称是凉粉子，就是说薜荔的果实可以制作凉粉，看到这里我两眼顿时放光。我吃过很多种凉粉，红薯粉、土豆粉、荞麦粉，就是没有吃过薜荔凉粉，那会是怎样的滋味呢？期待中。

薜荔的果实也很有趣，像是倒着的莲蓬，它的叶子和藤可以入药，功效是"祛风，利湿，活血，解毒"。

我感兴趣的是薜荔这样的植物还出现在《红楼梦》薛宝钗的蘅芜苑里。她的院子里种了杜若、蘅芜、茝兰、清葛、金簦草、玉蕗藤、紫芸、青芷等植物，其中就有薜荔，贾宝玉诗云："蘅芜满净苑，萝薜助芬芳。软衬三春草，柔

拖一缕香。"此一刻，我想到薛宝钗的蘅芜苑里看看薛荔以及杜若、蘅芜、茝兰这些在《楚辞》中写过的植物。

《楚辞》中有薛荔不奇怪，毕竟薛荔是南方植物，想不到的是居然提及八次之多。首先《离骚》就写到了，先列举吧。

《离骚》：擥木根以结茝兮，贯薛荔之落蕊。

《九歌·湘君》：薜荔柏兮蕙绸，荪桡兮兰旌。采薜荔兮水中，搴芙蓉兮木末。

《九歌·湘夫人》：罔薜荔兮为帷，擗蕙櫋兮既张。

《九歌·山鬼》：若有人兮山之阿，被薜荔兮带女萝。

《九章·思美人》：令薜荔以为理兮，惮举趾而缘木。

《九叹·逢纷》：薜荔饰而陆离荐兮，鱼鳞衣而白霓裳。

《九叹·惜贤》：搴薜荔于山野兮，采撚支于中洲。

就以美丽的山鬼所披薛荔看看薛荔的魅力吧，《山鬼》开篇就提到它。

九歌·山鬼

若有人兮山之阿，被薜荔兮带女萝。

既含睇兮又宜笑，子慕予兮善窈窕。

乘赤豹兮从文狸，辛夷车兮结桂旗。

被石兰兮带杜衡，折芳馨兮遗所思。（节录）

好像有人从山的弯处经过，那是我身披薛荔腰间系着松萝。

含情脉脉巧笑倩兮，你爱慕我的姿态窈窕婀娜。

我驾着赤豹出行后面跟着花狸，辛夷做车桂枝为旗。

我身披着石兰腰系杜衡，折一枝芳香花朵送给我思慕的人。

这是一个很野性的女子形象，薛荔、松萝披在身上，赤豹和花狸同行，那是怎样的恣意潇洒、呼啸自由啊，就这一点，我喜欢上了从未谋面的薛荔，还有薛荔做的凉粉。

其他诗中的薛荔都比不上《山鬼》中的薛荔，不论是"采薜荔""罔薜荔"还是"搴薜荔"，我尤爱那"披薛荔"的山鬼。

# 茱萸

## 椒又欲充夫佩帏

茱萸是植物没问题，关键是茱萸不是一种植物，而是三种，山茱萸、吴茱萸、食茱萸。据说还有草茱萸？

让我不知所以的是，三种茱萸两个科，三个属，怎么会有一样的名字？

我想知道唐代王维《九月九日忆山东兄弟》诗"遥知兄弟登高处，遍插茱萸少一人"中，茱萸是哪种？

中国很早就有的民间风俗，农历九月九日重阳节，佩茱萸能祛邪辟恶。还要喝菊花酒，那是为了祈求长寿。

《西京杂记》卷三："九月九日，佩茱萸，食蓬饵，饮菊花酒，令人长寿。"

先说山茱萸，这是山茱萸科山茱萸属，是小乔木，春天开伞形花，秋天结鲜红色或紫色的果实，没有香味。中药山萸肉就是山茱萸的果实制成，其"味酸涩，性微温"，有补肝肾、涩精气、固虚脱、健胃壮阳等功效。常用中成药知柏地黄丸、十全大补丸、六味地黄丸的主要成分就是山茱萸。

再说吴茱萸，它是芸香科吴茱萸属的植物，也是小乔木，春夏开花，夏秋结果，果实呈暗红色，有浓郁的香味。"七月、八月结实似椒子"，也是传统的中药，"辛，温，有小毒"，有温中下气、止痛、除湿血痹、逐风邪、开腠理、咳逆寒热的功效。

接着说食茱萸，是芸香科花椒属植物，与其他茱萸不同的是，食茱萸是羽状复叶，而且花枝长刺，鸟儿都不敢栖息，所以也被称为"鸟不踏"。鸟不踏并不代表没动物敢踏，蜜蜂、蝴蝶就喜欢食茱萸，花开不大，但香气浓郁，结的果实就像花椒一样。北魏贾思勰《齐民要术·种茱萸第四十四》载："食茱萸也，山茱萸则不任食""《术》曰：井上宜种茱萸，茱萸叶落井中，饮此水者，无温病""又《术》曰：悬茱萸子于屋内，鬼畏不入也"。

从以上描述可知，山茱萸显然不是"遍插茱萸"的茱萸，因为其没有驱邪功能，主要是没有辛香的味道。食茱萸和吴茱萸都辛香，可以驱邪，一个药食同用，一个只做药用，只是那食茱萸多刺，鸟儿都不踏，那人儿岂会插在鬓间？综上所述，"遍插茱萸"的茱萸该是吴茱萸了。

再看《楚辞》中的茱萸，那时称为"椒"，是哪种茱萸呢？

### 离骚

椒专佞以慢慆兮，椒又欲充夫佩帏。

既干进而务入兮，又何芳之能祗？

固时俗之流从兮，又孰能无变化？（节录）

变节的花椒变得傲慢专断又跋扈，那茱萸又想混进人们佩带的香囊里。

既然一心想要钻营谋取名位，又怎么能让原本具有的芳香保有品质？

原本世俗就是随大流的，谁又能坚定不移保持不变？

唯一一次提到茱萸竟是如此不堪，原本芳香的花椒、茱萸都变节了，追求名利，充当佩饰，屈子无奈啊。

那这茱萸是什么茱萸呢？因为和花椒相对，看来不是果实鲜艳但没有辛香气味的山茱萸，食茱萸的学名是椿叶花椒，其子过去一直是调味品，兴许就是食茱萸呢，往香囊里放，一定是用茱萸子，食茱萸堪当此任。

我有些遗憾，就让那该辛香的辛香吧，变不了节。至今，茱萸还是茱萸，变的只是"遍插茱萸少一人"的情志。

# 榛 树

## 株榛兮岳岳

榛子是一种美味的坚果，至今我还是认为它长在更远的北方，比如东北。

但榛有自己的生长轨迹，完全不按我的自以为是生长。

新石器时代，我们的先民就开始采集榛子。陕西半坡村古人类遗址挖掘出大量的榛子果壳，至今怎么也有五六千年的历史。

到了周朝，榛子不仅仅是食物，而且是祭祀的供品。《周礼·笾人》载："馈食之笾，其实榛。"

《左传》还专门强调了榛的"臻至之义"："女贽不过榛、栗、枣，以告虔也。则榛有臻至之义，以其名告己之虔也。"

榛广泛分布于我国北方，那《诗经》自然会提到，而且提了五次之多。就选一首我喜欢的介绍。

## 邶风·简兮

山有榛，隰有苓。云谁之思？西方美人。彼美人兮，西方之人兮。

高山上有榛树，洼泽里有甘草。若问我心中想着谁？是那西方的美男子。那位美男子，他是来自西方的人啊。

吃着榛子的时候，从没想过它和美男子有什么瓜葛，看了《邶风·简兮》立刻觉得自己俗不可耐，毫无意趣，眼里只看到吃。

《楚辞》中有榛是我没想到的，南方长榛树吗？且看《九思·悯上》：

川谷兮渊渊，山阜兮峉峉。
丛林兮崟崟，株榛兮岳岳。
霜雪兮漼溰，冰冻兮洛泽。
东西兮南北，罔所兮归薄。（节录）

山谷幽深，土山高大。
丛林繁茂，榛树密布。
霜雪积聚，水面冰冻。
东西南北，何处是归程。

果然有榛树，而且是榛树林。至于是哪种榛并不重要，是榛树就好。

即使如此，我能真切感受到的还是一粒粒芳香油润的榛子。没有想过，"东西南北，何处是归程"。

当然，有心仪的美人，我还是愿意在"山有榛，隰有苓"的地方与他相会。

# 桑

## 路室女之方桑

桑树当然是中国农耕历史上最重要的树种，全身是宝，其果可食，其木可用，其叶可以养蚕，以至于成就了让中国闻名遐迩的丝绸。

如今桑树已经被边缘化，现代人穿惯了聚酯纤维面料的衣服，桑蚕丝面料的衣服已经成为较为奢侈的物品。但如今的桑树也是"与时俱进"的，

桑葚整齐黑紫到像工业流水线生产出来的。桑树并不是随处可见，而是零星散落在村野的角落，淘气的孩子会摘几颗桑葚满足好奇的心思。

久远的从前，桑树可是了不得的树，不仅仅是它自身的重要性、普遍性，还有在桑树下发生的很多历史事件和故事。传说中，大禹和涂山女就是相会在邰桑之地，即长满桑树的山地。

至今还在上演的戏剧《桑园会》讲的是春秋时鲁国大夫秋胡在外为官，多年之后衣锦还乡，在桑园遇见采桑女罗敷，调笑人家，不想竟是自己的妻子，罗敷羞愤，投河自尽。这是刘向《列女传·节义传·鲁秋洁妇》的故事情节。元代戏剧家石君宝改编为《鲁大夫秋胡戏妻》，符合中国人的习惯，变悲剧为喜剧，罗敷女被救，鲁大夫认错，夫妻和好，大团圆结束。这一切就发生在桑园。

桑园中还发生了一起改变中国历史的事件。晋公子重耳落脚齐国，他的随从们在桑树林密谋，共商复国大计。促成此事的关键人物是他的妻子齐姜，此

事也在《列女传·贤明传》中有记载。公子重耳有朝一日变成一代霸主晋文公，晋国称霸春秋150余年，离开桑园密谋是完不成的。

桑园中还诞生了一代"国母"，据《列女传·辩通传》记载，齐闵王看重一位丑极的女子——"宿瘤女"，她脖子上长了一颗大瘤子。有一次齐闵王出行，老百姓围观，堵得周边水泄不通，但宿瘤女置若罔闻，独自在桑园采桑。此景被齐闵王看到，认为此女不一般，"王怪之，召问曰：'寡人出游，车骑甚众，百姓无少长皆弃事来观，汝采桑道旁，曾不一视，何也？'对曰：'妾受父母教采桑，不受教观大王。'王曰：'此奇女也，惜哉宿瘤！'女曰：'婢妾之职，属之不二，予之不忘，中心谓何，宿瘤何伤？'王大悦之曰：'此贤女也。'"一番交流后，齐闵王就把宿瘤女娶回王宫。

桑园的故事就讲到这里，再看看《诗经》时代的桑是怎样的桑。以桑的重要，《诗经》中有二十首诗提及桑，是提到次数最多的植物，这也不意外。

选一篇有故事的桑吧，《卫风·氓》：

> 桑之未落，其叶沃若。于嗟鸠兮，无食桑葚！于嗟女兮，无与士耽！士之耽兮，犹可说也。女之耽兮，不可说也。
>
> 桑之落矣，其黄而陨。自我徂尔，三岁食贫。淇水汤汤，渐车帷裳。女也不爽，士贰其行。士也罔极，二三其德。（节录）

桑叶没落时，叶子茂密葱茏。哎呀那斑鸠呀，别吃我的桑葚！哎呀，那些姑娘们呀，别和那些男人们谈情说爱！男人们迷恋你，还可以放弃，女子若是爱恋男子，那可是很难解脱。

桑叶落下时，叶子干枯飘零。自从我嫁到你家来，三年来缺吃少穿。淇水奔流不息，把车帷子都打湿。我自己也没什么过错，是你品行无良缺德行。男人没有做人的原则，反复无常不当人。

这是一首弃妇诗，很仔细地讲了女子和氓恋爱、结婚、受虐、被弃的过程，表达了女子的悔恨，也给其他女子提出忠告。这一切，发生在桑树"其叶沃若"和"其黄而陨"之间，一荣一枯，犹如女子身世。

《楚辞》中想来也会提到桑树，毕竟是那个时代最重要的植物。只是没想到提得这么少，只有三次，其中一次还是地名带有的桑，就是著名的"郆桑"（《天问》：焉得彼涂山女，而通之于台桑）。尽管少，还是看看南方的桑是怎样的桑。

### 七谏·怨世

吕望穷困而不聊生兮，遭周文而舒志。

宁戚饭牛而商歌兮，桓公闻而弗置。

路室女之方桑兮，孔子过之以自侍。

吾独乖剌而无当兮，心悼怵而荒思。（节录）

吕望穷困以至于无法维持生计，遇到文王他才得以施展才华。

宁戚喂牛高唱表达心愿的"白水"歌，齐桓公听了就任用他不让其闲置。

路旁的女子专心采桑目不斜视，孔子经过敬重她的贞一在一旁服侍。

只有我生不逢时没有遇到明君，内心悲哀愁绪满怀。

### 九叹·怨思

闵空宇之孤子兮，哀枯杨之冤雏。

孤雌吟于高墉兮，鸣鸠栖于桑榆。（节录）

怜悯空室里的孤儿啊，哀伤枯杨上冤屈的雏鸟。

失去伴侣的雌鸟在高墙上悲鸣，鸣叫的斑鸠栖息在榆树和桑树上。

看得出，诗人在意的不是桑树，而是自己不得志的状态，这一直是《楚辞》的基调。所以，采桑女的专一，鸟儿栖息的桑树，与桑树无关，与落魄有关。

那我们就在"莫道桑榆晚，为霞尚满天"的豁达乐观中一扫怀才不遇的阴霾吧。

这和桑有关。